La Bicyclette bleue

*

101, avenue Henri-Martin

*

Le diable en rit encore

RÉGINE DEFORGES

La Bicyclette bleue

*

101, avenue Henri-Martin

*

Le diable en rit encore

FRANCE LOISIRS
123, boulevard de Grenelle, Paris

Une édition du Club France Loisirs, Paris,
réalisée avec l'autorisation des Éditions Ramsay.

ISBN : 2-7242-6704-4

SOMMAIRE

La Bicyclette bleue

À la mémoire
du prince Yvan Wiazemsky

Prologue

Le premier levé, Pierre Delmas prenait un mauvais café, tenu au chaud par la servante sur un coin de l'antique cuisinière. Puis, sifflant son chien, il sortait, l'hiver dans la nuit, et l'été, dans le petit matin triste qui précède l'aube. Il aimait l'odeur de la terre quand tout dort encore. Souvent, le jour le surprenait sur la terrasse, le visage tourné vers la ligne sombre des Landes vers la mer. On disait dans la famille que son seul regret était de n'avoir pas été marin. Enfant, il passait à Bordeaux de longues heures sur le quai des Chartrons à regarder entrer et sortir les cargos. Il se voyait capitaine d'un de ces navires, sillonnant les mers, affrontant les tempêtes, seul maître à bord après Dieu. Un jour, on l'avait retrouvé, caché dans la cale d'un charbonnier en partance pour l'Afrique. Rien, ni menaces ni caresses, n'avait pu lui faire dire comment il était monté sur le navire, ni pourquoi il avait voulu quitter ainsi, sans explication, une mère qu'il adorait. Depuis, il n'avait plus jamais rôdé sur ces quais encombrés de marchandises aux parfums d'aventures, de goudron et de vanille.

Comme son père, Pierre Delmas était devenu vigneron. Était-ce son goût contrarié pour la mer qui lui avait fait acheter, année par année, des hectares de pins balayés par le vent d'ouest ? À trente-cinq ans, il avait senti la nécessité de se marier. Mais il avait refusé de prendre femme dans la société bordelaise, en dépit des beaux partis qu'on lui avait présentés. Il avait rencontré Isabelle de Montpleynet à Paris, chez un de ses amis négociant en vins.

Dès qu'il la vit, il en tomba amoureux. Elle venait d'avoir dix-neuf ans et paraissait plus âgée à cause d'un lourd chignon noir qui lui tirait la tête en arrière et de ses beaux yeux bleus mélancoliques. Elle était avec Pierre attentive et charmante, bien que, par moments, elle lui parût triste et lointaine. Il désira faire disparaître cette tristesse et fut drôle sans être lourd. Quand le rire d'Isabelle éclata, il se sentit le plus heureux des hommes. Il approuvait qu'elle n'eût pas sacrifié sa splendide chevelure comme la plupart des respectables Bordelaises qui avaient succombé à la mode !

Isabelle de Montpleynet était la fille unique d'un riche propriétaire de la Martinique. Élevée dans l'île jusqu'à l'âge de dix ans, elle en avait gardé le parler chantant et une certaine mollesse dans les gestes. Cette apparente nonchalance cachait un caractère fort et fier que les années accentuèrent. À la mort de sa mère, une ravissante créole, son père, désespéré, la confia à ses deux sœurs, Albertine et Lisa de Montpleynet, deux vieilles demoiselles qui vivaient à Paris. Six mois plus tard, il mourait à son tour, laissant à sa fille d'immenses plantations. Très vite, sans grand espoir, Pierre Delmas dit à Isabelle qu'il l'aimait et qu'il désirait l'épouser. À sa surprise et à sa joie, la jeune fille accepta. Un mois après, elle se mariait en grande pompe à Saint-Thomas-d'Aquin. Ils firent un long séjour à la Martinique et s'installèrent à Montillac avec Ruth, la vieille gouvernante dont Isabelle n'avait pas voulu se séparer.

Bien qu'étrangère à la province, elle fut très vite adoptée par sa belle-famille et par les voisins. À son mariage, elle avait reçu une dot considérable, qu'elle utilisa à embellir sa nouvelle demeure. Pierre, en vieux garçon, ne vivait que dans deux ou trois pièces, les autres étant laissées à l'abandon. En moins d'un an, tout fut changé et à la naissance de Françoise, leur première fille, la vieille maison était méconnaissable. Deux ans plus tard, Léa naissait, puis, trois années après, Laure.

Pierre Delmas, le propriétaire du domaine de Montillac, passait pour l'homme le plus heureux de la région. De La Réole à Bazas, de Langon à Cadillac, nombreux étaient ceux qui enviaient son bonheur tranquille entre sa femme et ses trois ravissantes filles.

Le château de Montillac était entouré de plusieurs hectares de bonne terre, de bois mais surtout de vignes, qui donnaient un très honnête vin blanc, parent du prestigieux sauternes. Ce vin blanc avait remporté plusieurs médailles d'or. Venait aussi un vin rouge au bouquet puissant. Château était un bien grand mot pour cette vaste demeure du début du XIXe siècle, encadrée par des chais et flanquée d'une ferme avec ses granges, ses écuries et ses remises. Le grand-père de Pierre avait fait remplacer les jolies tuiles rondes du pays, allant du rose au bistre, par une froide ardoise jugée plus chic. Heureusement, les chais et les communs avaient gardé leur toiture originale. La couverture grise donnait à la maison un air respectable et un peu triste, plus conforme à l'esprit bourgeois de l'ancêtre bordelais.

On entrait dans la propriété, admirablement située, sur une colline dominant la Garonne et le Langonnais, entre Verdelais et Saint-Macaire, par un long chemin bordé de platanes près duquel se dressait un antique pigeonnier, puis on abordait les bâtiments de la ferme, et, tout de suite après la première grange, la rue (c'est ainsi que l'on avait toujours nommé le passage entre la ferme et les communs du château où se trouvait l'immense cuisine qui était en fait l'entrée principale de la maison). Seuls les étrangers passaient par le vestibule, au mobilier hétéroclite, dallé de larges carreaux noirs et blancs où était jeté un tapis aux couleurs vives. Sur les murs blancs, des assiettes anciennes, de mignonnes aquarelles, un fort beau miroir Directoire mettaient des notes de gaieté. En traversant cet aimable vestibule, on sortait dans la cour plantée de deux énormes tilleuls sous lesquels la famille se tenait en permanence dès que venaient les beaux jours. On ne pouvait rêver endroit plus apaisant que celui-là : en partie bordé par des buissons de lilas et des haies de troènes, il s'ouvrait entre deux piliers de pierre sur une longue pelouse descendant vers la terrasse qui dominait le pays. À droite, un petit bois, un jardin planté de fleurs, puis la vigne jusqu'à Bellevue, se déployant tout autour du château.

Pierre Delmas avait appris à aimer cette terre et il l'adorait aujourd'hui presque autant que ses filles. C'était un homme violent et sensible. Son père, mort trop tôt, lui avait laissé le contrôle de Montillac, que ses frères et sœurs dédaignaient parce que trop éloigné de Bordeaux et d'un maigre rapport. Il avait, en s'installant, fait le pari de réussir. Pour racheter à ses frères leur part d'héritage, il s'était endetté auprès d'un ami, Raymond d'Argilat, riche propriétaire près de Saint-Émilion. Et c'est ainsi que faute d'être à bord d'un cargo le seul maître après Dieu, il était devenu le seul maître de Montillac.

1

Août touchait à sa fin. Léa, la deuxième fille de Pierre Delmas, qui venait d'avoir dix-sept ans, les yeux mi-clos, assise sur la pierre encore chaude du petit mur de la terrasse de Montillac, tournée vers la plaine d'où montait certains jours l'odeur marine des pins, balançait ses jambes nues et bronzées, aux pieds chaussés de bazadaises rayées. Les mains appuyées sur la murette de part et d'autre de son corps, elle se laissait aller au voluptueux bonheur de sentir sa chair vivre sous la légère robe de toile blanche. Elle soupira de bien-être et s'étira avec une lente ondulation, telle sa chatte Mona quand elle se réveillait au soleil.

Comme son père, Léa aimait ce domaine, dont elle connaissait les moindres recoins. Enfant, elle se cachait derrière les fagots de sarments, les rangées de tonneaux, poursuivait cousins et cousines, fils ou filles de voisins. Son inséparable compagnon de jeux avait toujours été Mathias Fayard, le fils du maître de chais, de trois ans son aîné. Totalement dévoué, il succombait au moindre de ses sourires. Léa avait les cheveux bouclés perpétuellement emmêlés, les genoux écorchés, le visage mangé par d'immenses yeux violets qu'elle cachait sous de longs cils noirs. Son jeu favori était de mettre Mathias à l'épreuve. Le jour de ses quatorze ans, elle lui avait demandé :

— Montre-moi comment on fait l'amour.

Fou de bonheur, il l'avait prise dans ses bras, baisant à petits coups le beau visage abandonné dans le foin de la grange. Mi-clos, les grands yeux violets regardaient attentivement chaque geste du garçon. Quand il avait déboutonné le fin chemisier blanc, elle s'était soulevée pour l'aider. Puis, dans un mouvement de pudeur tardive, elle avait caché ses seins naissants et senti monter en elle un désir inconnu.

Quelque part, dans les communs, ils avaient entendu la voix de Pierre Delmas. Mathias avait suspendu ses caresses.

— Continue, avait murmuré Léa en appuyant contre elle la tête aux cheveux bruns et frisés du jeune homme.

— Ton père...

— Et alors, aurais-tu peur ?

— Non, mais s'il voyait, j'aurais honte.

— Honte ? Pourquoi ? Que faisons-nous de mal ?

— Tu le sais très bien. Tes parents ont toujours été très bons avec les miens et avec moi.

— Mais puisque tu m'aimes.

Il l'avait regardée longuement. Qu'elle était belle ainsi, les cheveux dorés piquetés de petites fleurs séchées et de brins d'herbe, les yeux brillants, la bouche entrouverte sur de petites dents blanches et carnassières, et ses jeunes seins aux pointes dressées.

La main de Mathias s'était tendue, puis avait reculé. Il avait dit, comme se parlant à lui-même :

— Non, ce serait mal. Pas ainsi..., puis, ajouté, d'une voix plus ferme : Oui, je t'aime et c'est parce que je t'aime que je ne veux pas te... tu es la demoiselle du château, et moi...

Il s'était éloigné et avait descendu l'échelle.

— Mathias...

Il n'avait pas répondu et elle avait entendu la porte de la grange se refermer sur lui.

— Quel idiot...

Elle avait reboutonné son corsage et s'était endormie jusqu'au soir où le second coup de cloche du dîner l'avait réveillée.

Cinq heures sonnèrent au loin, au clocher de Langon ou bien de Saint-Macaire. Sultan, le chien de la ferme, aboya joyeusement poursuivant deux jeunes gens qui dévalaient la pelouse en riant. Raoul Lefèvre, avant son frère Jean, atteignit le mur sur lequel était assise Léa. Essoufflés, ils s'appuyèrent de chaque côté de la jeune fille qui les regarda avec une moue.

— Ce n'est pas trop tôt, j'ai cru que vous préfériez cette sotte de Noëlle Villeneuve, qui ne sait que faire pour vous plaire.

— Elle n'est pas sotte ! s'exclama Raoul.

Son frère lui lança un coup de pied.

— C'est son père qui nous a retenus. Villeneuve pense que la guerre ne va pas tarder.

— La guerre, la guerre, on ne parle que de ça. J'en ai marre. Ça ne m'intéresse pas, dit Léa avec brusquerie en passant ses jambes par-dessus le mur.

Jean et Raoul, d'un même mouvement théâtral, se précipitèrent à ses pieds.

— Pardonne-nous, reine de nos nuits, soleil de nos jours. Fi de la guerre qui bouleverse les filles et tue les garçons ! Ta fatale beauté ne saurait s'abaisser à ces vils détails. Nous t'aimons d'un amour sans égal. Lequel de nous deux préfères-tu, ô reine ? Choisis. Jean ? L'heureux homme, je meurs à l'instant de désespoir, déclama Raoul en se laissant tomber bras en croix.

Les yeux pleins de malice, Léa fit le tour du corps étendu qu'elle enjamba d'un air méprisant puis, s'arrêtant, le poussa du pied, et dit sur le même ton mélodramatique :

— Il est encore plus grand mort que vivant.

Prenant par le bras Jean, qui s'efforçait de garder son sérieux, elle l'entraîna.

— Laissons là ce cadavre puant. Venez, mon ami, me faire votre cour.

Les jeunes gens s'éloignèrent sous l'œil faussement désespéré de Raoul, qui relevait la tête pour les regarder partir.

Raoul et Jean Lefèvre étaient d'une force peu commune. Âgés de vingt et un et vingt ans, ils étaient extrêmement attachés l'un à l'autre, presque comme des jumeaux. Si Raoul faisait une bêtise, Jean s'en accusait aussitôt ; si Jean recevait un cadeau, il en faisait immédiatement don à son frère. Élevés dans un collège de Bordeaux, ils faisaient le désespoir des professeurs par leur indifférence à tout enseignement. Bons derniers durant des années, ils avaient réussi à avoir tardivement leur bachot. Uniquement, disaient-ils, pour faire plaisir à leur mère Amélie. Mais surtout, racontaient certains, pour éviter les coups de cravache que l'impétueuse femme n'hésitait pas à distribuer à sa nombreuse et turbulente progéniture. Restée veuve très jeune avec six enfants dont le benjamin n'avait que deux ans, elle avait repris avec fermeté la direction de la propriété vinicole de son mari : la Verderais.

Elle n'aimait pas beaucoup Léa, qu'elle jugeait insupportable et mal élevée. Ce n'était un secret pour personne que Raoul et Jean Lefèvre étaient amoureux de la jeune fille, c'était même un sujet de plaisanterie de la part des autres garçons et d'agacement de la part des filles.

— Elle est irrésistible, disaient-ils. Quand elle nous regarde en fermant à demi ses yeux, nous mourons d'envie de la prendre dans nos bras.

— C'est une allumeuse, répondaient les filles. Dès qu'elle voit un homme s'intéresser à une autre, elle lui fait les yeux doux.

— Peut-être, mais avec Léa, on peut parler de tout : de chevaux, de pins, de vignes et de bien d'autres choses.

— Ce sont des goûts de paysan, elle se comporte en garçon manqué et non en jeune fille du monde. Est-il convenable d'aller voir les vaches vêler, les chevaux s'accoupler, seule ou en compagnie d'hommes et de domestiques, de se lever pour regarder le clair de lune avec son chien Sultan ? Sa mère est désespérée. Léa s'est fait renvoyer de la pension pour indiscipline. Elle devrait prendre exemple sur sa sœur Françoise. Voilà une jeune fille bien...

— Mais tellement ennuyeuse, qui ne pense qu'à la musique et à ses toilettes...

En fait, l'ascendant de Léa sur les hommes était total. Pas un qui ne lui résistât. Jeune ou vieux, métayer ou propriétaire, la jeune fille les subjuguait. Pour un sourire d'elle, plus d'un aurait fait des bêtises. Son père le premier.

Quand elle avait fait quelque sottise, elle allait le trouver dans son bureau, s'asseyait sur ses genoux et, là, se blottissait dans ses bras. Dans ces moments-là, Pierre Delmas était envahi d'un bonheur tel qu'il fermait les yeux pour mieux le savourer.

D'un bond, Raoul se releva et rejoignit Léa et Jean.

— Coucou, je suis ressuscité. De quoi parliez-vous ?

— De la garden-party que M. d'Argilat donne demain, et de la robe que Léa doit mettre.

— Quelle que soit la robe, je suis convaincu que tu seras la plus belle, dit Raoul en prenant Léa par la taille.

Elle s'écarta en riant.

— Arrête, tu me chatouilles. Ce sera une fête magnifique. Pour ses vingt-quatre ans, Laurent va être le héros du jour. Après le pique-nique, il y aura un bal, puis un souper, puis un feu d'artifice. Rien que ça !

— Laurent d'Argilat sera doublement le héros de la fête, dit Jean.

— Pourquoi ? fit Léa en levant vers Jean son joli visage piqueté de quelques taches de rousseur.

— Je ne peux pas te le dire, c'est encore un secret.

— Comment, tu as des secrets pour moi ! Et toi, dit-elle en se tournant vers Raoul, tu es au courant ?

— Oui, un peu...

— Je croyais que j'étais votre amie, que vous m'aimiez assez pour ne rien me cacher, dit Léa en se laissant tomber sur le petit banc de pierre appuyé au mur du chais, face aux vignes, feignant de s'essuyer les yeux avec l'ourlet de sa robe.

Tout en reniflant, elle surveillait du coin de l'œil les deux frères, qui se regardaient d'un air embarrassé. Sentant leur indécision, Léa leur porta le coup de grâce en levant vers eux ses yeux embués de fausses larmes :

— Allez-vous-en, vous me faites trop de peine, je ne veux plus vous voir.

Ce fut Raoul qui se décida.

— Voilà. Demain, M. d'Argilat annoncera le mariage de son fils...

— Le mariage de son fils ? l'interrompit Léa.

Elle cessa aussitôt de jouer et dit d'un ton d'une grande violence :

— Tu es complètement fou, Laurent n'a nullement l'intention de se marier, il m'en aurait parlé.

— Il n'en a sans doute pas eu l'occasion, mais tu sais très bien qu'il est fiancé, depuis son enfance, avec sa cousine Camille d'Argilat, continua Raoul.

— Avec Camille d'Argilat ? Mais il ne l'aime pas ! C'étaient des histoires de gosses pour amuser les parents.

— Tu te trompes. Demain seront annoncées les fiançailles officielles de Laurent et de Camille, et ils se marieront très vite à cause de la guerre...

Léa n'écoutait plus. Elle, si gaie tout à l'heure, sentait une formidable panique l'envahir. Elle avait chaud et froid, mal au cœur et à la tête. Laurent ? se marier ? ce n'était pas possible... cette Camille dont tout le monde disait tant de bien n'était pas une femme pour lui, c'était une intellectuelle toujours plongée dans ses livres, une citadine. Il ne peut pas épouser cette fille puisque c'est *moi* qu'il aime... Je l'ai bien vu l'autre jour à la manière dont il a pris ma main et m'a regardée... Je le sais, je le sens...

— Hitler s'en fiche pas mal...

— Mais la Pologne, tout de même...

Tout à leur conversation, les deux frères ne remarquèrent pas le changement intervenu dans l'attitude de Léa.

— Il faut que je le voie, dit-elle tout haut.

— Que dis-tu ? demanda Jean.

— Rien, je disais qu'il était temps que je rentre.

— Déjà ? On vient à peine d'arriver.
— Je suis fatiguée, j'ai mal à la tête.
— En tout cas, demain, aux Roches-Blanches, je veux que tu ne danses qu'avec Raoul et moi.
— D'accord, d'accord, dit Léa excédée en se levant.
— Hourra ! s'exclamèrent-ils dans un bel ensemble.
— Présente nos respects à ta mère.
— Je n'y manquerai pas. À demain.
— N'oublie pas : toutes tes danses sont pour nous.

Raoul et Jean partirent en courant, se bousculant comme de jeunes chiens.

« Quels gamins », pensa Léa qui, tournant le dos résolument à la maison, se dirigea vers le calvaire, lieu de refuge de tous ses chagrins d'enfant.

Petite fille, quand elle s'était disputée avec ses sœurs, fait punir par Ruth pour avoir négligé ses devoirs, quand sa mère surtout la grondait, elle s'abritait dans une des chapelles du calvaire pour y calmer sa peine ou sa colère. Elle évita la ferme de Sidonie, l'ancienne cuisinière du château, que la maladie plus que l'âge avait forcée à interrompre son travail. Pour la remercier de ses bons services, Pierre Delmas lui avait donné cette maison qui dominait toute la région. Souvent Léa venait bavarder avec la vieille femme qui, à chaque fois, tenait à lui offrir un petit verre de liqueur de cassis fabriquée par ses soins. Elle était très fière de son breuvage et attendait un compliment, que Léa ne manquait jamais de lui faire, bien qu'elle eût horreur du cassis.

Mais là, aujourd'hui, subir le bavardage de Sidonie et boire son cassis étaient au-dessus de ses forces.

Essoufflée, elle s'arrêta au pied du calvaire et se laissa tomber sur la première marche, la tête entre ses mains glacées. Une horrible douleur la transperça, ses tempes battaient, ses oreilles bourdonnaient, un goût de bile envahissait sa bouche, elle releva la tête et cracha.

— Non, ce n'est pas possible ! Ce n'est pas vrai !

C'est par jalousie que les frères Lefèvre lui avaient dit ça. Est-ce qu'on se mariait sous prétexte, qu'enfant on était fiancé? D'ailleurs, Camille était bien trop moche pour Laurent, avec son air sage et mélancolique, sa santé qu'on disait délicate, ses manières trop douces. Quel ennui ce devait être que de vivre avec une femme comme elle! Non, Laurent ne pouvait pas l'aimer, c'est elle, Léa, qu'il aimait et non cette maigrichonne pas même capable de se tenir correctement à cheval ou de danser une nuit durant... Il l'aimait, elle en était sûre. Elle l'avait bien vu à sa manière de retenir sa main, à son regard qui cherchait le sien... Hier encore, sur la plage... elle avait rejeté la tête en arrière... Elle avait bien senti qu'il mourait d'envie de l'embrasser. Il n'avait rien fait, bien entendu... Qu'ils étaient agaçants, les jeunes gens de la bonne société, tellement coincés par leur éducation! Non, Laurent ne pouvait pas aimer Camille.

Cette certitude lui redonna courage, elle se redressa, bien décidée à savoir ce qu'il en était vraiment de cette fable, et à faire payer cher aux Lefèvre leur mauvaise plaisanterie. Elle leva la tête vers les trois croix et murmura :

— Aidez-moi.

Son père avait passé la journée aux Roches-Blanches, il n'allait pas tarder à rentrer. Elle décida d'aller à sa rencontre. Par lui, elle saurait à quoi s'en tenir.

En chemin, elle fut surprise de le trouver venant vers elle.

— Je t'ai aperçue courant comme si tu avais le diable à tes trousses. Encore une dispute avec tes sœurs? Te voilà bien rouge et décoiffée.

Léa, en voyant son père, avait tenté de remettre un peu de calme sur son visage, comme on se met de la poudre, à la hâte, quand arrive une visite imprévue : le résultat n'était pas parfait. Elle s'efforça de sourire, et prenant le bras de son père, lui dit en appuyant sa tête contre son épaule, du ton le plus câlin :

— Quelle joie de te voir, mon petit papa, je voulais justement aller au-devant de toi. Quelle belle journée, n'est-ce pas?

Un peu surpris du badinage, Pierre Delmas serra sa fille

contre lui, regardant les coteaux couverts de vignes, dont la belle régularité donnait une impression d'ordre et de calme parfait. Il soupira :

— Oui, une belle journée, une journée de paix ; la dernière peut-être ?

Étourdiment, Léa répliqua :

— La dernière ? Pourquoi, l'été n'est pas fini, et à Montillac, l'automne est toujours la plus belle saison.

Pierre Delmas relâcha son étreinte et dit d'un ton songeur :

— Oui, c'est la plus belle saison, mais ton insouciance me surprend ; autour de toi, tout annonce la guerre et tu...

— La guerre !... la guerre !... l'interrompit-elle avec violence, j'en ai assez d'entendre parler de la guerre... Hitler n'est pas assez fou pour déclarer la guerre à la Pologne... et puis, même s'il fait la guerre là-bas, en quoi est-ce que ça nous regarde ? qu'ils se débrouillent ces Polonais !...

— Tais-toi, tu ne sais pas ce que tu dis, s'écria-t-il en lui saisissant le bras. Ne dis plus jamais de choses semblables : il y a une alliance entre nos deux pays. Ni l'Angleterre ni la France ne peuvent s'y dérober.

— Les Russes se sont bien alliés avec l'Allemagne.

— Pour leur plus grande honte, et Staline se rendra compte un jour qu'il n'a été que le dindon de la farce.

— Mais Chamberlain ?...

— Chamberlain fera ce que l'honneur commande, il confirmera à Hitler sa volonté de respecter le traité anglo-polonais.

— Et alors ?

— Alors ? Ce sera la guerre.

Un silence peuplé d'images guerrières s'installa entre le père et la fille. Léa le rompit :

— Mais Laurent d'Argilat dit que nous ne sommes pas prêts, que nos armes datent de 14-18, qu'elles sont tout juste bonnes à figurer au musée des Armées, que notre aviation est nulle, notre artillerie lourde minable...

— Pour quelqu'un qui ne veut pas entendre parler de la guerre, je vois que tu es au courant mieux que ton vieux père de notre force militaire. Et que fais-tu du courage de nos soldats ?

— Laurent dit que les Français n'ont pas envie de se battre...

— Il le faudra bien pourtant...

— .. et ils se feront tous tuer, pour rien, pour une guerre qui n'est pas la leur...

— Ils mourront pour la liberté...

— ... la liberté... Où est la liberté quand on est mort ? Je ne veux pas mourir, moi, je ne veux pas que Laurent meure.

Sa voix se brisa, et elle détourna la tête pour cacher ses larmes à son père.

Bouleversé par les paroles de sa fille, ce dernier ne remarqua rien.

— Si tu étais un homme, Léa, je dirais que tu es un lâche.

— Je ne sais pas, papa, pardonne-moi, je te fais de la peine, mais j'ai si peur.

— Nous avons tous peur...

— Pas Laurent, il dit qu'il fera son devoir, bien qu'il soit sûr que nous serons battus.

— Les mêmes propos défaitistes que son père me tenait cet après-midi.

— Ah !... tu étais aux Roches-Blanches ?

— Oui.

Léa mit sa main dans celle de son père et l'entraîna en lui souriant de son air le plus tendre.

— Viens, rentrons, sinon nous serons en retard et maman s'inquiétera.

— Tu as raison, fit-il, en lui rendant son sourire.

Ils s'arrêtèrent à Bellevue pour saluer Sidonie qui venait de terminer son repas du soir et prenait le frais, assise sur une chaise, devant sa maison.

— Alors, en forme, Sidonie ?

— Oh ! Monsieur, ça pourrait aller plus mal. Tant qu'il fait beau, le soleil réchauffe mes vieux os. Et puis, ici, monsieur, comment voulez-vous que le cœur ne soit pas content ?

D'un geste large de la main, elle leur montrait le magnifique paysage d'où on apercevait les Pyrénées, disait-elle, quand le temps était très clair. Le couchant faisait scintiller l'émeraude des vignes, dorant les routes poudreuses, blondissant les tuiles des chais, irradiant sur toutes choses une paix trompeuse.

— Entrez donc, vous prendrez bien une petite goutte...

Le premier coup de cloche annonçant le dîner arriva jusqu'à eux, ce qui leur permit d'échapper à la liqueur de cassis.

Tout en marchant, accrochée au bras de son père, Léa demanda :

— De quoi avez-vous parlé avec M. d'Argilat, en dehors de la guerre ? Avez-vous parlé de la fête de demain ?

Voulant effacer de l'esprit de sa fille la conversation de tout à l'heure, Pierre Delmas répondit :

— Ce sera une très belle fête, la plus belle qu'on ait vue depuis longtemps. Je vais même te dire un secret, si tu me promets de ne pas le répéter à tes sœurs, qui sont incapables de tenir leur langue.

Machinalement, Léa ralentit, les jambes soudain lourdes.

— Un secret ?...

— Demain, M. d'Argilat annoncera le mariage de son fils.

Léa s'arrêta, sans voix.

— Tu ne me demandes pas avec qui ?

— Avec qui ? parvint-elle à articuler.

— Avec sa cousine Camille d'Argilat. Ce n'est une surprise pour personne, mais du fait des bruits de guerre, Camille a voulu avancer la date de son mariage... mais... qu'as-tu ?

Pierre Delmas retint sa fille qui semblait sur le point de tomber.

— Ma chérie, tu es toute pâle... que se passe-t-il ? Tu n'es pas malade au moins ? C'est à cause du mariage de Laurent ?... Tu ne serais pas amoureuse de lui ?

— Si... je l'aime et il m'aime !

Abasourdi, il conduisit Léa sur un banc en bordure du chemin, la fit s'asseoir et se laissa tomber auprès d'elle.

— Que me racontes-tu là, il n'a jamais pu te dire qu'il t'aimait, puisqu'il sait depuis toujours qu'il doit épouser sa cousine. Qu'est-ce qui te fait croire qu'il t'aime ?

— Je le sais, c'est tout.

— C'est tout !...

— Je lui dirai que je l'aime, comme ça, il ne pourra pas épouser sa sotte de cousine.

Pierre Delmas regarda sa fille avec tristesse, puis sévérité.

— D'abord, Camille d'Argilat n'est pas une sotte, c'est une jeune fille charmante, bien élevée et très cultivée, exactement le genre de femme qu'il faut à Laurent...

— Je suis sûre que non.

— Laurent est un garçon à principes rigides ; une jeune fille comme toi s'ennuierait très vite avec lui.

— Ça m'est égal, je l'aime comme il est. Je vais le lui dire...

— Tu ne lui diras rien. Je ne veux pas que ma fille se jette à la tête d'un homme qui en aime une autre.

— Ce n'est pas vrai, c'est *moi* qu il aime.

Devant le visage bouleversé de son enfant, Pierre Delmas eut un moment d'hésitation, puis lança :

— Il ne t'aime pas. C'est lui-même qui m'a annoncé avec joie son mariage.

Le cri qui jaillit de la gorge de sa fille l'atteignit comme un coup. Sa Léa qui était encore un bébé il n'y a pas si longtemps, qui venait le rejoindre dans son lit quand elle avait peur du loup des contes de la brave Ruth, sa Léa était amoureuse.

— Ma roussotte, ma belle, mon agneau, je t'en prie.

— Papa... oh papa !...

— Doux, doux, je suis là... essuie tes yeux... si ta mère te voit dans cet état elle va en être malade. Promets-moi d'être raisonnable. Tu ne dois pas t'abaisser à avouer ton amour à Laurent. Tu dois l'oublier...

Léa n'écoutait pas son père. Dans son esprit troublé,

naissait peu à peu une idée qui la rasséréna. Elle prit le mouchoir que lui tendait son père, se moucha bruyamment, « pas comme une femme du monde » aurait dit Françoise, et leva son visage marbré, mais souriant.

— Tu as raison, papa, je vais l'oublier.

L'étonnement qui se peignit sur les traits de Pierre Delmas devait être comique, car Léa éclata de rire.

« Décidément, je ne comprends rien aux femmes », se dit-il, soulagé d'un grand poids.

Le second coup de cloche accéléra leurs pas.

Léa monta en courant dans sa chambre, heureuse d'avoir échappé aux regards vigilants de Ruth, passa de l'eau froide sur sa figure, se brossa les cheveux. Elle contempla avec indulgence son reflet dans le miroir. « Allons, pas trop de dégâts », pensa-t-elle, c'est à peine si ses yeux étaient un peu plus brillants que d'habitude...

2

Prétextant une migraine, ce qui lui avait valu la sollicitude de Ruth et, de sa mère, une caresse inquiète sur le front que l'on avait unanimement trouvé chaud, Léa n'avait pas accompagné la famille dans la presque quotidienne promenade de l'après-dîner, et s'était réfugiée dans ce qu'on appelait encore « la chambre des enfants ».

C'était en fait une grande pièce dans l'aile la plus ancienne de la maison où se tenaient les chambres des domestiques et les débarras. « La chambre des enfants » était un vaste capharnaüm, où s'entassaient des malles d'osier pleines de vêtements démodés qui avaient fait la joie des petites Delmas quand, les jours de mauvais temps, elles jouaient à se déguiser ; des mannequins de couturière à la poitrine si large, à la cambrure si exagérée, qu'ils semblaient être la parodie d'un corps féminin ; des caisses débordant de livres de prix ayant appartenu à Pierre Delmas et à ses frères. C'est dans ces livres, souvent édifiants, que Léa et ses sœurs avaient appris à lire. Cette pièce aux larges poutres, éclairée par de hautes fenêtres hors de portée des enfants, dont le sol de tommettes pâlies et disjointes, quelquefois cassées, étaient recouvertes de vieux tapis aux couleurs fanées, dont les murs étaient tendus de papier aux dessins à demi effacés, était un autre refuge de Léa. Là, parmi les jouets brisés de son enfance, blottie dans le haut lit de fer où elle avait dormi jusqu'à l'âge de six ans, elle lisait, rêvait, pleurait en berçant sa vieille poupée préférée, ou dormait recroquevillée, les genoux au menton, retrouvant dans cette position la sérénité du beau bébé souriant et calme d'autrefois. Les dernières lueurs du jour éclairaient faiblement la pièce, laissant des recoins obscurs. Léa, assise dans le petit lit, les bras entourant ses jambes pliées, les sourcils froncés, fixait, sans le voir, le portrait qui s'enfonçait dans l'ombre, d'une lointaine aïeule. Depuis quand aimait-elle Laurent d'Argilat ? Depuis toujours ? Non ! ce n'était pas vrai. L'année dernière, elle ne l'avait même pas remarqué, ni lui non plus d'ailleurs. C'était cette année que tout avait commencé, aux dernières vacances de Pâques, quand il était venu voir son père souffrant. Comme à chacun de ses séjours, il avait tenu à saluer M. et Mme Delmas.

Ce jour-là, elle était seule dans le petit salon d'entrée, absorbée dans la lecture du dernier roman de François Mauriac, leur plus proche voisin. Toute à sa lecture, elle n'entendit pas la porte s'ouvrir. Dans l'air frais du printemps encore jeune, apportant avec lui l'odeur forte de la terre mouillée, elle frissonna, et releva la tête. Surprise, elle vit, la regardant avec une admiration si visible qu'elle en ressentit un vif plaisir, un grand et bel homme blond, en tenue de cavalier, tenant dans ses mains gantées sa bombe et sa cravache. Distraite, elle ne le reconnut pas immédiatement, tandis que les battements de son cœur s'accéléraient. Il sourit. Le reconnaissant enfin, elle se leva d'un bond et se jeta à son cou dans un mouvement enfantin.

— Laurent...

— Léa ?...

— Oui, c'est bien moi.

— Comment est-ce possible, la dernière fois que je vous... que je t'ai vue, tu étais une enfant, ta robe était déchirée, tes cheveux en broussaille, tes jambes écorchées, et... maintenant... je vois une ravissante jeune fille, élégante (il la faisait tourner devant lui comme pour mieux l'admirer), à la coiffure savante (ce jour-là, elle s'était abandonnée aux mains de Ruth qui avait discipliné ses boucles en de savantes torsades lui donnant l'air d'une châtelaine du Moyen Age).

— Je te plais alors ?

— Plus que je ne saurais dire.

Les grands yeux violets papillotèrent naïvement comme à chaque fois que Léa voulait séduire. On lui avait déjà tellement dit qu'elle était irrésistible avec cette mine-là !

— Je ne me lasse pas de te regarder. Quel âge as-tu ?

— J'aurai dix-sept ans au mois d'août.

— Ma cousine Camille a deux ans de plus que toi.

Pourquoi éprouva-t-elle un si grand déplaisir en entendant ce nom ? La politesse aurait voulu qu'elle demandât des nouvelles de cette famille qu'elle connaissait bien, mais l'idée de prononcer le nom de Camille lui était intolérable.

Laurent d'Argilat lui avait demandé des nouvelles de ses parents, de ses sœurs. Elle n'entendait pas ses questions, répondant oui, non, au hasard, attentive seulement au son de sa voix qui la faisait tressaillir.

Surpris, il cessa de parler, la regardant plus attentivement. Léa était sûre qu'à ce moment-là il l'aurait prise dans ses bras si ses sœurs et sa mère n'étaient rentrées inopinément.

— Comment, Léa, Laurent était là et tu ne nous appelais pas ?

Le jeune homme baisa la main qui se tendait.

— Je vois mieux aujourd'hui de qui Léa tient ses beaux yeux, dit-il en relevant la tête.

— Taisez-vous, il ne faut pas trop dire à Léa qu'elle est belle, elle ne le sait que trop.

— Et nous, alors ? s'écrièrent ensemble Françoise et Laure.

Laurent se pencha et souleva la petite Laure dans ses bras.

— Il est bien connu que les femmes de Montillac sont les plus belles de la région.

Sa mère avait retenu Laurent à dîner. Léa était restée sous le charme, même quand il avait parlé pour la première fois de l'éventualité d'une guerre. En partant, il l'avait embrassée sur la joue, plus longuement, elle en était sûre, que ses sœurs. D'émotion, elle avait, un bref instant, fermé les yeux. Quand elle les avait rouverts, ceux de Françoise la regardaient avec une incrédulité méchante. Dans l'escalier conduisant aux chambres, elle lui avait murmuré :

— Celui-là, il n'est pas pour toi.

Toute au souvenir heureux de cette soirée, elle n'avait pas relevé, ce qui avait étonné Françoise plus que tout le reste.

Une larme coula sur la joue de Léa.

La nuit était tout à fait tombée. La maison, jusqu'alors silencieuse, retentit des voix des promeneurs de retour. Léa devina son père allumant le feu de la cheminée du salon pour chasser l'humidité du soir, s'asseyant dans son fauteuil, les pieds sur les chenets, prenant sur le guéridon ovale son journal et ses lunettes, sa mère travaillant à sa tapisserie, son beau et doux visage éclairé par la lampe à l'abat-jour de soie rose ; Ruth, en retrait près du lampadaire, terminant l'ourlet de leurs robes pour la fête du lendemain ; Laure jouant avec un puzzle ou une de ces poupées miniatures qu'elle aimait tant. Les premières mesures d'une valse de Chopin montèrent : Françoise s'était mise au piano. Léa aimait entendre jouer sa sœur dont elle admirait le talent, sans, bien entendu, jamais le lui dire... Toute cette chaleur familiale, qui l'agaçait quelquefois, lui manquait ce soir dans le froid noir de la chambre des enfants. Elle eût voulu, sans avoir à bouger, se retrouver assise aux pieds de sa mère, sur le petit tabouret qui lui était exclusivement réservé, regarder les flammes, ou bien, la tête appuyée sur les genoux maternels, rêver d'amour et de gloire, ou bien lire, ou, mieux encore, regarder les vieux albums de photos aux reliures fatiguées que sa mère conservait comme des reliques.

Presque chaque jour, depuis le début de l'été, Laurent était venu à Montillac. Il l'emmenait galoper à travers les vignes ou bien, dans sa nouvelle voiture, visiter les environs, et rouler à vive allure sur les routes des Landes, droites jusqu'à l'obsession. Léa, la nuque inclinée sur le siège de la décapotable, ne se lassait pas du défilé monotone des cimes de pins qui s'élançaient vers un ciel d'un bleu faux de carte postale. Ils étaient rarement seuls au cours de ces excursions, mais elle était sûre que les autres n'étaient là que pour préserver les convenances et elle savait gré à Laurent de ne pas avoir l'empressement maladroit des frères Lefèvre. Lui, au moins, parlait d'autre chose que de chasse, de vignes, de forêt ou de chevaux. Elle oubliait qu'avant de le revoir elle avait toujours eu en horreur ses subtils commentaires sur les romanciers anglais et américains. Pour lui plaire, elle avait lu Conrad, Faulkner et Fitzgerald dans le texte original, ce qui était une épreuve, car elle lisait bien mal l'anglais. Elle, si impatiente, supportait même ses accès de mélancolie chaque fois qu'il pensait la guerre inévitable.

— Tant d'hommes vont mourir à cause d'un aquarelliste de second ordre, disait-il tristement.

Elle acceptait chez lui tout ce qui l'agaçait chez d'autres, récompensée par un sourire, un regard tendre ou une pression de la main.

— Léa, tu es là ?

La porte s'ouvrit, projetant un rectangle de lumière dans la pièce sombre. Léa sursauta en entendant la voix de sa mère. Elle se redressa, faisant grincer le petit lit.

— Oui, maman.

— Que fais-tu dans le noir ?

— Je réfléchissais.

La lumière brutale de l'ampoule nue lui fit mal aux yeux, qu'elle cacha sous son bras replié.

— Éteins, s'il te plaît, maman.

Isabelle Delmas obéit et s'avança, enjambant une pile de livres qui lui barrait le passage. Elle s'assit au pied du lit sur un vieux prie-Dieu défoncé et passa sa main dans les cheveux décoiffés de sa fille.

— Dis-moi ce qui ne va pas, ma chérie.

Léa sentit une grosse boule de sanglots monter dans sa gorge et le désir pressant de se confier. Sachant sa mère stricte sur ces choses, elle résista à l'idée de lui avouer son amour pour un homme qui allait en épouser une autre. Pour rien au monde, Léa ne voulait peiner cette femme un peu lointaine qu'elle admirait, vénérait et à laquelle elle voulait tellement ressembler.

— Mon petit, parle-moi. Ne me regarde pas avec cet air d'animal pris au piège.

Léa tenta de sourire, de parler de la fête du lendemain, de sa nouvelle robe, mais sa voix s'étrangla et elle se jeta en larmes au cou de sa mère en hoquetant :

— J'ai peur de la guerre !

3

Tôt le lendemain matin, la maison retentit des cris, des rires et des cavalcades des trois sœurs. Ruth ne savait plus où donner de la tête devant les exigences de ses trois « petites ». Elle cherchait partout les sacs, les chapeaux, les chaussures...

— Dépêchez-vous, vos oncles et vos cousins arrivent.

En effet, trois limousines venaient de s'arrêter près des hangars. Luc Delmas, le frère aîné de Pierre, avocat célèbre de Bordeaux, ne jurant que par Maurras, était venu avec les trois plus jeunes de ses enfants : Philippe, Corinne et Pierre. Léa ne les aimait guère, les trouvant snobs et sournois, sauf Pierre que tout le monde appelait Pierrot pour le distinguer de son parrain, car il promettait d'être différent. À douze ans, il s'était fait renvoyer de tous les établissements religieux de Bordeaux pour insolence et impiété, et suivait ses études dans un lycée au grand mécontentement de son père.

Bernadette Bouchardeau, veuve d'un colonel, avait reporté tout son besoin de tendresse sur son unique enfant, Lucien, né peu de temps avant son veuvage. Le garçon n'en pouvait plus à dix-huit ans de la sollicitude maternelle et attendait la première occasion pour s'éloigner.

Adrien Delmas, dominicain, « la conscience de la famille », avait coutume de taquiner son frère Pierre. Léa était la seule de ses neveux et nièces à n'être pas intimidée par le moine, colosse rendu plus impressionnant encore par sa longue robe blanche. Prédicateur remarquable, il prêchait dans le monde entier, et entretenait une correspondance régulière avec des personnalités religieuses de toutes confessions. Parlant plusieurs langues, il faisait de fréquents voyages à l'étranger.

Dans la bonne société de Bordeaux, comme dans sa propre famille, le père Adrien faisait figure de révolutionnaire. N'avait-il pas donné asile à des réfugiés espagnols, violeurs de nonnes et de sépultures, fuyant leur pays après la chute de Barcelone ? N'était-il pas l'ami de l'écrivain socialiste anglais George Orwell, ancien lieutenant de la 29e division, qui avait erré, blessé, sous une chaleur torride, de cafés en établissements de bains, couchant la nuit dans les maisons détruites ou dans les fourrés, avant de pouvoir passer en France où Adrien lui avait offert l'hospitalité. Il était le seul de ses frères à avoir dénoncé comme étant une iniquité l'accord de Munich, et à prédire que cette lâcheté n'éviterait pas la guerre. M. d'Argilat seul partageait cette opinion.

Raymond d'Argilat et Adrien Delmas étaient des amis de longue date. Ils aimaient Chamfort, Rousseau et Chateaubriand, mais s'opposaient sur Zola, Gide et Mauriac pour se retrouver sur Stendhal et Shakespeare. Leurs discussions littéraires pouvaient durer des heures. Quand le père Delmas se rendait aux Roches-Blanches en visite, les domestiques disaient :

— Tiens, voilà le bon père encore avec son Zola, il devrait pourtant savoir que Monsieur ne l'aime pas.

De toutes les jeunes filles, Léa était la seule à porter une toilette foncée qui étonnait en cette fin de matinée d'été.

Elle avait dû insister longuement auprès de sa mère pour obtenir la permission de se faire faire cette robe de lourde soie noire à minuscules fleurs rouges dont la forme faisait ressortir la finesse de sa taille, la rondeur de sa poitrine et la cambrure de ses reins. Ses pieds nus étaient chaussés de hautes sandales de cuir rouge. Elle portait, crânement penché sur l'œil, un chapeau de paille noire, orné d'un petit bouquet de fleurs assorti aux chaussures. Elle tenait à la main un sac également rouge.

Les frères Lefèvre furent bien entendu les premiers à se précipiter. Lucien Bouchardeau l'embrassa ensuite, puis chuchota à l'oreille de Jean :

— Drôlement bien roulée, la cousine.

Philippe Delmas s'approcha à son tour, et l'embrassa en rougissant. Léa l'abandonna aussitôt pour se tourner vers Pierrot, qui se jeta à son cou, bousculant son chapeau.

— Mon Pierrot, que je suis contente de te voir, dit-elle en lui rendant ses baisers.

Écartant la grappe d'admirateurs, le dominicain en robe blanche parvint enfin à approcher la jeune fille.

— Me laissera-t-on passer, que j'aille embrasser ma filleule !

— Oh ! oncle Adrien vous êtes venu, que je suis contente. Mais qu'avez-vous, je vous trouve l'air soucieux ?

— Ce n'est rien, mignonne, ce n'est rien. Que te voilà grandie. Quand je pense que je t'ai tenue sur les fonts baptismaux ! Il va falloir songer à te marier. J'ai l'impression que tu ne manques pas de prétendants !...

— Oh ! mon oncle, minauda-t-elle en redressant son chapeau.

— Dépêchons, dépêchons, nous allons être en retard aux Roches-Blanches. Tout le monde en voiture, criait Pierre Delmas avec une gaieté forcée.

Lentement on se dirigea vers les hangars où étaient garées les automobiles. Léa voulut monter avec son parrain, au grand désappointement des frères Lefèvre qui avaient astiqué en son honneur leur vieille Celtaquatre.

— Passez devant avec votre tacot. On se retrouvera aux Roches-Blanches. Mon oncle, est-ce que je peux conduire ?

— Tu sais ?

— Oui, mais il ne faut pas le dire à maman. Papa me

laisse conduire quelquefois et il m'apprend le code de la route, c'est le plus difficile. J'espère passer mon examen prochainement.

— Mais tu es bien trop jeune!

— Papa a dit qu'on s'arrangerait.

— Ça m'étonnerait. En attendant, montre-moi ce que tu sais faire.

Lucien, Philippe et Pierrot montèrent avec eux. Retroussant sa robe blanche, le moine monta le dernier après avoir donné un coup de manivelle pour lancer le moteur.

— Sacré nom de...

Léa avait démarré un peu brusquement.

— Excusez-moi, mon oncle, je n'ai pas l'habitude de votre voiture.

Après quelques secousses qui agitèrent fort les passagers, Léa réussit à maîtriser le véhicule.

Ils arrivèrent bons derniers aux Roches-Blanches, la propriété de M. d'Argilat près de Saint-Émilion. Une longue allée de chênes conduisait au château, dont l'élégante architecture de la fin du XVIIIe siècle contrastait avec les châteaux voisins, tous d'un style néogothique de la seconde moitié du XIXe siècle. Laurent et son père étaient très attachés à cette demeure qu'ils entretenaient et embellissaient autant qu'ils le pouvaient.

Quand elle descendit, la jupe croisée de sa robe s'ouvrit largement découvrant haut ses jambes. Raoul et Jean Lefèvre ne purent retenir un sifflement d'admiration dont ils furent honteux devant les regards courroucés des dames et des jeunes filles.

Un domestique alla garer la voiture dans une cour derrière les bâtiments.

Dans la foule qui se pressait maintenant devant le château, Léa ne cherchait qu'une personne : Laurent. La petite troupe se dirigea vers le maître de maison.

— Léa, enfin te voilà. Aucune fête ne saurait être réussie sans ton sourire et ta beauté, dit Raymond d'Argilat en la contemplant avec affection.

— Bonjour monsieur. Laurent n'est pas là ?

— Bien sûr que si. Il ne manquerait plus que cela ! Il montre les nouveaux aménagements à Camille.

Léa frissonna. Tout le soleil de cette belle journée de septembre disparut. Pierre Delmas remarqua le changement d'attitude de sa fille. Il lui prit le bras, et l'entraîna à l'écart.

— Je t'en prie, pas de scènes, pas de larmes. Je ne veux pas que ma fille se donne en spectacle.

Léa refoula ses sanglots.

— Ce n'est rien, papa, juste un peu de fatigue qui passera quand j'aurai mangé.

Retirant son chapeau, elle rejoignit ses admirateurs la tête haute. Ils étaient devant une grande table sur laquelle on avait placé des rafraîchissements. Elle souriait à leurs propos, riait à leurs plaisanteries tout en buvant un délicieux château-d'yquem tandis que dans sa tête une petite phrase tournait : « Il est avec Camille. »

La fête s'annonçait superbe. Le soleil brillait dans un ciel sans nuages, les pelouses, arrosées à l'aube, étaient d'un vert profond et exhalaient une odeur d'herbe fraîchement coupée, les roses des massifs embaumaient. Une grande tente blanc et gris abritait un buffet abondamment garni derrière lequel se tenaient des serviteurs en veste blanche. Des tables sous des parasols, des chaises et des fauteuils de jardin étaient disposés çà et là. Les toilettes claires des femmes, leurs mouvements, leurs rires donnaient à l'assemblée une note frivole qui contrastait avec les mines grises de certains hommes. Même Laurent d'Argilat, pour lequel tous ces gens étaient réunis, parut à Léa pâle et tendu quand il se montra enfin avec, à son bras, une jeune fille au doux visage rayonnant de bonheur, vêtue d'une simple robe blanche. À leur arrivée, tous les invités applaudirent sauf Léa qui arrangeait ses cheveux.

Raymond d'Argilat fit signe qu'il voulait parler.

— Mes chers amis, nous sommes réunis ce 1er septembre 1939 pour fêter l'anniversaire et les fiançailles de mon fils Laurent avec sa cousine Camille.

Les applaudissements reprirent de plus belle.

— Merci, mes amis, merci d'être venus si nombreux. C'est une joie pour moi de vous voir tous aujourd'hui dans ma maison. Buvons, mangeons, rions en ce jour de fête... Ici, la voix de M. d'Argilat s'étrangla d'émotion. Son fils s'avança, tout sourire :

— Que la fête commence !

Léa s'était assise à l'écart en compagnie de ses admirateurs. Tous revendiquaient l'honneur de la servir. Bientôt, elle eut devant elle de quoi manger pendant plusieurs jours. Elle riait, parlait, multipliait sourires et œillades sous les regards chagrins des autres jeunes filles en mal de galants. Jamais elle n'avait paru plus joyeuse. Mais le moindre de ses sourires lui faisait mal aux mâchoires, ses ongles s'enfonçaient de rage dans ses paumes moites, atténuant, par une douleur nouvelle, celle qui lui broyait le cœur. Elle crut qu'elle allait mourir quand elle vit venir vers leur groupe Laurent ayant toujours à son bras la trop visiblement heureuse Camille, suivie de son frère.

— Bonjour Léa, je n'ai pas encore eu le temps de te saluer, dit Laurent en s'inclinant. Tu te souviens de Léa, Camille ?

— Évidemment que je m'en souviens, dit-elle en quittant le bras de son fiancé, comment aurais-je pu l'oublier ?

Léa s'était levée et regardait cette rivale qu'elle jugeait indigne d'elle. Elle se raidit quand Camille l'embrassa sur les deux joues.

— Laurent m'a beaucoup parlé de toi. J'aimerais que nous soyons amies.

Elle ne parut pas remarquer le peu d'empressement mis par Léa à lui rendre ses baisers. Camille poussa devant elle son frère, un jeune homme à l'air timide.

— Te souviens-tu de mon frère Claude ? Il meurt d'envie de te revoir.

— Bonjour, Léa.

Comme il ressemblait à sa sœur !

— Viens, ma chérie, n'oublions pas nos autres invités, dit Laurent en entraînant sa fiancée.

Léa les regarda s'éloigner, éprouvant un tel sentiment d'abandon qu'elle eut du mal à retenir ses larmes.

— Puis-je me joindre à vous ? demanda Claude.

— Donne-lui ta place, fit Léa durement, en poussant Raoul Lefèvre qui était à sa droite.

Surpris et peiné, Raoul se leva et s'approcha de son frère.

— Tu ne trouves pas qu'elle est bizarre, Léa, aujourd'hui ?

Sans répondre, Jean haussa les épaules.

Léa tendit à Claude une assiette débordante de charcuteries.

— Tenez, je n'y ai pas touché.

Claude s'assit, prit l'assiette et remercia en rougissant.

— Vous allez rester quelque temps aux Roches-Blanches ?

— Ça m'étonnerait, avec ce qui se prépare...

Léa n'écoutait pas. Elle venait d'être frappée par une idée : « Laurent ne sait même pas que je l'aime. »

Cette découverte amena sur son visage un tel air de soulagement, suivi d'un éclat de rire joyeux, que tous la regardèrent avec étonnement. Elle se leva et se dirigea vers ce qu'on appelait le petit bois. Claude d'Argilat et Jean Lefèvre se précipitèrent à sa suite. Ils furent rabroués sans aucun ménagement.

— Laissez-moi tranquille, je veux être seule.

Penauds, ils revinrent vers la table autour de laquelle se pressaient les invités.

— Tu crois qu'on va se battre ? demanda Raoul Lefèvre à Alain de Russay qui, un peu plus âgé, lui semblait plus apte à donner une réponse sérieuse.

— Cela ne fait aucun doute. Vous avez bien entendu la radio la nuit dernière : le retour immédiat de Dantzig à l'Allemagne, l'ultimatum lancé à la Pologne à la suite des propositions qu'Hitler aurait faites au plénipotentiaire polonais, valables jusqu'au 30 août au soir. Nous sommes le 1er septembre. À cette heure, vous pouvez être sûrs que le gauleiter Forster a proclamé le rattachement de Dantzig au Reich et que l'Allemagne a envahi la Pologne.

— Alors, c'est la guerre ? dit Jean Lefèvre d'une voix soudain vieillie.

— Oui, c'est la guerre.

— Chic, on va se battre, fanfaronna Lucien Bouchardeau.

— Oui, et nous vaincrons, déclara Raoul Lefèvre avec une ferveur gamine.

— J'en suis moins convaincu que toi, fit d'un ton las Philippe Delmas.

Léa avait traversé en courant le grand pré qui menait au petit bois. Là, sous l'ombre des arbres, on dominait la propriété des Argilat. C'était une belle terre, plus riche et mieux exposée que Montillac, donnant un vin plus généreux. Léa avait toujours aimé les Roches-Blanches. Elle contemplait ces champs, ces vignes, ces bois et ce château avec des yeux de propriétaire.

Non, personne mieux qu'elle ne pouvait chérir et comprendre cette terre à part son père et M. d'Argilat... et Laurent bien sûr. Laurent... il l'aimait, cela ne faisait pas le moindre doute. Mais lui ne savait pas qu'elle l'aimait... il avait l'air de tellement la considérer comme une enfant. Pourtant, elle était à peine plus jeune que Camille. Camille... que pouvait-il bien lui trouver à cette maigrichonne, plate, si mal habillée, si gauche, qu'elle semblait avoir à peine quitté son couvent ? Et cette coiffure... comment pouvait-on se coiffer comme ça à notre époque ! Une couronne de tresses blondasses... il ne lui manquait plus que le nœud alsacien ! En ces temps de fureur patriotique, ce serait parfait !... et cette fausse gentillesse. « J'aimerais tellement devenir votre amie. » Et puis quoi encore !... non, décidément, Laurent n'aimait pas cette fadasse. En gentleman à la manque il se croyait obligé de respecter une promesse faite au berceau. Mais, quand il saurait que, elle, Léa, l'aimait, il romprait ces fiançailles ridicules et s'enfuirait avec elle.

Toute à l'exaltation de ses rêves, Léa n'avait pas remarqué un homme appuyé contre un arbre qui la regardait avec un air amusé.

Ouf, elle se sentait mieux ! Rien de tel qu'un peu de solitude et de réflexion pour se remettre les idées en place. Maintenant, elle était tranquille, tout allait marcher comme elle le désirait. Elle se leva et frappa de son poing droit fermé la paume de son autre main, geste qu'elle avait emprunté à son père, geste qu'il faisait quand il venait de prendre une décision :

— Je l'aurai !

Un éclat de rire la fit sursauter.

— J'en suis sûr, dit une voix faussement respectueuse.

— Vous m'avez fait peur. Qui êtes-vous ?

— Un ami de M. d'Argilat.

— Ça m'étonnerait. Oh ! pardon...

Il éclata de rire à nouveau. Il est presque beau quand il rit, pensa Léa.

— Ne vous excusez pas, vous n'avez pas tort, il n'y a pas grand-chose de commun entre les très convenables MM. d'Argilat et votre humble serviteur, si ce n'est quelques intérêts. D'ailleurs, je m'ennuierais trop en leur compagnie.

— Comment pouvez-vous dire une chose pareille ! Ce sont les hommes les plus courtois et les plus cultivés de la région !

— C'est bien ce que je disais.

— Oh !...

Léa regarda avec curiosité son interlocuteur. C'était la première fois qu'elle entendait parler des propriétaires des Roches-Blanches avec cette désinvolture. L'homme qu'elle avait en face d'elle était très grand, les cheveux bruns soigneusement coiffés, les yeux bleus insolents, qu'un visage fortement bronzé, plutôt laid, aux traits accusés, faisait ressortir, une bouche aux lèvres épaisses qui s'ouvraient sur de belles dents. Il mâchonnait un cigare tordu, qui dégageait une odeur épouvantable. Le costume gris très pâle à fines rayures blanches, admirablement coupé, contrastait violemment avec le teint boucané et l'affreux cigare.

Léa fit un geste de la main comme pour chasser l'écœurante odeur.

— La fumée vous gêne peut-être ? C'est une mauvaise habitude que j'ai prise en Espagne. Maintenant que je suis dans la bonne société bordelaise, il va falloir que je me réhabitue aux havanes, dit-il en jetant son cigare qu'il écrasa soigneusement du pied. Il est vrai qu'avec la guerre on risque d'en manquer.

— La guerre... la guerre... vous autres, les hommes, vous n'avez que ce mot-là à la bouche. Pourquoi ferait-on la guerre ? Ça ne m'intéresse pas.

L'homme la regarda avec un sourire comme on regarde un enfant capricieux.

— Vous avez raison, je suis une brute d'importuner une aussi délicieuse jeune fille avec des histoires aussi peu importantes. Parlons plutôt de vous. Avez-vous un fiancé ? Non ? Un amoureux alors ? Même pas. Je n'en crois rien. Je vous ai vue tout à l'heure entourée d'une troupe d'aimables jeunes gens qui semblaient très épris de vous, sauf l'heureux fiancé, bien sûr...

Léa qui s'était rassise, se leva brusquement.

— Vous m'ennuyez, monsieur, laissez-moi rejoindre mes amis.

Il s'inclina dans une révérence pleine d'ironie, qui mit la jeune fille en fureur.

— Je ne vous retiens pas, loin de moi le désir de vous être désagréable ou de vous disputer à vos soupirants.

Léa passa devant lui et partit, la nuque raide, sans le saluer.

L'homme s'assit sur le banc, sortit, d'un étui de cuir brun, un de ses cigares, en coupa avec les dents le bout qu'il recracha devant lui, l'alluma et, songeur, regarda s'éloigner la jolie silhouette de l'amusante petite fille qui n'aimait pas la guerre.

Sur un parquet, sous les arbres, les musiciens commençaient à installer leur matériel, sous l'œil intéressé des jeunes convives.

Le retour de Léa fut salué par les exclamations de ses amis.

— Où étais-tu ? Nous t'avons cherchée partout.

— Ce n'est guère gentil de nous fausser ainsi compagnie.

— Mais voyons, fit sa cousine Corinne, Léa préfère la compagnie des hommes mûrs, un peu louches, à celle des jeunes gens de bonne famille.

Les sourcils de Léa marquèrent son étonnement.

— De qui veux-tu parler ?

— Tu ne nous feras pas croire que tu ne connaissais pas François Tavernier avec lequel tu roucoulais dans le petit bois.

Léa haussa les épaules et regarda la jeune fille d'un air apitoyé.

— C'est bien volontiers que je t'aurais abandonné la compagnie de ce monsieur que j'ai vu aujourd'hui pour la première fois et dont tu m'apprends le nom. Que veux-tu, ce n'est pas ma faute si les hommes me préfèrent à toi.

— Surtout ce genre d'homme.

— Mais, tu m'ennuies à la fin ! Il ne doit pas être aussi affreux que tu le laisses entendre puisque M. d'Argilat le reçoit chez lui.

— Je crois que Léa a raison. Si M. d'Argilat reçoit M. Tavernier c'est qu'il mérite de l'être, dit Jean Lefèvre en venant au secours de son amie.

— On pense dans la région que c'est un trafiquant d'armes et qu'il en a vendu des tonnes aux républicains espagnols, murmura Lucien Bouchardeau.

— Aux républicains ! s'exclama Corinne Delmas en roulant des yeux horrifiés.

— Et alors ? Il fallait bien qu'ils aient des armes pour se battre, fit Léa d'un ton agacé.

À ce moment-là, ses yeux rencontrèrent ceux de son oncle, le père Adrien, qui la regardait, semblait-il, avec un sourire d'approbation.

— Comment peux-tu dire une chose pareille, s'écria Corinne, des monstres qui ont violé des religieuses, déterré des cadavres, tué, torturé !

— Et les autres, ils n'ont pas tué, torturé?...

— Mais c'était des communistes, des anticléricaux, des...

— Et alors? ils avaient le droit de vivre.

— Comment peux-tu dire de telles horreurs, toi, une Delmas dont toute la famille a prié pour la victoire de Franco.

— Peut-être avons-nous eu tort.

— Voilà des conversations bien sérieuses pour de jolies têtes, dit Adrien Delmas en s'avançant. Ne croyez-vous pas que vous feriez mieux de vous apprêter pour la danse? L'orchestre est prêt.

Tel un vol de palombes, la quinzaine de garçons et de filles qui entouraient Léa s'élancèrent vers le parquet mis en place au bas du pré sous une vaste tente aux bords relevés. Léa ne bougea pas.

— Qui est ce François Tavernier?

Le dominicain eut l'air surpris et gêné par la question.

— Je ne sais pas très bien. Il appartient à une riche famille lyonnaise avec laquelle il a rompu, dit-on, à cause d'une femme et de divergences politiques.

— Est-ce vrai, cette histoire de livraison d'armes?

— Je n'en sais rien, c'est un homme discret. S'il l'a fait, il a sauvé un peu de l'honneur de la France qui, dans l'affaire de la guerre d'Espagne, ne s'est pas très bien conduite.

— Comment, mon oncle, toi, un prêtre, peux-tu parler comme ça? Le pape n'a-t-il pas apporté son soutien à Franco?

— Oui, oui... mais le pape peut se tromper.

— Mon oncle, là tu exagères, dit Léa avec un grand rire, je croyais qu'il était infaillible, le pape.

Adrien Delmas éclata de rire à son tour.

— Tu es une petite futée! Et moi, je croyais que toutes ces histoires, comme tu dis, ne t'intéressaient pas.

Léa prit le bras de son oncle et l'entraîna en marchant doucement vers le bal d'où leur parvenaient les échos d'un paso doble endiablé.

— C'est ce que je dis aux autres, car, si on les écoutait, on ne parlerait que de ça. Et comme ils en parlent souvent à tort et à travers, je préfère qu'ils s'abstiennent. Mais à toi, je peux bien le dire, cela m'intéresse beaucoup. Je lis tous les journaux en cachette, j'écoute la radio, surtout celle de Londres...

— Tu l'as écoutée ce matin ?

— Non, avec ce pique-nique, je n'ai pas eu le temps. Pour...

— Léa. Enfin te voilà ! Oublies-tu que tu m'as promis une danse ? dit Raoul Lefèvre.

— Et à moi aussi, fit son frère.

Léa abandonna à regret le bras de son oncle, et se laissa entraîner sur la piste. Adrien Delmas se retourna. Près de lui, François Tavernier, fumant son cigare tordu, regardait danser Léa.

Pendant près d'une heure, Léa ne manqua pas une danse, tout en cherchant Laurent des yeux. Où pouvait-il être ? Elle vit venir Camille, seule avec Françoise. Il fallait profiter de l'occasion. Elle dansait avec Claude d'Argilat, qui se découvrait de minute en minute de plus en plus amoureux. Au milieu d'un boston, le corps de la cavalière s'affaissa légèrement.

— Léa, qu'as-tu ?

— Ce n'est rien, un simple étourdissement. Je suis un peu lasse. Veux-tu me raccompagner dans un endroit tranquille et aller me chercher un verre d'eau !

Claude s'empressa et la conduisit à l'écart du bruit, à l'ombre d'un arbre, à mi-chemin de la maison et du bal. Il l'installa de son mieux sur un banc de gazon, avec des gestes précis et tendres.

— Ne bouge pas, repose-toi, je reviens tout de suite.

Dès qu'il se fut éloigné, Léa se releva et courut vers la maison. Elle entra dans la serre, orgueil des Roches-Blanches. Il y régnait une moiteur qui collait à la peau. Les flonflons de l'orchestre n'étaient plus qu'un lointain bruit de fond. Les plantes les plus extravagantes rampaient sur le sol, s'élançaient vers la voûte vitrée. Une allée de pierre sinuait entre les massifs et aboutissait à une fausse grotte aux parois de laquelle s'accrochaient des grappes d'orchidées. Une porte donnait sur le vestibule du château. Léa la poussa. Du grand salon lui parvenaient les voix de son père, de son oncle Adrien et de M. d'Argilat. Elle écouta : Laurent ne semblait pas être avec eux. Il n'était ni dans la bibliothèque ni dans le petit salon. Elle retourna dans le jardin d'hiver. Une odeur de tabac blond flottait dans l'air : c'était celle des cigarettes de Laurent. Près d'un haut vase d'où s'écroulaient de longues tiges piquées de fleurs blanches au parfum entêtant, dans une demi-pénombre, un point rouge scintillait.

— Léa... c'est toi ?... Que fais-tu ici ?

— Je te cherchais.

— Tu en as déjà assez de tes amoureux que tu fuis la fête ? demanda-t-il en s'avançant.

Comme il était beau, dans la lumière glauque qui éclairait son visage. Comment ne pas l'aimer ? Elle tendit la main.

— Laurent...

Il prit les doigts nerveux sans paraître remarquer son trouble.

— Qu'y a-t-il ?

Léa passa sa langue sur ses lèvres sèches. Sa main trembla dans celle de Laurent. Elle sentit que la sienne tremblait aussi ! Alors sa gorge se desserra, un frisson de volupté troubla son corps quand elle murmura fermant à demi les yeux tel un animal aux aguets :

— Je t'aime.

Dès qu'elle eut prononcé ces mots, un immense soulagement l'envahit. Son visage aux yeux mi-clos se tendit vers celui de l'homme dans l'attente d'un baiser, qui ne vint pas. Elle ouvrit les yeux et recula d'un pas.

Laurent avait l'air étonné et contrarié. Comme celui de son père quand, petite, elle faisait une bêtise. Qu'avait-elle dit de si surprenant ? Il devait bien se douter, puisqu'il lui faisait la cour, et qu'elle l'acceptait, qu'elle l'aimait ! Pourquoi ne disait-il rien ? Il sourit, « d'un air faux », pensa-t-elle.

— Rien ne me fait plus de plaisir que ton amitié, ma petite Léa...

Mais, de quoi parlait-il ? D'amitié ?

— ... tu vas rendre tous tes soupirants jaloux...

« Que raconte-t-il là ? Je lui dis que je l'aime et il me parle de mes soupirants... »

— Laurent, cria-t-elle, arrête de me taquiner. Je t'aime et tu le sais et tu m'aimes aussi.

Une main, où demeurait accrochée l'odeur du tabac, se posa sur ses lèvres.

— Léa, tais-toi. Il ne faut pas dire des choses que tu regretteras tout à l'heure.

— Jamais, gronda-t-elle, en arrachant la main qui la bâillonnait, je t'aime et je te veux. Je te désire autant que tu me désires. Ose dire le contraire, ose dire que tu ne m'aimes pas ?

Jamais Léa ne devait oublier le visage bouleversé de Laurent. Tout un monde semblait à la fois naître et disparaître devant ses yeux, un mélange de joie et de peur se disputait la possession de cet esprit fait pour le calme d'un amour sans histoire.

La beauté de Léa était à ce moment surprenante. Ses cheveux décoiffés par la colère, son visage animé, ses yeux brillants, ses lèvres gonflées, tout en elle appelait les baisers.

— Réponds-moi. Tu m'aimes, n'est-ce pas ?

— Oui, je t'aime, murmura-t-il.

La joie illumina Léa, la rendant plus belle encore.

Les deux jeunes gens se retrouvèrent dans les bras l'un de l'autre, leurs lèvres se baisèrent avec une affolante avidité. Brusquement, Laurent la repoussa. Léa le regarda avec un tendre étonnement, sa bouche humide entrouverte.

— Léa, nous sommes fous, oublions cela.

— Non, je t'aime et je veux t'épouser.

— Je dois épouser Camille.

Les yeux violets le regardaient éperdument et peu à peu devenaient noirs.

— Mais, c'est moi que tu aimes. Si le mariage te fait peur, partons. Tout ce que je veux, c'est vivre avec toi.

— Ce n'est pas possible. Mon père a annoncé mes fiançailles avec Camille. Cela les tuerait tous les deux si je rompais cet engagement.

Léa lui donna un coup de poing.

— Et moi, tu n'as pas peur que je meure ?

Cette phrase amena un léger sourire sur le visage pâle de Laurent. Il prit Léa aux épaules et dit en secouant la tête :

— Non, pas toi. Tu es forte, rien ne peut t'entamer. Tu as en toi un instinct de vie que Camille et moi n'avons pas. Nous appartenons à une trop vieille famille au sang et aux nerfs usés. Nous avons besoin du calme de nos bibliothèques... Non, laisse-moi parler. Camille et moi nous sommes semblables, nous pensons les mêmes choses, nous aimons le même genre de vie, studieuse et sévère...

— Moi aussi, j'aime l'étude.

— ... Bien sûr, reprit-il d'un ton las. Mais très vite tu t'ennuierais auprès de moi : tu aimes la danse, le flirt, le bruit, le monde, tout ce que je déteste...

— N'as-tu pas flirté avec moi ?

— Non, je ne crois pas. Le tort que j'ai eu, c'est de te voir trop souvent, d'être trop souvent seul avec toi...

— ... et de me faire croire que tu m'aimais.

— Je n'ai pas voulu cela. J'avais tant de plaisir à te regarder vivre, si libre, si fière... si belle... J'étais tranquille, je ne pensais pas que tu puisses t'intéresser à quelqu'un d'aussi ennuyeux que moi...

— Jamais tu ne m'as ennuyée...

— ... je t'étais reconnaissant de m'écouter... tout en toi célébrait la vie dans ce qu'elle a de plus naturel...

— Mais tu m'aimes, tu me l'as dit.

— J'ai eu tort... Comment ne pas t'aimer comme on aime un bonheur impossible...

— Rien n'est impossible. Il faut seulement un peu de courage.

Laurent regardait Léa, songeur, comme sans la voir.

— Un peu de courage, sans doute... Ce courage-là me fait défaut.

Depuis un moment déjà, Léa sentait monter les picotements de la colère. Soudain, les traits durcis, elle s'écria :

— Vous êtes un lâche, Laurent d'Argilat. Vous m'aimez, vous me le dites et vous me laissez m'humilier devant vous... Vous me préférez une sainte-nitouche, moche et mal fagotée, qui vous fera une nuée de gosses timorés et tordus.

— Tais-toi, Léa, ne parle pas ainsi de Camille.

— Je vais me gêner ! Qu'a-t-elle fait cette gourde pour te plaire ? À moins que tu n'aimes les airs penchés, les regards sournois, les mines confites, les cheveux ternes...

— Léa, je t'en prie...

— Pourquoi m'as-tu fait croire que tu m'aimais ?

— Mais, Léa...

Toute à sa hargne, elle était incapable de reconnaître que jamais Laurent n'avait dépassé les bornes de l'amitié. À la colère, se mêlait la honte d'être rejetée. Elle se précipita sur lui et le gifla à toute volée.

— Je te hais...

Une marque rouge apparut sur le visage blême du jeune homme.

La brutalité de son geste calma Léa, mais la laissa en proie à un désespoir qui la submergea. Elle se laissa glisser sur le sol et, le front appuyé contre la grotte, caché par ses mains croisées et le désordre de ses cheveux, elle éclata en sanglots.

Avec un air de profonde tristesse, Laurent la regarda. Il s'approcha du corps frémissant de chagrin, tendit la main vers les doux cheveux qu'il effleura, puis se retourna et quitta lentement la pièce. Doucement, la porte se referma.

Le léger bruit du pêne glissant dans la gâche suspendit les sanglots de Léa. Maintenant, c'était fini, elle avait tout gâché, jamais il ne lui pardonnerait cette scène ridicule, ces insultes. Le salaud... l'avoir laissée s'humilier comme elle l'avait fait ! De sa vie, elle ne pourrait oublier cette honte.

Elle se releva péniblement, le visage marbré, le corps meurtri comme après une chute.

— Le salaud, le salaud, le salaud...

D'un coup de pied, elle envoya promener un pot contenant une fragile orchidée, qui se brisa sur la pierre.

— Ce n'est pas bientôt fini cette comédie ? dit une voix surgissant de la pénombre.

Le cœur de Léa s'arrêta, sa gorge se dessécha. Elle se retourna d'un bloc.

Lentement, François Tavernier s'avança.

Léa frissonna et croisa ses bras sur sa poitrine.

— Voulez-vous que je vous réchauffe ou que j'aille vous chercher un cognac ?

Le ton protecteur et ironique fouetta l'amour-propre de la jeune fille.

— Je n'ai besoin de rien. Que faisiez-vous ici ?

— Je me reposais en attendant de voir M. d'Argilat. Est-ce défendu ?

— Vous auriez pu manifester votre présence.

— Ma chère, vous ne m'en avez pas laissé le temps. Je m'étais assoupi. Je ne me suis réveillé que pour vous entendre déclarer votre flamme au fils de notre hôte. Quelle fougue ! Quelle passion ! M. d'Argilat fils n'en mérite pas tant...

— Je vous interdis de parler de lui en ces termes.

— Oh ! pardonnez-moi, je ne voulais pas vous blesser, mais convenez que ce charmant gentleman se conduit comme un sot en repoussant d'aussi charmantes et... précises propositions...

— Vous êtes une brute !

— Peut-être, mais si vous m'aviez manifesté le moindre intérêt, j'aurais...

— Je ne vois pas quelle femme pourrait éprouver le moindre intérêt pour un individu tel que vous.

— Vous vous trompez, petite fille, les femmes, les vraies, aiment assez qu'on les bouscule.

— Les femmes que vous avez l'habitude de fréquenter sans doute, mais pas les jeunes filles...

— Bien élevées. Comme vous ?...

Ses poignets se retrouvèrent prisonniers d'une main large qui l'attirait. Bras maintenus derrière le dos, elle fut plaquée contre cet homme qui avait été le témoin de son humiliation. La haine qui l'envahit lui fit fermer les yeux.

François Tavernier la regardait comme s'il eût voulu voir jusqu'au fond de ses pensées tandis que la lueur moqueuse de son œil s'effaçait.

— Lâchez-moi, je vous déteste !

— La colère vous sied, ma sauvage.

Les lèvres de l'homme effleurèrent doucement celles de la fille immobilisée. Elle se débattit avec une fureur silencieuse. La main resserra sa pression arrachant un léger cri à sa victime pendant que l'autre agrippait les cheveux décoiffés. Les lèvres au goût de tabac et d'alcool se firent pressantes. Une rage submergeait Léa... Brusquement, elle se rendit compte qu'elle rendait ses baisers à cet ignoble... Pourquoi cette faiblesse soudaine dans tout le corps, ce poids délicieux au creux des cuisses ?

— Non !

Avec un hurlement, elle se dégagea.

Que faisait-elle ? Elle était folle ! Se laisser embrasser par cet homme qu'elle méprisait ! qu'elle aurait voulu voir mort alors qu'elle en aimait un autre ! Et si encore elle n'avait pas pris plaisir à ses baisers dégoûtants !

— Salaud !

— Vous manquez de vocabulaire. Vous avez dit la même chose à un autre tout à l'heure.

— Je vous déteste !

— Aujourd'hui, mais demain ?

— Jamais ! Je souhaite que la guerre éclate et que vous disparaissiez.

— Pour la guerre, vous serez entendue. Mais, pour ce qui est de ma disparition, n'y comptez pas trop, je n'ai pas l'intention de laisser ma peau dans une guerre perdue d'avance.

— Lâche ! Comment pouvez-vous dire cela ?

— Je ne vois pas ce qu'il y a de lâche à être lucide. C'est d'ailleurs l'avis de ce cher Laurent d'Argilat.

— N'insultez pas quelqu'un dont vous ne pouvez comprendre la grandeur d'âme.

Le grand rire fouailla Léa plus sûrement qu'une parole blessante.

— Vous me dégoûtez !

— Je n'avais pas cette impression tout à l'heure.

Rassemblant ce qui lui restait de dignité, Léa sortit en claquant la porte.

Au milieu de la grande entrée au sol de marbre blanc, au pied du large escalier qui montait aux chambres, Léa tournoya sur elle-même comme quelqu'un qui ne sait plus où aller.

Des exclamations, des cris traversèrent les murs du bureau de M. d'Argilat, dont la porte s'ouvrit brutalement. Léa se rejeta à l'ombre de la portière qui dissimulait l'escalier du sous-sol. Laurent d'Argilat et François Tavernier se retrouvèrent au milieu de l'entrée.

— Que se passe-t-il ? demanda Tavernier.

— On retransmet à la T.S.F. l'appel de Forster sur le viol de Dantzig ainsi que « l'acceptation du rattachement de la ville au Reich ».

La pâleur de Laurent d'Argilat était telle que François Tavernier lui demanda avec plus d'ironie qu'il ne l'eût voulu :

— Vous n'étiez pas au courant ?

— Bien sûr que si, mais en accord avec mon père, Camille, le père Adrien, M. Delmas et quelques autres, nous avions décidé de garder la nouvelle secrète, pour ne pas gâcher la dernière fête de la paix.

— Bah ! Si vous pensez qu'il en est mieux ainsi. Et la Pologne ? Que dit-on de la Pologne ?

— Depuis cinq heures quarante-cinq, la bataille a lieu sur tout le front et Varsovie est bombardée.

Raoul et Jean Lefèvre rentrèrent en courant.

— Vincent Leroy arrive de Langon, c'est la mobilisation générale.

Derrière eux, les invités se pressaient, inquiets, pour avoir des détails. Certaines femmes pleuraient déjà.

M. d'Argilat sortit de son cabinet de travail en compagnie du père Adrien et de M. Delmas.

— Mes amis, mes amis, murmura-t-il soudain voûté.

Par la porte ouverte du bureau, on entendait les grésillements de la radio, puis des voix allemandes, polonaises, puis celle plus forte d'un traducteur.

Quelqu'un augmenta le son.

« *Hommes et femmes de Dantzig, l'heure est arrivée que vous avez désirée depuis vingt ans. À partir d'aujourd'hui Dantzig est rentré dans le grand Reich allemand. Notre Führer Adolf Hitler nous a libérés. Pour la première fois, le drapeau à croix gammée, le drapeau du Reich allemand, flotte sur les édifices publics de Dantzig. Il flotte également à partir d'aujourd'hui sur les anciens édifices polonais et partout dans le port.* »

Un silence pesa sur la petite assemblée tandis que le speaker commentait l'acceptation par Hitler du retour de Dantzig au Reich et décrivait les monuments pavoisés, la liesse populaire.

— « *Article premier : La constitution de la ville libre est abolie avec effet immédiat* », récita Adrien Delmas comme se parlant à lui-même.

« *L'Allemagne a ouvert ce matin les hostilités contre la Pologne* », continua impavide la voix de la radio.

— C'est la guerre, dit d'une voix mourante Bernadette Bouchardeau en s'effondrant dans un fauteuil.

— Oh, Laurent !

Camille se précipita dans les bras de son fiancé, les yeux emplis de larmes.

— Ne pleure pas, ma chérie, ce sera très vite terminé.

Tout près, Léa les regardait. Dans le désarroi général, personne ne remarqua sa pâleur, ses cheveux décoiffés. Elle oubliait la scène du jardin d'hiver, son amour rejeté pour ne penser qu'à la mort possible de Laurent.

— Je croyais que vous le haïssiez, murmura à son oreille la voix chaude de Tavernier.

Léa rougit, se retourna, et dans un sifflement répondit à son interlocuteur :

— C'est vous que je hais. Je souhaite que vous soyez le premier mort de cette guerre.

— Je le regrette, ma chère amie, mais comme je vous l'ai déjà dit, je n'ai pas l'intention de vous faire ce plaisir. Demandez-moi tout ce que vous voulez, bijoux, fourrures, maisons, je les déposerai bien volontiers à vos pieds. Mais ma vie, si misérable soit-elle, j'y tiens.

— Vous êtes bien le seul. Quant à vous épouser...

— Qui vous parle de mariage? Je n'aspire qu'à être votre amant.

— Sal...

— Oui, je sais, je suis un salaud.

— Taisez-vous, taisez-vous, Hitler parle...

4

Isabelle Delmas avait insisté pour que les parents de son mari passent la nuit à Montillac. On avait déplié les lits-cages qu'on avait mis dans les chambres d'amis, dans celles des trois sœurs et dans la chambre des enfants. Par faveur spéciale, Léa avait accepté de prêter son lit-refuge à Pierrot, qui avait apprécié le geste à sa juste valeur.

Toute la soirée, les cousins et cousines, oubliant la guerre, avaient aidé Ruth et Rose, la femme de chambre, à transporter et à faire les lits. Ce n'étaient à travers la maison que rires, cris et galopades. Essoufflés, les jeunes gens, leurs travaux terminés, se laissèrent tomber sur les lits, les coussins ou le sol de la chambre des enfants, préférant cette pièce encombrée, où flottait encore la poussière soulevée par le balayage énergique de Rose, au salon où s'étaient réunis leurs parents.

Léa, assise dans son lit avec Pierrot, faisait une crapette. Distraite, elle perdait. Agacée, elle repoussa les cartes et s'appuya, songeuse, aux barreaux de fer.

— À quoi penses-tu ? Tu joues ?

— Elle pense à François Tavernier, dit Corinne.

— Il n'a parlé qu'avec elle, ajouta Laure.

— Vous vous trompez, ce n'est pas à François Tavernier qu'elle pense, susurra Françoise.

— À qui alors ? demanda Corinne.

Léa, manipulant les cartes, s'efforçait à l'indifférence.

Qu'allait dire cette chipie ? Quand elles étaient petites, déjà, Françoise devinait, avant tout le monde, ce que pensait sa cadette, les bêtises qu'elle avait faites, les endroits où elle s'était cachée. Cela mettait Léa dans une telle fureur qu'elle frappait son aînée. Que de fois Ruth avait dû séparer les combattantes... Françoise ne pouvait pas s'empêcher de surveiller constamment sa sœur et de rapporter à leur mère la moindre de ses fautes. Isabelle Delmas, n'admettant pas la délation, la punissait sévèrement, ce qui accentuait la rivalité entre les deux sœurs.

— Oui, à qui ? répétèrent les deux cousines.

Françoise faisait durer l'attente, un sourire de jubilation méchante au coin des lèvres.

— Elle pense à Laurent d'Argilat.

— Il est fiancé à Camille !...

— Ce n'est pas possible !...

— Tu es folle !...

— Je suis sûre que tu te trompes !...

Les exclamations s'entrechoquaient dans la tête de Léa, qui voyait devant elle, démesurément grossi, le visage interrogatif de Pierrot.

— Mais si, croyez-moi, elle aime Laurent d'Argilat.

Léa sauta du lit avec une souplesse inquiétante et avant que Françoise ait pu esquisser un geste, la saisit par les cheveux. Bien que surprise, celle-ci réagit rapidement. Ses ongles accrochèrent la joue de sa sœur. Un peu de sang apparut. Mais Léa, plus forte, eut rapidement le dessus et, à califourchon sur Françoise, lui cogna la tête sur le sol en la tenant par les oreilles. Tous se précipitèrent pour les séparer. Quand ils y réussirent, la malheureuse Françoise resta immobile un instant.

Le bruit et les cris avaient alerté les parents.

— Léa, tu es insupportable. Pourquoi as-tu frappé ta sœur ? dit Isabelle Delmas d'un ton sévère. À vos âges...

— Maman...

— Va dans ta chambre, tu te passeras de dîner.

La colère de Léa tomba d'un seul coup. Elle eût voulu dire à sa mère qu'elle était malheureuse, combien elle avait besoin d'être consolée, cajolée par elle. Au contraire, celle-ci la grondait et la renvoyait. Léa aurait peut-être pleuré, là, si elle n'avait pas surpris le regard triomphant de Françoise. Elle refoula ses larmes et sortit tête haute en passant devant ses oncles et ses tantes qui la regardaient d'un air réprobateur. Seul l'oncle Adrien eut un geste tendre accompagné d'un bon sourire qui disait : ça n'a pas d'importance. Ce geste faillit avoir raison de son courage. Elle s'enfuit en courant.

— Ma pauvre Isabelle, vous aurez bien du mal avec cette petite, dit sa belle-sœur, Bernadette Bouchardeau.

Isabelle ne répondit pas et quitta la chambre des enfants.

Léa n'obéit pas à sa mère et n'alla pas dans sa chambre. Elle se précipita dans le jardin, traversa la cour et, en courant, coupa à travers les vignes en direction de Bellevue. Pour éviter de passer devant la maison de Sidonie, elle escalada le mur qui bordait la propriété, prit la route poudreuse, puis le sentier qui montait au calvaire. À mi-chemin, une bourrasque tiède et humide la força à ralentir sa course, puis à s'arrêter.

Les mains croisées sur sa poitrine comme pour comprimer les battements de son cœur, elle contempla, peu à peu subjuguée, le ciel menaçant au-dessus de la plaine. Tout autour d'elle, la nature courbée par un vent en folie se tordait, gémissante et rebelle, comme pour échapper à la tempête qui venait de la mer. Seconde après seconde, le ciel s'obscurcissait, dévoilant des nuages aux formes effrayantes.

Léa, les cheveux soulevés et agités par l'ouragan, tels les serpents de la Gorgone, contemplait immobile ce déchaînement qui apaisait le sien. Elle sentait passer en elle le frémissement de la terre qui, sous les chaudes gouttes de la pluie commençant à tomber, libérait peu à peu de lourds parfums qui montaient à la tête, la saoulant plus sûrement que le vin le plus subtil. Sa robe plaquée, rapidement mouillée, soulignait son corps la rendant pis que nue, tandis que le vent durcissait la pointe de ses seins. Les éléments en furie l'enlevaient à elle-même. Un éclair bleu déchira les nues suivi presque immédiatement d'un coup de tonnerre qui ébranla le sol. Léa hurla. Une joie primitive éclairait son visage sur lequel, telles des larmes, coulait la pluie. Un rire sauvage et libérateur monta en elle et éclata, accompagnant le bruit de la foudre. Le rire devint cri, cri de triomphe et de bonheur d'exister. Elle se laissa glisser sur la terre du chemin que la pluie transformait en boue. Ses lèvres rencontrèrent cette boue encore tiède de soleil et s'enfoncèrent dans la masse molle. Sa langue lapa cette glaise dont le goût lui parut charrier tous les effluves de Montillac. Elle eût voulu que ce sol s'ouvrît et se refermât sur elle, la digérant afin de la faire revivre dans la vigne, dans les fleurs, dans les arbres de ce pays qu'elle chérissait. La jeune fille roula sur elle-même, offrant son visage barbouillé à l'eau du ciel.

Quand Léa se réveilla, tard le lendemain matin, brisée, elle essaya de se rappeler ce qui s'était passé la veille. Ses vêtements boueux, jetés pêle-mêle autour de son lit, lui remirent en mémoire l'orage et ce qui avait précédé. Une grande détresse l'envahit. Pour la première fois de sa vie, elle n'obtenait pas ce qu'elle voulait. Elle rabattit les couvertures sur sa tête comme pour étouffer sa peine. Des bruits de pas, des appels traversèrent le rempart de tissus qu'elle rejeta en s'asseyant.

Mon Dieu ! Qu'allait dire Ruth en voyant sa chemise de nuit, ses draps maculés de boue ? On frappa un coup sec à la porte.

— Léa, Léa, lève-toi, Laurent et Claude d'Argilat viennent nous faire leurs adieux.

Elle arracha sa chemise et se précipita dans le cabinet de toilette, fit couler l'eau dans le lavabo et enleva de son visage et de son corps les traces de boue. Elle brossa vigoureusement ses cheveux, tellement emmêlés qu'ils s'arrachaient par poignées. Elle saisit la première robe qui lui tomba sous la main, une vieille robe de toile rose qu'elle affectionnait particulièrement, mais qui était maintenant trop étroite et trop courte. Elle enfila une vieille paire d'espadrilles et vola dans l'escalier.

Toute la famille était réunie dans le grand salon, entourant Laurent et Claude d'Argilat. Le visage des deux jeunes hommes s'éclaira quand ils virent entrer leur amie, les joues rouges de son nettoyage brutal, auréolée de sa flamboyante chevelure en désordre, serrée dans sa robe de petite fille trop vite grandie.

Léa contint son envie de se jeter dans les bras de Laurent. Au prix d'un effort qui la faisait trembler, elle s'efforça au calme et dit d'une voix douce :

— Tu pars déjà, Laurent ?

— Je dois rejoindre mon régiment.

— Moi, je rejoins le mien à Tours, ajouta Claude.

Voulant donner le change à son père, à sa sœur et à Laurent, Léa prit le bras de Claude et l'entraîna à l'écart.

— Promets-moi d'être prudent.

— Je te le promets. Tu penseras un peu à moi quand je serai au front ?

— Je ne ferai que ça.

Claude ne remarqua pas l'ironie du ton. Un pur bonheur l'envahissait, le faisait bredouiller :

— Tu... tu... m'aimes donc... un peu ?

À cet instant, Léa entendit derrière elle la voix de Laurent :

— ... nous nous marierons dès que j'aurai une permission. Camille y tient beaucoup.

La douleur lui fit baisser la tête. Une larme coula sur sa joue. Claude, une nouvelle fois, se méprit.

— Léa, tu pleures ?... pour moi ?... Tu m'aimes tant que ça ?...

Elle réprima un geste de mauvaise humeur. Comment pouvait-il croire qu'elle puisse s'intéresser à lui, si fade, si semblable à sa sœur. Ah ! se venger ! punir Laurent de sa lâcheté, Camille de son amour et Claude de sa bêtise !

Elle releva la tête et regarda durement le jeune homme éperdu.

— Bien sûr que je t'aime.

— Mais alors... tu voudrais bien m'épouser ?...

— Évidemment.

— Quand ?

— À ta première permission.

— Sortons.

Avec une autorité qui ne correspondait pas à son caractère, Claude saisit la main de Léa et l'entraîna hors du salon, puis dans le jardin. Là, derrière un massif d'hortensias, il l'attira à lui et l'embrassa. La jeune fille faillit le repousser, mais se dit qu'il fallait bien en passer par là. Dieu, qu'il était maladroit ! Le souvenir du baiser de Laurent, brutalement chassé par celui du baiser de François Tavernier, lui arracha un frémissement sur lequel le frère de Camille se méprit de nouveau.

— Tu m'aimes !

Léa manqua d'éclater de rire.

— Serais-tu d'accord ?

— Pourquoi ?

— Pour que je demande ta main à ton père ?

De sa réponse, Léa sentit que tout son avenir allait dépendre. Était-ce bien malin d'épouser ce malheureux garçon uniquement pour punir Laurent ? Ne serait-elle pas la première à en souffrir ?

À travers le feuillage, la silhouette de Françoise passa.

— Oui, mon chéri, dit Léa en enlaçant Claude.

Quand ils rentrèrent, Claude d'Argilat demanda à Pierre Delmas la permission de lui parler aussitôt en privé. Lorsqu'ils ressortirent de leur rapide entretien le visage du père de Léa était sombre.

Sous un ciel gris et nuageux, de larges flaques d'eau achevaient de s'évaporer dans les allées du jardin. Le temps était lourd. Près des écuries, des nuées de mouches bourdonnaient. Léa poussa la porte d'une grange aux murs de planches devenues grises sous l'effet du temps. Comme aux jours de son enfance, elle grimpa le long de l'échelle appuyée contre le foin et se laissa tomber dans la masse odorante et piquante.

Elle réfléchit à ce qui venait de se passer. Laurent et Claude étaient partis et elle s'était aussitôt enfuie pour éviter le regard douloureux et interrogatif de son père. À cette évocation, un mauvais goût lui venait dans la bouche. Elle ne se sentait pas encore le courage d'accepter la discussion. Elle ferma les yeux et chercha l'oubli dans le sommeil. Tout enfant, elle avait recours à cette forme de fuite quand sa mère l'avait grondée ou qu'elle se sentait inexplicablement lasse de tout et d'elle-même. Chaque fois, le sommeil bienheureux était au rendez-vous. Mais aujourd'hui, il ne venait pas. Léa, se tournant et se retournant sur le foin, n'était pas loin de se sentir trahie.

Un corps rebondit contre le sien.

— Mathias, qu'est-ce qui te prend ?

Son camarade d'enfance l'enlaçait, la couvrait de baisers en murmurant :

— Garce... petite garce...

— Arrête, lâche-moi, tu me fais mal !

— Tu ne disais pas cela tout à l'heure, quand Claude d'Argilat t'embrassait.

Léa éclata de rire en le repoussant.

— Ah, c'est ça !

— Quoi, « c'est ça », ce n'est pas suffisant, peut-être ?

— Je ne vois pas en quoi ça te regarde. Je suis libre d'embrasser qui me plaît.

— Tu ne vas pas me dire que ce freluquet te plaît ?

— Et après ? Je ne vois pas ce que tu pourrais avoir à redire.

Mathias contempla son amie avec colère, puis, lentement, son regard s'attendrit.

— Tu sais bien que je t'aime.

Cela fut dit avec tant de douceur que Léa en ressentit un

plaisir ému. Elle passa sa main dans les cheveux épais du garçon et lui dit avec plus de sentiment qu'elle ne l'aurait voulu :

— Moi aussi, je t'aime, Mathias.

Tout naturellement, ils se retrouvèrent dans les bras l'un de l'autre.

La profonde détresse de Léa trouvait dans ces caresses un réconfort. Peu à peu, elle oublia et Claude et Laurent et son chagrin pour ne goûter que le plaisir des baisers. Sans doute se fût-elle abandonnée complètement si la voix de son père ne lui était parvenue à travers l'épaisseur du foin. Elle s'arracha des bras de Mathias et sans utiliser l'échelle, sauta sur le sol de terre battue de la grange.

Maintes fois, Léa avait sauté de la meule avec l'aisance d'un chat. Mais une de ses chevilles se déroba. Elle cria. Aussitôt, Mathias fut à son côté.

— Mon pied !

Son cri avait été entendu par son père, dont la haute stature s'encadra dans la porte. Quand il vit sa fille sur le sol, il se précipita, bousculant le jeune homme.

— Qu'as-tu ?

— Ce n'est rien, papa, je me suis tordu le pied.

— Fais voir.

Pierre Delmas prit la jambe blessée dans ses mains, arrachant un cri à Léa. La cheville avait déjà doublé de volume. Avec précaution, il la souleva.

— Mathias, demande à Ruth d'appeler le médecin.

Bientôt Léa fut allongée sur le canapé du salon d'entrée, le dos et le pied calés par les coussins. Le docteur Blanchard arriva. Après avoir ausculté et bandé le pied malade, il rassura les parents.

— C'est une belle entorse. Ce n'est pas bien grave. Repos absolu pendant huit jours et après, elle pourra à nouveau courir et sauter.

— Huit jours sans bouger ! Je ne pourrai jamais, docteur.

— Ne t'inquiète pas, on s'y fait très vite.

— On voit bien que ce n'est pas à vous que cela arrive, fit Léa d'un air boudeur.

Pour faciliter le service, Isabelle Delmas décida que sa fille dormirait au rez-de-chaussée, sur le divan du bureau de son père. Cet arrangement ramena le sourire sur les lèvres de Léa. Léa aimait beaucoup cette pièce, aux murs garnis de bibliothèques, qui s'ouvrait, par une large porte-fenêtre, sur la partie la plus agréable du jardin et d'où l'on pouvait voir les vignes et les bois.

En fin d'après-midi, les frères Lefèvre vinrent faire leurs adieux. Elle fut avec eux, si douce, si tendre, si coquette que chacun des jeunes gens partit convaincu d'être l'élu de son cœur.

— Cela ne te suffit pas de courir après Laurent, de te compromettre avec François Tavernier, de flirter avec Claude et Mathias, il te faut encore tourner la tête à ces benêts de Lefèvre ? dit Françoise qui avait assisté à la scène. Tu n'es qu'une...

— Les enfants, encore à vous disputer ! Françoise, ta sœur est souffrante, elle a besoin de repos. Laisse-la tranquille, dit avec sévérité leur mère en entrant dans la pièce.

Elle s'assit sur une chaise près de Léa.

— Souffres-tu encore ?

— Un peu, cela me donne des coups dans la jambe.

— C'est normal, fais-moi penser ce soir à te donner un calmant.

— Maman, c'est bien d'être malade et d'être soignée par toi.

Léa attira à elle la main de sa mère et la baisa.

— Je t'aime tant, maman.

Émue, Isabelle caressa la main de sa fille. Un long moment, la mère et l'enfant restèrent silencieuses, unies par une tendresse commune.

— Est-ce vrai ce que m'a dit ton père ?

Léa retira sa main, son visage se ferma.

— Réponds-moi. Est-ce vrai que tu désires épouser Claude d'Argilat ?

— Oui.

— Tu l'aimes ?

— Oui.

— Cet amour me semble bien soudain. Tu ne l'avais pas revu depuis plus d'un an. S'est-il passé quelque chose que j'ignore ?

Une brusque envie de tout dire, de tout avouer, de se faire consoler envahit Léa. Elle lutta contre son émotion : surtout, ne pas faire de peine à sa mère, ne pas la décevoir, la rassurer.

— Non, dit-elle fermement, je l'aime.

5

Léa, toujours allongée sur le divan encombré de journaux du bureau de son père, écoutait par la porte ouverte du salon la fin du discours radiodiffusé d'Édouard Daladier : « ... *Nous faisons la guerre parce qu'on nous l'a imposée. Chacun de nous est à son poste sur le sol de France, sur cette terre de liberté où le respect de la dignité humaine trouve un de ses derniers refuges. Vous associerez tous vos efforts dans un profond sentiment d'union et de fraternité pour le salut de la Patrie. Vive la France.* »

Claude d'Argilat était assis près du divan sur une chaise basse, un bras plâtré soutenu par une écharpe.

— Sans ce maudit bras, j'irais montrer à ces sales Boches ce que peut faire un soldat français.

— C'est de ta faute aussi, qu'avais-tu besoin de faire galoper comme un fou la pauvre vieille jument de ton oncle ?

— Tu as raison, reconnut-il d'un ton piteux, j'étais tellement heureux de savoir que tu m'aimais et que tu acceptais de m'épouser, que j'ai éprouvé le besoin de galoper, de crier dans le vent de la course mon bonheur d'être aimé de toi.

— Pauvre Claude, nous faisons une jolie paire d'éclopés.

— Tu vas sans doute trouver cela mal ; je suis plutôt heureux de ce stupide accident puisqu'il me permet de profiter de toi pendant que tes autres amoureux sont déjà partis. As-tu reparlé à tes parents de notre mariage ? Camille, à qui j'ai tout raconté, m'a dit qu'elle était très heureuse de t'avoir pour sœur.

— Pourquoi lui en as-tu parlé ? Je voulais que ça reste entre nous jusqu'à ce que papa donne son accord ! dit Léa avec colère.

— Mais, ma chérie, Camille est ma sœur, je lui ai toujours tout dit...

— Eh bien là, il fallait te taire.

— Ce que tu peux avoir l'air méchant par moments... Tu sais être si douce !

— Je ne suis pas douce. Je n'aime pas que tout le monde soit au courant de mes affaires.

— Mais Camille n'est pas tout le monde.

— Oh ! ça suffit, tu m'ennuies avec ta Camille ! Va-t'en, laisse-moi seule.

— Léa...

— Va-t'en, je suis fatiguée.

— C'est vrai, j'oubliais, je suis une brute, pardonne-moi... Dis, tu me pardonnes ?

— Oui, oui.

— Merci, ma chérie, à demain, dit Claude en lui prenant une main qu'elle lui abandonna de mauvaise grâce.

— C'est ça, à demain.

Peu après son départ, Pierre Delmas entra.

— Comment va la blessée ?

— Très bien, papa, mais je voudrais que ce soit terminé, j'ai des fourmis partout.

— Sois patiente, petit chat, souviens-toi de la phrase de Kipling.

— ... « Trop de hâte a perdu le serpent jaune qui voulait avaler le soleil. »

— Je vois que tu n'as pas oublié les conseils de ton vieux père. Mets-les en pratique, ma fille, tu verras à quel point ils sont justes.

— Je n'en doute pas, soupira Léa.

Pierre Delmas s'assit à son bureau, mit ses lunettes, agita quelques papiers, feuilleta quelques journaux, ouvrit un tiroir, le referma, s'absorba dans la contemplation du plafond, se leva, alla jusqu'à la porte-fenêtre.

— Les jours raccourcissent, fit-il comme pour lui-même, toujours tourné vers le jardin.

Léa regardait attentivement la haute silhouette massive de son père. Il lui sembla que ses larges épaules s'étaient légèrement affaissées, que ses cheveux paraissaient plus gris. Bizarrement, il lui parut fragile. Elle sourit à cette pensée. Fragile, Pierre Delmas, capable de soulever à lui seul une barrique, d'abattre les pins de leurs terres des Landes aussi vite et aussi bien que le meilleur bûcheron ?

— Papa ! s'écria-t-elle dans un élan de tendresse.

— Oui.

— Je t'aime.

— Tu m'aimes et tu veux me quitter, dit-il en se retournant et en venant vers elle.

— Ce n'est pas la même chose.

Pierre Delmas soupira et s'assit sur la chaise basse, qui craqua sous son poids.

— Tu es bien sûre de vouloir épouser ce manchot ?

Léa ne répondit pas, mais baissa la tête d'un air boudeur.

— Ne serait-ce pas par dépit que tu veux te marier ?

Léa rougit, en secouant ses cheveux décoiffés.

— C'est une chose sérieuse que le mariage, qui engage toute une vie. As-tu bien réfléchi ?

Il fallait à tout prix que son père croie qu'elle était sincèrement amoureuse de Claude et que « l'affaire Laurent » était une chose classée, un enfantillage oublié.

— Je connaissais mal Claude. Quand je l'ai vu à la fête, j'ai senti que c'était lui que j'aimais et que je n'avais éprouvé pour son cousin rien de plus qu'une vive amitié que j'avais confondue avec l'amour.

Pierre Delmas la regarda d'un air de doute.

— Pourtant, l'autre soir, au calvaire, tu m'avais l'air autrement passionnée que maintenant.

Le cœur de Léa se serra et elle craignit de ne pas avoir la force de continuer à jouer cette comédie.

— L'autre soir au calvaire, j'étais fatiguée, énervée,

furieuse que Laurent ne m'ait pas annoncé lui-même son mariage, alors que je le croyais amoureux de moi et que je m'amusais à faire la coquette avec lui. Ça m'est égal qu'il se marie. D'ailleurs, il est tellement ennuyeux que je me demande comment Camille peut le supporter.

— C'est bien mon avis, je trouve que pour une fille comme toi, un des frères Lefèvre conviendrait mieux.

— Mais, papa, ce ne sont que des camarades !

— Des camarades ? Ma pauvre fille, tu ne connais rien aux hommes. Ces deux-là sont fous de toi et ce ne sont pas les seuls. Maintenant, il faut dormir. Bonne nuit, mon petit chat.

Tout heureuse d'obéir, elle s'endormit très vite en pensant qu'il était doux d'être appelée « mon petit chat » par un père qu'on aimait tendrement.

Bientôt, Léa fut rétablie et put reprendre ses promenades à travers la campagne, le plus souvent en compagnie de Claude. Les vendanges approchaient et, comme chaque année, Montillac bourdonnait d'activité. Cet automne-là, les jeunes hommes étant partis, ils furent remplacés par les femmes. Durant quelques jours, la guerre fut reléguée au second plan : le raisin n'attendait pas.

L'orage menaçait. Chacun s'empressait de son mieux pour avoir terminé avant qu'il n'éclatât. Personne ne fit la pause à quatre heures comme de coutume, il fallait terminer la cueillette du raisin avant l'orage. Mais à cinq heures, les premières gouttes de pluie, rapidement suivies par des trombes d'eau, forcèrent les travailleurs à s'arrêter. Bientôt les charrettes, tirées par des bœufs, contenant les tonneaux emplis de raisins furent à l'abri sous les vastes hangars.

Dans une grange étaient disposées de longues tables recouvertes de draps d'une parfaite blancheur, sur lesquelles s'étalaient en abondance des pâtés, des viandes, des volailles, des fromages, des soupières fumantes et des pichets de vin. Avant d'entrer, les vendangeurs se lavaient les mains dans un grand tonneau d'eau posé près de la porte. Ils allaient ensuite prendre place sur les bancs autour des tables.

Pierre Delmas présidait le repas, tandis qu'Isabelle, un grand tablier blanc recouvrant sa robe d'été, faisait le service, aidée de Françoise, Laure et Ruth. Léa, dont les ampoules aux mains attestaient l'ardeur au travail, avait pris place près de son père. Elle adorait ces banquets dans la grange à l'occasion des vendanges. Chaque année, c'était une fête qui durait plusieurs jours. Toute la jeunesse des environs se retrouvait et ce n'étaient que rires, chants et danses. Mais cette année, le cœur n'y était pas. La majorité des convives était des femmes et les rares hommes, des vieillards. Sans doute chacun pensait-il aux absents et à la gaieté des précédentes vendanges, car le repas commença en silence. Sensible à cette tristesse qui accablait ses hôtes, Pierre Delmas se leva, souleva son verre en disant :

— Buvons à la santé de nos soldats et accomplissons dans la bonne humeur le travail qu'ils ne peuvent faire.

— À la santé de nos soldats, s'écrièrent les participants.

Léa posa sa main sur le genou de son père, qui leva de nouveau son verre, rien que pour elle.

— Je bois à ton bonheur, ma chérie, ajouta-t-il à voix basse.

6

— Oh ! Léa, je suis si heureuse que tu épouses mon frère. En attendant que vous trouviez un appartement, vous viendrez vous installer chez nous, rue de Rennes.

— Mais je n'ai pas envie d'aller à Paris ! s'écria Léa.

— Il le faudra bien, ma chérie. Si la guerre se termine, Claude reprendra ses études.

— Et moi, qu'est-ce que je ferai pendant ce temps-là ?

Camille éclata d'un joli rire.

— Je te ferai découvrir Paris. Je suis sûre que tu l'aimeras, c'est la ville la plus belle du monde. Nous irons voir les expositions, les musées, écouter des concerts, nous irons à l'Opéra, à la Comédie-Française...

— Tout cela est très bien, mais je préfère Montillac.

— Tu as raison, Montillac est merveilleux, tout comme les Roches-Blanches, mais rien ne remplace Paris.

— Je ne te croyais pas si futile.

Camille écarquilla les yeux :

— Comment peux-tu dire cela ? Ce n'est pas être futile que d'aimer une ville où tout ce qui est intelligent trouve sa place. Laurent est comme moi, il pense que l'on travaille mieux à Paris, car tout ce dont on a besoin est là. Les bibliothèques...

— Je n'aime pas les bibliothèques, on dirait des cimetières de livres.

— Oh !...

Léa exagérait un peu, elle le savait, mais Camille, avec son Paris et sa soif de culture, lui tapait sur les nerfs...

Pierre Delmas, à bout d'arguments, avait cédé à sa fille. Il avait donné son consentement pour le mariage. Claude d'Argilat l'avait remercié avec de si grands transports qu'il s'était dit qu'après tout sa petite serait peut-être heureuse avec lui. Quant à Isabelle, elle s'était contentée de la serrer très fort entre ses bras.

Françoise avait murmuré :

— À défaut de grives on mange des merles.

Seules Laure et Ruth se disaient ouvertement satisfaites de ce mariage. Laure parce qu'elle aimait les mariages, et Ruth, parce qu'elle pensait que ça « mettrait du plomb dans la tête de cette écervelée ».

Peu de temps après l'annonce officielle des fiançailles, une nouvelle vint bouleverser les deux familles et Léa manqua de se trahir : le lieutenant Laurent d'Argilat avait été blessé en se portant au secours d'un de ses hommes tombé dans un champ de mines. Pierre Delmas et sa fille se trouvaient aux Roches-Blanches quand un courrier leur apporta la nouvelle. En voyant M. d'Argilat pâlir, Camille avait deviné que quelque chose venait d'arriver à son fiancé. Elle s'était levée et, tremblante, s'était approchée de son oncle.

— Laurent ?...

À son tour, Pierre Delmas s'était levé.

— Répondez, je vous en prie. Qu'est-il arrivé à Laurent ? supplia Camille.

— Rien de grave, mon enfant, rien de grave, parvint à dire M. d'Argilat. Une blessure au bras.

Au même moment, un domestique apporta un télégramme. M. d'Argilat le tendit à son ami.

— Pierre, ouvrez-le, je n'en ai pas le courage.

Pierre Delmas obéit et lut. Un sourire éclaira son large visage.

— C'est Laurent. Il est en parfaite santé, il sera là demain.

— Demain !

— Oui, demain. Tenez, regardez...

Camille arracha le papier qu'il tendait au père incrédule.

— Oh ! mon oncle, c'est vrai, Laurent sera là demain, dit la jeune fille en éclatant en sanglots.

Durant toute la scène, Léa s'était tenue à l'écart, dominant son envie de crier, puis de pleurer de bonheur. Laurent était vivant ! Il allait revenir, elle allait le voir. Elle ferma les yeux. C'est la voix de Camille qui la tira de son heureuse rêverie.

— Mon oncle, profitons de cette occasion pour avancer la date de notre mariage, je suis sûre que c'est le plus cher désir de Laurent.

— Comme tu voudras, Camille, tout ce que tu feras sera bien.

— Léa, pourquoi ne veux-tu pas te marier à Saint-Macaire, comme moi. Ce serait bien si nous nous mariions le même jour.

La sotte ! Léa s'en fichait pas mal, du lieu du mariage, puisque ce n'était pas elle que Laurent épousait. Pour rien au monde, elle ne voulait entendre l'homme qu'elle aimait accepter de prendre une autre pour femme. Elle coupa court.

— Je tiens à me marier à Verdelais. Papa, partons, maman nous attend.

Tout le long du chemin du retour, Léa eut du mal à retenir ses larmes. Elle sentait se poser sur elle le regard inquiet de Pierre Delmas. Elle, d'habitude si bavarde, répondait par monosyllabes aux questions de son père, qui se tut bientôt.

Arrivée à Montillac, elle n'eut pas le courage d'affronter les remarques de Françoise. Elle s'enfuit dans la chambre des enfants, où elle resta jusqu'à l'heure du dîner, recroquevillée dans son petit lit, les yeux secs et douloureux.

Réveillée dès l'aube, Léa ne tenait pas en place. Claude lui avait promis, la veille, de l'appeler dès l'arrivée de

Laurent. Elle n'avait cessé d'aller et venir dans la maison. Isabelle excédée l'avait envoyée à Bellevue prendre des nouvelles de Sidonie :

— Le grand air te fera du bien.

Furieuse, elle était partie en courant vers Bellevue, se tordant les pieds sur le chemin de terre raviné par les dernières pluies et par le passage des charrettes. Essoufflée, elle se reposa un instant sur le petit banc devant la maison. Le vieux chien de Sidonie lui fit fête, aboyant et gambadant autour d'elle. Son manège alerta sa propriétaire, qui ouvrit sa porte.

— C'est toi, petite ? Pourquoi tu n'entres pas ? Tu es en nage. Rentre vite, que tu vas prendre mal.

Pas question de résister à Sidonie. Léa obéit et entra après avoir embrassé la brave femme.

— Rien de grave au château pour que tu aies couru comme ça jusqu'ici ?

— Non, non, c'est maman qui m'a envoyée voir si tu n'avais besoin de rien.

— Qu'elle est brave, ta mère ! Tu lui diras que je vais aussi bien que la vieillerie le permet. Ah ! mignonne, être vieux, c'est la pire chose qui puisse arriver !

— Allez, Sidonie, il vaut mieux être vieux que mort.

— Je m'demande ? C'est ce qu'on dit quand on est jeune, quand le sang circule bien rouge dans les veines, quand on peut grimper à l'échelle sans avoir peur de tomber, quand on peut être utile. Regarde-moi, maintenant. À quoi je sers ? Qu'à être une charge pour ton père, un souci pour ta mère...

— Il ne faut pas dire ça, Sidonie, tout le monde t'aime à Montillac, tu le sais bien.

— Sûr que j'le sais. Mais cela n'empêche que je m'sens une gêne, surtout maintenant avec c'te foutue guerre. Même tricoter que j'peux pas, mes pauvres mains tordues laissent échapper la laine et les aiguilles. J'voudrais tant faire des chaussettes pour nos soldats. Ils ont eu si froid, les malheureux, pendant l'autre guerre !

Une larme coula sur la joue ridée. Léa, le cœur serré, la regardait glisser, se perdre dans les rides des lèvres. Une tendre pitié la porta aux pieds de la vieille. Elle s'agenouilla comme elle le faisait quand, petite, elle avait un gros chagrin, et qu'elle enfouissait son visage dans le tablier qui sentait le blé et la lessive. Comme autrefois, la main, aujourd'hui abîmée par les rudes travaux de la terre et le travail servile, caressa les cheveux dorés.

— Ma jolie, n'aie pas de chagrin. Je suis une vieille folle qui radote et se plaint tout le temps. Ne fais pas attention, c'est l'orage qui réveille mes douleurs et me fait voir tout en noir. Allez, regarde-moi. Voyez-moi dans quel état ça se met, ce bébé-là ! Est-ce qu'on dirait une grande jeune fille qui va bientôt se marier ? Il en ferait une tête, ton fiancé, s'il te voyait comme ça, le nez et les yeux rouges comme les lapins blancs. Tu te souviens des lapins blancs ? C'était toute une histoire quand il fallait les tuer pour les manger. Tu ne voulais pas, tu te mettais devant les clapiers, bras en croix en criant : « Non, pas eux, ce sont des princesses que les mauvaises fées ont changées en lapins. » Il fallait à ton père et à moi beaucoup de ruse pour les attraper. On devait attendre la nuit et mettre dans la cage autant de bouts de ruban qu'il y avait de lapins pour que tu croies, le lendemain, que les lapins redevenus princesses avaient oublié leur ruban en s'en allant...

Le souvenir de ce conte de son enfance amena un sourire sur les lèvres de Léa.

— J'étais sotte à l'époque, je croyais encore aux fées.

— Tu n'y crois plus ? Tu as bien tort. Qu'est-ce qui t'a fait si belle ? Bien sûr, il y a le Bon Dieu, mais les fées y sont aussi pour quelque chose.

Léa riait.

— Arrête, Donie, je ne suis plus un bébé.

— Pour moi, tu seras toujours ma petite enfant, l'enfant que j'ai pas eue, dit-elle, la forçant à se relever et la serrant farouchement contre sa poitrine.

Longtemps les deux femmes restèrent enlacées.

Sidonie, la première, interrompit l'étreinte. Elle sortit

de la poche de son tablier un mouchoir à carreaux, se moucha bruyamment et s'essuya les yeux.

— Allons, c'est pas bon de s'attendrir. Tu diras à ta mère qu'elle ne s'inquiète pas, que je n'ai besoin de rien. Remercie Mlle Ruth pour sa visite d'hier... Où avais-je la tête ! Tu ne vas pas partir sans prendre une lichette de liqueur de cassis.

— Merci, Sidonie, ce n'est pas la peine.

— Pas question ! Pas question !...

7

— Laurent d'Argilat, acceptez-vous de prendre pour épouse Camille d'Argilat ici présente ?

— Oui.

Ce « oui » fermement prononcé roula sous la voûte gothique et atteignit Léa en pleine poitrine. Elle sentit son corps se pétrifier, son sang se geler, son cœur s'arrêter tandis qu'un froid mortel l'enveloppait.

Comme les pièces d'un kaléidoscope, les couleurs des vitraux illuminés par un soleil de fête se mirent à danser, irisant l'autel où officiait le prêtre, nimbant Camille dans ses voiles blancs et transformant l'uniforme de Laurent en un habit d'arlequin. « On dirait mon vieux pantin Jonas », pensa-t-elle. Les pièces du jeu magique envahissaient l'église, voilant lentement toute l'assistance. Bientôt de cette masse mouvante et colorée n'émergea qu'une grise et froide statue. Léa éprouvait un grand soulagement à se retrouver seule maîtresse des couleurs sous ses paupières closes. Un bourdonnement projeta les rouges, tel un jet de sang, vers les voûtes pour un instant réapparues ; un son plus aigu dispersa les bleus, tandis que les verts s'étalaient en un tapis sombre sur lequel, tels des pétales, vinrent se poser les jaunes, les roses et les violets. Puis, tandis que le grondement s'amplifiait, comme sous les ordres d'un chef d'orchestre invisible, les couleurs s'assemblèrent en des formes monstrueuses entourées d'un trait noir et épais, qui en soulignait l'horreur. Une figure rougeoyante et diabolique, plus effrayante encore, se dressa devant Léa. Sa peur fut si grande qu'elle s'entendit pousser un cri.

D'où provenait cette chaleur insupportable ? Qui avait repoussé les monstres ? Où étaient les teintes vives et dansantes ? Pourquoi tout était-il sombre ? Et cette musique qui broyait le cœur et martelait les tempes...

— Mademoiselle, voulez-vous faire la quête ?

Que lui voulait ce géant vêtu de rouge ? Pourquoi cet homme à l'habit grotesque, à la coiffure emplumée, lui adressait-il la parole ? D'où venait cette pression insupportable sur son bras ?

— Léa...

— Mademoiselle...

Elle tourna sur la gauche et aperçut dans une sorte de brume le visage inquiet de son fiancé. La pression ? C'était sa main. Elle se dégagea avec brusquerie. De quel droit osait-il la toucher ? Et l'autre, le bonhomme en rouge, que voulait-il avec sa corbeille doublée de satin blanc ? Qu'elle fasse la quête... Et puis quoi encore ? Ne comprenait-il pas que l'idée de passer entre les rangs de l'assistance, sa robe d'organdi rose pâle relevée d'une main et la corbeille de l'autre, lui était intolérable.

Le suisse insista :

— Mademoiselle, voulez-vous faire la quête ?

— Non, merci, dit-elle d'un ton sec.

L'homme la regarda d'un air surpris. D'habitude, les jeunes filles aimaient bien faire la quête, cela leur permettait de faire admirer leur robe... Déçu, il alla vers Françoise qui s'empressa d'accepter avec un sourire de défi.

Enfin la messe se termina. Les jeunes mariés reçurent les vœux de leurs parents et de leurs amis devant l'autel recouvert de hauts bouquets de fleurs blanches.

Quand vint le tour de Léa, tenue debout par son orgueil, Camille, rosissante, devenue belle, lui tendit les bras et la serra contre sa poitrine.

— Ma Léa, bientôt ce sera ton tour, puisses-tu être aussi heureuse que je le suis en ce moment.

Léa se laissa embrasser, lointaine. Dans son esprit bouleversé tournoyaient des mots auxquels elle s'accrochait : « Ce n'est pas vrai, c'est un rêve, un mauvais rêve... ce n'est pas vrai, c'est un rêve, un mauvais rêve... ce n'est pas vrai... »

Poussée par Claude, elle se retrouva devant Laurent et le regarda, immobile.

— Embrasse-le, dit Claude.

La musique éclatante de l'orgue accompagnait le cortège. Camille avançait heureuse, ravissante sous le voile de dentelles légèrement jaunies porté depuis des générations par les mariées de la famille d'Argilat, sa longue robe de satin crème scintillant sous le soleil. La main de la jeune femme se posait, légère, sur la manche de l'habit noir de son mari qui, prévenant, accordait son pas au sien. Derrière eux, les huit demoiselles d'honneur, toutes vêtues d'organdi rose, leurs frais visages encadrés par des capelines assorties... Léa détestait le rose et l'organdi.

Sur le parvis de l'église, une foule nombreuse attendait et salua de ses cris et de ses bravos les nouveaux époux.

Un photographe aux cheveux longs et au col orné d'une large lavallière fit se placer la noce devant le haut portail pour la traditionnelle photo. Sur l'un des clichés, Léa bougea et son visage fut si flou qu'on la reconnaissait à peine, sur l'autre, elle baissa tant la tête qu'on ne voyait que le dessus de sa large capeline.

En quittant Saint-Macaire dans la voiture de son oncle Adrien, en compagnie de Claude, Lucien et Laure, Léa fut prise d'un malaise qui la précipita pliée en deux, sur le bas-côté de la route.

— Mais cette enfant est brûlante de fièvre, s'écria Adrien en lui soutenant la tête.

Les nausées calmées, Léa se laissa tomber sur l'herbe, le visage pâle, marbré de rouge.

Adrien la mit debout, la souleva et la porta jusqu'à la voiture.

— J'ai froid, balbutia-t-elle.

Lucien sortit du coffre une couverture de voyage, dont il la recouvrit.

Le docteur Blanchard diagnostiqua une forte rougeole, ordonna une diète absolue et un repos total.

Le mariage, qui devait avoir lieu début novembre, fut repoussé à plus tard et Claude, au désespoir, dut partir rejoindre son régiment sans avoir revu sa fiancée toujours assommée de fièvre.

Veillée jour et nuit par son père, sa mère ou Ruth, Léa fut longue à se remettre. Jamais en quarante ans de carrière, le docteur Blanchard n'avait vu une rougeole aussi forte, à tel point qu'il craignit qu'elle n'annonçât une épidémie. Il n'en fut rien et le cas de Léa demeura isolé.

Presque chaque jour, parvenaient à Montillac de longues lettres de Claude d'Argilat, qui s'entassaient, non ouvertes, sur une des tables de chevet de la chambre de Léa. Chaque semaine, Isabelle Delmas informait le malheureux soldat de l'état de santé de sa fiancée. À la fin de la troisième semaine, Léa put ajouter une petite phrase à la lettre de sa mère.

Claude d'Argilat ne lut jamais cette phrase. Quand la lettre parvint à son cantonnement, il venait de mourir, tué par l'explosion d'une grenade au cours d'un exercice.

Durant plusieurs jours, on cacha la nouvelle à la convalescente, la croyant trop faible encore pour la supporter.

Par un bel et chaud après-midi de décembre, Léa faisait quelques pas sur la terrasse en s'appuyant au bras de Ruth. Elle sentait son corps renaître et soupirait de bien-être.

— Il faut rentrer maintenant. Pour une première sortie c'est assez.

— Restons encore un peu, Ruth, je suis si bien.

— Non, ma petite, dit fermement la gouvernante.

Léa savait qu'en certaines circonstances on ne résistait pas à Ruth. Elle n'insista pas.

Quelle était cette menue silhouette noire qui venait maintenant vers elles ? Pourquoi ces voiles de deuil ? Immobile, Léa regardait venir avec un sentiment d'horreur cette femme en costume de veuve.

— Laurent !

Le nom haï et aimé jaillit de sa gorge en un cri qui effraya les oiseaux des arbres. Ruth la regarda sans comprendre.

La femme en noir, le visage dissimulé par son voile, était maintenant toute proche.

— Laurent, gémit Léa en resserrant sa cape de laine.

La femme releva son voile et le visage bouleversé de Camille apparut. Elle tendit les bras à la convalescente qui, raide, se laissa embrasser.

— Ma chérie, ma pauvre chérie.

— Laurent ?...

— Que tu es généreuse de penser aux autres. Laurent va bien, il m'a chargée de t'embrasser très fort et de te dire que notre maison était la tienne.

Léa n'entendait plus. Après la trop forte angoisse, une joie folle l'envahissait. Ce fut avec un sourire radieux qu'elle embrassa Camille.

— Quelle peur tu m'as faite ! Pourquoi ces oripeaux ? De qui, de quoi portes-tu le deuil ?

— Oh ! Léa, tu ne sais donc pas ?

— Qu'est-ce que je devrais savoir ?

Camille se laissa tomber sur le sol, le visage enfoui dans ses mains.

— Mais enfin, que se passe-t-il ? Qu'as-tu ? Pourquoi te mettre dans un état pareil ? Ruth, pourquoi Camille est-elle en deuil ?

— Son frère est mort.

— Son frère ? Quel frère ?... Oh !... Tu veux dire ?...

Ruth hocha la tête.

— Claude ?...

« Comme ça, je n'aurai pas à lui dire que je ne voulais plus entendre parler de ce mariage », pensa instinctivement Léa, qui devint rouge de confusion d'avoir eu une telle pensée. La honte amena des larmes dans ses yeux, sur lesquelles Camille se méprit.

— Oh ! ma pauvre chérie.

Léa se rétablissait à vue d'œil. Malgré un froid intense qui lui rosissait les joues et le nez, elle avait repris avec son père ses longues chevauchées à travers les vignes et les prés. La guerre semblait loin. Le noir lui allait très bien.

Pour la distraire, Pierre Delmas lui proposa de l'accompagner à Paris où l'appelaient ses affaires. Ils logeraient chez les tantes d'Isabelle : Lisa et Albertine de Montpleynet. Avec enthousiasme, elle accepta. À Paris, elle pourrait revoir Laurent, qui venait d'être muté au ministère de la Guerre.

8

Le père et la fille arrivèrent à Paris par le train du soir, dans une gare si faiblement éclairée qu'on y voyait à peine. Dehors, c'était la nuit noire. De rares réverbères à la lumière tamisée n'arrivaient pas à percer les ténèbres. Après une attente qui leur sembla longue, ils trouvèrent un taxi aux phares voilés, qui les conduisit lentement le long des quais.

Léa avait l'impression de rouler dans une ville fantôme tant les voitures et les piétons étaient rares. Quelques lumières bleutées accentuaient l'irréalité des lieux.

— Voilà Notre-Dame, dit Pierre Delmas.

Léa ne remarqua qu'une masse plus sombre que le ciel.

— Voici la place Saint-Michel.

C'était donc là ce fameux quartier Latin si gai, si animé ! Seules quelques silhouettes à l'allure frileuse, qui semblaient s'éviter, allaient d'un pas pressé. Répondant à sa pensée, son père lui dit :

— Comme c'est triste, comme tout cela a changé ! À cette heure-ci, autrefois, tous les cafés de la place et du boulevard étaient encore ouverts.

Perdus dans leurs rêveries moroses, ils arrivèrent rue de l'Université sans avoir échangé d'autre parole.

L'accueil de Lisa et d'Albertine leur redonna le sourire. Une table joliment dressée les attendait dans la salle à manger, rendue plus vaste, en apparence, par le papier panoramique qui ornait les murs, représentant une scène d'embarquement pour les îles. Petite, Léa, chaque fois qu'elle était venue voir ses tantes, avait fait de cette pièce son univers. Dès qu'elle apercevait la porte entrouverte, elle se précipitait et se glissait sous le tapis de la longue table. De cet abri, elle voyait les bateaux, les énormes fleurs aux couleurs violentes et la mer d'un bleu intense. Que de voyages l'enfant avait entrepris dans cette caravelle magique qu'étaient la table et son tapis de lourd tissu vert sombre à longues franges ! Les murs racontaient toute une vie aventureuse et bariolée, qui lui rappelait les légendes que racontait Isabelle, chaque fois que ses filles voulaient entendre parler de son pays lointain qu'elles ne connaissaient pas.

— Tante Albertine, quel bonheur ! Rien n'a changé ici.

— Pourquoi veux-tu que ça change, ma mignonne ? N'est-ce pas assez que nous changions, nous ?

— Mais, tante Albertine, vous ne changez pas. Je vous ai toujours connue pareille.

— Ce qui veut dire que tu m'as toujours connue vieille.

— Oh non, tante Albertine ! Tante Lisa et vous, vous ne serez jamais vieilles.

Albertine embrassa sa nièce et la fit asseoir devant son couvert. Pierre Delmas prit place en face de sa fille.

— Vous devez avoir faim. Estelle vous a mijoté du veau aux morilles, comme vous l'aimez, Pierre, dit Albertine.

— C'est elle qui s'est souvenue que vous étiez gourmand, ajouta Lisa en minaudant.

— Je sens qu'avec vous je vais encore prendre quelques kilos et que votre nièce me grondera.

— Hi ! hi ! hi ! il n'a pas changé, toujours à plaisanter, s'esclaffèrent les deux vieilles filles.

Léa se régala et, en la voyant manger de si bon appétit, Pierre ne put s'empêcher de penser au pauvre Claude, qui avait été bien vite oublié.

Dans sa chambre, celle de sa mère autrefois, Léa trouva un magnifique bouquet de roses thé dans lequel était glissée une carte. Charmée devant la beauté des fleurs, elle prit la carte et lut : « Pour la nouvelle Parisienne, avec toute la tendresse de Camille et de Laurent. » Son plaisir fut gâché : qu'avait-elle à faire de la tendresse de Camille ? Quant à celle de Laurent, associée à celle de sa femme, il pouvait se la garder. Elle déchira le bristol et se coucha de mauvaise humeur.

Elle fut réveillée le lendemain par une bonne odeur de chocolat et par un éclatant soleil qui la fit se réfugier sous les draps.

— Fermez les rideaux...

— Debout, paresseuse, reste-t-on au lit par un temps pareil ? Sais-tu l'heure qu'il est ?

Léa risqua le bout de son nez au-dehors.

— Non ?

— Bientôt onze heures. Ton père est sorti depuis longtemps, et Camille d'Argilat a déjà appelé deux fois, dit Albertine en posant le plateau du petit déjeuner près du lit.

— Oh la barbe ! fit Léa en s'asseyant, tandis qu'Albertine lui tendait le plateau.

— Pourquoi dis-tu cela ? C'est très aimable de la part de Camille de prendre ainsi de tes nouvelles.

Léa préféra ne pas répondre et s'installa confortablement.

— Ma tante, que c'est gentil ! Tout ce que j'aime ! dit-elle en enfonçant ses dents dans une brioche tiède et dorée.

— Profites-en, ma chérie, on annonce toute une série de restrictions. Aujourd'hui, c'est un jour avec gâteaux, mais sans viande, demain les pâtisseries seront fermées et les boucheries ouvertes. Il va falloir s'habituer.

— Alors, enfin réveillée ? fit Lisa en passant son nez pointu par la porte laissée entrouverte. As-tu bien dormi ?

— Bonjour, ma tante. J'ai dormi comme un caillou. Cette chambre est si pleine de maman que j'ai l'impression qu'elle ne l'a pas quittée.

Après l'avoir embrassée, les deux sœurs sortirent.

Léa engloutit encore trois brioches et deux tasses de chocolat. Repue, elle repoussa le plateau et s'allongea les mains croisées sous la tête.

Par une des fenêtres légèrement entrebâillée passait un courant d'air qui agitait doucement les rideaux de tulle. Un soleil printanier semblait donner vie aux personnages de la toile de Jouy aux bleus passés des murs de la chambre.

Sans peine, Léa imaginait sa mère dans cette pièce, douce et calme, à son image. À quoi rêvait la jeune Isabelle par les matins de printemps ? Pensait-elle à l'amour, au mariage ? Avait-elle envie d'attraper la vie à pleins bras, de serrer contre elle un corps amoureux, d'être caressée, embrassée ? Non, cela n'était pas possible. Tout en elle paraissait si loin de ces choses.

Le téléphone sonna au loin dans l'appartement. Quelques secondes plus tard, un léger coup fut frappé à la porte.

— Entrez.

La porte s'ouvrit et une forte femme d'une cinquantaine d'années, vêtue d'une blouse gris pâle recouverte d'un grand tablier d'un blanc impeccable, entra.

— Estelle ! Que je suis contente de vous voir. Comment allez-vous ?

— Bien, mademoiselle Léa.

— Estelle, ne faites pas tant de cérémonies, venez m'embrasser.

La cuisinière-femme de chambre des demoiselles de Montpleynet ne se fit pas prier. Elle embrassa sur les deux joues celle qu'elle avait tenue, bébé, dans ses bras.

— Ma pauvre enfant ! Quel malheur !... Votre fiancé...

— Taisez-vous, je ne veux pas que l'on m'en parle.

— Oui, bien sûr... Pardonnez-moi, ma petite, je suis maladroite.

— Mais non.

— Oh ! J'oubliais... mademoiselle... Mme d'Argilat vous demande au téléphone. C'est la troisième fois qu'elle appelle.

— Je sais, fit Léa d'un ton excédé. Le téléphone est toujours dans le petit salon ? continua-t-elle en enfilant sa robe de chambre de velours grenat, cadeau de sa mère pour Noël.

— Oui, mademoiselle.

Pieds nus, elle parcourut le long couloir des chambres et entra dans le petit salon, l'endroit préféré des sœurs Montpleynet.

— Tiens, remarqua Léa, elles ont changé les tentures, elles ont bien fait, ce papier est plus gai.

Elle s'approcha de la console où était posé le récepteur décroché.

— Allô, Camille ?

— Léa, c'est toi ?

— Oui, excuse-moi de t'avoir fait attendre.

— Cela ne fait rien, ma chérie. Je suis si heureuse que tu sois à Paris. Il fait beau, veux-tu que nous allions nous promener cet après-midi ?

— Si tu veux.

— Je passe te prendre à deux heures. Ça te va ?

— Très bien.

— À tout à l'heure. Si tu savais comme je me réjouis de te revoir.

Léa raccrocha sans répondre.

Assises sur un des bancs du jardin des Tuileries, deux jeunes femmes en deuil savouraient le retour du soleil après un hiver qui avait recouvert la France d'une épaisse couche de neige durant des semaines. Le printemps enfin était là, tout l'annonçait : la douceur de l'air, la lumière plus légère rosissant doucement les immeubles de la rue de Rivoli et la façade du palais du Louvre, les jardiniers qui plantaient les premières tulipes dans les massifs bordés de buis, les regards des promeneurs sur les jambes des femmes, une certaine langueur dans les gestes, les cris plus aigus des enfants se poursuivant autour du bassin et, surtout, cette odeur indéfinissable qui flotte dans Paris au printemps et trouble jusqu'aux plus sages.

Camille, comme Léa, se laissait aller à ce bien-être voluptueux qui effaçait de son esprit le chagrin causé par la mort de son frère et la peur de voir cette drôle de guerre reprendre et lui arracher son mari. Un ballon roulant entre ses pieds la tira de sa rêverie.

— Pardon, m'dame.

Camille sourit à l'enfant blond debout devant elle, ramassa le ballon et le lui tendit.

— Merci, m'dame.

Camille le regarda partir et soupira d'un air attendri :

— Qu'il est mignon ! Regarde, Léa, il a les cheveux de la même couleur que ceux de Laurent.

— Je ne trouve pas, répondit-elle sèchement.

— J'aimerais tellement avoir un enfant comme celui-ci.

— Quelle drôle d'idée de vouloir faire un enfant maintenant. Il faut être fou ou inconscient.

L'âpreté du ton fit croire à Camille qu'elle avait blessé son amie en évoquant le bonheur d'être mère alors que la pauvre Léa venait de perdre...

— Pardonne-moi, je suis d'un égoïsme. On pourrait croire que j'ai déjà oublié le pauvre Claude alors... alors qu'il me manque tellement, dit-elle en éclatant en sanglots le visage entre ses mains.

Deux femmes ralentirent et regardèrent avec compassion la mince silhouette noire secouée de chagrin. Ces regards portèrent à son comble l'exaspération de Léa.

— Arrête de te donner en spectacle.

Camille prit le mouchoir que sa compagne lui tendait.

— Excuse-moi, je n'ai ni ton courage ni ta dignité.

Léa se retint de lui dire qu'il ne s'agissait ni de courage ni de dignité. À quoi bon se faire une ennemie de la femme de celui qu'elle aimait et qu'elle reverrait le soir même, puisque Camille l'avait invitée à dîner ?

— Viens, partons. Si on allait boire un thé ? Connais-tu un endroit pas très loin d'ici ?

— C'est une bonne idée. Si nous allions au Ritz, c'est tout près.

— Va pour le Ritz.

Elles quittèrent les Tuileries pour se diriger vers la place Vendôme.

— Vous ne pouvez pas faire attention ! s'écria Léa.

Un homme qui sortait en courant du célèbre hôtel l'aurait renversée si deux mains vigoureuses ne l'avaient pas retenue *in extremis*.

— Excusez-moi, madame. Mais... n'est-ce pas la ravissante Léa Delmas ? Ma chère, malgré ce déguisement je vous aurais reconnue entre toutes. Je garde de vous un inoubliable souvenir.

— Voulez-vous me lâcher ? Vous me faites mal.

— Pardonnez-moi, je suis une brute, dit-il en souriant.

François Tavernier retira son chapeau et s'inclina devant Camille.

— Bonjour, madame d'Argilat, vous souvenez-vous de moi ?

— Bonjour, monsieur Tavernier. Je n'ai oublié aucune des personnes présentes le jour de l'annonce de mes fiançailles.

— Je sais que votre mari est désormais à Paris. Si je ne suis pas indiscret, puis-je vous demander de qui vous portez le deuil ?

— De mon frère, monsieur.

— Je suis sincèrement désolé, madame d'Argilat.

— Et moi, on ne me demande rien, dit Léa, furieuse d'être tenue à l'écart.

— Vous ? répliqua-t-il sur le ton de la plaisanterie, je suppose que c'est par coquetterie que vous vous affublez de noir. Un de vos amoureux a dû vous dire que cela vous allait et mettait en valeur votre teint et vos cheveux.

— Oh ! monsieur, taisez-vous ! s'exclama Camille. Comment pouvez-vous dire cela... Mon frère Claude était son fiancé.

Si Léa avait été plus observatrice et moins en colère, elle aurait remarqué les diverses expressions qui se succédèrent sur le visage de François Tavernier : étonnement, compassion, doute et enfin ironie.

— Mademoiselle Delmas, je vous demande pardon à genoux. Je ne savais pas que vous étiez éprise de M. d'Argilat et que vous alliez l'épouser. Je vous présente mes très sincères condoléances.

— Ma vie privée ne vous regarde pas. Je n'ai que faire de vos condoléances.

Camille s'interposa :

— Monsieur Tavernier, ne lui en voulez pas. Elle ne sait plus ce qu'elle dit. La mort de mon frère l'a bouleversée. Ils s'aimaient tellement.

— J'en suis convaincu, fit François Tavernier en faisant un clin d'œil à Léa.

Ainsi ce malotru, ce voyou, cette canaille n'avait pas oublié la scène des Roches-Blanches et il avait le culot de le lui faire comprendre. Léa prit Camille par le bras.

— Camille, je suis fatiguée, rentrons.

— Non, pas tout de suite, viens boire un thé, ma chérie, cela te fera du bien.

— Mme d'Argilat a raison. Je vous recommande le thé au Ritz. Quant aux pâtisseries, c'est un délice, dit François Tavernier d'un ton précieux qui contrastait tellement avec son aspect que, malgré sa fureur, Léa faillit éclater de rire.

Elle ne put cependant empêcher un bref sourire de venir, un instant, éclairer sa physionomie renfrognée.

— Voilà qui est mieux, s'écria-t-il. Pour un sourire de vous, fugitif hélas, précisa-t-il devant le joli visage redevenu sombre, je serais capable de me damner.

Un homme en uniforme gris, la casquette à la main, qui depuis le début de la conversation se tenait à peu de distance du groupe devant une grande limousine noire, s'avança.

— Pardonnez-moi, monsieur, mais vous allez être en retard, le ministre vous attend.

— Merci, Germain. Que peut un ministre contre une jolie femme ? Qu'il attende ! Cependant, mesdames, je dois prendre congé de vous. Me permettez-vous, madame d'Argilat, de venir vous présenter mes respects un jour prochain ?

— Avec grand plaisir, monsieur Tavernier. Mon mari et moi en serons ravis.

— Mademoiselle Delmas, aurai-je le bonheur de vous revoir ?

— Cela m'étonnerait, monsieur. Je reste peu de temps à Paris et je suis très occupée à voir mes amis.

— Alors nous nous reverrons, je me sens plein d'amitié pour vous.

François Tavernier salua une dernière fois, monta dans la voiture. Le chauffeur ferma la portière, se glissa au volant et démarra doucement.

— Alors, nous allons le boire ce thé ?

— Je croyais que tu voulais rentrer.

— J'ai changé d'avis.

— Comme tu voudras, ma chérie.

Dans son ravissant appartement du boulevard Raspail, où de très beaux meubles Louis XIV, mélangés à du mobilier moderne, donnaient un aspect de luxe raffiné, Camille achevait de disposer les fleurs au centre de la table. Toute au plaisir calme de ces préparatifs auxquels chaque nouvelle épousée s'adonne avec une fierté de propriétaire, Camille n'entendit pas Laurent entrer. Son baiser dans le cou, au-dessus du col de dentelle noire de sa robe de crêpe, lui arracha un petit cri.

— Tu m'as fait peur, dit-elle tendrement en se retournant, un bouquet de primevères roses à la main.

— Comment s'est passée ta journée avec Léa ?

— Bien. La pauvre est encore sous le choc de la mort de Claude. Elle est tour à tour triste et gaie, abattue et énergique, douce et brutale. Je ne savais que faire pour lui être agréable.

— Il fallait l'emmener dans des endroits où il y avait du monde.

— C'est ce que j'ai fait, je l'ai emmenée prendre un thé au Ritz, où nous avons rencontré François Tavernier.

— Ce n'est pas surprenant, puisqu'il y habite.

— Il a été charmant et compatissant avec moi, et très bizarre avec Léa.

— Comment cela bizarre ?

— On dirait qu'il cherche sans cesse à la taquiner, à la mettre hors d'elle, ce qu'il ne réussit que trop bien. Toi qui le connais un peu, quel genre d'homme est-ce ?

Laurent réfléchit avant de répondre.

— C'est assez difficile à dire. Au ministère, certains le prennent pour une canaille, capable de tout pour gagner de l'argent ; d'autres, pour un des hommes analysant le mieux la situation. Aucun ne doute de son courage, ses blessures en Espagne l'attestent, ni de son intelligence ni de ses connaissances... Il passe aussi pour avoir de nombreuses maîtresses et quelques amis fidèles.

— Ce portrait n'est ni convaincant ni engageant. Mais toi, qu'en penses-tu ?

— Je n'ai pas vraiment d'avis. Il m'est à la fois sympathique et antipathique. Nous sommes d'accord sur de nombreux points, notamment sur la faiblesse du commandement militaire et sur l'imbécillité de cette situation d'attente qui dégrade l'esprit des troupes. J'ai approuvé l'analyse terrible qu'il a faite de la guerre russo-finlandaise malgré les propos cyniques qu'il a tenus... J'éprouve à son encontre une certaine réticence : il me séduit et l'instant d'après il me révolte. On dirait qu'il n'a aucun sens moral ou alors qu'il le cache bien. Que t'en dire d'autre ? C'est une personnalité trop complexe pour être analysée en quelques mots...

— C'est la première fois que je te vois dérouté par quelqu'un.

— Oui, c'est une forme d'intelligence que je ne comprends pas. Quelque chose m'échappe chez lui. Nous avons la même éducation, nous sortons des mêmes écoles, d'un milieu semblable, notre culture, nos goûts littéraires et musicaux sont très proches ; nous avons voyagé, étudié, réfléchi. Tout cela aboutit chez moi à de l'indulgence envers l'humanité, à un désir de me battre pour préserver nos libertés, chez lui à de la dureté, à de l'indifférence quant à l'avenir du monde.

— Je ne le crois ni dur ni indifférent.

Laurent regarda avec attendrissement sa jeune femme.

— Tu es tellement bonne que tu ne peux imaginer le mal chez personne.

Un coup de sonnette retentit.

— Ce sont nos invités. Reçois-les, je vais voir à la cuisine si tout est près.

« Ce dîner, quel ennui. » Jamais de sa vie, Léa ne s'était autant ennuyée. Comment pouvait-on supporter plus de cinq minutes les bavardages de Camille et des demoiselles de Montpleynet, qui ne portaient que sur les difficultés d'approvisionnement des Parisiens, la défense passive et les domestiques ? Encore heureux qu'il n'y ait pas eu d'enfants, sinon on était bon pour les mérites comparés des laits maternels, concentrés en poudre, ou des différentes manières d'emmailloter les poupons. Et même son père, qui n'était pourtant pas très au courant de ces choses, leur donnait la réplique !

Quant à Laurent, le mariage ne lui réussissait pas. Bien évidemment, il avait pris de l'embonpoint et perdu ses cheveux ; ses dents paraissaient moins blanches et son œil, éteint. Il y avait de quoi, avec un éteignoir comme sa femme ! Malgré cette image dégradée, toute la vie de Léa s'était arrêtée au moment où elle avait franchi le seuil de l'appartement. Comme il était beau, mince et naturellement élégant ! Son regard brillant la contemplait avec une admiration qu'il ne pouvait dissimuler. Et, quand il l'avait tenue dans ses bras, serrée contre lui, plus longuement qu'il n'était convenable, pensait-elle, sa bouche dans ses cheveux, sur ses joues... Qu'avait-il dit ? « Qu'elle était sa sœur... » Où prenait-il cette idée ridicule ?... Sa sœur !... Qu'avait-il ajouté encore ? « Claude l'aurait voulu ainsi. » Que savait-il des désirs d'un mort ? Et elle ? N'avait-elle pas son mot à dire. « Cette maison est la tienne. » Ça c'est gentil. Mais qu'il n'insiste pas trop, sinon, elle pourrait bien le prendre au mot. La seule chose qu'elle désirait de lui c'était ses lèvres sur les siennes. Elle s'était contentée de répondre :

— Merci, Laurent.

Elle qui s'était fait une joie de ces retrouvailles, voilà que tout était parti dans un ennui qui la rendait injuste envers son amour.

Deux semaines passèrent, durant lesquelles Léa vit presque chaque jour Laurent. Malheureusement, jamais seul. Pour ces quelques instants passés auprès de lui, elle supportait la présence de Camille, dont la gentillesse lui était de plus en plus odieuse. Dans ses rares moments de lucidité et de bonne humeur, elle convenait que Camille était moins ennuyeuse que la plupart des femmes, sachant parler de tout sans paraître pédante et se donnant, pour la distraire, beaucoup de mal. N'avait-elle pas accepté, elle, si à cheval sur les convenances, de l'emmener au cinéma, au théâtre malgré son deuil ? Léa la revoyait encore, retirant de son chapeau noir le long voile de crêpe qu'elle avait plié, avec une lenteur qui disait mieux que des mots son chagrin. Elle avait fait cela pour lui plaire quand Léa lui avait décrété qu'elle en avait assez de sortir avec une veuve, que cela la démoralisait et la rendait malade...

Un matin, Pierre Delmas entra dans la chambre de sa fille qui prenait son petit déjeuner au lit.

— Bonjour, ma chérie, es-tu contente de ton séjour à Paris ?

— Oh ! oui, papa, bien que je n'aie pas fait des choses très amusantes.

— Qu'appelles-tu « faire des choses amusantes » ? Tu es sortie tous les jours ; tu as été dans les musées, les grands magasins, tu as fait du canot au bois de Boulogne. Que veux-tu de plus ?

— J'aurais voulu aller danser, au cabaret, aux Folies-Bergère, m'amuser quoi.

— Te rends-tu compte de ce que tu dis ? Ton fiancé est mort depuis quatre mois à peine et tu ne penses qu'à danser. N'aurais-tu pas de cœur ?

— Ce n'est pas de ma faute s'il est mort.

— Léa, tu dépasses les bornes. Je ne t'ai jamais crue amoureuse de ce pauvre Claude, mais là, vraiment, tu me déçois.

Le ton méprisant de son père blessa Léa comme une gifle. Elle se sentit brusquement si malheureuse, si incomprise et si dévoilée à la fois, qu'elle éclata en sanglots.

Pierre Delmas pouvait tout supporter, sauf les larmes de son enfant préférée.

— Ma petite, ce n'est rien, ce n'est pas grave. Je comprends, c'est dur de devoir te priver des plaisirs de ton âge. Nous allons rentrer à la maison, tu retrouveras ta mère, nous reprendrons nos promenades...

— Je ne veux pas rentrer à Montillac.

— Pourquoi, puisque tu t'ennuies à Paris ?

Léa ne répondit pas.

— Ma chérie, réponds-moi.

Elle leva vers son père un visage sillonné de larmes, sachant bien qu'à cette vue il ferait ce qu'elle voudrait.

— Je voudrais m'inscrire à la Sorbonne pour suivre des cours de littérature, dit-elle d'une petite voix.

Pierre Delmas la regarda avec étonnement.

— Quelle drôle d'idée ! En d'autres temps, je ne dis pas. As-tu oublié que nous sommes en guerre ?

— Ce n'est pas une drôle d'idée. Camille et plusieurs de ses amies y vont. Quant à la guerre, elle n'est pas encore ici. Mon petit papa, dis oui, je t'en prie.

— Il faut que j'en parle à ta mère et que je demande à tes tantes si elles seraient d'accord pour te loger, dit Pierre Delmas en tentant de repousser Léa qui l'étouffait sous les baisers.

— Téléphone à maman, je me charge des tantes, dit-elle en sautant du lit. D'ailleurs, ajouta-t-elle, Camille m'a proposé de venir m'installer chez elle si cela posait le moindre problème.

— Je vois que j'ai à faire à un véritable complot. Où vas-tu aujourd'hui ?

— Je ne sais pas encore, Camille doit me téléphoner. Et toi, que fais-tu ?

— J'ai un rendez-vous et un déjeuner d'affaires.

— N'oublie pas que ce soir nous dînons chez Laurent, qui veut nous présenter quelques-uns de ses amis.

— Je n'oublierai pas. À ce soir.

— A ce soir. N'oublie pas également de téléphoner à maman !

La porte refermée, Léa se mit à danser dans la chambre, sûre d'obtenir de son père ce qu'elle venait de lui demander. Aujourd'hui, elle passait à l'attaque. La veille, elle avait dit à Camille qu'elle avait des courses à faire seule, et à ses tantes, qu'elle déjeunait avec Camille. Que c'était bon d'être libre, d'avoir une journée à soi ! Quelle chance, il faisait beau ! Elle allait pouvoir étrenner le joli tailleur acheté en cachette dans cette élégante boutique du faubourg Saint-Honoré. Avec le chapeau, le sac, les chaussures et les gants. Toutes ses économies y étaient passées. En chantonnant, elle se dirigea vers la salle de bains. Quand elle sortit, enveloppée dans un vaste peignoir blanc qui embaumait fortement *Après l'ondée*, Albertine qui passait par là lui demanda si elle n'avait pas renversé le flacon de parfum.

Bientôt onze heures. Si elle voulait être à midi au ministère de la Guerre, il fallait qu'elle se dépêche. Avec hâte, elle s'habilla. Elle frémit de plaisir au contact de la blouse de soie rose pâle qui lui éclairait le visage. La jupe de lourd crêpe noir lui allait à merveille. Quant à la veste, elle faisait ressortir la minceur de sa taille. Elle fixa sur ses cheveux relevés un de ces délicieux chapeaux qu'on ne trouve qu'à Paris, sorte de tambourin de paille noir discrètement orné de fleurettes roses et d'une violette. De hauts escarpins, des gants de la peau la plus fine et une mince pochette assortie au chapeau complétèrent cette toilette un peu sévère, qui n'arrivait pas à vieillir Léa, malgré son désir de paraître plus femme. Un dernier regard avant de partir pour vérifier la couture de ses bas et son aspect général : l'image renvoyée par la glace de la haute armoire lui plut tellement qu'elle lui sourit avec bonheur.

Maintenant, il s'agissait de sortir sans être vue des tantes et d'Estelle, qui ne manqueraient pas de s'étonner qu'une fiancée en deuil porte du rose et des fleurs à son chapeau.

Sur le trottoir de la rue de l'Université, la porte cochère claqua derrière elle. Léa poussa un soupir de soulagement. En frissonnant, elle se dirigea vers le boulevard Saint-Germain pour trouver un taxi. Quel froid ! Le soleil n'était qu'un leurre, l'hiver était revenu. Heureusement que le gouvernement avait autorisé le chauffage jusqu'au 15 avril !

Elle dut marcher jusqu'à Saint-Germain-des-Prés pour trouver un taxi, suivie par les regards admiratifs des hommes et ceux, souvent envieux, des femmes. À la station, les chauffeurs prenaient le soleil appuyés à leur véhicule, fumant une cigarette ou tapant des pieds pour se réchauffer. Léa monta dans la première voiture. Un homme encore jeune, coiffé d'une incroyable casquette à carreaux, s'installa au volant.

— Où dois-je vous conduire, joli printemps noir ?

— Au ministère de la Guerre, s'il vous plaît.

— Va pour le ministère de la Guerre.

Léa s'approcha du planton.

— Je voudrais parler au lieutenant d'Argilat.

— Vous avez rendez-vous ?

— Oui, bredouilla Léa impressionnée par le lieu où circulaient, comme dans le hall d'une gare, des soldats, des officiers de tous les corps d'armée.

— Léa, que fais-tu ici ?

— Mademoiselle dit qu'elle a rendez-vous avec vous.

Laurent haussa les sourcils mais, devant l'air penaud de Léa, dit en l'entraînant :

— C'est exact. Que se passe-t-il ? Rien de grave ?

— Non, j'avais simplement envie de te voir, répondit-elle en lui jetant un regard en biais, et de déjeuner avec toi, ajouta-t-elle rapidement.

— Voilà une excellente idée. Par chance, je suis libre. Viens dans mon bureau, je vais appeler Camille pour lui dire de venir nous rejoindre.

— Oh non ! s'écria-t-elle.

Devant le regard surpris de Laurent, Léa dit d'un ton radouci :

— Camille n'est pas libre à déjeuner aujourd'hui : elle avait des courses à faire pour ce soir.

— C'est vrai, j'oubliais la réception ! Où veux-tu que nous allions déjeuner ?

— Dans un endroit très élégant.

— D'accord, dit-il en riant. Que dirais-tu de Maxim's ?

— Magnifique !

Un chauffeur du ministère les déposa rue Royale. Albert, le maître d'hôtel, les accueillit avec sa courtoisie habituelle.

— La table de M. d'Argilat.

Beaucoup de têtes se levèrent à l'entrée de Léa, dont le cœur battait fort sous la blouse de soie rose. Assise, elle regarda autour d'elle sans essayer de dissimuler sa curiosité et son plaisir d'être dans le restaurant le plus célèbre du monde. Tout lui semblait inoubliable : les fleurs dans les vases d'argent, la porcelaine, les cristaux, le service silencieux et rapide des garçons, les miroirs qui reflétaient à l'infini la lumière rose des abat-jour, les bijoux des femmes, leurs chapeaux, la dentelle des rideaux, le rouge du velours sur les boiseries sombres. Tout ici respirait le luxe ; la guerre était loin.

— On dirait Maurice Chevalier, dit-elle à l'oreille de Laurent.

— C'est lui. Et là-bas, dans le fond, c'est Sacha Guitry. À la table voisine, la belle Mary Marquet...

Un maître d'hôtel leur tendit les cartes.

— Que veux-tu manger ?

— Cela m'est égal, je suis sûre que tout est bon. Choisis pour moi.

La commande passée, le sommelier s'approcha.

— Que désirez-vous boire, monsieur ?

— Du champagne, s'écria Léa.

— Vous avez entendu ? Madame désire du champagne.

Très vite le vin arriva.

— Buvons à nous, dit Léa en levant son verre.

— À nous et à ceux que nous aimons, ajouta Laurent.

Ils burent en silence en se regardant.

Sous les yeux de l'homme qu'elle aimait, Léa s'épanouissait. Le pointillé de la voilette donnait du mystère à son frais visage, faisait paraître plus sensuelle sa bouche humide. Elle sentait sur elle, comme une caresse, le regard de Laurent. Avec une coquetterie délibérée, elle releva lentement sa voilette, livrant ainsi la nudité de son visage.

— Que tu es belle !

À cette voix émue, Léa répondit par un rire de gorge. Laurent crispa les mains sur la nappe blanche. Ce mouvement la fit tressaillir, comme si les doigts s'étaient refermés sur sa peau. Elle eut alors un geste qui remontait à son enfance, mais qui, dans les circonstances, était d'une inconcevable provocation : entre son pouce et son index, elle tordit sa lèvre inférieure.

— Arrête !

Les doigts restèrent en suspens et Léa fit une moue faussement étonnée. Laurent fut sauvé d'une explication par l'arrivée des plats, sur lesquels, gourmande et affamée, Léa se précipita. En quelques bouchées, elle mangea son saumon fumé.

— Hum ! Que c'est bon !

Puis sans transition, elle ajouta :

— Tu crois que la reprise de la guerre est pour bientôt ?

Il s'attendait si peu à cette question qu'il faillit renverser son verre.

— Oui. Je dois rejoindre mon régiment.

Les yeux soudain agrandis, le cœur arrêté, Léa demanda :

— Quand ?
— Après-demain.
— Où ?
— Près de Sedan.
— Tu le sais depuis longtemps ?
— Depuis trois jours.
— Tu l'as dit à Camille ?
— Je n'ai pas encore eu le courage.

Léa toucha à peine au plat suivant, mais but plusieurs verres de champagne. Peu à peu les images de Laurent mort ou blessé s'éloignèrent. Une euphorie, née de l'alcool, colora ses pensées.

— Parlons d'autre chose, veux-tu, proposa-t-elle en posant la main sur la sienne.

— Tu as raison. Pourquoi attrister ces derniers instants de bonheur et de paix ? Je garderai de toi, dans les pires moments, ton image de belle dame rose et noir.

Le menton appuyé sur la paume de sa main, Léa se pencha, les yeux mi-clos.

— Tu vois bien que tu m'aimes.

Une rougeur juvénile enflamma le visage de Laurent.

— Ne le nie pas, je le sens. Non ! Tais-toi, laisse-moi parler. Toi, tu dirais des bêtises. Je t'aime, Laurent, je t'aime encore plus que le jour où je te l'ai dit. Je me suis fiancée à Claude pour me venger, pour te faire mal. Heureusement, il est... ce n'est pas ça que je voulais dire. Je voulais dire que je suis toujours libre.

— Tu oublies que moi je ne le suis pas.

— C'est vrai, mais c'est moi que tu aimes.

— C'est faux. Et quand bien même, crois-tu que je serai assez lâche pour abandonner Camille ? Surtout...

— Surtout ?

— Tiens, mais c'est ce cher d'Argilat.

— Tavernier ! Comment allez-vous ?

Il était insupportable d'élégance. « Un vrai parvenu », pensa Léa avec la plus grande mauvaise foi, devant la haute silhouette vêtue d'un complet gris souris d'une coupe irréprochable.

— Pas aussi bien que vous, hélas. Je suis ravi de vous revoir, mademoiselle Delmas.

Léa inclina la tête d'un geste rageur qui fit sourire le gêneur.

— Je vois qu'il n'en est pas de même pour vous. Permettez-moi de prendre congé, nous nous verrons plus longuement ce soir.

Après un geste de la main, François Tavernier s'éloigna, saluant deux ou trois personnes avant de quitter la salle.

— Je ne peux pas le voir. J'ai dû mal comprendre : tu ne l'as pas invité pour ce soir ?

— Si, cela faisait plusieurs fois qu'il me disait vouloir saluer Camille.

— Eh bien, elle va être gaie cette soirée.

— Tu es injuste, il peut être très drôle et charmant.

— Ça m'étonnerait, c'est un grossier personnage. J'en ai assez de cet endroit, sortons.

Dehors le temps s'était gâté : plus de soleil, mais un ciel maussade.

— On dirait qu'il va neiger, fit Laurent en se dirigeant vers la voiture du ministère qui venait de se garer le long du trottoir.

— Oui, rentrons, j'ai froid.

— Ça ne m'étonne pas, tu n'es pas habillée assez chaudement. Viens vite dans la voiture.

Une fois installé, il recouvrit Léa de son imperméable et lui entoura les épaules de son bras.

Durant quelques instants, ils roulèrent en silence.

— Rue de l'Université, s'il vous plaît.

— Serre-moi, cela me réchauffe, dit-elle en inclinant la tête sur l'épaule de son compagnon.

Les yeux fermés, Léa sentait un trouble comparable au sien envahir le jeune homme. Bientôt elle n'y tint plus.

— Embrasse-moi.

Laurent tenta d'ignorer ces lèvres tendues, mais, lentement, fermement, Léa l'attira à elle. Il ne résista plus. Oubliant Camille, la présence du chauffeur, sa bouche happa celle de la tentatrice et le temps s'abolit. Quand il réussit à s'arracher d'elle, la voiture roulait au pas dans la rue de l'Université.

— À quel numéro dois-je m'arrêter, mon lieutenant ? dit le chauffeur d'une voix basse et gênée.

— C'est ici. Arrêtez-vous.

— Bien, mon lieutenant.

En silence, Léa le regardait d'un air triomphant. On dirait un animal, pensa Laurent en essayant de se composer une attitude et en se coiffant du bout des doigts. L'automobile s'arrêta. Sans attendre que le chauffeur lui ouvre la portière, Léa descendit, son chapeau à la main. Laurent l'accompagna jusqu'à la porte.

— Excuse-moi pour tout à l'heure.

— Pourquoi t'excuser ? C'était très agréable, non ! Ne fais pas cette tête, ce n'est pas catastrophique d'être amoureux. À ce soir, mon amour.

Le lieutenant d'Argilat resta un moment immobile devant la porte qui venait de se refermer.

Bien que son père ait insisté pour qu'elle se prépare à temps, Léa arriva avec vingt minutes de retard à la réception donnée en leur honneur par Laurent et Camille. Elle étrennait ce soir-là un long fourreau de satin noir qu'elle avait acheté au début de son séjour. Quand Pierre Delmas avait vu sa fille ainsi vêtue, moulée comme dans une double peau brillante, les épaules et les bras paraissant plus nus d'émerger de ce noir qui en soulignait la blancheur, il s'était écrié :

— Tu ne peux pas sortir dans cette tenue !

— Enfin, papa ! C'est la mode, toutes les femmes portent des fourreaux.

— Peut-être, mais pour une jeune fille, ce n'est pas convenable. Retire cette robe.

Les yeux de Léa s'assombrirent, ses lèvres se pincèrent.

— Je n'ai pas d'autre robe. J'irai avec celle-ci ou je n'irai pas.

Connaissant sa fille, Pierre Delmas savait que rien ne pouvait la faire changer d'avis.

— Mets au moins un châle, dit-il, capitulant.

— J'ai mieux que ça. Regarde ce que m'a prêté tante Albertine : sa cape de renard noir.

De longues boucles d'oreilles de diamant, empruntées à Lisa, complétaient sa tenue et faisaient paraître plus fragile sa nuque aux cheveux relevés.

Une jeune femme de chambre les conduisit au vestiaire encombré de vêtements. Sous le regard courroucé de son père, Léa y laissa la veste de renard noir. Quand elle entra dans le salon, d'une allure désinvolte, appuyée au bras de son père, tenant à la main un réticule de perles blanches et noires, tous les regards se tournèrent vers elle.

— Léa, que tu es belle, s'exclama Camille vêtue d'une simple et longue robe de crêpe noir à la jupe froncée, au sage corsage blanc fermé par un camée, aux manches s'arrêtant au coude. J'ai une surprise pour toi, regarde qui est là.

— Raoul ! Jean !

Redevenant enfant, Léa se précipita dans les bras des frères Lefèvre, tous les deux en uniforme.

— Quel bonheur ! Que faites-vous à Paris ?

— Nous étions en permission, dit Raoul.

— Nous remontons au front, précisa Jean.

— Notre train n'étant que demain matin, nous sommes passés voir Camille et Laurent, qui nous ont invités pour ce soir.

— Nous voulions aller te voir, quand Camille nous a dit que tu venais et qu'il fallait te faire une surprise.

— Quelle bonne idée ! fit Léa avec un sourire radieux à l'adresse de Camille.

— Viens, que je te présente à nos amis.

Léa salua un général, un colonel, un académicien, un écrivain en renom, un peintre connu, une jolie femme, deux dames d'âge mûr et... François Tavernier.

— Encore vous !

— Quel aimable accueil, je reconnais bien là votre charmant caractère.

Cavalièrement Léa lui tourna le dos.

— L'envers vaut l'endroit.

Elle se retourna d'un seul mouvement.

— Cessez vos grossièretés !

— Ma chère, quand une femme porte certaines robes, c'est pour que les hommes remarquent autre chose que la couleur du tissu. Vous ne pensez pas ? Demandez à notre cher Laurent d'Argilat.

— Que doit-on me demander ? dit Laurent en s'arrêtant près d'eux.

— Mlle Delmas s'inquiétait de savoir si sa robe lui allait bien et si elle vous plaisait.

— Beaucoup, balbutia Laurent. Excusez-moi, je crois que Camille a besoin de moi, dit-il en s'éloignant.

— Goujat ! fit Léa à l'adresse de François, qui éclata de rire tandis qu'un général s'approchait de lui.

— Alors, Tavernier, avez-vous réussi ?

— Pas encore, mon général.

Léa se dirigea vers le buffet, où Raoul et Jean Lefèvre étaient en grande discussion avec son père.

— Nous parlions du pays, dit Raoul. Quand rentrez-vous ?

— Je crois que je vais rester encore un peu, je voudrais suivre des cours à la Sorbonne. Papa, as-tu téléphoné à maman ?

— Oui.

— Elle accepte ?

— Pour la Sorbonne, elle dit que l'année est trop avancée, mais que tu peux rester encore une quinzaine de jours si tes tantes sont d'accord.

— Bien sûr qu'elles sont d'accord ! Merci, papa. Tu restes aussi ?

— Ce n'est pas possible, je partirai dans deux jours.

Raoul tendit un verre de champagne à Léa et l'entraîna à l'écart.

— Tu ne devrais pas rester ici. La guerre va reprendre, ça peut devenir dangereux.

— Tu imagines les Allemands à Paris, toi ? Mais vous allez les arrêter. N'êtes-vous pas plus nombreux qu'eux ?

— Ça n'a rien à voir, ils sont mieux préparés, leurs armes sont mieux adaptées et leur aviation est supérieure.

— Peut-être, mais vous êtes plus courageux.

Raoul hocha la tête.

— Le courage, tu sais, face à leurs chars...

— Écoute, je suis si heureuse de te voir, ne gâche pas cette soirée.

— Tu as raison. Buvons à la victoire et à toi qui es si belle.

Léa, Raoul et Jean se dirigèrent vers une petite pièce, ouverte par une porte à double battant sur le salon où se tenaient les invités. Les murs en étaient couverts de livres, un feu brûlait dans une cheminée de marbre blanc sur laquelle était posé un magnifique bronze représentant un cheval et son cavalier attaqués par des loups. Léa s'assit dans l'un des deux fauteuils à oreilles encadrant le foyer. Les garçons prirent place à ses pieds.

Silencieux, les trois jeunes gens regardaient sans les voir les flammes claires. Ils se laissaient doucement engourdir par la chaleur, bercés par le crépitement des bûches. Depuis un moment, appuyé contre un des montants de la porte, François Tavernier les observait, un verre de champagne à la main. Il éprouvait une instinctive sympathie pour les deux frères, dont les qualités de cœur et de courage étaient si simplement évidentes. Il s'amusait de les voir tellement épris de leur coquette amie, se demandant ce qu'il adviendrait si d'aventure elle jetait son dévolu sur l'un ou l'autre.

Léa bougea et s'étira avec une sorte de grognement heureux. Ses bras, ses épaules, son visage tendus vers les flammes étaient nimbés de lumière dorée. La ligne pure de son profil se découpait sur un fond de lumière qui laissait ses traits dans l'ombre. Puis, sa tête s'inclina, présentant une nuque qui appelait le baiser ou la morsure.

François Tavernier porta si brusquement son verre à ses lèvres qu'un peu de champagne se renversa sur l'impeccable smoking. Il lui fallait cette fille. Il ne se souvenait pas avoir aussi violemment désiré une femme. Qu'avait-elle de plus que les autres ? Certes, elle était belle, très belle même, mais c'était une enfant, une vraie jeune fille, très certainement. Et il avait horreur des vraies jeunes filles, toujours si sottement sentimentales et pleurnichant immanquablement sur la perte de leur virginité. Celle-là, cependant, lui semblait d'une autre trempe. Il avait encore dans l'oreille l'accent avec lequel elle avait déclaré son amour à ce benêt d'Argilat. Si ç'avait été à lui qu'elle était venue faire une pareille déclaration, il l'aurait allongée sur un canapé ou entraînée dans une grange voisine. Il était sûr qu'elle aurait aimé ça : le piquant du foin sur sa peau de rousse. Son sexe se gonfla... Un jour, elle serait à lui.

Léa se tourna vers la porte et surprit le regard ardent posé sur elle ; elle ne se trompa point sur sa nature. Elle aimait ces regards d'homme lourdement appuyés, sans équivoque. Bien que haïssant celui qui la contemplait, elle éprouva un brusque frisson de plaisir sur lequel ses jambes se resserrèrent. Ce bref mouvement n'échappa pas à l'œil de François Tavernier, qui sourit avec une satisfaction de mâle. Ce sourire agaça Léa, qui ne savait pas qu'il cachait une émotion plus grande.

— Que faites-vous, planté ainsi ?

— Je vous regarde.

L'intensité mise dans la réponse irrita davantage Léa, qui se leva avec une lenteur étudiée.

— Vous, venez, dit-elle aux frères Lefèvre, impossible d'être tranquille, même ici.

Sans les attendre, elle se dirigea vers le salon. Comme elle passait devant François Tavernier, il l'arrêta, lui prit le bras et dit d'une voix tendue :

— Je n'aime pas que l'on me traite ainsi.

— Il faudra pourtant vous y habituer si nous devons, par malheur, nous revoir. Lâchez-moi.

— Avant, laissez-moi vous donner un conseil... oui, je sais, vous n'en avez rien à faire. Ne restez pas à Paris, cela va devenir dangereux.

— Vous vous trompez sûrement, cela ne doit pas être

dangereux puisque vous y êtes, au lieu d'être au front comme tous les hommes dignes de ce nom.

Il pâlit sous l'insulte, ses traits se durcirent et son regard devint mauvais.

— Si vous n'étiez une gamine, je vous enverrais mon poing dans la figure.

— Les femmes sont sans doute les seuls ennemis que vous sachiez combattre. Lâchez-moi, vous me faites mal.

Sans raison apparente, il éclata d'un grand rire qui domina le bruit des conversations et lâcha le bras où ses doigts avaient laissé une trace rouge.

— Vous avez raison, seules les femmes sont des adversaires à ma taille et je dois reconnaître que je ne gagne pas toujours.

— Il me paraît étonnant que vous puissiez gagner quelquefois.

— Vous verrez bien.

— C'est tout vu, monsieur.

Léa rejoignit Camille qui bavardait avec une de ses invités.

— J'ai l'impression que notre jeune amie a eu maille à partir avec Tavernier, dit la belle jeune femme.

Léa la regarda avec cet air hautain qu'elle avait parfois quand on lui posait une question indiscrète, et que sa mère avait tenté, vainement, de lui faire perdre.

— Je ne vois pas de quoi vous voulez parler.

— Mme Mulstein, qui le connaît bien, nous parlait de M. Tavernier dans les termes les plus élogieux, dit Camille précipitamment.

Léa ne répondit pas, attendant la suite avec une indifférence à peine polie.

— Mon père et mon mari ont pour lui la plus grande estime. Il est le seul à m'aider pour obtenir qu'on leur permette de quitter l'Allemagne.

— Pourquoi veulent-ils quitter l'Allemagne ? fit, presque malgré elle, Léa intriguée.

— Parce qu'ils sont juifs.

— Et alors ?

Sarah Mulstein regarda cette belle fille à la fois provocante et enfantine dans son fourreau de satin noir, et se revit quelques années plus tôt, entrant dans un élégant cabaret de Berlin au bras de son père et de son jeune mari, étrennant, elle aussi, une nouvelle robe de satin, blanche celle-là. Le directeur s'était précipité en reconnaissant en son père Israël Lazare, le chef d'orchestre mondialement connu, et leur avait proposé sa meilleure table. Ils l'avaient suivi, quand un homme grand et blond, au visage congestionné, en uniforme de SS, leur avait barré le passage, un verre de cognac à la main, en interpellant son père :

— Israël Lazare ?

Son père s'était arrêté, avait souri et s'était incliné pour saluer tandis que l'autre s'était écrié :

— Mais, c'est un nom juif, ça...

Dans la vaste salle rouge et noir, les conversations s'étaient arrêtées ; seul le piano se faisait entendre, soulignant le silence tendu. Le directeur avait tenté de s'interposer, mais d'un revers de la main, l'officier l'avait repoussé avec une telle violence qu'il était tombé en heurtant un serveur. Quelques femmes avaient crié. L'officier avait alors attrapé Israël Lazare par le revers de son smoking en lui crachant au visage qu'il n'aimait pas les Juifs. Le mari de Sarah était intervenu, mais un coup de poing l'avait assommé.

— Vous ne savez pas que dans ce pays, on n'aime pas les Juifs ? Qu'on les considère comme moins que des chiens ? Et qu'il n'y a de bon Juif qu'un Juif mort ?

Le piano s'était tu. Tout s'était mis à tourner autour de Sarah. Elle s'était étonnée d'éprouver plus de surprise que de peur, et de remarquer des détails étrangers à ce qui se passait : cette robe qui allait bien à cette grande blonde ; le beau collier de perles de cette dame aux cheveux gris ; les danseuses groupées près du rideau rouge et qui avaient de bien belles jambes. Elle s'était entendue crier :

— Papa...

Les soldats qui accompagnaient l'officier l'avaient entourée, disant que pour une Juive, elle n'était pas mal. Un de ces hommes avait tendu la main vers sa robe blanche. Comme dans un cauchemar, elle avait entendu le tissu se déchirer. Son mari, revenu à lui, s'était précipité. Une bouteille s'était brisée sur son crâne. Il s'était effondré lentement le visage soudain couvert de sang.

Sur sa robe blanche des gouttes vermeilles s'étaient imprimées. Incrédule, elle avait baissé la tête sans chercher à cacher ses seins nus et maculés. Elle avait eu le geste curieux de regarder ses mains. Alors, elle avait hurlé.

— Ta gueule, sale Juive !

Le contenu du verre de cognac avait stoppé son cri, lui brûlant les yeux et les narines. L'odeur de l'alcool lui avait donné la nausée ; elle s'était penchée et avait vomi à longs traits. Elle n'avait pas vu venir le coup. La pointe de la botte l'avait atteinte en plein ventre et l'avait projetée contre un pilier.

— La salope, qui me dégueule dessus !

À partir de ce moment, tout était devenu confus : son mari gisant dans son sang, elle dans ses vomissures, son père traîné par ses longs cheveux blancs qui se teintaient de rouge, les cris, les coups de sifflet, les sirènes et puis, ces derniers mots entendus quand les portes de l'ambulance s'étaient refermées sur elle.

— Ce n'est rien, ce sont des Juifs...

— Et alors ? répéta Léa.

— Alors, fit d'une voix douce Sarah Mulstein, on les met dans des camps, on les torture et on les tue.

Léa la regarda, incrédule, mais les yeux sombres disaient la vérité.

— Pardonnez-moi, je ne savais pas.

9

Le lendemain, Léa fut réveillée par un appel de Laurent lui demandant de venir déjeuner avec lui à la *Closerie des Lilas*. Léa ne douta pas qu'avant la fin de la journée il serait son amant. Elle fit une toilette minutieuse, choisissant une lingerie de soie saumon ornée de dentelle crème. Comme il faisait froid, elle mit une robe-chemisier de lainage noir, agrémentée d'un col de piqué blanc, qui lui donnait l'air d'une pensionnaire. Elle brossa ses cheveux qu'elle laissa libres sur ses épaules trouvant que cette auréole dorée contrastait heureusement avec sa tenue sage. Elle enfila le manteau de drap noir fait par la couturière de Langon et renonça, après plusieurs essais, à mettre un chapeau.

Elle était en avance et remonta à pied le boulevard Saint-Michel. La promenade la mit en beauté et elle entra, la mine éclatante, à la *Closerie.*

L'endroit lui plut tout de suite, avec ses sobres boiseries, ses banquettes de velours et son barman, qui agitait avec virtuosité un shaker éclatant. Elle abandonna son manteau aux mains de la dame du vestiaire. Laurent l'attendait au bar, lisant *Le Figaro*, l'air soucieux. Il ne vit Léa que lorsqu'elle s'assit en face de lui.

— Les nouvelles ne sont pas bonnes ?

— Léa. Excuse-moi, dit-il, en faisant mine de se lever.

— Ne bouge pas. Bonjour, je suis si heureuse de te voir.

— Bonjour. Tu veux boire quelque chose ?

— La même chose que toi.

— Garçon, un porto, s'il vous plaît.

Léa le regardait avec intensité, d'avance totalement soumise à ses désirs.

Un maître d'hôtel s'approcha.

— Monsieur, votre table est prête. Voulez-vous y aller maintenant ?

— Oui, on sera plus tranquille qu'ici. Qu'on y apporte le verre de mademoiselle.

Dès qu'ils furent installés, un serveur apporta le porto et le maître d'hôtel leur tendit la carte.

— Aujourd'hui, monsieur, c'est un jour sans viande et sans pâtisserie, dit-il d'un ton si navré que Léa faillit éclater de rire. Mais nous avons d'excellents poissons.

— Ce sera parfait. Veux-tu quelques huîtres pour commencer ? Ce sont les dernières et ici elles sont toujours excellentes.

— C'est très bien, dit Léa en portant son verre de porto à ses lèvres.

Sur les conseils du sommelier, Laurent choisit un meursault avec une indifférence rare chez cet homme de la vigne.

« Comme il a l'air fatigué et soucieux », remarqua la jeune fille.

— Quelque chose ne va pas ?

Laurent la regarda comme s'il voulait inscrire chaque trait de son visage dans sa mémoire. Sous les yeux qui la détaillaient, Léa s'épanouissait.

— Tu es très belle... très forte aussi.

Les sourcils de Léa se relevèrent dans un mouvement interrogatif.

— Oui, tu es forte, continua-t-il. Tu vas, sans te poser de question, où te conduisent tes désirs. Tu es comme un animal, sans aucun sens moral, sans souci des conséquences ni pour toi ni pour les autres.

Où voulait-il en venir ? Il ferait mieux de lui dire qu'il l'aimait plutôt que de s'égarer dans des considérations philosophiques.

— Mais je ne suis pas comme toi, Léa. J'ai voulu te voir pour te dire trois choses et te demander un service.

On leur apporta le vin, puis les huîtres. L'amour ne coupait pas l'appétit de Léa qui attaqua les belons avec gourmandise. L'œil attendri, Laurent s'était tu et la contemplait, oubliant de manger.

— Tu avais raison, elles sont délicieuses. Tu ne manges pas ?

— Je n'ai pas vraiment faim. Tu les veux ?

— Je peux ? dit Léa avec une convoitise qui amena un sourire sur le visage tendu de Laurent.

— Que voulais-tu me dire ?

— Je pars ce soir.

— Ce soir !...

— À minuit. Je dois rejoindre mon régiment dans les Ardennes.

Léa repoussa l'assiette d'huîtres, les yeux soudain emplis d'anxiété.

— On s'attend à une offensive allemande.

— Les soldats la repousseront.

— Je voudrais bien avoir ta conviction.

— Tu parles comme François Tavernier.

— Tavernier est probablement l'homme le mieux informé de ce qui se passe. Malheureusement l'état-major du général Gamelin ne l'écoute pas.

— Ça ne m'étonne pas, qui pourrait avoir confiance en lui ? Que voulais-tu me dire d'autre ?

Sans regarder la jeune fille, Laurent lança d'un trait :

— Camille attend un enfant.

Sous le choc, Léa ferma les yeux. Elle s'agrippa à la table. Désespéré de la souffrance qu'il provoquait, inquiet de cette pâleur, de ces doigts crispés, Laurent posa sa main sur les mains glacées.

— Léa, regarde-moi.

Jamais il n'oublierait ce regard blessé. Cette douleur muette était plus qu'il n'en pouvait supporter. Et cette larme unique qui glissait sur la joue si douce, se perdait dans la commissure des lèvres puis, débordant, coulait le long du menton dont elle suivait la courbe avant de laisser sa trace humide sur le cou.

— Mon amour, ne pleure pas. Je voulais te dire aussi que je t'aimais.

Qu'avait-il dit ? Qu'il l'aimait !... Mais alors, rien n'était perdu ! Pourquoi pleurait-elle ? Camille attendait un enfant. La belle affaire, cela la rendrait laide pendant des mois, tandis qu'elle !... Ce n'était pas le moment de s'enlaidir par les larmes. Il l'aimait. Il venait de le lui dire. La vie était magnifique.

Sans transition, elle éclata de rire et s'essuya les yeux avec sa serviette.

— Puisque tu m'aimes, le reste n'a aucune importance. Ça m'est bien égal que Camille attende un enfant, moi, c'est toi que je veux.

Il la regarda avec un sourire las devant la difficulté à lui faire comprendre que, pour lui, leur amour était sans issue. Maintenant, il s'en voulait de ce qu'il considérait comme une trahison vis-à-vis de sa femme.

— Redis-moi que tu m'aimes.

— Que je t'aime ou non ne changera rien à nos relations. Je suis le mari de Camille.

— Ça ne m'intéresse pas, tout ce que je sais, c'est que je t'aime et que tu m'aimes. Tu es marié, et alors ? Ce n'est pas ça qui nous empêchera de faire l'amour ensemble.

Comme elle était désirable, prononçant des mots provocants dont elle ignorait sans doute le sens. Mais ce que lui proposa Léa lui prouva que c'était lui le candide.

— On pourrait aller à l'hôtel. Il y en a plein à Montparnasse.

N'en croyant pas ses oreilles, il rougit et mit quelque temps à répondre.

— Il n'en est pas question.

Les yeux de Léa s'arrondirent.

— Mais pourquoi, puisque c'est moi qui te le propose ?

— Je veux oublier ce que j'ai entendu.

— Tu ne sais même pas ce que tu veux. Tu as envie de moi et tu n'oses pas le reconnaître. Tu es lamentable.

Accablé, Laurent la regardait avec tristesse.

Devant eux refroidissait le poisson qu'ils n'avaient pas touché.

— Mademoiselle, vous n'avez pas aimé ? Vous voulez autre chose ?

— Non, c'est très bien, l'interrompit Laurent, donnez-moi l'addition.

— Bien, monsieur.

— Verse-moi à boire.

Apparemment plus détendue, bien que profondément désespérée, Léa but lentement.

— Que voulais-tu me demander ?

— À quoi bon, tu n'accepteras pas.

— Je suis seule juge. Qu'est-ce que c'est ?

Poussant un soupir, Laurent répondit :

— Je voulais te demander de veiller sur Camille. Le médecin redoute une grossesse difficile et veut qu'elle reste allongée jusqu'à la naissance.

— C'est gentil d'avoir pensé à moi, fit Léa d'un ton ironique. Mais n'a-t-elle personne pour s'occuper d'elle ?

— Non, elle n'avait que son frère, maintenant, elle n'a plus que mon père et moi.

— Pourquoi ne pas l'envoyer aux Roches-Blanches ?

— Le médecin redoute les fatigues de la route.

— Et toi, tu n'as pas peur de laisser ta chère femme enceinte aux mains de sa rivale, sans compter les Allemands qui seront à Paris très vite si j'en crois tes propos et ceux de ton ami Tavernier ?

Laurent mit son visage entre ses mains. Ce geste de détresse émut Léa qui ne put s'empêcher de sourire devant l'attitude de l'homme qu'elle aimait.

— D'accord, je m'en occuperai, de ta famille.

Laurent releva la tête, les yeux humides, incrédule.

— Tu acceptes ?

— Je te l'ai dit. Mais ne crois pas t'en tirer à si bon compte. Je t'aime et je ferai tout pour que tu oublies Camille.

10

Huit jours après le départ de Laurent, Léa ne comprenait toujours pas à quel motif elle avait obéi. L'accueil de Camille lui avait été particulièrement odieux, quand, cédant à ses appels pressants, elle lui avait rendu visite.

Camille était dans sa chambre, allongée sur le lit. À l'entrée de Léa, elle avait voulu se lever mais un malaise l'en avait empêchée. Elle avait tendu ses bras amaigris vers la visiteuse.

— Ma chérie, je suis si heureuse de te voir.

Léa s'était assise sur le bord du lit et n'avait pu faire autrement que de lui rendre ses baisers, malgré sa répulsion. Avec une joie méchante, elle avait remarqué la mauvaise mine, les yeux cernés de la jeune femme.

— Laurent t'a dit pour le bébé ? fit-elle en rougissant, serrant entre ses doigts fiévreux la main qui s'abandonnait avec réticence.

Léa acquiesça en silence.

— Il m'a dit que tu avais accepté de t'occuper de moi. Comment te remercier ? Tu es si bonne. Je me sens si seule depuis le départ de Laurent. Quand je cesse de penser à lui, je pense à mon pauvre frère, mort si bêtement. Je tremble pour cet enfant que je porte... J'ai honte de le dire, mais à toi, je peux tout dire, n'est-ce pas ?... j'ai peur, j'ai terriblement peur de souffrir et de mourir.

— Ne sois pas idiote, on ne meurt pas de mettre un enfant au monde.

— C'est ce que dit le médecin, mais je me sens si faible. Tu ne peux pas comprendre, toi qui es si resplendissante de santé et de force...

— Ce n'est pas en te lamentant comme ça que tu te sentiras mieux, l'interrompit Léa avec mauvaise humeur.

— Tu as raison, pardonne-moi.

— As-tu des nouvelles de Laurent ?

— Oui, il va très bien. Tout est calme sur le front. Il ne sait comment occuper ses hommes qui s'ennuient et passent leur temps à jouer aux cartes et à boire. Sa seule joie c'est d'avoir retrouvé ses chevaux. Dans sa dernière lettre, il me fait la description détaillée de Fauvette, Gamin, Wazidou et Mystérieux.

On avait frappé à la porte et la femme de chambre était entrée annonçant la visite du médecin. Léa en profita pour prendre congé, promettant de revenir le lendemain.

Le jour suivant, fidèle à sa promesse, Léa alla voir Camille. Le temps était magnifique. Tous les Parisiens semblaient être sortis tant ils étaient nombreux sur les trottoirs du faubourg Saint-Germain, à la terrasse des cafés. Au carrefour Bac-Saint-Germain, il y avait un embouteillage énorme. Les trompes des voitures s'en donnaient à cœur joie, plus pour le plaisir du bruit que pour manifester l'énervement de l'attente. Par cette belle journée de mai, tout le monde paraissait joyeux et détendu. Sans la présence d'assez nombreux soldats et officiers en uniforme, nul n'aurait pu croire que le pays était en guerre.

En passant devant la librairie Gallimard, boulevard Raspail, Léa était entrée acheter un livre pour Camille. Ne connaissant rien des goûts littéraires de la jeune femme, elle regardait, perplexe, les nombreux ouvrages exposés.

— Puis-je vous aider, mademoiselle ?

L'homme qui venait de lui adresser la parole, élégamment vêtu d'un costume clair, était plutôt grand, le visage large, légèrement empâté, aux yeux très bleus bordés de longs cils épais qui féminisaient le regard. La bouche, aux lèvres rouges, était bien dessinée. Machinalement, il rajusta son nœud papillon jaune à pois verts. Léa, le prenant pour le libraire, lui répondit :

— Bien volontiers. Je cherche quelque chose de distrayant pour une amie malade, mais je ne sais pas ce qu'elle aime.

— Donnez-lui ceci, ça lui plaira sûrement.

— *L'École des cadavres*... Louis-Ferdinand Céline... vous croyez ? Ça a l'air plutôt macabre.

— C'est évident, fit-il, contenant mal un sourire ironique. Céline est exactement l'auteur qui convient à une personne déprimée. Sa lecture est facile, son style inimitable, et sa pensée à la fois comique et élevée le place au premier rang des écrivains de ce temps.

— Je vous remercie, monsieur, je prends ce livre. Combien vous dois-je ?

— Je ne sais pas, la caissière va vous le dire. Excusez-moi, je dois partir.

Il prit sur une table un feutre gris dont il salua Léa, s'inclinant avant de sortir.

— Vous prenez cet ouvrage, mademoiselle ? dit une vendeuse.

— Oui, ce monsieur qui vient de sortir me l'a recommandé. C'est bien ?

— Si M. Raphaël Mahl vous l'a recommandé, il ne peut être que bien, affirma la vendeuse dans un grand sourire.

— C'est le directeur de la librairie ?

— Oh non ! M. Mahl est un de nos plus fidèles clients. C'est un homme très cultivé qui connaît mieux que personne la littérature contemporaine.

— Que fait-il ?

— On ne sait pas vraiment. Tantôt il a beaucoup d'argent, tantôt il emprunte aux uns et aux autres. Il s'occupe de tableaux, d'objets d'art, je crois, d'éditions anciennes, aussi. Il est également écrivain. Il a publié deux ouvrages très remarqués à la N.R.F.

Léa paya et sortit, bizarrement impressionnée par cette rencontre. Elle remonta le boulevard Raspail, son paquet à la main.

Comme elle arrivait devant la porte cochère de l'immeuble de Camille, un homme en sortait. Elle reconnut aussitôt Tavernier.

— Que faites-vous ici ?

— Je viens de rendre visite à Mme d'Argilat, dit-il en retirant son chapeau.

— Je ne pense pas que cela lui fasse plaisir.

— Détrompez-vous, ma chère, elle aime énormément ma compagnie. Elle me trouve amusant.

— Ça ne m'étonne pas d'elle. Toujours à se tromper sur les gens.

— Pas sur tous, sur certains seulement... Comme sur vous, fit-il en la regardant d'un air songeur.

— Que voulez-vous dire ?

— Qu'elle ne vous voit pas telle que vous êtes, car elle vous aime.

Léa haussa les épaules, l'air de dire : « Que m'importe ! »

— Eh oui, elle aime celle qui a juré de lui prendre son mari. Car c'est bien ce que vous vous êtes juré dans votre jolie tête ?

Léa rougit mais réussit cependant à dominer sa colère. C'est d'une voix douce, avec un sourire innocent, qu'elle répondit :

— Comment pouvez-vous dire des horreurs pareilles ? Il y a longtemps que tout cela est oublié. Laurent n'est pour moi qu'un ami qui m'a confié sa femme au moment de son départ.

— Cela n'a pas l'air de vous amuser ?

Léa éclata de rire, un rire jeune et franc.

— Là, vous avez raison : Camille ne s'intéresse qu'à des choses ennuyeuses.

— Tandis que vous ?

— J'ai envie de tout connaître, de tout voir. Sans mes

tantes qui surveillent mes sorties et sans cette guerre qui mobilise tous les hommes jeunes, j'irais tous les soirs dîner dans les grands restaurants, danser dans les cabarets, passer des heures dans les bars.

— Voilà un beau programme. Que diriez-vous si je passais vous prendre vers sept heures ? Nous irions prendre un verre, puis au music-hall, souper ensuite dans un endroit à la mode et, pour finir, danser dans un cabaret ou écouter des chants russes.

Devant cette énumération de plaisirs, les yeux de Léa s'écarquillèrent comme ceux d'une enfant à son premier Noël. François Tavernier dut faire un effort surhumain pour ne pas la prendre dans ses bras, tant elle lui plaisait avec son fichu caractère, son appétit de vivre et sa sensualité à fleur de peau !

— Ce serait merveilleux, je m'ennuie tellement.

Cet aveu fait d'un ton si pitoyable par une aussi jolie bouche faillit avoir raison des bonnes résolutions de Tavernier qui masqua son trouble par un grand rire.

« On dirait un loup, pensa Léa, il est comme les autres, j'en ferai ce que je voudrai. »

— Alors, c'est entendu, je passerai vous prendre vers sept heures. Entre-temps, j'aurai téléphoné à mesdames vos tantes pour solliciter leur autorisation.

— Et si elles refusaient ?

— Sachez, ma belle amie, que jamais une femme ne m'a refusé ce que je lui demandais, fit-il avec une ironie que Léa prit pour de la suffisance.

— Je verrai bien ce que mes tantes diront quand je rentrerai. Au revoir.

Son changement d'humeur n'échappa pas à François Tavernier qui la quitta en se demandant : « N'aurait-elle pas le sens de l'humour ? »

Quand Léa entra dans la vaste chambre blanc et beige de Camille, celle-ci était debout, le front appuyé contre la vitre de la fenêtre. Vêtue d'une robe d'intérieur en satin crème, elle se confondait avec la couleur des murs et de la moquette. Elle se retourna quand la porte se referma.

— Que fais-tu debout ! s'écria Léa. Je croyais que tu devais rester allongée.

— Ne me gronde pas, je me sens beaucoup mieux. J'ai eu la visite de M. Tavernier, qui m'a fait du bien.

— Je sais, je l'ai rencontré dans le hall.

— Il s'inquiète pour nous, et pense que nous devrions quitter Paris. Je lui ai dit qu'il s'inquiétait à tort, que tout est calme sur le front. Si calme, que le général Huntzinger a convié à son quartier général le Tout-Paris pour un gala théâtral.

— Comment le sais-tu ?

— C'est Laurent qui l'écrit dans la lettre que j'ai reçue aujourd'hui.

— Comment va-t-il ?

— Très bien, il me charge de t'embrasser et de te dire qu'un petit mot de toi lui ferait plaisir. As-tu des nouvelles de tes parents ?

— Oui, maman me demande de rentrer.

— Oh ! gémit Camille en se laissant tomber dans un fauteuil.

— Ne t'inquiète pas, j'ai répondu que je ne pouvais pas te laisser seule, que tu avais besoin de moi.

— C'est tellement vrai ! Je le disais tout à l'heure à M. Tavernier : la présence de Léa me rassure, et me donne force et courage.

Léa, sans répondre, sonna la femme de chambre.

— Aidez madame à se mettre au lit. Maintenant, Camille, tu dois te reposer. Ah ! j'oubliais, je t'ai apporté un livre.

— Merci, ma chérie, d'y avoir pensé. De qui est-il ?

— D'un certain Céline. On m'a dit que c'était un grand écrivain.

— Céline !... tu as déjà lu ses livres ?

— Non. Et toi ?

— J'ai essayé, mais c'est si dur, si terrible ce qu'il raconte...

— Tu dois confondre : un certain Raphaël Mahl m'a assuré que c'était un livre très distrayant.

— Quel nom as-tu dit ?
— Raphaël Mahl.
— Je comprends, il se sera moqué de toi. C'est un être immonde qui salit tout ce qu'il touche et dont le plus grand plaisir est de faire le mal, surtout à ses amis.
La véhémence de Camille surprit Léa. Jamais elle ne l'avait entendue parler aussi durement de quelqu'un.
— Que t'a-t-il fait ?
— À moi, rien, mais il a désespéré, trahi, volé une personne que Laurent et moi aimions beaucoup.
— Je la connais ?
— Non.

Quand Léa arriva rue de l'Université, un livreur venait de déposer trois énormes bouquets de roses devant lesquels Lisa et Albertine s'extasiaient en poussant des exclamations :
— Quelle merveille !
— Ce monsieur Tavernier est un homme du monde comme il n'en existe plus !
Léa trouvait délicieuses ces deux vieilles demoiselles qui non seulement avaient passé toute leur vie ensemble mais ne s'étaient jamais quittées fût-ce un seul jour. Tout naturellement, l'aînée, Albertine, de cinq ans plus âgée que sa sœur, était devenue le chef de famille, gérant les biens laissés par leurs parents, dirigeant les domestiques d'une main ferme, décidant des voyages, comme des travaux à entreprendre. C'était ce que l'on appelait une maîtresse femme.
Lisa, elle, vivait depuis le début de la guerre dans une peur permanente, dormant mal, réveillée au moindre bruit, son masque à gaz auprès d'elle. Jamais elle ne serait sortie sans l'avoir en bandoulière, même pour aller à la messe du dimanche à Saint-Thomas-d'Aquin ou rendre visite à une amie demeurant de l'autre côté de la rue. Elle lisait tous les journaux, écoutait toutes les radios, passant de Radio-Paris à Radio-37, du Poste parisien à Radio-Ile-de-France. Ses bagages étaient prêts depuis l'invasion de

la Pologne. Elle avait insisté auprès de sa sœur pour que celle-ci vende leur vieille et magnifique Renault carrossée par Arthur Boulogne et achète une familiale Vivastella Grand Sport, plus rapide et plus spacieuse. Après quelques promenades autour de Paris, afin qu'Albertine, qui seule savait conduire, se familiarise avec la nouvelle voiture, on l'avait conduite dans un garage du faubourg Saint-Germain où le garagiste avait pour mission de veiller au bon état de marche du véhicule. L'eût-il oublié que la visite, chaque semaine, de Lisa et de son masque à gaz, venant s'assurer que tout était en ordre, le lui eût rappelé.

— Léa, ma fille, ce cher M. Tavernier s'est aimablement proposé de t'inviter à un concert donné au profit des orphelins de guerre.

— Vous avez accepté ? dit Léa réprimant mal un sourire devant le mensonge de Tavernier.

— Naturellement. Pour une œuvre de charité, malgré ton deuil, tu peux sortir dans le monde, affirma Albertine.

— Mais est-ce bien convenable ? fit d'un ton hypocrite une Léa qui avait de plus en plus de mal à retenir son fou rire.

— Évidemment. C'est un homme bien élevé, ami des ministres et du président de la République. De plus, ton amie Camille le reçoit, c'est tout dire, affirma Lisa.

— Alors ! si Camille le reçoit, je peux sortir avec lui sans problème.

— Regarde la délicatesse de ce rose, s'exclama Lisa en montrant son bouquet à Léa.

— Tu ne regardes pas les tiennes ? dit Albertine en pliant soigneusement le papier qui avait enveloppé ses roses jaune foncé.

Léa déchira l'emballage, découvrant de magnifiques roses blanches bordées de rouge. Une enveloppe était glissée entre les tiges. Elle s'en empara rapidement et la glissa dans la poche de son tailleur.

— Je crois bien que les fleurs de mademoiselle Léa sont les plus belles, dit Estelle qui venait d'entrer dans le petit salon portant un lourd vase de cristal rempli d'eau.

— Ma tante, pouvez-vous me prêter vos renards ?

— Bien sûr, ma chérie, Estelle te les apportera dans ta chambre.

Léa finissait de s'habiller quand le coup de sonnette de la porte d'entrée la fit sursauter. « Déjà », pensa-t-elle. La haute glace de l'armoire lui renvoya une image à laquelle elle sourit avec complaisance. Tavernier avait raison : cette robe lui allait très bien et mettait en valeur son teint et sa ligne. Cependant, elle s'en voulait d'avoir cédé à la demande exprimée sur la carte trouvée dans les roses : « Mettez la robe de l'autre jour, vous y êtes si belle. » De toute façon, elle n'avait pas le choix, c'était sa seule robe longue.

Avant de quitter sa chambre, elle enfila la veste de renard noir afin de cacher ses épaules nues à ses tantes. Quand elle les rejoignit dans le petit salon, les demoiselles riaient aux éclats aux propos de François Tavernier, en smoking noir, accoudé à la cheminée.

— Bonsoir, Léa, dépêchons-nous, nous ne pouvons pas arriver après le Président.

— En effet, dépêchez-vous, dit Albertine impressionnée.

François Tavernier ouvrit la portière d'une splendide Bugatti rouge et noir garée devant l'immeuble. L'odeur du cuir de la luxueuse automobile était follement agréable. Elle démarra dans un ronflement sourd.

— Quelle belle voiture !

— J'étais sûr qu'elle vous plairait. Il faut en profiter, car des pur-sang comme ça, on n'en fabriquera plus.

— Pourquoi ? Les gens rouleront de plus en plus en automobile.

— Vous avez raison. Mais ces modèles représentent un art de vivre qui va disparaître dans cette guerre...

— Ah non ! pas un mot de la guerre ce soir ou je descends à l'instant.

— Pardonnez-moi, dit-il en lui saisissant une main qu'il porta à ses lèvres.

— Où m'emmenez-vous ?

— Ne vous inquiétez pas, je ne vous emmène pas à un concert de charité comme je l'ai dit à vos tantes. Mais rassurez-vous, demain vous pourrez lire dans *Le Temps* et dans *Le Figaro* que : « Monsieur François Tavernier, conseiller auprès du ministre de l'Intérieur, était présent au gala de charité de l'Opéra en compagnie de la ravissante et élégante Mademoiselle Léa Delmas. »

— Comment cela ?

— J'ai des amis dans ces journaux qui ont accepté de me rendre ce petit service. Que diriez-vous de prendre un verre au bar de la Coupole avant d'aller écouter Joséphine Baker et Maurice Chevalier au Casino de Paris ? Le barman fait d'excellents cocktails.

Léa trouva Joséphine Baker superbe mais n'aima pas Maurice Chevalier.

— Vous avez tort, lui dit François Tavernier, il représente actuellement l'esprit français.

— Alors, je n'aime pas cet esprit-là, fait de roublardise, de satisfaction de soi, de grivoiserie complaisante et de profonde vulgarité.

— Quelle étrange petite fille vous faites, coquette et profonde. Quel genre de femme deviendrez-vous ? J'aimerais assez vous voir grandir.

Dans le grand hall du Casino de Paris, la foule se pressait vers la sortie, commentant le spectacle qui visiblement lui avait plu.

— J'ai faim, dit Léa appuyée au bras de son compagnon.

— On y va. Je voulais vous emmener chez *Monseigneur* mais il n'y avait pas une table de libre, même pour moi. J'ai réservé au *Shéhérazade* où passe Léo Marjane. L'orchestre russe est un des meilleurs de Paris. Je crois que vous aimerez.

Était-ce le caviar, la vodka, le champagne ou les violons, Léa se sentait transportée d'une joie de vivre qui la faisait rire aux éclats et incliner sa tête sur l'épaule de Tavernier. Celui-ci regardait, amusé, la jeune fille s'épanouir sous l'effet du plaisir. Elle demanda à l'orchestre une valse lente et, sans façons, invita son compagnon. Il y avait chez elle une telle souplesse, une telle grâce sensuelle que toute la salle n'eut bientôt d'yeux que pour le couple qui glissait lentement.

François Tavernier la sentait vibrer dans ses bras. Il resserra son étreinte et ils furent bientôt comme un seul corps évoluant sur la piste.

Quand la musique s'arrêta, ils continuèrent à valser, oublieux du monde. Il fallut les rires et les applaudissements de la salle pour les ramener à la réalité.

Sans souci du public, Tavernier la maintint contre lui.

— Vous dansez bien, dit-elle d'un ton convaincu.

— Vous aussi, fit-il admiratif en la raccompagnant à leur table.

— Que la vie est belle ! J'aimerais la passer ainsi : à boire et à danser, s'exclama Léa en tendant son verre vide.

— Vous avez assez bu, petite fille.

— Non, je veux boire encore.

François Tavernier fit un geste au maître d'hôtel. Presque aussitôt une nouvelle bouteille de champagne apparut. Ils burent en silence, bercés par *Les Yeux noirs*.

— Embrassez-moi, j'ai envie d'être embrassée.

— Même par moi ? dit-il en se penchant.

— Même par vous.

Près d'eux, une petite toux insistante dérangea leur baiser. Un jeune homme très pâle se tenait debout devant la table, son chapeau à la main.

— Loriot. Que voulez-vous, mon vieux ?

— Puis-je vous parler, monsieur, c'est très important.

— Excusez-moi, j'en ai pour un instant.

Tavernier suivit Loriot et s'arrêta près du bar. Après une discussion brève et animée, il revint près de Léa, le visage fermé.

— Déjà ! mais quelle heure est-il ?

— Quatre heures du matin. Vos tantes vont s'inquiéter.

— Mais non, elles savent que je suis avec vous. Elles vous trouvent si convenable, dit-elle en pouffant de rire.

— Cela suffit, il faut partir.

— Mais pourquoi ?

Sans répondre, il jeta quelques billets sur la table, attrapa le bras de Léa la forçant à se lever.

— Vestiaire, le manteau de madame.

— Lâchez-moi ! M'expliquerez-vous à la fin ce qui se passe ?

— Il se passe, chère amie, dit-il d'une voix sourde, qu'en ce moment les Allemands bombardent Calais, Boulogne et Dunkerque et qu'ils envahissent par les airs la Hollande et la Belgique.

— Oh non !... Mon Dieu ! Laurent !...

De tendu qu'il était, le visage de François Tavernier devint brutalement méchant. L'espace d'un instant, ils se mesurèrent tous deux du regard. La dame du vestiaire interrompit cet affrontement silencieux en aidant Léa à enfiler sa veste de renard.

Ils n'échangèrent pas une parole durant le chemin du retour. Arrivé devant l'immeuble de la rue de l'Université, François Tavernier raccompagna Léa jusqu'à la porte. Comme elle introduisait sa clé dans la serrure, il la força à se retourner, lui prit la tête entre ses mains et furieusement l'embrassa. Passive, elle se laissa faire.

— Je vous aimais mieux tout à l'heure.

Elle ne répondit rien, tourna calmement sa clé, entra et referma lentement la porte.

Dans le silence de cette nuit de mai, elle n'entendait que les battements de son cœur et le bruit d'un moteur qui s'éloignait.

Arrivée dans sa chambre, elle jeta autour d'elle ses vêtements, prit sa chemise de nuit posée sur le lit ouvert et se glissa entre les draps en rabattant les couvertures sur sa tête. Bien sûr, cela ne valait pas son petit lit de la chambre des enfants de Montillac, mais c'était quand même un refuge.

Elle s'endormit en appelant Laurent.

11

— Albertine... Estelle.. Léa... les Boches arrivent, les Boches arrivent...

La première, Estelle surgit de sa cuisine les doigts pleins de farine, puis Albertine un stylo à la main dans une sobre robe de chambre de laine blanche, enfin, Léa, ébouriffée, la veste de renard noir jetée sur sa chemise.

— Qu'as-tu à crier comme ça ? demanda sévèrement Albertine.

— Les Boches, sanglota Lisa, pitoyable dans son peignoir rose, ont envahi la Belgique, ils l'ont dit à la radio.

— Mon Dieu ! fit Estelle en faisant un signe de croix.

Ses doigts enfarinés laissèrent une marque blanche sur son front.

— Alors, je n'ai pas rêvé, murmura Léa.

Albertine porta la main à sa gorge et ne dit rien.

Le téléphone sonna longuement. Enfin, Estelle décrocha.

— Allô... ne quittez pas, madame... mademoiselle Léa, c'est pour vous.

— ... Oui, c'est moi... Appelez le docteur... Il n'est pas là ?... Bon, d'accord, calmez-vous, j'arrive.

Léa expliqua : c'est Camille qui s'est trouvée mal en écoutant la radio, la femme de chambre est affolée et le médecin absent. J'y vais.

— Tu veux que je t'accompagne ? dit Albertine.

— Ce n'est pas la peine, merci. Estelle, pouvez-vous me donner une tasse de café, s'il vous plaît ?

Quand Léa arriva chez Camille, la jeune femme était revenue à elle.

— Mademoiselle Léa, j'ai eu si peur, j'ai cru que Madame était morte.

— Allons, Josette, taisez-vous, avez-vous laissé un message pour le médecin ?

— Oui, il viendra dès son retour de l'hôpital.

Dans la chambre de Camille, il faisait sombre ; seule une petite lampe éclairait faiblement un coin du lit. Prenant garde à ne pas heurter un meuble, Léa s'approcha. Une expression de souffrance si grande était répandue sur le visage de Camille que Léa en éprouva de la pitié. Elle se pencha et posa doucement sa main sur le front glacé.

Camille ouvrit les yeux sans la reconnaître.

— Ne dis rien, le docteur va arriver. Je suis là. Dors.

La jeune femme eut un faible sourire et referma ses paupières.

Léa ne bougea pas jusqu'à l'arrivée du médecin qui se présenta en début d'après-midi. Quand il ressortit de la chambre, il paraissait soucieux.

— Vous êtes la seule parente de Mme d'Argilat présente à Paris ? demanda-t-il.

Léa faillit le détromper quant aux liens de parenté l'unissant à Camille, mais renonça à entrer dans des explications qui, à l'avance, la fatiguaient.

— Oui.

— Je ne vous cacherai pas que je suis très inquiet. Il faut à cette femme un repos absolu. Je compte sur vous pour prévenir toutes contrariétés.

— Cela me paraît difficile par les temps qui courent, fit ironiquement Léa.

— Je sais bien, soupira le médecin tout en rédigeant une ordonnance, mais il faut, autant que faire se peut, lui assurer la plus grande tranquillité.

— J'essaierai, docteur.

— Je veux auprès d'elle quelqu'un en permanence. Voici l'adresse d'une personne très qualifiée. Appelez-la de ma part, j'espère qu'elle est libre. Je reviendrai demain. D'ici là, suivez scrupuleusement les indications portées sur l'ordonnance.

L'infirmière, Mme Lebreton, veuve de la guerre de 14, arriva vers six heures du soir et prit les choses en main avec une autorité qui déplut à Léa mais qui la soulagea. L'idée de passer la nuit dans l'appartement de Laurent lui était aussi insupportable que d'affronter à nouveau les larmes de Camille. Mme Lebreton, après avoir noté son numéro de téléphone, lui dit de partir sans se faire de souci.

Chez les demoiselles de Montpleynet, le plus grand désordre régnait. Lisa voulait partir immédiatement pour Montillac tandis que sa sœur prétendait attendre la suite des événements.

Léa éclata de rire en voyant sa tante Lisa en tenue de voyage, son chapeau de travers, serrant contre elle son masque à gaz, assise sur une des valises qui encombraient l'entrée.

— Je ne bougerai pas d'ici de la nuit, dit-elle rageusement.

Albertine fit entrer Léa dans le petit salon.

— Je crois que nous n'arriverons pas à lui faire entendre raison et que nous allons devoir partir. D'ailleurs ton père et ta mère ont appelé et demandent que tu rentres le plus vite possible.

— Je ne peux pas, Camille est malade et n'a personne pour s'occuper d'elle.

— Emmenons-la avec nous.

— Elle ne doit absolument pas bouger.

— Mais je ne peux pas te laisser seule à Paris, pas plus que je ne peux laisser partir cette linotte de Lisa !

— Ma tante, tout cela est absurde, les Allemands sont loin et notre armée les empêchera d'avancer.

— Tu as sans doute raison, nous nous inquiétons à tort. Je vais essayer de raisonner Lisa.

Elle fut aidée par François Tavernier qui venait prendre, auprès de Léa, des nouvelles de Camille, l'infirmière ayant refusé de le laisser entrer.

Il dit à la tremblante Lisa que tant que lui serait à Paris, elle n'aurait rien à craindre. Elle accepta de rester jusqu'au lundi de Pentecôte, ne doutant pas que le Saint-Esprit inspirerait les chefs des armées.

— Et puis, mesdemoiselles, ne sommes-nous pas sous la protection de sainte Geneviève, la patronne de Paris ? Il y avait foule cet après-midi à Saint-Étienne-du-Mont, tout comme à Notre-Dame où l'on a vu M. Paul Reynaud entouré de ministres radicaux et d'évêques, implorant pour la France la protection de la Vierge. Au Sacré-Cœur, on jouait *La Marseillaise* aux grandes orgues. Le ciel est avec nous, n'en doutez pas.

François Tavernier dit cela avec un tel sérieux que Léa s'y serait laissé prendre si un clin d'œil ne lui avait montré ce qu'il fallait penser de sa tirade.

— Vous avez raison, dit Lisa rassurée, Dieu est avec nous.

Le lendemain, Camille avait recouvré son calme, et ses joues quelques couleurs. À sa demande, Léa acheta une carte de France car elle voulait, disait-elle, voir exactement où se trouvait Laurent et suivre la progression des troupes françaises en Belgique. Une grande toile de Max Ernst fut décrochée et remplacée par la carte. À l'aide de petits drapeaux multicolores, Léa marqua les positions de l'armée française et de l'armée allemande.

— Heureusement, dit Camille qu'il n'est pas dans l'armée de Giraud mais dans les Ardennes, pas très loin de la ligne Maginot.

— François Tavernier dit cependant que c'est là le point faible de la défense française.

— Ce n'est pas vrai, si cela était, il n'y aurait pas eu tant de permissions accordées ces derniers temps ! dit Camille avec véhémence.

— Madame d'Argilat, c'est l'heure de votre piqûre, dit, en entrant sans frapper, Mme Lebreton. Vous devez aussi vous reposer. Le docteur va arriver et il ne sera pas content de vous voir ainsi vous agiter.

Telle une enfant prise en faute, Camille rougit et balbutia :

— Vous avez raison.

— Je dois aller voir si tante Lisa n'a pas encore fait des siennes. Elle est tellement affolée qu'elle est capable de tout, dit Léa en se levant.

— Quand je pense que c'est à cause de moi que vous ne partez pas !

— Ne crois pas ça, je n'ai aucune envie de partir maintenant. C'est plus amusant d'être ici qu'à Langon ou même à Bordeaux.

— Amusant, amusant, bougonna l'infirmière.

Léa et Camille dissimulèrent un début de fou rire.

— N'oublie pas d'apporter les journaux demain.

— Il n'y a pas de journaux demain, c'est la Pentecôte, dit Léa en ajustant son feutre noir.

— C'est vrai, j'oubliais. Je vais prier pour que ces sales Boches soient repoussés. Ne viens pas trop tard.

— Entendu, à demain, repose-toi.

En traversant la rue de Grenelle, Léa, perdue dans ses pensées, heurta un passant. Elle s'excusa et reconnut l'homme qui lui avait conseillé l'achat du livre de Céline. Il la reconnut aussi, souleva son chapeau et la salua.

— Le livre a-t-il plu à votre amie ?

— Je n'en sais rien, mais j'ai l'impression que vous vous êtes moqué de moi en me le recommandant.

— Croyez-vous ?

— Oui, mais cela n'a aucune importance.

— En effet. Excusez-moi, je ne me suis pas présenté : Raphaël Mahl.

— Je sais.

Il la regarda avec un étonnement mêlé d'inquiétude.

— Aurions-nous des amis communs ?

— Je ne crois pas. Je dois partir. Au revoir, monsieur.

— Ne partez pas ainsi, j'aimerais vous revoir. Quel est votre nom ?

Sans vraiment savoir pourquoi, Léa s'entendit répondre :

— Léa Delmas.

— Je suis tous les jours, vers une heure, à la terrasse des *Deux-Magots*, et je serais très heureux de vous offrir un verre.

Léa le salua d'un signe de tête et s'éloigna sans répondre.

Rue de l'Université, le plus grand calme régnait : l'appartement était vide. Inquiète, Léa se demanda si la furie de partir n'avait pas repris Lisa, entraînant dans sa peur Albertine et Estelle. Elle n'eut pas à se poser la question bien longtemps, ses tantes entrèrent suivies de la domestique.

— Si tu avais vu ce monde, cette ferveur ! Dieu ne peut pas nous abandonner, s'exclama Lisa essoufflée en retirant son ridicule chapeau rose garni d'un gros bouquet de violettes.

— C'était très émouvant, dit calmement Albertine en enlevant la veste de son tailleur gris.

— Sûr qu'avec toutes ces prières et ces processions les Boches n'ont aucune chance, ajouta Estelle en se dirigeant vers sa cuisine.

— D'où venez-vous ? dit Léa.

— Nous sommes allées à Notre-Dame où les Parisiens sont invités à se réunir pour prier, fit Lisa en arrangeant ses cheveux devant un des miroirs vénitiens de l'entrée.

Léa entra dans le petit salon où trônait un énorme récepteur de radio flambant neuf.

— Une acquisition de ta tante Lisa, dit Albertine répondant au regard interrogateur de sa nièce.

— L'autre ne marchait plus ?

— Si, mais elle tenait à en avoir un dans sa chambre, près de son lit, allumé en permanence. Lisa veut se tenir au courant heure par heure, jour et nuit. Elle écoute même la radio de Londres.

Léa tourna l'un des boutons de l'appareil. Après un instant de silence, suivi de quelques grésillements, elles entendirent :

— ... Après-demain, en gare du Nord, arriveront les premiers convois de réfugiés belges et hollandais. Que toutes les personnes désireuses de manifester leur sympathie à ces malheureux viennent les accueillir et apporter leurs dons à la Croix-Rouge française.

— Nous irons, dit d'une voix ferme Albertine. Léa, téléphone au garagiste qu'il conduise la voiture ici dès demain matin. Je vais voir avec Estelle ce que nous avons comme vivres et comme vêtements.

Quand Léa arriva chez Camille, elle trouva celle-ci en larmes, à genoux devant le poste de T.S.F., malgré les supplications de Sarah Mulstein venue lui rendre visite et les gronderies de Mme Lebreton.

— Laissez-moi, taisez-vous, je veux écouter les nouvelles, cria-t-elle au bord de la crise de nerfs. Oh ! c'est toi, Léa, dis-leur de me laisser tranquille !

— Je reviendrai tout à l'heure, dit Sarah en prenant congé.

Après son départ Léa repoussa avec autorité l'infirmière hors de la chambre.

— Écoute, ils rediffusent le communiqué du quartier général français.

« *De Namur à Mézières, l'ennemi a réussi à établir deux petites têtes de pont, l'une à Houx, au nord de Dinant, l'autre à Monthermé. Une troisième, plus importante, a été réalisée dans le bois de Marfée, près de Sedan...* »

— Le bois de Marfée, regarde sur la carte, c'est tout près de Laurent.

Léa se plaça devant la carte, approcha son doigt de Sedan, puis de Moiry où était Laurent d'Argilat.

— Mais non, c'est à une vingtaine de kilomètres.

— Une vingtaine de kilomètres, qu'est-ce que c'est pour une armée avec des chars, des avions qui bombardent partout ? As-tu oublié ce qui s'est passé en Pologne quand la cavalerie a chargé les blindés allemands ? Massacrés, ils ont tous été massacrés. Je ne veux pas que cela arrive à Laurent, hurla Camille en s'allongeant sur le tapis le corps secoué de sanglots.

Léa ne dit rien. Elle regardait la carte. Le petit drapeau rouge marquant l'endroit où était stationné le 18e de chasseurs à cheval semblait une tache de sang dans le vert qui indiquait la forêt.

Camille avait raison, vingt, trente, même cinquante kilomètres, ce n'était pas beaucoup pour des chars. Par où passeraient-ils pour aller tuer l'homme qu'elles aimaient : par Mouzon ? par Carignan ? Plus rien n'existait que le petit village de Moiry, devenu pour elle le centre du monde et le point important de cette guerre. Il fallait qu'elle sache exactement ce qui se passait là-bas. Qui pourrait le lui dire ? François Tavernier ? Lui devait savoir.

— Sais-tu où l'on peut joindre François Tavernier ?

Camille releva son visage brouillé de larmes.

— François Tavernier ?... Quelle bonne idée ! Il est venu hier et m'a dit plein de choses rassurantes. Il est au service de l'Information à l'hôtel Continental. Il a noté son numéro de téléphone sur mon carnet, à côté du vase de fleurs.

Le carnet s'ouvrit immédiatement à la bonne page, entièrement barrée par un nom et un numéro de téléphone écrits d'une belle écriture large. Léa composa le numéro. Une voix de femme à qui elle donna son nom lui répondit, puis une autre enfin, celle d'un homme.

— Monsieur Tavernier ?...

— Non, ici Loriot. Nous nous sommes rencontrés il y a quelques jours.

— Excusez-moi, je ne m'en souviens pas.

— C'était dans une boîte russe.

— Oh !...

— Que puis-je pour vous, mademoiselle Delmas ? M. Tavernier est absent.

— Quand rentre-t-il ?

— Je ne sais pas, il est parti pour le front à la demande du ministre.

— Où ?

— Je regrette, mademoiselle, je ne peux pas vous le dire, secret militaire. Dès son retour, je lui ferai part de votre appel. Comptez sur moi.

— Merci, monsieur, au revoir.

Léa se retourna vers Camille avec un geste d'impuissance. « Comme elle l'aime », pensa-t-elle en voyant les traits ravagés de la jeune femme recroquevillée sur le sol.

— Lève-toi, lui dit-elle durement.

Un peu de couleur revint sur les joues pâles.

— Oui, excuse-moi, je me conduis d'une manière ridicule. Laurent aurait honte de moi s'il me voyait ainsi.

Camille se releva péniblement en s'appuyant à un fauteuil. Debout, elle chancela, parvint à rétablir son équilibre et, sous l'œil froid et méprisant de Léa, marcha jusqu'à son lit sur lequel elle s'efforça de s'asseoir dignement, serrant les lèvres comme pour étouffer un gémissement de souffrance. Ses mains aux doigts violacés se portèrent à son cœur tandis que sa bouche s'ouvrait sur un appel muet. À ce moment-là, le médecin entra.

— Bon Dieu !

Il se précipita vers la malade, l'allongea doucement.

— Appelez l'infirmière, dit-il à Léa, tout en ouvrant sa serviette.

Quand Léa revint, suivie de Mme Lebreton, le médecin achevait de faire une piqûre dans le bras de Camille.

— Je vous avais dit de ne pas la quitter. Mme d'Argilat a failli mourir et celle-ci, fit-il en désignant Léa, qui la regardait sans bouger !

Léa allait répondre avec colère quand Josette entra, disant que Mme Mulstein demandait des nouvelles de Madame.

— Je vais la recevoir.

Sarah Mulstein était à demi allongée sur un divan bas quand Léa entra dans le salon. Elle se souleva puis, reconnaissant la jeune fille, reprit sa pose alanguie.

— Excusez-moi, Léa, de ne pas me lever, mais je n'en peux plus. Comment va Camille ?

— Mal.

— Que pouvons-nous faire ?

— Rien, dit le médecin en entrant. Elle a besoin d'un repos absolu. Mademoiselle Delmas, ne pouvez-vous joindre son mari ?

— Mais, docteur, il est au front ! s'exclama Léa.

— C'est vrai, c'est vrai, cette guerre me fait perdre la tête. Je ne cesse de penser aux horreurs de la dernière, à tous ces morts inutiles puisque à nouveau ça recommence ! Pour le moment elle dort, reprit-il, en essuyant la buée de ses lunettes avec une pochette froissée, la crise est passée. Il faut absolument qu'elle prenne conscience qu'elle met la vie de son enfant en danger en ne se contrôlant pas. Je lui ai interdit la lecture des journaux et l'écoute de la T.S.F. Mais je doute de sa totale obéissance. Je dois partir, j'ai laissé mes instructions à Mme Lebreton. Je reviendrai demain. Au revoir, mesdames.

Pendant quelques instants, Sarah et Léa restèrent silencieuses.

— Pauvre Camille, elle a bien mal choisi son moment pour mettre un enfant au monde, soupira Léa.

— Croyez-vous ? dit Sarah en se levant. Que faites-vous ce soir, voulez-vous que nous dînions ensemble ?

— Avec grand plaisir, mais je dois rentrer me changer et prévenir mes tantes.

— Vous êtes très bien comme ça, vous prendrez un bain chez moi. Appelez vos tantes, dites-leur que vous serez de retour avant dix heures.

Léa obéit. Seule Estelle était rue de l'Université, les demoiselles de Montpleynet n'étaient pas encore rentrées. Estelle insista pour que Léa soit bien de retour à l'heure dite.

Chez *L'Ami Louis*, la petite salle était comble. Le patron, « puisqu'elles étaient des amies de M. Tavernier », fit mettre un guéridon de marbre devant la porte d'entrée dont il retira le bec, un jeune garçon accrocha l'écriteau « Complet » et tira un rideau de velours crasseux, isolant le restaurant des regards de la rue.

Léa regardait autour d'elle avec curiosité. C'était la première fois qu'elle venait dans ce genre d'endroit qui ne correspondait en rien à l'idée qu'elle se faisait d'un restaurant élégant.

— Je vais vous emmener dans un bistrot à la mode, avait dit Sarah.

Les murs jaunâtres renvoyaient une lumière donnant aux convives des mines d'hépatiques. La sciure, jetée sur le carrelage cassé, formait sous les pieds de petits tas humides et sales, les chaises de bois étaient dures et inconfortables, le bruit et la fumée, fort gênants.

Avec dextérité, le garçon mit la table et le couvert. L'impeccable blancheur de l'ensemble, l'éclat des verres et de l'argenterie rassurèrent un peu Léa qui, pour dire quelque chose, se pencha vers sa compagne.

— Vous venez souvent ici ?

— Assez souvent. Comme je vous l'ai dit, c'est François Tavernier qui m'a fait connaître ce restaurant : le foie gras, la viande, le gibier et le vin y sont excellents. Le cadre n'est pas très attrayant, mais on l'oublie vite devant la qualité de la cuisine et la gentillesse du personnel.

— Comme vin, madame, que voulez-vous ?

— J'ai oublié le nom de celui que prend M. Tavernier, je le trouve très bon.

— Il est effectivement très bon, madame, c'est un château-la-lagune.

— Très bien, nous le boirons à sa santé.

Léa goûta le vin en connaisseur.

Depuis qu'elle était à Paris, Sarah habitait l'hôtel Lutétia pour ne pas avoir à s'occuper, disait-elle, des détails du quotidien. Lorsqu'elle était arrivée dans sa chambre deux heures auparavant en compagnie de Léa, elle avait envoyé promener ses chaussures à l'autre bout de la pièce et jeté son léger manteau sur un des lits jumeaux recouverts d'un chintz fleuri.

— Mettez-vous à votre aise, je vais faire couler l'eau.

Elle était ressortie de la salle de bains vêtue d'un long peignoir d'éponge bleue.

— La baignoire se remplit très vite. Les sels sont sur l'étagère. Voulez-vous boire quelque chose ? Moi, je vais me commander un alexandra, le barman de l'hôtel les fait très bien.

— D'accord pour un alexandra, avait dit Léa un peu intimidée par l'aisance de cette femme qu'elle connaissait à peine.

Un quart d'heure après, elle était ressortie à son tour, le visage rose, les cheveux relevés, enveloppée dans un peignoir mauve.

— Que vous êtes jeune, s'était exclamée Sarah. Je n'ai jamais vu un teint comme le vôtre, ni un tel regard, ni une bouche aussi belle. Je comprends que l'on soit amoureux de vous.

Sous l'avalanche de compliments, Léa avait rougi et s'était sentie mal à l'aise.

— Tenez, buvez votre verre. J'ai retenu une table dans un restaurant que j'aime bien. J'espère qu'il vous plaira.

Pendant qu'elle parlait, Sarah avait fouillé dans une des nombreuses valises ouvertes au milieu de la chambre, et en avait sorti de la lingerie bleu pâle et des bas gris foncé. D'une autre valise, elle avait retiré une robe de lainage rouge un peu froissée.

— Je n'en ai pas pour longtemps, avait-elle dit en disparaissant de nouveau dans la salle de bains.

« Quel désordre, avait pensé Léa, quand je pense que maman trouve que je suis désordonnée ! Que dirait-elle si elle avait une fille comme Sarah ? »... Avec étonnement elle s'était rendu compte qu'elle n'avait pas pensé à sa mère depuis plusieurs jours. Elle s'était promis de lui écrire longuement.

— Mettez la T.S.F., avait crié Sarah à travers la cloison.

Léa avait regardé autour d'elle, déplaçant robes, manteaux, journaux : pas le moindre appareil ressemblant à une T.S.F. Sarah était réapparue en courte combinaison, séchant ses cheveux mouillés avec une serviette.

— Pourquoi n'allumez-vous pas le poste ? C'est l'heure des communiqués.

— Je ne le trouve pas.

— Ah ! c'est vrai, j'avais oublié, ils sont venus le chercher pour le réparer. Vous n'êtes pas encore habillée ?

D'un geste, Léa avait indiqué que ses vêtements se trouvaient dans la salle de bains.

— Où ai-je la tête ce soir ? Je suis vraiment fatiguée.

Quand Léa était revenue dans la chambre, elle avait trouvé Sarah à moitié glissée sous un lit, cherchant ses chaussures qui se trouvaient en fin de compte dans la corbeille à papier !...

Le garçon apporta une terrine de foie gras et d'épaisses tranches de jambon de Bayonne, tandis que le sommelier versait le vin.

— Pour suivre, il y a de la côte de bœuf, de la daube provençale, un carré d'agneau et des pigeonneaux aux petits pois.

— Prenez les pigeonneaux, ils sont exquis, conseilla Sarah.

Léa inclina la tête en souriant.

— Et maintenant, buvons à la santé de notre ami François, dit Sarah en levant son verre.

— Que voilà une idée qui me va droit au cœur, fit derrière elles la voix gaie de Tavernier.

Il paraissait plus jeune avec ses cheveux légèrement décoiffés, son pull à col roulé et sa veste de tweed.

— François ! s'exclama Sarah. Quelle bonne surprise ! Je vous croyais enseveli sous les bombes allemandes !

— Cela a bien failli m'arriver, dit-il en s'inclinant pour baiser la main tendue où brillait un très beau diamant. Bonsoir, Léa, votre tante est-elle remise de sa peur ?

— Bonsoir. Pour l'instant, ça va.

— On m'a dit que vous aviez appelé. Rien de grave, j'espère ?

— C'est Camille qui voulait vous joindre. Je croyais que vous étiez au front ?

— J'y étais, je suis rentré en fin d'après-midi. Comme l'indique ma tenue, je n'ai pas eu le temps de me changer, me le pardonnez-vous ? Bien que la table soit petite, me permettez-vous de me joindre à vous ?

— Quelle question ! On va se serrer, dit Sarah.

— Garçon, apportez une chaise.

— Vous n'allez pas être très bien, monsieur Tavernier.

— C'est sans importance.

— Que voulez-vous manger, monsieur ?

— Une côte de bœuf très saignante.

Le sommelier vint resservir à boire. En silence, songeur, François Tavernier but son verre de vin. Léa mourait d'envie de lui demander ce qu'il avait vu, mais n'osait pas.

— Ne nous faites pas languir, s'écria Sarah, que se passe-t-il là-bas ?

Un éclair de contrariété passa dans les yeux sombres de Tavernier. Il regarda tour à tour ces deux jeunes femmes si différemment belles : la brune aux immenses yeux noirs, à la peau d'un blanc mat, au grand nez busqué et à la large bouche découvrant des dents admirables ; et la sauvage à la chevelure indisciplinée aux reflets flamboyants, au front têtu, à la bouche sensuelle, à l'étrange regard, dans lequel on avait envie de se perdre. Ce mouvement de la tête qu'elle avait quand elle était attentive...

— Parlons d'autre chose, je ne veux pas troubler vos jolies pensées. Nous parlerons de tout cela demain.

— Non, pas demain, maintenant, dit impétueusement Sarah Mulstein en saisissant le bras de Tavernier. J'ai le droit de savoir, continua-t-elle d'une voix assourdie, si les nazis gagnent cette guerre, je ne reverrai jamais mon père et mon mari.

— Je sais, Sarah, je sais.

— Non, vous ne savez pas. Vous ne savez pas de quoi ils sont capables...

— Calmez-vous, Sarah, je sais tout ceci aussi bien que vous. Malgré la précipitation des événements, je n'ai pas perdu mes contacts en Allemagne et les nouvelles que j'ai ne sont pas mauvaises. Cependant...

— Cependant ?

— ... je me demande s'ils seront plus en sécurité en France.

— Comment pouvez-vous en douter, la France est un pays libre, une terre d'accueil, la patrie de la déclaration des droits de l'homme. Jamais la France n'emprisonnerait des Juifs sous le seul prétexte qu'ils sont juifs.

— J'admire votre confiance en la justice de mon pays. Je souhaite que vous ayez raison.

— Mais nous gagnerons la guerre, dit Léa qui n'était pas encore intervenue dans la conversation.

François Tavernier fut dispensé de répondre ; les plats arrivaient.

Tous les trois, étant gourmands, mangèrent d'abord en silence puis, peu à peu, grâce au vin et à l'excellente nourriture, s'efforcèrent de parler de tout et de rien. Le dîner s'acheva dans les rires et avec un début d'ivresse pour les femmes, surtout pour Léa qui avait beaucoup bu.

— Oh ! déjà dix heures et demie. Mes tantes vont être inquiètes, dit-elle en se levant.

— Venez, je vous raccompagne. Mettez ça sur ma note, dit François Tavernier en posant un pourboire sur la table.

Quand Léa arriva chez elle, ses tantes étaient bien trop épuisées pour lui faire la moindre observation sur son retard. Elles saluèrent distraitement Sarah Mulstein et François Tavernier, ne pensant qu'à une chose : retrouver leur lit.

— Donnez-moi des nouvelles de Camille, dit Sarah en partant après avoir embrassé Léa sur les deux joues.

— Je vous appellerai demain, fit François en s'effaçant pour laisser passer Sarah.

12

Tout allait trop vite pour Léa depuis ce 14 mai où François Tavernier lui avait annoncé que la France venait de perdre la guerre.

Elles avaient suivi sur leur carte la formidable invasion allemande, n'arrivant pas à croire que cela fût possible, tremblant pour Laurent, dont Camille était sans nouvelles depuis l'offensive du 10 mai et qui se trouvait face aux divisions blindées de Guderian. Malgré la censure des journaux et de la radio, elles devinaient, la rage au cœur, que des milliers de soldats français se faisaient tuer pour rien sur les routes de la Meuse et de la Somme. Les informations les plus alarmantes circulaient, colportées par des hordes de fuyards : pillages de villes et de villages, bombardements incessants, écrasement de la IXe armée commandée par Corap puis par Giraud qui tentait en vain d'en rassembler les débris, effondrement de la IIe armée, celle de Laurent, commandée par le général Huntzinger, espions que l'on voyait partout, enfants perdus, vieillards et malades abandonnés...

François Tavernier conseillait vivement à Léa et à Sarah de quitter Paris. Sarah refusait, disant que si son père et son mari réussissaient à s'évader d'Allemagne, c'est à Paris qu'ils pourraient se retrouver. Quant à Léa, elle ne pouvait plus partir, l'état de santé de Camille s'étant, après un léger mieux, aggravé.

Lisa avait eu gain de cause. Un instant rassurée par le limogeage du général Gamelin et surtout par l'arrivée comme vice-président du Conseil du maréchal Pétain, la panique avait été la plus forte : deux jours après, Mlles de Montpleynet quittaient, en compagnie d'Estelle, la rue de l'Université, confiant Léa à Sarah Mulstein et à François Tavernier. Jusqu'à la dernière minute, elles espérèrent que leur nièce viendrait avec elles, tant elles redoutaient d'avoir à affronter les reproches d'Isabelle et de Pierre Delmas.

Pierre Delmas avait, à contrecœur, autorisé Léa à demeurer à Paris chez Camille surtout pour rassurer son vieil ami d'Argilat qui, malade, se désespérait de savoir sa belle-fille seule.

Enfin, le 30 mai, deux lettres de Laurent arrivèrent. Josette les porta triomphante dans le salon où se tenaient Camille et Léa, assises près de la fenêtre.

— Madame, madame, des lettres de Monsieur!

Les deux jeunes femmes se levèrent d'un bond, le cœur battant, incapables de parler. La femme de chambre les regardait, le bras tendu, tenant dans sa main deux épaisses lettres couvertes de cachets militaires, surprise que sa bonne nouvelle ne soit pas mieux accueillie. Lentement Camille se rassit.

— Léa, je n'en ai pas le courage, veux-tu les ouvrir?

Sans répondre, Léa arracha, plutôt qu'elle ne les prit, les deux lettres, déchira d'un index nerveux les enveloppes et déplia avec maladresse les feuillets de mauvais papier rayé, recouverts d'une écriture serrée. L'une des lettres était datée du 17 mai, l'autre du 28.

— Je t'en prie, lis, fit Camille d'une voix étouffée.

— Ma femme chérie, commença Léa.

Les mots dansaient devant ses yeux : « Ma femme chérie... » et ce n'était pas à elle qu'ils étaient adressés. Pour cacher son émotion, elle s'approcha de la fenêtre.

— Continue, je t'en supplie.

Au prix d'un effort que Camille ne pouvait deviner, Léa reprit d'un ton monocorde :

« Ma femme chérie, j'ai tant pensé à toi au cours de ces jours, seule, dans ton état, sans nouvelles de moi. À Paris, tu devais être mieux informée que nous ne l'étions ici. Tout est si incroyable ! Je tente en vain de comprendre ce qui s'est passé depuis que les Allemands ont envahi la Belgique, et le Luxembourg. J'étais parti pour faire mon devoir. Au lieu de cela, il a fallu se replier. De soldats, nous sommes devenus fuyards, parmi les colonnes de réfugiés. Partout, des voitures bondées, des motos, des vélos, des valises, des sacs empilés. Hommes, femmes en pleurs, enfants hurlant se traînaient à pied le long des routes, erraient dans une chaleur terrible.

« De jour en jour, les bombardements ennemis se multiplient. Les villages déserts sont mis à sac. Il ne reste que les animaux : cochons, veaux errants, poulains affolés, vaches meuglantes nous suivant dans l'attente de la traite.

« Ma chérie, seule la pensée de te savoir en sécurité me soutient. Je n'aurais pas voulu que tu voies dans les fossés, dans les champs, la masse de réfugiés couchés comme des cadavres, hurlant de terreur sous les rafales lâchées par les avions.

« Je hais la guerre, tu le sais ; mais j'ai honte devant la débandade de nos troupes, j'ai honte devant la déroute de nos chefs. Tous ces jours, j'ai pensé à toi, à notre enfant, à mon père, aux Roches-Blanches, à tout ce qui fait ma raison de vivre. Et à l'honneur... Parfois j'enrage de ne pas être en ligne, de ne pas repousser l'ennemi, les armes à la main. J'avais envie de vomir, de pleurer en voyant les pyramides de chevaux blessés, empalés, écrasés. Tous ces jours, j'ai dormi dans les bois, dans les granges, mangé ce que j'ai pu trouver. Je suis épuisé, fourbu, humilié. Que peut-on faire ? »

Léa tendit à Camille les feuilles de la première lettre, lui laissant le soin de lire les formules tendres qui la terminaient et qui lui faisaient si mal.

— Je t'en prie, ma chérie, lis-moi l'autre. Nous, qui

l'aimons, je veux que nous sachions ensemble ce qu'il fait, ce qui lui arrive !

Léa sursauta, se demandant ce que Camille voulait dire avec son « nous qui l'aimons ». Avait-elle deviné la nature des sentiments qu'elle portait à Laurent ? Ou était-elle trop sottement confiante ?

La seconde lettre était datée du 28 mai 1940 :

« Ma douce amie. Bien du chemin parcouru depuis ma dernière lettre. Sais-tu que je suis à peine à cinquante kilomètres de Paris et que de te savoir si près sans pouvoir te voir me fait enrager. Tes lettres sont arrivées toutes en même temps. Je suis très heureux et rassuré de savoir Léa installée auprès de toi. Dis-lui toute ma gratitude et mon affection.

« J'ai reçu également des nouvelles de mon père, hélas, pas très bonnes. Je crains que cette guerre qu'il redoutait tant pour la France, les revers que nous subissons, n'aggravent son état. Notre moral à tous est plutôt sombre et la lecture des journaux, que nous ne recevions plus, n'a rien arrangé : les bombardements de Hollande et de Belgique, l'occupation d'Amiens, d'Abbeville, de Boulogne, de Calais, les divisions alliées pratiquement encerclées dans les Flandres, le limogeage de Gamelin et son remplacement par le "jeune" Weygand... Peut-être que l'espoir et l'honneur de la France seront sauvés par la nomination du maréchal Pétain à la vice-présidence du Conseil...

« Je t'envoie mon journal de tous ces jours de guerre. Si tu en as le courage, lis-le. Peut-être y verras-tu plus clair. Pardonne-moi de t'ennuyer avec le récit de mes problèmes de ravitaillement, et de courses à travers bois. Ce sont de bien piètres péripéties, mais elles sont mon quotidien depuis le 10 mai. Comme je te l'ai dit, je me réjouis de ne pas me battre, non par lâcheté, je te supplie de me croire, mais par horreur du sang versé. Cependant, comme je te l'ai déjà écrit, ces victoires allemandes, notre infériorité, manifeste du moins dans mon secteur, me sont une honte et une douleur permanentes.

« Ma Camille, je dois te laisser, le colonel me fait donner

l'ordre de venir le rejoindre. Prends bien soin de toi, je t'aime. »

Léa tendit à Camille les feuillets du journal. Camille les posa sur ses genoux, essayant de fixer son attention sur les premières pages et répétant comme pour elle-même :

— Il va bien, il est vivant.

— Évidemment qu'il est vivant, sinon il n'écrirait pas, fit Léa excédée.

Sans répondre, Camille parcourut les pages du journal, datées du 10 mai au 27 mai 1940. Le visage figé par la stupeur, elle lisait le récit, jour après jour, de la déroute, ponctuant sa lecture de phrases dites à voix haute :

« La Ferté-sur-Chiers, Beaufort... Je repars aux nouvelles... Le colonel est absent et beaucoup pensent qu'il est perdu... Trouver des vivres, trouver du fourrage... Un de mes hommes vient de sauter sur une mine... Un brigadier a été assassiné par un soldat ivre... Ma seule obsession, avec Wiazemsky, est d'organiser le ravitaillement. Nous parvenons à traire les vaches errantes pour donner du lait aux enfants... Dans la soirée, les avions sont revenus accompagnés d'un sifflement terrible, suivi d'explosions. Aplatis par terre, nous faisons la première expérience des torpilles à sifflets... Au bord du fossé un adjudant pleurant seul... Nous couchons dans la grange... »

— Pauvre Laurent, murmura Camille, lui qui ne peut dormir que dans un lit !

Léa lui lança un regard haineux.

— Écoute, Léa, fit Camille ravie, le 24 mai, il s'est arrêté à Châlons :

« Impression inoubliable de retrouver une grande ville avec des civils, des magasins, des cafés. Bon dîner, fine, et cigare : la guerre a quelquefois du bon. Impression prodigieuse de se coucher dans des draps frais après un long bain. »

Léa, au comble de la colère, regarda Camille terminer sa lecture.

— Je l'envie, il n'est pas obligé, lui, de rester confiné.

— Comment peux-tu dire cela ? s'écria Camille. Laurent risque sa vie tout autant que ses camarades !

— Peut-être, mais il n'a pas le temps de s'ennuyer.

Camille regarda son amie avec tristesse.

— Tu t'ennuies donc tellement auprès de moi ? Je sais bien que ce n'est pas très drôle de jouer les gardes-malades. Sans moi, tu serais retournée auprès de tes parents. Oh ! ce que tu dois m'en vouloir, fit Camille éclatant en sanglots.

— Arrête de pleurer, tu vas avoir un malaise et Mme Lebreton dira que c'est encore de ma faute.

— Excuse-moi, tu as raison. Pourquoi ne sors-tu pas davantage ? Sarah Mulstein et François Tavernier t'ont souvent invitée. Pourquoi refuses-tu ?

— Cela me suffit bien de les voir ici tous les après-midi.

— Mais, ils ne viennent pas tous les après-midi !...

— C'est possible, mais c'est encore trop.

Camille baissa la tête avec accablement.

— Je les aime bien. François est si bon, si gai...

— Je me demande ce que tu lui trouves à ce planqué...

— Léa ! Tu sais bien que ce n'est pas vrai, qu'il a ici d'importantes responsabilités et que le gouvernement le consulte fréquemment.

— C'est lui qui te raconte ça, tu es trop naïve, ma pauvre fille. C'est comme Sarah, ça ne m'étonnerait pas que ce soit une espionne.

— Là, tu exagères, tu lis trop de mauvais romans et vois trop de méchants films...

— Je tue le temps comme je peux.

— Ma Léa, je t'en prie, ne nous disputons pas. Réjouissons-nous plutôt de savoir Laurent en bonne santé.

— Pour le moment, c'est la tienne qui compte. Crois-tu que le médecin te permettra de partir ?

— Je n'en sais rien, soupira Camille. J'aimerais tellement être aux Roches-Blanches, près du père de Laurent. J'ai si peur pour mon enfant !

On frappa à la porte. Josette entra.

— C'est Mme Mulstein et M. Tavernier.

— Faites-les entrer, s'écria Camille, dont le pâle visage rosit de plaisir.

— Encore eux ! s'exclama Léa avec humeur.

Sarah Mulstein, un bouquet de roses à la main, traversa la pièce pour aller embrasser Camille. Elle sourit en remarquant les feuillets des lettres de Laurent éparpillés sur la couverture de satin crème.

— Je vois que vous avez reçu des nouvelles de notre soldat. Elles doivent être bonnes si j'en juge par votre mine qui est bien meilleure et votre regard, qui est presque gai.

— Oui, je me sens si soulagée. Que vos roses sont belles ! Vous êtes si bonne pour moi. Merci, Sarah.

— Bonjour, Léa. Quel air sombre ! Que vous arrive-t-il ?

— Rien, je m'ennuie, dit Léa en se laissant embrasser par Sarah.

— Laissez-moi admirer cette mine, dit François Tavernier en se penchant pour baiser la main que lui tendait Camille. C'est ma foi vrai, vous êtes presque aussi rose que vos fleurs.

— Je crois que vous exagérez un peu, fit la jeune femme en riant. Et vous, Sarah, avez-vous des nouvelles de votre mari ?

Avant de répondre, Sarah Mulstein retira son extravagant chapeau de feutre noir, traversé d'une longue plume rouge. Elle s'assit sur un fauteuil bas, près du lit, tirant machinalement la jupe plissée de son tailleur.

— Oui, j'en ai reçu hier...

— Je suis vraiment heureuse pour vous...

— ... Ils l'ont envoyé dans un camp en Pologne, continua Sarah.

— Oh non ! s'écria Camille.

Léa, qui s'était tenue à l'écart, s'approcha de François Tavernier et lui dit d'un ton méprisant :

— Je croyais que vous deviez le faire sortir d'Allemagne ?

— Cela a échoué.

— François a fait tout ce qui était possible, dit Sarah d'une voix lasse.

— Comment en êtes-vous si sûre? répliqua Léa avec véhémence.

— Léa !...

— Laissez, Camille, vous savez bien que notre belle amie me prend pour un espion, un salaud et j'en passe, fit-il avec une apparente désinvolture.

— Laissez-moi lui répondre, François. Mon père m'a téléphoné de Lyon. C'est par lui que je connais les circonstances de l'arrestation de mon mari. Les nazis se sont vengés sur lui de ne pouvoir garder un artiste trop mondialement connu. Sans les nombreuses interventions de François, ce n'est pas seulement mon mari qui aurait été déporté... Papa sera à Paris demain.

Un pénible silence tomba sur eux. Ce fut Léa qui le rompit.

— Excusez-moi, François, et vous aussi, Sarah.

— Je vous l'ai déjà dit, Léa : comme vous êtes jeune! Vous parlez trop vite, sans savoir. Il va falloir vous habituer à plus de prudence, maintenant. Vous qui voyez des espions partout, méfiez-vous de la cinquième colonne, dit Sarah.

Léa se détourna pour cacher son agacement, puis regarda sa montre.

— J'ai complètement oublié que j'avais un rendez-vous. À ce soir, Camille, je te laisse en bonne compagnie.

François Tavernier sortit derrière elle et la rejoignit dans l'entrée où, devant une haute glace, elle fixait son chapeau.

— Ce chapeau ne vous va pas, il vous vieillit. Couleur mise à part, il irait parfaitement bien à votre tante Lisa...

Léa se retourna avec colère.

— Vous n'y connaissez rien. C'est un chapeau d'*Agnès*, tout ce qu'il y a de plus élégant.

— Ma pauvre amie, ne jouez pas les Parisiennes. Vous êtes tellement plus séduisante en sauvageonne de Montillac, surtout quand vous êtes rouge comme en ce moment.

— Je ne suis pas rouge et votre avis m'est bien égal. Laissez-moi tranquille.

— Non, j'ai à vous parler. Allons dans votre chambre.

— Vous n'y pensez pas !

— Cessez de faire votre mijaurée. Ça non plus, ça ne vous va pas. Venez.

La prenant par le bras, il l'entraîna vers une des portes.

— Voulez-vous me lâcher ou je crie.

— Criez si cela vous chante. Vous ne voulez pas marcher ? Alors, je vais vous porter.

Joignant le geste à la parole, il souleva Léa qui, contrairement à sa menace, ne cria pas, mais tenta de se dégager en le martelant de coups de poing.

— C'est bien ici, n'est-ce pas, l'antre virginal ? fit-il en poussant de l'épaule une porte entrebâillée.

— Lâchez-moi ! voulez-vous me lâcher ?

— À vos ordres, chère amie.

D'un geste négligent, Tavernier la jeta sur le lit.

Léa rebondit avec un grognement de rage impuissante, se redressa, décoiffée, les cheveux dans les yeux, et s'accroupit prête à bondir. François fut plus rapide qu'elle et se retrouva sur le lit, immobilisant ses poignets.

— Brute, salaud...

— Comme je vous l'ai dit à maintes reprises, votre vocabulaire injurieux est des plus limités. Vous manquez de lectures. Allez, assez joué, je dois vous parler. M'écouterez-vous ?

— Allez vous faire...

— Là, vous allez en dire trop. Si vous ne vous tenez pas tranquille, je vous embrasse.

Léa cessa de se débattre instantanément.

— Vous vouliez me parler ? De quoi s'agit-il ? demanda-t-elle sérieusement.

— De vous et de Camille. Vous devez partir. Vous n'êtes pas en sécurité à Paris.

— Je le sais bien, fit Léa en se frottant les poignets. Est-ce de ma faute, si le médecin la dit intransportable ?

— J'en parlerai avec lui. D'ici quelques jours, les Allemands seront à Paris, et moi-même, j'aurai rejoint le front...

— Tiens ! Quelle drôle d'idée ! Je pensais que vous n'aimiez pas les causes perdues.

— En effet, je ne les aime pas. Mais là il s'agit d'autre chose.

— De l'honneur, peut-être, dit Léa du ton le plus blessant qu'elle put.

Devant le regard qu'il lui lança, elle se recroquevilla sur le lit, s'attendant à être battue. Comme aucun coup ne venait, elle leva les yeux sur lui et se sentit rougir de honte en voyant son visage bouleversé. Une envie de se jeter dans ses bras, de lui demander pardon l'envahit. Peut-être l'aurait-elle fait, s'il n'avait à ce moment-là éclaté de rire.

— L'honneur !... peut-être... mais c'est un sentiment dont je suis indigne ! Il faut sans doute s'appeler Laurent d'Argilat pour savoir de quoi il s'agit.

— Laissez Laurent et son honneur. Revenons à notre éventuel départ.

— Savez-vous conduire ?

— Oui, j'ai passé mon permis à Bordeaux juste avant de venir à Paris.

— Je vais essayer de réquisitionner, louer, acheter ou voler une ambulance ou une voiture confortable dans laquelle Camille pourra voyager allongée. Vous emmènerez avec vous Mme Lebreton et Josette.

— Quoi ! Vous nous laisseriez partir seules ?

— Le moyen de faire autrement ? Tous les hommes valides sont au front. Et puis, vous êtes de taille à vous débrouiller.

Sans répondre, Léa baissa la tête. François Tavernier fut ému par ce signe d'impuissance. Il attrapa à pleines mains les lourdes boucles, relevant ainsi le joli visage. De grosses larmes roulaient sur les joues encore empreintes d'enfance. Il baisa doucement les yeux puis glissa vers les lèvres qui, passives, acceptèrent le baiser. Il s'assit sur le lit, lâcha les cheveux et coucha Léa près de lui.

— Mon petit, pleurez si cela vous soulage.

À cette voix grave et douce qui lui rappelait celle de son père, Léa éclata en sanglots et se blottit contre François.

— Je voudrais rentrer à la maison... j'ai si peur que Camille perde son bébé... que dirait Laurent?... pourquoi papa ne vient-il pas me chercher?... C'est vrai que les Allemands violent toutes les femmes?...

— Tu vas rentrer, ma chérie, ne t'inquiète pas, je vais m'occuper de tout...

— ... mais, vous avez dit que vous alliez partir...

— J'arrangerai tout avant mon départ.

François s'en voulait un peu de profiter de la situation, ses lèvres se faisaient plus pressantes, ses mains plus audacieuses, mais cela avait pour effet de calmer Léa qui, peu à peu, lui rendait ses baisers.

Des éclats de voix dans l'entrée les arrachèrent à ce court instant de plaisir.

Avec un reste de douceur, Léa repoussa François Tavernier, se leva et remit de l'ordre dans ses vêtements froissés.

— Ne restez pas planté comme ça à me regarder, essuyez-vous la bouche, vous êtes plein de rouge à lèvres et coiffez-vous, dit-elle en lui montrant les brosses sur la coiffeuse.

Avec un sourire, il lui obéit.

— On dirait que c'est le docteur et Mme Lebreton qui se disputent, fit Léa en tendant l'oreille.

On frappa à la porte.

— C'est Josette, mademoiselle Léa. Le docteur voudrait vous parler.

— C'est bien, dites-lui que j'arrive. Que peut-il bien avoir à me dire? fit-elle en se retournant vers François.

Celui-ci écarta les bras en signe d'ignorance.

— Je vais vous quitter. Je dois préparer le conseil qui se tient demain à Paris avec Churchill et ses trois plus proches collaborateurs.

— Qu'attendez-vous de cette réunion?

— Pas grand-chose. Reynaud souhaite obtenir de nouveaux avions de la R.A.F. Il ne les obtiendra pas. De même qu'il n'obtiendra pas que les troupes françaises bloquées à Dunkerque soient évacuées en même temps que les troupes britanniques.

— Alors, pourquoi cette rencontre ?

— Pour ne pas perdre le contact, pour essayer de connaître la position exacte de nos alliés, savoir quelle serait leur attitude en cas d'armistice séparé.

— Armistice séparé ?...

— On en parle. Pensez à autre chose. Il ne faut pas que ce soit un sujet de préoccupation pour une jolie femme. C'est une affaire d'homme, fit-il avec emphase en l'attirant à lui.

Elle ne résista pas et le regarda comme jamais elle ne l'avait regardé.

— Je n'aimerais pas qu'il vous arrive quelque chose, petite.

Léa parut déçue de ne pas recevoir de baiser. Sa moue le fit sourire.

— C'est assez pour aujourd'hui. Je vais m'occuper de vous trouver un véhicule. Dans deux jours, je vous tiendrai au courant. Allez voir ce que vous veut le docteur Dubois.

Sans répondre, Léa quitta sa chambre.

— Ah ! ce n'est pas trop tôt. Croyez-vous, mademoiselle Delmas, que je n'ai pas autre chose à faire qu'à vous attendre ? s'écria le médecin, tandis que Léa entrait dans le salon.

— Excusez-moi, docteur, je pensais que vous étiez auprès de Mme d'Argilat.

— Mme d'Argilat va très bien. Ce n'est pas d'elle qu'il s'agit...

— Alors, nous pouvons partir ? s'exclama Léa avec joie.

— Cela aurait été possible, si Mme Lebreton n'avait donné son congé sous des prétextes futiles.

— Des prétextes futiles, dit l'infirmière, dont Léa n'avait pas remarqué la présence. J'apprends que mon gendre, grièvement blessé, se trouve en Bretagne et que ma fille veut absolument aller le rejoindre avec ses deux enfants. Vous appelez ça des choses futiles !

— Votre fille est assez grande pour voyager sans sa mère, fit le médecin avec mauvaise foi.

— Avec des enfants de trois et cinq ans. On voit bien, docteur, que vous n'avez jamais eu d'enfants.

— Et je m'en félicite par les temps qui courent.

— Madame Lebreton, vous ne pouvez pas me laisser seule avec Camille, je suis incapable de la soigner, de lui faire ses piqûres.

— Je suis désolée, je dois penser à ma famille. Mettez-la à l'hôpital.

— Vous savez parfaitement, madame Lebreton, qu'il n'y a plus une place dans les hôpitaux actuellement et que certains sont évacués, dit le médecin.

— Je n'y peux rien, répliqua sèchement l'infirmière. Je prends ce soir le train pour Rennes. Mademoiselle Delmas, c'est l'heure de la piqûre de Mme d'Argilat. Si vous le voulez bien, je vais vous montrer comment la faire. Ce n'est pas très compliqué.

Sarah Mulstein était encore dans la chambre de Camille quand les deux femmes entrèrent suivies du docteur Dubois. Celui-ci s'efforça à prendre un ton guilleret pour lui annoncer :

— Mme Lebreton doit nous quitter pour des raisons de famille. Elle va montrer à Mlle Delmas comment faire votre piqûre.

Camille pâlit avec un pauvre sourire et dit :

— J'espère, madame, que ce n'est pas trop grave. Je vous remercie de vos bons soins. Ma pauvre Léa, je te donne bien du souci.

— Tournez-vous, bougonna l'infirmière qui avait préparé sa seringue.

Sarah et le médecin s'éloignèrent un peu, tandis que Mme Lebreton disait :

— Regardez, ce n'est pas bien difficile : vous enfoncez d'un coup sec... vous appuyez lentement...

13

Paris se vidait de ses habitants.

Le bombardement, le lundi 3 juin, des aéroports d'Orly, du Bourget et de Villacoublay, des usines Citroën et d'immeubles dans les 15e et 16e arrondissements, avait fait près de trois cents morts. Tôt le matin, les premières voitures partirent vers le sud du pays. Mais la masse des Parisiens se précipita dans les gares de Lyon et d'Austerlitz, se mêlant au flot des réfugiés du Nord et de l'Est.

Une torpeur et un silence dignes d'un mois d'août étaient tombés sur la place Saint-Sulpice que traversait Léa pour se rendre à la mairie retirer les cartes d'alimentation des trois habitantes du boulevard Raspail. Sans la feuille de coupons de couleur jaune collée à l'intérieur de la carte, pas de sucre. Déjà le lait, le café et le beurre se faisaient rares ; on pouvait se demander de quoi seraient bientôt composés les petits déjeuners.

Quand elle ressortit de la mairie après deux heures d'attente, Léa était de fort méchante humeur. Fatiguée d'être restée aussi longtemps debout dans des couloirs aux senteurs d'eau de Javel, de vieux papiers et de sueur, elle s'assit sur un des bancs face à la fontaine, ramenant contre elle l'imperméable beige emprunté à Camille. Il ne faisait pas très chaud, des nuages menaçants balayaient le ciel, d'où la mort pouvait tomber à chaque instant. Elle se souvenait avec agacement du calme de Camille quand avaient retenti les sirènes, puis le ronflement assourdissant des avions survolant Paris, et enfin l'éclatement des bombes. Léa avait insisté pour qu'elle descendît dans les caves de l'immeuble aménagées en abri. Têtue, elle n'avait rien voulu savoir, disant qu'elle préférait voir venir la mort plutôt que d'être enterrée vive. La rage au cœur et la peur au ventre, Léa était restée auprès d'elle, la tête enfouie sous des coussins de soie.

Et François Tavernier qui ne donnait pas signe de vie ! Il était impossible qu'il fût parti pour le front sans l'avoir revue et surtout sans avoir tenu sa promesse de lui procurer un moyen de quitter Paris. On était déjà le 6 juin.

— Voilà un froncement de sourcils qui n'annonce rien de bon, dit un homme en s'asseyant près d'elle.

Léa allait le rabrouer, quand elle reconnut Raphaël Mahl.

— Tiens, bonjour, vous n'êtes pas parti ?

— Pour aller où ?

— Au diable, si vous voulez !

— Ça, ma chère, nous y allons tous et cela n'est pas pour me déplaire. J'ai toujours aimé les diables blonds, surtout en uniforme. Pas vous ? Ça nous changera de tous ces Français rondouillards et front popu, de tous ces métèques au nez crochu.

— Taisez-vous, c'est ignoble ce que vous dites.

— En quoi est-ce ignoble ? N'est-ce pas à cause d'eux que nous allons perdre la guerre, des Blum et compagnie ? Je les connais bien, allez. Je suis à demi juif, vous savez.

— J'ai une amie juive, dont le mari a été arrêté uniquement parce qu'il était juif.

— Et alors, ça ne vous paraît pas une raison suffisante ?

— Quelle horreur ! s'exclama Léa en se levant d'un bond.

— Allons, chère amie, calmez-vous, je plaisantais, dit-il, se levant à son tour et lui prenant le bras.

Léa se dégagea avec impatience.

— Excusez-moi, je dois rentrer.

— Attendez, j'ai une amie moi aussi. Elle m'a chargé de

vendre une de ses fourrures, de magnifiques renards argentés. Je vous les laisserais à un très bon prix, vous feriez une excellente affaire.

— Je ne savais pas que les fourrures vous intéressaient.

— Dans ce cas, il ne s'agit que de rendre service à une amie qui a besoin d'argent pour quitter Paris. Que voulez-vous, elle est juive aussi, et les nazis lui font peur. Moi, c'est plutôt l'ennui qui me fait peur. Si les renards ne vous intéressent pas, j'ai aussi des tapis, de ravissantes carpettes anciennes de grande beauté.

— Vous voilà marchand de tapis, maintenant. Je croyais que vous étiez écrivain.

Le visage au large front dégarni de Raphaël Mahl perdit instantanément son expression de gouaille bonhomme. Un sourire las et triste donna à cette physionomie, où la veulerie se marquait aisément, une beauté mélancolique, soulignée par le regard insoutenable d'intelligence.

— Oui, je suis écrivain. Écrivain avant tout. Vous n'êtes qu'une femme, que pouvez-vous comprendre de la vie d'un écrivain, de son combat quotidien entre son désir de vivre et son désir d'écrire ? Ce sont deux choses incompatibles. Je suis comme Oscar Wilde, je veux mettre du génie dans mes œuvres et dans ma vie. Et cela ne se peut. J'enrage, mais il faut choisir : vivre ou écrire. Je porte en moi un grand livre, je le sais, mais mon désir de participer aux mouvements du monde, à ses passions, m'oppresse tellement que mon travail s'en ressent. Il faut, comme l'écrivaient les Goncourt dans leur *Journal*, « des jours réguliers, calmes, apaisés, un état bourgeois de tout l'être, un recueillement *bonnet de coton*, pour mettre au jour du grand, du tourmenté, du dramatique. Les gens qui se dépensent trop dans la passion ou dans le tressautement d'une existence nerveuse, ne feront pas d'œuvre et auront épuisé leur vie à vivre ». *ÉPUISER MA VIE À VIVRE*... voilà ce qui m'arrive. Vous, les femmes, votre manque d'imagination vous protège, votre seule création est celle de l'enfantement. Certes, il y a chez vous des monstres sublimes comme Mme de Noailles ou Colette, ah ! l'admirable artisan des lettres que cette femme-là, mais peu de cette véritable intelligence, qui est par essence masculine.

— Masculine, l'intelligence ? Comment osez-vous dire cela, alors que ce pays, aux mains des seuls êtres possédant, d'après vous, la véritable intelligence, est en train de s'effondrer lamentablement.

— Nous sommes vaincus par une intelligence et une force supérieures, devant lesquelles il faut s'incliner.

— S'incliner devant ces sauvages ?

— Mon petit chou, votre tête est bien faite, mais vide. Vous ne faites que répéter les propos de votre concierge. Cette guerre qui vous semble si sauvage sera bénéfique à la France. Déjà, en 1857, les Goncourt, encore eux, écrivaient : « La sauvagerie est nécessaire tous les quatre ou cinq cents ans, pour revivifier le monde. Le monde mourait de civilisation. Autrefois, en Europe, quand une vieille population d'une aimable contrée était convenablement anémiée, il lui tombait du Nord sur le dos des bougres de six pieds qui refaçonnaient la race. » Les Allemands seront ces bougres qui redonneront à notre race anémiée le sang nouveau de sa résurrection. Croyez-en, mon petit, un pédéraste escroc, qui a bien observé, pour les besoins de la littérature — et ses propres besoins parfois — cet animal pensant que l'on appelle l'homme. Cet homme que Dieu un jour a rejeté de sa vue, ce dont, pauvre bête, il ne s'est jamais consolé. Souvenez-vous du beau vers de Lamartine : « L'homme est un ange déchu qui se souvient des cieux. »

— J'ai l'impression d'entendre mon oncle Adrien qui est dominicain, dit en se moquant Léa.

— Lui a fait le bon choix. « Pour un homme comme lui, il n'y avait que le froc. » Autrefois, j'ai voulu être prêtre. Moi, le juif, je m'étais converti. Des amis, catholiques fervents, soutenaient mon désir. À la veille de l'ordination, je me suis enfui du séminaire et j'ai passé trois jours dans un bordel de garçons. Ah ! c'était divin. Après l'odeur sure des aisselles ecclésiastiques, après les joues dévorées d'acné de mes camarades de dortoir, dont l'état de rut obsédant polluait les caleçons et les draps, après les matins assombris par cette chair raide pointant sous la soutane, quel bonheur de caresser, de baiser, les corps tendres et parfumés des petites putains mâles. Que pouvez-vous comprendre, fillette sans doute vierge, qui ne connaissez même pas les fades enlacements saphiques ?

— En effet, je ne comprends pas. Vous me dégoûtez.

— C'est vrai que je suis un ignoble dégoûtant ! s'exclama-t-il en éclatant de rire. Hé, midame, t'y sûre d'y pas vouloir achété tapis, ou belle fourrure ? Je t'y fais un prix, pace que toi, jolie, continua-t-il en la suivant avec des mines grotesques.

Il s'était composé une physionomie à la fois si rusée et si basse que Léa se mit à rire.

— Vous êtes fou, mon pauvre Raphaël. Je ne sais pas pourquoi je tolère que vous m'adressiez la parole.

— Parce que je vous amuse, ma chère, et que mes propos décousus vous sortent de votre torpeur adolescente. Il faut grandir, mignonne, l'époque que nous vivons n'est plus à l'enfance.

Pendant quelques instants, ils marchèrent en silence. À l'angle de la rue de Grenelle et de la rue des Saints-Pères, Raphaël Mahl s'arrêta :

— Voulez-vous venir prendre le thé chez moi ? Un ami m'a prêté un ravissant appartement rue de Rivoli. La vue sur les Tuileries y est charmante.

— Je vous remercie, ce n'est pas possible. L'amie chez laquelle j'habite est malade. Elle doit s'inquiéter : il y a plus de trois heures que je suis partie.

— Demain, alors ? Promettez-moi de venir, je voudrais vous donner quelques livres que j'aime. C'est si important d'aimer les mêmes livres quand on veut devenir amis.

Léa le considéra avec une sympathie dont elle ne pouvait se défendre et qu'elle ne comprenait pas.

— Si je peux, je viendrai, je vous le promets.

Il griffonna sur une enveloppe marquée N.R.F. son adresse et son numéro de téléphone.

— Je vous attendrai à partir de quatre heures. Si vous

ne pouvez pas venir, téléphonez-moi. Je compte sur vous, à demain.

— À demain, dit-elle en glissant l'enveloppe dans sa poche.

Elle courut dans la rue de Grenelle, déserte jusqu'au boulevard Raspail.

Léa n'eut pas le temps d'introduire sa clé dans la serrure : la porte de l'appartement s'ouvrit sur Camille habillée à la hâte d'un tailleur bleu marine qui soulignait la rondeur de son ventre et faisait ressortir la pâleur de son visage amaigri.

— Enfin te voilà, s'écria-t-elle en se retenant au mur pour ne pas tomber.

— Tu es complètement folle, que fais-tu debout ?

— J'allais te chercher, murmura-t-elle en glissant le long du mur, évanouie.

— Josette, Josette, venez vite !

La jeune femme de chambre apparut à la porte de l'office et poussa un cri en voyant Camille allongée par terre sans connaissance.

— Aidez-moi, au lieu de rester plantée là comme une idiote.

Décoiffée, la figure rouge, Josette aida Léa à porter la malade dans sa chambre et à l'allonger sur le lit.

— Déshabillez-la, je vais lui faire une piqûre.

Quand Léa revint, une seringue à la main, Josette recouvrait Camille, qui n'avait plus sur elle qu'une mince combinaison de soie rose.

La piqûre faite, Léa scruta avec angoisse le pauvre visage aux narines pincées. Jamais Camille n'avait mis aussi longtemps à revenir à elle.

— Pourquoi l'avez-vous laissée se lever ?

Accroupie au pied du lit, Josette sanglotait.

— Ce n'est pas ma faute, mademoiselle, je préparais le thé à la cuisine. J'avais laissé Madame bien tranquille écoutant la T.S.F. quand, tout à coup, même que j'ai failli casser la théière tant elle m'a fait peur, je l'ai vue derrière moi, pieds nus, les yeux fous, répétant sans cesse : « Il faut aller chercher Léa, il faut aller chercher Léa... » J'ai essayé de la reconduire dans sa chambre, elle m'a repoussée en me disant : « Faites les valises, les Allemands arrivent. » Alors, j'ai eu peur, j'ai cru qu'elle avait entendu la nouvelle à la T.S.F. J'ai couru faire les bagages pendant que Madame s'habillait. À ce moment-là, vous êtes arrivée... Dites, mademoiselle, c'est vrai que les Boches arrivent ?

— Je n'en sais rien. Appelez le docteur Dubois, qu'il vienne de toute urgence.

— Bien, mademoiselle.

Penchée sur Camille, Léa essayait de lui faire respirer des sels. « Et si les Allemands arrivaient », pensa-t-elle avec un début de panique.

— Mademoiselle, le docteur n'est pas là et on ne sait pas quand il rentrera.

— Léa...

Camille ouvrit lentement les yeux.

— Léa... tu es là... j'ai eu peur que tu sois partie... À la radio... on dit que le gouvernement va quitter Paris... dit-elle en s'agrippant au bras de la jeune fille.

— Allez, calme-toi. Je viens de rentrer et il n'y a pas d'Allemands dans les rues. Tout est tranquille, il n'y a que toi pour t'agiter inutilement. Laurent ne serait pas content de te voir si peu raisonnable. Repose-toi, essaie de dormir. Le docteur Dubois va venir, mentit Léa.

— Pardonne-moi, j'ai si peur quand tu n'es pas là.

Quand Camille s'endormit, il faisait presque nuit et le médecin n'était pas encore venu.

Léa eut faim et alla dans la cuisine chercher quelque chose à manger. Rien. Il n'y avait rien à part quelques gâteaux secs. Furieuse, elle chercha Josette pour se plaindre de ce manque de provisions. Elle la trouva assise dans le salon obscur, habillée, prête à partir, une valise à ses pieds.

— Que faites-vous dans le noir et pourquoi avez-vous votre manteau et votre chapeau à la maison ?

— Mademoiselle, je veux partir. Je veux retourner en Normandie chez mes parents.

Léa la regarda avec des yeux horrifiés.

— Vous voulez m'abandonner avec une malade !

— J'ai peur, mademoiselle, j'ai trop peur... Je veux retourner chez moi.

— Cessez de pleurnicher. Ils sont déjà chez vous, les Allemands. Si ce n'est aujourd'hui, ce sera demain. Vous feriez mieux d'aller vous coucher.

— Mad...

— Taisez-vous, et demain, pensez à acheter de quoi manger. Bonne nuit.

Léa sortit, laissant là la malheureuse fille sanglotante et désemparée.

Vers six heures, le lendemain matin, Léa fut tirée d'un mauvais sommeil par la sonnette de l'entrée. Elle pensa que c'était le docteur Dubois. Elle ramassa son kimono et se leva du canapé de la chambre de Camille sur lequel elle avait passé la nuit. En bâillant, elle alla ouvrir la porte.

Un homme, en uniforme taché de boue, le visage sale, couvert d'une barbe de plusieurs jours, se tenait devant elle.

— Laurent...

— Non, ce n'est pas Laurent, ce n'est que moi. Vous ne semblez pas très bien réveillée, ma chère amie. Puis-je entrer ?

Léa s'écarta pour laisser passer François Tavernier.

— Ne faites pas cette tête. Me prenez-vous pour un revenant ?

— Presque. Où étiez-vous durant tous ces jours ? Plusieurs fois je vous ai appelé, mais vous n'étiez jamais là.

— Comme ma tenue vous l'indique, je n'étais pas chez *Maxim's*.

— Arrêtez de vous moquer. Vous deviez me rappeler et j'ai attendu.

— Comme c'est gentil. Venez que je vous embrasse pour tant de fidélité.

— Poussez-vous, vous êtes sale à faire peur.

— Que voulez-vous, ma mie, la guerre n'est pas propre. Mais un soldat a toujours droit aux baisers des belles.

François Tavernier attira Léa contre lui et l'embrassa malgré sa résistance. La sentant irrémédiablement rétive, il la laissa s'échapper.

— Donnez-moi des nouvelles de Mme d'Argilat. Comment va-t-elle ?

— Mal.

— Le médecin ?

— Je l'attends depuis hier. Avez-vous trouvé une voiture confortable ?

— Oui, je n'ai pas fait que la guerre pendant toutes ces journées. J'ai déniché une Vivastella en parfait état de marche. Saurez-vous la conduire ?

— Il le faudra bien.

— J'ai envoyé un homme de confiance la chercher, elle sera là dans deux jours.

— Dans deux jours !

— La voiture est à Marseille.

— J'aurais dû écouter papa : prendre le train.

— J'y avais pensé. Mais il était impossible d'y faire voyager Camille couchée.

La sonnette de la porte d'entrée retentit de nouveau.

— Oh ! docteur, s'écria Léa dès que la porte fut ouverte.

Le docteur Dubois était à peine plus présentable que François Tavernier. Ses vêtements fripés, son menton mal rasé, ses yeux bordés de rouge montraient sa fatigue et son manque de sommeil.

— Je n'ai pas pu venir plus tôt. Voudriez-vous avoir la bonté de me faire du café ?

— J'en prendrais bien aussi, dit François.

— Je vais voir si j'en trouve. Josette a tellement peur qu'elle n'ose plus aller faire le marché.

En effet dans la cuisine, il n'y avait ni café, ni lait, ni pain.

— Je vais arranger ça, dit François, qui avait suivi Léa. Je connais pas loin d'ici un bistrot où j'avais mes habitudes. Le patron va me dépanner. Le temps de faire chauffer l'eau et je serai de retour. En attendant, faites-moi couler un bain. Je n'ai pas le temps de passer chez moi.

Quand il revint, il portait un grand sac en papier rempli de café fraîchement moulu, une bouteille de lait frais, une boîte de chocolat, un kilo de sucre et, merveille des merveilles, une vingtaine de croissants au beurre encore chauds.

François Tavernier tint à porter lui-même un plateau à Camille, qui s'efforça d'avaler un croissant pour lui faire plaisir. Quant à lui, il en mangea cinq, Léa autant et le docteur trois. Repus, ils se turent tous un long moment. Léa rompit le silence en s'adressant à François :

— Si vous voulez prendre un bain encore chaud, vous feriez bien de vous dépêcher.

— Je n'en ai plus le temps. Je dois aller faire mon rapport au général Weygand et avoir un entretien avec le maréchal Pétain.

— Dans cette tenue ? ne put s'empêcher de dire le docteur Dubois.

— Pourquoi pas ? C'est celle de tous ceux qui se font massacrer à cause de l'incurie de l'état-major, celle de ces troupes en déroute que l'on tente d'éloigner de Paris, qui errent à la recherche d'un commandement.

— Et après, que faites-vous ? demanda Camille.

— Après, madame, je vais mourir pour la France, dit-il d'un ton théâtral.

— François, ne plaisantez pas. J'aurai tant de peine s'il vous arrivait quelque chose.

— Chère Mme d'Argilat, merci pour cette parole. Je vous promets d'essayer de rester en vie. Docteur, fit-il en se tournant vers le médecin, pensez-vous que nous puissions transporter notre amie ?

— Cela me paraît follement imprudent tant pour son cœur que pour l'enfant. Cependant, si les bombardements doivent reprendre... à la grâce de Dieu. Je vais lui prescrire d'autres médicaments plus actifs. J'essaierai de revenir demain.

— Madame, mademoiselle... les Allemands occupent Dieppe, Compiègne et Rouen et même Forges-les-Eaux où habite ma marraine, cria Josette en entrant brusquement dans la chambre, un bout de croissant à la main.

François Tavernier la prit par le bras et la fit ressortir de la pièce plus vite qu'elle n'y était entrée.

— Petite sotte, vous voulez donc tuer votre maîtresse ?

— Oh non ! monsieur, sanglota la malheureuse, mais je pense à mon père, à ma mère, à mes petits frères...

— Je sais, mon petit, dans deux jours vous pourrez quitter Paris avec Mme d'Argilat et Mlle Delmas. Vous irez en Gironde, à la campagne, là vous serez tranquille, lui dit-il d'une voix radoucie en lui caressant les cheveux.

— Oui, monsieur, mais ma famille, quand la reverrai-je ?

— Je n'en sais rien, bientôt, peut-être. Josette, promettez-moi de veiller sur Mme d'Argilat.

— Oui, monsieur.

— Merci, Josette, vous êtes une brave fille. Vous avez deux jours pour faire des provisions de voyage. Tenez, en même temps, achetez-vous une jolie robe.

— Oh ! merci, monsieur, dit Josette, presque consolée, en empochant les billets.

Léa et le médecin sortirent de la chambre de Camille.

— Si vous voulez voir le maréchal Pétain et le gouvernement, dépêchez-vous. À la T.S.F., ils viennent d'annoncer leur départ imminent pour la Touraine, dit le docteur Dubois avec une petite voix, en essuyant ses lunettes embuées. À demain.

La porte palière se referma sur sa silhouette soudain voûtée.

— Pourquoi avoir laissé Camille écouter les informations ? demanda François Tavernier.

— Je n'y peux rien, soupira Léa en resserrant frileusement contre elle son kimono.

— Soyez courageuse, le plus difficile est à venir. Embrassez-moi.

D'un geste spontané, Léa se jeta contre lui, entourant de ses bras le cou de l'homme penché sur elle.

Leurs lèvres se rencontrèrent avec une violence qui leur fit mal. Les larmes qui coulaient des yeux de Léa donnaient à leur baiser un goût d'embrun. Il détacha de sa nuque les deux mains nouées et, sans la lâcher, l'éloigna de lui. Comme elle était belle, se balançant devant lui au rythme de son chagrin !

— M'aimeriez-vous un peu ? ne put-il s'empêcher de murmurer.

De la tête, elle fit signe que non.

Une brusque douleur contracta le visage mal rasé de François. Qu'importe, après tout, des baisers pouvaient suffire. De nouveau, il l'attira à lui. Ses mains s'égarèrent un instant sous le kimono.

Quand il s'éloigna d'elle, les larmes de Léa ne coulaient plus.

— Je dois vous quitter, chère amie, dit-il dans un sourire. Merci pour cet aimable accueil. À bientôt, prenez bien soin de vous et de Camille. Au revoir.

Sans un mot, Léa le regarda partir. De son index, machinalement, elle faisait le tour de ses lèvres humides.

Léa et Josette avaient complètement oublié que c'était dimanche. La plupart des magasins d'alimentation étaient fermés. Elles allèrent jusqu'au marché de Saint-Germain où elles trouvèrent après de longues attentes une douzaine d'œufs, un poulet, un lapin, un gros saucisson, du fromage, deux kilos de pommes et, après marchandage, un énorme jambon.

Épuisées, mais fières de leurs achats, le porte-monnaie vide (tout avait tellement augmenté !), elles remontèrent la rue du Four en tenant chacune l'anse du cabas lourdement chargé.

Il faisait un temps magnifique, et il y avait peu de monde dans les rues : quelques petites vieilles portant des filets à provisions pauvrement garnis, des clochards, des concierges balayant par habitude devant leur immeuble, deux gardiens de la paix passant sur leurs vélos grinçants, puis une voiture si lourdement chargée d'un matelas, d'une armoire à glace et d'une ribambelle d'enfants agités, que l'on se demandait comment elle pouvait rouler. La rue de Rennes ressemblait à un long fleuve de plomb aux rives abandonnées. Soudain, des camions débouchèrent du boulevard Saint-Germain. Sous une bâche mal ajustée, Léa remarqua des piles de dossiers ficelés à la hâte.

Elle recouvrit les meubles de housses et commença les valises. En rangeant l'imperméable de Camille, elle trouva dans une des poches le papier sur lequel Raphaël Mahl avait écrit son adresse. Elle se souvint avec agacement de la promesse qu'elle lui avait faite de venir chez lui ou, sinon, de lui téléphoner.

Par la fenêtre ouverte sur les arbres du boulevard, pénétrait un soleil qui invitait à sortir. Tout semblait si calme, si estival qu'on n'entendait que le piaillement des moineaux et le roucoulement des pigeons.

Brusquement, Léa rabattit le couvercle d'une valise, prit une légère pèlerine de lainage noir, qu'elle posa sur sa courte robe de soie noire à pois rouges. Devant la glace vénitienne de l'entrée, elle mit son chapeau de paille noir. Elle entrebâilla doucement la porte de Camille qui, Dieu merci, dormait. Dans la cuisine, Josette préparait les paniers de provisions pour le voyage.

— Je sors faire une visite. Je n'en ai pas pour longtemps.

— Ce n'est pas prudent, mademoiselle, de sortir seule.

Léa préféra ne pas répondre.

À part quelques voitures et camionnettes toutes surchargées de paquets hétéroclites, Paris était désert. En traversant le pont Royal, elle aperçut du côté du Grand Palais comme de lourds nuages noirs qui montaient dans le ciel. Intriguée, elle poursuivit son chemin en pressant le pas. Le jardin des Tuileries paraissait aussi vide que les rues.

Sur le fond obscurci du ciel se détachait, si blanche dans le soleil, la croix parfaite formée par l'Obélisque et le sommet de l'arc de Triomphe de l'Étoile. Le cœur battant, elle s'arrêta, et revit dans une lumière d'orage le calvaire de Verdelais. Un brusque désir d'être là-bas, au pied de cette croix qui l'avait vue prier enfant et pleurer adolescente, la saisit si fortement qu'elle chancela.

— Mon Dieu, murmura-t-elle.

En elle, montait une prière au Dieu de son enfance qui, peu à peu, se transforma en action de grâces devant tant de beauté. À regret, elle s'arracha à ce spectacle. Elle arriva rue de Rivoli devant l'immeuble où habitait Raphaël Mahl sans avoir croisé personne.

Il vint lui ouvrir, vêtu d'une sorte de gandoura de laine blanche. Il la regarda avec surprise.

— Avez-vous oublié que vous m'aviez fait promettre de venir aujourd'hui ? demanda-t-elle.

— Où ai-je la tête ! Pardonnez-moi, chère amie, mais vous me voyez en pleins préparatifs de départ.

— Vous partez ?

— Demain ou après-demain. L'avance allemande me fait perdre mon emploi. Le patron de Radio-Mondial attend d'un jour à l'autre, je devrais dire d'une heure à l'autre, l'ordre d'évacuer.

— Pour aller où ?

— À Tours, sans doute, là où est le gouvernement. Je vous emmène si vous voulez.

— Ne soyez pas idiot. Moi-même, je pars dans deux jours.

— Où serons-nous dans deux jours ? Venez vous asseoir. Ne faites pas attention au désordre. Voulez-vous du thé ?

— Je préférerais quelque chose de frais.

— Je ne pense pas avoir cela à vous offrir à moins que vous ne buviez du whisky. Le propriétaire de cet appartement en a laissé deux caisses. Je n'en ai bu qu'une.

— D'accord, je n'y ai jamais goûté.

— Mettez-vous à votre aise.

Léa regarda autour d'elle. Le salon dans lequel elle était assise était encombré de chinoiseries en tout genre, certaines fort belles comme ce long coffre de laque aux couleurs d'ailes de scarabée, d'autres d'une laideur affligeante comme ces figurines aux teintes criardes. Elle se dirigea vers les fenêtres ouvertes sur le balcon donnant sur les Tuileries. Raphaël la rejoignit avec deux verres emplis d'un liquide ambré.

— Je bois à votre beauté.

Léa inclina la tête en souriant et leva son verre. Elle but et fit la grimace.

— Vous n'aimez pas ?

— Ça a un drôle de goût.

— Buvez encore, vous verrez, on s'y habitue très vite.

Ils burent lentement, appuyés à la balustrade du balcon. Une odeur écœurante de fumée grasse leur fit froncer les narines.

— Qu'est-ce que c'est ? demanda Léa.

— Ça brûle depuis ce matin du côté de Boulogne. Venez, rentrons.

Ils s'installèrent sur un canapé bas encombré de coussins.

— Avez-vous encore de la place dans vos valises ? demanda-t-il.

— Oui, cela dépend pour quoi.

— Hier je vous ai promis de vous prêter quelques livres que je considère parmi ce que la littérature a donné de meilleur.

Prenant trois volumes posés sur le canapé, il eut en les tendant à Léa comme un mouvement d'hésitation.

— Non, je ne vous les prête pas, je vous les donne. Peut-être est-ce la dernière fois que nous nous voyons. Vous les garderez en souvenir de moi. Voici *Le Crépuscule des dieux* d'Élémir Bourges, pour lequel je donnerais tout Flaubert. *La Vie de Rancé* ; vous êtes peut-être un peu jeune pour une telle lecture. C'est une œuvre de l'âge mûr qui devrait accompagner toute vieillesse ! Bah ! Vous le lirez plus tard le moment venu. *Chéri*, de la grande Colette. L'héroïne, admirable figure de femme, porte le même prénom que vous. Il y a dans ce roman toute la grandeur et la misère de la femme. Puissiez-vous lui ressembler. Aimez-vous la poésie ?

— Oui, un peu.

— Un peu, ce n'est pas assez. Lisez Nerval, le plus profondément désespéré.

Comme Raphaël Mahl était loin en ce moment de

l'homme léger, vendeur occasionnel de fourrures ou de tapis, du chroniqueur de *Marianne* ou du pédéraste parisien ! Léa comprit que dans le don de ces livres, il lui abandonnait une part intime de lui-même.

— Merci, dit-elle simplement en déposant un baiser sur sa joue.

Il se leva pour cacher son émotion.

— Mon chou, si j'avais dû aimer une femme, je l'eusse voulue telle que vous, fit-il avec une révérence.

Léa regarda sa montre.

— Il faut que je parte : il est plus de six heures.

— Je vais vous raccompagner. Il n'est pas prudent qu'une jeune et jolie femme soit seule dans les rues par les temps qui courent.

— Mais, il n'y a personne.

— Justement, c'est ce qui est dangereux. Croyez-en un amateur de coins sombres. C'est toujours dans les lieux tranquilles que se cachent les mauvais garçons. Ce sont des rencontres qu'il vaut mieux éviter si l'on n'est pas amateur. Donnez-moi vos livres, je vais les envelopper.

Il tira de dessus un haut meuble de laque noire incrusté d'ivoire un somptueux châle de soie rouge rebrodé de fleurs et d'oiseaux multicolores dans lequel il emballa les trois volumes.

— Tenez, voici un joli balluchon qui s'harmonise parfaitement bien avec votre toilette, dit-il en lui tendant le soyeux paquet, et il lui ouvrit la porte.

— Vous restez ainsi ? Vous ne vous changez pas pour sortir ? s'étonna Léa.

— Ne m'avez-vous pas dit que Paris était vide ? Et quand bien même il y aurait foule ? Ne suis-je pas beau ainsi ? Ne suis-je pas élégant ? Les robes des Africains m'ont toujours semblé le comble du chic. Il ne me manque qu'un keffieh. Tant pis.

Dehors, la douceur de l'air était gâchée par l'odeur des fumées. Raphaël prit le bras de Léa.

— Passons par les quais si vous le voulez bien. Peut-être est-ce la dernière fois que vous et moi faisons cette promenade.

En face de l'Institut deux boîtes de bouquinistes étaient ouvertes, l'une tenue par une grosse femme sans âge, l'autre par un vieillard aux yeux fatigués. Ils saluèrent Raphaël en habitué, sans même remarquer sa tenue.

— Vous avez ouvert aujourd'hui ? Vous n'avez pas dû avoir beaucoup de clients.

— Hélas ! monsieur Mahl, même les plus courageux ont fui, si c'est pas malheureux, d'abandonner cette belle ville.

— Vous devriez en faire autant !

— Moi, monsieur ? Jamais. C'est ici que j'ai grandi, je suis né dans une cour de la rue des Grands-Augustins, j'ai fait mes classes quai Saint-Michel, j'ai perdu ma vertu à l'ombre de Saint-Julien-le-Pauvre et je m'suis marié à Saint-Séverin. Ma défunte femme qui était la fille d'un brocanteur de Belleville est enterrée au Père-Lachaise, ma fille tient un bistrot à Montmartre, mon fils aîné a une bonne boîte en face de Notre-Dame, et mon dernier, quand y reviendra de c'te putain de guerre, y prendra ma suite. Nous autres, en dehors de Paris, on s'étiole du corps et de la tête. Alors on reste. Pas vrai, Germaine ?

La grosse femme à la peau brunie comme celle d'un marin opina bruyamment :

— Tu l'as dit bouffi.

Sur ces paroles définitives, Raphaël et Léa prirent congé.

Les rayons obliques du soleil teintaient de rose les figures grotesques du Pont-Neuf. Des voitures surchargées passaient en direction du boulevard Saint-Michel. Rue Guénégaud, par une fenêtre ouverte, ils entendirent sonner 7 heures.

— Dépêchons-nous, je suis en retard.

Ils arrivèrent boulevard Raspail n'ayant échangé que quelques mots. Tels deux amis, ils s'embrassèrent devant la porte en se souhaitant mutuellement bonne chance.

Le lendemain, Camille reçut une lettre de Laurent. Il se trouvait près de Beauvais, qu'il décrivait comme une très belle ville à la cathédrale imposante et superbe.

— De quand est cette lettre ? s'écria Léa.

— Du 2 juin. Pourquoi ? Oh ! mon Dieu ! Depuis, Beauvais a été détruit, balbutia Camille en s'affaissant sur elle-même.

Trop bouleversée, Léa ne pensait pas à porter secours à la malheureuse.

— Léa, implora-t-elle.

La stupeur de la jeune fille était si profonde qu'elle n'entendait rien. Enfin, elle sortit de son engourdissement et put donner à Camille les soins que nécessitait son état. Quand la crise fut passée, les deux femmes tombèrent dans les bras l'une de l'autre et pleurèrent longuement. Ce fut dans cette position que les trouva le docteur Dubois qui, depuis la veille, semblait avoir vieilli de dix ans. Malgré sa fatigue, il trouva les mots qu'il fallait pour apaiser un peu leur angoisse.

Le mardi 11 juin, les habitantes du boulevard Raspail étaient prêtes à partir. Il ne manquait que la voiture. Une longue nuit d'attente commença.

La matinée du mercredi se passa dans une tension telle que Léa préféra sortir, disant qu'elle allait voir s'il y avait des trains gare d'Austerlitz. Chaussée de sandales, elle marchait d'un bon pas boulevard Saint-Germain, doublant des groupes lamentables, qui poussaient des voitures d'enfants, des charrettes à bras, des brouettes même surchargées de pauvres trésors : pendule, aspirateur, machine à coudre, baromètre, bocal de poissons rouges, matelas roulé, portrait d'ancêtre ou agrandissement de photo de mariage, cage d'oiseau où sautillait, affolé, un maigre serin ou un couple de tourterelles, poupée à tête de porcelaine, tapis aux couleurs passées... Beaucoup d'enfants au teint pâle, de femmes au visage fatigué, de vieillards exténués. D'où venaient-ils ? De la banlieue, du Nord, de la Belgique ?... Boulevard Saint-Michel, une partie d'entre eux se joignit au flot humain remontant vers le Luxembourg, l'autre, comme Léa, continuait en direction de la gare d'Austerlitz. Une multitude compacte défendait les abords de la gare. Les rumeurs les plus fantastiques circulaient parmi les gens bloqués là.

— Les Boches sont à Enghien...

— Non, ils sont à Anvers...

— Ils ont fait sauter les dépôts de pétrole autour de Paris...

— On a bombardé Versailles...

— Les trains ne partent plus...

— On a fermé les grilles de la gare...

C'était vrai.

Un employé des chemins de fer, juché sur le toit d'une voiture, derrière les grilles de la cour, s'adressa à la foule à l'aide d'un haut-parleur. Après maintes demandes, il obtint un relatif silence.

— Par mesure de sécurité, nous maintiendrons les portes fermées jusqu'à cinq heures de l'après-midi...

Des cris de protestation s'élevèrent de toutes parts.

— Silence... laissez-moi parler... silence...

Les cris s'étouffèrent.

— ... cela afin de permettre l'embarquement des voyageurs déjà dans la gare...

— Hou... et nous alors ?...

— Tout le monde partira... Deux cent trente-huit trains supplémentaires sont prévus gare d'Austerlitz et gare Montparnasse... En ce moment, un train quitte Paris toutes les cinq minutes... Vous partirez tous... soyez patients...

Léa se faufila avec peine entre les pieds de ceux qui s'étaient laissés tomber sur la chaussée, leurs bagages autour d'eux. En s'approchant du jardin des Plantes, elle remarqua que les pelouses avaient été investies par des pique-niqueurs improvisés. Elle le traversa pour rejoindre la rue Linné, dans l'espoir d'y rencontrer moins de monde. Un homme l'accosta et la suivit jusqu'à la rue des Écoles en lui débitant des fadaises, bientôt transformées en obscénités. Là, pour une raison inconnue, il abandonna sa poursuite.

En passant devant le *Dupont-Latin*, une odeur de frites lui rappela qu'elle n'avait pas déjeuné. Il y avait peu de monde dans la grande brasserie. Léa mangea ses frites avec délice, but une bière, suivie d'un café. Rassasiée, elle repartit vers l'Odéon, fendant avec difficulté la foule qui remontait le boulevard Saint-Michel.

Il était déjà quatre heures de l'après-midi.

14

La voiture arriva à cinq heures du matin, conduite par un jeune homme complètement épuisé. Il s'endormit sur la table de la cuisine, la tête entre les bras, devant une tasse de café qu'il n'avait pas eu la force de boire.

Léa, aidée de Josette, en profita pour descendre les bagages et installer Camille qui se déclara parfaitement bien. Laissant la voiture à la garde de Josette, elle remonta réveiller le chauffeur qui émergea, hébété, d'une courte heure de repos. Le café réchauffé lui rendit un peu de lucidité.

Obéissant aux instructions de Camille, Léa ferma les compteurs de gaz et d'électricité, tourna la clé dans la serrure en se demandant si elle reviendrait un jour.

Dans la rue, le chauffeur achevait de fixer les valises et une grosse malle sur le toit du véhicule.

— J'ai oublié de me présenter. Je m'appelle Antoine Durand. Je vais vous conduire jusqu'à Étampes où je dois retrouver des camarades. Grâce à M. Tavernier, nous avons un sauf-conduit qui nous permet de passer par la porte d'Orléans, et cinquante litres d'essence.

— Pourquoi faut-il un sauf-conduit pour passer par là ? demanda Léa.

— Je ne sais pas, mademoiselle. Les civils qui veulent quitter Paris sont détournés vers la porte d'Italie.

Ils mirent trois heures pour arriver à la porte d'Orléans,

gardée par des militaires qui dirigeaient la foule vers la porte d'Italie. Grâce aux papiers obtenus, un officier les laissa passer. Jusqu'à la nationale 20, ils circulèrent à travers des chicanes et durent subir un nouveau contrôle avant de pouvoir s'engager sur la route d'Orléans. À part des véhicules de l'armée, la route était vide. À partir de Montlhéry, ils doublèrent les premiers piétons, certaines femmes en chaussons ou en talons trop hauts, traînant des enfants habillés à la hâte ou poussant des landaus d'où émergeait la tête d'un bébé parmi les paquets. Des adolescents tiraient des voitures à bras trop lourdement chargées. Sur certaines, un vieillard ou un infirme était assis. Parmi eux, de nombreux soldats en débandade, sans casque, l'air hagard. Quelques-uns portaient une valise, d'autres leur fusil, fuyant le contrôle militaire, tête basse.

La voiture se faufilait de plus en plus difficilement au milieu d'un flot sans cesse grandissant, qui charriait vélos, motos, voitures à cheval, chars tirés par des bœufs, camionnettes, triporteurs, voitures de pompiers, automobiles dont on se demandait comment elles pouvaient encore rouler vu leur grand âge, corbillards même. Au pas, ils dépassèrent Arpajon. Un soldat chargé de veiller à la circulation vint leur dire qu'il était interdit de doubler. Léa montra le sauf-conduit, l'autre leva les bras, l'air de dire : « Si c'est comme ça ! » Aux carrefours, ici un marin, là un aviateur ou un fantassin tentaient, par leur présence, de donner à cette lamentable émigration comme une apparence d'organisation. Le chauffeur réussit en roulant dans un champ en bordure de la route à doubler une vingtaine d'autobus contenant des prisonniers et leurs gardiens. De quelle prison venaient-ils ? Bientôt Antoine dut regagner la route. La lente promenade reprit sous un soleil éclatant, qui brunissait les faces et mouillait de sueur les cyclistes et les piétons.

Sur le bas-côté, devant son jardinet, un homme, un quart d'aluminium cabossé à la main, des seaux remplis d'eau devant lui, sur lesquels il frappait pour attirer l'attention, interpellait les réfugiés :

— Allez, sortez la monnaie ! Dix sous le verre, deux francs la bouteille, tandis que sa femme tendait aux assoiffés un verre ou une bouteille et ramassait l'argent.

— Quelle honte ! s'écria Camille.

— Vous en verrez bien d'autres d'ici la fin du voyage, fit, désabusé, le conducteur.

Enfin, ils arrivèrent à Étampes. Ils avaient mis six heures pour faire quarante-six kilomètres.

La petite ville avait vu ses habitants se joindre aux fuyards. Il ne restait d'ouvert qu'un hôtel pour vendre du café, du pain et du fromage, que les évacués s'arrachaient. Plus de deux heures furent nécessaires pour traverser la localité. Le jeune homme n'en pouvait plus, il conduisait comme un automate, souvent sa tête retombait sur sa poitrine. Tout à coup, il se rendit compte qu'il était sorti d'Étampes, ce qui le réveilla. Il arrêta la voiture.

— Je ne peux pas aller plus loin. Je vous conseille de prendre les petites routes.

— Vous n'allez pas nous laisser ! s'écria Josette.

— J'ai des ordres, je ne dois pas aller plus loin.

Au même instant, on entendit, dominant le ronflement des moteurs, les cris des enfants, les piétinements de milliers de gens, les vrombissements tant redoutés.

— Vite, descendez, cria Antoine en quittant la voiture, couchez-vous dans le fossé.

Aidée par Léa, Camille sortit de la voiture, les mains crispées sur son ventre en un geste de protection dérisoire. Elle courut et roula dans l'herbe poussiéreuse du fossé auprès de Josette qui tremblait de tous ses membres et d'un couple de vieillards blottis dans les bras l'un de l'autre.

À basse altitude, les avions les survolèrent, si proches qu'on distinguait nettement les pilotes, puis remontèrent vers le ciel sans nuages. L'étreinte de la peur s'éloignait et quelques têtes commençaient à se relever quand, dans une subite volte-face, les aviateurs allemands mitraillèrent la longue et immobile colonne des fuyards aplatis contre terre.

La poussière projetée par les balles qui crépitaient sur la route éclaboussa Léa. Deux fois, trois fois les avions repassèrent. Quand le vacarme meurtrier cessa, il y eut comme un long silence, puis les premiers gémissements, les premiers cris, les premiers hurlements se firent entendre, tandis qu'une fumée noire et nauséabonde, faite de chair humaine, de caoutchouc et d'essence mêlés, enveloppait le désastre. La première, Josette se releva, hébétée, couverte de sang. Elle hurla et tournoya sur elle-même. Camille se souleva lentement, indemne. Près d'elle, les deux vieux ne bougeaient pas. La jeune femme secoua l'épaule de l'homme. Le mouvement le fit rouler, révélant qu'une même balle les avait tués sa femme et lui. Ses deux poings fermés, Camille étouffa un cri. Dominant son dégoût, elle se pencha sur les corps, dont elle ferma les yeux. Antoine n'avait rien. Dès que Léa fut debout, tout tourbillonna autour d'elle. Sans Camille, elle serait tombée.

— Ma chérie, tu es blessée !...

Portant sa main à son front, Léa la retira pleine de sang. Cela lui fit un drôle d'effet, mais ne l'inquiéta pas autrement.

— Laissez-moi regarder, fit un homme d'une soixantaine d'années à l'opulente chevelure blanche : je suis médecin.

De sa trousse, il sortit compresses et pansements.

— Ce n'est que l'arcade sourcilière, ce n'est pas grave. Je vais vous mettre une bande très serrée, cela arrêtera l'hémorragie.

Un peu étourdie, Léa se laissa faire.

Assise sur le talus, son pansement lui donnant l'air d'un trépané de la Grande Guerre, elle contemplait d'un œil froid ce qui l'entourait : de nombreuses voitures brûlaient, mais par miracle, la leur était intacte. Des corps sans vie gisaient çà et là. Beaucoup de blessés gémissaient, appelant à l'aide. Il fallut plusieurs heures pour tout évacuer. Personne n'avait songé à manger. Il était huit heures du soir lorsque Léa se mit au volant. Quant au chauffeur, il avait disparu. Devant l'insistance de Camille, Léa avait accepté de laisser monter une vieille femme qui ne retrouvait pas les siens.

Pendant des kilomètres, le spectacle de la mort et de la destruction les accompagna. À la tombée de la nuit, Léa, fatiguée, le sang de sa blessure coulant sur sa joue, quitta la nationale 20 à Angerville, espérant trouver un café ou un restaurant ouvert. Rien. Tout était fermé. Un peu en dehors du village encombré de réfugiés dormant sous les porches, dans l'église, dans l'école, sur la place, jusque dans le cimetière, elle arrêta la voiture au bord d'un champ. Les quatre femmes descendirent. La nuit était douce, constellée d'étoiles, l'air sentait bon le foin. Josette ouvrit un panier à provisions, sur lesquelles elles se jetèrent, affamées.

En se réveillant avec le jour, elles s'aperçurent qu'un de leurs pneus était à plat. Léa, ne parvenant pas à démonter la roue, partit à la recherche d'un garagiste. Le garage, tout comme les autres commerces du village, était fermé. Sur la place de l'église, des religieuses donnaient du lait chaud à des enfants. Léa leur demanda où elle pourrait trouver de l'aide.

— Ma pauvre petite, il n'y a plus personne. Tous les hommes valides sont à la guerre ou ont fui : le maire, le notaire, le médecin, les pompiers, l'instituteur, les boulangers, tous sont partis. Il n'y a plus que le curé et il est bien vieux. Même Dieu, mon enfant, nous a abandonnés.

— Sœur Jeanne, voulez-vous vous taire. Comment osez-vous douter de la bonté de Dieu ? s'écria une religieuse au fin visage fatigué.

— Ma mère, pardonnez-moi, mais après avoir vu tant de misère depuis notre départ, je doute de plus en plus de cette bonté.

— Sœur Jeanne, la fatigue vous fait blasphémer, allez vous reposer.

Puis se tournant vers Léa :

— Venez, mon enfant, je vais changer votre pansement.

Avec des mains expertes, elle retira les linges souillés, nettoya la plaie qui suivait la ligne du sourcil. À l'aide d'un sparadrap, elle fixa une épaisse compresse.

— Cela n'est pas trop vilain, mais il faudrait que l'on vous pose un ou deux points de suture.

— Je ne vais pas être défigurée ?

— Rassurez-vous, dit avec un rire juvénile la religieuse, cela ne vous empêchera pas de trouver un mari.

Léa la remercia et repartit en direction de la voiture. À trois reprises, elle demanda à des hommes portant de lourdes charges de l'aider. Sans même lui répondre, ils passèrent en la bousculant. À la sortie du village, découragée, elle s'assit sur une borne.

— Léa !

Trop lasse pour être surprise d'être interpellée dans un endroit hier inconnu, elle releva la tête. En face d'elle, un soldat sale, visage mangé de barbe, tête nue, cheveux trop longs, capote grise de poussière comme ses brodequins et ses bandes molletières, casque accroché à son havresac, une musette à chaque épaule, son fusil à la main, la regardait.

Léa se releva. Qui était cet homme ? Comment connaissait-il son nom ? Pourtant... ce regard... ses yeux si bleus...

— Mathias...

Avec un cri, elle se précipita contre lui. Le fusil quitta les mains de l'homme, qui se refermèrent sur l'amie retrouvée.

— Mathias... Mathias...

— Toi... c'est toi... balbutiait le jeune homme en la parcourant de baisers.

— Quel bonheur de te retrouver ! Que fais-tu ici ?

Avant de répondre, il ramassa son fusil.

— Je suis à la recherche de mon régiment. On m'a dit qu'il était du côté d'Orléans. Et toi, que fais-tu sur les routes ? Je te croyais en sécurité à Montillac.

— Je suis avec Camille d'Argilat, elle attend un bébé, elle est malade. On ne pouvait pas partir plus tôt. C'est une chance de t'avoir rencontré : on est en panne.

Avec quel soulagement Camille, Josette et la vieille dame les virent arriver!

— Léa, j'avais tellement peur qu'il te soit arrivé quelque chose, dit Camille.

— Au village, je n'ai trouvé personne pour m'aider. Heureusement, j'ai rencontré Mathias. Tu te souviens de Mathias Fayard, le fils du maître de chais?

— Bien sûr. Comment allez-vous, Mathias?

— Aussi bien que possible, madame, soupira-t-il.

Après avoir bu un café encore tiède dans la timbale de la bouteille Thermos, Mathias changea la roue.

Neuf heures sonnèrent au clocher de l'église.

Mathias conduisait. Par de petites routes, il essayait de se rapprocher d'Orléans. Les femmes se sentaient rassurées par sa présence. Camille, Josette et la vieille dame dormaient. La main de Léa reposait, confiante, sur la cuisse du jeune homme.

Sur la route étroite et blanche s'étirait une colonne de piétons et de véhicules avançant à une allure d'enterrement. Sur les bas-côtés, des voitures abandonnées, quelques-unes calcinées, des cadavres de chevaux, de chiens, des tombes fraîchement creusées dans les champs, du mobilier divers, des ustensiles de cuisine, des poussettes, des valises éventrées attestaient de bombardements récents. Devant eux, une antique automobile surchargée, portant sur son toit deux matelas roulés, tomba en panne. Mathias descendit et aida à la pousser hors du chemin. Une femme tenant dans ses bras un bébé, deux jeunes enfants accrochés à sa jupe, regardait la scène en pleurant. Mathias remonta dans la voiture et repartit.

Quand, vers une heure, ils s'arrêtèrent pour déjeuner, ils avaient parcouru une trentaine de kilomètres.

Au lavoir d'un petit village, ils firent une toilette sommaire qui leur redonna un peu d'énergie. Camille avait mauvaise mine et ses traits étaient tirés. Pas une plainte ne montait de ses lèvres bien que de temps en temps son front se couvrît de sueur. La vieille femme, dont on ne savait pas le nom, dodelinait de la tête sous son chapeau de veuve, répétant avec une régularité obsédante :

— Michèle, fais attention aux enfants : Georges, Loïc, revenez...

— Faites-la taire, éclata Léa, faites-la taire.

Camille entoura les épaules voûtées de la femme sans nom.

— Ne vous inquiétez pas, madame, Georges et Loïc ne craignent rien, ils sont avec leur mère.

— Michèle, fais attention aux enfants...

Avec un geste las, Camille couvrit ses yeux de sa main amaigrie, tellement amaigrie qu'elle avait dû retirer son alliance de peur de la perdre.

— Vous savez pas vous y prendre avec les malades de la tête, fit Josette en se tapotant le front avec l'index.

Elle prit le bras de la vieille et la secoua sans ménagement.

— La mère, va falloir à te taire, sinon on te laisse sur le bord de la route. Ton Georges et ton Loïc, c'est en enfer que tu les reverras.

— Josette, vous n'avez pas honte, parler ainsi à cette pauvre femme ? Lâchez-la, s'écria Camille.

De mauvaise grâce, la jeune fille rouge, décoiffée et débraillée, obéit. Pendant un moment, chacun mangea en silence son œuf dur ou sa tranche de saucisson, tandis que sur la petite route continuait le lamentable défilé, sous un ciel blanc de chaleur. Même la vieille ne disait plus rien : elle s'était assoupie.

— Il faut repartir, dit Mathias.

Il faisait nuit quand ils arrivèrent dans les faubourgs d'Orléans. Pas une boutique, pas une maison ouverte ; les Orléanais, à leur tour, avaient pris la fuite. Le boulevard de Châteaudun et le faubourg Bannier avaient été bombardés. Un violent orage éclata brusquement, ralentissant encore la marche vers on ne savait où de tous ces gens jetés sur les routes par une peur incontrôlable. Chacun s'abrita comme il put, et certains n'hésitèrent pas à forcer les portes et les volets des demeures abandonnées.

L'orage cessa comme il était venu. Des maisons violées, sortaient, sans même se cacher, des ombres emportant pendules, tableaux, vases, coffrets. Les pillards commençaient leur sinistre besogne.

— Je crains que nous soyons obligés de passer la nuit dans la voiture, dit Mathias qui n'avait pas avancé d'un pouce depuis une heure.

— Mademoiselle, mademoiselle, Madame s'est évanouie.

— Que voulez-vous que j'y fasse? Essayez de lui faire avaler ses gouttes.

Josette prit le flacon que Léa lui tendait et versa la potion dans la timbale de la bouteille Thermos. Lentement, Camille revint à elle.

À nouveau, ils purent avancer de quelques mètres.

Tel un troupeau abêti, la foule s'écoulait faubourg Bannier, de chaque côté de la voiture, droit devant elle, tête baissée sous le poids des fardeaux et de la fatigue. Sans le bruit des moteurs, des roues de charrettes, et le lent piétinement de milliers d'hommes, on eût cru voir dans la nuit maintenant noire, encore zébrée d'éclairs blancs, le défilé silencieux d'une troupe fantôme marchant vers un obscur destin.

Sur la droite s'ouvrait une rue presque vide. L'abrutissement de cette masse par tant de peurs et de souffrances la maintenait compacte. Quant aux conducteurs de voitures ou de charrettes, ils roulaient en dormant. À un carrefour, Mathias tourna, s'avança avec prudence dans l'obscurité, phares éteints par peur des avions. Ils arrivèrent dans un quartier détruit par un récent bombardement. Des ruines noircies montait une odeur de suie mouillée et de caveau humide. Malgré la lourdeur de l'air, Léa frissonna. Ils s'arrêtèrent sur une petite place plantée de tilleuls, que les bombes avaient épargnée. Ils sortirent de la voiture, étirant leurs membres ankylosés par des heures d'immobilité. Chacun alla se soulager derrière un arbre.

Josette aida Camille à s'allonger sur un coin d'herbe.

— J'ai froid, murmura Camille.

La servante retourna à la voiture prendre une couverture de voyage et l'en recouvrit. Camille la remercia d'un triste sourire, les mains crispées sur son ventre.

— Vous n'avez besoin de rien d'autre, madame.

Camille fit non de la tête et ferma les yeux.

La vieille sans nom s'éloigna dans la rue mal déblayée de ses décombres.

— Michèle, fais attention aux enfants...

Mathias et Léa faisaient le tour de la place, serrés l'un contre l'autre en se tenant par la taille.

Près d'un jardinet, l'odeur des roses était entêtante. Mathias poussa un portillon en bois.

Les deux jeunes gens se trouvaient sous une tonnelle tapissée de roses qu'ils devinaient blanches. Ils s'assirent sur un large banc où on avait abandonné des coussins, respirant avec volupté l'air embaumé.

Comme elle était loin la guerre en cet instant.

Il leur suffisait de fermer les yeux pour se retrouver à Montillac sur le banc de pierre encore chaud du soleil de l'après-midi, face à la vigne, le dos appuyé au mur où serpentait un vieux rosier croulant de roses blanches parfumées. C'était la halte obligée des longs soirs d'été, quand le couchant éclaboussait d'or les vieilles pierres, les tuiles des chais et les planches brunes du hangar. C'était le moment où montait de la terre une paix à laquelle tous les habitants de Montillac étaient sensibles.

Mathias resserra son étreinte. Pour la première fois depuis longtemps, Léa se sentait en sécurité dans les bras de son ami d'enfance. Leurs jeux dans le foin, leurs poursuites dans les hautes herbes des prés, leur ivresse au temps des vendanges, leurs promenades à cheval à travers les vignes, leurs courses à vélo dans la côte de Saint-Maixant, leurs rencontres au clair de lune quand ils allaient explorer les grottes de Saint-Macaire ou chercher les « oubliettes » du château des ducs d'Épernon à Cadillac lui revenaient en mémoire et la faisaient trembler.

Leurs bouches se trouvèrent avec violence, leurs dents s'entrechoquèrent, leurs souffles se mêlèrent, ils mirent dans ce baiser toute leur rage de vivre. Les fortes mains abîmées aux ongles noirs de Mathias arrachèrent presque le léger corsage de Léa. Une combinaison de soie blanche et chiffonnée collait à sa peau. Les bretelles glissèrent découvrant les seins dont les pointes vinrent se frotter à la chemise kaki mouillée de sueur. Le rude tissu les fit se tendre encore, tandis qu'avec un grognement la bouche de Mathias les engloutissait. Léa repoussa doucement la tête de son ami.

— Arrête, Mathias. Je t'en prie.

— Pourquoi ?

— C'est si fort, répondit-elle.

— Tu ne veux plus ?

— Oh si ! mais attends un peu.

Comme ils étaient sûrs d'avoir la vie devant eux ces deux-là, couchés sur un banc de bois dans leurs vêtements froissés, la tête renversée, saoulés par l'odeur des roses !

Deux heures sonnèrent.

— Léa, tu devrais dormir un peu.

Sans prendre la peine de remonter sa combinaison, la jeune fille s'allongea sur le banc et posa sa nuque sur les cuisses de son compagnon. Elle s'endormit aussitôt. Longtemps, il la regarda dormir avec tendresse. Alentour, tout était obscur. Seuls, ses seins blancs brillaient faiblement. Pour éviter d'être tenté une nouvelle fois de les prendre à pleines mains, à pleine bouche, Mathias remonta la lingerie et referma le corsage. Puis, il alluma une cigarette.

Camille se réveilla en sursaut d'un sommeil agité, se demanda, un court instant, où elle pouvait bien être.

Tout était sombre, même les paisibles tilleuls se dressaient noirs et menaçants au-dessus d'elle. Son enfant bougea, lui procurant douleur et joie. Elle se redressa, s'appuyant au tronc d'un arbre. Trop de calme, pensa-t-elle, en tenant son ventre.

Camille perçut d'abord comme un lointain roulement : l'orage, peut-être. Elle écouta... L'orage se rapprochait... Il grondait... une silhouette s'abattit auprès d'elle.

— Madame, madame, les avions...

Josette finissait à peine sa phrase que l'épouvante commença : un chapelet de bombes tomba si près de la petite place que le sol trembla et que des ruines s'écroulèrent. Les explosions se succédaient et très vite des flammes montèrent, éclairant d'un seul coup les tilleuls.

Mathias força les femmes à s'écarter de la voiture vers laquelle elles s'étaient précipitées, les entraînant vers la partie la plus vide de la place.

— L'essence, souffla-t-il à l'oreille de Léa qui se débattait.

— On dirait que c'est sur la route où on était tout à l'heure que les bombes sont tombées, hoqueta Josette.

Plus loin, le bombardement continuait. On entendait crépiter les mitrailleuses.

— Bon Dieu, que fait la D.C.A. ? gronda Mathias.

Il ne pouvait pas savoir qu'il n'y avait plus de batterie de D.C.A. à Orléans. Le grondement des avions s'éloignait... revenait. Volant bas, l'escadrille survola de nouveau la ville. Une grosse torpille tomba dans un fracas épouvantable, détruisant les dernières maisons encore debout, un garage et l'hôtel Saint-Aignan. Une pluie de pierre, de fer et de feu s'abattit sur la longue colonne des réfugiés.

Sur la petite place, auparavant si calme, passaient en courant, le visage déformé par la terreur, des gens aux vêtements déchirés, des femmes hallucinées portant dans leurs bras de petits corps disloqués, et des êtres sans mains, sans bras, sans visage. Une créature de cauchemar, dévêtue par l'explosion, sautillait à une vitesse étonnante sur une jambe ridiculement chaussée d'un soulier bas, tandis qu'un moignon sanglant laissait couler une traînée sombre. Les yeux exorbités, Léa et ses compagnons regardaient fuir ces malheureux sans bouger. Une voiture de pompiers passa toutes sirènes hurlantes, les éclaboussant de lumière au passage. Une camionnette s'arrêta près d'eux. Un homme âgé, coiffé d'un casque de la Grande Guerre, descendit :

— Personne de blessé ?

— Non, ça va, merci, dit Mathias.

— Mais, t'es soldat, toi,... t'es jeune, viens avec nous, nous autres on est vieux et pas bien costauds, fit l'homme en montrant ceux qui l'accompagnaient.

— N'y va pas, Mathias, s'écria Léa en s'accrochant à lui.

— C'est pas bien, ma p'tite demoiselle, c'que vous faites là, gronda le vieillard. Des centaines de pauvres gens sont ensevelis là-bas, sous les maisons, faut aller les secourir.

— Il a raison, Léa, laisse-le y aller, dit Camille.

— Et nous, alors, qu'est-ce qu'on va devenir toutes seules ?

— Vous êtes jeunes, aussi, venez nous aider.

— Ce n'est pas possible, mon amie est malade.

— Bon, en route, assez discuté, pendant c'temps-là, y'en a qui meurent.

Mathias entraîna Léa un peu à l'écart.

— Ce sont des soldats de la défense passive, je dois leur obéir. Montez dans la voiture et essayez de gagner les ponts.

— Mais nous n'allons pas t'abandonner là.

— Je dois faire mon devoir, que ce soit au front ou ici.

— Mais la guerre est perdue ! hurla Léa.

— Et alors ? Est-ce une raison ? Ne pleure pas, on se retrouvera. Prends mon fusil, on ne sait jamais. Fais attention à toi, je t'aime.

Sous les yeux désolés des trois jeunes femmes, Mathias prit son barda dans la voiture et monta dans la camionnette, qui s'éloigna vers l'incendie.

La tête contre son bras, sur le capot de la voiture, Léa sanglotait.

— Mademoiselle, il faut partir, dit Josette qui soutenait Camille dont les traits s'étaient encore creusés.

— Tu as raison, ça ne sert à rien de pleurnicher, dit-elle en arrachant son pansement que la chaleur décollait.

Ensemble, elles allongèrent Camille sur la banquette arrière.

— Merci, murmura cette dernière. La vieille femme, où est-elle ?

— Il y a longtemps qu'elle est partie, madame, dit Josette, en tendant la main en direction de l'incendie.

Dans sa demi-inconscience, Camille gémissait. Josette, la tête hors de la voiture, guidait Léa à travers des débris de toutes sortes, les jets d'eau des canalisations éclatées, les morceaux de bois enflammés qui tombaient des maisons.

— Attention, à droite, y'a un gros trou !

Léa ne l'évita qu'à moitié, et la secousse arracha un cri à Camille, un juron à Josette. Derrière elles, un immeuble s'effondra, des pierres s'abattirent sur la carrosserie, recouverte brutalement d'une épaisse couche de poussière.

— Je n'y vois plus rien, cria Léa.

Immobilisée au milieu du sifflement des flammes qui semblaient les entourer de toutes parts, Léa tenta de faire marcher les essuie-glaces. Sans succès.

— Descends, ordonna-t-elle à Josette, va essuyer le pare-brise.

— Non, mademoiselle, j'ai trop peur, fit la fille en éclatant en sanglots.

Léa leva la main, l'attrapa par les cheveux.

— Descends, je t'ordonne de descendre.

Les coups pleuvaient sans qu'elle essayât de se défendre.

— Arrête, Léa, je t'en supplie, arrête.

De ses faibles mains, Camille s'efforça de retenir son amie.

— J'y vais, donne-moi un chiffon.

— Tu es folle, tu ne peux même pas tenir sur tes jambes. Si tu veux te rendre utile, passe-moi une couverture.

Dehors, le souffle de l'incendie l'enveloppa. À l'aide de la couverture, elle réussit à enlever le plus gros de la poussière. Soudain, elle entendit derrière elle un cri, puis, malgré le vacarme environnant, le bruit d'un corps s'effondrant tout près d'elle. Elle se retourna brusquement, prête à frapper avec la couverture. Son geste resta en suspens...

À la lueur des flammes, Camille se tenait debout. Serrant entre ses mains le canon du fusil, elle regardait fixement à terre. À ses pieds gisait un homme au visage couvert de sang. Près de lui, la longue lame d'un couteau de boucher brillait. Frappée d'étonnement, Léa se pencha et secoua l'homme qui resta immobile. Lentement, elle se releva, regarda celle qui venait de lui sauver la vie comme si elle la voyait pour la première fois. La tendre Camille n'avait pas hésité à tuer ! Comment, dans sa faiblesse, avait-elle trouvé cette force ? Doucement, Léa lui retira le fusil. Alors, comme si elle n'avait attendu que ce geste, Camille tomba à genoux auprès du corps.

— Mon Dieu, il est mort ?... Je ne pouvais pas faire autrement... tu comprends ? Je l'ai vu s'avancer, son grand couteau levé... il allait te tuer... Après, je ne sais plus...

— Merci, dit Léa, avec une chaleur dont elle fut brièvement surprise. Viens, monte dans la voiture, ne restons pas ici.

— Mais, j'ai tué un homme ! cria Camille en se rongeant les poings.

— Tu n'avais pas le choix, viens.

Avec des gestes d'une douceur inhabituelle, Léa releva Camille.

Dans la voiture, Josette, qui avait assisté à toute la scène, restait là, assise, la bouche ouverte, sans un mouvement.

— Venez m'aider ou je vous tue aussi, cracha Léa.

Comme un automate, la jeune fille sortit de la voiture.

— Dépêchez-vous.

Dès qu'elle fut installée dans le véhicule, Camille perdit connaissance.

— Occupez-vous d'elle. Eh bien ! Qu'avez-vous ? Montez.

Les yeux exorbités, Josette regardait le sol.

— Mademoiselle... il n'est pas mort, souffla-t-elle.

En effet, l'homme se relevait, brandissant son couteau et marmonnant :

— Salopes... m'faire ça à moi... putasses... j'vais vous trouer la peau.

— Vite, monte.

Tandis que Josette s'engouffrait dans la voiture, Léa, calmement, recula, arma le fusil comme le lui avait montré Mathias quand ils s'étaient arrêtés pour déjeuner et, toujours reculant, épaula et tira. Le recul de l'arme lui meurtrit l'épaule. Devant elle, à quelques pas, l'homme, un trou en plein visage, resta un instant hébété, le bras levé, avant de tomber d'un bloc en arrière.

Serrant le fusil contre elle, Léa, immobile, regardait.

Une main brûlante se posa sur la sienne. Camille... que faisait-elle là ? Ne pouvait-elle rester tranquillement allongée dans la voiture ? Elle avait bien assez de soucis comme ça sans devoir sans cesse s'occuper de la femme de Laurent d'Argilat. Laurent... il devait être mort à l'heure actuelle : au front, ça devait être pire qu'ici. Oui, mais lui, c'était un homme, un soldat, il avait un fusil. Un fusil... Mais elle aussi avait un fusil ! Ne venait-elle pas de tuer un homme ? Pan !... d'un seul coup. Son père serait fier de ses talents de tireur. N'est-ce pas lui qui lui avait appris à viser à la chasse et aux fêtes foraines des villages ? Sûr, qu'il serait fier de sa fille.

— Léa...

C'est qu'elle ne se laissait pas faire, la fille de Pierre Delmas : il l'avait bien vu l'autre saligaud avec sa tête en bouillie. Ha ! ha ! ha ! il avait l'air malin maintenant.

— Viens, Léa, viens, calme-toi, c'est fini, il faut partir.

Oh ! la barbe, avec cette Camille, on ne pouvait jamais s'amuser. Partir ? Elle le savait bien qu'il fallait partir, mais pour où ? Tout autour ça flambait, même qu'il faisait drôlement chaud. De sa main couverte de poussière, elle essuyait la sueur qui lui coulait sur les yeux, brûlant sa plaie quand une brusque nausée la saisit. Soutenue par Camille, appuyée au fusil, elle vomit.

— Ça va mieux ?

Léa répondit d'un grognement. Oui, ça allait mieux, mais il ne fallait pas rester ici plus longtemps.

— Cette fois, il est bien mort, dit Josette, quand les deux jeunes femmes furent installées dans la voiture.

Ce fut là toute l'oraison funèbre de ce pauvre type.

Le jour les surprit place Dunois. Les maisons n'avaient pas souffert. Un poste de secours y était installé. À même la terre gisaient des dizaines de blessés, la plupart gravement brûlés. Des religieuses aux vêtements maculés de sang s'affairaient parmi eux. Léa sauta de voiture.

— Ma sœur, où puis-je trouver un médecin ?

La religieuse, une mèche de cheveux gris sortant de dessous sa coiffe, se releva péniblement.

— Il n'y en a plus, mon enfant. Nous sommes seules avec notre mère. Nous attendons les ambulances pour transporter nos blessés à l'hôpital Sonis ou à l'Hôtel-Dieu.

— Où est-ce ?

— Je ne sais pas, nous sommes d'Étampes.

Désemparée, Léa regarda autour d'elle. Heureusement, Camille, évanouie de nouveau, ne pouvait plus ni voir ni entendre. Elle arrêta un jeune pompier, presque un enfant, qui passait en courant.

— S'il vous plaît, le chemin pour aller au pont ?

— Les ponts ? Ils vont sauter. De toute façon vous n'y arriverez pas. Il faut des heures pour aller du Martroi à l'avenue Dauphine, qui est de l'autre côté du pont Royal. D'où vous êtes, le mieux serait le pont du Maréchal-Joffre.

— Par où faut-il passer ?

— Normalement par la rue de Coulmiers, ou bien celle du Maréchal-Foch. Puis rejoindre le boulevard Rocheplatte, le traverser et prendre une des rues qui descendent.

Sans plus s'occuper d'elle, il repartit en courant.

Combien de temps parcourut-elle ce quartier d'Orléans, avançant, reculant, contournant, arrêtée à chaque fois par des décombres ou des barrages de fil de fer barbelé mis en place par l'armée, avec Camille toujours sans connaissance ? Sa nuque, ses épaules et ses bras étaient douloureux, la plaie de son front lui faisait mal, et cette chaleur !...

Depuis le meurtre de l'inconnu au couteau, Josette était devenue très calme, lançant de brefs coups d'œil admiratifs et peureux à la conductrice, la secondant de son mieux, n'hésitant plus à descendre de voiture pour soulever avec vigueur une poutre, un meuble ou tout objet encombrant la voie. Le geste mortel de Léa l'avait rassurée.

— J'ai faim, mademoiselle.

Il est vrai qu'elles n'avaient rien mangé depuis des heures, mais comment pouvait-on avoir faim dans de pareilles circonstances ?

Elles arrivèrent rue de la Porte-Saint-Jean, encombrée de gens hagards. Depuis qu'elles avaient traversé le boulevard Rocheplatte, elles avaient retrouvé les fuyards dans un enchevêtrement incroyable de chevaux, de voitures d'enfant, d'ambulances de militaires débraillés, d'hommes à la mine patibulaire souvent ivres, de vieillards portés sur des épaules charitables, d'enfants bousculés, perdus, appelant leur mère. Léa aurait pu couper le moteur, et la voiture se serait avancée seule, poussée par la masse. Camille ouvrit enfin les yeux, pour les refermer aussitôt.

— Ah non ! ça suffit, cria Léa, craignant un nouvel évanouissement.

Au prix d'un très grand effort, Camille rouvrit les paupières.

— Josette, donnez-moi mes gouttes et un peu d'eau, s'il vous plaît.

L'eau de la Thermos, maintenant tiède, lui parut délicieuse.

— Encore, dit-elle d'une voix altérée.

Au moment de porter la timbale à ses lèvres, ses yeux rencontrèrent ceux d'un petit garçon qui marchait à côté de la voiture : pâle, les traits tirés, passant sans cesse sa langue sur ses lèvres craquelées.

— Tiens, fit-elle en lui tendant la timbale par la vitre ouverte.

Il la prit sans même remercier, but avec avidité, puis tendit le gobelet à une jeune femme vêtue d'un tailleur noir qui avait dû être élégant. Elle ne but pas, mais fit boire une jolie petite fille de quatre ou cinq ans.

— Merci, madame, dit la mère.

Camille ouvrit la portière.

— Montez.

Après une brève hésitation, la femme poussa ses enfants devant elle ainsi qu'une vieille dame, très digne, avec d'admirables cheveux blancs, coiffée d'un chapeau de paille noire.

— Ma mère...

À son tour, elle s'installa.

— Camille, tu es folle, fais descendre ces gens-là !

— Je t'en supplie, ma chérie, tais-toi. Réfléchis, cette voiture est à moitié vide, c'est un miracle qu'on ne nous l'ait pas déjà prise. Maintenant, il n'y a plus de place et nous avons choisi nos compagnons.

Sentant la justesse de ce raisonnement, Léa ne répliqua rien.

— Merci beaucoup, mesdames, merci, mon nom est Le Ménestrel. Notre voiture est tombée en panne à Pithiviers. De braves gens ont eu pitié du grand âge de ma mère et lui ont donné une place dans la leur déjà bien pleine. Les enfants et moi, nous marchions à côté. Mais hélas, leur voiture est tombée en panne à son tour.

— Comment vous trouvez-vous dans ce coin d'Orléans, venant de Pithiviers ? dit Josette d'un ton soupçonneux en regardant une carte routière sur ses genoux.

— Je ne sais pas. Des soldats français nous ont dirigés vers les Aubrais, après je ne sais plus. Il y a eu cet effroyable bombardement nocturne dans lequel nous avons perdu nos nouveaux amis.

Camille fit distribuer des vivres. Les morceaux de pain rassis furent dévorés avec appétit. Les enfants se partagèrent les quelques pommes qui restaient. La vieille dame et la petite fille s'endormirent.

Une grosse camionnette, bourrée d'archives, sur le toit de laquelle s'étaient hissés des gamins, s'arrêta. Elle fumait de toutes parts et refusa de repartir. Des cris, des jurons s'élevèrent. Par chance, une haute porte cochère s'ouvrait sous laquelle des volontaires la poussèrent. Ce fut à ce moment-là que les avions réapparurent, volant très bas. Hurlante, la foule tentait de s'arracher au piège de l'étroite rue.

— Avancez... Poussez-vous... Laissez-moi passer... Ôte-toi de là, salope... ordure... attention aux enfants... papa... maman...

Là-haut les aviateurs s'en donnaient à cœur joie. Ils faisaient des loopings, volaient sur le dos, revenaient, lâchant à chaque passage leur ration de mort. Ça tombait dru rue Royale, rue de Bourgogne, place Sainte-Croix, dans la Loire. À deux pas, rue du Cheval-Rouge, un convoi d'artillerie était anéanti. Les assassins du ciel faisaient du bon travail.

Un adolescent, le bras arraché, rebondit sur le capot de la voiture, éclaboussant de sang le pare-brise, se releva et courut droit devant lui en appelant sa mère. Cinq ou six personnes tombèrent, fauchées par les balles des mitrailleuses. L'une d'elles, ventre ouvert, regardait d'un air surpris ses intestins répandus sur ses cuisses. Mme Le Ménestrel appuyait contre elle le visage de ses enfants pour leur cacher ces scènes d'horreur, tandis que leur grand-mère, les yeux fermés, priait.

Camille et Léa, outre la peur, éprouvaient un sentiment identique de colère devant le massacre. Non loin d'elles, une voiture s'enflamma brusquement. Les occupants, vêtements et cheveux en flamme, sortirent en criant. L'un d'eux fut renversé et écrasé par un cheval devenu fou, qui traînait derrière lui une charrette broyant tout sur son passage. Le malheureux hurla quand une roue lui brisa les jambes. Il tenta de se relever, mais les flammes le gagnèrent de vitesse et, très vite, son cri cessa. Bientôt, il ne fut plus qu'une masse informe.

— J'veux pas mourir comme ça! hurla Josette en ouvrant la portière.

— Non! s'écrièrent ensemble Léa et Camille.

Josette n'entendait rien, affolée, elle courait entre les corps, piétinait dans le sang, tombait, se relevait, cherchant une issue dans cette mêlée d'hommes et de véhicules.

La rue étant en pente, Léa eut l'impression que l'avion la remontait, précédé dans son avance par le crépitement des balles ricochant sur la chaussée. Seule, debout au milieu du carnage, alors que tout ce qui était vivant s'était aplati par terre, Josette regardait foncer sur elle ce chapelet de mort.

Un cri muet déforma la bouche de Camille qui s'affaissa contre l'épaule de Mme Le Ménestrel.

Le choc des balles projeta violemment Josette en arrière ; elle tomba, bras en croix, jupe relevée. Léa sortit à son tour de la voiture, courut vers elle. Les yeux grands ouverts, Josette souriait, comme si au moment de mourir toute peur l'avait abandonnée. De sa gorge ouverte, le sang jaillissait par saccades. Léa chercha un mouchoir dans ses poches pour tenter d'arrêter l'hémorragie. N'en trouvant pas, elle retira son chemisier et le plaqua sur l'horrible plaie. Mais cela ne pouvait servir à rien, Josette était déjà morte.

« C'est ma faute, si je l'avais laissée retourner auprès de ses parents, elle serait vivante. Pauvre fille, elle avait mon âge. » Avec tendresse, Léa caressa les cheveux blonds que le sang poissait, parlant à la victime comme le faisait autrefois sa mère quand elle avait un gros chagrin :

— N'aie plus peur... c'est fini... là... dors...

Doucement, elle lui ferma les yeux. Puis, traînant le corps pour lui éviter d'être à nouveau touché ou écrasé, Léa l'assit contre une porte cochère.

Les sirènes ne sonnèrent pas la fin de l'alerte, car il n'y avait plus personne pour les faire fonctionner. Peu à peu, les survivants se relevaient et regardaient, hébétés, le terrible spectacle : ce n'était que carcasses de voitures, de landaus, vélos tordus ou calcinés, corps mutilés ou brûlés, enfants errants, que la terreur rendait muets, mères se déchirant le visage en hurlant, hommes étreignant une épouse, une mère morte, femmes tournant sur elles-mêmes, vêtements en lambeaux, mains couvertes de sang, blessés appelant à l'aide...

— Vite, il faut dégager la voie pour rejoindre le pont,

ordonna un gros homme au veston orné de la rosette de la Légion d'honneur.

Léa, oubliant sa tenue, commença à aider à déblayer la rue. Mme Le Ménestrel vint la rejoindre.

— Retournez à la voiture, prenez le fusil et empêchez qu'on nous la vole.

— Comptez sur moi, répliqua-t-elle d'un ton farouche.

Durant des heures, peu à peu couverte de sang et d'ordures, Léa porta, traîna, cadavres et débris de toutes sortes. Des soldats, rescapés de la 7e armée, apportèrent leur renfort aux sauveteurs.

— Mais... J'ai la berlue, n'est-ce pas Mlle Delmas en personne ?

Une seule personne au monde pouvait avoir encore la force de persifler dans des circonstances pareilles.

— François, s'écria-t-elle en se jetant dans les bras d'un Tavernier crasseux et barbu, qui se tenait debout devant elle en uniforme. Oh ! François ! c'est vous... emmenez-moi vite d'ici... si vous saviez...

— Je sais, mon petit, je sais. Où est Mme d'Argilat ?

— Là-bas, dans la voiture.

— Comment va-t-elle ?

— Pas bien ! Josette est morte.

Quand ils approchèrent de l'automobile, Mme Le Ménestrel, ne reconnaissant pas Léa tout de suite, pointa son arme vers eux.

— N'approchez pas.

— C'est moi, madame, avec un ami qui va nous aider.

— Pardonnez-moi, tout à l'heure, deux hommes affreux ont voulu prendre la voiture. Ils ne sont partis que quand ils ont compris que j'allais tirer. Mais ils ont dit qu'ils allaient revenir plus nombreux. C'est affreux ce qu'ils font : ils enlèvent les bijoux, l'argent des morts.

La nuit était tombée quand François réussit à ouvrir une lourde porte cochère. Léa, au volant, fit entrer le véhicule dans une grande cour plantée d'un gigantesque platane. François referma derrière eux la porte à l'aide d'une barre de fer. À part les vitres brisées, la maison était intacte.

— Je vais voir si on peut entrer, dit Mme Le Ménestrel, après avoir aidé sa mère à descendre.

— Les enfants, restez près de votre grand-mère.

François et Léa sortirent Camille qui était toujours sans connaissance. Elle respirait faiblement, par à-coups.

— J'ai réussi à ouvrir la porte. Nous allons pouvoir coucher votre amie. Les enfants, regardez si vous trouvez des bougies !

Le frère et la sœur montèrent en courant les marches du perron. On installa Camille dans une chambre du rez-de-chaussée.

— Je m'occupe d'elle, dit Mme Le Ménestrel à Léa, trouvez-moi de l'eau.

Il n'y avait plus d'eau, ni dans la cuisine ni dans la salle de bains. Dans un angle de la cour, François Tavernier remarqua un puits. Le bruit du seau vide heurtant les parois de pierre rappela à Léa le puits de la cour de Montillac. Que ce temps lui paraissait lointain. Reverrait-elle jamais sa maison ? Comme pour lui répondre, les bombardements reprirent, heureusement sur un autre quartier.

François transporta plusieurs seaux d'eau dans la maison. Assise sur une des marches du perron, le menton entre ses mains, Léa le regardait faire.

— Ouf ! ça y est, ces dames vont pouvoir se laver. À notre tour.

Après avoir puisé à nouveau de l'eau, il posa le seau sur la margelle et commença à se dévêtir. Bientôt, il fut nu.

Léa ne le quittait pas des yeux, trouvant beau le large torse bronzé, luisant de sueur dans la nuit très claire, les hanches étroites, les cuisses longues et velues et ce sexe pâle sur la toison brune.

— Eh bien, qu'attendez-vous pour retirer ces guenilles, vous êtes sale à faire peur.

Léa obéit, elle retira sa jupe souillée, sa combinaison déchirée et sa culotte.

— Ça va vous sembler un peu froid au début, mais vous verrez, après c'est bon. J'ai trouvé un morceau de savon parfumé à la lavande et des serviettes.

Il versa une partie de l'eau sur sa tête et ses épaules. Elle ne put réprimer un cri tant la douche lui parut glacée. François la savonna de la tête aux pieds et la frotta avec force comme s'il voulait enlever de sa peau jusqu'au souvenir du sang qui l'avait salie. Léa se laissait faire, émue par ces mains qui lui brutalisaient les seins, effleuraient son sexe et ses reins. La laissant un instant couverte de mousse, il se versa le reste de l'eau sur le corps et lui tendit le savon.

— À vous.

Jamais elle n'aurait pensé que la surface d'un corps d'homme fût si grande ni que des muscles puissent être aussi durs. Il grognait de plaisir sous les petites mains malhabiles. Dans l'ombre, la jeune fille se sentit rougir quand elle heurta le phallus dressé. Elle s'accroupit pour lui savonner les jambes.

— C'est ainsi que j'ai toujours rêvé vous voir un jour.

Léa ne répliqua pas, frottant les cuisses, puis les mollets. Il la prit sous les aisselles et la releva.

— Arrêtez, ce n'est pas vrai, je n'aime pas vous voir à mes pieds. Je vous aime orgueilleuse et têtue.

Il l'attira contre lui, leurs corps couverts de mousse glissèrent l'un contre l'autre. Leurs lèvres se cherchèrent. Tout le corps de Léa se tendit, le sexe de François devint plus dur encore.

Les bombardements, qui s'étaient arrêtés, reprirent. Ils ne bougèrent pas, comme s'ils se sentaient protégés par leur désir, même quand une bombe tomba non loin de la maison, allumant un incendie dont les lueurs balayèrent leurs corps.

— Faites-moi l'amour, murmura-t elle, je ne veux pas mourir avant d'avoir fait l'amour.

François l'enveloppa dans un drap de bain, la souleva et l'emporta vers la maison. Il monta l'escalier conduisant à l'étage, entra dans une des chambres et la déposa sur un grand lit surmonté d'un crucifix.

— Je bénis cette guerre qui te donne à moi, dit-il en la pénétrant doucement.

Le désir de Léa était si fort qu'elle ne ressentit aucune douleur mais une envie grandissante de s'ouvrir davantage pour qu'il s'enfonce plus loin encore. Le plaisir la surprit avec une intensité qui lui arracha des cris. François la regardait se tordre sous lui, étouffant ses cris de sa main. Elle gémit longuement quand il se retira et se répandit sur son ventre. Encore frissonnante, elle s'endormit aussitôt.

François Tavernier ne pouvait plus se cacher qu'il aimait cette petite fille. Mais elle, l'aimait-elle ? Il savait qu'il ne devait pas tenir compte de ce qui venait de se passer. Il devinait chez Léa un corps facile. Elle aurait fait l'amour avec n'importe quel homme dans les circonstances actuelles, pour peu qu'il ne fût pas repoussant. François connaissait assez les femmes pour en être sûr. Seuls les événements et son appétit de vivre l'avaient jetée dans ses bras. Il en éprouvait une tristesse insupportable. Elle bougea dans son sommeil et vint se blottir contre lui. De nouveau, il eut envie d'elle. Il la prit doucement, glissant dans son ventre humide qui l'aspira comme une bouche. Elle se réveilla en gémissant. Et le plaisir monta, monta, investissant chaque cellule de son corps.

Le soleil était déjà haut quand Léa fut réveillée par le bruit d'une cuillère dans un bol. François, rasé de frais, les cheveux humides, revêtu de la culotte sale de son uniforme, était penché sur elle.

— Il est tard, grande paresseuse, il faut vous lever. J'ai découvert du thé et des biscuits, je vous ai préparé un vrai petit déjeuner.

Que faisait-elle dans ce lit, nue avec un homme qui n'était pas Laurent ? Brusquement elle se souvint et devint écarlate.

— Ne rougissez pas, cela a été merveilleux. Je vous ai monté une valise, je suppose que c'est la vôtre. Je vous laisse vous habiller et prendre le petit déjeuner.

Qu'avait-elle fait ? Elle avait trompé Laurent et s'était conduite comme une chienne en chaleur. Si encore elle n'y avait pas pris tant de plaisir. À ce souvenir, tout son corps frémit. C'était donc ça l'amour, cet émerveillement de chaque parcelle de chair, ce miracle qui faisait tout oublier, même la guerre? Elle revit les horreurs de la veille, Josette morte. Et Camille? Camille que Laurent lui avait confiée.

D'un bond Léa se leva et se sentit rougir une nouvelle fois en voyant le dessus-de-lit froissé et taché de sang. Elle l'enleva et le lança au fond d'une armoire. Une crampe lui tordit l'estomac, lui rappelant qu'il y avait des heures qu'elle n'avait rien mangé. Sans prendre le temps de s'habiller, elle se jeta sur les gâteaux secs et le thé que lui avait préparés son amant. Elle regarda par la fenêtre aux volets ouverts. Dans la cour, François Tavernier vidait dans le réservoir de la voiture le contenu des bidons d'essence que le chauffeur avait eu la précaution de mettre dans le coffre. Les enfants se poursuivaient en riant sous l'œil attendri de leur grand-mère, assise, très digne, son chignon soigneusement tiré, dans un fauteuil d'osier. Près d'elle, Camille, assise également, les regardait en souriant. Mme Le Ménestrel allait de la maison à la voiture en portant des paquets. Il faisait beau. Il régnait dans cette cour d'une maison orléanaise en ce dimanche 16 juin 1940 une atmosphère de départ en vacances.

Une sirène lointaine retentit, de l'autre côté de la Loire sans doute. Puis, très vite, les avions.

— Dépêchez-vous, ils bombardent les ponts. S'ils sont touchés, nous ne pourrons plus traverser, dit François en entrant dans la chambre.

Sans se soucier de sa nudité, Léa ouvrit sa valise, prit une culotte, une robe-chemisier de toile bleue et des sandales de cuir blanc.

— Tenez, vous pouvez la redescendre, ordonna-t-elle en refermant la valise.

Sans plus se soucier de lui, elle s'habilla. Figé, pâle de colère, François la regardait faire. Brusquement, il lui saisit un bras et l'attira à lui.

— Je n'aime pas que l'on me parle sur ce ton.

— Lâchez-moi.

— Non, pas avant de vous avoir dit une chose, espèce de bourrique, un jour, vous me supplierez de vous aimer...

— Jamais.

Avaient-ils avancé depuis qu'ils étaient partis ? Autour d'eux, ce n'était qu'affolement.

— Dépêchons, les Allemands arrivent, les ponts vont sauter.

Comme la veille, il faisait une chaleur épouvantable. Enfin, ils arrivèrent sur le quai Barentin. Des soldats du génie, gardant le pont Joffre, essayaient de canaliser la cohue, prêts à interdire l'accès du pont miné si l'ordre de mise à feu était donné. Mais leur nombre dérisoire ne leur donnait guère l'espoir de réussir à contenir cette marée humaine. Il fallait une demi-heure pour traverser.

À nouveau, les avions revinrent, précipitant les uns à terre, tandis que d'autres, au contraire, bousculaient, poussaient, renversaient ceux qui les précédaient, pour gagner quelques mètres. Des bombes tombèrent à l'eau, éclaboussant de boue les douze arches du pont et ceux qui l'encombraient. Un obus tomba sur le quai. Une partie de la chaussée s'effondra dans la Loire. Dans un déluge de pierres et de sable, des voitures, des vélos, des piétons furent entraînés. C'était la chute aux Enfers. Trois fois les avions repassèrent sans parvenir à atteindre les ponts Royal et Joffre, mitraillant cependant ceux qui se trouvaient dessus. Une femme, pour échapper aux balles, escalada le parapet et se précipita dans le vide. À cet endroit, il n'y avait presque pas d'eau... Le véhicule d'un conducteur tué net à son volant s'immobilisa. Une quinzaine d'énergumènes, poussant des « Ho ! Hisse ! » formidables, le soulevèrent et le précipitèrent dans la Loire sans se soucier des occupants. Des blessés moururent, foulés par des centaines de pieds. On pataugeait dans une immonde bouillie. Enfin, les avions s'éloignèrent.

— Continuez, dit François à Léa, je vais essayer de voir le commandant.

— Vous n'allez pas nous laisser seules !

Sans répondre, François Tavernier descendit et se fraya un passage jusqu'aux soldats de garde.

— Marchand !

— Tavernier !

— Que fais-tu dans cet enfer ?

— Trop long et trop déprimant à raconter. Est-ce vrai que les ponts vont sauter ?

— Ils devraient l'avoir fait depuis longtemps déjà. Les Allemands étaient hier à Pithiviers et Étampes, ils ne doivent plus être loin d'Orléans maintenant. Je n'ai même pas reçu la quantité d'explosifs nécessaire, et j'ai dû les partager entre les deux ponts. Si j'avais pu prévoir, je n'en aurais pas foutu sept cent cinquante kilos sous le pont du chemin de fer.

— Mon lieutenant, mon lieutenant, cria un jeune soldat debout sur une automitrailleuse, jumelles à la main, j'ai cru apercevoir une auto blindée allemande sur le quai du Châtelet.

— Bon Dieu, s'écria Marchand en sautant sur le véhicule et en arrachant les jumelles des mains du soldat.

— Merde, ils foncent vers le pont George-V. Envoyez le signal de mise à feu. Vite, nom de Dieu, vite, les Boches sont sur le pont.

Albert Marchand, le front couvert de sueur, suivait, à l'aide des jumelles, l'avance de trois automitrailleuses ralentie par les réfugiés. Les Allemands tirèrent sur la douzaine d'hommes de garde. Ils avaient atteint le milieu du pont, quand une série d'explosions se fit entendre, puis un immense craquement : une des arches de la partie nord s'était effondrée dans le fleuve, entraînant avec elle tous ceux qui étaient sur la chaussée. Durant quelques instants on ne vit plus rien. Il était quinze heures trente.

Quand la fumée se dissipa, Marchand, l'œil toujours rivé à ses jumelles, s'écria :

— Bon Dieu, ils sont passés, ils se dirigent vers Sully.

L'œil hagard, il se laissa glisser le long du véhicule.

— Empêchez les gens d'approcher, le pont Joffre doit sauter.

— Mais, mon lieutenant, tous les gens qui sont dessus n'arriveront pas à passer.

— Je le sais, mon vieux, mais on n'a pas le choix. Mettez-vous en place et n'hésitez pas à faire usage de vos armes.

Les seize soldats avancèrent, bousculant les piétons.

— Reculez, reculez, le pont va sauter.

La foule, qui avait assisté à l'effondrement d'une partie du pont Royal, s'arrêta, tandis que certains faisaient passer la consigne.

— Raison de plus pour se dépêcher, hurla un énergumène en se précipitant vers le barrage formé par les soldats.

Un coup de feu claqua : l'homme tomba.

Une chape de stupeur enveloppa les assistants : des soldats français tiraient sur leurs compatriotes. Mais la foule derrière se faisait plus pressante. Bientôt les premiers rangs plièrent. Une petite voiture bondit, renversant deux vieillards qui retombèrent dans le no man's land entre les soldats et le pont. L'automobile fonça, écrasant l'un d'eux. Ce fut comme un signal, la foule se mit en marche, un, deux, trois coups de feu claquèrent sans atteindre personne, puis les soldats disparurent, happés par la multitude.

Immédiatement après l'explosion du pont Royal, François Tavernier s'était précipité à la recherche de la voiture qui contenait ce qu'il avait de plus précieux. Elle n'était plus sur le quai Barentin. Jouant des coudes et des poings, il avança sur le pont. La voiture était là : elle avançait au pas d'un homme qui aurait eu tout son temps devant lui. Quand enfin Léa le vit, elle fut bouleversée de joie.

— Dieu merci vous voilà ! Je croyais que vous nous aviez abandonnées.

François prit la place de Léa au volant.

— Le pont va sauter, lui dit-il à voix basse.

— Oh !...

— Chut, inutile d'affoler les autres, on va essayer de se faufiler.

Un soldat marchait près de la voiture.

— Faites passer le mot à quelques personnes qui vous paraîtront sûres : le pont va sauter. Qu'elles essaient de faire presser les gens dans le calme.

Le soldat le regarda sans comprendre. Son visage crasseux, tiré par la fatigue, n'exprimait plus rien. Abruti, il avançait comme une bête de somme. Soudain, il poussa un cri, bousculant ceux qui étaient devant lui :

— Le pont va sauter ! Le pont va sauter !

Comme si elle avait reçu un coup de fouet, la foule bondit en avant. Une dizaine de mètres la séparait de la rive gauche de la Loire.

Tels des animaux à l'approche d'un tremblement de terre, les réfugiés, oubliant toute dignité humaine, se battaient, repoussant les plus faibles. Malheur à celui qui tombait : il mourait écrasé.

Il y eut encore quelques explosions. Puis, dans un vacarme épouvantable, le deuxième pont s'écroula.

Une demi-heure seulement s'était écoulée depuis l'effondrement du pont Royal.

Debout, à côté de la voiture, Léa et François contemplaient la catastrophe, n'arrivant pas à détacher les yeux de cette horreur. Combien étaient-ils sur ce pont ? Trois cents, cinq cents, huit cents, plus ? Tout en bas, dans le lit du fleuve, de rares survivants essayaient d'escalader des montagnes enchevêtrées de cadavres, de ferraille et de pierres. Des blessés, retombés sur les piliers du pont, appelaient à l'aide, tandis que dans les parties hautes de la Loire d'autres se noyaient. Sur le capot d'une voiture en flammes, le corps d'un bébé finissait de rôtir.

— Ne restons pas ici, dit François Tavernier en poussant Léa dans l'automobile.

Du lit de la Loire montait une fumée noirâtre.

La voiture s'engagea avenue de Candalle au milieu des décombres. À Saint-Marceau, des mitrailleuses françaises tiraient en direction du quai de Prague et des Grands-Augustins. Près de Notre-Dame-du-Val, Camille demanda à descendre.

— Ce n'est pas le moment, gronda Léa.

— Je vous en prie, je vais vomir.

François Tavernier arrêta la voiture. La jeune femme s'avança en titubant.

— Laissez-moi l'aider, dit Mme Le Ménestrel en descendant à son tour.

— Merci, murmura Camille en essuyant ses lèvres avec le mouchoir sale qu'elle lui tendait.

L'une s'appuyant à l'autre, elles retournèrent à la voiture. Camille monta.

— Maman, on a envie de faire pipi, dit le petit garçon.

— D'accord, mes chéris, venez vite.

Ils s'éloignèrent de quelques pas. La petite fille s'accroupit tandis que son frère fouillait dans sa braguette. Soudain, accompagné d'un sifflement, un obus tomba à une dizaine de mètres d'eux. Avec ce ralenti propre aux moments inéluctables, les occupants de la voiture virent projetés en l'air la mère et les deux enfants, tandis que des éclats les criblaient de toutes parts. Doucement, ils retombèrent dans la poussière, gracieux jusque dans la mort.

Avec un hurlement d'horreur, la vieille dame s'arracha de son siège et se précipita vers sa fille, puis sa petite-fille, puis son petit-fils, le plus doux à son cœur. Bras écartés, mains ouvertes, elle allait de l'un à l'autre.

François Tavernier se pencha sur le corps de Mme Le Ménestrel, lui souleva la tête. Il blêmit en sentant sous ses doigts la mortelle blessure. Même dans la mort, elle avait une grâce infinie. En travers de ses jambes, repliées sur le côté, était couchée sa fille qui tenait encore à la main une poupée. L'enfant semblait dormir, tandis qu'une fleur rouge s'élargissait sur sa robe de toile rose. Plus loin, gisait le petit garçon, la tête presque détachée du corps, son sexe dérisoire sortant de sa culotte.

Camille allait de l'un à l'autre, répétant inlassablement :

— C'est de ma faute... c'est de ma faute...

Elle s'effondra, terrassée par une crise de nerfs.

Léa la prit par les épaules, la secoua, lui parla et finalement lui donna une paire de claques qui arrêta les cris.

— Non, ce n'est pas de ta faute, tu n'y es pour rien. Viens dans la voiture.

— Venez, madame, il ne faut pas rester là, dit François Tavernier à la grand-mère.

— Laissez-moi, monsieur, je ne peux pas les laisser seuls ici. Je dois les ensevelir.

— C'est trop dangereux, vous allez vous faire tuer.

— C'est la seule grâce que je demande à Dieu, monsieur. En me les ôtant, Dieu m'a tout ôté.

— Je ne peux pas vous laisser seule, madame.

— Il le faut, monsieur, pensez aux deux jeunes femmes qui sont avec vous, à l'enfant que porte l'une d'entre elles. Elles ont besoin de vous, pas moi.

— Je vous en prie, madame.

— N'insistez pas.

À contrecœur, François se dirigea vers Léa et Camille qu'il souleva. Comme elle est légère, pensa-t-il. La déposant doucement sur la banquette arrière, il s'installa au volant.

— Venez-vous ? demanda-t-il à Léa immobile qui n'arrivait pas à détacher ses yeux des trois corps.

Des avions passèrent sans lâcher de bombes.

À Saint-Marceau, les soldats français ne tiraient plus. Arrivés dans Orléans par le faubourg de Bourgogne, les Allemands ne rencontrèrent aucune résistance. Ils abattirent un arbre de la Motte-Sanguin pour établir un passage sur le pont du chemin de fer qui n'avait pas sauté. Vers quatre heures de l'après-midi, les premiers tanks traversèrent la Loire, empruntant les voies, et rejoignirent ceux qui avaient réussi à passer par le pont George-V avant qu'il ne saute. Malgré la résistance courageuse des soldats des dépôts d'Orléans, qui n'avaient pour assurer la défense du pont qu'un vieux 90 calé avec des briques, les Allemands, supérieurs en nombre et mieux armés, les forcèrent à se replier avenue Dauphine, abandonnant de nombreux morts, et établirent trois petits canons à la tête du pont.

Vers cinq heures, les premiers détachements ennemis

arrivèrent à la Croix-Saint-Marceau, et installèrent des mitrailleuses à chaque carrefour. Hébétés, les quelques rares habitants restés dans le quartier sortirent des caves et regardèrent avec stupeur ces soldats vainqueurs dont on leur avait dit, durant des mois, qu'ils étaient affamés, sans vêtements et sans souliers. Une femme d'un certain âge ne put s'empêcher d'aller tâter le tissu de la veste d'un jeune officier, qui lui sourit en disant poliment :

— Bonjour, madame.

Stupéfaite, la femme éclata en sanglots et s'enfuit en disant :

— On nous a menti.

Pendant ce temps-là, des soldats français entraient dans Orléans par le faubourg Bannier.

— Méfiez-vous, les Allemands sont là.

— Ce n'est pas possible, s'exclama un lieutenant, ils sont derrière nous.

À peine venait-il de donner l'ordre de prendre des positions de défense que, par le boulevard Saint-Euverte, arrivaient des troupes motorisées. Après une courte fusillade, les soldats durent se rendre. Le lieutenant et deux de ses hommes furent tués. Les Allemands parquèrent leurs prisonniers à la Motte-Sanguin dans un camp provisoire, entouré de mitrailleuses. Dans la soirée, d'autres vinrent les rejoindre.

De partout montaient les cris des blessés, les appels des sauveteurs. Le canon tonnait, l'incendie faisait rage, le crépitement des dernières mitrailleuses françaises s'éteignait, des fous échappés de l'asile de Fleury se faufilaient dans les décombres avec des éclats de rire qui faisaient froid dans le dos des survivants, des malfaiteurs, évadés de la prison, pillaient les rares magasins épargnés par les flammes. Il n'y avait plus d'eau, plus d'électricité, plus de pain. Il n'y avait plus de maire, plus de conseil municipal, rien qu'une ville abandonnée, détruite.

La première nuit de la longue occupation d'Orléans commençait.

15

Par de petites routes, ils arrivèrent tard dans la nuit dans un village de la Vienne, La Trimouille. Au fond de la voiture, le visage couvert d'une sueur froide, Camille délirait. Sur une place, près d'une rivière, des réfugiés allongés à même le sol dormaient. Dans une des rues, la porte d'un café s'ouvrit, laissant filtrer une faible lumière jaunâtre. L'établissement était plein. François Tavernier arrêta la voiture et descendit. L'odeur de bière, de fumée et de saleté le prit à la gorge.

— Un demi, demanda-t-il au patron moustachu en s'appuyant au comptoir mouillé.

— J'en ai plus.

— Un cognac, alors.

— Pareil, j'ai tout vendu.

— Du rhum ?

— Rien, j'ai plus rien, même de la limonade : y ont tout bu.

— Alors, que me proposez-vous ?

— J'peux vous donner une anisette.

— Va pour l'anisette.

Jamais François n'avait bu une anisette avec autant de plaisir. Il en commanda une autre, qu'il porta à Léa assise, sur la marche du café devant la portière ouverte. Sans même le remercier, elle prit le verre et but avidement.

— Avez-vous demandé où trouver un médecin ?

— Pas encore. Comment va-t-elle ?

Léa haussa les épaules sans répondre.

François rentra dans le café.

— Pouvez-vous m'indiquer un médecin ?

— Y en a plus. L'père Vignaud, il est mort et son remplaçant s'est cassé la jambe. Faut aller à Montmorillon ou au Blanc, il y a des hôpitaux.

— Quelle est la ville la plus proche ?

— C'est Montmorillon, à douze kilomètres.

— Il y a un hôtel ?

Le bonhomme éclata de rire.

— Un hôtel !... il demande un hôtel. Y en a plusieurs, mais vous y trouverez pas même une carpette pour y coucher. C'est plein comme un œuf, d'autant qu'un ordre venu d'on sait où a interdit aux civils de dépasser Montmorillon. Y sont des cinquante mille à tourner en rond dans les rues.

— Et au Blanc ?

— C'est tout pareil, en plus y a eu des bombardements et le commandant de la place a fait miner le pont.

— Vite, François, Camille va mourir !

L'entrée et le cri de Léa arrêtèrent net les conversations.

— Vous avez-t'y un malade ?

— Oui, une jeune femme enceinte.

La patronne, une grosse personne au visage revêche, s'avança vers eux sans cesser d'essuyer un verre.

— J'peux p't'être vous aider. Quand vous s'rez à Montmorillon, passez le vieux pont tout de suite à votre main droite, vous trouverez la rue du Puits-Cornet. La quatrième maison à gauche, c'est celle de ma cousine germaine, Mme Trillaud. Dites-lui que c'est moi, la Lucienne, qui vous envoie. Si elle peut, elle vous aidera.

François Tavernier serra fortement la main de la femme.

— Merci beaucoup, madame, merci.

— De rien, de rien, bougonna-t-elle.

La traversée de Montmorillon fut mémorable. Des véhicules de toutes sortes encombraient les rues et les places.

Les églises étaient transformées en dortoirs, ainsi que les écoles et la salle des fêtes.

Après avoir erré un long moment sans rencontrer personne capable de les renseigner, ils trouvèrent le vieux pont, puis l'étroite rue du Puits-Cornet.

Léa allait se décourager de frapper, quand la porte s'entrouvrit.

— Qu'est-ce que c'est ? C'est pas une heure pour déranger les gens.

— Vous êtes bien Mme Trillaud ? Je viens de la part de Lucienne, votre cousine.

La porte s'ouvrit.

— La Lucienne ? Quoi qu'elle veut ?

— Rien, elle a dit que vous pourriez peut-être nous aider. Mon amie est malade.

— Quoi qu'elle a ?

— Elle est enceinte, mais ça fait des heures qu'elle est évanouie.

— Pauvre petite. Entrez.

François, portant Camille inanimée, entra dans la petite maison.

— C'est pas ben grand chez moi, d'autant qui y a des cousins de Paris qui sont arrivés hier. Y a que ma chambre.

— Mais madame...

— Faites pas d'façons. Vous trouverez rien. Faut bien s'entraider entre femmes. Tenez, aidez-moi à changer les draps.

Bientôt, Camille se trouva allongée dans le lit de Mme Trillaud, vêtue d'une de ses chemises de nuit, semblable à celle que portait la brave femme.

— C'est pas tout, faut trouver un médecin. C'est qu'ils n'arrêtent pas ces temps-ci les pauvres. J'vas d'abord chez le docteur Soulard. S'il est pas rentré, j'irai chez le docteur Rouland, l'a l'œil pointu, mais c'est un bon médecin.

Elle jeta sur ses épaules un vieux manteau.

— J'en ai pas pour longtemps. Dans la cuisine, vous

trouverez du café sur le coin de la cuisinière et du pain dans la panière. Pour le beurre, dame, y en a plus. Sur le haut du buffet de la souillarde, j'ai encore quelques pots de confiture, prenez-en un.

Attablé à la grande table de cuisine recouverte d'une toile cirée à carreaux bleus, François Tavernier regardait Léa plonger sa troisième tartine de confiture de fraises dans son bol de café.

Deux grands cernes mauves soulignaient ses yeux, elle était pâle et fatiguée.

— Vous ne mangez pas, dit-elle la bouche pleine en louchant vers sa tartine.

Souriant, il poussa la tartine vers elle.

— Merci, fit-elle, s'en emparant avec rapidité, comme si elle redoutait qu'il ne changeât d'avis.

La dernière goutte de café avalée, Léa se rejeta en arrière sur sa chaise, repue.

— J'avais tellement faim.

— J'ai remarqué : vous aviez tout d'une ogresse.

Deux heures sonnèrent. Les coudes sur la table, la tête appuyée dans le creux de ses mains, Léa songeait. Que faisait-elle dans cette maison inconnue, perdue dans ce trou, avec une mourante, loin de ceux qu'elle aimait ? Ses parents devaient être fous d'inquiétude.

— Cessez de me regarder ainsi.

— Ne pouvons-nous faire la paix un moment ?

Excédée, elle se leva, ramassa les bols qu'elle mit sur la pierre d'évier. Quand elle passa près de lui, François la retint.

— Petite tête de mule, pourquoi résistez-vous ? Vous ne m'aimez pas, d'accord, mais vous aimez faire l'amour. Allons, ne regimbez pas. Savez-vous que c'est le meilleur remède pour échapper à la peur ? Hier, petite fille, vous avez eu bien de la chance, soit dit sans me vanter : beaucoup de femmes mettent parfois plusieurs années avant de découvrir le plaisir. Vous êtes faite pour l'amour, Léa, ne le refusez pas.

Pendant qu'il parlait, ses mains s'étaient égarées sous la

jupe de la jeune fille et ses doigts avaient trouvé la fente humide qu'ils écartaient doucement.

Léa, le regard vague, le souffle court, se laissait faire attentive au plaisir qui, par vagues, l'envahissait. Sans lâcher son ventre, François la coucha sur la table, ouvrit son pantalon, releva les jambes nues de son amie et s'enfonça en elle. Comme la veille, elle jouit longuement. Ils restèrent un moment immobiles, hors du temps, sentant battre très fort leurs deux cœurs. Quand il se redressa, ils eurent ensemble un dernier frisson de plaisir. François se rajusta, l'aida à se relever et la tint longuement serrée contre lui, murmurant de tendres paroles dans ses cheveux.

— Ma belle amoureuse... mon petit...

Le corps apaisé, elle se laissait bercer par la douceur de la voix de son amant.

Quand Mme Trillaud revint, en compagnie du médecin, Léa rabattait sa robe :

— Voici le docteur Rouland.

— Où est-elle, votre malade ?

Mme Trillaud le conduisit dans sa chambre. Léa les suivit.

Dès qu'il vit Camille, la fatigue qui marquait les traits du médecin et affaissait sa silhouette, disparut. Il tira les couvertures et l'ausculta attentivement.

— Ça fait longtemps qu'elle est dans cet état ? demanda-t-il en retirant son stéthoscope.

— Je ne sais plus, dit Léa, depuis six heures du soir.

— A-t-elle déjà été évanouie aussi longtemps ?

— Aussi longtemps, non. Mais cela lui arrive souvent, plus ou moins longuement. Le médecin qui la soignait à Paris disait qu'elle devait rester allongée, tant pour le bébé qu'à cause de son cœur.

— Montrez-moi les médicaments qu'elle prend.

Léa sortit et alla à la voiture prendre le sac de Camille. Elle tendit l'ordonnance et les flacons au médecin.

— Oui, c'est bien, mais ce n'est plus assez fort. Je vais lui faire une piqûre pour soutenir le cœur, mais je ne réponds de rien. Il faudrait l'hospitaliser, mais il n'y a plus la moindre place.

Quelques minutes après la piqûre, Camille ouvrit les

yeux, trop faible pour regarder autour d'elle. François s'assit sur le bord du lit et prit dans ses mains celles, si frêles, de la malade.

— Tout va bien Camille, maintenant, il faut vous reposer.

— Les enfants, mon Dieu, les enfants... gémit-elle.

Le docteur Rouland entraîna Léa à l'écart.

— Vous êtes parente ?

— Oui, mentit Léa.

— Je suis très inquiet, le cœur peut lâcher d'un instant à l'autre. Il faut prévenir son mari, ses parents... C'est idiot ce que je dis là, son mari est sûrement au front et ses parents, Dieu sait où.

— Je la ramenais chez son beau-père en Gironde.

— Pas question de la transporter. Si elle surmonte cette crise, elle devra rester immobile jusqu'à l'accouchement.

— Vous voulez dire que nous allons devoir rester ici ?

Le médecin ne répondit pas. De sa trousse, il sortit le nécessaire pour une nouvelle piqûre. Très vite les yeux de Camille se fermèrent. Son pouls, quoique rapide, était redevenu presque régulier. Le médecin rangea ses instruments, à nouveau gris de fatigue.

— Il faut en permanence quelqu'un près d'elle. Dès qu'elle se réveillera, donnez-lui trois gouttes de ceci dans un verre d'eau. En cas de crise, vous pouvez aller jusqu'à dix gouttes. Je reviendrai dans la journée.

— Ne vous inquiétez pas, docteur, dit Mme Trillaud, je vais m'en occuper : les malades, ça me connaît.

— Au revoir, madame Trillaud, vous êtes une brave femme. Allez vous reposer, ajouta-t-il en s'adressant à Léa, vous n'avez pas bonne mine.

François Tavernier accompagna le médecin jusqu'au vieux pont. Quand il revint, il trouva Léa endormie à l'arrière de la voiture. Il la contempla un long moment, ému, tant elle avait l'air dans son sommeil d'une petite fille boudeuse. Avec précaution, il s'installa à l'avant, ses longues jambes passant par la vitre ouverte.

Léa fut tirée de son sommeil par les cris et le bruit des battoirs des femmes lavant leur linge dans la rivière. Elles étaient une dizaine, agenouillées dans des caisses remplies de paille. Non loin d'elles, assis sur une barque renversée, François regardait couler la Gartempe qui, à cet endroit, bouillonnait sur les cailloux. Plus loin, de longues algues fleuries se balançaient dans le courant. Mme Trillaud sortit sur le seuil de sa maison en frappant dans ses mains.

— Le petit déjeuner est prêt !

Dans la cuisine pleine de soleil, sur la toile cirée aux carreaux bleus, fumait, dans de grands bols d'épaisse faïence blanche à liséré rouge, un café dont l'arôme, mélangé à la bonne odeur de pain grillé, fit frémir les narines de Léa.

— Venez manger, ça va refroidir. Comme hier, pas de beurre, mais une gelée de coing dont vous me direz des nouvelles.

— Comment a dormi notre amie ? demanda François.

— Très bien. Quand elle s'est réveillée tout à l'heure, je lui ai donné ses gouttes. Elle m'a souri gentiment et elle s'est rendormie.

— Comment vous remercier, madame, pour tout ce que vous faites pour nous ?

— Allons, allons, ce n'est rien. Seulement, si vous devez rester quelques jours, je vous demanderai de participer aux frais car, hélas, je ne suis pas bien riche.

— Cela va de soi, madame, dit Léa en dévorant sa tartine.

— Avez-vous écouté les informations ? demanda François Tavernier en désignant un poste de radio ventru qui trônait sur le buffet entre des photos de famille, un bouquet de roses dans un vase bleu et de gros obus ciselés de la guerre de 14-18.

— Non, j'avais peur de réveiller la maisonnée car le son se règle mal.

— Je vais voir si je peux vous réparer ça.

— Vous vous y connaissez en T.S.F. ?

— Un peu.

— Où puis-je faire ma toilette ? demanda Léa.

— Là-haut, à côté de ma chambre. C'est pas bien confortable, juste un cabinet de toilette. J'ai mis des serviettes propres. Tenez, prenez cette bouilloire d'eau chaude, y'a pas l'eau courante. Votre mari a monté vos bagages.

— Ce n'est pas mon mari, s'écria Léa avec une violence qui surprit Mme Trillaud.

— Excusez-moi, j'avais cru.

Vers onze heures, le docteur Rouland revint. Il fut agréablement surpris de l'état de santé de sa malade. Camille, lavée et coiffée par Léa, soutenue par des oreillers, n'avait plus le visage creusé de la veille. Seuls ses yeux cernés de noir et son regard las montraient sa souffrance.

— Je suis très content de vous, dit le médecin après l'avoir auscultée. C'est moins grave que je ne le craignais. Mais vous ne devez absolument pas bouger. Je vais vous envoyer une sœur garde-malade : elle vous fera les piqûres que je vais prescrire. Laissez-vous bien soigner et bientôt vous serez guérie.

— Quand pourrons-nous repartir ?

— Pour le moment, il ne faut pas y penser.

— Mais, docteur...

— Il n'y a pas de mais, c'est ça ou la mort de votre enfant, à moins que ce ne soit la vôtre. C'est déjà un miracle que vous ne l'ayez pas perdu. Soyez patiente, vous n'avez plus que deux mois à attendre.

Le docteur Rouland redescendit dans la cuisine rédiger son ordonnance. La grande pièce était pleine des cousins de Paris qui aidaient leur parente à préparer le déjeuner, racontaient pour la énième fois leur voyage mouvementé ou regardaient François Tavernier réparer le poste de radio.

— Je crois que ça marche maintenant.

Après quelques crachotements, on entendit une voix :

— Le maréchal Pétain vous parle.

Dans la salle, tout le monde se tut. Il était midi et demi, ce 17 juin 1940.

« Français, À l'appel de monsieur le président de la République, j'assume à partir d'aujourd'hui la direction du gouvernement de la France. Sûr de l'affection de notre admirable armée, qui lutte avec un héroïsme digne de ses longues traditions militaires contre un ennemi supérieur en nombre et en armes, sûr que par sa magnifique résistance elle a rempli ses devoirs vis-à-vis de nos alliés, sûr de l'appui des anciens combattants que j'ai eu la fierté de commander, sûr de la confiance du peuple tout entier, je fais à la France don de ma personne pour atténuer son malheur.

« En ces heures douloureuses, je pense aux malheureux réfugiés qui, dans un dénuement extrême, sillonnent nos routes. Je leur exprime ma compassion et ma sollicitude. C'est le cœur serré que je vous dis aujourd'hui qu'il faut cesser le combat. Je me suis adressé cette nuit à l'adversaire pour lui demander s'il est prêt à rechercher avec moi, entre soldats, après la lutte et dans l'honneur, les moyens de mettre un terme aux hostilités. Que tous les Français se groupent autour du gouvernement que je préside pendant ces dures épreuves et fassent taire leur angoisse pour n'obéir qu'à leur foi dans le destin de leur patrie. »

Quand la voix chevrotante et cassée s'arrêta, tous avaient la tête baissée. Sur beaucoup de visages, les larmes coulaient, larmes de honte pour la plupart, cependant qu'un lâche soulagement, peu à peu, les envahissait.

Pâle, le regard sec et dur, François éteignit la radio et sans un mot quitta la maison.

Du discours, Léa ne retint qu'une chose : « ... il faut cesser le combat ». La guerre allait finir et Laurent revenir. Elle monta quatre à quatre l'escalier pour annoncer la nouvelle à Camille qui éclata en sanglots.

— Mais pourquoi pleures-tu ? La guerre est finie, le Maréchal l'a dit. Laurent va revenir.

— Oui, peut-être, mais nous avons perdu la guerre.

— Elle était déjà perdue depuis longtemps.

— Sans doute, mais j'avais tellement prié...

— ... que tu as cru que Dieu t'entendrait. Des prières, des prières, ce n'est pas avec des prières que l'on gagne les guerres, mais avec des avions, avec des chars, avec des chefs. Tu les as vus dans le ciel, nos avions ? Et nos chars, tu les as vus sur les routes ? Et nos chefs, tu les as vus à la tête de leurs troupes ? Tous ceux qu'on a vus fuyaient. Tu as déjà oublié ce colonel vert de peur, dans sa limousine encombrée de bagages, qui disait : « Place, place, je dois rejoindre mon poste. » Son poste, oui, l'Espagne, plutôt ! Et nos soldats, tu les as vus nos beaux soldats ? avec leurs uniformes dépareillés, leurs armes démodées, sales, les pieds en sang, ne pensant qu'à une chose, fuir ?...

— ... tu exagères, je suis sûre que la plupart se sont bien battus. Souviens-toi de ceux qui défendaient le pont, à Orléans. Partout, en France, partout, des hommes se sont battus et bien battus et beaucoup sont morts.

— Pour rien.

— Non pas pour rien, pour l'honneur.

— Pour l'honneur, laisse-moi rire, l'honneur c'est une idée d'aristocrate, tout le monde n'a pas les moyens d'avoir de l'honneur. L'ouvrier, le paysan, le boutiquier qui patauge dans la boue, reçoit des bombes sur la tête et des balles dans le corps, il s'en fout de l'honneur. Ce qu'il veut, c'est ne pas crever comme un chien et que cela s'arrête n'importe comment, mais que ça s'arrête à n'importe quel prix. Cette guerre, il ne l'a pas voulue, il ne la comprend pas.

— Il n'a pas voulu la guerre, c'est vrai, mais ce n'est pas vrai qu'il veut qu'elle se termine à n'importe quel prix.

— Ma pauvre Camille, je crois que tu te fais bien des illusions sur la nature humaine. Tu vas voir s'ils ne l'acceptent pas tous, la fin de la guerre !

— Je ne puis croire cela. Laisse-moi, veux-tu, je suis fatiguée.

Léa haussa les épaules et redescendit.

— ... avec lui on est sauvé...

— ... tu te rends compte, il fait don de sa personne à la France...

— ... c'est un vrai patriote...

— ... avec le Maréchal au gouvernement, on n'a rien à craindre...

— ... on va pouvoir rentrer chez nous...

— ... c'est pas trop tôt, il est temps que les affaires reprennent...

— Je crains que les Allemands se montrent très durs avec nous.

Cette réflexion du docteur Rouland provoqua un silence étonné.

— Pourquoi dites-vous ça, docteur ?

— Parce qu'ils sont vainqueurs partout et qu'ils n'ont certainement pas oublié les dures conditions du traité de paix de 1918.

— C'était normal, ils avaient perdu la guerre !

— Comme nous aujourd'hui.

Tard dans la soirée, François Tavernier revint chez Mme Trillaud passablement ivre. Elle l'attendait dans la cuisine en tricotant.

— Madame Trillaud, je crois avoir trop bien arrosé notre défaite. Une déculottée comme celle-là, c'est pas tous les jours qu'on a la chance d'en être témoin... L'Allemagne, madame, voulez-vous que je vous dise ?... L'Allemagne c'est un grand pays et Hitler un grand homme. Vive l'Allemagne, vive Hitler...

— Taisez-vous donc, vous allez ameuter tout le quartier, dit-elle en le forçant à s'asseoir. Je suis sûre que vous n'avez rien mangé. Vous allez prendre une assiettée de soupe aux choux. Rien de tel pour vous transformer un homme.

— Vous êtes brave, madame Trillaud, mais l'Allemagne, croyez-moi...

— Oui, je sais, c'est un grand pays. Mangez votre soupe, elle va être froide.

La dernière cuillerée avalée, il s'effondra sur la table, la tête dans son assiette. Avec douceur, son hôtesse la retira.

— Pauvre homme, murmura-t-elle en éteignant la lumière de la pièce.

Le lendemain matin, quand Mme Trillaud redescendit, elle trouva François rasé de frais, coiffé, en train de préparer le café.

— Bonjour, madame, vous arrivez trop tôt, je voulais vous faire la surprise d'un petit déjeuner tout prêt. J'ai trouvé, ce matin, du lait, du beurre et du pain frais.

— Bonjour, monsieur. Comment avez-vous fait ?

— Hier, en faisant la tournée des cafés de Montmorillon, je me suis fait des amis. Je suis désolé pour cette nuit, voulez-vous me pardonner ?

— N'en parlons plus, c'est déjà oublié. Je suis bien sûre que mon défunt mari se serait saoulé aussi.

— Merci, madame. Comment va la malade ?

— Beaucoup mieux. C'est de calme et de repos dont cette femme a besoin.

— Mangeons, le café est prêt. Aujourd'hui, je vais aller à la mairie pour essayer de savoir où est mon régiment, sinon je regagnerai Paris.

— Vous allez laisser seules les deux dames ?

— Mlle Delmas est très capable de se débrouiller sans moi. Hier, le téléphone était coupé, il est peut-être rétabli aujourd'hui. Dans ce cas, j'appellerai ses parents pour leur donner des nouvelles. Pouvez-vous m'indiquer un magasin où je pourrais m'acheter du linge, des chemises et un costume ?

— Y a pas grand-chose ici. Essayez chez Rochon ou chez Guyonneau. Le premier est sur la place du marché couvert, l'autre, à l'angle de la grand-rue et du boulevard.

— Autre chose, ne connaîtriez-vous pas un appartement ou une maison à louer pour mes amies ?

— En ce moment, il n'y a rien. Les premiers réfugiés se sont installés dans les rares locations qu'il y avait. Mais d'ici quelques jours, on devrait voir plus clair. Les gens parlent déjà de rentrer chez eux. D'ici là, ces dames peuvent rester ici.

— C'est très aimable à vous, mais vous n'avez même plus votre chambre.

— Bah ! À mon âge, on n'a pas besoin de beaucoup de sommeil. Un matelas dans un coin, ça me suffit.

— Cela me réconforte de rencontrer des gens comme vous.

— Bonjour, fit Léa en rentrant dans la pièce vêtue de son kimono, les cheveux ébouriffés, le visage encore ensommeillé.

— Bonjour, petite, vous avez bien dormi ?

— Pas très bien, Camille a bougé toute la nuit.

— Comment va-t-elle ce matin ? demanda François.

— Bien, je suppose, puisqu'elle a faim.

— C'est très bon signe, je vais lui monter un plateau, dit Mme Trillaud en se levant.

— Laissez, madame, je vais m'en occuper, fit François en se levant à son tour.

Avec adresse, il disposa sur le rustique plateau de bois une jolie tasse de porcelaine, une corbeille remplie de fines tranches de pain, un morceau de beurre, du sucre et de la confiture. Pour compléter cet appétissant repas, il ajouta un bol débordant de cerises et une rose tirée du vase bleu. Content de lui, il présenta son plateau aux deux femmes.

— Pas mal, n'est-ce pas ?

— C'est magnifique, affirma Mme Trillaud.

— Si vous croyez qu'elle va manger tout ça, ironisa Léa.

— Vous oubliez le lait et le café, dit l'hôtesse en posant sur le plateau un petit pot de lait et un grand pot de café.

— Comme femme de chambre, je ne suis pas encore très au point.

Dans la cuisine, Léa écossait nonchalamment des petits pois sous l'œil narquois de l'hôtesse et admiratif d'un cousin boutonneux.

— Ne m'attendez pas pour déjeuner, je me débrouillerai, dit François en entrant.

— Où allez-vous ? demanda Léa.

— Chercher un garage pour la voiture, à la mairie, acheter des vêtements, téléphoner à vos parents et à M. d'Argilat.

— Je vais avec vous, s'écria Léa en abandonnant ses petits pois.

— Vous n'êtes pas prête. Rejoignez-moi à la poste si vous voulez.

— Mais...

Il était déjà dehors. Léa se rassit et, avec rage, se remit à écosser les petits pois.

Quand il revint, vers cinq heures de l'après-midi, vêtu d'un costume bleu marine d'une coupe incertaine, Léa repassait une robe en écoutant la T.S.F.

— Où étiez-vous, je vous ai cherché partout !

— Vous avez mal cherché ! La ville n'est cependant pas bien grande. J'ai passé trois heures à la poste à essayer d'avoir Paris, puis vos parents. J'ai réussi à les joindre, mais très vite, nous avons été coupés.

— Comment vont-ils ? s'écria Léa en posant son fer à repasser.

— Bien, j'ai eu l'impression. Ils étaient inquiets pour vous. Je les ai rassurés.

— Comme j'aurais aimé pouvoir parler à maman !

— On essaiera demain chez le docteur Rouland. Je l'ai rencontré en sortant de la poste et il m'a aimablement proposé de téléphoner de chez lui. Vous ne trouvez pas que ça sent une drôle d'odeur ?

— Zut, ma robe... C'est votre faute...

François éclata de rire devant tant de mauvaise foi.

— Que disent-ils à la radio ? demanda-t-il en tournant les boutons du poste.

— Rien, c'est d'un ennui, il n'y a même pas de bonne musique. Regardez ma robe ! Comment vais-je faire ?

— Là où c'est placé, vous pouvez mettre une poche.

— Ça c'est une bonne idée, s'exclama Léa joyeuse. Mais, je n'ai pas de tissu semblable, ajouta-t-elle, dépitée.

— La robe est blanche, mettez des poches de couleur et des boutons assortis, ce sera très bien.

Léa le regarda avec étonnement.

— Ce n'est pas idiot. Je ne savais pas que vous vous intéressiez à la mode.

— Je m'intéresse à tout. Ce n'est pas comme vous.

— Que voulez-vous dire ?

— Que vous n'avez même pas remarqué que je suis vêtu à la dernière mode montmorillonnaise.

— Qui vous va très bien d'ailleurs, fit-elle après un bref regard indifférent.

— Je vous remercie. Venant de vous, ce compliment me touche.

— Arrêtez de tripoter ces boutons.

— Je cherche la radio de Londres pour savoir où en est la guerre. Les Anglais sont peut-être mieux informés que nous.

« Ici Radio-Londres... Le général de Gaulle vous parle... »

— Qui est le général de Gaulle ? demanda Léa.

— Taisez-vous, je vous le dirai plus tard.

« Les chefs qui, depuis de nombreuses années, sont à la tête des armées françaises ont formé un gouvernement. Ce gouvernement, alléguant la défaite de nos armées, s'est mis en rapport avec l'ennemi pour cesser le combat.

« Certes, nous avons été, nous sommes submergés par la force mécanique, terrestre et aérienne, de l'ennemi. Infiniment plus que leur nombre, ce sont les chars, les avions, la tactique des Allemands qui ont surpris nos chefs au point de les amener là où ils en sont aujourd'hui.

« Mais le dernier mot est-il dit ? L'espérance doit-elle disparaître ? La défaite est-elle définitive ? Non !

« Croyez-moi, moi qui vous parle en connaissance de cause et qui vous dis que rien n'est perdu pour la France. Les mêmes moyens qui nous ont vaincus peuvent faire venir un jour la victoire. Car la France n'est pas seule ! Elle n'est pas seule ! Elle n'est pas seule ! Elle a un vaste Empire derrière elle. Elle peut faire bloc avec l'Empire britannique qui tient la mer et continue la lutte. Elle peut, comme l'Angleterre, utiliser sans limites l'immense industrie des États-Unis.

« Cette guerre n'est pas limitée au territoire malheureux de notre pays. Cette guerre n'est pas tranchée par la bataille de France. Cette guerre est une guerre mondiale. Toutes les

fautes, tous les retards, toutes les souffrances n'empêchent pas qu'il y a, dans l'univers, tous les moyens nécessaires pour écraser un jour nos ennemis. Foudroyés aujourd'hui par la force mécanique, nous pourrons vaincre dans l'avenir par une force mécanique supérieure. Le destin du monde est là.

« Moi, général de Gaulle, actuellement à Londres, j'invite les officiers et les soldats français qui se trouvent en territoire britannique ou qui viendraient à s'y trouver, avec leurs armes, j'invite les ingénieurs et les ouvriers spécialistes des industries d'armement qui se trouvent en territoire britannique ou qui viendraient à s'y trouver, à se mettre en rapport avec moi. Quoi qu'il arrive, la flamme de la résistance française ne doit pas s'éteindre, elle ne s'éteindra pas.

« Demain, comme aujourd'hui, je parlerai à la Radio de Londres. »

Pensif, François Tavernier éteignit le poste et se mit à marcher de long en large. Dans un coin, assise sur une chaise, Mme Trillaud, qui était entrée sans qu'on la remarque au début du discours, s'essuyait les yeux avec le coin de son tablier.

— Qu'avez-vous, madame ? demanda Léa.

— Rien... c'est la joie.

— La joie ?

— Oui, ce général... comment s'appelle-t-il déjà ?

— De Gaulle.

— Oui, c'est ça, de Gaulle... il a dit que la flamme de la résistance française ne s'éteindrait pas.

— Et alors, qu'est-ce que ça veut dire, il est à Londres, pas en France. Ce n'est pas en Angleterre que sont les Allemands, mais ici. S'il veut continuer à se battre, il n'a qu'à revenir au lieu d'abandonner lâchement son poste.

— Vous dites des bêtises, Léa, dit François. Vous ne savez pas de quoi vous parlez. De Gaulle est un homme sincère et courageux, je l'ai rencontré quand il était sous-secrétaire d'État à la Défense nationale. Il a dû longuement réfléchir avant de lancer cet appel qui le met hors la loi, lui qui est par tradition militaire un homme d'obéissance.

— Vous allez le rejoindre ? demanda Mme Trillaud.

— Je n'en sais rien. Tout va dépendre de la suite des événements. Je dois d'abord retrouver mon régiment. Je ne dînerai pas là ce soir, je dîne chez le maire.

— Et moi, qu'est-ce que je fais ?

— Vous ? En amie dévouée, vous vous occupez de Camille, fit-il avec un salut ironique.

Le lendemain, Léa eut ses parents au téléphone. Elle pleura en entendant la douce voix d'Isabelle, celle, bourrue d'émotion, de son père. Quelle joie d'entendre à nouveau l'accent de Ruth ! Même les quelques mots échangés avec ses sœurs Françoise et Laure lui firent plaisir. Elle n'en finissait pas de demander des nouvelles du domaine, de ses oncles, de ses tantes, de ses cousins. Elle découvrait brusquement qu'elle les aimait tous. Elle aurait voulu dire à sa mère l'horreur des bombardements, la mort de Josette, le meurtre de l'homme qui voulait les voler, le regard de la grand-mère devant les cadavres de sa fille et de ses petits-enfants, la maladie de Camille, son aventure avec François. Elle ne savait que répéter :

— Maman, maman, si tu savais...

— Ma chérie, dès que cela sera possible, je viendrai te chercher avec ton père.

— Oh ! oui, maman. Viens, tu me manques tellement, j'ai tant de choses à te dire, j'ai eu si peur. Souvent je pensais à toi, je me disais : « Que ferait maman ? » Je ne faisais pas toujours ce que tu aurais fait, je me conduisais égoïstement, en enfant gâtée. Mais bientôt je vais te retrouver, je dormirai dans mon petit lit de la chambre des enfants, tu viendras comme autrefois parler avec moi avant d'aller te coucher, tu me prendras dans tes bras comme quand j'étais petite ; dans ton cou, je sentirai ton parfum, je caresserai tes beaux cheveux. Oh ! maman, je t'aime tant ! J'ai eu si peur de ne pas te revoir quand tout brûlait autour de nous. Les bombardements c'est terrible, ça tue des enfants, des pauvres gens... Maman...

Les sanglots empêchèrent Léa de continuer. Avec douceur, François lui prit l'écouteur des mains et donna à Pierre Delmas l'adresse de sa fille et le numéro de téléphone du docteur Rouland.

Après avoir remercié le médecin, il emmena Léa.

Il faisait presque nuit, aucune lumière ne brillait dans les rues encombrées de voitures. L'air était d'une grande douceur. En traversant le vieux pont, Léa remarqua :

— Ça sent l'eau.

Elle aimait cette odeur de rivière, mélange d'herbes, de poisson et de vase. Ils arrivèrent devant la maison de Mme Trillaud.

— Je n'ai pas envie de rentrer, si nous allions dans la campagne, ce n'est pas très loin, c'est au bout du chemin.

— Comme vous voulez.

Léa prit le bras de François.

Ils marchaient lentement entre deux murets de pierre derrière lesquels se trouvaient des jardins potagers. Au bout du chemin, ils passèrent devant des maisons fortement délabrées, au pas de porte jonché de détritus de toutes sortes. Une forte odeur de porcherie leur fit accélérer le pas.

Les murs avaient fait place à des haies dont certaines, fleuries, embaumaient. Ils marchèrent un moment dans le chemin de plus en plus étroit. Léa entraîna François vers un petit pré dans lequel était une cabane sous un grand chêne. Quand elle poussa la porte, une forte odeur de foin les enveloppa.

— C'est ma maison, je l'ai découverte hier. J'y étais tellement bien, c'était si calme, ça sentait si bon, comme à Montillac, que j'y suis revenue aujourd'hui avec mes livres, expliqua Léa en se laissant tomber dans la masse odorante.

François restait debout, sans bouger, cherchant à deviner ce qu'attendait de lui cette fille capricieuse, redoutant de commettre une maladresse qui l'aurait à nouveau rendue dure et lointaine. Il était si agréablement surpris de son attitude depuis qu'ils avaient quitté le cabinet du docteur Rouland. Alors qu'il ne désirait qu'une chose : la prendre dans ses bras. Non pour lui faire l'amour, mais pour le bonheur de la sentir contre lui tout en sachant qu'elle pensait à un autre.

— Ne restez pas planté comme ça, venez près de moi. On dirait que je vous fais peur.

« Il y a de ça », pensa-t-il en s'allongeant à côté d'elle.

Ils restèrent un long moment silencieux.

— Pourquoi ne m'embrassez-vous pas ?

— Je croyais que cela vous déplaisait.

— Je n'en sais rien. Prenez-moi dans vos bras.

D'abord ses baisers furent doux, ses gestes tendres.

— Plus fort, embrassez-moi plus fort.

Toute la nuit, ils firent et refirent l'amour jusqu'à en éprouver de la douleur. Enfin, ils s'endormirent enlacés, leurs corps nus portant la trace de leurs morsures et de leurs griffures auxquelles s'ajoutaient des herbes sèches, collées par la sueur.

Le crépitement de la pluie les réveilla. Il faisait froid. François mit sur les épaules de Léa sa veste bleue. Ils arrivèrent chez Mme Trillaud trempés.

— J'étais inquiète. Où étiez-vous ? Il ne faut pas me faire des peurs pareilles. Voyez dans quel état vous êtes, vous allez attraper la mort. Monsieur Tavernier, vous n'êtes pas raisonnable. Cette petite grelotte. Comme s'il n'y avait pas assez d'une malade ici, gronda la brave femme.

Elle tira d'une grande armoire une couverture, en enveloppa Léa qui claquait des dents. Elle leur prépara du vin chaud. Devant la cuisinière allumée, la veste fumait, posée sur le dossier d'une chaise.

— Tenez, voici un pantalon et une chemise de mon défunt mari. Allez vous changer.

Sans répliquer, François prit les vêtements.

En fin d'après-midi, François annonça à Camille et à Léa son intention de partir.

— Pour où ? demanda Léa d'un ton brusque.

— Paris.

— Vous nous laissez seules ?

— Vous êtes ici en sécurité. Mme Trillaud m'a promis de s'occuper de vous et d'essayer de vous trouver un logement convenable tant que le docteur Rouland jugera utile que Camille ne voyage pas. Avez-vous de l'argent ?

— Oui, cela ne pose pas de problème. Merci d'y avoir pensé, François.

— Monsieur Tavernier, monsieur Tavernier... venez vite, le général de Gaulle va reparler, cria du bas de l'escalier Mme Trillaud.

— Je voudrais l'entendre, soupira Camille.

François se pencha sur le lit, souleva Camille d'un geste vif et descendit les marches avec précaution. Dans la cuisine, doucement, il l'installa dans le fauteuil d'osier de leur hôtesse. Dans la salle, une dizaine de personnes attentives écoutaient cette voix venue d'un pays libre leur apporter l'espoir.

« À l'heure où nous sommes, tous les Français comprennent que les formes ordinaires du pouvoir ont disparu. Devant la confusion des âmes françaises, devant la liquéfaction du gouvernement tombé sous la servitude ennemie, devant la possibilité de faire jouer nos institutions, moi, général de Gaulle, soldat et chef français, j'ai conscience de parler au nom de la France.

« Au nom de la France, je déclare formellement ce qui suit : tout Français qui porte encore des armes a le devoir absolu de continuer la résistance. Déposer les armes, évacuer une position militaire, accepter de soumettre n'importe quel morceau de terre française au contrôle de l'ennemi, ce serait un crime contre la patrie.

« À l'heure qu'il est, je parle avant tout pour l'Afrique du Nord française, pour l'Afrique du Nord intacte.

« L'armistice italien n'est qu'un piège grossier. Dans l'Afrique de Clauzel, de Bugeaud, de Lyautey, de Noguès, tout

ce qui a de l'honneur a le strict devoir de refuser l'exécution des conditions ennemies. Il ne serait pas tolérable que la panique de Bordeaux ait pu traverser la mer. Soldats de France, où que vous soyez, debout ! »

Dans la nuit, François Tavernier quittait la petite ville.

16

La signature de l'armistice, le soir du 24 juin 1940, jeta Camille et Léa dans les bras l'une de l'autre. Toutes deux pensèrent d'abord : la guerre est finie, Laurent va revenir. Puis, le doute, la peur, la honte, s'installèrent en elles. À vrai dire, ce fut surtout Camille qui éprouva de la honte, Léa ne voyait dans l'armistice que le retour à une vie normale. Avide de vivre, elle se refusait à la moindre analyse de la situation. La guerre était finie, point. Tout allait recommencer comme avant. Comme avant ?... Elle savait bien qu'elle se mentait, que plus rien ne serait comme avant ; il y avait eu toutes ces morts inutiles et horribles, cet homme qu'elle avait tué et dont le souvenir la dressait hurlante dans son lit. Pour la calmer, il fallait alors toute la douceur maternelle de Camille qui employait, sans le savoir, les mêmes mots qu'Isabelle Delmas.

— Ce n'est rien, ma chérie, je suis là. N'aie pas peur, c'est fini, dors.

Et Léa se rendormait, blottie contre Camille, en murmurant :

— Maman !

Non, plus rien ne serait comme avant. Dans cette horreur, elle était devenue femme. Cela, elle ne pouvait aisément se le pardonner. Depuis le 19 juin, elle n'avait pas réussi à obtenir Montillac. Enfin, le 30 juin, elle entendit la voix de son père. Sans doute était-ce la distance, la mauvaise qualité de la communication, il lui sembla que la voix de Pierre Delmas était celle d'un vieillard, hésitante, assourdie, répétant sans cesse :

— Tout va bien, tout va bien...

Quand Léa demanda à parler à sa mère, il y eut un long silence au bout du fil.

— Allô... allô... ne coupez pas...

— Allô, Léa ?...

— Ruth, que je suis contente de t'entendre. Comment vas-tu ?... Passe-moi maman, j'ai peur qu'on soit coupé. Allô... tu m'entends ?...

— Oui.

— Passe-moi maman.

— Ta mère n'est pas là, elle est à Bordeaux.

— Oh ! Quel dommage. J'aurai tant voulu l'entendre, ça m'aurait fait tellement de bien. Tu l'embrasseras très fort pour moi. N'oublie pas de lui dire que je pense beaucoup à elle, que je l'aime tendrement. J'essaierai de rappeler dans la semaine... Allô... allô... zut, c'est coupé.

En reposant le récepteur, Léa éprouva une impression d'angoisse telle que la sueur couvrit ses tempes et son front, provoquant une démangeaison à la cicatrice de son arcade sourcilière.

— Il faut que je rentre à la maison, murmura-t-elle en se levant du fauteuil du cabinet du docteur Rouland.

Le médecin entra à ce moment-là.

— Vous avez réussi à joindre vos parents ?

— Oui, merci. Quand Camille pourra-t-elle voyager ?

— Pas avant son accouchement, ce serait trop dangereux.

— Je dois rentrer chez moi, c'est important.

— La santé de votre amie et celle de son enfant sont certainement plus importantes.

— Qu'en savez-vous ? Je suis sûre qu'on a besoin de moi, là-bas. Il faut que j'y aille.

— Quelqu'un de malade ?

— Je n'en sais rien, mais je sens que je dois y aller. Je le sens, m'entendez-vous ?

— Je vous entends, calmez-vous. Vous savez bien que vous ne pouvez pas partir.

— Mais vous êtes là, docteur, et il y a Mme Trillaud. D'ailleurs, Camille va mieux puisque vous l'avez autorisée à se lever.

— Ça ne suffit pas. Seule votre présence l'empêche de céder à la panique. Elle vous aime tellement qu'elle vous cache ses inquiétudes et ses malaises. Ce n'est pas parce que je lui ai permis de faire quelques pas que son état n'est pas critique. De plus, vu sa fatigue, elle risque d'accoucher prématurément. Je vous en prie, soyez patiente.

— Cela fait des semaines et des semaines que je patiente. Je n'en peux plus, je veux voir ma mère.

Léa se laissa retomber sur le fauteuil, la tête entre les mains, gémissant d'une voix d'enfant.

— Je veux partir, je vous en supplie, laissez-moi partir.

Autant il était habile pour soigner ses malades, autant le docteur Rouland était maladroit devant les larmes, surtout celles d'une jolie fille. En s'y reprenant à plusieurs reprises, il lui prépara un calmant qu'il réussit à lui faire boire. Se sentant lui-même à bout de nerfs, il en avala une gorgée.

— Allons, ne pleurez plus... cela ne sert à rien... vous allez vous rendre malade...

Quand Léa rentra chez Mme Trillaud, la brave femme, devant son air hagard, ses mains brûlantes, la força à se coucher. Dans la nuit, la fièvre monta jusqu'à quarante degrés. Elle courut chercher le médecin, qui ne sut quelle maladie diagnostiquer.

Pendant trois jours, Léa délira, appelant sa mère, Laurent et François. Puis, comme elle était venue, la fièvre disparut, la laissant amaigrie et affaiblie. Durant ces trois jours, pas un seul instant, Camille n'avait quitté son chevet, malgré les remontrances du médecin et de Mme Trillaud.

Une semaine plus tard, Léa, complètement rétablie, se

baignait dans la Gartempe, aux Ilettes. Le soir du même jour, Camille lui dit :

— Le docteur Rouland pense que je peux sans danger rentrer aux Roches-Blanches.

— C'est vrai ? s'exclama Léa.

— Oui, en roulant lentement. Un cousin de Mme Trillaud s'est occupé de faire vérifier la voiture et de nous trouver de l'essence. On peut partir quand tu veux.

— C'est magnifique, je vais enfin revoir maman.

Camille posa sur Léa son regard empreint de bonté.

« C'est vrai qu'elle a l'air de m'aimer, pensa Léa, quelle sotte ! »

— Madame Trillaud, nous pouvons partir, Camille peut voyager ! s'écria-t-elle en se précipitant vers leur hôtesse qui entrait dans la cuisine, un vaste panier empli de légumes au bras.

La brave femme se tourna vers Camille l'air surpris.

— Mais, mon enfant...

Elle s'interrompit en voyant la jeune femme lui faire signe de se taire.

— Chère madame, nous partirons demain, le docteur est d'accord, ajouta Léa précipitamment devant le froncement de sourcils de celle qui l'avait soignée comme une mère durant ces trois jours.

— Pourquoi ne m'en a-t-il pas parlé avant son départ ? fit-elle soupçonneuse.

— Il aura oublié, il a tant à faire.

— Je ne savais pas qu'il était parti. Où est-il allé ? demanda Léa.

— En Bretagne, chercher sa mère qui se retrouve seule depuis la mort de son plus jeune fils tué à Dunkerque.

— Je ne savais pas qu'il avait perdu un frère à la guerre, dit Camille.

— Il n'aime pas en parler, mais je sais qu'il éprouve un grand chagrin. Ce garçon, c'était comme son fils.

— Vous lui direz combien Léa et moi nous compatissons.

— Vous feriez mieux d'attendre son retour et de le lui dire vous-même.

— Non, nous devons rentrer chez nous. Je veux que mon enfant naisse dans la demeure de ses ancêtres.

— Les routes ne sont pas sûres.

— Madame Trillaud, ne vous inquiétez pas, tout ira bien, dit Camille en lui prenant les mains. Promettez-moi de venir passer quelques jours chez moi. Vous serez toujours la bienvenue.

— Vous allez me manquer, madame Camille. Je vous avais trouvé un beau logement avec un jardin, sur le bord de la Gartempe. Vous voyez, la maison aux volets rouge et blanc, de l'autre côté de la rivière, elle appartient à un courtier en grains qui ne vient que quelques jours par mois. Il loue la moitié de la maison. C'était des banquiers de Paris qui l'occupaient. Ils sont rentrés chez eux.

— Comme tous les réfugiés. Maintenant la ville est déserte, c'est sinistre, il n'y a plus personne dans les rues, fit Léa. Je vais faire les valises.

Le lendemain, malgré les larmes de Mme Trillaud, Camille et Léa se mirent en route, emportant des paniers remplis de victuailles de toutes sortes. Même Léa sentit sa gorge se serrer en quittant cette femme qui leur avait ouvert si généreusement son cœur et sa maison.

— Après la guerre, je reviendrai ici avec Laurent et notre enfant, dit Camille, confortablement allongée sur la banquette arrière.

— J'espère bien ne jamais revoir ce patelin, fit Léa en traversant le vieux pont.

Elles arrivèrent sans encombre en début d'après-midi à Nontron, petite sous-préfecture du Limousin. Très peu de circulation sur les routes qu'elles avaient empruntées, mais çà et là, dans les fossés, sur le bord de la chaussée, des véhicules abandonnés ou partiellement détruits leur rappelaient que des réfugiés étaient passés par là.

Léa aida Camille à descendre de voiture et l'installa à la terrasse d'un café.

— Commande-moi une limonade bien fraîche, je vais demander à l'hôtel en face s'ils ont des chambres.

— Pour quoi faire ?
— Pour te reposer, tu dois être fatiguée.
— Non, non, ce n'est pas la peine, continuons, nous nous arrêterons plus loin.
— Tu es sûre que ça va ?
L'arrivée d'une serveuse dispensa Camille de répondre.
— Deux limonades bien fraîches, s'il vous plaît. Tu veux manger quelque chose ? demanda Léa.
— Non merci, je n'ai pas faim.
— Moi non plus, cette chaleur me fait mal au cœur.
Après s'être rafraîchi le visage et les bras à l'eau de la pompe de la cour du café, elles repartirent.

À Périgueux, elles furent arrêtées par des gendarmes français, qui s'inquiétèrent de voir deux jeunes femmes seules dans une si grande voiture avec aussi peu de bagages. Comme si tout véhicule ne portant pas de matelas sur son toit était suspect ! Ce ne fut qu'en constatant l'état de faiblesse de Camille qu'ils consentirent à laisser repartir les voyageuses avec cette recommandation :
— Ma petite dame, vous feriez bien d'aller à l'hôpital le plus proche si vous ne voulez pas accoucher en chemin.
Camille les remercia et regagna la voiture en serrant les dents.

Durant quelques instants, elles roulèrent en silence. Un cahot arracha un gémissement à Camille. Léa se retourna.
— Ça ne va pas ?
Non, fit de la tête Camille, avec un sourire pitoyable. Léa se rangea sur le bas-côté.
— Où as tu mal ? fit-elle en montant près de la malade.
— Partout, murmura Camille dans un souffle.
— Oh non ! Qu'est-ce que j'ai fait au bon Dieu pour me retrouver dans une situation pareille !
« Du calme, du calme, se disait-elle. Allons au village le plus proche, je trouverai un médecin. »
Pas de médecins dans les rares villages traversés entre Périgueux et Bergerac. Dans cette dernière ville, les trois

que Léa visita étaient absents. Il ne restait que l'hôpital, où on lui dit que l'heure des admissions était passée, qu'elle revienne le lendemain ou avec un ordre d'hospitalisation d'urgence du médecin traitant. Ni les supplications ni les menaces de Léa n'amadouèrent le cerbère de service.

Quand elle revint à la voiture, Camille était toujours aussi mal. Par chance, elles trouvèrent rapidement une chambre d'hôtel. Pas très confortable, mais pour une nuit, cela pouvait suffire. Léa fit servir le dîner dans la chambre et força Camille à avaler quelques cuillerées de bouillon.

Dès qu'elle fut couchée dans le mauvais lit au sommier défoncé, Léa s'endormit. Quant à Camille, elle ne put fermer l'œil de la nuit. Elle s'endormit au matin, d'un sommeil si agité qu'elle réveilla Léa qui, agacée, se leva. Il était six heures, le temps était couvert.

Après une rapide toilette, elle descendit, fit un tour dans la ville en attendant que le café de l'hôtel soit ouvert pour prendre son petit déjeuner. En passant devant la poste, elle se dit qu'elle devrait essayer d'appeler ses parents pour leur annoncer leur arrivée. Elle n'avait pu le faire avant leur départ, les lignes ayant été, encore une fois, coupées. Malgré l'heure matinale, à la poste, de nombreuses personnes attendaient pour téléphoner. Enfin ce fut le tour de Léa qui, après plusieurs tentatives de l'opératrice, s'entendit répondre :

— Je n'arrive pas à obtenir la ligne, revenez plus tard.

Il était près de onze heures quand elle quitta la poste, découragée. En passant devant une vitrine, elle aperçut son reflet et hésita avant de se reconnaître. Que diraient sa mère et Ruth si elles la voyaient ainsi, ébouriffée, vêtue d'une robe toute chiffonnée ? Au souvenir des gronderies des deux femmes, elle eut une bouffée de joie. Bientôt elle allait les revoir. Avec quel bonheur elle supporterait les leçons de bonne tenue de Ruth et les tendres remontrances de sa mère ! Bientôt, dans quelques heures, dans un jour tout au plus, elle se jetterait dans leurs bras.

Camille était habillée et attendait allongée sur le lit.

Pour cacher sa pâleur, elle s'était mis du rouge sur les joues. Mais n'ayant pas l'habitude de se maquiller, elle en avait trop mis, ce qui lui donnait l'apparence d'une poupée dont la figure aurait été mal dessinée. Cependant, cette couleur de santé fit illusion à Léa :

— Je vois que tu as meilleure mine ce matin. Tu te sens en forme pour repartir ?

— Oui, ça va très bien, fit Camille en se mordant les lèvres pour se lever.

S'agrippant à la rampe et au bras de Léa, elle descendit l'étage et parvint, au prix d'un effort qui la couvrit de sueur, à traverser le hall de l'hôtel et à s'installer dans la voiture garée devant la porte. Elle s'allongea sur la banquette. Léa remonta chercher leurs bagages et en profita pour changer de robe et se brosser les cheveux.

Maintenant Léa était dans son pays, les noms des villes et des villages chantaient à son oreille : Sainte-Foy-la-Grande, Castillon-la-Bataille, Sauveterre-en-Guyenne, La Réole. Léa hésita. Devait-elle conduire Camille chez son beau-père ou l'emmener à Montillac ? Elle se retourna pour lui demander son avis. La banquette était vide.

— Camille, Camille ? appela Léa en s'arrêtant.

Elle ouvrit la portière, et recula devant le spectacle d'une femme aux yeux exorbités tombée entre les sièges de la voiture, mordant une couverture.

— Mon Dieu !... Camille...

Qu'avait-elle encore ?

— Le bébé...

Quoi le bébé ? Le bébé... Que voulait-elle dire ?...

— Le bébé... redit dans un souffle Camille en soulevant sa tête.

Oh non ! pas maintenant, il ne pouvait pas attendre un peu, ce bébé. Affolée, Léa regardait autour d'elle. Rien que la campagne sous un ciel menaçant d'orage. Voyons, du calme. Combien de temps faut-il pour accoucher ? Léa dut s'avouer qu'elle n'en avait pas la moindre idée. Jamais Isabelle n'avait parlé de ces choses-là à ses filles.

— Il y a longtemps que c'est commencé ?

— Hier, mais cela s'est arrêté ce matin... Tout à l'heure, j'ai senti quelque chose qui se déchirait dans mon ventre. C'est à ce moment-là que je suis tombée. J'était toute mouillée.

Une contraction arqua le maigre corps déformé. Camille ne put retenir un cri qui défigura son pauvre visage dont le maquillage se diluait avec la sueur.

La douleur passée, Léa tenta de la soulever pour la remettre sur la banquette. Elle n'y réussit pas.

— Je ne peux pas... excuse-moi...

— Tais-toi, laisse-moi réfléchir. Le prochain patelin, c'est Pellegrue, nous allons demander de l'aide.

— Non, non, je veux aller chez Laurent ou chez tes parents.

— Tu crois que tu pourras tenir pendant cinquante kilomètres ? demanda-t-elle avec espoir.

— Oui... partons...

Toute sa vie, Léa devait se souvenir de ces cinquante kilomètres. C'est à Saint-Maixant qu'elle vit les premiers uniformes allemands. Dans sa surprise, elle faillit envoyer la voiture dans le fossé. En bas de la côte de Verdelais, un barrage était établi. Un soldat lui fit signe de s'arrêter.

— *Es ist verboten zu weiter gehen*[1].

Dans sa stupeur, Léa avait oublié l'allemand si péniblement enseigné par Ruth.

— Je ne comprends pas.

Un officier s'avança et dans un français laborieux lui dit :

— C'est défendu de passer. Avez-vous *ausweis* ?

— *Ausweis ?*

— Oui, laissez-passer.

— Non, je rentre chez moi, c'est en haut de la côte, fit-elle pointant le doigt en direction de Montillac.

— *Nein*, pas *ausweis*, pas passer.

1. Il est interdit d'aller plus loin.

— Je vous en supplie, regardez, mon amie est en train d'accoucher... bébé, dit-elle en désignant l'arrière de la voiture.

L'officier se pencha.

— *Mein Gott! Wie heissen Sie*[1]?

— Léa Delmas.

— *Gehören Sie zur Familie der Montillac*[2]?

Il fit signe au soldat de libérer le passage et enfourcha une moto garée contre un arbre.

— Venez, je vous accompagne.

Léa avait imaginé autrement son retour : tous seraient là pour l'accueillir, lui faire fête, la cajoler. Mais aujourd'hui, rien de semblable, tout était désert, la ferme, les chais, la maison, les granges, même les animaux semblaient avoir disparu. Tout était calme, trop calme.

— Maman! Papa! Ruth! cria-t-elle en entrant dans la maison par la vaste cuisine.

Elle courut, ouvrit la porte donnant sur l'escalier des chambres et appela à nouveau.

— Maman, papa, c'est moi.

Dans la salle à manger, dans le salon, dans le bureau de son père, les rideaux étaient tirés comme s'il avait fait un soleil éclatant. Léa dut se rendre à l'évidence : il n'y avait personne dans la maison. Dehors, il faisait de plus en plus sombre. Dans la cuisine, l'officier allemand attendait, soutenant Camille.

— *Wo soll ich Sie hinlegen*[3]!

— Dans ma chambre.

Léa monta devant lui. La pièce sentait le renfermé. Dans la lingerie, elle alla chercher des draps. Aidée de l'Allemand, elle fit le lit. Sur le fauteuil où il l'avait posée, Camille geignait. Avec précaution, ils l'étendirent sur les draps frais d'où montait un parfum de lavande.

— *Ist denn niemand da*[4]?

1. Quel est votre nom?
2. De la famille du propriétaire de Montillac?
3. Où dois-je la transporter?
4. Il n'y a personne?

— Je vais appeler le docteur.

Elle descendit deux par deux les marches de l'escalier. Il régnait un grand désordre dans le bureau de son père. Elle eut du mal à trouver son carnet d'adresses. Le numéro du docteur Blanchard ne répondait pas, pas plus que celui des médecins de Saint-Macaire, de Cadillac et de Langon, tous amis de la famille. Un cri traversa les murs de la vieille maison. Mais où étaient-ils tous passés ? Un nouveau cri la précipita hors du bureau. Elle remarqua en passant une carte bordée de noir, et se demanda qui était mort.

Dans la cuisine, l'officier s'affairait. Il avait allumé la cuisinière et mis plusieurs casseroles d'eau à chauffer.

— *Kommt der Arzt*[1] ?

Léa fit non de la tête et monta rejoindre Camille. Elle parvint à la déshabiller, ne lui laissant que sa combinaison, puis s'assit auprès d'elle, lui tenant les mains, lui essuyant le front. Entre deux contractions, Camille la remerciait, se retenant autant qu'elle le pouvait de crier.

L'Allemand entra portant une bassine d'eau chaude. Il avait enlevé sa casquette et sa veste d'uniforme, retroussé les manches de sa chemise. Léa remarqua alors qu'il était jeune et beau. Une longue mèche blonde tombait sur son front, accentuant sa jeunesse.

— *Beruhigen Sie sich : es wird schon gut gehen*[2], fit-il en se penchant sur Camille.

Il recula devant l'expression de terreur qui se peignit sur les traits de la jeune femme, qui se souleva, désignant du doigt les insignes nazis qui ornaient la chemise du jeune homme.

— Ne crains rien, dit Léa en la recouchant, il nous a aidées à te conduire jusque-là.

— Mais c'est un Allemand... je ne veux pas qu'un Allemand me touche, qu'il touche à mon enfant, je préfère mourir.

— C'est ce qui va arriver si tu ne te tiens pas tranquille.

1. Le médecin arrive ?
2. Ne vous inquiétez pas, tout ira bien.

Je ne sais pas ce qui se passe, il n'y a personne dans la maison.

Une contraction plus forte que les autres empêcha Camille de répondre, puis une autre et une autre encore.

— *Holen Sie mal Wäsche*[1].

Léa obéit.

— Vous allez savoir faire? balbutia-t-elle, en revenant avec une pile de serviettes et deux grands tabliers.

— *Mein Vater ist Arzt, ich habe ein paar Bücher aus seiner Bibliothek gelesen*[2].

Tandis qu'il attachait à sa taille un tablier, Léa se lava les mains. Pourvu que maman arrive maintenant, pensa-t-elle, je sens que je vais me trouver mal.

— *Na, wie sagen Sie es aus französisch*[3] : du cran!

Puis s'adressant à Camille :

— Madame, courage, le bébé va arriver.

Quand Ruth, toute vêtue de noir, poussa la porte de la chambre, elle dut se retenir au chambranle pour ne pas tomber : un Allemand, elle le reconnaissait à ses bottes et à la culotte de son uniforme, tenait dans ses bras, enveloppé dans une serviette, un minuscule bébé qui poussait des cris stridents.

— *Das ist ein Junge*[4], dit-il avec fierté.

Léa se jeta dans les bras de sa gouvernante.

— Oh! Ruth, c'est seulement maintenant que tu arrives! Et maman, où est-elle? J'avais tellement besoin de vous.

— Bonjour, madame, fit l'officier en s'inclinant, le visage rouge, couvert de sueur, avec un sourire rayonnant. Tout va bien. Bébé est petit, mais très fort.

Sans répondre, Ruth se pencha sur Camille. L'air inquiet, elle se releva et se précipita hors de la chambre.

Quelques instants après, le docteur Blanchard entra en

1. Allez chercher du linge.
2. Mon père est médecin, j'ai lu quelques livres dans sa bibliothèque.
3. Allons, comme vous dites en français.
4. C'est un garçon.

costume noir, suivi de Bernadette Bouchardeau en grand deuil.

— Docteur, docteur, venez vite.

— Que se passe-t-il ?...

Le médecin comprit immédiatement.

— Bernadette, occupez-vous de l'enfant. Ruth, allez chercher ma trousse. Vous la trouverez dans ma voiture.

— Docteur, vous croyez qu'elle va mourir ?

— Je n'en sais rien, son cœur a l'air bien faible. Que fait cet Allemand ici ?

— C'est lui qui m'a aidée à transporter Camille, et qui a fait naître le bébé.

Depuis que Bernadette Bouchardeau lui avait retiré le nouveau-né, le jeune homme se tenait au milieu de la pièce, l'air emprunté, essuyant ses mains le long du tablier. Ruth revint avec la trousse et s'adressa à lui dans sa langue.

— *Wir bedanken uns, mein Herr*[1]...

— *Leutnant Frederic Hanke.*

— Léa, raccompagne le lieutenant. *Auf Wiedersehen, mein Herr*[2].

Frederic Hanke retira le tablier, s'inclina avec raideur et suivit la jeune fille en enfilant sa veste. Dans le couloir, ils se heurtèrent à Françoise et Laure, les deux sœurs de Léa, toutes vêtues de noir. Elles tombèrent dans les bras les unes des autres.

— Laure, ma Laurette, que je suis contente de te voir... même toi, vilaine Françoise !

— Oh ! Léa, c'est affreux !

— Qu'est-ce qui est affreux ? Nous voilà de nouveau réunies, le bébé de Camille se porte bien, la guerre est finie, enfin presque... ajouta-t-elle en regardant l'Allemand.

— Que fait-il ici ? murmura Laure à son oreille.

— Je t'expliquerai. Où sont papa et maman ?

— Maman ?...

Dans la cuisine, Raymond d'Argilat, Jules Fayard le

1. Nous vous remercions, monsieur...
2. Au revoir, monsieur.

maître de chais, Amélie Lefèvre et Auguste Martin son régisseur, Albertine et Lisa de Montpleynet, Luc et Pierre Delmas, des voisins buvaient dans de gros verres le vin jaune et sucré de la propriété. Tous ces gens étaient engoncés dans de sombres vêtements. Les femmes avaient relevé leurs voiles de crêpe.

En les voyant, l'élan de Léa vers son père fut brisé net. Pourquoi avait-elle si froid soudain ? Derrière elle, Françoise et Laure pleuraient, l'Allemand finissait de boutonner la veste de son uniforme. Quand il eut fini de boucler son ceinturon, où était accroché l'étui noir de son arme, il mit sa casquette, s'avança, claqua les talons devant Pierre Delmas et sortit sans un mot.

Dans la cour la moto démarra, et son vrombissement parut énorme. Tant qu'on put l'entendre nul ne bougea.

Dans la cuisine où entrait maintenant un rayon de soleil, le noir des vêtements ressortait sur la blancheur des murs. Sur la grande table recouverte d'une toile cirée bleue, un peu usée par endroits, les mouches s'enivraient du vin coulant le long des bouteilles. La grosse horloge sonna cinq heures. Ruth et le docteur entrèrent sans que personne ne bougeât. Léa tendait l'oreille. Pourquoi tardait-elle autant ? Ne savait-elle pas que sa fille l'attendait ?

— Maman, s'entendit-elle dire. Maman ?... Maman... le mot hurla dans sa tête. Non... pas ça... pas elle... qu'ils meurent tous, mais pas elle...

— Papa ?... dis-moi... où est maman ?... Ce n'est pas vrai, hein ?... c'est quelqu'un d'autre.

Léa regardait autour d'elle, cherchant qui pouvait manquer. Beaucoup manquaient : oncle Adrien, des cousins...

Ses sœurs sanglotèrent plus fort. Tous baissaient la tête. Sur les joues de son père — comme il avait vieilli ! — les larmes coulaient. Ruth l'attira contre elle.

17

Pendant plus d'une semaine, Léa resta hébétée, sans larmes, sans paroles, mangeant ce qu'on lui donnait à manger, dormant recroquevillée dans le petit lit de la chambre des enfants, prenant les médicaments que le docteur Blanchard lui avait prescrits, restant des heures entières sur la terrasse, regardant droit devant elle. Ni son père, ni Ruth, ni ses sœurs ne parvenaient à la faire sortir de son mutisme. Le cœur de la gouvernante se serrait quand elle voyait la mince silhouette noire immobile, tournée vers le chemin de Verdelais, comme attendant quelqu'un.

Ce fut la découverte, dans une des malles de la chambre des enfants, d'un vieux corsage de crêpe rose ayant appartenu à sa mère qui provoqua les larmes libératrices. En l'entendant pleurer, Camille, en chemise de nuit blanche, se traîna hors de sa chambre et, avec le même ton de voix qu'Isabelle, trouva les mots qui apaisèrent un peu sa peine.

Saoulée de larmes, épuisée de sanglots, Léa s'endormit dans les bras de Camille.

Quand elle se réveilla seule, longtemps après, elle se passa de l'eau sur le visage, tira ses cheveux en arrière et alla dans la chambre de sa mère. Le parfum d'Isabelle flottait encore dans la pièce aux volets tirés. Près du lit soigneusement fait, un bouquet de roses achevait de s'effeuiller. Léa s'agenouilla contre la couche maternelle et posa sa joue sur le couvre-lit de piqué blanc. Ses larmes coulèrent avec douceur.

— Maman... ma petite maman.

Son père entra et s'agenouilla près de sa fille.

— Demain matin, nous irons tous deux au cimetière, dit-elle. Maintenant, raconte-moi comment ça s'est passé.

— Le veux-tu vraiment ?

— Oui.

— Alors, allons dans mon bureau, ici, je n'aurai pas le courage.

Dans le bureau, Pierre Delmas but deux verres de porto coup sur coup. Assise sur le vieux canapé de cuir, de plus en plus défoncé, Léa attendait.

— Cela s'est passé dans la nuit du 19 au 20 juin. Ta mère était allée à Bordeaux au bureau de la Ligue féminine d'action catholique, dont elle faisait partie, pour aider au logement et au ravitaillement des réfugiés. Elle devait passer la nuit chez ton oncle Luc. Peu après minuit, il y eut une alerte. Des bombes tombèrent un peu partout sur la ville, près des docks, dans le quartier de la Bastide, cours de Luze, dans le quartier de Saint-Seurin, une dizaine entre la rue David-Johnston et la rue Camille-Godard, rue des Remparts, près de la gare du Midi, cours Alsace-Lorraine, dans une tranchée-abri des allées Damours, où de nombreuses personnes trouvèrent la mort. L'une d'elles tomba même près de l'hôtel du commandant de la région abritant les bureaux du maréchal Pétain et du général Weygand.

Léa contenait mal son impatience. Que lui importait où étaient tombées les bombes ? Ce qu'elle voulait savoir c'est comment était morte sa mère.

Pierre Delmas se resservit un verre.

— Ta mère est sortie avec d'autres dames de l'immeuble de l'Action catholique pour se rendre dans l'abri le plus proche. Sans doute avait-elle trop attendu. Une bombe tomba rue Ségalier, blessant ta mère à la tête et aux jambes. Un des premiers sur les lieux fut un journaliste de Paris qui la transporta à l'hôpital et me fit prévenir. Quand j'arrivai, elle était dans le coma et ne devait en sortir que la veille de sa mort, le 10 juillet.

— A-t-elle dit quelque chose pour moi ?

Pierre Delmas termina son verre avant de répondre, d'une voix devenue un peu pâteuse :

— Le dernier mot qu'elle ait prononcé, c'est ton nom.

Un éclair de pur bonheur la traversa. Ainsi, avant de mourir, c'est à elle qu'avait pensé sa mère !

— Merci mon Dieu, murmura-t-elle, en se jetant dans les bras de son père.

— Nous ne devons pas pleurer, ma chérie : la nuit, elle revient me parler.

Léa le regarda avec étonnement.

— Oui, papa, je crois qu'elle est toujours près de nous.

Léa sortit sans remarquer le sourire d'absolue conviction de son père.

Le lendemain, quand Léa et son père rentrèrent du cimetière, ils trouvèrent Frederic Hanke en compagnie d'un autre officier qui discutait avec Ruth. Discussion véhémente à en juger par la mine furibonde de la gouvernante.

— Bonjour, messieurs, dit sèchement Pierre Delmas. Qu'y a-t-il, Ruth ?

— Ces messieurs ont l'intention de s'installer ici. Ils ont, paraît-il, un ordre de réquisition.

— Mais ce n'est pas possible ! s'exclama Léa.

Hélas si, semblait dire dans un geste Frederic Hanke, montrant le papier que Ruth tenait à la main.

— Nous n'avons pas de place, nous hébergeons de la famille de Paris et de Bordeaux.

— Je suis désolé, monsieur, mais les ordres doivent être exécutés. Je suis le lieutenant Otto Kramer. J'ai besoin de deux chambres convenables et d'un endroit où puissent dormir trois de mes hommes. Nous ferons en sorte de vous déranger le moins possible, dit l'officier dans un français parfait.

— Ce sera difficile, marmonna Léa.

— Vous ne pouvez pas rester là, nous sommes en deuil, fit Ruth contenant mal sa colère.

— Croyez à nos très sincères condoléances. Pouvons-nous visiter la maison ?

Pierre Delmas abandonna sa chambre au lieutenant et s'installa dans celle de sa femme.

— Prenez ma chambre, vous la connaissez déjà, fit Léa à Frederic Hanke.

— Je ne veux pas vous chasser, *fräulein*.

— *Es ist schon gemacht*[1], répliqua-t-elle en vidant les tiroirs de sa commode.

— Je vous promets, je n'ai rien pu faire, l'ordre est venu de Bordeaux.

Alors commença une difficile cohabitation. Tôt le matin, les Allemands descendaient à la cuisine où l'ordonnance du lieutenant Kramer avait préparé les petits déjeuners. Françoise, qui était infirmière à l'hôpital de Langon, devait se lever tôt, elle les rencontrait souvent devant la cuisinière où chauffait l'eau. Peu à peu, ils en vinrent à échanger quelques mots et, une fois, elle accepta même de partager leur repas, plus copieux, il était vrai, que le sien. Le reste de la journée, on ne les voyait pas : ils étaient à Langon ou à Bordeaux. Le soir, ils s'arrangeaient pour rentrer tard. Albertine et Lisa de Montpleynet appréciaient fort cette courtoisie. Celle qui supportait le moins bien leur présence était Camille, qui se remettait mal de son accouchement. Savoir des Allemands sous son toit la mettait dans des rages qui l'épuisaient. Le docteur Blanchard qui la soignait, s'était opposé à son départ pour les Roches-Blanches, disant que c'était trop loin pour sa visite quotidienne. L'enfant, un ravissant petit garçon, que sa mère avait prénommé Charles, quoique se portant bien et se développant normalement, avait, vu son faible poids, besoin d'une surveillance constante. Camille avait dû se résigner. Chaque fin de semaine, son beau-père, Raymond

1. C'est déjà fait.

d'Argilat, venait passer deux jours auprès d'elle et de son petit-fils, dont la vue l'aidait à supporter l'absence de son fils et le manque de nouvelles.

Grâce au lieutenant Kramer, toute la famille avait facilement obtenu des laissez-passer lui permettant de se rendre en zone libre. La mort d'Isabelle avait désorganisé la vie de la maison. Ruth s'aperçut bientôt que la chambre aux provisions s'était rapidement vidée : plus d'huile, de savon, de chocolat, de café, peu de sucre et de confiture, quelques conserves. Elle partit à vélo avec Léa et Françoise pour faire des courses à Langon. Langon, écrasé sous le soleil, aux rues pratiquement désertes, aux cafés presque vides ou occupés par des soldats allemands qui buvaient de la bière avec un air de profond ennui. Toutes les boutiques de la ville semblaient avoir été pillées : pas la moindre marchandise chez les épiciers, les marchands de chaussures, de vêtements. Rien dans les vitrines du pâtissier, des charcutiers. Quelques bouteilles poussiéreuses chez le marchand de vin : les Allemands étaient passés par là, achetant pour eux-mêmes ou pour envoyer à leurs familles en Allemagne.

— Même le quincaillier, il a fait des affaires en or, disait Mme Vollard, l'épicière, où se servait la famille Delmas depuis des années. Le libraire, qui se plaignait que les Langonais ne lisaient pas, il n'a plus un livre, plus un crayon. Dame, le commerce a bien marché pendant deux jours. Maintenant, c'est les restrictions pour tout le monde.

— Mais comment allons-nous faire, nous n'avons plus rien là-haut ! s'exclama Léa.

— Ça ne serait pas arrivé du temps de votre pauvre maman. Tenez, je l'ai vue la veille de ce bombardement. J'avais réussi malgré les tickets à lui remplir ses paniers. Mais aujourd'hui...

— Vous ne pouvez rien nous vendre ?

— Pas grand-chose. De quoi avez-vous besoin ?

— De café, de savon, d'huile, de sucre...

— Du café, j'en ai plus. Il me reste de la chicorée : avec

du lait c'est très bon. Ce matin, j'ai reçu du beurre. Je peux vous donner deux litres d'huile et trois kilos de sucre. J'ai encore un peu de chocolat, des pâtes et des sardines.

— Donnez-nous tout ce que vous pouvez. Et le savon...

— Ça ira. Vous avez vos tickets ?

De retour à Montillac, Françoise et Léa, d'un commun accord, réunirent la famille dans le salon.

— Il faut prendre des dispositions si nous ne voulons pas mourir de faim, dit Léa. Il faudra faire retourner le petit pré, près du lavoir, pour en faire un potager, acheter de nouveaux poulets, des lapins, des cochons...

— Oh ! non, l'interrompit Laure, ça sent trop mauvais.

— Tu seras bien contente de manger du jambon et du petit salé.

— Et une vache pour le lait, ajouta Lisa.

— Oui, elle tiendra compagnie à Caoubet et à Laouret ! s'écria Laure.

— Tout cela est très bien, dit Françoise, mais comment ferons-nous pour la viande et l'épicerie ?

— On s'arrangera avec le boucher de Saint-Macaire : son fils est le filleul de votre mère. Pour l'épicerie, Françoise, qui va à l'hôpital de Langon trois fois par semaine, peut passer chez Mme Vollard. Mais en attendant que le potager de Léa donne des légumes, ça va être dur.

— D'ici là, le maréchal Pétain aura tout arrangé, dit leur tante Bernadette.

Bernadette Bouchardeau n'était pas retournée à Bordeaux. Elle avait accepté avec gratitude l'hospitalité de Pierre Delmas. Son fils, Lucien, s'était enfui rejoindre, avait-il écrit dans la lettre laissée à sa mère, le général de Gaulle. Depuis, elle était sans nouvelles et vouait au déserteur de Londres, comme elle l'appelait, une haine implacable. L'annonce, le 2 août, de sa condamnation à mort par contumace l'avait remplie d'aise.

A la fin du mois d'août, une lettre d'Allemagne annonça à Raymond d'Argilat que son fils, après avoir été blessé, était prisonnier à Westphalenhof, en Poméranie. Vivant, il était vivant! La même joie éclatait dans les yeux de Camille et de Léa.

— Je ne reverrai pas mon fils, dit Raymond d'Argilat.

— Voyons, mon ami, ne gâchez pas notre joie. Vous dites des bêtises. D'ici peu, Laurent rentrera, fit Pierre Delmas.

— Ce sera trop tard pour moi.

Cette conviction troubla Pierre Delmas, qui regarda attentivement son ami. C'est vrai qu'il avait vieilli et beaucoup maigri depuis quelque temps.

Le 2 septembre, un homme à vélo se présenta aux Roches-Blanches, demandant à parler à Mme d'Argilat.

— Que lui voulez-vous? questionna le vieux maître de chais.

— Lui donner des nouvelles de son mari.

— De monsieur Laurent? Oh! monsieur, comment va-t-il? Vous savez, je l'ai connu tout petit, dit le vieil homme avec émotion.

— Il va bien, je l'espère : nous avons été faits prisonniers ensemble. Il m'a confié des papiers pour sa femme. Depuis, je ne l'ai pas revu.

— Mme d'Argilat n'est pas là, elle est à Montillac près de Langon. M. d'Argilat père y est également.

— C'est loin?

— Une quarantaine de kilomètres.

— Bah! un peu plus, un peu moins.

— Faut cependant faire attention, car la propriété est en zone occupée. Mon fils va vous accompagner : il connaît bien le chemin.

Les deux jeunes hommes arrivèrent sans encombre vers la fin de l'après-midi. Le voyageur fut introduit immédiatement auprès de Camille.

— Bonjour, madame. Sous-lieutenant Valéry. J'ai été fait prisonnier en même temps que le lieutenant d'Argilat.

Blessé aux jambes, il ne pouvait s'évader. Il m'a remis ces papiers pour vous. Pardonnez-moi d'avoir tant tardé à m'acquitter de ma mission. Avez-vous eu des nouvelles ?

— Non... enfin oui, je sais qu'il a été blessé et qu'il est prisonnier en Poméranie.

— Dieu merci, il n'est pas mort.

— Vous l'aimez beaucoup ?

— C'est un homme bon et courageux. Tous ses hommes l'aimaient.

— Mais vous-même, monsieur, vous êtes évadé ?

— Oui.

— Que comptez-vous faire ?

— Passez en Espagne et de là, en Afrique du Nord.

— Comment ?

— Il y a une filière à Bordeaux. C'est un dominicain qui s'en occupe.

— Un dominicain ? fit Léa qui assistait à l'entretien. Quel est son nom ?

— Je n'en sais rien. Le lieu de rendez-vous est dans un bistrot des docks.

— Léa ?... Tu ne penses pas à... ?

— Mais non !... Le sous-lieutenant ne peut rester à Montillac : c'est trop dangereux...

— Deux officiers allemands habitent chez nous, ajouta Camille.

— Comment comptiez-vous vous rendre à Bordeaux ? reprit Léa.

— Par le train.

— Les gares sont très surveillées, et il n'y a plus de train ce soir. Vous dormirez dans ma chambre.

— Non, dans la mienne, dit Camille. À cause du bébé, on n'ose pas me déranger.

— Tu as raison. Demain matin, j'irai à la gare avec vous. D'ici là, ne disons rien aux autres : ce n'est pas la peine de les inquiéter.

— Vous devez avoir faim, monsieur, demanda Léa.

— Je mangerais bien un petit quelque chose.

Léa remonta de la cuisine un plateau avec de la viande

froide, du fromage, du pain et une bouteille de vin. L'homme se jeta dessus avec un voracité qui les fit sourire.

— Excusez-moi, dit-il la bouche pleine, je n'avais pas mangé depuis deux jours.

— Nous allons vous laisser, reposez-vous. Merci beaucoup, monsieur, d'être venu m'apporter les lettres de mon mari.

Les deux jeunes femmes sortirent de la chambre.

— Si nous allions sur la terrasse ? dit Camille.

— Tu sens-tu assez forte pour aller jusque-là ?

— Le docteur Blanchard m'a recommandé de prendre un peu d'exercice. Depuis que j'ai eu des nouvelles de Laurent, je vais mieux, et ces lettres apportées par le sous-lieutenant me disent que je le reverrai bientôt.

Sur la terrasse, Camille s'assit sur le banc de fer, sous la tonnelle où se mouraient les dernières glycines, ouvrit l'épaisse enveloppe et commença la lecture :

« Ma femme adorée, si Dieu le veut, le sous-lieutenant Valéry te remettra ces pages écrites dans de rares moments de calme. Leur lecture te paraîtra peut-être fastidieuse mais, dans l'état de lassitude et de dépression où je me trouve, j'ai du mal à sortir de ce quotidien absurde. Sache cependant que je pense sans cesse à toi et à notre enfant. C'est vous qui me donnez la force de continuer à espérer.

« Ma bien-aimée, pardonne-moi ce mot trop court, trop sec, mais j'ai vu tant de mes amis, de mes compagnons mourir près de moi. Il faudra que l'on sache qu'ils se sont bien battus. N'oublie pas cela, car ils seront peut-être nombreux ceux qui diront que les soldats français ont fui devant l'ennemi. C'est hélas vrai pour certains. Je les ai vus, ceux qui ont pillé Reims, abandonnant leurs armes dans les fossés pour courir plus vite, je les ai vus et je ne l'oublierai jamais. Mais j'ai vu aussi d'humbles héros se faire tuer plutôt que de reculer. C'est de ceux-là dont il faudra se souvenir.

« Prends bien soin de toi. Que Dieu te bénisse ainsi que Léa.

« Près de Veules-les-Roses, le 15 juin 1940.

« P.-S. : Je te joins les pages de mon journal. »

Pauvre Laurent, pensa Camille. Elle retira l'agrafe qui maintenait la petite liasse de feuillets recouverts d'une fine écriture au crayon. Elle s'installa pour une longue lecture, dont elle lut, comme à son habitude, de nombreux passages à haute voix pour Léa.

« Mardi 28 mai 1940.

« Je retrouve Houdoy au bistrot du pays. Il est fourbu. Il a fait 245 kilomètres avec ses chevaux en quatre jours. Beaucoup de chevaux sont blessés. Je passe le reste de la journée à chercher du ravitaillement dans les fermes environnantes.

« Mercredi 29 mai 1940.

« Je fais route à cheval auprès de Houdoy et de Wiazemsky. Toute la nuit, nous bavardons. Nous traversons : Congis, Puisieux, Sennevières, Nanteuil, Baron. A 6 heures du matin, nous cantonnons dans une ferme. Après quelques heures de repos, nous commençons à réviser le matériel et nos armes car nous nous rapprochons du front. Le colonel vient nous rendre visite. Départ à 23 heures 30.

« Jeudi 30 mai 1940.

« Nous traversons Senlis vers 1 heure du matin. Arrivée à 7 heures 30, après 45 kilomètres. L'escadron bivouaque dans un pré. L'eau est difficile à trouver.

« Vendredi 31 mai 1940.

« Rassemblement à 1 heure du matin, départ à 1 heure 30. Petite étape de 25 kilomètres jusqu'à Bois-du-Parc, où nous bivouaquons. Dans la journée, avec mon camion, je descends à Beauvais pour le ravitaillement. Dans la ville, tout est calme ; les boutiques sont ouvertes. J'achète un journal local. Je repars à 16 heures, chargé de préparer le prochain bivouac à Equennes. A 22 heures, le cantonnement est terminé, quand un message du colonel m'informe que nous ne pouvons plus disposer de ce cantonnement. Nous repartons à l'aventure.

« Lundi 3 juin 1940.

« Pendant que je prends mon petit déjeuner avec Wiazemsky, nous voyons un avion tomber dans les bois derrière le 3e escadron. Ruée générale. Par chance, le pilote est vivant. C'est un Anglais, un gaillard d'un mètre quatre-vingt-dix. Le colonel me donne l'ordre de le reconduire à sa base, qui est à 8 kilomètres de Rouen. Au retour, je m'arrête à Gournay-en-Bray pour acheter des sandwiches et du chocolat. Les magasins regorgent de marchandises, et tout respire la paix. Dîner au P.C. On parle de nous envoyer à Forges-les-Eaux. Promenade dans les bois avec Yvan Wiazemsky, avec qui je prends de plus en plus de plaisir à échanger des idées. Je ne connais pas au régiment de personnage plus attachant, qui m'ait autant subjugué que lui. Beau garçon, bien taillé, séduisant malgré de grandes oreilles, avec une démarche lente et des yeux lointains, doué d'une grande intelligence et d'une belle âme. Il m'a, en quelque sorte, adopté, piloté au régiment, imposé aussitôt un tutoiement et une camaraderie qui me sont précieux. Avec Houdoy, il est ici mon meilleur ami.

« Mardi 4 juin 1940.

« Journée tranquille et sans histoire. On a du mal à trouver du foin.

« Mercredi 5 juin 1940.

« J'écris à la lueur d'une bougie fichée sur une caisse renversée. Après le ravitaillement, tôt comme toujours, je me suis fait couper les cheveux et fait faire la barbe par le coiffeur du village. J'avais le menton encore plein de savon, quand Wiazemsky arrive en brandissant l'ordre de la brigade : « L'ennemi a attaqué ce matin sur la Somme avec des moyens assez puissants et réussi à percer en plusieurs points dans le secteur de la division. » Nous savons ce que cela veut dire... Il fait une chaleur terrible. Au-dessus de nous, passent des quantités d'avions. Des obus éclatent, assez proches. J'obtiens du capitaine l'autorisation de reprendre mes fonctions d'homme de liaison et de suivre le P.C. avec ma roulotte et mon chauffeur. Nous démarrons vers 14 heures, et nous doublons le régiment dans des nuages de poussière. J'assure à plusieurs reprises la liaison avec l'avant-garde. Vers 16 heures, nous nous arrêtons à Hornoy encore habité où je dévalise les bistrots pour donner à boire à tout le P.C. Nous repartons et nous tombons dans un embouteillage invraisemblable à Belloy. Les habitants évacuent. Les escadrons sont bloqués. Un officier vient me trouver et me dit que le général Maillard veut voir le colonel d'urgence. Nous y allons à quatre, le colonel, Creskens, Wiazemsky et moi. La carte dépliée sur une aile de Panhard, le général nous explique que les Allemands sont tout proches et qu'il va attaquer avec des chars le 4e hussards à Warlus. La Somme a été franchie ce matin. Il s'agit d'arrêter l'ennemi qui descend sur Beauvais. Le colonel dicte les ordres d'installation pour les escadrons et s'interrompt pour me dire de partir tout de suite chercher les munitions et les mines restées à Agnières. Je pars aussitôt. Il est environ 18 heures. À mon retour, les chars allemands sont tout près et circulent aux abords du village entre les lignes. J'apprends que le camion de Chevalier a sauté sur une mine à la sortie d'Hornoy. Il fait presque nuit, on tire de tous les côtés. Je retrouve Chevalier errant dans le noir, grièvement blessé dans le dos. Il est très courageux et ne se plaint pas. Près de lui, j'attends l'arrivée du médecin. Il me dit que sa blessure est grave. Je serre la main de Chevalier que l'on évacue vers l'arrière.

« Je retrouve le P.C. à Bromesnil, où Houdoy se trouve avec ses hommes et ses chevaux. Il m'apprend que nous sommes remis à la disposition du général de Contenson. Il est 23 heures et je dors quelques instants.

« Jeudi 6 juin 1940.

« A 2 heures du matin, le P.C. se transporte à Fresneville, pendant que les escadrons prennent position sur la ligne. Au petit jour, je fais une liaison avec Navarre au château d'Avesnes. Nous sommes surpris par un groupe de bombardiers volant bas. Nous dégringolons à toute allure de la voiture pour nous abriter derrière un mur. Les avions mitraillent la voiture au passage. Je vois les balles déchirer la tôle. Ils finissent par s'éloigner. Nous repartons en direction d'Arguel.

« Il est 8 heures. Au P.C., tout est calme, malgré la pression des chars allemands. Le régiment a changé d'emplacement au cours de la nuit. Je repars peu après vers Hornoy. J'y retrouve un lieutenant du génie assez affolé qui me dit qu'il est inutile d'essayer de continuer de poser des mines. Le village est encerclé. La fusillade se rapproche. Je lui demande s'il compte abandonner le village, et il me répond : "Certainement pas." Je lui propose mon aide. Je rattrape trois tirailleurs sénégalais qui s'enfuient. Je les verrai avec horreur tomber tous les trois une heure plus tard, fauchés par un tir de mitrailleuse. Une nausée me plie en deux. Sans mon zèle, ces malheureux seraient peut-être déserteurs, mais ils seraient vivants. Les balles sifflent de toutes parts. Je ramasse un fusil près d'un corps sans vie et je tire : dans le fourré, un cri. Un homme se redresse, sans casque. Moins de dix mètres nous séparent. Je suis frappé par sa jeunesse et sa blondeur. De sa gorge ouverte jaillit un flot de sang. Ses yeux sont grands ouverts, et il tombe en me regardant. Un cri me sauve la vie : "Mon lieutenant ! mon lieutenant ! ne restez pas là !" Plus par instinct que par réflexion, je me jette à terre, à temps semble-t-il. Des pierres heurtent mon dos. Sur la route, deux motos renversées. Près d'elles, leurs conducteurs gisent, déchiquetés par la rafale. Une des motos est intacte : je l'emprunte dans l'espoir de rejoindre le P.C. À 4 heures de l'après-midi, je fais mon rapport. On ne me laisse pas souffler, et l'on me donne l'ordre d'aller avec mes camions au ravitaillement à Sénarpont. Je fais distribuer deux jours de vivres aux escadrons. Il est 9 heures du soir. Je suis épuisé. »

— Tiens, lis, dit Camille en tendant les feuillets à Léa. Il faut que je m'occupe de Charles qui pleure.

Léa prit le journal et poursuivit la lecture.

« Vendredi 7 juin 1940.

« Je suis au P.C. de Rohan-Chabot lorsque l'attaque allemande se dessine sur l'ensemble du front. Le bombardement redouble d'intensité, l'attaque allemande est devenue plus mordante. Je remonte au 2e, où Colomb vient d'être tué ; Kéraujat, puis Rohan-Chabot sont blessés.

« A 20 heures 30, le colonel, ayant perdu la liaison avec Séze, m'envoie lui confirmer l'ordre de repli. Tournée rapide au milieu des bombardements.

« Au petit jour, nous nous retrouvons à Campneuville (25 kilomètres). L'étape a été très dure : pays désolé, beaucoup de maisons détruites. A 5 heures, le colonel nous réunit. Nous sommes définitivement coupés. Nous allons essayer de nous frayer un chemin vers la Seine, en protégeant avec la 5e D.I.C. la retraite de la division alpine. Le régiment se regroupe péniblement. Le colonel m'annonce que tout le ravitaillement a disparu depuis 48 heures. Je propose de faire abattre quelques bêtes, de réquisitionner la boulangerie et de faire une provision de cidre. Avec Wiazemsky, nous récupérons 500 kilos de pain et 1 600 litres de cidre. Pour le reste, les escadrons se débrouilleront.

« Dimanche 9 juin 1940, lundi 10 juin 1940, mardi 11 juin 1940.

« Le régiment organise un centre de résistance sur la ligne Auvilliers-Mortimer. Des infiltrations allemandes sont signalées dans toutes les directions. Vers 17 heures, nous recevons l'ordre de décrocher. Décrochage très difficile. Saint-Germain, qui représente notre seule porte de sortie utilisable, est occupé quand arrive le 3e escadron. Il s'ensuit un combat de rues où Dauchez est tué. Les Allemands se retirent et nous passons avec les 2e et 4e escadrons.

« J'ai le temps de faire tuer trois bêtes qu'on distribue, et nous repartons au château de (?) où s'installe le P.C. Nouvelle organisation défensive. Nous apprenons que l'encerclement est devenu définitif.

« J'emmène le 4e G.M., le seul qui soit intact, en renfort au 3e escadron et j'installe mon P.C. dans l'abri de Stern. J'ai le temps d'apprendre que Séze s'est fait prendre à Bellencombre avec trois pelotons, et... c'est l'enfer. Cazenove, qui a essayé d'organiser un point d'appui à ma gauche, est tué, puis c'est le tour de Chambon qui tombe à côté d'Audoux avec un éclat d'obus dans la gorge, puis Stern est sérieusement blessé. Le 4e G.M. est écrasé par les chars allemands : Echenbrenner tué, Luirot, Branchu, Novat, Sartin blessés.

« Je rassemble les survivants que je ramène à côté du P.C., dans la carrière sous la falaise. Les chars allemands approchent jusqu'à deux cents mètres et nous mitraillent pendant trois heures à coups de 37 et de balles incendiaires. Nos camions à munitions, rassemblés à l'entrée de Veules-les-Roses, sautent les uns après les autres. Le ciel est embrasé. Les chevaux sont magnifiquement calmes.

« Nuit d'attente fiévreuse. Je calme mon impatience en prenant ces notes à l'abri de la falaise, m'éclairant à l'aide d'une bougie abritée par une capote tendue entre deux fusils que maintiennent des galets. Depuis un moment, tout est calme. On entend distinctement le bruit de la marée montante. De l'autre côté de l'eau est la liberté, la vie peut-être. Je pense à ma chère Camille, à notre enfant qui risque de ne jamais connaître son père, à la superbe et violente Léa, à mon père, à cette terre de France envahie par l'ennemi, à tous mes amis morts pour qu'elle vive libre et dont le sacrifice n'aura servi à rien, à ce soldat allemand que j'ai tué, moi qui hais la violence. Une étrange paix s'empare de moi. La nuit est belle, tranquille. L'odeur de la mer se mêle à l'odeur chaude des chevaux. »

Camille, le petit Charles dans les bras, s'approcha de la fenêtre ouverte sur le parc s'efforçant de faire rire le bébé pour mieux retenir ses larmes.

Léa, passionnée, poursuivait sa lecture :

« Le mercredi 12 juin au petit jour.

« Nous apprenons que seuls trois transporteurs anglais ont pu s'embarquer (l'un d'eux était resté échoué sur la plage et un autre avait été coulé à la sortie du port).

« Wiazemsky a été fait prisonnier dans la nuit, Mesnil a disparu. Il ne reste que quelques éléments du 4e aux ordres de Dumas, avec Pontbriand et moi, et une cinquantaine d'hommes sur les 226 que comportait l'effectif au départ. Le commandant Augère m'a affecté comme secteur la falaise nord-est de Veules, le dos à la mer. Je dispose mes hommes et je monte au sommet. À 3 ou 4 kilomètres à l'est, au sud et à l'ouest, des colonnes de chars manœuvrent.

« Vers midi, nous recevons coup sur coup des salves de 37 et des balles traceuses. Ravier et un certain nombre d'hommes sont blessés.

« Le commandant Augère me fait savoir qu'il est inutile d'insister et nous redescendons au village organiser la résistance dans les fermes. Je fais le coup de feu avec mes hommes jusqu'à 16 heures. Blessé aux jambes, je tombe à genoux. Puis, faute de munitions, nous nous enfermons dans une grange pour attendre la nuit. Mais, vers 17 heures, des soldats allemands font irruption dans notre abri, mitraillette en main. Je jette mon revolver vide et je sors, soutenu par deux de mes hommes. On nous emmène dans un chemin creux, où nous retrouvons les rescapés du régiment.

« Nous sommes évacués vers l'hôpital de campagne, où je me trouve encore aujourd'hui.

« Le sous-lieutenant Valéry me fait part de son intention de s'évader. Cloué par mes blessures aux jambes, je lui confie ces notes et une lettre pour ma femme. Dieu le protège. »

Les dernières lignes dansaient devant les yeux de Léa. Elle ressentait dans son corps les souffrances de Laurent. Elle devinait derrière ces brefs comptes rendus toutes les peines qu'il avait éprouvées. Où était-il maintenant ? Ses blessures étaient-elles graves ? Il n'en disait rien.

Camille revenait, le petit Charles dans ses bras. Elle avait pleuré.

— Ne pleure pas comme ça, tu vas te rendre malade. Voici Ruth qui arrive : remonte avec elle, dit Léa, en lui rendant les feuillets.

Camille dissimula les papiers dans la poche de sa robe.

— Camille, vous avez encore pleuré. Vous n'êtes pas raisonnable. Pensez à votre fils. Allez, venez.

La jeune femme se laissa emmener sans rien dire.

Léa resta seule avec le bébé. La campagne devant la terrasse ne trahissait rien du malheur qui l'avait frappée. Avec une tendresse anxieuse, Léa la contemplait comme le visage d'une mère aimée, atteinte d'un mal peut-être inguérissable. Tout semblait pareil à ce qui avait toujours été. La vigne frémissait sous la brise du soir, au loin un chien aboyait, tandis que, sur la route, de jeunes enfants criaient.

18

Le lendemain matin, avant le lever des Allemands et de Françoise, Léa accompagna le sous-lieutenant Valéry à la gare de Langon, où ils attendirent jusqu'à sept heures l'arrivée du premier train pour Bordeaux. Le sous-lieutenant fit enregistrer sa bicyclette, passa la douane et le contrôle sans encombre : ses faux papiers valaient les vrais. Cependant, Léa ne voyait pas sans inquiétude le sérieux avec lequel soldats allemands et gendarmes français contrôlaient les papiers des voyageurs. Obéissant à une impulsion, elle confia son vélo au chef de gare qui la connaissait depuis son enfance, et prit un aller-retour pour Bordeaux.

— Vous n'avez pas de bagages ? demanda un des gendarmes.

— Non, je vais à Bordeaux pour la journée, voir une de mes tantes qui est malade.

Léa monta dans le train au moment où retentissait le sifflet du chef de gare.

Le voyage n'en finissait pas. Le train s'arrêtait longuement dans la moindre gare. Il était près de dix heures quand il entra dans la gare Saint-Jean. Léa essaya de retrouver le sous-lieutenant Valéry, mais la foule était si dense sur le quai qu'elle se retrouva dans le hall sans l'avoir aperçu.

— Léa.

La jeune fille sursauta. Près d'elle, très élégant, se tenait Raphaël Mahl.

— Raphaël, que je suis contente de vous revoir !

— Et moi donc, ma chère. De toutes mes belles amies absentes de Paris en ces jours absurdes, vous êtes celle qui m'a le plus manqué.

— Toujours excessif.

— Laissez-moi vous regarder. Vous me semblez plus belle qu'avant notre lamentable défaite.

Des têtes se retournèrent.

— Faites attention, on nous regarde.

— Et alors, n'est-ce pas vrai, n'avons-nous pas pris une déculottée mémorable ?...

— Taisez-vous, supplia Léa.

— Mais... cela a l'air de vous faire de la peine, petite fille. Allez, allez, je plaisantais. Venez, quittons cette gare. Où allez-vous ?

— Je ne sais pas.

— Magnifique, je vous invite à déjeuner. Un déjeuner « d'avant ». Vous m'en direz des nouvelles.

— Si vous voulez.

— Ne dites pas ça si tristement. Avec votre robe noire, vous semblez avoir perdu père et mère.

— Ma mère est morte.

— Léa, je suis désolé, je n'en fais jamais d'autres.

Devant la gare, une voiture et son chauffeur attendaient. Raphaël ouvrit la portière arrière et fit monter Léa.

— Au journal, fit-il en montant à son tour.

Durant quelques instants, ils roulèrent en silence.

— Racontez-moi comment cela s'est passé.

— Maman a été tuée lors du bombardement du 19 juin.

— J'étais à Bordeaux à ce moment-là. Je suivais le gouvernement depuis Tours. Après ce bombardement imbécile, qui a coûté la vie à une soixantaine de personnes, j'ai voulu quitter la France le lendemain. J'avais une place à bord du *Massilia* et puis j'ai rencontré une amie, que vous connaissez d'ailleurs, Sarah Mulstein, qui cherchait à faire sortir son père de France. Ils avaient leurs visas, mais pas de place. Je leur ai cédé la mienne.

— C'est très généreux à vous.

— Non, je ne pouvais pas laisser entre les mains des Allemands un chef d'orchestre aussi exceptionnel qu'Israël Lazare.

— Qu'est devenue Sarah Mulstein ?

— Je n'en sais rien. Le 20 juin, Bordeaux était déclarée ville ouverte ; le 21 juin l'armistice était signé ; le 25 il y eut une journée de deuil national décrétée par Pétain ; le 27, les Allemands entraient en musique dans Bordeaux, et le 30 juin, le gouvernement quittait la ville. Vous n'imaginez pas la pagaille. Quant à moi, je suis rentré à Paris le 29. À Radio-Mondial occupé par les Allemands, on me fit comprendre que ma présence était indésirable. Par chance, grâce à des amis, je trouvai un emploi de journaliste à *Paris-Soir*. C'est pour ça que je suis de nouveau ici, en reportage.

La voiture s'arrêta devant les locaux de *La Petite Gironde* où Raphaël Mahl avait donné ses rendez-vous. Il installa Léa dans un bureau sombre, encombré de piles de journaux.

— Asseyez-vous, je n'en ai pas pour longtemps. Vous avez de la lecture, instruisez-vous, fit-il en lui désignant les journaux.

Il revint une demi-heure plus tard et l'emmena déjeuner au *Chapon Fin*.

— Bonjour, monsieur, votre table est prête, dit le maître d'hôtel en s'inclinant.

— Merci, Jean. Quoi de bon aujourd'hui ?

— Pas grand-chose, monsieur Mahl, dit-il en repoussant la chaise de Léa ; je peux vous donner du foie gras avec un château-d'yquem, un baron d'agneau aux petits légumes, ou une poularde farcie ou encore de petites soles.

— C'est très bien et comme dessert ?

— Une charlotte aux fraises avec un coulis de framboises ou bien des profiteroles au chocolat.

— Je dois rêver, dit Léa. Je croyais que les repas étaient réglementés dans les restaurants.

— Pas dans tous, mademoiselle, pas dans tous.

— Vous nous donnerez du foie gras et votre sauternes. Que diriez-vous, chère amie, d'un baron d'agneau ? Il est délicieux. Apportez-nous ensuite un haut-brion. Choisissez-nous une bonne année.

— Je vous envoie le sommelier.

— Ce n'est pas la peine. Dites-lui de servir le sauternes sur-le-champ.

— Bien, monsieur.

— Vous venez souvent ici ? fit Léa en regardant autour d'elle.

— Quelquefois, car c'est hors de prix. Mais tous les bons restaurants sont hors de prix maintenant. Quand le gouvernement était là, j'allais souvent dîner *Chez Catherine*, un excellent restaurant, tenu par M. Dieu, grand cuisinier et bibliophile avec lequel je me querellais sur l'année de l'édition du *Voyage d'Égypte et de Nubie* de Norden. Lui tenait à 1755 moi à 1757 ; c'est lui qui avait raison.

— Regardez, ces officiers allemands qui s'installent là-bas.

— Qu'est-ce que cela a d'étonnant ? Ils ne mangent pas tous de la saucisse et du chou. J'en connais plus d'un, fin connaisseur en grands crus.

— Sans doute, mais cela est bien déplaisant.

— Ça, ma chère, il faudra vous y habituer, ou rejoindre le général de Gaulle à Londres. Ils sont là, croyez-moi, pour un bout de temps.

Avec précaution, le sommelier apporta une bouteille de château-d'yquem 1918.

— Le vin de la victoire, murmura-t-il à voix basse à Raphaël Mahl, en lui présentant la bouteille.

— Taisez-vous, fit celui-ci en jetant un regard rapide autour de lui.

— Donnez-moi vite de ce vin, dit Léa en tendant son verre, que je boive à la victoire !

Un sourire amusé détendit les lèvres de Raphaël Mahl.

— Pourquoi pas. À la victoire.

— À la victoire ! s'écria Léa à haute voix en levant son verre.

Leurs verres se heurtèrent dans un silence qui rendit plus éclatant encore le rire de la jeune fille.

— Monsieur, mademoiselle, je vous en prie, murmura le patron accouru, avec un regard vers la table occupée par les officiers allemands.

L'un d'eux se leva, s'inclina en direction de Léa et levant son verre de champagne :

— Et moi, je bois à la beauté des femmes françaises.

— À la beauté des femmes françaises, s'écrièrent ses compagnons en se levant à leur tour.

Léa rougit de colère et voulut se lever. Raphaël la retint.

— Restez.

— Je ne veux pas rester dans le même endroit que ces gens-là.

— Ne soyez pas ridicule, ne vous faites pas remarquer davantage. Ce n'est pas prudent. Pensez à votre famille.

— Pourquoi me dites-vous ça ?

Raphaël baissa la voix.

— Je vous ai dit que j'étais ici en reportage. J'enquête en fait sur un réseau clandestin chargé d'organiser le passage en Espagne de certaines personnes voulant rejoindre de Gaulle ou l'Afrique du Nord.

— Et alors, en quoi cela me concerne-t-il ?

— Oh, vous ! en rien. Mais certains recoupements me donnent à penser qu'un dominicain pourrait bien être à la tête de ce réseau.

— Un domini...

— Oui, un dominicain comme votre oncle Adrien Delmas, le célèbre prédicateur.

— C'est absurde, mon oncle ne s'intéresse pas à la politique.

— Ce n'est pas ce qui se dit dans la bonne société bordelaise.

— Comment ça ?

— On n'a pas oublié son aide à la révolution espagnole.

En bon Français, je devrais le dénoncer au gouvernement de Vichy.

— Vous allez le faire ?

— Je n'en sais rien. Mangez donc ce foie gras, il est délicieux.

— Je n'ai pas faim.

— Allons, Léa, comment pouvez-vous prendre mes propos au sérieux ? Vous savez bien que je plaisante toujours.

— Drôle de sujet de plaisanterie.

— Mangez, vous dis-je.

La gourmandise l'emporta.

— Il est bon, n'est-ce pas ?

— Mmm... fit Léa.

— Savez-vous que nous sommes à la table où était Mandel lors de son arrestation ?

— Non, je ne savais même pas qu'il avait été arrêté. Je croyais qu'il était parti à bord du *Massilia*.

— Il est bien parti, mais il a été arrêté sur ordre du maréchal Pétain. J'étais à la table à côté de la sienne. Il finissait de déjeuner en compagnie d'une comédienne, Béatrice Bretty, quand un colonel de gendarmerie s'est approché et a demandé à lui parler. Mandel l'a dévisagé, tout en continuant à manger des cerises. Au bout d'un temps qui m'a paru infini, il s'est levé et l'a suivi. Manger des cerises un 17 juin 1940 ! Elles allaient devenir le symbole de toutes les dépravations du régime. Le colonel le conduisit dans son bureau et lui signifia son arrestation et celle de son ancien collaborateur, le général Bürher, chef d'état-major des troupes coloniales.

— Pourquoi l'a-t-on arrêté ? demanda Léa.

— On avait convaincu Pétain qu'il complotait « dans le dessein d'empêcher l'armistice ».

— Comment cela s'est-il terminé ?

— Au mieux pour Mandel. Son successeur au ministère de l'Intérieur, Pomaret, s'était rendu chez le Maréchal, qui l'avait reçu avec Alibert, son ministre de la Justice : celui qui n'appelait plus Mandel que " le juif ". Auparavant, Pomaret avait été très dur avec le Maréchal, l'accusant d'avoir commis une faute lourde en laissant se développer l'affaire. Pétain avait alors demandé qu'on aille chercher Mandel et Bürher. Bürher pleurait en se plaignant d'avoir été arrêté devant ses officiers malgré ses cinq étoiles. Quant à Mandel, il a dit simplement : " Je ne m'abaisserai pas à vous donner des explications. C'est à vous de m'en fournir. "

« À la stupéfaction de tous, Pétain s'est retiré dans son bureau, et est revenu peu après avec un texte qu'il a lu à haute voix : " Monsieur le ministre, après les explications que vous m'avez données... " " Je ne vous ai pas donné d'explications, a répliqué Mandel, il faut supprimer ce passage. " Et le Maréchal a refait sa lettre qui est devenue une plate lettre d'excuses que Mandel a lue le soir même à Lebrun et quelques autres. C'est assez cocasse, non ?

— C'est incroyable, dit Léa en secouant la tête. Comment savez-vous tout ça ?

— Je l'ai entendu raconter par Pomaret.

— Qui avait lancé cette idée de complot ?

— Un certain Georges-Roux, écrivain, avocat et collaborateur à *La Petite Gironde*. On l'a arrêté et relâché très vite.

— Ce devait être curieux, Bordeaux, durant cette période, fit Léa, songeuse, en tournant son verre de haut-brion devant ses yeux.

— Je n'ai rien vu qui se pût comparer. Imaginez : deux millions de réfugiés dans cette ville, plus une chambre de disponible. À l'hôtel de Bordeaux, à l'hôtel Splendide, on louait les fauteuils du hall. Tout Paris était à Bordeaux. Partout on se heurtait à des amis, à des connaissances, on arrivait à en oublier l'exode pour ne garder que le plaisir des retrouvailles. À la terrasse des cafés, on faisait et refaisait le gouvernement. Les queues s'allongeaient aux consulats pour obtenir des passeports. Des ministres conseillaient aux Rothschild de s'en aller, quoique personne ne crût que les Allemands arriveraient jusqu'à Bordeaux. Les restaurants ouvraient leurs portes dès dix heures. L'après-midi, je traînais à bavarder avec les uns et les autres : Julien Green, Audiberti, Jean Hugo. Le soir, j'allais rôder sous les Quinconces à la recherche d'une âme sœur. Rien de tel que les heures graves pour inciter à la débauche. Dame, on ne sait pas de quoi demain sera fait, et il convient de jouir vite. Et puis, il faut bien chercher l'oubli, dans le stupre ou dans l'alcool, quand on est le spectateur impuissant de la débandade d'une nation. Jamais je n'aurais pensé être le témoin de tant de lâchetés. Nous sommes les vieillards débiles d'un vieux pays qui, depuis deux cents ans, se désagrège par l'intérieur. Il faut bien en prendre son parti.

— Je ne veux pas en prendre mon parti, moi. Je ne suis pas un de ces vieillards dont vous parlez.

— Vous, peut-être. Mais où sont-ils, ces vigoureux jeunes hommes qui devaient vous défendre ? Je les ai vus bousculant sur leur passage les civils épouvantés, jetant leur fusil pour courir plus vite, gras, bedonnants, chauves avant l'âge, ne rêvant plus que de congés payés, de sécurité et de retraite.

— Taisez-vous. Qu'avez-vous fait vous-même ? Où est votre uniforme ? Votre fusil ?

— Oh ! moi, ma chère, comme toutes celles de mon espèce, j'ai horreur des armes à feu, minauda Raphaël. Nous autres les tantouzes, nous n'aimons l'uniforme que comme piment à nos amours. Ainsi, regardez donc, nos mignons occupants, blonds, bronzés, à la fois virils et tendres, tels de jeunes dieux romains. L'eau m'en vient à la bouche.

— Vous êtes ignoble !

— Mais non, réaliste tout au plus. La fine fleur de la jeunesse française étant ou morte ou prisonnière, je suis contraint de me tourner du côté allemand. Ma bonne amie, croyez-moi, vous devriez faire la même chose, sinon vous vous retrouverez vieille avant la fin de la guerre. « Cueillez, si m'en croyez, les roses de la vie... »

— Laissez Ronsard tranquille et parlez-moi plutôt de votre travail.

— Petite curieuse, vous voudriez bien que je vous en dise plus long sur ce dominicain. C'est un secret, ma belle, qui n'est pas fait pour vos mignonnes oreilles. Regardez cette charlotte aux fraises : l'eau ne vous en vient-elle pas à la bouche ? Et ces profiteroles ? Je m'en rendrais malade. Tiens, bonjour, cher ami.

— Bonjour, Mahl. Vous êtes en charmante compagnie. Présentez-moi, voyons.

— Excusez-moi, où avais-je la tête ? Léa, je vous présente mon ami Richard Chapon, directeur de *La Petite Gironde*. Richard, Mlle Delmas.

— Bonjour, mademoiselle, je suis ravi de vous rencontrer, même en mauvaise compagnie, fit-il avec un clin d'œil. N'hésitez pas, si vous avez besoin de moi, à venir me trouver. Je serais heureux de vous rendre service.

— Merci, monsieur.

— À tout à l'heure, Mahl.

— À tout à l'heure.

Ils terminèrent leur repas en silence. La salle se vidait peu à peu. Léa n'avait pas l'habitude de tant boire et la tête lui tournait un peu.

— Venez, allons faire quelques pas.

Une chaleur lourde les enveloppa.

— Quand vous reverrai-je, Léa ?

— Je ne sais pas. Vous êtes à Paris, moi ici. Vous semblez à l'aise, heureux, et moi non.

— À quoi bon vous détromper, petite fille ? J'ai des bonheurs, mais jamais un bonheur complet. Je suis habité par une souffrance aiguë, confuse et profonde, qui ne me quitte jamais. À vingt ans, je voulais écrire un livre sublime ; maintenant, je me contenterai d'un bon livre. Car ce livre, Léa, je le porte en moi. Mon travail d'écrivain, c'est le seul que j'aime vraiment, et c'est le seul que je ne parviens pas à faire. Tout me distrait et m'entraîne, je m'éparpille. J'ai l'ambition d'une gloire future, mais pas d'ambition quotidienne. Tout me lasse très vite. J'aime tout le monde et personne, la pluie et le beau temps, la ville et la campagne. Je garde au fond de l'âme la nostalgie du bien, de l'honneur et des lois dont je ne me suis jamais soucié. Quoique fâché de ma mauvaise réputation, j'ai la faiblesse d'en tirer vanité. Ce qui me nuit, voyez-vous, c'est de n'être pas un vicieux absolu, d'être généreux jusqu'à l'extravagance, le plus souvent d'ailleurs par lâcheté, de n'avoir jamais fait semblant d'être un demi-vertueux, c'est-à-dire comme tout le monde au fond, de préférer les mauvais garçons aux hypocrites qui prétendant avoir de l'honneur alors qu'ils en ont à peine plus que moi. Je ne m'aime pas, mais je me veux du bien.

Cette dernière phrase fit rire Léa.

— Je suis sûre que vous deviendrez un grand écrivain.

— Quelle importance ! Nous verrons bien. Peut-être me lira-t-on après ma mort... Mais je ne parle que de moi, alors que c'est vous qui êtes intéressante. Venez à Paris, ne restez pas ici.

— Mon père a besoin de moi.

— Que c'est bien ça, railla-t-il, quelle brave petite vous faites ! C'est beau l'esprit de famille. À propos de famille, vous devriez dire à votre dominicain d'oncle de se montrer prudent. Dans mon article, je ne vais pas faire état de ce que j'ai découvert, mais d'autres peuvent le faire.

Ils marchaient bras dessus bras dessous. Léa le retint et leva vers lui ses yeux brillants.

— Merci, Raphaël, je n'oublierai pas.

— Merci pour quoi ? Je ne vous ai rien dit. Nous allons nous quitter là, fit-il en montrant l'église Sainte-Eulalie. Si vous êtes croyante, mettez un cierge pour moi. Au revoir, belle amie, ne m'oubliez pas. Si vous avez besoin de me joindre, écrivez-moi à la librairie Gallimard, boulevard Raspail, on fera suivre.

Il embrassa Léa avec une émotion qu'il ne cherchait pas à dissimuler.

— La rue Saint-Genès est tout près.

Après un dernier signe de la main, Raphaël s'éloigna.

Léa entra dans l'église. Après la fournaise du dehors, la fraîcheur de l'endroit la fit frissonner. Machinalement, elle prit un cierge, mit quelques pièces dans le tronc et alluma la mèche. Son cierge à la main, elle se dirigea vers une statue de sainte Thérèse de l'Enfant Jésus, à laquelle sa mère vouait une dévotion particulière. Maman... elle s'assit devant l'autel et laissa couler ses larmes... « La rue Saint-Genès est tout près... » Pourquoi lui avait-il dit cela ? Qu'y avait-il rue Saint-Genès ? Ce nom lui disait bien quelque chose, mais quoi ? C'était agaçant de ne pas se souvenir. Un prêtre et un moine passèrent dans l'allée. Oncle Adrien !... rue Saint-Genès, c'était l'adresse d'oncle Adrien ou, plus exactement, celle du couvent des Dominicains. Elle comprenait pourquoi Raphaël l'avait accompagnée jusque-là. Il fallait qu'elle prévienne son oncle, et vite.

Par cette chaleur, la rue Saint-Genès était déserte. La porte du monastère s'ouvrit immédiatement.

— Que puis-je pour vous, mon enfant ? dit un très vieux moine.

— Je voudrais parler à mon oncle, le père Delmas. Je suis Léa Delmas.

— Le père Adrien est absent depuis quelques jours.

— Qu'y a-t-il, frère Georges ? demanda en entrant dans le parloir un moine de grande taille, au visage sévère adouci par une belle chevelure blanche.

— C'est Mlle Delmas qui demande à voir le père Adrien.

— Bonjour, mon enfant. Vous êtes sans doute une des filles de Pierre Delmas ? Je connaissais bien votre mère, une femme admirable. Dieu vous donne le courage de supporter votre peine !

— Merci, mon père.

— Votre oncle n'est pas là, reprit-il sèchement. Qu'aviez-vous d'important à lui dire ?

— Il doit...

Sans savoir pourquoi, Léa s'arrêta.

— Il doit... quoi ?

Pourquoi n'arrivait-elle pas à lui dire le but de sa visite ? Une inexplicable méfiance s'emparait d'elle.

— Je suis le supérieur de votre oncle : vous devez me dire pourquoi vous voulez lui parler.

— Mon père a besoin de le voir de toute urgence, répondit précipitamment Léa.

— Pour quelle raison ?
— Je n'en sais rien.
Le supérieur la regarda froidement. Sans ciller, Léa soutint son regard.
— Dès son retour, je lui ferai part de votre visite et du désir de votre père. Au revoir mon enfant, Dieu vous bénisse !

Dehors, un léger vent s'était levé, n'apportant aucun rafraîchissement. Léa sentait sa robe noire collée à sa peau. Comment joindre l'oncle Adrien ? Et le sous-lieutenant Valéry, où était-il ? N'avait-il pas parlé des docks ? Mais lesquels ? Découragée, Léa s'arrêta. Le seul à pouvoir la renseigner était Raphaël. Elle retrouva avec beaucoup de peine la rue de Cheverus et l'admirable hôtel qui abritait *La Petite Gironde.* On lui dit que M. Mahl venait de repartir pour Paris.
— Qui demande cette fripouille ? dit une voix venant d'un des bureaux.
— C'est une demoiselle, monsieur le directeur.
— Une demoiselle, pour Mahl, on aura tout vu ! Faites-la entrer.
À contrecœur, Léa entra. Personne.
— Je suis ici, je viens de faire tomber une pile de livres.
La voix sortait de dessous une table dont le plateau disparaissait sous un échafaudage de journaux, de lettres, de livres, de dossiers. Léa se pencha.
— Mais, c'est Mlle Delmas ! Une minute, je suis à vous.
Richard Chapon se redressa, des livres plein les bras, qu'il renonça à poser sur le bureau et mit sur son fauteuil, faute de trouver une place libre dans la pièce.
— Vous cherchiez Mahl ? Il est parti. Je m'étonne qu'une jolie fille d'une excellente famille bordelaise fréquente quelqu'un de ce genre. Ce sont sans doute les mœurs du temps qui le veulent. Peut-être puis-je le remplacer ?
Léa hésita. Comment formuler sa question sans intriguer le journaliste ? Pouvait-elle lui faire confiance ?

— Comment peut-on trouver le moyen de quitter la France ? lâcha-t-elle d'un trait.

Un étonnement profond se peignit sur le visage de Richard Chapon, suivi d'une brève expression d'angoisse. Lentement, il alla fermer la porte.

— Et c'est à Mahl que vous vouliez poser cette question ?

Léa sentit que sa réponse devait être prudente, et elle prit son air le plus candide.

— Comme il est journaliste, je pensais qu'il devait savoir si cela est possible.

— Tout est possible, mais cette question, venant d'une jeune fille, m'étonne. Qui connaissez-vous qui veuille quitter la France ?

— Personne, je voulais juste savoir.

— Vous êtes bien jeune et bien ignorante, mademoiselle. Vous devriez savoir que, dans les circonstances actuelles, on ne pose pas certaines questions « juste pour savoir ».

— Eh bien, n'en parlons plus, fit-elle faussement enjouée. Je suis désolée de vous avoir dérangé.

— Chère mademoiselle, vous ne me dérangerez jamais assez, dit-il sur le ton du badinage mondain. C'est important ? souffla-t-il en retenant sa main qui se posait sur le bouton de la porte.

— Non, murmura-t-elle. Puis, se ravisant : Pouvez-vous faire savoir à mon oncle Adrien Delmas d'être prudent ?

— Le dominicain ?

— Oui.

— Ne vous inquiétez pas, ce sera fait.

— Merci beaucoup, au revoir.

Elle sauta dans le train au moment où il démarrait. Pas de place assise. Léa resta dans le couloir, regardant défiler la banlieue de Bordeaux et ses usines, les jardins potagers des cheminots, les champs, les villages, les petites gares. Elle essayait de faire le point sur cette journée incohérente. Elle se reprochait d'avoir été imprudente.

N'allait-elle pas provoquer par son attitude une série de catastrophes ? À qui en parler, à qui se fier ? Vers neuf heures, le train arriva à Langon.

— Ma chérie, nous avons eu si peur ! Où étais-tu ? s'écria Pierre Delmas en serrant Léa contre lui.

Toute la famille, qui se tenait dans le salon en écoutant jouer Françoise, s'était levée à son arrivée. Camille, les yeux brillants, la regardait intensément. Ruth se moucha énergiquement, Lisa agita ses petites mains potelées, Albertine se racla la gorge, Bernadette poussa un énorme soupir, Françoise fronça les sourcils. Seule Laure continua à feuilleter un livre.

— J'ai eu envie d'aller voir oncle Adrien à Bordeaux.

— À Bordeaux, avec tous ces Boches ! s'exclama Bouchardeau.

— Ma tante, cessez d'appeler les Allemands des Boches, ils n'aiment pas ça, dit Françoise, avec un agacement qui parut excessif à Léa.

— Boches ils sont, Boches je les appelle, mademoiselle.

Françoise haussa les épaules.

— Pourquoi ne m'as-tu pas dit que tu voulais voir notre oncle ? Je serais venu avec toi. Ta mère aussi aurait été heureuse de le voir.

Un silence gêné s'abattit sur l'assemblée. Léa regarda son père avec une peine étonnée. Pauvre papa, comme il avait changé ! Il semblait plus fragile, avec des expressions, par moments, presque enfantines. Il donnait l'impression de devoir être protégé, lui, le protecteur naturel.

— Excuse-moi, papa.

— Je t'en prie, ma chérie, ne recommence plus, j'étais trop inquiet. As-tu vu ton oncle ?

— Non, il n'était pas là.

— Il n'était pas là non plus pour l'enterrement d'Isabelle, grommela Bernadette.

— Tu n'as pas dîné, tu dois avoir faim, dit Camille. Je vais te préparer quelque chose. Tu viens à la cuisine ?

Léa suivit Camille, qui ouvrit la glacière pour prendre des œufs.

— Une omelette, ça te va ?

— Très bien, fit Léa en s'asseyant devant la grande table.

— Alors ? demanda Camille en cassant les œufs dans le saladier.

— À Langon, le sous-lieutenant n'a eu aucun problème ; à Bordeaux non plus, je crois. J'ai rencontré Raphaël Mahl à la gare Saint-Jean. Tu t'en souviens, je t'en ai parlé. J'ai déjeuné avec lui. J'ai cru comprendre à ce qu'il m'a dit qu'oncle Adrien pourrait bien être le dominicain en question.

— Ça ne m'étonne pas de lui, dit Camille en mettant un mince morceau de beurre dans la poêle.

— Je ne comprends plus. Ne faut-il pas obéir aux directives du maréchal Pétain ? N'est-il pas le sauveur de la France, le père de tous les Français ? comme disent tante Lisa et tante Bernadette.

— Je ne sais pas non plus, mais je pense que le devoir de tout Français est de lutter contre l'ennemi.

— Mais comment ? Que veux-tu que nous fassions ?

— Je n'en sais rien encore, mais je trouverai. Mange, dit-elle en posant l'omelette devant Léa.

— Merci.

— C'est bientôt les vendanges. Ton père n'en parle pas.

— C'est vrai, j'avais oublié. Demain, je lui demanderai.

Durant quelques instants, elle mangea en silence.

— Tu ne trouves pas qu'il est bizarre, papa, depuis quelque temps ?

Une partie de la récolte fut perdue, faute de bras pour cueillir le raisin. Pourtant, tout le monde à Montillac participa aux vendanges, mais les femmes, peu habituées aux travaux de la vigne, étaient, malgré leur bonne volonté, lentes et maladroites. Seules, Léa et Ruth abattirent un travail considérable. Camille, dont l'état de santé était incompatible avec les vendanges, aida la vieille Sidonie et Mme Fayard à conduire la charrette, à laquelle étaient attelés les deux bœufs, et à préparer les repas.

Léa avait dû prendre en main l'organisation de ces vendanges, Pierre Delmas ayant manifesté la plus complète indifférence. Même Fayard, le maître de chais, sans nouvelles de son fils, n'avait pas fait montre de son ancienne compétence. M. d'Argilat n'avait pu donner que des conseils, étant lui-même, aux Roches-Blanches, dans une situation dramatique.

Léa avait refusé avec hauteur l'aide que lui avaient proposée leurs « pensionnnaires » allemands, malgré la demande de Françoise, et avait vu, avec une rage impuissante, le raisin pourrir sur pied.

Tout allait mal en cet automne 1940. Avec Ruth, elles avaient écumé la campagne dans le but d'acheter cochons, poulets, lapins et canards. Elles n'avaient ramené que quelques maigres poulets, dont la moitié moururent, et un cochon, qui s'avéra fort cher à nourrir.

Léa ne connaissait rien à la situation financière de sa famille. Elle avait toujours cru que ses parents étaient riches. Son père lui apprit que le plus clair de leur fortune se trouvait dans les îles et que certains investissements faits avant la guerre avaient été désastreux.

— Nous n'avons plus d'argent ? demanda-t-elle incrédule.

— Non, fit-il en souriant, sauf les loyers de l'immeuble de Bordeaux.

— Cela fait combien par mois ?

— Je ne sais pas, demande à ta mère, c'est elle qui s'occupe de tout ça.

« Demande à ta mère »... Combien de fois avait-elle entendu cela ? Plusieurs fois par jour, lui semblait-il. Au début, elle n'y avait pas prêté d'autre attention que la peine que cela lui faisait. Mais, plus le temps passait, plus elle éprouvait une peur dont elle n'osait parler. Tout le monde, d'ailleurs, dans la maison avait le même sentiment. Un jour, Léa avait pris son courage à deux mains et avait abordé le sujet avec le docteur Blanchard, lors d'une de ses visites à Camille.

— Je sais. Je lui ai prescrit un traitement, il y a quelque temps. Il faut être patient, il est encore sous le choc.

— Mais j'ai l'impression que cela s'aggrave de jour en jour, qu'il est complètement absent. J'ai peur.

— Allons, allons, ne vous laissez pas aller. Avec Ruth, vous êtes la seule personne responsable de la maison. Je ne compte pas madame Camille, car elle va bientôt pouvoir retourner aux Roches-Blanches.

— Déjà ?

— Vous n'en êtes pas heureuse ? J'avais cru pourtant que vous supportiez sa présence avec peine.

Léa eut un mouvement d'épaule agacé.

— Pas du tout, Camille est très utile ici et j'ai promis à Laurent de veiller sur elle.

— Avez-vous eu d'autres nouvelles ?

— Oui, une lettre de vingt-cinq lignes, dans laquelle il dit qu'il va bien et où il demande des chaussures, du linge et du tabac. Nous lui avons envoyé un colis, hier. Pour les chaussures, on a eu bien du mal. C'est Françoise qui les a dénichées, elle n'a jamais voulu dire comment : de superbes souliers à semelles de crêpe.

19

Noël 1940 fut l'un des plus tristes que connurent les habitants de Montillac.

Trois semaines auparavant, ils avaient enterré M. d'Argilat, mort dans son sommeil après une maladie dont aucun de ses proches n'avait soupçonné la gravité. Il était mort sans avoir revu son fils, ainsi qu'il l'avait prédit. À l'annonce du décès de son meilleur ami, Pierre Delmas resta hébété pendant plusieurs jours. Ce fut Léa qui dut s'occuper des formalités nécessaires. Elle écrivit à Laurent pour lui annoncer la triste nouvelle et lui demander ce qu'il fallait faire concernant le domaine. À ce sujet, elle eut une violente dispute avec Françoise, lui reprochant de n'être d'aucune utilité dans la marche de la maison et de ne penser qu'à son hôpital, alors que sa famille avait besoin d'elle.

— Je m'en occupe autant que toi. Qui rapporte de la viande, quand on n'en trouve nulle part? De l'huile? Du sucre et les vingt sacs de charbon? C'est toi, peut-être? Si j'étais ici à tirer la charrue comme tu le fais, nous n'aurions pas grand-chose à manger.

C'était vrai, Françoise avait raison. Sans elle, la famille en aurait été réduite à manger du rutabaga, des pommes de terre ou les châtaignes qu'elle, Ruth et Laure avaient été ramasser dans les bois près de La Réole. Mais comment faisait-elle? D'autant qu'elle ne voulait jamais d'argent, disant que son salaire d'infirmière lui suffisait. Léa en doutait car, outre les denrées de première nécessité, Françoise s'offrait souvent une jupe, un chemisier, un foulard ou même une paire d'escarpins. Elle lui avait promis d'essayer de lui en procurer auprès de la coopérative de l'hôpital.

Léa avait essayé maintes fois de l'intéresser au sort de Montillac, de lui demander des avis sur la manière de gérer la propriété en attendant que leur père ait surmonté son chagrin, sans obtenir autre chose qu'une réponse indifférente :

— Tout ce que tu fais est très bien, petite sœur.

— Mais cela te concerne, c'est notre terre, la maison où nous sommes nées, que maman a aimée, embellie.

— Je n'ai jamais compris ce que vous trouviez tous à cette vieille bicoque et surtout à cette campagne d'un ennui mortel.

Léa était restée sans voix devant cette sortie et s'était, comme au temps de leur enfance, jetée sur sa sœur pour la battre. Celle-ci avait réussi à esquiver une gifle et s'était réfugiée dans sa chambre. Depuis, les rapports entre les deux sœurs étaient des plus tendus.

Comme chaque année, malgré les bombardements que l'on entendait toujours du côté de Bordeaux, Ruth avait dressé le traditionnel sapin dans le salon et l'avait décoré avec les guirlandes et les boules de verre qu'avait conservées précieusement dans les cartons à chaussures Isabelle Delmas depuis la naissance de l'aîné de ses enfants. C'était la première fois qu'elle ne déposait pas dans la crèche l'Enfant Jésus en cire. Ce fut à Camille que revint ce geste symbolique.

Pour le dîner, Estelle et Mme Fayard s'étaient surpassées, faisant oublier les bons petits plats de la cuisinière qu'on avait dû renvoyer par mesure d'économie : une énorme dinde, don de Françoise évidemment, du chou, cuit lentement dans la sauce de la bête, une purée de châtaignes, et une bûche au chocolat, chef-d'œuvre d'Estelle.

Quelques bonnes bouteilles du vin de la propriété complétèrent ce repas de fête.

Il faisait si froid qu'ils renoncèrent à aller à la messe de minuit et soupèrent de bonne heure. Malgré leur deuil, tous avaient fait un effort de toilette : une écharpe, un collier, une fleur égayaient tout ce noir. Le petit Charles faisait ses premiers sourires.

Après le repas, toute la famille passa au salon, chaud et brillamment éclairé par les bougies de l'arbre et par le feu qui flambait dans la cheminée. Camille offrit à Léa un splendide collier de perles qui avait appartenu à sa mère.

— Camille, quelle merveille ! Je ne peux pas accepter.

— Je t'en prie, ma chérie, cela me fait plaisir.

Léa eut honte de la modestie de son cadeau : un portrait à la plume du bébé, que Camille serra contre elle.

— Rien n'aurait pu me faire plus de plaisir. Me permets-tu de l'envoyer à Laurent ?

— Il est à toi, tu en fais ce que tu veux.

Françoise et Laure eurent chacune un joli bracelet en or, Ruth une broche avec un saphir, Lisa un col de dentelle, Albertine une édition ancienne des *Pensées* de Pascal, Bernadette Bouchardeau ainsi qu'Estelle un foulard de soie. Quant à Pierre Delmas, Camille lui donna une boîte des cigares qu'il aimait.

Ruth et Bernadette offrirent des gants, des écharpes, des chaussettes et des chandails qu'elles avaient tricotés, le soir à la veillée. Chacun s'était ingénié à faire plaisir aux autres dans la mesure de ses moyens. Les demoiselles de Montpleynet offrirent à leurs nièces un chaud tissu pour faire des manteaux. Dans cette euphorie un peu lasse qui suit en général la remise des cadeaux de Noël, tous avaient, durant quelques instants, oublié leurs peines, leurs peurs et la guerre, en écoutant Françoise jouer une fugue de Bach.

Pour la première fois, Léa pensa à Isabelle sans révolte et sans larmes. Une main serra la sienne. Elle ne la retira pas bien qu'elle eût reconnu les maigres doigts de Camille. Françoise cessa de jouer. Des applaudissements éclatèrent dans l'entrée, devançant ceux de l'assistance. Tous se retournèrent. Dans le vestibule se tenaient Otto Kramer et Frederic Hanke. Françoise se leva et alla vers eux. Quelques instants plus tard, ils entrèrent dans le salon.

— Mademoiselle votre fille a insisté pour que nous rentrions mon camarade et moi, dit le lieutenant Kramer. Nous nous étions permis de descendre écouter Bach, ajouta-t-il en s'adressant à Pierre Delmas. Ma mère est une excellente musicienne, elle aime beaucoup Bach. Permettez-moi de vous souhaiter un bon Noël, malgré la guerre.

Il claqua des talons et se dirigea vers la porte.

Contre toute attente, Camille proposa :

— En ce jour de Noël, oublions que nous sommes ennemis. Prenez un verre avec nous.

— Merci, madame Camille, fit Frederic Hanke.

— *Heilige Weinacht !* dit-elle.

— Joyeux Noël ! répondirent-ils en français.

— Lieutenant, vous disiez que votre mère était musicienne. Vous-même, êtes-vous musicien ? dit Lisa en faisant des mines.

— C'est un des meilleurs pianistes d'Allemagne, fit son compagnon.

— N'en croyez rien, mon camarade exagère.

— Mais, mon lieutenant...

— Taisez-vous, Frederic.

— Lieutenant, je vous en prie, jouez-nous un air, demanda Françoise.

Tous les regards se portèrent vers elle. La jeune fille baissa la tête en rougissant. Tous connaissaient la passion de Françoise pour la musique. Jamais elle n'aurait manqué un concert à Bordeaux. N'avait-elle pas été écouter *Samson et Dalila* et le *Boléro* de Ravel lors de la reprise de la saison lyrique, malgré les reproches de Ruth et de ses tantes ?... De là à demander à un officier allemand de jouer !...

— Si monsieur votre père le permet, mademoiselle, ce sera un plaisir pour moi de vous être agréable.

— Je vous en prie, monsieur l'officier, ma femme aime beaucoup la musique, dit Pierre Delmas en tirant sur son cigare, le visage congestionné et le regard ailleurs.

Otto Kramer s'assit au piano.

— Tu vas voir qu'il va nous jouer du Wagner, souffla Léa à Camille.

Par une délicatesse à laquelle tous furent sensibles, il joua en virtuose plusieurs pièces pour piano de Debussy. Quand la dernière note s'éteignit, après quelques secondes de silence, les applaudissements éclatèrent. Le bonheur et la fierté qui illuminèrent le joli visage de Françoise ne furent remarqués que par Camille.

Ce fut au lendemain de cette nuit de Noël que Laurent d'Argilat s'évada, en compagnie d'un ami, du camp de Westphalenhof où il avait été interné. Les deux hommes profitèrent d'une corvée de bois à l'extérieur du camp et de la complicité de deux de leurs camarades qui, s'étant fait porter malades, quittèrent l'infirmerie et se mêlèrent à la petite troupe après le comptage par leurs gardiens. Arrivés dans les bois, Laurent et son ami se dissimulèrent sous des branchages. Le froid était vif, la neige tombait, le temps était sombre. Les gardiens écourtèrent la corvée, comptèrent leurs prisonniers : le compte y était. La petite troupe repartit vers le camp.

Fous de joie, Laurent et son compagnon se relevèrent et s'élancèrent vers la liberté. La neige était profonde. Au bout d'une demi-heure, ils durent s'arrêter pour reprendre haleine et retirer leur défroque de prisonniers. Durant ses longues heures de captivité, Laurent s'était fabriqué avec le dolman d'un gendarme hollandais un veston noir croisé, sous lequel il avait enfilé deux chandails de laine envoyés par Camille. Des gants de cuir fourrés, les chaussures de Françoise et une casquette de bougnat complétaient son habillement. Les sacs à dos contenaient de la nourriture et des duvets. Ils partirent en direction de la gare de Jastrov, à quarante kilomètres.

La première nuit, ils dormirent au bord d'une route

dans une cabane de cantonnier. Le lendemain soir, ils traversèrent le village de Jastrov. Les rues avaient encore leurs décorations de Noël et des couples enlacés se rendaient au bal. Par la porte ouverte d'un débit de vin jaillissait une bouffée tiède d'alcool et de tabac accompagnée d'un air d'accordéon... Ils se hâtèrent vers la gare, à la recherche d'un train providentiel. Mais tous ceux qui passaient allaient dans la direction opposée. Gelés, ils se réfugièrent dans un wagon sur une voie de garage. Malgré leurs sacs de couchage, le froid les fit souffrir jusqu'à l'aube.

À la fin de cette longue nuit, ils montèrent sans billet dans un train pour Scheindemühl. Pendant six jours, ils voyagèrent en fraude dans des wagons de pommes de terre, de bestiaux ou de cailloux. Parfois, ils montèrent dans un train de voyageurs, toujours sans billet, essayant de se fondre dans la foule. La connaissance que Laurent avait de l'allemand leur épargna à plusieurs reprises de se faire prendre. C'est ainsi qu'ils atteignirent successivement Francfort-sur-l'Oder, Cottbus, Leipzig, Halle, Cassel, Francfort-sur-le-Main. Ils franchirent le Rhin à Mayence cachés dans une guérite de serre-frein.

Leur équipée prit fin à Bingerbrück, devant le panneau d'horaires des trains où le compagnon de Laurent, interpellé par un policier, fut incapable, faute de parler allemand, de se dégager. On ne l'appréhenda pas immédiatement, dans l'idée qu'il avait un complice. Laurent, le voyant, de loin, tranquillement assis, revenait vers lui quand, brusquement, son camarade se leva et se mit à courir vers un train de marchandises qui passait. Les deux hommes réussirent à se hisser sur un wagon plat tandis que les policiers couraient sur le quai en criant. Malheureusement, le train s'arrêta et les Allemands, revolver au poing, les appréhendèrent. Sans ménagement, on les conduisit au poste de police de la gare. L'atmosphère changea quand Laurent répondit à leurs questions dans un allemand parfait. On leur donna une soupe chaude et de la viande, et on leur exprima de l'admiration pour la performance accomplie. On les enferma ensuite à la prison municipale et le lendemain, solidement encadrés par trois gardiens, ils furent reconduits au camp de Westphalenhof.

Ils furent interrogés par un officier de renseignement qui leur concéda qu'ils auraient mérité de réussir. Ils furent condamnés à trente jours de cellule. Neuf jours s'étaient écoulés depuis leur évasion.

À leur sortie, ils eurent droit au sermon d'un colonel X, doyen des prisonniers de l'oflag II D, sur le caractère égoïste d'une telle entreprise et sur les conséquences fâcheuses que seule la générosité du commandant du camp leur avait épargnées. Il leur fut conseillé de méditer sur le sens véritable de leur devoir actuel : être des prisonniers corrects constituait la plus efficace contribution à la politique du Maréchal, gage de l'avènement prochain d'une « France européenne ».

Leur peine purgée, ils réintégrèrent leur baraquement. Pas pour longtemps, car, par mesure de sécurité, on les conduisit dans un autre camp.

Plus de sept mois s'étaient écoulés depuis leur capture, un jour d'été, sur une plage de France.

20

L'hiver n'en finissait pas. Faute de combustible, il ne faisait guère plus de dix degrés dans la grande maison, on prenait les repas dans la cuisine, chauffée par l'antique cuisinière à bois sur laquelle Estelle et Ruth préparaient les repas. Tous avaient faim malgré les victuailles que ramenait quelquefois Françoise de Langon.

Dans cette région viticole, presque tout le monde souffrit de la faim et du froid durant le rude hiver 40-41. La rage au cœur, les cheminots voyaient partir vers l'Allemagne des wagons entiers pleins de viande, de farine, de légumes et de bois.

À Montillac, cependant, tous se privaient pour envoyer à Laurent des colis. En février, une carte leur annonça qu'il avait été transféré à la forteresse de Colditz.

En mars, Albertine et Lisa firent part de leur intention de regagner Paris. Les deux demoiselles, habituées à la ville, ne supportaient plus la campagne. On essaya de les retenir. Seule Isabelle Delmas y aurait réussi...

Le printemps ramena un peu de bien-être à la propriété. Des légumes avaient été semés ou plantés dans la partie du pré labourée par Ruth et Léa. Cette dernière surveillait avec passion la croissance de la moindre tige verte. La réussite de son potager revêtait à ses yeux une importance capitale, prix des courbatures, des mains crevassées, des engelures et de cette faim qu'elle s'était juré de ne plus jamais connaître. La vigne, qui était le souci constant de la région, lui devint une préoccupation moins forte quand Fayard, devenu le régisseur de la propriété, reçut des nouvelles de son fils : il était prisonnier en Allemagne, mais rentrerait bientôt, le Maréchal s'en portait garant.

L'amour et la reconnaissance de Fayard pour le maréchal Pétain ne connurent plus de bornes. Voilà un chef qui se préoccupait du sort des malheureux soldats prisonniers ! La France était dans de bonnes mains ! Travail, Famille, Patrie, l'avenir était là. Avec quelle ardeur retrouvée l'ancien poilu de la guerre de 14 se remit au travail ! Une seule ombre à sa joie : il s'habituait mal à la présence des Allemands à Montillac. La vue d'un uniforme lui était à chaque fois une désagréable surprise.

Mathias Fayard fut libéré au mois de mai. En le voyant, Léa retrouva le sourire qui l'avait abandonnée depuis la mort de sa mère. Quand le jeune homme la serra contre lui, un intense frisson réveilla son corps endormi. Indifférente aux regards réprobateurs de Ruth, à celui amusé de Camille, Léa prolongea l'étreinte. Lui la regardait avec un bonheur incrédule, la trouvant changée, plus femme ; belle, d'une beauté plus farouche, avec une dureté nouvelle dans les yeux.

— Tu es maigre et sale à faire peur. Viens, je vais te préparer un bain.

— Mais, mademoiselle Léa, il peut se laver chez nous, dit le père Fayard en mordillant sa moustache.

— Laissez Fayard, tout ce que fait ma fille est bien. Sa mère me disait justement ce matin...

— Voyons, papa...

Sans laisser aux parents de Mathias le temps de réagir, Léa l'entraîna dans l'escalier, puis dans la chambre des enfants. Enlacés, ils roulèrent sur les coussins.

— Tu es vivant, tu es vivant, ne cessait de répéter Léa.

— Je ne pouvais pas mourir, puisque je pensais à toi.

Ils se touchaient, se respiraient comme pour s'assurer de leurs existences réciproques. Léa, le visage enfoui dans le cou du garçon, le mordillait.

— Laisse-moi, je suis sale à faire peur et j'ai peut-être des poux.

Au mot poux, Léa le repoussa. Mathias savait ce qu'il faisait en parlant de ces petites bêtes. Jamais, depuis leur enfance commune, Léa n'avait pu supporter l'idée d'avoir des poux. Elle éprouvait à cette simple évocation un dégoût qu'elle ne pouvait pas surmonter. Il rit devant sa mine écœurée.

— Tu as raison. Attends-moi là, je fais couler ton bain.

La salle de bains de la chambre des enfants était la plus vaste et la plus ancienne de la maison. On l'utilisait peu, car la baignoire immense absorbait toute l'eau chaude du cumulus. Avec ses doubles lavabos à bascule, sa coiffeuse enjuponnée de chintz fleuri aux teintes passées, sa chaise longue en rotin, sa haute fenêtre orientée plein sud devant laquelle était tiré un rideau de cretonne blanche, cette pièce si pratique avait pour Léa le charme des souvenirs d'enfance. C'est dans cette grande baignoire qu'Isabelle avait lavé chaque soir ses filles, dans les rires, les cris, les éclaboussures ! Quelquefois, le père, alerté par tant de bruit, montait faussement grondeur. Alors là, la folie des petites filles était à son comble, c'était à qui serait essuyé par papa. Laure, la plus petite, avait souvent ce privilège, au grand mécontentement de Léa, qui aurait voulu être la seule à être enveloppée dans le grand peignoir de bain et emportée ainsi jusque dans sa chambre.

Léa versa sous les robinets les derniers sels de lavande de sa mère. La vapeur chaude et parfumée qui se dégageait de la baignoire la bouleversa à un tel point qu'elle éclata en sanglots. Elle glissa à genoux sur le tapis de bain et, la tête appuyée sur le rebord d'émail, laissa libre cours à son chagrin.

— Léa !

Camille s'agenouilla auprès d'elle, lui caressant les cheveux.

— Ma chérie, qu'as-tu ?

— Maman...

Devant cette détresse enfantine et profonde, Camille, à

son tour, fondit en larmes. Ce fut ainsi que Ruth les découvrit.

— Qu'y a-t-il ? Un accident ?...

— Non... non... Ruth, ne vous inquiétez pas. Juste un trop-plein de chagrin, dit Camille en se relevant.

Avec des gestes maternels, elle passa de l'eau fraîche sur le visage de Léa.

— Madame Camille, le lieutenant Kramer est en bas. Il voudrait vous parler.

— Que fait-il ici dans la journée ? Et pourquoi veut-il me voir ?

— Je n'en sais rien, mais il a un air plutôt sombre.

— Mon Dieu ! Pourvu qu'il ne soit rien arrivé à Laurent.

— Que veux-tu qu'il soit arrivé à Laurent ! Il est prisonnier, il ne risque rien, dit Léa en essuyant son visage.

— Viens avec moi, je n'ai pas le courage d'y aller seule.

— Recoiffons-nous d'abord, regarde la tête que nous avons. S'il voit que nous avons pleuré, il va se poser des questions.

— Tu as raison.

Les deux jeunes femmes tentèrent d'effacer les traces de leur chagrin.

— Ruth, s'il te plaît, va dire à Mathias que son bain est prêt, dit Léa en tirant sur sa jupe. Il est dans ma chambre.

Le lieutenant attendait, debout dans le salon. Il s'inclina à leur entrée.

— Vous avez demandé à me voir, monsieur ?

— Oui, madame, j'ai à vous annoncer quelque chose de fort regrettable : votre mari s'est évadé.

Camille resta parfaitement impassible.

— Bien entendu, continua l'officier, vous n'êtes pas au courant ?

Non, fit-elle de la tête.

— Quand est-ce arrivé ? demanda Léa.

— À Pâques.

— C'est seulement maintenant que vous l'apprenez ?

— Non, nous avons été avertis il y a trois semaines.

— Pourquoi ne me prévenez-vous que maintenant ?

— Nous avons fait surveiller la maison et sa propriété des Roches-Blanches, au cas où il aurait eu l'idée de venir vous rejoindre.

— Vous l'auriez arrêté ?

— J'aurais fait mon devoir, madame. Avec regret, mais je l'aurais fait. Étant votre hôte et ayant pour vous de l'estime et de la sympathie, j'ai tenu à vous avertir moi-même.

— Que se passera-t-il, s'il est repris ?

— C'est sa deuxième tentative d'évasion. Il risque d'être traité dorénavant beaucoup plus sévèrement.

— Mais n'est-ce pas normal de tenter de s'évader quand on est prisonnier ? demanda Léa avec colère.

— Je suis de votre avis, mademoiselle : si j'étais prisonnier je tenterais de m'évader à n'importe quel prix. Mais je ne le suis pas, nous avons gagné la guerre et...

— Pour l'instant, interrompit Léa.

— Oui, la gloire est capricieuse, mais actuellement, aucun pays n'est de taille à battre le grand Reich.

— Même pas les Américains ?

— Même pas. Madame d'Argilat, permettez-moi un conseil. Si, par miracle, votre mari parvenait à déjouer notre surveillance, conseillez-lui de se rendre.

— Jamais je ne ferai une chose pareille.

— Madame, c'est dans son intérêt et le vôtre que je vous parle. Pensez à votre fils.

— C'est bien parce que j'y pense, monsieur, que je ne donnerai jamais un tel conseil à mon mari.

Le lieutenant Kramer regarda avec une sorte de tendresse la frêle jeune femme qui lui faisait face.

— Ah ! madame, si tous les Français avaient pensé comme vous !

— Je suis sûre qu'au fond de leur cœur ils pensent tous comme moi.

— Alors, cet amour de l'honneur est enfoui bien profond.

Claquant les talons, le lieutenant salua et sortit.

Camille et Léa restèrent immobiles et silencieuses un long moment.

« Pourvu qu'il ne vienne pas ici », pensaient-elles.

— Il faut prévenir oncle Adrien, dit Léa.

— Comment faire ? Depuis sa brève apparition, au début du mois de février, nous n'avons plus eu de nouvelles.

— Avant de partir, il m'a dit qu'en cas d'urgence on pouvait laisser un message à Richard Chapon qui le lui transmettrait. Je vais aller à Bordeaux.

— J'irai avec toi.

— Non. Si nous y allons toutes les deux, le lieutenant se doutera de quelque chose et nous fera peut-être suivre. J'ai une idée. Demain, papa et Ruth vont voir Laure au pensionnat. Je vais leur dire que j'ai envie de voir ma petite sœur.

Léa sortit et se heurta dans l'entrée à un grand jeune homme fleurant bon la lavande, qui la prit dans ses bras.

— Arrêtez... Oh ! c'est toi... je t'avais oublié.

— Déjà. Je viens d'arriver et je suis déjà sorti de ta vie, ce n'est pas gentil.

— Non, Mathias, ce n'est pas ça. C'est... excuse-moi, je ne peux rien te dire. Rendez-vous au calvaire dans une heure.

Quand Léa rejoignit Mathias, la pluie se mit à tomber. Ils se réfugièrent dans une des chapelles du Chemin de Croix et là, blottis l'un contre l'autre pour se réchauffer, se racontèrent ce qui leur était arrivé après leur séparation à Orléans.

Léa raconta tout, y compris le meurtre de l'homme qui voulait les dévaliser, mais tut ses relations avec François Tavernier.

Quant à Mathias, après avoir aidé au sauvetage des blessés d'Orléans, il avait en vain erré à travers les décombres et la foule des réfugiés, à la recherche de son amie. Il s'était retrouvé avec un petit groupe de soldats sous les ordres d'un jeune sous-lieutenant et s'était battu près de la cathédrale. Tous ses compagnons avaient été tués, sauf un caporal avec lequel il avait été fait prisonnier. On les avait parqués dans un camp provisoire entouré de fil de fer barbelé près de l'église Saint-Euverte, puis à la Motte-Sanguin. Le lendemain, il aidait à combattre l'incendie qui, durant cinq jours, avait ravagé Orléans, à déblayer les décombres, à transporter les blessés, à enterrer les morts. À pied, en compagnie d'un pitoyable troupeau, il avait rejoint les dix-huit mille prisonniers du camp de Pithiviers. Ils dormaient à même le sol, dans la boue, affamés, sales, couverts de vermine, ne percevant même plus l'odeur effroyable qui se dégageait de ces hommes, dont certains n'avaient pas changé de chemise et de chaussettes depuis un mois. On se battait pour un morceau de pain moisi, une louche de soupe à l'orge versée dans une gamelle de fortune, un vieux bol ébréché ou une boîte de conserve.

Mathias, tête baissée, raconta tout... Les trente grammes de viande de cheval à laquelle ils avaient droit de temps à autre, leur joie quand l'Association des dames de France avait apporté quelques couvertures, les sandwiches au foie gras distribués par l'American Legion, la savonnette parfumée à l'œillet que lui avait donnée une jeune fille, l'espoir d'une libération prochaine sans cesse repoussée, la confiance générale dans le Maréchal, le paquet de tabac à un franc vendu cent francs, le découragement grandissant, les messes auxquelles assistaient de plus en plus nombreux les prisonniers : cent sur dix-huit mille début juin, deux mille sur les deux mille cinq cents restants début août. Il dit qu'il avait été parmi ces deux mille, priant pour la revoir. Il raconta avec de la rage dans la voix leur lâcheté à tous devant l'évasion pourtant si facile, leur joie à l'annonce de l'armistice, leur déception à la lecture des clauses de la suspension des hostilités, surtout de ce paragraphe 20 qui disait que « tous les prisonniers de guerre français resteront dans les camps allemands jusqu'à la conclusion de la paix », les longues heures inactives passées à ressasser le temps « d'avant », à élaborer, la faim au ventre, de pantagruéliques menus, à rêver des femmes. Heureusement pour lui, le temps des moissons était venu. Il avait fait partie de ces jeunes agriculteurs que l'on avait envoyés à travers la France pour remplacer les hommes manquants.

— Je n'aurais jamais cru éprouver un plaisir pareil à soulever des gerbes de blé, torse nu sous un soleil brûlant. Enfin, nous mangions à notre faim.

C'était d'une ferme de la Beauce qu'il lui avait écrit ainsi qu'à son père. Les deux lettres ne leur étaient jamais parvenues. Sans réponse à ses lettres, il avait tenté de s'évader en « empruntant » des vêtements au propriétaire de la ferme. Rattrapé au bout de trente kilomètres, il avait été embarqué pour l'Allemagne à bord d'un wagon à bestiaux. Il n'était resté que quinze jours dans un stalag près de Francfort et de là, on l'avait envoyé dans une exploitation forestière, où il était resté jusqu'à sa libération. Il ne comprenait pas pourquoi on l'avait libéré : il n'avait pas de charge de famille. La seule explication plausible était que, les travaux étant terminés, le forestier n'avait plus besoin de main-d'œuvre et que les camps de cette région étaient surpeuplés. C'était aussi l'époque où le gouvernement de Vichy mettait tout en œuvre pour obtenir la libération des prisonniers. Il avait eu de la chance. Et plus de chance encore de la retrouver saine et sauve.

— Que vas-tu faire maintenant ? demanda Léa.

— Je vais travailler. Mon père a rudement besoin de moi.

— Oui, évidemment, mais la guerre ?

— Quoi la guerre ?

— Il y a des gens qui continuent à se battre.

— Tu veux parler de l'Afrique du Nord ?

— Oui, ou du général de Gaulle.

— Tu sais, de Gaulle, on m'en a parlé dans le train il y a deux jours. Beaucoup pensent que ce n'est pas sérieux et qu'il faut faire confiance au Maréchal.

— Mais toi, qu'en penses-tu ?

— Moi, tu sais, pour le moment, je ne pense qu'à une chose : je suis rentré chez moi et je tiens dans mes bras la femme que j'aime. Alors, de Gaulle, il peut attendre, dit-il en la couvrant de baisers.

Léa le repoussa avec humeur.

— Je n'aime pas que tu parles comme ça.

— Allons, ma chérie, tu ne vas pas me dire que tu t'intéresses à la politique, que tu es gaulliste ?

— Tu ne comprends pas, c'est bien autre chose qu'une simple affaire politique, c'est de liberté qu'il s'agit.

Le jeune homme éclata de rire.

— Alors là, je m'attendais à tout sauf à ça : la belle et coquette Léa Delmas tenant des discours sur la liberté, flirtant avec le général de Gaulle, ne cherchant plus à séduire les garçons. Que t'est-il arrivé pour que tu changes ainsi ?

Léa se leva avec colère.

— Que m'est-il arrivé ? J'ai vu mourir des femmes et des enfants de manière atroce... j'ai tué un homme... ma mère, que je croyais en sûreté ici, est morte sous les bombes à Bordeaux... Laurent est perdu on ne sait où... nous n'avons plus d'argent... presque rien à manger... les Allemands occupent la maison et mon père... mon père devient fou...

Les poings de Léa martelaient les murs couverts de salpêtre.

— Pardonne-moi, je suis maladroit. Je suis là maintenant, je vais t'aider.

Il l'embrassait sur le visage, sur la tête, cherchait dans ses cheveux l'odeur du foin que laissaient autrefois leurs roulades dans la grange, trouvait dans son cou le parfum vanillé de sa peau. Il la serra contre lui avec violence. Tandis que ses doigts s'impatientaient sur les boutons du corsage, ses dents mordaient déjà les lèvres de son amie.

Léa ne bougeait plus, attentive soudain à l'écho que réveillaient dans sa chair les caresses brutales de Mathias. Elle se disait qu'elle ne devait pas, que c'était Laurent qu'elle aimait, qu'elle était folle et imprudente mais toute résistance était d'avance vaincue chez elle tant son désir d'un corps contre le sien, d'un sexe dans son ventre, était fort. Elle s'entendait gémir, balbutier des mots sans suite. Vite, vite... qu'il la prenne... mais qu'attendait-il ? Agacée, elle arracha sa culotte et s'offrit, impudique et splendide.

— Viens.

Le garçon contemplait cette toison aux reflets fauves encadrée par des jarretelles qui tendaient des bas de fil noir, faisant ressortir la fragile blancheur de l'intérieur des cuisses. Il enfouit son visage dans l'odorante moiteur. Sous sa langue, Léa gémissait sans retenue.

Un moment ses yeux s'ouvrirent et se posèrent sur le visage du Christ effondré sous le poids de sa croix. Il lui sembla que la statue s'animait, que le Fils de l'homme lui lançait un regard complice. Elle jeta un cri et jouit sous les baisers de Mathias. Ses seins dressés lui faisaient délicieusement mal. Elle arracha la tête de son ventre, baisa goulûment cette bouche qui venait de lui donner du plaisir, s'enivrant de sa saveur.

— Prends-moi, fit-elle en écartant les jambes.

Elle gémit à nouveau de bonheur quand le sexe de l'homme força le sien encore gonflé de volupté.

Dehors, la pluie avait redoublé, il faisait sombre comme en hiver. Dans la chapelle ouverte sur les arbres du calvaire, un garçon et une fille à demi dévêtus dormaient au pied d'un groupe de pierre, dont les pâles figures semblaient les protéger.

Le lendemain du retour de Mathias, Léa accompagna son père, sa tante Bernadette et Ruth à Bordeaux, sous le prétexte d'aller voir Laure et d'acheter des graines pour le potager. Après un déjeuner pénible chez son oncle Luc, où il ne fut question que de la chance qu'avait la France d'avoir trouvé un héros tel que le maréchal Pétain, elle obtint la permission d'aller faire ses emplettes.

— Je viens avec toi, dit Laure en se levant.

— Mais non, ce n'est pas la peine, je n'en ai pas pour longtemps, fit Léa agacée.

— Puis-je venir avec vous ? demanda leur cousine Corinne.

Léa lança un regard suppliant à Ruth.

Ruth s'était toujours méfiée de ce qu'elle appelait « les idées folles de sa petite ». Bien qu'elle eût toujours soutenu que cette enfant se sortirait de tout et qu'elle avait besoin de plus de liberté d'action que ses sœurs.

— Léa a en elle une vitalité, un instinct de survie qui écrase tout. Malheur à ceux qui voudront y faire obstacle, avait-elle dit à Adrien Delmas la dernière fois qu'elle l'avait vu.

Malgré la défiance qu'elle éprouvait en ce moment, elle vint au secours de Léa.

— Laure, ne dois-tu pas aller à la librairie Mollat ? Nous pourrions nous y rendre avec Corinne pendant que Léa achèterait ses graines. Elle nous y rejoindrait en revenant.

Ruth avait à peine terminé sa phrase que Léa se précipitait hors de chez son oncle. Heureusement, l'appartement de maître Delmas n'était pas très loin du siège de *La Petite Gironde*, rue de Cheverus. Quant à la librairie Mollat, elle était rue Vital-Carles, tout près du journal.

Lors de sa trop courte visite, Adrien lui avait dit que si elle avait besoin de le joindre, elle pouvait continuer à le faire par l'intermédiaire de Richard Chapon. Elle fut reçue par le même employé que la dernière fois, qui lui dit que le directeur était absent et qu'on ne savait pas quand il rentrerait.

— Mais c'est important, insista Léa.

— Peut-être s'occupe-t-il de trop de choses importantes, mademoiselle.

Devant l'air perdu de Léa, il ajouta :

— Allez voir son ami, le curé de Sainte-Eulalie, il pourra peut-être vous aider.

Sainte-Eulalie ? C'était tout près du couvent des Dominicains, là où Raphaël Mahl l'avait laissée. Elle décida d'y aller.

— Merci, monsieur.

Le temps s'était assombri, il faisait froid. Léa releva le

col du vieil imperméable d'Isabelle et ajusta son feutre sur sa tête avant de se mettre à courir en serrant son sac à bandoulière contre elle.

Essoufflée, elle s'arrêta au pied des marches de l'église. Au moment où elle poussait la porte, la pluie se mit à tomber.

Quelques femmes priaient devant l'autel où brillait la petite lampe rouge. Pour se donner une contenance, elle s'agenouilla non loin de la sacristie, réfléchissant à ce qu'elle allait faire et dire.

— Léa, que fais-tu là ?

Elle sursauta et faillit pousser un cri en sentant une main se poser sur son épaule. Un homme en complet marron, chapeau à la main, les lèvres ornées d'une grosse moustache, la regardait.

— Oncle Adrien !

— Chut, suis-moi.

Il se dirigea vers la sortie.

Dehors il pleuvait. Adrien Delmas remit son chapeau et, prenant le bras de Léa, l'entraîna rapidement.

— Pourquoi es-tu habillé ainsi ?

— La robe de dominicain est un peu voyante pour certaines promenades. Je remercie le Seigneur de t'avoir rencontrée. L'église est surveillé par la Gestapo depuis quelques jours. Si je ne t'avais pas vue y entrer, Dieu seul sait ce qui serait arrivé.

— Je te cherchais.

— Je m'en doute, mais ne viens plus jamais par là. Qu'y a-t-il ?

— Laurent s'est évadé d'Allemagne.

— Comment le sais-tu ?

— Le lieutenant Kramer l'a dit à Camille.

— Il y a longtemps ?

— À Pâques.

La pluie redoubla, et ils s'arrêtèrent sous un porche face à la cathédrale.

— Camille n'a pas eu de nouvelles directement ?

— Non.

— Alors, que voulez-vous que je fasse ?

— J'ai... Camille a peur que Laurent cherche à la rejoindre. La maison est surveillée. Que faudra-t-il faire s'il arrive jusque-là ?

Deux soldats allemands s'abritèrent en riant près d'eux.

— Mauvais temps, en France, fit l'un avec une moue dégoûtée.

— Oui, mais bon vin, ajouta l'autre.

Sans s'être concertés, Léa et son oncle quittèrent leur abri. Pendant quelques instants, ils marchèrent en silence.

— Je dois aller à Langon la semaine prochaine, voir un de nos frères hospitalisé. J'en profiterai pour venir à Montillac. Il faut que je prenne des contacts dans la région.

— Je ne peux pas y aller à ta place ?

Tout en marchant, Adrien la serra contre lui.

— Non, ma chérie, c'est trop dangereux. Tu en sais déjà beaucoup trop pour ta sécurité et la mienne.

— Je veux aider Laurent.

— Je n'en doute pas. Mais la meilleure façon de l'aider, c'est de te tenir tranquille.

Il y avait de l'agacement dans la voix d'Adrien Delmas.

— Comment va ton père ?

Léa poussa un profond soupir.

— Je suis inquiète. Il a tellement changé : il ne s'intéresse plus à rien. C'est encore pire depuis la mort de M. d'Argilat. Il parle sans cesse de maman comme si elle était toujours là. Il reste seul dans son bureau ou sur la terrasse à monologuer. Quand on veut lui tenir compagnie, on a l'impression de le déranger. « Laisse-moi, tu vois bien que je discute avec maman. » C'est affreux, oncle Adrien, j'ai peur pour lui.

— Je sais, mon petit, je sais. Que dit Blanchard ?

— Il ne tient pas à en parler. Il lui a donné des médicaments, que Ruth lui fait prendre régulièrement.

— Une part de lui est morte, ce ne sont pas des médicaments qui la feront ressusciter. Il faut prier Dieu...

— Dieu ! Tu y crois encore, toi ?

— Tais-toi, Léa, ne blasphème pas.

— Mon oncle, je ne crois plus en Dieu et je crains bien qu'à Montillac plus personne n'y croie, sauf, peut-être, cette pauvre Camille.

— Ne dis pas une chose pareille, pour moi ce serait terrible.

Ils passèrent devant les décombres d'un immeuble bombardé, rue des Remparts. Cette image rappela cruellement à Léa sa mère.

— Pourquoi n'es-tu pas venu à l'enterrement de maman ?

— Cela m'était impossible, je n'étais pas à Bordeaux. Où vas-tu maintenant ?

— Je dois rejoindre Ruth et Laure à la librairie Mollat.

— C'est à côté. Je te laisse : je ne veux pas qu'elles me voient dans cette tenue. Suis bien mes conseils : n'essaie plus de me joindre ni au monastère ni à *La Petite Gironde*. Le journal est surveillé. C'est moi qui te donnerai de mes nouvelles. De toute façon, je viendrai à Montillac au début de la semaine prochaine. D'ici là, sois prudente. Si par malheur, Laurent arrivait avant, dis-lui de se rendre à Saint-Macaire chez le filleul de ta mère, qui sait ce qu'il faut faire. Que Laurent lui dise : « Les dominos sont retournés », il comprendra.

— « Les dominos sont retournés ».

— Oui.

Ils se quittèrent porte Dijeaux. La pluie s'était arrêtée de tomber.

À la librairie, un employé dit à Léa que les « dames » Delmas venaient juste de partir. Par chance, le grainetier de la place du Marché était ouvert et avait encore quelques sachets et même, comble du luxe, des plants de tomate et de laitue.

Chez l'oncle Luc, elle fut accueillie fraîchement par Laure, qui s'apprêtait à regagner son école.

— J'avais quelque chose d'important à te dire, souffla-t-elle, mais ce sera pour la prochaine fois.

— Ne fais pas la sotte, dis-le-moi.

— Non, non, tant pis pour toi.

— Je vais t'accompagner.

— Ce n'est pas la peine. Demande à Françoise si elle s'est bien amusée au concert l'autre soir. Au revoir.

21

— Oncle Adrien !

Accroupie dans « son » potager, vêtue d'une blouse de paysanne noire à fleurettes bleues et blanches, la tête abritée par un grand chapeau de paille, Léa se redressa, une poignée de mauvaises herbes à la main.

En compagnie de Camille, le dominicain vint jusqu'à elle en soulevant sa robe blanche. Léa se jeta dans les bras tendus.

— Quelle joie de te voir, mon oncle !

— Il a vu Laurent, il est à Bordeaux ! jeta d'une traite Camille.

— À Bordeaux !...

— Il voulait venir me voir, mais ton oncle l'en a empêché...

— Pour l'instant tout va bien, il est en sécurité.

— Où ? Je veux le voir.

— Ce n'est pas possible pour le moment, c'est trop dangereux. Bientôt je vous indiquerai quand vous pourrez le rejoindre.

— Vite, j'espère.

— Comment va-t-il ? demanda Léa.

— Bien. Il est fatigué. Après son évasion de Colditz, il s'est réfugié en Suisse. Là, il est tombé si gravement malade qu'il n'a pu donner de ses nouvelles. D'ici quelques jours, je le ferai passer en zone libre.

— De quoi a-t-il besoin ?
— De rien pour l'instant. Jeudi prochain, je reviens à Langon voir le père Dupré. Je monterai jusqu'ici vous dire comment Camille pourra rejoindre Laurent. D'ici là, je vous en supplie, ne bougez pas, ne parlez pas. Si par hasard je ne pouvais pas venir jusqu'à Montillac, je laisserais un message à Françoise. C'est elle qui s'occupe du service où se trouve le père Dupré.
— Est-ce bien prudent de lui confier une telle mission ? dit Camille en baissant la tête.
L'oncle et la nièce la regardèrent avec surprise.
— Mais... pourquoi dis-tu ça ?
— Françoise n'est-elle pas la sœur de Léa ? Ne vivez-vous pas tous sous le même toit ?
— Je sais bien...
Adrien et Léa se regardaient sans comprendre. Pourquoi cette réticence, cette méfiance tout à coup ? Cela ressemblait si peu à Camille.
— Elle peut perdre le message... être arrêtée par les Allemands, balbutia-t-elle le visage en feu.
— Camille, vous nous cachez quelque chose. Pourquoi doutez-vous de Françoise ?
— Non... non... ce n'est rien. J'ai peur pour Laurent seulement.
Le père Delmas s'éloigna de quelques pas, puis revint.
— Je mettrai une adresse dans la reliure du *Chemin de la perfection* de Thérèse d'Avila. Mais tant de précautions ne seront sans doute pas nécessaires et je viendrai moi-même vous la donner.
Tout en parlant, ils revenaient à la maison.
Assis sur le banc de pierre, face à Bellevue et à la colline de Verdelais, Pierre Delmas, le menton sur ses mains appuyées sur une lourde canne torsadée, un vague sourire aux lèvres, regardait droit devant lui.
— Eh bien, mon frère, on se repose ? fit d'un ton jovial Adrien.
— Un peu, Isabelle m'a fait déménager les meubles de sa chambre. Je n'en peux plus.

— Papa, maman est...

— Je vous comprends, monsieur Delmas, rien de plus fatigant que de bouger des meubles, dit Camille en lui coupant la parole.

— N'est-ce pas, fit-il d'un air ravi. Isabelle ne veut pas comprendre que je commence à me faire vieux...

Léa se détourna.

Assises sur la pelouse descendant vers la terrasse, Camille et Françoise soutenaient les premiers pas du petit Charles.

— D'ici un mois, il va marcher, dit Françoise.

— C'est ce que pensent Sidonie et Ruth. Elles disent qu'un bébé qui n'est pas gros marche plus tôt.

— C'est Laurent qui serait content de le voir. C'est curieux que tu n'aies pas de nouvelles depuis son évasion.

Camille se mordit les lèvres.

— S'il ne s'était pas évadé, il aurait sans doute été libéré comme Mathias, continua Françoise en soulevant l'enfant, qui se mit à rire en gigotant.

C'était un bel enfant tout blond, qui ressemblait à la fois à son père et à sa mère. Il poussait comme un champignon et n'avait jamais été malade. Camille avait pour lui une tendresse animale et inquiète. Elle le couvait des yeux, comme si à chaque instant elle eût craint de le voir disparaître. Il était gai, ne pleurait jamais. Tous l'adoraient, sauf Léa qui ne pouvait le voir sans un sentiment de jalousie, bien qu'il lui eût montré très tôt une nette préférence.

— Tu vas lire le livre qu'oncle Adrien m'a remis pour toi? *Le Chemin de la perfection*, ça ne doit pas être très drôle.

— Oui, ce n'est pas drôle, mais peut-être utile pour avoir la force de vivre.

— Peut-être as-tu raison, dit Françoise, assombrie.

Camille remarqua son changement d'humeur mais fit comme si elle n'avait rien vu. Elle joua avec son fils, riant de ses mines et de ses culbutes.

« La maternité lui réussit », pensa Françoise.

C'est vrai qu'en ce dimanche de Pentecôte Camille d'Argilat rayonnait au point d'en être très belle. Faute de pouvoir acheter du tissu, elle avait avec les beaux jours abandonné le deuil de son beau-père et de son frère et portait une de ses anciennes robes de fine toile bleu pâle qui faisait ressortir ses yeux, son teint hâlé et ses cheveux éclaircis par le soleil. Sa minceur était telle qu'elle avait l'air d'une frêle adolescente. Près d'elle, la brune Françoise paraissait plus âgée, plus femme bien que de trois ans sa cadette.

Depuis qu'elle travaillait régulièrement à l'hôpital de Langon, Françoise avait beaucoup changé ; elle était devenue plus féminine, plus séduisante, se coiffant à merveille, se maquillant — trop à l'avis de Ruth et de sa tante Bernadette —, bien habillée malgré les restrictions. Sa robe de foulard rouge à pois bleu marine à la ceinture corselet semblait sortir de chez un bon couturier et non de chez la petite couturière de Langon qui, disait-elle, l'avait faite.

« Demain, je verrai Laurent », pensait Camille.

Léa était d'une humeur massacrante. Elle avait rejoint Mathias à Saint-Macaire, chez un ami du jeune homme absent pour la journée. Mathias se faisait une joie de ce moment passé loin de Montillac, de l'œil inquisiteur de Ruth et de celui, inquiet, de ses parents. Depuis leur étreinte dans la chapelle du calvaire de Verdelais, il n'avait pu voir Léa seule un instant. Il en était arrivé à se demander si elle ne l'évitait pas. Aussi quand, jeudi soir, elle était entrée, pâle, dans la cuisine de la ferme, en lui demandant de venir, il avait été surpris. Il l'avait suivie dans la grange, et là, sans un mot, elle s'était jetée dans ses bras, tremblante comme un agneau. Doucement, il avait embrassé ses lèvres glacées et l'avait allongée dans le foin, tentant de la réchauffer : ses bras noués autour de sa nuque avaient une raideur de cadavre. Il avait eu du mal à lui ouvrir les cuisses tant elle les tenait serrées, et il avait fallu à Léa, malgré son désir, toute sa patience pour que son sexe se laissât pénétrer. Elle avait crié son plaisir comme d'autres leur douleur. Cet enlacement avait laissé à Mathias un étrange goût d'amertume.

Voulant chasser ce souvenir, il avait préparé chez son ami un goûter comme les aimait autrefois Léa : tartes aux fraises, vieux vin blanc sucré, cerises à l'eau-de-vie, crème caramel. Il lui avait fallu des trésors d'ingéniosité pour réunir toutes ces friandises. La modeste et vieille maison embaumait les roses blanches qu'il avait mises un peu partout. Tous ces préparatifs amenèrent un sourire sur les lèvres de la jeune fille. Jouant les maîtres de maison, il lui tendit un verre de vin.

— Buvons à notre bonheur.

Léa but d'un trait.

— Encore, ça fait du bien.

Mathias la resservit en souriant.

Son verre à la main, Léa fit le tour de la pièce, s'arrêtant longuement devant la haute cheminée ornée d'une vue de Lourdes peinte sur un morceau d'écorce, d'un furet empaillé plutôt mité, d'un calendrier des postes, d'un bouquet de roses et de photos jaunies.

— C'est mignon chez ton copain, dit-elle lentement. Où est la chambre ?

Un soupçon de contrariété passa dans le regard de Mathias : il ne s'habituait pas à sa désinvolture dans leur relation amoureuse. Sans s'en rendre compte, il l'aurait aimée plus timide. Il avait la désagréable impression que c'était elle qui menait le jeu et cela ne lui paraissait ni normal ni convenable. Pour lui, maintenant, il était clair qu'elle deviendrait sa femme. Pouvait-il en être autrement ? En entrant dans la chambre, Léa faillit éclater de rire tant elle ressemblait à celle de Sidonie : même haut lit de noyer recouvert d'un couvre-lit de coton blanc et d'un énorme édredon de satinette rouge, surmonté d'un grand crucifix de bois noir orné d'une branche de buis bénit ; en face du lit, de chaque côté de la fenêtre, deux portraits de paysans endimanchés, et près de la porte, une immense armoire.

Sans les détacher, Léa lança ses sandales à travers la pièce. Le froid du carrelage lui fut agréable. Elle posa son verre sur la table de nuit et commença à se déshabiller tout en chantonnant.

Mathias ouvrit le lit, qui parut immense dans ses draps blancs. Nue, Léa s'y allongea.

« Ils sentent la lavande », pensa-t-elle avec un bref pincement au cœur.

— Donne-moi à boire.

— Tu bois trop, fit Mathias en revenant avec la bouteille.

Léa but lentement en regardant Mathias se déshabiller.

— Tu devrais te mettre torse nu quand tu travailles. Avec la marque de ta chemise, on dirait que ta tête bronzée est posée sur un corps qui n'est pas le sien. Ce n'est pas beau.

— Je vais te faire voir si ce n'est pas beau, dit-il en s'allongeant près d'elle et en l'attirant à lui.

— Attends, laisse-moi poser mon verre.

Au passage, sa bouche attrapa un sein tandis que ses doigts torturaient l'autre.

— Aïe, tu me fais mal.

— Tant pis.

Ils roulèrent l'un sur l'autre, riant et criant sous l'œil impassible des portraits de famille.

Assise en tailleur sur le lit ravagé, les yeux cernés, nue, décoiffée, Léa dévorait les tartes, les fruits et la crème en buvant le vin qui lui tournait la tête, sous l'œil émerveillé de Mathias.

— Arrête de me regarder comme ça.

— Je ne me lasse pas de te regarder, tu es si belle.

— Ce n'est pas une raison.

— Quand tu seras ma femme, je te regarderai autant que je le voudrai.

Le geste de Léa portant un morceau de tarte à sa bouche resta en suspens.

— De quoi parles-tu ?

— De t'épouser, pardi.
— Je ne veux pas me marier.
— Et pourquoi ?
Léa haussa les épaules.
— Je ne suis pas assez bien pour toi ?
— Arrête de dire des bêtises. Je ne veux pas me marier, un point c'est tout.
— Toutes les jeunes filles veulent se marier.
— C'est possible, mais moi je ne suis pas comme elles. Je t'en prie, n'en parlons plus.
— Parlons-en au contraire, je t'aime et je veux t'épouser, dit-il en lui serrant le bras.
— Lâche-moi, tu me fais mal.
Mathias resserra son étreinte.
— Tu es complètement fou, je t'ordonne de me lâcher !
— Pas avant que tu m'aies promis de te marier avec moi.
— Jamais, tu entends, jamais.
Il leva sa main sur elle.
— Vas-y, bats-moi... mais vas-y... qu'est-ce que tu attends ?...
— Mais pourquoi ?
— Je ne t'aime pas.
Mathias devint si pâle qu'instinctivement Léa se recroquevilla contre le bois du lit.
— Qu'est-ce que tu as dit ?
D'un bond, elle se leva et commença à se rhabiller.
— Mathias, il ne faut pas m'en vouloir, je t'aime bien... je t'aime énormément depuis toujours mais... pas comme ta femme.
— Tu es pourtant ma femme.
Léa avait fini de boutonner sa robe. Elle regarda Mathias toujours nu, assis sur les draps chiffonnés, jambes pendantes, tête baissée, une mèche cachant son visage. Elle eut pour lui une bouffée de tendresse. Comme il ressemblait au petit garçon qui se pliait à tous les caprices de son enfance ! Léa s'assit près de lui et appuya sa tête contre l'épaule de son ami.

— Écoute, sois raisonnable, ce n'est pas parce qu'on a couché ensemble que nous devons nous marier.

— Qui est-ce ?

— Que veux-tu dire ?

— C'est qui ton amant ?

— Je ne comprends pas de quoi tu veux parler.

— Tu me prends pour un imbécile. Tu crois que je n'ai pas remarqué que tu n'étais plus vierge ?

Le visage en feu, Léa se mit debout et entreprit de chercher ses chaussures. Une était au pied du lit, l'autre sous l'armoire. À quatre pattes, elle essaya de la récupérer. Mathias, plus rapide, attrapa la sandale.

— Vas-tu me répondre ? Qui est-ce ?

— Tu m'ennuies, cela ne te regarde pas.

— Salope... je ne voulais pas le croire, je me disais : pas elle, c'est une fille bien... c'est peut-être son petit fiancé... elle aura voulu lui faire plaisir avant qu'il parte à la guerre... je ne peux pas lui en vouloir... tandis que maintenant, j'vois bien que c'est pas le pauvre frère de Camille qui a pu te dévergonder comme ça... saleté... toi... dont je voulais faire ma femme... comme ta sœur... une pute à Boches... une pute à Boches...

Le malheureux s'effondra sur le lit en sanglotant.

Debout, pétrifiée, sentant son sang se retirer de son corps, Léa regardait droit devant elle sans rien voir.

Longtemps ils restèrent ainsi, elle immobile, lui en pleurs. Le premier, il se ressaisit. Léa lui fit soudainement peur. Essuyant ses joues mouillées dans les draps, il vint près d'elle. Dans le visage blême, les yeux avaient une fixité anormale. Au prix d'un immense effort, elle bougea, et articula d'une voix sourde :

— Qu'as-tu dit ?

Déjà Mathias regrettait ses propos.

— Rien, j'étais en colère.

Elle répéta :

— Qu'as-tu dit ?

— Rien, je t'assure, ce n'était rien.

— ... « comme ta sœur »... pute à Boches...

Puis, comme l'herbe d'un pré s'incline sous la faux, la jeune fille bascula avec lenteur. Mathias accompagna sa chute et, sur le sol de froides tommettes rouges, tenta d'atténuer l'effet de ses paroles.

— Non, ne dis rien, serre-moi très fort... Comment as-tu pu croire ?...

— Pardonne-moi...

— ... que moi...

— Tais-toi, balbutiait-il, lui couvrant les lèvres de baisers pour l'empêcher de parler.

— Françoise... oh ! je comprends maintenant... papa... pauvre papa, il ne faut pas qu'il sache... Mathias, que dois-je faire ?...

— N'y pense plus, ma chérie... je me suis peut-être trompé.

Inconsciemment, Léa lui rendait ses baisers et son ventre se frottait contre le sexe dressé. Une nouvelle fois, ils firent l'amour.

Léa ne voulut pas que Mathias la raccompagne jusqu'à Montillac.

Elle prétexta une épouvantable migraine pour aller se coucher sans dîner. En montant, elle croisa les deux officiers allemands qui la saluèrent et s'écartèrent pour la laisser passer.

Enfin seule dans le désordre qu'elle aimait, Léa se laissa tomber sur les coussins. Ainsi ce qu'elle avait vaguement soupçonné était vrai : Françoise, sa sœur Françoise, était la maîtresse d'un des Allemands. Lequel ? Otto Kramer évidemment. L'amour de la musique !

On frappa à la porte.

— Qu'est-ce que c'est ?

— C'est moi, Camille, je peux entrer ?

— Oui.

— Ma pauvre chérie, c'est vrai que tu n'as pas bonne mine, je t'ai monté un cachet.

— Merci, fit Léa en prenant le médicament et le verre d'eau que lui tendait Camille.

— Tu es gentille de m'accompagner demain, Laurent sera content, il t'aime tant.

— Tu n'as rien remarqué de particulier chez Françoise depuis quelque temps ?

— Non, que veux-tu dire ?

Léa la regarda d'un air soupçonneux.

— Ta réticence de l'autre jour, elle était due à quoi ?

Camille rougit et ne répondit pas.

— Tu crois aussi... qu'elle et le lieutenant...

— Tais-toi... ce serait trop abominable.

— Mais tu y penses ?

— Ce n'est pas possible... nous nous trompons.

— Et si on ne se trompait pas ?

— Alors ce serait affreux, s'exclama à voix basse Camille en cachant son visage entre ses mains.

— Il faut en avoir le cœur net, je vais aller le lui demander.

— Pas maintenant... pas tant que je n'aurai pas rejoint Laurent.

— Qui aurait cru ça de Françoise ?

— Ne la jugeons pas, nous ne sommes sûres de rien. Et... si cela est vrai, c'est qu'elle l'aime.

— Ce n'est pas une raison.

— La meilleure.

Léa regarda Camille avec stupéfaction. Quoi ! Que savait-elle, la prude Mme d'Argilat, de l'amour et de ses passions ? L'image de Camille, titubante, mais cependant déterminée à tuer pour la défendre, lui revint en mémoire. Elle n'était pas timorée, à ce moment-là, et peut-être que dans l'amour... cette idée lui fut insupportable : imaginer Camille déchaînée dans les bras de Laurent... non !

— Tu ne sais pas ce que tu dis. Tu oublies qu'il est allemand.

— Hélas ! Je ne l'oublie pas. Depuis des semaines...

— Comment ? Et tu ne m'as rien dit...

— Qu'aurais-je pu te dire ? Ce n'était qu'une impression, quelques regards surpris, rien de concret.

— Quand même, tu aurais dû m'en parler. Ah ! si maman était là ! Tu crois que les autres se doutent de quelque chose ?

— Je n'en sais rien. Il faut dormir : demain nous partons de bonne heure. J'ai fait vérifier le gazogène, tout est en ordre. Léa, je suis si heureuse. Tout à l'heure, dans quelques heures, je reverrai Laurent. Oh ! pardonne-moi, ma chérie, je suis maladroite et égoïste. Bientôt tu rencontreras un brave garçon qui te rendra aussi heureuse que l'aurait fait mon frère, dit Camille en l'embrassant tendrement.

Léa se déshabilla avec rage, enfila une chemise de nuit trop courte, qui lui donnait l'air d'une petite fille. Dans la salle de bains, elle se lava les dents, se brossa les cheveux sans ménagement. Le miroir lui renvoya l'image d'un visage buté et tendu. Si elle faisait une tête pareille le lendemain, à La Réole, Laurent risquait de ne pas la trouver belle. Un sourire éclatant effaça l'air renfrogné, les yeux brillèrent, ses dents mordirent ses lèvres, sa poitrine se gonfla...

— À nous deux, Laurent.

Le passage de la ligne de démarcation s'était effectué sans encombre. Sur la route déserte, la voiture roulait bon train, comme si elle était grisée, elle aussi, de se retrouver en zone libre.

À la sortie de La Réole, Léa prit une petite route sur la gauche. Très vite une haie taillée apparut. Le portail de fer était ouvert. Elle roula quelques instants sur le gravier d'une large allée bordée de rosiers, puis s'arrêta devant le perron d'une grande maison du début du siècle massive et sans grâce. Léa arrêta le moteur. On n'entendait que le chant des oiseaux et le vagissement du petit Charles qui se réveillait dans les bras de sa mère. Au détour de la maison, une haute silhouette claudicante surgit. Léa et Camille sortirent en même temps de la voiture. Camille donna son enfant à Léa et courut vers l'homme en criant.

— Laurent...

Léa serra plus fort le bébé qui, de ses petits bras, lui entourait le cou. Elle aurait voulu s'arracher au spectacle des deux corps enlacés, mais elle était incapable de bouger. Au bout d'un temps qui lui parut ne devoir jamais finir, le couple, mains unies, revint vers elle. Sous le regard dont Laurent l'enveloppa, de joie, elle faillit lâcher l'enfant pour se jeter contre lui, mais Camille le lui prit et le tendit à son père. Avec maladresse, il l'éleva et le contempla comme incrédule.

— Mon fils, balbutia-t-il, tandis qu'une larme roulait sur sa joue et se perdait dans la grosse moustache qui le vieillissait.

Il posa avec précaution un baiser sur le petit visage.

— Charles, mon fils.

— Sans Léa, ni lui ni moi nous ne serions là.

Laurent rendit Charles à sa mère et attira Léa à lui.

— J'étais sûr que je pouvais avoir confiance en toi. Merci.

Il posa ses lèvres sur les cheveux, près de l'oreille.

— Merci, murmura-t-il tout bas avec ferveur.

Une envie de crier son amour envahissait Léa.

— Laurent... Laurent, si tu savais...

— Je sais, ç'a été très dur, Adrien m'a tout raconté. Tu as été courageuse.

— Mais non, je ne suis pas courageuse, s'emporta Léa, je n'avais pas le choix, c'est tout.

— Il ne faut pas la croire, Laurent, elle est merveilleuse.

— Je sais.

Un homme et une femme d'une soixantaine d'années vinrent les rejoindre.

— Camille et Léa, je vous présente M. et Mme Debray, mes hôtes, qui prennent de grands risques pour recevoir des évadés comme moi.

— Taisez-vous, monsieur d'Argilat, c'est un honneur pour nous d'aider nos soldats, dit avec conviction M. Debray.

— Nous ne faisons que notre devoir, affirma sa femme d'une voix douce.

— Voici Camille, ma femme, et mon fils Charles.

— Charles ?... vous n'êtes guère prudente, chère madame, ne savez-vous pas que le prénom à la mode est Philippe ? fit d'un ton taquin M. Debray.

— Les modes passent, monsieur. Je suis très heureuse de pouvoir vous remercier de tout ce que vous faites pour mon mari.

— Je vous en prie, à notre place, vous en feriez tout autant. C'est notre manière de continuer le combat et de nous rapprocher de notre fils.

— Le fils de nos amis est tombé en héros à Dunkerque.

Camille voulut parler.

— Ne dites rien... les mots sont impuissants. Venez, entrons dans la maison. Quelle est cette ravissante jeune fille ?

— Mlle Delmas, Léa Delmas, une amie très chère à qui nous devons notre bonheur.

— Soyez la bienvenue, mademoiselle. Me permettez-vous de vous appeler Léa ?

— Bien sûr, monsieur.

Ils restèrent trois jours dans cette maison hospitalière. Le deuxième jour, Adrien Delmas vint les rejoindre en habit civil. La présence de son oncle atténua un peu l'horrible jalousie qui rongeait Léa. Elle ne pouvait plus supporter de voir le visage resplendissant de Camille et la tendresse attentive de Laurent.

Laurent, l'un des premiers à s'être évadé de Colditz, cette citadelle, autrefois royale, qui dresse ses quarante mètres sur un promontoire escarpé dominant la petite ville de grès rose et de brique sur la rive droite de la Mulde.

Très vite, il s'était rendu compte que sa seule chance de pouvoir s'évader était pendant la promenade. Trois de ses camarades furent mis dans la confidence et l'aidèrent à rassembler vivres, vêtements et un peu d'argent.

Un après-midi, en descendant à la promenade, Laurent remarqua que l'on ravalait la façade d'un bâtiment s'élevant sur trois étages au-dessus du chemin qu'empruntaient les prisonniers pour se rendre dans le parc. Une porte habituellement fermée était ouverte.

En raison de la forte pente, le rez-de-chaussée se trouvait être le premier étage par rapport au chemin. Levant un regard à travers les barreaux rouillés des étroites ouvertures au niveau du sol, il s'était rendu compte qu'il s'agissait de caves ou de remises. Il fallait faire vite : la porte pouvait être refermée à tout moment, à la fin des travaux. Ce fut au retour d'une promenade, son mince bagage dissimulé sous son manteau, qu'il se décida. Il murmura à son compagnon de rang :

— C'est pour maintenant.

Le camarade fit ralentir la colonne.

— Doucement, restez calmes, regardez devant vous.

Pas une seule fois le garde de tête ne s'était retourné. Laurent, au troisième rang, voyait les poils de sa nuque épaisse. Derrière lui : quelques rangs de prisonniers et le garde de queue.

En trois enjambées, il s'engouffra sous la porte de la cave. À chaque instant il s'était attendu à recevoir une balle dans le dos. Un grand vide s'était fait en lui. Les pas de ses compagnons s'étaient éloignés. Le cœur battant à tout rompre, il avait relevé le bas de son pantalon bleu transformé en knicker court qui laissait apparaître des chaussettes d'épaisse laine blanche. Il avait retiré sa vieille veste de toile pour ne garder qu'un gros pull-over beige à torsades, envoi de Ruth. Avec le col de sa chemise bleue tombant sur le pull, une casquette à pont, une petite mallette contenant l'indispensable et ses confortables chaussures de crêpe, il avait l'air d'un randonneur allemand de bonne mine. Une minute s'était écoulée. Nul cri, nul appel, nul aboiement.

Sortir de la cave humide, enjamber un muret, reprendre le chemin, surtout ne pas courir, cela, il l'avait répété maintes fois dans sa tête. Le seul vrai risque était les gardes du chemin de ronde.

Son plan était simple : il voulait retourner dans le parc en franchissant à l'aide d'un arbre brisé le petit torrent qui séparait la forteresse du lieu de promenade, escalader une palissade en bois entourant le terrain de jeu des soldats allemands, puis de là, la muraille à laquelle elle s'appuyait, en se servant de la faible saillie des pierres. Son projet avait été retardé par la présence de soldats jouant au ballon. Il avait dû rester caché dans la cave où, plusieurs fois, il avait cru être découvert : deux gamins étaient venus jouer aux billes dans l'allée centrale, des soldats avaient longé le mur de la maison, un couple et un chien s'étaient arrêtés un long moment devant la porte ouverte. Ce que Laurent avait redouté le plus, c'était le chien. Quand il s'était éloigné, malgré le froid humide de l'endroit il était en nage. Contre toute vraisemblance, les gardiens n'avaient pas encore signalé sa disparition. Dans deux heures, ce serait l'appel. Laurent était enfin sorti de la cave, et avait fait exactement ce qu'il avait prévu. Arrivé au pied de la muraille, il s'était retourné : devant lui, le parc désert ; à sa gauche l'énorme citadelle que les ombres du soir rendaient plus menaçante encore. Sur le chemin de ronde, les silhouettes des sentinelles se découpaient noires sur le ciel encore clair. Que l'une d'entre elles regarde dans sa direction et c'en était fait de lui. Calmement, il avait commencé sa lente escalade. Malgré sa blessure à la jambe qui le gênait encore, il s'était hissé jusqu'au sommet sans difficulté. D'un bond, il s'était lancé dans le vide, amortissant sa chute dans les feuilles mortes : il était sorti du château de Colditz. En contrebas, une route qui était la route de la liberté. Les pierres de la pente avaient roulé sous ses pieds dans un vacarme épouvantable. Sur la route, des voix s'étaient fait entendre. Laurent avait remis de l'ordre dans sa tenue, essuyé la terre de ses souliers. Les voix s'étaient rapprochées. Il avait croisé deux officiers de la citadelle et leurs épouses, en conversation animée, qui n'avaient pas même fait attention à lui. Il était devenu un Allemand moyen. Comme en jouant, il avait rendu son sourire à un vieillard, salué d'un *Heil Hitler* sonore un groupe de jeunes gens. Arrivé sur la grand-route, il s'était offert le luxe de se retourner pour contempler la masse harmonieuse du château de Colditz. Un intense sentiment d'orgueil s'était emparé de lui : il avait vaincu le subtil et formidable arsenal de surveillance qui entourait la forteresse.

Trois jours plus tard, il avait passé la frontière à Schaffhouse. Le soir, il avait pris un train à Rochlitz, sans un sou, et il était arrivé à Berne, où il était tombé gravement malade. Hospitalisé dans la ville durant plusieurs jours, il avait écrit de longues lettres à son père et à sa femme, qui n'étaient jamais arrivées. Seule celle qu'il avait envoyée à Adrien Delmas était parvenue à son destinataire et, par miracle, était passée au travers des filets de la censure. Le moine était entré en contact avec lui par l'intermédiaire d'un dominicain suisse, qui lui avait fourni papiers et argent.

La fin d'un après-midi doux et calme rayonnait sur la petite ville de La Réole, où Laurent et Léa étaient venus faire quelques courses. Étant retenue par Charles, Camille ne les avait pas accompagnés. C'était la première fois qu'ils se retrouvaient seuls. Mme Debray leur avait indiqué un boulanger rue des Argentiers, dont le pain était paraît-il le meilleur de la région et qui vendait encore de la farine. Ils s'égarèrent dans les petites rues et se retrouvèrent près du château des Quat'Sos dominant la vallée de la Garonne. Ils passèrent devant l'abbaye des Bénédictins. Les tilleuls embaumaient. Léa voulut entrer dans l'église. Sous les voûtes gothiques, leurs pas résonnaient. Devant la chapelle de la Vierge, Laurent s'arrêta longuement. Léa s'approcha de lui, prit sa main, inclinant sa tête sur son épaule. Il posa un baiser sur les cheveux bouclés. Contre sa paume, elle sentait battre le pouls de l'homme qu'elle aimait. Quand elle leva son visage vers le sien, leurs regards s'accrochèrent et ne purent se déprendre. Leurs lèvres se frôlèrent. À ce léger contact, tout leur corps s'enflamma. Près d'eux, une porte claqua, les ramenant à la réalité : le charme était rompu.

Laurent repoussa doucement la jeune fille.

— Non... ne me lâche pas.

— Léa, nous sommes fous. Il ne faut pas... je ne dois pas.

— Tais-toi, je t'aime.

À nouveau, la jeune fille se frotta à lui. Il la saisit aux hanches et la plaqua contre son corps.

— Je t'aime.

Léa ondula, caressant de son ventre le sexe dressé. Il la repoussa si violemment qu'elle tomba assise sur un prie-Dieu.

— Arrête ! cria-t-il.

Frottant son dos meurtri, elle le regarda avec un air de triomphe, se leva et se dirigea vers la sortie. Tête basse, il la suivit.

— Vite, dépêchons-nous, la boulangerie va être fermée.

Elle n'était pas fermée, mais ils ne durent qu'au nom de Mme Debray de pouvoir emporter un pain de quatre kilos et un paquet de farine.

Près de la gare, ils récupérèrent leurs vélos. Indifférents, perdus dans leurs rêves, ils passèrent sans un regard devant le panorama du Signal du Mirail. Bientôt ils arrivèrent à la propriété des Debray.

Dès qu'ils entrèrent dans le jardin, Camille vint en courant au-devant d'eux.

— Où étiez-vous ? J'étais morte d'inquiétude.

— Que voulais-tu qu'il nous arrive ? Nous avons visité La Réole, dit Léa, imperturbable.

Durant le dîner, Léa se montra gaie et drôle, bavardant avec esprit de mille choses, sans cesse relancée par Adrien ou M. Debray, que ses propos amusaient.

C'est en prenant un mauvais café dans le jardin que le dominicain annonça à Laurent :

— J'ai trouvé la personne que nous cherchions. Il s'agit de Jean Bénazet, de Varilhes près de Foix. Nous avons rendez-vous demain après-midi à Foix au *Café de la Poste*.

— Déjà ! s'écria Camille.

— Je t'en prie, ma chérie, tu me rejoindras dès que ce sera possible.

— Mais je veux t'accompagner !

— Il n'en est pas question. Pense à Charles, il a besoin de toi.

Mme Debray s'était levée et avait posé sa main sur l'épaule de la jeune femme.

— Mon enfant, n'abattez pas le moral de votre mari par vos larmes. En voulant continuer à combattre, il fait son devoir. Soyez courageuse. Voulez-vous rester ici ? Mon mari et moi nous serions très heureux de vous garder près de nous.

— Ce n'est pas possible, dit Laurent. Camille doit me remplacer aux Roches-Blanches. Je sais par la lettre de Delpech, notre régisseur, que non seulement la maison est occupée, mais que la vigne, faute de main-d'œuvre, est en mauvais état.

— Comme à Montillac, dit Léa.

— Comme dans toute la région, approuva le dominicain.

— Que comptez-vous faire ? demanda M. Debray.

— Je n'en sais rien. Je pense sans cesse à mon pauvre père. Je me demande ce qu'il aurait fait. Les épreuves qui accablent ce pauvre pays me remplissent le cœur de colère et de chagrin. Moi qui étais pour le rapprochement des peuples, leur fusion dans les États-Unis d'Europe, je me sens nationaliste, ce qui me semblait complètement dépassé avant la guerre. Je ne me savais pas si français ni que j'aimais à ce point mon pays.

— Mon jeune ami, grâce à des hommes comme vous, nous essayerons de lui rendre son honneur et sa liberté, affirma avec force M. Debray.

— Le croyez-vous vraiment ?

— Si je ne le croyais pas, ma femme et moi nous nous serions donné la mort le jour où nous avons entendu le Maréchal annoncer qu'il avait demandé la paix ! Il nous a semblé que notre fils mourait une seconde fois. Nous avons pleuré et prié Dieu de nous éclairer. Le lendemain, par la voix du général de Gaulle, nous avons eu sa réponse.

Durant quelques instants, personne ne parla. On n'entendait que les appels des oiseaux et le cri des hirondelles se poursuivant dans le ciel. Adrien Delmas rompit le silence :

— Il faudrait que nous soyons plus nombreux à agir comme vous. Partout ce n'est que veulerie, confusion, compromission, mouchardages ignobles, délations perverses, acceptation de la servitude. On voit des écrivains de talent, comme Brasillach, Rebatet, Drieu, des universitaires, des hommes d'affaires, des soldats, et même — Dieu leur pardonne — des prêtres, prostituer leurs talents au service d'une idéologie ignoble. Comme un animal en état de faiblesse, ils se mettent sur le dos, offrent leur ventre à la botte de l'occupant... Je suis désespéré.

— Mais votre foi en Dieu vous redonnera votre croyance dans l'humanité, dit Mme Debray en l'interrompant.

— Sans doute : ma foi en Dieu... fit-il en se levant.

Léa, que cette discussion ennuyait, se leva également, surprise par le ton de son oncle. Elle avait cru y déceler un désenchantement haineux. Avait-il perdu la foi ? « Ce serait drôle, pensa-t-elle, un moine qui ne croit plus en Dieu ! »

— Oncle Adrien, tu as l'air malheureux, fit-elle, câline, en le rejoignant sous un grand marronnier.

Sans répondre, il alluma une cigarette.

Du coin de l'œil, Léa l'observait : il n'était pas seulement malheureux, il était désespéré. Une timidité, venue de son enfance, l'empêchait de le consoler. Pour faire diversion et chasser l'angoisse qui l'envahissait de le voir, lui, si fort dans ses convictions, douter de ce Dieu pour qui il avait tout abandonné, elle demanda :

— Sais-tu si le sous-lieutenant Valéry est bien arrivé au Maroc ?

— Il est bien arrivé.

— Et pour Laurent ? Tu crois que tout ira bien ?

Le dominicain la regarda attentivement. Il ne s'était pas trompé : cette petite était toujours amoureuse de Laurent d'Argilat. Il résolut d'en avoir le cœur net.

— Tout ira très bien, le passeur est un homme sûr. À Alger, il retrouvera ses camarades. Très vite, Camille et son fils pourront le rejoindre.

Léa pâlit mais ne broncha pas.

— Tu dois être heureuse de voir que tout s'arrange pour tes amis, ajouta-t-il, avec un rien de sadisme.

— Très heureuse, fit-elle sèchement en se détournant. Excuse-moi, je suis fatiguée, je vais me coucher. Bonsoir.

— Bonsoir, Dieu te protège.

En courant Léa rentra dans la maison.

Enfermée dans sa chambre, elle ne voyait pas comment elle pourrait revoir Laurent seul avant son départ. Couchée nue sur son lit, elle se remémorait chacun des instants passés à La Réole devant la chapelle de la Vierge de l'église Saint-Pierre. Au souvenir du contact du corps aimé, le sien se cambra et sa main entre ses cuisses fit naître un plaisir qui la laissa furieuse contre elle-même. Très vite elle s'endormit, un bras replié sur son visage.

La journée n'en finissait pas.

Très tôt, la veille, Adrien et Laurent avaient pris le train pour Toulouse, où ils devaient changer pour prendre la direction de Foix. Les adieux avaient été aussi déchirants qu'il se devait, ironisait pour elle-même Léa. Elle avait cependant réussi à glisser une lettre dans la main du jeune homme, dont la brusque rougeur n'avait échappé ni à Adrien ni à Mme Debray. Mais cela lui était bien égal : l'important était qu'il sache qu'elle l'aimait et qu'elle ait pu le lui redire.

— Je te confie une nouvelle fois ce que j'ai de plus cher, avait-il dit en l'embrassant.

Enfin, un pas sur le gravier de l'allée. C'était bien celui d'Adrien. Léa s'interdit de courir vers lui pour le question ner : Mme Debray était là qui, depuis la veille, ne cessait de l'observer.

— Tout s'est-il bien passé ? s'écria Camille, essoufflée de sa course, une main comprimant les battements de son cœur.

— Oui, très bien.

— Quand part-il pour l'Espagne ?

— Ce soir, dans la nuit. Il ne sera pas seul, ils sont sept ou huit.

— Si vous saviez comme j'ai peur, mon père, dit Camille.

— Ne craignez rien, tout ira bien.

— Je l'espère, mais moi, que vais-je faire en attendant ? N'y a-t-il rien à entreprendre en France ? Mon père, vous faites quelque chose, M. et Mme Debray aussi. Je veux vous aider. Utilisez-moi.

Le dominicain enveloppa d'un regard ému la jeune femme si fragile qui lui proposait son aide.

— Votre premier devoir est de résister au désespoir et de vous montrer d'une extrême prudence. Nous sommes très peu nombreux à nous être engagés dans l'action. Vous le voyez bien autour de vous. Il faut attendre que la confiance envers le maréchal Pétain disparaisse. Elle est déjà considérablement émoussée, mais de nombreux hommes et femmes, pas moins patriotes que nous, hésitent encore à se mettre hors la loi. À Londres, certains officiers sont hostiles au général de Gaulle. Beaucoup se méfient de l'Angleterre. Le coup de Mers el-Kébir a gravement compromis les bonnes relations entre les deux pays. Prenez patience. Dès que ce sera possible, je rentrerai en rapport avec vous pour vous donner des nouvelles de Laurent et vous dire quand vous pourrez le rejoindre. Cependant, vous pouvez me rendre un service : déposer un paquet de lettres à Saint-Émilion. Cela comporte quelques risques au moment du passage de la ligne de démarcation.

— Où dois-je déposer ce paquet ?

— Chez M. Lefranc, venelle du Château-du-Roy. Vous lui donnerez cet exemplaire du Guide bleu de la Bretagne, il comprendra. Ensuite, oubliez tout ça et rentrez aux Roches-Blanches. Viens, Léa, marchons un peu, j'ai à te parler.

Tandis qu'elle suivait Adrien dans les allées du jardin, son cœur battait très fort : elle redoutait cette conversation.

— Je dois repartir ce soir. Je prends le train de six heures pour Bordeaux. Demain, tu conduiras Camille à Saint-Émilion, puis aux Roches-Blanches. De là, tu rentreras le plus rapidement possible en passant par Cadillac, où tu remettras à M. Fougeron, employé à la mairie, ces trois lettres de la part du chanoine.

— C'est tout ?

— Oui. Ah non ! j'oubliais : Laurent m'a remis ceci pour toi.

Léa devint écarlate en prenant la mauvaise enveloppe que lui tendait son oncle.

— Merci.

— Ne me remercie pas. Ce n'est pas pour toi que je le fais, mais pour lui, même si je désapprouve qu'il t'écrive. Si j'ai accepté, c'est parce que je sentais cet homme déchiré.

Tête baissée, Léa ne disait rien et tournait machinalement l'enveloppe entre ses doigts : elle n'était pas cachetée. Elle lança un bref coup d'œil à Adrien.

— Rassure-toi, je ne l'ai pas lue.

22

Léa était loin de se douter qu'elle éprouverait la moindre peine en quittant Camille. Ce fut cependant le cœur déchiré qu'elle se précipita dans ses bras avant de partir.

Le passage de la ligne de démarcation à Saint-Pierre-d'Aurillac s'était effectué sans encombre, les lettres ayant été dissimulées dans la petite valise du bébé. A Saint-Émilion, Camille avait remis le guide de la Bretagne à M. Lefranc. Aux Roches-Blanches, Delpech avait accueilli la jeune femme et son fils avec émotion.

C'était la première fois que Léa revoyait la maison depuis cette fête des fiançailles qui avait marqué la fin d'une époque heureuse. Elle n'avait qu'une envie : y rester le moins longtemps possible. Après s'être rafraîchi le visage et les mains, elle s'était arrachée à la sollicitude de Camille et était repartie.

À Cadillac, elle était arrivée peu de temps avant la fermeture de la mairie. Sur les marches, deux soldats allemands l'avaient croisée en riant. Au guichet de l'état civil, un employé calligraphiait avec soin : c'était Fougeron. Léa lui avait remis les lettres et s'était vue chargée de poster un paquet en zone libre. Elle n'avait pas eu le temps de dire un mot : les soldats allemands étaient manifestement de mauvaise humeur. Rapidement, Léa avait glissé le paquet dans son sac.

À partir de ce jour, elle avait régulièrement effectué le passage du courrier d'une zone à l'autre. Elle avait dû, pour cela, demander au lieutenant Kramer un *ausweis* spécial, sous prétexte de surveiller le travail sur les terres de son père à Mounissens et à La Laurence, près de Saint-Pierre-d'Aurillac. Grâce à ses voyages dans les fermes, les menus s'étaient améliorés à Montillac. En outre, Albertine et Lisa qui, disaient-elles, mouraient doucement de faim à Paris recevaient des colis.

Avec les vacances, Laure était revenue de son pensionnat, bien décidée à n'y plus retourner maintenant qu'elle avait son brevet. C'était une jolie fille de seize ans, futile et coquette, grande admiratrice du Maréchal, dont elle collectionnait les portraits sous n'importe quelle forme. Elle n'avait pas pardonné à Léa d'avoir jeté à terre une photo dédicacée de son idole, qu'elle avait placée fièrement sur le piano du salon. Elle s'en était plainte à son père, dont la réponse l'avait malgré tout impressionnée :

— Ta mère aurait fait la même chose.

Depuis, elle quittait ostensiblement le salon chaque fois que Léa écoutait Radio-Londres. Quant à Françoise, nul ne savait vraiment ce qu'elle pensait. Lorsqu'elle n'était pas de service à l'hôpital, on l'entendait jouer du piano toute la journée et promener devant tous un visage épanoui qui faisait dire à Ruth :

— Ça ne m'étonnerait pas que cette petite soit amoureuse.

De qui ? C'était la question à laquelle Léa refusait de répondre. Durant quelques jours, elle avait surveillé sa sœur sans rien remarquer de suspect dans son comportement. Cependant, une fois, en descendant plus tôt que d'habitude pour préparer son petit déjeuner, elle s'était heurtée dans la pénombre de l'escalier au lieutenant Hanke qui l'avait saluée à très haute voix :

— Bonjour, mademoiselle Léa.

— Bonjour, avait-elle répondu brusquement.

Quand elle était entrée dans la cuisine, le lieutenant Kramer achevait de déjeuner. Il se leva à son entrée en s'inclinant.

— Bonjour, mademoiselle Delmas, vous êtes bien matinale aujourd'hui. Sans doute devez-vous aller voir les terres de monsieur votre père en zone occupée ?

Pourquoi y avait-il trois bols sur la table et pourquoi l'un d'eux était-il plein ?

Peu après Laure étaient arrivés Philippe, Corinne Delmas et leur petit frère Pierrot, les enfants de l'oncle Luc. La vieille maison avait à nouveau retenti de rires et de cris. Du fait de la présence des Allemands, on avait dû se serrer.

Léa avait retrouvé avec plaisir son cousin Pierrot qui, à quatorze ans, se prenait déjà pour un homme. Comme autrefois, il avait dormi avec elle dans la chambre des enfants.

Aux repas, les discussions étaient si animées que Bernadette Bouchardeau s'empressait de fermer les fenêtres :

— Vous voulez que tout le monde entende ! Qu'on se fasse tous arrêter !

La table était très nettement divisée en trois camps. Les pétainistes convaincus : Bernadette, Philippe, Corinne et Laure, qui n'avaient pas de mots assez durs pour parler de ceux qui, lâchement, trahissaient le Maréchal, donc la France ; les gaullistes ou tout au moins ceux qui n'acceptaient pas l'occupant : Léa et Pierrot ; et les « sans opinion » pour des raisons diverses : Pierre Delmas, Françoise et Ruth.

Les premiers prônaient la collaboration demandée par Pétain le 30 octobre 1940, seule façon, disaient-ils, de ramener l'ordre, la dignité et la religion dans ce pays corrompu par les Juifs et les communistes ; les deuxièmes disaient que la seule chance de la France de retrouver son honneur et sa liberté était de suivre le général de Gaulle.

— Un traître !

— Un héros !

Les troisièmes parlaient peu : Ruth, par discrétion, Pierre Delmas par indifférence et Françoise... Françoise ? On ne savait pas. Souvent, quand la discussion devenait trop passionnée, elle quittait la table.

Un jour, n'y tenant plus, Léa l'avait suivie. Sur la terrasse, effondrée contre le banc de fer, Françoise sanglotait. Léa s'était approchée et lui avait demandé doucement :

— Qu'as-tu ?

Les sanglots avaient redoublé.

— J'en ai assez d'entendre toujours parler de la guerre, de Pétain, d'Hitler, de De Gaulle, des restrictions, des Russes, de zone libre, de zone occupée, de l'Angleterre, de... de... j'en ai assez. Je veux qu'on me foute la paix... je veux aimer librement... je veux... je voudrais mourir...

Peu à peu, la compassion qu'éprouvait Léa pour le chagrin de sa sœur s'était transformée en agacement puis, en dégoût. « Quand on devient aussi moche que ça en pleurant, on se cache », avait-elle pensé.

— Tais-toi ! Si tu voyais la tête que tu as ! Si quelque chose ne va pas, dis-le. Si c'est ton amoureux qui te met dans cet état-là, quitte-le.

Léa avait parlé par taquinerie, sans penser à ce qu'elle disait. La violence de la réaction de Françoise l'avait laissée stupéfaite et sans voix.

— Qu'est-ce que tu sais de mon amoureux, toi qui vas te rouler dans le foin avec un domestique tout en continuant à penser au mari d'une autre ? Mon amoureux, s'il le voulait, il vous ferait tous a... Ça ne te regarde pas, ça ne regarde personne. Je vous déteste, je voudrais ne plus jamais vous revoir !

Après avoir craché ce dernier mot, elle s'était enfuie en passant par la petite trouée le long de la terrasse. Léa avait regardé la silhouette trébuchante s'éloigner à travers la vigne puis disparaître derrière Valenton.

Combien de temps était-elle restée ainsi, immobile face à ce paysage familier, tandis qu'une petite phrase lui martelait le crâne : « Mon amoureux, s'il le voulait, il vous ferait tous arrêter, mon amoureux, s'il le voulait, il vous ferait tous arrêter... » Cependant, comme à chaque fois, la beauté calme des champs, de ces bois, de ces coteaux, de ces vignes, de ces villages et de la ligne sombre des

Landes, là-bas, avait apaisé son angoisse et fait taire l'affreuse musique.

Le lendemain, Françoise avait annoncé qu'elle partait pour Arcachon chez une amie. Léa se rappela que Laure lui avait suggéré de demander à Françoise si elle s'était bien amusée au concert. Léa s'était étonnée de cette demande. Sa petite sœur avait alors vaguement répondu que ça n'avait pas d'importance, qu'elle avait oublié. Devant l'insistance de Léa, elle avait fini par avouer :

— J'avais cru la voir avec le lieutenant Kramer. Mais ce ne devait pas être lui, car l'homme qui l'accompagnait était en civil.

Léa ne doutait plus : sa sœur aimait un Allemand dont elle était vraisemblablement la maîtresse.

Elle en avait parlé à Camille, venue passer quelques jours avant les vendanges : que devait-elle faire ? Devait-elle avertir son père, Ruth, Adrien ?

— N'en fais rien, avait répondu Camille. C'est trop grave. Seule Françoise ou le lieutenant Kramer peuvent te dire si cela est vrai.

— Mais cette phrase ?...

— Elle l'a dite sous le coup de la colère.

Durant le séjour de Françoise à Arcachon, le lieutenant Kramer avait été absent la plupart du temps.

Avec l'automne, tout le monde était reparti pour Bordeaux, même Laure, qui trouvait la campagne « d'un ennui mortel ». Léa, qui s'était déchargée de la responsabilité de la vigne sur Mathias et Fayard, avait vu ces départs avec joie, d'autant plus que nourrir tout ce monde, malgré les tickets supplémentaires, n'était pas une mince affaire. Elle voyait venir l'hiver sans trop de crainte, grâce aux conserves des légumes de son potager et à la basse-cour solidement garnie de poules et de lapins... sans compter les deux cochons. Une seule chose la préoccupait : l'argent devenait rare. La vente du vin payait tout juste ceux qui travaillaient la vigne, et encore pas tous. Ces six derniers mois, Fayard n'avait pas été payé. Par Camille, Léa avait appris que Laurent n'était resté que quelques mois à Alger. Il était maintenant à Londres. Elle avait vu avec joie qu'elle ne parlait plus de rejoindre son mari.

Malgré son amour pour Laurent, elle avait continué à avoir des relations avec Mathias, chaque fois plus violentes, chaque fois plus décevantes. Après chacune de leurs étreintes, elle se promettait que c'était la dernière, mais au bout d'une semaine, quinze jours tout au plus, elle rejoignait le garçon dans la grange, dans les vignes ou dans la vieille maison de Saint-Macaire.

Le 21 octobre, il y avait eu un attentat à Bordeaux contre un officier allemand. Le 23 octobre 1941, cinquante otages avaient été exécutés.

De plus en plus, Léa éprouvait une sensation d'étouffement, d'ennui profond, et elle cherchait vainement l'oubli de ces jours monotones dans les livres de la bibliothèque de son père. Aucun auteur ne trouvait grâce à ses yeux : Balzac, Proust, Mauriac, tous lui tombaient des mains. Ses nuits étaient troublées d'horribles cauchemars : tantôt sa mère se dressait en sanglots au milieu des décombres, tantôt l'homme qu'elle avait tué la pressait dans un ignoble enlacement. Dans la journée, elle était sujette à de brusques crises de larmes, qui la laissaient brisée. Montillac pesait sur ses épaules. Elle se demandait s'il était bien nécessaire de tant travailler à maintenir tout cela en vie, à vouloir garder cette terre qu'elle était maintenant seule à aimer, puisque ni son père ni ses sœurs ne s'en préoccupaient. Quelqu'un d'autre cependant l'aimait au point de désirer la posséder : c'était Fayard. Depuis le retour de son fils, il avait retrouvé sa raison de vivre et une âpreté qu'il était parvenu à dissimuler jusqu'au jour où il annonça carrément à Léa :

— Tout cela est trop lourd pour une jeunesse comme vous. Le pauvre M. Delmas n'a plus toute sa raison, et bientôt il faudra l'enfermer. Il faut un homme pour mener une exploitation comme celle-ci. Vous devriez conseiller à votre père de vendre. J'ai quelques économies et ma femme vient de faire un héritage. Bien sûr, il manquera un petit quelque chose, mais votre père acceptera d'en faire votre dot.

Glacée, Léa était incapable d'interrompre le bonhomme. Elle comprenait que durant toutes ces années de travail sur cette terre, il n'avait pensé qu'à une chose : en devenir le propriétaire. Les circonstances le servaient admirablement. Isabelle Delmas vivante, jamais il n'aurait eu l'audace de proposer une telle chose. De plus, il venait de lui faire comprendre qu'il était parfaitement au courant de ses relations avec son fils.

— Vous ne répondez rien ?... Je vois. Vous avez peur de devoir quitter la maison. Mais il ne tient qu'à vous qu'elle soit toujours la vôtre : épousez mon fils.

Elle contint avec difficulté la colère qui l'envahissait.

— Mathias est au courant de vos beaux projets ?

— Plus ou moins. Il dit que c'est pas des choses dont il faut parler maintenant.

Il sembla à Léa qu'une partie du poids qui l'oppressait s'allégeait.

— Vous vous trompez, Fayard, il n'est pas question pour nous de vendre ni à vous ni à quiconque. Je suis née sur cette terre et je tiens à la conserver. Quant à l'état de mon père, il n'est pas aussi catastrophique que vous le dépeignez.

— Vous n'avez plus d'argent et voilà six mois que je n'ai pas été payé.

— Nos affaires ne vous regardent pas. Quant à votre salaire, il vous sera payé avant la fin du mois. Bonsoir, Fayard.

— Vous avez tort, mademoiselle Léa, de le prendre sur ce ton, fit-il d'un air menaçant.

— Cela suffit, je n'ai plus rien à dire sur ce sujet. Bonsoir.

Fayard sortit en grommelant.

Dès le lendemain, Léa écrivait à Albertine pour lui demander de lui prêter la somme due à Fayard. Par retour de courrier, sa tante la lui envoya et Ruth fut chargée de porter l'argent au maître de chais. Ce fut à cette occasion qu'éclata entre le père et le fils une violente dispute, qui décida Mathias à se porter volontaire pour aller travailler en Allemagne. Léa le supplia de renoncer à son projet, lui disant qu'elle avait besoin de lui, que c'était trahir son pays que d'aller là-bas.

— Non, tu n'as pas besoin de moi. C'est à Montillac que tu penses quand tu dis ça. Eh bien, moi, Montillac, je m'en fous, dit-il d'une voix avinée.

— Ce n'est pas vrai, tu as bu, cria-t-elle.

— Si, c'est vrai, je ne suis pas comme mon père. C'est toi que je veux, avec ou sans la terre. Mais j'ai enfin compris que tu ne m'aimais pas, que tu n'étais qu'une chienne en chaleur qui a besoin de temps en temps d'un petit coup de queue...

— Tais-toi, tu es vulgaire.

— Si tu savais ce que je m'en fous d'être vulgaire ou non. Pour moi, plus rien n'a d'importance. Alors, être ici ou en Allemagne...

— Mais enfin, si tu veux absolument t'en aller, tu pourrais rejoindre le général de Gaulle.

— J'm'en fous, je te dis. De Gaulle, Hitler, Pétain, pour moi c'est du pareil au même : des militaires. J'aime pas les militaires.

— Je t'en prie, Mathias, ne me laisse pas.

— Pour un peu on la croirait sincère ! V'là-t-y pas qu'elle pleure ! Alors comme ça, le pauvre Mathias va te manquer, ma belle. Le pauvre Mathias et sa grosse queue ?

— Tais-toi.

Ils étaient dans le petit bois de pins près du potager. C'était là que Mathias était venu trouver Léa pour lui annoncer sa décision. Était-ce pour se donner du courage qu'il avait bu ?

D'un geste brusque, il poussa son amie à terre. Elle glissa sur les aiguilles de pin. Dans sa chute, sa jupe s'était relevée, découvrant ses cuisses blanches au-dessus des bas de laine noire. Il se jeta sur elle.

— Tout ce qui t'intéresse, hein, salope, c'est la queue, une bonne grosse bite. Pleure plus, tu vas l'avoir.

— Laisse-moi, tu pues le vin.

— C'est pas grave, ça n'empêche pas les sentiments.

Léa se débattit sans succès, l'ivresse décuplant les forces de son ami. Des aiguilles de pin chauffées par l'éclatant soleil de cet après-midi d'hiver montait l'odeur de leurs jeux enfantins quand ils se roulaient au pied des grands arbres. Ce souvenir la troubla si fort qu'elle cessa de se défendre et s'offrit au sexe qui la cherchait. Mathias se méprit sur cette apparente soumission.

— Tu n'es vraiment qu'une salope.

Il la besogna avec des han de bûcheron, cherchant à lui faire mal, à la punir de ne pas l'aimer. Le plaisir leur arracha des cris.

Combien de temps pleurèrent-ils ainsi enlacés, grotesquement dénudés, visibles du potager ? Le froid et l'inconfort de leur position les ramenèrent à la triste réalité. Sans un mot, ils se relevèrent, rajustèrent leurs vêtements, les secouèrent pour faire tomber la terre, retirèrent de leurs cheveux emmêlés des aiguilles de pin et, après un échange de regards qui disait toute leur détresse, partirent chacun de leur côté.

Dans la nuit, Mathias prit le train pour Bordeaux, qu'il devait quitter pour l'Allemagne le 3 janvier 1942.

23

Le chien des Fayard avait suivi Léa dans sa promenade. Ensemble, ils se reposaient au pied de la croix de Borde, qui domine la plaine. Le temps était clair, ensoleillé, un vent vif et froid rougissait les joues de la promeneuse qui, assise, enveloppée dans une vaste cape de berger landais, regardait devant elle, les yeux dans le vague. À Saint-Macaire, les cloches sonnèrent la fin des vêpres : c'était dimanche. Soudain, le chien redressa la tête, attentif, puis se releva en grognant.

— Qu'as-tu, Courtaud ?

Le chien poussa un aboiement clair et partit en courant vers le chemin. « Sans doute un lapin ou un mulot », pensa-t-elle. Elle s'évada à nouveau dans sa rêverie sans objet.

Une pierre roula non loin d'elle. Léa tourna la tête. D'un bond, elle fut sur pieds.

— Oncle Adrien !

— Ma fille !

Ils s'étreignirent avec bonheur.

— Ouf ! j'avais oublié que la côte était raide pour monter jusqu'ici, fit-il en se laissant tomber sur l'herbe essoufflé. À moins que ce ne soit l'âge, ajouta-t-il en ras semblant les plis de sa robe.

— Que fais-tu là ? Quand es-tu arrivé ?

— Je viens d'arriver et je te cherchais. Je suis heureu

de te trouver loin de la maison pour te dire ce que j'ai à te dire.

— Laurent ?...

— Non, il ne s'agit pas de Laurent. Il va bien... du moins il en était ainsi la dernière fois que je l'ai vu.

— La dernière fois que tu l'as vu ?... il est donc en France ?

— Oui, il a été parachuté de Londres.

— Où est-il ?

Le dominicain ne répondit pas.

— Camille est au courant ?

— Je ne crois pas. Écoute-moi bien, Léa. Je sais que tu continues à servir de facteur entre les deux zones, et que ta bicyclette bleue est connue de tous ceux qui espèrent encore. Tu as prouvé à plusieurs reprises que tu ne manquais ni de courage ni de sang-froid. J'ai une mission de la plus haute importance à te confier. Je suis sur le point d'être grillé et il va falloir que je passe en zone libre. J'ai un message à transmettre à Paris. Tu vas y aller à ma place.

— Moi ?

— Oui, toi. Tu vas recevoir demain une lettre de ta tante Albertine, te demandant de venir l'aider à soigner sa sœur.

— Tante Lisa est malade ?

— Non, c'est un faux, mais il te fallait une raison plausible de partir. Tu partiras demain soir par le train de nuit. Tu voyageras en deuxième classe. Voici ton billet. Arrivée à Paris, tu téléphoneras de la gare à tes tantes. Fais attention à ce que tu leur diras. Tu prendras le métro et tu iras directement rue de l'Université en passant par la rue du Bac...

— Mais...

— Je sais, ce n'est pas le chemin le plus court, mais c'est celui que tu prendras. Une fois auprès d'elles, trouve quelque chose pour expliquer ta venue. Si Lisa pouvait passer quelques jours au lit, ce serait parfait. Dans l'après-midi, promène-toi dans le quartier, fais des emplettes au *Bon Marché*, regarde les vitrines. En revenant, tu passeras devant la librairie Gallimard du boulevard Raspail. Tu connais ?

— Oui.

— Tu regarderas la devanture, puis tu entreras. Tu feuilletteras les livres exposés sur la table en face de la caisse, tu regarderas dans les rayons, tu t'arrêteras à la lettre P comme Proust, tu prendras le tome II d'*À la recherche du temps perdu*. À l'intérieur, tu trouveras un prospectus des éditions de la N.R.F. indiquant les nouvelles parutions. Il te semblera un peu plus épais que ceux que l'on met habituellement. Tu le substitueras à celui-ci.

Léa prit le papier vert pâle sur lequel étaient imprimés des titres de livres.

— Celui-ci aussi est épais.

— Oui. Il contient un message qui doit absolument être délivré. Ensuite tu remettras le livre en rayon. Prends à côté n'importe quel livre publié par Gallimard et va à la caisse pour le payer.

— C'est tout ?

— Non. Tu entreras dans la librairie à cinq heures précises, tu en sortiras dix minutes plus tard. Il se peut que, pour une raison ou une autre, tu ne puisses échanger les prospectus. Tu reviendras le lendemain à onze heures. Si, à nouveau, il y a un empêchement, tu rentreras rue de l'Université où tu recevras d'autres instructions. Tu as bien compris ?

— Oui. Que devrai-je faire de l'autre prospectus ?

— Le mettre dans le livre que tu auras acheté. Le lendemain, si tout va bien, tu iras à la séance de deux heures voir le film de Louis Daquin, *Nous les gosses*, dans la salle des Champs-Élysées. Tu t'installeras à l'avant-dernier rang, le plus près de l'allée centrale. Avant la fin du film, tu glisseras le livre sous ton siège et tu sortiras. Sinon, tu feras la même chose à la séance de quatre heures. Deux jours après, tu iras au musée Grévin à trois heures. Devant le tableau de la famille royale au Temple, quelqu'un t'abordera en te disant : « Nous n'irons plus aux bois », tu lui répondras : « Les lauriers sont coupés. » Il laissera tomber un dépliant sur le musée, tu le ramasseras et il te dira : « Gardez-le, ça peut vous intéresser. » Tu le remercieras et tu continueras ta visite en consultant de temps en temps ton dépliant.

— Ensuite ?

— Ensuite, tu rentreras chez tes tantes. Le lendemain tu prendras le train du matin pour Limoges. Il y aura des contrôles en gare de Vierzon. Arrivée à Limoges, tu laisseras ta valise à la consigne. En sortant de la gare, tu prendras le tramway, tu descendras place Denis-Dussoubs. Tu verras, il y a un cinéma, l'*Olympia*. À l'angle de la place et du boulevard Victor-Hugo se trouve une librairie. Tu iras vers une forte femme d'une soixantaine d'années en blouse grise, tu lui demanderas si elle a reçu *Les Mystères de Paris* d'Eugène Sue. Elle te répondra qu'elle n'a que *Les Mystères de Londres* de Paul Féval. Elle te passera l'exemplaire, dans lequel tu glisseras le dépliant du musée Grévin. Tu lui rendras le livre en lui disant que tu regrettes, que cela ne t'intéresse pas. En sortant, sur ta droite, tu prendras la rue Adrien-Dubouché, tu entreras dans l'église Saint-Michel-des-Lions, appelée ainsi à cause de deux lions de pierre couchés à l'entrée. Tu en feras le tour. Au passage, rien ne t'empêche de prier. En sortant, tu descendras la rue du Clocher, tu passeras devant les *Nouvelles Galeries*, et devant l'Hôtel Central, place Jourdan. Tu longeras le square et tu prendras l'avenue de la Gare. Il sera environ cinq heures. Tu auras un train pour Bordeaux à cinq heures et demie. A Bordeaux, ton oncle Luc t'attendra. Tu passeras la nuit chez lui. Il n'est au courant de rien. Il croit que tu viens de soigner ta tante. Le lendemain, tu rentreras à Montillac, où tu essaieras d'oublier tout ça. Tu as bien compris ?

— Je crois.

— Répète-moi.

Sans se tromper, Léa répéta ce qu'elle devait dire et faire.

— En principe, tout devrait bien se dérouler. Au moment du passage de la ligne de démarcation, ne t'inquiète pas, tes papiers sont en règle. S'il y a des contrôles inopinés, ne t'affole pas. Si à Paris, tu avais un problème grave, appelle ou fais prévenir François Tavernier...

— François Tavernier !...

— Mais oui, souviens-toi : tu l'avais rencontré le jour des fiançailles de Laurent et de Camille.

— Tu es sûr de lui ?

— Ça dépend pour quoi. Certains disent que c'est un collaborationniste, d'autres que c'est un agent du deuxième bureau. Laissons-les croire ce qu'ils veulent. Je sais quand je peux faire appel à lui. Donc, si tu as un ennui appelle-le.

Léa frissonna.

— Mais tu as froid. Je suis complètement fou de t'avoir forcée à rester immobile. Lève-toi, tu vas attraper du mal. Ce n'est pas le moment.

À Montillac, ils retrouvèrent toute la famille au salon devant un feu de bois, buvant du chocolat et mangeant une brioche énorme.

— Mais c'est Byzance ! s'exclama Adrien en entrant.

— C'est grâce à Françoise, dit Bernadette Bouchardeau. Un de ses malades, pour la remercier, lui a donné ces merveilles.

Tout en dégustant à petites gorgées son chocolat, Léa ne pouvait pas s'empêcher de lancer des regards inquiets en direction de sa sœur. Devait-elle faire part à son oncle de ses soupçons ?

Tout se passa comme l'avait prévu Adrien. Ils prirent ensemble le train pour Bordeaux et sans se retourner, elle monta, seule, dans le train pour Paris.

Tout à la joie de revoir leur nièce, les demoiselles de Montpleynet ne s'étonnèrent pas trop de sa venue. Leur bonheur fut à son comble quand Léa sortit de sa valise un jambon, une douzaine d'œufs et un kilo de beurre. La gourmande Lisa en avait les larmes aux yeux, même la digne Albertine semblait émue, quant à Estelle, elle embrassa Léa sur les deux joues en l'appelant « brave petite », avant d'emporter, tel un avare, ses trésors à la cuisine.

Les trois femmes déjeunèrent gaiement d'un potage clairet, de maigres pommes de terre et d'un peu de jambon.

— Sans toi, nous n'aurions eu encore que ce triste menu ! soupira Lisa la bouche pleine en montrant la soupière.

— Ma sœur, ne nous plaignons pas, nous en connaissons de plus malheureux que nous. Grâce au peu d'argent qui nous reste, nous pouvons nous offrir de temps en temps de la viande ou des volailles au marché noir.

— C'est vrai, mais nous ne mangeons plus jamais de gâteaux.

Cette réflexion enfantine fit rire Albertine et Léa.

Après le déjeuner, Léa annonça qu'elle allait faire un tour dans le quartier.

En sortant du métro. Léa n'avait pas prêté attention à ce qui se passait autour d'elle. Ce fut boulevard Saint-Germain qu'elle prit conscience du silence qui régnait : pas de voitures, seulement quelques vélos ou des vélo-taxis, peu de piétons et une Mercedes rutilante, dans laquelle deux officiers allemands enlaçaient deux fausses blondes en manteau de fourrure. Léa suivit la voiture des yeux en serrant frileusement contre elle son trop léger manteau. Elle regrettait de ne pas avoir mis un des pantalons de Claude que lui avait donnés Camille. Elle s'était dit que, pour Paris, ce n'était pas assez chic. Autour d'elle, les rares passants pressaient le pas, visage fermé, tête baissée comme pour mieux éviter les rafales du vent glacial. Elle remonta rapidement le boulevard Raspail. En arrivant en vue de l'hôtel Lutétia, elle ralentit sa marche. Le long des façades claquaient les drapeaux allemands. Bien que ce ne fût pas pour elle un spectacle nouveau —

Bordeaux, elle aussi, portait les marques de l'Occupation — son cœur se serra. Rue de Babylone, le vent la fit vaciller. Au *Bon Marché,* il faisait chaud. La plupart des rayons étaient vides de marchandises. « Fais des emplettes », avait dit Adrien en lui remettant de l'argent. Léa ne demandait pas mieux, mais acheter quoi ? Pour presque tout il fallait des tickets. Au rayon papeterie, elle acheta des crayons de couleurs et une boîte de peinture ; à celui de la parfumerie, une eau de toilette Chanel. Durant une heure, elle erra dans le magasin, monta au salon de thé boire un breuvage chaud qui n'avait de thé que le nom. Enfin, quatre heures et demie. En marchant doucement, elle serait à cinq heures à la librairie Gallimard.

Léa avait l'impression que tout le monde dans la librairie la dévisageait. Jamais elle n'aurait cru qu'il était aussi difficile de sortir naturellement un livre d'un rayon. Et ce jeune vendeur qui n'arrêtait pas de la regarder avec ses yeux noirs affamés d'adolescent ! Les titres dansaient devant ses yeux.

— Alors, on cherche un bon livre ?

Avant de se retourner, Léa repoussa le tome II d'*À la recherche du temps perdu.*

— Vous !

— Eh oui ! Moi ! N'est-ce pas ici que nous nous sommes rencontrés la première fois ?

— Raphaël ! Il me semble que cela fait si longtemps, fit-elle en lui tendant la main.

— Bonjour, belle Bordelaise. Comme c'est étrange ! À chacune de nos rencontres, j'éprouve le même petit pincement au cœur, la même nostalgie. Hélas, douce amie, que ne suis-je autre... je vous aurais tant aimée, dit Raphaël en piquant sa main de petits baisers.

— Vous ne changerez donc jamais ? dit-elle en retirant ses doigts.

— Pourquoi changerais-je ? Ne vous ai-je pas déjà dit que je m'aimais tel que je suis : juif et pédéraste.

— Vous devriez le dire plus fort encore, fit-elle avec agacement.

— Oh ! Je suis ici chez des amis, tout le monde me connaît. Ne suis-je pas un auteur de la maison ? Peu connu il est vrai, mais estimé ! Ainsi, ce charmant jeune homme brun que vous voyez là est un puits de science, il a tout lu, même mes œuvres. À seize ans ! Incroyable, non ? Rappelez-moi votre prénom.

— Jean-Jacques, monsieur.

— Jean-Jacques, c'est ça. Mon petit Jean-Jacques, m'avez-vous trouvé le livre que je recherche ?

— Pas encore, monsieur, mais ce n'est qu'une question de jours.

— Dès que vous l'avez, apportez-le-moi à mon hôtel, rue des Saints-Pères, et je vous y ferai déguster un très vieux et très rare porto, dit-il en pinçant la joue du garçon qui le regarda d'un air insolent et amusé. Vous avez vu ces yeux ? Quelle flamme ! Pardonnez-moi, mon petit cœur, je vous néglige. Que faites-vous à Paris ? La dernière fois que je vous ai vue, vous étiez devant une église à Bordeaux. A propos, comment vont les dominicains de cette bonne ville ?

Léa eut du mal à réprimer un frisson et répondit plus sèchement qu'elle ne l'aurait voulu :

— Très bien.

— Vous m'en voyez heureux. Mais vous ne m'avez pas dit ce que vous faisiez ici.

— Une de mes tantes est malade et l'autre fatiguée : je suis venue les aider un peu.

— Quelle bonne petite... Bien entendu, ce soir vous dînez avec moi.

— Ce n'est pas...

— Taratata. Je passe vous prendre à six heures et demie. On dîne tôt maintenant à Paris. Rappelez-moi votre adresse ?

— 29, rue de l'Université. Mais je vous assure...

— Pas un mot de plus. Je vous ai retrouvée, je vous garde. Faites-vous belle : ce soir, je vous emmène dans le monde. D'abord dîner à *La Tour d'Argent*, ensuite une réception mondaine dont vous serez le joyau.

« Comment se débarrasser de lui ? pensait Léa. Maintenant, il est trop tard pour échanger les prospectus. »

— Je vous en prie, par amitié pour moi, acceptez.

— D'accord, passez me prendre tout à l'heure.

— Merci, vous ne savez pas le plaisir que vous me faites.

Et si c'était un espion ? ne cessait de se répéter Léa en courant vers la rue de l'Université. Mais non, ce n'est pas possible. N'a-t-il pas voulu m'aider à Bordeaux ? Pourvu que demain, il n'y ait personne dans la librairie. Que vais-je mettre ce soir ? Elle s'en voulut de cette pensée futile, alors qu'elle n'avait pas été à même d'accomplir sa mission. Malgré elle, elle faisait l'inventaire des vêtements qu'elle avait apportés. Rien de mettable pour aller à *La Tour d'Argent*.

— Enfin, Léa, tu n'y penses pas, aller dîner avec ce monsieur que nous ne connaissons pas !

— Mais, tante Albertine, tu vas faire sa connaissance, puisqu'il vient me chercher.

— C'est possible, mais ce n'est pas convenable.

— Ma petite tante, je t'en prie, c'est la première fois depuis que je suis partie d'ici que je vais faire quelque chose d'amusant.

Albertine regarda sa nièce préférée avec une grande tendresse. C'est vrai que la pauvre enfant n'avait pas une jeunesse très gaie : un peu de distraction lui ferait du bien.

— As-tu une robe élégante à te mettre ?

Hélas non !

— Je vais voir avec Estelle et Lisa si on peut te trouver quelque chose. Dieu merci, je n'ai pas vendu mon renard.

De leurs malles, Lisa et Albertine sortirent de vieilles robes de bal, dont la plus récente remontait aux années 20.

— Et ça, qu'est-ce que c'est ? fit Léa en déployant une jupe de tulle noir à incrustations de dentelle.

— Je n'en sais rien, ça devait être à notre mère.

— C'est très joli, dit-elle en l'enfilant par-dessus sa robe. Regardez, une fois repassée, cela fera une jupe parfaite. Et ce corsage ?

— Ma chérie, tu ne peux pas mettre ça, c'est complètement démodé !

— Estelle, aidez-moi, s'il vous plaît. On va arranger ça.

C'est ainsi que Léa fit sensation en s'asseyant à *La Tour d'Argent*, son long cou enserré dans le haut col de dentelle noire d'un corsage d'un autre temps, dont les manches moussaient autour des poignets, tandis que la large jupe se répandait autour de sa chaise. Ses cheveux ornés d'une aigrette noire étaient relevés et lui donnaient un air hautain. Des femmes très élégantes et très maquillées, couvertes de bijoux, dévisageaient avec envie cette jeune fille au visage pâle à peine effleuré par un nuage de poudre, sur lequel ressortaient des yeux clairs aux cils alourdis de mascara. Les hommes aussi la regardaient avec des sentiments bien différents. Ceux qui connaissaient Raphaël Mahl et sa douteuse réputation s'étonnaient qu'une jeune femme aussi distinguée se compromette en sa compagnie.

Léa éprouvait une grande satisfaction d'amour-propre à se sentir ainsi regardée. Elle se félicita de ne pas avoir eu de robe à la mode et de marquer ainsi la différence qu'elle sentait exister entre ces femmes et elle-même. C'était aussi l'avis de Raphaël, qui la complimenta avec son exubérance habituelle.

— Bravo. Vous êtes la plus belle. Voyez comme ils vous regardent tous, surtout les femmes. C'est trop drôle. D'où sortez-vous cette toilette à la fois sévère et tellement « sexy » comme disent les Américains ? Les rares femmes du monde qui sont ici ont l'air de cocottes à côté de vous. Merci d'être si belle. Sommelier, du champagne. Un grand millésime.

— Bien monsieur.

— Il faut fêter dignement nos retrouvailles. J'ai trouvé

mesdames vos tantes absolument charmantes. Je croyais que l'une d'entre elles était malade ?

— Elle va mieux, dit précipitamment Léa.

— Vous m'en voyez ravi. Ah ! voici le champagne. À cause de la guerre qui nous prive de lumière, vous ne pouvez admirer le chevet de Notre-Dame, la Seine et l'île Saint-Louis ; mais je vous promets que la cuisine vous consolera de ne pas voir le panorama. Vous êtes ici dans le plus ancien restaurant de Paris et l'un des plus prestigieux.

Léa regarda son compagnon. Il avait beaucoup changé depuis leur dernière rencontre : il avait grossi, la veste de son smoking tirait par endroits. Il avait le teint brouillé de ceux qui se couchent tard, il semblait inquiet et fumait cigarette sur cigarette.

— Donnez-m'en une.

— Je croyais que vous ne fumiez pas, dit-il en lui tendant l'étui ouvert.

Léa prit une cigarette à bout doré. Un maître d'hôtel se précipita pour lui donner du feu.

— Merci, fit-elle en rejetant la fumée.

— Vous aimez ?

— D'où viennent-elles ? Elles ont un drôle de goût.

— Ce sont des cigarettes turques. Le chasseur du *Crillon* me les fournit par cartouches. Si cela vous intéresse, je peux vous en avoir.

— Merci, ce n'est sûrement pas dans mes moyens.

— Qui parle d'argent entre nous, chère amie ? Vous me les paierez plus tard.

— Non, merci, je préférerais une bonne paire de chaussures.

— Qu'à cela ne tienne, je peux vous en procurer. Dites-moi ce que vous voulez : escarpins, bottines, sandales ? Je peux tout vous fournir. Voulez-vous une zibeline, une marmotte, des bas de soie, des pull-overs en cachemire, un manteau en poil de chameau ? Je peux vous procurer tout ça.

— Comment faites-vous ?

— Ça, belle amie, c'est mon secret. En général, cela

importe peu à mes clients de savoir d'où provient la marchandise. Ils se contentent de payer et... bonsoir. Et croyez-moi, moins on en sait dans ce domaine, mieux on se porte.

Le sommelier leur servit le champagne.

— Buvons à votre beauté.

Léa inclina la tête sans répondre et vida son verre d'un trait.

— Voyons, ma chère, ce vin se déguste, ce n'est pas de la limonade. Que voulez-vous ?

— Je veux des fruits de mer, beaucoup de fruits de mer, et ce fameux canard au sang dont j'ai entendu parler.

— Voilà un excellent choix, je vais prendre la même chose.

Peu après arriva sur la table un somptueux plateau de belons, d'oursins, de moules et de praires. Ensuite, ils mangèrent le célèbre canard au sang, un brie fait à point et une énorme part de gâteau au chocolat. La dernière bouchée avalée, Léa se renversa sur le dossier de sa chaise sous l'œil amusé de ses voisins de table.

— Mmm... pour la première fois depuis des mois, je n'ai plus faim.

— Je l'espère bien, vous avez mangé comme quatre.

— C'est un reproche ?

— Non. C'est un plaisir de vous regarder manger. On a l'impression que vous jouissez. C'est délicieux.

— Vous trouvez ? fit-elle renfrognée, j'en ai honte. Donnez-moi une cigarette et dites-moi qui sont tous ces gens-là, en dehors des Allemands, bien sûr.

— Ces gens-là, ce sont les mêmes qu'avant la guerre. Voir et être vu a toujours été la règle du monde parisien. C'est le Tout-Paris, ma chère, qui est là. Comme il est chez *Maxim's*, au *Fouquet's*, chez *Carrère*, chez *Ledoyen*, partout où il se doit d'être.

— Je ne vous crois pas.

— Regardez ces deux femmes là-bas, entre cet officier allemand distingué et cet homme portant beau à la chevelure bleutée.

— On dirait Sacha Guitry.

— C'est lui. Sa voisine de droite est la grande pianiste Lucienne Delforge. C'est elle qui a eu ce joli mot : « Si l'on me demandait de définir la collaboration, je dirais : la collaboration, c'est Mozart à Paris. »

— Je ne vois pas le rapport.

— C'est que vous manquez d'humour, chère. L'autre dame, c'est la meilleure spécialiste de Wagner, Germaine Lubin. Quant à l'officier allemand, c'est le lieutenant Rademacher, grand responsable des services de la censure. Sans son accord, aucune pièce, aucun spectacle ne peut se monter à Paris. Là-bas, à la table près de la fenêtre, vous avez Albert Bonnard, Bernard Grasset, Marcel et Élise Jouhandeau. Regardez là-bas Arletty : après vous, c'est la plus belle femme de l'endroit...

Un homme, l'air encore jeune, au profil aigu, portant négligemment sur son smoking une cape doublée de satin rouge, aux mains fermes et nerveuses, suivi d'un très beau jeune homme en smoking également, s'approcha d'eux.

— Raphaël, toi ici ! Je suis heureux de voir que tes affaires semblent s'être améliorées.

— Ça va mieux, beaucoup mieux, je suis dans une bonne passe. Léa, permettez-moi de vous présenter un ami très cher : M. Jean Cocteau.

— Jean Cocteau... Bonsoir, monsieur. J'ai bien aimé *Thomas l'Imposteur*.

— Merci, mademoiselle. Je ne savais pas que mon ami Raphaël connaissait d'aussi charmantes personnes que vous.

— Jean, voici Mlle Delmas qui habite Bordeaux.

— Bordeaux ! Quelle jolie ville ! Nulle part ailleurs l'ennui n'y a cette élégance aristocratique. Même les petites frappes des Quinconces y ont une classe inégalable. Puis-je vous déposer quelque part ? Un ami a eu l'obligeance de mettre sa voiture et son chauffeur à ma disposition.

— Nous allons être serrés.

— Oh ! Excusez-moi, mon cher. Où ai-je la tête ? Cette

jeune fille me trouble. Mademoiselle... excusez-moi, je n'ai pas retenu votre nom.

— Delmas.

— Mademoiselle Delmas, je vous présente le plus remarquable danseur de Paris, que dis-je d'Europe, mon ami Serge Lifar.

Le jeune homme, mince et élégant dans son smoking bleu nuit, s'inclina sèchement.

— Où allez-vous ? demanda le poète.

— Chez mon ami Otto.

— Comme c'est amusant, nous y allons aussi. Venez, nous sommes les derniers.

La porte d'une somptueuse limousine sombre leur fut ouverte par un chauffeur allemand. Léa recula.

— Allons, venez, chère amie, vous ne risquez rien, vous êtes entre de bonnes mains et l'endroit où nous allons est un des plus courus de Paris. Je connais des gens célèbres qui font des bassesses pour y être reçus.

Léa s'installa entre Jean Cocteau et Raphaël. Toujours boudeur, le danseur s'assit près du chauffeur.

Ils roulèrent en silence le long des quais déserts. Dans la nuit claire et froide, la masse noire de Notre-Dame semblait veiller sur la cité. Cette image rappela à Léa son arrivée à Paris en compagnie de son père. Comme tout cela paraissait loin...

Ils tournèrent rue des Saints-Pères et prirent la rue de Lille. Quelques instants plus tard, la voiture passa sous une vaste porte cochère gardée par des soldats allemands et s'arrêta devant le grand escalier d'un hôtel particulier.

Galamment, Jean Cocteau aida Léa à descendre de voiture.

— Où sommes-nous ? demanda-t-elle.

— Dans l'hôtel que Bonaparte offrit à Joséphine.

Ils arrivèrent en haut des marches. Les rideaux de la large porte vitrée bruirent en s'écartant. Un flot de lumières, de chaleur, de parfum les accueillit. Des domestiques en habit les débarrassèrent de leurs manteaux. Léa abandonna à regret sa cape de renard. Éblouie, elle regardait autour d'elle avec un ravissement enfantin, à peine gâché par un sentiment de malaise qu'elle tentait en vain de chasser.

— Où sommes-nous ? redemanda-t-elle.

— À l'ambassade d'Allemagne.

Léa eut l'impression qu'elle recevait un coup de poing dans l'estomac. Son geste de recul fut arrêté par la poigne vigoureuse de Raphaël qui l'entraîna vers les salons illuminés.

— Je veux partir !

— Vous n'allez pas me faire ça. De toute façon, c'est trop tard : voici l'ambassadeur.

Un bel homme, jeune encore, très élégant dans un smoking dissimulant un léger embonpoint, salua Jean Cocteau.

— Cher ami, c'est toujours un plaisir pour moi que de recevoir dans ma maison un poète tel que vous.

— Excellence...

— Présentez-moi vos amis.

— Excellence, voici Serge Lifar, dont vous avez déjà entendu parler.

— Bien sûr. J'adore votre manière de danser, monsieur.

— Votre Excellence...

— L'écrivain-journaliste Raphaël Mahl.

— Je connais monsieur, fit l'ambassadeur, en passant devant lui sans lui tendre la main.

Une légère rougeur parut sur les joues de Raphaël qui s'inclina avec raideur.

— Quelle est cette ravissante jeune fille, la future interprète d'un de vos futurs chefs-d'œuvre ?

— Permettez-moi de vous présenter Mlle Léa Delmas, Léa, je vous présente Son Excellence, M. Otto Abetz, ambassadeur d'Allemagne à Paris.

Léa n'osa refuser sa main à celle tendue par l'ambassadeur, qui lui dit dans un excellent français, en la prenant familièrement par le bras :

— Venez, mademoiselle, je vais vous présenter à ma femme. C'est une Française comme vous, je suis sûr que vous vous entendrez très bien.

Mme Abetz salua Léa de façon charmante.

— Ma chère, vous avez une robe d'une grande originalité, il faudra me donner l'adresse de votre couturier.

Puis, sans attendre la réponse, elle alla au-devant de nouveaux invités. Léa resta seule au milieu du salon, tandis que passaient et repassaient autour d'elle des gens élégants et parfumés, riant, papotant, un verre à la main. Presque tous jetaient un regard vers cette mince jeune fille, dont l'étrange et large robe noire soulignait la pâleur. Sous ces regards, Léa se raidissait, se félicitant que la longueur de sa robe dissimulât si bien de vieux et vilains escarpins noir et or ayant appartenu à Lisa. Sans chercher à cacher sa curiosité, elle regardait évoluer cette foule en apparence gaie, détendue, heureuse d'être là, où les luxueuses toilettes des femmes, leurs bijoux, mettaient une note claire au milieu des habits noirs des hommes.

— C'est étonnant, n'est-ce pas ? murmura à son oreille Raphaël.

— Qu'est-ce qui est étonnant ?

— Tous ces gens qui font leur cour à l'ennemi.

— Et vous, que faites-vous ?

— Oh moi ! Je ne suis qu'un ver de terre et puis, comme je vous l'ai déjà dit, j'aime les vainqueurs.

— Ils ne le seront peut-être pas toujours.

— Plus bas, mon cœur, fit-il en jetant un regard inquiet autour de lui. Pensez-vous, continua-t-il en lui prenant le bras et en lui parlant à l'oreille, que ceux qui sont ici et leurs semblables ne soient pas convaincus de la totale victoire du grand Reich ?

— Pourtant, en Russie, les troupes allemandes perdent de plus en plus de monde.

— Chut ! Vous voulez nous faire arrêter. Voilà une chose que vous ne devriez pas savoir et encore moins répéter. Un conseil : écoutez plutôt Radio-Paris que Radio-Londres, c'est moins dangereux.

Ils s'arrêtèrent devant le buffet où Léa avala, coup sur coup, cinq ou six petits fours.

— Je crois me revoir au temps où je ne mangeais que dans les cocktails de la rive gauche. Ce que j'ai pu engloutir comme canapés au saumon et au caviar. Cela me nourrissait pour deux jours. Tenez, buvez, vous allez vous étouffer.

D'un salon voisin, leur parvint un air de valse.

— Le bal commence. Quel dommage que je sois un si piètre danseur, j'aurais adoré vous enlever dans mes bras au son d'une valse de Vienne. Venez visiter la maison. Je vais vous montrer le boudoir de Joséphine.

Il y avait tellement de monde dans la petite pièce qu'ils renoncèrent à y entrer. Ils s'assirent dans un salon un peu à l'écart, près d'une table où était posé un admirable vase de Chine monté en lampe. La lumière rose thé que diffusait l'abat-jour donnait au teint et aux cheveux de Léa un éclat particulier. Un homme de taille moyenne, assez corpulent, passa près d'eux.

— Mais n'est-ce pas mon cher éditeur en personne ?

— Décidément, on vous voit partout. Cette jeune beauté est avec vous ? Présentez-moi.

— Léa, je vous présente M. Gaston Gallimard, grand éditeur et grand amateur de femmes. Mlle Delmas.

— Ne l'écoutez pas, mademoiselle, fit-il en s'asseyant près d'elle.

— Gaston, voudriez-vous venir un instant, l'ambassadeur vous demande.

— Excusez-moi, mademoiselle, ne bougez pas, je reviens. Me voici, Marie.

— N'est-ce pas Marie Bell ?

— Oui, c'est elle, une femme charmante. C'est une soirée très littéraire aujourd'hui. Outre notre ami Cocteau, il y a Georges Duhamel, Jean Giraudoux, Robert Brasillach, le beau Drieu la Rochelle, Pierre Benoit en grande conversation avec son ami Arno Breker...

— Le sculpteur ?

— Oui, il vient préparer sa grande exposition qui a lieu

en mai. Tenez, voici deux de ses collègues, talent en moins, Belmondo et Despiau, qui viennent se joindre à eux. Là-bas, c'est Jean Luchaire et Edwige Feuillère...

— Ça suffit, arrêtez votre énumération, c'est trop déprimant à la fin...

— M'accorderez-vous une danse, mademoiselle ?

Léa leva les yeux.

— François...

Elle avait crié son nom.

— François...

D'un bond, elle se leva.

— Léa...

Debout, l'un en face de l'autre, ils se regardaient, incrédules, sans oser se toucher.

— C'est un drôle d'endroit pour se retrouver, murmura François. J'avais oublié que vous étiez si belle, venez danser.

Il y avait longtemps que Léa n'avait fait un rêve aussi agréable : valser lentement dans les bras d'un homme qu'elle désirait et qui manifestement la désirait aussi. Quelle délicieuse sensation de se laisser emporter ! Surtout, ne pas se réveiller, ne pas ouvrir les yeux. Elle se serra davantage contre le corps de François. Elle oubliait l'endroit où elle était, ces gens qui les entouraient, Allemands ou Français, la mission dont l'avait chargée Adrien, la guerre, Laurent même. Elle ne voulait être qu'une femme dans les bras d'un homme.

— Cher ami, je ne saurais vous blâmer de continuer à danser même sans musique, dit Otto Abetz en posant sa main sur l'épaule de François Tavernier.

Celui-ci le regarda sans le voir et, sans répondre, entraîna Léa.

— Ah ! il n'y a que les Français pour aimer comme ça, murmura l'ambassadeur en suivant le couple avec un regard d'envie.

Dans le hall d'entrée, Raphaël s'approcha de Léa.

— Vous partez ?

— Oui, répondit François Tavernier, Mlle Delmas est lasse, je la raccompagne.

— Mais...
— Bonsoir, monsieur.
— Bonsoir, Raphaël.

François la fit monter dans une Bugatti garée dans la cour de l'ambassade.

Pas âme qui vive dans les rues sans lumières de Paris. La place de la Concorde ressemblait à un décor de cinéma, les arbres des Champs-Élysées dressaient haut leurs branches dépouillées.

— Où allons-nous ?

— Je ne sais pas, dit-il en arrêtant la voiture le long d'un trottoir.

Il alluma son briquet et promena la flamme devant le visage de Léa qui s'offrait avec une tension insupportable.

La flamme s'éteignit et les deux corps se précipitèrent l'un vers l'autre. Très vite, leurs lèvres eurent un goût de sang et de sel qui exaspéra leur désir.

Sans l'arrivée d'une patrouille allemande, à qui François Tavernier dut montrer ses papiers et qui s'en fut en s'excusant, ils auraient sans doute fait l'amour dans la voiture.

— Vous habitez chez vos tantes ?

— Oui.

— Je loge actuellement tout près de chez vous, à l'hôtel du Pont-Royal. Vous voulez que nous y allions ?

— Oui.

— Léa, vos tantes vont être folles d'inquiétude, il est cinq heures du matin.

— Je suis si bien, je n'ai pas envie de bouger.

— Il le faut, ma chérie.

— Oui... vous avez raison...

Léa s'habilla d'un air endormi.

« Quelle folie ! » pensa-t-il.

— Je suis prête.

— Souhaitons que vos tantes ne vous attendent pas sur le pas de la porte. Vous auriez du mal à leur expliquer les cernes que vous avez sous les yeux et le désordre de votre coiffure.

— C'est vrai, j'ai vraiment l'air de sortir d'un lit, fit-elle en se regardant devant une glace.

Rue de l'Université, tout le monde dormait. Sur le palier, François et Léa n'arrivaient pas à se détacher l'un de l'autre.

— Mon amour, j'ai tant pensé à vous durant tous ces mois. Il faudra me raconter tout ce qui vous est arrivé.

— J'ai sommeil.

— Allez dormir, mon cœur, je passerai vous chercher demain pour dîner.

Après un dernier baiser, Léa referma la porte de l'appartement. Telle une somnambule, elle regagna sa chambre. Ses doigts s'impatientaient sur les agrafes du col de dentelle. Elle prit sous les couvertures son épaisse chemise de nuit, dans laquelle on avait roulé une boule d'eau chaude. Comme il faisait froid, en frissonnant, elle l'enfila.

Grâce aux bouillottes de tante Lisa, les draps étaient chauds. Léa n'avait pas atteint le fond du lit qu'elle dormait déjà.

— Oh, non ! éteignez la lumière, fermez les rideaux, grogna Léa en se dissimulant sous les couvertures.

— Mais, ma chérie, tu nous as dit hier que tu avais des courses à faire ce matin. Alors, j'ai pensé qu'il était temps de te réveiller.

Des courses à faire ?... Que voulait dire Lisa ? Quelles courses ? Oh, zut ! le prospectus !

Elle rejeta les draps et bondit hors du lit.

— Quelle heure est-il ?

— Dix heures et demie, je crois.

— Dix heures et demie... Mon Dieu, je vais être en retard.

Elle se précipita dans la salle de bains, fit une toilette sommaire, enfila des bas épais, une combinaison de laine, une jupe et un gros pull-over.

— Tu ne vas pas sortir sans manger ?

— Je n'ai pas le temps. Où est mon sac ?

— Là, sur le fauteuil. Quel désordre, ma pauvre petite !

— Je rangerai tout à l'heure.

Le prospectus, où était le prospectus ?... Le voici... quelle peur elle avait eue !

— Bois au moins ton thé.

Pour faire plaisir à sa tante, Léa avala une gorgée.

— Couvre-toi bien, il fait froid ce matin, dit Albertine en entrant dans la chambre, pendant que Léa enfilait son manteau et nouait par-dessus une grosse écharpe de laine rouge.

Elle ajusta son béret noir en descendant l'escalier.

Elle s'arrêta de courir quelques mètres avant la librairie. Il était onze heures moins deux. Encore essoufflée, elle poussa la porte.

À l'exception des trois vendeurs, le magasin était vide. L'un d'eux sortit, un autre descendit un escalier, il ne resta que le jeune homme brun, au regard intelligent et curieux, qui remplissait des fiches. Il leva la tête.

— Puis-je vous aider ?

— Non merci, je regarde.

Comme la veille, elle s'arrêta devant le rayon des auteurs dont les noms commençaient par la lettre P.

Autant, en entrant dans la librairie, elle était fébrile et inquiète, autant au moment de prendre le tome II d'*À la recherche du temps perdu*, elle fut calme et détendue. Elle retira le volume et se mit à le feuilleter. Le prospectus était là. Machinalement, elle s'assura de son épaisseur et avec habileté le mit dans la poche de son manteau. Le livre toujours en main, elle se retourna et fit quelques pas en ayant l'air de le lire. Le jeune homme brun était toujours dans ses fiches. Elle prit dans son sac l'autre prospectus et le glissa entre les pages. Naturellement, sans se presser, elle le remit sur l'étagère.

Toujours pas de client dans la librairie.

Sur la table, Léa prit un livre portant le célèbre sigle N.R.F. et lut les premières lignes : « *Portant dans sa serviette en cuir les copies à corriger de ses quarante-deux élèves, M. Josserand imaginait qu'il était le poète Virgile, remonté des Enfers par la sortie principale du métro Clichy, et il s'étonnait avec une naïveté ingénieuse d'être rendu à la lumière du soleil dans cette contrée curieuse où il voyait beaucoup à apprendre.* » Elle leva la tête, son regard croisa celui du garçon brun.

— C'est un excellent livre, vous devriez le prendre, dit-il en s'approchant.

— D'accord, je vous fais confiance. Je n'ai rien lu de cet auteur.

— C'est une erreur, il faut lire tout Marcel Aymé.

— Merci, je m'en souviendrai.

Léa paya et sortit.

— Au revoir, mademoiselle, à bientôt.

Aucun client n'était entré. Il était presque onze heures et quart.

Malgré un soleil printanier, il faisait encore très froid. En passant devant l'hôtel du Pont-Royal, le souvenir de la soirée de la veille lui revint brusquement. Elle rougit.

« Il faut que je réfléchisse », ne cessait-elle de se répéter encore en poussant la porte de sa chambre.

Une immense corbeille de fleurs blanches occupait toute la commode. Léa sourit, retira ses chaussures, s'allongea sur son lit en ramenant l'édredon sur elle, ferma les yeux, les rouvrit, regardant l'enveloppe posée devant la corbeille.

Il était trois heures et demie quand elle sortit du métro au rond-point des Champs-Élysées. Elle s'efforça de ne pas voir les lourds panneaux entourant le refuge central, dans lequel un gardien de la paix réglait une maigre circulation.

L'après-midi était beau. Malgré le froid, de nombreux promeneurs arpentaient l'avenue. Les files s'allongeaient devant les cinémas. *Nous les gosses* passait au *Normandie*. Léa prit place dans la queue. Le documentaire sur les camps de jeunesse n'en finissait pas. Quant aux actualités, elles ne montraient que « les exploits des glorieux soldats allemands », des foules acclamant le Maréchal, le départ joyeux de jeunes travailleurs volontaires, un élégant mariage à Vichy, la répétition d'une pièce de Montherlant, Maurice Chevalier chantant en Allemagne pour les prisonniers, et la nouvelle mode de printemps. Le film lui parut interminable. Lorsqu'il s'acheva enfin, elle fit mine de laisser tomber son gant et en profita pour glisser le livre sous son siège. Elle se leva et sortit sans regarder derrière elle.

Sur les Champs-Élysées, il lui semblait que tout le monde la dévisageait. Elle s'attendait à chaque instant à entendre :

— Suivez-moi, mademoiselle.

Était-ce une idée, elle eut l'impression de reconnaître le jeune homme brun de la librairie. Elle se retint de ne pas courir.

Le métro était bondé. Léa se retrouva coincée entre un soldat allemand, qui s'efforçait sans succès de ne pas la toucher, et une grosse fille au parfum entêtant. Elle changea à Concorde, la grosse fille aussi.

Il était six heures et demie quand elle poussa la porte de la rue de l'Université. La première chose qu'elle entendit fut le rire de Lisa, puis celui, plus discret, d'Albertine. Qui pouvait bien faire rire ainsi les demoiselles de Montpleynet ? Elle entra dans le boudoir, seule pièce de l'appartement à peu près convenablement chauffée par un poêle à bois qui tenait lieu de chauffage central. Assis dans une bergère, François Tavernier frottait l'une contre l'autre ses mains tendues vers le feu. À l'entrée de Léa, il se leva.

— Ma chérie ! s'écria Lisa, pourquoi ne nous as-tu pas dit que tu avais rencontré M. Tavernier ?...

— ... et que tu devais dîner avec lui, ajouta Albertine.

— Ce matin, je n'ai pas eu le temps de vous en parler.
— Tu devrais remercier M. Tavernier pour ses merveilleuses fleurs.
— Laissez, mademoiselle, ce n'est rien. Vous n'avez pas oublié que nous dînions ensemble ?
— Non, non. Excusez-moi, je vais me changer.
— Ce n'est pas la peine, vous êtes très bien comme ça. L'endroit où je vous emmène est très simple. Simple mais bon.
— Le temps de me recoiffer, je suis à vous.
Un quart d'heure plus tard, Léa revint. Elle s'était changée et avait légèrement maquillé ses yeux.
— Cher monsieur, ne la ramenez pas trop tard. Par les temps qui courent, nous avons tellement peur.
— Bonne soirée, ma chérie, mange bien surtout, fit Lisa d'un ton gourmand.

Rien n'indiquait qu'il s'agissait d'un restaurant. Lorsqu'ils furent arrivés au deuxième étage d'un immeuble bourgeois de la rue Saint-Jacques, François sonna selon un code discret, la porte s'entrouvrit, puis s'ouvrit.
— Monsieur François !
— Bonjour, Marcel, toujours en forme ?
— Faut pas se plaindre. Vous tombez bien, j'ai reçu une pièce de bœuf, à moins que vous ne préfériez des cailles ou des poulets.
— Faites à votre idée. Ce sera excellent, comme d'habitude.
— Que diriez-vous d'un petit chablis comme apéritif ?
— Très bien, mettez-nous dans un coin tranquille.
— Dame, j'vois guère que la chambre à coucher, dit-il sans oser regarder Léa.
— Parfait, va pour la chambre à coucher.
L'endroit ne manquait pas de pittoresque. Dans leur appartement de quatre pièces, les époux Andrieu avaient installé un restaurant clandestin fonctionnant avec une clientèle d'habitués qui en gardaient l'adresse jalouse-

ment secrète. Les voisins immédiats, évidemment au courant, étaient avantageusement récompensés de leur discrétion.

Dans la salle à manger familiale, la table d'hôte permettait d'accueillir douze convives. Un buffet Henri II, une desserte, de mauvaises peintures représentant des scènes campagnardes accrochées sur un papier fleuri aux teintes passées, une suspension dispensant une maigre lumière, une nappe à carreaux rouges, d'épaisses assiettes de porcelaine blanche, des gros verres, des couverts dépareillés donnaient un caractère bon enfant à cet endroit.

Ce côté gentiment provincial venait de Mme Andrieu, femme corpulente et joviale, dont les qualités de cœur et de cordon-bleu s'épanouissaient devant ses fourneaux. Originaire de Saint-Cirq-Lapopie dans le Lot, elle avait gardé la truculence de cette région généreuse, et surtout une nombreuse famille qui lui faisait parvenir truffes, foie gras, volailles de toutes sortes, de la charcuterie en abondance, un merveilleux vin de Cahors, de l'huile de noix, les fruits les plus beaux, les légumes les plus frais, de délicieux petits fromages de chèvre, et même un peu de tabac cultivé en cachette.

Bien sûr, il avait fallu acheter quelques complicités pour pouvoir assurer des arrivages réguliers. « Mais seulement des Français », répétait avec orgueil M. Andrieu quand on lui demandait par quel miracle on trouvait des fraises chez lui avant même qu'il y en eût chez *Maxim's*, *Ledoyen* ou *Carrère*.

Chez les époux Andrieu, on était sûr de ne jamais rencontrer un uniforme allemand. Le fond de la clientèle se composait de retraités aisés, d'universitaires, d'écrivains, de riches commerçants et de quelques artistes en renom. Quelquefois, on pouvait y voir des figures plus inquiétantes et des femmes plus voyantes ; mais le franc-parler de la patronne décourageait vite ces pratiques-là.

Avant la guerre, le couple possédait, dans le 15e arrondissement, un petit restaurant de spécialités du Quercy, que François Tavernier fréquentait régulièrement. Très vite, le mari et la femme avaient éprouvé pour ce client simple et généreux plus que de la sympathie. À la fin de l'année précédente, une bombe avait mis fin à leur prospérité. Du jour au lendemain, ils avaient tout perdu.

C'était Tavernier qui leur avait procuré le logement de la rue Saint-Jacques. Ils l'avaient aménagé à bon marché en se meublant aux Puces. Comme la plupart des Français, ils avaient éprouvé, à l'annonce de l'armistice, un grand soulagement. Leur fils unique allait revenir. Très vite, Marthe Andrieu comprit le parti qu'elle pourrait tirer de sa famille restée au pays. Comme avant la guerre, les oncles, les cousins redevinrent leurs fournisseurs. Grâce à une ou deux interventions de François Tavernier, depuis un an, le restaurant clandestin fonctionnait très bien.

Devant le succès, on avait dû installer des tables partout : six dans le salon, trois dans le couloir et même dans la chambre à coucher des époux Andrieu. Mais cette table-là était spécialement réservée aux amis.

La table de la chambre conjugale était éclairée par les bougies d'un assez joli candélabre d'argent. Son jumeau était posé sur la commode, qui faisait office de desserte. Par pudeur, sans doute, le lit était dissimulé derrière un paravent chinois, qui détonnait dans ce décor.

Avant de passer à table, François dut aller embrasser le petit-fils du patron, qui était son filleul. C'était un rite auquel il ne pouvait échapper sous peine de blesser ces braves gens. Léa éclata de rire quand elle le vit avec le bébé dans les bras.

— Ça ne vous va pas du tout. Je ne savais pas que vous aimiez les enfants.

Il lui sourit tandis que le petit bavait sur sa chemise.

— Je les aime beaucoup. Pas vous ?

— Pas du tout. Je les trouve encombrants et bruyants.

— Un jour vous changerez d'avis.

— Je ne crois pas, répondit-elle sèchement.

Il redonna l'enfant à sa mère.

— Je vous félicite, Jeannette, mon filleul est de plus en plus beau.

La femme rougit de plaisir.

— Je vous envoie mon mari pour la commande.

François aida Léa à s'installer. La flamme vacillante des bougies semblait animer les dragons du paravent et donnait au visage de la jeune fille une douceur que démentait son regard. François la contemplait en silence.

— Cessez de me regarder ainsi.

— J'ai si souvent essayé d'imaginer votre visage durant tous ces mois...

Le fils de la maison entra, une bouteille à la main :

— Me voilà, monsieur François, pardonnez-moi de vous avoir fait attendre, mais il y a du monde ce soir.

— Bonjour, René, ça va ?

— Ça va, monsieur François. Que diriez-vous, pour commencer, d'un peu de foie gras, de jambon de pays et de cous d'oie farcis ?

— Très bien.

— Pour suivre, maman vous prépare une fricassée de poulet aux girolles avec quelques pommes de terre sautées à la graisse d'oie ; une petite salade à l'huile de noix et des cabécous dont vous me direz des nouvelles. Comme dessert, une mousse au chocolat.

— Oh, oui ! s'écria Léa.

— Va pour la mousse au chocolat. Vous nous donnerez aussi une bouteille de cahors.

— Bien, monsieur François. Goûtez-moi ce chablis, fit-il en lui tendant un verre.

— Mmm... pas mal !

— N'est-ce pas ?

René servit Léa, finit de remplir le verre de François, puis sortit.

Pendant un instant, ils burent en silence.

— Racontez-moi ce que vous êtes devenue. Mais avant, donnez-moi des nouvelles de Mme d'Argilat.

— Elle va très bien. Elle a eu un petit garçon qui se prénomme Charles.

— Ça ne m'étonne pas d'elle. Et son mari ?

— Il s'est évadé à deux reprises, la deuxième fois avec succès. Il a rejoint le général de Gaulle à Londres.

Léa avait dit cela à la fois avec fierté et défi, mais aussitôt elle le regretta. François Tavernier lisait sur son visage tout ce qui se passait en elle.

Coup sur coup, il but deux verres de vin. Il fallait qu'il lui parle. Mais que pouvait-il lui dire ? Sa peur et sa méfiance lui étaient insupportables. Comment lui faire comprendre ?...

— Léa...

Elle leva lentement les yeux sur lui.

— Oui ?...

— Laurent a fort bien fait de rejoindre le général de Gaulle, c'est très courageux de sa part. Mais vous ne devriez pas en parler, même à moi.

— Surtout à vous, voulez-vous dire.

Il sourit avec lassitude.

— Non, vous pouvez tout me dire, c'est sans conséquence. Par contre, j'ai eu peur pour vous hier quand je vous ai vue entrer avec cette petite ordure de Raphaël Mahl.

— C'est un vieil ami. Pourquoi le traitez-vous d'ordure ? Après tout, il fréquente les mêmes gens que vous.

— Touché. Sur ce point vous avez raison. Mais sur ce point seulement. C'est une ordure pour plusieurs raisons. Une entre autres : pour de l'argent, il n'hésite pas à dénoncer ses amis à la Gestapo.

— Je ne vous crois pas.

— Si vous le revoyez, ce que je vous déconseille, demandez-le-lui. Comme c'est un grand pervers, doublé d'un masochiste profond, il vous répondra certainement et comme c'est un homme précis, en vous donnant des détails.

— Ce n'est pas possible, ce serait trop ignoble.

— Avec lui, tout est possible. N'a-t-il pas recueilli un enfant juif...

— Vous voyez, il n'est pas si mauvais.

— ... qu'il a reconduit au bout de quelques mois à son orphelinat car il le trouvait sans génie. Il a dépouillé plusieurs personnes qui lui avaient confié leurs dernières ressources pour pouvoir passer en zone libre ; il trafique de l'or, des devises, de l'héroïne. La police française l'a arrêté deux fois. Deux fois, elle a dû le relâcher.

— Comment expliquez-vous qu'il soit reçu dans les salons, que ses livres soient publiés ?

— Il n'est reçu nulle part, à peine chez les gens d'hier soir, où l'on se sert de lui, et chez quelques gros trafiquants du marché noir. Quant à ses livres, ils ont été publiés avant la guerre. Croyez-moi, évitez-le. Il salit tous ceux qui l'approchent.

— Mais, à Bordeaux, il m'a averti que mon oncle...

Léa laissa sa phrase en suspens et but un peu de vin pour se donner une contenance.

— Je sais ce que fait Adrien, mais vous, vous ne devriez pas le savoir.

— Qui vous parle de mon oncle Adrien ? Que savez-vous de lui ?

— Rien, passons. Continuez. Qu'a donc fait encore d'admirable votre ami Raphaël ?

— À Bordeaux, il a donné sa place à bord du *Massilia* au père de Sarah Mulstein.

— C'est vrai, elle me l'a dit. J'avoue avoir été surpris. Sarah est comme vous, elle a de l'indulgence pour lui. Elle dit qu'en lui tout n'est pas mauvais.

— Sarah est encore à Paris ?

— Oui. Elle ne veut pas partir. Elle en a assez de fuir.

— Mais c'est de la folie.

— Je sais, je le lui dis chaque fois que je la vois. Mais quelque chose s'est brisé en elle depuis la mort de son père.

— Je ne savais pas qu'il était mort.

— À Alger, la police de Vichy l'a fait mettre en prison.

— Pourquoi ?

— Parce qu'il était juif et étranger. Il n'a pas supporté la détention. C'était un vieux monsieur fatigué, qui ne vivait que pour la musique. Un matin, on l'a retrouvé mort dans sa cellule.

— Vous l'aimiez beaucoup ?

— Oui, c'était un être remarquable. Une partie du meilleur de l'humanité est morte avec lui.

Jeannette entra, portant deux assiettes copieusement garnies.

— Bon appétit, m'sieu-dame.

Léa contempla son assiette. Vaguement prise de nausée, elle passa sa main sur son front.

— Je sais ce que vous éprouvez, Léa. Pour l'instant, je ne peux rien vous dire. Il faudrait que vous m'aimiez aveuglément pour avoir confiance en moi. Mais je sens bien que ce serait beaucoup vous demander. C'est trop tôt. Mangez. De nos jours, c'est devenu un plaisir rare.

— Pas pour vous, apparemment.

— Voulez-vous continuer au chablis ou voulez-vous du cahors ?

— Du cahors.

Il se leva, prit un verre sur la desserte et lui servit du vin rouge.

Au début, Léa mangea du bout des lèvres, mais peu à peu, le délicieux foie gras, le velours du vin lui redonnèrent son bel appétit.

Quand elle eut soigneusement nettoyé son assiette avec un morceau de pain, son regard avait retrouvé un peu d'aménité.

— Vous êtes comme un petit animal, Léa, il suffit de vous nourrir, de vous caresser, pour vous faire oublier le présent.

— Ne croyez pas que ce soit si facile, bredouilla-t-elle, la bouche pleine.

Marthe Andrieu entra en essuyant ses mains à son tablier blanc, suivie de son fils portant un plat recouvert d'une cloche d'argent. D'un geste fier, elle souleva la cloche.

— Sentez-moi ça, monsieur François. Moi, cette senteur, ça me renverse, c'est tout le pays qui me revient en mémoire. Je revois ma pauvre mère devant la grande cheminée de la ferme en train de faire sauter les cèpes, les girolles ou les trompettes de la mort. Personne ne savait préparer les champignons comme ma mère.

— Sauf vous, ma bonne Marthe.

— Oh ! que non, monsieur François, ceux de maman étaient bien meilleurs.

Il sourit à cette manifestation naïve d'amour filial et goûta ce plat préparé avec autant de savoir-faire que d'amour.

— Madame, je n'ai jamais rien mangé d'aussi bon, dit Léa en essuyant son menton taché de graisse.

La cuisinière eut un sourire de satisfaction et dit, à l'intention de François, avec un air à la fois complice et égrillard :

— C'est bon signe quand une jolie fille aime la bonne cuisine... Je vous laisse, les clients attendent.

À elle seule, Léa mangea presque tout le poulet, les girolles et les pommes de terre. Elle but beaucoup aussi. Tout au plaisir de manger, elle avait oublié ses appréhensions et profitait pleinement du moment. Elle ne protesta pas quand les jambes de son compagnon enlacèrent les siennes sous la table ni quand ses doigts caressèrent l'intérieur de son poignet.

Avec la salade arrivèrent les cabécous. Léa en dévora trois sous l'œil ravi de François. La deuxième bouteille de cahors était sérieusement entamée.

Quand elle eut fini la mousse au chocolat, onctueuse, abondante, elle trouvait que la vie était belle.

Plus d'une fois, François s'était retenu de se jeter sur elle et de la porter sur le lit derrière le paravent. Maintenant, elle fumait un petit cigare, à demi renversée sur sa chaise, qu'elle avait éloignée de la table, ses longues jambes haut croisées laissant apercevoir la dentelle d'un jupon. Les yeux mi-clos, elle savourait sans retenue ce moment de bien-être total.

À travers la fente de ses yeux, elle observait cet homme qui était son amant. Elle aimait la force qui se dégageait de lui et cet œil tour à tour clair et noir, tendre et dur, indulgent et méprisant, elle regardait ce visage aux traits marqués, cette bouche si belle, si savante dans les baisers. Le souvenir de la soirée de la veille la fit frissonner. « J'ai envie de lui », pensait-elle.

— Si nous faisions l'amour ?

François sourit. À vrai dire, il s'attendait à cette proposition mais, prudent, il s'abstenait de le lui dire. Dans sa carrière amoureuse, il avait rencontré peu de femmes aussi naturellement douées pour l'amour. Elle aimait avec une spontanéité et un joyeux paganisme que ne lui avaient sûrement légués ni sa mère ni les dames du Sacré-Cœur de Bordeaux. De plus, jamais elle n'avait manifesté la moindre peur d'être enceinte. Était-elle ignorante ou bien inconsciente ?

Derrière le paravent, le lit était une masse d'ombre. Il l'allongea en douceur, baisa tendrement ses paupières, ses lèvres, son cou. Elle se laissait faire, passive. Brusquement elle l'enlaça, mordit sa bouche à pleines dents.

— Faites-moi mal, prenez-moi comme à Montmorillon.

Avec quelle joie il viola sa victime consentante !

François avait fait préparer un panier rempli des meilleures conserves de la famille Andrieu, qu'il donna à Léa pour ses tantes.

— Remettez-leur ceci de ma part.

— Merci.

— Quand vous reverrai-je ?

— Je ne sais pas : je repars dans deux jours.

— Déjà !

La façon dont il dit cela la toucha. Ce fut avec plus de douceur qu'elle répondit :

— L'état de mon père, depuis la mort de maman, ne me permet pas de le laisser seul trop longtemps.

— Je comprends. Si vous revoyez votre oncle Adrien, transmettez-lui mon meilleur souvenir.

Cela lui remit en mémoire la recommandation du dominicain : « Si tu avais un problème grave, appelle ou fais prévenir François Tavernier. » De quelle utilité pouvait lui être quelqu'un qui semblait être au mieux avec les Allemands ?

— Je n'oublierai pas, d'autant qu'il m'avait dit de m'adresser à vous en cas de besoin.

Un sourire de plaisir détendit ses traits.

— Il a raison, dites-lui aussi que rien n'est changé.

— Bonsoir, je le lui dirai. Merci pour ce merveilleux dîner et pour ça, fit-elle en montrant le panier. C'est tante Lisa qui va être contente !

Léa passa la journée du lendemain dans son lit, enfermée dans sa chambre avec une crise de foie.

Le surlendemain, un peu pâle et chancelante, elle alla au musée Grévin. Tout se passa comme l'avait prévu Adrien. Quand elle revint rue de l'Université, Sarah Mulstein l'attendait.

— François Tavernier m'a dit que vous étiez de passage à Paris. J'ai eu envie de vous revoir, dit-elle en l'embrassant.

Comme elle avait changé ! Elle était toujours aussi belle, davantage peut-être, mais elle semblait avoir subi une profonde transformation intérieure, qui modifiait totalement ses expressions et son regard. Léa avait l'impression étrange qu'elle était habitée par quelqu'un d'autre. Comme pour le lui confirmer, Sarah lui dit :

— J'ai tellement changé ces derniers temps que je ne me reconnais plus.

— François m'a dit pour votre père...

— Oui, n'en parlons pas, voulez-vous ?

— Et votre mari ?

— J'espère pour lui qu'il est mort à l'heure qu'il est.

Un goût de bile envahit la bouche de Léa.

— Après l'avoir torturé, ils l'ont mis dans un camp de concentration. Je ne sais pas lequel.

Sarah marqua un long silence que personne ne brisa.

— François m'a dit que vous aviez de l'amitié pour Raphaël Mahl : moi aussi, malgré tout ce que je sais sur lui. Cependant, prenez garde, c'est un être qui fait du mal même à ceux qu'il aime.

— Mais vous continuez à le fréquenter ?

— Au point où j'en suis, que peut-il me faire ? Je le vois parce qu'il m'intrigue, que je voudrais comprendre d'où lui viennent cette part mauvaise et cette lucidité. Pourquoi cette recherche de sa propre destruction, ce mépris de lui-même, ce goût de l'humiliation accouplé à l'orgueil le plus grand ? Je sais qu'il peut faire le bien, sans raison, par jeu, et, l'instant d'après, rendre cet acte dérisoire, comme s'il voulait se punir d'un moment de bonté.

— Pourquoi ne quittez-vous pas la France ?

— Je ne sais pas, j'aime ce pays, je suis lasse de fuir. Et puis, je ne veux pas trop m'éloigner de l'Allemagne, car je me dis, contre toute logique, que mon mari pourrait être libéré.

— Passez au moins en zone libre.

— Oui, peut-être. François voudrait que je parte chez des amis à lui, dans le Limousin.

— Où ? À Limoges ?

— Non, à Eymoutiers, une petite ville, pas très loin.

— Je vais à Limoges demain, vous ne voulez pas venir avec moi ?

— Que vas-tu faire à Limoges ? s'écria Albertine.

Léa regretta son imprudence, mais il était trop tard. Elle improvisa.

— Papa a un client qui lui doit de l'argent, il m'a demandé d'aller le voir.

— Tu aurais pu nous en parler.

— Excusez-moi, mes petites tantes, je n'y ai pas pensé. Qu'en dites-vous, Sarah, vous venez avec moi ?

— Pourquoi pas, ici ou ailleurs.

La sonnette de la porte d'entrée immobilisa les quatre femmes.

La porte du boudoir s'ouvrit sur François Tavernier.

— Quelle peur vous nous avez faite, s'écria Sarah, j'ai cru que c'était la Gestapo.

— C'est à cause d'elle que je suis ici. Vous ne pouvez pas rentrer chez les Donati : ils viennent d'être arrêtés.

— Non !...

— Il faut que vous partiez. Je vous ai apporté des papiers et un laissez-passer pour vous rendre en zone libre.

— Mais, je ne peux pas partir comme ça, je n'ai pas mes vêtements, mes livres...

— Je sais, Sarah, mais nous n'avons pas le choix. Ce soir, il n'y a plus de train pour Limoges, et le premier est à sept heures et demie demain. Il faudra le prendre. À Limoges, il y a une correspondance pour Eymoutiers. Maintenant, il faut vous trouver un endroit pour dormir.

— Mme Mulstein peut dormir ici, dit Albertine. N'est-ce pas, Lisa ?

— Bien sûr, avec plaisir.

François Tavernier regarda les deux vieilles demoiselles avec un sourire.

— C'est très généreux à vous. Mais je dois vous dire que cela peut être dangereux.

— Ne parlons pas de cela, cher monsieur.

— Je vais faire préparer un lit, dit Lisa.

— Ce n'est pas la peine, mademoiselle, je dormirai avec Léa, si elle le veut bien, comme ça nous nous réveillerons plus facilement et nous ne manquerons pas le train.

— Léa va à Limoges ? demanda François, étonné.

— Oui, j'avais proposé à Sarah de partir avec moi avant que vous n'arriviez.

— Cela me rassure de savoir que vous voyagerez ensemble. Le moment le plus délicat est le contrôle des papiers au passage de la ligne de démarcation. À deux, c'est plus facile. Léa, puis-je vous parler seule un instant ?

— Venez dans ma chambre.

Léa s'assit sur le lit en s'enveloppant dans l'édredon.

— Je ne vous demande pas ce que vous allez faire à Limoges, car je suppose que vous ne me le direz pas. Mais je vous supplie d'être prudente. Voulez-vous me rendre un service ?

— Si je peux.

— Je voudrais que vous accompagniez Sarah chez mes amis à Eymoutiers. Elle parle très bien le français, mais j'ai peur que son accent intrigue la police allemande et la police française.

— Pourquoi veut-on l'arrêter ?

— Parce qu'on arrête tous les juifs étrangers. Acceptez-vous ?

— Oui.
— Merci.
On sonna une nouvelle fois. D'un bond, Léa se leva pour aller ouvrir. Raphaël Mahl la bouscula pour entrer.
— Où est Sarah ?
De surprise, Léa s'appuya au mur. Pourvu qu'Estelle, qui venait d'arriver, ne dise rien !
— De qui voulez-vous parler ?
— De Sarah Mulstein, évidemment.
— Je ne l'ai pas revue depuis 1940. Pourquoi la cherchez-vous ici ?
— Elle vous aimait bien, je lui ai dit que vous étiez à Paris, j'ai pensé qu'elle viendrait vous voir. Depuis deux heures, je la cherche partout.
— Pourquoi ?
— Pour lui dire de ne pas rentrer chez elle, que la Gestapo l'attend.
Léa joua la surprise aussi bien qu'elle le put.
— Oh ! mon Dieu !
Raphaël se laissa tomber sur la banquette de l'entrée.
— Où peut-elle être ? Je ne peux pourtant pas faire le guet devant sa porte pour la prévenir. J'ai déjà suffisamment d'ennuis comme ça.
— Je croyais que vous étiez au mieux avec ces messieurs ?
— Oui, tant que je leur sers à quelque chose. S'ils apprennent, par exemple, que je cherche à soustraire la fille d'Israël Lazare à leurs griffes, c'est moi qui me retrouverai en camp de concentration à sa place.
— Mon pauvre Raphaël, vous ne voulez pas que je vous plaigne ? Après tout, ce sont vos amis.
— Vous avez raison, fit-il en se levant, ne me plaignez pas, je n'en vaux pas la peine. Je vous laisse, je vais continuer mes recherches. Si par hasard vous voyiez Sarah, dites-lui de ne pas rentrer chez elle. Et vous, petit cœur, vous partez toujours pour votre campagne ?
— Oui.
— Eh bien, bon voyage. Pensez à moi de temps en temps. Adieu.

— Au revoir, Raphaël.

Songeuse, Léa referma lentement la porte sur lui et écouta le bruit de son pas décroître dans l'escalier.

— Bravo, vous avez été formidable, dit François en la prenant par les épaules.

— Vous voyez bien qu'il n'est pas aussi mauvais que vous le dites.

— C'est possible, mais j'en doute. Ce pouvait être un piège.

— Non. Je suis sûre qu'il était sincère.

— Moi aussi, dit Sarah en sortant du boudoir.

— Bon, bon. Malgré tout, nous devons être encore plus prudents. Demain, quelqu'un viendra vous chercher et vous accompagnera jusqu'à la gare. Il montera à six heures et demie, sonnera et dira : « Le taxi vous attend. » C'est un homme qui fait le vélo-taxi et que j'utilise de temps en temps. Il aura vos billets. Jusqu'au départ du train, il restera avec vous... Sarah, je dois partir. Promettez-moi de ne pas vous exposer.

— J'essaierai, François, je vous le promets, dit-elle en l'embrassant. Merci, merci pour tout.

— Tant que vous serez ensemble, faites attention à Léa, dit-il à voix basse.

— Je vous le promets.

Dans l'esprit de Léa régnait la plus grande confusion : qui étaient vraiment François Tavernier et Raphaël Mahl ? Et même Sarah Mulstein ? À quoi jouaient-ils tous ? Et elle-même, qui laissait tomber des livres dans les cinémas, ramassait des prospectus dans les musées, allait prendre un train pour Limoges avec une Juive recherchée par la Gestapo, pour aller demander *Les Mystères de Paris* à une libraire ? Tout cela était fou. Pourquoi avait-elle accepté cette mission de son oncle Adrien ? Elle était si profondément perdue dans ses réflexions que la voix de François la fit sursauter :

— Ne pensez pas trop, Léa. Il n'y a pas de réponses certaines à vos questions. Tout est à la fois beaucoup plus simple et beaucoup plus compliqué que vous ne l'imaginez. Au revoir, petite fille, vous allez me manquer.

Il sembla à Léa que quelque chose se déchirait dans sa poitrine. Au comble de l'étonnement, elle se dit : « On dirait que ça me fait mal de le quitter ? » Agacée, elle tendit sa joue. Le baiser qu'il y déposa fut si léger qu'elle le sentit à peine.

Il faisait nuit noire quand l'homme au vélo-taxi sonna à la porte de l'appartement.

24

Les Allemands des différents passages de la ligne de démarcation de la région connaissaient maintenant Léa. Ils l'appelaient : *Das Mädchen mit dem blauen Fahrrad*[1]. Quand elle revenait de la zone « nono » avec un panier rempli de fruits sur son porte-bagages : fraises, cerises, pêches ou abricots, qu'elle ne manquait jamais d'offrir aux soldats de garde. Souvent, sous les fruits étaient cachées les lettres qu'elle venait de retirer de la poste restante de Saint-Pierre-d'Aurillac.

— Hé bé! vous en avez des amoureux, ne manquait jamais de lui dire le vieux postier.

Pour plus de sûreté, quelquefois, elle roulait les lettres et les glissait dans le tube de selle ou dans le guidon. Un jour, un Allemand, plus méfiant que ses camarades, lui avait dit :

— Ouvrez vos sacoches et votre sac, vous passez du courrier.

Léa avait éclaté de rire en présentant son sac :

— Si je voulais passer du courrier, je le cacherais sous la selle, pas dans mon sac!

— Ce serait en effet une bonne cachette, lui avait dit l'homme, riant aussi, en le lui rendant.

Léa avait eu peur et était remontée sur sa bicyclette les jambes flageolantes. Ce jour-là, la côte de Montaunoire lui

1. La demoiselle à la bicyclette bleue.

avait paru bien rude. Elle aimait cependant ces courses à travers la campagne qui lui permettaient d'échapper à l'atmosphère de Montillac chaque jour plus pesante à cause de l'état de douce démence de Pierre Delmas, de la pression de plus en plus insupportable qu'exerçait Fayard pour obtenir la vente du domaine, des lamentations de Bernadette Bouchardeau à propos de son fils, de la présence des deux officiers allemands qui se faisait moins discrète, et surtout de Françoise, dont l'humeur depuis deux mois était massacrante. L'argent commençait à manquer sérieusement. Ruth avait remis à Léa toutes ses économies. Avant d'en arriver là, Léa avait tenté une démarche auprès de son oncle Luc, l'homme riche de la famille. L'avocat, dont les idées collaborationnistes n'étaient un secret pour personne, lui avait conseillé de vendre la propriété à Fayard, puisque son père n'était plus en état de s'en occuper et qu'il n'avait pas de fils pour lui succéder.

— Mais je suis là, moi, et il y a mes sœurs.

— Une femme !... comme si une femme était capable de diriger une exploitation viticole ! Si tu tiens à Montillac, trouve un mari capable de s'en occuper. Ce ne devrait pas être bien difficile à une jolie fille comme toi, même sans dot.

Pâle d'humiliation, elle avait insisté :

— Mon oncle, il y a les propriétés de maman en Martinique. Quand la guerre sera finie, nous pourrons les vendre.

— Ma pauvre enfant, tout cela est bien aléatoire. Qui te dit que ces terres ne sont pas occupées par les communistes, ou volées par les nègres... Excuse-moi, j'ai un rendez-vous. Transmets mes amitiés à ton pauvre père. Je donne une petite soirée en l'honneur de ta cousine la semaine prochaine. Laure et Françoise y viennent, veux-tu être des nôtres ?

— Non, merci, oncle Luc, je n'aime pas les gens qu'on rencontre chez vous.

— Que veux-tu dire ?

— Vous le savez très bien. Vous recevez chez vous le chef de la police de Bordeaux, les...

— Tais-toi ! Je reçois qui je veux. Je constate que tu es sous l'influence de ce pauvre Adrien, dont le supérieur me disait il y a quelques jours encore : « Je prie Dieu pour notre malheureux frère, qu'il le ramène dans le droit chemin et lui fasse voir où est l'intérêt véritable de la France. » Je considère qu'Adrien a trahi son pays et l'Église. Pour la famille, c'est une grande honte que de savoir un de ses membres allié aux terroristes. Grâce au ciel, personne ici n'a pensé que je pouvais partager ces idées funestes. D'ailleurs, j'ai dit à mes amis que si ce traître se présentait devant moi, je n'hésiterais pas à le dénoncer. Pour moi, mon frère est mort.

— Salaud !

Menaçant, Luc Delmas s'était avancé vers Léa.

— Sais-tu à qui tu parles ?

— Pour moi aussi vous êtes mort, je crache sur votre cadavre.

Léa avait joint le geste à la parole et craché au visage de son oncle.

Avec l'argent de Ruth, elle pouvait faire face jusqu'aux vendanges.

Le mois de juillet ramena Laure à la maison ; une Laure haineuse qui, depuis la dispute de Léa et de l'oncle Luc, n'était plus reçue dans le bel appartement. Elle passait ses journées enfermée dans sa chambre, ou à Langon, chez la fille d'un notaire, camarade de pensionnat.

Léa avait bien tenté de se rapprocher de cette petite sœur qu'elle aimait, mais l'autre refusait tout contact. Par esprit de provocation, Laure se promenait dans les vignes avec Frederic Hanke, riait aux éclats et se comportait avec lui comme une coquette.

Ce mois de juillet 1942 vit également revenir à Montillac Camille et son petit garçon. La Gestapo les avait chassés des Roches-Blanches. La propriété et tous les biens de Laurent d'Argilat, dénoncé comme agent de Londres, avaient été mis sous séquestre. Le lieutenant SS Friedrich-Wilhelm Dohse avait longuement interrogé Camille à Bordeaux. Il voulait savoir où se trouvait son mari. La jeune femme, avec le plus grand calme, avait dit n'avoir eu d'autres nouvelles que celles envoyées par les services officiels. Dohse n'avait pas été dupe, mais avait jugé plus utile de la laisser aller, pensant que tôt ou tard Laurent d'Argilat essaierait de lui faire parvenir un message ou de la rejoindre.

Chaque semaine, à la poste de Saint-Pierre-d'Aurillac, Léa recevait une lettre de Sarah Mulstein qui, avec humour, dépeignait sa vie limousine. Elle lui avait décrit avec une poignante drôlerie la tête des habitants d'Eymoutiers quand elle s'était promenée dans les rues de la petite ville avec l'étoile jaune cousue sur sa robe par solidarité envers les Juifs de zone occupée :

« Je me serais promenée toute nue qu'ils n'auraient pas été plus gênés. La plupart détournaient la tête. Seul un vieil homme manchot, avec une grosse moustache grise comme en portent les paysans d'ici, une brochette de décorations sur sa veste de velours, s'est approché de moi, a retiré son grand chapeau de feutre noir, et m'a dit d'une voix bourrue : "J' s'rai ben pus fier d'porter une étoile comme la vôtre que toute c'te quincaillerie qu'j'ai gagnée à Verdun." »

Dans une autre lettre, elle raillait les mesures vexatoires promulguées à l'encontre des Juifs :

« Après nous avoir interdit de posséder un poste de T.S.F., un téléphone, voilà qu'on nous interdit maintenant l'entrée des restaurants, des cafés, des théâtres, des cinémas, des cabines téléphoniques, des piscines, des plages, des musées, des bibliothèques, des châteaux forts, des expositions, des marchés et des foires, des terrains de sport et de camping, des champs de courses, des parcs... Je suppose que faire l'amour avec un non-Juif est également interdit. En fait, les nazis ne rêvent que d'une chose : nous interdire de respirer, de crainte que l'air que nous rejetons enjuive la pure race allemande. »

Dans ses lettres, elle parlait souvent de François Tavernier, de leur amitié d'avant la guerre, de la totale confiance qu'elle avait en lui. Elle approuvait Léa de vouloir conserver Montillac, lui conseillant de se montrer prudente dans ses conversations avec Fayard.

Le 27 juillet arriva la dernière lettre de Sarah. Léa s'arrêta sous un arbre et déchira l'enveloppe.

« Quand tu liras ces lignes, je serai de retour à Paris. Les événements de ces derniers jours m'interdisent de rester cachée quand les gens de mon peuple sont conduits à l'abattoir. La censure fonctionnant parfaitement bien, peut-être n'es-tu pas au courant. Voici les faits tels qu'ils m'ont été rapportés par un ami juif et sa compagne, employée aux Affaires juives.

« Dans la nuit de mercredi à jeudi, entre trois heures et quatre heures du matin, des policiers français ont frappé aux portes de milliers de familles juives étrangères, de toutes origines, et les ont arrêtées. Quelques-uns ont pu fuir grâce à la complicité de policiers compatissants ou vénaux, trop peu, hélas. Les autres, les femmes, les enfants, les vieillards, les hommes, les malades même ont été emmenés avec le maigre bagage qu'on les a autorisés à emporter, en autobus pour les plus faibles, à pied pour les autres. Sur leur passage, les Parisiens détournaient la tête. Ils ont été parqués au Vélodrome d'Hiver : 7 000 dont 4 051 enfants ! 6 000 autres ont été conduits au camp de Drancy. La police française a arrêté 13 000 personnes, uniquement parce qu'elles étaient juives !... Il paraît que les autorités allemandes sont déçues : elles en attendaient 32 000 !... Pour échapper à cette rafle, plusieurs malheureux se sont suicidés. Des femmes, se souvenant des pogroms de leur enfance en Russie ou en Pologne, se sont jetées par les fenêtres avec leurs enfants.

« Rien n'avait été prévu pour recevoir cette foule qui, durant sept jours, est restée là sous les tôles et les verrières chauffées par le soleil, sans aucune ouverture pour aérer, dans une puanteur chaque jour plus intolérable. Les latrines en nombre insuffisant étaient devenues très vites inutilisables, les malheureux pataugeaient dans une boue immonde, l'urine s'écoulait le long des gradins. À la peur s'ajoutait l'humiliation. Des malades mouraient faute de soins. Deux médecins seulement avaient été autorisés à pénétrer dans le Vel'd'Hiv, mais, malgré quelques infirmières de la Croix-Rouge, ils ne pouvaient faire face aux fausses couches, à la dysenterie, à la scarlatine... Une dizaine seulement réussirent à s'échapper. Le dimanche 19 juillet, 1 000 personnes, des hommes pour la plupart, ont été enfermés dans des wagons à bestiaux et conduits en Allemagne.

« Je sais, moi, le sort qui les attend, mais c'est tellement horrible que personne ne veut me croire, pas même mes amis juifs, quand j'en parle. Pourtant, certains de ces amis avaient lu comme moi *Mein Kampf*, et le *Livre blanc* anglais, paru en France en 1939, qui donnait sur le camp de Buchenwald et son fonctionnement d'épouvantables précisions. Ils n'y ont vu que des récits de science-fiction. Et puis, ils avaient tellement confiance en la France !

« Pourquoi les Français se font-ils complices de ce qui restera à jamais une des hontes de l'humanité ? Pourquoi ?

« Par mes voyages, les langues que je parle, ma culture cosmopolite, n'étant ni croyante ni pratiquante avant tous ces événements, je me sentais libre citoyenne du monde. Maintenant, je suis juive, et seulement juive. Je rejoins donc mon peuple, sachant que c'est vers la mort que je vais. Je l'accepte. S'il s'avère que la lutte est possible pour arracher quelques-uns d'entre nous à l'anéantissement, je me battrai. Alors, je ferai peut-être appel à toi. Je sais que tu ne me décevras pas.

« Garde-toi de tout, petite amie, tu es si jeune. Pense quelquefois à moi, ta pensée soutiendra mon courage. Je t'embrasse comme je t'aime. Sarah. »

Sur la dernière page, il y avait un post-scriptum :

« Je te joins une ignominie parue dans le journal antisémite *Au pilori* du 23 juillet 1942, ceci afin de n'oublier jamais ce qu'osent écrire des Rebatet, des Céline, des Châteaubriant, des Philippe Henriot, des Brasillach... N'oublie pas non plus mon ami François Tavernier. Je sais qu'il t'aime et je ne crois pas me tromper en disant que tu l'aimes aussi, mais que tu ne le sais pas encore. Tu es faite pour lui comme il est fait pour toi. »

La coupure de presse envoyée par son amie tomba à terre. C'était une partie seulement de l'article annoncé qui était signé : Jacques Bourreau.

14 juillet 1942. Une nouvelle merveilleuse parcourt les rues de Paris. Les chroniques parlées de radio et de télévision nationales nous ont informés : le dernier Juif vient de mourir. Ainsi, c'en est donc fini avec cette race abjecte dont le dernier représentant vivait, depuis sa naissance, à l'ancien zoo du bois de Vincennes, dans une tanière spécialement réservée à son usage, et où nos enfants pouvaient le voir s'ébattre en un semblant de liberté, non pour le plaisir des yeux, mais pour leur édification morale. Il est mort. Dans le fond, c'est mieux ainsi. J'avais personnellement toujours peur qu'il ne s'évade, et Dieu sait tout le mal que peut faire un Juif en liberté ! Il restait seul, soit, depuis la mort de sa compagne, laquelle par bonheur était stérile, mais, avec cette engeance, on ne sait jamais. Il faudra que j'aille au zoo pour m'assurer de la véracité de la nouvelle.

C'était un merveilleux matin d'été, chaud mais sans excès, pas un nuage, à peine un léger souffle de vent, les champs et les vignes formaient un camaïeu de verts aux formes géométriques. Quelques prés étaient piquetés par les taches claires des troupeaux. Au loin, le clocher et les toits d'un village complétaient l'harmonie doucement vallonnée du paysage.

Léa se leva, remettant à plus tard la lecture de la lettre qu'Adrien lui écrivait. Elle reprit sa bicyclette pour aller porter le courrier à Mouchac, à Verdelais et à Liloy.

De retour à Montillac, elle se réfugia dans la chambre des enfants pour lire enfin la lettre. Son oncle la félicitait une nouvelle fois de la bonne exécution de sa mission à Paris et à Limoges. Il lui demandait d'écouter tous les soirs Radio-Londres, où un message lui dirait de venir le retrouver à Toulouse. À la poste principale, elle retirerait une lettre lui indiquant le lieu du rendez-vous. Elle devait partir deux jours après avoir entendu le message qui était : « Les violettes fleurissent au calvaire. »

Léa finissait de brûler la lettre quand Camille entra sans frapper.

— Excuse-moi de te déranger. Il n'y avait rien pour moi ?

— Non, seulement une lettre d'Adrien, fit-elle en montrant la feuille brûlée, et de Sarah Mulstein qui a quitté Eymoutiers.

— Pour aller où ?

— À Paris.

— À Paris ! Elle est folle !

— Tiens, lis ce qu'elle écrit, tu comprendras mieux.

Ce fut le 2 août que Léa entendit le message à la T.S.F. Durant son absence, Camille se chargea du courrier.

À la poste de Toulouse, elle trouva un mot laconique lui disant de se rendre vers cinq heures de l'après-midi à la basilique Saint-Sernin, après s'être arrêtée à Notre-Dame-du-Taur.

Il faisait une chaleur étouffante, et Léa avait soif et faim, n'ayant bu qu'une limonade tiède au buffet de la gare Matabiau. Très peu de monde dans les rues Bayard et Rémusat, et sur la place du Capitole. La petite église de la rue du Taur sembla à Léa une oasis dans ce désert de briques chauffées à blanc. Ses yeux mirent longtemps à s'habituer à la pénombre. Elle s'approcha de l'autel, près duquel brûlait la petit lumière rouge. Des bribes de prières se heurtaient dans sa tête : Notre Père qui êtes aux cieux... Marie pleine de grâce,... le Père Tout-Puissant... qui est ressuscité des vivants et des morts... Agneau de Dieu... que votre volonté soit faite... délivrez-nous du mal...

Elle posa la petite valise de cuir qui avait appartenu à sa

mère et s'agenouilla, emplie du désir de croire encore, et de se réfugier sous la protection de Dieu. Mais elle ne ressentait qu'un ennui profond. Quatre heures seulement ! Une vieille femme entra dans l'église en traînant les pieds. Elle s'arrêta devant Léa, qu'elle dévisagea longuement, puis s'en alla en bougonnant :

— C'est pas une tenue dans une église.

La chaleur de l'été lui avait fait oublier le décolleté de sa trop courte robe de toile bleue. Elle fouilla dans la valise à la recherche d'un foulard, qu'elle mit sur sa tête et qui lui couvrit un peu les épaules. Comme ça, elle attirerait moins les regards.

Quatre heures et demie. Léa sortit de l'église et se dirigea vers la basilique Saint-Sernin. Il faisait toujours aussi chaud, pas un souffle d'air. Sur les pierres inégales de l'étroit trottoir, les semelles de bois claquaient, sonores. Soudain, un des battants d'une lourde porte cochère d'un hôtel du XVIe siècle s'ouvrit devant elle, un homme en sortit, qui l'attira et la poussa sous la voûte.

— Mais...

Une main la bâillonna.

— Taisez-vous, vous êtes en danger.

Il y eut, dans la rue du Taur, un bruit de course, puis des voix, toutes proches :

— Ils peuvent plus s'échapper, ces salauds...

— Chante pas victoire si vite, ces putains de youpins sont malins.

— D'accord, mais le patron il est encore plus malin qu'eux.

— C'est vrai qu'il y a des curés qui les aident ?

— On le dit, mais moi, on ne m'ôtera pas de l'idée que ce sont des communistes déguisés en curés.

— Pourtant le dominicain qu'on a arrêté hier, c'était bien un vrai.

Contre celui qui la maintenait toujours, Léa se mit à trembler.

— Faut voir. Si c'est un vrai, tout curé qu'il est, il regrettera d'être né. Faut pas avoir de religion pour aider les Juifs.

Un long coup de sifflet retentit dans la rue.

— Allons-y.

Les deux hommes repartirent en courant. Puis il y eut des cris, des jurons, des coups de feu et... le silence.

Les yeux fermés, Léa s'appuya contre la porte.

— Venez, nous allons passer par les caves.

— Je vous en prie, dites-moi si c'est mon oncle qu'ils ont arrêté ?

— Je n'en sais rien. Hier Lécussan et ses hommes ont tendu un piège à des Juifs et à leurs passeurs. Je sais qu'il y avait un prêtre avec eux.

— Comment était-il ?

— Je n'en sais rien. Venez, bientôt le quartier va être bouclé.

— Une question encore. Comment saviez-vous que je devais passer par là ?

— J'avais ordre de vous protéger de Notre-Dame-du-Taur jusqu'à Saint-Sernin. En passant devant la basilique, j'ai reconnu Joseph Lécussan et deux de ses hommes, et j'ai pensé qu'ils étaient peut-être là à cause de vous. Ça vous va ? Vous venez maintenant ?

— Oui.

— Donnez-moi votre valise, dit-il en glissant sous son bras le pistolet qu'il n'avait pas lâché.

Ils pénétrèrent dans l'hôtel par une petite porte, descendirent quelques marches et se trouvèrent devant une autre porte, que l'homme ouvrit avec une clé. Pendant un temps qui parut interminable à Léa, ils parcoururent un dédale de couloirs à demi effondrés, d'escaliers défoncés, montant, descendant, ils passèrent sous des voûtes superbes rapidement éclairées par la lampe électrique. Essoufflée, Léa s'arrêta.

— Où sommes-nous ?

— Sous le Capitole. Dans le vieux Toulouse, il y a parfois plusieurs étages de caves. Certaines ont mauvaise réputation, car elles servaient de salles de tortures du temps de l'Inquisition. Mais beaucoup au fil des siècles ont servi de refuge. Depuis le début de la guerre, avec quelques camarades, nous avons étayé, réparé, déblayé, dégagé des ouvertures.

Ils cheminèrent encore quelques instants en silence. Puis, par un étroit passage où ils durent courber la tête, ils débouchèrent dans une immense salle de briques roses aux arcs d'ogives admirables éclairée par des torches fichées dans le sable du sol. Stupéfaite, Léa s'immobilisa, leva la tête vers la voûte gothique et lentement tourna sur elle-même. Pas une ouverture apparente en dehors de celle par laquelle ils étaient entrés. La lumière mouvante accentuait le mystère et la splendeur de l'endroit.

Quand elle baissa la tête, le long des murs, elle aperçut des tables, des caisses et des lits de camp sur lesquels des hommes étaient étendus, certains très jeunes, pauvrement vêtus.

— Vous avez fini votre examen? demanda son compagnon.

— C'est merveilleux!

Un homme s'approcha d'eux.

— Pourquoi l'avez-vous amenée ici?

— Chef, j'ai cru bien faire : je n'allais pas la laisser tomber entre les mains de Lécussan. Vous savez ce qu'il fait aux femmes?

— Michel, ne vous inquiétez pas, je réponds d'elle.

Cette voix...

— Mon vieux, si vous en prenez la responsabilité...

— Je la prends.

— Laurent!...

Les mains serrées l'une contre l'autre sur ses lèvres, elle vit, émerveillée et incrédule, s'avancer vers elle l'homme qu'elle aimait. Comme il avait changé.

— Oui, Léa, c'est moi.

— Laurent, répéta-t-elle.

Il l'attira à lui et l'enferma dans ses bras.

Plus rien d'autre n'existait maintenant pour Léa que cette chaleur qui pénétrait son corps, que ce souffle qui caressait son cou, que cette voix qui murmurait son nom. L'enchantement ne fut pas rompu quand celui qui s'appelait Michel leur dit :

— Pour cette nuit, elle peut rester, mais dès demain, elle doit partir.

Que lui importait demain, c'était maintenant qui comptait, car maintenant, elle savait qu'il l'aimait, malgré sa question :

— Comment vont Camille et le petit Charles ?

— Bien. Comme tu le sais, ils sont à Montillac depuis que la Gestapo a mis les Roches-Blanches sous séquestre. Charles est un très gentil garçon, qui te ressemble beaucoup. Il m'aime bien je crois.

— Qui pourrait ne pas t'aimer ? Comment pourrai-je jamais te remercier de tout ce que tu fais pour nous ?

— Tais-toi, tout ce qui est à moi est à toi. Que cela soit dit une fois pour toutes.

— Je crains que cela ne t'attire des ennuis.

— Tant que le capitaine Kramer sera dans la maison, nous n'aurons pas d'ennuis.

— Comment peux-tu en être aussi sûre ? Il y a tellement de dénonciations.

— Qui nous dénoncerait ? Tout le monde nous connaît et nous aime.

— Quelle confiance ! Chaque jour, des camarades sont dénoncés par leurs voisins, leurs amis même.

— Pendant que nous étions cachés dans la rue du Taur, j'ai entendu dire qu'on avait arrêté un dominicain...

— Rassure-toi, ce n'est pas ton oncle, mais un de ses amis, le père Bon.

— Mais alors, ils ont peut-être arrêté mon oncle tout à l'heure à la basilique ?

— Ils n'ont arrêté personne. Mais il ne fait aucun doute que quelqu'un l'a dénoncé.

— Que dois-je faire maintenant ?

— Pour l'instant, te reposer.

— J'ai faim et j'ai soif.

— Viens t'asseoir ici.

Laurent l'installa sur une caisse devant une table. Peu après, il revint avec une grande terrine de pâté, une miche de pain, un panier de pêches, une bouteille de vin et deux verres. Léa se jeta sur la miche entamée et respira à pleins poumons la bonne odeur.

— Comment faites-vous pour avoir du pain comme celui-là ? Le nôtre est noir et gluant.

— Pour la nourriture, nous avons beaucoup de chance. Les paysannes du marché de la place du Capitole nous fournissent en viandes, en pâtés, en légumes, en fromages et en fruits. Un vieux boulanger de Caraman nous fabrique notre pain et un viticulteur des environs de Villemur nous fait parvenir son vin. Nous les payons quand nous le pouvons. Le réseau n'est pas riche. Quand nous serons plus nombreux, cela posera des problèmes.

— Qu'est-ce qui fait du bruit ?

— C'est notre imprimerie. Nous imprimons une bonne partie de la presse clandestine du Tarn, de la Garonne, de l'Hérault et de l'Aude, plus les tracts, les fausses cartes d'alimentation et les faux papiers. Maintenant nous sommes organisés.

— Mais c'est dangereux !

— Nous sommes très prudents et ici nous ne risquons pratiquement rien.

— Ici, mais vous êtes complètement renfermés : on dirait une prison.

— Ne crois pas ça. C'est plein d'issues invisibles, de trappes, de souterrains, d'oubliettes aussi. Le sous-sol de Toulouse est un vrai gruyère, que certains d'entre nous connaissent depuis leur enfance...

— S'ils le connaissent, l'interrompit Léa, d'autres peuvent le connaître aussi.

— C'est vrai, c'est pour ça que nous avons muré les accès les plus connus et les plus faciles.

— Et celui de la rue du Taur ?

— Cette nuit, il y aura un éboulement qui en fermera l'entrée.

Tout en parlant, Léa coupait une grande tartine de pain, sur laquelle elle étala le pâté.

— Que c'est bon !

— Je n'ai jamais vu quelqu'un manger comme toi. On

dirait que tout en toi, corps et esprit, participe à ton repas.

— Pas toi ? fit-elle la bouche pleine.

Cela le fit rire.

— Non, je ne crois pas.

— Tu as tort. Quoique, en ce moment, tu aies plutôt de la chance. Tu es comme Camille, qui ne mange pratiquement rien. « Je n'ai pas faim », c'est agaçant d'entendre ça quand tu as toujours le ventre creux.

Elle sourit en tendant son verre

— Donne-moi à boire. Trinquons.

— À quoi trinquons-nous ?

— À nous, fit-elle en levant son verre.

— À nous... et à la victoire.

— Et moi, alors, on ne m'offre pas à boire ?

Un homme sale et mal vêtu se tenait debout près d'eux.

— Oncle Adrien !

— Père Delmas !

Devant leur stupeur, le dominicain éclata de rire.

— Bonjour mes enfants, dit-il en s'asseyant sur une caisse.

Léa lui tendit un verre qu'il but d'un trait.

— J'ai eu une des plus belles peurs de ma vie quand j'ai vu que la basilique était surveillée. S'ils t'avaient prise, je ne me le serais jamais pardonné.

— Jacquet a été formidable, il a réussi à l'intercepter à temps et à l'amener jusqu'ici.

Léa ne cessait de dévisager son oncle.

— Tu sais, si je t'avais vu comme ça, je ne t'aurais jamais reconnu et je me serais sauvée.

— Tu n'aimes pas mon déguisement ? Il est cependant parfait. Je me fonds complètement dans la masse des miséreux qui demandent l'aumône sur le parvis de Saint-Sernin.

C'est vrai, impossible de reconnaître dans ce clochard crasseux à la barbe grise, au pantalon difforme retenu par une ficelle, au feutre verdâtre et cabossé, nu-pieds dans d'incroyables godillots, l'élégant prédicateur dont les prêches étaient courus par les fidèles du monde entier, le pieux dominicain que tous à Bordeaux connaissaient.

— Je ne savais pas, mon oncle, que tu avais la barbe grise.

— Moi non plus, ç'a été une surprise, je ne m'imaginais pas aussi vieux. Écoute-moi attentivement : je ne vais pas pouvoir rester longtemps, je dois repartir, nous avons un parachutage cette nuit. Je t'ai demandé de venir pour plusieurs raisons. Restez, Laurent, ce n'est pas un secret pour vous. Il faut que tu sois de plus en plus prudente. La surveillance des passages de la ligne de démarcation va être renforcée. Pour le courrier, tu iras maintenant jusqu'à Caudrot. Le receveur et la demoiselle des postes sont des nôtres. Camille et toi, vous irez à tour de rôle et une fois sur cinq, ensemble. Vous aurez quelquefois des messages à remettre en main propre. Dans ces cas-là, M. et Mme Debray vous donneront les indications. Si un jour, vous entendez à la radio de Londres : « Sylvie aime les champignons de Paris », ça voudra dire de ne plus aller à Caudrot, que vous êtes grillées. Maintenant, par la poste, vous allez recevoir des journaux et des tracts. Il faudra les distribuer. Tu as bien apporté une valise solide, pas trop grande ?

— Oui, elle est là, dit Léa en la lui montrant.

— Très bien. Ce que tu vas avoir à transporter est dangereux. Tu peux refuser. Si j'avais eu quelqu'un d'autre sur place, je n'aurais pas fait appel à toi.

— De quoi s'agit-il ?

— D'aller à Langon et de déposer un poste émetteur-récepteur chez Oliver.

— Mais c'est plein d'officiers allemands !

— Justement, c'est pour ça que c'est l'endroit idéal. Le lendemain de ton retour, tu mettras l'appareil dans le panier avec lequel vous faites les courses et tu l'attacheras sur le porte-bagages de ta bicyclette. Ce sera jour de marché. Tu iras de bonne heure, tu achèteras tout ce que tu pourras trouver : fruits, légumes et fleurs. Comme par hasard, tu rencontreras le vieux sommelier des Oliver, Cordeau, que tu connais. Il te demandera des nouvelles de ton père et te dira qu'il a une gâterie pour la fille de son vieil ami. Tout en bavardant, vous irez jusqu'au restaurant. Là, il te prendra ton panier et l'emportera. Quand il te le redonnera, il sera plus léger, mais te semblera aussi plein. Bien en évidence, tu verras trois bocaux de confit de canard et un de cèpes. Tu acceptes ?

— Ça me met l'eau à la bouche. Pour du confit, je ferais n'importe quoi, dit-elle en riant.

— Tu le remercieras vivement et tu partiras. La difficulté, ce sera à la gare de Langon. Le chef de gare est un sympathisant, mais je redoute de le mettre au courant.

— Je le connais, je lui apporte souvent des lettres de son fils. Dès qu'il me voit, il s'arrange pour éloigner les gendarmes et les douaniers. Ça ira, tu verras. C'est lui qui garde ma bicyclette, et il m'aidera à attacher la valise.

— Ça me semble pouvoir marcher. Qu'en penses-tu, Laurent ?

— Je le crois aussi.

— Ce n'est quand même pas le père Cordeau qui va se servir de l'émetteur ?

— Non, un pianiste a été parachuté de Londres hier soir.

— Un pianiste ?

— Oui c'est comme ça qu'on appelle celui qui transmet les messages.

— Où est-il ?

— Tu n'as pas besoin de le savoir. Ton seul contact sera Cordeau. Si tu veux transmettre un message qui te paraît important, préviens-le, il me le fera parvenir et te dira ce que tu dois faire. Tu as bien compris ?

— Oui.

— Si tu es arrêtée, ne joue pas les héroïnes, mais essaie de faire traîner l'interrogatoire le plus longtemps possible afin que nous ayons le temps de prendre des dispositions.

— J'essaierai.

— Autre chose : dans la clandestinité, je suis connu sous le nom d'Albert Duval. Maintenant, je dois partir.

Adrien Delmas se leva et plongea un instant ses yeux dans ceux de sa nièce.

— Ne t'inquiète pas, oncle Adrien, tout ira bien, fit-elle en se blottissant dans ses bras.

— Dieu te garde, dit-il en la bénissant. Au revoir, Laurent.

— Au revoir, mon père.

Après le départ du dominicain, ils restèrent un long moment silencieux.

Léa se pencha à l'oreille de Laurent.

— Où sont les toilettes ?

— Tu vas voir, ce n'est pas très confortable. Prends cette lampe électrique. Après le passage, c'est le deuxième couloir à droite, puis à droite encore, une salle : c'est là. La pelle que tu verras sert à recouvrir le tout de sable, comme font les chats.

Quand Léa revint, Laurent vérifiait le chargeur de son pistolet.

— Ces caves sont étonnantes. Fais-les-moi visiter.

Laurent prit une torche et ils repassèrent par l'ouverture.

— C'est la seule issue de cette salle ? demanda Léa.

— Non, il y en a une autre, mais nous ne devons l'utiliser qu'à la dernière limite.

— J'aime mieux ça, j'ai vraiment l'impression d'être prisonnière. Pas toi ?

— On s'habitue à cette vie. Mais je suis peu souvent ici. Viens par là, regarde les murs.

— Qu'est-ce que c'est toutes ces inscriptions ?

— À différentes périodes, cette salle a servi de prison.

Léa lut :

— 1763, cinq ans déjà ; 1848, Amélie je t'aime ; Vive le roi, Vive la mort. Qui est ce Lécussan dont vous parliez tout à l'heure ?

— C'est un ancien officier de marine, originaire de Haute-Garonne. À l'armistice, il a rejoint l'Angleterre. Après Mers el-Kébir, il a été emprisonné par les Anglais, puis rapatrié en France. C'est une brute arrogante, violemment anti-Anglais et anticommuniste, mais ce n'est rien à côté de son antisémitisme fanatique. Pour te donner un exemple, les étudiants antisémites de la faculté de médecine de Toulouse lui ont offert en hommage une étoile de David en peau humaine, découpée sur le cadavre d'un Juif et soigneusement tannée.

— Quelle horreur !

— Quand il a bu, il la montre avec complaisance en disant : « C'est de la fesse. » C'est ce joli personnage que Xavier Vallat a nommé directeur aux Questions juives à Toulouse. Depuis un an, il fait la chasse aux Juifs et aux terroristes avec une bande d'individus aussi abjects que lui, qu'il entretient fastueusement.

Durant quelques instants, ils marchèrent en silence.

— Ici, c'est un peu mon domaine : j'y ai mis quelques livres, des couvertures et une lampe à pétrole. Je m'y réfugie quand j'ai besoin d'être seul ou après une opération difficile, dit-il en écartant une tenture défraîchie.

C'était une des plus petites salles. La voûte s'appuyait sur une seule croisée d'ogives, le sol était tapissé d'un sable blanc et doux. Par endroits, sur la brique rose des murs, des traces de feu. Dans un coin, le petit campement de Laurent. Léa s'agenouilla sur les couvertures, brusquement attentive, regardant son ami enfoncer la torche dans le sable : il semblait tout à coup emprunté, malheureux.

— Viens près de moi.

Il secoua la tête.

— Viens, je t'en prie.

Comme à regret, il s'avança. Léa l'attira et il tomba à genoux auprès d'elle.

— Depuis que je suis arrivée ici, je n'attendais que le moment d'être seule avec toi.

— Il ne le faut pas.

— Pourquoi ? Tu m'aimes et je t'aime. Demain, tu seras peut-être pris ou blessé ou... Je ne peux pas supporter de ne pas être complètement à toi, de n'avoir comme souvenir que quelques baisers. Non... ne parle pas, tu dirais des bêtises ou, pis, des banalités. Ce que j'éprouve pour toi est au-delà des convenances. Cela m'est égal de n'être que ta maîtresse. Je veux que tu sois mon amant puisque tu n'as pas voulu être mon mari.

— Tais-toi...

— Pourquoi me tairais-je ? Je n'ai pas honte de te désirer et de te le dire. La guerre a changé bien des choses dans le comportement des jeunes filles. Avant, je n'aurais peut-être pas osé te parler ainsi... Bien que... Non, je n'aurais pas été très différente : comme aujourd'hui, je t'aurais dit que je t'aime, que j'ai envie de faire l'amour avec toi et que rien ni personne ne pourra m'en empêcher.

Léa fit passer par-dessus sa tête sa robe de toile bleue. À l'exception d'une enfantine culotte de coton blanc, elle était nue.

Laurent n'arrivait pas à détacher ses yeux de la splendeur de ce corps, de ces seins qui attiraient ses mains. Comment résister à ces doigts habiles qui déboutonnaient sa chemise, puis s'attaquaient à la ceinture du pantalon ?... D'un bond, il se releva et se rejeta en arrière.

— Léa, nous ne devons pas...

Se traînant sur les genoux, elle vint à lui.

La lumière de la torche, les voûtes séculaires, le sable sur lequel elle progressait sans se presser, tel un animal sûr de sa proie, ses cheveux décoiffés, ses seins qui se balançaient doucement, ses reins cambrés, ses cuisses longues, donnaient à l'homme qui la contemplait l'impression d'être à l'aube des temps, quand la femelle primitive choisissait son compagnon.

Lorsque les mains nerveuses et fortes s'agrippèrent à lui, il ne résista plus. Pas plus qu'il ne repoussa la bouche qui se refermait sur son sexe. Il eût voulu que cette caresse ne cessât jamais, et cependant, il s'arracha à la douce emprise. Léa cria :

— Non !

Mais son cri de révolte fit place à un cri de victoire quand enfin il la pénétra.

Le sable blanc collé sur leurs corps immobiles les faisait ressembler à des gisants de pierre. La première, Léa ouvrit les yeux, tourna la tête vers son amant et le regarda avec un mélange de tendresse et de fierté : il était à elle, bien à elle. Pauvre Camille ! De quel poids était-elle face à leur amour ! Désormais, rien ne pourrait les séparer. Elle éprouvait cependant comme une déception, dont elle ne comprenait pas la raison. Jamais, elle n'avait fait preuve d'un abandon aussi grand. Ce n'était pas seulement son corps qu'elle avait donné à Laurent, mais son âme. Ce n'avait pas été la même chose avec François et Mathias. Avec eux, son corps avait été présent, mais là, avec l'homme qu'elle aimait, seul son cœur avait été comblé. Après la brutalité de l'attaque, il s'était montré doux, tendre, trop tendre, trop doux pour satisfaire son désir. De nouveau, elle aurait voulu qu'il la prenne, que ses mains lui fassent à la fois du bien et du mal, que son sexe la fouille sans ménagement, mais une brusque pudeur l'empêchait de le lui demander.

Comme il était beau, avec ses cheveux blonds, son visage aux lignes pures, la peau blanche de son torse lisse. Les yeux fermés, il ressemblait à un enfant. Quand il les rouvrit, elle fut bouleversée de joie.

— Pardonne-moi, mon amour, murmura-t-il, ses lèvres dans son cou.

Lui pardonner ? Quoi ? Il était fou. Elle s'allongea sur lui, se laissant envahir par un bonheur immense. Leurs regards se rencontrèrent, et se perdirent l'un dans l'autre. Ce fut à ce moment-là que Léa éprouva une jouissance qui la fit longuement frissonner.

Des appels les ramenèrent à la réalité.

— J'arrive, cria Laurent en repoussant doucement Léa.

Celle-ci s'accrocha à lui.

— Mon amour, je dois m'en aller. Veux-tu passer la nuit ici ? Tu n'auras pas peur ?

— Non. Mais il faut vraiment que tu partes ?

— Il le faut.

À la hâte, il s'habilla. Ses vêtements ressemblaient à ceux d'un ouvrier agricole : un mélange de bleu et de brun et un béret complétaient sa tenue. Plus rien de l'élégant jeune homme de l'été 39, qui l'emmenait faire de longues promenades sur les routes interminables de la forêt des Landes.

— Tu es beau.

Cela le fit rire. Il se pencha vers elle.

— Ma chérie, je veux que tu saches que jamais je n'oublierai le moment que nous avons passé ici, malgré la honte que j'éprouve d'avoir abusé des circonstances et de ton affection pour moi.

— Mais c'est moi...

— Je sais, mais je ne devais pas, ni vis-à-vis de toi ni vis-à-vis de Camille.

— Mais tu ne l'aimes pas, c'est moi que tu aimes.

— Oui, je t'aime. Je crois que tu ne peux pas comprendre ce que j'éprouve pour Camille. Elle est à la fois ma sœur, ma fille et mon épouse. Elle est fragile, elle a besoin de moi et je sais que, sans elle, je ne pourrais pas vivre. Ne me regarde pas comme ça. J'essaie de te faire comprendre que Camille et moi, nous sommes de la même race, nous aimons les mêmes choses, les mêmes livres, la même manière de vivre...

— Tu me l'as déjà dit. Tu verras, je changerai : j'aimerai ce que tu aimes, je lirai tes livres, je vivrai à ta façon, je serai aussi ta sœur, ta fille, ta femme et ta maîtresse. Je deviendrai dame d'œuvres, si ça te plaît. Je suis capable de tout pour te garder.

— Tais-toi, tu me fais peur.

— Serais-tu lâche ?

— Face à toi, oui.

— Je ne veux pas, je veux que tu sois fort. Je veux pouvoir toujours t'admirer.

— J'essaierai de ne pas te décevoir. Repose-toi, tu dois te lever tôt demain matin. Promets-moi de ne commettre aucune imprudence.

— Je te le promets. Maintenant, je suis invulnérable ! Toi aussi, sois prudent : je ne te pardonnerai pas s'il t'arrivait quelque chose.

Ils n'échangèrent qu'un baiser, mais dans lequel ils mirent tout ce qu'ils ne savaient pas exprimer.

La main sur la tenture, Laurent s'arrêta, tourna la tête vers Léa, sans la regarder.

— N'oublie pas que je t'ai confié Camille. Veille sur elle. Je peux compter sur toi, n'est-ce pas ?

Le sable étouffait le bruit de ses pas. Quel silence ! Léa n'avait pas encore remarqué à quel point il était total. « Le silence du tombeau » ricana en elle une petite voix.

Elle s'enfouit sous les couvertures.

Quand on la réveilla, elle eut l'impression qu'elle venait de s'endormir et que jamais elle ne pourrait se lever, tant son corps lui faisait mal !

Jacquet, le jeune homme qui l'avait conduite, l'accompagna à la gare, portant sa valise et un sac de voyage. Il lui trouva sans trop de peine une place assise dans un compartiment de troisième classe. Il glissa la valise sous le siège et mit le sac dans le filet au-dessus de sa tête.

Ils étaient en avance, et allèrent dans le couloir fumer une cigarette. Depuis quelques mois, Léa avait pris l'habitude de fumer, en partie par la faute de Françoise, qui laissait ses cigarettes traîner partout puisqu'elle n'avait aucune difficulté à s'en procurer.

— Je n'ai pas mis la valise dans le porte-bagages, j'ai eu peur que vous ne puissiez pas la descendre et que si quelqu'un vous aidait, il la trouve anormalement lourde. Dans le sac, sous des fromages et du saucisson, il y a des tracts et notre journal *Libérer et fédérer*. Faites-le circuler dans la région. C'est le numéro du 23 juin, celui dans lequel nous avons publié la déclaration du général de Gaulle. Si vous ne l'avez pas lue, lisez-la, ça fait du bien.

— Vous voulez me faire fusiller ?

— Ce serait dommage, une jolie fille comme vous. Dans le train se trouvent deux de nos camarades, prêts à intervenir en cas de danger. Si vous voyez que vous êtes sur le point d'être prise, laissez les bagages. Ils créeront une diversion pour pouvoir s'en emparer. Si l'on vous interroge, dites qu'on vous les a volés. Compris ?

— Compris.

Un coup de sifflet retentit.

— C'est le départ. Bonne chance.

Il sauta du train comme il démarrait.

Penchée à la fenêtre, Léa agita longuement sa main.

— C'est triste de quitter son amoureux, fit une voix à l'accent germanique.

Léa se retourna, les jambes soudain molles.

Mais l'officier allemand tout souriant passa dans le couloir encombré sans rien ajouter. Le cœur battant, elle retourna s'asseoir dans son compartiment.

— Langon. Ligne de démarcation. Quarante-cinq minutes d'arrêt. Tous les voyageurs descendent de voiture avec leurs bagages.

Léa laissa passer ses compagnons de voyage. Que cette valise était lourde ! Si seulement Loriot, le chef de gare, était sur le quai ! Debout sur le marchepied, elle essayait de repérer un visage connu dans la foule qui piétinait, papiers à la main, dans l'attente d'être contrôlée. Soudain, elle vit monter dans les compartiments vides les douaniers allemands pour la fouille du train. Un officier les accompagnait.

— Lieutenant Hanke !

— Mademoiselle Léa ! Que faites-vous là ?

— Bonjour, lieutenant. Je regardais si je ne voyais personne de connaissance pour m'aider à porter ma valise qui est très lourde.

— Laissez-moi vous aider. En effet ! Qu'y a-t-il là dedans, on dirait du plomb ?

— Vous n'êtes pas loin ! C'est un canon en pièces détachées !

— Ne plaisantez pas avec ces choses-là, mademoiselle, c'est tous les jours qu'on arrête des gens qui transportent des choses illégales.

— Les livres font-ils partie des choses illégales ?

— Certains.

— Il faudra que je vous demande un jour lesquels.

Tout en parlant, ils étaient arrivés à la sortie. Léa fit mine de se diriger vers l'endroit où l'on fouillait les voyageuses.

— *Es ist nützlich, Fräulein, das Mädchen ist mit mir*[1], dit-il à l'adresse d'une des deux femmes chargées d'effectuer le contrôle.

Dans le hall de la gare, Loriot s'avança.

— Bonjour, mademoiselle Delmas, je vais vous chercher votre bicyclette. Bonjour, mon lieutenant.

— Bonjour, monsieur Loriot. Je dois retourner sur le quai. Aidez Mlle Delmas à charger ses bagages, dit-il en lui tendant la valise.

Le lieutenant Hanke avait fait de grands progrès en français.

La bicyclette, déséquilibrée par la valise et le sac, menaçait à chaque instant de basculer. Essoufflée, le visage en feu, Léa descendit et poussa sa machine jusqu'à la propriété. La première personne qu'elle vit fut son père, qui semblait en proie à une grande agitation. Elle appuya la bicyclette contre le mur de la grange, tentant de reprendre son souffle.

— Salaud... vermine... Isabelle va vous chasser...

— Qu'as-tu, papa ?

— Où est ta mère ? Il faut que je lui parle immédiatement.

— Mais papa...

— Il n'y a pas de « mais papa » qui tienne, va me chercher ta mère. Ce que j'ai à lui dire est important.

Léa passa sa main sur son front en sueur, submergée tout à coup par la fatigue de ces dernières heures : son père qui lui réclamait sa femme morte, cette valise lourde comme le plomb, Laurent qui était son amant, le lieutenant Hanke portant ses bagages, les voûtes gothiques de

1. Ce n'est pas la peine, mademoiselle, cette jeune femme est avec moi.

Toulouse, son oncle le clochard, l'étoile en peau de Juif et Camille qui venait vers elle les bras tendus... Elle se laissa tomber aux pieds de Pierre Delmas.

Quand elle rouvrit les yeux, sa tête reposait sur les genoux de Ruth, et Camille lui bassinait les tempes avec une serviette humide, qu'elle trempait dans l'eau d'une cuvette tenue par Laure. Les yeux exorbités d'angoisse, son père pleurait en disant à Fayard :

— Dites, elle n'est pas morte, ma petite ? Sa mère ne me le pardonnerait pas.

— Ne vous inquiétez pas, monsieur, dit Ruth, c'est seulement un coup de chaleur. On n'a pas idée aussi de faire du vélo sans chapeau par un temps pareil !

— Ce n'est rien, papa, ne t'inquiète pas. Laure, occupe-toi de lui, s'il te plaît.

Le malaise de Léa n'avait duré que quelques instants. Aidée de Camille, elle se releva très vite.

— Je suis désolée de vous avoir fait cette peur. Ruth a raison, c'est la chaleur. Où sont ma valise et le sac ?

— C'est Fayard qui les a pris pour les emporter à la maison.

— Vite, il faut le rejoindre.

Elles le retrouvèrent dans la cuisine.

— J'sais pas, mademoiselle Léa, ce que vous avez dans vos bagages, mais ça pèse. J'vas vous les monter dans vot' chambre.

— Non, laissez, je vous remercie, je le ferai moi-même.

— Mais non, c'est ben trop lourd pour vous.

Léa n'osa pas insister, de peur d'éveiller ses soupçons. Elle le suivit jusqu'à la chambre des enfants.

— Merci, Fayard, merci beaucoup

— De rien, mademoiselle.

Camille et Ruth entrèrent. Ruth portait un verre.

— Bois ça, après tu iras mieux.

Léa but sans discuter.

— Maintenant couche-toi et repose-toi.

— Mais...

— Ne discute pas : tu as peut-être une insolation.

— Ne vous inquiétez pas, Ruth, je m'en occupe. Voyez plutôt M. Delmas.

Léa s'allongea sur ses coussins et ferma les yeux pour ne pas voir Camille.

— Depuis que tu es partie, je n'ai pas dormi tant j'étais inquiète. Dès que je m'assoupissais, je vous voyais, toi et Laurent, en danger de mort, c'était horrible.

Tout en parlant, elle lui avait retiré ses chaussures et lui caressait doucement les jambes. Léa avait envie de crier. Elle se leva.

— J'ai vu Laurent à Toulouse.

Camille se redressa.

— Tu as de la chance ! Comment va-t-il ? Que t'a-t-il dit ?

Un désir méchant s'empara de Léa. Et si elle lui disait tout : qu'elle et Laurent s'aimaient, qu'ils étaient amants ? Quelque chose dans le petit visage fatigué et tendu de Camille l'arrêta.

— Il va très bien. Il m'a chargée de te dire qu'il pensait beaucoup à toi et à Charles et qu'il ne fallait pas que tu t'inquiètes pour lui.

— Comment pourrais-je ne pas m'inquiéter ?

— J'ai vu également oncle Adrien. Il m'a confié une mission et m'a donné de nouvelles instructions pour le courrier.

— Est-ce que je peux t'aider dans ta mission ?

— Non.

— Ton père m'inquiète. Depuis hier soir, il n'est plus le même : il profère des injures, des menaces. J'ai essayé de lui parler, de savoir de quoi il s'agissait, mais il ne savait que répéter : « Que va dire Isabelle ? » J'ai cru à un moment qu'il s'était disputé avec Fayard, comme cela arrive malheureusement souvent, mais Fayard m'a affirmé que leur dernière querelle remontait à la semaine dernière. Ruth ne sait rien, ta tante Bernadette non plus ; quant à Françoise, elle est de garde à l'hôpital depuis trois jours. Seule Laure semble être au courant, mais elle refuse de me parler et s'enferme dans sa chambre d'où je l'entends pleurer.

— Je vais aller la voir.
— Repose-toi d'abord.
— Non, j'ai comme le pressentiment qu'il s'agit de quelque chose de grave. J'ai peur pour papa.
Léa chercha sa sœur à travers toute la maison, mais ne la trouva point.

Elle ne la revit qu'au moment du dîner. La petite avait les yeux rouges. Personne n'avait faim. Léa ne cessait de regarder son père, qui semblait plus calme, mais d'un calme presque plus inquiétant que l'agitation de l'après-midi. Dès le repas terminé, Léa prit le bras de sa sœur et l'entraîna.
— Viens faire un tour, j'ai à te parler.
Laure eut un geste de recul, puis se résigna. Elles descendirent vers la terrasse. La vallée semblait figée dans la lumière du soleil encore très chaud. Elles s'assirent sur le muret, à l'ombre de la glycine.
— Que s'est-il passé pour que papa soit aussi nerveux ?
Laure baissa la tête. Deux larmes coulèrent sur ses mains posées sur ses genoux.
— Petite sœur, ne pleure pas. Dis-moi ce qui s'est passé.
Laure se jeta en sanglotant au cou de son aînée.
— Jamais je n'oserai te le dire, surtout à toi.
— Pourquoi, surtout à moi ?
— Parce que toi, tu ne peux pas comprendre.
— Comprendre quoi ?
Les sanglots redoublèrent.
— Parle, je t'en prie, pense à papa.
— Oh ! papa, ce n'est pas le plus grave.
Que voulait-elle dire ? Agacée, Léa la secoua.
— Qu'est-ce que ça veut dire ? Qu'y a-t-il de plus grave ?
— Françoise, balbutia-t-elle.
— Françoise ?...
— Françoise et Otto.
— Françoise et Otto ? Explique-toi, je ne comprends pas.
— Ils veulent se marier.

— Se marier...

— Oui. Hier, le capitaine a fait sa demande à papa.

— Je comprends. Et papa a refusé, évidemment.

— J'en étais sûre, je le savais bien que tu ne comprendrais pas et que Françoise n'avait aucune chance que tu l'aides. Je le lui avais dit. Mais elle répétait : « Tu te trompes, Léa a de l'expérience, elle sait ce que c'est que l'amour. » Et moi, je lui disais que ce n'était pas vrai, que tu n'en savais rien. Que si elle voulait un conseil et une aide, c'est à Camille qu'elle devait les demander.

La violence de Laure surprit Léa.

— En dehors de Montillac, tu n'aimes rien ni personne. Le pauvre Mathias l'a bien compris. C'est pour ça qu'il est parti.

— Laisse Mathias en dehors de ça, veux-tu. C'est de Françoise dont il s'agit et de ses sales amours avec un Allemand.

— De ça aussi, j'en étais sûre. Tu ne jures que par ton général de Gaulle et les terroristes qu'il envoie de Londres pour saboter les lignes téléphoniques, faire sauter les trains et assassiner des innocents.

— Assassiner des innocents ! Comment oses-tu qualifier d'innocent l'ennemi qui occupe notre pays, qui l'affame, qui le déporte, qui le tue ? Sans ces « innocents », notre mère serait vivante, papa ne serait pas fou, oncle Adrien et Laurent ne seraient pas obligés de se cacher...

— C'est eux qui ont tort, ce sont des rebelles.

— Des rebelles ! Ceux qui se battent pour l'honneur de la France ?

— Ce ne sont que des mots, de grands mots vides. L'honneur de la France, c'est le Maréchal qui l'incarne.

— Tais-toi, tu n'es qu'une sotte ignorante. Ton Maréchal est le complice d'Hitler.

— Ce n'est pas vrai : il a fait don de sa personne à la France.

— Joli cadeau. C'est d'une armée bien équipée dont elle a besoin et d'un chef qui continue à se battre.

— Tu insultes un vieillard.

— Et alors ? Est-ce une excuse d'être vieux si on se conduit comme un salaud ? Je trouve ça au contraire doublement grave. Il s'est servi de son prestige de héros de la guerre de 14 pour faire accepter la honte de l'armistice.

— Sans cet armistice, des centaines de milliers de gens seraient morts, comme maman, sous les bombes.

En prononçant le mot de « maman », Laure se remit à pleurer. Léa prit sa tête et l'attira contre son épaule.

— Tu as peut-être raison, je ne sais plus. Qu'aurait fait maman, dans ces circonstances ?

Accablées, elles restaient assises, tête baissée, jambes pendantes.

— Laure, ça ne te choque pas que Françoise veuille épouser un Allemand ?

— Un peu, admit-elle. Mais puisqu'ils s'aiment.

— Alors, qu'ils attendent la fin de la guerre.

— Ce n'est pas possible.

— Pourquoi n'est-ce pas possible ?

— Parce que Françoise attend un bébé.

— Oh non !...

— Si.

Léa se leva d'un bond. Au loin, la ligne noire des Landes barrait l'horizon. De la Garonne montait une brume légère qui s'étirait sur Langon et vers les fontaines de Malle.

— Pauvre Françoise, murmura-t-elle.

Laure avait entendu.

— Aide-la, Léa. Parle à papa : il t'écoutera.

— Je ne le crois pas. Il est trop loin de nous, maintenant.

— Essaie, je t'en prie, essaie.

— Si seulement Françoise était là, je pourrais lui parler, savoir ce qu'elle veut faire exactement.

— Parle à papa. Il faut qu'il donne son autorisation, sinon Françoise se tuera.

— Ne dis pas de bêtises.

— Ce ne sont pas des bêtises : je te jure qu'elle est désespérée.

— Je te promets de faire tout ce que je pourrai. Maintenant, laisse-moi, j'ai besoin de réfléchir. Va me chercher Camille.

— J'y vais.

Puis, après un instant d'hésitation, Laure embrassa la joue de sa sœur.

— Merci, Léa.

Quelques instants plus tard, Camille rejoignit Léa, qui la mit brièvement au courant.

— Je me sens coupable. Nous n'avons rien fait.

— Que pouvions-nous faire ?

— L'entourer de plus d'affection, provoquer ses confidences.

— Je la connais, cela n'aurait rien changé. Demain, j'irai au marché de Langon ; en revenant, j'irai la voir à l'hôpital et, selon ce qu'elle me dira, je parlerai à papa. Ce soir, je suis trop fatiguée. Bonsoir, Camille.

— Bonsoir, ma chérie.

— Tenez, mademoiselle Léa, vous m'en direz des nouvelles de ce confit, dit le père Cordeau en redonnant à Léa son panier.

— Merci beaucoup, c'est papa qui va être content, lui qui est si gourmand.

— Dites-lui bien le bonjour, et que ça me ferait plaisir de le voir un de ces jours.

— Je le lui dirai. Merci beaucoup. Au revoir, monsieur Cordeau.

Léa sortit du restaurant, portant son grand panier recouvert d'un torchon à rayures rouges. Près de sa bicyclette appuyée contre le mur se tenait un soldat allemand.

— Pas prudent, mademoiselle, de laisser là belle bicyclette. Beaucoup voleurs, faire attention.

— Merci.

Ses mains tremblaient quand elle fixa le panier sur le porte-bagages, aidée par le serviable soldat.

Enfourchant sa machine, elle se dirigea vers l'hôpital.

La cour était encombrée d'ambulances et de voitures militaires. Au secrétariat, elle demanda à parler à sa sœur. On lui dit qu'elle était dans le bâtiment du fond, au service des urgences. Elle remonta sur son vélo. La première personne qu'elle rencontra fut le capitaine Kramer, qui s'inclina devant elle avec raideur.

— Bonjour, mademoiselle Léa. Je suis heureux de vous rencontrer et de pouvoir vous faire mes adieux.

— Vos adieux ?

— Oui, je dois monter de toute urgence à Paris et y demeurer. Je pars dans une heure. Mon ordonnance s'occupera de mes affaires. Vous présenterez, je vous prie, mes respects à Mme d'Argilat : c'est une femme admirable. Je n'aimerais pas que son amour de la patrie la pousse à commettre des actes imprudents. Dites à monsieur votre père que cela a été pour moi un honneur de le connaître et que j'espère qu'il reviendra sur ses préventions. Saluez également la gentille Laure, la dévouée Ruth et madame votre tante.

— Vous n'oubliez personne ?

— Je viens de faire mes adieux à Françoise. Elle va avoir besoin de toute votre affection. Puis-je compter sur vous ?

Lui aussi ! C'était une manie qu'ils avaient, les hommes, de lui confier leur femme ou leur maîtresse !

— Je ferai ce que je pourrai, mais cela ne dépend pas de moi seule.

— Je vous remercie. Françoise n'a pas votre force : c'est une nature influençable et tendre. Ne la jugez pas. J'aurais aimé mieux vous connaître, mais vous avez toujours refusé la moindre conversation. Je vous comprends. À votre place, j'en aurais fait autant. Mais j'aurais voulu que vous sachiez que j'aime la France, que je la considère toujours comme un grand pays à l'égal de l'Allemagne. Un jour, ces deux belles nations n'en formeront plus qu'une seule et apporteront au monde la paix. C'est pour ça que nous devons nous unir.

Léa l'écoutait à peine. Le pire, c'est qu'il était sincère.

— Vous ne croyez pas ?

— Je le croirais peut-être si vous n'occupiez pas notre pays et si vous ne poursuiviez pas ceux qui ne pensent pas comme vous. Adieu, capitaine Kramer.

Portant son panier, Léa entra dans la salle de repos des infirmières. Elles étaient toutes groupées dans le fond de la pièce. Léa s'avança.

Entourée par ses camarades, Françoise, assise, la tête entre ses bras appuyés sur une table, pleurait.

— Que voulez-vous ? demanda une infirmière.

— Je voudrais parler à ma sœur, Françoise Delmas.

— La voilà. Si vous réussissez à la calmer, nous vous serons reconnaissantes.

— Pouvons-nous être seules ?

— Bien sûr. Mesdemoiselles, il est temps de reprendre votre travail. Mlle Delmas va s'occuper de sa sœur.

Quand les infirmières furent toutes sorties, Léa s'assit près de Françoise, qui n'avait pas bougé.

— Viens, Françoise, rentrons à la maison.

Elle avait dit juste ce qu'il fallait dire. Les épaules de la pauvre amoureuse cessèrent de trembler et une main timide chercha la sienne et la serra.

— Je ne peux pas : que dira papa ?

Cette voix d'enfant perdue émut Léa plus qu'elle ne l'aurait cru.

— Ne t'inquiète pas, je m'en occupe. Viens.

Elle l'aida à se lever.

— Il faut que je me change.

— Où sont tes affaires ?

— Dans le placard, là-bas.

Léa alla ouvrir le placard et prit la robe de rayonne fleurie de sa sœur, son sac et ses chaussures à semelles compensées. Françoise finissait de s'habiller quand l'infirmière-chef entra.

— Reposez-vous, mon petit, je vous donne congé pour demain.

— Merci, madame.

Les deux sœurs firent les trois kilomètres de Langon à Montillac sans échanger une parole. Comme la veille, Léa descendit de bicyclette dans la côte tandis que Françoise continuait à pédaler en danseuse. « Elle pourrait m'attendre », pensa-t-elle.

Dans la cuisine, Camille et Ruth finissaient de préparer le déjeuner.

— Vous n'avez pas vu Françoise ?

— Si, elle a dit qu'elle montait se coucher, dit Ruth en faisant sauter des pommes de terre dans la poêle.

— Regardez ce que j'apporte pour accompagner les pommes de terre.

— Du confit ! firent ensemble les deux femmes.

— C'est un cadeau du père Cordeau.

— Du père Cordeau ? demanda Ruth. C'est pourtant pas dans ses habitudes d'être aussi généreux.

— En attendant, nous allons nous régaler. C'est papa qui va être content !

— Qu'est-ce qui va me rendre content, ma fille ? dit Pierre Delmas en entrant dans la cuisine.

Léa eut un haut-le-corps en voyant son père. Lui, d'ordinaire si soigneux de son apparence, n'était pas rasé, sa chemise sale et chiffonnée sortait de son pantalon couvert de taches et de poussière. Comme il avait changé depuis la veille ! Il n'avait plus le même regard. Il avait l'air désespéré, mais lucide.

« Il a compris que maman était morte », pensa Léa.

Elle contint son envie de le prendre dans ses bras, de le consoler, de lui dire que ce n'était pas vrai, qu'Isabelle, d'un instant à l'autre, allait rentrer, un panier de fleurs coupées au bras, avec son grand chapeau de paille qui l'abritait si bien du soleil. La force du souvenir était telle que Léa se tourna vers la porte. Elle se rendit compte, alors, que tout au fond d'elle-même, elle aussi avait nié cette mort, et que maintenant que son père acceptait la vérité, elle était séparée de sa mère pour l'éternité.

Le bocal de confit glissa de ses mains et éclata sur le dallage avec un grand bruit qui les fit sursauter.

— Que tu es maladroite, ma chérie, fit Pierre Delmas en se baissant pour ramasser les morceaux de verre.

— Laissez, monsieur, dit Ruth, je vais le faire.

Des larmes qu'elle ne pouvait retenir coulaient sur les joues de Léa. Son père s'en aperçut.

— Voyons, ce n'est pas grave, on va laver les morceaux, il n'y paraîtra plus. Allez, viens te moucher comme quand tu étais petite.

Redevenir petite, s'asseoir sur ses genoux, se blottir sous sa veste, comme pour s'y cacher, se moucher dans le mouchoir paternel, sentir les grands bras se refermer et respirer l'odeur familière de tabac, de chais, de cuir et de chevaux, à laquelle se mêlait parfois le parfum de sa mère.

— Papa...

— C'est fini, mon petit, maintenant, je suis là.

C'était vrai, il était là, revenu enfin parmi les vivants. Pour quels drames et pour combien de temps ?

Tous firent honneur au confit, soigneusement débarrassé de ses éclats de verre par Ruth, sauf Françoise, qui resta dans sa chambre.

Avant le déjeuner, Pierre Delmas s'était rasé et avait changé de vêtements. Durant le repas, la famille put constater qu'il était brutalement redevenu lui-même.

25

Quelques jours plus tard, fidèle à sa promesse, Léa essaya de parler à son père lors d'une de leurs promenades d'après-dîner, à travers les vignes. Dès les premiers mots, il l'arrêta :

— Je ne veux plus entendre parler de ce mariage contre nature. Tu oublies trop facilement que les Allemands sont nos ennemis, qu'ils occupent notre pays et que le capitaine Kramer a trahi les lois les plus élémentaires de l'hospitalité.

— Mais papa, ils s'aiment.

— S'ils s'aiment vraiment, ils attendront la fin de cette guerre. Pour l'instant, je refuse de donner mon accord à une union que ta mère eût désapprouvée.

— Françoise a...

— Plus un mot là-dessus, cette conversation me rend malade. Je suis déjà bien fatigué.

Il s'assit sur une des bornes du chemin.

— Est-ce bien nécessaire que tu ailles demain à Bordeaux ?

— Absolument. Je dois voir avec Luc comment je peux reprendre la promesse de vente que j'ai signée à Fayard.

— La promesse de vente !... Oh ! papa, comment as-tu pu faire cela ?

— Je n'en sais rien. Depuis la mort de ta pauvre mère, il me harcelait, me demandant sans cesse davantage d'argent pour acheter du nouveau matériel. Finalement, quand il a vu nos difficultés, il m'a proposé de racheter la propriété. La première fois qu'il m'en a parlé, j'ai retrouvé un peu de lucidité et je lui ai dit que je le chasserais, s'il revenait là-dessus.

— Pourquoi ne m'en as-tu rien dit ?

— Tu as bien vu, ma pauvre petite, que je n'avais pas toute ma tête, Isabelle n'était plus là et j'imaginais que tu étais encore une enfant.

— Mais papa, c'est grâce à moi si Montillac existe toujours. J'ai porté à bout de bras cette terre et ses gens, j'ai surveillé Fayard et les ouvriers, j'ai réussi à nourrir tout le monde avec les légumes du potager que j'ai cultivé moi-même, j'ai remis Fayard à sa place, et toi, tu me dis...

Léa ne put terminer. Pierre Delmas prit entre ses mains celles de sa fille et les baisa tendrement.

— Je sais tout cela. Ruth et Camille m'ont dit ton courage. C'est pour cela que je dois faire annuler cette promesse de vente et que j'ai besoin des conseils d'un avocat.

— Méfie-toi d'oncle Luc : c'est un collaborationniste.

— Je ne peux pas te croire. Il a toujours été maurassien, fervent partisan d'une droite musclée, farouchement antisémite et anticommuniste, mais de là à collaborer avec les Allemands...

— Si oncle Adrien était là, il te convaincrait.

— Luc et Adrien n'ont jamais pu se supporter. Enfants, ils étaient déjà dans des camps complètement opposés. Ils ont toujours été bons chrétiens tous les deux, mais ils ignoraient le pardon des offenses. Les choses se sont un peu arrangées quand Adrien est entré dans les ordres, mais Luc en a quand même profité pour dire que c'était introduire le loup dans la bergerie. Les succès de ton oncle, en tant que prédicateur, ont flatté la vanité et le snobisme de Luc, mais la guerre d'Espagne et l'aide qu'Adrien a apportée aux républicains espagnols, les propos qu'il a tenus en chaire dans la cathédrale de Bordeaux, dénonçant l'attitude de l'Église et du gouvernement, ont ranimé une antipathie proche de la haine.

Camille m'a dit qu'Adrien était en relation avec Londres et qu'il s'était réfugié en zone libre. Cela n'a pas dû être du goût de Luc.

— Il m'a dit que s'il savait où était Adrien, il le dénoncerait.

— Je n'en crois rien, il a dit ça sous le coup de la colère. Luc a bien des défauts, mais ce n'est pas un Judas.

— Je voudrais tellement que tu aies raison !

— J'espère également avoir des nouvelles d'Adrien. J'ai écrit à son supérieur pour lui annoncer ma visite. J'ai également rendez-vous avec mon notaire.

— Je t'accompagne, je serai plus tranquille.

— Comme tu voudras, ma chérie. Maintenant, laisse-moi. J'ai besoin d'être seul.

Après un baiser sur la joue de son père, Léa s'éloigna.

Tout en marchant vers la maison, rose dans le soleil couchant, elle se disait, cherchant à ne pas penser au lendemain : il faudrait qu'il pleuve, la terre est complètement desséchée, certaines feuilles commencent à jaunir. Sans s'arrêter, elle se pencha et prit une poignée de poussière. « Demain, je dirai à Fayard de faire nettoyer cette pièce qui est pleine de liserons. » Elle contourna le petit bois et arriva sur la terrasse. Certaines lumières du soir donnaient à la vallée un relief qui en accentuait la beauté et provoquait immanquablement chez Léa un sentiment d'allégresse. Françoise l'attendait à l'ombre des charmilles, assise sur l'herbe, ramassée sur elle-même. Léa s'assit près de sa sœur. Celle-ci releva la tête. Elle avait une mine pitoyable.

— As-tu parlé à papa ?

— J'ai essayé, mais il a refusé de m'écouter. Je trouverai un moyen, je te le promets.

— Il ne t'écoutera pas davantage. Que vais-je devenir ?

— Tu pourrais...

Léa hésitait, faisant passer la motte de terre d'une main dans l'autre.

— Tu pourrais aller à Cadillac, chez le docteur Girard. On dit...

— Quelle horreur ! Comment oses-tu me proposer une chose pareille ? Otto et moi, nous voulons cet enfant. Je préférerais mourir plutôt que de...

— Alors, cesse de pleurnicher, et annonce toi-même à papa que tu es enceinte.

— Non, jamais je ne pourrai le lui dire. Je vais m'en aller rejoindre Otto. Peut-être cela fera-t-il céder papa.

— Ne fais pas ça, il en serait trop malheureux. Pense à ce qu'il a souffert depuis la mort de maman.

— Et moi, sais-tu ce que je souffre ?

— Excuse-moi, mais je n'ai guère envie de te plaindre. Ce que tu as fait me dégoûte.

— Et toi avec Mathias ?... et d'autres sans doute...

Léa protesta.

— Ils n'étaient pas allemands, les miens.

— C'est trop facile. Est-ce de ma faute s'il y a la guerre entre nos deux pays ?

— Il a mal agi.

— Mais il m'aime !

Léa haussa les épaules. Françoise reprit :

— Je connais des tas de filles qui ont des amoureux allemands. Notre cousine Corinne est fiancée au commandant Strukell. Oncle Luc a bien un peu hésité à donner son consentement, mais la visite du père du commandant, qui est un grand dignitaire nazi, proche d'Hitler, venu spécialement d'Allemagne pour demander la main de sa fille, l'a tellement flatté qu'il a accepté. De plus, la famille est très riche et d'une vieille noblesse de robe. Tout pour plaire à notre oncle ! Corinne a bien de la chance. Si maman avait été là, j'aurais pu lui en parler, elle m'aurait comprise et aidée.

— Tu pouvais te confier à Ruth.

— Je n'ai pas osé.

— C'est pour ça que tu as pris Laure pour confidente ? Une gamine. Tu n'as pas pensé que tu pouvais la bouleverser par tes révélations ?

— Non. Elle n'avait rien contre les Allemands, et ça me faisait du bien de parler à quelqu'un qui n'était pas hostile.

Têtes baissées, elles se turent un long moment.

— Françoise, je voudrais tant t'aider...

— Je sais, Léa, et je t'en remercie. Je me sens moins mal depuis que tu es au courant. Bien que nous ne soyons du même avis sur rien, je sais que je peux te faire confiance, dit-elle en embrassant sa sœur.

— Demain, j'accompagne papa à Bordeaux ; il va chez oncle Luc. L'annonce du mariage de Corinne le fera peut-être changer d'avis. Je te promets d'essayer encore de lui parler. Mais, toi, promets-moi de ne rien faire qui puisse lui faire de la peine.

— Je te le promets, fit-elle en essuyant ses mains sur sa robe.

Ce fut un homme accablé que Léa ramena à Montillac. D'après Luc Delmas, l'annulation de la promesse de vente se révélait impossible puisqu'elle était assortie d'une forte indemnisation que Pierre Delmas n'était pas en mesure de payer. De plus, le notaire s'était montré pessimiste concernant les propriétés d'outre-mer et leur vente éventuelle.

La visite au couvent des Dominicains de la rue Saint-Genès avait été également une épreuve. Le supérieur n'avait pas caché qu'il considérait Adrien comme un terroriste, un traître et un apostat. Il avait estimé de son devoir de prévenir la maison mère de Paris et souhaitait qu'elle avertisse Rome des agissements de ce frère dévoyé. Non, il ne savait pas où il était et ne tenait pas à le savoir. Par son attitude, Adrien s'était retranché de la communauté catholique, il était indigne d'appartenir à l'ordre de Saint-Dominique et n'était plus qu'un défroqué. Chaque jour, il priait pour lui, demandant à Dieu de ramener cette brebis égarée. Léa était sortie de cette pieuse demeure avec la nausée. Dans tout cela, l'annonce du mariage de Corinne avait été accueillie par Pierre Delmas avec une indifférence méprisante, à peine entamée quand Luc lui avait dit :

— Tu devrais accepter que Françoise se marie avec le capitaine Kramer : il est d'une famille aussi excellente que celle de mon futur gendre.

Pierre Delmas s'était alors levé pour prendre congé et avait simplement répondu.

— Ne parlons plus de ça. Adieu.

Combien de fois Françoise avait-elle fait la centaine de mètres qui séparait la maison de la route, guettant le retour de son père et de sa sœur ? Dix fois ? Vingt fois ? L'heure de l'arrivée du dernier train de Bordeaux était passée depuis longtemps. Depuis longtemps déjà, la carriole du père Chombas, qui faisait office de taxi entre Langon et Verdelais, aurait dû s'arrêter en haut de la côte devant l'entrée de la propriété. Et s'ils avaient décidé de passer la nuit à Bordeaux ? Elle ne supporterait pas une nouvelle nuit d'insomnie dans l'incertitude. Jamais, depuis le départ d'Otto, elle n'avait tant souffert de son absence. Pour cet amour, elle avait déjà tant enduré : le mépris de ses collègues de l'hôpital, celui de son père et de Léa, la pitié de Camille, l'air goguenard de Fayard, la honte des rencontres clandestines, la peur d'être surprise. Tout cela était trop dur. Tant qu'il était là, elle se sentait toutes les audaces. Sans lui, elle n'était qu'une pauvre petite fille timide.

Le roulement de la carriole la fit sursauter. Comme une enfant prise en faute, elle alla se cacher derrière un des gros platanes qui bordaient l'allée. Quand elle vit son père, aidé par Léa, descendre de la voiture et marcher lentement d'un pas à la fois lourd et hésitant, tête baissée, Françoise comprit que, pour elle, tout était perdu. Elle appuya son front contre l'écorce de l'arbre, remarqua la course affairée d'un couple de fourmis, se revit, toute petite, cachée derrière ce même arbre pour surprendre son père quand il revenait du travail ou de la promenade, se souvint de sa joie quand il disait :

— Ça sent la chair fraîche ici : il me semble qu'il y a une petite fille de cachée pas très loin. Je vais la chercher et la manger...

— Non papa ! Non papa ! criait-elle en sortant de sa cachette et en se jetant dans ses bras tendus.

C'était fini... Demain, après-demain au plus tard, elle partirait.

Le lendemain, Léa se rendit à Caudrot chercher le courrier. À la poste, elle trouva un message lui disant de se rendre à La Réole, chez M. et Mme Debray. Elle les trouva inquiets, fébriles.

— Pouvez-vous aller ce soir ou demain à Bordeaux ? demanda Mme Debray.

— Je ne sais pas. J'y suis allée hier avec mon père, il faudrait que je trouve une raison.

— Trouvez-la. Il y va de la vie de nombreuses personnes d'un réseau. Vous irez 34, cours de Verdun, au cabinet d'assurances de M. André Grand-Clément, et vous lui direz que le foie gras de Léon des Landes n'est pas de bonne qualité. Il vous répondra qu'il le sait, que lui-même et sa femme ont été intoxiqués. À ce moment-là, dites-lui que vous venez pour la police d'assurance que désire contracter votre père. Il vous fera entrer dans son bureau, vous lui remettrez ces papiers : ce sont de faux contrats d'assurance dans lesquels il trouvera nos informations. Au bout d'un moment, dites-lui que vous ne vous sentez pas bien, que vous avez besoin de prendre l'air. Il vous accompagnera. Dans la rue, vous lui direz que le commissaire Poinsot est sur sa piste, et que s'il ne l'a pas encore arrêté, c'est sur les conseils du lieutenant SS Dohse, qui a vraisemblablement infiltré le réseau et qui attend d'avoir tous les éléments pour frapper un grand coup. Qu'il n'hésite pas à prévenir certaines personnes afin qu'elles se mettent à l'abri. Vous avez bien compris ?

Léa répéta les instructions.

— Très bien. Plus tôt vous irez à Bordeaux, mieux cela vaudra.

— Je vais essayer de prendre le train de dix-huit heures. Ce Dohse, n'est-ce pas celui qui a interrogé Camille ?

— C'est le même, un homme redoutable et intelligent,

qui a un flair de chien policier et qui n'abandonne jamais une piste. Il n'est pas impossible que quelqu'un espionne encore Camille d'Argilat pour son compte. De votre côté, montrez-vous d'une extrême prudence... D'ailleurs, pour plus de sécurité, un de nos amis va vous faire passer la ligne par le bois de la Font de Loup.

— Mais les Allemands de Saint-Pierre me connaissent. S'ils ne me voient pas repasser, ils vont se poser des questions !

— S'ils vous en posent quand vous repasserez la ligne de démarcation, dites-leur que vous l'avez passée à Saint-Laurent-du-Bois où vous aviez une amie à voir. Je ferai en sorte qu'on se souvienne de vous à Saint-Laurent.

— Comme ça, ça va.

— Je me suis peut-être trompée sur vous, petite, fit Mme Debray avec un bon sourire en embrassant Léa.

— Peut-être, madame, mais est-ce tellement important ?

— Pour moi, oui. Nous avons reçu hier des nouvelles de votre oncle, qui vous charge d'annoncer à sa sœur Bernadette que son fils Lucien est avec lui.

— Oh ! cela me fait plaisir. J'aime beaucoup mon cousin, et je craignais tant qu'il lui soit arrivé quelque chose. Oncle Adrien n'a rien dit d'autre ?

— Non.

— Il est temps de partir. Vous allez passer par Labarthe, où vous attend le maréchal-ferrant. Il vous connaît et vous fera franchir la ligne sans encombre. Faites exactement ce qu'il vous dira et tout ira bien. Il vous accompagnera jusqu'à Saint-Martin-de-Grave ; après, vous connaissez le chemin. Au revoir, mon enfant, Dieu vous bénisse.

— Au revoir.

Les époux Debray regardèrent s'éloigner Léa sur sa bicyclette bleue, se demandant s'ils avaient le droit de risquer la vie de cette fille si belle et si étrange.

Quand ils furent arrivés dans le bois de Manchot, le passeur fit signe à Léa de se dissimuler avec sa bicyclette le mieux possible. Lui-même coucha la sienne dans les fougères. À travers bois et vigne, ils atteignirent la nationale 672, qui délimitait la frontière entre la zone libre et la zone occupée. Au lieu dit Maison-Neuve, la route, très droite à cet endroit, était déserte. Le maréchal-ferrant appela Léa d'un grand geste. Sans encombre, ils passèrent la frontière. Jusqu'à Saint-Martin-de-Grave, ils roulèrent sur la bicyclette de Léa. Au carrefour du Moulin, ils se séparèrent. À Mouchac, elle creva un pneu et termina sa route à pied en pestant.

Camille jouait avec son fils dans le pré devant la maison. Le petit courut au-devant de Léa, riant, les bras tendus. Elle laissa tomber son vélo et le souleva.

— Bonjour, Charlie, bonjour, mon chéri. Aïe, tu me fais mal.

L'enfant la serrait de toute la force de ses petits bras. Souriante, Camille vint vers eux.

— Il t'aime. Je devrais être folle de jalousie...

Elle les enveloppait d'un regard d'amour tellement confiant que Léa se sentit mal à l'aise.

— Promets-moi que, s'il m'arrivait quelque chose, tu t'occuperais de lui comme s'il était ton fils, dit Camille soudain sérieuse.

— Arrête de dire des bêtises. Pourquoi veux-tu qu'il t'arrive quelque chose ?

— On ne sait jamais. Je t'en prie, promets-le-moi.

Non seulement elle devait protéger la mère à la demande du père, mais maintenant le fils à la demande de la mère. Et elle, qui la protégeait ? Haussant les épaules, Léa répondit :

— Je te le promets, je m'en occuperai comme de mon fils.

— Merci. Comment ça s'est passé pour le courrier ?

— Bien, mais je dois aller à Bordeaux. Peux-tu trouver une explication pour papa et Ruth ?

— Ne t'inquiète pas, je trouverai.

— Je vais me changer. Tu me prêtes ta bicyclette, j'ai une roue à plat ?

— D'accord.

— Pourras-tu dire à tante Bernadette que Lucien va bien et qu'il est avec oncle Adrien ?

— Ça, c'est une bonne nouvelle ! Je cours la lui annoncer.

En redescendant de sa chambre, des éclats de voix lui parvinrent du bureau de son père. Son premier mouvement fut d'entrer. Mais elle se rendit compte qu'elle n'aurait pas le temps d'attraper le train de dix-huit heures. Le cœur rempli d'appréhension, elle quitta Montillac, imaginant sans peine les propos échangés entre Pierre Delmas et Fayard.

Léa confia au chef de gare la bicyclette de Camille. Comme d'habitude, elle passa sans anicroche les contrôles policiers et douaniers.

Dans le compartiment, il y avait seulement deux paysannes. Léa se détendit, se demandant où elle irait coucher le soir. Pas question d'aller chez Luc Delmas. Elle aviserait sur place. C'était une bonne nouvelle que Lucien soit auprès d'oncle Adrien. Laurent était peut-être avec eux. Il lui manquait. Comme à chaque fois qu'elle pensait à Laurent, François se présenta à son esprit. Les derniers mots de la lettre de Sarah Mulsteïn lui revinrent en mémoire : « Tu es faite pour lui comme il est fait pour toi. » Ridicule ! Elle était faite pour Laurent et pour personne d'autre. Et Françoise, pour qui était-elle faite ? La pauvre, si elle aime vraiment son Allemand, je la plains, elle va souffrir. Que va-t-elle devenir avec son enfant ? Il faut absolument convaincre papa de la laisser épouser Otto.

Le train entra en gare de Bordeaux.

De la gare Saint-Jean au cours de Verdun, il y avait une sérieuse trotte. Léa suivit les quais jusqu'à l'esplanade des Quinconces. À plusieurs reprises, des soldats allemands tentèrent de retenir cette jolie fille court-vêtue d'une robe de toile blanche et dont les sandales à semelles de bois claquaient sur le pavé. Certains s'offrirent même à porter sa petite valise d'osier qui contenait les documents remis par les époux Debray. Jamais chemin ne lui parut plus long.

Il était près de huit heures du soir quand elle arriva cours de Verdun. La porte ne s'ouvrit qu'à son troisième coup de sonnette ; l'homme qui se tenait dans l'entrée correspondait à la description donnée.

— M. Grand-Clément ?

D'un signe de tête, il acquiesça.

— Bonjour monsieur. Je tenais à vous dire que le foie gras de Léon des Landes n'est pas de bonne qualité.

— Je le sais, hélas, ma femme et moi avons été intoxiqués.

— Je voudrais vous consulter au sujet d'une police d'assurance pour mon père.

— Entrez dans mon bureau, je vous prie.

Léa remit les papiers, demanda à prendre l'air et, dehors, délivra le message.

— Remerciez nos amis pour cette précieuse information. Je vais faire le nécessaire pour prévenir les nôtres, dit M. Grand-Clément.

— N'avez-vous rien à me donner pour eux ?

— Non, pas pour le moment. Soyez sans crainte, mademoiselle, je fais le nécessaire pour l'assurance de votre père, dit-il à voix trop haute.

Près d'eux passèrent deux hommes, apparemment deux tranquilles promeneurs qui profitaient de la douceur du soir.

— Partez ! ce sont des policiers du commissaire Poinsot.

Léa partit droit devant elle et arriva place de Tourny. Là, elle marqua un temps d'arrêt. Où aller ? En dehors de son oncle Luc, elle ne connaissait personne à Bordeaux. Elle descendit les allées de Tourny pratiquement désertes, ayant l'impression d'être suivie. Elle arriva sur la place du Grand-Théâtre. Là, il y avait un peu de monde, des soldats surtout. Elle s'arrêta devant le kiosque à journaux de la place. *La Petite Gironde*... Il lui semblait que le nom de ce journal voulait lui faire comprendre quelque chose. *La*

Petite Gironde... Raphaël Mahl... Le *Chapon Fin*... le directeur... Richard Chapon. Un soupir de soulagement gonfla sa poitrine : rue de Cheverus, c'est là qu'elle devait aller.

Neuf heures sonnaient à la cathédrale Saint-André quand elle arriva au journal. C'était le même gardien que lors de sa première visite.

— Le journal est fermé.

— Je veux voir M. Chapon.

— Il n'est pas là, revenez demain.

— Je vous en prie, il faut absolument que je le voie, dit Léa en se dirigeant vers la porte qu'elle savait être celle du directeur.

Elle s'ouvrit avant même qu'elle eût posé la main sur la poignée. Au même moment, deux hommes entrèrent dans le hall.

— Messieurs, messieurs, le journal est fermé, s'écria le gardien en se plaçant devant eux.

Léa reconnut les promeneurs du cours de Verdun. L'un des hommes la repoussa d'un geste brutal tout en continuant à avancer.

— Messieurs, qu'est-ce que cela signifie? demanda Richard Chapon dans l'embrasure de la porte.

— Nous voulons parler à cette jeune fille.

Le directeur de *La Petite Gironde* se tourna vers Léa.

— Vous connaissez ces messieurs?

— Non, fit-elle de la tête.

— Alors, messieurs, je vous prie de quitter mon journal.

— Je regrette, nous devons l'emmener pour l'interroger, dit celui qui semblait être le chef, en montrant une carte que Richard Chapon regarda attentivement.

— Je réponds de Mlle Delmas : c'est une amie. De plus, son oncle, maître Luc Delmas, est un homme important de la ville.

— Ça ne nous regarde pas. Le commissaire Poinsot nous a donné des ordres, on les exécute.

— Il va faire nuit, ne peut-on remettre l'interrogatoire à demain?

— Non, nous devons l'emmener.

— Très bien, je l'accompagne. Dufour, prévenez maître Delmas que je suis avec sa nièce.

Le mouvement de contrariété des policiers n'échappa pas au journaliste.

— Qu'attendez-vous, Dufour ? Appelez maître Delmas.

Il ne sortit de l'immeuble qu'après avoir constaté que le gardien avait bien au bout du fil l'oncle de Léa.

Devant la porte, une Citroën traction avant et son chauffeur les attendaient. Léa et Richard Chapon montèrent à l'arrière avec un des policiers.

Durant quelques instants, ils roulèrent en silence dans le dédale des rues sombres.

— Mais ce n'est pas le chemin pour aller au commissariat de Poinsot ! s'étonna Chapon.

— Nous allons avenue du Maréchal-Pétain.

— Au 224 ?

— Oui, c'est là que le commissaire nous a donné l'ordre de conduire la demoiselle.

Léa remarqua l'air soucieux de son compagnon.

— Qu'est-ce qui ne va pas ? demanda-t-elle à voix basse.

Richard Chapon ne répondit pas.

À toute vitesse, Léa réfléchissait : elle n'avait plus rien de compromettant sur elle, ses papiers étaient en règle et sa visite à Grand-Clément était plausible. Elle se détendit un peu, réconfortée par la présence de Richard Chapon.

L'obscurité était si dense que Léa ne put identifier la maison dans laquelle on la faisait entrer. Près de la porte, un soldat allemand en train d'écrire, assis derrière un bureau, leva la tête et dit en français :

— Qu'est-ce que c'est ?

— C'est pour le lieutenant Dohse.

— Bien, je vais le prévenir.

— Qu'est-ce que ça signifie ? Je croyais que c'était le commissaire Poinsot qui voulait voir Mlle Delmas ?

— Le lieutenant Dohse veut également la voir.

Le soldat revint.

Au fond du couloir, ils entrèrent dans une pièce aux doubles portes capitonnées de cuir noir.

Un homme très grand, aux cheveux noirs, d'une trentaine d'années, les attendait debout.

— Laissez-nous, fit-il aux deux policiers.

Les hommes sortirent.

— Bonjour, cher monsieur Chapon. Comment se fait-il que vous soyez ici ?

— Pas pour mon plaisir, croyez-le bien. Je préférerais être dans mon lit. J'accompagne une amie, Mlle Delmas, que vos hommes disaient vouloir conduire au commissaire Poinsot.

— C'est exact, je l'attends d'un instant à l'autre. Ce pauvre commissaire est tellement débordé que je lui donne quelquefois un coup de main. Mais asseyez-vous, je vous en prie.

— Ainsi, mademoiselle Delmas, vous êtes la nièce du célèbre avocat ? Mes félicitations, voilà un homme qui connaît son devoir ! Une de vos cousines ne doit-elle pas épouser un de nos plus brillants officiers ? Comment mieux concrétiser l'union de nos deux grands pays, n'est-ce pas ? Vous-même, je suis convaincu que vous êtes une bonne patriote, n'est-ce pas ?

— Évidemment, fit Léa souriant malgré la peur qu'elle sentait monter en elle.

— Je n'en doutais pas. Beaucoup de vos compatriotes sont comme vous et sont d'une aide précieuse dans la chasse aux terroristes, heureusement peu nombreux, qui tentent de semer le trouble dans ce pays. Voyez-vous, notre rôle est bien ingrat et souvent mal compris. Mais notre récompense est dans le maintien de l'ordre et dans le repos des citoyens, n'est-ce pas ? C'est sans doute pour affaire de famille que vous alliez chez M. Grand-Clément ?

— Oui, mon père désire revoir certaines de ses polices d'assurance.

— Il n'a sans doute pas eu le temps, n'est-ce pas, de s'en occuper lui-même hier ?

Instinctivement, Léa eut la bonne réaction.

— Vous nous faites donc surveiller pour savoir que mon père était à Bordeaux hier ?

— Surveiller est un bien grand mot. Nous avons dans les gares un certain nombre de nos agents, qui nous signalent l'arrivée de certaines personnes.

— Et pourquoi mon père ?

— N'est-il pas le frère du père Adrien Delmas que nous soupçonnons fort d'être à la solde de Londres ?

— Mon oncle Luc est également son frère, et apparemment vous ne le faites pas surveiller.

Richard Chapon fit semblant d'être pris d'une quinte de toux pour cacher son sourire.

— Mademoiselle, votre oncle nous a donné toutes les garanties de son attachement à l'Allemagne, n'est-ce pas ?

— Je n'en doute pas, ne put-elle s'empêcher de répondre.

Le téléphone sonna. Dohse décrocha.

— Oui, très bien, faites-les entrer... Voici le commissaire Poinsot, ainsi que maître Delmas.

Le lieutenant SS accueillit l'avocat avec déférence, et le policier avec une condescendance marquée.

— Croyez bien, maître, que je suis désolé de vous avoir dérangé. Le commissaire Poinsot vous a sans doute expliqué, n'est-ce pas, que c'est un contrôle de routine qui nous a amenés à entendre votre nièce.

— En effet, mais je trouve inadmissible que l'on s'en prenne à quelqu'un de ma famille. Comment pouvez-vous penser que cette enfant puisse s'intéresser à autre chose qu'à ses robes et à ses chapeaux ?

— Hélas ! maître, les jeunes filles de nos jours ont bien changé, fit le commissaire Poinsot.

— Pas celles de ma famille, monsieur, fit sèchement Luc Delmas.

— Excusez-moi, Chapon, je ne vous ai pas salué. Comment se fait-il que vous soyez ici ?

— Je n'allais pas laisser Mlle Delmas partir seule avec des policiers que je ne connaissais pas.

— Je vous en remercie, mais que venait-elle faire chez vous, à la tombée de la nuit ? demanda le commissaire.

— Je n'ai pas eu le loisir de le lui demander. Vos hommes ne m'en ont pas laissé le temps.

— Mademoiselle, qu'alliez-vous faire chez M. Chapon ?

Léa réfléchissait à toute allure, il fallait absolument qu'elle trouve une réponse satisfaisante.

— J'allais demander du travail à M. Chapon.

— Du travail ? firent ensemble Luc Delmas et le commissaire.

— Oui, un jour il m'a dit que si j'avais besoin de quelque chose, je pouvais compter sur lui et comme j'ai besoin de travailler...

— Mais pourquoi ? s'étonna son oncle.

— Pour aider papa.

Les quatre hommes se regardèrent.

— Je connais les difficultés financières de ton père, mais je ne crois pas que ton salaire suffirait à l'aider. Je te félicite tout de même de ce bon mouvement.

— Je suis touché de votre confiance, Léa. Je crois que d'ici quelque temps je pourrai vous faire une proposition.

— Bon, messieurs, je pense que vous êtes satisfaits des réponses de ma nièce. Il se fait tard, et demain, je plaide de bonne heure. Allez Léa, viens, tes cousins nous attendent. Poinsot, voulez-vous que je vous raccompagne ?

— Merci, maître, j'ai deux ou trois choses à voir avec le lieutenant. Excusez-nous encore de ce contretemps. Au revoir mademoiselle Delmas, au revoir monsieur Chapon.

Le lieutenant SS Friedrich-Wilhelm Dohse s'inclina.

— Au revoir, mademoiselle, faites attention à vos fréquentations, n'est-ce pas ?

Sans répondre, Léa fit un signe de tête et sortit, suivie de Luc Delmas et de Richard Chapon.

En s'installant dans la voiture de l'avocat, le directeur de *La Petite Gironde* fit remarquer :

— Vous en avez de la chance de pouvoir rouler : moi, il y a longtemps que je n'ai plus de voiture.

Luc Delmas ne répondit pas. Richard Chapon reprit :

— J'ai eu chaud, vous savez. Sans vous, ça ne se serait pas passé comme ça.

— Et pourquoi, si elle n'avait rien à se reprocher ?

— Avec ces gens-là, on a toujours quelque chose à se reprocher.

Luc Delmas ne releva pas.

— Je vous dépose au journal ?

— Oui, si ça ne vous dérange pas.

Ils n'échangèrent plus une parole jusqu'à la rue de Cheverus.

— Au revoir Léa, comptez sur moi.

— Au revoir, monsieur. Merci pour tout.

Jusqu'au domicile de Luc Delmas, l'oncle et la nièce gardèrent le silence.

Quand ils entrèrent dans l'appartement, Luc Delmas lui dit :

— Ne fais pas de bruit. Viens dans mon bureau.

Le moment tant redouté des explications était venu. Léa entra dans la pièce aux murs recouverts de livres aux reliures sévères. Pendant un moment, son oncle marcha de long en large, les mains derrière le dos. Enfin, il s'arrêta devant la jeune fille qui était restée debout.

— Que tout soit bien clair entre nous. Je ne suis venu te chercher que pour éviter le scandale qui aurait pu rejaillir sur nous. Il y a assez de ton oncle Adrien comme brebis galeuse dans la famille. J'espère pour toi que le lieutenant Dohse et le commissaire Poinsot ont été dupes de ta petite comédie avec Chapon.

Malgré la haine et le mépris que lui inspirait son oncle, Léa sentit qu'elle devait le convaincre.

— Mais ce n'était pas une comédie. Je cherche réellement du travail. Il n'y a plus d'argent à la maison.

Elle avait dit cela avec une telle sincérité que Luc Delmas parut ébranlé.

— Tu crois vraiment que cela suffirait à sauver Montillac ?

Léa n'eut pas à se forcer pour que ses yeux se remplissent de larmes.

— Non, bien sûr, mais cela aiderait un peu. La vendange s'annonce belle.

— Pourquoi t'obstiner à vouloir garder cette terre ? fit-il d'une voix adoucie.

— Tu as bien cette vieille maison et ces pins du côté de Marcheprime, auxquels tu tiens beaucoup, paraît-il ?

À la manière dont il la regarda, elle comprit qu'elle venait de toucher le point sensible. Cet homme, qui avait toujours semblé à tous soucieux d'augmenter sa fortune, entretenait avec passion une modeste bergerie entourée de bois, qu'il avait héritée de sa pauvre nourrice.

— Oui, je comprends, dit-il en abandonnant le combat. Viens te coucher.

Léa eut un geste de surprise.

— Tu ne croyais tout de même pas que j'allais te mettre à la rue ?

Sa cousine Corinne, fraîche, élégamment coiffée, vêtue d'une robe de foulard rouge et bleu, la réveilla tard dans la matinée avec le plateau du petit déjeuner. Léa n'en croyait pas ses yeux : de la confiture, du pain blanc, du beurre et, ô merveilles ! une brioche et un croissant ! Devant le regard extasié de Léa, Corinne sourit.

— Ne crois pas que c'est tous les jours comme ça. Grâce aux relations de papa, on ne manque de rien, mais les croissants, c'est seulement deux fois par semaine.

— Si je comprends bien, je suis tombée sur un bon jour ! dit Léa la bouche déjà pleine.

— Oui ! Ne mange pas si vite, tu vas te rendre malade !

— Tu ne peux pas comprendre, c'est tellement bon. Et ce café ? Du vrai café. Comment faites-vous ?

— Je t'en donnerai un sac. Cela vient d'un client de papa dont les cargos font l'Amérique du Sud, les Antilles et je ne sais quel pays. Chaque fois qu'un de ses bateaux revient, il nous approvisionne en sucre, café, cacao et tissus.

— Tissus ?

— Oui, ça nous permet de faire des échanges.

— Je vois que vous êtes bien organisés.

— Il le faut, par les temps qui courent.

Elle avait dit cela d'une petite voix pointue de bourgeoise, soucieuse de la bonne tenue de sa maison. Dans quelques années, ce sera tout le portrait de sa défunte mère, pensa Léa, plaignant par avance le fiancé allemand.

— Il est tard, tu aurais dû me réveiller plus tôt.

— Papa a téléphoné à Montillac.

— Tu le remercieras. Je prendrai le train de quatre heures.

— Ne peux-tu rester jusqu'à demain ? J'aimerais tellement que tu connaisses mon fiancé.

— Ce n'est pas possible, je dois absolument rentrer. Ce sera pour une autre fois.

— Je n'insiste pas. Papa m'a dit que tu avais beaucoup de soucis. Mais j'exige que tu m'accompagnes chez la couturière pour l'essayage de ma robe de mariée. Tu ne peux pas me refuser ça.

Léa avait vu arriver l'heure du départ de son train avec soulagement. Dans sa valise, elle emportait du sucre, du café et trois coupons de jolis tissus. Corinne avait tenu à l'accompagner jusqu'à la gare. Léa n'avait pas revu son oncle.

Elle dépassa le domaine de la Prioulette. Encore un petit effort, et elle retrouverait sa maison enfin débarrassée de la présence des Allemands. Elle imagina la joie des habitants de Montillac lorsqu'elle ouvrirait sa valise...

Assises autour de la table de la cuisine, Camille, Laure, Bernadette Bouchardeau, Ruth et la vieille Sidonie paraissaient accablées.

— Léa ! cria Laure en se jetant contre sa sœur.

— Enfin te voilà ! soupira Ruth, sans se lever, les traits tirés.

— Quel malheur, quelle honte ! pleurnichait Bernadette, le visage tuméfié.

— Pauvre petite, murmura Sidonie en se tenant le ventre.

Léa se tourna vers Camille qui s'était levée et ne disait rien.

— Que se passe-t-il ?

— Françoise est partie.

— Partie ? Quand ? Pour où ?

— Hier soir, je pense. On ne l'a su que ce matin. Elle avait laissé une lettre pour ton père et une pour toi, dit Ruth.

— Où est-elle ?

La gouvernante sortit une enveloppe froissée de la poche de sa robe.

« Ma petite sœur,

« Je pars rejoindre Otto, je souffre trop loin de lui, j'espère que tu me comprendras. Je sais que papa va avoir beaucoup de peine, je compte sur toi pour le consoler. Dis à Laure que je l'aime tendrement et qu'elle me pardonne le mauvais exemple que je lui ai donné. Ruth va beaucoup me manquer, dis-le-lui. Embrasse tante Bernadette. Que Camille prie pour moi, elle sait mieux que vous tout ce que j'ai souffert. Parle quelquefois de la petite Françoise à la bonne Sidonie et bois son cassis à ma santé.

« Je te laisse une lourde charge. Mais toi, tu as la force de tout supporter. Quoi qu'il puisse arriver tu fais face avec orgueil et courage. Je ne te l'ai jamais dit, mais je t'ai beaucoup admirée quand tu as porté la maison à bout de bras et que tu t'abîmais les mains à vouloir tirer de la terre notre nourriture. Mes petites provisions qui amélioraient l'ordinaire avaient un goût amer auprès de tes légumes.

« Autre chose, soyez très prudentes Camille et toi. Il faut que vous sachiez que de nombreuses lettres anonymes sont arrivées sur le bureau d'Otto, disant que vous passiez du courrier de la zone libre à la zone occupée, que vous fréquentiez des terroristes et faisiez passer la ligne de démarcation à des Anglais. Otto a déchiré ces lettres, mais son successeur risque de prêter attention à de nouvelles dénonciations. J'ajoute que je vous approuve. Cela peut vous paraître surprenant de ma part. C'est vrai que j'aime un Allemand, mais j'aime aussi mon pays.

« Léa, tu pourras m'écrire poste restante dans le

8e arrondissement. Dès que j'aurai une adresse, je te la communiquerai. Tu m'écriras, n'est-ce pas ? Tu ne me laisseras pas sans nouvelles de papa ?

« Ne me juge pas, ma chérie, et pardonne-moi de vous quitter de cette manière, mais je n'ai pas le courage de vous revoir. Je t'embrasse tendrement. »

Sa lecture terminée, Léa s'assit, la bouche tremblante, le regard lointain.

— Françoise est partie pour Paris.

— Rejoindre son Boche, siffla Bernadette.

Le regard que lui jeta Léa arrêta là son commentaire. Puis, au prix d'un grand effort, Léa transmit à chacune la petite phrase la concernant.

— Comment papa a-t-il réagi ? demanda-t-elle à Camille.

— D'abord, il est entré dans une grande colère, puis est resté abattu sur le banc du chemin, regardant de temps en temps vers la route, comme s'il espérait la voir revenir. Ensuite, il t'a demandée. C'est à ce moment-là que ton oncle Luc a téléphoné, longuement. Je ne sais pas ce qu'ils se sont dit. Ton père a pris son chapeau et sa canne. Il est parti vers le calvaire. Depuis, nous ne l'avons pas revu. Sidonie est venue nous dire qu'elle l'avait aperçu au cimetière de Verdelais, où il priait devant la tombe de ta mère. Elle s'est approchée de lui, lui a parlé. Il l'a regardée comme s'il ne la reconnaissait pas et lui a fait signe de s'en aller. Il avait l'air d'avoir à nouveau perdu la tête.

— Et depuis ?

— Laure a été à Verdelais, il n'y était plus.

— Je suis allée dans l'église, chez des gens qu'il connaissait, je suis revenue par le calvaire, je ne l'ai pas vu, affirma Laure.

— On doit absolument le retrouver avant la nuit. Il va sûrement y avoir un orage dans la soirée, dit Léa.

L'orage éclata vers huit heures du soir, comme Léa venait de rentrer. Personne n'avait trouvé trace de Pierre Delmas. Le docteur Blanchard, prévenu de la disparition de son vieil ami, était venu dès qu'il avait pu. Fayard, qui avait visité chaque pièce de vigne avec son chien, rentra trempé à la nuit tombée. Des voisins qui participaient aux recherches rentrèrent à leur tour. Chacun se sécha dans la cuisine devant le feu, y allant de son commentaire et buvant du vin chaud offert par Ruth. Le petit Charles, terriblement excité par ce mouvement inhabituel, allait de l'un à l'autre en criant. Vers minuit, tous rentrèrent chez eux, sauf le docteur Blanchard.

Léa refusa de se coucher et, aux premières lueurs de l'aube, repartit dans la campagne. Elle alla dans tous les endroits où elle aimait se promener avec son père quand elle était enfant. Pas la moindre trace. Elle s'assit dans l'herbe humide au pied de la croix de Borde. Un immense ciel gris, agité de nuages plus sombres encore, écrasait le paysage, avec cependant, dans le lointain, vers les Landes et la mer, une mince bande de clarté. Le temps va se lever, pensa Léa, avant de s'assoupir appuyée contre la croix.

Le froid la réveilla. Le temps ne s'était pas levé, le ciel était devenu franchement menaçant, la lointaine lueur avait disparu. La pluie se remit à tomber. Léa releva sa bicyclette et redescendit à pied le chemin boueux. Comme la veille au soir, la cuisine était pleine d'hommes aux vêtements mouillés. Ils étaient silencieux. Trop silencieux. Fallait-il que ce soit toujours dans cette cuisine chaude et accueillante que Léa apprenne ce qu'elle redoutait le plus ? Elle regarda autour d'elle : les têtes étaient baissées et découvertes.

Une horrible douleur pulvérisa son cœur, un flot de larmes monta à ses yeux et se tarit sous ses paupières, un cri broya sa gorge, qui ne laissa passer aucun son, tandis qu'en elle une voix d'enfant appelait son père.

C'était le curé de Verdelais qui avait découvert le corps de Pierre Delmas, recroquevillé dans le coin sombre d'une des chapelles du calvaire où il s'était sans doute abrité de la pluie. Son cœur fatigué, épuisé de chagrin, avait cessé de battre au milieu de la nuit.

26

La souffrance muette et sans larmes de Léa inquiétait Ruth et Camille.

Elle avait longuement contemplé le cadavre raidi que le docteur Blanchard avait fait transporter sur le divan du bureau. C'est elle qui avait arrangé sur le front glacé une mèche grise, regardant ce qui avait été son père avec une sorte d'indifférence. Qui était ce vieillard rétréci aux pauvres mains débiles dont le corps mort gisait là ? Son père était grand et fort ; quand il la prenait dans ses bras, elle avait l'impression d'être protégée contre le monde entier, rien ne pouvait lui arriver ; sa main disparaissait tout entière dans la sienne, chaude, enveloppante, rassurante ; marcher auprès de lui à travers les vignes, c'était partir à l'aventure, à la conquête de l'univers. Il parlait de la terre, comme Isabelle parlait de Dieu. Pour lui, l'un et l'autre se confondaient en une même vérité. Chez Léa, seule la foi dans la terre avait survécu. La terre, elle, ne l'avait ni trahie ni abandonnée. Quand tous avaient eu faim, c'est elle qui avait généreusement récompensé son labeur. Comme elle, Pierre Delmas avait tiré du sol de Montillac leur subsistance. Le père et la fille étaient de la même race. Alors, devant la triste dépouille, Léa sut que c'était l'image de son père debout dans ses vignes qui demeurerait à jamais.

Avec un grand calme, elle donna ses instructions à Ruth

et à sa tante Bernadette pour les obsèques, appela elle-même Luc Delmas, Albertine et Lisa de Montpleynet, leur demandant d'annoncer la nouvelle à Françoise si elles la voyaient.

Elle chargea Camille de prévenir les amis et les voisins et d'avertir le curé de Verdelais.

Elle monta dans sa chambre se changer et redescendit, vêtue d'un de ces tabliers noirs de vieille femme que l'on trouvait encore facilement sur les marchés. Elle prit au portemanteau de l'entrée son chapeau de paille, dont elle noua les rubans sous son menton : le soleil était revenu.

— Tu sors ? demanda Ruth.

— Oui, je dois aller à La Réole.

— Maintenant ?...

— Oui.

Camille s'avança.

— Tu ne veux pas que je t'accompagne ?

— Non, merci, j'ai besoin de toi ici. Je dois aller prendre le courrier et dire aux Debray comment cela s'est passé à Bordeaux. Je veux aussi leur demander d'essayer de joindre oncle Adrien.

Léa s'éloigna sur sa bicyclette bleue.

Tous ceux qui avaient pu, parents, amis, voisins, étaient venus s'associer à la peine des habitants de Montillac. Malgré le risque d'être arrêtés, le père Adrien, dans sa longue robe blanche, était là, ainsi que Laurent d'Argilat. Lucien, au bonheur de sa mère, les avait accompagnés. Seule Françoise manquait. Quand ses tantes en grand deuil lui avaient dit, le matin de leur départ pour Bordeaux, qu'elles allaient à l'enterrement de son père, et qu'elles souhaitaient faire le voyage avec elle, Françoise leur avait dit que pour rien au monde elle n'irait, qu'elle ne voulait pas être accusée de sa mort. Elle s'était enfuie en larmes.

Adrien avait tenu à dire la messe que servirent Luc et Laurent.

Pendant l'office, ces trois hommes oublièrent tout ce qui les séparait.

Prévenus par leurs espions que deux terroristes activement recherchés se trouveraient à Verdelais, le lieutenant Dohse et le commissaire Poinsot s'apprêtaient à les faire arrêter, quand un ordre venu de Paris leur imposa de ne pas bouger. Luc Delmas avait exigé de son futur gendre, le commandant Strukell, qu'il obtienne de son père que rien ne soit fait tant qu'il serait à Montillac.

Assise au premier rang avec les femmes de la famille, Léa, derrière son voile de crêpe, se laissait bercer par les voix monotones des enfants de la chorale de la basilique. Elle se reprochait la joie qu'elle avait eue à revoir Laurent, joie qui lui avait fait oublier durant quelques instants sa douleur. La veille, quand il l'avait prise dans ses bras et longuement serrée contre lui, elle avait éprouvé un grand sentiment de paix et de bonheur. Par amour pour elle, il était venu, risquant sa vie. Léa était si remplie, si sûre de cet amour, qu'elle n'éprouva pas de jalousie en le voyant monter l'escalier avec Camille pour aller se coucher. Dès qu'elle s'était allongée, elle s'était endormie d'un sommeil sans rêve. Et au matin, le visage heureux de Camille n'avait pas entamé cette paix.

Elle prenait peu à peu conscience que, maintenant, plus rien ne la retenait à Montillac. À quoi bon se battre pour garder une terre dont son père lui-même s'était détaché ? Laure ne rêvait que d'habiter en ville. La vente de la propriété leur permettrait d'acheter un appartement à Bordeaux ou à Paris et de vivre largement pendant quelques années. Elle pouvait aussi louer les vignes et garder la maison. Il fallait qu'elle demande conseil à son oncle Adrien et à Laurent. Françoise aussi aurait à donner son avis : elle était l'aînée et majeure depuis un mois. Rien non plus ne l'empêchait de rejoindre Laurent dans son combat. Elle vivrait près de lui, partagerait les mêmes dangers, les mêmes combats... Incapable de prier, elle se levait, s'agenouillait, s'asseyait machinalement, obéissant aux mouvements de l'assistance.

Soudain, sans raison, son cœur se mit à battre plus fort, une chaleur enveloppa sa nuque et ses épaules. Une envie irrésistible de se retourner la saisit. Elle se retourna. Là, près du pilier, dans l'ombre... Elle eut l'impression stupide que son cœur allait s'échapper de sa poitrine. Elle détourna la tête, se bornant à regarder l'autel. Brusquement, elle se retourna de nouveau. Ce n'était pas un fantôme : François était bien là, qui la regardait... Pourquoi ses seins lui faisaient-ils mal ? Pourquoi ce frisson au creux de son ventre ? Camille, assise auprès d'elle, posa sa main sur son bras. D'un mouvement agacé, Léa s'en libéra, baissa la tête et ferma ses paupières, comme pour mieux endiguer le tumulte qui montait en elle. À une vitesse extraordinaire passaient dans son cerveau les images des moments les plus intenses, les plus fous, les plus délicieux, les plus honteux qu'elle avait connus avec les trois hommes qui avaient été ses amants. Vainement, elle tentait de repousser ces souvenirs impudiques, choquée de ses pensées indécentes face à la dépouille de son père... La cérémonie touchait à sa fin.

La fastidieuse coutume des condoléances n'en finissait pas. Dans les allées fortement pentues et crevassées du petit cimetière, le cortège se dispersait sous un soleil qui blessait les yeux. Léa sentait la sueur couler dans son dos, et coller à sa peau sa robe d'épaisse soie noire. La tête lui tournait. Il lui vint comme une envie de se laisser glisser dans la fosse ouverte et de s'allonger sur le cercueil de chêne clair. Il devait faire frais sous terre. Elle tituba. Une main ferme la retint. C'était bon de sentir cette force passer en elle. Fermant les yeux, elle se laissa aller contre l'homme. Elle percevait autour d'elle un mouvement d'inquiétude, des paroles anxieuses pendant qu'on l'entraînait vers l'ombre des arbres du chemin, le long du cimetière. Elle posa sa tête contre cette épaule sur laquelle elle savait pouvoir s'appuyer sans crainte.

Avec quelle douceur il lui retira son chapeau au voile encombrant, souleva ses cheveux aux racines humides et déboutonna les trois premiers boutons de sa robe. S'il lui disait : « Je vous emmène », elle le suivrait.

— À quoi songez-vous ?

— À partir, dit-elle en se redressant.

François Tavernier la regarda comme s'il voulait lire en elle.

— Pourquoi partir ?

— Trop de choses ici me rappellent ceux qui n'y sont plus.

— Laissez faire le temps, Léa. Moi aussi, je compte sur lui pour m'aider à accomplir ma besogne.

— Quelle besogne ?

— Il est encore trop tôt pour en parler.

Camille, Adrien et Ruth venaient vers eux.

— Nous rentrons, Léa, tu viens avec nous ? demanda Camille.

Puis, se tournant vers François, elle ajouta en l'embrassant :

— Je suis heureuse de vous revoir, monsieur Tavernier.

— Moi aussi, madame d'Argilat. Bonjour, mon père.

— Bonjour, Tavernier. Je vous remercie de votre présence parmi nous. Comment avez-vous su ?

— Par les demoiselles de Montpleynet. Je ne pensais pas que vous seriez là, mon père. Ni vous, ni M. d'Argilat.

— Nous ne devons qu'aux relations de mon frère Luc de n'être pas encore arrêtés. Mais il serait bien imprudent de nous éterniser ici. Nous repartirons dans la soirée.

— Déjà ! s'exclama Léa.

— Si nous restons plus longtemps, nous sommes en danger. Nous allons rentrer à Montillac, où j'aurai unc conversation avec l'oncle Luc et Fayard, afin de voir comment protéger vos droits.

Laurent les rejoignit et serra la main de François.

— Je suis heureux, Tavernier, de pouvoir vous remercier de tout ce que vous avez fait pour ma femme. Je suis à jamais votre débiteur.

— N'exagérons rien. Vous en auriez fait autant.

— Sans doute, mais ça ne m'empêche pas d'être reconnaissant.

François Tavernier s'inclina avec, du moins sembla-t-il à Léa, une certaine ironie. Puis se tournant vers elle, il lui dit :

— Me permettez-vous de vous accompagner ?

— Si vous voulez.

Appuyée à son bras, Léa descendit vers la place de l'église où étaient garées voitures et charrettes. Elle monta dans la Citroën de François en compagnie d'Adrien, de Camille et de Laurent.

À Montillac, une collation avait été préparée dans la cour, à l'ombre des tilleuls. Léa, distraite, laissa Camille, sa sœur, Ruth et ses tantes s'occuper des invités. Un verre à la main, elle descendit vers la terrasse.

Deux hommes suivirent d'un même regard sa mince silhouette noire glissant sur l'herbe de la pelouse. Le premier, François Tavernier se détourna et s'approcha d'Adrien.

— Père Delmas, voudriez-vous me faire visiter les chais ?

— Avec plaisir, mais ils sont bien modestes comparés à ceux des grands crus de la région.

Les deux hommes s'éloignèrent en direction d'une porte basse donnant sur la cour.

— Serons-nous tranquilles ? murmura François, j'ai à vous parler.

Léa, debout contre le muret de la terrasse, suivait des yeux la lointaine progression d'un train traversant la Garonne.

— Camille s'inquiète de te voir seule, lui dit Laurent avec tendresse.

— C'est elle qui t'envoie ? J'aurais préféré que tu viennes de toi-même. Tu n'as rien à me dire ? demanda Léa en se retournant.

— À quoi bon, oublions.

— Pourquoi oublierais-je ? Je n'ai pas honte. Je t'aime,

et toi aussi tu m'aimes, fit-elle en lui prenant le bras et en l'entraînant dans le petit bois, hors de la vue de la cour.

— Je regrette ce qui s'est passé, j'ai mal agi envers toi et envers Camille. Je ne comprends pas comment j'ai pu...

— Tu as pu, parce que comme moi tu en avais envie, et parce que tu m'aimes, bien que tu t'en défendes. Tu m'aimes, tu entends ? Tu m'aimes.

Elle le secouait en disant cela. Ses cheveux, qu'elle avait relevés en chignon, tombèrent sur ses épaules, lui donnant cet air sauvage et fou auquel il avait tant de mal à résister, ses yeux trop brillants le captivaient, sa bouche entrouverte l'attirait, ses bras l'enlaçaient, son corps se collait au sien, se frottait à lui avec frénésie. Il abandonna une lutte inégale et baisa ses lèvres qui s'offraient.

Léa appréciait sa victoire et essayait d'en prolonger l'émotion.

Il lui sembla entendre des pas sur le gravier de l'allée. Malgré elle, son corps se raidit. Laurent la repoussa. François Tavernier apparut au détour de l'allée.

— Ah ! mon cher, vous êtes là ! Votre femme vous demande.

— Merci, balbutia-t-il en rougissant comme un gosse pris en faute.

Léa et François le regardèrent s'éloigner à grandes enjambées.

— Décidément, il faut que vous soyez toujours là où il ne faut pas.

— Croyez, chère amie, que je suis désolé d'avoir interrompu ce tendre tête-à-tête, dit-il d'un ton insolent. Je me demande ce qu'une fille comme vous peut bien trouver à un homme comme lui ?

— Vous aussi, vous vous répétez. Que lui reprochez-vous ? Il est très bien !

— Parfait, on ne peut plus parfait. Mais que voulez-vous, je ne vous vois pas avec un homme parfait.

— Sans doute me voyez-vous davantage avec un homme tel que vous ?

— En quelque sorte. Nous sommes, vous et moi, très semblables. Nous avons un curieux sens de l'honneur, qui peut nous conduire à des actes de courage absurdes et nous faire trouver bien ce qui nous arrange. Tout comme moi, vous êtes capable de tout, même de tuer, pour obtenir ce que vous désirez. Votre désir sera toujours plus fort que votre intelligence et votre instinctive prudence. Vous voulez tout, Léa, et tout de suite. Vous êtes une enfant gâtée qui n'hésite pas à prendre le jouet d'une autre — en l'occurrence, son mari — même si, une fois en votre possession, le jouet vous semble moins beau.

— Ce n'est pas vrai.

— Bien sûr que si, mais vous vous feriez plutôt arracher la langue que de l'admettre. Quelle importance ? Que vous croyiez aimer M. d'Argilat est sans intérêt, cela vous passera...

— Jamais !

Il eut de la main un geste d'une insolente désinvolture.

— Parlons de choses plus intéressantes. Vous devriez venir passer quelque temps à Paris, cela vous changerait les idées. Vos tantes seraient très heureuses de vous recevoir.

— Je n'ai pas envie d'aller à Paris. Je dois rester ici pour régler les affaires de mon père.

— Vous vous ferez tondre comme au coin d'un bois. J'ai proposé à votre famille les services de mon homme d'affaires, maître Robert. C'est un homme honnête et compétent.

— Pourquoi accepterais-je une aide de vous ?

— Parce que je vous le demande, dit-il d'une voix adoucie.

Tout en marchant, ils étaient arrivés au bout de la propriété par le chemin qui, en contrebas, longe la terrasse.

— Rentrons.

— Non, je n'ai pas envie de voir tous ces gens, j'ai envie d'être seule.

— Je vais vous laisser.

— Non, pas vous, fit-elle en s'accrochant à son bras. Marchons un peu. Allons à la Gerbette.

Tavernier la regarda avec étonnement. Que de contradictions chez cette petite fille en deuil !

— La Gerbette ?

— C'est une bicoque où je jouais quand j'étais petite. Elle est à moitié enfoncée dans la terre, il y fait très frais. On y met la luzerne des lapins, les vieux outils. Je n'y suis pas allée depuis bien longtemps.

Ils descendirent à travers les vignes en pente et arrivèrent devant un petit toit de tuiles au ras du sol. Ils le contournèrent. Un raidillon à moitié fermé par les ronces et les herbes menait à la porte, qui était close. D'un coup d'épaule, François fit sauter la serrure rouillée. La moitié de la petite pièce au sol de terre battue était remplie de foin. D'épaisses toiles d'araignée pendaient aux poutres.

— Ce n'est pas très beau. Dans mon souvenir, c'était beaucoup plus grand.

François enleva sa veste et la posa sur le foin.

— Allongez-vous. Je trouve cet endroit charmant.

— Ne vous moquez pas. C'est là que je me cachais quand Ruth voulait me donner ma leçon d'allemand. Derrière la mangeoire que vous voyez là, il y a un renfoncement. Ce qu'on a pu s'amuser ici !

— Vous êtes encore une enfant, dit-il en s'asseyant près d'elle.

D'enfantine, l'expression de Léa devint provocatrice. Elle regarda François de ses yeux mi-clos, allongée, les mains sous la tête, cambrant les reins, la poitrine insolente.

François la regardait d'un air amusé.

— Cessez de jouer les coquettes avec moi, sinon je cesse aussitôt de me conduire en grand frère.

— C'est bien comme ça que vous m'aimez, non ?

— Comme ça et autrement.

— Je ne vous reconnais plus ! Vous, si sage ?

— Je n'aime pas servir de compensation.

— Que voulez-vous dire ?

— Vous le savez très bien.

— Et alors, si cela me plaît ainsi ? Je croyais que nous étions pareils. N'avez-vous pas envie de moi ?

D'un bond, il fut sur elle, relevant sa jupe, prenant le sexe bombé à pleine main.

— Petite garce, je ne suis pas...

Il ne put achever, Léa, pendue à son cou, écrasait ses lèvres sur les siennes.

— Je voudrais fumer.

— Ce n'est pas prudent, fit François en sortant un paquet de cigarettes américaines de sa poche.

Nus, le corps en sueur sur lequel se collaient des brins d'herbe, les jambes enlacées, ils fumèrent en silence. Maintenant, dans la cabane, il faisait presque sombre.

— Ils vont s'inquiéter.

Sans répondre, elle se releva, enfila sa robe de deuil, fit une boule de ses dessous et de ses bas qu'elle cacha sous une pierre, secoua ses cheveux et sortit en tenant ses chaussures à la main.

Sans se retourner, elle remonta vers Montillac, et ce n'est qu'à mi-chemin que François la rejoignit. Ils arrivèrent en silence sur la terrasse. Camille était assise sous les glycines. Dès qu'elle aperçut Léa, elle se leva et la prit dans ses bras.

— Où étais-tu ?

— Je ne risquais rien, j'étais avec notre ami.

Camille eut un bon sourire.

— Laurent et Adrien sont partis. Ils étaient tristes de partir sans t'avoir revue.

Léa eut un geste fataliste. Tournée vers la plaine, les mains appuyées sur la pierre chaude de la terrasse, elle regardait en se penchant le disque rouge du soleil disparaître derrière la colline de Verdelais.

Elle ne répondit pas à l'adieu de François ni à l'appel de Camille qui lui disait de rentrer à la maison. Un peu plus tard, elle entendit le bruit d'un moteur puis, à nouveau, tout fut silencieux.

Un petit vent venu de la mer souleva ses cheveux, tandis que les premières étoiles s'allumaient. Elle glissa à genoux contre le mur, se confondit avec sa masse sombre et doucement laissa couler ses premières larmes depuis la mort de son père.

101, avenue Henri-Martin

À ma fille, Camille

Prologue

C'est dans la nuit du 20 au 21 septembre 1942 que le temps jusque-là très chaud se mit à la pluie et qu'un vent, froid pour la saison, souffla sur l'estuaire de la Gironde et remonta le long de la Garonne.

Tout l'été, des orages violents, quelquefois accompagnés de grêle, avaient inquiété les vignerons. L'année s'annonçait médiocre.

Quatre heures sonnèrent à l'horloge de la cathédrale Saint-André.

Dans leur cellule du fort du Hâ, Prosper Guillou et son fils Jean furent réveillés par des coups frappés à leur porte. Dans l'obscurité, ils allèrent se soulager à tour de rôle puis s'assirent sur leurs paillasses en attendant la lumière et le quart d'eau teintée qui leur servait de café. Jean pensait à sa femme Yvette internée à la caserne Boudet et dont il était sans nouvelles depuis ce jour de juillet où, à cinq heures du matin, la Gestapo et la police avaient fait irruption dans sa ferme des Violettes à Thors. Il revoyait l'arrestation de ses parents et de ce couple de militants communistes, Albert et Élisabeth Dupeyron, venu chercher des armes destinées au groupe F.T.P. de Bordeaux.

Gabriel Fleureau, ouvrier ébéniste, poussa un cri et se réveilla en sursaut. C'était comme ça chaque nuit, depuis les interrogatoires que lui avaient fait subir les deux salauds de la brigade du commissaire Poinsot. Avec application, ils lui avaient cassé tous les doigts de la main droite. Il n'avait pas parlé. Puisant tout son courage dans l'amour qu'il éprouvait pour Aurore, la jeune fille qui déposait régulièrement, quai de la Salinière, dans le magasin de meubles tenu par M. Cadou, des tracts que Bergua et lui-même étaient chargés de distribuer. Il ne savait pas que son amie avait été arrêtée. Avec précaution, il bougea ses doigts meurtris.

Sur la paillasse voisine, René Antoine se soulevait en grognant. L'image de son petit Michel, âgé de dix ans, tendant les bras vers lui en criant : « Papa ! » emmené et emprisonné avec Hélène, sa mère, à la caserne Boudet, le poursuivait. Ils avaient sans doute été dénoncés, pour que les Allemands découvrent le stock d'armes caché à Bègles au fond de son jardin.

C'était aussi l'avis de René Castéra. Son père, sa mère et son frère Gabriel avaient été arrêtés le 8 juillet, lui le 14. Depuis deux ans, la famille abritait des juifs et des clandestins, et apportait son aide aux familles d'emprisonnés. Comme René Antoine, il était sans nouvelles des siens.

Dans une autre cellule du rez-de-chaussée, Albert Dupeyron réconfortait Camille Perdriau qui n'avait que vingt ans. Cela lui évitait de trop penser à sa jeune femme Élisabeth arrêtée en même temps que lui.

Alexandre Pateau serrait les poings au souvenir des mauvais traitements infligés à sa femme Yvonne devant le petit Stéphane âgé de quatre ans. Résistants tous les deux, ils avaient été surpris dans leur maison de Saint-André-de-Cognac et amenés à Cognac puis au fort du Hâ.

Quant à Raymond Bierge, il se demandait quel était le salaud qui les avait dénoncés, sa femme Félicienne et lui, comme cachant chez eux du matériel d'imprimerie. Pourvu que la grand-mère s'occupe bien du petit !

Jean Vignaux, de Langon, s'étonnait de se souvenir d'une manière si précise de la jeune fille dont ses meilleurs amis, Raoul et Jean Lefèvre, étaient amoureux, la ravissante Léa Delmas. La dernière fois qu'il l'avait vue, elle pédalait, cheveux au vent, sur la route menant au domaine de Montillac.

Dans les cellules, les lumières s'allumèrent une à une. Les prisonniers clignèrent des yeux et se levèrent lentement.

Depuis la veille, ils savaient.

Toute la nuit le vent avait soufflé par rafales s'infiltrant sous les portes et par les planches disjointes des baraques du camp de Mérignac, apportant un peu d'air aux hommes allongés sur d'inconfortables sommiers métalliques à peine recouverts de mauvaises paillasses crasseuses. Il était cinq heures du matin, les prisonniers ne dormaient pas.

Lucien Valina, de Cognac, pensait à ses trois enfants, surtout au petit Serge qui venait d'avoir sept ans et que Margot, sa femme, gâtait trop. Avec quelle brutalité les Allemands les avaient jetés dans une camionnette ! Où étaient-ils maintenant ?

Gabriel Castéra songeait à son père Albert qu'il avait embrassé quelques heures auparavant, quand on était venu le chercher pour le conduire dans ce baraquement un peu à l'écart des autres. Le souvenir des larmes sur les joues du vieil homme lui était intolérable. Heureusement, il y avait René, son frère aîné.

Jean Lapeyrade avait le cœur serré quand il regardait René de Oliveria et ce jeune garçon dont il ignorait le nom et qui avait joué de l'harmonica une partie de la nuit pour masquer sa peur. Comme ils étaient jeunes ! « Berthe, où es-tu ? »

« N'élevez pas le petit dans l'esprit de revanche et de haine », avait écrit Franc Sanson à sa femme.

Dans le camp régnait un remue-ménage inhabituel. Par la porte brutalement ouverte, Raymond Rabeaux vit les camions de la Wehrmacht entourés de dizaines de fantassins vert-de-gris. L'air froid et humide le surprit. Il faisait encore très sombre. Les lampes-tempête tenues par les gardiens éclairaient de grandes flaques d'eau. Des Allemands mettaient en face de la porte un fusil-mitrailleur en batterie. L'harmonica s'était tu.

Depuis la veille, ils savaient.

L'adjoint du directeur Rousseau qui parlait avec un officier allemand se dirigea vers la baraque.

— Allez, sortez à l'appel de votre nom, ne faites pas attendre ces messieurs, dépêchez-vous. Espagnet, Jougourd, Castéra, Noutari, Portier, Valina, Chardin, Meiller, Voignet, Eloi...

Un à un, les détenus sortirent et, poussés par les soldats, s'alignèrent, relevèrent le col de leur veste et enfoncèrent leur béret ou leur casquette.

— Avancez, montez dans les camions. Jonet, Brouillon, Meunier, Puech, Moulias...

Franc Sanson avec la souplesse de ses vingt-deux ans sauta le premier.

Dans le camp montait comme une rumeur. Derrière les fenêtres de chaque baraquement se tenaient les prisonniers mystérieusement prévenus. Un, puis deux, puis dix, puis cent, puis mille se mirent à fredonner *L'Internationale.* Un grondement énorme enflait les poitrines et s'échappait vers ceux qui partaient, maintenant leur courage et leur dignité. La boue, la pluie, les aboiements des gardiens, la peur même étaient annulés par l'air magnifique porteur d'espoir.

Il était sept heures du matin. Les camions partis de la caserne Boudet, du fort du Hâ et du camp de Mérignac roulaient sur la route de Souge. Au passage du convoi, des femmes se signaient, des hommes se découvraient. À l'entrée du camp militaire, les camions ralentirent. À l'intérieur, les prisonniers étaient perdus dans leurs pensées, indifférents aux quatre soldats qui pointaient leurs armes sur eux. Les cahots du chemin défoncé les jetaient les uns contre les autres.

Les camions s'arrêtèrent. Les soldats écartèrent les bâches, baissèrent les hayons et sautèrent dans le sable.

— *Schnell... Schnell... Aussteigen*[1]...

Les détenus regroupés dans un coin se regardaient et machinalement se comptaient. Soixante-dix. Ils étaient soixante-dix... Soixante-dix hommes qui depuis la veille savaient qu'ils allaient mourir.

À la suite d'un attentat commis à Paris contre un officier allemand, Karl Oberg, le chef de la SS et de la police, et Helmuth Knochen avaient exigé du gouvernement de Vichy une liste de cent vingt otages. Quarante-six prisonniers des camps de Compiègne et de Romainville remplissaient les conditions requises. Wilhelm Dohse, de la Gestapo de Bordeaux, avait complété la liste.

— Gabriel !...

— René !...

Les deux frères Castéra se précipitèrent dans les bras l'un de l'autre. Chacun avait tant espéré être le seul à mourir...

Un officier rondouillard se planta devant les otages et lut quelque chose ; la sentence, sans doute. Que leur importait. Soudain une voix jeune couvrit celle de l'Allemand :

1. Allez... vite... descendez.

— Allons enfants de la patrie...
— ... le jour de gloire est arrivé...
— ... contre nous de la tyrannie...
— ... l'étendard sanglant est levé...

D'abord timide, le chant éclate à la face des ennemis. Ils ne comprennent pas les terribles paroles mais savent qu'à cause d'elles du troupeau frileux naît une horde qui crie vengeance.

— ... Entendez-vous dans nos campagnes, rugir ces féroces soldats...

Tous les cinq mètres se dresse un poteau. Il y en a dix le long d'un talus de sable devant lesquels viennent d'eux-mêmes se placer dix hommes. On les ligote aux poteaux, ils refusent d'avoir les yeux bandés. Un vieux prêtre tremblant les bénit. Le peloton d'exécution se met en place. Un ordre claque... la première salve est tirée... sous l'impact des balles, les corps tressautent et lentement s'affaissent...

Les voix ont marqué un imperceptible arrêt, puis reprennent plus fortes encore dans le matin pluvieux.

— Aux armes, citoyens...

Soixante-dix fois, le coup de grâce est donné.

Les corps des suppliciés sont jetés dans une vaste fosse creusée derrière le talus.

La pluie a cessé. Un pâle soleil éclaire de ses rayons la sablière. Une odeur de champignons et de pins se mêle à celle de la poudre. Au pied des poteaux, le sang miroite, mélangé à l'eau des flaques lentement absorbée par le sable.

Mission accomplie, les soldats repartent. Il est neuf heures du matin, dans la lande de Souge, près de Bordeaux, le 21 septembre 1942.

1

Après la mort de Pierre Delmas, sa sœur, Bernadette Bouchardeau, avait tenté de reprendre en main les affaires de la maison. La bonne volonté de la brave femme était évidente, tout autant que son incapacité à gérer un domaine tel que celui de Montillac.

Assise au bureau de son frère, elle éparpillait les papiers en gémissant à l'adresse de Camille d'Argilat qui s'était proposé de l'aider :

— Mon Dieu, qu'allons-nous devenir ? Je ne comprends rien à ces chiffres. Il faut demander à Fayard, le régisseur.

— Allez vous reposer, madame, je vais essayer d'y voir plus clair.

— Merci, ma petite Camille, vous êtes bien brave, dit-elle en se levant... Léa devrait se ressaisir, ajouta-t-elle en retirant ses lunettes, moi aussi j'ai de la peine, mais je fais un effort.

Camille dissimula un sourire.

— Vous êtes sans doute plus forte.

— Sans doute, acquiesça Bernadette Bouchardeau.

« Que cette femme est bête », pensa Camille.

— Bonne nuit, mon enfant. Ne vous couchez pas trop tard.

La porte se referma sans bruit. Des pas pesants dans l'escalier, le craquement de la dixième marche puis, de nouveau, le silence de la maison endormie, silence troublé parfois par une rafale du vent froid de novembre qui faisait frémir les murs et trembler les flammes dans la cheminée. Camille, debout au milieu de la pièce chaude, regardait le feu sans le voir. Soudain une bûche se cassa et retomba en projetant sur le tapis des étincelles et des braises. La jeune femme sursauta et se précipita pour prendre les pincettes et ramasser les brandons. Elle en profita pour jeter un cep dans le foyer qui provoqua un crépitement accéléré et joyeux.

Elle resserra la ceinture de sa robe de chambre et se rassit devant le bureau de Pierre Delmas.

Camille travailla durant toute une partie de la nuit, ne redressant la tête que pour frotter sa nuque douloureuse. Trois heures sonnèrent à la pendule.

— Tu n'es pas encore couchée ! s'exclama Léa en entrant.

— Toi non plus, apparemment, fit Camille avec un tendre sourire.

— Je suis venue chercher un livre, je n'arrive pas à dormir.

— As-tu pris les cachets que t'a donnés le docteur Blanchard ?

— Oui, mais ils ne servent qu'à m'abrutir dans la journée.

— Dis-le-lui, il t'en donnera d'autres. Tu dois dormir.

— Je voudrais bien et en même temps j'ai peur. Dès que je m'endors, l'homme d'Orléans arrive, le visage couvert de sang. Il s'avance vers moi... tente de m'attraper et me dit : « Pourquoi m'as-tu tué, petite salope, petite putain ? Viens, ma jolie, viens, je vais te montrer combien c'est bon de faire l'amour avec un mort. Je suis sûr que tu aimes ça. Hein ?... ordure, tu aimes ça la charogne, tu... »

— Arrête, cria Camille en la secouant par les épaules, arrête !

L'air hagard, Léa passa sa main sur son front, fit quelques pas et se laissa tomber sur le vieux canapé de cuir.

— Tu ne peux pas savoir... C'est épouvantable surtout

quand il me dit : « Assez joué. Maintenant, nous allons retrouver ton père : il nous attend en compagnie de ses amis les vers... »

— Tais-toi...

— « ... et de ta chère maman. » Alors, je le suis en appelant ma mère.

Camille s'agenouilla et la prit dans ses bras, la berçant comme elle berçait son fils, le petit Charles, quand un mauvais rêve le précipitait, hurlant, dans son lit.

— Là, calme-toi. N'y pense plus. Nous l'avons tué toutes les deux. Rappelle-toi... j'ai tiré dessus la première. Je croyais qu'il était mort.

— C'est vrai, mais c'est moi, et moi seule, qui l'ai tué.

— Tu n'avais pas le choix, c'était lui ou nous. Ton oncle Adrien t'a dit qu'à ta place il en aurait fait autant.

— Il a dit ça pour me faire plaisir. Tu le vois, lui ?... un dominicain ?... Tuer un homme ?

— S'il le fallait, oui.

— C'est ce que Laurent et François Tavernier m'ont dit. Mais je suis convaincue qu'Adrien est incapable d'une telle chose.

— Assez parlé de ça. J'ai terminé la mise au clair des comptes de ton père. La situation n'est pas brillante. Je ne comprends rien à la façon de travailler de Fayard. En se restreignant, on devrait pouvoir s'en tirer.

— Comment veux-tu qu'on se restreigne davantage ? s'exclama-t-elle en se levant. Nous ne mangeons de la viande qu'une fois par semaine et quelle viande ! Si nous étions moins nombreux, nous y arriverions, mais là...

Camille baissa la tête.

— Je sais bien que nous sommes une lourde charge pour toi. Plus tard, je te rembourserai tout ce que tu as dépensé pour nous trois.

— Tu es folle, ce n'est pas ça que je voulais dire !

— Je sais, fit Camille avec tristesse.

— Oh ! non, ne fais pas cette tête-là. On ne peut rien te dire.

— Pardonne-moi.

— Je n'ai rien à te pardonner, tu fais ta part de travail... et même la mienne en ce moment.

Léa écarta les doubles rideaux. La clarté lunaire éclairait de sa lueur froide les graviers de la cour tandis que le vent tentait d'arracher les dernières feuilles du grand tilleul.

— Tu crois que la guerre va durer encore longtemps ? demanda-t-elle. Tout le monde semble trouver normal que le gouvernement de Vichy collabore avec l'Allemagne...

— Non ! Léa, pas tout le monde. Regarde autour de nous. Tu connais, au moins, une dizaine de personnes qui continuent la lutte...

— Qu'est-ce qu'une dizaine face à des centaines de milliers qui crient chaque jour : « Vive Pétain » ?

— Bientôt, nous serons des centaines, puis des milliers à dire non.

— Je n'y crois plus.... Tous ne pensent qu'à manger à leur faim et à ne plus avoir froid.

— Comment peux-tu dire cela ! Les Français sont encore sous le coup de la défaite, mais leur confiance dans le Maréchal s'effrite. Même Fayard me disait l'autre jour : « Madame Camille, vous croyez pas qu'il va un peu loin, le vieux ? », et pourtant, Fayard...

— Il voulait te rouler dans la farine. Je le connais, c'est un finaud. Il cherche à savoir ce que tu penses pour s'en servir quand ça lui sera nécessaire. Pour lui, TRAVAIL, FAMILLE, PATRIE, ça veut dire quelque chose.

— Pour moi aussi, mais pas tout à fait la même.

— Fais attention. Son unique but est de nous prendre Montillac. Il ne reculera devant rien. En plus, il est persuadé que son fils Mathias est parti à cause de moi.

— C'est un peu le cas, non ?

— Ce n'est pas vrai, s'écria Léa avec colère. Au contraire, j'ai essayé de le retenir. Ce n'est pas de ma faute s'il n'a rien voulu savoir, s'il a préféré aller en Allemagne pour gagner de l'argent plutôt que de travailler à Montillac.

— Ma chérie, tu exagères, tu sais très bien pourquoi il est parti...

— Non !

— ... Parce qu'il t'aimait.

— Et alors, la belle affaire! S'il m'aimait, comme tu le dis, il devait rester ici pour m'aider et empêcher son père de nous voler.

— Il pouvait aussi rejoindre le général de Gaulle, mais je comprends qu'il soit parti.

— Tu es trop indulgente.

— Ne crois pas ça. Je comprends parce qu'il s'agit d'amour... Je ne sais pas ce que j'aurais fait, dans les mêmes circonstances que Mathias ou Françoise... J'aurais peut-être agi comme eux.

— Tu dis des bêtises. Jamais tu ne te serais laissé engrosser par un Allemand comme cette pauvre Françoise.

— Ne parle pas comme ça de ta sœur.

— Ce n'est plus ma sœur. C'est à cause d'elle que papa est mort.

— Ce n'est pas vrai, le docteur Blanchard a dit que son cœur était fatigué depuis des années et que, malgré les supplications de ta mère, il avait toujours refusé de se soigner.

— Je ne veux pas le savoir. Si elle n'était pas partie, il serait encore vivant, s'écria Léa en cachant son visage dans ses mains, les épaules secouées de sanglots.

Camille contint le mouvement de tendresse qui la portait vers son amie. Comment Léa pouvait-elle ignorer à ce point les sentiments des autres ?

« C'est ce qui fait sa force, disait Laurent. Elle ne veut voir que l'immédiat. Elle avance et se pose les questions après. Pas par manque d'intelligence, mais par excès de vitalité. »

Léa se retint de taper du pied comme lorsqu'elle était enfant. Elle se retourna vers Camille.

— Arrête de me regarder comme ça. Va te coucher, tu ne vois pas la tête que tu as ?

— Tu as raison, je suis fatiguée. Toi aussi, tu devrais aller dormir. Bonne nuit.

Camille s'approcha pour l'embrasser. Léa se laissa faire

avec indifférence et ne rendit pas le baiser. La jeune femme ne dit rien et quitta la pièce.

Furieuse contre Camille et contre elle-même, Léa remit un cep dans la cheminée, prit dans un placard bas de la bibliothèque la couverture écossaise dans laquelle aimait à s'envelopper son père, éteignit la lampe et s'allongea sur le divan.

Elle ne resta pas longtemps à regarder les flammes. Bientôt leurs mouvements l'endormirent.

Depuis la mort de son père, souvent Léa avait passé la nuit dans cet endroit aimé, le seul où ces fantômes familiers ne venaient pas l'assaillir.

Le froid réveilla Léa. « Il faudra que je pense à descendre mon édredon », se dit-elle. Elle ouvrit les rideaux et eut la curieuse impression d'être dans les nuages, tant le brouillard était épais. Cependant, derrière ce voile, on devinait la lumière. « Il va faire beau », pensa-t-elle. Avec des gestes précis, elle ralluma le feu et resta un moment à se réchauffer. Machinalement, elle compta les coups égrenés par l'horloge. Onze. Onze !... Il était onze heures !... pourquoi l'avait-on laissée dormir si longtemps ?

Dans la grande cheminée de la cuisine, une haute flambée de sarments éclairait de ses lueurs chaudes la vaste pièce obscurcie par le brouillard qui ne se levait pas. Sur la table recouverte de toile cirée bleue, il y avait son bol vide et sa serviette dans laquelle était enveloppé un morceau de brioche. En un geste gourmand, Léa plongea ses narines dans la mie odorante. « Ça, c'est Sidonie qui l'a faite », pensa-t-elle. Sur un coin de la cuisinière se trouvait l'antique cafetière d'émail bleu. Léa se servit du café qui n'avait de café que le nom. Heureusement, le lait en masquait le goût.

Tout en mangeant, elle se demandait : « Quel jour sommes-nous pour qu'il y ait de la brioche ? » La réponse lui fut apportée, quand levant les yeux, elle vit en gros le nombre 11. 11 novembre... Sidonie avait voulu fêter à sa façon la fin de la guerre de 14. Avec un sourire sans joie, Léa haussa les épaules. Quand verrait-on la fin de cette guerre ? Plus de deux ans qu'elle durait !... Aujourd'hui, 11 novembre 1942, la France était toujours coupée en deux ; de plus en plus nombreux, les jeunes gens refusaient d'aller travailler en Allemagne et se réfugiaient dans les montagnes ou les forêts, formant des bandes à la recherche d'un chef, vivant le plus souvent de la générosité de l'habitant et quelquefois du pillage. Dans son secteur, Laurent d'Argilat était chargé de regrouper ces réfractaires et de les incorporer aux réseaux de résistance qui s'étaient constitués. Laurent... Elle ne l'avait pas revu depuis l'enterrement de son père. Une fois, Camille, sa femme, l'avait rejoint à Toulouse, la laissant malade de jalousie. Et Tavernier, que devenait-il celui-là ? Il aurait pu, au moins, prendre de ses nouvelles. Il était son amant, non ? À cause de lui, elle avait eu la plus belle peur de sa vie : être enceinte. Cette fausse alerte lui avait fait mieux comprendre le désarroi de sa sœur Françoise, dont le bébé n'allait pas tarder à naître. Françoise qui lui avait écrit une lettre, la suppliant de venir pour la naissance de son enfant. Enfermée dans son chagrin et dans sa haine, Léa n'avait pas répondu.

— Camille, Ruth, Léa, tante Bernadette, criait Laure en entrant dans la cuisine.

— Qu'y a-t-il ? demanda Léa en se levant.

— Laure, c'est toi qui cries ainsi ? questionna Ruth en entrant à son tour.

Essoufflée, la plus jeune sœur de Léa n'arrivait pas à parler.

Par la porte donnant sur la ruelle, Fayard entra, suivi de sa femme.

— Vous avez entendu ?...

— Entendu quoi ? Parlez, dit Ruth.

— Les Boches...

— Quoi ? Les Boches, s'écria Léa.

— Ils ont envahi la zone libre, fit Laure d'une traite.

Léa retomba sur sa chaise. En face d'elle, Camille, qu'elle n'avait pas vue entrer, serrait contre elle son enfant qui, croyant à un jeu, se mit à rire aux éclats.

— On a entendu ça à la T.S.F., dit Fayard.

— À Radio-Paris, ils ont dit que l'indemnité journalière d'occupation était fixée à cinq cents millions. Comment on va faire pour trouver tout cet argent ? ajouta sa femme.

2

La maison des demoiselles de Montpleynet avait beaucoup changé depuis le dernier séjour de Léa à Paris. Les deux appartements situés sur le même palier reliés par une porte de communication et qui, autrefois, débordaient de vie étaient maintenant livrés au froid. Les deux sœurs et leur bonne logeaient dans quatre pièces ; les seules qu'elles avaient les moyens de chauffer un peu. Les trois chambres au fond du couloir et l'appartement tout entier d'Albertine étaient abandonnés, les meubles protégés par des housses, les volets clos, les cheminées glacées. Les demoiselles avaient pris le parti de ce resserrement. Elles avaient baptisé « le logis froid » tout ce qu'elles ne pouvaient pas chauffer et n'y mettaient jamais les pieds.

— Comprends-nous, nous ne pouvions pas la laisser seule, malade, dans cet hôtel, jamais ta mère ne nous l'aurait pardonné, dit Lisa de Montpleynet en essuyant ses yeux avec son mouchoir humide.

— Inutile de revenir là-dessus, nous avons fait notre devoir de parentes et de chrétiennes, ajouta sèchement sa sœur Albertine.

Debout dans le petit salon parisien de ses tantes, Léa avait du mal à contenir sa colère.

Une lettre affolée d'Albertine — ce qui ne lui ressemblait guère — avait précipité Léa dans le premier train en partance pour Paris après une attente d'une demi-journée dans l'encombrement de la gare Saint-Jean de Bordeaux. À son arrivée rue de l'Université, Estelle, gouvernante et bonne à tout faire des demoiselles de Montpleynet, enveloppée dans des châles bariolés, l'avait étreinte avec un évident soulagement, répétant comme pour mieux s'en convaincre :

— Enfin vous, mademoiselle Léa, enfin vous...

— Que se passe-t-il, Estelle, où sont mes tantes ? Sont-elles malades ?

— Mademoiselle Léa, si vous saviez...

— Léa, enfin te voilà, s'était exclamée Lisa, un manteau de fourrure par-dessus sa robe de chambre.

Peu après, Albertine était apparue, suivie d'un homme portant une trousse de médecin. Sa tante l'avait accompagné jusqu'à la porte en lui disant :

— Au revoir, docteur, à demain.

Léa avait regardé avec étonnement les trois femmes.

— Mais enfin, me direz-vous qui est malade ?

— Ta sœur Françoise, avait répondu Albertine.

Cette réponse avait laissé Léa sans voix. Puis, à la surprise, avait succédé la colère. La dureté de ses propos avait fait éclater en sanglots la sensible Lisa.

— Léa, Léa, c'est toi, dit une faible voix derrière une porte qui s'ouvrit lentement.

Dans l'embrasure se tenait Françoise, son ventre rebondi mal dissimulé par une couverture.

Albertine se précipita.

— Que fais-tu debout ? Le docteur t'a interdit de te lever.

Sans écouter sa tante, Françoise s'avança vers sa sœur en tendant les bras. La couverture glissa de ses épaules, révélant l'énormité de son ventre accentuée par la chemise de nuit trop étroite et la maigreur de son visage.

Elles tombèrent dans les bras l'une de l'autre.

— Oh ! Léa... Merci d'être venue.

Léa la conduisit dans sa chambre, à peine plus chaude que le petit salon.

Dès qu'elle fut allongée, la jeune femme saisit la main de sa sœur qu'elle porta à ses lèvres en murmurant :

— Tu es venue...

— Calme-toi, ma chérie, tu vas te faire du mal, dit Albertine en arrangeant les oreillers

— Non, ma tante, le bonheur ne peut pas faire de mal. Léa, raconte-moi tout. Tout ce qui s'est passé à Montillac.

Deux heures plus tard, les deux sœurs bavardaient encore.

Léa n'arrivait pas à quitter le lit chaud et douillet dans lequel elle se prélassait depuis qu'elle était réveillée. L'idée de se lever et de s'habiller dans le froid lui était insupportable. Ah ! rester au lit, bien au chaud jusqu'à la fin de l'hiver... jusqu'à la fin de la guerre...

Elle se souvenait, avec surprise, d'avoir pris plaisir, hier soir, à évoquer avec Françoise les moments heureux de leur enfance. Durant quelques instants, elles s'étaient découvert une complicité qu'elles n'avaient jamais connue auparavant. Elles s'étaient quittées avec l'impression de s'être retrouvées, mais elles avaient soigneusement évité d'aborder la question qui les préoccupait : la naissance de l'enfant et l'avenir de Françoise.

On frappa à la porte. C'était Estelle avec le plateau du petit déjeuner.

— Quoi ! du thé, du vrai sucre ! s'exclama Léa en se redressant. Comment faites-vous ?

— C'est la première fois depuis trois mois. En ton honneur ! Nous l'avons eu grâce à l'ami de Mme Mulstein... un écrivain, paraît-il.

— Raphaël Mahl ?...

— Oui, c'est ça. Un monsieur qui a bien mauvais genre. Je l'ai aperçu l'autre jour à la terrasse des *Deux-Magots* avec un jeune officier allemand qu'il tenait par la taille en lui parlant dans le cou. Tout le monde se détournait d'eux avec honte.

Léa eut du mal à dissimuler un sourire que la vieille domestique n'aurait pas compris.

— J'ai raconté la scène à Mesdemoiselles en leur disant qu'elles ne devaient plus recevoir ce monsieur, continua Estelle. Mlle Lisa m'a répondu que je voyais le mal partout, que M. Mahl était un parfait gentleman et que grâce à lui on ne mourait pas tout à fait de faim. Quant à Mlle Albertine, elle m'a dit qu'il ne fallait pas se fier aux apparences. Qu'en pensez-vous, mademoiselle ?

— Je connais très peu M. Mahl, Estelle. Je dirai quand même à mes tantes de se montrer prudentes avec ce personnage.

— J'ai mis une bouilloire d'eau chaude dans la salle de bains et j'ai allumé le radiateur électrique. Il ne chauffe pas beaucoup, mais ça dégèle un peu l'atmosphère.

— Merci, Estelle, j'aurais bien pris un bain.

— Un bain !... Il y a des mois que la baignoire n'a pas été remplie. Mesdemoiselles vont au bain public une fois par semaine.

— Ah ! je voudrais bien les voir, elles ne doivent pas oser se déshabiller pour entrer dans l'eau.

— Ce n'est pas gentil de vous moquer, mademoiselle Léa. La vie est dure ici. Nous avons froid, nous avons faim. Nous avons peur aussi.

— De quoi avez-vous peur ? Vous ne risquez pas grand-chose.

— Qui sait ? mademoiselle. Vous vous souvenez de la dame du premier avec laquelle vos tantes prenaient quelquefois le thé ?...

— Mme Lévy ?

— Oui. Eh bien, les Allemands sont venus l'arrêter. Elle était malade, ils l'ont tirée de son lit et l'ont emmenée en chemise de nuit. Mlle Albertine a prévenu M. Tavernier...

— Tavernier ?...

— ... pour lui demander de se renseigner.

— Et alors ?...

— Quand il est venu, quelques jours après, il était tout pâle avec un air qui faisait peur.

— Qu'a-t-il dit ?

— Qu'on l'avait emmenée à Drancy puis de là dans un camp en Allemagne avec mille autres personnes, principalement des femmes et des enfants. Depuis le départ de Mme Lévy, l'appartement est occupé par une actrice qui mène grand train et qui reçoit des officiers allemands. Ils font un raffut du diable. Personne n'ose se plaindre de peur des représailles.

— Quand M. Tavernier est-il venu ici pour la dernière fois ?

— Il y a trois semaines environ. C'est lui qui a insisté auprès de vos tantes pour qu'elles reçoivent Françoise chez elles.

Léa sentit les battements de son cœur s'accélérer. François s'occupait de ses tantes et de sa sœur...

— Je vous laisse, mademoiselle, il paraît que rue de Buci il va y avoir un arrivage de poisson à midi. Il ne faut pas que j'arrive trop tard si je veux avoir autre chose que les arêtes.

Léa fit une rapide toilette, enfila sur sa robe de lainage bleu un chandail noir et une veste, mit d'épaisses chaussettes et, ainsi accoutrée, alla dans la chambre de sa sœur.

Assise dans son lit, enveloppée de liseuses et de châles de couleur rose qui rehaussait son teint, Françoise, le visage reposé, soigneusement coiffée, regardait Léa en souriant.

— Bonjour, tu as bien dormi ? demanda-t-elle. Moi, il y a des mois que je n'ai aussi bien dormi. C'est grâce à toi.

Sans répondre, Léa l'embrassa.

— C'est bien que tu sois là... Je vais me rétablir très vite. Je ne veux pas manquer la première de la pièce d'Henry de Montherlant, *La Reine morte*.

— Quand a-t-elle lieu ?

— Le 8 décembre, à la Comédie Française.

— Le 8 décembre ! Mais, c'est après-demain.

— Et alors ? Le bébé c'est dans plus d'un mois et je me sens très bien. Attendre un enfant, ce n'est pas une maladie. Tu verras quand ce sera ton tour.

— Jamais, je l'espère.

— Pourquoi ? C'est tellement merveilleux d'attendre un enfant de l'homme que l'on aime.

Devant le visage fermé de Léa, Françoise comprit qu'elle avait été trop loin. Elle rougit en baissant la tête. Puis, rassemblant tout son courage, leva les yeux et dit d'une voix qui tremblait :

— Je sais ce que tu penses. J'ai essayé de me convaincre que j'avais tort d'aimer Otto. Je n'y suis pas parvenue. Tout en lui me plaît : sa bonté, son amour de la musique, son talent, son courage, et même qu'il soit allemand. La seule chose que je souhaite c'est que la guerre finisse. Tu comprends, n'est-ce pas ? Essaie de comprendre.

Léa ne parvenait pas à penser à cette situation avec calme et cohérence. En elle, quelque chose de profond se révoltait contre cet amour qui la choquait. En même temps, elle comprenait très bien tout ce qu'Otto et Françoise avaient en commun. S'il n'avait pas été allemand, il aurait fait un beau-frère tout à fait charmant.

— Que comptes-tu faire ? demanda-t-elle.

— L'épouser dès qu'il rentrera de Berlin et qu'il aura obtenu l'autorisation de ses chefs. Promets-moi d'assister à mon mariage. Je t'en prie, promets-le-moi.

— Tout dépendra du moment. Si c'est pendant les vendanges ou au printemps, je ne pourrai pas.

— Tu t'arrangeras, dit Françoise en souriant, heureuse de n'avoir pas eu un refus formel. Otto est merveilleux, il m'écrit tous les jours, il s'inquiète tellement pour moi et le bébé. Il m'a laissée sous la garde de Frederic Hanke. Tu te souviens de lui, il t'a aidée à accoucher Camille.

— Eh bien, en cas de pépin, il pourra toujours remplacer la sage-femme.

Cela fut dit avec une ironie si méchante que Françoise ne put retenir ses larmes. Léa eut honte de sa brutalité.

Peut-être aurait-elle demandé pardon à sa sœur si sa tante Albertine n'était entrée à ce moment-là.

— Léa, on te demande au téléphone... Françoise ?... Qu'as-tu ?

— Rien, ma tante... un peu de fatigue.

— Allô, qui est à l'appareil ?

— Vous êtes bien Léa Delmas ?

— Oui, c'est moi. Qui êtes-vous ?

— Vous ne me reconnaissez pas ? N'auriez-vous point d'oreille ?

— Non. Dites-moi qui vous êtes ou je raccroche.

— Toujours vive, je vois. Allons, belle amie, un petit effort.

— Je n'ai pas envie de faire d'effort et je trouve ce genre de plaisanterie stupide.

— Ne raccrochez pas ! Rappelez-vous le *Chapon fin*, les cerises de Mandel, *La Petite Gironde*, l'église Sainte-Eulalie, la rue Saint-Genès...

— Raphaël !...

— Vous en avez mis du temps !

— Pardonnez-moi, mais j'ai horreur de ces mystères téléphoniques. Comment avez-vous su que j'étais à Paris ?

— Je suis toujours très bien renseigné en ce qui concerne mes amis. Quand nous voyons-nous ?

— Je n'en sais rien. Je viens à peine d'arriver.

— Je passe à cinq heures pour le thé. Ne vous occupez de rien, j'apporterai tout ce qu'il faut. Contentez-vous de faire chauffer l'eau.

— Mais...

— Comment vont votre charmante sœur et mesdemoiselles vos tantes ?... Transmettez-leur mes hommages. À tout à l'heure, ma chère. Je me réjouis de vous revoir.

Raphaël Mahl raccrocha, laissant Léa abasourdie. Comment avait-il su ? Elle frissonna de la tête aux pieds, envahie par un sentiment de malaise.

— Ne reste pas immobile dans cette entrée glaciale, tu vas attraper froid, ma chérie.

La voix de Lisa la fit sursauter.

— Il y a longtemps que vous avez vu Raphaël Mahl ?

— Je ne sais pas... une quinzaine de jours, peut-être.

— Il a vu Françoise, alors ?

— Non, elle est arrivée le lendemain de sa visite et, depuis, elle n'a pas bougé d'ici. Mais pourquoi toutes ces questions ?

— C'est Raphaël Mahl qui me téléphonait et je me demandais comment il savait que j'étais à Paris.

— C'est un hasard.

— Avec quelqu'un comme lui, je ne crois pas au hasard.

Lisa haussa les épaules en un geste d'ignorance.

— Ah ! j'oubliais, il vient pour le thé.

— Mais nous n'avons rien !

— Il a dit qu'à part l'eau il apportait tout.

Le dernier coup de cinq heures achevait de tinter à l'horloge du salon, quand vibra la sonnerie de la porte d'entrée. Estelle, qui avait mis sur sa blouse habituelle un impeccable tablier blanc orné d'un volant, ouvrit la porte. À moitié caché par un monticule de paquets enrubannés, Raphaël Mahl entra.

— Vite, ma bonne Estelle, aidez-moi, sinon toutes ces friandises vont tomber sur le tapis.

En bougonnant, la domestique le débarrassa.

— Raphaël, vous êtes superbe !

— Léa !

Ils se regardèrent longuement avant de s'avancer l'un vers l'autre, comme si leur œil voulait rassembler, en un instant, une foule de détails.

Tout les opposait — leur conception de la vie, de l'amitié, de l'amour —, mais une attirance amicale contre laquelle ils ne luttaient pas les poussait l'un vers l'autre. Des deux, c'était Raphaël qui se posait le plus de questions sur ce qu'il appelait : « la partie de lui-même non atteinte par la pourriture ». Lui, le tricheur, le menteur, le voleur, l'indicateur de police, le collaborateur de la Gestapo, le juif, chroniqueur occasionnel de *Je suis partout*, de *Gringoire*, du *Pilori* et des *Nouveaux Temps* ! Son antisémitisme choquait presque les éminents directeurs et rédacteurs de ces publications qui faisaient pourtant profession de « bouffer du juif »... Il se sentait, vis-à-vis de Léa, tel un grand frère qui veut protéger sa petite sœur contre les salissures de la vie.

— Belle amie, comment faites-vous pour m'enchanter l'œil et l'âme chaque fois que je vous vois ?

Elle rit de ce rire un peu rauque qui troublait les hommes et agaçait les femmes, et l'embrassa sur les deux joues.

— Je suis sûre que j'ai tort, mais j'ai plaisir à vous revoir.

— Pourquoi dans la même phrase dites-vous une chose agréable et une autre qui l'est beaucoup moins ? Allons, je suis bon prince, je ne retiens que le plaisir. Vous disiez, quand je suis entré, que vous me trouviez superbe ? Je suis d'un chic, n'est-ce pas ?... Mais ce dont je suis le plus fier c'est de mes chaussures. Pas mal, qu'en pensez-vous ? Elles m'ont coûté une fortune. Je les ai fait faire sur mesure chez Hermès.

— Où avez-vous trouvé cet argent ? Vous avez dévalisé une vieille dame, vendu votre corps à un capitaine allemand rose et gras ou bien prostitué un deuxième classe à la peau tendre ?

— Vous n'êtes pas si loin. Que voulez-vous, chère amie, l'homme se crée un bonheur à sa mesure et le plus souvent l'argent est sa petite mesure... Ayant mesuré que sans argent le bonheur, enfin, le pauvre bonheur que je sois susceptible de connaître, me fuirait, j'ai décidé de m'en procurer. Rien de plus facile en ce moment. Tout est à vendre : les corps et les consciences. Moi, selon les circonstances, je vends l'un ou l'autre, ou les deux si l'acheteur est très généreux.

— Vous êtes ignoble.

— Le bien est si imparfait qu'il ne m'intéresse pas. C'est une grande erreur, charmante amie, de considérer que l'homme est un être raisonnable... Le pouvoir de penser ne confère pas la raison. J'ai toujours eu la conviction qu'éprouver du plaisir à des choses raisonnables était le principe de la médiocrité. Il faudra qu'un jour j'écrive un *Éloge de la médiocrité*. Cela fera du bruit dans la république des lettres. En attendant l'élaboration de ce chef-d'œuvre, permettez-moi d'aller présenter mes respects à mesdemoiselles vos tantes et à madame votre sœur.

Dans la chambre de Françoise, sur une table ronde recouverte d'une nappe brodée, on avait disposé le service à thé des grands jours.

— Vous avez dévalisé toutes les pâtisseries et les confiseurs de Paris, s'écria Léa en entrant dans la chambre devant les assiettes débordantes de chocolats, de petits fours, de gâteaux et de fruits confits.

— Vous ne croyez pas si bien dire, j'ai eu un mal fou à rassembler tout ça : les petits fours glacés viennent de chez Lamoureux, rue Saint-Sulpice, ceux à la crème de chez Guerbois, rue de Sèvres, le gâteau au chocolat, bien entendu, de chez Bourdaloue, les sablés de chez Galpin, rue du Bac, j'ai pris le reste chez Debauve et Gallais, rue des Saints-Pères, « fournisseurs des anciens rois de France » !

— Nous aussi, avant la guerre, nous nous fournissions chez eux, soupira Lisa avec un regard de convoitise vers tant de friandises.

— Quant au thé, continua Raphaël en sortant une boîte de sa poche, il m'a été rapporté de Russie par un de mes amis. Il est délicieux, fort et parfumé. Vous m'en direz des nouvelles.

— Monsieur Mahl, vous nous gâtez... C'est très aimable à vous. Comment pourrons-nous vous remercier pour tant de bonnes choses ?

— En les mangeant, mesdames.

Durant quelques minutes, on n'entendit que le bruit des mâchoires. La première, Françoise se déclara incapable d'avaler une bouchée de plus, suivie très vite par Albertine et Raphaël. Seules, Lisa et Léa continuaient à s'empiffrer. Leurs mains allaient avec une vitesse prodigieuse de la table à leur bouche. La tante et la nièce n'étaient plus que deux gamines mal élevées dont les doigts et le visage barbouillés montraient la goinfrerie... Le tonitruant éclat de rire de Raphaël Mahl les fit sursauter. Avec inquiétude, elles regardèrent autour d'elles, comme si elles craignaient qu'on ne leur prît le reste des gâteaux.

— Tu n'as pas honte, Lisa ? fit d'un ton faussement sévère Albertine.

Écarlate, elle baissa la tête.

— Si on te laissait faire, tu ne penserais même pas à cette pauvre Estelle, continua, impitoyable, sa sœur.

— J'avais faim. Pardonne-moi. Tu as raison, je vais lui porter une assiette. Il ne faut pas m'en vouloir, c'est tellement bon, ajouta-t-elle d'un air si piteux qu'ils s'esclaffèrent tous, même Albertine.

La nuit était tombée depuis longtemps déjà quand Raphaël Mahl prit congé. Léa le raccompagna jusqu'à la porte.

— Il faut que je vous voie seule, pouvons-nous déjeuner ensemble demain ?

— Je n'en sais rien. Vous me faites peur... Je n'arrive pas à vous croire aussi mauvais que vous le dites et cependant une bizarre répulsion me dit que je dois me méfier de vous.

— Oh ! combien vous avez raison, ma chère. Jamais vous ne vous méfierez assez de moi. Je vous l'ai déjà dit, je crois, on ne trahit bien que ceux que l'on aime. Moi qui suis très féru d'Écriture sainte, je ne vous étonnerai pas en vous disant que Judas est mon personnage préféré, mon frère, mon ami, mon double. Celui par qui tout le mal devait arriver, celui qui n'avait pas le choix pour que s'accomplisse ce qui était écrit. Lui... le plus intelligent, l'intellectuel de la bande devait trahir celui qu'il aimait d'amour. Et par cet acte pour lequel il avait été désigné de toute éternité, Judas le disciple, Judas le traître est damné jusqu'à la fin des temps. C'est injuste, vous ne trouvez pas ?

— Je n'en sais rien, Judas ne m'a jamais passionnée.

— Vous avez tort, c'est le seul vraiment intéressant des douze, à part le gentil Jean avec sa gueule d'ange, le giton préféré de Jésus, le petit ami, précisa-t-il devant le regard interrogatif de Léa. Car, comme vous ne l'ignorez pas, ils étaient tous pédés comme des fous.

— C'est vous qui êtes fou...

— ... et pédé.

— ... si mes tantes vous entendent blasphémer ainsi, elles vous interdiront leur porte.

— Alors, je me tais, j'adore la compagnie des vieilles demoiselles. De l'espèce féminine, ce sont les seules supportables. À part vous, bien sûr, et ma belle amie Sarah Mulstein. À propos, avez-vous de ses nouvelles ? Voilà des jours et des jours que je n'en ai pas.

C'est donc là qu'il voulait en venir... Léa frissonna, un goût nauséeux dans la bouche. Ce fut rapidement et sèchement qu'elle répondit :

— Je n'en ai pas non plus.

— Mais vous avez froid ! Je suis une brute de vous retenir dans cette entrée glaciale. Allez vous réchauffer auprès de votre charmante sœur. Vous connaissez son futur époux ? Un homme d'une grande culture, promis à un grand avenir. Une telle alliance est des plus utiles par les temps qui courent. Votre oncle dominicain bénira-t-il le mariage ?

Une peur abjecte envahit Léa.

— Mon cœur, vous claquez des dents... Vous êtes toute pâle... C'est de ma faute, je vous fais attraper du mal. Vous devez avoir de la fièvre.

Raphaël avec sollicitude lui saisit le poignet.

— Ne me touchez pas, je vais très bien, s'écria-t-elle en arrachant sa main avec violence de celle du bavard.

— À demain, belle amie, je vous appellerai en fin de matinée. D'ici là, reposez-vous, vous en avez besoin, sinon vos nerfs risquent de vous jouer des tours.

3

Le lendemain, Léa quitta très tôt la rue de l'Université pour ne pas s'y trouver au moment de l'appel de Raphaël Mahl.

Elle avait passé une très mauvaise nuit, revoyant sans cesse dans les paroles de Raphaël une menace pour ses amis et sa famille. Elle devait absolument prévenir Sarah Mulstein et son oncle Adrien Delmas. L'ignorance de l'endroit où ils se trouvaient et la peur de commettre un impair développaient chez elle une angoisse frénétique. Qui pouvait savoir où se cachaient Sarah et le dominicain ? François : François Tavernier, bien sûr.

Le jour de l'enterrement de son père, il lui avait fait apprendre par cœur une adresse où elle pourrait le joindre ou lui laisser un message en cas d'urgence. Sur le moment, elle avait pensé qu'il pouvait toujours attendre pour qu'elle vienne le relancer à Paris et s'était empressée d'oublier l'adresse. Qu'avait-il dit ?... près de l'Étoile. Avenue... avenue... zut, elle l'avait sur le bout de la langue. Un général de l'Empire ou un maréchal : Hoche, Marceau, Kléber... Kléber, c'était ça : avenue Kléber... 32, avenue Kléber. Elle s'était relevée pour le noter de peur de l'oublier de nouveau et s'était endormie aussitôt en se disant : Il faudra que je pense à brûler cette adresse demain.

Il faisait beau mais froid. Boulevard Raspail, Léa marchait d'un pas rapide vers le carrefour Sèvres-Babylone, chaudement emmitouflée dans le somptueux manteau de vison que lui avait prêté Françoise, les cheveux enfouis sous une toque de même fourrure, chaussée de bottillons fourrés un peu grands pour elle.

Les rares piétons, le plus souvent pauvrement vêtus, se retournaient sur cette jeune femme élégante qui semblait se jouer des restrictions et du froid. Tout au plaisir de frotter son visage contre le poil soyeux, Léa ne remarquait pas les regards hostiles ou méprisants. Elle ralentit sa marche devant la librairie Gallimard. Le jeune homme brun qui aimait les romans de Marcel Aymé arrangeait des livres dans la vitrine. Leurs regards se croisèrent, il la reconnut et lui sourit en lui montrant l'ouvrage qu'il tenait à la main : l'auteur en était Raphaël Mahl. *Gide*, lut-elle en gros sur la couverture. Cette « rencontre » raviva son angoisse. Elle pressa le pas. En passant devant l'appartement de Camille et de Laurent, abandonné dans la panique de juin 40, elle n'eut qu'un regard indifférent.

Les banderoles et les insignes nazis flottaient sur la façade de l'hôtel Lutétia, ornements lugubres, choquants par cette belle matinée ensoleillée. Sur les marches de l'entrée, plusieurs personnes discutaient, entourant deux officiers allemands. Parmi eux... non, cela n'était pas possible. Pour en avoir le cœur net, Léa traversa et se força à ralentir devant le groupe. Elle ne s'était pas trompée. C'était bien François Tavernier qui semblait au mieux avec les deux Allemands. Les jambes molles, Léa se sentit submergée par la peine. Les larmes coulèrent sur ses joues, sans qu'elle puisse rien faire pour les arrêter. Le comble de l'humiliation : pleurer devant ce salaud et ses sinistres compagnons.

— Voilà une jolie dame qui a l'air d'avoir bien du chagrin, fit un des officiers en apercevant la jeune fille.

François Tavernier suivit le regard de son interlocuteur. Ce n'était pas vrai... C'était bien elle ; la seule femme qu'il connaissait, capable de rester jolie en pleurant.

— Excusez-moi, messieurs, c'est ma jeune sœur. Son caniche lui aura échappé, elle est très émotive.

— Sacré farceur, fit l'un des civils en lui tapant sur l'épaule. Encore une de vos conquêtes. Bravo, mon cher, vous avez fort bon goût. Quelle fraîcheur. Vous devriez avoir honte de garder une telle beauté pour vous tout seul. Amenez-la à un de nos dîners.

— Je n'y manquerai pas. Messieurs, excusez-moi. À bientôt.

Il dévala les marches, prit le bras de Léa et l'entraîna.

— Je vous en prie, ayez l'air naturel, ils nous regardent.

Durant quelques instants, ils marchèrent en silence, traversèrent la rue du Cherche-Midi et remontèrent la rue d'Assas.

— Lâchez-moi, je peux marcher toute seule.

François obéit.

— Toujours le même aimable caractère. Je suis heureux de voir qu'on ne vous a pas changée et je constate, avec plaisir, que votre situation matérielle semble s'être améliorée. Cette somptueuse fourrure vous va à ravir.

Léa haussa les épaules sans répondre.

— Mais ce n'est pas un vêtement pour une jeune fille convenable. Seules les femmes et les maîtresses des trafiquants du marché noir, certaines actrices et quelques poules entretenues par des Allemands osent s'habiller ainsi.

Léa rougit et ne trouva qu'une piètre repartie qu'elle se reprocha aussitôt :

— Il n'est pas à moi, je l'ai emprunté à ma sœur.

François ébaucha un sourire.

— Que faites-vous à Paris ?... Pourquoi pleuriez-vous ?

— Quelle importance !

Il s'arrêta, la prit par les bras, la forçant à le regarder.

— Ne savez-vous pas, petite sotte, que tout ce qui vous touche est important pour moi ?

Pourquoi ces mots calmaient-ils sa peine ? Doucement, elle se dégagea et reprit sa marche. Ils arrivèrent devant les grilles du Luxembourg.

— Venez, entrons, nous y serons plus tranquilles pour parler, dit-il.

Autour du bassin, des gamins en bonnet et écharpe de laine se poursuivaient en poussant des cris stridents, surveillés par des femmes qui tapaient des pieds et des mains pour se réchauffer.

— Maintenant, dites-moi pourquoi vous êtes à Paris ?

— À cause de ma sœur Françoise. Sa santé n'est pas très bonne...

— C'est normal dans son état.

— Sans doute. L'inquiétude de mes tantes était telle que j'ai pris le premier train. Mais je ne pense pas rester longtemps. Dès que je suis loin de Montillac, j'ai peur qu'il arrive quelque chose.

— Avez-vous des nouvelles de Laurent d'Argilat ?

— Non, pas depuis l'exécution des otages, à Souge, le 21 septembre.

— Je l'ai revu peu de temps après. Il ne se pardonnait pas de ne pas avoir réussi à les sauver, dit Tavernier en reprenant le bras de Léa.

— Qu'y pouvait-il ?

— Il connaissait parfaitement le camp de Mérignac où les Allemands ont pris les otages.

— Comment connaissait-il cet endroit ?

— Peu après l'enterrement de votre père, il avait été pris dans une rafle, rue Sainte-Catherine à Bordeaux. Ses faux papiers étaient en règle. Sans motif, on l'a interné au camp de Mérignac. Trois jours après, il s'évadait et rapportait un plan précis du camp ainsi que quelques contacts pouvant être utiles. Quand il a appris que soixante-dix personnes prises au hasard allaient être fusillées en représailles aux attentats commis à Paris, il a tenté de monter une opération avec l'abbé Lasserre et quelques camarades de son réseau. Ils devaient tenter d'intercepter les camions transportant les otages, abattre les gardiens et libérer les prisonniers. Au dernier moment, l'ordre leur a été donné de ne rien entreprendre.

— Qui a donné cet ordre ?

— Je n'en sais rien. Londres, peut-être.

— C'est absurde.

— En politique, ce sont souvent les choses qui paraissent absurdes qui ont force de loi.

Il la regarda dans les yeux et ajouta brusquement :

— J'ai envie de vous embrasser.

— Pas tant que je ne saurai pas la vérité sur vos relations avec vos « amis » de l'hôtel Lutétia.

— Je ne peux pas vous en parler. Ce sont des choses qu'il vaut mieux, pour vous et pour nous tous, que vous ignoriez.

— J'ai eu un choc tout à l'heure quand je vous ai vu en leur compagnie. J'allais justement à votre recherche à l'adresse que vous m'aviez donnée.

— Au 32, avenue Kléber ?

— Oui.

— Remerciez mes « amis allemands », comme vous dites ; sans ce rendez-vous et cette rencontre, vous seriez allée vous jeter dans la gueule du loup. Et il n'est pas sûr que j'aurais pu vous en tirer malgré mes relations et l'amitié que me porte Otto Abetz.

— L'ambassadeur d'Allemagne ?

— Oui, rappelez-vous, nous nous sommes rencontrés chez lui et nous y avons dansé. Avez-vous oublié notre danse ?

Ils s'étaient accoudés sur la balustrade dominant les pelouses labourées et le bassin, tournant le dos au kiosque à musique. Dans la lumière hivernale, le palais du Sénat, protégé par des sacs de sable, avait l'air d'un château endormi gardé par les arbres noirs dont les bras décharnés s'élançaient vers le ciel en un mouvement de menace ou de supplication. Derrière eux, un jardinier poussait une brouette pleine de carottes, de raves et de poireaux. Le grincement de la roue les fit se retourner.

— Que fait-il ici avec tous ces légumes ? demanda Léa étonnée.

— Vous ne saviez pas que le jardin du Luxembourg était transformé en potager ?

— Ce n'est pas une mauvaise idée, fit-elle avec un air si sérieux que François éclata de rire.

— Non, ce n'est pas une mauvaise idée, quoique je me demande à qui profitent ces cultures maraîchères. Vous ne m'avez toujours pas dit pourquoi vous cherchiez à me joindre.

— Tout cela est si confus pour moi. Qui êtes-vous? L'homme des Allemands ou celui des Français? L'ami d'Otto Abetz ou de Sarah Mulstein?

— Il est trop tôt encore pour que je vous réponde. Une chose seulement : jamais par moi il ne vous arrivera malheur. Vous pouvez tout me dire.

— Avez-vous des nouvelles de Sarah?

— Si vous savez quelque chose, dites-le-moi. À tout instant, elle est en danger, dit-il en lui saisissant la main.

Les yeux de Léa essayaient en vain de percer le secret de ceux de François. Malgré la fourrure, elle frissonna.

Il l'attira contre lui et parcourut de baisers son visage glacé. Léa eut l'impression qu'elle attendait ce moment depuis l'instant où elle l'avait aperçu sur les marches du Lutétia. Quand enfin leurs lèvres se joignirent, elle sentit un bonheur chaud l'envahir et son corps aller au-devant de celui de son ami.

— Petit animal, petite femelle, tu n'as pas changé. Comment peut-on vivre aussi longtemps séparés?

Cette main qui se glissait sous son pull-over et prenait possession de ses seins... elle était à la fois froide et brûlante, torturant les pointes raidies.

— Philippe! Marianne! ne regardez pas... C'est dégoûtant... devant des enfants!... vous n'avez pas honte, s'écria une femme en costume de nurse poussant devant elle un énorme landau et houspillant deux gamins de quatre ou cinq ans.

Quand enfin, ils remarquèrent sa présence, leurs regards qui ne la voyaient pas, leurs sourires tournés vers eux-mêmes lui firent baisser la tête et, se détournant, presser le pas.

— Cette dame a raison, cet endroit n'est pas convenable. Allons déjeuner chez mon amie Marthe Andrieu, c'est tout près d'ici.

— Marthe Andrieu ?

— La patronne du restaurant clandestin de la rue Saint-Jacques.

À la sortie du jardin, des policiers français en civil leur demandèrent leurs papiers. Contrôle de routine sans doute. Ils les laissèrent passer sans leur poser la moindre question.

— Que cherchent-ils ? demanda Léa tandis qu'ils traversaient le boulevard Saint-Michel.

— Des terroristes, des juifs, des communistes, des gaullistes...

— Quand ils les arrêtent, qu'en font-ils ?

— Cela dépend des polices mais, en général, ils préfèrent s'en débarrasser. Il les donnent à la Gestapo qui, selon les cas, les torture, les déporte ou les tue.

— Si Sarah était arrêtée, qu'en feraient-ils ?

— La dernière fois que je l'ai vue, elle appartenait à un réseau de résistance qui s'était spécialisé dans le passage des juifs en zone libre.

— Et maintenant ?

— Maintenant, plus que jamais, j'ai peur pour elle. S'ils apprennent son appartenance à la Résistance, ils la tortureront. Telle que je la connais, elle ne parlera pas et elle mourra.

Tête baissée, mâchoires serrées, François Tavernier pressa le pas. Cramponnée à son bras, Léa dut faire deux grandes enjambées pour se remettre à son rythme... Elle devinait la tension de son compagnon, et s'en inquiétait.

Devant eux, le Panthéon se dressait dans le ciel devenu de plus en plus menaçant, tandis que les rafales de vent froid faisaient tourbillonner la poussière de la rue Soufflot.

Un groupe d'étudiantes, court-vêtues, portant pour la plupart des jupes plissées écossaises, des canadiennes ou des imperméables, tête et jambes nues, chaussées d'épaisses chaussures égayées par des socquettes de laine angora de couleur vive, les bousculèrent en riant.

— Il faut la retrouver.

— Qui ?

— Sarah. Moi aussi, j'ai peur pour elle. Hier, Raphaël Mahl est venu chez mes tantes. Il m'a demandé si j'avais de ses nouvelles.

— Je ne vois là rien d'alarmant. Sarah et lui se connaissent depuis longtemps et vous savez quelle indulgence elle a pour lui.

— Moi aussi, j'ai pour lui de l'indulgence. Malgré moi, il m'amuse et me fait rire. Mais là... maintenant... je le sens, comment dire... comme... incontrôlé. C'est ça : il ne contrôle plus la part mauvaise qui est en lui. Je le sens, vous comprenez, je le sens... Je ne peux pas m'expliquer autrement.

— N'a-t-il rien dit d'autre qui ait pu vous alarmer ?

Léa baissa la tête, se sentant impuissante à communiquer son angoisse. Elle avait la certitude qu'à cause de Raphaël Mahl quelque chose d'épouvantable allait arriver à Sarah...

— Il m'a demandé si mon oncle Adrien allait bénir le mariage de Françoise et de... du...

Tavernier vint à son secours.

— .... *Sturmbahnführer* Kramer. En d'autres circonstances, ce mariage eût été parfait pour votre sœur. Quoi de plus harmonieux qu'un couple de mélomanes ! Malheureusement, le commandant Kramer n'est pas seulement musicien mais un officier SS. Je peux même vous dire qu'il est très estimé de ses supérieurs bien qu'on l'ait toujours soupçonné de s'être porté volontaire uniquement pour ne pas décevoir son père malade, grand ami du chef des SS, Heinrich Himmler. Également protégé par un autre ami de son père, le fameux Paul Hausser, créateur de l'école d'officiers de la SS, il a pu, grâce à lui, consacrer plusieurs heures par jour à la musique. J'ai été surpris, quand j'ai appris qu'il comptait épouser votre sœur. Jamais le vieux Kramer ne donnera son autorisation.

— Mais alors, que va devenir Françoise ?

L'arrivée devant l'immeuble de la rue Saint-Jacques, où

se tenait le restaurant clandestin de Marthe Andrieu, le dispensa d'une réponse immédiate.

Comme la dernière fois, l'accueil fut chaleureux mais la maîtresse de maison avait les yeux rouges.

— Que se passe-t-il, Marthe ? Ce sont les oignons qui vous font pleurer ?

— Non, monsieur François, dit-elle en essuyant ses joues qui s'inondaient de larmes, c'est à cause de René.

— Que lui arrive-t-il ? Il a l'air d'aller très bien.

— Ils veulent l'envoyer en Allemagne.

René s'approcha, une assiette à la main.

— Maman, calme-toi, les clients vont se demander ce qui se passe.

— Je m'en fiche, moi, de ce que pensent les clients, je ne veux pas que tu partes.

François Tavernier se leva et la prit par les épaules.

— Venez dans la cuisine me raconter tout ça. Excusez-moi, Léa.

— Suivez-moi, mademoiselle, je vais vous donner une table, dit René en l'entraînant.

Tout en buvant un verre de sauternes, Léa regardait autour d'elle, se demandant qui étaient ces gens qui pouvaient s'offrir le luxe de manger dans de tels endroits. Depuis qu'elle était venue les prix avaient fait un bond vertigineux. Les hommes étaient confortablement vêtus, plus très jeunes, la mine plutôt replète. Les femmes portaient toutes des chapeaux et arboraient cet air de vanité satisfaite tout à fait insupportable. Sur le dossier de leur chaise était posé leur veste ou leur manteau de fourrure. Léa se rendit compte qu'avec le manteau de sa sœur elle leur ressemblait. Cela lui fut odieux. Peut-être serait-elle partie si, à ce moment-là, François n'était revenu, l'air soucieux...

— Quelque chose ne va pas ?

— Vous avez entendu, René doit partir au S.T.O. Je lui ai conseillé d'y aller.

— Vous parlez sérieusement ?

— Très sérieusement. S'il ne se présente pas, la police viendra ici et ses parents auront des ennuis.

— Mais, vous allez faire quelque chose pour lui ?

— Je vais essayer. Mais cela devient de plus en plus difficile. Les Allemands ont réclamé, pour ce trimestre, deux cent cinquante mille hommes et ils en demandent autant pour le premier trimestre 43.

François Tavernier lança un rapide regard autour de lui et reprit un ton au-dessous.

— Parlons d'autre chose. Comment va Camille ?

— Bien, elle m'aide beaucoup dans la gestion de Montillac.

— Fayard, le maître de chais, est-il revenu à la charge ? A-t-il toujours des vues sur la propriété ?

— Il n'en reparle plus, mais je me méfie ; j'ai l'impression qu'il épie chacun de nos mouvements. Quand je lui demande s'il a des nouvelles de Mathias, il me regarde d'un drôle d'air et me tourne le dos en bougonnant. Il ne me pardonne pas le départ de son fils pour l'Allemagne.

Les œufs brouillés aux truffes que Marthe leur apporta étaient une vraie merveille.

Un couple étrange entra dans la salle. Lui, de taille moyenne, engoncé dans un pardessus au col de fourrure, boutonné de travers, l'air fruste démenti par deux petits yeux durs et intelligents, elle, très élégante, vêtue d'un somptueux manteau de panthère, la tête enserrée dans un haut et large turban de velours noir.

Marcel et Marthe s'empressèrent auprès d'eux et les installèrent avec beaucoup d'égards. La femme remercia d'un signe de tête à la distinction exagérée et laissa glisser négligemment sa fourrure, révélant sur son impeccable tailleur noir un collier à plusieurs rangs de perles magnifiques. Léa n'arrivait pas à détacher son regard de ce ruissellement fabuleux.

— Léa... Léa...

— Oui ? dit-elle en s'arrachant à sa contemplation.

— Ne dévisagez pas ces gens comme ça... Marthe !

La cuisinière qui passait près de leur table s'arrêta.

— Vous voulez quelque chose, monsieur François ?

— Oui, l'addition rapidement.

— Mais nous n'avons pas fini, s'exclama Léa.

— Quelque chose ne va pas, monsieur François ?

— Non, ma bonne amie, mais je viens de m'en souvenir, j'ai un rendez-vous important... qui peut être utile à votre fils, ajouta-t-il en baissant la voix, devant son air peiné.

— Alors là... fit-elle en s'enfuyant vers sa cuisine.

— Enfin, François, m'expliquerez-vous ?

— Trop tard...

L'homme qui venait d'arriver s'était levé et se précipitait, main tendue, vers François.

— Mais il me semblait bien que c'était M. Tavernier. Hélène avait raison. Je vois que vous aussi, vous connaissez les bonnes adresses. Il faudra en rajouter une autre dans votre carnet : la mienne. J'ai, sans me vanter, la meilleure table de Paris. Tous les jours, je reçois une vingtaine d'amis, j'espère que vous serez des nôtres. Bien entendu, mademoiselle sera également la bienvenue.

Il s'inclina devant Léa qui lui répondit par un simple geste de la tête.

Marthe déposa l'addition sur la table.

— Vous partez déjà, mon cher Tavernier ?

— Un rendez-vous important, fit François en tirant des billets de son portefeuille.

L'homme fouilla la poche intérieure de sa veste.

— Tenez, voici ma carte. Notez bien mon adresse : 19, rue de Presbourg. Tous ceux qui comptent actuellement à Paris fréquentent ma maison... Vous n'y rencontrerez que la crème de ces messieurs. Venez saluer ma femme avant de partir, sinon elle ne vous le pardonnerait pas et vous savez combien les rancunes d'Hélène sont tenaces.

— Comment, cher ami, pouvez-vous penser un seul instant que je ne déposerai pas mes hommages aux pieds de la femme la plus charmante de Paris ? Je vous suis.

François Tavernier posa sa main sur le bras de Léa et lui dit à voix basse :

— Attendez-moi, j'en ai pour une minute.

De mauvaise grâce, Léa se rassit.

— Tenez, mangez ça en attendant, dit Marthe en déposant devant elle une part de tarte aux pommes.

Pendant ce temps, Tavernier faisait des salamalecs à cette bonne femme. Était-il ridicule avec ses sourires et ses courbettes! Elle n'en revenait pas, lui qui était plutôt distant, ironique... là, pour un peu, il avait l'air obséquieux. Enfin, il se décidait à les quitter et à se rappeler son existence.

— Je vois que vous n'avez pas perdu votre temps, fit-il en désignant les miettes de gâteau.

— C'est Marthe...

— Je ne vous reproche rien.

— Il ne manquerait plus que ça! Si vous vous étiez vu, faisant le joli cœur avec cette vieille poule...

— Pas si fort! Vous êtes très injuste envers cette dame. Venez.

Dans l'entrée, ils retrouvèrent Marthe, et René qui essayait de consoler sa mère.

— René, puis-je vous parler un instant?

— Bien sûr, monsieur François.

Ils entrèrent dans la chambre où dormait le petit garçon de René et de Jeannette au milieu des jambons, des saucissons, des conserves et des cagettes de légumes qui s'entassaient jusqu'au plafond.

— Voulez-vous porter un message aux personnes qui sont dans la petite salle que vous réservez aux amis?

— Je les ai mises là car elles sont venues de votre part.

— Vous avez bien fait. Vous demanderez M. Jacques Martel. Un homme brun au visage régulier vous répondra. Vous lui direz que les affaires ne sont pas bonnes. Avez-vous fait réparer la porte de cette pièce qui donne sur l'escalier de service et installé devant le grand panneau chinois, assorti aux deux paravents?

— Oui, j'ai tout fait moi-même pour qu'on ne pose pas de questions.

— L'escalier était condamné. Vous avez libéré l'accès près des caves ?

— Tout est en place, même la poussière et la saleté auxquelles je n'ai pas touché. Pas un voisin n'a remarqué le plus petit changement.

— C'est parfait. Merci, René. Pour la première fois, cette issue va servir. Ils sont quatre, n'est-ce pas ?

— Oui.

— Qu'ils sortent à deux minutes d'intervalle. Allez-y maintenant, surtout qu'aucun de vos clients ne les voie. Il y va de la sécurité de tous. Une chose encore, soyez très prudent en présence de monsieur Michel et de ses amis. Qu'il ne soupçonne pas un seul instant ce qui se passe parfois ici.

— Ne vous inquiétez pas, même mes parents ne sont au courant de rien. Seule Jeannette s'en doute un peu.

— Avec elle, rien à craindre. Cependant, par simple précaution, vous devriez envoyer le petit dans le Lot.

— J'y avais pensé, il partira le plus tôt possible.

— Allez vite, René, n'oubliez pas : Jacques Martel. Il doit sortir le deuxième.

— On croirait qu'on a à faire au général de Gaulle lui-même.

François Tavernier ne dit rien, tandis qu'une lueur de complicité amusée passait dans son regard...

Le premier, René quitta la chambre de réserve. À son tour, François sortit de la pièce après une caresse sur la tête de l'enfant endormi qui était son filleul.

En attendant dans la cuisine, Marthe et Léa se remontaient le moral avec des sucres trempés dans de l'eau-de-vie de prune fabriquée par la famille du côté de Limogne. À en juger par leurs yeux brillants, elles avaient dû tremper plusieurs morceaux dans plusieurs petits verres.

Tavernier s'arrêta sur le pas de la porte.

Léa parlait avec animation des œillades *scandaleuses* qu'Hélène avait lancées à François.

Il s'approcha d'elle et la prit par le bras. Sans se soucier de ses protestations, il la tira dans la petite entrée, puis sur le palier.

— Lâchez-moi, je veux parler à cette femme. Vous avez remarqué avec quel air effronté elle vous regardait ? C'en était gênant. Elle avait pourtant bien vu que vous étiez accompagné ! Quel culot !...

Ils étaient arrivés non sans peine dans le hall. François avait du mal à garder son sérieux devant Léa tant son visage, sous la toque posée de travers, était ravissant dans son ivresse coléreuse.

— Ma parole, vous me faites une scène ! Vous êtes jalouse !

— Jalouse ! moi ! et de qui ? de quoi ?

— De moi, il me semble.

— De vous !... vous êtes complètement fou ! de vous !... c'est risible ! vous prenez vos désirs pour des réalités... vous me confondez avec les femmes que vous fréquentez habituellement. Jalouse !... moi !... vous me faites rire...

Brusquement, il l'attira contre lui.

— Tais-toi, tu vas dire des bêtises... On parle toujours trop. Que m'importe que tu sois jalouse ou non. À vrai dire, je préférerais que tu ne le sois pas.

L'air têtu, elle se balançait d'un pied sur l'autre, ne cherchant pas à lui échapper. Elle passa sa langue sur ses lèvres sèches. Ce petit geste fut comme un signal, le sexe de François se gonfla et le ventre de Léa alla vers lui.

Leurs lèvres se joignirent avec cette faim que donne un grand amour ou une grande abstinence. C'était le cas pour Léa. Depuis le jour de l'enterrement de son père, aucun homme, à part François, ne l'avait touchée.

Accrochée à lui, elle haletait, ponctuant ses baisers de petits cris. C'eût été la nuit, François Tavernier l'aurait prise sur-le-champ contre le mur sale de l'entrée de l'immeuble dont la haute porte était heureusement fermée. Mais là, à tout moment, quelqu'un pouvait entrer et les clients du restaurant clandestin descendre.

Non sans mal, il s'arracha à l'étreinte de la jeune fille.

— Venez, ne restons pas là. Allons chez moi.

— Non... maintenant...

Des voix provenant de l'escalier lui redonnèrent un peu de lucidité. Sans plus résister, elle se laissa entraîner.

Léa se réveilla et s'étira longuement en grognant. Elle se sentait merveilleusement bien malgré le mal de tête qui lui cognait aux tempes. Elle se redressa, regardant autour d'elle, ramenant sur ses épaules nues la couverture de vigogne du grand lit aux draps froissés. Elle eut un petit rire devant le désordre. Quel drôle d'endroit ! Cela tenait du grenier, de la grotte ou de la tente des hommes du désert. D'épaisses tentures de velours d'un beau rouge sombre, accrochées aux poutres du plafond, tombaient de chaque côté du lit le plus large que Léa eût jamais vu. Face à cette couche de sybarite brûlait, dans une vaste cheminée de bois sculpté, un grand feu. Devant le foyer, un très beau tapis sur lequel étaient éparpillés des coussins et des vêtements. Les flammes projetaient des ombres mouvantes qui s'accrochaient aux poutres. Tout était sombre en dehors de cette zone lumineuse. Les murs de la pièce s'estompaient jusqu'au plus noir.

— C'est comme si j'étais suspendue dans le temps et l'espace, dit-elle à voix haute.

Dans le silence où seul le crépitement du feu se faisait entendre, le son de sa voix surprit Léa et la ramena à la réalité.

« Ce doit être ça le péché », pensa-t-elle. Cette idée la fit rire, car sa notion du péché était des plus fluctuantes et ce, depuis son enfance, malgré le catéchisme que sa mère lui faisait réciter chaque jour et les sermons de l'oncle Adrien qu'elle avait pu entendre dans la cathédrale de Bordeaux.

— Que vous êtes belle ainsi, fit une voix sortant de la pénombre.

— François, où vous cachez-vous ? Je ne vous vois pas.

Une lampe à l'abat-jour d'opaline verte s'alluma. Derrière elle, assis devant un grand bureau encombré de livres et de papiers, se tenait François Tavernier. Il se leva et s'approcha du lit. Il était vêtu d'une sorte de longue robe rebrodée qui accentuait la brutalité de ses traits et lui donnait l'air d'un barbare mongol.

— Que faites-vous déguisé ainsi ?

— Oh ! Léa... moi qui pensais vous séduire avec cette tenue décadente. C'est raté.

— D'où cela vient-il ? C'est beau.

— Je l'ai rapportée, il y a plusieurs années, d'un voyage à Kaboul. Un prince afghan m'en a fait cadeau. C'est une robe de cérémonie que portaient autrefois les ministres. Ce vêtement très chaud était fait pour affronter les climats rigoureux. Depuis le début de la guerre, je le porte chez moi l'hiver.

— C'est aussi pour lutter contre le froid que vous avez fait mettre ces tentures tout autour du lit ?

— Oui. Dès que cela a été terminé, je me suis rendu compte que j'avais reconstitué, à une échelle d'adulte, l'univers favori de ma petite enfance : la table de la salle à manger de mes grands-parents, qui me paraissait alors immense, et son tapis rouge qui traînait par terre sous lequel j'aimais à me rêver Bédouin, Hun, seigneur de la guerre ou marchand d'esclaves.

Léa le regardait avec un tel étonnement qu'il éclata de rire.

— Mais j'ai été un petit garçon comme les autres.

— Oui, sans doute, dit-elle en riant aussi. Mais j'ai beaucoup de mal à vous imaginer enfant.

— C'est encore une chose qui nous différencie ; moi, je n'ai aucun mal à voir la petite fille que vous étiez il n'y a pas si longtemps et que vous êtes encore dans bien des domaines.

Il s'assit près d'elle, la regardant avec une tendresse qui la toucha. Spontanément, elle se blottit contre lui, frottant son nez contre le cou de son amant.

— J'aime votre odeur.

Il la serra tendrement, savourant son premier mot aimable qui avait pour lui la même valeur qu'un mot d'amour. Dans le « j'aime votre odeur » d'une femme sensuelle, il entendait le « je vous aime » d'une femme amoureuse. Il en était là. Lucide, il n'avait même pas envie de se moquer de lui. Sachant la fragilité de ce moment et connaissant la versatilité de Léa, il jouissait de cet instant de bonheur, et se taisait de peur de rompre le charme qui les unissait.

Le téléphone sonna.

Léa sursauta et se redressa en s'écriant :

— Mon Dieu, il fait nuit !... Mes tantes vont s'inquiéter.

— Non, je les ai prévenues que vous étiez avec moi.

— Ah bon ! fit-elle en se levant, indifférente à sa nudité. Vous ne répondez pas ?

— Non, aujourd'hui, je ne suis là pour personne.

— C'est peut-être important. Je vous en prie, répondez.

Il obéit à l'angoisse du ton de Léa. Mais quand il décrocha, il n'y avait plus rien au bout du fil.

— Comme vous êtes pâle, il ne faut pas vous émouvoir ainsi.

— Oui, vous avez raison, je suis sotte.

— Je vais vous faire couler un bain, cela vous remettra.

— Un bain ?...

— Oui, c'est rare que l'on puisse proposer actuellement à des amis de prendre un bain. Ne croyez pas que ce soit souvent comme ça. Je pense qu'il y a de l'eau chaude dans le réservoir. Tenez, vous allez avoir froid.

Léa prit le châle de cashmere qu'il lui tendait.

— Mettez-vous près du feu, je vais faire couler l'eau et allumer le radiateur.

Quand il revint, Léa était assise, ses deux bras entourant ses jambes repliées. François s'assit en face d'elle, le dos appuyé à l'un des pieds de la cheminée.

— Vous n'auriez pas une cigarette ?

Il fouilla dans une des poches de sa robe et en sortit un très bel étui.

— Ce sont des anglaises, ça vous est égal ?

Sans répondre, Léa prit une cigarette et l'alluma à la brindille incandescente qu'il lui présentait au bout des pincettes.

— Merci, fit-elle en avalant la fumée les yeux fermés.

À son tour, il en alluma une. Durant quelques instants, ils fumèrent en silence.

— Qui était l'homme qui est venu vous parler chez Marthe ?

François mit quelque temps avant de répondre.

— C'est une crapule extrêmement dangereuse.

— Vous semblez pourtant au mieux avec lui.

— En apparence, c'est vrai. Je ne peux pas faire autrement. J'ai besoin de fréquenter des gens comme lui.

— Je ne comprends pas.

— Il est préférable que vous ne compreniez pas. Mais je peux vous dire qui il est. Il s'appelle Mendel Szkolnikoff ou Sekolnikow, apatride d'origine russe, d'une famille de marchands de tissus de Riga. Fournisseur de l'armée tsariste, puis révolutionnaire, il quitte la Russie pour l'Allemagne avant de fuir en Hollande avec sa famille pour échapper au sort que les nazis réservaient aux juifs. Ensuite, on le retrouve à Bruxelles où il est bientôt poursuivi pour banqueroute frauduleuse. Je vous passe les détails. Après une légère condamnation, il obtient l'autorisation de s'installer en France. Séparé de sa femme, il crée en 1934 avec son frère, je crois, une société pour l'achat et la vente de tissus, rue d'Aboukir. Les affaires ne sont pas très bonnes, il est poursuivi pour fraude. Quand arrive la guerre, il est connu dans le milieu des affaires louches sous le nom de Michel. En 40, inquiet, jugeant sa situation de juif et d'apatride dangereuse, il prend comme associé l'inspecteur de police chargé de le surveiller et prend contact avec les autorités allemandes pour faire du commerce avec elles. Dès le mois de novembre, les affaires commencent et, très vite, deviennent excellentes. Ses nouveaux clients se montrent très satisfaits de lui...

— Ma parole ! c'est un véritable rapport que vous me faites là.

— Si cela vous ennuie, je...

— Non, non, continuez, je m'instruis.

— Grâce à ses nouvelles relations, il échappe aux services du « Contrôle des prix » et à la police française, mais en mai 41, coup dur, on classe sa société comme entreprise juive. Il préfère la dissoudre. Ce qui ne l'empêche pas de continuer ses trafics... venez, votre bain doit être prêt.

Léa se leva et le suivit jusqu'à la salle de bains.

Elle se débarrassa du châle et se plongea dans l'eau presque brûlante.

— Ah ! c'est bon...

François s'assit sur le rebord de la baignoire et sans la quitter des yeux reprit le cours de son récit.

— À la même époque, il rencontre un autre fournisseur du bureau d'achat allemand avec lequel il traite ; c'est une femme, une Allemande, Elfrieda, dite Hélène, mariée à un commerçant juif. De cette rencontre va naître une formidable entreprise d'escroqueries et de trafics en tout genre. Ils achètent tout ce qui est à vendre : pommes de terre, tissus, médicaments, parfums, livres, fourrures, bref tout ce qu'on vient leur proposer, qu'ils revendent à l'occupant ou à ceux qui peuvent payer. Ils deviennent ainsi un des principaux fournisseurs de la Kriegsmarine. À ce moment-là, l'arrivée à Paris de l'*Hauptsturmführer* SS, Fritz Engelke, du Service central de l'administration de la SS, va permettre au couple de se lancer dans des affaires colossales. Le nouveau venu s'installe rue du Général-Appert et avenue Marceau. Enfin, la SS a son bureau d'achat et va pouvoir à son tour participer au grand pillage des marchandises françaises. Szkolnikoff demande à Otto, un personnage dont je vous parlerai peut-être un jour, de le présenter à Engelke. Après quelques premières affaires, quelques bons repas, les deux hommes deviennent amis ou, plutôt, ce sont leurs femmes, allemandes toutes les deux, qui deviennent inséparables. Et c'est ainsi que Szkolnikoff devient l'acheteur officiel des SS. Voilà le personnage. Intéressant, non ?...

Léa avait les yeux clos. François ne se lassait pas de la contempler. Il crut qu'elle dormait. Il tendit la main pour écarter une mèche de cheveux qui tombait sur son front. Elle ouvrit les yeux.

— Ne me regardez pas ainsi. Lavez-moi. Vous vous souvenez, à Orléans, quand vous m'avez lavée sous les bombardements ?

— Taisez-vous.

— Pourquoi ? J'ai souvent pensé à cette première fois. Au début, j'étais furieuse...

— Et maintenant ?

— Ça dépend des jours. Vous avez du savon ?

— Je vais vous sacrifier ma dernière savonnette de chez Guerlain.

Il prit dans un tiroir la précieuse savonnette qu'il sortit de son emballage.

— Faites-la-moi sentir. Hum... ça sent bon... Qu'est-ce que c'est ? Ce n'est pas très masculin comme parfum, dit-elle en la lui tendant.

— En effet, c'est Shalimar.

François frotta le savon sur une grosse éponge et commença à laver les belles épaules.

— Sans doute le parfum d'une de vos belles amies, dit-elle d'un ton plus acerbe qu'elle ne le voulait.

— Mon Dieu ! jalouse comme vous êtes, je plains l'homme qui sera votre mari.

— Soyez heureux, ce ne sera pas vous.

— Ça, ma chère, vous n'en savez rien...

— Ça m'étonnerait beaucoup, je ne vous aime pas assez pour ça.

C'était idiot, mais ce que cette petite garce pouvait lui faire mal.

— Aïe ! Attention, vous allez m'arracher la peau...

— Pardonnez-moi, je pensais à autre chose.

— C'est agréable !... Je suis là, entre vos mains, et vous pensez à autre chose.

Boudeuse, elle lui tourna le dos et se renfonça dans la baignoire.

Sans se soucier d'être mouillé, il l'attrapa, la retira de l'eau, la sortit de la salle de bains et la posa brutalement sur les coussins devant le feu.

— Mais vous êtes fou,... je vais avoir froid... donnez-moi une serviette...

Négligeant de lui répondre, François retira la lourde robe d'un seul geste. Nu, le sexe dressé, les jambes écartées de chaque côté d'elle, il la dominait de toute sa taille. Léa ne put réprimer un frémissement voluptueux. Il ressemblait au brigand qu'elle rêvait de rencontrer au détour des allées forestières des Landes lorsqu'elle était petite.

Elle porta la main au creux de ses cuisses. François tomba à genoux devant cette petite main crispée, déplia doucement les doigts et posa ses lèvres à leur place. Sous cette langue qui la fouillait, elle se cambra pour mieux s'offrir. Le plaisir la surprit avec une violence qui la fit crier et s'agripper aux cheveux de son amant. Comme à regret, il releva la tête, contemplant avec un bonheur qui marquait son visage le bouleversant résultat de ses caresses. Puis, s'allongeant sur elle, il la pénétra doucement.

Le froid les réveilla. Ils coururent se blottir sous la couverture de vigogne et se rendormirent jusqu'au lendemain matin.

4

C'était un grand bonheur pour Léa que celui de recevoir du courrier. Lorsqu'une lettre arrivait, le matin, elle se calait dans le grand fauteuil de l'entrée, les jambes repliées, les épaules entourées de châles, elle prenait des précautions infinies pour ouvrir l'enveloppe et se régalait...

« Ma chère Léa,

« Je suis assise derrière ce bureau du grand salon que tu connais si bien. Nous l'avons rapproché de la cheminée pour profiter un peu de la chaleur. Les ceps au-dehors sont noirs, le ciel est bas, on dirait presque qu'il va neiger. Le domaine est un peu en sommeil depuis quelques semaines. Nous avons essayé, Mme Bouchardeau et moi, de mettre tous les comptes en ordre, mais sur bien des points nous avons dû renoncer faute d'informations. Fayard a accepté de tout prendre en main. Nous regrettons que tu ne sois pas là.

« Nous avons été un peu inquiètes d'apprendre par ta dernière lettre l'état de Françoise. Nous espérons que son bébé sera beau et qu'il ne tardera pas à venir nous rejoindre dans ce monde sinistre. Il n'y a pas de plus beau cadeau, de plus bel espoir qu'un petit enfant. Charles qui joue devant moi sur le tapis est merveilleux. Chaque jour, il nous enchante par ses découvertes, ses progrès. Je lui parle sans cesse de son père et de toi pour qu'il ne vous oublie pas et apprenne à vous connaître. Noël approche. Dès qu'il est endormi, Ruth et moi lui fabriquons des jouets en cachette avec du bois de la resserre et des lambeaux de tissus. Quel dommage que nous ne puissions tous nous réunir... Nous avons eu quelques nouvelles de L. Nous n'avons toujours pas la moindre idée de l'endroit où il se trouve, mais nous savons que la tâche qu'il a décidé d'entreprendre avance et que chaque jour sont plus nombreux ceux qui viennent travailler avec lui. Il va bien.

« Fais-nous savoir très vite comment se porte Françoise.

« Charles et moi t'embrassons tendrement.

Camille. »

Léa était toujours un peu agacée par la douceur de Camille, par cet espoir qu'elle voulait à tout prix conserver, par cette passion pour son fils qui lui semblait mystérieuse... Laurent allait bien. Elle devait se contenter de ces vagues nouvelles. Elle savait que Laurent continuait à tenir son journal et que, lorsqu'il le pouvait, il en faisait parvenir des fragments à Camille, mais le risque était trop grand pour les faire circuler. Elle se contentait donc de ces maigres informations et épluchait les journaux du Sud-Ouest qui arrivaient jusqu'à Paris. Derrière chaque acte de « terrorisme », elle voyait la main de Laurent ; un pont sautait, c'était Laurent ; une patrouille était attaquée, c'était Laurent, des prisonniers libérés, toujours Laurent...

Elle replia soigneusement la lettre, sauta du fauteuil et se dirigea en fredonnant vers le salon.

Du soir au matin
Voir les fridolins
Moi j'en ai marre...
Entendr' leur radio,
Lire leurs sal' journaux
Moi j'en ai marre

Elle alluma la T.S.F. et essaya de capter la B.B.C.

— Mademoiselle Léa, ne chantez pas cette chanson, si les voisins vous entendent, on va avoir des ennuis.

— Estelle... taisez-vous, vous m'empêchez de trouver Londres.

— Vous savez bien que c'est interdit.

— Tout est interdit maintenant, on étouffe dans ce pays. Vite, je les ai ! allez prévenir mes tantes.

Estelle sortit bougonnante en se drapant, statue de la réprobation, dans ses multiples châles.

« *Aujourd'hui, 857e jour de la résistance française à l'oppression. Honneur et Patrie. Les Français parlent aux Français.* »

Mais, que font Albertine et Lisa ? Elles vont manquer le début. Huit cent cinquante-sept jours que cela dure !... Ce qui est épouvantable, c'est que tout le monde s'installe dans cette durée. On arrive à s'habituer à avoir froid, à faire la queue pendant des heures pour un méchant morceau de pain, à ne se laver qu'une fois par semaine, à acheter le beurre et la viande au marché noir, à croiser des Allemands dans la rue, à accepter n'importe quoi pour une ration supplémentaire. Bien sûr, de temps en temps, des gens se révoltent comme ces femmes de la rue de Buci qui ont démoli la vitrine d'un magasin ECCO avec des boîtes de conserve. Estelle, qui était là, n'a jamais eu aussi peur de sa vie. « Si vous les aviez vus, ces brutes d'agents de police, taper sur ces pauvres femmes. Par dizaines ils les ont embarquées dans les paniers à salade, certaines avec leurs petits accrochés à leurs jupes. Ah ! c'était triste à voir. Heureusement que j'avais une amie rue de Seine, je me suis cachée chez elle. Il paraît qu'une femme aurait été tuée et une autre envoyée en Allemagne. Mademoiselle Léa, vous croyez que c'est possible des choses pareilles ? » Que pouvait-elle lui répondre ?

« *Les Soviétiques continuent à gagner du terrain dans le secteur sud. La retraite de la VIIe armée italienne, nullement équipée pour faire face aux rigueurs de l'hiver russe, se transforme en débâcle.* »

« Voilà une bonne nouvelle », pensa Léa. Mais que font-elles ? Jamais elles ne manquent l'émission.

— Oh ! mon Dieu, mon Dieu, c'est épouvantable... fit Lisa en entrant dans le salon.

Hors d'haleine, elle se laissa tomber dans une bergère qui craqua sous son poids.

— Qu'as-tu ?

Lisa pointa son index vers la porte en articulant avec difficulté :

— Ta... sœur...

— Quoi ? ma sœur...

— Le bébé !

— Et voilà que ça recommence, c'est encore sur moi que ça tombe... après Camille... maintenant Françoise. Il n'y a aucune raison pour que ça s'arrête... j'ai une vocation toute trouvée : sage-femme...

— Ma chérie, éteins cette T.S.F., j'ai mal à la tête.

— Avez-vous prévenu le médecin ?

— Il va arriver. Je t'en prie, va voir ta sœur, elle te réclame...

Pauvre Françoise, depuis la visite du capitaine Frederic Hanke, l'ami d'Otto Kramer, le « fiancé », comme l'appelait pudiquement tante Lisa, elle ne cessait de pleurer et de s'agiter. Léa avait su par Frederic Hanke les raisons de ce chagrin : les chefs du commandant Kramer lui avaient refusé l'autorisation d'épouser une Française et, devant son insistance, l'avaient envoyé sur le front de l'Est. Avant son départ, il avait réussi à faire passer à Frederic une lettre pour Françoise, dans laquelle il l'assurait de son amour et lui demandait de se comporter courageusement en femme de soldat et de ne rien faire qui pût compromettre la vie de leur enfant. Par ailleurs, il suppliait son père d'intervenir auprès de son ami Himmler. Frederic Hanke n'avait pas caché à Léa que son père était, lui aussi, farouchement opposé au mariage.

— Que va devenir Françoise ? avait-elle demandé.

— Matériellement, cela ne posera aucun problème. J'ai promis à Otto de veiller à ce qu'elle et l'enfant ne manquent de rien.

— Ce n'est pas de ça dont je voulais parler mais de sa situation : l'enfant sera déclaré de « père inconnu ».

— Je le sais, mais que faire ?

— Léa, dépêche-toi, ta sœur te demande, dit Albertine en entrant.

La chambre sentait la sueur, le renfermé et le vomi. Françoise, les yeux hagards, gisait dans le désordre de son lit. Léa s'assit près d'elle. Quoi ! c'était là sa sœur, celle avec qui elle faisait la course jusqu'à Bellevue, avec qui elle se cachait dans les chapelles du calvaire de Verdelais, qui partageait ses baignades dans la Garonne à Langon ; et les vendanges où elles se bombardaient avec les grappes de raisin, tachant leurs robes, les chaudes nuits de Noël où elles comparaient du coin de l'œil leurs cadeaux respectifs, trouvant toujours plus beaux les jouets de l'autre ; et leurs premières bicyclettes de grande personne, bleue pour elle et rouge pour Françoise ; et leurs disputes...

Françoise la regarda avec de pauvres yeux qui rappelèrent à Léa ceux de leur père. Cela lui fut si insupportable qu'elle baissa les siens.

— Otto n'est pas là. Si tu savais comme j'ai peur... Il m'avait promis d'être là... Pourquoi m'a-t-il abandonnée ?...

Elle s'était redressée et agrippait nerveusement Léa.

— Son enfant n'est-il pas plus important que son Führer ?... Pourtant Hitler, il ne l'aime pas, il me l'a dit... alors... pourquoi n'est-il pas là pour la naissance de son enfant ?

— Calme-toi. Ce n'est pas de sa faute. C'est la guerre, il doit obéir...

— Il m'avait dit...

— N'y pense plus.

Le cri que poussa Françoise fit sursauter Léa.

— Que je n'y pense plus !... comment veux-tu que j'oublie que mon enfant n'aura pas de père... que partout dans la famille on me montrera du doigt... la fille mère... la maîtresse du Boche... la salope... la putain...

— Tais-toi... Ce n'est pas maintenant qu'il faut penser à ça... Ah ! docteur, vous voilà !

— Eh bien, chère petite madame, le grand moment est proche ?

Avec le médecin entrèrent Albertine et Estelle. Léa en profita lâchement pour s'éclipser.

Dans l'entrée le téléphone sonnait. Elle décrocha.

— Allô, Léa ?...

— Oui.

— C'est Raphaël Mahl. Il faut que je vous voie immédiatement.

— Mais ce n'est pas possible, ma sœur est en train d'accoucher.

— Laissez faire la nature, elle accouchera bien sans vous. Je dois vous voir.

— C'est grave ?

— Très.

— Bon, alors, venez.

— Je ne peux pas.

— Mais pourquoi ?

— Trop dangereux à expliquer par téléphone. Je serai dans une demi-heure rue Dauphine, au 16, c'est un restaurant qui ne paie pas de mine mais où les trois sœurs Raymond mitonnent un salambo caramélisé incomparable. Je vous en supplie, venez.

— J'arrive.

Elle raccrocha. Il avait réussi à lui communiquer sa peur.

— Qui était-ce ? demanda Lisa qui sortait du salon.

— Un ami. Je dois sortir.

— Tu dois sor...

— Oui, laisse-moi passer, c'est important...

— Mais... ta sœur ?...

— Elle n'a pas besoin de moi, il y a assez de monde autour d'elle. Si François Tavernier téléphone, dis-lui que je suis au 16, rue Dauphine dans un restaurant avec Raphaël Mahl.

— Raph...

— Oui. N'oublie pas, 16, rue Dauphine. Ne t'inquiète pas, j'essaierai de rentrer de bonne heure.

— Que va dire Albertine ?

— Tu lui expliqueras.

Léa retira du placard de l'entrée ses bottillons fourrés à semelles de bois, achetés grâce aux combines de Raphaël.

— Mets le manteau de ta sœur, tu auras moins froid.

Depuis que François lui avait dit que seules certaines femmes osaient porter des manteaux de fourrure, Léa n'avait plus emprunté celui de Françoise. Pour ne pas contrarier davantage sa tante, elle l'enfila sans faire de commentaires et posa sur sa tête la toque assortie.

— Rentre vite, lui dit la vieille demoiselle en l'embrassant.

Un vent glacial soufflait rue de l'Université. Il fallait être fou pour sortir par un froid pareil. Dans la rue noire et déserte, retentissait l'écho du claquement des semelles de Léa sur les pavés gelés.

Elle arriva essoufflée et en nage rue Dauphine tant elle avait couru pour échapper à des poursuivants imaginaires. Aucune lumière n'indiquait le restaurant des dames Raymond. Léa poussa une porte qui n'agita aucune sonnette. Était-ce bien là ? Une bonne odeur de soupe lui apporta la réponse.

La salle était petite et chichement éclairée. Sur le comptoir, à droite de l'entrée, dormait un gros chat tigré ; un autre frôla les jambes de la jeune fille. Un escalier en colimaçon conduisait au premier étage. Une femme enveloppée dans un tablier blanc trop long pour elle, ronde et haute comme un tonneau, le teint olivâtre, ses cheveux gris tirés en chignon, s'avança vers elle.

— Bonjour, mademoiselle, vous cherchez quelqu'un ?

— Oui, M. Mahl.

— M. Mahl n'est pas encore arrivé, mais sa table est prête. Voulez-vous me suivre ?

Elle traversa la salle, suivie de Léa, et l'installa à une petite table recouverte d'une nappe blanche, près de la porte de la cuisine. Une autre femme, semblable à la première, s'approcha et demanda avec un accent auvergnat encore plus prononcé que celui de la précédente :

— Voulez-vous boire quelque chose en attendant ?

Devant l'air indécis de Léa, elle ajouta avec fierté :

— Nous avons encore presque tous les apéritifs.

— Alors, donnez-moi un porto.

— Vous avez raison, il est excellent.

Léa regardait autour d'elle.

Toutes les tables étaient occupées par une clientèle d'aspect débonnaire parlant bas, aux gestes mesurés, aux vêtements sobres et de bonne qualité à laquelle les sœurs Raymond s'adressaient avec cette familiarité que les restaurateurs réservent aux habitués. Cela vous avait un air de famille rassurant.

— Tenez, mademoiselle, voilà votre porto.

— Merci.

Léa but lentement, vaguement inquiète, n'osant se demander quelle pouvait être la cause du retard de Raphaël.

Chaque fois que la porte de la cuisine s'ouvrait, on percevait comme des vocalises.

— C'est l'un des fils de la maison qui est apprenti chanteur d'opéra, dit Raphaël Mahl que Léa n'avait pas vu entrer. Un charmant garçon.

— Pourquoi êtes-vous en retard? Mais... vous êtes blessé?

En effet, un peu de sang coulait de l'arcade sourcilière et du coin de la bouche de Raphaël.

— Ce n'est rien, une dispute avec une petite frappe, dit-il en s'essuyant avec un mouchoir ensanglanté.

Une des sœurs s'en aperçut.

— Oh! monsieur Mahl...

— Taisez-vous, je vous en prie! Vous allez nous faire remarquer.

Ce qui n'empêcha pas la brave femme de revenir avec une serviette et un bol d'eau tiède.

— Ce n'était pas la peine...

Devant le regard insistant de la patronne, il se résigna à humecter la serviette et à se passer le linge mouillé sur le visage. Léa le regardait faire avec un certain agacement.

Une autre sœur, à moins que ce ne soit la même, vint prendre leur commande.

— Aujourd'hui, potée·d'Auvergne aux choux, andouillette, blanquette de veau et civet de lièvre.

— Que voulez-vous, Léa ?

— Une potée.

— Et vous, monsieur Mahl ?

— La même chose. Vous avez toujours votre petit bourgogne ?

— Bien sûr.

— Vous m'en mettez une bouteille à la température de la cave.

— Je sais, monsieur, je connais les goûts de mes clients. Une assiette de charcuterie pour commencer. Ça vous ira ?

— Très bien. Donnez-moi une Suze en attendant.

— Tout de suite, monsieur Mahl.

Ils n'échangèrent pas un mot jusqu'à l'arrivée de la Suze.

— Allez-vous enfin me dire pourquoi vous m'avez fait venir ici ?

Raphaël ne répondit pas, buvant son verre à petits coups. Son teint était blafard et ses traits tirés.

Il la regarda comme s'il s'apercevait seulement maintenant de sa présence.

— Léa, je suis un immonde salaud.

— Ça, je le sais.

— Non, vous ne le savez pas vraiment. Une autre Suze, commanda-t-il à une des sœurs qui passait.

— Pourquoi vouliez-vous me voir ?

— La Gestapo va arrêter Sarah Mulstein.

Léa resta un bref instant sans comprendre, puis, peu à peu, une expression d'horreur envahit son visage tandis qu'un goût de bile emplissait sa bouche.

— Qu'avez-vous fait ?... Ce n'est pas vous ?... Dites-moi que ce n'est pas vous !...

Triturant son verre, Raphaël avait l'air d'un vieil enfant pris en faute ne sachant pas comment s'en sortir.

— Ce n'est pas de ma faute... je n'ai pas pu faire autrement...

Peu à peu, chez Léa, le dégoût remplaçait l'horreur.

— Vous n'avez pas pu faire autrement!... Expliquez-vous.

— C'est un peu long et compliqué. En gros, j'ai été arrêté par la Gestapo pour trafic d'or. Ils m'ont dit qu'ils passeraient l'éponge si j'acceptais de collaborer avec eux en leur donnant quelques petits renseignements sur le milieu de la presse et de l'édition...

— Sinon ?...

— Ils me livreraient à la police française pour quelques autres peccadilles ou bien m'enverraient rejoindre ceux de ma race dans un camp de concentration.

— Alors, vous avez préféré y envoyer Sarah !

— Ce n'est pas vraiment comme ça que cela s'est passé. Au début, je leur racontais ce qui se disait dans les couloirs de la N.R.F. et dans les cafés fréquentés par les intellectuels. En échange, ils fermaient les yeux sur mon petit commerce. Vous savez, en ce moment, on peut gagner beaucoup d'argent si on est malin...

— ... et si on est un salaud.

— Ne jugez pas si vite.

— Il y a longtemps que vous travaillez pour eux ?

— Un peu plus d'un an... mais d'une manière intermittente. Depuis l'occupation de la zone *nono*, ils sont devenus plus exigeants. Il y a un mois, ils m'ont convoqué et m'ont dit que je devais découvrir ceux qui faisaient passer les juifs en Espagne. « Cela doit vous être facile à vous qui êtes juif de vous infiltrer dans un de ces réseaux. Trouvez-les et nous oublierons qui vous êtes. » C'était clair. Que vouliez-vous que je fasse ?

— Fuir.

— Fuir ?... Où ?... Vous ne les connaissez pas, c'est une race impitoyable et admirable, faite pour dominer le monde, tandis que le juif, comme le dit Moïse, est une race perverse et menteuse...

— ... dont vous êtes, hélas, la parfaite illustration.

— C'est sans doute ma manière d'y être fidèle. Très peu d'hommes ont le courage de s'admettre jusqu'aux plus ultimes conséquences. Nous autres, nous sommes sans grandeur alors que la grandeur est naturelle à l'Allemand ; il la comprend et l'admire sans effort. Cela forme un peuple-héros. Ainsi en était-il de la France en d'autres temps...

— Peu m'importe que les Allemands aient le sens de la grandeur, pour moi ce sont des ennemis qui occupent notre pays et je rêve du moment où ils seront chassés de France et d'ailleurs. Ça va mal en Russie pour vos amis. Vous devriez penser à changer votre fusil d'épaule.

— Parlez moins fort. J'y songerai, le moment venu. En attendant ce sont eux les vainqueurs. Sans eux, je serais déjà en prison.

— C'est votre place. Revenez à Sarah. Qu'avez-vous fait ? Je croyais que vous ne connaissiez pas son adresse.

— C'est exact. Mais en faisant ma petite enquête, je suis tombé sur son réseau. Il ne m'a pas été difficile d'entrer en contact avec eux. Je me répandais partout en disant que je devais quitter la France dans les plus brefs délais. Un jour que je déjeunais fort mal, dans un petit restaurant juif de Belleville, un gamin est venu me dire de me rendre au *Select* sur les Champs-Élysées et de demander Boby. Ce nom me disait vaguement quelque chose. Ce Boby devait être un des serveurs de l'endroit. Je vais assez souvent au *Select*, surtout le samedi vers sept heures. Quel bruit ! Quelle pagaille ! Quels piaillements ! On y trouve des folles de tous âges, fardées que c'en est un vrai bonheur, tortillant des fesses, minaudant, flirtant sans retenue avec de mignons gigolos, discutant du tarif de leurs étreintes. La maison a tellement mauvaise réputation que l'entrée en est interdite à la troupe d'occupation. C'est donc un endroit idéal pour laisser des messages. Le gamin m'a donné un mot de passe du genre : « Longtemps je me suis couché de bonne heure » et je suis allé au *Select* où j'ai demandé Boby. Imaginez la plus jolie créature qui soit : rond, potelé avec une voix d'enfant...

— Passez-moi ces détails.

— ... d'une fraîcheur, un bijou ! Après que j'eus délivré le mot de passe, il m'a demandé de le suivre. Nous sommes allés dans la cave. Je n'en menais pas très large. Mes réponses à ses questions ont eu l'air de le satisfaire. Il m'a dit qu'il n'était qu'un des maillons de la chaîne et qu'il ne connaissait pas les autres. Il m'a ordonné de me rendre le lendemain à midi au bar du *Fouquet's* avec un œillet rouge à la boutonnière et un plan de Paris à la main. C'est ce que j'ai fait. Là, un homme très élégant m'a abordé et m'a dit, après m'avoir offert un verre, que nous étions attendus pour déjeuner chez une amie. Nous avons pris un vélo-taxi et nous sommes allés rue de la Tour, dans un magnifique appartement. Sarah se trouvait là. Nous sommes tombés dans les bras l'un de l'autre. Je m'attendais à tout sauf à la rencontrer. Je savais que la Gestapo la recherchait, c'est même pour ça que je vous avais demandé si vous saviez où elle était, afin de la prévenir.

— Je ne comprends plus...

— Ce n'est pourtant pas compliqué. Je voulais bien raconter quelques potins sans grandes conséquences aux Allemands, mais je n'avais pas envie de dénoncer des gens, du moins pour rien.

— Ça m'étonnait aussi !... Vous êtes ignoble !

— Mais non, pas tant que ça. À Sarah, je pouvais tout dire, je lui ai donc avoué pourquoi je me trouvais chez elle. Elle n'a pas eu l'air étonné, c'est vraiment une femme extraordinaire. J'étais quand même un peu surpris quand elle m'a embrassé en me disant : « Mon petit Raphaël, tu ne changeras pas. » Nous avons décidé que j'attendrais quarante-huit heures avant de prévenir la Gestapo de ma découverte.

— Alors ? Tout va bien, elle a eu le temps de se mettre à l'abri !

— Mais non ! et c'est là que tout va mal. Les Allemands, méfiants, m'avaient fait suivre. Ils m'attendaient en bas de l'immeuble. Ah ! ma bonne amie, il m'a fallu tout mon sang-froid pour ne pas prendre mes jambes à mon cou.

— Vous ne mangez pas ?

Les trois sœurs Raymond se tenaient avec des regards réprobateurs devant leur table.

— Pardonnez-nous, nous étions tout à notre conversation.

— C'est ce que nous avons vu, dit l'une d'elles d'un ton sévère.

— Tenez, Léa, servez-vous.

— Je n'ai pas faim.

— Faites un effort. Cela les intriguerait si vous ne mangiez pas et, par la suite, elles refuseraient de me servir. J'ai besoin de pouvoir venir dans cet endroit.

Raphaël donna l'exemple en avalant d'une seule bouchée deux rondelles de saucisson.

— Que vous ont dit les Allemands ?

— Ils m'ont demandé le nom de la personne que je venais de rencontrer dans l'immeuble.

— Vous le leur avez donné ?

— J'ai été pris de court...

— Pauvre type.

— Injuriez-moi, c'est trop facile. Qu'auriez-vous fait à ma place ?

— Ils sont montés arrêter Sarah ?

— Non, car je leur ai dit qu'elle devait me remettre dans deux jours la liste des prochaines personnes désirant passer en Espagne.

— Et ils vous ont cru ?

— Sur le moment, j'en ai eu l'impression ; ils m'ont fait monter dans leur voiture et conduit boulevard Flandrin. Je me suis senti tout à fait rassuré quand j'ai vu derrière le bureau un de mes amis, Rudy de Mérode. Nous avons réalisé ensemble depuis le début de la guerre quelques belles affaires. C'est un homme très important.

— Que vous a-t-il dit ?

— Que ses chefs attendaient de moi une preuve de ma fidélité à leur égard et qu'ils comptaient sur moi pour obtenir tous les noms des membres du réseau sous quarante-huit heures.

— Alors, vous avez réussi à prévenir Sarah ?

— Non. Depuis hier, je suis constamment suivi, j'ai essayé de les semer sans résultat. Ce sont eux qui m'ont cassé la gueule à la station Sèvres-Babylone. C'est pour ça que je vous ai appelée et demandé de venir ici. Il faut que vous alliez la prévenir.

— Mais comment ? La rue de la Tour est très loin !

— Ce n'est pas rue de la Tour qu'il faut aller mais rue Guénégaud, au 31.

— Je n'y comprends plus rien.

— Hier, elle m'a dit qu'elle quittait la rue de la Tour qui était devenue dangereuse pour ses camarades et qu'elle allait disparaître quelque temps. Une de ses amies, émigrée aux États-Unis, lui a laissé les clés de son appartement, c'est là qu'elle se réfugie depuis un mois quand elle a l'impression d'être suivie en se rendant rue de la Tour.

— Et elle vous a raconté tout ça ? Il y a quelque chose que je ne comprends pas. Qui me dit que vous n'avez pas donné cette adresse aux Allemands ?

— J'aurais pu, en effet. Je ne m'explique pas très bien pourquoi je ne l'ai pas fait. J'aime bien Sarah ou plutôt le souvenir de certaines beuveries dans certains bars de Montparnasse. Souvenez-vous du mot de Jules Renard : « Il n'y a pas d'amis, il y a des moments d'amitié. » Rien n'est plus exact entre Sarah et moi.

— Voilà la potée, vous m'en direz des nouvelles, dit une dame Raymond en déposant un plat fumant sur la table.

Ils attendirent qu'elle soit retournée dans sa cuisine pour reprendre leur conversation.

— Ne bougez pas... Deux des hommes qui me suivaient viennent d'entrer. Ils ne m'ont pas encore vu. Vous allez vous lever. Allez dans la cuisine. Au fond, il y a une porte, elle donne sur la cour. Vous la traverserez et vous passerez sous une voûte. Il y a une deuxième cour et, à droite, une porte vétuste. Ensuite, un couloir et une autre porte qui donne dans la petite rue de Nevers. Vous prendrez à droite en direction des quais puis tout de suite à gauche, c'est la rue Guénégaud. Regardez si vous ne remarquez rien de suspect. Marchez normalement. Si vous ne voyez personne, allez au 31, montez au troisième étage et sonnez trois fois, Sarah vous ouvrira. Dites-lui de partir immédiatement. Bonne chance.

Raphaël Mahl ne baissa pas les yeux devant le regard de Léa qui disait clairement : « Puis-je avoir confiance en vous ? »

Avec naturel, elle se leva, mit sur ses épaules le manteau de fourrure et s'approcha du comptoir où se tenaient deux hommes en imperméable, dos tourné. Elle demanda à voix basse à une des sœurs :

— Où sont les toilettes, s'il vous plaît ?

Léa n'écouta pas la réponse et se dirigea vers la cuisine. En passant devant la cuisinière et le chanteur d'opéra, elle mit un doigt sur ses lèvres et sortit dans la cour.

Dans le petit restaurant de la rue Dauphine, tout était calme, les deux hommes n'avaient pas bougé, Raphaël Mahl attaquait la potée.

Rue de Nevers, il faisait très sombre. Des rats énormes détalèrent devant Léa qui faillit hurler. Un vent glacial balayait les quais. Nul bruit, tout semblait désert. Essayant d'atténuer le claquement de ses semelles de bois, les poings crispés dans les poches de son manteau, l'oreille aux aguets, la peur au ventre, elle s'avança vers la rue Guénégaud.

Soudain, du Pont-Neuf, surgit une voiture, tous phares éteints, roulant à vive allure, qui s'engagea dans la rue Dauphine. Un crissement de freins brutal. Léa, oubliant les conseils de Raphaël, se mit à courir. La voiture fit marche arrière.

Elle tourna rue Guénégaud, dépassa la jeune fille qui s'enfuyait et s'arrêta quelques mètres plus loin. La portière s'ouvrit, un homme surgit qui lui barra le chemin. Léa cria.

Une main s'abattit sur son épaule.

— N'ayez pas peur, c'est moi. Montez dans la voiture.

Sans réaction, elle se laissa entraîner par François Tavernier. Ils roulèrent jusqu'aux quais en passant par la rue de Seine et s'arrêtèrent devant une galerie de peinture, à l'angle du quai.

— Où couriez-vous ainsi ?

— En entendant votre auto, j'ai eu peur.
— Que faisiez-vous avec Mahl ?
— Il sait où est Sarah. La Gestapo est sur sa trace, j'allais la prévenir.
— Pourquoi ne le faisait-il pas lui-même ?
— Il est surveillé par deux hommes dans le restaurant. Je suis sortie par-derrière.
— Je sens que dans tout ça quelque chose ne va pas. Et vous aussi, sinon vous ne m'auriez pas laissé ce message.
— Peut-être, mais nous devons essayer de prévenir Sarah.
— Où est-elle ?
— 31, rue Guénégaud.
— C'est Mahl qui vous a donné cette adresse ?
— Oui.
— Alors, à la grâce de Dieu. Restez là, si vous voyez quelqu'un s'approcher, démarrez. Si je ne suis pas revenu dans vingt minutes, partez.
— Non, je vais avec vous.
— Il n'en est pas ques...
— Taisez-vous, nous perdons du temps.
François l'attira contre lui. Elle murmura :
— J'ai peur.
Puis elle se dégagea et partit vers la rue Mazarine.
— Non, ne passons pas par là. Prenons la rue de Seine et la rue Jacques-Callot. De là, nous aurons une vue directe sur la rue Guénégaud.

François sortit de la poche de son pardessus un revolver dont il fit tourner le barillet. Léa se sentit un peu rassurée.

Ils marchèrent vite dans le silence de cette nuit d'hiver. Il y avait dans cette absence de bruit et de lumière quelque chose d'irréel, un peu semblable à ce calme qui précède la tempête. Ils s'arrêtèrent à l'entrée de l'ancien passage du Pont-Neuf ; devant eux, la rue, le carrefour étaient vides. Ils firent quelques pas... Tout alla très vite. Une voiture, puis deux, puis trois surgirent des deux côtés de la rue Mazarine et de la rue Guénégaud venant du quai. François poussa Léa dans l'encoignure d'une porte cochère. Les portières claquèrent, des hommes en civil, arme au poing, poussèrent la porte du 31, d'autres restèrent à l'entré de la rue, fusil-mitrailleur à la hanche.

Un cri. Des appels. Une silhouette féminine projetée dans la rue qui trébuche, se redresse, prend son élan. Des cris. Elle se dirige vers eux. Un coup de feu claque. Elle tourbillonne sur elle-même... et avec lenteur tombe...

François a du mal à retenir Léa.

Les hommes s'avancent en courant. Elle se soulève. La nuit cache le sang sur le pavé. Un coup de crosse... puis un autre s'abattent. Une main si blanche si fine, se lève en un geste dérisoire de protection. François étouffe les gémissements de Léa.

Un autre coup. La main retombe. On soulève le corps meurtri. L'un prend les épaules, l'autre les chevilles. La longue chevelure noire qui traîne ramasse un peu de sang et de poussière. On la jette à l'arrière d'une camionnette. La lueur d'une cigarette qu'on allume après l'effort. À nouveau des portières qui claquent. Le bruit des moteurs. Et le silence. Personne n'a bougé. Personne n'a entendu qu'on assassinait une femme.

5

Les pleurs d'un nouveau-né traversèrent le rêve de Léa.

Elle se promenait avec Laurent, tendrement enlacés, sur la terrasse de Montillac. Rien d'autre n'existait, la guerre avait anéanti tous les obstacles qui se dressaient devant leur amour, les laissant sans mémoire face à cette vaste campagne d'où ne montait aucun bruit.

Léa se réveilla en appelant sa mère, les joues mouillées de larmes.

Dans la chambre voisine, les cris du bébé cessèrent. Estelle entra, portant le plateau du petit déjeuner.

— Bonjour, mademoiselle Léa.

— Bonjour, Estelle. Quelle heure est-il ?

— Bientôt dix heures. Vous n'oubliez pas que ce soir il y a fête à la maison.

— Fête ?

— C'est le 31 décembre, on baptise le petit Pierre dont vous êtes la marraine.

— Le petit Pierre ?... c'est vrai qu'il y a un petit Pierre maintenant. Comment va Françoise ce matin ?

— Beaucoup mieux. Hier, elle a fait quelques pas. Je vous laisse car je dois commencer à préparer mon gâteau.

Léa se leva et enfila, par-dessus le pull qu'elle mettait sur sa chemise de nuit, une vieille mais chaude robe de chambre en laine des Pyrénées ayant appartenu à son père, et glissa ses pieds dans des chaussettes de laine. La glace de l'armoire lui renvoya son image. Ainsi accoutrée, elle ne risquait pas de remporter un prix d'élégance, mais au moins elle n'avait pas trop froid. Après s'être lavé les dents et brossé les cheveux dans le cabinet de toilette, elle attaqua son petit déjeuner.

Léa mordit dans la tranche de pain noir et dur comme le bois. Puis des image du rêve lui revinrent... puis celles, horribles, de la nuit de l'arrestation de Sarah Mulstein.

François Tavernier n'avait pas eu trop de mal à obtenir des nouvelles de la jeune femme par Helmut Knochen lui-même. Elle avait été conduite rue des Saussaies en attendant d'être interrogée. On avait pansé ses blessures qui étaient, paraît-il, sans gravité ; mise au secret, nul ne pouvait la voir. Knochen l'avait assuré qu'elle était bien traitée. Sans doute, François Tavernier n'avait-il pas eu l'air convaincu car l'officier allemand avait ajouté :

— Depuis le départ de Danneker, l'homme à tout faire d'Eichmann, les interrogatoires des terroristes juifs sont menés avec moins de brutalité.

Helmut Knochen avait pris la direction du « Sonderkommando » à son arrivée à Paris, le 14 juin 1940. Cet intellectuel de trente-deux ans, fils d'un modeste instituteur, docteur en philosophie, avait rêvé devenir professeur de lettres avant d'entrer comme rédacteur à l'agence officielle de presse allemande où il avait été chargé de l'étude de la presse française, belge et hollandaise. Il avait adhéré à la SA en 1933. C'était un homme plutôt grand et mince, au front dégagé, aux cheveux châtains, souriant rarement. Il avait réussi en moins d'un an à s'introduire dans la bonne société parisienne et était bientôt devenu la coqueluche de ces salons grâce à son esprit et à sa culture. C'est dans l'un d'eux que Tavernier avait fait sa connaissance. Très vite, les deux hommes s'étaient revus pour des raisons diamétralement opposées. Sans ambages, Helmut Knochen lui avait dit rechercher dans ces milieux des agents susceptibles de lui procurer des renseignements sur les hommes politiques du régime de Vichy, sur les industriels et, bien entendu, sur la Résistance et ses chefs. Apparemment intéressé, François Tavernier l'avait revu et appris de lui, dans le détail, le fonctionnement de la formidable organisation de la Gestapo à travers le territoire français. Curieusement, il avait obtenu la confiance de Knochen à cause de l'opposition qui régnait entre la Gestapo et l'ambassade d'Allemagne. Tavernier, fréquemment reçu par Otto Abetz, l'ambassadeur, lui racontait tout ce qui se disait — vrai ou faux — concernant ses services, dans les couloirs ou les salons de l'ambassade. Il accueillait avec un calme apparent ces ragots tandis qu'un léger pli inclinait à gauche sa bouche un peu large.

C'était de cet homme jeune — qui, en l'espace de quelques mois, avait mis sur pied une organisation que même l'armée allemande redoutait — que dépendait le sort de Sarah Mulstein.

— Ne vous inquiétez pas, je surveille personnellement cette affaire.

François s'était senti très inquiet, mais n'avait pas insisté de peur de donner à cette « affaire » une importance qu'Helmut Knochen n'aurait pas manqué de relever.

Depuis dix jours, Sarah était rue des Saussaies.

On frappa à la porte de Léa.

— Entrez.

C'était Françoise, le visage rayonnant et reposé, portant son nouveau-né.

— Ton filleul tenait absolument à te voir, dit-elle en lui tendant l'enfant.

Avec maladresse, Léa le prit dans ses bras, mais très vite le rendit à sa mère.

— Il est très mignon, mais j'ai peur de le faire tomber. Il est si petit.

— Pas si petit ! Il pesait 3, 2 kilos à la naissance. C'est le plus beau des bébés. Tu ne trouves pas qu'il ressemble à son père ?

Cette remarque agaça Léa.

— Tu sais, je ne l'ai jamais vraiment beaucoup regardé.

Les épaules contractées, Françoise baissa la tête, touchante avec son petit dans les bras.

— Excuse-moi, dit Léa, je ne voulais pas être désagréable. Laisse-moi m'habiller si tu veux que je sois prête pour le baptême. C'est à quelle heure déjà ?

— Trois heures.

Léa resta un instant immobile devant la porte qui venait de se refermer. Puis, haussant les épaules, jeta sa robe de chambre sur le lit, retira ses chaussettes, attacha sous sa chemise de nuit un porte-jarretelles et des bas de laine, enfila sa culotte et, frissonnante, retira son chandail et sa chemise. Jamais, elle ne s'habituerait à ce froid !

Qu'aurait pensé sa mère de tout ça ? Qu'aurait fait la sage Isabelle Delmas dans ces circonstances ? Accepterait-elle d'être la « commère » d'un soldat allemand sous prétexte que le futur chrétien était son neveu ? Car Frederic Hanke, en tant que meilleur ami du père, devait être parrain...

Léa était trop sous le choc de l'arrestation de Sarah pour réagir quand Françoise lui avait demandé d'être la marraine de son petit garçon. Elle aurait bonne mine dans l'église Saint-Thomas-d'Aquin, tenant un enfant au-dessus des fonts baptismaux en compagnie d'un officier allemand. Elle avait fait part à François de son désir de refuser, il le lui avait déconseillé.

Ils s'étaient revus presque chaque jour depuis la nuit tragique. Nuit qu'il avait passée près d'elle rue de l'Université dans le « logis froid ». En cachette des demoiselles de Montpleynet débordées par le grand remue-ménage de l'accouchement de Françoise — accouchement qui s'était heureusement terminé peu de temps avant leur retour.

François s'était montré le plus doux, le plus patient et le plus tendre des amis, faisant presque oublier à Léa les aspects inquiétants de sa vie. Chaque jour, elle se disait : Il faut que je lui parle d'un certain nombre de choses et, chaque jour, elle se contentait de l'entraîner dans sa chambre et de se blottir dans ses bras. Sans qu'elle eût besoin de le lui dire, il avait compris qu'elle ne désirait pas faire l'amour, mais seulement être contre lui. Elle serait restée ainsi des heures à s'imprégner de sa chaleur et de son odeur, rassurée par les battements réguliers de son cœur et les mots apaisants qu'il lui murmurait. Elle était si bien, n'ayant plus peur enfin, qu'elle se refusait à gâcher ce fragile bonheur par des questions auxquelles il ne répondrait pas. Elle lui avait dit, le surlendemain du drame, toute l'horreur que lui inspirait maintenant Raphaël Mahl.

— Dans ce cas précis, vous avez tort. Il n'est pour rien dans l'arrestation de Sarah.

Léa avait refusé de le croire. Depuis le dîner de la rue Dauphine, elle était sans nouvelles de lui.

Léa, lovée dans « son » fauteuil de l'entrée, lisait une lettre de Camille à haute voix à ses tantes plantées toutes droites devant elle.

« Ma chère Léa,

« Tu peux imaginer à quel point nous regrettons tous, ici, de ne pouvoir assister au baptême du bébé de Françoise ! Nous avons été un peu déçues que tu ne nous donnes pas plus de détails sur lui dans ta dernière lettre. Dis bien à Françoise que nous pensons tendrement à elle. Je lui écrirai dès demain.

« Charles a été fou de joie de ses cadeaux. Il porte le pull-over que Mlles de Montpleynet lui ont tricoté et ne veut plus le quitter. Sois gentille de le leur dire.

« Le menuisier a fini de refaire la porte du hangar qui menaçait ruine. Dès que nous aurons un peu d'argent, il sera raisonnable de remplacer quelques tuiles ; il y a des fuites dans le grenier.

« Il pleut et depuis dix jours, maintenant, je suis sans nouvelles de L.

« Je te serre dans mes bras.

Camille. »

Le baptême s'était passé beaucoup mieux qu'on ne l'avait craint. Tout d'abord, les habitantes de la rue de l'Université avaient eu l'agréable surprise de voir arriver le parrain, Frederic Hanke, en civil, les bras chargés de cadeaux qui, distribution faite, les avait emmenées déjeuner dans un petit restaurant de la rue de Verneuil. Le repas avait été agréable, presque gai tant la gentillesse de leur hôte était grande. Il avait parlé avec beaucoup de sentiment de Camille d'Argilat et de l'émotion qu'il avait éprouvée en l'aidant à mettre son enfant au monde. Il avait dit encore combien il s'était attaché à Montillac et à sa région, et qu'à la fin de la guerre il aimerait y vivre. Était-ce l'absence d'uniforme, Léa avait eu l'impression de le voir pour la première fois. Elle s'était surprise à penser que, s'il n'avait pas été allemand, elle l'eût mis au nombre de ses soupirants. Cette idée l'avait fait sourire. À deux heures et demie, ils étaient repartis chercher le petit Pierre et Estelle. À trois heures, à Saint-Thomas-d'Aquin, le prêtre avait dit en faisant couler l'eau sur le front du bébé :

— Je te baptise Pierre, Otto, Frederic, au nom du Père, du Fils et du Saint-Esprit.

François Tavernier arriva rue de l'Université vers six heures et trouva toute la famille buvant le champagne autour du berceau. Il ne put faire autrement que de trinquer en l'honneur du nouveau-né mais refusa de participer au « festin » prévu pour célébrer la fin de l'année et la naissance de l'enfant.

Tavernier et Hanke ne se connaissaient pas, Françoise les présenta l'un à l'autre. Ils se serrèrent la main. Après quelques banalités, François entraîna Léa dans sa chambre.

— Pouvez-vous me donner la clé de l'immeuble et celle de l'appartement d'en face ?

— Pour quoi faire ?

— Il se peut que j'aie besoin de revenir précipitamment cette nuit.

— Pourquoi n'allez-vous pas chez vous ?

— Ce soir, j'aurai à faire dans le quartier. J'ai besoin d'un refuge proche.

— Vous ne voulez pas me dire pourquoi ?

— Non...

— C'est agaçant, avec vous, je ne peux rien savoir. Vous me laissez supposer les pires choses vous concernant. Qui me dit que ce n'est pas vous qui avez dénoncé Sarah Mulstein ?

C'était tellement inattendu que François resta un moment sans réaction puis, son visage se crispa, pâlit tandis qu'une énorme colère bouleversait ses traits. Devant cette métamorphose, Léa recula, pas assez vite cependant pour éviter la plus formidable claque jamais reçue. Sous la violence du coup, elle trébucha et sa tête heurta un des montants du lit, tandis qu'un peu de sang coulait de son nez. D'un bond, il fut sur elle, la prit par le bras qu'il serra avec tant de force qu'elle cria.

— Ne dites jamais de choses comme ça, Léa.

Penché sur elle, il était si menaçant qu'elle leva son bras libre en un geste de protection. Ce geste enfantin détendit un peu François.

— Je fais tout ce que je peux pour arracher Sarah des mains de la Gestapo. J'irai même jusqu'à tenter de la faire évader.

Léa s'écria :

— Quand ?

Tavernier la regarda avec une expression dubitative.

— Vous êtes vraiment bizarre, vous me manifestez que vous n'avez aucune confiance en moi et vous me croyez quand je vous parle de faire évader Sarah.

— Parce que ça, je crois que vous en êtes capable. Il faut bien que vos bonnes relations avec l'occupant vous servent.

— Dans cette affaire-là, je n'ai pas vraiment l'intention de les mettre au courant, mais plutôt de faire appel aux membres du réseau de Sarah.

— Vous les connaissez ?

— Quelques-uns. Par ailleurs, c'est ici que nous nous réunirons. Prévenez vos tantes afin qu'elles restent dans leur chambre et ne posent pas de questions.

— Mais pourquoi ici ?

— Cet appartement abrite la « fiancée » et l'enfant d'un officier du Reich et, au premier étage, vit la maîtresse du général von Rippen. Cet immeuble est donc connu des autorités occupantes comme étant habité par des pro-allemands. De ce fait, il est moins surveillé.

— Je comprends. Je peux m'arranger avec mes tantes, mais avec Françoise ?...

— Elle ne doit rien soupçonner, il en va de notre vie à tous. Vous êtes toujours décidée à aider Sarah ?

— Plus que jamais.

— Très bien. Votre mission va consister dès demain à trouver trois ou quatre personnes et à leur délivrer un message. Voilà ce que vous aurez à faire et à dire.

Pendant une heure, il lui fit apprendre par cœur les messages, les noms de guerre, ceux des lieux et les signes de reconnaissance.

— N'oubliez rien. Rendez-vous ici, demain soir, pour faire votre compte rendu. Avez-vous une bicyclette ?

— Ici, non.

— Je vais essayer de vous en voler une, ce sera mon cadeau de fin d'année. Avez-vous une préférence quant à la couleur ?

— Ça m'est égal, la mienne est bleue.

— Va pour le bleu ; c'est une excellente couleur pour conjurer le mauvais sort. Sur votre bicyclette bleue, vous serez messagère d'espoir.

— C'est drôle que vous disiez cela, mon oncle Adrien m'a dit exactement la même chose.

— Vous voyez, votre oncle et moi nous avons des tas de points communs.

François la prit dans ses bras et l'entraîna sur le lit.

— Maintenant, venez vous faire pardonner d'avoir pensé que j'étais un traître.

— Laissez-moi, j'ai l'impression d'être morte depuis l'autre soir.

Il ne l'écoutait pas. Ses lèvres, ses doigts cherchaient à l'atteindre. Léa ne se débattit pas mais quand il l'embrassa, ses lèvres rencontrèrent des larmes.

— Pas avant que vous ayez sauvé Sarah.

Il se releva, remit un peu d'ordre dans sa tenue.

— Me donnez-vous les clés ?

— Je vais les chercher.

— Surtout ne faites pas trop de bruit, dit-elle en lui tendant les clés.

— Je ne suis pas sûr de repasser cette nuit. Vous trouverez dans l'entrée le vélo et un laissez-passer. Demain, n'oubliez pas : Trinité convoque le 3 janvier à dix heures du soir, au troisième étage du 29, rue de l'Université, pour une décision grave concernant Simone Mingot, les camarades Vautrin, Homais, La Rochelle et Bataille ; à chacun d'eux vous remettrez la moitié d'un ticket de métro de première classe ils vous montreront l'autre moitié. Soyez très prudente, petite, à la moindre alerte, au plus petit soupçon, décrochez. En attendant, retournez à votre fête. Demain sera une nouvelle année. J'espère bien la passer en votre compagnie.

Il l'embrassa avec beaucoup de tendresse.

Léa rejoignit sa famille, triste du départ de François. Dehors, la neige s'était mise à tomber.

Le lendemain, Léa trouva dans l'entrée de l'appartement une superbe bicyclette bleue avec de magnifiques sacoches de faux cuir. Comme ses tantes s'étonnaient de ne pas avoir entendu la sonnette du livreur, Léa prétendit que c'était un cadeau du père Noël qui avait même poussé la délicatesse jusqu'à déposer des boîtes de chocolat et de lait.

La neige n'avait pas tenu. Il faisait beau et froid. Léa annonça son intention d'étrenner sa bicyclette et de ne pas rentrer déjeuner, voulant, disait-elle, profiter du beau temps. Elle alla s'habiller chaudement d'un pantalon et de deux gros pulls. Elle enfila ses bottillons fourrés, enveloppa ses cheveux dans un turban de laine et, ainsi équipée, revêtit la chaude canadienne offerte par François. Elle compléta sa tenue par d'épais gants fourrés de lapin.

Sa sœur et ses tantes lui souhaitèrent une bonne promenade.

6

Jamais Paris n'avait semblé aussi beau à Léa que ce matin-là. L'air était blanc et froid, d'une légèreté qui donnait aux vieilles pierres des maisons du quai Voltaire, caressées par un soleil aigrelet, une gaieté fragile. La jeune fille s'arrêta sur le pont Royal pour regarder briller la Seine grise et mordorée qui filait doucement vers l'Alma, berçant sur son passage les péniches noires. Devant ce panorama, que tant d'amoureux de Paris avaient contemplé, elle ressentit, en cette fin de matinée du 1er janvier 1943, une paix qui lui enveloppa le cœur et amena à ses lèvres une prière oubliée de son enfance :

« Mon Dieu, je vous offre ma journée, heureuse ou malheureuse elle est à vous, pour vous, faites-en ce que vous voudrez, mais faites qu'en me rapprochant de mon éternité je me rapproche aussi de vous. »

Pleine de confiance, elle remonta sur sa bicyclette. Tout était si désert qu'on avait le sentiment d'être dans une ville abandonnée. Pas un bruit humain ne venait troubler cette impression. Léa se réjouit de cette solitude, elle lui permettait de faire le vide en elle et de se préparer à la mission confiée par François Tavernier. Malgré tout ce qu'il y avait d'incompréhensible dans le comportement de cet homme, elle n'arrivait pas, quoi qu'elle lui ait dit, à se méfier de lui. Elle était convaincue, s'il y avait la moindre chance, qu'il était le seul à pouvoir libérer Sarah.

Place Sainte-Opportune, Léa attacha sa bicyclette à la grille du métro et se dirigea vers la rue de la Ferronnerie.

Elle poussa la porte d'un minable café aux vitres barbouillées de bleu. Une odeur froide et écœurante de sciure mouillée, de vinasse, de mauvais tabac et d'ersatz de café l'assaillit. Elle eut l'impression d'entrer dans un univers glauque et marécageux dans lequel se mouvaient des êtres aux faces verdâtres. Derrière le zinc, au milieu des bouteilles poussiéreuses et vides, trônait un poste de T.S.F. ventru et rutilant qui diffusait une rengaine à la mode. Le patron, gros homme aux manches retroussées, ses rares cheveux en bataille, l'œil chassieux, mégot éteint aux lèvres, barbe non faite, l'apostropha :

— Y a rien à boire, aujourd'hui c'est un jour sans alcool.

— Je voudrais seulement quelque chose de chaud, un café par exemple, dit-elle en s'approchant du comptoir.

— Du café !... Vous l'entendez, vous autres ?... avec un nuage de lait... et, pourquoi pas, quelques morceaux de sucre...

Les quatre ou cinq consommateurs ricanèrent servilement. Léa rougit. Ça commençait bien !

— Parce que vous m'êtes sympathique, j'peux vous donner un Viandox... vous êtes bien la jeune fille qui avez rendez-vous avec la moitié d'un ticket de métro ? chuchota-t-il rapidement.

Surprise, Léa recula.

— Faut pas vous sauver, ma p'tite demoiselle, l'Viandox, de nos jours, c'est pas plus mauvais qu'autre chose.

Tout en parlant, il posa devant elle une grande tasse fumante. Léa se rapprocha.

— Ne restez pas ici, continua-t-il à voix basse, on a arrêté une des personnes que vous cherchez... Tenez, buvez-moi ça... Buvez, bon Dieu, on nous regarde.

Léa trempa ses lèvres, c'était rudement chaud, mais moins mauvais qu'elle ne s'y attendait. Le patron éclata d'un gros rire.

— Vous voyez... ça s'laisse boire... Allez à l'église Saint-

Eustache, c'est la messe, personne ne fera attention à vous... Tiens, m'sieur René, qu'est-ce que j'vous sers pour fêter la nouvelle année ?

— Comme d'habitude, la réserve du patron. Bonne année, mademoiselle, vous allez bien trinquer avec moi ?

— Mais...

— Attention, j'vais me fâcher, une jolie dame ne r'fuse jamais rien au grand René, pas vrai Juju ?

— Faut l'croire, mademoiselle, celle qui lui résistera, c'est pas demain la veille qu'il la rencontrera.

— Bien dit, Juju, t'es un vrai pote. Ton téléphone est réparé ?

— Oui, depuis deux jours.

— Tu m'gardes la petite au chaud, j'ai un coup de fil à passer. À tout de suite, mignonne.

Léa esquiva la main baladeuse. Le bellâtre rit en haussant les épaules.

— Il faut que vous partiez vite, il travaille pour eux. À Saint-Eustache, dans la chapelle de la Vierge, il y a un homme qui tiendra à la main *La Petite Gironde*, il vous dira ce qu'il faut faire. Vous m'devez rien, c'est un cadeau d'la maison. Allez, bonne année quand même.

— Bonne année à vous aussi, dit-elle en poussant la porte aussi calmement qu'elle le pouvait.

Comment détacha-t-elle sa bicyclette ? Comment trouva-t-elle son chemin à travers les petites rues des Halles et comment se retrouva-t-elle à l'intérieur de l'église en quelques minutes ? Cela, Léa n'aurait pu le dire.

L'édifice religieux était rempli de fidèles, des femmes surtout, qui chantaient avec ferveur tandis qu'un petit nuage de buée s'échappait de leur bouche. Un prie-Dieu était libre devant l'autel de la Vierge ; le cœur battant, elle s'agenouilla, incapable de penser.

C'était l'heure de la communion, la plupart des assistants se dirigèrent vers la sainte table. Un homme s'agenouilla près d'elle et mit la tête entre ses mains. De la poche de son vieux manteau dépassait un journal.

En un éclair, Léa revit cette soirée d'été à Bordeaux où, suivie par les policiers du commissaire Poinsot, elle cherchait un lieu où se réfugier et où, à l'étalage du marchand de journaux de la place du Grand-Théâtre, elle avait vu *La Petite Gironde*, et avait su, à ce moment-là, vers quel endroit se diriger. Elle tourna la tête. L'homme était jeune et portait une barbe qui n'arrivait pas à le vieillir. Il ressemblait un peu à... non, ce n'était pas possible, elle avait des visions...

— Léa...

Quelqu'un avait dit son nom! Devait-elle se retourner?... Mais non, c'était le jeune homme à *La Petite Gironde*! Alors?...

— Ne bouge pas, je vais sortir le premier. Rendez-vous chez toi, rue de l'Université.

— Chez moi!...

— C'est le seul endroit à peu près sûr.

Après son départ, elle compta jusqu'à vingt puis partit à son tour.

Rue de l'Université, tout le monde faisait fête à Jean Lefèvre, le compagnon de jeux de Léa, celui qui, avec son frère Raoul, jouait le plus sérieusement du monde à être fou amoureux d'elle...

Ils tombèrent dans les bras l'un de l'autre.

La famille était encore à table. On ouvrit une bouteille de champagne pour trinquer à ces retrouvailles, à la fin de la guerre et à la nouvelle année. Vingt minutes au moins se passèrent avant qu'ils puissent s'isoler dans la chambre de Léa.

— Vite, nous n'avons pas beaucoup de temps. J'aurais préféré que ce soit quelqu'un d'autre que toi, dit Jean en la serrant contre lui.

— Pas moi, j'en suis heureuse. Sans cela, je ne t'aurais peut-être jamais revu.

— C'est vrai, mais tout cela est dangereux.

— Je sais. Que dois-je faire maintenant? Dois-je aller aux autres rendez-vous?

— Surtout pas. Après l'arrestation de Simone Mingot...
— Simone Mingot ?
— Oui, c'est sous ce nom que la plupart d'entre nous la connaissent. Après son arrestation, les membres du réseau se sont dispersés comme prévu. Chacun à notre tour, nous devions aller rôder autour de notre ancienne boîte aux lettres. C'est là que j'ai rencontré Trinité...
— François ?...
— Il m'a dit qu'il allait essayer de faire évader Simone et m'a demandé si j'étais d'accord. J'ai tout de suite accepté. Une jeune femme devait m'apporter des nouvelles le matin du 1er janvier. Tout allait bien, quand, à l'aube, j'ai appris l'arrestation d'un camarade qui connaissait mon adresse. J'ai eu juste le temps de m'habiller et de m'enfuir par les toits. Les hommes de la Gestapo étaient déjà dans l'escalier. Heureusement qu'il n'y avait pas de neige. Je n'ai eu qu'une idée : prévenir Trinité. Il n'était pas aux deux adresses qu'il m'avait données. Je suis allé quand même au rendez-vous de la rue de la Ferronnerie. Boulevard de Sébastopol, un vélo-taxi est venu à ma hauteur.
— Vautrin !... a fait le passager.
— Alors, c'est toi Vautrin ?
Jean ignora l'interruption.
— ... continue à pédaler, mine de rien. Va où tu sais rue de la Ferronnerie, demande au patron où est l'église de la Trinité. Il te dira que tu t'es trompé de quartier, que par ici il y a Saint-Eustache ou Saint-Leu ou Saint-Merri. Tu diras : « Ah ! bon, pouvez-vous m'indiquer le chemin pour aller à Saint-Merri ? » Brave homme, il sortira pour te montrer la direction. Très vite, tu lui diras qu'une jeune fille très belle, aux cheveux roux foncé et aux yeux violets, doit venir.
— On dirait le portrait d'une amie, ai-je fait.
— C'est elle.
J'ai failli tomber de vélo. Trinité, car c'était lui, a poursuivi d'une voix calme :
— Ce n'est pas le moment de se trouver mal. Elle devra

sans tarder te rejoindre dans l'église Saint-Eustache devant la chapelle de la Vierge. De là, vous irez chez Mlles de Montpleynet. Tu as bien tout compris ?

— Oui, ai-je répondu complètement abruti.

Les deux amis restèrent un long moment silencieux.

— Et maintenant, que fait-on ? demanda Léa.

— Sans nouvelles instructions, on attend.

— Allons rejoindre les autres, ça va leur paraître curieux qu'on reste si longtemps ensemble.

Durant leur aparté, le parrain du petit Pierre était venu rendre visite à la mère de son filleul à qui il avait remis, en même temps qu'une grande boîte de chocolats, une lettre d'Otto Kramer dans laquelle il lui annonçait qu'il bénéficierait prochainement d'une permission. Cette heureuse nouvelle faisait resplendir la jeune femme.

En voyant Frederic Hanke, Léa devint très pâle. Pas moyen de reculer, il fallait faire les présentations. Serrant le bras de Jean, elle s'approcha souriante de l'Allemand, toujours en civil, et dit en lui tendant la main :

— Bonne année, Frederic. Puis-je vous présenter un ami d'enfance de passage à Paris ? Jean Lefèvre. Jean, je te présente le parrain du fils de Françoise, le capitaine Frederic Hanke.

Sans le pincement de Léa, il serait sûrement tombé. Incapable de dire un mot, blême, il tendit à l'autre une main tremblante. Sans paraître remarquer rien d'anormal, Frederic la serra.

— Bonjour, monsieur, je suis très heureux de rencontrer un ami de Françoise et de Léa. Je vous souhaite une bonne année, monsieur. Merci pour vos vœux, Léa. J'espère que cette année sera pour vous plus douce que la précédente.

— Merci, Frederic. Jean, veux-tu un vrai café ?

— Oui, souffla Jean, ne sachant pas quelle attitude prendre.

Le capitaine Hanke, très à l'aise, s'approcha de lui.

— Vous êtes un proche voisin de Mlles Delmas ?

— Assez proche, oui, la propriété de ma mère est à Cadillac.

— Sans doute l'aidez-vous dans l'exploitation ?

— Oui.

— Vous avez de la chance de vivre dans cette belle région. J'espère vous y revoir quand la guerre sera finie et que nos deux peuples n'en formeront qu'un.

Jean allait répliquer quand Léa intervint.

— Le capitaine est tombé amoureux de nos vignes lors de son séjour chez nous, à Montillac.

Enfin, Frederic Hanke prit congé.

— Excusez-moi d'avoir dérangé la fin de votre déjeuner. Mais c'était le seul moment où je pouvais venir vous présenter mes vœux. Je dois prendre mon service à quinze heures. Françoise, si vous avez besoin de moi, vous savez où me joindre. Au revoir mesdemoiselles, au revoir Léa, au revoir monsieur.

Tous le virent partir avec un grand soulagement.

— Ouf ! j'ai bien cru qu'il ne déguerpirait jamais, s'écria Léa en se laissant tomber dans un fauteuil. Pourquoi n'êtes-vous pas venues nous dire qu'il était là ?

— Je n'y ai pas pensé, dit Françoise en baissant la tête, j'étais tellement heureuse d'avoir des nouvelles d'Otto.

— Cela n'a aucune importance, mes enfants. Ce jeune homme est réellement charmant, très bien élevé, tout à fait correct, s'exclama Lisa d'une voix joyeuse.

— Tout à fait correct !... c'est ce que l'on entend partout autour de nous. « Pensez donc, madame Dupont, cet officier m'a tenu la porte dans le métro ! Quel jeune homme correct ! Hum... c'est pas comme les jeunes Français de maintenant, qui vous bousculent sans même s'excuser. Des communistes... Des voyous, madame, et on s'étonne qu'on ait perdu la guerre... c'est le contraire qui eût été étonnant. Je vous le dis, chère madame, quand un peuple s'est détourné de Dieu, il est juste que Dieu se détourne de lui et le punisse... nous devons expier et dénoncer les mauvais Français qui écoutent la radio de Londres et désobéissent au maréchal Pétain, un saint homme qui s'est donné à la France pour la sauver... »

— Arrête, Léa ! cria Françoise.

— « ... madame Durand, vous avez bien raison. Figurez-vous que l'autre jour, j'ai rencontré une ancienne voisine, une juive... eh bien, vous ne le croiriez pas, elle n'avait pas l'étoile jaune. Vous pouvez croire que je ne me suis pas privée de le lui faire remarquer, même qu'autour de moi les gens approuvaient. Rouge de honte, elle est partie, madame... »

— Ça suffit !

— D'accord, d'accord, tante Albertine. Excuse-moi, je suis de votre avis à tous : les Allemands sont très corrects !

— Parfaitement, ne t'en déplaise. Tu sembles oublier qu'ils sont les vainqueurs et qu'ils pourraient faire de nous ce qu'ils veulent. Alors que, malgré les attentats, ils continuent à se montrer corrects et patients...

— Qu'ils fusillent des otages un peu partout, qu'ils déportent on ne sait où des femmes et des enfants...

— Ce sont des terroristes...

— Les enfants ?...

— Tais-toi !... Ne parle pas des enfants, dit Françoise en éclatant en sanglots.

Un silence gêné suivit ces éclats de voix.

— Viens, Jean, allons dans ma chambre.

— Ce n'est guère convenable, fit Lisa d'une voix pointue que tous auraient trouvée comique en d'autres circonstances.

Léa haussa les épaules et sortit en entraînant son ami. Ils avaient à peine franchi la porte que la sonnette de l'entrée carillonna.

Le cœur battant, les deux jeunes gens se regardèrent. D'un geste, Léa indiqua sa chambre. Elle attendit que la porte fût refermée pour ouvrir celle du palier.

— Dieu merci ! Vous êtes là ! dit François Tavernier en la serrant contre lui.

Le soulagement qu'elle éprouva à sentir ses bras se refermer fut proche de la volupté.

— J'ai eu si peur... Quand j'ai su qu'un des compagnons de Sarah nous avait trahis, je vous ai vue arrêtée... Jamais je ne me le serais pardonné... Lefèvre est avec vous ?

— Oui. Pourquoi ne m'avez-vous pas dit qu'il s'agissait de lui ?

— Parce que je l'ai su au dernier moment. Où est-il ?

— Dans ma chambre. Allons-y avant que tante Lisa ne vienne voir qui a bien pu sonner.

— Je vous suis, mais avant, embrassez-moi.

Pour la première fois, Léa répondit à cette demande avec une vraie simplicité.

Dans la chambre, assis sur un coin du lit, la tête entre ses mains, Jean Lefèvre attendait. Quand il releva la tête, il avait les yeux humides.

François Tavernier le regarda attentivement.

— Léa, laissez-nous.

Quand ils furent seuls, il demanda :

— Vous n'avez aucune nouvelle des autres membres du réseau ?

Le jeune homme fit non de la tête.

— Vous allez devoir quitter Paris immédiatement. Voici vos nouveaux papiers. Votre nom est Joël Lemaire, né à La Tranche-sur-Mer en Vendée, le 10 octobre 1920, de Jean Lemaire, agriculteur, et de Thérèse Peyon, sans profession. Vous êtes fils unique et vos parents sont morts il y a deux ans aux Sables-d'Olonne, au cours d'une tempête qui a fait chavirer le bateau sur lequel ils se trouvaient. Vous travaillez comme pêcheur à l'Aiguillon. Tout cela et d'autres renseignements sont consignés ici. Apprenez-les par cœur avant de partir et détruisez-les. Vous prendrez ce soir le train pour Poitiers, là, vous aurez une correspondance pour La Rochelle. Soyez très prudent, dans cette zone les contrôles sont fréquents. À La Rochelle, essayez de trouver un car en direction de Luchon et de l'Aiguillon. À l'Aiguillon, vous irez *Au Rendez-vous des marins-pêcheurs*. Vous demanderez Jean-Marie, de la *Vaillante*. Quand vous serez en sa présence, vous lui direz que l'air d'ici est meilleur que celui du métro parisien. Il vous répondra : « Ça c'est bien vrai, surtout à la Trinité. » Suivez ses instructions. Vous avez bien compris ?

— Oui.

— Très bien. Je vous laisse dix minutes pour apprendre tout cela. Avez-vous de l'argent ?

— Pratiquement pas.

— Tenez, voici mille francs.

Jean eut un geste de refus.

— Vous pouvez acceptez, c'est de l'argent qui vient de Londres. Signez-moi ce reçu, c'est la règle.

Jean empocha l'argent et signa.

— Monsieur, puis-je vous demander quelque chose ?

— Oui, bien sûr. De quoi s'agit-il ?

— Je ne voudrais pas que Léa soit mêlée à tout ça.

La manière dont François Tavernier le regarda fit rougir le jeune homme.

— Moi non plus. Mais maintenant il est un peu tard pour revenir en arrière.

— Je ne le pense pas. Dites-lui de retourner chez elle.

— Je ferai tout mon possible, mais elle tient à aider notre amie...

La porte s'entrouvrit sur Léa.

— C'est long. Avez-vous fini ? Je peux entrer ?... François, je ne comprends rien à ce qui se passe. Que va-t-on faire pour Sarah, maintenant ?

Tavernier la regarda droit dans les yeux sans répondre. Puis après un long silence, il dit d'une voix blanche :

— Sarah a été torturée.

Léa se précipita sur François et lui martela la poitrine.

— Vous m'avez menti !... Vous m'avez menti ! hurla-t-elle. Vous m'aviez dit qu'elle était bien soignée... que, grâce à vos bonnes relations avec les Boches, elle serait bien traitée... et ils l'ont torturée !... C'est de votre faute... Jamais je ne vous le pardonnerai... C'est à cause de vous qu'on l'a arrêtée... Vous êtes une ordure... une ordure...

— Tais-toi... ça suffit, s'écria Jean en la tirant à lui. Laisse-le s'expliquer.

— Il n'y a rien à expliquer... il travaille pour eux. Je l'ai vu rire devant l'hôtel Lutétia, cria-t-elle en se dégageant.

Pâle, les traits tirés, François Tavernier essuyait une profonde griffure à son visage.

— On m'a menti. Ce n'est pas rue des Saussaies qu'on avait conduit Sarah, mais avenue Henri-Martin. Je ne l'ai su que ce matin, trop tard. Après son arrestation, ils ont pris deux autres membres du réseau. L'un d'eux a parlé, ce qui explique ce qui s'est passé.

— Qui vous a dit pour Sarah ? demanda Jean.

— Un de ses amis, Raphaël Mahl...

— Raphaël !... Alors, vous voyez bien...

— ... que c'est lui qui l'a dénoncée. Non, je suis certain que ce n'est pas lui. Non qu'il n'en ait pas été capable, mais parce qu'il savait que je protégeais Sarah et que j'étais à même de le faire arrêter dans l'heure.

— Alors, comment a-t-il su qu'elle n'était pas rue des Saussaies mais avenue Henri-Martin ?

— Par une crapule de plus grande envergure que lui, pour laquelle il travaille de temps en temps, Frédéric Martin alias Rudy Mérode ou Rudy de Mérode.

— Qu'a-t-il dit, ce soi-disant Rudy ?

— Vous voulez vraiment le savoir ?

— Oui.

— Mérode a raconté en riant à Mahl comment, avec un de ses copains, il avait forcé une belle juive à prendre un bain.

— À prendre un bain ?

— Oui, c'est comme ça qu'ils appellent le supplice de la baignoire. C'est, paraît-il, un Belge qui a inventé ce nouveau type de torture... Quand il s'agit d'un homme, on se contente de lui plonger la tête dans une bassine ou une lessiveuse remplie d'eau glacée jusqu'à la limite de l'asphyxie, on le ressort et on le replonge jusqu'à ce qu'il parle ou qu'il s'évanouisse.

— C'est horrible.

— Quant aux femmes...

— Arrêtez ! cria Jean Lefèvre.

François Tavernier enveloppa les jeunes gens d'un regard à la fois ironique et plein de commisération.

— Vous vous êtes lancés dans une aventure dont vous ne voyez que le côté romanesque, mais il y a l'autre, celui où l'on torture, où l'on tue, où l'on viole, où l'on envoie des enfants mourir dans des camps d'extermination. Vous auriez dû lire *Mein Kampf*, jeune homme, le chancelier Hitler y avait déjà exposé clairement sa solution du problème juif. Si Léa veut continuer à jouer aux héroïnes, elle doit savoir ce qu'on leur fait parfois, aux héroïnes, quand elles sont prises. Dans le cas de Sarah, qui savait ce qu'elle risquait, ils l'ont attachée à l' « infirmerie » où l'on « soignait » ses blessures. De la rue des Saussaies, ils l'ont emmenée avenue Henri-Martin. Ils l'ont d'abord interrogée correctement, puis, comme c'était l'heure du dîner, ils l'ont enfermée dans une armoire métallique... Vous savez, celles qui servent de vestiaire au personnel des bureaux ou des usines, elles sont trop petites pour qu'on y tienne debout et trop étroites pour qu'on puisse s'y asseoir. Le dîner a duré trois heures... Ensuite, ils sont revenus, repus, légèrement éméchés, rigolards. Quand ils ont ouvert le placard, ils ont dû aider Sarah à sortir, ses jambes ankylosées ne la portaient plus. Ils l'ont traînée jusqu'à la salle de bains... Elle était si faible qu'ils ont dû l'aider à se déshabiller. Mérode, un verre de champagne à la main, appréciait en connaisseur sa beauté...

Léa s'assit sur le lit. Impitoyable, François Tavernier continua.

— ... il a demandé au maître des lieux, Christian Masuy, de le laisser seul quelques instants. Masuy a accepté en riant et est sorti avec ses aides. Sarah ne bougeait pas, un peu de sang avait traversé le pansement de sa blessure. Rudy lui a caressé les seins et lui a dit que si elle était gentille il pourrait intervenir pour elle. Il paraît que cette aimable proposition a fait éclater de rire Sarah, ce que notre don Juan a fort mal pris, puisque de son propre aveu il l'a giflée, puis regiflée, en vain, puisqu'elle riait toujours. Furieux, il a rappelé ses camarades et là, ils lui ont attaché les mains dans le dos avec des menottes et à tour de rôle ils l'ont violée. Ensuite, ils se sont accordé quelques instants de repos en fumant puis ils lui ont lié les chevilles et, ainsi entravée, ils l'ont poussée et repoussée de l'un à l'autre, comme un ballon tandis qu'ils lui criaient : « Tu vas parler, salope ! », « Oui ou non, tu parles ? » Comme elle ne disait rien, ils se sont lassés de jouer et Masuy l'a fait basculer dans la baignoire. L'eau glacée lui a arraché son premier cri. Pour ne plus l'entendre, sans doute, Masuy lui a enfoncé la tête dans l'eau. À cause de la blessure, l'eau de la baignoire est vite devenue rouge. Deux heures durant, ils se sont acharnés sur elle. « Quel cran, cette femme ! » a dit le lendemain Rudy de Mérode à Raphaël Mahl qui m'a raconté cela avec une émotion qui n'était pas feinte... Voilà ce que c'est que le supplice de la baignoire. Et, en plus, ces beaux messieurs le racontent avec volupté...

Il se tut un moment puis reprit.

— Léa, regardez-moi, pouvez-vous imaginer que je sois complice de ces gens-là ?

L'air intense et désemparé avec lequel elle le regardait, sa bouche tremblante la faisaient ressembler à l'enfant de ses huit ans, témoin d'une injustice ou d'une méchanceté qu'elle ne comprenait pas. Comme la petite fille avait envie de se blottir contre celui-là même qui la faisait pleurer !

— Léa, répondez-moi. Malgré certaines apparences, me croyez-vous du côté de ces salauds ?

Elle se jeta contre lui.

La serrer dans ses bras... respirer l'odeur de ses cheveux, de son cou, sentir ses lèvres au goût de sel. De bonheur, François ferma les yeux.

Quand il les rouvrit, ils croisèrent ceux de Jean emplis de désespoir. « Pauvre gosse, lui aussi est amoureux de cette insupportable gamine », pensa-t-il. Doucement, il la repoussa.

— Demain, Sarah doit être reconduite rue des Saussaies. Je saurai dans la nuit l'heure du transfert. Nous connaissons déjà l'itinéraire, trois des nôtres sont à des points stratégiques.

— Je veux en être, dit Jean.

— Non, mon vieux, vous êtes brûlé, vous partez ce soir.

Faites vos adieux à Léa. Je vous laisse. Je vais présenter mes vœux à vos tantes.

Restés seuls, les deux amis d'enfance se sentirent mal à l'aise.

— Je ne t'ai même pas demandé des nouvelles de Raoul. Comment va-t-il ? Où est-il ?

— J'ai su par un ami commun qu'il s'était évadé d'Allemagne l'été dernier, depuis on est sans nouvelles.

— Pauvre Raoul, on était si bien tous les trois. Tu t'en souviens de nos baignades dans la Garonne ? De nos promenades à vélo dans les collines ?...

— Tu nous aimais encore à cette époque... Montillac a changé sans toi. On dirait que le domaine s'est recroquevillé. Les fenêtres restent fermées. Lorsque Ruth et Camille sortent, on a l'impression qu'elles marchent sur la pointe des pieds. Elles semblent passer leur vie à attendre. Depuis que Mathias est parti en Allemagne, Fayard ne dit plus rien. De temps en temps on le voit dans les vignes, lançant quelques ordres secs. Il lui a pris fantaisie de travailler la nuit, de faire des rondes, une lampe à la main. Il traite sa femme comme un chien.

— Et Laurent ?

— Je ne l'ai pas vu depuis longtemps, mais son réseau est actif, un des plus actifs du Sud-Ouest. Ils sont dans tous les coups durs. Il vaudrait mieux qu'il ne se fasse pas pincer, les Allemands ne le portent pas dans leur cœur. Il paraît qu'il vient en plein jour embrasser sa femme et son fils, sans aucune protection. J'aurais bien aimé travailler avec lui, mais Trinité avait besoin de moi sur Paris... Tu te souviens quand on descendait dans la forêt ?

— Tout cela me paraît loin, je me sens si vieille maintenant. Et j'ai si peur, si tu savais comme j'ai peur.

— Ça ne se voit pas, dit-il en l'attirant à lui. Tu n'as pas changé, si ce n'est que tu es plus belle encore. Ton regard, peut-être... Oui, ton regard a changé, un peu plus dur, un peu plus inquiet. Tu devrais retourner à Montillac, laisser tomber tout ça. Attendre tranquillement en t'occupant des vignes que la guerre se termine.

— Attendre tranquillement !... Mais tu te crois à une autre époque, mon pauvre ami. Attendre quoi ? Qu'ils continuent à piller le pays, à torturer nos amis, à poursuivre Laurent et oncle Adrien. Si on ne fait rien, jamais ils ne partiront. Moi, je ne peux pas attendre, je veux vivre, tu entends, vivre, je ne veux plus les voir chez nous. Après leur départ de Montillac, avec Ruth et Sidonie, on a fait un grand ménage. Ah ! si on avait pu purifier la maison par le feu ! Françoise qui ne comprenait pas nous disait : « Mais on a déjà fait le grand nettoyage de printemps... » Au début, je me disais : il faut que je m'habitue à leur présence. C'est normal, on a perdu la guerre. Malheur aux vaincus !... tu vois le genre. Puis, peu à peu, en parlant avec Camille, en écoutant la radio de Londres et, surtout, en voyant que la plupart de nos parents, de nos voisins courbaient l'échine, j'ai eu honte. Et là, maintenant, quand je pense à ce qu'ils font à Sarah, je voudrais prendre un fusil et aller me battre.

— Ce n'est pas la place d'une femme.

— Ce que tu es vieux jeu. Ce ne serait pas la première fois que des femmes participeraient à une guerre.

— Je ne voudrais pas qu'il t'arrive quelque chose.

On frappa à la porte. C'était Françoise.

— Tante Albertine m'envoie vous chercher.

Elle quitta la pièce sans attendre la réponse.

— Je dois partir. Salue les demoiselles de Montpleynet pour moi. Maintenant, laisse-moi. Je dois apprendre par cœur les renseignements de Trinité.

— Embrasse-moi et essaie de me donner de tes nouvelles de temps en temps.

Leur baiser les ramena à l'été 39, sur la terrasse de Montillac quand leur principale préoccupation était : « Qu'allons-nous faire d'amusant aujourd'hui ? » Tout à leur étreinte et à leurs souvenirs, ils n'entendirent pas la porte s'ouvrir ni François Tavernier entrer. Il sourit en voyant le jeune couple enlacé. Sans bruit, il se retira.

— Je t'aime, Léa.

— Je le sais, aime-moi bien, j'en ai besoin.

— Telle que je te connais, tu ne dois pas manquer d'amoureux, à commencer par ton Tavernier.

— Tu ne vas pas être jaloux ?... Ce n'est pas le moment.

— Tu as raison. Je suis comme Raoul, je ne supporte pas de voir un autre homme te faire la cour.

— Ton frère et toi, vous avez toujours été bêtes, dit-elle tendrement.

— Au revoir, Léa. Sois prudente.

— Au revoir, Jeannot, toi aussi, sois prudent.

Après un dernier baiser, Léa rejoignit sa famille. Dix minutes après, Jean Lefèvre quittait la rue de l'Université.

Dans le petit salon où la famille prenait maintenant ses repas par souci d'économie de chauffage, Albertine et Lisa, en attendant l'heure du dîner, écoutaient les messages personnels venus de Londres :

« *Le crabe va rencontrer les serpents. Nous disons : le crabe va rencontrer les serpents.* »

« *J'ai suivi d'un pas rêveur le sentier solitaire. Nous disons : j'ai suivi d'un pas rêveur le sentier solitaire.* »

« *Maurice a passé un bon Noël avec son ami et pense aux deux mimosas qui vont fleurir.* »

— On est bien content pour lui, fit Lisa avec un bon sourire.

7

Léa se sentait devenir enragée. Depuis plus de huit jours, elle était sans nouvelles de François Tavernier. Sarah était-elle toujours prisonnière ? Jean avait-il réussi à gagner la Vendée ? Même le silence de Raphaël l'inquiétait. N'y tenant plus, elle décida d'aller rue des Saussaies.

Sa jeunesse, sa beauté, l'apparente timidité dont elle fit montre annihilèrent toute méfiance et curiosité chez l'officier allemand qui la reçut. « Sarah Mulstein ?... » Ce nom lui disait quelque chose... Ah ! oui, cette juive qu'on leur avait amenée blessée... Non, elle n'était plus là. Qu'elle aille voir 101, avenue Henri-Martin ; là, ils pourraient peut-être la renseigner, sinon, qu'elle revienne, il essaierait de voir ce qu'il pourrait faire... C'était normal d'aider une aussi jolie demoiselle... Léa le remercia.

Dans la rue, elle détacha sa bicyclette, prit l'avenue de Marigny et remonta les Champs-Élysées. Au Rond-Point, un agent, juché sur son estrade fermée entourée des lourds panneaux de signalisation allemands, contrôlait une circulation inexistante : quelques vélos, de rares voitures, des piétons pressés serrant frileusement contre eux de trop légers manteaux. Un crachin froid rendait la chaussée glissante. En haut de l'avenue, l'arc de triomphe de l'Étoile se dressait, symbole dérisoire, dans le gris plombé du ciel. Abattue, Léa renonça à prendre ce chemin et tourna avenue Montaigne. À l'Alma, la pluie redoubla.

Avenue Henri-Martin, elle attacha sa bicyclette aux grilles du jardinet devant l'immeuble, sous l'œil indifférent d'un passant. Sous la voûte, elle retira son béret, fit mousser ses cheveux et essuya avec son mouchoir son visage et ses jambes.

Surprise, elle regardait autour d'elle. Comme tout était calme, bourgeois, rien qui indiquât une présence allemande. Ce ne pouvait être là que se pratiquaient les horreurs décrites par Tavernier. Après la loge de la concierge, une large porte vitrée menait vers l'intérieur de l'immeuble. Léa s'arrêta, indécise, au milieu du hall de marbre. À sa droite, un très bel escalier de bois sombre déroulait sa rampe à balustres vers les étages. Pour la soutenir se dressait une cariatide au visage altier et aux seins proéminents dont le bois luisant montrait à quel point les mains des locataires et de leurs visiteurs s'étaient attardées sur eux. En face, la grille ouvragée de l'ascenseur était éclairée par les vitraux d'une haute fenêtre. Deux longues marches de bois aux angles arrondis conduisaient à une porte à double battant sur laquelle était fixée une petite plaque de cuivre. Léa s'approcha et lut : « Service économique français. Bureau d'achat. » Qu'est-ce que ça signifiait ? Elle avait cru comprendre que c'était au rez-de-chaussée que l'on avait conduit Sarah. Ces deux mots lui disaient cependant quelque chose. François avait parlé de bureau d'achat. Mais qu'en avait-il dit ? Lasse et transie, elle s'assit sur les premières marches et appuya sa tête contre celle de la cariatide.

Un des battants de la porte s'ouvrit brusquement et un homme en jaillit, projeté par des mains invisibles. Le malheureux perdit l'équilibre et alla s'effondrer sur le carrelage de l'entrée. Malgré l'obscurité de l'endroit, Léa remarqua que ses mains étaient liées derrière son dos et que de son visage tuméfié coulait du sang qui tachait le marbre blanc et doré. Presque aussitôt deux hommes sortirent. Ils riaient en fermant leurs manteaux. Le plus jeune donna un coup de pied au corps étendu, agité de tremblements.

— Allez salope, lève-toi. Maintenant que tu nous as tout raconté, on n'a plus besoin de toi. On te ramène à Fresnes.

— Vous m'aviez promis, fit le prisonnier en se soulevant.

— Promis quoi ?

— Que vous laisseriez ma femme et ma fille tranquilles.

— Des promesses, des promesses, on n'arrête pas de faire des promesses ici, même que le patron nous en fait le reproche.

— Oh ! non... ce n'est pas vrai ! hurla-t-il, rouvrant une plaie mal fermée de sa bouche.

— Allez, lève-toi... Le patron n'est pas bien sûr que tu nous aies tout dit.

Le pauvre type se traîna aux pieds de ses bourreaux goguenards.

— Je vous le jure, je vous ai tout dit, tout donné, les noms, les codes, tout... tout, cria-t-il en sanglotant.

— Ça suffit ! La voiture nous attend... Arrête de chialer comme une gonzesse, tu vas te faire remarquer. Les larmes chez un homme, ça me dégoûte. Debout...

— Tu te lèves, fumier, dit l'autre, tu crois tout de même pas qu'on va porter une donneuse.

Les sanglots s'arrêtèrent net. Léa, recroquevillée derrière la statue, vit cet être qui paraissait avoir perdu toute dignité se redresser, d'abord sur les genoux, puis sur une jambe, puis sur l'autre, vacillant mais debout, horrible, pitoyable, les yeux à demi fermés par les coups, la lèvre inférieure déchirée et pendante, le cou portant une trace de strangulation, les mains toujours attachées où manquait l'ongle des pouces. Il passa lentement devant ses tortionnaires et, s'arrêtant devant le plus âgé, lui cracha calmement au visage.

Aussitôt, une arme apparut dans la main de son compagnon.

— Laisse, Bernard, il serait trop content si tu le descendais.

À coups de pied et de poing, ils le sortirent de l'immeuble.

Ce fut le bruit de l'ascenseur qui tira Léa de son hébétude. D'un bond, elle se leva. Il était temps. Deux élégantes jeunes femmes sortirent de la cabine en riant. Au même moment, des messieurs respectables sonnèrent à la porte du bureau d'achat. Pas un d'entre eux ne remarqua le sang sur le sol.

Léa, comme fascinée, restait debout face à cette porte.

« Je dois partir », se disait-elle, incapable de bouger, comme dans l'attente d'un événement qui lui eût permis de comprendre non ce qu'elle venait de voir, mais le pourquoi de ce qu'elle avait vu. Elle sentait qu'elle ne devait pas rester là. Personne n'était au courant de sa présence ici. Elle devait s'enfuir au plus vite, sinon ils l'attraperaient et lui feraient subir le même sort qu'à Sarah et au malheureux qui était tombé si près d'elle.

Toujours immobile, elle n'entendit pas la porte vitrée s'ouvrir. Quand elle se retourna pour partir, un homme trop bien vêtu, pas très grand, maigre, aux cheveux foncés soigneusement coiffés, tirant nerveusement sur un gros cigare, la dévisageait de ses yeux gris-vert.

— Vous cherchez sans doute quelqu'un, mademoiselle, puis-je vous renseigner ?

Le ton était courtois, mais l'angoisse nouait la gorge de Léa.

— On dirait que je vous fais peur. Ai-je l'air si terrible que ça ?

Non, fit-elle de la tête, essayant de rassembler ses idées et de trouver quelque chose à lui dire. Ses yeux rencontrèrent la plaque de cuivre : « Bureau d'achat. » Les propos tenus par François Tavernier lui revinrent en mémoire.

— On m'a dit qu'ici on achetait des métaux précieux.

— C'est exact. Vous auriez des bijoux à vendre ?

— C'est ça, des bijoux de famille.

— Je comprends, mademoiselle, les temps sont durs en ce moment, et l'on est quelquefois obligé de se séparer d'objets auxquels on tient. Entrez, je vais voir ce que je peux faire pour vous.

Il ouvrit avec sa propre clé et s'effaça pour la laisser passer. Il y avait beaucoup de monde dans la grande entrée : les messieurs convenables de tout à l'heure, des hommes aux vestons déformés par une arme, trois femmes, vêtues de noir, pleurant assises dans un coin. En face d'elles, un jeune homme, pieds et mains enchaînés, allongé à même le sol, un pansement sale sur le front, semblait dormir. Une femme en manteau de fourrure riait fort et haut avec une sorte de gigolo aux cheveux gominés. Une jeune fille, en larmes, les vêtements déchirés, fut tirée d'une pièce et entraînée vers une autre malgré ses protestations. Chacune des personnes présentes fit semblant de ne rien remarquer.

Léa se retourna d'un bloc.

— Que se passe-t-il ici ? Qui sont ces gens ? Que fait-on à cette femme ? D'abord, qui êtes-vous ?

— C'est vrai, pardonnez-moi, j'ai oublié de me présenter : Christian Masuy, directeur du Service économique français. Voici ma carte. Quant aux personnes qui sont là, elles ont quelque chose à vendre, comme vous. Si vous voulez bien me suivre dans mon bureau, je vais demander à mon secrétaire de venir.

Le bureau de Masuy était une grande pièce claire. Une porte-fenêtre donnait sur le jardin bordant l'avenue Henri-Martin. Les boiseries étaient belles ainsi que l'imposante cheminée de marbre ; un long bureau massif où se trouvait le portrait d'une femme et de deux petites filles, de lourds fauteuils de cuir et un canapé Chesterfield composaient l'ameublement. La température était agréable.

— Asseyez-vous, je vous prie. Voulez-vous boire quelque chose ?... Un peu de champagne, cela vous fera du bien... Mettez-vous à l'aise. Retirez cette canadienne mouillée, vous allez attraper du mal. Il ne fait pas très chaud ici non plus. Que voulez-vous, c'est la guerre ! Je vais faire allumer une flambée.

— Merci, ce n'est pas la peine, je n'ai pas froid.

— Allons, soyez raisonnable, retirez-moi ça.

Le ton avait changé. Léa obéit. À ce moment-là, un moustachu d'une cinquantaine d'années, au front dégarni, aux sourcils proéminents ombrant des yeux très clairs, entra.

— Bonjour, monsieur. Vous m'avez fait demander ?

— Entrez, Humbert. Je vous présente Mlle... Au fait, quel est votre nom ?

Prise de court, Léa balbutia :

— Delmas.

— Mlle Delmas, très bien. Mlle Delmas aurait quelques bijoux à nous proposer... Nous allons voir ça avec elle. En attendant, allumez le feu dans la cheminée, on gèle ici.

— Pourtant, monsieur, les radiateurs sont brûlants.

— Ne discutez pas, faites ce que je vous dis.

Pendant qu'Humbert s'affairait près de la cheminée, Masuy ouvrit la porte-fenêtre, se pencha et ramena une bouteille de champagne.

— Je n'ai rien trouvé de mieux comme glacière en cette saison, dit-il d'un air triomphant.

D'un tiroir du bureau, il retira deux flûtes.

— Non, merci, pas pour moi, dit Léa.

— Si vous n'acceptez pas de trinquer avec moi, je considérerai cela comme un affront. Les meilleures affaires se concluent autour d'une table, ou un verre à la main.

Résignée, Léa le regarda verser le liquide pétillant. Sa main ne tremblait plus quand elle prit le verre qu'il lui tendait.

— À la bonne vôtre ; que cette nouvelle année 43 vous soit prospère. Vous allez voir, nous allons faire des affaires ensemble et nous gagnerons beaucoup d'argent.

— À votre santé, monsieur. Je ne désire pas me lancer dans les affaires, je suis bien trop ignorante. Je souhaite seulement me défaire de quelques bijoux et pièces d'argenterie pour venir en aide à ma famille.

— Vous avez les objets en question ?

— Non, car je ne savais pas ce qu'il fallait faire, ni si j'avais une bonne adresse.

— À propos d'adresse, qui vous a donné celle-ci ?

Aïe ! c'était la question tant redoutée depuis le début. Elle but une gorgée, essayant de trouver une réponse.

— J'ai entendu une de mes amies mentionner le bureau de l'avenue Henri-Martin, je ne me rappelle plus dans quelles circonstances.

— Humbert ? Vous avez fini d'allumer ce feu ? Vous pouvez nous laisser.

— Bien, monsieur.

Comme il sortait, quelqu'un entra en le bousculant. Le secrétaire n'eut pas le temps d'esquisser un geste.

Le réflexe de Masuy avait été plus rapide que celui d'Humbert. Quand l'intrus fut devant le bureau, il avait déjà un pistolet à la main.

— Eh ! là, Christian, on ne reconnaît plus ses amis ?

— Mes amis, habituellement, ne rentrent pas ainsi chez moi. Tu as eu beaucoup de chance de ne pas recevoir une balle entre les deux yeux. Je suis bon tireur, tu sais.

— Excuse-moi...

— De plus, je croyais t'avoir dit que je ne voulais plus travailler avec toi.

— Mais il ne s'agit pas de moi, mais de mon amie ici présente.

— Que racontes-tu ? Cette jeune fille est une amie à toi ?

Léa n'en revenait pas... Raphaël Mahl, ici !... L'avait-il suivie ?...

— J'avais rendez-vous avec elle.

— Mademoiselle Delmas, est-ce exact ?

— Oui... ne le voyant pas, je ne savais plus que faire.

Les yeux gris-vert allaient de l'un à l'autre avec méfiance.

— Je vous prenais pour une jeune fille convenable et vous fréquentez quelqu'un comme Mahl !... Je n'en reviens pas.

Malgré la tension qui régnait, Léa faillit éclater de rire ; c'était presque mot pour mot ce que lui avait dit Richard Chapon à propos de l'écrivain. Décidément, quel que soit le milieu, son ami Raphaël n'avait pas bonne réputation.

— Nous nous connaissons depuis plusieurs années. Il me conseille dans mes affaires.

— Et vous êtes restés en bonnes relations !...

L'étonnement du petit homme était si sincère que Raphaël et Léa éclatèrent de rire. Cette gaieté exaspéra Masuy qui donna un coup de poing sur son bureau. Cela n'eut pas le résultat escompté, Léa étouffait littéralement.

— Mon pauvre Raphaël, même ici on se méfie de vous, c'est trop drôle !

— Ils ont quelques raisons ! Ils me connaissent bien... Pas vrai, mon cher ?... Je n'en peux plus, permettez-moi de m'asseoir...

— Vas-tu cesser, tu es grotesque !

— Je ne le sais que trop... Ce monde-ci me dégoûte autant que moi-même... Mieux vaut en rire, non ?... Quelle tête tu fais !... Il n'y a pas une minute, tu étais tout rouge, maintenant, te voilà tout vert... Tu devrais rire plus souvent, c'est bon pour le teint. Regarde notre belle amie, c'est la bonne humeur qui lui donne ce teint de rose... Allons, trêve de plaisanteries, nous sommes venus discuter affaires. Tu sais que je suis surveillé par la police française et tes copines de la Gestapo, je ne peux donc plus me livrer à mon fructueux petit commerce. Mais, tu me connais, mes amis sont sacrés, si je peux leur rendre service, je n'hésite pas. Aussi, quand Mlle Delmas m'a demandé de lui vendre une parure de diamants, j'ai pensé à toi.

Léa ferma les yeux à l'évocation des prétendus diamants.

— Des diamants ? fit Masuy en se rasseyant. Je croyais qu'il s'agissait de quelques babioles. Je les aurais certainement prises pour rendre service à une aussi charmante jeune fille. Mais des diamants !... Quand pourrai-je les voir ?

— Je dois d'abord convaincre ma famille de me les confier.

Masuy lui lança un regard complice.

— Je comprends parfaitement, mademoiselle. Revenez me voir prochainement. Mais venez seule, sans cet escroc.

— Mon cher Christian, quel rancunier vous faites !... ce n'est pas pour quelques petites malversations de rien du tout que vous allez me bouder encore longtemps !

— Ce que vous appelez « petites malversations » m'a quand même coûté plus d'un million de francs.

— Je n'ai pas eu de chance, j'ai été abusé. Vous verrez, après l'affaire que vous allez faire avec Mlle Delmas, vous me remercierez.

Léa s'était levée, prête à partir. Galant, Masuy l'aida à remettre sa canadienne.

— Au revoir, mademoiselle, j'attends votre visite. Adieu, Mahl. Souviens-toi, moins je te vois, mieux tu te portes.

— Je suis un grand méconnu, fit d'un ton mélodramatique Raphaël en sortant de la pièce.

L'entrée était maintenant pleine de gens, la plupart debout. Quelques-uns se précipitèrent :

— Monsieur Masuy, nous avions rendez-vous !...

— J'ai réfléchi, monsieur Masuy, je vous le laisse à moitié prix...

— Je vous en supplie, monsieur, avez-vous des nouvelles de mon mari ?...

— Que vais-je devenir ? Ils ont arrêté mon fils.

— Monsieur, vous m'aviez dit de revenir si je remarquais quelque chose de suspect chez mes voisins. J'ai entendu parler anglais chez eux, c'est louche, non ?

— Soyez patients, mes amis, vous serez tous reçus.

Un dégoût apeuré envahissait peu à peu Léa.

Pourquoi Raphaël lui serrait-il la main si fort ? Il lui faisait mal... Léa le regarda, prête à protester. Que regardait-il ainsi ? Non. Cette femme au visage bouffi, aux longs cheveux noirs mouillés... ce n'était pas...

— Distrayez l'attention de Masuy et de ses hommes, murmura Raphaël entre ses dents.

Le sac de Léa roula par terre, éparpillant son contenu.

— Ce n'est rien, dit Masuy en se baissant, on va vous aider à récupérer toutes ces bricoles.

Jamais elle n'aurait pensé que son sac contenait autant de choses. Quand ces messieurs courtois se relevèrent, ils étaient un peu cramoisis.

— Merci beaucoup, messieurs, merci.

— Tenez, Léa, j'ai récupéré votre rouge à lèvres.
— Mais...
— J'ai eu du mal, il était caché derrière la banquette.
Comprenant soudain, elle rangea dans son sac ce bâton de rouge qu'elle savait ne pas être le sien.

La pluie avait cessé. Léa détacha sa bicyclette de la grille, l'enfourcha et partit sans se préoccuper de Raphaël Mahl.

— Eh ! Attendez-moi !...
Bientôt, il arriva à sa hauteur, juché sur un vélo de course.
— Ne vous sauvez pas comme ça, nous avons des tas de choses à nous dire.
— Laissez-moi tranquille, je ne veux rien avoir à faire avec vous.
— Vous vous trompez. Tout d'abord, vous me devez des remerciements. Sans mon intervention, vous auriez peut-être fait connaissance avec les méthodes de mon ami Masuy.
— Je ne doute pas que vous connaissiez parfaitement ses méthodes, sans doute lui donnez-vous un coup de main de temps en temps.
— Pensez ce que vous voulez. En tout cas, il faut être complètement folle pour venir se jeter dans la gueule du loup. Mais enfin, que veniez-vous faire là-dedans ? C'est vrai cette histoire de bijoux ?
— Pas plus vrai que celle des diamants. Qu'est-ce qui vous a pris d'inventer une fable pareille ? Maintenant, il veut me revoir.
— Je le connais bien. Les diamants, c'est sa passion. C'était le seul moyen pour qu'il ne vous pose pas de questions trop précises. Léa, je vous en prie, n'allez pas si vite, je n'ai plus vingt ans, je ne peux pas vous suivre.
— Cela va vous faire du bien, vous mangez trop, vous êtes gras comme un cochon d'avant-guerre.
— Vous êtes cruelle. Il faut cependant que je vous parle tranquillement.

— À vélo, au milieu de l'avenue Henri-Martin, n'est-ce pas un endroit idéal pour être à l'abri des oreilles indiscrètes ?

— Vous avez raison, mais je suis trop essoufflé. Avant de nous arrêter, répondez-moi : qu'alliez-vous faire dans cet endroit ?

— La même chose que vous, je suppose ; avoir des nouvelles de Sarah.

Durant quelques instants, ils pédalèrent en silence. Ils arrivèrent place du Trocadéro. La pluie s'était remise à tomber.

— Venez vous mettre à l'abri.

Ils attachèrent leurs vélos ensemble contre un arbre, puis coururent jusqu'au café le plus proche. Ils s'installèrent dans la salle du fond encore à peu près vide.

— J'ai faim, dit Léa.

— Vous avez des tickets ?

— J'en ai quelques-uns, pourquoi ?

— C'est la seule façon d'obtenir à manger. Et ne vous plaignez pas, car ici, c'est mangeable. Garçon, s'il vous plaît !

Un serveur âgé, le corps ceint d'un long tablier blanc, arriva en traînant les pieds.

— Et pour ces messieurs-dames, qu'est-ce que ce s'ra ?

— Mademoiselle a faim, est-ce que vous nous recommandez le plat du jour ?

— C'est selon !...

— Mais nous avons des tickets.

— J'm'en doute bien... parce que ici, sans tickets, rien à manger.

— Vous voulez dire qu'avec les tickets, plus un petit quelque chose, on peut avoir un meilleur repas ?

— Monsieur a parfaitement compris, et plus le petit quelque chose est important, plus les portions sont copieuses.

— C'est parfaitement honteux, dit Léa.

— Taisez-vous, vous allez le vexer, dit à voix basse Raphaël. Avez-vous de l'argent sur vous car, en ce moment, mes finances sont plutôt basses.

Léa fouilla dans la poche de sa canadienne et en ressortit quelques billets froissés qu'elle lui tendit.

— Ça suffira ?

— Avec ce qui me reste, ça devrait pouvoir aller.

Raphaël glissa au garçon un billet qu'il glissa prestement dans son gousset, emportant vers la caisse leurs cartes d'alimentation. De la cuisine, ils l'entendirent crier :

— Deux plats du jour, comme pour des malades.

Léa se leva et s'approcha du poêle de fonte qui trônait au milieu de la salle. Elle retira sa canadienne humide et la mit sur le dossier d'une chaise, près du feu. Un moment, elle craignit que Raphaël vînt la rejoindre, mais il resta assis, fumant, perdu dans ses pensées.

Léa songeait : si Raphaël est étranger à l'arrestation de Sarah, comme me l'a affirmé François, que faisait-il là-bas ? J'ai bien vu, quand je ramassais mes affaires, qu'il s'est approché d'elle, lui a parlé tandis qu'elle lui remettait quelque chose... le tube de rouge à lèvres, sans doute. Visiblement, à aucun moment, elle n'imaginait qu'il pouvait l'avoir dénoncée...

— Mademoiselle est servie !

— Merci.

Sur la table fumait une petite cocotte à moitié pleine de ce qui ressemblait à un civet. Cela sentait bon.

— C'est du lièvre de contrebande, chuchota le garçon en les servant.

Lièvre ou pas, cela se laissait manger, comme la réserve du patron se laissait boire.

— J'ai peut-être le moyen de sortir Sarah de là...

— Comment ça ?

Raphaël regarda autour de lui, la salle se remplissait peu à peu des employés des bureaux du quartier.

— Il y a trop de monde. Dépêchez-vous de manger. Je vous le dirai dans un endroit tranquille.

Autour d'eux, les gens se bousculaient en riant et en plaisantant. Près de leur table vinrent s'installer quatre jeunes filles, portant des capuches de laine de couleur vive, assorties aux moufles et aux socquettes, qui leur donnaient l'air de joyeux lutins. Elles retirèrent leurs manteaux et leurs imperméables alourdis de pluie. Malgré les restrictions de tissus et leurs salaires qui devaient être minces, leurs robes étaient jolies et leur allaient bien. Léa leur lança un regard d'envie, comparant son terne tailleur gris coupé dans un ensemble ayant appartenu à sa mère. Ce regard n'échappa pas à Raphaël.

— Vous êtes très élégante ainsi, cela vous donne un air de souris sage, ce qui n'est pas votre image habituelle. Avec vos cheveux, des couleurs vives vous donneraient vite mauvais genre.

— Je préférerais avoir mauvais genre, comme vous dites, plutôt que d'avoir l'air d'une bonne sœur en civil. J'aurais dû mettre mon pull-over en angora rose.

— Ce que j'aime, chez vous, les femmes, c'est que, dans les pires situations, vous pensez à assortir les couleurs entre elles, à prendre le sac et les chaussures qui conviennent. Vous êtes comme des enfants : vous pleurez sur le sort d'un ami, deux minutes après vous parlez chiffons.

Ils finirent leur civet en silence.

La salle était maintenant pleine, le vacarme assourdissant. Raphaël appela le garçon et régla l'addition.

La pluie avait cessé. Un soleil frileux tentait de percer les nuages, donnant un léger scintillement aux gouttelettes qui tombaient des arbres. Léa se dirigea vers les vélos.

— Non, laissez-les, nous n'en avons pas besoin maintenant.

— Pourquoi ?

— Je vous emmène dans un endroit où nous pourrons parler tranquillement. Le quartier est infesté d'espions des différents services de police allemands et français. Rien ne nous dit que nous n'avons pas été suivis. Dans un cimetière, ce sera plus facile de se rendre compte.

— Dans un cimetière ?...

— Oui. Vous voyez le grand mur en face ? C'est celui du cimetière de Passy. À cette heure et par ce temps, il est quasiment désert. Venez, ne perdons pas de temps, la vie de Sarah en dépend.

Ce fut cet argument qui détermina Léa à le suivre.

Raphaël s'arrêta dans la boutique du fleuriste située à l'entrée du cimetière et acheta un bouquet de violettes.

— C'est pour faire plus vrai, chuchota-t-il.

— C'est la première fois que j'entre dans un cimetière parisien, dit Léa en passant sous la voûte.

Elle regarda autour d'elle : la cour pavée, les mausolées blancs qui la surplombaient. Un jeune gardien, au visage de fille, sortit de la conciergerie et les toisa. Raphaël prit le bras de son amie.

— Ne craignez rien, c'est un de mes jeunes amants. Il est tout simplement surpris de me voir avec une femme.

Tout en parlant, ils montèrent à droite la petite côte. Léa contemplait la nécropole avec étonnement.

— Comme ces chapelles sont prétentieuses ! Regardez celle-ci, elle est incroyable. Qui est enterré là ?

— Une étrange fille, Marie Bashkirtseff, morte de tuberculose à vingt-quatre ans. C'était un peintre dans la lignée de Manet. Après sa mort, on a publié son journal et ses cahiers intimes, vous devriez les lire...

Contournant les flaques d'eau, ils arrivèrent au fond du cimetière. Plusieurs fois, en montrant un tombeau à Léa, Raphaël s'était retourné pour s'assurer que personne ne les suivait.

Il se laissa tomber sur un banc de pierre bordant l'allée, retira son chapeau en poussant un soupir de soulagement.

— Ouf ! Rendez-moi le tube de rouge à lèvres. Il contient des indications sur l'emplacement où est enfermée Sarah la nuit, et le nom de la personne à soudoyer.

— À soudoyer ? fit-elle en fouillant dans son sac.

— Évidemment, vous ne pensez pas qu'on va pouvoir la sortir des pattes de Masuy sans complicité à l'intérieur.

— Je n'en sais rien, je pensais qu'on pouvait attaquer le bureau avec des gens de son réseau.

— Ils sont tous arrêtés.

— Tous ?

— Tous, sauf deux. Ça vous intéresse ? Vous les connaissiez ?

— Non, non !

— J'aime mieux ça. Sarah, ce n'est pas moi qui l'ai donnée, elle s'est dénoncée toute seule par ses imprudences. Par contre, le reste du réseau, c'est grâce à mes renseignements qu'il a été pris.

Bien qu'elle ne fût pas vraiment étonnée par ce que lui disait Raphaël, elle reçut la confirmation de sa dénonciation comme un choc. Elle devint si pâle qu'il crut qu'elle allait se trouver mal. Il avança la main pour la soutenir. Elle recula.

— Ne me touchez pas ou je crie. Vous me faites horreur, vous...

— Vite, faites semblant de vous remettre du rouge à lèvres...

— Mais...

— Obéissez, bon Dieu !...

Un couple en deuil passa en les dévisageant.

— Pardonnez-moi, je me méfie de tout le monde en ce moment. Donnez-moi le tube.

— Qui me dit que vous n'allez pas vous en servir contre Sarah ?

— Ma pauvre petite... Donnez. Surveillez les alentours.

Dos tourné, face à un arbre, il retira la pâte rouge puis, à l'aide d'une allumette, un petit rouleau de papier qu'il déplia nerveusement.

Le nez dans le bouquet de violettes, Léa était aux aguets.

Quand il eut terminé sa lecture, Raphaël paraissait songeur.

— Alors ?

— Alors ?... Si ça réussit, je ne donne pas cher de ma

peau... si ça rate non plus, d'ailleurs... Bof ! Soyons joueur jusqu'au bout... De toute façon, l'étau se resserre. Français ou Allemands, ils finiront bien par m'avoir...

— Si vous en étiez là, pourquoi avoir dénoncé les autres ?

— Venez, marchons, ne restons pas plantés là. Vous savez bien, ma douce amie, que ceux de mon espèce et de ma race passent pour ne pas être très courageux, surtout si on les interroge en leur montrant un à un les instruments très tranchants, très brillants et très pointus tirés d'une trousse de chirurgien. La vue d'un scalpel a toujours provoqué chez moi une émotion intense, particulièrement si l'on me décrit tout ce qu'on peut en faire. Croyant n'avoir pas été assez convaincants, ils m'ont emmené dans une cave, boulevard Lannes, où gisait un malheureux dont ils avaient découpé les paupières... Comme il n'avait rien dit, ils se proposaient de lui enlever le nez, puis les joues. Pour les oreilles, je crois que c'était déjà fait...

— Pourquoi me racontez-vous de telles horreurs, sorties tout droit de votre imagination dépravée d'écrivain minable...

— Ma chère, vous pouvez tout me dire, me traiter de vieux pédé, de sale juif, de collabo, d'indic, de voleur, mais d'écrivain minable, jamais. Mon talent est la seule chose qui soit bonne en moi, ne l'abîmez pas.

— Je m'en moque de votre talent, il ne vous autorise pas à me raconter les pétendues tortures commises par les Allemands.

— Qui vous dit qu'elles soient commises uniquement par des Allemands ?

De stupeur, Léa s'arrêta et laissa tomber le bouquet de violettes dans la boue. Raphaël le ramassa et le lui tendit en murmurant :

— Pauvre gosse !... Mais enfin, que croyez-vous ? Ce pays est occupé depuis plus de deux ans, Pétain, Laval et consorts recommandent la collaboration. Certains collaborent vraiment, pas toujours de leur plein gré, c'est vrai, mais ce sont souvent ceux-là les plus féroces...

— Comment ça ?

— Tout à l'heure, en quittant l'avenue Henri-Martin, vous n'avez pas remarqué un beau et grand garçon qui entrait ?

— Non, je n'étais pas d'humeur à remarquer les beaux garçons.

— C'est dommage, cela aurait pu vous être utile. Souvenez-vous, il s'est effacé pour vous laisser passer.

— Ah ! oui ! peut-être... oui, je m'en souviens. J'ai trouvé qu'il ressemblait à Mathias, un ami d'enfance.

— Bon ! Vous revoyez son visage ? Sympathique, de beaux yeux, une belle bouche...

— Où voulez-vous en venir ?

— Ce sympathique jeune homme était pompier de la ville de Paris. Sans être résistant, il était plutôt sympathisant et, dans les bistrots, ne se privait pas pour dire ce qu'il pensait de la guerre, de l'Occupation et même de Londres. Un jour, à un comptoir, un homme a engagé la conversation. Rapidement, tous deux en sont venus à échanger des propos très anti-allemands. Cet homme, qui disait s'appeler Lescalier, lui a confié qu'il appartenait à un réseau de résistance belge, qu'il recherchait des armes et qu'il était prêt à payer très cher. Le beau jeune homme a accepté de le revoir la semaine suivante. Exact au rendez-vous, il lui a apporté cinq revolvers, pas de première jeunesse mais qui marchaient parfaitement.

— Comment se les était-il procurés ?

— Par un camarade de la caserne de Saint-Ouen. Lescalier lui en a donné deux cents francs et lui a demandé s'il pouvait lui en fournir d'autres. Il lui a laissé son numéro de téléphone en lui disant de l'appeler s'il en trouvait. Quelques jours plus tard, notre pompier lui a donné rendez-vous place de la Bastille en compagnie de deux de ses amis qui devaient lui remettre les armes. À peine arrivés, les trois jeunes gens ont été arrêtés et conduits à l'hôtel

Édouard-VII où se trouve un des bureaux de l'Abwehr, le service de renseignements allemand. Dans ce bureau, il a retrouvé Lescalier, ou Masuy, si vous préférez. Depuis 1940, Masuy est un agent de l'Abwehr. Il a une grande qualité : il sait très vite juger les gens. À notre homme, il a mis immédiatement le marché en main : ou il acceptait de travailler pour les services allemands, ou il était déporté. L'autre n'a pas hésité : le soir même, il était relâché.

— Il a prévenu ses chefs ?

— Non, il est rentré à sa caserne comme si de rien n'était. Ses supérieurs ont eu des doutes et l'ont interrogé. Il a tout raconté, sans dire pourquoi il avait été libéré. Cela lui a valu un mois de cellule pendant lequel Masuy lui a rendu visite en lui apportant des cigarettes. À peine libéré, en jeune homme bien élevé, il a rendu la visite. Retourné dans sa caserne, il a travaillé pour Masuy à un salaire de deux mille francs par mois. Cela a duré six mois. Puis, en juillet 42, il a déserté non sans avoir permis l'arrestation d'un officier des services spéciaux français pour lequel il avait également « travaillé » et d'une vingtaine d'autres personnes. Depuis, il est l'homme de confiance de Masuy, son bras droit. Dans les interrogatoires, il le seconde très activement. Souvenez-vous de son nom : Bernard Fallot.

— C'est l'homme au bistouri ?

— Je n'ai pas dit ça. Mais là, vous m'en demandez trop. Vous en savez déjà beaucoup pour votre tranquillité. J'ajoute qu'il a cédé facilement au chantage, sans grandes menaces.

— Comment cela est-il possible ?

— Je pense que la peur qu'il a eue lui a fait perdre, à la suite d'une chute de cheval, comme disait Jules Renard, tout sens moral...

— Comment n'avez-vous pas honte de plaisanter à propos de pareilles choses ?

— Que voulez-vous, ma bonne, je ne suis pas le seul à préférer perdre un ami plutôt qu'un bon mot.

Léa abandonna la discussion.

— Vous ne m'avez toujours pas dit ce que vous comptiez faire pour sauver Sarah.

— Vous tenez vraiment à le savoir ?

— Oui.

— Je ne peux pas vous le dire. Si vous étiez arrêtée, vous parleriez...

— Mais...

— Bien sûr que si, vous parleriez, c'est une question de temps, de moyens, de dosage. Tout ce que je peux vous dire, c'est ce que j'attends de vous. Regardez, nous sommes arrivés devant la chapelle à laquelle je destinais ces fleurs.

— Qui est enterré là ?

— Pauline Tarn. Ça ne vous dit rien, bien sûr... C'est une poétesse lesbienne que Maurras appelait « la petite sœur de Baudelaire » et dont la grande Colette a fort bien parlé dans *Ces plaisirs*... elle est morte, jeune encore, rongée par l'alcool et la drogue. C'est sous le nom de Renée Vivien qu'elle a publié, à compte d'auteur le plus souvent, ses poèmes dont certains sont beaux et émouvants comme elle.

Donne-moi tes baisers amers comme des larmes,
Le soir, quand les oiseaux s'attardent dans leur vol.
Nos longs accouplements sans amour ont les charmes
Des rapines, l'attrait farouche des viols.

« Tout à fait comme pour moi. Cette femme, qui n'a aimé que les femmes, en parle comme je parle des garçons. Écoutez ces vers :

J'ai l'émoi du pilleur devant un butin rare,
Pendant la nuit de fièvre où ton regard pâlit...
L'âme des conquérants, éclatante et barbare,
Chante dans mon triomphe au sortir de ton lit !

« Pas mal ! Qu'en pensez-vous ?

Léa secoua la tête et dit avec un sourire désarmé :

— Je suis sûre que sur votre lit de mort vous parlerez encore de littérature.

— Le ciel vous entende, c'est bien la seule chose qui vaille la peine de vivre.

Il glissa le bouquet de violettes à travers les croisillons de la grille sur laquelle il appuya son front.

— Prie pour moi, petite sœur oubliée... Puis, sans changer d'attitude : ... Léa, écoutez-moi attentivement. Si tout va bien, dans deux jours, Sarah sera libre mais fort mal en point. Après-demain, à trois heures et demie, trouvez-vous chez le fleuriste à l'entrée du cimetière. Un vélo-taxi à capote gris et jaune s'arrêtera. Vous sortirez de la boutique et aiderez une femme en grand deuil à descendre. Ce sera Sarah. Vous réglerez le taxi. Donnez-lui votre bras et entrez dans le cimetière. Le jeune gardien que vous avez vu tout à l'heure s'avancera vers vous et vous proposera son aide. À vous deux, vous aiderez Sarah à monter l'escalier qui mène directement à la tombe de Renée Vivien...

— Pourquoi lui faire monter cet escalier ?

— C'est plus court que de passer par l'allée et c'est derrière cette tombe que j'ai découvert la porte d'une chapelle ouverte. Renseignements pris, plus personne ne vient s'y recueillir depuis des années. Le gardien vous conduira jusque-là et vous laissera. Sur le fronton est écrit : Famille Maubuisson. Vous pousserez la porte. J'ai graissé les gonds et fait refaire une clé, la voici. Vous la lui remettrez.

Léa prit la clé et la glissa dans sa poche.

— Sous le minuscule autel, il y aura de la nourriture, des médicaments et une couverture. Installez Sarah aussi confortablement que possible.

— C'est tout ce que vous avez trouvé pour la cacher ? Vous n'avez pas un autre endroit ?

Raphaël Mahl eut un geste d'impuissance.

— J'avais bien pensé à un bordel de garçons où je vais, mais il n'est pas sûr, des Allemands le fréquentent en cachette. Pour l'instant, je n'ai rien de mieux à proposer.

Léa soupira avec exaspération.

— Au moins, votre plan d'évasion de l'avenue Henri-Martin est-il au point ?

— Pas vraiment.

— Comment ça, pas vraiment ?

— Le nom qu'elle m'a griffonné est celui d'un sous-fifre minable. Je ne vois pas bien ce qu'on peut en tirer, même avec de l'argent.

— Alors, pourquoi prévoir toute cette mise en scène macabre sans même savoir si elle va servir ?

Il eut une moue attristée.

— Il ne faut pas m'en vouloir, je n'ai aucun sens pratique. Mais ce refuge, je l'ai bien organisé. Je vous promets que je la sortirai de là. J'ai déjà une autre idée. De toute façon, sauf avis contraire de ma part, dans deux jours, elle sera dans ce caveau...

— Morte.

— Non, vivante. Quand vous l'aurez installée, donnez-lui la clé en lui disant de fermer derrière vous. Expliquez-lui que, dans la nuit, nous la sortirons de là. Vers minuit, on viendra gratter à la porte, quelqu'un lui dira : « Sois sage, ô ma douleur, et tiens-toi plus tranquille... » Elle devra répondre : « Les morts, les pauvres morts ont d'étranges douleurs... »

— Toujours la littérature !

— La poésie, madame, la poésie. À ce moment-là, elle ouvrira la porte et suivra la personne.

— Mais elle va être morte de peur, une partie de la nuit enfermée là-dedans !

— Sarah n'est pas femme à avoir peur, même dans un tombeau, même s'il y a des fantômes.

— Taisez-vous, rien qu'à cette idée...

— Vous préféreriez sans doute Masuy et sa baignoire ?

— Je crois que je préférerais quand même les fantômes de la famille Maubuisson.

— J'aime vous voir raisonnable !

— Arrêtez de vous moquer de moi.

— Vous avez bien compris ?

— Oui. Une chose, cependant. Si par malheur il arrivait que Sarah ne sorte pas ou, une fois sortie, soit de nouveau arrêtée, je vous en tiendrais pour irrémédiablement responsable et je vous tuerais. À moins qu'à mon tour... je ne vous dénonce...

Avec quelle tendresse il la regarda.

— Je ne doute pas un seul instant de la qualité de votre vengeance.

8

Quand Léa rentra rue de l'Université, il régnait dans l'appartement une agitation tout à fait inhabituelle.

Sans lui laisser le temps de retirer sa canadienne, Françoise lui saisit les mains et l'entraîna en riant dans une ronde de vitesse qui était un des jeux favoris de leur enfance.

Au début, Léa tenta de se dégager mais sa sœur la maintint fermement.

— Tourne, je t'en prie, tourne...

Alors, Léa se laissa faire : bras tendus, pieds rapprochés, elles se mirent à tournoyer de plus en plus vite, retrouvant leurs piaillements aigus de petites filles. Dans la vitesse de leur ronde, tout s'effaçait autour d'elles. Disparus les murs de l'entrée ! le froid de l'hiver parisien ! la grisaille du temps ! Sous leurs paupières mi-closes, éclataient les couleurs de l'été langonais, la chaleur qui montait de la terrasse, la campagne qui se perdait à l'infini. C'était la voix rieuse de leur mère qui criait :

— Françoise, Léa, arrêtez, la tête va vous tourner, vous allez tomber !

Oh ! oui, que la tête tourne, qu'un grand chavirement chasse les images et les peurs de ces derniers jours !... Ne plus entendre à la radio de Vichy la sirupeuse voix de Tino Rossi qui, du matin au soir, vocalise sur le Travail, la Famille, la Patrie, ne plus voir affichée dans le métro, sur les arbres, aux portes des mairies, la liste des otages fusillés. Ne plus croiser des enfants, des vieillards portant l'étoile jaune. Ne plus imaginer les cris de Sarah violée et torturée. Ne plus se sentir si désemparée... si seule, seule... Laurent... Que ce tourbillon ne s'arrête pas. Que les doigts agrippés ne lâchent pas. Que l'esprit se vide... vite... encore plus vite...

— Attention !... vous allez tomber !...

Françoise et Léa s'écroulèrent, riant et pleurant, projetées à chacune des extrémités de l'entrée.

Lisa se précipita vers Françoise, tandis qu'Albertine se penchait sur Léa.

— Ces enfants sont folles, elles auraient pu se blesser, pleurnichait Lisa en contemplant sa nièce, toujours secouée de rires, qui essayait de se redresser.

— Oh ! là ! là ! quel tournis !... Jamais on n'a été aussi vite. Léa, où es-tu ? Je ne vois rien, tout est flou... Ça n'arrête pas de bouger. Tu arrives à te lever ?...

Léa ne remuait pas. Elle restait allongée sur le côté, le visage dissimulé par ses cheveux. Inquiète, Albertine la saisit par l'épaule et la retourna. Pâle, les narines pincées, les joues inondées de larmes, les yeux fermés, elle paraissait évanouie.

— Vite, Lisa, va chercher tes sels.

— Mais pourquoi ? je me sens bien.

— Sotte, ce n'est pas pour toi, c'est pour Léa.

La vieille demoiselle se redressa péniblement et se précipita aussi rapidement qu'elle le pouvait. Elle tomba à genoux près de la jeune fille étendue, souleva sa tête avec précaution et lui fit respirer les sels. Très vite, ses narines palpitèrent et bientôt son nez se fronça avec dégoût.

Dans son coin, Françoise avait réussi à se mettre debout mais devait se cramponner à la commode pour ne pas retomber. Peu à peu le tournoiement se calmait.

— Ah ! pour une fois, j'ai gagné, je me suis relevée avant toi. Allez, fais un effort !

Bien au contraire, Léa concentrait ses efforts à se maintenir dans l'état cotonneux et tourbillonnant dans lequel elle s'était jetée.

Françoise vint s'accroupir devant elle et lui prit les mains.

— Léa, écoute-moi bien : Otto arrive demain !... Nous allons pouvoir nous marier.

Un dégoût immense tordit le cœur de Léa. Mais Françoise avait l'air si rayonnant, si heureux, qu'elle refoula sa répulsion et réussit à dire presque naturellement :

— Je suis très heureuse pour toi.

— C'est Frederic qui me l'a annoncé. Il a obtenu une permission pour bonne conduite au front. Il va être heureux de voir son fils !

Toute à son bonheur, la jeune femme ne remarquait pas les sourires contraints de son entourage.

— Quelle bonne journée !

Léa se mordait la langue.

— Oh ! mon Dieu, j'oubliais, c'est l'heure de la tétée.

Dans un envol de jupes, Françoise, radieuse, quitta la pièce.

— Tu te sens mieux ? demanda Lisa.

— Quel tourbillon !

Léa se redressa et s'appuya quelques instants au chambranle de la porte.

— Comme ta sœur est heureuse !

Léa la regarda d'une façon qui ne laissait aucun doute sur ses sentiments à l'égard de Françoise.

La demoiselle fit diversion.

— Tiens, tu as reçu une lettre. Elle vient d'Allemagne...

— Pourquoi ne l'as-tu pas dit plus tôt ?

Léa lui arracha la lettre des mains et se précipita dans « son » fauteuil. Elle regarda le dos de l'enveloppe. Mathias ! Mathias Fayard ! Le fils du régisseur de Montillac, son vieux compagnon de jeux, brusquement devenu un homme et qui voulait si fort l'épouser... Le souvenir de Mathias était accompagné d'odeurs : celle des bois en automne, du raisin dans le fouloir, de l'eau de la Garonne quand il fait très chaud et qu'elle « sent le poisson », de l'humidité des grottes de Saint-Macaire, de la mousse du calvaire de Verdelais, du foin dans la grange, de la sueur après les jeux et l'amour...

Elle déchira l'enveloppe. Il avait une petite écriture, fine et irrégulière.

« Ma belle Léa,

« J'ai su par mon père que tu étais à Paris et c'est là que je t'écris pour te dire que j'aurai bientôt une permission. J'aimerais bien que tu sois rentrée à Montillac lorsque j'y arriverai.

« Je suis heureux d'avoir choisi l'Allemagne contre la volonté de tous. C'est un peuple courageux, uni derrière son chef, sûr de sa victoire. Tous les Allemands se battent, dans les villes et les villages, il n'y a plus d'hommes de dix-huit à soixante ans, ils sont tous éparpillés à travers l'Europe et l'Afrique. Ce sont des étrangers, comme moi, qui travaillent dans les usines, dans les champs.

« Avec le printemps, l'armée de l'Est va reprendre la direction des opérations et, avant l'été, le drapeau allemand flottera sur Moscou et sur toutes les grandes villes russes. Les Allemands sont les meilleurs soldats du monde. Rien ne pourra les vaincre, ils sont notre rempart contre les communistes. Sans leur sacrifice, c'est la fin de notre civilisation. Nous avons perdu la guerre parce que nous n'avons pas voulu voir où était le danger. Nous devons nous joindre à eux pour vaincre ce péril... Je fais ce que j'ai à faire le mieux possible car je sais que je travaille pour la paix du monde. Les gens d'ici supportent des privations dont vous n'avez pas idée. La nourriture et l'habillement sont rationnés et personne ne proteste. Je languis de pouvoir te raconter tout.

« J'ai su par mon père que les vendanges n'ont pas été bonnes. Il paraît que, faute de main-d'œuvre, les vignes sont mal entretenues. Pendant ma permission, je donnerai un coup de main. Mais ce sera de brève durée... Je n'ai pas envie de me retrouver dans un camp de représailles avec les prisonniers russes. Il en meurt des dizaines de milliers de faim et de maladie.

« Je voudrais te serrer dans mes bras, mais tu ne perds rien pour attendre !

« A bientôt maintenant,

Mathias. »

« L'imbécile ! » pensa Léa.

De rage, elle froissa la lettre en une boule minuscule et la jeta à l'autre bout de l'entrée.

Comment Mathias pouvait-il trahir à ce point ? Quelle force le poussait ? Léa restait plus stupéfaite qu'indignée. Que s'était-il passé ? De toutes ses forces, elle aurait voulu comprendre...

Le téléphone sonnait déjà depuis longtemps quand enfin Françoise, son bébé sur les bras, décrocha.

— Allô... j'entends mal, qui est à l'appareil ?... Qui ?... Fayard ?... Fayard, c'est vous !... Je ne comprends pas bien. Dépêchez-vous, nous allons être coupés... Quoi ! Ce n'est pas possible, répétez... Oh ! non !... Léa, Léa, viens vite au lieu de rester dans ton fauteuil, viens m'aider !

Albertine et Lisa arrivèrent, venant de leurs chambres.

— Que se passe-t-il ? Qu'as-tu à crier comme ça ? demanda Albertine.

— Mademoiselle, je vous en prie... Ne coupez pas... Allô, allô... Fayard, vous êtes toujours là ? Allô... Où les a-t-on conduites ?... À Bordeaux ?... Avez-vous prévenu maître Delmas ?... Faites-le... Allô... Allô... Ne coupez pas.

— Arrête de pleurer ! Qu'est-il arrivé ? cria Léa.

Les sanglots empêchaient Françoise de répondre. Retrouvant la brutalité de son enfance, Léa la saisit par les cheveux et la secoua sans ménagement.

— Parle !

— Laure...

— Quoi ? Laure ?

— Laure... et... Camille... arrêtées...

— Arrêtées ?... Arrêtées pourquoi ? par qui ?

— Par la Gestapo. Ils sont venus à Montillac, ce matin, vous arrêter, Camille et toi. Tu n'étais pas là... ils ont emmené Camille et Laure...

Le double cri d'Albertine et de Lisa vrilla longuement l'oreille de Léa. Avec rage, elle repoussa Françoise qui s'accrochait à son bras. Elle s'efforçait de maîtriser le flot d'injures qui montait à ses lèvres. Pour y parvenir, elle tourna le dos, ouvrit la porte du grand salon que l'on tenait fermée à cause du froid et, dans la demi-obscurité de cette fin d'après-midi d'hiver pluvieux, alla poser son front contre la vitre glacée d'une haute fenêtre donnant sur la rue. Peu à peu, elle sentit que sa fureur s'apaisait pour faire place à un désarroi qui affaiblissait son corps. Machinalement, elle remarqua qu'un homme, tapi dans l'angle d'une porte cochère, regardait dans sa direction. Avec indifférence, elle pensa : « C'est peut-être mon tour, maintenant. »

Que voulaient-ils à la petite Laure qui aimait tellement le Maréchal qu'elle avait voulu mettre son portrait sur le piano, dans le salon ! Et à la tranquille Camille ? Camille ? Avait-elle été dénoncée par Fayard ? S'était-elle fait prendre en distribuant des tracts ou des journaux clandestins ? À moins qu'ils n'aient arrêté Laurent. Laurent !...

Sans même s'en rendre compte, elle se recroquevilla sur le sol, devant la fenêtre, sur le parquet glacé. Combien de temps resta-t-elle ainsi ?

Deux bras la soulevèrent et l'emportèrent vers la lumière.

Une fois de plus, son père l'avait découverte endormie dans une grange et, la serrant contre lui, la ramenait vers sa mère en bougonnant :

— Quel gros bébé !

Comme il était bien le gros bébé. Quel bonheur ! Elle était enfin rentrée à la maison. Ils étaient tous là ! Combien elle avait redouté ne plus les revoir ! Mais pourquoi tout paraissait-il si petit... si petit... Pourquoi cette brume les cachait-elle peu à peu ?... Non !... Ils n'allaient pas disparaître !... pas maintenant... il y avait Laure, Camille et Sarah ! Sarah !...

D'un bond Léa se redressa.

Elle était sur son lit, entourée de visages anxieux.

— Tu nous as fait peur !...

— Ça va mieux, ma chérie ?

— Allonge-toi, tu as besoin de repos.

— Il faut appeler le docteur.

— Tante Lisa, je ne suis pas malade, ce n'est rien. Françoise, que t'a dit exactement Fayard ?

— Je te l'ai dit.

— Et ils n'ont rien fait ?

— Ils ont tous protesté. Ruth n'a pas voulu se séparer de Laure. Ils l'ont embarquée aussi.

— Et le petit Charles ?

— Camille l'a confié à Mme Fayard et à Mme Bouchardeau.

— Où les a-t-on conduites ?

— À Bordeaux. Ne t'inquiète pas, c'est peut-être un malentendu, on va les sortir de là...

— Il ne s'agit pas d'un malentendu, tu le sais bien. Tu as toujours su que Camille et moi nous servions de boîte aux lettres, que nous passions du courrier et que nous distribuions des tracts.

— Rien de bien important.

— On fusille pour moins que ça.

— Notre oncle Luc, il est toujours bien avec les Allemands ?

— Je le suppose, notre cousine s'est mariée avec l'un d'eux.

— Il faut aller le trouver. Il réussira à les tirer de là.

— Je vais y aller.

— Non, cria Françoise. Je ne veux pas, ce serait trop dangereux pour toi.

— Comme tu les connais bien, petite sœur, pour me donner ce conseil !

— Ne m'accable pas. Otto n'est pas comme eux. Demain, il sera là, il nous aidera, j'en suis sûre.

À la suite d'un attentat contre une voiture allemande qui avait fait, la veille, un mort et deux blessés, le couvre-feu avait été avancé de deux heures. La soirée fut longue et éprouvante pour tous : Françoise et Léa avaient tenté en vain d'appeler leur oncle, Luc Delmas. L'opératrice leur répondait que les lignes étaient coupées jusqu'à une heure indéterminée. Sur la T.S.F., impossible d'obtenir Londres, le brouillage était tel que la voix du speaker était inaudible. Et pour couronner cette journée, il y eut, peu après minuit, une alerte qui précipita ces femmes épuisées et angoissées dans la cave de l'immeuble aménagée en abri. Elles y retrouvèrent leurs voisins vêtus à la hâte, les épaules recouvertes de couvertures. Estelle avait apporté la bouteille Thermos remplie d'une infusion de tilleul qui ne quittait jamais sa table de chevet en prévision d'une crise de nerfs ou du froid humide qui lentement les pénétrait. La brave femme n'eut pas à en faire usage, chacun restant prostré dans son coin. Seul, le bébé de Françoise manifestait sa mauvaise humeur. Heureusement, l'alerte fut de courte durée.

9

Tôt, le lendemain, Léa partit sur sa bicyclette à la recherche de François Tavernier. Il n'était pas chez lui. Rue Saint-Jacques, dans le restaurant clandestin des Andrieu, Marthe lui dit ne pas l'avoir vu depuis la dernière fois qu'il était venu avec elle. Lui trouvant une « petite mine », elle la força à avaler un bol de soupe et à accepter un saucisson dont elle lui « dirait des nouvelles ». L'aimable cuisinière l'embrassa sur les deux joues en lui promettant, si elle le voyait, de dire à M. Tavernier que sa jeune amie le cherchait.

Un peu réconfortée par la soupe et l'accueil, Léa repartit, pédalant au hasard des rues que n'arrivait pas à égayer un beau soleil d'hiver, le premier après de longs jours de pluie...

Après l'alerte, la nuit dernière, elle n'avait pu se rendormir, tournant et retournant sans cesse les événements de la journée, essayant de mettre un peu d'ordre dans ses pensées. Jamais son impuissance ne lui était apparue aussi totale. Des images intolérables naissaient dans son esprit : Laure violée, Sarah plongée dans sa baignoire, Camille torturée, Laurent et Adrien fusillés, la vieille Sidonie décapitée, Ruth étranglée, le petit Charles assassiné et Montillac brûlant sous l'œil de Mathias et de Fayard. Vainement, elle avait essayé de lire ; les lignes dansaient devant ses yeux une danse macabre. N'en pouvant plus, elle s'était levée et avait erré jusqu'au jour, pieds nus dans l'appartement glacial. Peu de temps après l'aube, elle avait de nouveau essayé d'obtenir Bordeaux sans plus de succès que la veille.

Léa traversa le pont de l'Alma, monta en danseuse la large avenue qui menait au Trocadéro. De l'autre côté de la place, le haut mur qui maintenait prisonniers les morts du cimetière de Passy la dominait de sa masse grise. Que faisait-elle là ? Essoufflée par l'effort, elle s'arrêta devant la brasserie où elle avait déjeuné avec Raphaël Mahl. Un groupe de jeunes gens — des lycéens, d'après leurs cartables — chahutaient, occupant tout le trottoir. Ils bousculèrent sans le vouloir trois soldats allemands. L'un d'eux eut un geste de colère, vite apaisé par ses camarades. Derrière leur dos, les garçons riaient en faisant le V de la victoire.

Ce geste dérisoire et interdit soulagea d'un coup l'angoisse de Léa qui entra dans le café avec un sourire éclatant.

Au comptoir, deux ouvriers sifflèrent l'entrée de cette belle fille qui souriait, les yeux brillants, les joues rougies par le froid. Elle retira d'un geste ample le béret écossais qui emprisonnait ses cheveux.

— Ouah !... fit un des lycéens entré derrière elle, moi Tarzan, toi Jane.

Tarzan, il se vantait un peu, c'était un maigrichon avec de grosses lunettes de myope. En revanche, Léa, ainsi décoiffée, avait vraiment l'air d'une sauvageonne.

— Vous êtes folle de vous faire remarquer ainsi, sortez !

D'où surgissait-il celui-là ? Pourquoi venait-il gâcher un de ses trop rares instants de plaisir.

— Mais Raphaël...

Sans l'écouter, lui tenant le bras, il l'entraîna vers les marches de la station de métro. Sur le quai, après s'être assuré que personne ne les regardait, il s'assit à bout de souffle.

— Qu'est-ce qui vous prend ? Allez-vous m'expliquer ? demanda Léa en colère.

— Vous avez failli tout gâcher... J'ai rendez-vous pour l'évasion de Sarah. Heureusement qu'il ne vous a pas vue.

— Pourquoi, il me connaît ?

— Un peu, vous lui avez même tapé dans l'œil.

— Je ne comprends pas, de qui s'agit-il ?

— De Masuy.

— De Masuy ?...

— Oui, après avoir bien réfléchi, j'en ai conclu que c'est lui qui devait nous aider.

— Vous ne manquez pas de culot.

— Impossible n'est pas français, ma bonne amie.

— Comment avez-vous fait ?

— Je lui ai parlé de diamants.

— Les miens ?...

— Non, d'autres, je ne voulais pas vous compromettre dans cette histoire.

Léa eut du mal à dissimuler son sourire.

— Et ça a marché ?

— J'ai rendez-vous maintenant avec lui pour lui montrer un échantillon et, s'il est toujours d'accord, le lui laisser en acompte.

— Et s'il n'est pas d'accord ?

— Je le connais, il ne résistera pas à un diamant de huit carats, surtout si je lui promets son pendant après l'évasion.

— Comment vous les êtes-vous procurés ?

— C'est une trop longue histoire. Mais après ce coup-là, il me faudra impérativement disparaître.

— Pour demain, rien n'est changé ?

— Peut-être. S'il y a un problème ou un changement, le garçon du cimetière, vous vous souvenez de lui ?...

— Oui, bien sûr.

— ... viendra vous remettre ceci, dit-il en arrachant une page du dernier roman de Montherlant et en lui tendant le livre, et il vous dira ce qu'il faudra faire. Maintenant je dois partir. Rentrez chez vous par le métro.

— Mais ma bicyclette ?

— Donnez-moi les clés du cadenas, je la laisserai dans la journée devant la librairie Gallimard.

— Si vous croyez que c'est mieux comme ça.

— Je le crois. Tenez, voilà votre métro. N'oubliez pas de changer à La Motte-Picquet-Grenelle.

Léa n'aimait pas prendre le métro, toujours bondé quelle que soit l'heure. Sa nature de campagnarde s'offusquait des odeurs, de la promiscuité et surtout de cette impression d'être enterrée vive. Dans le compartiment, quelques soldats allemands essayaient de passer inaperçus, aidés en cela par la foule parisienne qui les ignorait superbement. À Sèvres-Babylone, un homme distribuant des tracts du parti communiste venait d'être arrêté par la police française. Un officier allemand serrait la main du commissaire.

Dehors, le soleil brillait doucement, des enfants jouaient dans le square de la bonne dame Boucicaut, les drapeaux de l'hôtel Lutétia étaient toujours là.

— Tu n'es jamais à la maison quand il le faut. Où étais-tu ? dit Françoise avec mauvaise humeur.

— A-t-on des nouvelles de Laure et de Camille ?

— Oui, oncle Luc a téléphoné. Il a obtenu du commissaire Poinsot que Laure lui soit remise. Il en est responsable jusqu'à nouvel ordre. Poinsot lui a dit que ce serait mieux pour toi si tu rentrais, il t'interrogerait pour la forme.

— Et Ruth ? Et Camille ?

— Pour Ruth, il n'y a pas eu de problème, ils n'avaient rien à lui reprocher. Elle est également chez l'oncle Luc.

— Et Camille ?

Françoise baissa la tête, mal à l'aise.

— Ils l'ont conduite au fort du Hâ. L'interrogatoire aura lieu ce soir, demain peut-être.

— Jamais Camille ne résistera à leur interrogatoire... Pas de nouvelles de Laurent ni d'oncle Adrien ?

— Rien. La police bordelaise les recherche tous les deux.

— Je sais.

— Que veux-tu faire ? Aller à Bordeaux ?

— Je n'en sais rien. Pas avant quelques jours, en tout cas. Toujours rien de François Tavernier ?

— Non. Il y a quelqu'un qui a téléphoné pour toi. Une femme, Marthe, je crois.

— Marthe !...

— C'est une amie à toi ?

— Non, non... une commerçante... Tiens, j'oubliais, elle m'a donné un saucisson.

— Donné ! s'exclama Françoise avec des yeux ronds.

— Vendu, je veux dire.

— Ça m'étonnait aussi. Fais voir.

Léa tira de son sac le saucisson emballé dans du papier journal et le tendit à sa sœur qui le sortit avec convoitise.

— Qu'il est beau ! Ça faisait longtemps que j'en avais pas vu un aussi gros. Estelle, regardez ce que Léa a rapporté !

— Doux Jésus ! Il est magnifique. Mesdemoiselles, mesdemoiselles, venez voir.

Albertine et Lisa accoururent et s'extasièrent à leur tour. Depuis les agapes du 31 décembre, il n'y avait eu à la table familiale que deux fois de la viande de bœuf et une poule plutôt coriace.

— Qu'a-t-elle dit ?

— Qui ?

— Marthe !

— Qu'elle serait à quatre heures cet après-midi au marché de la rue Mouffetard.

— À quel endroit ?

— Il paraît que tu connais, près de l'église Saint-Médard.

Elle en avait de bonnes, Marthe ! L'église Saint-Médard... Jamais Léa n'y avait mis les pieds !... Elle trouverait bien, le principal c'est que François ait été prévenu. Il était le seul à avoir pu donner à Marthe son numéro de téléphone.

— Je suis bien contente, cela a l'air de te faire plaisir, dit Françoise... Et puis, dans quelques instants, je reverrai Otto.

À ce moment-là, Léa remarqua l'élégante robe de lainage de sa sœur qui avait presque retrouvé sa taille de jeune fille. Elle l'avait oublié celui-là.

— Il va venir ici ?

— Évidemment, fit Françoise sur ses gardes. Il a bien le droit de venir voir son fils.

— Oui. Et moi celui de ne pas avoir envie de le voir. Je m'en vais.

— Léa, tu n'es pas gentille. Otto t'aime beaucoup, il sera très peiné si tu n'es pas là.

— Ça, vois-tu, ça m'est complètement égal. Les compatriotes de ton amant...

— Nous allons nous marier !...

— ... arrêtent Camille, recherchent oncle Adrien et Laurent, me recherchent aussi, font torturer mes amis, en obligent d'autres à trahir, à travailler pour eux à leur sale besogne ! Et tout ce que tu trouves à me dire c'est que ton Boche sera peiné !... Tu ne crois pas que tu manques un peu de la plus élémentaire tenue ?

— Tu n'as pas le droit de parler ainsi, Otto n'est pas comme ça, il réprouve autant que toi ce que font certains...

— Mes enfants, calmez-vous, ne criez pas si fort, les voisins vont vous entendre !

— Je m'en fiche des voisins, tante Lisa, ça me donne envie de hurler quand je l'entends dire que son Otto n'est pas comme ça !... Il est exactement comme eux : capable de tout pour son Führer...

— Ce n'est pas vrai...

— Si c'est vrai, ou alors tu ne l'as jamais écouté parler. Mais ce que je leur reproche le plus à tes amis allemands, ce n'est pas d'avoir gagné la guerre, c'est de nous avoir démontré que nous étions un peuple de couards que la peur a jeté sur les routes comme du bétail imbécile et qui est rentré sagement au bercail, en courbant l'échine, après avoir cru ce que leur susurrait un vieillard gâteux, qui laisse déporter des familles entières, fusiller des otages dont certains ont l'âge de Laure, qui encourage la délation, qui fait que de braves garçons comme Mathias perdent la tête et des hommes, comme oncle Luc, se déshonorent...

— Léa, ne parle pas ainsi de ton oncle !

— Tante Albertine, nous acceptons trop de choses...

La sonnette de la porte d'entrée interrompit Léa.

— Mon Dieu, c'est lui !... à cause de toi, je dois avoir une tête impossible, s'écria Françoise en s'enfuyant dans sa chambre.

Léa s'enferma dans la sienne, laissant Albertine et Lisa. Lâchement, elles allèrent chercher Estelle dans sa cuisine afin qu'elle fasse entrer celui qui commençait à s'impatienter.

— Voilà, voilà, on arrive...

En face d'Estelle se trouvait une sorte de géant en tenue de motard allemand :

— *Wohnt* Mme Françoise Delmas, *hier*[1] ? demanda-t-il.

Les yeux ronds, la tête haut levée, la vieille servante le regardait en hochant la tête. L'homme répéta :

— *Ich komme in Auftrag von Kommandant Kramer*[2].

— Mademoiselle Françoise, mademoiselle Françoise, cria Estelle, ça doit être pour vous.

Françoise ayant réparé le désordre de son visage consentit à paraître avec un sourire rayonnant.

— Otto !...

Elle resta interdite devant le géant qui la salua fort civilement en claquant les talons.

— Madame Delmas ?

— Oui...

— *Herr Kommandant Kramer hat eine Mittellung für Sie. Er schickt Ihnen einen Wagen um fünf Uhr. Er bittet Ihnen,*

1. Mme Françoise Delmas, c'est ici ?
2. Mme Delmas, de la part du commandant Kramer.

ein Abendkleid anzuziehen. Am frühen Nachmittag werden Ihnen ein paar Modelle Vorgeführt. Aufwiedersehen, madame Delmas[1].

Nouveau claquement de talons.

Françoise restait immobile avec un sourire idiot. Estelle referma la porte.

1. Le commandant Kramer m'a chargé d'un message pour vous. Il enverra une voiture vous prendre à cinq heures. Il demande que vous soyez en robe du soir. En début d'après-midi, des couturiers viendront vous présenter leurs modèles. Au revoir, madame Delmas.

10

Léa arriva un peu avant quatre heures devant l'église Saint-Médard, transie et de mauvaise humeur. Bien qu'elle en eût assez de sillonner Paris à vélo dans le froid, elle préférait cela au métro qu'elle avait dû prendre. Raphaël n'avait pas tenu sa promesse et n'avait pas rapporté sa bicyclette. Elle était descendue à la station Monge, et avait marché jusque-là sous la pluie qui s'était remise à tomber.

Elle regarda autour d'elle ; rien qui ressemblât à un visage connu. De frileuses silhouettes de petites vieilles trottinaient vers de longues queues devant une boucherie et une crémerie. La foule grise, résignée, attendait en piétinant, mal abritée sous de vilains parapluies.

Quatre heures sonnèrent. Un gros homme sortit de l'église et ferma la porte à clé derrière lui. Ne sachant que faire, Léa le suivit vers la rue Mouffetard. À l'angle de la rue de l'Arbalète, deux femmes se disputaient pour le dernier kilo de pommes de terre d'un marchand de légumes. À hauteur de la rue de l'Épée-de-Bois, elle fit demi-tour et faillit heurter une femme qui montait.

— Excusez-moi, madame... oh !...

Sous le foulard noué sous le menton, elle venait de reconnaître Marthe Andrieu.

— On se retrouve un peu plus bas à droite au bistrot qui fait bois et charbon, c'est un cousin qui le tient. Dites-lui que vous êtes de Montcuq, il saura qu'il a affaire à une amie.

Il faisait bon dans le café du cousin. Au fond de la petite salle ronflait un poêle rond en fonte verte sur lequel une grosse bouilloire en cuivre soufflait un jet de vapeur. Toutes les tables étaient occupées par des hommes âgés jouant à la manille, aux dominos ou à la belote. La sciure mouillée faisait de petits tas sur le carrelage aux arabesques bleues. Derrière le comptoir, un homme à l'impressionnante moustache poivre et sel, un béret sur la tête, vêtu de la veste noire des bougnats, essuyait le zinc devant deux jeunes gens. Quand il les eut servis, il s'approcha de Léa.

— Bonjour, mademoiselle. Qu'est-ce que ce sera pour vous ?

— Je suis de Montcuq, dit-elle en éternuant.

Un éclair de méfiance passa dans ses yeux. Cependant, il répondit, jovial :

— Tous mes pays sont les bienvenus. L'air de Paris ne vous vaut rien, vous voilà bien enrhumée. Je vais vous préparer un bon grog, comme autrefois.

— Sers-en deux, mon cousin.

— Cousine Marthe ! Quel bon vent t'amène ? Quoi de neuf depuis hier ?

— Pas grand-chose, cousin Jules. Le froid m'a prise en faisant une de ces maudites queues. Je m'suis dit : allons nous réchauffer chez le cousin et nous faire offrir une petite goutte.

— Sacrée Marthe ! toujours licharde !

— Dame, par les temps qui courent, faut pas manquer de se faire plaisir chaque fois qu'on peut. Pas vrai, mademoiselle ?

— Oui, madame.

Jules retira de dessous le comptoir une bouteille sans étiquette, posa sur le zinc trois verres épais qu'il emplit presque à moitié d'un liquide ambré dans lequel il ajouta subrepticement trois morceaux de sucre et une rondelle de citron.

— Il faut bien ça contre le rhume. Hé ! cousine, passe-moi la bouilloire. Fais attention de pas te brûler, dit-il en lui tendant un torchon.

Marthe revint en tenant le récipient à bout de bras.

— Hé bé ! c'est du plomb c'te marmite, s'exclama-t-elle en la posant.

— C'est du solide, fit-il en versant l'eau bouillante.

Chacun tourna en silence sa cuillère.

— À la vôtre, mesdames, fit le bistrot.

— À la tienne, Jules.

— À la vôtre, dit Léa en reposant précipitamment son verre.

— C'est chaud ! mais c'est comme ça que c'est bon.

— J'attendrai un peu, si vous le permettez.

Enfin le cousin s'éloigna.

— Avez-vous des nouvelles de François ?

— Oui, par mon fils. Il vous fait dire de ne commettre aucune imprudence. Pour le moment, il ne peut absolument pas venir vous voir. Si vous avez un message à lui faire parvenir, je peux m'en charger. Mon garçon qui doit le revoir m'attend à la maison...

« ... Ne commettre aucune imprudence... comme c'est facile à dire de loin... c'est demain que Sarah aura besoin de moi si Raphaël ne nous a pas trahies toutes les deux... que dois-je faire ?... que lui dire ?... »

— Vous pouvez vous charger d'une lettre ?

— Bien sûr.

— Je n'ai rien pour écrire.

— Je vais demander à Jules. Buvez votre grog, sinon, il ne sera pas content.

Léa obéit. C'était encore très chaud, mais supportable. C'était fort et bon. À la moitié du verre, une agréable chaleur se répandit en elle. Quand Marthe revint avec une feuille de papier, une enveloppe, un porte-plume et une bouteille d'encre, Léa se sentait presque euphorique. Elle ouvrit l'encrier, trempa dedans la plume sergent-major.

« Cher ami, Camille est dans la même situation que S. Mon oncle Luc, que vous connaissez, me conseille de rentrer. Que dois-je faire ? Le fiancé de ma sœur est de retour et Raphaël s'occupe de S. Puis-je lui faire confiance ? Donnez-moi vite de vos nouvelles, je me sens seule. Je vous embrasse, Léa. »

Elle plia la feuille et la glissa dans l'enveloppe qu'elle tendit à Marthe.

— Vous oubliez de la cacheter, fit la cuisinière en passant sa langue sur la partie encollée. Dès que je le pourrai, je vous préviendrai.

— Dites-lui que c'est très important, il faut que je le voie.

— Ma pauvre enfant, je ferai tout mon possible. Finissez votre grog et partez sinon vous allez être coincée par le couvre-feu. Vous êtes venue par le métro ?

— Oui.

— Vous feriez mieux de rentrer à pied. À votre âge, vous en avez pour moins d'une heure. Prenez la rue de l'Épée-de-Bois : vous tombez rue Monge, tournez à gauche et marchez jusqu'à la Seine. Là, vous reconnaîtrez votre chemin. Adieu.

— Au revoir Marthe, au revoir monsieur Jules, merci pour le remontant, j'ai chaud partout et je me sens des ailes.

— C'est ce qu'il faut. Allez, au plaisir.

Le froid avait remplacé la pluie, mais grâce au grog elle ne le sentait pas. La nuit était presque tombée, aucune lumière, très peu de gens dans les rues. C'était sinistre. Léa partit en courant.

Essoufflée, elle s'arrêta près du square de Saint-Julien-le-Pauvre. De l'autre côté de la Seine se dressait la masse sombre de Notre-Dame. Après quelques instants, elle repartit sans courir. L'idée de se retrouver en présence d'Otto et de Françoise lui était insupportable.

Le couvre-feu était dépassé depuis vingt-cinq minutes quand elle arriva rue de l'Université... Accrochée à la porte, sa bicyclette. C'était bon signe, Raphaël avait fini par tenir parole. Elle la détacha, poussa la porte et entra avec sa machine. Sous le porche, une main saisit son bras. Léa retint un cri.

— C'est vous, mademoiselle Léa ?... N'ayez pas peur, je suis l'ami de M. Raphaël. J'ai un message pour vous : ne venez pas au cimetière demain.

— Vous n'avez rien à me donner ?

— Oh ! si, j'oubliais, la page du livre, tenez, la voilà.

Il craqua une allumette pour qu'elle pût vérifier.

— Ne bougez pas de chez vous, c'est important. Vous y aurez des nouvelles de la personne que vous savez. Avez-vous quelque chose à faire dire à M. Raphaël ?

— Non, je ne vois pas. Est-ce que tout se passe bien ?

— Je n'en sais rien. Je fais ça pour faire plaisir à M. Raphaël et parce que c'est plus amusant que d'être gardien de cimetière.

— Quel est votre nom ?

— Pour vous, je suis Violette. C'est joli, n'est-ce pas ? C'est M. Raphaël qui m'a donné ce joli nom. Vous aimez ?

— Beaucoup, fit Léa en se retenant de rire.

L'appartement était calme. Les demoiselles de Montpleynet écoutaient à Radio-Paris un concert de musique classique. Dans le petit salon, il faisait bon.

— Pas de nouvelles de Camille ?

— Non, aucune, par contre, nous avons eu Laure et Ruth au téléphone. Elles rentrent dans deux jours à Montillac.

Léa alla dans sa chambre se changer. Peu de temps après, elle revint ayant enfilé un gros pull blanc et mis une longue jupe écossaise qui avait appartenu à sa mère. Ses pieds étaient enfouis dans d'épais chaussons pas très élégants, mais chauds, et ses cheveux brossés lui faisaient une magnifique parure.

— Que tu es belle, ma chérie ! s'exclama Lisa. La jeunesse est une si bonne chose. Profites-en, mon petit, elle est si courte.

— Si tu crois que c'est agréable d'être jeune en ce moment !

— C'est vrai que ta génération n'a pas beaucoup de chance, fit la vieille demoiselle en reprenant son tricot.

— Françoise est partie ?

— Oui, elle dîne chez *Maxim's* où son fiancé doit la présenter à ses supérieurs, dit Albertine d'un ton faussement désinvolte.

— Ça ne vous choque pas cette situation ?

Lisa se leva pour mettre une pelletée de charbon dans le poêle, laissant à sa sœur le soin de répondre.

Quand Albertine releva son visage aux traits sévères corrigés par la bonté du regard, ses yeux, autrefois d'un beau bleu, étaient pleins de larmes. Chose si rare chez elle que Léa en fut gênée. La vieille demoiselle retira ses lunettes et maladroitement entreprit de les essuyer.

— Cela fait plus que nous choquer. Je passe sur notre honte qui est, tu l'imagines, très grande, pour ne penser qu'à l'avenir malheureux qui attend évidemment ta pauvre sœur.

— Elle l'a cherché !

— C'est méchant ce que tu viens de dire là. Cela aurait pu t'arriver...

— Jamais ! Jamais, je ne serais tombée amoureuse d'un ennemi !

— Tu parles comme une enfant romantique. Cela ne serait peut-être pas arrivé si ta mère avait été près de vous...

— Ne parle pas de maman, je t'en prie.

— Pourquoi ne pas en parler ? Crois-tu que notre souffrance soit moins grande que la tienne ?... En la perdant, c'est notre enfant que nous avons perdue, ta tante et moi. Sans cesse, nous nous reprochons de n'avoir pas su veiller sur Françoise. D'avoir, par notre égoïsme peut-être, précipité les choses. Si nous étions restées à Montillac...

— Cela n'aurait rien changé.

— C'est possible, mais s'il y avait eu une chance pour qu'il en soit autrement nous sommes impardonnables de n'avoir pas su protéger contre elle-même l'enfant de notre fille.

Maintenant, de grosses larmes coulaient sur les joues ridées d'Albertine.

— Ma petite tante, pardonne-moi, c'est de ma faute, je ne veux pas que tu pleures. Lisa, viens m'aider à la consoler.

Mais Lisa, bouleversée par le chagrin de sa sœur, n'était pas en état de consoler qui que ce soit. Pas plus d'ailleurs que Léa qui se mit à pleurer à son tour. C'est ainsi qu'Estelle les trouva quand elle vint pour mettre la table.

— Mesdemoiselles !... pour l'amour du ciel, qu'avez-vous ? Que se passe-t-il ?

— Ce n'est rien, dirent-elles en chœur en se mouchant bruyamment.

Croyant qu'on lui cachait quelque chose, la bonne Estelle mit le couvert en grognant.

Le frugal repas fut morose. Radio-Londres brouillée. Léa alla se coucher de bonne heure.

La journée du lendemain lui parut interminable. Elle allait du téléphone aux fenêtres donnant sur la rue, des fenêtres à la porte du palier. Rien, rien que le silence entrecoupé parfois par les cris du bébé confié à Estelle. Françoise n'était pas rentrée.

Après le dîner, Léa s'installa dans le fauteuil de l'entrée, essayant vainement de lire les journaux.

La nuit était tombée depuis plusieurs heures déjà quand on sonna à la porte palière. Léa, qui se trouvait juste derrière, sursauta.

— Qui est là ?

— C'est Raphaël, ouvrez vite.

Avec une angoisse qui la faisait trembler, elle obéit.

Raphaël n'était pas seul. Il soutenait une femme en deuil voilée de crêpe.

— Vous êtes seule ?

— Oui. Le couvre-feu a été retardé ; mes tantes sont allées au théâtre et Estelle est avec le petit.

— Parfait.

Léa regarda la femme.

— Sarah ?... risqua-t-elle.

— Oui. Vite, répondit Raphaël. Allons dans l'appartement du fond, elle va se trouver mal.

— Mais pourquoi l'avoir amenée ici ? C'est dangereux.

— J'ai été pris de court, je vous expliquerai. L'essentiel est qu'elle soit vivante...

Léa, une lampe électrique à la main, les guida dans le couloir obscur et leur ouvrit la porte d'une chambre. Avec des gestes d'une grande douceur, Raphaël allongea Sarah sur le lit et releva son voile.

— Oh ! non, gémit Léa en plaquant sa main contre sa bouche.

Un pansement souillé entourait le front de Sarah, un de ses yeux était fermé, ses lèvres éclatées avaient doublé de volume. Mais ce qui l'horrifiait, c'était les trois trous purulents qui marquaient chacune de ses joues grises.

— Brûlures de cigare, fit Raphaël d'une voix atone.

La jeune fille s'approcha, les yeux secs, et regarda attentivement son amie. Sans un mot, elle retira le chapeau de veuve, déboutonna le manteau qu'elle enleva, aidée par Raphaël.

— Allumez le bois qui est dans la cheminée et allez chercher le radiateur électrique qui est dans la salle de bains. Puis, vous irez faire chauffer de l'eau dans la cuisine.

Les flammes montaient hautes et claires. Bras croisés, Léa marchait de long en large, suivie de l'œil par Sarah. Elles n'avaient échangé aucune parole. Raphaël revint avec un broc d'eau chaude et des serviettes qu'il posa près du lit. En silence, avec précaution, ils la déshabillèrent entièrement. Elle tremblait.

— Il y a de l'eau chaude dans la cuisine. Prenez la cuvette et l'éponge qui sont dans le cabinet de toilette.

Quand Raphaël eut rempli d'eau la cuvette, il la tint devant Léa.

L'éponge parcourait avec légèreté le beau corps supplicié, contournant les brûlures des seins, tapotant la blessure de la rue Guénégaud, enlevant les souillures du ventre, des cuisses et des jambes. Quand ils la retournèrent sur le ventre, elle ne put retenir un gémissement. Le dos n'était qu'une plaie. Ils avaient dû s'acharner longuement pour en arriver là.

— Regardez dans l'armoire à pharmacie ce qu'il y a pour faire des pansements.

Malgré le feu et le radiateur, Sarah grelottait. Léa la recouvrit de l'édredon rouge.

— C'est tout ce que j'ai trouvé.

Teinture d'iode et compresses, il allait falloir se débrouiller avec ça.

Après avoir bu une tisane et avalé un des calmants de Lisa, Sarah, revêtue d'une longue chemise de fine batiste appartenant à Albertine et recouverte de trois édredons, s'était endormie. Raphaël et Léa, assis sur le tapis devant la cheminée, parlaient à voix basse en fumant les cigarettes anglaises apportées par Raphaël.

— Que s'est-il passé ?

Mahl aspira une longue bouffée avant de répondre.

— Comme promis, en échange du second diamant, Masuy a libéré Sarah, mais dans quel état ! Le salaud a dû essayer de la faire parler jusqu'au bout. Il voulait en avoir pour son argent. J'avais prévu une autre planque, celle du cimetière était compliquée et dangereuse...

— Je ne comprends pas : pourquoi vouloir cacher Sarah, du moins dans l'immédiat, puisqu'elle a été libérée par Masuy lui-même ?

— Parce qu'il ne lui faudra pas longtemps pour constater que le second diamant est faux.

— Évidemment.

— J'avais laissé dans le vélo-taxi ce déguisement de veuve. Je le lui ai mis. Vous vous souvenez de mon appartement de la rue de Rivoli ?

— Très bien.

— Je n'ai pas rendu les clés à son propriétaire. Celui-ci ayant été envoyé en villégiature en Allemagne, j'ai pensé à l'utiliser.

— Et alors ?

— Alors ? Quand nous sommes arrivés, une voiture stationnait devant la porte. C'était celle de Masuy. J'ai fait demi-tour avec Sarah évanouie. Vu son état, pas question d'essayer le cimetière. Je ne savais plus où aller. Alors j'ai pensé à vous.

— Nous avons eu une grande chance. Vous auriez pu tomber sur Françoise et son fiancé. Qu'aurions-nous dit à ce brillant officier s'il nous avait rencontrés portant une femme torturée ?

— J'aurais trouvé quelque chose. Il rentre ce soir ?

— Je ne crois pas. Il paraît que ma sœur s'installe avec lui et leur enfant dans un grand hôtel. Mais il risque quand même de venir à tout moment. De plus, la présence de Sarah fait courir de grands risques à mes tantes.

— Je sais, mais pour le moment, que faire d'autre ? Sarah est hors d'état de marcher avant plusieurs jours...

— Avant plusieurs jours ! Mais vous semblez oublier que Masuy sait que nous nous connaissons. Il ne va pas lui falloir longtemps pour trouver l'endroit où j'habite. Et s'il vient ici, nous serons tous arrêtés.

— J'y ai pensé. S'il découvre votre adresse, il découvrira également que votre sœur reçoit des officiers allemands. Je le connais, il se montrera prudent.

— J'espère que vous avez raison car je ne supporterai pas ce qu'a supporté Sarah, je n'aurai pas son courage. Vous non plus, n'est-ce pas ?

— Comme je vous l'ai déjà dit, les gens de mon espèce sont très lâches devant la douleur physique.

— Chut ! J'entends mes tantes. Quand elles seront dans leurs chambres, vous pourrez partir.

— Mais je ne pars pas ! Où irai-je ? Je n'ai plus aucun endroit où aller. Laissez-moi passer la nuit ici. Demain, Violette m'apportera de quoi me changer.

— Comment a-t-il su que vous viendriez ici ?

— Il devait m'attendre devant l'immeuble de la rue de Rivoli. Il m'a vu tourner place des Pyramides et prendre la direction du pont Royal. Il a couru derrière moi. Je me suis arrêté à l'angle du quai où il m'a rejoint. Je lui ai dit que j'allais rue de l'Université. Il m'apportera des vêtements demain.

— Vous étiez donc tellement sûr de rester ici ?

Raphaël Mahl se releva péniblement.

— Je n'étais sûr de rien.

Pour la première fois depuis le début de la soirée, Léa le regarda attentivement. Quelle sale mine il avait !... Une mauvaise graisse alourdissait ses mouvements, son front se dégarnissait, un tic nerveux relevait parfois un coin de sa bouche, et ses mains, qu'il avait belles, bien qu'un peu trop potelées, étaient de plus en plus fréquemment agitées de tremblements.

Il s'en rendit compte car il redressa son corps avachi et dit :

— C'est bon, je m'en vais.

— Ne faites pas l'idiot. Restez ici pour ce soir. On verra demain. Ne bougez pas, je vais chercher une couverture.

Léa n'avait pu dormir un seul instant. Elle n'avait pas cessé d'aller voir Sarah. Le sommeil agité, le front brûlant et les paroles incohérentes de son amie l'inquiétaient. À plusieurs reprises, elle avait failli réveiller Raphaël. Mais il dormait si bien à même le sol, roulé dans sa couverture.

N'y tenant plus, vers six heures, elle se leva, enfila sa vilaine robe de chambre et alla dans la cuisine faire chauffer de l'eau. Il restait encore un peu de café offert par Frederic Hanke pour le nouvel an. Égoïstement, Léa se dit qu'elle allait se faire un vrai café, qu'après tout elle l'avait bien mérité. Elle prit le moulin, y versa les précieux grains, s'assit sur le tabouret et, le moulin bien calé entre ses cuisses, entreprit de moudre. Très vite, la bonne odeur la ramena dans la cuisine de Montillac quand la cuisinière, en échange d'un de ses fameux caramels ou de ses non moins fameuses pâtes de coings, lui demandait de « broyer », comme elle disait.

Ce pauvre souvenir d'un temps heureux eut raison du calme dont elle avait fait preuve depuis la veille. Elle sentit un poids lui écraser la poitrine, une nausée monter dans sa gorge tandis que son visage se couvrait de larmes. Courbée sur le moulin, elle sanglotait comme sanglotaient les enfants abandonnés devant leur mère morte sous les bombardements d'Orléans. Tout son corps, secoué de chagrin, lui faisait mal. Elle se balançait d'avant en arrière comme font souvent les enfants. Le carillon de l'horloge de la cuisine la fit sursauter. Elle essaya de se redresser.

Une silhouette noire s'encadrait dans la porte. Elle étouffa un cri. Le moulin à café tomba sur le carrelage avec un grand bruit qui résonna dans l'appartement silencieux. Le tiroir et le réservoir s'ouvrirent, poudre et grains s'éparpillèrent dans la cuisine.

La silhouette avança.

— François !

Debout, face à face, ils se tenaient immobiles, aux aguets. Rien ne bougea.

Les deux mains de François écartèrent doucement ses cheveux. Des deux pouces, il lui caressa les joues... Elle ferma les yeux et se calma peu à peu.

— Excusez-moi.

Raphaël Mahl entra, enveloppé dans sa couverture, le visage bouffi et les cheveux ébouriffés. Instantanément, François lâcha Léa et mit sa main dans sa poche.

— Que faites-vous ici ?

Raphaël allait répondre, mais Léa le devança :

— Je lui ai donné l'hospitalité pour cette nuit, il ne savait pas où aller.

— Je suppose que vous n'aviez pas le choix. Et Sarah ?

— Elle est dans la chambre du fond.

François lui lança un regard admiratif.

— Depuis quand ?

— Depuis hier soir. C'est Raphaël qui l'a amenée.

— Merci, mon vieux. Comment va-t-elle ?
— Mal, répondit Raphaël. Il faut appeler un médecin.
— C'est impossible ! s'exclama Léa, il nous dénoncera.
— Il faut en prendre le risque. Je vais la voir, dit François. En attendant, essayez de récupérer un peu de café, j'en boirai bien une tasse.
— Un moment... Comment êtes-vous entré ?
— Vous m'avez donné la clé !
— Oui, c'est vrai, excusez-moi.
— Je suis venu dès que j'ai su que vous me demandiez. C'était au sujet de Sarah, sans doute ?
— Oui. Et aussi de...
— Vous me direz le reste tout à l'heure. Je vais voir Sarah. N'oubliez pas le café.
— Raphaël, aidez-moi à ramasser tout ça. Dépêchons-nous, Estelle va bientôt se lever.
Pendant quelques minutes, ils œuvrèrent en silence, remettant les grains dans le moulin.
— Avez-vous un balai que je nettoie le reste ? demanda Raphaël.
— Dans le placard là-bas, je crois.
Au passage, Raphaël éteignit le gaz sous l'eau qui bouillait, trouva le balai pendant que Léa se remettait à moudre après avoir passé un peu d'eau sur son visage. Souriante, elle regardait l'écrivain faire le ménage.
— On dirait que vous avez fait ça toute votre vie.
— Ma chère, je suis une vraie femme d'intérieur, demandez à mes amis, minauda-t-il.
— Arrêtez de faire l'idiot, ce n'est pas le moment.
— Ma bonne, c'est toujours le temps de rire et de plaisanter, surtout à notre triste époque. Car ni vous ni moi ne savons de quoi demain sera fait ni même si nous serons vivants.
— Ne dites pas de choses comme ça !
— Auriez-vous peur, belle enfant ! Pourtant le valeureux chevalier est accouru à votre appel... Comme vous êtes belle quand vous souriez ainsi. Je ne vous avais encore jamais vu un si doux sourire. Ah ! l'amour... jeunesse, que je vous envie.

Sans cesser de sourire, Léa haussa les épaules, se leva et versa le contenu du tiroir du moulin dans le filtre de la cafetière.

— Il n'y en a pas assez, je vais en moudre encore un peu.

— Laissez-moi faire, j'adore ça. Allez voir Sarah, je suis inquiet.

Dans la chambre, assis sur le lit, François tenait dans ses mains celles de la jeune femme.

— Comment va-t-elle ? murmura Léa en s'approchant.

Il secoua la tête sans répondre.

Elle s'agenouilla contre lui et regarda leur amie. De grosses gouttes de sueur perlaient à son front, les trous de ses joues ressortaient à vif sur sa peau grisâtre.

— François ?... Sarah ne va pas mourir ?

Oh ! Ces larmes qui tremblaient au bord des paupières de cet homme ! Pourquoi cela l'étonnait-elle autant ? Elle avait vu des hommes pleurer : son père, Laurent, Mathias, cela l'avait émue mais pas étonnée. Elle se releva.

— Je vais appeler le docteur Dubois.

— Qui est le docteur Dubois ? Vous êtes sûre de lui ?

— Vous le connaissez, c'est le médecin qui soignait Camille. Il est peut-être toujours à Paris.

— Je m'en souviens, c'est un excellent homme. Appelez-le.

Léa ne fut absente que quelques instants.

— Nous avons beaucoup de chance. Il venait de rentrer chez lui après une nuit passée à l'hôpital. J'ai eu beaucoup de mal à lui faire comprendre, sans trop en dire, de quoi il s'agissait. Il arrive. Il se souvenait très bien de Camille et de moi. Quelle heure est-il ?

— Six heures et demie.

— Mon Dieu ! Estelle doit être levée. Si elle trouve Raphaël dans sa cuisine, ça va faire un drame.

Tout était consommé !...

Estelle et Raphaël, assis l'un en face de l'autre, une

tasse de café à la main, discouraient comme de vieilles connaissances.

— Ah! vous voilà, mademoiselle Léa. J'ai bien failli mourir de peur en voyant monsieur avec mon tablier en train de préparer le plateau du petit déjeuner. Heureusement qu'il m'a expliqué très vite de quoi il s'agissait.

— J'ai expliqué à Mlle Estelle que j'avais manqué le dernier métro et que par bonté, vous m'aviez permis de dormir dans le salon.

— Où vous auriez pu périr de froid, grommela la domestique.

— Estelle, demanda Léa en souriant, savez-vous si Françoise reviendra ici aujourd'hui ?

— Certainement, le fiancé de Mlle Françoise doit venir présenter ses hommages à vos tantes.

Léa et Raphaël se lancèrent un regard inquiet.

— Vous ne savez pas quand ?

— Il me semble que Mlle Albertine a parlé de l'après-midi. Mademoiselle Léa, vous auriez dû être plus économe avec le café et mettre de la chicorée. D'abord, c'est plus digeste... Il est vrai que c'est un peu moins bon, dit-elle en finissant sa tasse avec une mine gourmande.

Après un soupir heureux, elle se leva.

— C'est pas tout ça, je suis là à bavarder, alors que je devrais être en train de faire la queue à la boucherie de la rue de Seine. Aujourd'hui, M. Mulot reçoit du mouton. Je vais aller m'habiller. Mesdemoiselles n'aiment pas que je me promène en robe de chambre et en bigoudis.

Quand elle fut enfin sortie, Léa prépara un plateau sur lequel elle mit les tasses et la cafetière. Fouineur, Raphaël découvrit un paquet de biscuits à peine entamé qu'il brandit fièrement.

Sans bruit, ils entrèrent dans la chambre de Sarah.

Tous les trois burent, en silence, leur café sans quitter des yeux la malheureuse qui, inconsciente, gémissait.

Le coup de sonnette les fit sursauter. Un revolver apparut dans la main de Tavernier.

— Léa, allez ouvrir. Dépêchez-vous.

La jeune fille obéit.

— Qui est-ce ? demanda-t-elle à travers la porte.

— Le docteur Dubois.

Comme il avait changé ! Il ressemblait maintenant à un grand vieillard.

— Bonjour, mademoiselle Delmas. Vous avez du mal à me reconnaître. Moi aussi. Chaque matin, devant ma glace, je me dis : « Qui est ce vieux bonhomme ? » Vous aussi vous avez changé. Vous êtes plus ravissante encore. Allons, trêve de badinages. Pourquoi m'avez-vous appelé en faisant tant de mystères ? Hébergez-vous une escadrille anglaise ?

— Venez, docteur. S'il vous plaît, ne parlez pas trop fort, mes tantes dorment encore.

— Comment se portent-elles ?

— Bien, dit Léa en ouvrant la porte de sa chambre.

— Nom de Dieu ! s'écria sourdement le médecin en découvrant Sarah. Qui a fait ça ?

— Des gens que ni vous ni moi n'aimons, docteur, fit François Tavernier en s'avançant.

— Monsieur ?... Ah ! je vous reconnais : l'homme aux croissants !

Tout en parlant, il examinait les brûlures des joues.

— Avec quoi ont-ils fait ces horreurs ?

— Avec un cigare, dit Raphaël.

— Les salauds !... Il y a longtemps qu'elle est tombée entre leurs mains ?

— Une dizaine de jours.

— Pauvre femme. Messieurs, voulez-vous sortir ?

— Nous préférerions rester. Mlles de Montpleynet ne savent pas que nous sommes ici. Elles ignorent jusqu'à la présence de notre amie.

— Très bien. Tournez-vous. Mademoiselle Delmas, aidez-moi à l'asseoir... Là, c'est bien... Maintenez-la dans cette position... Ils n'y ont pas été de main morte ! Mademoiselle, ma trousse est à côté de vous, passez-moi la grande boîte métallique... merci.

Il en sortit une crème qu'il appliqua sur le dos de Sarah

qu'il recouvrit ensuite de compresses. Puis il procéda à un examen plus intime. À l'intérieur des cuisses les croûtes de brûlures de cigarettes étaient déjà anciennes.

— A-t-elle pu vous parler ?

— Non, répondit Léa. Elle m'a reconnue, mais n'a dit que des mots incohérents.

— Elle a une forte fièvre, due au choc émotionnel de la torture. Je vais lui faire une piqûre maintenant et une autre ce soir. De ce côté-là, cela devrait aller mieux dans le courant de l'après-midi. Quant au reste, il faut laisser le temps faire son œuvre.

— Et ce sera long ? questionna Léa.

— Tout dépend de son état général. Une semaine ou deux.

— Une semaine ou deux !... Mais c'est impossible ! Non seulement mes tantes ne sont pas au courant mais la Gestapo aura vite fait de la découvrir.

— Mon enfant, je n'y peux rien. Elle est intransportable au moins pendant deux ou trois jours. Vous devriez prévenir vos tantes.

Atterrée, Léa se laissa tomber sur un fauteuil bas.

— Et dans trois jours ? demanda François Tavernier.

— Je pourrai la cacher à l'hôpital, dans mon service, jusqu'à ce qu'elle soit capable de marcher... Voici un médicament pour calmer ses souffrances. Dix gouttes toutes les trois heures. Je repasserai en fin de journée. Courage, ajouta-t-il en caressant les cheveux de Léa, tout se passera bien. Vous avez déjà une certaine habitude d'infirmière. Souvenez-vous de Mme d'Argilat.

— Ce n'est pas la même chose, la Gestapo n'était pas encore arrivée.

— C'est vrai, mais comme aujourd'hui, vous risquiez votre vie pour sauver quelqu'un... À ce soir. Au revoir, messieurs, au revoir, mademoiselle.

Doucement, Léa referma la porte de l'entrée et s'appuya contre elle, l'air désemparé.

— Bonjour, ma chérie, j'ai cru entendre la porte se refermer. Quelqu'un est-il venu à cette heure ?

Albertine de Montpleynet était là, en robe de chambre recouverte d'un long châle en laine des Pyrénées d'un bleu très doux. Les bandeaux de ses cheveux gris disparaissaient sous un foulard de soie blanche. Avec ses mitaines et ses gros chaussons fourrés, elle était l'image de la France frileuse, essayant, à force de superposition de vêtements, de supporter le froid qui régnait dans les appartements. Contrairement à sa sœur Lisa, jamais Albertine ne se plaignait des multiples privations que leur imposait l'Occupation. Elle disait souvent qu'elles étaient des privilégiées face à beaucoup de gens et que cela, elles ne devaient jamais l'oublier. Lisa l'avait grondée quand elle avait porté aux réfugiés du dernier étage une partie des victuailles offertes à l'occasion du baptême du petit Pierre.

Sans qu'elle en eût jamais parlé, Léa devinait que sa tante n'acceptait pas sans répugnance les « cadeaux » que leur valait la situation de Françoise. Elle redoutait la visite d'Otto Kramer officialisant sa liaison. Elle avait cru mourir d'humiliation quand, chez le pharmacien de la rue du Bac, deux clientes avaient parlé de collaboration en la regardant avec insistance. Bouleversée, elle était sortie sans acheter ce dont elle avait besoin. Depuis, elle retournait, sans cesse, ce mot dans sa tête. Elle savait ce qu'on disait des collaborateurs à la radio de Londres. Grande admiratrice du maréchal Pétain, comme la plupart des Français au début de la guerre, les mesures prises par Vichy envers les juifs mais, surtout, l'arrestation de sa vieille amie, Mme Lévy qui était née dans l'immeuble, l'avait définitivement détournée du Maréchal. Si Lisa et Estelle continuaient à lui faire confiance, c'était pour faire comme beaucoup de dames du club de bridge que sa sœur et elle fréquentaient deux fois par semaine, boulevard Saint-Germain. Depuis quelque temps, elle se sentait bien isolée.

— Voyons, Léa, réponds-moi, quelqu'un est-il venu ? Qu'as-tu, mon petit ? Tu as l'air d'un oisillon tombé du nid.

— Ma tante, il faut que je te parle. Allons dans ta chambre, c'est assez long à expliquer.

Vingt minutes plus tard, Albertine de Montpleynet poussait la porte de la chambre de Léa et s'approchait du lit où reposait Sarah.

Un peu inquiets, François Tavernier et Raphaël Mahl la regardaient.

— Tout est arrangé, leur murmura Léa. Ma tante accepte que Sarah reste là jusqu'à ce que le docteur Dubois puisse l'emmener.

La vieille demoiselle contemplait en silence ce qui avait été le visage d'une très jolie femme. D'horreur et de stupéfaction, elle restait clouée sur place, devenant de plus en plus pâle. Quand, enfin, elle détourna les yeux de la face suppliciée, Albertine demanda à François Tavernier d'une curieuse voix de petite fille :

— Monsieur, comment cela est-il possible ?

Sans répondre à sa question, il s'avança vers elle, la prit par les épaules et l'entraîna à l'extrémité de la pièce.

— Je vous remercie, mademoiselle, de ce que vous faites pour Mme Mulstein. Je tiens cependant à vous rappeler que cette femme est recherchée par la Gestapo et que tous les habitants de cet appartement risquent d'être arrêtés.

— Je le sais, monsieur, mais je manquerais à tous mes devoirs de chrétienne et de Française si je lui refusais l'asile. Pour l'instant, je ne dirai rien à ma sœur pas plus qu'à Françoise et à Estelle. Avec Léa, nous veillerons Mme Mulstein à tour de rôle, enfermées dans cette chambre. Il faudra être particulièrement prudents cet après-midi lors de la visite du commandant Kramer.

— Si vous le permettez, je serai présent lors de cette visite. Mes relations avec certains membres du haut commandement allemand détourneront son attention de tout ce qui pourrait lui sembler suspect...

— Vous avez des relations avec le haut commandement allemand !

— Oui, mais je ne peux rien vous dire de plus si ce n'est que j'agis par ordre, répondit-il à voix basse.

— Par ordre ? Je ne comprends pas.

— Il vaut mieux. N'oubliez pas une chose : pour vous, je suis un homme d'affaires qui fait la cour à Léa. C'est ce qu'il faut absolument que croie, cet après-midi, le commandant Kramer.

Albertine de Montpleynet regarda attentivement cet homme aux traits puissants, aux joues mal rasées, à la bouche trop grande mais dont les yeux très beaux disaient la force et la sincérité. D'un geste spontané, elle lui tendit la main.

— Je ferai ce que vous me direz, monsieur. J'ai confiance en vous.

Avec un sourire complice, François s'inclina et baisa respectueusement la main de Mlle de Montpleynet.

— Voyons, monsieur! On baise la main des femmes mariées, pas celle des vieilles filles!

— Ma petite tante, tu es merveilleuse! Toi, une vieille fille! Tu veux rire! Tu es plus jeune que nous tous, s'écria Léa en se jetant au cou de sa tante.

— Tu vas me faire tomber, laisse-moi, je dois aller m'habiller.

Au moment où elle quittait la chambre, on sonna à la porte d'entrée un coup long puis trois brefs. Tous s'immobilisèrent sauf Raphaël qui calmement annonça :

— C'est Violette qui m'apporte des vêtements. Nous étions convenus de ce signal. Puis-je ouvrir, mademoiselle ?

Albertine passa une main lasse sur son front.

— Faites comme bon vous semble, monsieur, je ne comprends rien à ce qui se passe. Je préfère vous laisser.

Avant d'ouvrir, Raphaël demanda à Léa :

— Puis-je me mettre dans une autre pièce pour me changer ? Je ne voudrais pas qu'il voie Sarah.

— Mettez-vous dans la chambre de Françoise. C'est la troisième porte sur votre droite... Attention, voici Estelle.

Léa se précipita vers elle et la tira dans la cuisine, malgré ses protestations.

On ouvrit enfin à celui que Raphaël Mahl surnommait Violette. Il entra, portant une lourde valise.

— Bonjour, m'sieu-dames, bonjour monsieur Raphaël. J'ai pris tout ce que j'ai pu. Il était temps, car les fridolins sont arrivés comme je tournais le coin de la rue.

— Tu n'as pas oublié le nécessaire de maquillage ?

— Vous inquiétez pas, tout est là.

— Merci, mon mignon. Tu n'as pas été suivi ?

— Vous plaisantez !... Ils sont pas encore nés ceux que la Violette ne sèmera pas quand elle voudra.

— As-tu trouvé une planque ?

— Oui, rue...

— Tu me diras ça plus tard. Maintenant, viens m'aider à m'habiller.

— C'est bien la première fois, m'sieur Raphaël, que vous voulez que je vous habille, ricana Violette.

Mahl le poussa dans la chambre de Françoise dont il referma soigneusement la porte.

Léa et François se retrouvèrent seuls avec la même expression d'avidité sur leurs visages.

— J'ai envie de toi.

— Moi aussi mais... comment faire ?

— Allons dans le « logis froid ».

— Mais, il y fait *très* froid !

— Je te réchaufferai.

— Nous ne pouvons pas laisser Sarah seule.

— Elle dort. Viens.

Enlacés, ils entrèrent dans la pièce sombre et glaciale. À tâtons, Léa alluma une petite lampe posée sur une table basse près d'un des canapés recouverts d'une housse blanche comme d'ailleurs tous les meubles de cette pièce dont on avait roulé les tapis. Ainsi, le salon avait l'air d'être le lieu de rencontre d'un mobilier fantôme. Le froid était total.

Les bras de François se refermèrent autour de Léa. Accrochés l'un à l'autre, oscillant vers un canapé sur lequel ils tombèrent, soulevant un peu de poussière, mélangeant baisers et paroles.

— J'ai eu si peur quand Marthe m'a dit que tu me recherchais...

— J'ai cru que tu ne viendrais jamais...

— Tu m'as manqué, petite garce... Sans cesse, je pensais à toi et je n'arrivais pas à travailler...

— Tais-toi, embrasse-moi...

Les doigts de François ne se lassaient pas d'explorer le corps de Léa, nu sous l'épaisse et inélégante chemise de nuit, frissonnant de froid et de plaisir mêlés. Son ventre impatient allait au-devant de celui de son amant. La peur, la Gestapo, la torture, la mort, Sarah, Camille, Laurent, plus rien n'existait que ce désir vital pour elle d'être prise par cet homme dont chaque caresse était un bonheur.

Quand il glissa en elle, ses jambes se nouèrent autour de ses reins comme pour mieux assurer une prise qui ressemblait à une capture.

À l'issue de cette étreinte, ils se sentirent prisonniers l'un de l'autre. Mais trop las et trop heureux pour tenter de se libérer.

Le froid eut raison de leur bien-être. Ils se rajustèrent et quittèrent cet endroit où une housse blanche gardait l'empreinte de leurs corps.

Sans bruit, ils entrèrent dans la chambre où reposait Sarah. Son teint avait perdu un peu de sa couleur grisâtre et son souffle était régulier : elle dormait. Main dans la main, les deux amants la regardaient avec tendresse.

— A-t-elle été votre maîtresse? demanda doucement Léa.

— Cela ne vous regarde pas, mon doux cœur, et n'a aujourd'hui plus guère d'importance. Je la considère comme ma meilleure amie. C'est la personne au monde à l'estime de laquelle je tiens le plus.

— Et moi, alors?

— Vous? Ce n'est pas pareil, vous êtes une enfant. Même cette guerre et cela, dit-il en montrant le visage détruit de Sarah, ne réussiront pas à vous faire passer dans le camp des adultes.

— Je crois que vous vous trompez. Cela vous arrange de ne voir en moi qu'une enfant à demi responsable, un joli petit animal dont on se sert quand l'adulte, le grand homme que vous croyez être a besoin d'un corps facile et aimable. Je suis une femme, j'ai vingt ans et vous n'êtes pas si vieux. Je ne sais même pas votre âge. Quel âge avez-vous ?

Il la regarda en souriant.

— Décidément, même dans cette tenue si peu érotique, on a envie de vous sauter dessus.

— Oh ! mon Dieu ! j'avais oublié cette horrible robe de chambre. Je vais me changer, vous ne perdez rien pour attendre...

Quand Léa revint vêtue d'un pull-over et d'un cardigan de laine angora rouge sombre, tricotés par Lisa, et d'une courte jupe plissée noire mettant en valeur ses jambes habillées de ses meilleurs bas de laine noire, François, assis sur le lit, parlait avec Sarah. Ayant peur de les gêner, elle s'arrêta au milieu de la chambre.

— Avance, ma chérie, fit Sarah d'une voix à peine audible.

Léa eut un mouvement d'hésitation.

— Venez, vous êtes la première personne qu'elle ait demandée.

Sarah lui tendit la main.

— Viens près de moi.

Léa obéit et s'assit à son tour près de la malade.

— Je suis tellement heureuse de voir que tu vas mieux. Souffres-tu beaucoup ?

— François m'a donné les gouttes. Je te remercie pour tout ce que tu as fait.

— Ce n'est rien. Ne te fatigue pas à parler.

— Il le faut. François va faire en sorte que la Gestapo ne vienne pas ici.

— Mais comment ?

— Peu importe. Fais tout ce qu'il te dira de faire.

— Mais...

— Promets-le-moi.

De mauvaise grâce, Léa acquiesça.

— Quand me ferez-vous confiance ? demanda-t-il.

— Quand vous me traiterez en adulte.

— Arrêtez de vous disputer. Une seule personne est dangereuse ici, c'est Raphaël.

— Mais c'est lui qui t'a sauvée !

Sarah ne put répondre, elle avait trop présumé de ses forces et venait de perdre connaissance.

François se précipita dans le cabinet de toilette et revint avec une serviette humide qu'il posa sur le front meurtri. La fraîcheur ranima la jeune femme. D'un sourire las, elle le remercia en murmurant :

— Je me tais pour récupérer mes forces.

Elle se rendormit presque aussitôt.

— Il faut empêcher Raphaël de nuire, dit François.

— Vous voulez dire le tuer ? fit Léa en écarquillant les yeux.

— Sans aller jusque-là, il faut le neutraliser durant quelques jours, le temps que Sarah et vous-même soyez à l'abri.

— Comment allez-vous faire ?

— J'ai une idée, je vais lui proposer un séjour de sybarite avec sa Violette.

— Qu'est-ce que ça veut dire ?

— Cela veut dire, belle ignorante, que pendant quelque temps il vivra dans l'indolence et la volupté avec son giton, lui évitant par là de jouer les sycophantes, ou mouchards si vous préférez.

— Et s'il n'accepte pas ?

— Il n'a pas le choix. Des hommes à moi l'attendent en bas pour les conduire lui et son ami dans un lieu de rêve.

On frappa doucement à la porte de la chambre.

Une grande femme assez forte, outrageusement maquillée, coiffée d'un turban savamment drapé, vêtue d'un tailleur gris, d'une blouse rose et d'un assez beau renard, entra, vacillant sur ses hautes chaussures à semelles compensées.

— Raphaël !...

— Pas mal, n'est-ce pas? Vous vous y êtes presque laissé prendre. Malheureusement, j'ai un peu forci depuis la dernière fois où j'ai mis ce tailleur, il me faudrait une nouvelle gaine. Qu'en pensez-vous?

Léa haussa les épaules.

— Mon pauvre Raphaël, vous êtes ridicule ainsi.

— C'est le seul moyen que j'ai trouvé pour échapper à ces messieurs.

François Tavernier se dirigea vers la porte.

— Excusez-moi un instant. Très bien votre déguisement, mon cher, très bien.

— Où va-t-il? fit Mahl d'un ton soupçonneux.

— Je n'en sais rien. Voir ma tante Albertine, sans doute. Où est Violette?

— Il m'attend dans la chambre de votre sœur. Je ferai prendre des nouvelles de Sarah demain. Je vais voir comment la faire sortir de Paris. Je vous tiendrai au courant...

François Tavernier entra.

— Au revoir, Léa, je vous laisse, Sarah et vous, entre de bonnes mains, fit-il en désignant Tavernier.

— Dès que ce sera possible, donnez-nous de vos nouvelles, dit celui-ci.

— Comptez sur moi. Prenez bien soin de notre amie. À son réveil, embrassez-la pour moi...

Léa l'accompagna jusqu'à la porte d'entrée près de laquelle se tenait, avec sa grande valise, Violette.

Une dernière fois, Raphaël l'embrassa et lui dit :

— Prenez bien soin de vous, soyez prudente et surtout, ne retournez pas avenue Henri-Martin.

Dans le hall de l'immeuble, quatre hommes attendaient. Quand ils virent surgir le couple, ils le saisirent, l'entraînèrent dans la rue et le poussèrent dans une camionnette garée devant le porche.

Aucun mot ne fut échangé. Les deux amis n'offrirent aucune résistance.

A son tour, François Tavernier quitta la rue de l'Université, promettant de revenir vers trois heures pour être présent lors de la visite du lieutenant Kramer. Juste au moment de sortir, il se retourna avec un sourire farceur.

— Tenez, dit-il à Léa en lui tendant une enveloppe de papier brun. Dans tout ce tumulte, j'avais oublié que j'étais aussi facteur.

Puis redevenant subitement sérieux, il ajouta :

— Je vous conseille de la lire et de la brûler aussitôt. Elle est arrivée par un chemin sûr, mais maintenant qu'elle est entre vos mains, vous êtes en danger.

Il disparut dans l'escalier sans autre commentaire.

« Léa,

« Sois prudente. Je ne veux pas qu'il t'arrive malheur à cause de moi. Les souffrances de Camille me sont insupportables et te savoir en liberté est mon seul réconfort. Pèse mûrement chacun de tes gestes et ne prends pas de décision sans en avoir parlé avec F.T.

« J'ai peur. Je n'ai pas peur pour ma vie, j'y ai renoncé depuis longtemps, mais j'ai peur des conséquences catastrophiques que peut engendrer chacun de mes actes. L'idée que l'on torture Camille, en ce moment même, pour arracher d'elle des renseignements qu'elle ne connaît pas me rend fou. Il faut toute la force de conviction de mes camarades pour que je ne tombe pas dans le piège qui m'est tendu. Je ne peux rien faire pour elle : il faudrait attaquer le fort du Hâ !... Je cherche à tout prix à me noyer dans l'action. L'arrestation de Camille me plonge dans une angoisse qui fait de moi un adversaire dangereux. J'ai appris à tuer. Je sais porter mes coups là où il le faut. J'ai tué jusqu'ici parce qu'il fallait le faire, je ne suis pas convaincu aujourd'hui de ne pas y prendre plaisir.

« Chaque jour nous sommes plus nombreux. Beaucoup de ceux qui fuient le S.T.O. viennent nous rejoindre, nous sommes de plus en plus efficaces, de plus en plus mobiles, mais chaque nouvelle recrue augmente les risques d'infiltration. Nos opérations se multiplient. Tout cela est si fort et si intense que nous nous demandons tous comment nous reprendrons le cours de la vie. Et pourtant, chacun de nos gestes est destiné à ce que la vie reprenne, paisible, plus paisible encore qu'auparavant si cela est possible...

« Camille me prouve l'immensité de son amour par son silence, prouve-moi ton affection par ta prudence.

« Je t'embrasse,

Laurent. »

« P.-S. : J'ai renoncé à joindre mon journal à cette lettre. Je préfère qu'il ne soit pas brûlé. Tu dois faire disparaître TOUT ce que tu as de moi. »

Léa tortilla la lettre comme une mèche et y mit le feu dans la cheminée. Elle regarda la flamme détruire le papier et ne le laissa tomber que lorsqu'elle sentit la brûlure au bout de ses doigts. Elle était trop nouée par l'angoisse pour pouvoir réfléchir ou seulement ressentir distinctement quoi que ce soit. La seule chose qui aurait pu, peut-être, l'aider à cet instant était de se réfugier dans les bras de François.

11

Otto Kramer ne s'aperçut à aucun moment que Léa et Albertine ne s'étaient jamais trouvées ensemble dans le petit salon où les demoiselles de Montpleynet avaient reçu, avec leur courtoisie habituelle, le fiancé de leur nièce. Françoise, tout heureuse d'avoir retrouvé son amant, ne remarqua rien non plus. Sans doute cela fut-il dû en grande partie à la présence et aux propos tour à tour drôles et provocants de François Tavernier qui avait retrouvé pour la circonstance son allure d'homme du monde cosmopolite. En allemand, il parla de cette guerre qui n'en finissait pas, des restrictions, du marché noir qui permettait de survivre, des *Voyageurs de l'impériale*, le dernier roman d'Aragon, de Léa dont il était amoureux (sans succès, hélas!) et surtout du petit Pierre, qui somnolait dans les bras de sa mère, et qu'il trouvait le plus beau bébé du monde.

— *Das ist genau meine Meinung*[1], avait déclaré le père.

Françoise avait parlé avec enthousiasme du superbe appartement luxueusement meublé qu'ils avaient trouvé près du Bois, de la nurse, de la cuisinière et du valet de chambre qu'ils avaient engagés.

Agacée par ce bavardage, Léa avait glissé, perfide, avec un ton innocent :

— Le mariage? C'est pour quand?

1. C'est tout à fait mon avis.

Interrompue dans l'énumération de ses bonheurs domestiques, Françoise rougit et répondit, acerbe :

— Dès qu'Otto aura reçu l'autorisation du Führer, ce qui ne saurait tarder puisque son père a donné son consentement.

— J'en suis ravie pour toi, ma chérie, et pour vous aussi, Otto. Mais je croyais que les mariages entre Allemands et Françaises étaient interdits ?

L'air gêné du commandant Kramer n'avait échappé à personne.

— Pas toujours...

— Tant mieux, dans ce cas nous irons bientôt à la noce.

Léa s'était tournée vers l'officier allemand.

— J'espère que grâce à vos relations, vos amis de Bordeaux relâcheront Camille d'Argilat ?

— Françoise m'en a déjà parlé. J'ai fait téléphoner au chef de la Gestapo, il doit me rappeler dans la soirée.

— Comment ? Mme d'Argilat a été arrêtée et vous ne m'en aviez rien dit, s'était écrié François Tavernier, jouant la naïveté.

— Cher ami, je vous ai si peu vu ces derniers temps.

— Il y a longtemps ?

— Nous l'avons appris le 10 janvier.

— Que lui reproche-t-on ?

— Ils veulent savoir où est son mari.

À ce moment-là, Albertine était entrée en portant une théière et avait dit d'un air enjoué :

— Je vous rapporte un peu de thé chaud, l'autre doit être froid.

C'était le signal convenu. À son tour, Léa devait remplacer sa tante au chevet de Sarah.

— François, voulez-vous venir avec moi, je voudrais vous montrer quelque chose ? avait-elle demandé à Tavernier en quittant le salon.

C'était dans sa chambre, auprès de Sarah endormie, qu'elle lui avait raconté ce qu'elle savait de l'intervention de son oncle Luc à propos de Camille.

Devant son air soucieux, Léa avait murmuré :

— C'est grave ?

— Très. À votre avis, Mme d'Argilat sait-elle où se trouve son mari ?

— Bien évidemment non, elle me l'aurait dit.

— Cela m'étonnerait.

Léa en avait eu le souffle coupé.

— Comment osez-vous ! Me croyez-vous capable de dénoncer Laurent ?...

— Quelle fougue ! Non, bien entendu. Mais sous la torture, on ne sait jamais comment on se comportera.

— Je préférerais mourir plutôt que de dire quelque chose pouvant nuire à Laurent.

Avec une pointe d'ironie méchante, il avait continué :

— Je ne doute pas de votre courage, mais je connais les méthodes de ces messieurs. Il est plus facile d'accepter de mourir que de supporter certaines tortures. Nous avons tous en nous une faille qui peut nous rendre capables de dénoncer l'être auquel nous tenons le plus. Au bourreau de la découvrir. Pour certains, c'est le viol, pour d'autres la castration, l'énucléation, l'éventration, l'absence de sommeil, les serpents, les insectes, les menaces envers un enfant. Bien entendu, je ne parle que d'authentiques héros capables de supporter les sévices les plus divers...

— Je ne vous crois pas. Je suis sûre qu'il y a des gens qui ne parlent pas.

— Cela arrive, mais c'est très rare. Les plus courageux préfèrent se tuer comme votre compatriote bordelais, le professeur Auriac, après un premier interrogatoire dirigé par le fameux commissaire Poinsot à qui vous avez déjà eu affaire.

Sarah, elle, n'a pas parlé ?

— Qu'en savez-vous ?

Une nouvelle fois, Léa était restée bouche bée.

Tour à tour, son regard s'était longuement posé sur Sarah et François. Les yeux humides, elle lui avait craché au visage :

— Comment osez-vous dire ça de celle dont l'opinion, d'après vous, compte plus que tout ? Vous êtes immonde !

— Non, réaliste.

— Il a raison, avait dit une petite voix venant du lit.

D'un même élan, Léa et François s'étaient retrouvés auprès de leur amie.

— Il a raison, avait repris Sarah, un jour de plus à subir les ignobles caresses de ces salauds, j'aurais parlé. Vois-tu Léa, la souffrance, on peut s'y habituer, je crois, mais l'humiliation d'être attachée, écartelée par des mains et des sexes couverts du sang d'autres victimes, la bouche forcée par un membre sali de ses propres excréments... La promesse d'être livrée à un molosse si l'on s'obstine à se taire... c'est affreux... Si Raphaël n'avait pas réussi à me sortir des pattes de Masuy et de ses complices, j'aurais raconté tout ce qu'ils auraient voulu...

— Ne parlez plus de ça, Sarah. Je n'ai pas douté un seul instant de votre courage. Je suis un imbécile d'avoir eu l'air de le mettre en doute pour donner une leçon à Léa... Je dois partir. Je reviendrai pour la visite du docteur Dubois. Sarah... je vous en prie, ne pleurez pas. Je ne voulais pas vous blesser.

— Vous ne m'avez pas blessée... c'est le souvenir de tout ça. Partez maintenant et revenez vite. À votre retour, vous me donnerez des nouvelles de Raphaël.

— Ne vous inquiétez pas, il est en lieu sûr et bien traité... À tout à l'heure.

Après son départ, Sarah avait voulu se rendre dans le cabinet de toilette, soutenue par Léa. Elle avait poussé un grand cri en se voyant dans le miroir au-dessus du lavabo...

— Ils ont fait de moi un monstre !

Léa avait cherché quelque chose à répondre. Elle avait eu honte, rétrospectivement, d'avoir un moment jalousé la beauté de Sarah. C'était horrible de voir ces larmes contourner les cratères sanguinolents.

— Laisse-moi seule un instant, avait-elle demandé.

Léa avait obéi. À ce moment précis, on avait frappé à la porte. Ce n'était pas le signal d'Albertine.

— Qui est-ce ?

— Nous partons, avait crié Françoise à travers la porte, nous voulons te dire au revoir...

Rapidement, Léa avait recouvert le désordre du lit, et couru tourner la clé de la serrure.

— Tu t'enfermes dans ta chambre, à présent ?

— J'ai dû faire ça machinalement, j'avais tellement mal à la tête.

— Cela va mieux ? avait demandé avec gentillesse le fiancé de Françoise.

— Oui, un peu, je vous remercie. Je me suis allongée quelques instants, avait-elle dit en refermant la porte de l'air le plus naturel.

Dieu merci, les adieux ne s'étaient pas éternisés, mais Léa avait dû promettre de venir déjeuner un jour prochain.

Quand elle était revenue dans la chambre, Sarah était recouchée et paraissait dormir. Sur un des fauteuils, Léa s'endormit à son tour.

Elle avait été réveillée par les voix du docteur Dubois, d'Albertine et de François Tavernier. Honteuse, elle s'était redressée en frottant ses yeux.

— Pardonnez-moi, je m'étais endormie.

— Nous avions remarqué, avait dit d'un ton bonhomme le médecin. C'est très mal pour une garde-malade.

— Je suis confuse. Comment trouvez-vous Mme Mulstein ?

— Aussi bien que possible. C'est heureusement une forte constitution. Dans deux jours, elle sera sur pied... J'ai prévu une ambulance pour après-demain. Officiellement, ce sera pour votre tante, prise d'un malaise nécessitant son hospitalisation. Tout ira bien. Un de mes amis, résistant et spécialiste des grands brûlés, la prendra en charge.

— Merci, docteur. Ensuite nous nous occuperons de faire passer Mme Mulstein en Suisse ou en Espagne. Combien de temps pensez-vous la garder à l'hôpital ? avait demandé François Tavernier.

— Cinq jours maximum pour sa sécurité et celle de mes camarades.

— Ce sera le 18 janvier ?

— Oui, une ambulance la transportera le 18 au matin, c'est plus normal pour les sorties, et la conduira où vous nous indiquerez. Ensuite, Mlle Delmas pourra venir rechercher sa tante.

— Je vais devoir rester tout ce temps à l'hôpital ? avait demandé Albertine.

— C'est la condition de la réussite de notre plan.

À ce moment-là, Sarah s'était redressée et avait murmuré :

— Je suis confuse de vous causer tant de dérangement.

Elle n'avait pas paru comprendre pourquoi tous avaient éclaté de rire.

— Ne vous inquiétez de rien, mon enfant, avait dit la vieille demoiselle, ne pensez qu'à guérir. Le plus difficile ce sera de mentir à Lisa et de lui causer de l'inquiétude...

— Il est très important que votre sœur soit la première à croire à votre malaise, avait dit le médecin.

— Je sais bien, docteur, mais depuis notre plus tendre enfance, nous n'avons eu aucun secret l'une pour l'autre...

Accrochée au bras de François, Léa frissonnait dans le froid maussade et humide qui recouvrait Paris. Devant les boutiques, les ménagères faisaient d'interminables queues en tapant des pieds pour essayer en vain de se réchauffer.

Tout s'était passé comme prévu. Sarah, qui avait recouvré quelques forces, était partie pour une destination inconnue et Léa avait dû soigner Lisa, tombée vraiment malade à l'idée que sa sœur était à l'hôpital... Mathias avait écrit pour dire qu'il était à Bordeaux et Françoise avait téléphoné. Les nouvelles étaient bonnes : Camille allait être relâchée et Léa pouvait librement retourner à Montillac. Le commandant Kramer se portait garant. Léa avait retrouvé aussitôt une partie de sa joie de vivre et de sa gaieté, et pour fêter cela, François avait décidé de l'emmener déjeuner chez *Chataîgnier*, rue du Cherche-

Midi. En passant devant la librairie Gallimard, boulevard Raspail, machinalement, ils avaient ralenti le pas et jeté un coup d'œil à la vitrine où *Les Décombres* de Rebatet semblait vouloir écraser tous les livres.

— Voici l'ouvrage le plus immonde publié l'année dernière, fit François Tavernier, plein, hélas, de talent et de vérités pénibles, au milieu d'un déversement de haine et d'ordures sur les juifs et autres métèques...

Sortant de la librairie comme un diable de sa boîte, Raphaël Mahl les interpella :

— Léa, François !

— Que faites-vous à Paris ? lui dit sèchement Tavernier. Je croyais que nous étions convenus que vous partiez pour le Midi immédiatement après notre dernière rencontre.

— Ne m'en veuillez pas, cher ami, ce voyage n'est retardé que de quelques jours.

— Mais je croyais que Masuy vous faisait rechercher ? dit Léa.

— Plus maintenant. Grâce à moi, il a mis la main sur un stock d'or des plus importants. Nous sommes de nouveau en affaires.

— Après ce qu'il a fait à Sarah !...

— Ma chère Léa, il a bien voulu oublier ma participation dans l'escamotage de notre amie et la manière dont je l'ai roulé. En échange, j'oublie les sévices subis par notre pauvre Sarah.

— Vous oubliez !...

Raphaël saisit la main de la jeune fille qui se levait sur lui.

— Je n'ai pas le choix. C'est ça ou une balle dans le ventre, dit-il durement. Ça fait mal, belle enfant, une balle dans le ventre, continua-t-il en reprenant un ton badin... Rassurez-vous, vous n'avez rien à craindre de lui, il connaît maintenant les relations allemandes de votre famille et il est bien trop prudent pour s'attaquer à une amie de M. Tavernier, familier de l'hôtel Lutétia et de l'ambassade d'Allemagne !

Pâle et glacée, Léa percevait les menaces cachées à l'évocation de ces lieux. Elle ne se trompait pas.

— Cher François, si vous ne nous aviez aussi bien traités, Violette et moi, jamais je ne vous aurais pardonné notre séquestration et je ne doute pas que vos amis de l'Abwehr ou notre aimable ambassadeur, son Excellence Otto Abetz, eussent été intéressés par vos activités pour le moins contradictoires. Mais vous avez agi en homme du monde prudent et avisé, nous comblant mon ami et moi par une table des mieux garnies, par des vins des plus capiteux dans un lieu de rêve où ne manquaient ni littérature ni musique. Je me suis donc montré reconnaissant en oubliant de parler de vous...

— Je suppose que je dois vous remercier, fit sèchement François.

— Je n'irai pas jusque-là.

— Vous savez bien qu'à plus ou moins brève échéance vous serez arrêté, peut-être assassiné.

— Peut-être... Vous savez, il faut se faire une raison ; la mort n'est jamais accidentelle.

— Vous êtes complètement fou, c'est à en rire.

Raphaël Mahl abandonna le badinage et dans son regard passa une brusque expression de souffrance.

— Si vous croyez que c'est drôle d'être moi ! Vous encore, vous pouvez rire de mes folies, mais moi, il faut bien que j'en souffre !

À travers la vitre, Mahl fit un signe d'amitié au jeune vendeur qui rangeait les livres. Léa le reconnut et lui fit également bonjour de la main.

— Quel charmant jeune homme ! Vous connaissez le dernier mot de Cocteau ? C'est lui qui me l'a rapporté. Le poète dînait au bistrot de Mlle Valentin avec Auric. Celui-ci lui racontait qu'un juif se plaignait de devoir porter l'étoile jaune. « Consolez-vous, lui dit notre ami, après la guerre, vous nous ferez porter un faux nez. » Toujours drôle la grande chérie. Vous ne trouvez pas ?

François Tavernier s'abstint de répondre mais eut du mal à réprimer un sourire. Quant à Léa, elle éclata de rire, puis, tout aussitôt, s'en voulut d'avoir ri.

— Riez, jeune fille, riez, le rire vous va si bien... Il faut rire avant que de pleurer. Au revoir, belle enfant, Dieu vous garde. Adieu, monsieur, j'espère ne plus avoir à vous rencontrer, fit-il en poussant la porte de la librairie.

Avant d'entrer, il se retourna et dit en les regardant :

— Merci pour tout ce que vous avez fait pour Sarah.

Jusqu'à la rue du Cherche-Midi, Léa et François n'échangèrent pas une parole. Chez *Chataîgnier*, la salle était bourrée. Le maître d'hôtel les conduisit à leur place près d'une longue table de douze couverts.

— J'espère que nos voisins ne seront pas trop bruyants, fit Tavernier.

— J'ai beau être gourmande, je n'aime pas ces endroits, dit Léa en regardant autour d'elle.

— Moi non plus, mais que cela ne vous coupe pas l'appétit. Aujourd'hui, je veux que vous oubliiez tout ce qui n'est pas nous. Je vous veux égoïstement pour moi seul.

— Buvons une bouteille de bordeaux. J'ai envie de retrouver l'odeur de mon pays.

Quelques instants plus tard, le sommelier apportait avec les précautions d'usage une sublime bouteille.

La cuisine était à la hauteur du vin.

Ils suivaient fidèlement leur programme, ne parlant que de choses tendres ou légères : des jupes qui raccourcissaient, des coiffures qui s'élevaient, des dancings clandestins, des zazous qui imposaient la mode à toute une jeunesse, des voyages qu'ils feraient ensemble quand la guerre serait finie... Sous la table, ils avaient mêlé leurs jambes.

Près d'eux, plusieurs personnes passèrent : hommes à la mine épanouie, au verbe haut, jolies femmes aux toilettes voyantes et aux rires aigus. Ils prirent place à la grande table, rejoints par un homme au visage massif, au regard vif et intelligent derrière d'épaisses lunettes, au corps d'athlète.

— Qui est-ce ? demanda Léa.

— Un homme remarquable qui se perd : Jacques

Doriot, le fondateur du P.P.F., le parti populaire français. Nous sommes loin des campagnes du *Cri du peuple* contre le marché noir et les restaurants à cinq cents francs par tête !

— Vous y êtes bien dans ces restaurants !

— C'est vrai.

L'harmonie du début était rompue. Ils terminèrent leur repas en silence.

Dans la rue, malgré sa réticence, il lui prit le bras.

— Ne boudez pas, mon cœur, il nous reste peu de temps à passer ensemble.

— Que voulez-vous dire ?

— Je pars demain à la première heure.

— Où ?

— Je ne peux pas vous le dire.

— Longtemps ?

— Je n'en sais rien.

— Vous ne pouvez pas me laisser seule !

— Il le faut et vous êtes tout à fait de taille à vous défendre.

— Sarah aussi était de taille à se défendre. Voyez ce qu'ils lui ont fait.

Une brève crispation passa sur le visage de Tavernier. Il ne pouvait quand même pas lui dire qu'il en crevait de devoir la laisser à la merci des Masuy et compagnie ! Il se maudissait de se sentir amoureux de cette gamine. Dans ce qu'il avait à faire, tout sentiment aurait dû être banni. C'était prendre des risques inutiles et surtout lui en faire courir. Depuis leurs brèves retrouvailles à Montillac, conscient du danger, il avait évité de penser à elle. Sans trop de difficultés, à vrai dire. Depuis le début de la guerre, les filles, même les plus sages, étaient moins farouches. L'urgence de vivre était telle qu'elles en oubliaient les convenances et se donnaient avec presque autant de simplicité que Léa. Mais de l'avoir revue à la fois plus forte et plus fragile avait ravivé ce sentiment pour lequel il n'éprouvait aucune sympathie et qui ne servait, selon lui, qu'à compliquer la vie.

— Pourquoi ne dites-vous rien ?

— Que voulez-vous que je dise ? Mahl a raison : les relations de votre sœur vous protègent, du moins tant que le commandant Kramer est à Paris. À votre place, je regagnerais Montillac pour au moins trois raisons. La première c'est que votre dominicain d'oncle et votre cher d'Argilat n'en sont pas très loin...

— Qu'en savez-vous ?

— Je le sais... La deuxième c'est que Mme d'Argilat a besoin de vous, et la troisième c'est que vous ne pouvez pas laisser le domaine aux seules mains de votre maître de chais.

— Si Laurent et oncle Adrien sont si près comme vous dites, pourquoi n'ont-ils rien fait pour Camille ?

— Faire quelque chose pour elle, c'était risquer d'aggraver son cas et l'on ne s'évade pas du fort du Hâ. Par contre, il est plus facile de sortir du camp de Mérignac.

— Mais je croyais qu'elle devait être relâchée ?

— Cela a été retardé.

— Pourquoi ?

— Je n'en sais rien... Sans doute pour amener Laurent à commettre une imprudence. Ils agissent souvent comme ça dans l'espoir de faire craquer leur adversaire. Il est très clair qu'ils n'ont rien tiré de Camille. Soit qu'elle ne sache rien, soit qu'elle ait fait preuve d'un vrai courage.

— Elle en est bien capable. Sous ses airs doux et timides, c'est la personne la plus têtue que je connaisse.

— Heureusement pour son mari.

Agacée, Léa haussa les épaules.

— Je suis sûre qu'elle ne sait rien. Je crois que je vais suivre votre conseil. Je vais rentrer à Montillac...

Tout en parlant, ils étaient arrivés au domicile de Léa.

— Vous montez ? demanda-t-elle.

— Je ne peux pas, j'ai un rendez-vous. J'essaierai de passer avant le couvre-feu. Si vous ne me voyez pas, ne m'en veuillez pas...

— Rassurez-vous, je ne vous en voudrai pas.

Elle eut l'impression de l'avoir blessé et en éprouva une joie mauvaise suivie de l'impression d'un grand vide. Elle le poussa dans l'entrée de l'immeuble et là, à l'abri des regards des rares passants, elle se jeta contre lui.

— François...

De sa main, il ferma ses lèvres.

— Ne dites rien. Restez là, collée à moi, sans bouger. Embrasse-moi.

Cette nuit-là Léa attendit en vain.

12

« Chère Léa,

« Je sors de l'enfer. Après mon dernier interrogatoire avec Dohse dans la maison de la Gestapo, du 197, route du Médoc, on m'a jetée dans un des cachots de la cave. Il était si bas que je ne pouvais pas m'y tenir debout. Sur le sol, de la terre humide et de la paille et partout, des excréments et des vomissures : une horreur. Des cris venant des autres cachots. Un homme à qui on avait arraché les testicules et qui hurlait. Une femme qui ne cessait de gémir. Je me suis écroulée de fatigue et de terreur. Je ne sais même pas combien de jours j'ai passé là, à demi somnolente, grelottant de fièvre, sans manger, faisant mes besoins à même le sol, comme une bête.

« Quand il a compris que, même si je le voulais, je ne pourrais plus parler, Dohse m'a fait conduire au fort du Hâ. J'ai passé trois jours avec quarante de fièvre à l'infirmerie et je suis maintenant dans une cellule avec trois autres femmes. Presque le luxe. On peut tenir debout, on peut se laver, on peut se mettre de la poudre contre les poux. En montant sur un des lits, on peut même voir à travers les barreaux les toits de la ville. Un « café » le matin, deux cents grammes de pain, une soupe à dix heures, une autre à quatre heures et, de temps en temps, un casse-croûte de la Croix-Rouge avec des biscuits qui sentent l'huile rance. Et puis la vie de la prison : les messages de

« Radio-Barreaux », les nouvelles qu'on grappille à la messe le dimanche, le bonheur de se faire donner un moignon de crayon et un bout de papier, le bonheur de trouver une combine pour expédier une lettre... J'ai eu la visite d'Amélie Lefèvre, la mère de Raoul et Jean, et de Ruth qui est venue me donner des nouvelles de mon petit Charles. Je pense à lui à chaque instant et il me donne la force de tenir. Je suis sans nouvelles de L. Je n'ai aucune idée de ce que je vais devenir, aucune idée du temps que je vais devoir passer ici. Ma seule certitude c'est qu'un prochain jour ils vont venir me chercher pour un nouvel interrogatoire et que je ne sais comment je supporterai de nouveau les gifles, les brimades et le cachot. Mes compagnes sont admirables, Odile, une ajiste de dix-neuf ans qui a été arrêtée parce qu'elle distribuait des tracts ; Élisabeth, communiste, dont le mari a été fusillé le 21 septembre 42 ; Hélène dont l'époux a rejoint le maquis et qui a été dénoncée parce qu'elle hébergeait des aviateurs anglais. Ensemble, nous nous soutenons dans les moments de cafard.

« S'il m'arrive malheur, occupe-toi de Charles, c'est ce que j'ai de plus précieux au monde. Pardonne-moi de t'avoir écrit si petit, mais le papier vaut de l'or. Prends garde à toi. Je t'aime tendrement. Dieu te protège.

Camille. »

Léa, enroulée dans une couverture, se leva lentement et posa les feuillets sur son lit. Son jeune visage exprimait à la fois l'incrédulité et l'horreur.

— Comment en sommes-nous arrivés là ? dit-elle à voix haute.

Il lui semblait que les murs de sa chambre se resserraient et qu'ils devenaient ceux d'une prison.

Du revers de la main, elle se frotta les yeux, elle venait de prendre une décision : retourner à Montillac. Là-bas, sur place, elle verrait avec Mathias, les époux Debray et Mme Lefèvre, ce qu'ils pouvaient tenter pour obtenir la libération de Camille. Cette décision ramena le calme dans son esprit mais, avant de partir, il fallait qu'elle ait une conversation avec Otto Kramer.

La sonnerie lointaine du téléphone retentit. Quelqu'un répondit. Peu après, on frappa à la porte : c'était Estelle qui venait lui dire que Françoise la demandait. Pour une fois, celle-ci tombait bien.

Léa accepta l'invitation à dîner pour le lendemain.

Après le repas du soir pris dans le petit salon, Léa assise par terre devant le feu de la cheminée lut à ses tantes et à Estelle la lettre de Camille. Pas une des trois vieilles femmes ne l'interrompit. À la fin, Lisa essuya avec de grands gestes ses yeux rougis, Albertine tapota les siens d'une main tremblante, Estelle se moucha bruyamment. Leurs ouvrages de tricot, de tapisserie ou de raccommodage restèrent abandonnés sur leurs genoux.

Léa se leva et alla allumer la T.S.F.

Après quelques tâtonnements, elle trouva Radio-Londres. Le brouillage, ce soir, ne couvrait pas trop les voix. Il était vingt et une heures vingt-cinq, le 15 janvier 1943.

« *Fils d'un ouvrier du Nord, assassiné par les Allemands en 1917, ancien combattant de la campagne de France, compagnon de captivité des vingt-sept martyrs de Châteaubriant, évadé en juillet 1941 après neuf mois de tortures dans les prisons allemandes, Fernand Grenier, député de Saint-Denis, vous parle...*

« *Français et Françaises,*

« *Après avoir connu les prisons de Fontevrault et de Clairvaux, après avoir vécu neuf mois avec Charles Michel, Guy Môquet et nos martyrs de Châteaubriant, après avoir partagé, à Paris même, le quotidien danger des combattants de la Résistance, après avoir connu les mêmes privations, les mêmes souffrances morales, les mêmes espoirs que notre peuple enchaîné mais indompté, je viens d'arriver à Londres, délégué par le comité central du parti communiste français pour apporter au général de Gaulle et au Comité national français l'adhésion des dizaines de milliers des nôtres qui, malgré la terreur, dans les usines comme dans les rangs des francs-tireurs et partisans, dans les universités aussi bien que dans les oflags du Reich, de Nantes à Strasbourg, de Lille à Marseille, mènent chaque jour, au péril de leur vie, la lutte implacable contre l'envahisseur hitlérien détesté.*

« *Je suis venu pour affirmer ici que, dans l'esprit du paysan comme de l'ouvrier, de l'industriel patriote comme du fonctionnaire, de l'instituteur laïque comme du prêtre, nulle équivoque n'existe : on est avec Vichy ou avec la France qui résiste et qui combat...* »

Le brouillage qui s'était amplifié depuis quelques instants rendit les propos de l'orateur inaudibles.

Lisa roulait des yeux effrayés.

— Vous avez entendu !... le général de Gaulle accepte les communistes !... Cet homme est complètement fou. Les communistes !

— Tais-toi, dit sèchement Albertine, tu ne sais pas de quoi tu parles. La France a besoin de tous ceux qui veulent combattre. Pour l'instant, ils ne sont pas très nombreux...

— Ce n'est pas une raison pour prendre n'importe qui !

— Taisez-vous, on entend un peu mieux.

« ... *L'immense masse des Français, tous ceux qui luttent, tous ceux qui résistent, tous ceux qui espèrent — et ceux-là sont la France innombrable, la France tout court — sont avec le général de Gaulle, qui eut le mérite, désormais historique, de ne pas désespérer alors que tout croulait, et avec tous les hommes de la Résistance qui se sont peu à peu groupés et qui continuent à se rassembler au sein de la France combattante en vue du combat sacré, pour la libération de la patrie...* »

Une nouvelle fois, le brouillage couvrit la voix de Fernand Grenier. Léa reprit ses manipulations. Estelle en profita pour aller chercher l'infusion du soir ; Albertine remit une bûche.

— Il va falloir économiser le bois, nous n'en avons presque plus.

« ... *Amis de France, vos souffrances sont terribles, votre courage magnifique et grandes vos espérances. Vous saluez chaque victoire de l'Armée rouge, chaque raid destructeur de la R.A.F., chaque tank ou canon qui sort de l'arsenal américain. Continuez à tenir bon ! Soyez solidaires les uns avec les autres et aidez-vous mutuellement ! Accentuez toujours votre action tenace et héroïque contre l'occupant ! Qu'un immense souffle de fraternité, qu'un permanent courage vous animent !...* »

Le brouillage reprit, cette fois définitivement.

Les quatre femmes burent en silence leur boisson chaude puis se séparèrent pour la nuit.

Le lendemain, Léa s'habilla avec le plus grand soin pour le dîner de sa sœur. Elle mit une robe de fin lainage noir drapée aux hanches et au décolleté profond, cadeau de François Tavernier. C'était une robe de Jacques Fath qui avait dû coûter très cher. C'était la première fois que Léa la portait. Elle fixa sur ses cheveux relevés, un minuscule tambourin orné d'une voilette derrière laquelle brillaient ses yeux soigneusement maquillés. Elle mit à son cou le collier de perles offert par Camille et emprunta l'inévitable cape de renard noir d'Albertine. Par chance, des bas à la couture impeccablement droite, autre cadeau de François, moulaient ses jambes qu'elle savait très belles et qui, rehaussées par les hautes semelles compensées de ses chaussures de faux daim noir, lui donnaient une allure qu'elle jugea « folle ». Ce fut également l'avis de Lisa qui lui prêta sa dernière paire de gants en bon état.

Elle prit le métro jusqu'à l'Étoile.

Dès qu'elle y pénétra, Léa détesta l'appartement de l'avenue de Wagram. Otto Kramer et sa sœur l'avaient loué meublé à un célèbre médecin qui préférait l'air de la Côte d'Azur à celui de Paris.

— Un juif, sans doute, avait dit Françoise en parlant de leur propriétaire.

Cette réflexion agaça Léa.

— Évidemment, ça ne ressemble pas aux appartements de la bonne bourgeoisie bordelaise qui aime à cacher ses richesses. Ici, c'est tout le contraire, on les montre. On les montre même un peu trop.

— C'est bien aussi mon avis, dit en riant Otto Kramer, mais nous étions pressés. Que vous êtes belle et élégante ! Venez voir la nursery, vous verrez comme votre neveu y est bien.

La nursery était une grande pièce très claire où ils retrouvèrent Frederic Hanke qui essayait, en le berçant, un peu fort peut-être, de calmer les cris de son filleul.

— Mais vous voyez bien que cet enfant a faim, s'écria-t-il à leur entrée.

— Léa, je suis très content de vous revoir. Vous ne voulez pas essayer d'user de votre autorité de marraine ?

Léa prit le bébé du bout des doigts et lui dit en le recouchant dans son berceau :

— Maintenant, tu vas être sage et dormir.

À leur stupeur à tous, l'enfant se tut et ferma les yeux.

— Bravo, quelle autorité ! Il faudra venir plus souvent car ni sa mère ni moi ne parvenons à l'empêcher de pleurer.

— On en reparlera plus tard... quand il aura recommencé ! Pour l'instant, j'ai un service à vous demander : je veux retourner rapidement à Montillac et mon Ausweis pour me rendre à Bordeaux est périmé.

Léa lui tendit la carte marquée de l'aigle hitlérienne qui couvrait une partie de sa photo.

— Demain, je vous ferai porter une nouvelle autorisation. Bientôt, vous n'en aurez plus besoin puisque la ligne de démarcation va être supprimée du fait de l'occupation de la zone sud.

— Je sais, fit Léa plus tristement qu'elle ne l'aurait voulu.

— Oh ! excusez-moi, je vous fais de la peine. Un jour, votre pays sera à nouveau libre et nos deux nations unies et réconciliées.

Elle ne répondit pas, mais les deux officiers allemands lurent clairement dans ses yeux : jamais.

Ils passèrent dans la salle à manger à la table luxueusement mise.

— Nous ne sommes que tous les quatre ?

— Cela vous ennuie ? Nous avons pensé que vous n'auriez aucune envie de vous trouver en compagnie de mes compatriotes.

— Je vous remercie, c'est très bien comme ça.

Léa avait tellement appréhendé de se retrouver au milieu d'officiers allemands en uniforme qu'elle éprouva un réel soulagement qui lui rendit sa bonne humeur. D'autant qu'Otto et Frederic étaient en civil.

— J'ai fait préparer tout ce que tu aimais, dit Françoise avec un bon sourire.

— Quoi ? Dis vite.

— Tu le verras bien, gourmande.

Le repas se déroula le mieux du monde et Léa, à chaque plat, manifesta sa reconnaissance à sa sœur pour tous les soins qu'elle avait mis à lui faire plaisir : œufs en meurette, navarin...

— Je l'ai fait avec seulement quinze grammes de beurre en suivant la recette d'Édouard de Pomiane. Tu sais, celui qui a fait le livre indispensable en ce moment : *Cuisine et Restrictions*, dit Françoise avec fierté.

Quant au clafoutis aux abricots secs, il était délicieux. Léa en reprit deux fois.

À aucun moment, durant le dîner, on ne parla de la guerre. Il ne fut question que de musique, de littérature, de cinéma et de théâtre. Au café, on passa dans le salon où brûlait un feu. Françoise dit à la domestique qu'elle servirait elle-même.

Ils burent lentement et en silence, regardant bouger les flammes. Otto se leva et se mit au piano qui occupait toute une partie de la pièce.

— C'est surtout à cause du piano que nous l'avons loué, chuchota Françoise à l'oreille de sa sœur.

Durant une heure le temps fut aboli. Il n'y eut plus ni Français, ni Allemands, ni vainqueurs, ni vaincus, il n'y eut que la musique qui les unissait dans une fraternité sans frontières.

Longtemps après que la dernière note se fut éteinte, ils demeurèrent silencieux, redoutant de reprendre pied dans le réel. Ce fut Léa qui rompit la première le précaire silence en disant d'une voix où perçait une émotion sincère :

— Merci, Otto, de nous avoir procuré ces instants de vraie paix.

Ému, le commandant Kramer se leva et vint lui baiser la main.

— Merci d'être venue.

Maintenant, Léa pouvait lui demander ce qu'il savait de l' « affaire » de Camille.

Otto Kramer ne répondit pas tout de suite à la question de la jeune fille. Il parut, un long moment, absorbé dans de sombres réflexions. Quand, enfin, il se décida à parler, c'est à son ami qu'il s'adressa :

— *Soll ich ihr alles sagen*[1] ?

— *Ja.*

— Je ne vous cacherai pas que Frederic et moi, nous sommes très inquiets pour Mme d'Argilat. Elle a été, comme vous le savez, arrêtée sur dénonciation, accusée de servir d'agent de liaison entre son mari et votre oncle le père Delmas, tous les deux dans la Résistance et recherchés par la police française et la Gestapo. Mme d'Argilat a été trouvée en possession de tracts appelant les jeunes gens à rejoindre le maquis. Cela était suffisant pour l'arrêter. De plus, Dohse la soupçonne d'appartenir au même réseau que Laurent d'Argilat...

— C'est complètement idiot ! Camille ne s'intéresse qu'à son enfant et ne comprend rien à tout ça. De plus, sa

1. Dois-je tout lui dire ?

santé est mauvaise et elle est sans nouvelles de Laurent depuis des mois.

— Léa, ne nous prenez pas pour des imbéciles. Quand j'étais à Langon, c'est par dizaines que nous avons reçu des lettres de dénonciation concernant Mme d'Argilat et vous-même. Frederic et moi, nous en avons détruit beaucoup bien que certaines aient été très précises. Tant qu'il s'agissait de passer un peu de courrier d'une zone à l'autre, nous pouvions fermer les yeux. Mais maintenant, les choses sont plus graves et les faits reprochés à Mme d'Argilat sont passibles, s'ils sont prouvés, de la peine de mort. Votre amie est un pion entre les mains de Dohse dont il veut se servir dans l'espoir que Laurent d'Argilat et ceux de son réseau commettront une imprudence pour la délivrer. Par chance, il ne paraît pas croire qu'elle connaisse réellement l'activité de son mari ni qu'elle sache où il se trouve... Dans ces conditions, il se montre prudent pendant les interrogatoires. D'autant qu'il connaît les liens familiaux qui unissent votre oncle Luc Delmas avec notre pays.

Le visage torturé de Sarah Mulstein passa devant les yeux de Léa.

— Je sais ce que vos amis de la Gestapo font subir à ceux qu'ils interrogent et de quelle manière sont traités leurs prisonniers.

— Je suis le premier à le déplorer. Mais vous, vous devriez l'ignorer. Pour votre tranquillité future, je vous supplie d'oublier.

Léa se leva, furieuse.

— Oublier !... vous osez me dire d'oublier ce que les vôtres font subir quotidiennement à des hommes, des femmes et des enfants. Saviez-vous qu'il avait dix-sept ans, Guy Môquet, quand on l'a fusillé et ceux de Souge en septembre dernier, assassinés parce qu'un attentat avait été commis à Paris, vous saviez qu'ils étaient soixante-dix ? Et cette vieille amie juive de mes tantes que l'on a embarquée pour un de vos camps et qui disait en pleurant : « Messieurs, il doit y avoir une erreur, je suis française, mon mari a été tué à la guerre de 14 et mon fils est prisonnier parce qu'il s'est battu pour la France. »

Françoise, les yeux remplis de larmes, lui prit le bras.

— Je t'en prie, tais-toi.

— Ne me touche pas ! Lâche-moi !

— Léa, je vous comprends, mais c'est la guerre, ni vous ni moi n'y pouvons rien. Tout ce que je pourrai faire qui ne sera pas contraire à mon honneur de soldat, je vous promets de le faire pour Mme d'Argilat. Mais pour votre sécurité et celle de tous les vôtres, je vous supplie de ne pas répéter en public ce que vous avez dit ici.

— Pouvez-vous me jurer que ce que je vais vous confier concernant la détention de Camille au fort du Hâ ne sera pas utilisé contre elle ?

Otto Kramer réfléchit quelques instants avant de répondre :

— Vous avez ma parole.

— Pourrais-je vous entretenir seul ?

Françoise se leva :

— Venez, Frederic, vous voyez bien que nous gênons.

Ce qu'elle pouvait être agaçante avec ses faux grands airs. Petite, déjà, elle était d'une susceptibilité qui avait toujours horripilé Léa et dont même leur père se moquait.

— Ce que j'ai à dire ne me concerne pas, c'est pour ça que je pense...

— Tu n'as pas à te justifier, l'interrompit sa sœur en quittant la pièce suivie de Frederic.

— Mon pauvre ami, je ne sais pas comment vous pouvez la supporter.

— Arrêtez de vous quereller comme des gamines, gronda-t-il avec un bon sourire. Asseyez-vous en face de moi.

— Voilà, fit-elle. J'ai reçu une lettre de Camille. On l'a laissée plusieurs jours enfermée dans une cave où elle ne pouvait même pas tenir debout. Elle a été à trois reprises interrogée par Dohse. N'obtenant rien d'elle, il l'a fait jeter dans une cellule infecte d'où elle est sortie malade. Que fera-t-il la prochaine fois ? Les geôliers du Bouscat n'ont pas bonne réputation. On dit, à Bordeaux, que certains jours, les cris traversent l'épaisseur des murs des caves. Je vous en supplie, faites en sorte que Camille échappe aux mains de ces gens-là.

— Je méprise autant que vous les actes de « ces gens-là ». Dans l'armée, nous n'aimons pas ceux de la Gestapo. Malheureusement, elle est de plus en plus puissante et son pouvoir policier s'étend également sur nous. Croyez-moi, la France est un des pays occupés à en souffrir le moins. Quant à Mme d'Argilat, je n'étais pas au courant du traitement qu'on lui a fait subir. On m'a donc menti quand on m'a assuré qu'elle était bien traitée. Dohse doit être convaincu qu'elle possède des renseignements importants pour que, malgré ses relations, il la détienne dans ces conditions. Il ne va pas être facile de lui faire lâcher sa proie.

— Mais je vous assure qu'il se trompe : Camille n'est pas au courant des activités de Laurent !

— Elle vous l'a dit ?

— Non, mais nous vivons ensemble, si elle avait eu des nouvelles de Laurent, j'aurais été la première à le savoir.

— Je ne voudrais pas vous faire de la peine, Léa, mais quand on participe à une activité clandestine, on ne va pas le crier sur les toits. Bien que les résistants, comme vous les appelez, soient d'une imprudence dont nous sommes souvent les premiers à nous étonner.

— Je n'en crois rien. Camille savait très bien qu'elle pouvait me faire confiance et que j'étais prête...

Léa s'arrêta net.

— N'ayez pas peur, continuez. Je ne peux vous blâmer, je sais qu'à leur place j'aurais agi comme votre oncle et le mari de votre amie, j'aurais continué à combattre. Cela dit, mon devoir et celui des soldats allemands engagés dans cette guerre est de les en empêcher. Ça aussi, vous devez le comprendre. Quand nous arrêtons et nous fusillons des poseurs de bombes, exécutons des otages, emprisonnons les distributeurs de tracts, ceux qui cachent des aviateurs anglais, ou qui communiquent avec Londres à l'aide d'émetteurs clandestins, c'est, malgré l'armistice, la guerre qui continue. De ça, je n'ai pas à rougir. Mais quand la Gestapo interroge brutalement de supposés résistants et des femmes, j'ai honte. Quoique la plupart du temps, elle laisse cette sinistre besogne aux gestapistes français. Savez-vous que, quand j'étais encore à Langon, deux cents agents français appointés renforçaient les rangs de la Gestapo et des groupes auxiliaires. Depuis la réunion du chef de la Gestapo de Bordeaux, Dohse, et des commissaires de la brigade Poinsot en avril 41, vos compatriotes ont fait du bon travail pour ne pas dire du zèle.

— Taisez-vous.

— Ce n'est qu'une partie de la triste réalité. Croyez-vous que nous leur forcions beaucoup la main aux préfets, aux maires, aux magistrats, aux policiers de France ? Ils obéissent aux ordres du chef de l'État français, le maréchal Pétain, qui leur a demandé, ainsi qu'à tous les Français, de collaborer avec nous. C'est eux qui sont dans la légalité. Votre Maréchal n'est pas venu au pouvoir par un coup d'État que je sache.

— L'honneur, c'était de continuer la guerre.

— Avec quoi ? Vous oubliez que la défaite de l'armée française a été consommée en quelques jours.

Léa détourna la tête, elle revit sur la route d'Orléans ces groupes de soldats sales, barbus, dépenaillés, ayant jeté leurs armes pour courir plus vite, pillant les maisons abandonnées, jetant hors de leur voiture des civils...

— Pour en revenir à Mme d'Argilat, je vais faire jouer le peu de pouvoir que je possède en sa faveur, c'est tout ce que je peux vous promettre. Si je réussis à la faire sortir du fort du Hâ, faites en sorte qu'elle se tienne tranquille car elle sera surveillée encore plus attentivement qu'avant son arrestation. Si je ne réussis pas, non seulement j'aurai perdu tout crédit, mais mon intervention me vaudra, sans doute, d'être renvoyé sur le front de l'Est. Ce n'est pas pour moi que je redoute cette éventualité, mais pour Françoise et mon fils. Je n'aimerais pas les laisser seuls ici avant d'avoir pu régulariser leur situation.

Léa se leva.
— Merci.
Elle se dirigea vers la porte du salon et cria :
— Françoise ! Françoise ! Frederic ! vous pouvez venir.
— Tu es folle de crier comme ça, tu vas réveiller Pierre !

Le lendemain, Léa avait non seulement son Ausweis renouvelé mais une place réservée en première classe dans le train de Bordeaux qui partait deux jours plus tard. Elle employa ces deux jours à aller au cinéma et au théâtre avec Françoise et à consoler ses tantes attristées par son départ. À Albertine, elle laissa un message pour François Tavernier au cas où il passerait rue de l'Université prendre de ses nouvelles.

Elle quitta Paris sans regret.

13

En arrivant à la gare Saint-Jean, à Bordeaux, Léa eut la surprise de découvrir Mathias sur le quai. Il était venu l'attendre. Elle le vit tout de suite, avant même que le train soit arrêté. Il paraissait plus grand, plus fort et sa tête était presque rasée. Elle éprouva aussitôt de la joie et un indicible malaise.

Il se précipita pour prendre sa valise, l'embrassa sur les deux joues, se dandinant un instant devant elle, comme s'il ne savait pas trop par quoi commencer, comme s'il mesurait le temps passé, puis il l'entraîna jusqu'au train de Langon. Lorsqu'ils furent installés dans leur compartiment, il lui prit la main que Léa retira.

Pourquoi ses yeux avaient-ils perdu leur lueur malicieuse ?

— Je voulais être le premier à t'annoncer une bonne nouvelle : madame Camille a quitté le fort du Hâ.

— Elle est à la maison ?

Mathias avait eu l'air un peu gêné.

— Non. Elle a été transférée au camp de Mérignac...

— C'est ça que tu appelles une bonne nouvelle ?

— Oui, car dans le camp de Mérignac, on y circule plutôt librement, les gardiens sont français et je connais le directeur.

— Cela m'est bien égal que tu connaisses ou non le directeur, ce que je veux c'est que Camille soit libérée.

— Prends patience, on s'en occupe, c'est une question de jours. Crois-moi, pour l'arracher à Dohse, ça n'a pas été facile, il a fallu négocier.

— Négocier ?... Qui ? toi ?... Tu connais ce salaud ?

— Salaud, c'est vite dit. Il fait son boulot, maintenir l'ordre dans une ville comme Bordeaux où grouillent des agents anglais, des terroristes communistes et des marioles qui ne demandent qu'à déclencher la bagarre !

Elle le fusilla du regard.

— Te rends-tu compte de ce que tu dis ? avait-elle sifflé entre ses dents pour que leurs voisins ne l'entendent pas.

— Je me rends très bien compte que si toi et Camille vous ne changez pas d'attitude et que vous continuez à faire les yeux doux du côté de la Résistance, vous serez exécutées. Et moi, je ne veux pas que tu sois exécutée.

Léa haussa les épaules et se recroquevilla sur la banquette. Elle était touchée par cette passion naïve et brutale de Mathias mais terrifiée à l'idée de ce qu'il avait pu faire. Tel qu'elle le découvrait là, il était capable de tout pour lui plaire et à coup sûr de trahir. Que faisait-il avec les Allemands ? Elle préféra très vite changer de sujet, parler des vignes et du domaine et finit par faire semblant de dormir.

À la gare, elle avait retrouvé avec plaisir sa bicyclette bleue que Mathias lui avait amenée avec son vélo. Malgré un petit vent vif qui soufflait dans la côte du domaine de la Prioulette, Léa était arrivée avant lui devant les barrières blanches qui marquaient l'entrée de la propriété. L'espace d'un instant, elle avait tendu l'oreille, s'attendant à entendre la voix de son père.

Un dîner l'attendait dans la grande cuisine aux dalles de pierre. Dans la cheminée noircie brûlait un feu de sarments qui faisait briller le cuivre des casseroles et des bassines accrochées aux murs blanchis à la chaux. Sur la longue table recouverte de toile cirée bleue, on avait dressé le couvert des jours de fête. La première chose que Léa remarqua en entrant ce fut que l'on avait disposé les fauteuils du salon autour de l'âtre. Suivant son regard, Ruth lui dit :

— Nous n'avons pas assez de charbon ni de bois pour chauffer une autre pièce. Ici, nous profitons de la chaleur de la cuisinière que nous allumons pour faire les repas et, le soir, pour le plaisir des yeux, nous jetons une brassée de sarments dans la cheminée. Avec ce froid, la cuisine est devenue le seul endroit agréable de la maison. Il y a des jours où nous ne nous résignons pas à regagner nos chambres. Les lits sont glacés, malgré les bouillottes. Moi, ça va encore ; en Alsace, le froid est autrement plus vif qu'ici et j'ai été élevée à la dure, mais ta sœur et ta tante en souffrent beaucoup. Leurs pieds et leurs mains sont couverts d'engelures. Moi, je n'en ai qu'aux mains, mais c'est à force de laver dans l'eau à peine dégelée.

Pauvre Ruth, de gouvernante, d'institutrice, de dame de compagnie, elle était devenue, avec la même bonté, le même souci d'efficacité, la bonne à tout faire de la maison. Comme autrefois Léa se jeta à son cou.

Ruth retrouva les mots des câlins d'autrefois :

— Mon beau soleil, ma toute petite... ma sauvageonne... que je suis heureuse que tu sois de retour. Montillac sans toi, n'est plus Montillac. Te souviens-tu de ce que ton pauvre père disait ?

Léa fit non de la tête.

— Il disait que tu étais le génie de cette maison, que sans toi, elle n'existerait pas de la même manière et qu'elle pourrait bien un jour perdre son âme si tu la quittais à jamais.

— Cela n'arrivera pas, Ruth, et papa le savait. Il y a ici, dans cette terre, entre ces murs, quelque chose qui fait partie de moi, comme mes bras, ma tête ou mon cœur et sans lesquels je ne peux vivre. Tu vois, chaque fois que je quitte la maison, je crains de ne jamais y revenir et à chaque retour, montent en moi un bonheur et une force qui me surprennent toujours.

— C'est ça l'amour, petite.

Bernadette Bouchardeau les avait rejointes. Elles s'installèrent à table pour manger des haricots secs et un poulet donné par Fayard. Léa donna des nouvelles de Paris et Ruth raconta son arrestation avec Camille et Laure.

Léa ne parvenait pas à se défaire tout à fait du malaise qu'elle avait éprouvé dès le quai de la gare Saint-Jean. Elle ne parvenait pas à retrouver son Montillac. Cette grande maison frileuse n'était pas vraiment la sienne. Elle en avait assez du froid, de la faim ; elle voulait l'été, le soleil, les fruits... Laure avait beaucoup grandi, c'était une femme maintenant. Charles trottait partout — il ressemblait à sa mère, la même bouche et les mêmes yeux... Léa avait l'impression que tout s'était fait à son insu, dans son dos presque. Malgré les gestes quotidiens retrouvés, malgré les habitudes, Montillac lui échappait. On avait déplacé les meubles, Ruth semblait moins alerte, plus ridée...

Au moment précis où la gouvernante saisissait le petit Charles pour aller le coucher, la porte s'ouvrit toute grande.

Un homme avec une moustache tombante, un béret enfoncé au ras des sourcils, une valise à la main, vêtu d'une canadienne s'avança sur le seuil.

— Fermez vite, vous faites sortir toute la chaleur, s'écria Bernadette Bouchardeau.

L'homme obéit.

— Qui êtes-vous ? Que voulez-vous ? demanda-t-elle. Il fait nuit, ce n'est pas une heure pour se présenter chez les gens.

L'homme ne répondait rien, il regardait autour de lui comme quelqu'un qui retrouve un lieu familier.

Léa se leva, le cœur arrêté.

— Mais enfin, monsieur, allez-vous répondre : qui êtes-vous ?

— Tais-toi, ma tante. Sois le bienvenu, Laurent.

Il y eut un mouvement de panique. Tout le monde voulut saluer Laurent en même temps, le serrer contre soi. Ruth voulait à toute force lui mettre son fils dans les bras. Le petit hurlait de terreur devant ce grand moustachu qu'il ne connaissait pas...

Laurent les calma.

— Soyez discrets. Je préférerais que Fayard et Mathias ne soient pas attirés par des cris.

Il s'attabla pour manger un peu. Ses yeux ne cessaient d'aller de Léa à Charles qui avait gagné un supplément de veillée et jouait par terre.

— J'ai été prévenu par Tavernier que Léa devait arriver ce soir. Je pense que tu es là avec la bénédiction des autorités et donc tu pourras rendre visite à Camille. Je voulais te donner un message pour elle... J'ai un rendez-vous important la concernant demain à Bordeaux.

Bernadette Bouchardeau fouillait les placards pour trouver un peu de nourriture. Laurent eut du mal à la persuader qu'il n'avait plus faim. Il se mit à quatre pattes et Charles accepta sans discuter ce nouveau compagnon de jeu. Il se laissa même emporter jusqu'à son lit et se fit promettre une partie de cache-cache pour le lendemain...

Quand, enfin, tout le monde fut couché, Léa et Laurent se retrouvèrent serrés l'un contre l'autre sur le petit banc de pierre à l'intérieur de l'âtre. Léa était heureuse. Elle caressait la moustache de Laurent en riant, lui passait la main sur la poitrine. Il était devenu dur comme une pierre. Elle lui passa l'index sur la petite patte d'oie qu'il avait maintenant au coin de l'œil.

— Tu as vieilli.

— Toi aussi. Mais tu es plus belle encore. Tu as l'air d'une vraie dame maintenant. Même Tavernier s'en est rendu compte.

Pendant des heures, ils parlèrent de ce qu'avait été leur vie depuis leur séparation.

Recherchés par les hommes de Lécussan, Adrien et Laurent avaient dû quitter Toulouse et se réfugier dans le Limousin, couchant au hasard dans les greniers ou les bergeries chez des résistants ou des sympathisants. La zone était sous les ordres d'un certain Raoul, un ancien instituteur communiste, entré dans la clandestinité depuis février 1941, pourchassé par les hommes du commissaire Combes, puis par la Gestapo. Au bout de deux mois de cette vie errante, Adrien avait choisi de regagner clandestinement Bordeaux où il pensait pouvoir faire un meilleur travail que dans les bois. Laurent, lui, était resté pour faire l'instruction militaire des jeunes. Ensemble, ils avaient attaqué des mairies et des perceptions pour récupérer des cartes d'alimentation, indispensables à leur survie, des cachets officiels, des cartes d'identité vierges et de l'argent.

— Avec la guerre, je suis devenu bandit de grand chemin !

Cependant, il n'était pas communiste et, très vite, des dissensions profondes étaient nées entre lui et les responsables clandestins du Parti. Il envisageait de plus en plus sérieusement de retourner à Toulouse pour essayer de se faire envoyer à Londres, puis en Afrique du Nord pour combattre. Il en était là de ses réflexions quand il avait appris l'arrestation de Camille et sa détention au fort du Hâ. Le soir même, il quittait le maquis limousin et entrait en contact, à Toulouse, avec son ancien réseau. Là, on lui avait ménagé une rencontre avec Grand-Clément.

— L'assureur de papa ! s'était exclamée Léa.

Le même, qui était devenu *le* chef de l'organisation civile et militaire de la région de Bordeaux, ce qui n'avait pas manqué de surprendre Laurent, d'autant qu'en 40 Grand-Clément n'avait pas caché ses sympathies pour le gouvernement de Vichy. Mais parmi les résistants, il n'était pas le seul à avoir fait confiance, pendant un certain temps, au maréchal Pétain. À Toulouse, on avait dit à Laurent de se rendre au café *Bertrand*, et de demander David qui, en août 1942, avait été parachuté de Londres près de Châteauroux. Laurent devait se présenter à lui sous le pseudonyme de Lucius. David serait prévenu de sa venue prochaine par un message de Radio-Londres. Le rendez-vous était pour le lendemain.

Léa lui montra la lettre de Camille qu'il lut avec une émotion dont elle s'étonna de n'éprouver aucune jalousie. Elle lui fit part de sa conversation avec Otto Kramer et de ses promesses. Curieusement, elle ne lui parla ni du retour de Mathias, ni de ce qu'il lui avait dit concernant ses nouvelles relations. Elle se contenta de lui apprendre que Camille était maintenant au camp de Mérignac.

— C'est demain le jour de visite, j'irai. Écris-lui, si tu veux, je m'arrangerai pour lui remettre ta lettre.

— Non, je ne peux pas accepter, c'est trop dangereux.

— Écris-la quand même, si je vois qu'on est trop surveillé, je la garderai. Je vais te chercher du papier à lettres et de l'encre.

Quand elle revint, il était assis à la table.

Doucement, elle lui mit la main sur l'épaule.

— Ne t'inquiète pas.

Il leva les yeux vers elle, l'enlaça et posa sa tête contre son ventre. Longtemps ils restèrent ainsi, immobiles.

Léa se ressaisit.

— Je vais me coucher. Ruth a préparé ton lit dans la chambre de papa. J'espère qu'il ne sera pas trop froid, elle a mis deux bouillottes. À quelle heure veux-tu te lever demain ?

— Pas très tôt, mon rendez-vous est à trois heures de l'après-midi.

— Alors, dors bien. À demain, fit-elle en l'embrassant comme une sœur.

— Léa... Léa, ce n'est rien... n'aie pas peur... ce n'est qu'un mauvais rêve...

Laurent avait été réveillé en sursaut par les cris et les gémissements qui venaient de la chambre de la jeune femme. Il s'était précipité. En proie à son cauchemar habituel, assise dans son lit, en larmes, elle repoussait les assauts de l'homme qu'elle avait tué à Orléans. Par un raffinement du sort, l'homme avait maintenant un compagnon : Masuy, le tortionnaire de Sarah qui s'avançait vers elle, traînant une baignoire remplie d'immondices d'où surgissaient des serpents.

Léa se réveilla en nage et vit dans la clarté douce de la lampe le visage de Laurent.

— Je t'en prie, viens près de moi, j'ai peur.

Dès qu'il la tint serrée contre lui, elle se rendormit comme un enfant.

Léa avait convaincu Laurent de ne pas bouger de l'étage tant qu'elle ne se serait pas assurée que Fayard et sa femme n'étaient pas dans les parages. En fait, elle redoutait la perspicacité jalouse de Mathias. Elle avait raison. La veille, par discrétion, le jeune homme s'était éclipsé aussitôt après avoir déposé les bagages de Léa dans sa chambre et n'avait pas reparu.

Quand elle entra dans la cuisine, il était là, bavardant avec Ruth qui finissait son déjeuner. Léa embrassa la vieille gouvernante et son ami d'enfance.

— Tu as une mine superbe, lui dit-il. Tu as l'air reposé, malgré l'heure tardive à laquelle tu t'es couchée.

Aussitôt, elle fut sur la défensive.

— Je me couche à l'heure qui me plaît.

— Ne te fâche pas, je disais ça comme ça.

Léa se détendit.

— J'ai très mal dormi, j'ai fait d'épouvantables cauchemars.

— Ce soir, je te donnerai une infusion de tilleul, dit Ruth toujours efficace.

— Tu sais bien que le tilleul m'énerve, déjà quand j'étais petite...

— Oui, oui, c'est vrai, je confonds avec Françoise. Toi, c'est de la fleur d'oranger. Veux-tu que je te fasse griller du pain ?

— Non, merci, je vais le faire moi-même.

— Il y a un peu de café sur la cuisinière.

— Merci, Ruth.

Tout en parlant, elle s'était coupé une tranche de gros pain dur et, piquée au bout d'une fourchette, avait posé la tartine devant les braises de la cheminée.

— Tu en veux une ? demanda-t-elle à Mathias.

— Non merci, j'ai déjà déjeuné. Tiens, je t'ai apporté du beurre.

— Mais, c'est ta ration de tout un mois !

— Ne t'inquiète pas. Je sais où m'en procurer.

Assis en face d'elle, il la regardait manger.

Tout à coup, le visage de Léa se rembrunit.

— Qu'as-tu ?

— Je pense à Camille, je n'ai rien à lui apporter à part des confitures et des vêtements.

— J'y ai pensé. J'ai pour elle un panier plein de bonnes choses.

— Avec du beurre ?

— Avec du beurre, du sucre, des petits gâteaux, du saucisson, des pâtés et même du savon.

— Tu es formidable !

— Je sais, fit-il en se rengorgeant.

Léa éclata de rire.

— Le camp ouvre à deux heures, il faut prendre le train de onze heures, tu n'as pas beaucoup de temps.

Elle jeta un coup d'œil à l'horloge de la cheminée.

— Je monte m'habiller, passe me prendre dans une demi-heure.

Dès qu'il fut sorti, elle prépara un plateau pour Laurent qui s'extasia sur le beurre.

Le temps leur manquait pour aménager un rendez-vous sans danger dans Bordeaux, d'autant que Laurent ne savait pas à quelle heure il pourrait voir Grand-Clément. Ils décidèrent donc de se dire au revoir. Quand Léa fut prête à partir, elle se serra contre lui.

— Sois prudente et ne prends pas de risque inutile.

Elle eut un petit haussement d'épaules fataliste et quitta la chambre. La lettre pour Camille était cachée dans sa chaussure droite.

14

La petite main gantée de laine rapiécée serre très fort l'anse du lourd panier tandis que les pieds chaussés de bottillons à semelles de bois piétinent dans la boue du chemin entouré de barbelés qui mène à l'entrée du camp de Mérignac. Une foule de gens, des femmes pour la plupart, font la queue, attendant l'ouverture de la porte. Tous frissonnent dans leurs mauvais vêtements, silencieux, tête baissée, comme s'ils avaient honte d'être là. Soudain, un même mouvement les agite : là-bas, on vient d'ouvrir un des battants de la haute porte de bois hérissée de barbelés. Les corps se redressent... les cœurs battent plus vite. Léa change son panier de main. La colonne avance lentement, chacun prépare ses papiers. Une vieille femme, encombrée de paquets, laisse tomber les siens. Personne n'a un geste pour l'aider. Enfin, c'est son tour. Elle regrette d'avoir demandé à Mathias de la laisser seule. Après avoir regardé sa carte d'identité, le gendarme la laisse passer tandis qu'un autre lui fait signe d'entrer dans la baraque qui jouxte l'entrée. Là, d'autres gendarmes examinent sur une table le contenu des valises, paniers, sacs et autres paquets, notent le nom du visiteur et celui du visité. Derrière un rideau sale, une fouille plus intime : pour les femmes, c'est une gardienne qui est chargée de l'inspection. Léa se raidit sous les mains qui palpent son manteau et son corps par-dessus la robe.

— Retirez vos chaussures.

Léa ferme les yeux pour cacher la lueur de joie qui les éclaire. Quelle bonne idée elle a eue de retirer la lettre dans les toilettes du train. Calmement, elle tend ses chaussures à la femme qui les explore.

— Faut pas m'en vouloir. Vous savez, il y en a qui cachent des lettres là-dedans, dit-elle en les lui rendant. Vous pouvez sortir.

Léa reprend son panier. Elle n'a pas quitté ses gants. La lettre est cachée dans celui de gauche. Elle fait quelques pas dans le sol boueux sans rien voir autour d'elle, n'osant croire à sa réussite. Quelqu'un en la bousculant la ramène à la réalité.

Ainsi, c'est donc ça, ce camp de Mérignac, dont on parle tant dans la région, la réserve d'otages : une dizaine de baraquements en bois au toit de tôle ondulée, entourés de barbelés et surmontés de miradors. Quelques détenus errent librement. Une baraque est aménagée, pour la circonstance, en parloir : un petit coin pour les femmes, un plus grand pour les hommes, chauffée par un poêle à bois qui trône au centre de la pièce. Léa reste sur le seuil.

— La porte bon Dieu ! hurle une voix d'homme.

Léa entre, poussée par un gendarme qui referme derrière elle.

— C'est qui q'vous cherchez, ma p'tite ?

— Mme d'Argilat, bredouille-t-elle.

— Elle arrive, vous inquiétez pas. On a été la chercher à l'infirmerie.

À l'infirmerie ! Camille est donc toujours malade !

— Léa !... Oh ! Léa !

Ce corps si léger, ce visage si pâle, si terriblement amaigri, ces cheveux ternes, ces mains brûlantes, ces yeux... ces yeux qui disent toute leur joie de la revoir... Ces baisers qui couvrent ses joues. Ces larmes qui mouillent ses lèvres et viennent se mélanger aux siennes...

— Comment va Charles ?

— Bien, répond Léa. J'ai des nouvelles de Laurent, chuchote-t-elle.

Elle sent contre elle le maigre corps s'affaisser. Avec l'aide d'une des prisonnières, elle l'allonge sur un banc.

— Malade comme elle est, elle aurait dû rester couchée.

— Non, non, murmure Camille en se redressant. Ce n'est rien, ajoute-t-elle à l'intention du gendarme qui s'approche.

La jeune femme regarde à peine le contenu du panier mais s'enveloppe avec un air de ravissement dans un grand châle de laine tricoté par Ruth. C'est le moment que choisit Léa pour lui glisser la lettre.

— C'est de Laurent.

Camille rougit et serre en tremblant le papier chiffonné.

— Oh! merci.

Elle tousse. Léa lui met la main sur le front : il est brûlant.

— Tu as de la fièvre, tu es folle de t'être levée.

— Ne me gronde pas. Les visites sont interdites à l'infirmerie, je n'aurais pas pu te voir. Surtout, ne dis pas à Laurent que je suis malade.

— As-tu vu le médecin?

— Oui, oui, il est venu hier. Il passe une fois par semaine. Parle-moi de Paris, de tes tantes, de Françoise et de son bébé. Est-il mignon?

Léa bavarde de mille choses. Camille rayonne.

Lorsque le temps de la visite est écoulé, elles ont l'impression de ne s'être rien dit.

Camille fait promettre à Léa de revenir et éclate en sanglots.

— J'ai peur de ne pas tenir, dit-elle.

Bras ballants, délestée de son panier, Léa s'éloignait du camp avec une seule pensée : il faut la sortir de là.

Mathias, à vélo, s'arrêta à sa hauteur.

— Mademoiselle, puis-je vous déposer quelque part?

Il était revenu la chercher! C'était gentil car les trams entre Bordeaux et Mérignac étaient plutôt rares, mais cela ne l'arrangeait pas : elle voulait se rendre discrètement au café *Bertrand*, quai des Chartrons.

— Peux-tu me conduire chez mon oncle Luc ?
— Bien sûr. Tu en auras pour longtemps ?
— Je n'en sais rien, une heure ou deux, peut-être. Nous nous retrouverons à six heures au café qui est à côté du Grand-Théâtre.
— Comme tu veux.
Léa s'installa en amazone sur le cadre, presque confortablement entre les bras de Mathias.
Tout en roulant, ils parlèrent de Camille, de son état de santé. Le jeune homme lui réaffirma qu'elle ne resterait plus longtemps et que Rousseau, le directeur du camp, lui avait promis de veiller à ce qu'elle ait un peu plus de confort. Une gêne inexplicable empêchait Léa de poser les questions qui lui brûlaient la langue.
Il la laissa, allée de Chartres, devant chez son oncle. Elle entra dans l'immeuble et attendit quelques instants dans le vaste hall dallé de marbre blanc, puis ressortit. Mathias avait disparu. Rapidement, elle se dirigea vers le quai des Chartrons qui était tout proche.

Excepté quelques silhouettes sombres, recroquevillées sous le crachin glacial qui s'était mis à tomber, les quais étaient déserts. Léa avait ralenti le pas pour ne pas risquer de passer devant le café *Bertrand* sans le voir. Son entrée ne dérangea pas les joueurs de cartes installés à une des tables. Elle avança sous l'œil débonnaire d'un petit serveur rondouillard, le ventre ceinturé du tablier bleu des hommes du vin. À part lui et les joueurs, le café était vide. Le petit homme passa derrière le comptoir.
— Que buvez-vous, mademoiselle ?
— Je voudrais voir David, fit-elle dans un souffle.
Le visage ouvert se referma.
— Vous devez vous tromper, il n'y a pas de David ici.
— Je suis sûre que si, un de mes amis avait rendez-vous avec lui cet après-midi.
— C'est possible, mais moi j'suis pas au courant.

Une brusque lassitude envahit Léa qui, comprenant qu'elle ne tirerait rien du bonhomme, s'installa à une table.

— Donnez-moi un café, s'il vous plaît.

La mixture qu'il lui apporta était infecte, mais elle était chaude. Le patron avait disparu dans l'arrière-salle.

Quelques secondes plus tard, Laurent était debout devant elle.

— Tu es folle, que fais-tu là ?

— Je t'attendais.

— Viens, ne reste pas ici.

Sans répliquer, elle le suivit dans la pièce derrière le bar. Il n'y avait pas de fenêtres, seulement un lit défait, une table de bois blanc, une armoire normande et des chaises de bistrot. Deux hommes, debout, la regardaient entrer.

— C'est bien elle, dit Laurent en la poussant devant lui. Vous pouvez lui faire confiance, Fortunat et moi-même l'avons souvent utilisée.

— Mais pourquoi est-elle venue ? C'est follement dangereux.

Ils commençaient à l'agacer ces deux-là avec leurs airs inquisiteurs. Et de quel Fortunat voulait parler Laurent ? Elle ne connaissait personne de ce nom-là. Ils étaient ridicules tous les trois avec leurs mines de conspirateurs. Soudain, le plus petit des inconnus lui sourit.

— Laisse-la, tu vois bien que tu lui fais peur.

Peur ?... Enfin, si ça leur faisait plaisir de la prendre pour une faible femme.

Le petit brun qui avait parlé lui demanda :

— Pourquoi avez-vous demandé à voir David ?

— Je savais que Lau...

— Ne prononcez pas de nom.

— Je savais que... mon ami avait rendez-vous avec lui.

— Qui vous l'avait dit ?

Léa poussa un soupir excédé.

— Lui, évidemment.

— C'est exact ? questionna-t-il d'un ton sec en se tournant vers Laurent.

— Oui.

— Vous rendez-vous compte que vous avez été d'une grande imprudence ? Et je crois que vous avez eu raison, fit-il en éclatant de rire. Excusez-moi, mademoiselle, pour cet interrogatoire. Permettez-moi de me présenter : Aristide et voici David. Et vous, comment doit-on vous appeler ?

Léa s'entendit répondre sans réfléchir :

— Exupérance.

— Exupérance... fit Aristide, c'est un drôle de nom ; il sonne comme « espérance », c'est un bon choix.

Laurent la regarda avec un sourire complice. Il savait lui d'où venait ce prénom : ensemble, ils avaient contemplé la « petite sainte » dans sa châsse de la basilique de Verdelais.

— J'ai vu Camille, j'ai pu lui remettre ta lettre.

— Comment va-t-elle ?

Léa choisit d'oublier sa promesse.

— Elle est malade, il faut qu'elle sorte au plus vite.

Laurent s'appuya au dossier d'une chaise, sans rien laisser paraître de son inquiétude.

— Aristide pense que c'est très aventureux d'aller voir Grand-Clément. Il n'a pas confiance.

— Mais il a tort, s'exclama David qui n'avait rien dit jusque-là. Grand-Clément, je le connais. Ensemble nous avons repéré et installé de nouveaux terrains de parachutage et aménagé de nouvelles caches d'armes. C'est un homme sûr qui a toute la confiance de l'O.C.M. Je ne sais pas ce qu'Aristide a contre lui, jamais il n'a voulu le rencontrer.

— Écoute, David, on ne va pas encore se disputer à propos de ton grand homme. Il est peut-être « sûr » comme tu dis, mais il parle trop, mène une vie trop voyante, trafique trop. Tout le monde ici sait que « monsieur » Grand-Clément est « un grand chef de la Résistance ». Je ne comprends pas ce qui leur a pris, à Paris, de nommer un guignol comme ça responsable de la région B2. Il n'y a que la Gestapo à Bordeaux pour n'être pas au courant.

— Tu exagères ! Chacun sa manière de combattre.

— Je sais que je suis peut-être injuste, mais quelque chose me dit que cet officier de marine, ancien royaliste, familier du colonel de La Rocque, nous jouera un mauvais tour.

— Toi et ton don de double vue.

Léa avait assisté, amusée, à cet échange de points de vue sur « l'assureur de papa ». Elle essayait de se souvenir de l'impression qu'il lui avait faite lors de leur seule et unique rencontre. Elle revoyait un homme plutôt grand, présentant bien, genre homme d'affaires comme on aime à Bordeaux, rien de bien marquant.

— Et si moi, j'allais le voir ?

Les trois paires d'yeux se braquèrent sur elle.

— J'ai déjà eu affaire à lui.

— Comment ça ? demanda Aristide.

Léa raconta comment elle avait été chargée de remettre des documents à Grand-Clément sous couvert des contrats d'assurance de son père.

Aristide l'écouta sans rien dire. Ce n'était peut-être pas une mauvaise idée, il fallait voir.

— Quand le rendez-vous est-il prévu ?

— Demain, chez lui, une heure avant le couvre-feu.

— On peut l'annuler, dit David. S'il le faut, je m'en charge.

— D'accord, annule-le, fit Aristide.

— Je devais rentrer à Montillac ce soir. Je dois téléphoner sinon ils vont s'inquiéter. Je dois également rejoindre un ami avec qui je devais rentrer à Langon.

— Vous n'avez pas le temps. Quelqu'un va téléphoner de la poste à votre famille. Quant à votre ami, il se fera une raison. Un des nôtres vous suivra de loin jusqu'au cours de Verdun et vous attendra afin d'assurer votre protection. Vous poserez une question à Grand-Clément : « L'O.C.M. est-elle d'accord pour aider à l'évasion de Mme d'Argilat ? »

Depuis quelques instants, Léa, visiblement, n'écoutait pas : elle réfléchissait à toute vitesse.

— C'est absurde. Si je demande cela à Grand-Clément, qui parle trop comme vous le dites, on saura que je vous aide et je serai suspecte à mon tour. De plus, si l'évasion de Camille réussit, elle sera obligée de se cacher jusqu'à la fin de la guerre. Dans son état, et pour son fils, ce n'est pas souhaitable.

— Vrai ! dit Aristide. Que proposez-vous ?

— D'aller le voir en mon nom et de le supplier de faire quelque chose par humanité.

— Mais, il sait que vous êtes mouillée dans la Résistance puisque vous lui avez déjà transmis des documents, dit David.

— J'y ai pensé. Je vais jouer l'écervelée qui n'a rien compris de l'importance de sa démarche.

Aristide ne médita pas longtemps sur cette proposition. Son bon sens le séduisait.

— Je crois qu'elle a raison. David, préviens Tête-de-pioche qu'il la suive discrètement, dès qu'elle sortira. Expérance, vous ne devez pas revenir ici, ce serait trop dangereux.

David quitta la pièce.

— Je me débrouillerai.

— Je ne sais pas si je dois te laisser prendre de tels risques pour moi, dit Laurent.

— Ce n'est pas pour toi, c'est pour Camille.

Le plus drôle, c'est qu'elle était sincère et qu'elle se rendait compte que, depuis leur dramatique fuite sur les routes de l'exode, elle n'avait cessé de se sentir responsable de la jeune femme.

Sans rien dire, Laurent la serra contre lui.

David rentra.

— Tête-de-pioche l'attend caché dehors. Si en sortant de chez Grand-Clément quelque chose ne va pas, mettez ce foulard sur votre tête à la place de votre chapeau. Tête-de-pioche comprendra et se tiendra prêt à intervenir. Il vous suivra jusqu'à ce que vous lui fassiez signe en mettant ainsi vos doigts devant votre bouche pour lui signaler que vous êtes en sécurité. Vous avez tout compris ?

— Mais oui, ce n'est pas si compliqué.

— Je vous attendrai demain au *Régent*, place Gambetta, à partir de midi.

Le patron entra à son tour.

— Tout va bien, elle peut y aller.

Léa leur fit à tous un petit signe et sortit en passant devant le cafetier qui lui dit :

— Ne m'en voulez pas, petite, mais j'avais des consignes.

En guise de réponse, Léa lui dédia son plus joli sourire.

Dehors, il faisait presque nuit, de faibles lueurs passaient sous les portes, aucune lumière ne s'échappait des fenêtres, des boutiques. Les réverbères étaient éteints. Il faisait froid et humide. Heureusement, le cours de Verdun n'était pas très loin du quai des Chartrons.

Devant le 34, plusieurs voitures stationnaient et des gens élégamment habillés entraient. Léa hésita, ce n'était peut-être pas le meilleur moment pour voir Grand-Clément. Tant pis. Elle était là, il fallait y aller. Elle sonna.

Une soubrette ouvrit la porte et s'effaça pour la laisser passer sans rien lui demander.

— Vous ici, chère amie !...

Léa se retourna et reconnut immédiatement celui qu'elle redoutait de ne pas reconnaître. Lui aussi l'avait reconnue.

— Que voulez-vous ?

— Il faut que je vous parle.

— Ce n'est pas le moment, j'attends des amis, revenez demain.

— Non, c'est une question de vie ou de mort, dit-elle en forçant mélodramatiquement sa voix, vous seul pouvez m'aider.

Grand-Clément eut un petit sourire satisfait.

— Croyez, mademoiselle, que je ne demande pas mieux que d'aider une charmante personne telle que vous, mais le moment est mal choisi.

— Je vous en prie, je vais vous dire brièvement de quoi il s'agit.

— C'est bon, venez dans mon bureau. Ma chérie, dit-il à une jeune femme qui venait vers eux, j'en ai pour quelques minutes, reçois nos invités à ma place.

Il la fit entrer dans le bureau qu'elle connaissait déjà. Là, elle entreprit de le séduire, de l'émouvoir et de le convaincre.

À la fin de l'entretien, il promit qu'une personne aussi chaleureusement recommandée serait très prochainement libérée.

— Pas prochainement, immédiatement.

— Comme vous y allez. À vous entendre, on croirait que les Allemands n'attendent qu'un ordre de moi pour relâcher leurs prisonniers.

— Je suis sûre que vous allez réussir.

— Revenez me voir demain à quatre heures, je vous dirai ce qu'il en est, conclut-il en se levant.

Dans l'entrée, un homme assez grand retirait son manteau, aidé par la bonne.

— Oncle Luc !

— Léa ! que fais-tu ici ? Je te croyais à Paris chez tes tantes.

— Je suis venue demander à M. Grand-Clément de m'aider à faire sortir Camille d'Argilat du camp de Mérignac.

— Vous connaissez cette jeune fille ?

— C'est la fille de mon frère Pierre, décédé l'année dernière. Mme d'Argilat est une de ses amies. Elles vivent ensemble près de Langon avec une de mes sœurs, depuis que le mari de cette jeune femme a disparu. Je la connais bien. C'est une personne de qualité. Si vous pouvez faire quelque chose pour elle, je vous en serai reconnaissant.

— Cher maître, j'ai promis à votre nièce de faire tout mon possible.

— Je vous en remercie.

— Au revoir, mon oncle.

— Où vas-tu ? Tu ne rentres pas à Montillac ce soir ? Il

n'y a plus de train et c'est bientôt l'heure du couvre-feu. Si tu veux, tu peux dormir à la maison.

— Je te remercie, oncle Luc, mais j'ai rendez-vous chez des amis.

— Comme tu veux. Tout va bien à Montillac ?

— Ça va. Au revoir. Au revoir, monsieur.

— Au revoir, mademoiselle, à demain. J'espère que j'aurai de bonnes nouvelles à vous donner.

Il faisait nuit noire. Léa n'avait pas retiré son chapeau. Maintenant, il s'agissait de savoir si Mathias était toujours au café du Grand-Théâtre. Il y était.

Il y était, furieux.

— D'où sors-tu ? Pourquoi m'as-tu monté ce bateau ? Tu n'étais pas chez ton oncle, personne ne t'y a vue. Où étais-tu ?

— Je t'expliquerai.

— Hé ! les amoureux, moi je ferme ! Dans dix minutes, c'est le couvre-feu.

— Ça va, ça va, on y va. Tu ne perds rien pour attendre. J'ai horreur que l'on se moque de moi.

— Je regrette, monsieur, mais c'est fermé.

L'homme qui se tenait sur le seuil, les mains enfoncées dans les poches de son imperméable, ne quittait pas Léa des yeux. C'était Tête-de-pioche, elle l'avait oublié. Elle fit le signe convenu. Il partit en disant :

— Adieu, la compagnie.

— Où allons-nous ? demanda Léa dès qu'ils furent sortis dans la pluie et le froid.

— Explique-moi où tu étais pendant que je faisais le pied de grue en t'attendant !

— Plus tard, si tu le veux bien. Pour le moment, je suis glacée et je meurs de faim.

— Ruth et ta sœur doivent s'inquiéter !

— Elles sont prévenues. Sais-tu où nous pourrions aller ?

Sa question resta sans réponse. Ils marchèrent quelques instants en silence, traversèrent l'esplanade des Quinconces semblable à un grand trou noir. Le jeune homme tira de sa poche une lampe électrique qu'il tendit à Léa. Ils contournèrent les sacs de sable des allées de Tourny et arrivèrent dans une ruelle proche d'une église.

Un escalier étroit, raide et glissant, montait vers une porte vitrée sur laquelle était écrit en grosses lettres émaillées « ôtel » ; le h avait disparu, laissant la trace de son contour. Mathias, qui n'avait pas lâché son vélo, poussa la porte, entrechoquant les tubes de cuivre d'un carillon qui tintèrent longtemps. L'endroit, faiblement éclairé, sentait la pisse de chat et la soupe à l'oignon avec, par-dessus, le relent sucré d'un parfum bon marché.

— Ça pue ici, fit Léa à voix basse.

Mathias haussa les épaules.

— Qu'est-ce que c'est ? fit une voix éraillée.

Le point incandescent d'une cigarette brilla dans le fond de la pièce.

— C'est moi, madame Ginette. Vous m'avez gardé ma chambre ?

— Ah ! c'est toi, petiot. T'as d'la chance, j'aurais pu la louer dix fois, mais je m'suis dit : « Faut pas qu'un gars bravasse comme lui se r'trouve à la rue. » Putain de moine !... C'est-y qu't'es accompagné ?

De l'ombre, sortit la femme la plus grosse que Léa eût jamais vue. Sur sa trogne outrageusement maquillée, luisaient deux petits yeux intelligents et méchants, bavant de Rimmel, enfoncés dans la graisse. Le corps difforme, enveloppé d'un peignoir de velours râpé, s'avança vers eux, traînant ses pieds chaussés de mules avachies. Léa recula comme un enfant apeuré.

— Madame Ginette, c'est mon amie d'enfance dont je vous ai déjà parlé.

— Hé ! pibaste[1], tu ne m'avais pas dit que la pissouse

1. Paysan arriéré.

était si gironde et pas l'air momiasse[1] avec ça. Avec une nore pareille, tu dois pas te tirer sur l'élastique bien souvent.

— Madame Ginette !...

— Quoi, « madame Ginette », j'ai bien l'droit donner mon avis chez moi. Ma parole on dirait un roucoulit[2]. J'vais pas te la dévergonder ta pucelle. Quoique qu'avec ces calots-là, ça m'étonnerait qu'elle ait pas déjà perdu son berlingue. Pas vrai mignonne ? Ce n'est pas à une calibreuse comme moi qu'on raconte des craques.

Léa écarquillait les yeux devant cette avalanche de mots qu'elle ne comprenait pas dits avec un accent bordelais de Mériadeck des plus prononcés.

— Madame Ginette, je vous en prie !...

— Tu me pries de quoi, espèce de ragassous[3]... D'un poil du cul, il fait un brancard de charrette. J'suis braviste, mais tu vas me faire prendre le bouille[4]. J'te complimente sur ta donzelle, j'te fais pas la béquette[5] au contraire ! J'sais pas s'qui m'retient de te foutre mon agassin aux derges[6]. Brancaille[7] ! Tu m'les chauffes...

— Mathias, si nous partions, dit Léa, je crois que madame n'a pas envie de nous recevoir.

— C'qu'elle cause bien c'te palombe jolie ! « Je crois que madame n'a pas envie de nous recevoir »... C'est pas ça, mon p'tit cœur. Mais voilà-t-y pas un cagnous[8] qui me prend pour une bestiasse, qui fout'camp sans rien dire, revient d'même aque son biclo et son « amie d'enfance ». Ça veut jouer les feintous[9] alors que qu'ça n'a pas le gano

1. Personne molle.
2. Jeune amoureux.
3. Homme qui ne pense qu'aux choses du sexe.
4. Se mettre en colère.
5. La tête.
6. Fesses.
7. Exclamation remplaçant un juron.
8. Paresseux.
9. Homme porté sur la plaisanterie.

pour payer sa carrée. Si tu veux faire caillou[1] ici, hil de pute, faut les allonger, sinon, polope.

— Tenez, madame, voilà tout ce que j'ai sur moi. Est-ce que cela suffira ? demanda Léa froidement en sortant quelques billets de son sac.

La grosse les compta et les enfouit dans une des poches de son peignoir.

— On peut dire que t'es baillous[2], toi. Tu connais l'chemin.

— Oui, merci.

Mathias appuya sur un interrupteur. La mauvaise lumière qui jaillit d'une unique ampoule nue révéla un long couloir vers lequel il poussa Léa.

— Hé ! mouquirous[3], t'oublies ton biclo.

Il revint sur ses pas prendre son vélo qu'il mit sur son épaule.

La chambre était à l'image du reste : sinistre et glaciale. À bout de nerfs, Léa se mit à pleurer debout au milieu de la pièce, désemparée. Mathias pouvait tout supporter, sauf de la voir pleurer. Il la prit dans ses bras. Elle le repoussa.

— Ne me touche pas.

Elle s'allongea sur le lit, retira ses bottillons et se recouvrit du gros édredon bleu qui paraissait d'un luxe et d'une propreté incongrus dans cet endroit misérable.

— Je reviens.

Elle se souleva, inquiète : il n'allait pas la laisser là, seule dans cet endroit dégoûtant avec cette grosse femme qui lui faisait peur.

— Ne crains rien. Je vais chercher à manger. J'en ai pour dix minutes.

Tout le temps que dura son absence, Léa resta enfouie sous le gros édredon.

— Tu vas étouffer là-dessous, fit-il en la découvrant. La soupe n'attend pas, elle va refroidir. Si madame veut bien se donner la peine, madame est servie.

1. Dormir.
2. Chanceux.
3. Morveux.

C'était à n'y pas croire! Où avait-il été chercher cette table à roulettes recouverte d'une impeccable nappe blanche aux plis bien marqués sur laquelle s'étalait une argenterie digne d'un hôtel de luxe? Une bouteille de margaux reposait dans son panier d'osier près d'une corbeille contenant quatre petits pains blancs, un poulet froid, une salade, une crème au chocolat et une grande soupière d'où s'échappait le fumet délicieux d'un tourin à l'ail.

Léa n'en revenait pas! Ce garçon qu'elle croyait connaître par cœur, était de plus en plus mystérieux. Il était sans doute le seul à pouvoir se procurer à Bordeaux, après le couvre-feu, un repas que n'eût pas repoussé une honnête femme d'avant-guerre.

— D'où cela vient-il?

— Pas d'ici, en tout cas. J'ai un copain qui est cuisinier dans un restaurant pas loin. Tu peux manger sans crainte, tout le gratin de Bordeaux le fréquente.

— Ce doit être hors de prix. Je croyais que tu n'avais pas d'argent?

— C'est exact, mais j'ai du crédit. Allez, à table. Cesse de tourniquer et viens manger.

Léa avala une cuillerée, puis repoussa son assiette.

— Pourquoi es-tu parti en Allemagne?

— Ça te défrise, hein? Tu ne supportes pas que je sois du côté du plus fort. Je le sens bien, depuis que tu es revenue de Paris, tu m'évites... Tu n'imagines pas que ce sont les Laurent d'Argilat et les Adrien Delmas qui vont faire la loi? Tu penses qu'on va se laisser bouffer par les communistes sans rien dire?

— Mais ni Laurent ni oncle Adrien ne sont communistes.

— Peut-être, mais ce sont des terroristes, comme eux.

— Tu es complètement fou, mon pauvre Mathias... Tu trouves sans doute normal qu'on torture les gens.

— C'est la racaille juive qu'on torture.

— Racaille juive! Camille?

— Elle n'avait qu'à faire attention et ne pas se marier avec n'importe qui!

— Salaud !

— Tu vas le voir, le salaud... Tu n'as pas toujours dit ça.

Il tendit la main.

— Si tu me touches, ce n'est plus la peine de remettre les pieds à Montillac. Jamais.

Il pâlit. Là, il n'y avait plus d'amie d'enfance, mais la patronne du domaine que son père et lui cultivaient. C'était la première fois que Léa lui parlait sur ce ton. Un ouvrier ! Un domestique ! Voilà ce qu'il était. Elle s'était envoyée en l'air avec lui comme les marquises et les baronnes s'envoyaient leurs pages.

— Tu oublies, ma pauvre fille, que « ton » Montillac est hypothéqué et que si mon père et moi nous te laissons tomber, tu n'auras plus qu'à vendre à bas prix.

— C'est dégueulasse ce que tu dis là. Je croyais que tu aimais cette terre autant que moi.

— On n'aime pas longtemps ce qui ne vous appartient pas.

Il lui saisit les poignets d'une main, la renversa sur le lit et s'assit sur ses jambes pour l'immobiliser. De sa main libre, il déboutonna sa braguette et sortit son sexe.

— Non Mathias ! arrête.

— Tu ne vas pas me faire croire que tu n'aimes plus ça !

Il lui retrousse sa robe, arrache sa culotte. Léa se débat, se cabre, lui crache au visage, serre les cuisses... il la gifle à toute volée. Sa lèvre éclate et le sang gicle. Elle hurle... Il lui ouvre les jambes et se plante en elle.

Léa le regarde, effarée. Elle a mal comme jamais elle n'a eu mal, une horrible peur l'envahit. Ses larmes coulent, mouillant l'oreiller.

— Arrête, Mathias... Arrête ! j'ai mal.

— Écoute-moi bien. Tu vas finir maintenant de faire ta mijaurée. J'ai tout ce qu'il faut pour te faire coffrer quand je veux : les lettres que tu passais, les petits messages sur la bicyclette bleue... je sais tout. J'ai beaucoup d'amis à la Gestapo. Je te tiens. Alors tu vas rester bien sage. Je vais retourner en Allemagne, le temps qu'on finisse d'écraser la vermine et puis je reviendrai bien tranquillement, tu m'épouseras et nous deviendrons les maîtres de Montillac... Je suis patient.

Il se laissa tomber de tout son poids sur elle, cherchant sa bouche, son sexe lui fouillant le ventre. Léa serrait les dents, tremblant de tous ses membres.

— Je t'aime Léa, je t'aime.

Il jouit en elle et s'affaissa.

Un long moment plus tard, il se dégagea. Il y avait du sang sur son sexe.

Léa tira l'édredon sur son corps meurtri et resta prostrée.

Il lui caressa le visage ; elle repoussa sèchement sa main. Il la regarda longtemps sans rien dire. Elle dormait ou faisait semblant. Il éteignit la lumière.

15

Léa se réveilla la première avec une douleur terrible dans le ventre. Il avait l'air de faire beau, un rayon de soleil essayait de pénétrer dans la chambre au travers des rideaux de vilain tissu rougeâtre révélant un accablant papier à grosses fleurs bleu et rouge, décollé et déchiré par endroits. Une grande glace en face du lit lui renvoyait son image et celle de Mathias endormi.

Elle se redressa. Sa montre indiquait onze heures. Onze heures ! Au prix d'un grand effort, elle parvint à se lever. Grelottante dans la pièce glaciale, elle enfila ses bottines et son manteau. Mathias se retourna dans le lit. Elle resta un instant immobile puis chercha son sac sous le lit, heurta la table sur laquelle tintèrent les verres et les assiettes. Mathias dormait toujours.

Au bout du couloir, un homme malingre, au teint jaune, un mégot éteint aux lèvres, balayait nonchalamment.

Dehors, le ciel bleu avait remplacé le crachin de la veille. Il y avait dans l'air comme une odeur de printemps qui se faufilait dans les ruelles sans joie. Les douze coups de midi sonnèrent à Notre-Dame. Léa se mit à courir tout le long de la rue Montesquieu. Toujours courant, elle traversa le cours de l'Intendance, dut s'arrêter pour laisser passer un tramway et arriva essoufflée devant *le Régent*. C'était l'heure de l'apéritif ; la terrasse était pleine. Plusieurs tables étaient occupées par des officiers allemands.

David était fou de lui avoir donné rendez-vous ici ! Il n'était pas à la terrasse. Léa se résigna à entrer dans l'établissement. Tout de suite, elle le vit assis sur une banquette lisant *La Petite Gironde*. Il avait l'air rajeuni et heureux.

— Vous connaissez la nouvelle ?

Elle fit non de la tête.

— Hier à Radio-Londres, ils ont annoncé que Leningrad était libérée. Avec Aristide, on en aurait pleuré quand on a entendu Jacques Duchesne dire ça d'une voix enrouée. Vous vous rendez compte ! Ils ont tenu seize mois... Vous n'avez pas l'air très contente...

— Ce n'est pas ça, mais j'ai une migraine épouvantable... C'est une très bonne nouvelle.

Il la regarda plus attentivement.

— C'est vrai que vous avez moins bonne mine qu'hier. Vous n'avez pas eu de problèmes ?

— Non, tout s'est bien passé.

— Et Grand-Clément ?

— Il m'a promis de faire tout ce qui serait possible. Il m'a donné rendez-vous chez lui aujourd'hui à quatre heures.

— Parfait. Je dirai à Tête-de-pioche de s'y trouver. N'oubliez pas, si quelque chose ne va pas, mettez le foulard.

— Mademoiselle désire boire quelque chose ?

— Oui... non..., je n'sais pas.

— Avez-vous mangé ce matin ?

— Non, je n'ai pas faim. Donnez-moi un vichy fraise et de l'aspirine si vous en avez.

— Je vais voir, mademoiselle.

Un groupe de jeunes gens entra en riant bruyamment. Près d'elle, Léa sentit David se raidir. Ces garçons avaient pourtant l'air bien inoffensif.

Le serveur revint avec la consommation et deux comprimés sur une soucoupe.

— Vous avez de la chance, la patronne en avait dans son sac.

— Vous la remercierez pour moi.

— Je vous dois combien ?

— Un vichy-fraise et un verre de sauternes... Six francs, monsieur, sans le service.

— Voici. Dépêchez-vous, il faut filer.

Léa avala ses comprimés et suivit David. Dehors il lui prit le bras et l'entraîna rue Judaïque.

— Pourquoi sommes-nous partis si vite ?... À cause des jeunes gens ?

— Oui.

— Pourquoi ?

— J'espère pour vous que vous n'aurez jamais à les revoir. Ce sont des hommes du commissaire Poinsot.

— Eux ? On dirait des étudiants !

— Drôles d'étudiants. Ils savent mieux manier le gourdin que la langue française. Ce sont de dangereuses petites brutes sans scrupule qui torturent et tuent autant par plaisir que pour de l'argent.

— Pourquoi m'avoir donné rendez-vous dans cet endroit ?

— Parce que c'est encore au milieu de l'ennemi qu'on est le plus en sécurité. Nous allons nous séparer là. Qu'allez-vous faire en attendant l'heure d'aller chez Grand-Clément ?

— Je vais marcher un peu, l'air me fait du bien. Ensuite, j'irai peut-être au cinéma.

— C'est une bonne idée. On passe *Les Visiteurs du soir* de Carné, à l'*Olympia*. Ce n'est pas mal même si la fin est un peu ratée.

— Je l'ai vu à Paris. Que devrai-je faire en quittant Grand-Clément ?

— Vous rendre à la gare Saint-Jean pour prendre votre train. Devant le kiosque à journaux, une femme tenant un guide des vins de France à la main vous abordera en vous disant : « Le train de Paris a du retard aujourd'hui », vous lui répondrez : « Je ne crois pas. » Faites-lui un compte rendu de l'entretien et prenez votre train pour Langon.

— Et si, pour une raison ou une autre, je ne peux pas me trouver à la gare ?

— Nous le saurons par Tête-de-pioche qui n'aura cessé de vous suivre. Mais les ordres sont que vous retourniez chez vous le plus vite possible.

— Les ordres ? fit Léa en fronçant les sourcils.

— Oui, que vous le vouliez ou non, vous appartenez maintenant au réseau et vous devez obéir dans votre intérêt et dans celui de tous. Aristide est très strict là-dessus.

— Où est Lau... Lucius ?

— En lieu sûr, dans les Landes. Vous aurez de ses nouvelles bientôt. Au revoir, Exupérance. *Good luck.*

— Au revoir, David.

— Votre amie sera libérée demain.

Léa n'en croyait pas ses oreilles. Il se moquait, ce n'était pas possible !

— Comment ça ?

— La Gestapo est arrivée à la conclusion que Mme d'Argilat ne savait rien des activités de son mari et qu'elle ignorait l'endroit où il se trouvait. Vous ne le sauriez pas, vous, par hasard ?

L'inattendu de la question faillit la désarçonner. Comment maîtrisa-t-elle la pâleur que l'angoisse lui jetait au visage et put-elle répondre d'une voix parfaitement innocente ?

— Moi ? Non. Je ne l'ai pas revu depuis l'enterrement de mon père.

Dupe ou non, Grand-Clément ne laissa rien paraître.

— Voilà un homme prudent comme on les aime chez nous.

— Chez nous ?

— Oui, dans la Résistance.

— Mais c'est très dangereux, fit-elle avec un mélange de peur et d'admiration si bien joué que son interlocuteur approuva en se rengorgeant :

— Très, mais la libération de notre pays est à ce prix.

Léa, qui commençait à en avoir assez de jouer les idiotes et se sentait de plus en plus mal à l'aise face à cet homme qu'elle ne discernait pas, lui demanda :

— À quelle heure Mme d'Argilat doit-elle sortir ?

— En fin de matinée. Il faudra prévoir une voiture car elle est très affaiblie par sa maladie. Je me suis permis d'en parler à votre oncle, maître Delmas, qui m'a dit mettre sa voiture à votre disposition pour raccompagner Mme d'Argilat chez elle.

— Vous avez bien fait, je vous remercie pour tout. Mais comment avez-vous réussi ?

— À vrai dire, je n'y suis pas pour grand-chose. Quand j'en ai parlé au directeur du camp de Mérignac, il m'a dit qu'il venait de recevoir l'ordre de libérer Mme d'Argilat et une dizaine d'autres détenues pour raisons familiales.

Était-ce la vérité ? En tout cas, c'était plausible. Léa se contenta de cette explication et quitta Grand-Clément qui lui dit :

— J'espère vous revoir dans des circonstances plus agréables.

Elle n'aurait pas eu le souvenir de la nuit comme une grosse boule noire dans le ventre, elle aurait dansé de joie sur le cours de Verdun. Elle se laissait caresser par l'ultime rayon de soleil de cette belle fin d'après-midi d'hiver. Elle décida de se rendre chez son oncle Luc Delmas pour se laver enfin et se débarrasser de cette impression de souillure... et réfléchit pour la première fois de la journée à ce qui s'était passé.

Le Mathias de son enfance et de son adolescence était mort dans un hôtel sordide tenu par une immonde prostituée. Il n'y aurait jamais de pardon. Ce qu'elle ne parvenait pas à évaluer c'était le degré de réalité des menaces de Mathias. Elle le savait maintenant capable de tout, mais ignorait l'étendue exacte de son pouvoir sur elle. Pas question de le chasser de Montillac tant qu'elle ne connaîtrait pas la situation véritable du domaine et les révélations qu'il pouvait faire à la Gestapo...

Il faisait chaud dans la salle à manger de maître Delmas et le repas servi par la vieille et fidèle cuisinière était aussi insipide qu'avant la guerre.

Entre son oncle Luc et son cousin Philippe, qui avait enfin terminé ses études de droit pour seconder son père au cabinet, Léa se sentait de plus en plus mal à l'aise.

— C'est une chance que papa ait été un ami du préfet, sans cela, Mme d'Argilat avait de fortes chances de passer plusieurs mois en prison.

— Tu trouves normal, toi, un avocat, que l'on mette en prison quelqu'un qui n'a rien fait ?

— Elle n'a peut-être rien fait, mais son mari est bel et bien recherché par la police.

— Laquelle ? La française ou l'allemande ?

— Tu sais très bien qu'ici les polices collaborent.

— Ce serait difficile de l'ignorer...

— Mes enfants, ne vous disputez pas. Tu as tort, Léa, d'adopter cette attitude. Ici, à Bordeaux, nous ne faisons que suivre les directives du chef du gouvernement. Toute autre conduite serait contraire aux intérêts de notre pays. Par le choix qu'il a fait, le maréchal Pétain a préservé la France du désordre et de l'anarchie communiste, sans compter des milliers de vies humaines épargnées...

— Oncle Luc, tu oublies qu'ici des vies humaines, comme tu dis, n'ont pas pesé lourd et que des dizaines d'otages ont été exécutés.

— C'est la triste conséquence d'actes de banditisme commis par des irresponsables à la solde de Moscou et de Londres...

— Mon oncle ! Comment oses-tu dire ça quand des hommes comme oncle Adrien et Laurent d'Argilat...

Maître Delmas se leva si brutalement que sa lourde chaise se renversa. D'un geste coléreux, il jeta sa serviette sur la table.

— Je ne veux plus entendre parler de mon frère. Pour moi, il est mort, je te l'ai déjà dit. Quant à Laurent d'Argilat, je ne comprends pas ce qui lui est arrivé, c'était pourtant un bon officier. Bonsoir, tu m'as coupé l'appétit.

Luc Delmas sortit en claquant la porte. Léa acheva son verre de vin.

— C'est malin de l'avoir mis dans cet état. Il ne va pas dormir de la nuit.

— Ça ne lui fera pas de mal un peu d'insomnie. Il pourra réfléchir à ce qu'il fera après la guerre quand les Allemands l'auront perdue.

— Ma pauvre fille ! Ce n'est pas demain la veille, tu ferais mieux de t'occuper de tes amoureux plutôt que d'affaires concernant les hommes.

— Mon pauvre Philippe ! Tu seras toujours aussi bête. Incapable de voir le monde autrement qu'à travers les yeux de ton père. Pierrot l'a compris, lui. Il a préféré ficher son camp.

Ce fut au tour de son cousin de se lever, pâle soudain.

— Heureusement que tu n'as pas parlé de mon frère devant papa, sinon je t'aurais jetée dehors.

Léa haussa les épaules et demanda :

— Où est-il ? Avez-vous de ses nouvelles ?

— Il est en prison en Espagne.

— En prison ?...

— Oui, et il ne l'a pas volé. Papa a failli en mourir quand il a trouvé dans sa chambre le petit mot annonçant son intention de rejoindre l'Afrique du Nord pour s'engager.

— Évidemment, ce n'est pas toi qui aurais fait une chose pareille.

— Tu peux te moquer. Sans le mauvais exemple d'oncle Adrien, jamais le petit ne serait parti. Heureusement, il a été arrêté avant d'avoir pu passer au Maroc...

— Heureusement !...

— Oui, papa a des amis avocats à Madrid qui lui ont promis de le faire rapatrier.

— Il repartira.

— Ça m'étonnerait. On ne sort pas facilement d'un collège de Jésuites, surtout si le père insiste sur la nécessité de préserver une jeune âme en péril.

— Les grands moyens !

— Indispensables par les temps qui courent, ma chère. Tu ferais mieux de prendre exemple sur le fils de votre maître de chais.

— Mathias ?

— Oui, le fils Fayard qui, malgré ses origines, se

comporte mieux que bien des jeunes gens de notre monde.

— Ah ça, pour se comporter bien, il se comporte bien ! Tu es ridicule, mon pauvre vieux, on croirait entendre tante Bernadette : « les jeunes gens de notre monde ! » Notre monde, il est foutu, balayé, disparu à tout jamais. Toi et tes pareils vous êtes des survivants, des dinosaures...

— Dinosaures ou pas, en attendant, c'est grâce à des gens comme nous que le pays est encore debout.

— Tu trouves que c'est être debout que de vivre écrasé par les bottes allemandes et de leur lécher la semelle ?

— Je vois que tu écoutes attentivement les pauvres types de Radio-Londres qui, bien protégés dans leur île, appellent à la subversion tous les fainéants communisants de notre malheureux pays.

— Tu oublies les bombardements quotidiens en Angleterre.

— Il n'y en aura jamais assez contre ces salauds d'Anglais.

— Toi, un Bordelais, parler comme ça de nos chers cousins !

— Tu n'es pas drôle, crétine.

C'était à nouveau, la même incompréhension, les mêmes disputes, les mêmes injures que durant leur enfance.

Léa faillit le planter là et aller se coucher, mais ce qu'il avait dit sur Mathias l'inquiétait.

— Que voulais-tu dire en parlant de Mathias ?

— Tout simplement que son séjour en Allemagne lui a mis du plomb dans la cervelle et qu'au lieu de passer son temps à te regarder avec des yeux mourant d'amour il est devenu un homme sur lequel on peut compter.

— Qu'entends-tu par là ?

— C'est trop compliqué à t'expliquer, tu le verras bien. Il est tard. Je dois être de bonne heure demain au Palais. Bonne nuit. Ta chambre est celle de Corinne. N'oublie pas d'éteindre avant de monter.

— Bonne nuit.

Léa resta longtemps songeuse, accoudée sur la table, le menton entre ses mains, se demandant avec une inquiétude grandissante ce que Philippe avait voulu dire au sujet de Mathias.

Le lendemain matin, maître Delmas et Léa allèrent au camp de Mérignac chercher Camille. La jeune femme était si faible qu'un gendarme dut la porter jusqu'à la voiture de l'avocat. Toutes les formalités administratives remplies, ils quittèrent enfin le camp sous les regards amorphes des rares prisonniers déambulant sous une pluie fine et froide.

À demi allongée à l'arrière du véhicule, Camille regardait s'ouvrir devant elle le portail hérissé de barbelés, trop épuisée pour éprouver de la joie.

16

Camille avait à peine eu la force de serrer contre elle son fils, la fièvre l'avait anéantie, lui faisant perdre conscience de tout ce qui l'entourait. Le docteur Blanchard diagnostiqua une congestion pulmonaire et une commotion cérébrale. Durant trois semaines, elle fut entre la vie et la mort. À tour de rôle, Ruth, Laure et Léa se succédèrent à son chevet, désespérant de voir tomber cette fièvre qui brûlait ce pauvre corps de plus en plus décharné. Le médecin qui venait chaque jour arrachait ses derniers cheveux blancs, allant même jusqu'à se demander si la neuvaine entreprise par Bernardette Bouchardeau auprès de la Vierge de Verdelais n'avait pas plus de chance de soulager la malade que ses remèdes, ce qui était un comble pour un vieil athée comme lui.

À la mi-février, la fièvre tomba d'un coup et, dans les jours qui suivirent, Camille retrouva peu à peu sa lucidité. Mais elle était si faible qu'elle n'arrivait pas à s'alimenter seule et que Ruth dut la nourrir comme un petit enfant. Parler lui était aussi un grand effort. Enfin, dans les premiers jours de mars, le docteur Blanchard la déclara hors de danger et la regarda avec émotion porter à sa bouche une cuillerée de bouillon. Elle put enfin lire les lettres de Laurent et les fragments de son journal qui avaient pu lui parvenir. Cela lui redonna des forces. Elle les gardait précieusement dans son sac à ouvrage qui ne la quittait jamais.

Pas une seule fois durant cette longue maladie, Léa ne quitta Montillac. Elle ne sut jamais rien de ce qu'écrivait Laurent ; et n'eut pas un signe non plus de Mathias. Était-il retourné en Allemagne ? Les époux Fayard étaient de plus en plus froids, faisant leur travail sans adresser la parole aux habitants du « château » autrement que par bonjour, bonsoir, au hasard des rares rencontres.

À la fin du mois de mars, on put installer Camille au soleil, assise dans une chaise longue, recouverte d'une couverture. Elle avait repris un peu de poids mais sa maigreur et sa faiblesse étaient effrayantes. Ruth la soulevait et la descendait dans le jardin sans effort.

L'argent se faisait de plus en plus rare à Montillac. Léa et Laure allèrent voir le notaire de leur père à Cadillac. Celui-ci leur conseilla d'essayer de vendre un peu de terre, ne leur cachant pas qu'elles auraient du mal car rien ne se vendait en ce moment, ou alors à très bas prix.

— Ne pouvons-nous hypothéquer les pins ? demanda Laure.

— Vos propriétés sont déjà largement hypothéquées. Je ne sais pas si je peux vous laisser engager davantage vos biens.

— Si nous avions d'autres solutions, nous ne serions pas ici à vous demander conseil, s'exclama Léa.

— Je sais, mon enfant, je sais. En souvenir de l'amitié qui m'unissait à vos parents, je peux vous avancer une somme que vous me rembourserez quand la succession de votre père sera réglée.

Léa allait refuser. Laure la devança.

— Merci beaucoup, monsieur Rigaud, nous acceptons avec reconnaissance.

— Je vous apporterai l'argent à Montillac jeudi prochain avec quelques papiers à signer. N'oubliez pas que si vous voulez vendre ou hypothéquer, il vous faut l'accord de votre sœur aînée et de votre oncle Luc qui est le tuteur de Laure.

— C'est vraiment indispensable ? demanda Léa.

— Oui, absolument. Laure est encore mineure.

En pédalant sur le chemin du retour, Léa eut l'impression qu'un cycliste, qu'elle avait vaguement remarqué à l'aller, était derrière elles. Ce n'était pas la première fois que depuis la libération de Camille, elle avait eu l'impression d'une surveillance.

— Arrête-toi, lança-t-elle à sa sœur.

Surprise, Laure obéit et descendit de sa machine.

— Qu'y a-t-il ?

— Asseyons-nous un peu, je suis fatiguée.

Elles s'assirent dans l'herbe, sur le bas-côté de la route. Le cycliste passa sans les regarder. Il était jeune et bien habillé. Son visage rappelait vaguement quelque chose à Léa.

— Tu as déjà vu ce garçon ? demanda-t-elle à sa sœur.

— Oui, à la poste de Langon quand j'ai envoyé un paquet à tante Albertine, il était juste à côté de moi.

— Il t'a parlé ?

— Non, il m'a souri. Hier aussi quand je l'ai croisé à Verdelais. Mais...

Laure regarda sa sœur avec un air d'interrogation inquiète.

— ... tu ne crois pas ?...

— Si. Moi aussi, j'ai déjà vu cette tête quelque part, mais je n'arrive pas à me rappeler où. C'est la première fois que je sors du domaine depuis que j'ai ramené Camille de Bordeaux... Ça y est ! Je m'en souviens ! C'était au *Régent*, il était avec une bande de garçons de son âge, très bruyants.

— Il est peut-être en vacances dans la région.

— En vacances ? Au mois de mars !

— Pourquoi pas, c'est bientôt Pâques.

— Je n'y crois pas. Il va falloir faire très attention. Ça tombe mal, demain j'avais l'intention d'aller à La Réole.

— Pourquoi ?

— Je ne peux pas te le dire, mais il va falloir que tu m'aides.

Laure regarda sa sœur sans un mot. Depuis le jour où la Gestapo l'avait emmenée avec Ruth et Camille et qu'elle avait entendu deux policiers français dire en riant qu'ils avaient les moyens de faire parler n'importe qui, l'ardeur pétainiste de la jeune fille avait été terriblement ébranlée. Elle était prête à aider Léa à passer la ligne de démarcation.

— Je ferai ce que tu me diras.

Les deux sœurs entrèrent en riant chez le boucher de Saint-Macaire après avoir déposé leurs bicyclettes dans la courette contiguë au magasin. Le boucher, dont le fils aîné était le filleul de leur mère, les accueillit avec de grandes démonstrations d'amitié.

— Té ! Les petites Delmas ! C'est rare de vous voir ensemble, mes jolies.

Puis, à voix basse, bien qu'ils ne fussent que tous les trois :

— Je vous ai mis un beau morceau pour madame Camille, ça l'aidera à se refaire des forces. Ça va-t'y mieux ?

— Un peu. Merci, Robert. Sans vous, on ne mangerait pas souvent de la viande à Montillac. On va pouvoir vous rembourser. Le notaire va nous avancer de l'argent.

— Ne vous inquiétez pas pour ça, mademoiselle Léa, on verra plus tard quand c'te putain d'guerre sera finie. J'ai pas grand-chose, mais j'ai de quoi faire un bon pot-au-feu. Mais, par exemple, aujourd'hui, il me faudrait quelques tickets.

— Tu as les cartes de ravitaillement, Laure ?

— Oui...

Laure se pencha vers Léa et poursuivit :

— Je viens de le voir ! Il n'est pas tout seul, un autre garçon l'accompagne.

— Robert, regardez discrètement dans la rue. Connaissez-vous les jeunes gens qui sont à côté de l'herboristerie ?

Le boucher s'avança sur le pas de sa porte en essuyant ses mains à son tablier.

— Non. Mais j'les ai déjà vus rôder dans le coin. N'ont pas l'air bien catholique, ils sont trop bien habillés par les temps qui courent.

— Laure ? Tu sais ce que tu dois faire. Robert, puis-je passer par-derrière ?

— Vu, mademoiselle Léa. On va les laisser prendre racine ces maroufles. D'où ils sont, ils peuvent pas voir la cour.

Léa descendit à toute allure la ruelle en pente derrière l'église, passa devant les grottes, prit le chemin qui longeait la Garonne et rejoignit la route de La Réole à Gaillard peu avant Saint-Pierre-d'Aurillac.

En arrivant devant le poste de garde de la ligne de démarcation, elle trouva la barrière levée. Elle s'arrêta cependant et descendit de sa bicyclette. Un vieux soldat allemand sortit de la baraque.

— Ah ! la demoiselle au vélo bleu, longtemps pas vue passer ici. Pas besoin vous arrêter, passage libre maintenant. Bonne route.

C'est vrai, pensa-t-elle en remontant sur sa machine, j'avais oublié que depuis la fin du mois de février, il n'y a plus de ligne de démarcation entre les deux zones.

C'était pour calmer l'angoisse de Camille et la sienne que Léa avait décidé d'aller à La Réole demander aux époux Debray s'ils avaient des nouvelles de Laurent et s'ils pouvaient lui faire parvenir un message. Ruth, à qui elle avait fait part de sa crainte d'une surveillance des habitants de Montillac, avait tenté de la dissuader de se rendre à La Réole, disant que c'était dangereux non seulement pour elle mais pour les personnes qu'elle voulait voir. Léa lui avait répondu qu'elle le savait bien, mais qu'elle ne pouvait pas rester plus longtemps dans l'ignorance du sort de Laurent. Résignée, la vieille gouvernante avait regardé partir « ses » deux filles avec une appréhension qu'elle ne parvenait pas à dominer.

Léa dévala la grande descente avant la ville. Sur le pont, elle croisa trois tractions avant noires et deux camionnettes militaires dans lesquelles les soldats allemands lui firent de grands signes. Cette rencontre lui coupa les jambes. Elle monta la côte en poussant sa bicyclette, emplie d'un malaise grandissant. En traversant la place Gabriel-Chaigne, un groupe de personnes, qui semblait en proie à une grande agitation, se tut quand elle passa. Elle ne s'était éloignée que de quelques mètres quand un homme la doubla en lui disant sans la regarder :

— Allez place Saint-Pierre, puis au 1, rue de la Glacière. Entrez et attendez-moi.

Il y avait une telle autorité dans la voix de cet inconnu trapu vêtu d'une combinaison de travail et d'une casquette bleu marine que, sans réfléchir, Léa s'engagea dans la rue Numa-Ducros. Rue de la Glacière, la grille était ouverte. Elle entra. Moins de cinq minutes s'écoulèrent avant que l'homme à la casquette n'entre à son tour.

— Vous êtes du château de Montillac, près de Saint-Maixant ?

— Oui.

— Que venez-vous faire à La Réole ?

De quoi se mêlait-il ?

— Ça ne vous regarde pas.

— Ne montez pas sur vos grands chevaux, j'essaie de vous éviter des ennuis.

— Quels ennuis ?

— D'être arrêtée par les Allemands, par exemple.

Léa sentit la peur ramollir son courage. Elle balbutia :

— Pourquoi m'arrêteraient-ils ?

— Ils viennent d'arrêter deux de mes amis que vous connaissez.

— Les Debray ?

— Oui. Eh là ! petite, vous n'allez pas vous trouver mal.

Il l'attrapa par un bras et la fit s'asseoir sur la marche.

— Simone, cria-t-il, apporte vite un verre d'eau.

La porte devant laquelle était assise Léa s'ouvrit et une jeune femme en blouse à petits carreaux bleus apparut un verre d'eau à la main.

— Que se passe-t-il, Jacques ?

— C'est pour la demoiselle, elle ne se sent pas bien. C'est une amie des Debray.

— Oh ! la pauvre !... Tenez, buvez.

Les mains tremblantes prirent le verre. La gorge nouée ne laissait passer qu'un peu d'eau.

— Qu'est-il arrivé ? parvint-elle à bredouiller avec difficulté.

— Ne restez pas là, dit Simone, entrez dans la maison.

Amicale, elle aida Léa à se relever. La pièce dans laquelle ils entrèrent était une grande cuisine où mijotait, dans la cheminée, une soupe aux choux. Ils s'assirent sur les bancs entourant la table.

— Qu'est-il arrivé ? redemanda Léa d'une voix affermie.

— Ils ont dû être dénoncés. Ce matin, à l'aube, une vingtaine de soldats allemands et des salauds de civils français ont encerclé la maison. Un copain, qui allait à sa vigne, s'est caché quand il les a vus. À l'aide d'un porte-voix, un des civils leur a dit de sortir, sinon il donnerait l'ordre de tirer. Il y a eu un moment de silence puis, venant de la maison, deux coups de feu. Alors les Boches se sont mis à tirer comme des fous. Quand, enfin, ils se sont arrêtés, il y avait plein de fumée bleue. Deux civils, pistolet au poing, sont entrés dans la maison. Ils sont très vite ressortis, tirant par les épaules le corps de Mme Debray. La pauvre femme était en chemise de nuit, ses longs cheveux gris, pleins de sang, traînaient par terre. Ils l'ont adossée à un arbre puis ils sont retournés dans la maison. Quand ils ont réapparu, ils soutenaient par les aisselles M. Debray qui se débattait encore.

« Son visage disparaissait sous le sang. Ils l'ont mis à côté de sa femme. D'après mon copain, c'était pas beau à voir. Il avait dû se tirer une balle dans la bouche après avoir abattu sa femme. Et en plus, il s'était raté.

— Quelle horreur ! Pourquoi ?

— C'était de chez eux que partaient les messages pour Londres. La semaine d'avant, on nous avait parachuté du matériel radio de première qualité. Le pianiste était arrivé le lendemain par le train.

— Il a été arrêté, lui aussi ?

— Non, il n'habitait pas là. Dès qu'on a su ce qui venait de se passer, on l'a emmené du côté de Duras, dans les bois.

— Et ensuite ?

— Les civils et quelques soldats ont fouillé la maison. Ils ont jeté par la fenêtre le matériel radio, des livres, des meubles. Un des civils est ressorti en courant et a relevé brutalement M. Debray qui s'était allongé sur le corps de sa femme. Mon copain m'a dit que d'où il était, il voyait très bien les épaules du malheureux agitées de sanglots. L'autre s'est mis à secouer le blessé comme une brute en criant :

« — La liste ?... Où est-elle ?... Tu vas parler, vieux con...

« De la bouche éclatée, pas un son ne sortait. Alors l'ordure l'a jeté par terre et s'est mis à le rouer de coups de pied. Le plus affreux, paraît-il, c'est que M. Debray ne faisait pas un geste pour se protéger, comme s'il espérait un coup mortel. Quand il a relevé la tête, les Allemands embarquaient les deux corps dans une des camionnettes.

« Ils étaient dans une de celles que j'ai croisées tout à l'heure et dans laquelle des soldats riaient », pensa Léa avec écœurement.

— Il y a eu des ordres en allemand et, peu après, des flammes sortirent des fenêtres. Profitant de la fumée qui s'était rabattue vers lui et le cachait, mon copain s'est enfui et est venu me prévenir. À nous deux, nous avons fait le tour des camarades.

On frappa à la porte qui s'ouvrit sur un gendarme.

Paralysée, Léa le regardait s'avancer.

— N'ayez pas peur, mademoiselle, il est des nôtres.

— Albert, c'est la nièce du dominicain, elle allait chez les Debray. Tu te souviens, ils nous en avaient parlé.

— Vous l'avez échappé belle. Ils ont laissé là-bas des

hommes qui empêchent la population d'approcher et qui arrêtent ceux qui leur semblent suspects. Même qu'ils avaient arrêté Manuel, le commis des Rosier. Heureusement que le maire, venu sur les lieux de l'incendie, s'est porté garant et comme il n'est au courant de rien, il l'a fait en toute bonne foi.

— Est-on sûr que M. Debray soit mort ?

— D'après mes collègues, oui. De toute façon, il pissait tellement le sang que, sans soins, il a dû se vider. Mais, à tout hasard, les amis ne coucheront pas chez eux durant quelques jours. Père Terrible, je peux vous dire un mot ?

Les deux hommes sortirent.

— Vous avez eu de la chance que Terrible vous reconnaisse, dit Simone.

— Qui est Terrible ? demanda Léa.

— Il est menuisier, c'est un type formidable. C'est lui qui avait apporté le poste émetteur chez les Debray.

— Vous aussi, vous faites de la résistance ?

Simone éclata de rire.

— C'est un bien grand mot. Avec quelques femmes d'ici et de la région, on passe des messages, quelquefois des armes, on cache des aviateurs ou des petits enfants juifs. On prépare la soupe pour ceux qui reviennent en pleine nuit des parachutages.

— Vous n'avez pas peur ?

— Non, on n'y pense pas, et puis avec des hommes comme Albert Rigoulet et Terrible on se sent en sécurité.

— Même après ce qui vient de se passer ?

— Ça, c'est la fatalité. Tous ceux qui ont des postes émetteurs chez eux savent ce qu'ils risquent et les Debray le savaient mieux que personne. Ce qui m'étonne c'est que des gens croyants comme eux aient voulu se suicider.

— Ils n'avaient pas le choix, dit Jacques Terrible qui venait d'entrer. M. Debray n'aurait pas parlé sous la torture, ça j'en suis certain, mais il n'aurait pas supporté de voir souffrir sa femme. S'il y a un bon Dieu, je suis sûr qu'il lui pardonnera. Dis donc, Simone, tu pourrais nous donner un coup à boire.

— C'est vrai, ce malheur me fait oublier les bonnes façons.

Elle sortit d'un placard une bouteille de vin entamée et quatre verres.

— Trois ça suffit, Rigoulet a dû rejoindre la gendarmerie.

Simone servit le vin, ils trinquèrent et burent en silence. Terrible reposa son verre en faisant claquer sa langue contre son palais.

— C'est toujours de vot' pièce du Pied-de-Bouc ?

— Oui, c'est un vin bien honnête.

— Mademoiselle, maintenant que vous savez qui nous sommes, voulez-vous me dire ce que vous alliez faire chez les Debray et s'ils étaient prévenus de votre visite ?

— Non, ils n'étaient pas au courant. Je venais leur demander s'ils avaient des nouvelles d'un ami et s'ils pouvaient le joindre.

— Quel ami ?

Léa hésita. Quel nom devait-elle donner ?

— Laurent d'Argilat.

— Je le connais.

— Vous savez où il est ?

— Oui.

— Conduisez-moi.

— Ce n'est pas possible comme ça, mais je peux lui faire parvenir un message.

— Dites-lui que sa femme va mieux mais est toujours très faible ; que la maison est surveillée et qu'il me donne de ses nouvelles.

— Le message sera transmis. Vous dites que votre maison est surveillée, vous êtes sûre de ne pas avoir été suivie ?

— Tout à fait sûre. Mais je dois rentrer, il ne faut pas que je tarde trop.

— Voulez-vous à votre tour vous charger d'un message ?

— Lequel ?

— À Saint-Pierre-d'Aurillac, vous verrez non loin de

l'église un café avec une belle treille. Vous demanderez Lafourcade, on vous indiquera où le trouver. Quand vous l'aurez trouvé vous lui direz que « le chien d'Hostens va bien ».

— « Le chien d'Hostens va bien » ?...

— Il sait ce que cela veut dire. Qu'il n'oublie pas de prévenir ceux de Barie.

— « Le chien d'Hostens va bien. » J'ai compris.

— Merci, mademoiselle, vous nous rendez un fier service. Si j'ai quelque chose à vous faire savoir, vous n'avez pas un nom de guerre ?

— Exupérance.

— Comme la sainte de Verdelais. La première fois que j'ai entendu ce nom, c'est dans la bouche de votre oncle.

— Oncle Adrien ? Comment va-t-il ?

— Très bien. Il remonte le moral aux jeunots. Il accompagne souvent ceux qui cherchent à passer en Espagne.

— Savez-vous si mon cousin Lucien est avec lui ?

— Lulu ? Le poseur de bombes ? Bien sûr.

— Je vous en prie, dites à mon oncle que j'ai besoin de le voir. C'est très important.

— Je le lui dirai. Maintenant, partez. Simone va vous faire un brin de conduite jusqu'à la sortie de la ville. Soyez prudente. Si quelque chose ne va pas, envoyez-moi une carte à la menuiserie me disant que « les portes ferment mal » ; on avisera. Adieu.

Quand Léa entra par-derrière dans la cuisine d'Albert, à Saint-Macaire, une heure de l'après-midi sonnait au clocher. Le boucher, sa femme Mireille, son commis et Laure étaient attablés devant une épaule d'agneau qui lui mit l'eau à la bouche.

— Eh bien ! je vois que l'on ne s'ennuie pas sans moi.

— On t'attendait, fit Laure en désignant le couvert mis devant une place libre.

— Les autres ne se sont pas aperçus de mon absence ?

— Non, je suis sortie pour aller chercher du pain avec Mireille et, en passant devant eux, je l'ai remerciée bien haut de nous inviter à déjeuner. Ils nous ont suivies de loin. Depuis, ils font le guet à tour de rôle. Tu as vu tes amis ?

Les larmes, qu'elle avait réussi à contenir jusque-là, glissèrent sur ses joues. Mireille, la femme de Robert, se leva et la serra contre sa poitrine. Ce geste maternel redoubla les pleurs de Léa. Maladroit, ému, le boucher tournait autour des deux femmes.

— Bon Dieu ! Qu'est-ce qui se passe ? Qu'est-ce qu'on t'a fait, petite ?

— Rien... mais... ce matin... on est venu arrêter mes amis... ils... sont morts...

— Morts !

— Tous les deux ?

Un peu calmée, mais toujours pleurant, Léa leur raconta ce qui s'était passé. Un long silence accablé suivit la fin de son récit. Robert se moucha bruyamment. Son visage habituellement coloré était devenu gris. Son énorme poing s'abattit sur la table, faisant s'entrechoquer verres et assiettes.

— Il faudra qu'un jour ces enfants de putain payent pour tout cela. Mademoiselle Léa, j'vous en supplie, ne vous mêlez pas d'ça. Vos amis, c'était autre chose, leur fils avait été tué, ils n'avaient plus rien à perdre. Mais vous, mademoiselle Laure et madame Camille, vous êtes jeunes, laissez les vieux cons comme moi qu'ont pas été capables de les arrêter en 40, essayer d'faire quelque chose.

— Patron, on a not' mot à dire, nous aussi ! Et le Jeannot ? Il a bien pris le maquis !

— C'est vrai, mais vous, vous êtes des hommes.

— Toujours la même rengaine, s'exclama Mireille, c'est pas parce qu'on porte pas de fusil qu'on risque moins que vous, nous les femmes. Tu me fais mal au ventre, té !

— T'énerve pas, c'est pas ce que j'voulais dire.

— Mais tu l'as dit quand même : qu'une femme, c'est

moins qu'un homme, que c'est tout juste bon à torcher les gosses, à tenir la boutique, à faire la cuisine, à laver le parterre et à faire la câlinette de temps en temps ! N'empêche que lorsqu'il s'agit de cacher vos armes ou vos Anglais, c'est quand même aux femmes que toi et tes copains faites appel.

C'est grâce à cette dispute conjugale que Léa eut la confirmation que Robert travaillait pour la Résistance. Elle en éprouva un tel réconfort que de nouveau elle eut faim.

— Vous êtes épatants tous les deux, mais la viande refroidit, ce serait dommage.

— Voilà qui est parler, dit le boucher. Nous laisser mourir de faim ne rendra pas la vie à ces pauvres gens. Mais je jure qu'ils seront vengés.

Trois jours plus tard, Léa reçut une lettre de François Tavernier. À l'évidence, l'enveloppe avait été ouverte par les services de police puis recollée. Elle alla la lire dans le bureau, se régalant de chaque mot tracé de l'écriture large et penchée de François.

« Léa trop jolie,

« Vous ne pourrez pas me reprocher de ne pas penser à vous puisque je me décide même à gâcher quelques-unes de mes précieuses minutes pour vous écrire. Je voulais simplement vous féliciter pour votre vigoureux sens des affaires. J'ai eu le bonheur de déguster hier soir, à Paris, à la table de Otto Abetz, une bouteille de votre vin de Montillac. Une petite merveille de simplicité et de franchise avec un vrai caractère et un petit penchant malin à la douceur. Ce vin vous ressemble comme un frère et je vous rends grâce de l'avoir négocié. Si cela continue, vous allez devenir une femme d'affaires écrasée de travail et de responsabilités, clouée *ad vitam æternam* à vos vignes. Cette image de vous ne me déplaît pas.

« Dès que je serai lassé de vous boire à distance, je ne raterai pas l'occasion de venir vous déguster sur place. Soyez avisée et prudente. Tendresses et caresses.

François »

« P.-S. : J'ai su pour les Debray. »

Cette courte lettre cloua Léa sur place. Comment le vin de Montillac avait-il pu arriver à Paris ? Comment avait-il pu être servi à la table de Otto Abetz ? Elle pensa aussitôt à Mathias et à Fayard. Comment avaient-ils osé ? Elle se vit humiliée, traitée de collaborationniste...

Paniquée à l'idée d'affronter Fayard, elle s'accorda le délai d'une lettre. Elle écrivit aussitôt à François pour lui demander des précisions et des conseils. Elle en profita pour noircir cinq longues pages où elle lui donnait des nouvelles de tous et de chacun, ne manquant pas l'occasion de lui faire remarquer à quel point il était laconique...

Comme promis, le notaire apporta le jeudi suivant une importante somme avec laquelle Léa régla à Fayard ce qui lui était dû, sans faire aucune allusion à son commerce. Sans un mot, il empocha son argent.

Assise au bureau de son père, elle contemplait ces coteaux plantés de vigne vert tendre, ce pré où elle poursuivait Mathias à grands cris et avec qui, à la saison des foins, elle jouait à se cacher dans les bottes odorantes avant de grimper dans la haute charrette emplie d'herbes sèches sur laquelle elle se laissait bercer, mains sous la nuque, yeux grands ouverts sur l'azur que sillonnaient de fines hirondelles, au rythme du pas des deux bœufs, Laouret et Caoubet. Elle ne pouvait jamais évoquer ces moments paisibles de son enfance, auxquels Mathias avait été constamment mêlé, sans éprouver une tristesse et un déchirement qui la désemparaient pour de longues heures...

Elle avait décidé de se plonger dans les comptes pour essayer d'y voir clair et de comprendre comment Fayard pouvait détourner des bouteilles à son profit. François n'avait pas répondu à sa lettre. Les chiffres dansaient devant ses yeux. Comment pouvait-elle se mesurer à Fayard, habitué à ses petits trafics depuis sans doute des années ? Comment trouver la faille dans la comptabilité ? Elle s'épuisait en vains calculs et personne dans la maison ne pouvait l'aider puisqu'elle avait décidé de garder secrète la révélation de François.

Chaque fois qu'elle se retrouvait seule, une terreur sourde la gagnait à l'idée que Mathias la tenait prisonnière. Plus il restait silencieux, plus il lui faisait peur.

La nuit était très sombre en cette soirée d'avril. Il avait plu toute la journée et un vent froid venu du nord agitait les branches des platanes de la grande allée. Assise dans la cuisine devant un feu de sarments, Laure et Léa, un guéridon entre elles, jouaient à la crapette, Ruth raccommodait, Camille tricotait, Bernadette Bouchardeau, elle, était montée se coucher. Seule la lumière du feu éclairait la pièce et donnait aux trois femmes l'air d'appartenir à un tableau de Georges de La Tour. Le souffle de la tempête, le crépitement des flammes, le cliquetis des aiguilles, le rire des joueuses intensifiaient l'impression de calme et de bien-être familial. La guerre paraissait loin.

Un courant d'air fit tressaillir Camille. Elle posa son tricot sur ses genoux et resserra son châle autour d'elle. Ses yeux se portèrent vers la porte. Elle était légèrement entrouverte ; le vent sans doute. Malgré sa faiblesse, elle se leva pour aller la fermer. Elle tendait déjà la main vers la poignée quand la porte s'ouvrit brutalement, heurtant ses doigts. Près de la cheminée, ses compagnes s'étaient immobilisées.

Un homme aux vêtements mouillés, en soutenant un autre, était entré repoussant la porte du pied.

— Vite... aidez-moi.

— Camille, pousse-toi et assieds-toi, tu nous gênes. Ruth et Laure, aidez-nous !

Avec leur aide, l'homme allongea son camarade sur la table. Ensuite, en habitué des lieux, il alluma l'électricité.

— Lucien ! s'écrièrent ensemble Laure et Léa.

— Il a perdu beaucoup de sang, Ruth, allez chercher la pharmacie.

— Oui, mon père.

— Oncle Adrien !

— Mes chéries, ce n'est pas le moment de s'attendrir. Léa, il faut aller à Verdelais chercher le docteur Blanchard.

— Mais ne peut-on pas téléphoner ?

— Non, je me méfie du téléphone.

— Très bien, j'y vais.

— Passe par Bellevue, je ne voudrais pas que les Fayard se doutent de quelque chose. J'ai vu de la lumière chez eux.

Une heure après, Léa ramenait le médecin maugréant contre ce « bon Dieu de temps ».

— Félix, tu t'en prendras à Dieu une autre fois, pour le moment occupe-toi du petit.

Le docteur Blanchard se débarrassa de son vieil imperméable et s'approcha de Lucien dont les mains étaient enveloppées de linges imbibés de sang. Avec des gestes précis, il retira le pansement sommaire.

— Nom de Dieu ! qui a fait ça ?

— Une bombe.

— Que foutait-il avec une bombe ?

— Il la fabriquait.

Cette raison, qui lui parut sans doute bonne, mit fin aux questions du médecin. Il entreprit un examen des blessures.

— Il faut l'emmener à l'hôpital.

— Ce n'est pas possible. Ils préviendront la police, et la police la Gestapo.

— Sa main droite est foutue, il faut l'amputer.

Sous la crasse et la boue qui couvraient son visage, Adrien Delmas pâlit.

— Tu es sûr ?

— Regarde, ce n'est qu'une bouillie.

— Pauvre petit !... je vais chercher sa mère.

— Non, Ruth ! Surtout pas, ma sœur va crier, pleurer, ameuter les voisins. Félix, on va t'aider, dis-nous ce qu'il faut faire.

— Mais il n'est pas question que j'ampute moi-même ce garçon. La dernière fois que j'ai amputé quelqu'un, c'était en 17 dans un hôpital de fortune. Je suis médecin de campagne, pas chirurgien.

— Je sais, mais on n'a pas le choix. Si la Gestapo le prend, ils le tortureront jusqu'à ce qu'il dénonce ses camarades et le tueront après.

Blanchard regarda ceux qui étaient autour de lui, amis de toujours, puis le jeune homme évanoui qu'il avait vu grandir et qui perdait son sang.

— C'est d'accord. Prie ton putain de bon Dieu que mes vieilles mains ne tremblent pas. Faites bouillir de l'eau. Une chance que j'aie pris ma grande trousse. J'espère que mes bistouris ne sont pas rouillés. Ruth, Adrien et Léa vous allez me donner un coup de main. Camille, allez vous coucher, vous ne tenez pas debout. Laure, occupe-toi d'elle.

Léa aurait donné tout au monde pour ne pas être là. Ce fut cependant sans trembler qu'elle appliqua le tampon de chloroforme sur le nez de son cousin.

Elle ne devait plus jamais oublier le bruit de la scie coupant l'os.

Durant l'opération, une ou deux fois Lucien gémit. Quand le docteur Blanchard fixa le dernier pansement, le jeune homme de vingt ans avait perdu sa main droite et deux doigts de sa main gauche.

Le lendemain, il se réveilla vers midi et vit les visages inquiets de sa mère, de son oncle et du docteur Blanchard penchés au-dessus de lui, il leur sourit en disant :

— J'avais oublié ce que c'était qu'un bon lit.

Bernadette Bouchardeau détourna la tête pour cacher ses larmes. À l'aube, elle avait étonné tout le monde par le calme avec lequel elle avait accueilli la nouvelle de l'amputation de son fils. Tous s'attendaient à des cris, à des évanouissements. Seuls ses pleurs coulèrent et elle n'eut que ces mots :

— Dieu merci ! Il est vivant.

Lucien eut un mouvement vers sa mère.

— Maman !...

— Ne bouge pas, mon garçon. Tu as perdu beaucoup de sang. Tu as besoin d'un repos absolu, dit le docteur Blanchard.

— Ma main, c'était pas trop grave, docteur ?

Tous baissèrent la tête. Un gémissement échappa à la mère.

— Pourquoi ne dites-vous rien ?

Comme elle était lourde cette main bandée qu'il essayait de soulever... Quelle drôle de forme elle avait ainsi enveloppée.

Debout, derrière la porte, Léa reçut comme un coup le cri de Lucien. C'était celui qui toute la nuit avait martelé ses tempes : NON !... NON !... NON ! NON ! NON !

17

Dans la chambre des enfants, Adrien Delmas marchait de long en large, en proie au plus grand désespoir que puisse connaître un prêtre : il ne croyait plus. Depuis le début de la guerre, il luttait contre le doute. Avant d'entrer dans la clandestinité, il en avait parlé à son confesseur qui lui avait dit d'accepter cette épreuve envoyée par Dieu pour éprouver sa foi. Pour l'amour et le service de Dieu, le dominicain était prêt à supporter bien des souffrances, mais aujourd'hui, il était las de ses prières stériles dont les mots étaient pour lui privés de leur sens originel. Tout cela lui semblait d'une confondante naïveté et les hommes qui avaient épuisé leur vie au service d'un leurre lui paraissaient des sots ou des être malfaisants, spirituellement malhonnêtes. Dans son désarroi, il oubliait ses maîtres, ces grandes intelligences catholiques auprès desquelles la sienne s'était épanouie. Jetés aux orties les Pascal, les abbé de Rancé, les Augustin, les Jean de la Croix, les Thérèse d'Avila, les Chateaubriand, les Bossuet et autres serviteurs de l'Église. Tous, ils s'étaient trompés, tous ils l'avaient trompé. Que pouvaient leurs vaines paroles contre la détresse d'un enfant mutilé ? Que pouvait-il répondre au muet reproche d'une mère ? Qu'étaient devenus les doux mots de consolation qu'il savait si bien prodiguer aux mourants et aux blessés de la révolution espagnole ? Il était comme le figuier stérile de l'Évangile ;

desséché, sans fruits. À quoi lui servait d'exister puisque son existence n'apportait aucun réconfort ? Par sa faute, Lucien était estropié à jamais. Car c'était bien sa faute si le gamin était entré dans la Résistance. S'il s'était contenté de rester dans son couvent de la rue Saint-Genès comme le lui avait ordonné son supérieur, au lieu de jouer au curé maquisard, jamais son neveu ne serait venu le rejoindre. Il savait bien aussi que cela était peut-être faux, que son engagement n'avait en rien influencé Lucien. Ils en avaient longuement parlé durant les interminables soirées d'hiver passées ensemble dans la ferme qui servait d'abri aux gars du maquis. Au début, ils étaient moins d'une dizaine, mais peu à peu, ceux qui ne voulaient pas partir au S.T.O. venaient les rejoindre. Maintenant c'était d'une trentaine de jeunes gens dont il était responsable. Non seulement il était le chef militaire incontesté du petit groupe, mais son soutien moral. Jamais, à aucun moment, les maquisards n'avaient perçu sa souffrance spirituelle. Peu d'entre eux, d'ailleurs, savaient qu'il était prêtre. Tous admiraient sa prudence, son sens de l'organisation clandestine et le relatif confort dans lequel il les faisait vivre. Grâce à sa connaissance parfaite de la région, du terrain et de ses habitants, il avait toujours su à quelles portes frapper pour obtenir de l'aide, de l'argent et de la nourriture. Un de ses amis de collège, franc-maçon et notable de La Réole, avait, avec l'aide d'autres maçons, créé un réseau en relation régulière avec les milieux maçonniques anglais et avait fait parachuter vivres, armes et vêtements. Les travaux quotidiens, la protection, les actions contre les perceptions, les mairies, le sabotage des lignes à haute tension, la distribution des tracts, des journaux clandestins, la recherche des faux papiers, le passage en Espagne de familles juives, tout cela occupait suffisamment les heures du jour et d'une partie de la soirée. Mais la nuit, pendant l'interminable nuit, il s'épuisait en lisant les Évangiles, à renouer le dialogue avec ce Dieu qui le fuyait. Au petit matin, il sombrait dans un court sommeil hanté de symboles démoniaques sortis de l'imagination d'un moine du Moyen Âge ou de tortures raffinées dignes du *Jardin des supplices* d'Octave Mirbeau qui avait troublé sa pieuse adolescence. Il émergeait de ce bref assoupissement fatigué et accablé de tristesse. À ce régime, son visage s'était creusé de rides profondes, ses cheveux avaient blanchi et son corps flottait dans ses vêtements. Le docteur Blanchard, devant un tel changement, s'était inquiété de sa santé. Adrien l'avait rabroué en riant. Qu'allait-il faire de Lucien maintenant? Pas question de le laisser longtemps à Montillac, c'était trop dangereux. Le ramener au camp? Pas avant trois ou quatre mois. L'envoyer en Espagne? Possible, mais difficile. Beaucoup de passeurs avaient été arrêtés ces derniers temps. Il faudrait voir auprès du père Bertrand de Toulouse qui était en relation avec des moines suisses.

On frappa à la porte.

— C'est moi, oncle Adrien.

— Entre. Pardonne-moi d'avoir envahi ton domaine. Tu y viens toujours?

Léa sourit.

— De moins en moins. J'ai beaucoup grandi, tu sais.

— Je le sais.

— Et toi, oncle Adrien, c'est parce que tu es malheureux que tu es venu ici?

De la main, elle arrêta un geste de dénégation et continua :

— N'essaie pas de dire le contraire, je le vois bien. Je te connais. Depuis que je suis petite, je te regarde. Tu n'as plus dans les yeux cette lueur qui faisait qu'on était tous attirés par toi, qu'on avait tous envie de te ressembler...

— Tu es dure!

— Peut-être, mais tu m'en voudrais de te parler autrement. C'est affreux ce qui vient d'arriver à Lucien mais ce n'est pas de ta faute. Lucien avait choisi; Laurent, Camille et moi, on a choisi aussi.

— Tu ne vas pas me dire que pour toi je n'y suis pour rien? C'est quand même moi qui t'ai envoyée à Paris.

— Et alors? il ne m'est rien arrivé.

— Il ne faut pas tenter le destin. J'ai vu trop de garçons et de filles de ton âge mourir en Espagne, et maintenant ici. Abandonne tout cela.

— Non, c'est trop tard. Tu sais quel est mon nom de guerre ?

— Exupérance !...

— Oui, comme la petite sainte que tu aimais tant, tu t'en souviens ? C'est à cause de toi qu'à mon tour je l'ai aimée. Avec une telle protection, je ne risque rien.

Adrien ne put s'empêcher de sourire. Elle ne valait pas bien lourd la protection d'une sainte dont l'Église même mettait en question l'existence.

— Est-ce que tu comptes rester longtemps à Montillac ?

— Non, ce serait trop dangereux pour vous. Déjà la présence de Lucien vous compromet. Dès qu'il ira un peu mieux, il partira.

— Mais où ira-t-il ? Que fera-t-il ? C'est un infirme maintenant.

Le dominicain releva la tête.

— J'y réfléchissais quand tu es entrée.

— Tante Bernadette dit que, quel que soit l'endroit où il ira, elle ira.

— Il ne manquait plus que ça ! Ma chère sœur dans le maquis !

— Comment as-tu trouvé Camille ?

— Pas trop mal. C'est une femme courageuse. Je suis de l'avis de Félix, elle s'en sortira.

— Si Laurent venait la voir, je suis convaincue qu'elle serait guérie tout de suite.

Adrien la regarda avec une surprise amusée.

— Tiens, tiens, tu n'es plus amoureuse de lui ?

Le visage de Léa s'enflamma.

— Cela n'a rien à voir.

— Tu ne dois plus penser à lui, il est marié, père de famille et il aime sa femme.

Le mouvement d'humeur de sa nièce ne lui échappa pas.

— Toujours aussi rétive aux leçons de morale, je vois.

Ne t'inquiète pas, je ne veux pas t'importuner avec ça, mais simplement te mettre en garde contre d'éventuelles désillusions. Quelqu'un qui a l'air de s'intéresser fort à ta personne m'a parlé de toi il y a quelque temps.

— Qui ?

— Tu ne vois pas ?

Elle n'avait pas envie de jouer aux devinettes.

— Non.

— François Tavernier.

Comment n'avait-elle pas pensé à lui ? Une nouvelle fois, la rougeur envahit son visage.

— Dis vite, mon oncle, quand lui as-tu parlé ?

— Il y a quinze jours, par téléphone, à Bordeaux.

— Où était-il ?

— À Paris,

— Pourquoi t'appelait-il ? Que t'a-t-il dit de moi ? Il n'a pas répondu à ma lettre.

— Te voilà bien impatiente. Je croyais que tu ne pouvais pas le sentir ?

— Je t'en prie.

— Rien que de banal. Il m'a demandé de tes nouvelles, de celles de la famille...

— C'est tout ?

— Non. Il essaiera de venir te voir après Pâques.

— Après Pâques ! C'est loin !

— Quelle impatience ! Nous sommes le 10 avril et Pâques est le 25.

Léa le sentait si désemparé, si troublé, qu'elle renonça à lui parler de Mathias.

Le roulement d'une voiture automobile sur les graviers de l'allée, des portières qui claquent, des voix d'hommes les figèrent instantanément.

— Vite, va voir. Si c'est la Gestapo, nous sommes perdus.

Léa se précipita dans le couloir et regarda par la fenêtre donnant sur l'allée. Non ! ce n'était pas vrai ! Que venait-il faire ici ? Elle ouvrit la fenêtre et cria en se forçant à la gaieté :

— J'arrive !

En courant, elle retourna dans la chambre des enfants.

— Ce n'est pas la Gestapo, mais ça ne vaut peut-être pas mieux.

— Je vais dans la chambre de Lucien, lança Adrien en se dressant.

Avant de descendre, Léa passa chez Camille, lui expliqua rapidement ce qui se passait.

En bas, Ruth avait fait entrer les visiteurs dans le salon.

— Léa ! Quel plaisir de vous revoir dans ce décor !

— Raphaël !... quelle agréable surprise !

— Ma chérie !... je savais bien que vous seriez heureuse de revoir un vieil ami.

La colère bouillonnait en elle, mais elle s'efforça de sourire. Il ne fallait à aucun prix qu'il perçoive sa peur. Un des trois jeunes gens qui l'accompagnaient regardait le portrait de sa mère peint par Jacques-Émile Blanche. Quand il se retourna, les ongles de Léa s'enfoncèrent dans ses paumes. Elle essaya de dominer son effroi.

Le jeune homme qui maintenant lui faisait face était celui qu'elle avait remarqué à Cadillac et à Saint-Macaire. Avec désinvolture, elle s'approcha de lui.

— Bonjour, monsieur, vous êtes de la région ? J'ai l'impression de vous avoir déjà rencontré.

Le garçon accusa visiblement le coup.

— C'est bien possible, mademoiselle, mes grands-parents sont de Langon.

— Ce doit être là que je vous ai vu, à la mairie ou un jour de marché. Comment vous appelez-vous ?

— Maurice Fiaux.

Léa se détourna de lui et alla vers Raphaël dont elle prit le bras, l'entraînant vers les jardins.

— Venez que je vous montre Montillac. Pendant ce temps-là, vous me raconterez quel bon vent vous amène.

— Vous savez que j'avais quelques petits problèmes avec certaines personnes que vous connaissez. J'ai dû me résoudre à partir, l'air de Paris devenant malsain pour moi. Je me suis souvenu des moments agréables passés à

Bordeaux en juin 40, de mes relations dans la presse locale, de l'Espagne pas très loin. Bref, je me suis dit pourquoi pas Bordeaux ? Je dois vous avouer que jusqu'à hier je ne pensais pas à vous. J'étais avec ces charmants garçons, prenant un verre au *Régent* avant d'aller dîner, quand un de leurs camarades est arrivé. Dans la conversation le nom de votre propriété fut cité. Je demandai s'il s'agissait bien du domaine de la famille Delmas, on m'a répondu oui. C'est comme ça que j'ai appris que ce jeune homme était votre ami d'enfance et que vous étiez à Montillac. J'ai émis le désir de vous voir et votre ami m'a proposé de m'y conduire. Voilà pourquoi je suis ici.

— Vous êtes venu avec Mathias ?

— Oui. Il est allé embrasser ses parents. Cela ne vous gêne pas que j'aie accepté son invitation ?

— Pas le moins du monde. Je tiens à le remercier au contraire de m'avoir donné ce plaisir...

— Quel bel endroit, ma chère ! Si j'habitais ici, je ne voudrais jamais le quitter. Quel calme !... Quelle harmonie entre la terre et le ciel ! Je sens qu'ici je pourrais écrire des chefs-d'œuvre.

Accoudé à la terrasse, Raphaël Mahl contemplait le vaste paysage que les vignobles marquaient de leurs lignes régulières et noires.

— On dirait que cela a été dessiné au crayon et à la règle tant c'est net.

— Vous êtes venu trop tôt. D'ici deux ou trois semaines la vigne sera comme argentée, puis deviendra vert tendre, puis fleurira... Tiens, voici Laure. Raphaël, je vous présente Laure, ma petite sœur.

— Bonjour, mademoiselle. Maintenant je connais toutes les grâces de Montillac.

Laure pouffa de rire, ce qui agaça Léa.

— Camille est avec Mathias. J'ai demandé à Fayard d'ouvrir les chais pour que nous fassions déguster notre vin à nos visiteurs.

— Tu as bien fait. Venez, vous allez goûter au célèbre château-montillac, fit-elle enjouée, essayant de masquer l'angoisse qui l'avait envahie en entendant le nom de Mathias.

Ainsi, il avait osé revenir.

Les trois jeunes gens les suivirent en silence. Dans le chais, ils retrouvèrent Camille, Mathias et son père. Léa alla embrasser Mathias comme s'il ne s'était rien passé entre eux, feignant de ne pas remarquer la brusque contraction de sa mâchoire.

— Tu exagères, tu aurais pu venir nous voir plus tôt.

— Léa a raison, dit Camille. Je voulais vous remercier de la part que vous avez prise à ma libération.

— Je n'y suis pour rien, j'ai fait bien peu de chose.

— Ne dites pas ça, sans vous, je serais peut-être toujours là-bas.

— Vous êtes partie au moment où ça devenait confortable. Maintenant, il y a des douches, dit un des amis de Mathias.

— Voilà qui est intéressant, fit sèchement Léa. À quand le salon de coiffure et la salle de cinéma ?

Le jeune homme rougit tandis que ses camarades ricanaient. Raphaël fit diversion :

— Allons, mes enfants, goûtons ce vin.

Fayard retourna les verres posés sur une planche recouverte de papier blanc et cérémonieusement servit le vin.

— Il n'a que deux ans de bouteille, mais vous m'en direz des nouvelles.

— On s'en régale jusqu'à Paris ! lança Léa.

Fayard ne broncha pas.

Quand tout le monde fut servi, en silence, chacun porta son verre à ses lèvres.

Ils en étaient à leur troisième dégustation quand Léa, s'approchant de Mathias, lui dit :

— Viens, sortons. Je voudrais te parler.

Après la fraîcheur et l'odeur vineuse qui imprégnaient le sol de terre battue et les murs, la douceur de l'air et le parfum des premiers lilas donnèrent à Léa l'envie de courir.

Elle s'élança, Mathias sur les talons. Elle s'arrêta brusquement, se retourna et, essoufflée, lui demanda :

— Je te croyais reparti en Allemagne.

— J'ai changé d'avis. J'ai mieux à faire ici.

— Pourquoi m'as-tu amené Mahl et tes amis ? Je ne veux plus te voir.

— Je croyais te faire plaisir. Il avait l'air de tellement bien te connaître.

Léa haussa les épaules.

— Et les autres ? Ils me connaissent aussi ?

— C'est eux qui avaient la voiture et qui ont proposé de nous conduire.

— Je ne les trouve pas très sympathiques.

— Tant pis. Moi, ils me conviennent. Et tu as intérêt à faire comme si.

— Que fais-tu avec eux ?

— On travaille ensemble.

Que voulait-il dire ? Si ce qu'elle craignait était vrai, Mathias ne pouvait pas « travailler » avec eux, comme il disait. Il ne fallait pas qu'elle laisse la panique l'envahir, il fallait qu'elle se montre calme, insouciante, la vie de Lucien et d'Adrien en dépendait. Qui sait si Raphaël n'avait pas passé un marché avec la Gestapo de Paris pour essayer de retrouver Sarah ? Elle lui prit le bras et de son ton le plus naturel avec un sourire complice elle lui demanda :

— Raconte ! Que fais-tu ?

Il se raidit contre ce corps dont la seule pensée le faisait trembler. Devant ces yeux candides qui se levaient vers lui, il détourna la tête d'un air gêné.

— Des affaires.

— J'espère pour toi que ce ne sont pas les mêmes que celles de Raphaël. Ça m'ennuierait si tu étais recherché pour trafic de marché noir, fit-elle en conservant son sourire.

— Ne t'inquiète pas pour moi. Il n'y a aucune comparaison entre une tante comme ton ami et moi. Je sers d'intermédiaire entre des vignerons bordelais et des négociants en vins de Munich, de Berlin et d'Hambourg. Tu sais combien les Allemands sont amateurs de nos vins.

D'ailleurs, la plupart des officiers supérieurs allemands qui sont en Gironde étaient en affaires avant la guerre avec les grands propriétaires. Moi, je mets en rapport les petits propriétaires avec des marchands allemands.

— Et ça marche ?

— Très bien. Les affaires sont les affaires et les gens continuent à boire du bon vin, guerre ou pas guerre.

— Je t'interdis, Mathias, de vendre une seule bouteille du vin de Montillac. Jamais !

Léa n'avait pu se contenir. Le mot claqua, sonore. Ils se retrouvèrent de nouveau en un face à face hostile. Pâles, tous deux, ils s'observaient tels des chats prêts à bondir.

Bon Dieu ! qu'elle était belle la garce dans sa fureur qui lui gonflait les narines et faisait haleter sa poitrine. Il était partagé entre l'envie de la battre ou de la prendre contre lui.

— Quand nous serons mariés, je vendrai le vin à qui je voudrai.

Raphaël, sorti du chais, gesticulait dans leur direction. Il hurlait, en gambadant :

— Léa, ce vin est une merveille ! Il faut que je m'arrête, je suis déjà pompette.

Cher Raphaël ! elle l'aurait embrassé. Il approcha.

— Je ne vous crois pas, il vous en faut plus pour vous monter à la tête.

— Ne croyez pas ça, ma douce amie. On vieillit ! Tenez, un exemple : avant la guerre, je pouvais manger n'importe quoi, pouf ! ni vu ni connu. Maintenant, un plat un peu riche, un déjeuner un peu trop bien arrosé et je me retrouve avec des kilos en trop. Regardez ma taille !... Je sais bien qu'on appelle ça des poignées d'amour !... mais quand même !... Ça fait de la peine de ne plus retrouver sa ligne de jeune homme.

Léa ne put s'empêcher de rire en le voyant écarter sa veste pour montrer les dégâts.

— Riez, riez, vous verrez... Pour le moment vous faites la fière avec vos seins fermes, votre ventre plat et votre joli cul ! Mais attendez quelques années, et trois ou quatre gosses... on en parlera.

— Vous ne voulez quand même pas que je vous plaigne de prendre des kilos superflus quand la plupart des Français se serrent la ceinture ! Faites comme eux : mangez des rutabagas.

— Pouah ! vous voulez me faire mourir !

Quel drôle d'homme ! Léa en arrivait à oublier ce qu'était Raphaël Mahl.

— Devant un peloton d'exécution, vous seriez encore capable de plaisanter et de me faire rire.

Les yeux de Raphaël retrouvèrent leur douceur un peu triste.

— Vous ne pouviez me faire plus joli compliment : rire ou faire rire devant la mort. Je vous promets de m'en souvenir, petite amie.

Il ajouta, retrouvant sa factice gaieté et l'entraînant à l'écart :

— Avez-vous des nouvelles de notre ami Tavernier ? Voilà un homme qui m'intrigue fort. Pour certains, c'est un grand ami de l'Allemagne, pour d'autres, c'est un homme de Londres. Qu'en pensez-vous ?

— Voyons, soyez sérieux. François Tavernier était à Paris la dernière fois que je l'ai vu, depuis, il a complètement disparu. Je suis ici éloignée de tout, et j'ai bien trop de travail pour m'intéresser à un aventurier. Mais qu'est-ce qui vous prend ?... Lâchez-moi !

— Ne me prenez pas pour un imbécile, ma chère, vous auriez tort. Croyez-vous que je n'ai pas remarqué qu'il était amoureux de vous et que vos relations n'étaient pas platoniques ?

— Je ne comprends pas ce que vous voulez dire.

— Croyez-vous que j'ai oublié le vilain tour qu'il m'a joué ?

— Vous sauvant peut-être la vie.

— C'est possible... mais je n'aime pas être traité de cette façon.

— Allons, Raphaël, ne soyez pas si susceptible.

Sans s'en rendre compte, ils s'étaient éloignés de la maison et marchaient dans le chemin qui menait à Bellevue, entre les vignes. Les autres ne les avaient pas suivis.

Mahl s'arrêta, regarda autour de lui, l'air soudain las et vieux.

— Qu'il doit être bon de vivre ici ! Comme ce lieu me semble propice à l'inspiration ! Jamais je ne posséderai un endroit semblable, jamais je ne connaîtrai ce bonheur : écrire en paix avec moi-même et la nature qui m'entoure. Pourquoi faut-il que je sois porté par des forces mauvaises qui m'éloignent de mon moi profond, de l'effort créateur ? L'effort est tout, même si l'effort ne mène à rien. Tout est productif immédiatement et néanmoins stérile. Cela n'importe pas. Il y a toujours une joie dans l'effort. Hélas ! il me manque suffisamment d'enthousiasme pour être un grand écrivain. La plupart du temps, les écrivains sont des enthousiastes qui se mettent au service des indifférents. On parle comme on veut, on écrit comme on est...

Quel désespoir chez cet homme apparemment futile, malhonnête et sans scrupule ! Comme à chaque fois qu'elle avait perçu cette souffrance de ne pas être le grand écrivain dont il avait toujours rêvé, Léa sentit pour lui une tendresse qu'elle n'arrivait pas à maîtriser.

— Regardez ces champs, ces bois ! Que l'homme et son œuvre disparaissent d'un seul coup et la Terre continuera comme si de rien n'était. L'inutilité de l'homme me paraît flagrante dans les vues de l'Infini. Inutile et médiocre. Un jour, j'écrirai un *Éloge de la médiocrité* — peut-être vous l'ai-je dit, déjà. Je passe mon temps à raconter les livres que je n'écris pas. Bon sujet, non ? À moins que je ne fasse une anthologie des horreurs commises par l'homme. Sujet inépuisable. Mais la gloire de l'homme, c'est d'avoir su extraire de l'horreur la beauté... Une des raisons qui m'ont le plus empêché de croire en un Dieu bon, attentif, instruit de nous dans tous les détails, c'est moi-même. Je me dis que si Dieu était tout cela, il ne permettrait pas que je sois, ni surtout que je sois comme je suis. Parfois mon corps tout entier est gonflé de larmes que mes yeux ne suffisent pas à égoutter et dont je ne sais comment me vider.

Il pleurait en disant cela et le spectacle était parfaitement insupportable.

— Vous me méprisez, n'est-ce pas ? Vous avez bien raison. Jamais vous ne me mépriserez autant que moi-même... Je préfère votre mépris à votre compassion. Je hais l'effroyable mollesse de la compassion... Rentrons, nos amis vont se demander ce que nous complotons.

— Pourquoi êtes-vous venu, Raphaël ?

Avant de répondre, il sortit sa pochette et essuya ses yeux.

— Je vous l'ai dit : j'ai eu envie de vous voir.

— Il y a une autre raison.

— Peut-être, allez savoir ! Qu'est devenue notre amie Sarah ?

Léa se raidit.

— Non !... Ne vous méprenez pas, je ne suis pas ici pour me renseigner sur elle, je vous demande simplement si vous avez de ses nouvelles car c'est quelqu'un que j'aime bien.

— Je n'en sais rien.

— Espérons qu'elle s'en soit tirée. Êtes-vous tout à fait sûre de votre ami Mathias Fayard ?

« Nous y voilà », pensa-t-elle.

— Pas plus que de vous.

— Et vous avez raison, fit-il sans sourciller. Ses amis sont persuadés que vous travaillez pour la Résistance. Je leur ai affirmé le contraire. Je ne pense pas qu'ils m'aient cru.

— Pourquoi me dites-vous ça ?

— Parce que je vous aime bien et que j'aurais de la peine s'il vous arrivait quelque chose.

La simplicité avec laquelle il avait dit ça avait l'accent de la sincérité. Léa passa son bras sous le sien.

— Raphaël, tout est si compliqué en ce moment. Je me sens si seule ici entre Camille malade, ma tante geignarde, ma sœur qui s'ennuie, les Fayard qui attendent le moment de me prendre Montillac, il n'y a que Ruth que je sente vraiment solide.

— Vous avez votre famille de Bordeaux.

— Je veux avoir affaire à eux le moins possible.

— Et votre oncle religieux ?

Léa lâcha son bras.

— Vous n'êtes sûrement pas sans savoir qu'il a disparu et qu'il est recherché par la Gestapo.

— C'est vrai, j'oubliais !... Pardonnez-moi. J'ai cru l'apercevoir peu de temps après mon arrivée à Bordeaux, il avait beaucoup changé et puis, l'absence de la robe...

— Quand vous m'avez parlé de lui la première fois, vous le connaissiez déjà ?

— J'avais assisté à ses prêches du carême à Notre-Dame. J'avais beaucoup aimé la façon dont il parlait de la Grâce et de la dévotion à la Vierge. À l'époque, je désirais lui être présenté, mais la chose ne s'est pas faite. Je l'ai beaucoup regretté.

— Donc il ne vous connaît pas ?

— Non.

— C'est dommage, quelqu'un comme vous l'aurait intéressé.

— Qui sait, nous nous rencontrerons peut-être un jour... La vie est si étrange.

— Je l'aime énormément, il me manque beaucoup. Je ne l'ai pas revu depuis l'enterrement de mon père.

— On m'a parlé à Bordeaux de cet enterrement. Bizarre, non, que la Gestapo ne l'ait pas arrêté avec le mari de votre amie ?

— C'est à cause de mon oncle Luc.

— C'est vrai que les positions prises par maître Delmas, le mariage de sa fille avec un haut officier allemand, le prochain mariage de votre sœur avec le commandant Kramer créent des liens avec les occupants dont ils doivent tenir compte.

— J'en ai assez honte.

— Voilà une chose qu'il ne faudra pas répéter à des oreilles indiscrètes...

— Ce que vous allez vous empresser de faire, je suppose ?

— Ma pauvre amie, vous vous méprenez toujours à mon sujet. Vous savez bien que je n'agis que par intérêt.

Lequel aurais-je à dénoncer vos sympathies ? Tout le monde les connaît. Si encore vous cachiez des Anglais et des résistants !... mais ce n'est pas le cas. Car ce n'est pas le cas, n'est-ce pas ?

Léa éclata de rire.

— Vous savez bien que vous seriez le dernier à qui je le dirais.

— Et vous auriez raison.

Ils arrivèrent, bras dessus, bras dessous, riant, dans la cour de la maison où se tenaient Camille, Laure, Mathias et les trois jeunes gens.

— Ah ! vous voilà, fit l'un d'eux. On se demandait où vous étiez passés. Nous devons partir, nous sommes attendus.

— C'est vrai, où avais-je la tête ! J'avais complètement oublié... Léa, merci de votre accueil. Si vous venez à Bordeaux ne manquez pas de venir me voir. Je suis descendu au *Majestic*, rue Esprit-des-Lois. C'est très agréable, il y a de beaux meubles anciens.

— Vous restez longtemps à Bordeaux ?

— Ça dépendra si j'arrive à placer quelques articles à *La Petite Gironde* ou à *La France*. Sinon...

— Sinon ?...

Raphaël Mahl ne répondit pas. Il baisa la main de Camille et embrassa Laure sur les deux joues. Les jeunes gens saluèrent poliment. Les trois femmes embrassèrent Mathias.

Dans la nuit, Adrien Delmas quitta Montillac après avoir indiqué à Léa que des armes étaient cachées dans une des chapelles du calvaire de Verdelais ; celle de la septième station, en déplaçant la dalle fendue à droite en entrant.

— Ne va les chercher qu'en cas d'absolue urgence. Il y a dix fusils et vingt pistolets dont tu dois savoir te servir.

— J'espère.

— Parfait. Il y a aussi des grenades et un fusil-mitrailleur. N'y touche pas.

— Quand reviendras-tu ?

— Dès que Félix me dira que l'on peut transporter Lucien sans danger. En attendant, redouble de prudence. La visite d'aujourd'hui est des plus inquiétantes, d'autant que l'ennemi est dans la place.

— L'ennemi ?

— Oui, le père Fayard. Il connaît chaque recoin de la propriété et circule partout sans qu'on le remarque tant il fait partie du paysage. Quant aux trois garçons qui étaient avec Mathias, ils sont très connus de nous. L'un d'eux a même été condamné à mort et sera probablement exécuté prochainement.

— Qu'a-t-il fait ?

— Dénonciations, vols, viols, tortures et meurtres en tout genre. Je sais qu'il a abattu un juif, de sa main, pour le voler. Il connaissait ce malheureux depuis son enfance.

— Tu en parles comme si toi aussi tu le connaissais...

— Sa mère était bonne à tout faire chez un de mes amis, médecin au Bouscat. Comme le petit n'avait pas de père, mon ami s'en est beaucoup occupé. Mais il n'a eu que des déboires... À l'arrivée des Allemands, il a immédiatement été proposer ses services rue du Chapeau-Rouge moyennant une solide rétribution. Garde du corps d'abord, il est peu à peu monté en grade auprès de ses employeurs. Actuellement, Poinsot, Dohse et Luther l'utilisent... Il s'est montré particulièrement efficace dans la nuit du 19 au 20 octobre, au cours de l'opération qui « devait purger la région de toute présence de juifs étrangers ». Avec l'aide de la police, il a participé à l'arrestation de soixante-treize juifs, hommes, femmes et enfants qui, pour la plupart, ont été déportés. Il en a profité pour dépouiller des vieillards chez qui sa mère avait été domestique. Il a fait du bon travail... À tel point qu'il a été félicité par le commandant Luther en personne dans la belle maison du 224, avenue du Médoc, devenue avenue du Maréchal-Pétain, juste en face le 197, où Camille a fait connaissance avec leurs méthodes. Le drôle a eu l'audace, en sortant de cette entrevue, de venir voir sa mère et de se moquer de la peur des youpins qu'il avait tirés du lit... Mon ami a failli le tuer comme une bête malfaisante. Fou de colère, il s'est contenté de le jeter dehors à coups de pied dans le derrière. Une fois dehors, le gamin a juré qu'il l'abattrait. J'ai conseillé à mon ami de quitter Bordeaux, il a refusé en me disant que sa place était ici... C'est chez lui que j'ai rencontré le chef des F.T.P. qui, par une étrange coïncidence, habitait à six cents mètres du siège de la Gestapo. Le Bouscat est une sorte de plaque tournante de la répression comme de la Résistance...

— Lequel est-ce des trois ?

— Maurice Fiaux.

— Ce n'est pas possible ! À le voir, il n'a pas l'air d'une brute.

— C'est bien là ce qui le rend redoutable : il a l'air d'un bon jeune homme assez joli garçon.

— Et Mathias est au courant de tout ça ?

— Non. C'est encore une nouvelle recrue, ils se méfient. Ils ne lui feront confiance qu'après l'avoir mis à l'épreuve.

— Que veux-tu dire par là ?

— Quand il aura dénoncé, torturé ou exécuté quelqu'un. Il a déjà commencé... Encore quelques semaines et il sera un salaud absolu. Irrécupérable.

— Comme tu as changé, oncle Adrien !... Autrefois, tu m'aurais dit de prier... Que même chez la plus mauvaise des créatures, il y a une part d'innocence qui sommeille, et maintenant... on dirait que tu ne crois plus en rien, même pas en Dieu.

Chacun des mots de Léa était comme un coup de couteau dans l'âme endolorie du dominicain. Il se détourna de sa nièce, vérifia le bon fonctionnement de son arme, enfonça jusqu'aux sourcils son béret basque, prit une petite valise de carton bouilli contenant du linge, des livres et quelques provisions et se dirigea vers la porte.

Léa eut alors un geste complètement inattendu de la part de quelqu'un qui ne croyait plus, elle se laissa tomber aux pieds de son oncle en lui disant :

— Bénis-moi.

Adrien hésita une seconde puis s'exécuta.

Quand ses doigts tracèrent au-dessus de la tête de l'enfant chérie le signe de la croix, un grand apaisement se fit en lui. Il releva Léa et l'embrassa.

— Merci, murmura-t-il en s'éloignant dans la nuit.

18

— J'ai invité Maurice Fiaux à déjeuner.

De stupeur, Léa laissa tomber la casserole de lait qu'elle tenait à la main.

— Oh ! que tu es maladroite, s'exclama Laure. Tout ce bon lait de perdu.

Une paire de claques lui rejeta la tête en arrière. Des larmes apparurent dans les yeux bleus de la plus jeune des filles Delmas qui dit à sa sœur avec plus de surprise que de colère :

— Qu'est-ce qui te prend !... Tu es folle ! Tu m'as fait très mal.

— Et je vais continuer si tu ne décommandes pas ce déjeuner.

— J'ai le droit d'inviter qui je veux !

— Non !

— Et pourquoi ? Tu n'es pas l'unique propriétaire de Montillac, que je sache !

— Sais-tu qui est Maurice Fiaux ?

— Je sais très bien que nous avons cru qu'il nous surveillait à cause de ces histoires de Résistance. Ce n'était pas du tout ça.

— Que veux-tu dire ?

Laure baissa la tête, essuya ses yeux en minaudant, les joues marquées des cinq doigts de Léa.

— C'était moi qu'il suivait.

— Toi ?

— Oui, moi !... Il n'y a pas que toi qui plaise aux garçons. Je ne suis plus la petite fille d'avant la guerre. J'ai grandi.

— Restons calmes. Que tu plaises aux garçons, je n'en doute pas. Mais tu n'as quand même pas cru ce que celui-là te racontait ?... Tu l'as revu ?

— Oui, ce matin à Langon. Il est charmant, drôle, bien élevé. Il est en vacances chez ses grands-parents... Après Pâques, il retournera à Bordeaux. Il doit travailler pour aider sa mère.

Léa leva les yeux au ciel.

— C'est trop touchant !... Et que fait ce bon jeune homme ?

— Je ne sais pas... Je n'ai pas très bien compris... Il est dans les affaires.

— Les affaires ! Voilà un mot commode pour recouvrir n'importe quoi. Je vais te dire quelles sont les affaires dont s'occupe ton joli cœur : il travaille pour la Gestapo.

— Je ne te crois pas !

— Moi non plus je ne voulais pas le croire... C'est oncle Adrien qui me l'a dit. Il a torturé et tué plusieurs personnes. En l'invitant ici, tu es tombée dans le piège et tu nous fais courir de graves dangers. As-tu pensé à Lucien ?... À ce qui se passerait si on le découvrait ?

La pâleur qui avait envahi le visage de Laure faisait ressortir les marques sur ses joues. Elle restait debout, bras ballants, appuyée contre la cuisinière, trop hébétée pour se rendre compte que l'abondance de ses larmes avait mouillé son chemisier blanc... Léa eut pitié d'elle et lui mit la main sur l'épaule. Ce geste transforma ses pleurs en gros sanglots d'enfant.

— Je ne savais pas !...

— Laure, Léa, qu'est-il arrivé ? Que se passe-t-il ? demanda Camille qui venait d'entrer.

— Cette petite sotte a invité Maurice Fiaux, demain, à déjeuner.

— Oh ! mon Dieu...

Durant quelques instants on n'entendit que les hoquètements de Laure et le tic-tac de la pendule. Camille réagit la première.

— Cela ne sert à rien de se lamenter. Il faut trouver une solution.

— Je lui ai dit de le décommander.

— Surtout pas ! il se douterait que nous nous méfions de lui. Au contraire, l'invitation doit être maintenue. À nous de lui faire croire qu'il se trompe sur nous.

— Tu oublies Lucien !

— Non, c'est à lui d'abord que je pense. Il doit partir d'ici.

— Mais il est loin d'être guéri !

— Je le sais.

— Alors ?

— Viens, j'ai une idée. Laure, demain il faudra faire comme si de rien n'était, comme si tu croyais toujours que c'est un jeune homme fréquentable, dit Camille en entraînant Léa.

— Oui, balbutia la pauvre fille.

Les deux jeunes femmes sortirent de la maison par le côté nord.

— Faisons quelques pas à travers les vignes. Là nous sommes sûres de ne pas être entendues.

Elles marchèrent en silence, Camille s'appuyant au bras de Léa.

Le soleil d'avril enveloppait la campagne de sa lumière aigrelette qui donnait à la vigne, à la maison de Sidonie, aux arbres à peine verdoyants du calvaire un relief étonnant et l'impression qu'il suffisait d'étendre la main pour les toucher.

— Comment une telle paix montant de la terre ne se communique-t-elle pas aux hommes ? fit Camille en ralentissant.

— Quelle est ton idée ?

— Cacher Lucien dans le grenier de Sidonie.

— Dans le grenier de Sidonie !

— Oui. On peut lui faire confiance, elle déteste les Allemands.

— C'est beaucoup trop près de Montillac !

— Justement. Jamais ils ne penseront qu'on peut cacher quelqu'un aussi près.

Léa réfléchit.

— Tu as peut-être raison. S'il s'agissait de quelqu'un d'autre que Sidonie, je te dirais que sa haine des Allemands n'est pas une raison suffisante pour lui faire confiance. Mais s'agissant de Sidonie...

— Allons la voir. Elle est chez elle, il y a de la fumée qui sort de sa cheminée.

De la maison de Sidonie, on dominait tout le pays alentour et certains jours, prétendait la vieille femme, on voyait jusqu'à la mer.

Comme à son habitude, elle accueillit les visiteurs avec joie, leur offrant l'inévitable liqueur de cassis de sa fabrication qu'il n'était pas question de refuser.

— Té ! madame Camille. Ça fait plaisir de vous voir vaillante. Toi, ma Léa, tu as petite mine. C'est toi qui as été malade que j'ai vu par deux fois le docteur Blanchard entrer à Montillac ?

Du pas de sa porte, rien de ce qui se passait dans la demeure, où elle avait servi durant de nombreuses années, ne lui échappait.

— Non, Sidonie, c'était pour Lucien.

— Pauvre petit ! mais je croyais qu'il était dans le maquis ?

— Il a été très grièvement blessé. Ça va mieux, mais il ne peut pas rester à Montillac, ce serait trop dangereux pour lui. Il est trop faible pour regagner le maquis tout de suite. Nous venons te demander si tu accepterais de le cacher durant quelques jours dans ton grenier.

— Comme si c'était la peine de le demander !...

— Mais ça peut être grave pour toi si les Allemands venaient à le savoir.

— C'est pas la question. Quand me l'amenez-vous ?
— Cette nuit.
— Très bien. Qui saura où il se trouve ?
— Si nous pouvons éviter de le dire à sa mère, nous trois seulement.
— Il peut marcher ?
— Je pense, mais il va falloir passer le long des cyprès où le chemin est moins bon.
— Je viendrai au-devant de vous. Je vous attendrai dans la troisième rège de vigne en partant du potager.
Léa finit son verre de cassis et dit en l'embrassant :
— Merci, Sidonie.
— Y a pas de quoi, petite...Tu crois pas que je laisserais prendre par ces sales Boches un enfant de la famille de monsieur Pierre ?

Sur le chemin du retour, Léa et Camille n'échangèrent que quelques paroles. En arrivant près de la maison, Camille dit :
— Pas un mot à Laure de notre visite.
— Comment peux-tu croire que Laure dirait où est caché Lucien !
— Je me méfie d'une jeune fille amoureuse.
Léa la regarda sans comprendre.
— Tu ne penses pas ?...
— Il faut tout envisager. Laure s'ennuie. Ses amis sont à Bordeaux, nous ne voyons personne. Il est bien normal qu'elle ait été sensible à la cour de ce garçon.
— Mais il se sert d'elle !
— Probablement. À nous de l'en convaincre... Je vais lui parler.

La nuit était très noire, un vent tiède soufflait des Landes. Trois silhouettes sombres s'avançaient le long de l'allée de cyprès.
— Ça va ? Tu n'as pas trop mal, mon chéri ? chuchota une voix anxieuse.

— Non, maman... Ça va.

— Chut ! taisez-vous ! J'ai l'impression que l'on vient.

Tous s'immobilisèrent.

Le bruit d'un pas heurtant des pierres et écrasant des brindilles se faisait entendre dans le chemin bordant les vignes en contrebas de l'allée de cyprès.

— Vite, baissez-vous !

Les pas s'éloignèrent, réguliers et calmes.

— Lucien, Léa. Qui était-ce ?

— Fayard. Il fait quelquefois des rondes pour voir si tout va bien. Mais je n'aime pas ça.

— Pourquoi n'a-t-il pas son chien avec lui ? demanda à voix basse Lucien.

— Oui, en effet... C'est curieux. Il a peut-être peur que le chien fasse trop de boucan en débusquant du gibier.

— Ne faites pas tant de bruit ! Il va finir par nous entendre.

Ils restèrent immobiles quelques instants puis entrèrent dans la vigne.

— Ah ! vous voilà ! Je commençais à me faire du mauvais sang. Madame Bernadette !... Vous n'auriez pas dû venir.

— Ne craignez rien, je saurai me taire.

— Je comprends, madame Bernadette, je comprends...

— Dépêchons-nous, je suis fatigué, dit Lucien avançant soutenu par sa mère et sa cousine.

Ils marchèrent un moment en silence.

— Sidonie, je vous remercie de bien vouloir cacher mon fils chez vous.

— C'est normal, madame Bernadette. J'ai prévenu le docteur Blanchard que Lucien était maintenant à Bellevue. Il passera demain matin, pour soigner mes rhumatismes.

— Oh ! mon Dieu !... s'exclama Bernadette Bouchardeau.

Lucien avait failli tomber.

— Tu t'es fait mal mon petit ?

— Non, maman... Non. Mes mains me font un peu souffrir, c'est tout.

— On est bientôt arrivé.

Sur la table de la modeste salle commune de la maison, Sidonie avait disposé une collation qu'ils prirent à la lueur du feu et d'une bougie. Un peu réconforté par le vin, Lucien se leva.

— Maman, maintenant tu dois partir et me promettre de ne pas revenir ici tant que Sidonie ou le docteur Blanchard ne t'auront pas fait signe.

— Mais, mon petit !...

— Maman, s'ils me prennent, ils me tortureront, je dénoncerai mes camarades... J'ai déjà tant souffert, je souffre tellement encore, je ne supporterai pas de nouvelles souffrances. Tu comprends ?

Bernadette Bouchardeau pleurait tête baissée, tortillant entre ses doigts son mouchoir humide.

— Je ferai comme tu veux.

— Merci. Je savais que je pouvais compter sur toi, dit-il en l'enlaçant entre ses mains entourées d'énormes bandages blancs.

— Ne vous inquiétez pas, madame Bernadette, je veillerai sur lui comme sur mon petit.

— Tu n'as pas besoin que l'on t'aide à monter au grenier ? demanda Léa.

— Non, merci. Au revoir, Léa, prends bien soin de toi.

— Au revoir, Lucien, fit-elle en l'embrassant.

Dehors, une pluie fine s'était mise à tomber. Il faisait très sombre et les deux femmes se tordaient les pieds dans les ornières. Jusqu'à Montillac, elles n'échangèrent pas une parole. Toujours en silence, elles s'embrassèrent au bas de l'escalier qui menait aux chambres. Comme peinant sous le poids d'un lourd fardeau, Bernadette Bouchardeau monta pesamment les marches.

Léa ferma la porte à clé et poussa le solide verrou. Elle vérifia dans le salon que les fenêtres étaient bien fermées. Ces gestes quotidiens, accomplis dans le noir, la firent sourire : « Chaque soir, je fais les mêmes choses que mon père : vérifier que fenêtres et portes soient bien closes. Inutile d'aller dans le bureau, elle y était passée avant d'aller à Bellevue. Mais !... Zut, j'ai oublié d'éteindre la petite lampe ! »

— Oh !

Installés confortablement de part et d'autre de la cheminée où des braises finissaient de se consumer, Camille et François Tavernier devisaient calmement.

Pétrifiée, Léa restait dans l'embrasure de la porte.

D'un bond, François fut près d'elle, lui faisant mal tant il la serrait contre lui. Il était là... Il était venu... Elle n'avait plus peur, il la protégerait...

— Bon, je vous laisse. Vous voyez bien que Léa est heureuse de vous revoir, fit Camille en se levant.

Tenant toujours Léa contre lui, François prit la main de la jeune femme et la baisa.

— Merci, madame d'Argilat, de m'avoir tenu compagnie malgré votre fatigue.

— Ruth vous a installé dans la chambre aux oiseaux, Léa vous montrera. Bonne nuit.

Ils se dévoraient des yeux, incrédules, n'en revenant pas d'éprouver tant de plaisir dans la contemplation de l'autre. De sa grande main, il dessinait les contours de son visage, de son cou, de ses lèvres. Léa se laissait faire, attentive à la volupté qui naissait sous ce léger effleurement. Enfin sa bouche prit la sienne. Le profond baiser les faisait trembler. Lentement les mains, belles et savantes, retiraient ses vêtements... Elle caressait la nuque penchée tandis qu'il roulait ses bas. Elle s'appuyait à son épaule en lui abandonnant son pied. Bientôt elle fut nue, splendidement nue. Son corps, éclairé par les dernières lueurs des braises, donnait, malgré sa gracilité, une impression de force sauvage, de puissance à la fois fragile et indestructible. À ses pieds, le visage levé, il la regardait, fasciné. Léa le releva et, à son tour, le déshabilla. Mais ses doigts trop impatients étaient malhabiles. En souriant, doucement, il les repoussa et en un rien de temps fut nu, aucunement gêné par son sexe dressé. Il la souleva et la transporta sur le vieux canapé où si souvent, petite fille, son père avait consolé ses chagrins. L'espace d'un instant, l'odeur du cuir et son contact la ramenèrent au temps de son enfance. L'image de son père surgit derrière ses paupières baissés. Brutalement, elle ouvrit les yeux. Penché sur elle, François murmurait son nom.

— Viens, fit-elle.

Longtemps ils firent l'amour, leur désir sans cesse renaissant. À l'aube, épuisés, le sexe douloureux, ils sombrèrent dans un court sommeil.

Les premières lueurs du jour les réveillèrent.

Titubant, avec des fous rires, ils s'habillèrent.

Léa poussa François dans la chambre aux oiseaux que l'on donnait aux amis et referma la porte sur eux. Ils arrachèrent leurs vêtements et se précipitèrent dans le lit sous le vaste édredon de satinette vieil or. Blottis l'un contre l'autre, ils se rendormirent immédiatement.

— Léa, Léa, réveille-toi... Mais où est-elle ?

Laure frappa à une porte.

— Bonjour, Camille, excuse-moi, tu n'as pas vu Léa ? Il est bientôt midi, Maurice ne va pas tarder à arriver.

— Bonjour, Laure. Non, je ne l'ai pas encore vue. Elle est certainement dans le jardin ou au potager.

— Non, j'y suis allée. Elle ne doit pas être loin, sa bicyclette est là... Elle est peut-être chez son ami qui est arrivé hier soir ?... Tu ne trouves pas bizarre ces gens qui arrivent sans prévenir, en pleine nuit ?

— M. Tavernier a toujours été un original...

— Oh, excuse-moi ! J'ai oublié mes œufs au lait dans le four...

Dès qu'elle fut partie, Camille alla frapper à la porte de la chambre aux oiseaux.

— Monsieur Tavernier, il faut vous lever, il est midi.

— Merci, madame d'Argilat, je me lève... Mon amour, réveille-toi.

Léa entrouvrit un œil et s'étira.

— J'ai sommeil...

— Ma chérie, il faut se lever. Il est midi.

— Midi !

D'un bond, elle fut debout.

— Vite, vite, nous n'avons pas une minute à perdre. L'invité de Laure va arriver.

— Il attendra un peu.

— Oh ! non, je préfère qu'il n'attende pas. Mais vous !... Vous ne pouvez pas rester là.

— Mais pourquoi ? Aurais-tu honte de moi, fit-il en la faisant tomber sur le lit.

— Non, ne fais pas l'idiot. C'est très important. Où est ma jupe ?... Je ne trouve qu'un bas... et mes chaussures... Aide-moi.

— Tiens, j'ai trouvé ça.

Elle lui arracha sa combinaison des mains.

— Habillez-vous vite, je vais me changer et je vous rejoins.

Il tenta de la saisir, mais, rapide, elle lui échappa.

Quand elle revint dans la chambre, vêtue d'une courte robe de lainage bleu ayant appartenu à sa mère et que Ruth avait transformée, les cheveux relevés dégageant sa nuque, François, les joues rasées, finissait de nouer sa cravate.

— Que tu es belle !

Il enfila sa veste.

— Comme vous êtes élégant !... Pour un peu on croirait que vous vous habillez à Londres.

— Je n'irai pas pousser la provocation jusque-là. Mais il existe encore d'excellents tailleurs à Paris, il suffit d'y mettre le prix... Parle-moi de cet invité dont la venue a l'air de te mettre dans tous tes états.

Brièvement, Léa lui raconta ce que lui avait appris son oncle et ce qu'elle avait entendu dire de la bande Maurice Fiaux. Elle lui parla aussi de Mathias et de la visite de Raphaël Mahl.

— Il est encore en vie, celui-là ? l'interrompit François.

— Il est tout ce qu'il y a de plus vivant... Mais Maurice Fiaux, l'invité de Laure, est le pire de tous. Voilà pourquoi je pense qu'il vaut mieux qu'il ne vous rencontre pas. Tu comprends ?

— Avant toute chose, Léa, vous me tutoyez ou tu me vouvoies ?

— Avec toi, j'aime bien le vous, dit-elle en lui tendant ses lèvres.

Le bruit d'une galopade dans l'escalier, des appels les séparèrent. Léa entrouvrit la porte.

— J'arrive.

— Dites-lui de rajouter un couvert.

— Mais...

— Faites ce que je vous demande.

— Laure ?...

— Oui !

— As-tu pensé à rajouter un couvert pour M. Tavernier ?

— Évidemment !

Léa referma la porte.

— Mais vous êtes fou !... S'il allait deviner.

— Deviner quoi ?

— Que vous êtes dans la Résistance.

— Bof !

Léa tapa du pied.

— Vous m'agacez à la fin ! Comment dois-je vous présenter ?

— Dites que je suis un homme d'affaires parisien qui rend visite à un collègue bordelais et que j'en ai profité pour venir vous saluer.

— Mais quand il reverra Raphaël...

— Ne vous inquiétez pas de Raphaël, il est surtout dangereux pour lui-même. Venez mon cœur, j'ai hâte de voir à quoi ressemble un gestapiste français de Bordeaux.

En bas de l'escalier, ils se heurtèrent à Laure.

— Il vient d'arriver !... Léa, je n'arrive pas à croire à ce que tu m'as dit.

— Petite sœur, c'est la vérité. N'oublie pas que notre vie à tous et la tienne dépendent de ton attitude.

— Oui, soupira-t-elle. Où est Lucien ? Camille m'a dit qu'il était parti hier soir ?

— Je ne sais pas. Des amis à lui sont venus le chercher. Allons rejoindre ton invité... Ah ! je te présente un ami de Paris : François Tavernier.

— Bonjour, mademoiselle.

— Bonjour, monsieur.

Ensemble, ils entrèrent dans le salon où se tenaient déjà Bernadette Bouchardeau, Camille, et Ruth qui remplissait des verres du vin blanc sucré de Montillac.

— Enfin, vous voilà, s'exclama Bernadette d'un ton faussement détendu, nous allions trinquer sans vous.

— François, permettez-moi de vous présenter un des amis de Laure, M. Fiaux. Maurice... vous permettez que je vous appelle Maurice ?... je vous présente M. Tavernier, un vieil ami parisien, qui nous a fait le plaisir de nous rendre visite à l'occasion d'un voyage à Bordeaux.

— Bonjour, monsieur. C'est à vous la traction que j'ai vue ?

— Oui... si l'on veut... mon correspondant à Bordeaux me l'a prêtée pour venir jusqu'ici.

— Vous vous occupez de vins, monsieur ?

— Je m'occupe de tout ce qui est à vendre, cela va du vin aux métaux, en passant par les tissus et les denrées alimentaires.

— Vous n'avez pas trop de difficultés à vous approvisionner ?

— Non, j'ai quelques relations dans les milieux gouvernementaux. À Vichy, il m'arrive de déjeuner avec Pierre Laval et à Paris... avec quelques accommodements... Vous voyez ce que je veux dire ?... On peut faire de très bonnes affaires.

Maurice Fiaux vida son verre l'air songeur.

François remarqua avec un air amusé que le vin de Montillac était bien meilleur à Montillac qu'à Paris.

— À table, fit d'un air enjoué Laure, mon soufflé va retomber.

Ce déjeuner !... Jamais Léa la gourmande n'aurait pensé qu'un repas puisse lui paraître aussi long. Elle avait eu le plus grand mal à finir son poulet, elle en avait laissé un bon morceau dans son assiette. Par contre, elle avait beaucoup bu. Maurice Fiaux aussi.

Habilement, Tavernier l'avait fait parler de lui, de ce qu'il faisait. D'abord avec prudence puis, le vin aidant, le jeune homme s'était un peu découvert, parlant de son travail à la préfecture.

— Je vérifie que l'adresse des juifs qui doivent être arrêtés est bien exacte... que les membres de la famille sont bien au complet. C'est un travail de confiance car certains des policiers chargés de cette mission en ont laissé filer quelques-uns, avait-il dit avec suffisance.

Léa avait failli crier quand elle avait senti un pied frôler le sien. C'était celui de François qui disait en souriant :

— Cette conscience professionnelle vous honore. Ah ! si tous les jeunes gens étaient comme vous... la France, avec l'aide de l'Allemagne, redeviendrait un grand pays.

— Il n'est pas nécessaire d'être nombreux. Une poignée d'hommes déterminés suffira à éliminer la racaille juive.

— Savez-vous où on les conduit ? avait demandé Laure d'une voix douce.

— À Drancy, je crois, puis de là dans des camps de travail en Allemagne, mais on pourrait tout aussi bien les envoyer en enfer que cela me serait totalement indifférent.

— Et les enfants, ils travaillent aussi là-bas ? avait murmuré Camille.

— Non, madame, c'est par humanité qu'on ne les sépare pas de leur mère.

Quand il avait parlé de « racaille juive », Léa avait revu le visage brûlé, le corps torturé de Sarah, réentendu la voix rauque au léger accent : « Les nazis veulent nous tuer tous... femmes et enfants compris. »

Avec quel soulagement elle l'avait vu se lever.

— Excusez-moi, je dois partir, on m'attend... Pour affaires, avait-il dit avec un léger ricanement.

Il les avait tous salués avec effusion. Laure l'avait accompagné jusqu'à sa voiture. Personne n'avait dit un mot jusqu'au retour de Laure qui s'était jetée en pleurant dans les bras de Ruth.

— Je ne veux plus le voir... Je ne veux plus le voir, hoquetait-elle.

Camille, Léa et François étaient descendus lentement vers la terrasse où, en silence, ils avaient laissé l'air humide et parfumé d'avril tenter de chasser leurs noires pensées.

Dans l'après-midi, le docteur Blanchard passa donner des nouvelles de Lucien. Le garçon allait aussi bien que possible. Il attira Léa à part.

— Raoul et Jean Lefèvre m'ont remis cette lettre pour toi.

Un éclair de joie éclaira le joli visage.

— Raoul et Jean ?... Vous les avez vus ?

— Oui.

— Comment vont-ils ?

— Très bien. Si tu veux les voir, viens chez moi demain à l'heure de la consultation.

Léa ouvrit la lettre et lut :

« Reine de notre cœur, ta pensée nous aide à vivre. De te savoir si proche de nous nous rend fous, et nous ne résistons pas au désir de te contempler. Viens vite, nous t'attendons dans l'impatience et dans l'angoisse. Tes esclaves dévoués. J. et R. »

Elle sourit.

— Une bonne nouvelle ? demanda François Tavernier.

— Vous vous souvenez du garçon qui m'attendait dans l'église Saint-Eustache avec *La Petite Gironde* sous le bras ?

— Jean Lefèvre ?

— Oui, cette lettre est de lui et de son frère. Je suis

contente !... J'avais tellement peur que Raoul ait été tué ou blessé au cours de son évasion.

— Vous êtes sûre que c'est son écriture ?

— C'est non seulement son écriture, mais le docteur Blanchard m'a dit qu'ils étaient chez lui et que je pouvais venir les voir demain.

— N'y allez pas !

— Pourquoi ?

— Je n'en sais rien. Il y a quelque chose qui cloche dans tout ça.

— C'est normal qu'ils aient envie de me voir... À force de fréquenter des gens comme vos amis de Paris, vous voyez des traîtres et des salauds partout.

— Vous avez sans doute raison. Allons faire un tour au fameux calvaire, où vous jouiez enfant.

Léa rougit en repensant au jeu moins enfantin auquel elle avait joué dans une des chapelles avec Mathias.

François le remarqua.

— Dites-moi, coquine, auriez-vous joué à autre chose qu'à cache-cache ?

— Passons par la sapinière, comme ça nous éviterons Bellevue.

Dès qu'ils furent sous les arbres, à l'abri des regards, les deux amants s'enlacèrent et descendirent lentement les pentes du calvaire, s'arrêtant à chacune des stations du chemin de croix pour regarder les chapelles de pierre. Devant la septième station, Léa ne dit rien. Ils arrivèrent dans le sentier très raide qui longeait le cimetière. La porte était ouverte, ils entrèrent. Il y avait bien longtemps que Léa n'était pas venue sur la tombe de ses parents, elle s'en fit le reproche. Mais la tombe ne semblait pas souffrir de son abandon. De beaux cyclamens blancs, comme les aimait sa mère, étaient posés sur la dalle. Il n'y avait que Ruth pour avoir ce culte du souvenir et de l'amitié.

Le poids de leur absence l'inclina vers la terre, cherchant en vain les mots d'une prière.

Un coup de feu claqua.

— Cela vient de la place, s'écria Léa en se redressant.

Elle courut à travers les tombes, glissant sur les graviers des allées abruptes et crevassées. Son mouvement avait été si rapide qu'il surprit son compagnon.

— Léa... Attendez-moi.

Sans se retourner, elle continua sa course, franchit le portail et dévala les marches qui débouchaient en face de l'église de Verdelais. Elle s'arrêta. Tout était calme, trop calme. La place était déserte, ce qui était inhabituel à cette heure de la journée.

Au moment où Tavernier la rejoignait et lui saisissait le bras, une autre détonation retentit.

— La Gestapo, murmura-t-il en montrant du doigt deux tractions noires garées devant la mercerie de Mlle Blancou.

Le trot d'un cheval et le roulement d'une carriole se firent entendre. François repoussa Léa contre le mur.

— C'est la voiture du docteur Blanchard...

— Vous êtes sûre ?

— Tout le monde par ici reconnaît la berline du docteur.

— Nom de Dieu !...

Au moment où il se redressait, l'attelage passa au grand trot.

— Docteur !... docteur !...

La voiture continua son chemin, fit le tour au fond de la place et vint se ranger devant la maison voisine de la mercerie. Au même moment, les quatre portières d'une des tractions s'ouvrirent. Trois hommes en complet-veston s'élancèrent fusil-mitrailleur en avant. Un officier allemand sortit à son tour sans se presser et se dirigea vers le docteur Blanchard qui finissait d'attacher calmement son cheval au tilleul habituel.

Lentement, François obligeait Léa à reculer... Ils montèrent les marches conduisant à la placette où se trouvait le monument aux morts. Là, ils s'allongèrent à plat ventre sur le sable. D'où ils étaient, ils dominaient la place et la scène dont ils étaient les spectateurs impuissants ; les jeunes feuilles des tilleuls ne cachaient pas encore les façades des maisons.

Le temps était comme suspendu au nœud des rênes de cuir autour de l'arbre... Quand il en eut vérifié la solidité, le vieux médecin se retourna.

Les aboiements de l'officier leur parvenaient, confus. Les gestes du docteur Blanchard semblaient indiquer qu'il ne savait pas. Sans doute ne répondait-il pas comme il le fallait, car deux des hommes se jetèrent sur lui et le frappèrent de la crosse de leur arme.

Léa voulut bondir, François la maintint sur le sol...

Alors, tout s'accéléra. Des coups de feu partirent de la maison du médecin. Un jeune homme en sortit les mains crispées sur sa poitrine, fit quelques pas et tomba replié sur lui-même près de l'ami du père Adrien dont les cheveux blancs étaient poissés de sang.

— Jean !... gémit Léa.

Un long cri de femme retentit : c'était la servante du médecin qui, voyant son maître blessé, courait vers lui. Un homme la suivait, bras levés, blessé également au visage.

— Raoul !...

Deux civils armés tentèrent de repousser la servante. Elle s'accrochait en criant à celui que toute sa vie elle avait servi et aimé. Un méchant coup de pied lui fit lâcher prise... Elle revint à la charge. Un coup de feu claqua par-derrière. Le corps lourd s'affaissa. L'homme qui avait tiré portait un chapeau.

— Non !...

Le sable étouffa le cri de Léa.

Celui du docteur Blanchard parvint jusqu'à eux, terrible.

— Marie !...

Il s'élança pour lui porter secours. Un coup sur la nuque l'assomma. Deux hommes le soulevèrent et le transportèrent dans une des tractions. Ils firent la même chose avec Jean. Dans la seconde voiture, ils poussèrent Raoul. Les portières claquèrent, les automobiles démarrèrent en soulevant un nuage de poussière. Elles prirent la direction de Saint-Maixant. Une camionnette remplie de soldats allemands surgit et les suivit. Toutes les précautions avaient été prises. La poussière retomba doucement sur le corps de la servante. Le cheval n'avait pas bronché.

Toujours allongé sur le sable de la place du monument aux morts, Tavernier soutenait Léa qui vomissait. Le marchand de médailles, juste en face du monument, accourut vers eux, les yeux roulant dans tous les sens.

— Vous avez vu ?... Vous avez vu ?...

Les villageois commençaient à approcher.

— La jeune fille est blessée ?

— Non. Pouvez-vous aller me chercher un peu d'eau ?

— Oui, bien sûr...

Il revint avec un seau emprunté au cimetière qu'il remplit d'eau à la pompe. Adossée à un arbre, Léa ne vomissait plus. Son visage barbouillé de sable et de larmes était méconnaissable.

— Vous avez vu ?... Vous avez vu ? redemanda le commerçant en déposant près d'eux le seau.

Puis il partit en courant vers la maison du docteur Blanchard.

François trempa son mouchoir dans l'eau et lava la pauvre figure.

— J'ai soif.

De ses mains, il fit une coupe qu'elle vida avec avidité par trois fois.

— Pourquoi n'avez-vous rien fait ?... Nous les avons laissé arrêter et tuer sous nos yeux...

— Nous ne pouvions rien faire... Calmez-vous.

— Je ne veux pas me calmer, au contraire, je veux crier... me battre.

— Pour le moment, la meilleure façon de vous battre c'est de recouvrer votre sang-froid.

— Si nous avions eu des armes !

— Nous n'en avions pas et nous étions deux contre dix, vingt, peut-être. Armes ou non, nous n'avions aucune chance de les sauver mais la certitude de déclencher un carnage et d'être pris.

Léa, le visage couvert de larmes, cognait de plus en plus fort sa tête contre le tronc de l'arbre.

— Peut-être... mais nous aurions fait quelque chose.

— Suffit ! vous allez vous faire mal. Pensez plutôt à avertir ceux qui peuvent être arrêtés. Vos amis risquent de parler. La règle numéro un dans la clandestinité est de déménager quand les membres d'un réseau sont arrêtés...

Comme piquée par une guêpe, elle se releva.

— Lucien ! Vite.

Sans un regard vers la place qui s'était remplie de monde, Léa courut vers le chemin du calvaire. Toujours courant, elle arriva à la septième station et entra dans la chapelle, François sur les talons.

— Aidez-moi ! Soulevez la dalle cassée.

François obéit. Sous la pierre brisée, une cache abritait des fusils, des revolvers, des mitraillettes, un pistolet-mitrailleur, des grenades et des munitions, enveloppées dans une toile de bâche.

— Quel arsenal ! fit-il avec un sifflement admiratif en saisissant une mitraillette. Ce sont des Sten, très bien dans les combats à courte distance, mais terriblement dangereuses entre les mains d'un maladroit. Que faites-vous ?

— Vous le voyez bien, je prends les fusils.

— Laissez ça ! Vous n'avez pas l'intention de ramener ces armes à Montillac en plein jour ?

— Mais...

— Il n'y a pas de mais, mettez une grenade dans chacune de vos poches, moi je prends deux revolvers et trois paquets de balles. Si c'est nécessaire, je reviendrai chercher le reste cette nuit... Remettons cette dalle.

Après avoir recouvert soigneusement les armes, ils refermèrent la cache. Avec des brindilles, François effaça la trace de leur passage. Quand il eut fini, il prit Léa dans ses bras et l'embrassa.

— Ce n'est pas le moment, laissez-moi.

— Taisez-vous, j'ai cru entendre du bruit...

Debout, à l'entrée de la chapelle, ils devaient faire une fameuse cible.

— Partons... j'ai dû me tromper.

Autour d'eux, la colline plantée de chapelles paraissait déserte. Mais comment savoir?... Dans chacune d'elles, quelqu'un pouvait être caché et les observer.

Ils allèrent jusqu'au pied des trois gigantesques croix dominant le panorama. En regardant les deux larrons, François dit, comme se parlant à lui-même :

— Je me suis toujours demandé s'il valait mieux être crucifié à l'aide de clous ou attaché...

Agacée, Léa se détacha de lui.

— Ça ne vous ennuierait pas de remettre à plus tard ce genre de réflexions ?

Au sortir du bois du calvaire, passé les anciennes mines, le domaine de Montillac s'étalait devant leurs yeux. Sans s'être concertés, ils s'arrêtèrent.

— Tout a l'air normal... Qu'en pensez-vous ? demanda Léa.

— Comment savoir?... Ils nous attendent peut-être dans la maison. Je vais aller en avant.

— Non ! Je ne veux pas !... Venez, dit-elle en repartant. Je vais m'arrêter à Bellevue. S'il y a quelque chose d'anormal, Sidonie le saura.

— Sidonie ? C'est chez elle qu'est caché votre cousin Lucien ?

— Qui vous a dit ça ?

— Mme d'Argilat.

Belle, la chienne de Sidonie, vint au-devant d'eux, gambadant et aboyant. Quand ils entrèrent dans la maison, Sidonie reposa sur la table un vieux fusil de chasse.

— Il me semblait bien aux aboiements de Belle que c'était toi, mais quelque chose dans sa voix me disait que tu n'étais pas seule.

— C'est un ami. Tu n'as rien remarqué de particulier du côté de Montillac ?

— Non, rien, à part votre invité de midi. C'est monsieur ?

— Non. Il est arrivé cette nuit pendant qu'on était ici.

— C'est curieux que j'aie rien entendu... Dis voir, tu as pleuré toi ?

— Oh! Sidonie, fit-elle en se jetant contre la vieille femme.

— Ma petitoune... qu'est-ce qui y a?

— Ils ont... tué Marie... et... arrêté le docteur Blanchard...

— Mon Dieu!

— ... et Raoul... et Jean...

— Madame, il n'y a pas un instant à perdre, il faut que Lucien s'en aille de chez vous, il n'est plus en sécurité.

Sidonie repoussa doucement Léa et se laissa tomber sur une chaise, les narines pincées, le souffle court, une main appuyant sur sa poitrine. De l'autre, elle désignait le buffet. François comprit. Il ouvrit le meuble et trouva sur une étagère une fiole sur laquelle était écrit : dix gouttes en cas de malaise.

— Trouvez-moi de l'eau.

Léa prit une cruche de terre sur la pierre à évier et versa de l'eau dans le verre que lui tendait François.

— Buvez, fit-il en forçant les lèvres de la malade.

Dehors, Belle grattait à la porte en gémissant.

— Elle ne va pas mourir?

— Non, regardez... elle est moins oppressée. Qu'est-ce que c'est que ce bruit?

Une trappe au-dessus de leurs têtes glissa entre deux poutres.

— Lucien! cria Léa.

— Va me chercher l'échelle qui est dehors.

— Laissez, fit François Tavernier, j'y vais.

Il fut rapidement de retour et appuya l'échelle contre l'ouverture. Sans l'aide de ses mains, Lucien descendit.

— J'ai tout entendu. Vous êtes un ami de mon oncle Adrien, n'est-ce pas?

— Oui. Ça va mieux, madame? Vous devriez vous allonger.

Sidonie se laissa conduire à son lit qui était dans la salle. François l'allongea avec précaution.

— Merci, monsieur. Merci beaucoup... Maintenant occupez-vous de ce garçon.

Lucien s'approcha et l'embrassa sur le front.

— Je n'oublierai pas, Sidonie. Merci pour tout.

— Allez, allez... Va-t'en.

— Pas tout de suite, il faut attendre la nuit. Avec Léa, nous allons à Montillac chercher la voiture et appeler un médecin.

— Si c'est pour moi, ce n'est pas la peine... Demandez seulement à Mlle Ruth si elle veut bien passer la nuit ici.

— Comme vous voudrez, madame.

— Revenez vite. J'ai l'impression d'être dans un piège, sans aucun moyen de me défendre, fit Lucien en montrant ses bras.

Depuis dix minutes, ils roulaient sans dire un mot, scrutant la route mal éclairée par les phares barbouillés de bleu.

— Où m'emmenez-vous ?

— Chez des amis à Saint-Pierre-d'Aurillac, répondit Léa.

— Ils font partie de la Résistance ?

— Oui.

— Qui sont-ils ?

— Un ancien marin et son frère... Où sommes-nous ? Je ne vois rien... Je crois que nous sommes à Gaillard... Oui, c'est ça. Nous allons bientôt arriver.

Ils sortirent du village, roulèrent quelques instants dans la campagne. Très vite, il y eut de nouvelles maisons.

— Garons-nous sur la petite place derrière l'église. Le café *Lafourcade* est de l'autre côté de la route en face du monument aux morts. Attendez-moi, je reviens.

Quelques minutes après, elle était de retour.

— Dépêchez-vous, ils nous attendent.

Ils traversèrent la route et montèrent les deux marches du café à l'entrée d'une ruelle. Dans la salle mal éclairée, ils distinguèrent des tables de bois, des chaises. Une femme d'une cinquantaine d'années, vêtue de noir, s'avança vers eux :

— Entrez, mes enfants, soyez les bienvenus. Oh! le pauvre petit... Que lui est-il arrivé?

— En manipulant des explosifs, j'ai eu la main arrachée.

— Quel malheur! Viens, assieds-toi. Jeannot, sers à boire.

Dans le verre épais, le vin rouge et râpeux avait un goût de pierre, laissant au-dessus des lèvres une marque tenace.

Les deux frères, Jeannot et Maxime, dévoraient des yeux cette belle fille assise sur le coin d'une table, qui buvait le vin de leur père.

François Tavernier raconta ce qui s'était passé à Verdelais.

— Nous l'avons appris par un gamin de là-bas qui fait le courrier... Vous les connaissiez bien, je crois, mademoiselle?

Léa baissa la tête, incapable d'empêcher ses larmes de couler.

— Oui... Je les connaissais depuis toujours... C'est le docteur Blanchard qui m'avait mise au monde et... Raoul et Jean étaient mes meilleurs amis avant la guerre... Je ne comprends pas...

— Ils ont été trahis. Dès que le docteur Blanchard est parti faire ses visites, une traction est arrivée dans laquelle il y avait un officier allemand et trois civils. Une camionnette remplie de soldats s'est dissimulée en contrebas... Inutile de vous dire que tout le monde s'est barricadé chez soi. Ensuite est arrivée une autre traction conduite par un jeune homme. Il a sonné à la porte du docteur. On est venu lui ouvrir et là, on ne sait pas ce qui s'est passé. Les gens ont entendu deux coups de feu...

— Nous aussi nous les avons entendus.

— ... Vous connaissez la suite.

— Où les a-t-on emmenés? demanda Léa.

Maxime détourna la tête, c'est son frère Jeannot qui répondit.

— Au Bouscat, au siège de la Gestapo.

— Tous les trois ?

— Oui.

— Mais ils étaient blessés !

— Ces ordures-là s'en foutent... Les blessés, ils les laissent crever dans un coin.

— Il n'y a rien à tenter ?

— Pour le moment, non.

— Oh !...

— Exupérance, ne perdez pas courage, un jour, ils paieront pour tout ça, dit Maxime. En attendant nous allons cacher votre blessé, le soigner et le faire passer en Afrique du Nord.

— Vous allez avoir beaucoup de frais, dit Tavernier. Prenez cet argent.

— Monsieur, dit la mère, nous ne faisons pas ça pour de l'argent.

— Je le sais, madame Lafourcade, ce que vous faites n'a pas de prix, mais le chemin de fer et le médecin, eux, en ont... Exupérance, puisque Exupérance il y a, il serait imprudent de rester plus longtemps.

— Il a raison, partez avant le couvre-feu.

François s'inclina devant Mme Lafourcade.

— Madame, m'accorderez-vous l'honneur de vous embrasser ?

— Tout l'honneur est pour moi, fit-elle en riant et en lui donnant des baisers sonores.

— Prenez bien soin de lui, dit Léa en l'embrassant à son tour.

— Ne craignez rien... il est en bonnes mains.

Jeannot s'assura que la voie était libre et les accompagna jusqu'à la voiture.

Blottie contre François, Léa n'arrivait pas à dormir. Sans cesse défilait devant ses yeux la scène sanglante de l'après-midi. Elle se reprochait de n'avoir pas pensé aux armes. Quelqu'un les avait trahis... Qui pouvait être au courant de la présence des frères Lefèvre chez le docteur Blanchard ?... Elle-même ne l'avait appris qu'une heure avant le drame. Qu'avait dit Maurice Fiaux ?... « On m'attend pour affaires. » Malgré le chapeau, elle était sûre que c'était lui qui avait abattu Marie et blessé Jean au ventre. C'était donc ça l' « affaire » dont il parlait avec une mine satisfaite. Un tueur avait dit Adrien. C'était un tueur qui avait jeté ses yeux sur sa petite sœur... Il fallait absolument éloigner Laure de Montillac ; elle la devinait, quoique avertie de ce qu'était Maurice Fiaux, subjuguée par lui. Après l'Allemand, le gestapiste !... son père se retournerait dans sa tombe. Enfin, elle s'endormit.

— Léa... Léa... Ne craignez rien... Je suis là. Encore votre cauchemar ?

— Oui... Ils me poursuivent toujours dans Orléans en flammes... j'appelle... et personne ne vient... ils sont de plus en plus nombreux à vouloir me tuer et cette fois... Maurice Fiaux est avec eux... C'était lui... n'est-ce pas ?

— Oui, je crois.

— Comment peut-on tuer avec une telle indifférence. Vous ne trouvez pas ça étrange ?

— Étrange ?... Non. J'ai connu en Espagne, et maintenant en France, beaucoup d'hommes capables de ça.

— Et vous-même, vous en seriez capable ?

— S'il le fallait.

— Vous l'avez déjà fait ?

La rapide crispation qui dérangea le visage de son amant ne lui échappa pas.

— Oui, quand cela a été nécessaire.

— Avec la même indifférence ?

— Indifférence ?... Non, détermination, oui. Même vous, lorsque...

— Ce n'était pas la même chose !... Il allait nous tuer... Je n'avais pas le choix !

— Je vous l'accorde, mais, si c'était à refaire, vous le referiez, sachant maintenant que tuer, dans certains cas et pour certaines personnes, c'est très facile.

— Ce que vous dites est affreux... vous me comparez à cet assassin.

— Reconnaissez que si vous aviez aujourd'hui la possibilité de l'abattre, vous le feriez.

Léa réfléchit.

— Oui.

— Et vous obéiriez à un sentiment de vengeance alors que Fiaux agit avec la pureté de l'indifférence.

— C'est absurde !

— Je vous l'accorde. À cette heure de la nuit, je suis prêt à dire n'importe quoi tant j'ai sommeil.

— C'est gai, vous ne pensez qu'à dormir !

— Je vais te montrer si je ne pense qu'à dormir !

Camille s'était levée trois fois pour donner à boire au petit Charles qui depuis deux jours avait de la fièvre.

« Un gros rhume », avait diagnostiqué, la veille, le docteur Blanchard. Maintenant, il dormait. Elle ne se lassait pas de le regarder, si vulnérable dans son abandon. Enfant, Laurent devait avoir la même moue, la même blondeur, la même fragilité. Quand le reverrait-elle ? Durant sa maladie, à chacun de ses réveils, Camille avait espéré le voir à son chevet.

Elle marchait de long en large, essayant par le mouvement de chasser son angoisse, de penser à autre chose... Demain, elle préviendrait Bernadette Bouchardeau du départ de son fils. Elle prévoyait des cris, des larmes et le redoutait. Comme elle eût voulu épargner ce chagrin à cette femme un peu sotte ! Léa le lui avait demandé et Camille ne pouvait rien refuser à Léa. « Je l'aime autant que Charles », se disait-elle parfois. Femme de réflexion, elle ne comprenait pas très bien la violence de cet attachement. « J'aime la regarder vivre, c'est plus intense que de vivre moi-même. J'ai tellement peur pour elle, davantage que pour Laurent, c'est peut-être parce que c'est une femme et que je devine mieux le mal que l'on peut lui faire, surtout depuis les cachots de la Gestapo et la cellule du fort du Hâ. Dès qu'elle n'est plus à Montillac, je redoute le pire. François Tavernier est comme moi, il a peur de la perdre! »

Le choc d'un caillou, sur les volets de la fenêtre contre laquelle elle appuyait son front, l'arracha à ses pensées. Elle éteignit la veilleuse près du lit de son fils, revint à la fenêtre, l'ouvrit et écarta légèrement les volets. En bas... dans la cour... la silhouette d'un homme.

— Camille, souffla l'inconnu.

Cette voix?... Un vertige la rejeta en arrière, cœur battant. De ses maigres mains, elle s'accrochait de toutes ses forces au rebord de la fenêtre.

— Camille, répéta l'inconnu.

Plus de doute... c'était lui! Tout malaise disparut, elle se précipita vers la porte, dégringola l'escalier, traversa dans le noir la salle à manger, ouvrit la porte et repoussa les lourds contrevents de l'entrée. Laurent se précipita dans ses bras.

Pour la première fois depuis près de trois ans, Laurent d'Argilat et François Tavernier se retrouvaient face à face. Cette rencontre bouleversa Léa plus qu'elle ne l'aurait imaginé. Voir ensemble les deux hommes lui paraissait, tout à coup, choquant. Laurent, avec sa barbe, ses cheveux trop longs et ses vêtements difformes, ressemblait à un vagabond à côté de François, trop élégant dans son costume de grand faiseur. C'était Laurent qui avait maintenant l'allure d'un aventurier. « C'est un comble », pensa-t-elle.

Ils parlaient à voix basse dans un coin de la chambre des enfants dont Léa avait fermé la porte à clé. D'un commun accord, Camille et elle avaient décidé que Bernadette et Laure ne seraient pas informées de sa présence à Montillac.

Le temps était sinistre et froid. Un vrai temps de vendredi saint.

— Où est Charles ? demanda Léa.

— Il joue avec Laure, répondit Camille. Si tu avais vu la drôle de tête qu'il faisait quand son père l'a pris dans ses bras ! Il l'a reconnu cette fois.

Les deux hommes revenaient.

— Nous avons essayé de faire le point, Tavernier et moi. Je suis tout à fait d'accord avec lui : vous devez quitter Montillac quelque temps en emmenant Laure avec vous.

— Et Charles ? s'écria Camille.

— Charles aussi, évidemment.

— Je suis de votre avis, mais pour aller où ?

— À Paris.

— À Paris !... firent-elles ensemble.

— Oui, c'est encore là qu'il y a le moins de danger pour vous ; d'une part à cause de Françoise, d'autre part à cause de Tavernier qui pourra organiser une sorte de surveillance autour de vous.

— Mais toi, Laurent, où iras-tu ? demanda Léa.

— Je repars cette nuit. Un avion vient me chercher pour me conduire à Londres puis en Afrique du Nord.

Camille chancela.

— Tu vas te faire tuer, sanglota-t-elle.

— Je risque tout autant de me faire tuer en restant ici. J'ai même plus de chances de vivre en partant.

— Alors... pars.

Léa s'était assise au milieu de ses coussins, sourcils froncés.

— Un sourire, voyons, ma mie, sinon je vais croire que vous êtes toujours amoureuse de ce héros romantique, chuchota François.

— Fichez-moi la paix !

— Cessez de bouder, ça va finir par se remarquer.

— Ça m'est bien égal !

— Ne faites pas l'enfant, la situation ne s'y prête guère. Vous m'écoutez ?... Bien. Vous allez appeler Mlles Montpleynet...

— Pour quoi faire ?

— ... pour leur demander de vous recevoir pendant quelque temps...

— Toutes les trois ! plus le bébé ?

— Oui. Dès demain, si la Gestapo n'est pas venue avant arrêter tout le monde, nous partirons tous à Bordeaux d'où je prendrai le train avec vous pour Paris.

— Mais Laure ne voudra peut-être pas partir.

— Il faudra la convaincre. C'est surtout elle qu'il faut éloigner de Montillac. Elle ne doit pas revoir Fiaux.

— Je comprends... Je vais téléphoner.

— Dites à vos tantes que Camille doit consulter un spécialiste et que vous l'accompagnez étant donné son état de santé.

— Et pour Laure ?

— Dites qu'elle s'ennuie, ce qui n'est pas mentir.

— À Paris, nous nous verrons ?

— Aussi souvent que ce sera possible, mon cœur.

— Bien, je vais téléphoner. Vous m'accompagnez ?

— Non, j'ai encore quelque chose à dire à Laurent avant d'aller à Bordeaux.

— Vous allez à Bordeaux, maintenant ?

— Oui. Je vais essayer d'avoir des nouvelles de vos amis et m'occuper des places dans le train.

Tout le reste de la journée, Léa dut surveiller Laure. Elle ne cessait de pleurer, recroquevillée dans un des fauteuils du salon.

— Mais enfin, pourquoi pleures-tu ?

Cette question redoubla ses larmes et resta sans réponse.

François Tavernier avait téléphoné pour dire qu'il ne rentrerait que le lendemain en début de matinée et qu'elles devaient se tenir prêtes à partir. Ruth, prévenue, avait approuvé ce départ et convaincu Laure de sa nécessité.

— Ne t'inquiète de rien, avait-elle dit à Léa, je veillerai sur tout... Sidonie s'installera ici, le temps qu'elle se rétablisse. Promets-moi de m'écrire souvent, de me tenir au courant de tout.

Bernadette Bouchardeau, toute au chagrin d'avoir une nouvelle fois perdu son fils, n'avait fait aucun commentaire.

À dix heures, Laurent s'était arraché des bras de Camille et, après un dernier baiser posé sur le front de son fils endormi, il était sorti dans la nuit, sa musette remplie de linge propre. Léa l'avait accompagné jusqu'à la route en passant par le sentier en bas de la terrasse pour éviter la maison des Fayard. Du fossé avait surgi un homme qui leur avait braqué sa torche électrique en pleine figure.

— C'est bien toi, avait-il dit en éteignant. Dépêchons-nous, l'avion n'attendra pas.

Des buissons, il avait sorti deux vélos.

Laurent avait baisé le front de Léa.

— Prends bien soin de toi et d'eux, avait-il dit en repoussant les bras qui tentaient de le retenir.

19

Cent quatre-vingt-quinze morts !... les bombardements alliés avaient fait cent quatre-vingt-quinze morts à Bordeaux, le 17 mai 1943.

Avec quel plaisir Hérold Paquis de Radio-Paris l'avait-il dit et redit. Les quartiers de la gare avaient encore souffert, les trains circulaient mal. « Heureusement, avait pensé égoïstement Léa, que nous sommes partis à temps. »

Quelle cohue ! en ce samedi de veille de Pâques, une foule surchargée de paquets, de paniers et d'enfants prenait d'assaut les trains en partance pour Paris. Comment François Tavernier avait-il réussi à avoir un compartiment de première classe pour eux seuls ? Cela tenait du miracle, puisque même les couloirs des premières étaient bourrés. Camille avait refusé de les accompagner dans le wagon-restaurant prenant pour prétexte le petit Charles.

En entrant dans le wagon, Léa avait regretté de n'être pas restée dans leur compartiment à manger l'en-cas préparé par Ruth. Les consommateurs, pour la plupart, étaient des officiers ou des soldats allemands, et des hommes et des femmes à la mine trop prospère. Plusieurs têtes s'étaient levées au passage des deux jolies filles. Ils avaient tendu leurs tickets au maître d'hôtel pour manger un des plus mauvais repas de la guerre. François avait ri devant le désappointement de Léa. Laure avait pratiquement tout laissé dans son assiette sous l'œil affamé d'un jeune soldat...

Le plaisir de revoir Albertine, Lisa, Françoise et son bébé avait rendu à Laure une partie de sa bonne humeur.

Léa avait trouvé ses tantes et Estelle vieillies et fatiguées.

Depuis leur arrivée, François était venu dîner une seule fois rue de l'Université, repartant tout de suite après le repas.

Dans une lettre, Ruth leur avait annoncé le suicide du docteur Blanchard. Comme M. et Mme Debray, il n'avait pas hésité à se tuer pour ne pas parler. Jean et Raoul Lefèvre étaient au fort du Hâ. Ils avaient été torturés.

C'est dans la voiture qui les emmenait à Bordeaux que François Tavernier leur avait raconté ce qu'il avait appris concernant leur sort. On les avait conduits 197, route du Médoc et interrogés de plus en plus brutalement, même Jean que sa blessure à la poitrine faisait terriblement souffrir. Refusant de parler, ils avaient été jetés dans la cave et battus avec application. Leurs bourreaux avaient dû s'arrêter, craignant de les tuer. On avait autorisé le docteur Blanchard à soigner Jean. Il avait pu extraire la balle qui semblait ne pas avoir provoqué de dégâts importants. C'est dans la nuit qu'il s'était suicidé à l'aide d'une capsule de cyanure, chose que Tavernier avait apprise quelques jours plus tard.

Laure ne parla plus jamais de Maurice Fiaux.

Les rayons de la librairie Gallimard du boulevard Raspail n'abritaient plus que quelques volumes défraîchis. Léa feuilletait un livre aux pages jaunies dont l'auteur ne lui disait rien. Le même vendeur qu'au début de la guerre s'approcha. Il portait des culottes de golf et des chaussures aux épaisses semelles de crêpe.

— Ne prenez pas ce livre, mademoiselle, il ne vaut rien.

— Je n'ai plus rien à lire, je ne sais pas quoi acheter... Comment se fait-il que les étagères soient à moitié vides ?

— En ce moment, on vend n'importe quoi. On a vendu la presque totalité de notre fonds. Nous n'arrivons pas à fournir.

— Mais pourquoi ?

— Parce que les Français se sont remis à lire. Que voulez-vous qu'ils fassent ? Le cinéma, ce n'est pas possible tous les jours, alors ils lisent.

— Que lisent-ils ?

— Tout ce qui se présente : Homère, Rabelais, Spinoza, les Pères de l'Église, que sais-je ?... Mais j'ai quelque chose pour vous. Nous ne réservons les nouveautés qu'à nos anciens et très bons clients. Que diriez-vous du dernier roman de Marcel Aymé ?

— Décidément, vous aimez cet auteur.

— Beaucoup. Tenez, je vous le donne tout enveloppé pour que les autres ne le voient pas.

— Quel est son titre ?

— *Le Passe-Muraille.*

Elle repartit, pressant le précieux bouquin sur son cœur. Enfin, une bonne soirée en perspective ! Tout ce qu'il y avait dans la petite bibliothèque de ses tantes, elle l'avait lu et relu. Jamais Léa ne s'était autant ennuyée à Paris entre Camille qui consacrait tout son temps à son fils, ses tantes qui ne parlaient que de ravitaillement, Laure qui passait ses journées et quelquefois ses nuits chez leur sœur Françoise, courant les bars et les salons de thé, et Estelle qui bougonnait de plus en plus à cause de ses jambes !...

Montillac lui manquait. Elle redoutait que, durant son absence, Fayard ne fasse des siennes malgré Ruth et Sidonie. Juillet approchait, et Léa n'avait pas du tout l'intention de passer l'été ici. On étouffait. Qu'est-ce que ça devait être au mois d'août. Si au moins François Tavernier s'était occupé de la distraire... mais non !... Monsieur avait disparu. Où était-il ? Avec ses amis de Londres ou avec ceux de Berlin ? Bien malin qui le lui dirait.

Les hommes se retournaient sur cette jolie fille gentiment vêtue d'une robe bleu marine à pois rouges qui découvrait largement ses jambes aux pieds chaussés de hautes sandales de toile blanche à semelles compensées, cadeau de Françoise. Toute à ses pensées moroses, elle ne le remarquait pas.

Rue de l'Université, Léa posa son livre sur la console de l'entrée près d'un chapeau. Ses tantes avaient de la visite.

— Te voilà enfin ! Il y a plus d'une heure que M. Tavernier t'attend.

Elle réprima son désir de courir et de se jeter dans ses bras.

— Bonjour, je vous croyais mort.

— Léa !

— Laissez, mademoiselle, ce n'est qu'une plaisanterie. Cet humour fait partie de son charme.

— Monsieur Tavernier, vous êtes trop indulgent avec cette enfant.

— Tante Lisa, je ne suis plus une enfant et je me moque de l'indulgence de M. Tavernier.

— Quel caractère ! l'air de Paris ne vous réussit pas.

— Non, je m'ennuie.

— C'est bien ce que je craignais. Je vous emmène faire un tour à la campagne.

— À cette heure-ci ! mais il est bientôt cinq heures.

— Ce n'est pas très loin... à quinze minutes.

— Vous appelez ça la campagne ?... À quinze minutes d'ici !

— Vous verrez, c'est un endroit sauvage et merveilleux que peu de gens connaissent.

Il leur fallut beaucoup plus de quinze minutes pour arriver là où voulait aller François Tavernier. Il pestait en tournant dans les rues de Bagneux, de Fontenay-aux-Roses, de Sceaux et de Bourg-la-Reine. Il s'arrêta devant le panneau de Châtenay-Malabry et consulta un plan.

— Rue Chateaubriand, rue du Loup-Pendu... ah ! voilà, rue de la Vallée-aux-Loups, c'est par là.

— Allez-vous me dire à la fin où nous allons ?

— Acheter des arbres.

— Acheter des arbres !...

— Oui, on m'a promis la bouture d'un arbre planté par Chateaubriand.

— Qu'est-ce que vous voulez en faire ?

— Ce n'est pas pour moi. Un de mes amis allemands, passionné de littérature française et grand admirateur de Chateaubriand, m'a demandé s'il me serait possible de me procurer cette bouture...

— Vous êtes fou !

— J'ai téléphoné au docteur Le Savoureux qui demeure dans l'ancienne propriété du grand écrivain. Il m'a dit que je n'étais pas le premier à lui faire une telle demande et qu'il avait en ce moment un assez joli petit mélèze.

— Vous n'avez rien d'autre à faire qu'à procurer des arbres à vos amis allemands ? demanda Léa avec tout le mépris dont elle était capable.

— Mon ami n'est pas n'importe quel Allemand et ce mélèze pas n'importe quel arbre. Rendez-vous compte... l'enfant d'un arbre planté amoureusement par Chateaubriand.

— J'ai l'impression d'entendre Raphaël Mahl. Lui aussi m'a parlé de Chateaubriand avec des larmes dans la voix, il m'a même donné un livre de votre grand homme...

— *La Vie de Rancé* ?

— Comment avez-vous deviné ?

— Ce n'est pas bien difficile, connaissant un peu Raphaël Mahl... L'avez-vous lu ?

— J'ai essayé... j'ai trouvé ça d'un ennui ! la vie d'un moine crasseux au XVIIe siècle !

— Taisez-vous, malheureuse! Nous entrons sur les terres de l'auteur des *Martyrs* dont le fantôme risque de quitter son rocher de Saint-Malo et venir vous tirer les oreilles pour avoir osé blasphémer.

Ils roulaient dans une large allée montante, bordée de hauts arbres qui empêchaient de voir le ciel. Par les vitres ouvertes entrait une haleine chaude et humide.

— C'est sinistre votre endroit. Comment l'appelez-vous ?

— La Vallée-aux-Loups.

— C'est bien ce que je disais, on dirait un coupe-gorge digne des romans d'Ann Radcliffe.

— Vous avez lu les romans d'Ann Radcliffe !... fit-il avec un étonnement tel que Léa en fut vexée.

— Croyez-vous être le seul à savoir lire? Ma mère adorait les romans anglais de cette période, elle les avait tous lus, moi aussi. Sans doute devez-vous trouver cette littérature d'épouvante trop sentimentale... trop féminine.

— Quelle fougue !... Je ne vous savais pas amateur à ce point de romans noirs. Connaissez-vous les auteurs allemands de la même période? Il y en a d'intéressants, je vous en prêterai si vous le voulez.

— Non merci.

Ils arrivèrent devant une maison recouverte de vigne vierge et de lierre flanquée d'un grand bâtiment ressemblant à une petite caserne ou à un hôpital. Une femme pas très grande les attendait sur le pas de la porte.

— Bonjour, monsieur. Monsieur Tavernier, je crois ?

— Oui, madame. Bonjour, madame.

— Je suis Mme Le Savoureux. Mon mari est désolé, il a été appelé à Paris et m'a chargée de vous recevoir en vous priant de bien vouloir l'excuser.

— C'est très ennuyeux !

— Croyez qu'il était navré, il n'a pas pu faire autrement. Si vous voulez bien entrer, mademoiselle ?...

— Pardonnez-moi... Mlle Delmas.

— Vous êtes bien jolie, mademoiselle. Mon mari regrettera d'autant plus son absence.

Léa sourit et entra.

C'était ça la maison du grand écrivain ! L'intérieur donnait une sensation de fragilité. Elle avait l'impression que les murs avaient du mal à supporter les tableaux, que le sol allait s'effondrer sous le poids des meubles.

— Que vous attendiez-vous à trouver ? lui demanda François qui avait remarqué sa mine déçue.

— Je ne sais pas... quelque chose de plus imposant... ce salon pourrait être à Montillac... oh ! François ! vous avez vu cette pelouse... ces arbres !...

— C'est beau, n'est-ce pas, mademoiselle ? Mon mari et moi apportons tous nos soins à maintenir cet endroit dans l'état où il aurait aimé le voir... Si vous le voulez bien, tout à l'heure, nous ferons le tour du parc et je vous montrerai les arbres plantés de sa main. Monsieur Tavernier, voulez-vous me suivre ? Excusez-nous, mademoiselle, nous n'en avons pas pour très longtemps.

Sur une table encombrée de papiers, un volume relié de cuir rempli de signets de papier blanc attira son regard. Léa le prit : *Mémoires d'outre-tombe,* et alla s'asseoir sur une marche devant le salon, face à ce grand espace vide et tellement vert encadré par de très hauts arbres et ouvrit le livre.

« La Vallée-aux-Loups, près d'Aulnay, ce 4 octobre 1811 »... « La terre devait commencer à sentir l'automne », pensa-t-elle avant de poursuivre sa lecture. « Ce lieu me plaît, il a remplacé pour moi les champs paternels, je l'ai payé du produit de mes rêves et de mes veilles ; c'est au grand désert d'Atala que je dois le petit désert d'Aulnay ; et pour me créer ce refuge, je n'ai pas, comme le colon américain, dépouillé l'Indien des Florides. Je me suis attaché à mes arbres ; je leur ai adressé des élégies, des sonnets, des odes. Il n'y a pas un seul d'entre eux que je n'aie soigné de mes propres mains, que je n'aie délivré du ver attaché à sa racine, de la chenille collée à sa feuille ; je les connais tous par leurs noms, comme mes enfants ; c'est ma famille, je n'en ai pas d'autre, j'espère mourir au milieu d'elle. »

« Je pourrais dire la même chose de Montillac. Ma vraie

famille, c'est cette terre avec ses arbres, ses vignes et ses prés. Comme lui je connais le nom de mes arbres et je sais soigner leurs maladies. Quand je rentrerai, je planterai un cèdre en souvenir de cette journée. »

— Léa... où êtes-vous ?

— Là.

— Excusez-moi. Ça n'a pas été trop long? Que lisez-vous ?

Sans répondre, elle lui tendit le livre.

— Voilà une lecture que je n'aurais osé vous recommander après ce que vous avez dit de *La Vie de Rancé.*

— Mais ce n'est pas la même chose, là il raconte son enfance, il parle de cet endroit avec un tel amour... Est-il mort ici comme il le souhaitait ?

— Hélas non ! ma belle ignorante, Chateaubriand n'a pas eu le temps de s'abriter sous l'ombrage des arbres qu'il avait plantés. Il a dû vendre la Vallée-aux-Loups, « achetée sous Bonaparte, vendue sous les Bourbons », et sa bibliothèque, ne gardant qu'un petit Homère. Il a tant souffert de la perte de cet endroit aimé qu'il s'est juré de ne plus posséder un seul arbre.

La soirée était magnifique, ils revenaient à travers bois vers la maison qui paraissait perdue au milieu de toute cette verdure.

— Ne passons pas par là, dit Mme Le Savoureux à Léa qui marchait devant.

— Pourquoi ? Le sentier n'est pas mauvais.

— Ce n'est pas pour ça, mais on s'approche de l'endroit des fusillés.

— L'endroit des fusillés ? fit Léa en s'arrêtant.

— Dans cette direction, de l'autre côté du mur, dans les bois, les Allemands ont fusillé des otages... J'entends encore les coups de feu. Depuis, mon mari et moi nous n'allons plus dans cette partie du parc.

Ils regagnèrent la maison en silence et, peu après, François Tavernier prenait congé de Mme Le Savoureux, serrant dans ses bras le précieux mélèze.

Longtemps ils roulèrent dans les rues calmes de la banlieue. Des hommes jouaient aux boules, des femmes tricotaient sur le pas de leur porte tandis que des enfants se poursuivaient en piaillant. L'air sentait la suie, la soupe et l'herbe coupée. Des éclats de rire ou de voix leur parvenaient de la porte ouverte des bistrots. L'espace d'un instant, une chanson d'Édith Piaf les accompagna, du linge séchait dans les jardins, des chiens dormaient au milieu de la rue, la guerre leur ayant fait oublier l'existence des voitures. Ils ne se levaient qu'au dernier moment, avec un regard dédaigneux. C'était l'heure de l'après-dîner où chacun se laisse aller à ne rien faire, à rêver en regardant le ciel. Peu à peu, les pavillons faisaient place aux immeubles, les cafés devenaient de plus en plus nombreux. La musique sortait des T.S.F. par les fenêtres ouvertes et rebondissait de mur en mur. Des jeunes gens à vélo traversèrent devant eux. Maintenant, le calme presque campagnard avait disparu, bousculé par la proximité de la ville. Porte d'Orléans, les grands panneaux blancs aux lettres gothiques noires leur rappelèrent brutalement la présence allemande. Depuis qu'ils avaient quitté la Vallée-aux-Loups, ils n'avaient pas échangé plus de dix mots.

— Où voulez-vous que nous dînions ? demanda-t-il doucement.

Il reçut le désarroi de son regard comme une gifle. Il s'arrêta le long du trottoir et l'attira à lui.

— Je sais à quoi vous pensez, mon cœur. Oubliez tout cela quelque temps. Ni votre peur, ni vos larmes ne feront revenir les morts... Chassez de votre jolie tête ces idées de vengeance, le temps n'est pas venu... Pleurez, ma petite fille... je préfère vos larmes à cette douleur muette devant laquelle je me sens désarmé. Vous ne savez pas ce que je donnerais pour vous voir gaie et insouciante... pour que vous soyez enfin heureuse. Léa, vous êtes si forte, si courageuse, vous ne devez pas vous laisser aller. Battez-vous, vous êtes de taille à résister à tout ça.

Léa se laissait bercer par cette voix persuasive et

chaude. Qu'importe s'il se trompait, si elle n'était ni forte ni courageuse, mais faible fille jetée dans une tourmente, emportée loin de ses rêves, face à un monde nouveau qu'elle ne comprenait pas et où se libéraient des instincts si violents qu'ils balayaient toutes faiblesses. Depuis le meurtre du bombardement d'Orléans, Léa avait compris la puissance de vie existant en elle et elle savait qu'elle tuerait encore s'il le fallait. Mais là, pleurant dans les bras de cet homme, elle ne voulait être que la petite enfant que l'on console.

— Ça va mieux?... Tenez, mouchez-vous.

Léa se moucha avec la discrétion d'un vieux curé.

— Comment faites-vous pour être encore plus belle avec vos yeux rouges et votre air battu?

Elle eut un petit sourire et poussa un gros soupir.

— J'ai faim.

François Tavernier éclata de son grand rire.

— Tant que vous aurez faim, je n'aurai aucune inquiétude pour vous. Il va falloir se dépêcher si nous voulons être rentrés avant le couvre-feu. Voulez-vous que nous allions chez mes amis de la rue Saint-Jacques?

— Oh! oui... J'aime autant Marthe que sa cuisine.

Rue Saint-Jacques, il y avait beaucoup de monde, mais la chambre à coucher, salle à manger improvisée pour les amis, était libre. Marthe et sa belle-fille poussèrent des exclamations en les voyant.

— Monsieur François! Mademoiselle Léa! Quel plaisir de vous revoir.

— Avez-vous des nouvelles de votre fils?

Marthe regarda autour d'elle comme si elle avait craint que quelqu'un fût caché derrière les étincelantes casseroles accrochées au mur et dit en chuchotant :

— Il est dans un maquis en Dordogne. Il paraît que c'est dur, mais ça vaut mieux que de travailler en Allemagne.

Comme d'habitude, malgré les restrictions, le repas fut excellent.

— Ils m'envoient les confits au compte-gouttes.

Léa, qui avait un peu trop bu, rit en imaginant les cuisses et les ailes d'oies ou de canards sortant une à une d'un gigantesque compte-gouttes. Pour entendre son rire plus souvent, Tavernier aurait fait les pitreries les plus grotesques, inventé les plus mauvais jeux de mots. En sa présence, il se sentait redevenir un gamin facétieux. Il se mit à raconter les dernières blagues à la mode, les bons mots attribués à Sacha Guitry, maître de l'humour français, très apprécié des occupants. Et Léa riait, riait...

— C'est beau l'insouciance de la jeunesse, dit Marthe Andrieu en apportant le dessert.

Enlacés, ils quittèrent les derniers le restaurant clandestin. La rue Saint-Jacques était noire et déserte. Un parfum de rose venu du Luxembourg arriva jusqu'à eux. Léa rejeta la tête en arrière et ferma les yeux pour mieux savourer la fugace odeur. Il y avait tant d'abandon dans son attitude que les mains de Tavernier s'égarèrent dans son corsage, sous sa jupe. Elle se laissait faire, confiante. Quand les doigts atteignirent son sexe humide, elle ferma les yeux.

Sans que Léa en fût informée, François Tavernier avait laissé une forte somme à Ruth, pour lui permettre de régler les salaires de Fayard et des cinq ouvriers agricoles qui travaillaient en permanence à l'entretien des vignes. L'honnête gouvernante avait tout d'abord refusé, mais François avait su se montrer convaincant en l'assurant que cela permettrait à Léa de se reposer de ses soucis immédiats concernant Montillac. Il avait également prêté de l'argent à Laurent en lui disant qu'il le lui rendrait après la guerre.

Chaque jour, Camille emmenait promener son petit garçon aux Tuileries ou au Luxembourg accompagnée quelquefois par Françoise et son bébé. À deux ou trois reprises, Otto Kramer était venu les rejoindre, et à chaque fois Camille s'était éloignée prétextant une course à faire ou un rendez-vous. La vue d'un uniforme allemand la rendait malade. Dans le cas du commandant Kramer, c'était pire : sous peine de blesser Françoise, elle ne pouvait pas refuser de tendre sa main à l'officier. Plein de tact, il l'avait compris et n'était plus venu retrouver Françoise quand il la savait avec Camille.

Elle avait su par la Radio de Londres que Laurent était bien arrivé en Afrique du Nord.

Depuis sa visite à la Vallée-aux-Loups, Léa était plus gaie, plus détendue. Plongée dans les *Mémoires d'outre-tombe*, elle ne jurait plus que par Chateaubriand, au grand amusement de François Tavernier qu'on voyait rue de l'Université presque tous les jours.

Quant à Laure, on ne la reconnaissait plus. Habillée à la mode zazou, elle fumait ouvertement des cigarettes anglaises, fréquentait le *Pam-Pam* et le *Colisée* et dansait dans les bals clandestins au rythme d'Alex Combelle et de Django Reinhardt dont les disques vite usés tournaient sur les phonographes des cours de danse et des bars swing qu'il était bon de fréquenter. Depuis quelque temps, grâce à elle, l'ordinaire s'était un peu amélioré. Un jour du beurre, le lendemain du café ou du sucre ou des pommes de terre. Où trouvait-elle l'argent ? Quand on savait que le kilo de beurre au marché noir était à trois cent cinquante francs et le café de mille à deux mille francs. Aux questions de ses tantes, elle répondait :

— Je fais des affaires. Je mets en relation celui qui cherche des bas de soie, et a du beurre pour payer, et celui qui cherche cent kilos de beurre et a vingt paires de bas. Je touche une commission, c'est tout simple.

Laure, décidée à reprendre ses études, avait demandé à Mlles de Montpleynet si elles acceptaient de la garder. Bien entendu, elles avaient accepté.

La jeune fille avait présenté Léa à ses nouveaux amis. Ils étaient drôles, cyniques, mal élevés et... très jeunes. Le plus âgé avait deux ans de moins que Léa, leurs parents étaient médecins, professeurs, avocats ou commerçants aisés. Le petit groupe l'avait bien accueillie, la trouvant belle. Avec eux, elle retrouvait son insouciance. Pas question de parler de la guerre, c'était un sujet tabou. Hitler, de Gaulle, la Gestapo, la Résistance, ils ne connaissaient pas, ce n'était pas leur affaire. C'était la faute de leurs parents, qu'ils se débrouillent. Il faut dire qu'ils avaient bonne mine les pauvres vieux de moraliser sur leurs vestons trop longs, leurs pantalons trop courts, leurs cheveux dans le cou, leurs épaules tombantes ou exagérément carrées, leurs bas rayés, leurs grosses chaussures mal cirées et l'indispensable parapluie qu'ils n'ouvraient jamais, alors qu'ils étaient prêts, eux, à faire n'importe quoi pour une cartouche de cigarettes ou des bas de soie. Ils avaient perdu la guerre et la face, ils n'avaient plus rien à dire et surtout pas à parler de la grandeur de la France ou de celle de l'Allemagne selon les cas. La voix de Maurice Schumann leur était aussi indifférente que celle de Philippe Henriot, l'ex-député de la droite libérale de Libourne, adversaire de tout temps du parti communiste, devenu, après l'invasion de l'U.R.S.S. par l'Allemagne, le porte-parole des défenseurs de la civilisation chrétienne face au bolchevisme. Sur les Champs-Élysées, à Saint-Germain-des-Prés, ils ignoraient superbement l'occupant, ne s'écartant jamais quand ils se trouvaient sur le passage de l'un d'eux : ils n'existaient pas. Par chance, jusqu'à présent, leur jeune âge leur avait valu l'indulgence des soldats.

La guerre avait exacerbé chez Lisa de Montpleynet le besoin d'être informée de tout : du recul des troupes allemandes en Russie, de la fermeture de certaines stations de métro, du nombre des morts du dernier bombardement allié, de l'augmentation du prix du beurre, de la dernière chanson à la mode, comme de la nomination par le

Comité français de la Résistance nationale du nouveau gouverneur général de l'A.O.F., de la démission de Mussolini, du prochain débarquement ou du témoignage d'un Polonais lu par Jacques Duchesne dans l'émission « Les Français parlent aux Français », sur le massacre des juifs — témoignage qui allait la hanter et dont jusqu'au bout elle refusa l'horreur.

« ... *Le champ est situé à quinze kilomètres au sud de la ville de Belzec. Il est entouré d'une clôture qui longe une voie ferrée à une distance d'environ dix mètres. Un étroit passage, de moins d'un mètre de large, mène de l'entrée du camp à la voie ferrée. Vers dix heures du matin, un train de marchandises s'arrêta le long du camp. Au même moment les gardiens, qui se trouvaient à l'extrémité opposée du camp, se mirent à tirer en l'air et à ordonner aux juifs de monter dans le train.*

« *Ils créèrent ainsi la panique chez les prisonniers, pour empêcher toute hésitation ou résistance de leur part. Les juifs poussés vers l'étroit passage dont j'ai parlé se précipitèrent en se bousculant dans le premier wagon de marchandises arrêté au bout du passage. C'était un wagon ordinaire, de ceux qui portent l'indication "6 chevaux ou 36 hommes". Le plancher était couvert d'une épaisse couche de chaux vive de cinq centimètres d'épaisseur; mais les juifs, dans leur hâte et leur effroi, ne la voyaient pas. Il en monta ainsi une centaine dans le wagon jusqu'à ce qu'il fût matériellement impossible d'en faire entrer d'autres. Dans le wagon, ils se tenaient tous debout, serrés les uns contre les autres. Les gardiens, saisissant alors des juifs à bras-le-corps, se mirent à les lancer dans les wagons sur la tête des autres; leur tâche était rendue facile par la terreur des prisonniers affolés par les coups qu'on leur tirait dans le dos. Les bourreaux en jetèrent ainsi une trentaine de plus dans le wagon, hommes et femmes; c'était un spectacle horrible; plusieurs femmes eurent le cou brisé. On imagine l'horreur de cette scène. Cent trente personnes furent ainsi poussées ou jetées dans ce premier wagon. Les portes à coulisse furent ensuite fermées et verrouillées. Le train avança légèrement.*

« Le wagon suivant vint se mettre en place et la même scène se répéta. Je comptai en tout cinquante et un wagons dans lesquels on entassa six mille prisonniers du camp. Une fois le camp vidé et les wagons remplis, le train se mit en marche.

« Le train s'arrêta dans un champ, en pleine campagne, à environ quarante kilomètres du camp. Les wagons restent là, hermétiquement fermés, pendant six ou sept jours. Lorsque l'escouade des fossoyeurs ouvre enfin les portes, les occupants sont tous morts et souvent dans un état avancé de décomposition. Ils meurent asphyxiés. Une des propriétés de la chaux vive est, en effet, de dégager des vapeurs de chlore lorsqu'elle se trouve en contact avec de l'eau. Les gens entassés dans les wagons doivent évidemment se soulager. Il en résulte immédiatement une réaction chimique. Les juifs sont donc immédiatement asphyxiés par les vapeurs de chlore, tandis que la chaux vive ronge leurs pieds jusqu'aux os. »

— C'est horrible, s'était écriée Lisa en se bouchant les oreilles.

— Comment le bon Dieu peut-il permettre de telles choses ? avait dit, avec un ahurissement qui eût été comique en d'autres circonstances, la bonne Estelle.

— Comment un résistant polonais a-t-il pu revêtir l'uniforme des bourreaux et être le spectateur impassible de ces mises à mort ? avait murmuré Albertine se parlant à elle-même.

— Il a dit que c'était pour apporter au monde civilisé un témoignage irréfutable, avait murmuré Laure.

— Je ne comprends pas bien le pourquoi de la chaux vive, avait songé à haute voix Léa. Au bout de six ou sept jours, ils auraient été également asphyxiés.

Le speaker de Radio-Londres continuait :

« ... Certains songent peut-être que la France jouit d'un régime préférentiel, certains penseront peut-être que l'on n'a jamais vu ça chez nous, sur notre sol. L'organisation de tels massacres.

« Pourtant, il suffit de se rappeler le régime qu'ont subi les juifs, entassés au camp de Drancy, de Compiègne, ou même

au Vélodrome d'Hiver. Il suffit de se rappeler les scènes déchirantes qui se sont produites en particulier à Lyon, lorsque des femmes juives ont été arrachées à leurs enfants, enfermées dans des trains sans avoir pu dire adieu à leur famille. Il suffit de se rappeler le silence qui a suivi l'arrestation d'un si grand nombre de juifs pour comprendre qu'aucun pays n'a été épargné.

« Que sont devenus tous ces hommes, toutes ces femmes, tous ces vieillards et parfois ces enfants ? Ils sont partis, eux aussi, "vers l'Est", selon l'euphémisme employé par les Allemands ! Il faut que chaque fonctionnaire français qui est chargé de s'occuper des questions juives comprenne qu'en exécutant les ordres qu'il reçoit il se rend complice d'un crime, et se fait l'aide des bourreaux allemands de Lvov ou de Varsovie. »

Le silence qui avait suivi prouvait leur honte et leur désarroi.

— On dirait de la propagande anti-allemande, avait dit Léa quand elle avait pu parler. Aucun peuple n'est capable de commettre des abominations pareilles.

— Souviens-toi du docteur Blanchard, de Jean et de Raoul, avait rétorqué Laure.

— Ce n'est pas la même chose. D'un côté, ils arrêtent des gens qui les combattent, de l'autre des hommes, des femmes, des enfants, qui n'ont à leurs yeux que le tort d'exister... C'est là où il y a quelque chose que je ne comprends pas. Pourquoi ?

— Parce qu'ils sont juifs, évidemment.

— Et ça te paraît une raison suffisante pour être envoyé dans des camps de concentration et être assassiné ?

— Non, bien sûr.

— Qui les empêchera demain de tuer tous les rouquins, parce qu'ils sont rouquins, tous les bossus parce qu'ils sont bossus et tous les vieux parce qu'ils sont vieux ?

— Mes pauvres enfants, nous sommes entre les mains de Dieu, avait chevroté Lisa.

— Un Dieu juif, il ne doit pas être très écouté en ce moment, avait ricané Léa, au grand scandale de ses tantes.

Lisa et Estelle ne l'avouaient pas, mais elles accordaient beaucoup plus de crédit aux informations de Radio-Paris qu'à celles de Radio-Londres qui était si fatigante à écouter à cause du brouillage.

Malgré l'interdiction faite de vendre des postes de T.S.F., Mlles de Montpleynet en avaient offert un à Estelle pour ses vingt-cinq ans de bons et loyaux services. Depuis, dans sa cuisine, elle n'aurait manqué pour rien au monde la chronique quotidienne de Jean-Hérold Paquis juste avant le septième bulletin d'informations de vingt heures.

Bien que ses maîtresses lui aient dit et redit qu'il était à la solde de l'Allemagne, que ses imprécations contre les communistes, les juifs et les gaullistes étaient odieuses et sa mauvaise foi totale, elle ne pouvait s'empêcher d'être « toute retournée » quand de sa voix frénétique il terminait son éditorial par : « L'Angleterre, comme Carthage, sera détruite ! » Tout le monde savait que ses discours étaient directement inspirés par l'occupant, mais beaucoup d'auditeurs étaient troublés quand il tonnait contre la « menace bolchevique » ou exploitait habilement les bombardements alliés.

Si Estelle avait un faible pour Paquis, Lisa en éprouvait un pour Philippe Henriot qui « causait si bien » et qui « était si cultivé ». Ah ! cette « voix étonnante, grave, pleine, soignée, conduite avec un art extraordinaire, qui s'enfle et ricane dans des accès de suffisance petits-bourgeois, un vrai talent littéraire auquel a manqué Paris et une propriété de termes qui sent son latiniste ». L'ex-député de Libourne a le sens de l'invective et des images qui frappent les imaginations aussi bien dans les campagnes que dans les milieux parisiens. Avec quel cynisme, quel art, il retourne le couteau dans la plaie des vaincus ! Témoin cette allocution prononcée le 4 juillet 1943 par celui que beaucoup considéraient comme leur directeur de conscience :

« *Nos compatriotes du gaullisme et de ses dérivés restent pour moi un sujet toujours nouveau d'admiration et de surprise. Chacun sait qu'ils sont les seuls tenants d'un patrio-*

tisme qui ne transige pas. Ils ont le monopole du sens de la dignité française. [...]

« L'Allemagne occupe la France après une victoire totale. Je n'oublie pas que ces messieurs disent qu'ils n'ont jamais été battus, que le Maréchal n'aurait pas dû signer l'armistice. Laissons ces propos ridicules dans la bouche de gens qui dans leur affolement de 1940, entre la Garonne et les Pyrénées, tremblaient seulement que l'Allemagne refusât de leur accorder cet armistice qu'ils répudient aujourd'hui. Plus de troupes, plus d'armes, plus d'avions ; les Allemands à Angoulême et à Valence ; des fuyards militaires et civils plein les routes, l'affolement partout... C'est à ce moment-là qu'auraient dû s'élever certaines voix qui ne se sont jamais fait entendre depuis. Nos matamores à retardement sont mal venus à hausser le ton aujourd'hui. Avec un étonnant illogisme d'ailleurs.

« Car, enfin, pourquoi ces gens qui trouvent intolérable l'occupation de leur pays par un adversaire qui les a battus trouvent-ils réconfortante l'invasion de leur Empire par des peuples qui leur avaient promis de les aider et se bornent à les exploiter ? Pourquoi est-il si révoltant à leurs yeux de voir l'Allemagne, leur ennemie, prélever sur nos ressources ce qui lui est nécessaire, et pourquoi se frottent-ils les mains en voyant l'Angleterre et l'Amérique, leurs amies, s'emparer de notre ravitaillement nord-africain ? [...]

« ... Alors, je ne comprends plus. Je souffre du sort de mon pays. J'en souffre comme tout vaincu souffre de la défaite. Mais du moins, si pénible qu'elle soit, l'épreuve est, hélas ! normale. Mais vous qui acceptez d'un prétendu ami ce que le vainqueur ne nous a jamais imposé, ne vous sentez-vous pas un peu mal à l'aise ? [...]

« Ainsi, c'est un Américain qui arbitre les conflits entre chefs français ; c'est le roi d'Angleterre qui vient prendre possession de la nouvelle colonie de la Couronne ; Churchill et Roosevelt refusent de reconnaître la souveraineté française sur une terre française ; en ce 4 juillet, fête de l'Indépendance américaine et qui rappelle l'aide que la France avait donnée à l'Amérique pour chasser l'Angleterre, les deux vieux rivaux

se retrouvent d'accord pour nous réduire en esclavage ; les Français sont là-bas si privés de liberté que pas une voix ne s'est élevée chez eux pour protester contre les assassinats aériens de leurs compatriotes de la métropole [...]

« ... Or, ces messieurs nous déclarent indignes, parce que, résolus à rendre à notre pays dans le monde une place qu'il doit mériter, nous ne commençons pas par nier la défaite. Mais, messieurs, vous subissez de la part de vos amis un sort plus humiliant cent fois que celui qui nous est imposé par le vainqueur. On nous traite en vaincus, mais on vous traite en laquais. Il est vrai que, si les Allemands nous ont battus, les Anglo-Saxons vous ont roulés. C'est cela qui leur donne des droits sur vous. Car être battu, cela prouve qu'on était le plus faible ; être roulé, cela prouve qu'on était le plus bête. On peut avoir pitié d'un faible ; on n'a pas pitié d'un imbécile.

« Continuez donc à vous pâmer devant vos occupants ; baisez la main de ceux qui vous révoquent et qui vous chassent ; dites merci à chaque coup de pied qui, de Londres ou de Washington, réexpédie dans le néant un général qui n'aurait jamais dû en sortir. Mais priez vos maîtres qu'ils veuillent bien conserver quelque temps encore les grands premiers rôles. Car nous n'avons pas tout vu. De Gaulle et Giraud vont boire le vin d'Algérie au buffet de George VI. Ils échangent par télégramme des congratulations avec Staline. [...]

« La défaite militaire n'était qu'une épreuve qui, de l'aveu même du vainqueur, laissait l'honneur intact. Là-bas, c'est l'honneur que brocantent les hommes qui s'en prétendent les gardiens. »

Ses allocutions hebdomadaires mettaient Lisa dans tous ses états, et il fallait toute la force de persuasion de sa sœur pour lui démontrer que si Philippe Henriot pouvait parler avec cette apparente liberté de « l'occupant provisoire », c'était en accord avec ces mêmes occupants et que ce n'était pas être complice des « terroristes » ou gaullistes que de refuser de croire ce que des Français sous surveillance et profondément pro-nazis disaient d'autres Français qui n'avaient pas accepté la défaite de leur pays. Après des heures de discussions, Lisa en convenait jusqu'au prochain discours de Philippe Henriot. Heureusement, l'influence d'Albertine de Montpleynet fut plus forte que la voix qui prêchait la soumission à Radio-Paris. « Radio-Paris ment, Radio-Paris ment, Radio-Paris est allemand... » fredonnait-on à voix basse.

Comme la plupart des Français, Lisa subissait la tyrannie de la radio encore neuve et mystérieuse. Ces voix qui venaient on ne savait d'où et susurraient tour à tour conseils culinaires, recommandations diverses, informations du monde entier ou bien qui grondaient, invectivaient, prophétisaient, flattaient, malaxaient si bien les cerveaux pouvaient aussi facilement y imprimer la haine que l'espoir. Les auditeurs dans leur fauteuil les écoutaient avec la même dévotion que Jeanne la Pucelle écoutait les siennes.

Léa, Laure et Camille n'échappaient pas à cette intoxication par les ondes. Malgré la réprobation de Lisa et d'Estelle qui craignaient les dénonciations de voisins malintentionnés, Léa et Camille écoutaient Londres presque tous les jours et Laure les dernières rengaines à la mode. Mais pas une ne prenait pour argent comptant ce qu'elle entendait sur l'un ou l'autre poste, ressemblant en cela à beaucoup de garçons et de filles de leur âge.

20

La véritable sympathie qui unissait François Tavernier et Camille d'Argilat s'était transformée en une complicité que Léa tolérait mal. Non qu'elle fût jalouse de Camille, la trouvant trop peu séduisante pour être une rivale, mais elle ne supportait pas d'être exclue de certaines conversations interrompues par sa présence. Que signifiaient ces cachotteries ? Léa crut avoir la réponse, le jour où, sortant de sa poussette le petit Charles rentrant de promenade, elle remarqua, serré dans sa menotte, un morceau de papier. Léa le lui retira doucement et le déplia : c'était un morceau de *Libération*, journal clandestin gaulliste. Que faisait-il entre les mains du petit ? L'enfant, voulant descendre, se trémoussait dans ses bras. Elle allait le reposer quand il lui sembla que sa petite culotte rendait un drôle de son. Rapidement, elle déboutonna la barboteuse...

Avec précipitation, elle ramassa les journaux et, attrapant Charles par le bras, l'entraîna dans sa chambre. Essoufflée comme si elle avait couru, Léa se laissa tomber sur son lit ; le gamin se hissa à côté d'elle et caressa ses cheveux.

— Ta mère est folle, complètement folle ! Et si c'était Françoise qui t'avait enlevé ce bout de journal... Tu te rends compte !... C'était un coup à faire déporter tout le monde et toi avec, fit-elle en le saisissant et en l'embrassant.

— Ah ! Charles est avec toi. C'est du joli, je vous y prends à flirter tous les deux, dit Camille en entrant.

— Il s'agit bien de flirt !... Ferme la porte. Quand je pense que tu as osé le mêler à ça !

— Je ne comprends pas, que veux-tu dire ?

— Tu ne comprends pas ? Tu trouves normal de mettre ce genre de couches à un bébé, dit-elle en brandissant le petit paquet de journaux.

— Comment les as-tu trouvés ? C'était pourtant une bonne cachette, non ?

Quel culot ! Jamais Léa n'aurait cru Camille capable d'un tel aplomb.

— Une bonne cachette !... mais tu aurais pu le faire tuer !

La jeune mère pâlit.

— Mais... il n'y était pour rien.

— Bien sûr ! et alors ?

Rétrospectivement, Camille eut peur. Elle s'assit à son tour sur le lit et serra son fils contre elle.

— Tu aurais pu me mettre au courant quand même. Madame veut jouer les héroïnes en solitaire. As-tu pensé à l'inquiétude de Laurent s'il savait que tu distribues des journaux clandestins ?

— Il est au courant.

— Comment ça, il est au courant ?

— C'est par lui que je suis entrée en contact avec le réseau.

Incrédule, Léa la regardait.

— Je ne te crois pas.

— C'est pourtant vrai. Il avait besoin de quelqu'un de sûr. Il a tout naturellement pensé à moi.

— C'est idiot, toi tu as un enfant. C'est à moi qu'il aurait dû s'adresser.

— Il pensait peut-être que tu avais suffisamment à faire de ton côté.

— Depuis que je suis ici, je n'ai aucun contact avec les gens de là-bas et je m'en porte très bien. Je n'ai pas envie d'être arrêtée comme Raoul et Jean, ou de mourir comme le docteur Blanchard ou devant un peloton d'exécution. Je t'en supplie, n'apporte plus de journaux clandestins ici. Il passe trop de gens dans cet appartement.

— Ce qui est arrivé aujourd'hui est exceptionnel. D'habitude, je les livre tout de suite.

— Pourquoi ne l'as-tu pas fait ?

— Mon relais n'était pas au rendez-vous. Je n'ai pas osé m'en défaire dans une corbeille.

— Et François ?

— Quoi, François...

Camille mentait mal. Sa réponse sonnait faux, mais Léa fit semblant de la croire. Elle devait dîner avec Tavernier et se promit de tirer tout cela au clair. Maintenant le plus important était la robe qu'elle porterait ce soir.

Prise d'une frénésie de plaisir, Léa voulait s'amuser, ne plus penser à ses amis morts, ou disparus, à ceux qui combattaient, ou qui collaboraient. Aucun événement particulier n'avait influencé sa décision, simplement une lassitude, un grand désir de vivre, de futilité. Était-ce l'exemple de ses deux sœurs qui vivaient l'instant ? L'amour pour Françoise entre son amant et son enfant, et la musique américaine pour Laure entre une affaire de marché noir et un flirt ?

François avait été un peu surpris de ce changement qui, secrètement, le soulageait. Depuis qu'il la connaissait, il vivait dans la crainte. Quand il avait vu à quel point elle était compromise avec la Résistance dans sa province, la surveillance dont Montillac et ses habitants étaient l'objet, l'attitude de Mathias, la visite de Raphaël Mahl, l'arrestation de ses amis, il avait eu peur. C'est pour cela qu'il avait précipité leur départ pour Paris. Malencontreusement, il avait dû repartir tout un mois. Maintenant, de retour pour plusieurs jours, il allait enfin pouvoir s'occuper d'elle. Tavernier éprouvait un immense plaisir à la regarder vivre. Depuis leur première rencontre, sa personnalité s'était affirmée et sa beauté confirmée. « Le genre de femme à fuir immédiatement si on redoute les emmerdements. » À croire qu'il ne les redoutait pas puisqu'il allait même au devant. Comme aujourd'hui, où il avait accepté de l'emmener souper chez *Maxim's*, après avoir refusé sans trouver d'autre prétexte à lui donner que :

— La cuisine est moins bonne et c'est plein d'Allemands.

— Ça m'est égal, avait-elle répondu. Je veux aller dans un endroit où les gens ont l'air de s'amuser.

Rien n'avait pu l'en faire démordre. Voilà pourquoi Léa, sans plus se soucier des journaux clandestins de Camille, se préparait pour ce dîner. Grâce à Laure, elle avait acheté une magnifique robe de mousseline d'un beau rouge sombre à la griffe arrachée. Consultées, Françoise et ses tantes avaient décrété qu'il ne pouvait s'agir que d'une robe de grand couturier : Chanel ou Fath. Ce qui, vu le prix relativement raisonnable, semblait impossible. Une longue écharpe noire et des sandales du soir à peine abîmées complétaient l'élégante toilette.

— Tu es magnifique ! s'écria Camille qui l'aidait à s'habiller. Les hommes n'auront d'yeux que pour toi.

Léa prit un des journaux clandestins.

— C'est pour quoi faire ? demanda Camille.

— Pour faire une blague. Mettre *Libération* parmi *Le Matin, Paris-Soir, L'Œuvre, La Gerbe, Au Pilori* et *Les Nouveaux Temps*. Je voudrais voir la tête de ces messieurs quand ils tomberont dessus.

Camille sourit.

— Tu es folle !

— Je t'en prie, il faut qu'ils se sentent menacés jusque dans les endroits où ils se croient le plus en sécurité. Et *Maxim's* est un de ces endroits.

— Je ne te comprends pas. Je croyais que tu ne voulais plus entendre parler de rien.

— Et alors ? Je peux changer d'avis...

Léa finissait de ranger son journal dans un petit sac de daim noir quand François Tavernier entra. Très élégant. Il paraissait soucieux.

— Vous tenez vraiment à ce dîner chez *Maxim's* ?

— Plus que tout.

— Alors, soupira-t-il, allons-y...

— Ne dirait-on pas que nous allons à la mort ?

Il la regarda d'un air étrange, vaguement amusé.

— Elle est là comme ailleurs. Mais on peut trouver plus vilain endroit pour mourir.

— Vous n'êtes pas drôle.

— Je ne cherchais pas à être drôle... Vous avez une bien jolie robe. Le sang ne s'y verra pas.

— François, arrêtez, vous allez lui gâcher son plaisir.

— Laisse, Camille, il faut plus que l'humour noir de notre ami pour le gâcher.

— À la bonne heure ! Ne vous laissez pas influencer. Je suis sûr que nous passerons une merveilleuse soirée. Bonne nuit, Camille. Embrassez pour moi le petit Charles.

— Bonsoir, amusez-vous bien.

Dehors, une voiture et un chauffeur les attendaient.

À l'entrée du bar du célèbre restaurant, quotidiens et hebdomadaires étaient accrochés à de longues tiges de bambou pendues au tableau de bois sombre. Quelques messieurs, confortablement installés devant un verre, feuilletaient les publications du jour. Léa sortit son journal clandestin, le défroissa avec soin et négligemment le glissa dans le dernier numéro de *Je suis partout*, parmi les articles de Robert Brasillach, de François Vinneuil (Lucien Rebatet), d'Alain Laubreaux, de Claude Jantet et de Georges Blond. Après un regard satisfait autour d'elle, elle rejoignit François Tavernier qui l'attendait à leur table. Galant, un officier allemand s'écarta sur son passage tandis qu'Albert la conduisait avec empressement.

— Cette table vous convient, monsieur Tavernier ?

— Parfaitement, Albert.

Léa s'assit, détendue, l'air heureux, un petit sourire aux lèvres.

— Vous avez la mine d'un chat qui a bu du lait en cachette ou d'une sale môme qui a fait une farce.

— Moi ? fit-elle, avec un regard d'une si parfaite innocence qu'il sentit naître comme une vague inquiétude. Je suis simplement ravie d'être ici. Vous aussi, n'est-ce pas ? Il doit y avoir des tas de vos amis. Je me trompe ?

Le maître d'hôtel apporta le champagne qu'il avait commandé.

— Buvons à votre beauté...

— Cher ami, permettez-moi de porter le même toast à mademoiselle.

Léa reconnut immédiatement l'homme déjà rencontré dans un restaurant en compagnie de François. Aujourd'hui, il ne portait pas de veste de tweed avachie mais un smoking émaillé çà et là de la cendre du gros cigare qu'il fumait. Impossible d'y échapper. Avec un sourire glacial, François leva son verre.

— Monsieur Tavernier, ma femme est persuadée que vous la boudez.

— Comment Mme Szkolnikoff peut-elle penser une chose pareille ?

— Vous n'êtes toujours pas venu dîner à la maison.

— J'attendais une invitation officielle.

Szkolnikoff éclata d'un gros rire.

— Mais de nos jours, tout se passe à la bonne franquette. Je vous attends demain à sept heures, avec mademoiselle, bien entendu... Elle est charmante.

— Je crains qu'il ne me soit difficile de me libérer.

Le sourire de « monsieur Michel » disparut instantanément.

— Je suis sûr que vous parviendrez à vous libérer. Je compte sur vous. Sans faute... à sept heures, 19, rue de Presbourg.

Retrouvant son sourire, il ajouta :

— C'est Hélène qui va être contente ! À demain.

Sous la table, François Tavernier serrait violemment les poings.

— La femme de votre ami est charmante, regardez, elle vous fait un petit signe.

Couverte de bijoux, Hélène Szkolnikoff agitait une main lourdement baguée dans leur direction.

— Arrêtez de dire que ce porc est mon ami, fit-il d'un ton contenu en agitant à son tour les doigts.

— Lui, peut-être pas, mais sa femme !...

— Vous n'allez pas recommencer ?

— Qui est avec eux ?

— Le capitaine Engelke et sa maîtresse.

— L'amie de la belle Hélène ? Mais voyons, détendez-vous. Vous n'allez pas gâcher ma soirée en faisant la tête. Ce n'est pas de ma faute si nous rencontrons des personnes que vous n'avez pas envie de voir.

Devant son air, Léa crut qu'il allait oublier l'endroit où ils étaient et lui donner une paire de claques. Prudente, elle recula et demanda de sa voix la plus câline :

— Ne nous disputons pas. Je suis si bien. Buvons, voulez-vous ?

Il prit son verre de champagne et le vida. Un garçon s'empressa de le remplir. Beaucoup d'hommes et de femmes regardaient dans leur direction, frappés par la jeunesse et la beauté de Léa autant que par son aisance et le dépouillement de sa toilette. Aucun bijou, seulement l'éclat de ses épaules largement découvertes. Une belle jeune fille portant avec élégance une ravissante robe du soir blanche la regardait plus que les autres d'un air à la fois complice et moqueur. Son visage n'était pas inconnu à Léa.

— Qui est-ce ?

— Corinne Luchaire.

— Elle est jolie et sympathique. Avec qui est-elle ?

— Avec son père, Jean Luchaire, et des journalistes.

— Vous la connaissez ?

— Non.

— Dommage, elle me plaisait bien.

Avec désinvolture, Léa se détourna.

— Mademoiselle a choisi ? demanda le maître d'hôtel.

— Je voudrais quelque chose de très cher.

Cette réflexion enfantine amena un sourire sur le visage durci de Tavernier.

— Prenez du caviar. Je ne sais pas comment ils se débrouillent, ils en ont toujours.

— Très bien, je prendrai du caviar.

— Nous n'avons en ce moment que de l'ocietre ou du sévruga.

— Lequel est le plus cher ?

Le maître d'hôtel eut un léger mouvement qui indiquait qu'il était choqué par la question. Il répondit d'une voix légèrement réprobatrice :

— L'ocietre, monsieur.

— Va pour l'ocietre. Je prendrai la même chose.

— Bien monsieur, et ensuite ?...

— Je voudrais du poisson, fit Léa.

— Nous avons de la sole, de la daurade et du saumon poché à l'oseille. C'est très bon, très fin, je me permets de le recommander à mademoiselle.

— Donnez-moi une sole.

— Bien, mademoiselle. Et monsieur ?...

— Je goûterai volontiers à votre saumon.

— Monsieur ne le regrettera pas.

— Dites au sommelier que nous continuerons au champagne. Ça vous va ?

— Très bien.

De l'entrée leur parvenaient étouffés des éclats de voix, puis un vieux monsieur à barbiche, ressemblant à Alphonse de Châteaubriant, entra, brandissant une page de journal et alla s'asseoir à la table de Jean Luchaire. Le journaliste devait lui demander les raisons de son énervement. L'autre lui répondait avec colère. Des bribes de phrases parvenaient jusqu'à eux.

— ... repaire de terroristes... ils sont partout... communistes et gaullistes... pareil au même... racaille rouge... tous les fusiller... pas de pitié... ce chiffon de papier... journaux convenables... une honte...

On tenta de le calmer. Le vieil homme se leva et tendit la feuille à un gros homme très digne.

— Tenez, regardez si vous ne me croyez pas.

Le gros homme tournait et retournait l'imprimé sans comprendre.

— Ce que vous tenez là, monsieur, c'est un journal

gaulliste, glissé par une main criminelle dans d'honnêtes publications.

— Jacques, cria d'une voix hystérique la compagne du gros monsieur, lâche ça !...

Complètement ahuri, il laissa tomber le journal qui, gracieusement, en tournoyant, vint se poser aux pieds du capitaine Engelke. Toutes les conversations s'arrêtèrent. Imperturbable, l'orchestre continuait à jouer une valse lente. Léa avait du mal à retenir son rire. Elle regardait avec mépris ces gens qui, une minute avant le scandale, n'étaient que sourires, désinvolture, devisant avec les officiers allemands et qui, maintenant, montraient leurs vrais visages où la couardise le disputait à la veulerie. C'était répugnant. Lentement, jouissant sans doute de l'attente anxieuse de l'assemblée, Engelke ramassa le journal.

— *Libération*, dit-il à haute voix.

Il lut quelques lignes, indifférent à la tension qui régnait dans la salle.

— Très intéressant. Vous connaissez ? fit-il en le tendant à Michel Szkolnikoff.

D'où elle était, Léa voyait trembler la main de l'homme d'affaires. La musique s'arrêta.

— Voulez-vous me donner à boire ? fit-elle d'une voix rieuse qui éclata dans le silence.

Tous se retournèrent comme piqués par un aiguillon. Corinne Luchaire la regardait amusée. Éclatant de rire, elle leva son verre dans sa direction. Léa, avec un air de triomphe, leva à son tour le sien en inclinant la tête.

L'insolence des deux jeunes femmes détendit l'atmosphère et d'autres rires se firent entendre. Engelke, beau joueur, y joignit le sien au grand soulagement de Szkolnikoff.

— Ces jeunes filles sont charmantes, tout l'esprit de Paris, fit le capitaine SS en faisant une boule du journal.

François Tavernier avait du mal à retenir son hilarité.

— C'est vous qui avez joué ce mauvais tour à ce pauvre vieux ? demanda-t-il.

— Je ne vois pas ce que vous voulez dire.

— Vous êtes un petit monstre, mais vous me plaisez telle que vous êtes. C'est follement imprudent ce que vous avez fait là. On arrête pour moins que ça. Tenez, voici votre caviar.

Avec respect, le maître d'hôtel, assisté de deux garçons, présenta lui-même les précieux grains dans leurs atours de glace et d'argenterie.

Sans vergogne, Léa se régala avec des mines si gourmandes qu'un autre que Tavernier en eût été gêné. Au contraire, cette affirmation de la sensualité de la jeune fille l'excitait et l'amusait.

— Petite garce, dit-il affectueusement en prenant à son tour une grande cuillerée de caviar.

Le sens de cette injure amicale n'échappa pas à Léa. Elle aimait le trouble dans lequel chacun de ses gestes le jetait désormais, l'ironie dont il se départait rarement. Auprès de lui, elle se sentait à la fois inquiète et rassurée mais surtout libre. C'était une impression, sans plus, mais très forte. Dans son voisinage, elle ne ressentait pas les contraintes de son sexe, mais plutôt une exaltation de sa féminité comme valeur en soi et non comme objet de soumission ou de calcul. Il pouvait tout entendre, savait mieux qu'elle ce qui lui convenait. Il y avait chez cet homme indéfinissable un code de l'honneur particulier et cependant rigoureux. Léa devinait sa grande tolérance pour les choix d'autrui, même s'il ne les partageait pas et, le cas échéant, les combattait. « Il n'a pas de haine », pensait-elle. Cela lui rappelait des conversations entendues entre son père et son oncle Adrien. Ce dernier disait en parlant de la guerre d'Espagne : « J'ai tant vu les ravages de la haine dans l'un et l'autre camp que j'ai failli à mon tour en être victime et haïr tous les hommes. Puis j'ai vu dans leurs crimes la marque du démon et je les ai plaints, bourreaux et victimes confondus. »

À l'époque, Léa, encore enfant, avait été très impressionnée par cette « marque du démon », empreinte indélébile qui rendait les hommes irrémédiablement mauvais. Il y avait chez François la même indulgence désabusée que chez le dominicain. Indulgence qu'elle ne partageait pas, éprouvant même envers certains le désir de les détruire avec des raffinements de cruauté. Mais là encore, embellie par la lumière rose des abat-jour, repue de nourriture riche et de champagne, elle ne voulait vivre que l'instant et, pour le moment, désirait que cet homme-là, en face d'elle, la prenne dans ses bras.

— Faites-moi danser.

— Comment résister à un appel aussi langoureux ? fit-il en se levant.

En passant devant la table du capitaine Engelke, Tavernier salua d'un signe de tête Hélène Szkolnikoff qui lui rendit son salut.

Léa s'abandonna totalement dans les bras de son amant et plus d'un éprouva en les regardant un frisson de volupté.

Dehors, le silence était total. La lune éclairait doucement l'obélisque de la place de la Concorde. Malgré le couvre-feu, Léa insista pour rentrer à pied. Des jardins des Tuileries et des Champs-Élysées leur parvenaient les parfums nocturnes de l'herbe et des fleurs. Un oiseau de nuit lança son cri, un autre lui répondit. Lentement, ils traversèrent l'immense place vide, où leurs pas résonnaient, tranquilles. Sur le pont, face à la Chambre des députés barrée du V de la propagande allemande, ils s'arrêtèrent pour regarder couler la Seine, large ruban moiré presque immobile entre ses rives de pierre. L'odeur de l'eau monta jusqu'à eux.

Appuyés contre le parapet, lèvres soudées, corps enivrés, s'abandonnant à l'illusoire protection de la nuit, ils se laissaient emporter par le flot de leurs désirs.

Ils tanguèrent longtemps au-dessus du fleuve tant chanté. Les dieux étaient avec eux : nulle patrouille, nul véhicule ennemi ne vint troubler leur félicité.

Le lendemain matin, Léa raconta à Camille comment elle avait introduit le journal clandestin parmi ceux destinés à la clientèle de chez *Maxim's*. Camille avait tellement ri à la description de la tête des clients qu'elle n'avait pas eu le courage de la gronder.

— Ta tante Bernadette a téléphoné hier pour dire que Lucien était bien arrivé et que sa santé était aussi bonne que possible. Les gendarmes ont ramené Pierrot chez maître Delmas. Il paraît qu'il veut le mettre dans une pension très stricte, tenue par des jésuites.

— Je sais, mon cousin Philippe me l'avait dit. Pauvre Pierrot... Tante Bernadette t'a-t-elle parlé de Raoul et de Jean ?

— Oui, leur mère n'a aucune nouvelle. Elle a pris un petit appartement à Bordeaux et va tous les jours au fort du Hâ. Mais on lui a toujours refusé un droit de visite. Elle n'est même pas sûre qu'ils soient au fort. Elle espère beaucoup de sa démarche auprès du préfet. Il lui a promis de se renseigner sur le sort de ses fils et d'intervenir auprès des autorités occupantes.

— Elle aurait mieux fait d'aller voir les responsables allemands eux-mêmes plutôt qu'un homme qui prend ses ordres de Vichy.

— Oui, peut-être... c'est tellement compliqué, le préfet croit certainement agir loyalement...

— Loyalement ?... envers qui ?

— Je ne sais pas... c'est un fonctionnaire.

— Un fonctionnaire !... qui comptabilise soigneusement le nombre de juifs envoyés en déportation, sans oublier les enfants.

— Je le sais. Quand j'étais au camp de Mérignac, les femmes ne parlaient que de ça. Où sont-ils maintenant ?

Elles restèrent tristement silencieuses.

— Puisque je vous dis que je ne veux pas y aller.

— Léa, encore une fois, je ne peux pas faire autrement et je vous demande comme un service de m'accompagner.

— Voir une nouvelle fois ces têtes de fripouilles, de

voleurs, d'assassins me donne envie de vomir. Je ne le supporterai pas.

— Très bien. Si vous ne le faites pas pour moi, faites-le pour vous.

— Que voulez-vous dire ?

— Que les activités de votre oncle et de certains de vos amis sont connues de ces messieurs. À la Gestapo, on aimerait bien vous interroger...

— Vous m'aviez dit !...

— C'était il y a quelques mois. La situation évolue chaque jour et je ne serais pas étonné d'être un jour moi-même inquiété.

— Pourquoi ?

— Parce qu'ils me soupçonnent de n'être pas tout à fait correct vis-à-vis d'eux.

— François ?... Vous n'essayez pas de me dire que vous allez être arrêté ! s'exclama Léa devenue pâle d'angoisse.

— Ma chérie, en auriez-vous de la peine ?

— Cessez de jouer avec moi ! Vous savez bien...

— Je sais bien quoi ?

— Rien ! Vous êtes exaspérant... J'irai avec vous.

Il l'attira contre lui. Elle sentait son corps dur et tendu, ses muscles sous ses doigts. Il lui faisait presque mal tant il la serrait fort.

— Merci. En vous voyant, mon cœur, ils ne penseront pas, du moins je l'espère, que vous viendriez vous jeter dans la gueule du loup si vous aviez la moindre relation avec la Résistance.

— Et s'ils pensaient le contraire ?

— Alors il conviendrait de faire une prière et de disparaître très vite

— Comment voulez-vous que je m'habille ?

— Très simplement. Je ne veux pas que vous ressembliez à ces poules de luxe. Mettez cette longue robe toute simple que vous arrangiez l'autre jour. Elle doit être terminée, maintenant ?

— Oui, grâce à Camille qui m'a aidée à faire l'ourlet. Je ne suis pas très habile en couture. Je vais me changer, je n'en ai pas pour longtemps.

— Tenez, mettez ces orchidées.
— Elles sont magnifiques ! Merci.

— Superbe !... vous êtes superbe ! n'est-ce pas Hélène ?
— Mademoiselle est ravissante malgré la simplicité de sa robe. Pourquoi ne portez-vous pas de bijoux, ma chère ?
— Parce que je n'en ai pas, madame.
— Comment ! une jolie fille comme vous !... Mais à quoi pensez-vous, mon cher Tavernier ? Ce n'est pas dans vos habitudes de vous montrer pingre envers les femmes. Vous devriez avoir honte.
— Vous avez raison. J'aurai besoin de vos conseils, votre goût est si parfait.
— C'est vrai. Demain je reçois un bijoutier de la rue de la Paix qui veut me présenter quelques modèles. Venez... vous serez le bienvenu... murmura-t-elle d'une voix câline. Mais !... qu'avez-vous ?
— Rien, une petite douleur au bras. Rien de grave, souvenir d'une ancienne blessure.
L'arrivée de nouveaux invités obligea la maîtresse de maison à les quitter.
— Oh ! Fritz... je suis toujours si heureuse de te voir dans ma maison.
— C'est toujours un bonheur pour moi, chère Hélène, que de venir chez toi. Je me suis permis d'amener le général Oberg qui a gardé un souvenir ému de l'admirable dîner que Michel et toi aviez donné en l'honneur de mon ami, le *Reichsführer* SS Heinrich Himmler.
Oberg s'inclina en claquant les talons.
— Madame.
— Soyez le bienvenu, général.
Léa regardait autour d'elle sans chercher à dissimuler sa stupéfaction.
— Pourquoi m'avez-vous pincé, tout à l'heure ?
— C'est étonnant !... je dois rêver... Que dites-vous ?...

ah ! oui... Vous pourriez éviter de faire le joli cœur avec cette femme devant moi.

François Tavernier partit d'un grand rire et prit deux coupes de champagne sur le plateau que lui tendait un domestique.

— Je bois à votre santé. Vous êtes irrésistible.

Léa tourna un moment la coupe entre ses doigts, songeuse. Puis d'un coup la vida.

— Vite, donnez-m'en une autre.

Il la lui tendit.

— C'est vraiment un endroit très bien fréquenté... Il ne manque plus que Raphaël Mahl. Regardez qui est là.

Dans le salon écrasant de luxe, encombré de meubles précieux, de tableaux de maîtres, au sol recouvert de magnifiques tapis anciens, aux lourdes tentures de soie, une faune étonnante était rassemblée. Jolies femmes voyantes, trop maquillées, ployant sous des bijoux de prix, officiers allemands, très dignes et raides dans leurs uniformes noirs ou verts, deux ou trois beaux garçons habillés à la mode zazou, au visage de gouape ou de gigolo, des hommes d'affaires à la mine florissante, des individus à l'allure louche malgré le smoking dont la veste faisait une bosse et, allant de l'un à l'autre, parlant avec volubilité, Michel Szkolnikoff qui semblait n'avoir pas quitté son smoking depuis la veille tant il était chiffonné. Pour l'instant, il bavardait avec un petit homme aux cheveux foncés soigneusement plaqués à la gomina. Tous les deux fumaient de gros cigares. Le petit homme se retourna et posa son regard gris-vert sur Léa qui eut un mouvement de recul.

— Qui est-ce ? demanda Tavernier.

— Masuy, souffla-t-elle.

Les jointures de la main de François devinrent blanches. Mais c'est d'une voix calme qu'il dit :

— Ah ! c'est lui ! Je ne le connaissais pas. Il correspond assez à ce que j'avais imaginé.

— J'ai peur, il vient vers nous.

— Ne vous inquiétez pas.

— Chère mademoiselle Delmas ! Quelle surprise et quel plaisir de vous revoir ici ! Je croyais que vous aviez quitté Paris ? Avez-vous revu notre ami Mahl ?... Vous savez qu'il m'a joué un tour de cochon ?

— Non... Je suis partie très vite... je ne l'ai pas revu.

— On m'a dit qu'il était dans la région de Bordeaux. Vous êtes de cette région, si je ne me trompe ?

— Oui...

— Quand vous le reverrez, dites-lui que je pense à lui. Quant à vous, mademoiselle, si je peux vous être utile, n'hésitez pas. Vous connaissez mon adresse. Malheureusement, si vous voulez vendre quelque chose, cela sera difficile. Comme vous le savez sans doute, les bureaux d'achat ont été fermés, enfin... presque...

— Madame est servie.

L'annonce du dîner épargna à Léa d'avoir à faire les présentations.

La table étincelait de cristaux et d'argenterie. Les plats les plus raffinés se succédaient, les meilleurs crus coulaient en abondance. La plupart des convives ne mangeaient pas, ils bâfraient. Au dessert, ce fut de la frénésie : corbeilles débordantes de fruits, plateaux d'argent surchargés de pâtisseries les plus diverses, glaces, sorbets, crèmes furent apportés en procession sous les applaudissements. Assise à la place d'honneur, c'est-à-dire à côté de Peggy, le caniche chéri de Szkolnikoff, qui, serviette au cou, mangeait de tous les plats servis cérémonieusement par le maître d'hôtel, Léa en oubliait sa peur tant elle s'ennuyait. Chaque jour, l'animal déjeunait à la table de son maître en compagnie de gens qui s'empressaient de lui faire la cour pour plaire à leur hôte fastueux.

Au début, ce voisinage avait déplu à Léa, mais très vite elle s'en félicita ; la chienne, elle, n'obligeait pas à la conversation. Il n'en était pas de même de son autre voisin, un zazou qui ne parlait que coupe de costumes, bars à la mode et difficultés pour se procurer des cigarettes anglaises...

Placé à la gauche de la maîtresse de maison, François Tavernier ne quittait pas Léa des yeux et répondait par monosyllabes à Hélène Szkolnikoff qui finit par s'en apercevoir.

— Eh bien, mon cher, je vous trouve bien distrait. Est-ce cette petite qui vous tourne la tête ? Elle n'est pas mal, mais elle manque terriblement de classe.

Cette dernière réflexion amena un sourire furtif aux lèvres de son interlocuteur.

— Elle est si jeune encore.

— Oh ! pas tant que ça, fit-elle avec une moue boudeuse en se tournant vers son voisin de droite, le général Oberg.

Les personnes présentes ne parlaient que d'achats et de ventes. C'était à qui proposerait les quantités les plus importantes des denrées les plus diverses : cuivre, plomb, blé, cognac, soieries, or, tableaux, livres rares... Un industriel de Roubaix proposait de fournir en une seule fois cinquante mille mètres de lainage peigné « comme avant-guerre »... Un Belge, c'était des kilomètres de toile de bâche... Une Alsacienne, des parfums... Un bonnetier de Troyes toute sa production de bas de soie « comme d'habitude »... Un Antillais, deux wagons de gruyère... Michel Szkolnikoff énumérait les hôtels dont il était devenu propriétaire sur la Côte d'Azur : le Savoy, le Ruhl et le Plazza à Nice, à Cannes le Martinez, le Bristol, le Majestic ; il ne comptait plus les immeubles, les villas, les sociétés, les usines qu'il avait achetés. Il parlait de son château d'Aisne à Azé en Saône-et-Loire dans lequel les aménagements somptueux venaient d'être terminés. Bien entendu, ses amis y seraient les bienvenus.

Léa, malgré sa gourmandise, n'avait pratiquement rien mangé. Elle attendait la fin du repas avec une impatience grandissante que même son voisin zazou remarqua.

— J'ai l'impression que vous vous ennuyez. Si vous le voulez, après, je vous emmène dans un cabaret comme vous n'en avez jamais vu. C'est d'accord ?

— Non merci, j'en ai assez pour ce soir.

— Oh ! je vois ! Vous avez peur que les gens de là-bas

ressemblent à ceux d'ici. Pas de danger, on est entre J3. Passé vingt-trois ans... personne n'entre. On y écoute les derniers disques américains.

— Je croyais que c'était interdit.

— C'est interdit, mais on se débrouille. C'est moi qui fournis les disques et les cigarettes. Chez Szkolnikoff, je suis sûr de rencontrer quelqu'un qui aura la marchandise dont j'ai besoin. Et vous, qu'est-ce que vous faites ? Vous êtes la poule de qui ?

— La mienne, fit une voix dans son dos.

Le garçon sursauta et se leva précipitamment.

— Excusez-moi, m'sieu, j'savais pas.

— Ce n'est pas grave. Vous venez, ma cocotte ?

Léa, rouge et furieuse, se leva à son tour.

— Qu'est-ce qui vous prend de m'appeler comme ça ?

— Pourquoi n'avez-vous pas giflé cet abruti quand il vous a traitée de poule ?

— J'étais tellement surprise que je n'y ai pas pensé.

— C'est de ma faute. J'ai eu tort de vous emmener dans un endroit fréquenté par de telles gens. Pardonnez-moi, cela ne se reproduira plus.

— Je croyais que ma présence était indispensable ?

— Pas au point de vous faire subir une telle compagnie. J'oublie parfois qui ils sont réellement pour ne voir que des phénomènes engendrés par la guerre.

— Mais le fait que je sois venue ici vous a-t-il été utile ?

— Oui. Cela rassure Szkolnikoff de me voir avec une jolie fille. C'est plus conforme à l'idée qu'il se fait de moi. Quand on est « dans les affaires », une belle femme pose un homme... C'est aussi bête que ça.

— Pouvons-nous bientôt partir ?

— Oui, après le café qui est servi au salon ; je dirai que vous n'avez pas obtenu la permission de minuit.

— Et ils vous croiront ?

— Je leur ai dit que vous étiez une jeune fille de bonne famille vivant chez ses tantes, deux demoiselles des plus respectables. Cela les valorise de fréquenter quelqu'un de convenable.

Peu après, ils prirent congé de leurs hôtes.

— N'oubliez pas... demain matin... à onze heures, dit Hélène en tendant sa main à baiser à François.

— À demain, chère amie, et merci pour cette merveilleuse soirée.

— Vous la revoyez demain ? demanda Léa en entrant dans la voiture.

— Oui, pour vous acheter des bijoux.

— Mais je n'en veux pas !

— À la longue, cela leur semblerait louche que la femme dont je suis amoureux n'ait pas de bijoux.

— Cela m'est complètement égal. Vous me voyez me pavanant comme ces vieilles, couvertes de cailloux plus gros les uns que les autres ?

— N'exagérons rien, un beau bijou n'a jamais enlaidi une jolie femme.

Devant la Chambre des députés, une patrouille les arrêta. Au même moment éclataient les sirènes d'une alerte. L'officier, après avoir jeté un bref coup d'œil sur leurs *Ausweis*, leur conseilla de se rendre à l'abri le plus proche. Le boulevard Saint-Germain, désert quelques instants auparavant, se remplit d'ombres courant vers les stations de métro servant d'abris. Léa préféra rentrer rue de l'Université. Dans la cour de l'immeuble, ils retrouvèrent Mlles de Montpleynet, Camille et son petit garçon, Laure et Estelle en robe de chambre. Au loin, les premières bombes commencèrent à tomber.

— C'est du côté de Boulogne, dit le voisin du troisième.

Assis à même le sol ou sur des pliants, chacun attendait, à moitié endormi, la fin de l'alerte. Blottie contre François, Léa se laissait caresser dans la semi-obscurité. La fin de l'alerte dérangea son plaisir.

Pas pour longtemps. Albertine offrit à Tavernier l'hospitalité du divan du salon qu'il accepta avec reconnaissance. Quand tout le monde fut couché, il rejoignit Léa qui se jeta sur lui avec un empressement flatteur. Il y répondit comme il se doit.

Le soleil était déjà haut quand François regagna le divan sur lequel il sombra dans un profond sommeil.

Il n'y eut cette nuit-là qu'une vingtaine de personnes tuées sous les bombardements alliés. Le 14 juillet, un bombardement dans la banlieue parisienne fit une centaine de morts. Sur les ondes, Jean-Hérold Paquis se déchaînait.

Léa avait l'impression d'être prisonnière de la ville surchauffée par l'été. François Tavernier avait dû de nouveau quitter Paris. Elle supportait de plus en plus mal ses absences.

Deux ou trois fois par semaine, avec ou sans Camille, elle portait des tracts, des journaux clandestins ou des faux papiers aux adresses indiquées par des messagers qui étaient rarement les mêmes. Pour échapper à d'éventuelles filatures, elle n'eut bientôt pas sa pareille pour se fondre dans la cohue d'un grand magasin, se perdre dans la foule du métro l'utilisant au mieux, prenant soit le premier ou le dernier wagon pour d'un regard voir dans l'enfilade si on ne la suivait pas et, dans le doute, sauter du wagon au dernier moment. Elle préférait cependant circuler à bicyclette, malgré le danger d'être interpellée par des jeunes gens en mal de galanterie.

Un jour, à la station Opéra, elle fut bousculée par un garçon sur lequel les portes du wagon se refermèrent immédiatement. De l'autre côté de la vitre, deux hommes couraient en montrant le poing. Le métro prenant de la vitesse, ils disparurent aux yeux des voyageurs. Dans le compartiment, chacun faisait comme si de rien n'était. Léa regarda le garçon et dut faire appel à toute son énergie pour ne pas crier. Contre elle, pâle, essoufflé, sentant la sueur et la peur, Pierrot, son cousin Pierrot, tremblait. Déjà la rame ralentissait et allait entrer dans la station Chaussée-d'Antin. C'était là qu'il fallait descendre. Quand le métro s'arrêta, elle saisit la main de son cousin et l'entraîna. Surpris, il amorça un geste de résistance quand enfin il la reconnut.

— Toi !

— Ne cours pas, donne-moi le bras, nous allons aller aux Galeries Lafayette. Ils te suivent depuis combien de temps ?

— Je n'en sais rien. Ils ont déjà essayé de m'avoir au Châtelet.

— Tu leur as échappé deux fois !... Pour quelqu'un qui ne connaît pas le métro, ce n'est pas mal. Depuis quand es-tu à Paris ?

— Depuis hier soir, j'essayais d'aller chez tes tantes.

— Je croyais que tu étais dans un collège de jésuites.

— J'y étais, mais je m'en suis échappé. Je ne veux pas attendre la fin de la guerre sans rien faire...

— Attention, ne parle pas si fort ! Ton père va être fou de rage.

— J'm'en fous. Lui et mon frère me dégoûtent, complètement soumis au vieux et à la botte des Boches.

— Que comptes-tu faire ?

— Je n'en sais rien. Comme le collège était près de Paris, j'ai pensé à toi. Les allusions de mon père m'ont fait comprendre que tu avais des relations dans la Résistance...

— C'est beaucoup dire. Pour ça, il vaut mieux voir oncle Adrien.

— J'y avais bien pensé, mais personne ne sait, ou n'a voulu me dire, où il est.

— Qu'est-ce que je vais faire de toi ?... J'ai une idée.

Tout en marchant, ils étaient sortis des Galeries Lafayette et se dirigeaient vers la station du métro Havre-Caumartin. Il y faisait une chaleur épouvantable, et c'est avec soulagement qu'ils sortirent à l'Étoile et descendirent les Champs-Élysées à pied.

— Heureusement que tu es correctement habillé.

— Papa avait tenu à renouveler ma garde-robe.

— Une chance. Tu vas pouvoir faire bonne figure parmi les amis de Laure.

Par cette belle fin d'après-midi d'été, Parisiens et occupants flânaient à la terrasse des cafés, feignant de s'ignorer. Pierrot et Léa entrèrent au *Pam-Pam*. Dans le sous-sol du piano-bar, une vingtaine de jeunes gens et de jeunes filles, l'œil vague, marquant la mesure de leurs doigts ou de leurs pieds, entouraient le pianiste. Patiemment, ils attendaient la fin du morceau. Léa s'avança vers le petit groupe.

— Toi, ici ! Ça s'arrose, fit un joli garçon à peine sorti de l'enfance en l'embrassant.

— Bonjour, Roger. Ça va ? Tu n'as pas vu Laure ?

— Que veux-tu ? fit une voix émergeant de la pénombre d'une banquette que la bande appelait le coin des amoureux.

Laure se redressa, barbouillée de rouge à lèvres.

— Essuie-toi, dit sa sœur en lui tendant son mouchoir.

— Merci.

— Regarde qui est avec moi.

— Pierrot ! s'écria-t-elle en courant vers son cousin.

Celui-ci la regardait avec une telle stupéfaction qu'il mit les jeunes gens en joie.

— Laure ?...

— C'est bien moi.

— Je ne t'aurais pas reconnue, dit Pierrot en l'embrassant.

Léa entraîna sa sœur et lui expliqua la situation.

— Oncle Luc doit être furieux, fit-elle en pouffant.

— Tu as bien compris ce que tu dois faire : vous venez tous vers huit heures rue de l'Université en riant et en chahutant comme d'habitude. S'ils surveillent la maison, ils ne feront pas attention à vous. Moi, je rentre maintenant pour prévenir tante Albertine et voir si tout se passe bien. Si quelque chose ne va pas, j'ouvrirai en grand la fenêtre du salon, cela voudra dire : demi-tour.

— ... et j'irai chez Roger. Compris.

Tout se passa bien, Camille réussit à avoir des faux papiers au nom de Philippe Dorieux, étudiant, originaire de Libourne. Il devait aller jusqu'à Poitiers ; là, il serait pris en charge par un réseau de la région. Le rendez-vous était fixé devant le porche de Notre-Dame-la-Grande, le jour du marché, et le mot de passe était : « Connaissez-vous l'église Sainte-Radegonde ? » auquel Pierrot devait répondre : « Non, mais je connais Saint-Hilaire. »

C'était la quatrième fois en une semaine que Paris était réveillé par les sirènes et que ses habitants se retrouvaient dans les caves ou dans le métro. Excédée, Léa refusa de quitter sa chambre, malgré les mises en garde répétées des journaux et de la radio. Chaque jour, des gens se faisaient tuer pour avoir refusé de descendre dans les abris.

Il faisait très lourd, l'orage qui avait menacé d'éclater durant toute la journée s'était éloigné. Léa se mit à la fenêtre, suivant d'un œil indifférent les faisceaux lumineux qui fouillaient le ciel à la recherche des avions dont on entendait le sourd bourdonnement. Brusquement, elle prit en haine les hauts immeubles qui lui cachaient le ciel, non parce qu'ils la privaient d'un éventuel spectacle mais parce qu'ils limitaient son espace tels les murs d'une prison.

— J'étouffe, murmura-t-elle.

Alors se présentèrent à elle les grands espaces entourant Montillac, la mer au-delà de l'horizon, le silence habité des nuits, l'odeur puissante de la terre surchauffée quand quelques grosses gouttes de pluie en libèrent un à un les parfums. Léa ferma les yeux de volupté.

Trois jours après, elle prenait le train pour Bordeaux. Une semaine plus tard, Camille et son fils la rejoignaient.

21

Il faisait très chaud. Tous les jours, quand le soleil commençait à baisser, Camille et Léa prenaient leurs bicyclettes et, abritées sous de grands chapeaux de paille, descendaient se baigner dans la Garonne en face de Langon. Charles était de la partie et se sentait tout à fait en sécurité dans son siège d'osier, derrière sa « tante » Léa. Camille, elle, était chargée du panier contenant le goûter, la bouteille de limonade bien fraîche, les serviettes et les livres.

Les deux jeunes femmes, également bonnes nageuses, aimaient à faire la course, et c'était à qui arriverait la première de l'autre côté de la rivière. Quelquefois, elles compliquaient le jeu : il fallait plonger pour ramasser un galet, rester le plus longtemps possible sous l'eau ou contourner les piliers du pont là où le courant était dangereux. À la course, c'était toujours Léa qui gagnait, sous l'eau c'était Camille. Charles nageait comme un petit chien. C'était chaque jour toute une comédie pour l'arracher à ses jeux.

Après le bain, elles s'allongeaient au soleil, n'échangeant que très peu de paroles, submergées de bien-être. Il fallait les cris persistants de l'enfant pour les tirer de leur somnolence. Tout était si calme, hormis le piaillement des mouettes, le trisse des hirondelles, les rires des gamins que recouvrait parfois le grondement d'un train passant sur le viaduc tout proche. C'était un bruit familier et rassurant.

Sans s'être donné le mot, depuis leur retour, elles n'avaient évoqué ni la Résistance, ni le départ de Pierrot, pris en charge par le réseau. Ces jours de soleil aux bords de la rivière étaient comme une parenthèse que l'une et l'autre désiraient voir se prolonger. Les nouvelles de Laurent, qui avait enfin rejoint le colonel Leclerc et s'entraînait durement à Sabratha, étaient bonnes. Quant à François, il avait fait savoir qu'il viendrait quelques jours en septembre. Lucien, passé en Suisse, ne disait rien de son horrible blessure. Adrien faisait la navette entre Toulouse et Bordeaux, apportant son aide là où elle était nécessaire ; Jean et Raoul Lefèvre étaient toujours détenus au fort du Hâ, mais leur mère pouvait les voir tous les quinze jours, leur moral était à toute épreuve. Elles n'avaient pas encore revu Mathias qui, d'après ses parents, était devenu « un monsieur ». Léa appréhendait beaucoup ces retrouvailles, Ruth, Sidonie et même Bernadette avaient fait du bon travail durant leur absence, menant la vie dure à Fayard qui était revenu à la charge. Il souhaitait plus que jamais racheter la propriété. Ruth lui avait dit que s'il en reparlait elle le mettrait à la porte. La vendange s'annonçait bonne et la guerre allait bientôt finir.

Appuyée sur ses coudes, Léa suivait machinalement des yeux un nageur qui venait de plonger de la rive de Langon. Sa brasse était souple et rapide. Il aborda et se laissa tomber non loin d'elles sur l'herbe du rivage. Il resta quelques instants immobile, un peu essoufflé, puis, lentement, se retourna.

D'un seul coup le ciel s'assombrit et Léa eut froid.

— Bonjour, dit Maurice Fiaux.

Camille tressaillit. Avec appréhension, elle leva la tête.

— Bonjour, firent-elles d'une voix atone.

— Quel bel été, n'est-ce pas ? Vous venez souvent ici ? Moi, c'est la première fois de l'année... j'ai tellement de travail à Bordeaux, vous n'imaginez pas... Quand êtes-vous rentrées ?... Je suis allé à deux reprises à Montillac, personne... Les oiseaux s'étaient envolés...

— Nous étions à Paris, chez mes tantes.

— Je sais, dit-il sèchement.

Camille détourna la tête.

— Laure n'est pas rentrée avec vous ? ajouta-t-il radouci.

— Elle a préféré rester à Paris. C'est plus gai pour elle. Laure n'a jamais aimé la campagne et s'est toujours ennuyée à Montillac, dit Léa.

— Je la comprends. Elle aurait pu aller à Bordeaux chez son oncle, maître Delmas ? Un homme remarquable, qui a beaucoup d'amis, de relations...

— Mais il est un peu strict et à cheval sur les convenances, il ne lui aurait certainement pas laissé autant de liberté qu'elle en a à Paris.

— Vous savez, Léa, les mœurs ont bien changé depuis quelque temps, même à Bordeaux. C'est devenu maintenant une ville où l'on s'amuse. Vous devriez venir y faire un tour, cela remonterait le moral de votre ami Raphaël Mahl...

— Il est toujours là ?... Pourquoi n'a-t-il pas le moral ?

— Oh ! vous le connaissez ?... Il est tombé amoureux d'un petit voyou de Mériadeck qui le trompe, le bat et lui prend tout son argent. Alors, il a fait quelques bêtises...

— Lesquelles ?

— Il a été un petit peu loin dans des trafics louches. La police l'a arrêté. Grâce à nos relations nous avons pu le faire sortir, mais les flics l'ont à l'œil. Ceci ne serait pas bien grave s'il n'avait pas essayé de nous rouler.

Léa ne put retenir un sourire. Sacré Raphaël !

— Cela vous fait rire ! Il n'y a vraiment pas de quoi. Moi, j'm'en fiche, à sa place j'en aurais fait autant, j'aurais tenté le coup, ça en valait la peine, mais ce n'est pas l'avis de mes camarades. Ils voulaient le descendre... j'ai eu du mal à les convaincre qu'il pouvait nous être utile en nous rendant quelques services pour sauver sa peau.

— Mais c'est ignoble ! s'exclama Camille.

— Que voulez-vous, madame, c'est la guerre. Mahl connaît le rôle que certaines personnes jouent dans la Résistance, l'aide qu'elles apportent aux terroristes et aux juifs. Dans l'affaire Terrible, il nous a été très utile.

— L'affaire Terrible?...

— Vous n'êtes pas au courant?... Tout le monde en parle dans la région. La Gestapo a réussi un joli coup de filet à La Réole. D'abord le capitaine Gaucher, arrêté à la gare transportant un poste émetteur dans sa valise, puis, quelques jours après, le 19 août, Adois... Ça ne vous dit rien?

— Non.

— C'est le nom de guerre d'un menuisier de La Réole...

Léa enfonçait ses ongles dans la terre pour ne pas crier. Elle s'efforça à demander :

— Quel rapport entre Raphaël Mahl et un menuisier de La Réole? Notre ami ne s'intéresse pas au travail manuel!

— Non, mais il s'intéresse aux francs-maçons.

— Je ne savais pas.

— C'est Beckmann, adjoint du docteur Hans Luther, le chef du K.D.S. de Bordeaux, chargé de la surveillance des ecclésiastiques et des francs-maçons, qui a eu l'idée de l'employer quand il a su qu'il avait fait partie d'une loge à Paris. Il en a été exclu avant la guerre pour malversation, mais a gardé des relations avec quelques frères. D'où ses rapports avec la loge de La Réole. Ce qui lui a permis de connaître les activités de Jacques Terrible le menuisier.

— Raphaël l'a dénoncé?...

— Ce n'était pas nécessaire, d'autres l'avaient fait avant lui.

— D'autres personnes ont été arrêtées?

— Oui, mais j'ai oublié leurs noms. Si cela vous intéresse, je peux me renseigner.

— Je disais ça comme ça.

— Ils ont été fusillés? demanda Camille.

— Non, ils peuvent donner des tas d'informations sur le réseau dont la mission était le parachutage, le stockage d'armes, les faux papiers, la centralisation des renseignements, l'organisation de l'hébergement des juifs et des réfractaires au S.T.O.

— Où sont-ils ?

— À la prison Saint-Michel à Toulouse.

Il y avait deux jours que ces arrestations avaient eu lieu et elles l'apprenaient seulement maintenant de la bouche de cette petite fripouille. Ensemble, elles se détournèrent pour cacher leur dégoût.

Sept heures sonnèrent au clocher de Langon.

— Nom de Dieu ! je vais être en retard... Adieu... je passerai vous voir un de ces jours.

Quelques gouttes d'eau les éclaboussèrent quand il plongea. Elles ne bougèrent pas.

— Maman... maman... je peux aller me baigner comme le monsieur ?

Camille saisit son petit garçon et le serra contre elle. Il protesta.

— Tu fais mal...

Elle embrassa les joues bronzées.

— Oui, mon chéri... tu peux aller te baigner...

Sans s'être concertées, le lendemain de leur rencontre avec Maurice Fiaux et les jours qui suivirent, elles ne quittèrent pas Montillac. Pour elles, l'été et les baignades dans la Garonne étaient terminés. Comme assommées, elles furent pendant longtemps sans pouvoir parler de ce qu'elles avaient appris et s'épuisèrent au potager : il fallait rassembler les pommes de terre, cueillir les haricots verts, arroser, biner.

Elles rentraient le soir harassées, les mains abîmées, heureuses de cette fatigue qui calmait, un peu, leur inquiétude.

Le soir, après le dîner, Léa errait à travers les vignes à cette heure où le soleil enveloppe de rose et d'or la campagne bordelaise. Elle aimait avec son cœur, avec sa peau, cette terre riche où la main de l'homme était partout présente avec un bonheur d'équilibre et d'harmonie qui chaque fois la ravissait. Depuis cette rencontre maudite le charme n'opérait plus. Elle errait sur les chemins, cherchant les lieux qui apaiseraient cette panique envahissant par vagues son esprit torturé. Mais tous avaient perdu leur magie. Ni le calvaire de Verdelais, ni la bicoque de la Gerbette à moitié enfoncée dans la terre, ni la croix de Borde d'où l'on dominait toute la région, ni l'église de Saint-Macaire et sa Vierge des marins ne lui redonnaient la paix. Elle s'exténuait en de longues courses à bicyclette dans des lieux où on ne la connaissait pas, vers Langoiran, Targon ou sur l'autre rive, Villandraut, Bazas... rien n'y faisait. Sans cesse la voix de l'agent de la Gestapo, dont l'image se mêlait à celle de Mathias, s'insinuait dans son cerveau :

— Dans l'affaire Terrible, il nous a été très utile... Adois... ça ne vous dit rien ?... C'est le nom d'un menuisier de La Réole...

Bien que Maurice Fiaux ait laissé entendre que Raphaël n'avait pas dénoncé Jacques Terrible, Léa ne pouvait s'empêcher de penser qu'il n'était pas innocent dans cette arrestation comme il n'avait pas été innocent dans celle de Sarah Mulstein. Elle ne parvenait pas à dominer la peur abjecte qui s'emparait d'elle la couvrant de sueur, lui donnant la nausée et lui coupant les jambes. La prochaine fois c'est elle qu'il donnerait à la Gestapo. Il savait ou avait deviné suffisamment de choses pour l'envoyer dans les caves de la route du Médoc et les cellules du fort du Hâ. Peut-être même devant un peloton d'exécution. Léa voyait les fusils braqués... s'entendait supplier ses bourreaux...

C'est dans cet état que François Tavernier la trouva. Même la fatigue des vendanges n'avait pas réussi à endormir sa terreur.

Enlacés, Léa et François regardaient le soleil se lever sur la campagne dorée à peine roussie par touches légères.

Depuis cinq jours, chaque matin ils s'étaient levés, épuisés et heureux, admirant avec la même exaltation incrédule ces promesses de bonheur qui montaient avec l'aube. Finie la peur immonde, la présence d'un homme, ses caresses l'avaient chassée. Dans ses bras, elle se riait des Raphaël Mahl, des Maurice Fiaux, de la Gestapo. Léa puisait dans le plaisir une force nouvelle.

La guerre avait emporté tous les préjugés. Même Bernadette Bouchardeau ne s'étonnait pas que Léa partageât sa chambre avec un homme qui n'était pas son mari. Il était vrai que l'attitude de la jeune fille ne leur laissait guère le choix. À son air, tout le monde avait compris qu'elle n'accepterait pas la moindre réflexion. Tous se l'étaient tenu pour dit.

Devant cette matinée d'automne qui se levait si belle, Tavernier reculait le moment d'annoncer à Léa son prochain départ. Il était inquiet à l'idée de la laisser seule. Il savait la Gestapo sur la piste du père Adrien Delmas. Le dominicain venait d'échapper de justesse à Toulouse aux hommes lancés à sa poursuite. Tôt ou tard, Dohse enverrait ses agents l'arrêter pour l'interroger, comme il le faisait pour les proches parents de ceux soupçonnés d'appartenir à la Résistance. Il avait fallu une chance incroyable et un faisceau de protections subtiles pour que cela n'ait pas déjà eu lieu. De plus, la présence à Montillac de Camille d'Argilat précédemment détenue à cause de son mari, les liens existant entre le docteur Blanchard et les habitants du château devaient obligatoirement conduire le chef de la Gestapo de Bordeaux à vouloir l'entendre.

La veille, il avait remis aux deux jeunes femmes des faux papiers qui, avait-il dit, pouvaient leur être utiles et conseillé impérativement de prendre contact avec Françoise avec qui il se mettrait en rapport régulièrement. Il insista pour qu'elles prennent quelque distance vis-à-vis de la Résistance. Elles étaient probablement déjà sous surveillance. La prudence la plus complète s'imposait. Il ajouta qu'il serait peut-être bon qu'elles aient des armes à condition d'avoir un lieu sûr où les cacher...

Le soir, il annonça son départ.

Par orgueil, Léa n'avait rien dit à François des difficultés croissantes qui assaillaient le domaine, ni de l'attitude de Mathias et de sa conviction que pour sauver Montillac elle n'aurait d'autre choix que de l'épouser. Devant son silence, il pensait que l'argent du notaire et celui qu'il avait remis à Ruth au printemps étaient suffisants. Afin de ne pas la blesser, il n'en avait pas reparlé.

Chaudement couverts, abrités sous un grand parapluie, ils firent une dernière promenade à travers les vignes après avoir été saluer Sidonie à Bellevue. En revenant vers Montillac, ils pressèrent le pas pour échapper aux rafales de vent et à la pluie fine et froide qui semblait pénétrer partout.

La maison était écrasée par les lourds nuages noirs qui parcouraient le ciel, si menaçants que le cœur de Léa se serra. Le mauvais temps était venu bien tôt cette année. Tout annonçait le début d'un hiver précoce et rigoureux.

Une petite tache rouge s'agitait sur le vert de la pelouse puis vint dans leur direction, prenant peu à peu la forme d'un enfant qui courait. C'était Charles qui, échappant à la surveillance de sa mère, venait vers eux de toute la vitesse de ses petites jambes. Il se jeta dans les bras de Léa en riant.

— Tu as failli me faire tomber, coquin, s'exclama-t-elle en tournoyant avec lui sous la pluie.

Les rires et les cris du petit garçon parurent à François complètement incongrus sous ce ciel sinistre et en même temps semblaient dire : regardez, la vie continue. Oui... la vie devait continuer. Aujourd'hui il pleuvait, mais demain... Comme ils étaient beaux tous les deux, même Léa avait retrouvé son rire d'enfant !

Léa avait l'impression que la pluie n'avait pas cessé depuis le départ de François. Il ne faisait pas froid, mais toute la campagne baignait dans une brume humide et collante qui pourrissait la vigne.

Assise au bureau de son père, pour se distraire de ses travaux comptables qui étaient pour elle un vrai supplice, elle recopiait les paroles d'une chanson de Pierre Dac diffusée par Radio-Londres dans la soirée du 5 décembre et que Mireille, la femme d'Albert, le boucher de Saint-Macaire, avait prises en sténo, puis retranscrites avant de les donner à sa jeune amie. Quand elle eut fini, Léa se leva et chanta sur l'air de *Lily Marlène* :

À force d'entendre chanter cette chanson,
J'ai eu le désir, dicté par la raison
D'aller tout simplement un soir
Afin de voir
Et de savoir
Que dit Lily Marlène,
Que dit Lily Marlène.

— Hé, dis-moi, la belle, pourquoi cet air songeur ?
Pourquoi dans tes yeux cette trouble lueur ?
— Il n'est plus pour moi de bonheur,
Et le malheur
Est dans mon cœur...
a dit Lily Marlène,
a dit Lily Marlène.

— Voyons, n'as-tu plus confiance en ton Führer ?
N'est-il pas pour toi plus grand que le Seigneur ?
— Le triomphe qu'il nous a promis,
Je l'attends depuis
Trois ans et demi,
a dit Lily Marlène,
a dit Lily Marlène.

— N'es-tu donc pas encore heureuse d'appartenir
À la grande Allemagne et fière de son avenir ?

— Je sais que le Reich tout entier
Est bombardé
Par des Alliés,
a dit Lily Marlène,
a dit Lily Marlène.

— Ignores-tu donc l'invincible rempart
Que votre Wehrmacht dresse de toutes parts ?
— Je sais que le sol de Russie
Est tout rougi
Du sang nazi,
a dit Lily Marlène,
a dit Lily Marlène.

— Enfin la victoire couronnant vos drapeaux
Sur la croix gammée resplendira bientôt.
— Je sais qu'en mon âme éperdue
L'espoir n'est plus,
Nous somm's perdus,
a dit Lily Marlène,
a dit Lily Marlène.

— Bravo ! dit Camille en applaudissant.

— Je ne t'avais pas entendue entrer.

— Tu étais toute à ta chanson. Tu vas pouvoir battre bientôt Suzy Solidor sur son propre terrain.

— J'y penserai. Quoi de neuf ?

— Rien. Toujours cette pluie... As-tu vérifié les comptes de Fayard ?

— Oui, mais je ne vois rien d'anormal ou je n'y comprends pas grand-chose.

— Demande à M. Rabier.

— Le comptable de papa !... mais il est complètement gâteux. Rappelle-toi, l'année dernière, toutes les erreurs qu'il a commises dans les déclarations fiscales et le temps que j'ai perdu avec le trésorier de Langon qui ne voulait rien savoir.

— Ne pouvons-nous prendre, pendant quelque temps, un expert-comptable de Bordeaux ?

— Je n'ai pas d'argent !... Regarde ce paquet de factures... je n'ai pas un centime pour les payer. La banque a déjà appelé deux fois depuis le début de la semaine.

Accablée, Léa se laissa tomber sur le fauteuil derrière le bureau. Camille s'approcha d'elle et lui caressa les cheveux.

— Si tu savais combien je suis malheureuse de ne rien pouvoir faire pour toi...

— Je t'en prie, tais-toi.

Les deux jeunes femmes restèrent un moment silencieuses.

— As-tu pensé aux cadeaux pour Noël ? demanda Léa en relevant la tête.

— Oui. Mais ce Noël-là sera le plus pauvre de tous. Ruth a trouvé dans le grenier une vieille voiture à pédales...

— C'est la mienne ! s'exclama Léa d'un ton possessif.

Camille ne put s'empêcher de rire.

— Tu veux bien la donner à Charles ?

— Bien sûr, fit-elle en riant à son tour, rougissant un peu.

— Ruth a acheté de la peinture rouge pour la repeindre.

On frappa à la porte. C'était Albert, le boucher de Saint-Macaire, le visage défait, essoufflé.

— Qu'y a-t-il ? crièrent ensemble Camille et Léa.

Il mit quelque temps à répondre, essayant de reprendre son souffle.

— Votre fils ?... demanda Camille.

Il fit non de la tête.

— Alors quoi ?... parlez.

— Ils ont arrêté le père Delmas.

— Oh ! mon Dieu, fit Camille en s'appuyant contre la bibliothèque.

Un grand froid envahissait Léa.

— Comment l'avez-vous appris ?

— Ce matin de bonne heure, un camarade, instituteur

près de La Réole, appartenant au réseau Buckmaster, est venu à la boucherie pour me prévenir et m'a demandé de vous avertir.

— Comment le savait-il ?

— Par un gendarme de La Réole qui vous avait vue avec le père Terrible. D'après lui, la Gestapo ne connaît pas l'importance de sa prise. Votre oncle a été arrêté par hasard à Bordeaux au cours d'une rafle. On l'aurait sans doute relâché s'il n'avait eu sur lui des cartes d'identité en blanc. C'est un des gendarmes qui l'ont arrêté qui a prévenu son collègue de La Réole, ils sont du même réseau.

— Si un gendarme l'a reconnu, d'autres peuvent le faire et le dénoncer.

— Il a beaucoup changé, physiquement, mais c'est le risque. Dès qu'on saura où il est, nous tenterons de le faire évader. D'ici là, il faut prier le ciel pour qu'il ne parle pas. Dès ce soir nous déménagerons les armes cachées dans les séchoirs à tabac de Barie et à Belle-Assise ; les frères Lafourcade viendront nous donner un coup de main.

— Peut-on vous aider ?

— Oui, on a deux pilotes anglais qui doivent repartir dans deux jours. Ils ne sont plus en sécurité près de Viot. Pouvez-vous les cacher ?

— Seront-ils plus en sécurité ici ? demanda Camille. Nous avons toutes les raisons de nous méfier de Fayard.

— Madame Camille, il faut prendre le risque. Ce soir, on vous les amènera en passant par Bellevue. Moi, pendant ce temps-là, je me serai invité à boire un coup chez mon vieil ami Fayard. Ça vous va ?

— Très bien, Albert. On les mettra dans la petite pièce près du bureau. Personne n'y va jamais, elle sert de débarras. Elle est au rez-de-chaussée, ce qui est pratique s'ils devaient quitter la maison rapidement, dit Léa.

— Merci. Si vous remarquez quelque chose de suspect, appelez-moi à Saint-Macaire en me disant : « Votre viande était bien dure, aujourd'hui », je comprendrai et nous garderons nos Anglais.

— Comment savoir pour oncle Adrien ?

Le boucher haussa les épaules.

— Depuis l'arrestation de Grand-Clément au mois d'août, puis sa libération, beaucoup des nôtres ont été arrêtés. Nous avons perdu nos informateurs du camp de Mérignac et du fort du Hâ. Nous devons nous montrer très prudents pour les nouvelles recrues. Le seul lien que nous ayons pour le moment est le gendarme de Bordeaux. Dès qu'il sait quelque chose, il appelle La Réole.

— Et si j'allais à Bordeaux ? dit Léa.

— Surtout pas ! Il y a assez d'une personne de la même famille d'arrêtée.

— Maître Delmas pourrait peut-être intervenir, fit Camille.

— C'est un collaborationniste, il ne fera rien pour son frère. Rappelle-toi ce qu'il m'a dit : pour lui Adrien est mort.

22

— Tu vois, on est bons princes... tu choisis : les droits communs ou les politiques... entends par là les communistes, les saboteurs et autres terroristes.

— Je croyais qu'ils étaient tous mélangés, sans distinction.

— C'était vrai au début, puis on s'est rendu compte que les petits maquereaux du port, les petits trafiquants de marché noir pouvaient nous être utiles. Alors, pour qu'ils ne soient pas contaminés par les rouges et les gaullistes — c'est une idée de Poinsot —, on en garde quelques-uns à l'écart et on les injecte dans les cellules des politiques quand on a besoin d'apprendre des choses. C'est fou ce qui se dit la nuit dans une cellule où six ou sept hommes sont enfermés... Tu n'imagines pas...

— J'imagine très bien. Tout ça n'est pas follement engageant. Vous n'avez rien d'autre à me proposer ?

— Nous avons bientôt un convoi de juifs pour l'Allemagne... si tu veux te joindre à eux ; tu ne seras pas dépaysé, entre juifs...

— Ça ne m'emballe pas non plus... très peu pour moi les voyages sans retour.

— Allez, décide-toi.

— Je ne pourrais pas avoir une cellule pour moi tout seul ?

— Et puis quoi encore !... Avec moquette, téléphone et salle de bains ?

— Oh ! oui, ça me plairait bien.

— Arrête de te foutre de notre gueule... le patron est trop bon... moi, c'est deux balles dans la nuque... ou dans le cul... vicieux comme t'es, t'aurais peut-être aimé ça...

— Mon goût des gros calibres ne va pas jusque-là.

Un sévère crochet du droit envoya Raphaël, Mahl heurter les classeurs métalliques du bureau où ses anciens camarades l'interrogeaient depuis le matin, achevant de lui réduire les lèvres en bouillie. Le plus acharné était Maurice Fiaux qui cognait comme s'il avait un compte personnel à régler. Curieusement, Raphaël qui se savait lâche, avait supporté ce passage à tabac avec amusement. Pourtant, ils n'y avaient pas été de main morte, ses petits amis de la Gestapo. Seul, Mathias Fayard n'avait pas participé à cette corrida. Il était drôle... Depuis quelque temps le beau Mathias, sombre et irascible, trouvait toujours de bonnes excuses pour ne pas participer aux arrestations et surtout aux interrogatoires. Raphaël Mahl se redressa péniblement... Ce n'était pas le moment de se pencher sur les états d'âme du compagnon d'enfance de Léa. Léa... c'est un peu à cause d'elle qu'il en prenait plein la gueule.

— Je crois que je préfère les droits communs, fit-il avant de s'évanouir.

Les cahots de la voiture le ramenèrent à lui. Un soldat allemand conduisait, avec à ses côtés un officier. À l'arrière, un autre soldat et Maurice Fiaux l'encadraient. Juste en face de l'impressionnante porte du fort du Hâ, le bouquiniste chez lequel, la veille encore, il avait été fouiner fermait sa boutique...

On le remit aux gardiens allemands. Maurice Fiaux partit sans se retourner. Pour les formalités d'écrou, on le conduisit au premier étage. Dans la pièce où on le fit entrer, une balustrade séparait l'arrivant des fonctionnaires chargés de le réceptionner. Des écriteaux rédigés en français, espagnol et allemand invitaient le nouveau venu à se tenir face au mur et à ne pas parler. Derrière cette clôture, trois vastes tables et des armoires garnissaient la pièce.

D'une salle voisine parvenait le crépitement des machines à écrire. Ce bruit monotone provoqua chez Raphaël Mahl un immense ennui, il avait toujours détesté l'ambiance des bureaux ; déjà, chez Gallimard, il évitait soigneusement le secrétariat. « La bureaucratie me poursuit », pensa-t-il. Derrière la balustrade, les employés militaires s'appliquaient à faire des lettres gothiques. Raphaël qui avait, malgré l'ordre de la pancarte, tourné la tête frémit en se rappelant les cours d'écriture chez les bons pères et les coups de règle qui pleuvaient sur ses doigts. Jamais il n'avait pu écrire son nom ni le titre du devoir du jour en belle ronde comme l'exigeaient les professeurs.

Un employé se leva et lui demanda ses papiers d'un air endormi. Il ne parut pas remarquer l'état de sa figure.

— Avez-vous de l'argent, monsieur ?

Son gardien, qui ne l'avait pas quitté, le poussa vers la balustrade. Raphaël inclina la tête.

— Vous devez me le remettre ainsi que vos bijoux, votre montre et votre cravate. Tout cela vous sera rendu à la sortie, monsieur.

Sur un imprimé, il inscrivit avec soin l'identité du nouveau détenu, compta l'argent contenu dans le portefeuille et nota la somme.

— Une montre en or avec bracelet en or... une chevalière en or avec diamant...

— Mettez : *gros* diamant.

— ... avec gros diamant... une gourmette en or... une chaîne et une médaille en or...

Raphaël eut un pincement au cœur en posant la médaille. C'était celle de son baptême et, bizarrement, il y tenait. Il aimait se rappeler certaines scènes de son enfance choyée entre une grand-mère un peu folle qu'il adorait et un oncle un peu dévoyé mais plein de charme.

— Cravate.

Il eut du mal à faire glisser le nœud imbibé de sang.

L'employé mit le tout dans un grand sac en papier et lui tendit la fiche signée.

La porte s'ouvrit et trois hommes encore en plus mauvais état que lui furent brutalement poussés dans la pièce... L'un d'eux, les mains massacrées, les yeux fermés par les coups, avançait en aveugle.

— *Wir bringen Ihnen Terroristen. Sie haben das Auto eines Offiziers gesprengt. Einer von den beiden muss wohl Engländer sein... alles was er bei dem Verhör sagte, war : « Piss off filthy huns, go and fuck you »*[1].

Raphaël ne put s'empêcher de sourire.

— *... dem Leutnant, der Englisch versteht, hat dies absolut nicht gefallen und er hat ihn daraufhin selbst verhört*[2].

— *Hat er geantwortet*[3] ?

— *Nein, wenn er nicht schrie, machte er schlechte Witze*[4].

Cet Anglais devenait de plus en plus sympathique à Mahl. Il devait être plutôt joli garçon en temps ordinaire, cela se devinait malgré ses yeux fermés, son visage déformé et ses lèvres tuméfiées.

— *Hat er Papiere*[5] ?

— *Nein... Alles was er bei sich hatte, ist das*[6].

Le sergent allemand jeta sur la planche une photographie représentant une très jolie jeune femme. Raphaël poussa un profond soupir.

« Encore un hétérosexuel ! » pensa-t-il en se détournant.

L'Anglais et un des prisonniers ne devaient pas avoir plus de vingt ans. L'autre était de beaucoup plus âgé. Des

1. On vous amène des terroristes. Ils ont fait sauter la voiture d'un officier. L'un d'eux doit être anglais... Quand on l'a interrogé, tout ce qu'il savait dire, c'était : « Je vous emmerde les Boches, allez vous faire enculer. »

2. Le lieutenant qui comprend l'anglais n'a pas aimé ça et a tenu à l'interroger lui-même.

3. Il a répondu ?

4. Non, quand il gueulait pas, il rigolait.

5. Il a des papiers ?

6. Non... tout ce qu'il avait sur lui, c'est ça.

cheveux et une grosse moustache pour l'heure poissée de sang, poivre et sel, de profondes rides sur le front et les joues jusqu'aux lèvres. Sans son regard, on l'aurait pris pour un paysan du Lot-et-Garonne. Un de ses yeux était fermé.

« Ils doivent avoir reçu l'ordre de nous éborgner ou de nous rendre aveugles », pensa Raphaël.

— *Los, kommen Sie... beeilen Sie sich, es ist zu Ende*[1].

Le gardien qui ne l'avait pas quitté le poussa vers la sortie.

— Votre nom, monsieur ? demanda l'employé au faux paysan.

— Alain Dardenne.

Raphaël Mahl s'arrêta. Cette voix lui rappelait quelque chose. Le soldat allemand lui posa la main sur l'épaule.

— *Worwärts*[2].

On le conduisit dans une pièce voisine, pareille à l'autre, où on lui demanda s'il était communiste, franc-maçon, résistant ou gaulliste. À toutes ces questions, il répondit non. Était-il juif ?... Oui, à moitié. Par sa mère ?... Non, par son père. Apparemment satisfait de ses réponses, l'employé, tellement semblable au précédent que c'en était drôle, lui remit sa fiche complétée en lui disant avec son épouvantable accent :

— Au revoir, monsieur.

Bousculé par son gardien, Raphaël Mahl dut descendre un escalier en colimaçon aux marches irrégulières. Toujours bousculé, presque courant, il traversa la salle des gardes et suivit un étroit couloir, très haut de plafond, le long duquel donnaient douze portes. C'était les cellules « d'accueil »... Le gardien ouvrit celle portant le numéro 5 et projeta avec une brutalité inutile le détenu dans sa cellule...

Longtemps, Mahl resta debout, tête baissée. Quand il la redressa, il regarda autour de lui et éclata de rire. Ce rire

1. Allez, venez... dépêchez-vous... c'est fini.
2. Avancez...

lui arracha un cri de douleur : il avait oublié sa mâchoire tuméfiée et ses lèvres déchirées.

L'étroitesse de la pièce, un mètre trente environ, la faisait paraître très haute, elle devait avoir un peu moins de trois mètres de haut. Deux lits en bois superposés, garnis de paillasses tachées, dégageaient une odeur de paille moisie et de vomi.

Raphaël s'allongea sur le lit du bas, s'enroula dans la mauvaise couverture et s'endormit en pensant : « Alors, ils ont réussi à l'arrêter... »

Durant deux jours, Raphaël n'eut pour toute nourriture que l'eau au goût de rouille de son broc. « À ce régime, je vais vite retrouver ma ligne », pensa-t-il.

Le troisième jour, on vint le chercher à six heures du matin.

— Dehors.

Le gardien le conduisit dans une sorte de corps de garde où il dut se déshabiller complètement. Devant lui, on vida ses poches, puis on lui rendit ses vêtements et ses chaussures en lui ordonnant de les remettre. Rien... il n'avait plus rien... ni papiers, ni argent, ni carnet de notes, ni le plus petit bout de crayon. On lui donna une couverture déchirée, une cuvette destinée à faire sa toilette et à manger, un quart cabossé et une cuillère d'étain sans oublier le reçu des objets confisqués et une petite carte portant son numéro matricule et celui de sa cellule ainsi que sa profession. Maintenant, il était le numéro 9793.

Suivi par son gardien, Raphaël Mahl, portant son maigre bien, déboucha dans un vaste vestibule ovale. La première chose qu'il remarqua fut un énorme poêle qui trônait au milieu et dont le tuyau sortait par le vitrage éclairant le hall. Sur trois étages, les cellules l'entouraient avec leurs épaisses portes sombres espacées de deux mètres portant un gros numéro en lettres noires et une planchette où étaient inscrits sur des étiquettes de couleurs différentes : rouges, vertes, jaunes, les matricules des prisonniers enfermés à l'intérieur. Toutes possédaient un judas grillagé.

— Arrêtez.

Le gardien s'était immobilisé devant le numéro 85. Un autre gardien ouvrit la porte avec une clé imposante. Il faisait assez sombre ; de chaque côté de la cellule, des hommes étaient rangés au garde-à-vous. Ils étaient six, Raphaël devint le septième. Dès la porte refermée, ils se précipitèrent vers lui.

— Eh ben, mon pauvre vieux, ils t'ont salement arrangé, les salauds...

— J'm'appelle Kéradec Loïc, j'suis breton... d'Pont-Aven... j'suis marin. Et toi ?

— Moi j'suis espagnol... mon nom est Fernando Rodriguez.

— Moi... c'est Dédé Desmotte, de Bordeaux.

— Georges Rigal, je suis de Bordeaux également, étudiant.

— Moi, c'est Marcel Rigaux... j'suis ouvrier aux chantiers du port.

— Docteur Lemaître, médecin à Libourne. Laissez-moi vous examiner... Ça n'a pas l'air trop grave.

Tous, à part le médecin qui devait avoir une quarantaine d'années, étaient jeunes, très jeunes.

— Raphaël Mahl, écrivain et journaliste, de Paris.

— On est gâté, les potes, un écrivain... il va pouvoir nous raconter des histoires, fit Dédé d'une voix grasseyante.

— Ravi de vous connaître, tenez, posez vos affaires, dit le médecin en lui montrant le petit réduit près de l'entrée.

C'était les cabinets avec un lavabo fendu au-dessus duquel, sur une étagère, étaient rangés les quarts, les cuillères, le savon, le dentifrice et une grosse boîte d'insecticide.

Raphaël mit son quart et sa cuillère à côté des autres. Il n'avait ni dentifrice ni brosse à dents.

Les prisonniers s'étaient rassis sur les deux lits, désœuvrés et silencieux. Ils se poussèrent pour lui faire une place. Mahl regarda autour de lui. La cellule, voûtée à environ deux mètres cinquante du plancher déformé, devait être de quatre mètres sur deux. Huit mètres carrés pour sept personnes... Dans le fond, une grille fermait une sorte de vasistas lui aussi muni de la même hotte et du même grillage que les fenêtres des cellules d'accueil.

— Il n'y a que deux lits ?

— Oui, répondit Rigaux, le soir on les rapproche et on met des paillasses par terre... On était déjà serré à six... On se serrera un peu plus.

Raphaël lui sourit pour cette bonne parole.

— Allez, raconte... quelles sont les nouvelles ? demanda le jeune Loïc.

— Quelles nouvelles ?...

— Té ! celles de dehors ; hé, patate... dit Dédé Desmotte.

— Excusez-moi... je n'ai pas l'habitude. Que voulez-vous savoir ?

— Ben... la guerre... ousqu'elle en est ?

— Ça va pas fort pour les Allemands...

— Ça, on le savait, fit l'Espagnol.

— Laisse-le parler.

— Ciano, le gendre de Mussolini, a été exécuté...

— Hourra !...

— De Gaulle et Churchill se sont rencontrés à Marrakech...

— Hourra !...

— Les Alliés ont débarqué à Anzio...

— Hourra !...

— Berlin a été bombardé plus de cent fois...

— Hourra !...

— Des résistants français ont été exécutés à la hache à Cologne.

Un lourd silence suivit cette information.

— Tu permets qu'on l'annonce aux autres ?

Raphaël les regarda avec étonnement.

— Faut pas croire... nous aussi nous avons notre radio. On l'appelle : « Radio-Barreaux ».

— Et ça fonctionne comment ?

— Tu verras ce soir après l'extinction des feux. À tour de rôle on se met près de la fenêtre ouverte et on écoute. Ceux du rez-de-chaussée appellent ceux du premier étage qui appellent ceux du deuxième qui appellent ceux du troisième. Les murs de la cour forment une excellente caisse de résonance. Les nouvelles, pas toujours exactes, nous viennent des nouveaux venus, des rares visites auxquelles nous avons droit et des camarades qui sortent pour un interrogatoire. Ensuite, il y a concert.

— Concert ?

— Oui... faut pas croire, nous avons même des professionnels. C'est mieux qu'à Radio-Paris. Il y a des chanteurs portugais, polonais, espagnols, tchèques, anglais et même un Russe.

— Et les Allemands vous laissent faire ?

— Tu sais, ils s'ennuient autant que nous, alors la musique ça les distrait. J'ai même vu un jour, à travers la fente de la porte, le sous-officier de garde en train de pleurer en écoutant un fado. On s'arrête quand la sentinelle donne de grands coups de pied dans les portes.

— Ils sont nombreux la nuit ?

— Non, trois sentinelles, une par étage, qui font la ronde toute la nuit et un sous-officier de garde assis à sa table en face de notre cellule.

— Tu as parlé de visites... tout le monde y a droit ?

— En principe oui, dix minutes une fois par mois, le jeudi. Avez-vous été déjà condamné ? demanda le médecin.

— Non.

— Alors vous n'y avez pas droit. Seuls les condamnés peuvent recevoir des visites, pas les prévenus.

— Et pour le courrier ?

— Censuré, bien sûr. On peut en recevoir mais rarement en faire parvenir. Ainsi, moi, je n'ai pas pu donner de nouvelles à ma femme... elle ne sait pas si je suis vivant ou mort...

— *Aufstehen! Aufstehen*[1] *!*

La sentinelle de nuit accompagna son ordre d'un violent coup de pied dans le bas de la porte. En passant, elle tourna le bouton électrique placé à l'extérieur de chaque cellule. La lampe incrustée dans la voûte diffusa une maigre lumière ; avec des grognements, les hommes commencèrent à se lever.

Raphaël se redressa, frissonnant, ses rares cheveux hirsutes.

— Qu'est-ce qui se passe ?

— C'est l'heure de se lever. Dépêche-toi, la lumière ne reste pas longtemps allumée.

— Pourquoi ? demanda Raphaël en se grattant.

— Pour nous emmerder. Allez... magne-toi.

Mahl se leva en grognant, les membres endoloris. La paillasse posée à même le sol n'était pas bien épaisse.

— Pousse-toi, qu'on remette les lits en place.

Bousculé, il se réfugia avec les autres dans un coin pendant que Loïc et Dédé repoussaient les lits et jetaient dessus les paillasses soigneusement recouvertes par les couvertures. Près de l'entrée, ils empilèrent pardessus, vestes, couvertures apportées par les familles qu'ils recouvrirent d'un vieux dessus-de-lit à fleurs. Ce tissu fleuri avait quelque chose d'incongru dans cet endroit.

Dans le couloir, on entendait les prévôts apportant le « café »... Loïc, qui était ce jour-là l'homme de chambre posa deux cuvettes sur le pas de la porte. Tous se mirent au garde-à-vous en entendant le sous-officier tirer les trois verrous et tourner la clé. D'un rapide coup d'œil, l'Allemand vérifia que tout son monde était bien là tandis que la sentinelle pointait son arme vers eux. Rassuré, il recula, laissant la place à une immense marmite tirée par deux prisonniers. L'un d'eux plongea une louche dans la mixture et la versa dans la cuvette, son camarade mit dans l'autre une miche de pain déjà coupée. La porte à peine refermée, ils tendirent leur quart à Loïc qui les remplit.

1. Debout ! Debout !

Comme presque toujours, il y avait du rabiot. L'homme de chambre distribua les morceaux de pain ; deux cents grammes environ chacun. C'était la ration pour la journée. Les compagnons de Raphaël burent avec avidité le breuvage, dont le seul mérite était d'être chaud, après y avoir émietté un peu de pain. Le goût et l'odeur étaient rebutants.

— Au début, on a du mal à s'y faire... mais vous verrez... on s'habitue, dit le médecin à Raphaël Mahl qui n'arrivait pas à avaler malgré la faim qui lui tordait l'estomac.

— Je m'y habituerai sans doute. Il le faudra bien. Mais aujourd'hui, je ne peux pas... si l'un de vous en veut.

— Donnez-le à Loïc. C'est le plus jeune, il a toujours faim, dit le docteur Lemaître.

— C'est toujours à lui qu'on donne du rab... c'est pas juste, s'écria Dédé.

— Gueule pas... on va partager, fit Loïc.

Jamais Raphaël Mahl n'aurait pensé que la vie en prison fût aussi dure. Il était pourtant tombé dans ce que les prisonniers appelaient « une bonne cellule ». Il n'en pouvait plus de la promiscuité, de la vermine, du froid, des disputes qui éclataient à propos de n'importe quoi, de l'infecte soupe aux rutabagas et surtout de ne pouvoir ni lire ni écrire. Il en devenait enragé et se montrait de plus en plus irascible. Si encore il avait pu avoir des conversations avec ses compagnons. Depuis le départ du médecin et de l'étudiant, envoyés en Allemagne, disait-on, trois jours après son arrivée et remplacés par deux jeunes ouvriers communistes, le niveau des discussions avait considérablement baissé. La naïveté de ces gens le sidérait. Ils avaient, dans l'ensemble, une idée de la guerre complètement irréelle. Au bout de quinze jours, il demanda à parler au commandant de la prison qui accepta, contre toute attente, de le recevoir.

Après l'avoir conduit aux douches et fait raser (luxe inouï !), on l'emmena chez le commandant. Maurice Fiaux et un de ses amis étaient là.

— Je ferai ce que vous voudrez, mais sortez-moi de là.

— Monsieur n'est pas satisfait du service de l'hôtel ?... de son confort ?...

— Non, je suis très déçu, je me plaindrai à la direction.

— Tu peux te plaindre, on est là pour t'écouter... pas vrai, Raymond ?

— Oui, bien sûr.

— Tu sais que tu manques beaucoup aux petites tantes des Quinconces. L'une d'elles me disait encore pas plus tard qu'hier...

— Arrête tes conneries. Tu me fais sortir ou pas ?

— Cela ne dépend pas seulement de moi... Monsieur le directeur a aussi son mot à dire. N'est-ce pas, monsieur le directeur ?

— Naturellement. M. Mahl a certainement entendu pas mal de choses depuis qu'il est ici.

— Allez, raconte... ça doit être passionnant.

— D'accord, mais promettez-moi de me sortir d'ici avant de vous servir de mes renseignements.

Maurice Fiaux fit un signe de tête au directeur.

— Vous avez ma parole, monsieur Mahl. Nous vous écoutons.

Durant ces quinze jours, dans sa cellule et au cours de la promenade, Raphaël avait glané des informations sur certaines personnes incarcérées, notamment sur la présence de résistants et de pilotes anglais non identifiés par les autorités allemandes. Froidement, il donna le nom sous lequel ils étaient inscrits à la prison.

— Par hasard, tu n'aurais pas vu l'oncle de ton amie, la belle Léa Delmas ?

— Je ne l'ai aperçu qu'une fois avant la guerre, à Paris, lors d'un prêche à Notre-Dame. J'étais loin de la chaire et puis... il a dû changer.

— Dommage... il y a une bonne récompense pour celui qui permettra de l'arrêter.

— Oui, c'est dommage.

Le directeur se frotta les mains de satisfaction.

— Bravo, monsieur Mahl. Je regrette que vous nous quittiez... on aurait fait du bon travail ensemble.

Raphaël le salua et se leva. Fiaux l'accompagna à la porte et mit la main sur la poignée.

— Tout compte fait, notre ami ne nous quitte pas tout de suite...

— Quoi ?... mais tu m'avais promis.

Raphaël essaya de forcer le passage. Maurice Fiaux le repoussa sèchement au milieu de la pièce.

— Je ne t'ai rien promis du tout. C'est monsieur le directeur qui a fait cette promesse...

— Tu étais d'accord !... tu lui as fait un signe... je l'ai vu.

— Tu auras mal vu.

Raphaël bondit et saisit Maurice Fiaux au cou, tentant de l'étrangler.

— Fumier !

Le prénommé Raymond sortit son revolver et d'un coup de crosse l'assomma. Le grand corps amaigri de Mahl roula sur le sol où il fut roué de coups.

— Ça suffit, dit Fiaux essoufflé, ne l'abîmons pas trop, le chef a besoin de lui.

Fumant une cigarette et devisant avec le directeur, ils attendirent patiemment que le prisonnier reprît connaissance.

Au bout d'une dizaine de minutes, il se redressa en portant la main à l'arrière de sa tête. Quelque chose de chaud et d'humide coula entre ses doigts. Avec horreur, il regarda sa main.

— Raymond y a été un peu fort, mais c'était le seul moyen de te faire lâcher. Pour un peu, mon salaud, tu m'étranglais... sans même entendre ma proposition.

— Va te faire foutre !

— Sois poli, veux-tu ? Tu n'as pas les moyens de faire le mariole... ou tu fais ce que je te demande ou tu te retrouves au fin fond de la Pologne à moins... que je fasse courir le bruit dans la maison que c'est toi qui as donné les pilotes...

— Tu n'oserais pas faire ça ?

— Je vais m'gêner... avec une lope qui tente de m'étrangler !

Péniblement Raphaël Mahl se releva et se laissa tomber sur une chaise.

— Que veux-tu que je fasse ?

— À la bonne heure !... voilà comment je t'aime... doux et compréhensif. Donne-lui une cigarette... Bien... maintenant, écoute. Dohse pense qu'on aurait pu arrêter par hasard un gros ponte de la Résistance tel le père Delmas. La Gestapo de Toulouse et celle de Bordeaux donneraient n'importe quoi pour l'avoir entre leurs mains. Voilà ce que je te propose, tu retournes dans ta cellule...

— Non ! je t'en prie...

— Attends. Je disais donc : tu retournes dans ta cellule pour trois ou quatre jours. À la promenade, on fera sortir successivement tous les prisonniers. Toi et ceux de ta cellule serez de toutes les promenades.

— Ils risquent de se poser des questions.

— On s'en fout... l'important c'est que tu observes attentivement chaque détenu. Voici les photos de ceux qui nous intéressent.

Maurice Fiaux posa sur le bureau du directeur une vingtaine de portraits plus ou moins nets, plus ou moins anciens. Raphaël Mahl reconnut deux visages dont celui de Loïc Kéradec. Il ne dit rien. La dernière photo était celle d'Adrien Delmas, glabre, vêtu de la longue robe des Dominicains. « Comme il a changé », pensa Raphaël.

— Regarde-les bien... Le chef est sûr que certains d'entre eux sont ici. Quelle meilleure planque qu'une prison. Non ?...

Mahl ne répondit pas, faisant semblant d'être absorbé par les photos.

— Tu les reconnaîtras ?

— S'ils sont là, il n'y a pas de problèmes.

— Je savais qu'on pouvait compter sur toi.

— Et moi ? Puis-je compter sur vous ? Qui me dit qu'après vous ne me laisserez pas croupir ici.

— Je comprends. C'est une fois dehors que tu nous les donneras.

— Comme ça, ça va... Où me conduirez-vous après ?

— Dans un premier temps au camp de Mérignac avec droit de visite, courrier, colis et tous les bouquins que tu voudras. Ensuite, tu choisis. Ou tu continues avec nous ou tu vas travailler en Allemagne comme travailleur volontaire.

— Le passage par le camp de Mérignac est vraiment indispensable ?

— Oui, parce que c'est logique. Je t'explique : on n'a pas assez de choses contre toi pour te garder au fort du Hâ, mais comme on n'a pas très confiance, on te met en observation à Mérignac ; ceci, tes camarades de cellule et les autres peuvent très bien le comprendre. S'ils apprennent que tu es un mouton, je ne donne pas cher de ta peau. T'as compris ?

Raphaël haussa les épaules sans répondre.

— Nous reviendrons te chercher dans quatre jours. Monsieur le directeur signera ta levée d'écrou.

— Peut-on me conduire à l'infirmerie ?

— Surtout pas !... ces marques de coups, c'est ta meilleure protection.

Le gardien le poussa si brutalement qu'il roula aux pieds de ses compagnons de captivité au garde-à-vous. Quand la porte se fut refermée, ils se penchèrent sur lui.

— Les brutes !... ils l'ont salement amoché.

À l'aide d'une serviette mouillée, Loïc lui nettoya le visage et la plaie de sa tête.

— Il faut l'envoyer à l'infirmerie... Fernando, appelle le gardien.

— Ce n'est pas la peine... ils n'ont pas voulu...

— Les vaches !

— C'est con que le toubib soit plus là.

— Tu l'as dit bouffi... passe-moi une de tes serviettes propres.

Loïc fit une sorte de turban comprimant la plaie et allongea Raphaël sur un des lits.

— Merci, dit-il avant de tomber dans un sommeil comateux.

Les coups frappés à la porte annonçant l'heure de la soupe le tirèrent de sa léthargie. Une migraine épouvantable le plaquait sur la paillasse sordide.

— Debout ! hurla le sous-officier, il est interdit de se coucher durant le jour.

Raphaël tenta d'obéir et parvint à s'asseoir. Tout tournait autour de lui.

— Vous voyez bien qu'il est malade.

— Lui pas malade... lui paresseux... debout !

Au prix d'un effort dont il ne se serait pas cru capable, il se mit debout.

— Vous voyez... vous pas malade.

La porte à peine refermée, le blessé s'évanouit.

Le lendemain, Raphaël Mahl allait un peu mieux. On le conduisit à l'infirmerie où on lui banda la tête. « Comme ça, je dois ressembler à Apollinaire », se dit-il en regagnant sa cellule. Dans l'après-midi, tout son étage descendit à la promenade.

Il faisait beau, mais froid. Les détenus sautaient, piaillaient comme des enfants, on se serait cru dans une cour de récréation. C'était si rare d'avoir droit à la promenade. Après quelques coups de gueule des gardiens, un silence relatif revint. Ils rentrèrent au bout de dix minutes, Raphaël n'avait reconnu personne.

Le surlendemain, tôt dans l'après-midi, on entendit crier dans le couloir :

— Foume... foume...

Cela voulait dire que les détenus dont l'étiquette n'était ni jaune ni rouge allaient pouvoir sortir dans le vestibule, se mettre en file indienne et dans la cour pour la séance de « fume ». Là, en demi-cercle, mains tendues, un sous-officier leur jetait une cigarette offerte par la Croix-Rouge puis donnait à un prisonnier du feu que celui-ci répartissait. C'était le moment où s'échangeaient messages et nouvelles.

Appuyé contre le mur, Raphaël Mahl tirait avec délice sur sa cigarette. L'âcre fumée du tabac noir lui piquait les yeux, mais curieusement apaisait son mal de tête. Savourant ce bref moment de répit, il se sentait devenir léger.

En entrant dans la cour, tout de suite il l'avait vu. « C'est curieux, pensa-t-il, j'aurais cru qu'il avait une étiquette rouge. »

Comme lui, à l'écart des autres, le faux paysan fumait. Son visage creusé avait repris son aspect normal, il ne semblait plus se ressentir de ses blessures. Raphaël s'approcha de lui. Leurs regards se croisèrent.

— Fini... fini... hurla le sous-off.

Tirant avidement une dernière bouffée, les fumeurs jetèrent leurs mégots dans un quart rempli d'eau et se mirent sagement en rang. La fume avait duré six minutes. Mahl s'effaça pour laisser passer le faux paysan.

— Après vous, mon père, chuchota-t-il.

L'autre ne put réprimer un tressaillement.

Ainsi ce qu'il avait redouté venait d'arriver : il était reconnu. Quand, dans le bureau « d'accueil », il avait vu Raphaël Mahl, Adrien Delmas s'était attendu au pire. Rien ne se passant, il s'était dit que l'écrivain ne l'avait pas identifié. Il n'en était rien... Il ne comprenait pas ; pourquoi ne l'avait-il pas dénoncé alors qu'il en avait dénoncé d'autres, tant à Paris qu'à Bordeaux ? Comme ces deux résistants communistes et ces deux pilotes anglais qui avaient été arrachés de leurs cellules et conduits 197, route du Médoc pour y être interrogés par Dohse et ses sbires. Pourquoi lui avoir fait clairement comprendre qu'il l'avait reconnu ? Était-ce par sympathie ?... Pour le prévenir d'un danger ?... ou tout simplement pour qu'il se trahisse... Cette dernière éventualité lui semblait la plus plausible. Durant la séance de fume, il avait reçu un message lui disant qu'il allait être transféré au camp de Mérignac et que de là on organiserait son évasion. Le père Delmas ne dormit pas de la nuit.

Raphaël Mahl, non plus, ne dormit pas. Outre ses maux de tête, il était dévoré de vermine et se grattait jusqu'au sang. Malgré cela, il était de bonne humeur : bientôt il allait sortir. D'accord, il y aurait le camp de Mérignac durant quelque temps mais cela ne l'inquiétait pas trop, il connaissait l'endroit et le directeur, il se débrouillerait.

Loïc grogna dans son sommeil.

Raphaël était triste pour le petit, d'autant qu'il s'était montré toujours agréable avec lui, affectueux même. Mais il n'avait pas le choix. De plus, il était convaincu que ce n'était pas par hasard que la photo du jeune marin avait été glissée parmi les autres.

Deux jours plus tard, on vint le chercher. Le soir même, Loïc Kéradec était à son tour conduit au Bouscat, route du Médoc. Comme les autres s'étonnaient d'un si maigre gibier, Raphaël Mahl dit qu'il leur avait donné la première fois tous ceux qui pouvaient les intéresser. À part le Breton, il n'avait reconnu personne. Il ne dit pas un mot sur le père Delmas.

Au camp de Mérignac, Rousseau, le directeur, le mit aux écritures, c'est-à-dire au registre des entrées et des sorties du camp, le gendarme français chargé de ce travail étant débordé. Par faveur spéciale, il fut autorisé à rester jusqu'au soir.

Le baraquement de réception était un des seuls à peu près convenablement chauffé. Raphaël Mahl, son travail terminé, traînait une chaise dans le coin le plus éloigné des gendarmes bruyants et bavards, et se plongeait dans la lecture des livres donnés par Maurice Fiaux. Par quel hasard extraordinaire cette petite ordure avait-elle mis la main sur quelques-uns de ses auteurs préférés : les Mémoires de Pepys qui avaient été un de ses livres de chevet. Quelle joie de l'avoir de nouveau avec soi ! Le cher Stendhal était là avec *Lucien Leuwen* et Balzac avec les

Illusions perdues et Rousseau et ses *Confessions*... *Les Travailleurs de la mer* et *Quatre-vingt-treize* du père Hugo. Il ne manquait que Chateaubriand pour que son bonheur fût complet. Mais il lui était si présent à l'esprit et au cœur !... Il attendait avec impatience l'atlas de poche et la Bible qu'il avait demandés à Fiaux ainsi qu'un petit carnet pour noter le plan d'un roman qu'il mûrissait. Dès qu'il serait sorti d'ici il ferait des portraits à la façon de La Bruyère. Il se voyait très bien les classant par type : les gens du monde, ceux de la mode, du spectacle, des livres, de la politique, des affaires, et pourquoi pas ceux du milieu, de la police, du plaisir et de l'Église... C'était une bonne idée, dès qu'il aurait ce carnet, il pourrait l'approfondir. Être un grand écrivain ! reconnu et aimé de tous !... Il se voyait prix Nobel de littérature, élégant et séduisant dans son habit, académicien... Il demanderait à Jean Cocteau de dessiner la poignée et la garde de son épée : ce serait une occasion de se réconcilier avec le cher Jeannot. Finis les boîtes de nuit, l'alcool, les garçons trop faciles.

Sa destinée amoureuse était bien singulière. On ne lui avait jamais résisté, on ne l'avait jamais repoussé, mais on ne l'avait jamais aimé d'amour. Chaque fois qu'il l'avait désiré, il avait su charmer jusqu'à ce qu'on vînt se coucher à ses côtés ; il avait pris des baisers et des corps, fait quelquefois soupirer de plaisir, mais jamais il n'avait entendu à son oreille le chant enfantin et naïf de l'amour aveugle. Il avait fasciné, il n'avait pas été aimé. Quand il partait, le charme était rompu. Quelqu'un qu'il avait aimé passionnément l'avait quitté après six mois de coucheries en lui disant d'un ton rêveur : « Au fond, tu es irremplaçable. » Cela avait été son meilleur compliment. Tant d'amour refoulé lui remontait au cœur. Peut-être devait-il cela à l'amertume secrète et terrible qui le rongeait et que beaucoup de frivolité n'avait pas réussi à distraire. Tout était bien fini aujourd'hui, il allait se consacrer à son œuvre. Dès qu'il serait sorti, il trouverait un endroit beau et calme, propice à la création. Immédiatement, il avait pensé à Montillac... Il se voyait méditant à travers les vignes ou sur la terrasse... pourquoi n'écrirait-il pas à Léa ?... Cette petite avait suffisamment de cœur pour ne pas lui refuser l'hospitalité. D'ailleurs, il la méritait bien. Un mot de lui et le cher oncle dominicain et résistant était arrêté... Raphaël ne comprenait pas très bien pourquoi il n'avait pas dénoncé cet homme, qu'après tout il ne connaissait pas. En fait, c'était la faute des autres... Il n'avait pas du tout apprécié les méthodes de Maurice Fiaux et de ses petits camarades... qu'ils se débrouillent sans lui. Il avait là une carte qu'il entendait jouer au moment opportun. Il savait sur les activités du dominicain des choses que le commissaire Poinsot et la Gestapo ignoraient. On verrait le moment venu. En attendant, il allait écrire à Léa pour lui demander des livres et des vivres et de venir lui rendre visite si elle le pouvait.

Il fut tiré de ses rêveries par l'arrivée de nouveaux prisonniers. Il se leva pour prendre le registre des entrées. Le gendarme de service lui tendait les cartes d'identité des détenus, une à une. Moreau Pierre, demeurant à Langon... Lagarde Jacques, demeurant à Bordeaux... Dardenne Alain, demeurant à Dax... Raphaël Mahl releva la tête. Les regards des deux hommes se heurtèrent. Pas un muscle de leur visage ne bougea.

— Au suivant.

Raphaël reprit son travail.

Quelques jours plus tard, Maurice Fiaux vint lui rendre visite avec la Bible et l'atlas demandés.

— Tiens, je t'ai apporté une pipe et du tabac. Les cigarettes sont dures à trouver en ce moment...

— Merci.

— Comment ça se passe ?

— Pas trop mal. Je commence à être un peu las de la fréquentation des gens du peuple : ils ont tous nos défauts sans nos qualités.

— Tu oublies que ma mère était femme de ménage.

— Peut-être, mais c'est son patron qui t'a élevé. Tu as des goûts en dehors de ta condition et tu as foutrement raison. Le peuple français me dégoûte, son manque de curiosité, sa stupidité, son esprit de revendication s'épanouissent ici comme certaines fleurs sur le fumier. On ne parle du peuple que pour le parer des vertus qui nous manquent. C'est absurde, il ne possède ni ces vertus ni nos qualités. Il a, par contre, presque tous nos défauts. Crois-moi, il y a peu de différence entre un domestique de ferme et le veau qu'il garde.

— Voilà qui est bien dit. As-tu remarqué quelque chose d'intéressant depuis que tu es ici ?

— Pas grand-chose que tu ne saches. On trafique beaucoup, des paquets et des lettres arrivent chaque jour clandestinement grâce à la complicité des gendarmes. Certains détenus s'absentent même quelques heures dans la journée pour aller voir leur femme ou leur petite amie.

— Oui, on sait tout ça... tu n'as pas eu connaissance de relations avec des réseaux de résistance ou de la présence de résistants ?

— Le camp est grand, je n'ai pas encore eu l'occasion d'entrer dans tous les baraquements. Pour me faciliter la tâche, tu devrais m'apporter davantage de livres. Je les louerai, ce qui me donnera une raison supplémentaire d'entrer dans les chambrées.

— Ça n'est pas une mauvaise idée... je vais voir avec Poinsot, s'il est d'accord, je t'enverrai toutes les semaines un carton de bouquins.

— Pas des choses trop compliquées, le niveau n'est guère élevé. Profites en pour ajouter un ou deux lainages et une bonne paire de chaussures, je crève de froid. Du saucisson, des gâteaux secs et du cognac seraient aussi les bienvenus.

— Hé là ! il faut gagner tout ça. À chaque renseignement, une gâterie ou une petite laine. C'est correct... non ?

— D'accord.. d'accord... ce que vous êtes pingres.

— On n'est pas pingres, prudents seulement. Ouvre l'œil et les oreilles, il y a des rumeurs qui courent dans les bistrots et les salons de Bordeaux, comme quoi on aurait arrêté un gars important de la Résistance...

— Lequel ?

— Va savoir ?... on a mis partout toutes sortes de mouchards, pas un n'est revenu avec le bon renseignement.

— Ce serait quelqu'un de la région ?

— Le chef n'en sait rien, mais il ne le croit pas. Si c'était quelqu'un de connu comme le père Delmas, il y a longtemps qu'on l'aurait dénoncé.

— Sans aucun doute.

— Bon, c'est pas tout ça, on bavarde et pendant ce temps-là, le boulot ne s'fait pas. Salut, à bientôt. Ah ! j'oubliais : je n'sais pas ce que j'ai en ce moment, j'oublie tout... la fatigue sans doute... Tu sais, le marin qui était dans ta cellule ?

— Loïc ?

— Oui... le pauvre, il n'a pas résisté à l'interrogatoire... une petite nature... au bout de trois jours le petit con est mort sans avoir parlé, remarque, si tu veux mon avis, il n'avait pas grand-chose à dire... Tu n'imagines pas le ramdam que ça a fait au fort du Hâ ! Ils gueulaient les mecs, ils gueulaient... tellement fort que le directeur a fait appel à du renfort. Les plus excités ont été enfermés au mitard ; il n'y avait pas assez de cachots. Tu imagines, s'ils savaient que c'est toi qui l'as donné ?... Je voudrais pas être à ta place.

Pas un trait du visage de Raphaël Mahl n'avait bougé pendant que Maurice Fiaux parlait. Au prix d'un effort qui le couvrait de sueur malgré le froid, il se retint de se jeter sur la petite crapule, tant il sentait que celle-ci n'attendait que ça.

— Je n'aimerais pas être à la tienne non plus.

Mahl tourna les talons et se dirigea vers son baraquement.

Dans la journée, il était interdit de s'étendre sur les lits sous peine de sanctions. Sous le regard réprobateur de ses compagnons assis autour du poêle ou jouant aux cartes par terre sur une couverture, il s'allongea et ferma les yeux.

Adrien Delmas referma lentement le livre qu'il lisait, retira ses lunettes, se leva de sa chaise et alla vers l'homme couché, mû par une brusque impulsion.

Les jambes agitées de légers soubresauts, Raphaël étreignait les côtés du lit, la poitrine oppressée, le visage blême marqué de taches rouges. Le dominicain s'approcha.

Une odeur aigre montait de la couche, la même qu'exhalaient certains condamnés à mort en Espagne à la veille d'être exécutés : l'odeur de la peur. Que lui avait-on dit ? De quoi l'avait-on menacé pour qu'il soit dans cet état ? Depuis huit jours qu'ils partageaient la même baraque, jamais le père Adrien ne l'avait vu comme ça.

— Vous êtes souffrant ?... Avez-vous besoin de quelque chose ?

Non, fit-il de la tête en ouvrant les yeux qu'il referma aussitôt.

Qu'il s'en aille !... un mot de plus et il appelait le gendarme de garde et lui demandait d'aller chercher le directeur pour le dénoncer. Sa vie, ou sa mort, dépendait de lui. Cette pensée provoqua une légère érection. Il avait remarqué que chaque fois qu'il possédait un pouvoir destructeur sur quelqu'un son sexe se gonflait. Curieusement, bien que profondément pervers, il n'avait jamais cherché à exploiter ce fantasme et avait toujours considéré cette tension de son sexe avec un détachement amusé.

À peine avait-il profité cinq ou six fois de la crainte qu'il inspirait aux jeunes garçons faisant leurs débuts de tapettes dans les boîtes montmartroises, pour les plier à des caprices qui lui semblaient d'une grande banalité. Une fois, au séminaire, où il avait passé plusieurs années, il avait forcé un séminariste plus jeune que lui à le sucer en échange de son silence sur ses lectures interdites. À l'époque, il avait pour les gens d'Église un mélange d'attirance et de répulsion, au point de vouloir en être tout en essayant de les détourner de leur vocation par des propos et des actes si sournois que le père abbé mit des années à s'apercevoir de son manège avant de le renvoyer. Ce père abbé qui ressemblait assez à Adrien Delmas au temps où il prêchait à Notre-Dame : même stature, grand et fort, regard qui paraissait voir au-dedans de vous, belle voix et grandes mains... Raphaël sentait la présence du dominicain. Mais bon Dieu ! qu'il s'en aille...

— Puis-je vous aider ?

— Foutez-moi la paix ! hurla-t-il.

Ce cri suspendit les conversations. Sans en tenir compte, Adrien reprit à voix basse :

— Je crois savoir ce qui vous préoccupe... Je ne vous dirai rien de ce qui pourrait se dire en pareille circonstance... Je ne vous dirai rien si ce n'est que quoi que, vous fassiez, je vous pardonnerai et que dans le doute qui m'accable je prierai pour vous.

Raphaël se redressa et prit le faux paysan par le col de sa chemise et lui souffla au visage :

— Ta gueule, sale moine... tes prières et ton pardon, tu peux te les foutre au cul.

— Contenez-vous, tout le monde nous regarde.

— Qu'ils nous regardent ces enculés, ces minables !

— Taisez-vous où vous allez passer un sale quart d'heure.

— Qu'ils viennent... allez... venez, mes mignons... venez voir tata Raphaël, ... j'vous baise tous autant qu'vous êtes...

Deux d'entre eux se levèrent.

Raphaël ne vit pas venir le coup de poing qui lui écrasa le nez ni celui qui l'assomma.

Quand il revint à lui, le dominicain finissait de lui nettoyer le visage.

— Encore vous, fit-il d'une voix lasse.

— Reposez-vous, on va vous conduire à l'infirmerie.

— Est-ce bien nécessaire ?... Excusez-moi, j'ai été grotesque tout à l'heure... J'avais appris une mauvaise nouvelle.

Dans la bagarre, Raphaël Mahl avait eu le nez cassé et une épaule démise ; c'est à l'infirmerie que Maurice Fiaux vint le voir en compagnie de Mathias Fayard. Tous les deux portaient un carton de livres.

— Voilà tes bouquins.

— Merci.

— Rousseau m'a dit que tu t'étais fait casser la gueule et que sans un grand péquenaud ils t'auraient fait avaler ton bulletin de naissance.

— Faut rien exagérer.

— Qu'as-tu appris de nouveau ?

— Pas grand-chose. Au baraquement 3, ils ont introduit un poste de radio et écoutent Londres tous les soirs. Les communistes du camp se sont organisés et font circuler un journal clandestin.

— Tu as réussi à en avoir un ?

— Oui, là, dans la poche de ma veste.

Fiaux sortit de la poche une feuille ronéotypée qu'il parcourut rapidement.

— Toujours les mêmes conneries !... Rien d'autre ?

— Non. Je n'ai encore repéré aucun résistant, rien que des mecs sans importance. C'est du côté du fort du Hâ que vous devriez voir.

— Tu es bien sûr que tu ne nous caches rien ? Le patron pense que tu ne nous dis pas tout.

— Quel intérêt aurais-je à vous cacher quelque chose à partir du moment où j'ai accepté de collaborer avec vous. Je ne peux pas vous inventer un pseudo-chef de la Résistance.

— Pourtant les bruits persistent. Tu vas avoir de la compagnie : Marcel Rigaux et Fernando Rodriguez... ça ne te dit rien ?... Vous partagiez la même cellule au fort du Hâ...

Raphaël frissonna.

— Me laissez pas là, les gars.

Fiaux fit celui qui n'entendait pas. Les visiteurs partirent très vite. Mathias n'avait pas dit un mot. C'était l'heure de la soupe, il faisait déjà nuit.

Mahl réintégra son baraquement.

Les deux premières personnes qu'il vit furent Rigaux et Rodriguez. Rigaux vint vers lui.

— Salut, Mahl, on pensait pas te retrouver ici.

La porte s'ouvrit brutalement. Le directeur du camp entra en compagnie de Dohse et d'une dizaine de soldats qui pointèrent leurs armes vers les prisonniers.

— Messieurs, le lieutenant Dohse veut vous parler.

— Merci, monsieur le directeur. Messieurs, je vous dirai brièvement les choses. Nous savons qu'un dangereux terroriste se cache parmi vous. Il est de votre devoir de le démasquer, n'est-ce pas ? Faute de quoi nous serions obligés de prendre des otages. J'espère que je me fais bien comprendre. Vous avez trois jours. Passé ce délai, nous fusillerons cinq otages tous les deux jours. Bonsoir et... bon appétit, messieurs.

Un épais silence tomba sur l'assistance après le départ des Allemands et de Rousseau. Il fut rompu par l'arrivée de la cantine ambulante. Pour une fois, il n'y eut pas de chahut autour des prévôts chargés de servir la soupe. Personne ne râla sur la qualité ni ne plaisanta sur sa composition. Chacun mangea en silence dans son coin. À la fin du repas, Marcel Rigaux et Fernando Rodriguez réunirent autour d'eux un certain nombre de détenus.

Raphaël ne quittait pas Adrien des yeux. Il savait qu'un combat terrible avait lieu dans l'esprit du dominicain : devait-il se livrer pour éviter l'exécution d'otages innocents ? Se livrer au risque de parler sous la torture ? Mahl savait qu'à sa place il ne bougerait pas ; sa peau était plus importante que celle des misérables enfermés avec lui. Qu'ils crèvent. D'ailleurs, à quoi servaient-ils ?... on pouvait se le demander.

Le regard des deux hommes se croisa. « Ne dites rien », ordonnait celui de Raphaël. « Dénoncez-moi », implorait celui d'Adrien.

L'écrivain se leva et alla vers lui. Une jambe lancée en travers de son chemin le fit trébucher... un coup de pied au menton le redressa et un autre dans le derrière le fit glisser à plat ventre dans l'allée centrale... sa tête heurta la cloison rugueuse, griffant son front... Rodriguez l'attrapa par un bras... Raphaël hurla... la douleur dans son épaule démise était comme un fer rouge...

— Ta gueule, pédé !

— T'es douillet comme une gonzesse !

Un coup dans l'estomac le plia en deux...

— Messieurs... messieurs... arrêtez...

— Vous, le vieux, restez en dehors de ça.

— Pourquoi le battez-vous ? J'ai le droit de savoir.

— D'accord, dit Marcel Rigaux, on va vous dire pourquoi on va le saigner comme un porc. On était dans la même cellule au fort du Hâ... on avait un bon copain... un marin... un Breton... Loïc, il s'appelait. Demandez-lui à cette ordure comment il était le petit Loïc ?... grâce à lui, la prison paraissait moins dure... toujours un mot pour rire, une chanson aux lèvres et avec ça...

Les yeux de Rigaux étaient pleins de larmes. Imparable, son poing partit et écrasa le nez blessé de Mahl... un jet de sang éclaboussa le dominicain...

Rigaux reprit :

— Il avait le cœur sur la main... partageant tout... nous consolant... nous soignant... Lui... là... que vous voulez protéger... le petit l'a soigné... l'a veillé... et lui... il l'a donné... il l'a donné à la Gestapo...

Un grondement emplit la baraque.

— Trois jours... trois jours ils l'ont torturé au Bouscat...

Adrien Delmas regardait avec horreur le corps effondré.

— En prison, il en avait appris des choses... il n'a pas parlé... rien... il ne leur a rien dit... ils lui ont enfoncé des aiguilles rougies sous les ongles... mis à nu les muscles des cuisses sur lesquels ils ont renversé du sel... à coups de bâton, ils lui ont brisé les jambes...

— Arrêtez ! hurla Raphaël.

Rodriguez le releva par son pull-over et le secoua en lui cognant la tête contre un bat-flanc.

— Pourquoi ?... pourquoi t'as fait ça ?

— Comment avez-vous su ? bafouilla-t-il.

— On va t'le dire pour te montrer qu'il y a aussi dégueulasse que toi. C'est un d'tes copains... un grand beau gars qui en nous conduisant ici nous a dit que t'étais un mouton, que t'avais donné Loïc et d'autres gars et qu'ici aussi tu continuais ton sale boulot de donneuse.

— Mais pourquoi ?

— Il pense que tu leur sers plus à rien... que tous ceux que tu pouvais dénoncer, tu l'as fait.

Une grande lassitude s'empara de Raphaël Mahl tandis qu'un désir d'en finir montait en lui. Pauvres cons... comme lui ils se faisaient baiser, manipuler par une petite crapule comme Maurice Fiaux... il était sûr que l'idée était de lui : le donner en pâture aux prisonniers. Sacré Maurice ! il était plutôt fort dans son genre. Lui non plus n'était pas mal : il avait réussi à le convaincre qu'il n'y avait pas de responsables de la Résistance dans le camp. Beau travail. Cela le fit sourire.

— En plus il se fout de notre gueule !

— Fumier !

— Salope !

De toutes parts les coups pleuvaient...

Très vite il n'eut plus de visage. À plusieurs reprises Adrien Delmas tenta d'intervenir. Mais la haine rendait sourde la multitude. Quelqu'un l'assomma... Quand il revint à lui, une odeur de chairs brûlées flottait dans la baraque. Dominant les gros rires et les cris, un long hurlement montait... le dominicain se releva... assis sur le poêle, maintenu par des dizaines de mains, Raphaël Mahl grillait... tandis qu'avec des propos obscènes certains commentaient son supplice.

— Regardez comme il se tortille... il aime ça !

— Elle jouit la salope... écoutez-la gueuler !

— Ç'aurait été meilleur si on lui avait enfoncé un fer rouge dans l'cul.

— Tu te rends compte d'une fin pour une tante !... le rêve !

— Oui... mais qu'est-ce que ça pue la viande de pédé !

— C'est pas sa viande qui pue... c'est sa merde, il a chié partout.

— T'inquiète pas... maintenant il a fini de chier et de faire chier.

L'horreur décupla les forces du père Delmas. Il bouscula les tortionnaires et arracha Mahl du poêle. Un morceau de chair resta collé sur la plaque brûlante. Ils roulèrent dans les pieds de la foule qui s'écarta. Il y eut un moment de silence. Dans les bras d'Adrien, Raphaël ouvrit un œil et ce qui avait été une bouche esquissa un sourire qui était une grimace. Dans cette face massacrée, c'était effrayant. Il essaya de parler. Un caillot de sang glissa sur son menton.

— Ne dites rien.

— C'est trop bête... j'avais une bonne idée... pour un roman... parvint-il à articuler.

Il y avait de l'admiration dans la stupeur avec laquelle Adrien Delmas regarda celui qui avait rêvé être un grand écrivain et qui au seuil d'une mort atroce trouvait la force de plaisanter.

— Dites... à... Léa... que je... l'aimais bien...

— Je le lui dirai.

— Otez-vous de là qu'on en finisse avec cette charogne.

— Je vous en prie ! laissez-le ! ne lui avez-vous pas fait assez de mal ?

— Non, dit Fernando Rodriguez en l'arrachant des bras qui tentaient de le protéger.

— Non, reprit Fernando, il faut que ça serve de leçon à tous les mouchards, à tous les collabos qui sont dans ce camp et ailleurs. Allez les gars... finissons-en.

Tous ces hommes qui se jettent sur lui... ce grouillement de mains sur son corps... ces visages qui se pressent contre le sien et qu'il ne voit qu'à travers un brouillard de sang... c'est comme une vapeur... cela lui rappelle le bain de vapeur d'Amel, haut lieu de pornographie clandestine, où l'on se cherche, se palpe, s'étreint avec la complicité de tous. Terrible endroit, où les bras, les mains ont une moiteur de pieuvre... descente aux Enfers parmi ces hommes en grappe, secoués d'un seul spasme, d'un seul profond soupir, qui semble, d'entre ces poitrines serrées et frémissantes, monter des entrailles mêmes de la Terre... Là... les mains inconnues, triturantes, expertes et détestables cherchent à le faire souffrir... à le tuer... Bientôt les images disparaissent de sa mémoire... seules des couleurs violentes comme des décharges électriques subsistent... la belle verte... la belle bleue... la rouge... la noire... des étoiles d'argent palpitent dans la noire... noire... noir.

Là-bas, dans le fond du baraquement, une main s'est levée et trace le signe de la croix.

Très vite les hommes se sont lassés de taper sur cette masse molle et informe qui les éclabousse encore de sang. Le cadavre les encombre.

— Si on mettait ce qui reste de ce porc aux ordures.

— Bonne idée.

Dans la nuit, le cadavre de Raphaël Mahl fut jeté dans le dépotoir et recouvert d'immondices. Au petit matin, des détenus commis d'office ramassèrent le corps qui fut mis dans un mauvais cercueil.

Ni les gardiens ni les gendarmes n'avaient bougé.

23

Deux jours après le meurtre de Raphaël Mahl, Adrien Delmas s'évada grâce à sa parfaite connaissance des lieux et des habitudes des gardiens.

Il se glissa sous la bâche du camion qui venait de livrer le pain pour la semaine. Le chauffeur avait été grassement payé pour s'arrêter et feindre une panne près de l'endroit où il s'était dissimulé. Une fois dehors, il l'avait conduit à Bègles, dans la banlieue de Bordeaux, où l'attendaient Albert et Léa en compagnie de trois jeunes maquisards armés de mitraillettes. Ils se tassèrent tous dans la vieille camionnette du boucher.

— Mon père, un avion doit venir vous chercher ce soir, dit Albert.

— Je ne veux pas partir. Je dois rester, c'est ici que je suis le plus utile.

— Ce n'est pas l'avis de Londres. À votre place, je partirais. Pour le moment, vous êtes terriblement en danger et votre présence dans la région est un danger pour tous. Mon père, il faut obéir.

Adrien se tut et ferma les yeux. Tous respectèrent son silence : il avait l'air si las. Léa, serrée contre lui à l'avant de la camionnette, posa sa tête sur son épaule et bientôt s'endormit.

Elle se réveilla quand ils traversèrent la place curieusement en pente de Bazas. Ils longèrent ensuite la cathédrale Saint-Jean et descendirent jusqu'au vieux lavoir, puis roulèrent quelques instants en direction de Casteljaloux, enfin, tournèrent sur une petite route à droite et s'arrêtèrent à l'entrée du hameau de Sauviac. D'une maison basse devant laquelle picoraient des poulets, un vieil homme et sa femme sortirent. Albert leur dit quelques mots, ils acquiescèrent et rentrèrent chez eux après leur avoir fait signe d'entrer.

— Chez les Laforgue, mon père, vous êtes en sécurité. L'avion viendra vous chercher à huit heures ce soir. Le pépé vous conduira au terrain d'atterrissage qui est près de la Beuve, dit Albert.

— Je connais.

— D'ici là, reposez-vous. Je reviendrai chercher Léa en fin de journée.

— Merci pour tout, Albert. Comment va Mireille ?

— Bien, mon père, c'est une brave, vous savez.

— Je sais... Avez-vous des nouvelles de votre fils ?

— Il est dans le Cantal avec le maquis Revanche, près de Chaudes-Aigues. Les gars sont dans les bois le long de la Truyère. C'est un bon coin, difficile à attaquer, pas de danger que les Boches s'y risquent... Je dois partir. Vous inquiétez pas, mon père, avant deux mois vous serez revenu. Adieu...

— Adieu, Albert, vous prendrez soin de Léa ?

— Pas besoin de m'le dire. La fille de madame Isabelle, c'est sacré pour moi.

L'oncle et la nièce passèrent la journée ensemble, à deviser au coin du feu. Ils partagèrent le modeste repas des Laforgue qui étaient des hôtes absolument silencieux.

Adrien raconta, avec des mots prudents, l'horrible fin de Raphaël Mahl. Quand il lui rapporta que sa dernière pensée avait été pour elle, Léa éclata en sanglots.

— Moi aussi, je l'aimais bien, dit-il.

Le dominicain respecta son chagrin. Quand il se fut un peu apaisé, elle demanda :

— Mais pourquoi ne t'a-t-il pas dénoncé ?

— Je n'en sais rien. C'est la question que je me pose depuis cette épouvantable nuit. Pourquoi ne m'a-t-il pas dénoncé ? Toi qui le connaissais, tu n'as pas une idée ?

— Non... Ou alors ?... C'était bien dans son caractère... Il savait qu'on te recherchait, peut-être même lui avait-on demandé de t'identifier parmi les détenus et par esprit de contradiction il se sera dit non.

— Mais on ne se laisse pas massacrer par esprit de contradiction !

— Raphaël ?... Si.

— Peut-être, après tout. Les raisons d'accepter la mort sont quelquefois si étranges. Mais son regard pendant qu'ils le cognaient !... Quand il croisait le mien il avait l'air de dire : « Vous ne vous attendiez pas à ça, hein ! je vous ai bien eu. »

Léa eut du mal à s'arracher des bras de son oncle. C'était comme si son père mourait une deuxième fois.

— Passe un bon Noël, ma chérie. Va pour moi à la messe de minuit et fais un salut à sainte Exupérance de ma part. Embrasse tout le monde à Montillac et dis-leur que je prie pour eux. Dieu te garde... Sois très prudente.

Que ce Noël avait été triste malgré la joie de Charles devant sa voiture rouge et ses rires ! Quant à la nuit du 31 décembre, elle leur avait paru à toutes interminable. Chacune se demandait avec angoisse si 1944 verrait enfin la guerre se terminer.

Dans la journée du 2 janvier, Léa eut la surprise de voir arriver François Tavernier. Sa voiture était crottée jusqu'au toit et, à voir son visage, il avait roulé toute la nuit.

Il souhaita la bonne année en toute hâte à la maisonnée, embrassa le petit Charles et trouva dans sa poche un carnet qu'il lui offrit. Charles était aux anges. Ensuite, il entraîna Léa dans le bureau.

— Je suis venu dès que j'ai reçu le message de votre oncle. Pourquoi ne m'avez-vous rien dit à propos de Mathias et de son père ?

— Je ne voulais pas vous ennuyer avec ça.

— Vous ne m'ennuyez jamais, vous le savez bien. Venez, j'ai très peu de temps, je dois repartir ce soir...

— Déjà !... Vous êtes fou !

— Mon temps ne m'appartient pas... Je ne devrais pas être ici.

Léa ferma à clé la porte du bureau de son père et se jeta contre François. Ils firent l'amour tout habillés, en silence. Quand la plainte de Léa monta, elle se brisa dans un sanglot.

Un long moment, ils restèrent collés l'un à l'autre.

François, que le sommeil commençait à gagner, réagit le premier.

— Allez me faire du café.

Léa fila à la cuisine réchauffer le café et faire cuire des œufs.

Durant deux heures, il examina les livres comptables, les hypothèques, les comptes bancaires. Il expliqua ensuite longuement à Léa comment tout cela pouvait être truqué et trafiqué. Il savait que le domaine était virtuellement entre les mains de Fayard mais n'en dit rien.

— Ce n'est pas brillant. D'abord, il vous faut un bon comptable pour vous débrouiller tout ça. Je vous en trouverai un.

— Mais je n'ai pas d'argent !...

— Je vous en prie, laissez ça. Je m'en occupe. Voici un chèque. Cela calmera votre banquier pendant un moment. Il faut à tout prix tenir Mathias à distance pendant quelque temps. Son travail l'absorbe, mais il va passer bientôt aux actes. Maintenant, mon cœur, il faut que je reparte... Non... je vous en prie... pas de larmes. C'est le souvenir de votre sourire que je veux emporter.

Il se leva et elle l'embrassa une dernière fois, passant et repassant sa main sur son visage mal rasé.

Léa et François sortirent. La traction avant était garée dans l'allée de platanes, devant la maison. La nuit commençait à tomber, plongeant les vignes et les pins dans l'obscurité.

Il allait rouler toute la nuit vers Paris. L'air était doux pour la saison, mais Léa frissonna. L'idée de rester seule avec Camille lui faisait peur. Il s'était montré si gai, si tendre, jonglant avec les chiffres qu'elle ne s'était pas rendu compte à quel point elle aurait du mal à le voir partir.

Collé à la porte vitrée du vestibule, le petit Charles écrasait son nez contre le carreau ; de la main, il faisait de grands signes à François. Tavernier se retourna une dernière fois et lui fit le salut militaire. Charles sautait de joie en riant. À travers la vitre, on n'entendait pas son rire.

Léa serra son châle autour de ses épaules. Il allait falloir nettoyer la vigne.

François lui prit la main et l'embrassa furtivement, comme s'il devait revenir quelques instants plus tard. Il n'avait pas cessé de sourire. Il s'installa au volant et claqua la portière. Le bruit résonna dans le silence du soir. Il mit le moteur en route sans quitter Léa des yeux.

Au moment de partir, par la vitre baissée, il lança :

— Je crois qu'il serait plus prudent que vous veniez vivre avec moi.

La voiture roula sur l'allée de gravier, marqua un temps d'arrêt devant la route et s'éloigna dans la nuit.

Léa n'avait pas bougé.

Le diable en rit encore

À mon père,
à Franck, mon fils

Wo wir sind, da ist immer vorn
Und der Teufel der lacht nur dazu.
Ha, Ha, Ha, Ha, Ha, Ha, Ha !

Où nous sommes, c'est toujours en avant
Et c'est là que le diable rit encore.
Ha, Ha, Ha, Ha, Ha, Ha, Ha !

« Voici que le temps fait son œuvre. Un jour, les larmes seront taries, les fureurs éteintes, les tombes effacées. Mais il restera la France. »

Charles de Gaulle,
Mémoires de guerre. Le Salut

1

Alors, pour Léa, commença une longue attente.

Le temps qui avait été doux et pluvieux en ce début de l'année 1944 se rafraîchit brusquement le 14 février et le thermomètre tomba à — 5° le matin. Pendant quinze jours le vent du nord le disputa à la neige. Vers la mi-mars l'air enfin se réchauffa et l'on sentit que le printemps était proche. À Montillac, Fayard scrutait le ciel avec inquiétude. Pas un nuage, il n'avait pas plu depuis longtemps. Cette sécheresse faisait le désespoir des agriculteurs qui ne savaient comment nourrir le bétail et voyaient la future récolte de foin compromise.

Les rapports entre ceux du « château » et Fayard, le maître de chais, étaient au bord de la rupture depuis l'examen par un comptable des livres de comptes de la propriété. L'homme de la vigne avait dû reconnaître ses ventes de vin aux autorités d'Occupation malgré l'interdiction que lui en avait faite Léa et, avant elle, son père. Pour sa défense, le bonhomme avait fait valoir qu'ils seraient bien les seuls propriétaires du département à ne pas vendre leur vin aux Allemands; qu'ils en vendaient, d'ailleurs, bien avant la guerre et que la plupart des responsables boches de la région étaient d'importants négociants en vins dans leur pays; que beaucoup avaient des correspondants à Bordeaux depuis plus de vingt ans. Certains même étaient des relations de longue date; mademoiselle ne se souvenait-elle pas de ce vieil ami de M. d'Argilat qui était venu les saluer durant les vendanges de 1940 ?

Léa s'en souvenait très bien. Elle se souvenait aussi que son père et M. d'Argilat avaient prié l'honnête négociant munichois, devenu officier dans la Wehrmacht, de ne plus leur rendre visite tant que durerait la guerre. Fayard reconnut avoir mis « de côté » les sommes provenant de ces ventes car, connaissant les idées de mademoiselle... mais affirma avoir toujours eu l'intention de les lui remettre. De toute façon, une partie de cet argent avait été utilisée pour l'entretien et le renouvellement du matériel. Mademoiselle ne se rendait pas compte du prix de la moindre futaille !

Oh si ! elle se rendait compte du prix des choses. Le chèque important remis par François Tavernier avait été accueilli avec soulagement par le vieux banquier de Bordeaux. Il se voyait mal poursuivre pour chèques sans provision et traites impayées la fille de son vieux camarade du lycée Michel-Montaigne. Malheureusement les tuiles de l'aile droite de la maison s'étaient envolées par une nuit de tempête et le compte du domaine était de nouveau débiteur. L'expert envoyé par Tavernier avait fait une avance, pensant être rapidement remboursé, mais ni lui ni Léa n'avaient eu de ses nouvelles depuis la mi-janvier. On était bientôt fin mars.

Le comptable termina son travail, et conseilla, étant donné la situation, de négocier avec Fayard ou de le faire poursuivre pour détournement de fonds. Léa refusait l'une et l'autre solution. Sans le petit Charles, qui mettait un peu de gaieté par ses jeux et ses cris, l'atmosphère de Montillac aurait été sinistre. Chacune faisait pourtant des efforts pour cacher ses angoisses aux autres. Seule Bernadette Bouchardeau laissait parfois couler une larme sur sa joue amaigrie. Camille d'Argilat vivait suspendue, jour et nuit, à l'écoute des messages de Radio-Londres, attendant un signe de Laurent. Sidonie, depuis la mort du docteur Blanchard, s'était beaucoup affaiblie, elle allait de son lit au fauteuil placé devant la porte. De là, son regard embrassait le domaine et la vaste plaine d'où montaient les fumées de Saint-Macaire et de Langon. Le passage des trains traversant la Garonne rythmait ses longues heures silencieuses et solitaires. La vieille cuisinière avait préféré revenir à Bellevue. Chaque jour, Ruth venait lui apporter à manger et à tour de rôle, Léa, Camille et Bernadette passaient quelques instants auprès d'elle. La malade bougonnait, disant que ces dames perdaient leur temps, qu'elles avaient mieux à faire qu'à s'occuper d'une vieillarde impotente. Mais toutes savaient que seules ces visites la maintenaient en vie. La calme Ruth, elle-même, était affectée par ce climat de tristesse et d'angoisse. Pour la première fois depuis le début de la guerre, elle doutait. La peur de voir surgir la Gestapo ou la Milice empêchait de dormir la solide Alsacienne.

Léa, elle, pour tuer le temps, s'acharnait à retourner la terre du potager et à arracher les mauvaises herbes au pied des ceps. Quand cela ne suffisait pas à briser son corps et à endormir son esprit, elle pédalait des kilomètres à travers la campagne vallonnée. Elle ne rentrait que pour s'effondrer sur le divan du bureau de son père où elle dormait d'un sommeil agité et sans repos. À son réveil, Camille était presque toujours auprès d'elle, un verre de lait ou un bol de soupe à la main. Les deux jeunes amies échangeaient alors un sourire et restaient de longs instants silencieuses en regardant le feu brûler dans la cheminée. Quand le silence leur semblait trop lourd, l'une d'entre elles allumait la grosse T.S.F. trônant sur une commode près du divan et essayait de capter Londres. Il devenait de plus en plus difficile, à cause du brouillage, d'entendre distinctement ces voix devenues chères qui parlaient de Liberté.

« Honneur et Patrie. Un prisonnier évadé des stalags, membre du comité directeur du Rassemblement des prisonniers de guerre en France, M. François Morland, vous parle...

« Prisonniers de guerre rapatriés et évadés, mes camarades

des groupes de Résistance : je veux d'abord vous répéter la bonne nouvelle... »

Le grésillement couvrit la voix de l'orateur.

— C'est toujours la même chose : on ne saura jamais la bonne nouvelle, dit Léa en tapant à grands coups de poing sur le poste.

— Attends, tu sais bien que ça ne sert à rien, fit Camille en repoussant doucement son amie.

Plusieurs fois, elle alluma et éteignit l'appareil. Elle allait y renoncer quand la même voix reprit :

« *J'ai dit en votre nom au général de Gaulle la foi qui nous anime. J'ai dit en votre nom au commissaire Frenay, évadé comme nous, tout ce qui constitue notre raison de vivre. Mais ces hommes, dont l'honneur est d'avoir cru en l'avenir, avaient déjà compris l'espoir que nous portons en nous...* »

Le brouillage reprit ne laissant passer que quelques lambeaux de phrases puis cessa brusquement.

« ... *Mais leur exigence est plus large encore et plus généreuse. Parce que dans les camps et dans les commandos, ils ont appris à se reconnaître, ils veulent une patrie débarrassée des marques de fatigue et de vieillissement. Parce qu'ils se sont retrouvés, ils veulent une patrie où les classes, les catégories, les échelons soient confondus dans une justice plus forte que toutes les charités. Parce que, dans les villes et les campagnes de leur exil, ils ont partagé la même misère avec des hommes de toutes races et de toutes nations, ils veulent partager avec eux les bienfaits de la vie future.*

« *Ah oui ! mes camarades, c'est pour tous que nous combattons. C'est pour tout cela que nous avons choisi la lutte. Rappelons-nous le serment fait au moment du départ alors que nous laissions les nôtres derrière nous. Ils nous disaient : "Surtout ne nous trahissez pas, surtout dites à la France qu'elle vienne à notre rencontre avec son plus beau visage."*

« Évadés, rapatriés, ceux des centres d'entraide, ceux des groupes clandestins isolés, c'est le moment de tenir cette promesse. »

— Encore un idéaliste ! s'exclama Léa. Ah ! il est beau le visage de la France ! Qu'il vienne voir ce Morland à quoi il ressemble ce beau visage... bouffi de peur, de haine et d'envie, le regard fourbe, la bouche dégoulinante de calomnies et de dénonciations...

— Calme-toi ! Tu sais bien que la France ce n'est pas seulement ça, mais aussi des hommes et des femmes comme Laurent, François, Lucien, Mme Lafourcade...

— Je m'en fiche ! hurla Léa, ceux-là, ils vont mourir ou ils sont morts et il ne restera que les autres.

Camille devint blême.

— Oh ! tais-toi... ne dis pas ça...

— Chut ! voilà les messages personnels.

Elles se rapprochèrent si près du poste que leurs deux têtes touchaient le bois verni.

« Tout s'enfle contre moi, tout m'assaut, tout me tente... Je répète : tout s'enfle contre moi, tout m'assaut, tout me tente... Les canards de Ginette sont bien arrivés... Je répète : les canards de Ginette sont bien arrivés... La chienne de Barbara aura trois chiots... Je répète : la chienne de Barbara aura trois chiots... Laurent a bu son verre de lait... Je répète... »

— Tu as entendu ?

« ... Laurent a bu son verre de lait... »

— Il est vivant ! il est vivant !

Riant et pleurant, elles se jetèrent dans les bras l'une de l'autre. Laurent d'Argilat allait bien. C'était un des messages convenus pour leur faire savoir qu'elles ne devaient pas s'inquiéter.

Cette nuit-là, Léa et Camille eurent un sommeil paisible.

Une semaine après Pâques, leur ami, le boucher de

Saint-Macaire qui avait aidé à l'évasion du père Adrien Delmas, vint leur rendre visite à bord de sa camionnette à gazogène. Elle faisait un tel bruit qu'on était averti de son arrivée plusieurs minutes à l'avance. Lorsque le véhicule pénétra dans la propriété, Camille et Léa se tenaient déjà sur le pas de la porte de la cuisine.

Albert vint vers elles avec un large sourire, portant un paquet enveloppé d'un linge très blanc.

— Bonjour, madame Camille, bonjour Léa.

— Bonjour Albert, quel plaisir de vous voir ! Cela fait près d'un mois que vous n'étiez pas venu.

— Hé ! madame Camille, on ne fait pas ce qu'on veut de nos jours. Je peux entrer ? Je vous ai apporté un beau rôti et du foie de veau pour le petit. Mireille a ajouté une terrine de lièvre. Vous m'en direz des nouvelles.

— Merci, Albert. Sans vous on ne mangerait pas souvent de la viande ici. Comment va votre fils ?

— Bien, madame Camille, bien. Il dit que c'est un peu dur et qu'il a beaucoup souffert à cause de ses engelures, mais maintenant, ça va mieux.

— Bonjour, Albert. Vous prendrez bien une tasse de café ?

— Bonjour, mademoiselle Ruth. Avec plaisir. C'est du vrai ?

— Presque, dit la gouvernante en prenant la cafetière tenue au chaud sur un coin de la cuisinière.

Le boucher reposa son bol et s'essuya les lèvres du revers de la main.

— Vous avez raison, c'est presque du vrai. Approchez-vous, j'ai des choses importantes à vous dire. Voilà... Hier, j'ai reçu un message du père Adrien. Il est possible qu'on le revoie bientôt dans les parages...

— Quand ?

— Je n'en sais rien. On a réussi à faire évader les frères Lefèvre de l'hôpital.

— Comment vont-ils ?

— Ils sont soignés chez un médecin près de Dax. Dès qu'ils seront rétablis, ils rejoindront le maquis de Dédé le Basque. Vous vous souvenez de Stanislas ?

— Stanislas ? demanda Léa.

— Aristide, si vous préférez.

— Oui, bien sûr.

— Il est de retour dans la région pour reformer un réseau et punir les traîtres qui ont donné les copains.

— Vous travaillez avec lui ?

— Non, je travaille avec ceux de La Réole mais comme on est à la limite des deux secteurs, je sers d'intermédiaire entre Hilaire et lui. Il faudrait que l'une de vous prévienne Mme Lefèvre pour lui dire que ses garçons vont bien.

— J'irai, dit Léa. Je suis tellement heureuse pour eux. Cela n'a pas été trop difficile ?

— Non. Nous avions des complicités à l'intérieur de l'hôpital et les policiers de garde étaient des hommes de Lancelot. Vous avez entendu le message de monsieur Laurent, hier à la radio de Londres ?

— Oui. On dirait qu'après tant de jours d'angoisse les bonnes nouvelles arrivent toutes ensemble.

— Bonnes pour quelques-uns seulement. Je ne peux pas m'empêcher de penser aux dix-sept petits gars du groupe de Maurice Bourgeois que ces salauds ont fusillés le 27 janvier.

Tous se souvenaient de l'édition du 20 février de *La Petite Gironde* annonçant : exécution de terroristes à Bordeaux.

— Vous les connaissiez ? bredouilla Camille.

— Quelques-uns. À l'occasion, on se rendait des services bien qu'ils soient communistes et nous gaullistes. Il y en avait un que j'aimais bien, Serge Arnaud, il avait l'âge de mon fils. C'est moche de mourir à dix-neuf ans.

— Quand tout cela va-t-il se terminer ? soupira Ruth en essuyant ses yeux.

— Bientôt, j'espère ! C'est qu'on n'est pas bien nombreux. Ils sont malins ceux de la Gestapo. Depuis la vague d'arrestations, de déportations et d'exécutions en Gironde, Aristide et les autres ont bien du mal à trouver des volontaires.

La sonnette d'une bicyclette l'interrompit. La porte s'ouvrit. C'était Armand, le facteur.

— Bonjour, mesdames. J'ai une lettre pour vous, mademoiselle Léa. J'espère qu'elle vous fera plus plaisir que celle que j'ai apportée au père Fayard.

— Encore une lettre de la banque, soupira Léa.

— Savez-vous ce qu'il y avait dedans ? reprit Armand... Cherchez pas, vous trouverez pas... un cercueil.

À l'exception d'Albert, toutes s'écrièrent :

— Un cercueil !

— Comme je vous le dis. Un petit cercueil noir découpé dans du carton. Je crois bien que le nom de Fayard était écrit dessus.

— Mais pourquoi ? s'étonna Camille.

— Té ! Ceux qui ont trop collaboré avec les Boches reçoivent ça pour leur faire comprendre qu'à la fin de la guerre on aura leur peau.

— Pour quelques bouteilles de vin, murmura Camille avec mépris.

— Il n'y a pas que des bouteilles, madame Camille, fit froidement le boucher.

— Que voulez-vous dire, Albert ? questionna Léa.

— On n'est pas sûr. Mais on a vu, à deux reprises au moins, Fayard sortir de la kommandantur de Langon.

— Nous y sommes tous allés un jour ou l'autre.

— Je sais bien, madame Camille, mais il y a des bruits et puis surtout son fils. Quand je pense que je l'ai connu tout gamin. Je vous revois encore tous les deux vous poursuivant à travers les vignes et vous barbouillant de raisin. Vous vous en souvenez, Léa ?

— Oui... On dirait qu'il y a si longtemps déjà...

— Ce n'est pas ça qui va arranger l'humeur de Fayard, dit Ruth en versant un verre de vin au facteur.

— Ça non, il est devenu tout rouge puis tout blanc quand il a vu ce qu'il y avait dans l'enveloppe. Je n'ai pas demandé mon reste. J'ai filé.

D'un trait, il vida son verre.

— C'est pas tout ça... Je bavarde, je bavarde... J'ai pas fini ma tournée. Allez, au revoir la compagnie, à la prochaine.

— Au revoir, Armand, à bientôt.

— Faut que je m'en aille moi aussi, dit Albert.

Léa l'accompagna jusqu'à sa camionnette.

— On va avoir bientôt un parachutage d'armes. Pouvez-vous aller voir si la cache du calvaire n'a pas été repérée. Il doit y avoir une caisse de chargeurs et une de grenades.

— J'irai demain.

— Si tout va bien, mettez une croix à la craie blanche sur la grille entourant l'ange du carrefour.

— D'accord.

— Soyez prudente, votre oncle ne me le pardonnerait pas s'il vous arrivait quelque chose. Méfiez-vous du père Fayard.

Dans la chapelle du chemin de croix, tout semblait normal, les caisses étaient intactes. Malgré le beau temps, le calvaire était désert.

Dans la nuit du 15 au 16 avril, la pluie tombant en abondance avait raviné les allées pentues laissant dans les plats de petits tas de gravillons qui glissaient sous les pieds. En revenant, Léa passa par le cimetière. Elle s'arrêta devant la tombe de ses parents où elle arracha quelques mauvaises herbes qui avaient échappé à l'attention de Ruth. La place était vide. On entendait des cris d'enfants. « C'est l'heure de la récréation », pensa-t-elle en poussant la porte de la basilique. L'humidité glaciale la fit frissonner. Trois vieilles femmes en prière se retournèrent à son entrée. Que faisait-elle ici ? Sainte Exupérance dans sa châsse avait l'air, plus que jamais, de ce qu'elle était : une grande poupée de cire aux habits poussiéreux. Où était l'émotion de son enfance ? Où était l'image merveilleuse de la petite sainte dont elle portait aujourd'hui le nom pour quelques-uns ? Tout cela devenait ridicule et dangereux. Une mauvaise humeur grandissante l'envahissait. Une envie de tout envoyer promener, de se retrouver boulevard Saint-Michel ou aux Champs-Élysées avec

Laure et ses copains zazous, boire des cocktails aux noms et aux couleurs bizarres, danser dans des bals clandestins, écouter des disques américains interdits au lieu de pédaler à travers vignes et champs pour porter des messages ou des grenades, vérifier les comptes et attendre devant le poste de T.S.F. des nouvelles de François, de Laurent ou de l'improbable débarquement! Elle en avait assez de vivre dans la peur de l'arrivée de la Gestapo ou de la Milice, du retour de Mathias et du manque d'argent. François Tavernier devait être mort, pour ne pas avoir tenu sa promesse... Cette pensée la jeta presque à genoux.

« Pas ça, mon Dieu ! »

Accablée, Léa sortit de l'église.

Une lassitude immense s'était emparée d'elle. Ses mauvaises chaussures à semelles de bois lui semblaient de plomb. Quand elle passa devant la dernière ferme du village, de maigres chiens la suivirent quelques instants en aboyant puis, rassurés, retournèrent à leur niche. Au « carrefour de l'ange », elle s'assura qu'il n'y avait personne et marqua la grille rouillée d'une croix blanche. Six heures du soir sonnèrent au clocher de Verdelais. De gros nuages sombres balayaient le ciel.

Était-ce l'appel du ciel vaste et tourmenté? Léa se retrouva sur le chemin qui menait à la maison de Sidonie. Sa petitesse était dérisoire face à l'immensité du paysage. Comme la vieille femme avait eu raison de vouloir revenir à Bellevue! Ici l'âme s'envolait vers les Landes lointaines, l'Océan voyageur et les cieux infinis. Devant ce décor familier, elle éprouvait toujours une sensation de paix, un désir de repos, de rêve, de méditation, comme aurait dit Adrien Delmas.

Un gémissement l'arracha à ses pensées. Belle, la chienne de Sidonie, se lamentait, collée contre la porte.

Léa tendit la main vers l'animal qui se redressa en grognant.

— Tu ne me reconnais pas?

En entendant cette voix amie, la bête se rapprocha de

Léa et se coucha à ses pieds. Elle poussa un hurlement sinistre. Soudain inquiète, Léa ouvrit la porte et entra. Il régnait dans la pièce un désordre incroyable comme si un ouragan avait renversé les meubles, brisé la vaisselle et éparpillé le linge et les papiers. Les draps arrachés du lit, le matelas retourné indiquaient une fouille en règle. Qui avait pu s'acharner ainsi sur le misérable mobilier d'une vieille femme malade ? Léa connaissait la réponse mais refusait encore de se la formuler.

— Sidonie... Sidonie...

La chienne aplatie sous le lit poussait de petits cris. Coincée entre le mur et le bois du lit, la vieille femme gisait sans connaissance. Léa eut beaucoup de mal à la hisser et à l'étendre sur le matelas. Son teint était terreux, un peu de sang coulait de sa narine droite et un hématome bleuissait le côté gauche de son visage. Léa se pencha sur elle : un souffle hésitant s'échappait de sa bouche entrouverte. Dans l'échancrure de la chemise de nuit de coton blanc, des traces de doigts marquaient la chair flasque du cou.

Hébétée, Léa regardait le corps étalé de celle qui jadis la consolait et lui donnait des friandises en cachette quand Ruth ou sa mère l'avait punie. Le souvenir des câlins échangés dans le grand fauteuil devant l'âtre de la cuisine de Montillac la fit éclater en sanglots et crier d'une voix redevenue enfantine :

— Donie, Donie, réponds-moi...

S'arrachant à l'engourdissement mortel qui la gagnait, la vieille femme ouvrit les yeux. Léa se jeta sur elle.

— Sidonie, je t'en prie, parle-moi...

Lentement, elle leva un bras et posa sa main sur la tête inclinée. Ses lèvres s'ouvraient et se fermaient mais aucun son ne s'en échappait.

— Fais un effort... dis-moi qui a fait ça...

La main se fit plus pesante. Léa colla son oreille à la bouche.

— ... auv... sauv... toi... sauve-toi...

La main se fit plus pesante encore. Léa tenta de se dégager doucement en murmurant :

— Que veux-tu dire ?

La main abandonna comme à regret la lourde chevelure, glissa brutalement et heurta le bois du lit avec un bruit mat.

Belle hurla à la mort.

Les larmes de Léa s'arrêtèrent de couler tandis qu'incrédule elle scrutait le vieux visage aimé devenu d'un seul coup étranger et hostile.

Ce n'était pas vrai... il y a un instant à peine elle sentait contre sa joue l'haleine chaude... et là maintenant... cette masse impudique à la chemise relevée...

Avec colère, elle rabattit le vêtement.

Qu'on fasse taire cette chienne !... Qu'avait-elle à hurler comme ça ? l'imbécile. Est-ce qu'elle pleurait, elle ?

Elle entendit un bruit derrière elle et se retourna d'un bloc. Un homme se tenait sur le seuil. Elle resta pétrifiée de terreur. Que faisait-il ici dans cette maison dévastée, devant ce cadavre encore tiède ? Elle crut soudain comprendre. Une peur abjecte balaya tout amour-propre.

— Je t'en prie !... ne me fais pas de mal !

Mathias Fayard ne la regardait plus, il l'écarta de la main et s'avança vers le lit, pâle, les poings serrés.

— Ils ont osé !

Avec quelle tendresse il joignit les mains déformées, ferma les yeux de celle, qu'enfant il appelait « maman Sidonie » et qui savait si bien lui éviter les taloches de son père. Il s'agenouilla, non pour dire une prière depuis longtemps oubliée, mais par trop de chagrin.

Léa le regardait avec crainte, mais, quand il tourna vers elle son visage défait où coulaient des larmes, elle se précipita dans ses bras, pleurant à son tour.

Combien de temps restèrent-ils agenouillés, accrochés l'un à l'autre devant cette dépouille qui emportait dans le froid de la tombe ce qui leur restait d'enfance ?

Belle, grimpée sur le lit, léchait en gémissant les pieds de sa maîtresse.

Mathias se ressaisit le premier.

— Tu dois partir.

Léa ne réagit pas. Le jeune homme sortit de sa poche un mouchoir douteux avec lequel il essuya les yeux de son amie puis les siens. Elle se laissa faire, l'air inconscient. Il la secoua, d'abord doucement, puis presque brutalement.

— Écoute-moi. Tu dois quitter Montillac. Camille et toi vous avez été dénoncées.

Devant son absence de réaction, il eut envie de la gifler.

— Bon Dieu ! tu entends ? Les hommes de Dohse et ceux de la Milice vont venir t'arrêter.

Enfin ! elle avait l'air de comprendre, de le voir. Le chagrin et l'abattement faisaient place, peu à peu, à une expression d'horreur incrédule.

— Et c'est toi qui me préviens !...

Cette exclamation lui fit baisser la tête.

— J'ai entendu Denan donner des ordres à Fiaux, à Guilbeau et Lacouture.

— Je croyais que tu travaillais pour eux ?

Elle avait brusquement retrouvé sa force et son mépris.

— Ça m'arrive. Mais quoi que tu penses, je ne veux pas qu'ils mettent la main sur toi.

— Il est vrai que tu connais leurs méthodes !

Mathias se releva et regarda le cadavre de Sidonie.

— Je croyais les connaître.

Léa suivit son regard et se releva à son tour, les yeux à nouveau pleins de larmes.

— Pourquoi elle ?

— J'ai entendu Fiaux dire que dans une lettre on accusait Sidonie d'avoir caché ton cousin Lucien et de savoir où étaient les frères Lefèvre. Mais pas un instant je n'ai imaginé qu'ils viendraient l'interroger. Je n'ai pensé qu'à toi, qu'à te prévenir. Ce que je ne comprends pas, c'est qu'ils ne soient pas passés au château après.

— Qu'en sais-tu ?

— J'ai coupé à travers les vignes pour venir ici. J'aurais vu ou entendu leurs voitures. À moins qu'ils ne soient dissimulés dans le petit bois de pins.

— Je n'ai rien remarqué. Je suis passée par là en venant de Verdelais.

— Viens, partons d'ici.

— Mais on ne peut pas laisser Sidonie comme ça.

— On ne peut plus rien pour elle. Quand il fera nuit, j'irai prévenir le curé. Dépêche-toi.

Léa embrassa une dernière fois la joue devenue froide et laissa pour veiller le corps la chienne qui n'avait cessé de gémir.

Dehors, le ciel aussi était plein de menaces.

Au bas de la terrasse, Mathias l'arrêta.

— Attends-moi ici. Je vais voir s'il n'y a personne.

— Non, je vais avec toi.

Il haussa les épaules et l'aida à grimper le raidillon. Tout avait l'air calme. Il faisait maintenant si sombre qu'on apercevait à peine la façade de la maison.

Léa nota qu'il longeait les charmilles au feuillage encore maigrelet pour rester hors de vue du corps de ferme et des remises ! Il ne tenait pas à être aperçu de ses parents.

Un peu de lumière filtrait par la porte-fenêtre donnant sur la cour. Camille devait guetter car celle-ci s'ouvrit brusquement sur la jeune femme habillée de son manteau bleu marine comme si elle s'apprêtait à sortir.

— Te voilà enfin !

Léa la bouscula en entrant.

— Sidonie est morte.

— Quoi ?...

— Les copains de celui-ci sont venus l'« interroger ».

Serrant ses mains sur sa poitrine, Camille regarda Mathias d'un air incrédule.

— Ne me regardez pas comme ça, madame Camille. On ne sait pas ce qu'il s'est passé exactement.

— Écoute-le !... on ne sait pas exactement ce qu'il s'est passé !... tu nous prends pour des idiotes ?... on le sait très bien ce qu'il s'est passé, tu veux que je te le dise ex-ac-te-ment ?

— Ce n'est pas nécessaire et ça ne changera rien. Il y a plus pressé. Vous devez partir.

— Qui nous dit que ce n'est pas un piège et que tu ne vas pas nous conduire directement chez tes amis de la Gestapo ?

Mathias, mâchoires crispées, s'avança vers elle le poing levé.

— C'est ça, frappe-moi, commence leur boulot... Tu aimes ça, cogner.

— Madame Camille, faites-la taire. Tout le temps que nous perdons ici...

— Comment savoir si nous pouvons vous faire confiance ?

— Vous ne pouvez pas le savoir. Mais vous, qui aimez votre mari, me croirez-vous si je vous jure que j'aime Léa et que malgré tout ce qui nous sépare, tout ce que j'ai pu faire, je suis prêt à mourir pour qu'il ne lui arrive rien.

Camille posa sa main sur le bras du jeune homme.

— Je vous crois. Et moi, pourquoi tentez-vous de me sauver ?

— Si vous étiez arrêtée, Léa ne me le pardonnerait pas.

Ruth entra, portant un sac à dos bourré à craquer qu'elle tendit à Léa.

— Tiens ! j'ai mis des vêtements chauds, une lampe électrique et deux pots de confit. Maintenant partez.

— Partez... partez... chantonna le petit Charles, son bonnet enfoncé jusqu'aux oreilles.

— Allons, dépêchez-vous, dit Ruth en les poussant dehors.

— Mais tu viens avec nous !

— Non, il faut quelqu'un pour leur répondre s'ils arrivent.

— Je ne veux pas !... après ce qu'ils ont fait à Sidonie.

— Sidonie ?

— Ils l'ont tuée en la torturant.

— Mon Dieu ! fit la gouvernante en se signant.

— Décidez-vous vite, mademoiselle Ruth. Vous venez ou non ?

— Non, je reste, je ne peux pas abandonner la maison de monsieur Pierre. Ne vous inquiétez pas, je saurai leur parler. Une seule chose m'importe...

— À nous deux, ce sera plus facile de leur faire croire que vous êtes parties pour Paris, dit Bernadette Bouchardeau qui venait d'entrer.

— Ta tante a raison, leur présence fera paraître votre absence plus naturelle.

— Mais elles risquent d'être tuées !

— Pas plus que si vous restez ici.

— C'est vrai, dit Ruth. Partez, il fait nuit maintenant. Mathias, tu me réponds d'elles ?

— Vous ai-je jamais menti ?

— Que comptes-tu faire ?

— Les conduire chez Albert pour qu'il les cache.

— Pourquoi chez Albert ? cria presque Léa.

— Parce qu'il est dans la Résistance et qu'il saura quoi faire de vous.

— Qu'est-ce qui te fait dire ça ?

— Arrête de me prendre pour un imbécile. Il y a longtemps que je sais qu'il cache des aviateurs anglais, qu'il connaît les lieux de parachutage et qu'il a participé à l'évasion des frères Lefèvre.

— Et tu ne l'as pas dénoncé ?!!!

— Ce n'est pas dans mes idées de dénoncer les gens.

— Alors, tu ne dois pas être très bien vu de tes patrons.

— Ça suffit ! s'écria Camille d'un ton dur. Vous réglerez vos comptes plus tard. Pour le moment, il s'agit de ne pas être là quand ils viendront. Vous êtes sûres, Ruth et vous, madame, que vous ne voulez pas nous accompagner ?

— Tout à fait, ma petite Camille. Je veux être là si Lucien ou mon frère ont besoin de moi. Et puis je suis trop vieille pour courir par les chemins et dormir à la belle étoile. Vous devriez nous laisser Charles, nous en prendrions grand soin.

— Je vous remercie beaucoup mais je serai plus rassurée s'il est avec moi.

— Je vais chez mes parents pour éviter qu'ils ne vous voient partir. Dans un quart d'heure, on se retrouve à Montonoire où j'ai laissé la traction.

Mathias sortit par la cuisine.

Les deux jeunes femmes et l'enfant avalèrent un bol de soupe, fermèrent leur manteau et sortirent dans la nuit après avoir embrassé une dernière fois Ruth et Bernadette Bouchardeau.

Il y avait près de vingt minutes qu'elles attendaient Mathias, cachées près de la traction noire.

— Il ne viendra pas. Je te dis qu'il ne viendra pas !

— Mais si, il viendra. Chut ! Écoute !... quelqu'un marche sur la route.

Camille, accroupie près de la voiture, serra contre elle son petit garçon.

Il faisait si sombre que la silhouette de l'homme se confondait avec le ciel.

— Léa, c'est moi.

— Tu en as mis du temps !

— Je n'arrivais pas à interrompre les cris de mon père et les gémissements de ma mère. Je me suis pratiquement enfui. Montez vite.

Charles serrant contre lui l'ours en peluche de Léa, retrouvé et rafistolé par Ruth, grimpa dans la voiture en riant. Il était bien le seul à trouver la situation amusante.

Jamais les ruelles de la petite cité médiévale de Saint-Macaire ne leur avaient paru si étroites et si noires. La lueur bleuâtre des phares camouflés était insuffisante pour les guider. Ils arrivèrent enfin devant la maison du boucher. Mathias arrêta le moteur. Pas une lumière, pas un bruit... le silence oppressant d'une nuit opaque qui semblait ne devoir jamais finir. À l'intérieur du véhicule, tous retenaient leur respiration, aux aguets, même Charles, le visage enfoui dans le cou de sa mère. Un cliquetis fit sursauter Léa : Mathias armait son pistolet.

— Il vaut mieux que ce soit toi qui ailles voir, chuchota-t-il.

Avec souplesse elle se glissa dehors et alla frapper à la porte ; au cinquième coup une voix étouffée demanda :

— Qu'est-ce que c'est ?
— C'est moi, Léa.
— Qui ?
— Léa Delmas.
La porte s'ouvrit sur la femme du boucher en chemise de nuit, un châle sur les épaules, une lampe électrique à la main.
— Entrez vite, ma petite. Vous m'avez fait une de ces peurs, j'ai cru qu'il était arrivé quelque chose à Albert.
— Il n'est pas là ?...
— Non, il est à Saint-Jean-de-Blaignac pour un parachu... Mais qu'est-ce qui vous amène ?
— La Gestapo... Je suis avec Camille d'Argilat et son fils. C'est Mathias Fayard qui nous a conduits...
— Mathias Fayard ?... Ici ?... Nous sommes perdus !
Poussant devant lui Camille et Charles, Mathias entra et referma la porte.
— Ne craignez rien, Mireille, si j'avais voulu vous dénoncer, il y a longtemps que je l'aurais fait. Tout ce que je demande à Albert et à ses camarades c'est de les cacher, je ne veux pas savoir où, jusqu'au moment où j'aurai trouvé une autre solution.
— Je n'ai pas confiance. Tout le monde sait que tu travailles avec eux.
— Je me fous de ce que vous savez. Il ne s'agit pas de moi, mais d'elles. Si ça peut rassurer Albert et les autres, qu'ils prennent mes parents en otage.
— *Qué Chibani !* cracha Mireille avec mépris.
Mathias haussa les épaules.
— Ça m'est égal ce que vous pensez de moi. L'important c'est que la Gestapo ne les arrête pas. Si Albert veut me parler, qu'il laisse un message au *Lion d'Or* à Langon. J'irai où il me dira d'aller. Maintenant, il faut que je parte.
Quand il s'approcha d'elle, Léa se détourna. Seule Camille eut pitié de lui devant la souffrance qui balaya son visage.
— Merci, Mathias.
Les trois femmes restèrent immobiles dans l'entrée de

la cuisine jusqu'à ce que le bruit du moteur se soit éloigné. Sur une chaise, près du foyer éteint, le petit Charles s'était endormi sans lâcher son nounours.

Il était trois heures du matin quand Albert rentra du parachutage en compagnie du gendarme Riri, du garagiste Dupeyron et du cantonnier Cazenave. Tous les quatre portaient, accrochée à l'épaule, une mitraillette.

— Léa... madame Camille... que se passe-t-il ?

— Elles sont recherchées par la Gestapo.

Les trois hommes se figèrent.

— Et ce n'est pas tout, continua Mireille d'une voix de plus en plus aiguë, ils ont assassiné Sidonie et c'est le fils Fayard qui les a conduites ici pour que tu les caches.

— L'hil de pute, gronda le garagiste.

— Y va nous donner, balbutia le gendarme.

— Je ne crois pas, murmura, songeur, le boucher.

— Il a dit que si on n'avait pas confiance, on prenne ses parents en otage, bredouilla Mireille.

Camille sentit qu'elle devait intervenir.

— Je suis sûre qu'il ne trahira personne.

— C'est bien possible, madame Camille, mais on ne peut prendre aucun risque. Je crois, ma bonne Mireille, qu'y va falloir qu'on prenne le maquis.

— Tu n'y penses pas ! et le commerce ! et le petit s'il cherche à nous joindre, s'il a besoin de nous. Pars si tu veux, moi je reste.

— Mais Mi...

— N'insiste pas, c'est décidé

— Alors, je reste aussi.

La plantureuse bouchère se jeta au cou de son mari qui la serra contre lui en essayant de cacher son émotion.

— Hé ! dis ! tu me vois abattant le bœuf de la mère Lécuyer ?

Cette réflexion les fit sourire.

— C'est pas tout ça, qu'est-ce qu'on fait d'elles ? demanda le gendarme en désignant Camille et Léa.

Albert entraîna ses camarades à l'autre bout de la cuisine. Ils chuchotèrent quelques instants. Riri et Dupeyron sortirent.

— Dès qu'ils reviendront, si tout va bien, nous partirons. Nous allons vous conduire chez des amis sûrs où vous resterez quelques jours. Après, on verra. Beaucoup de choses dépendront de ce que me dira Mathias quand je le verrai.

Il se tourna vers sa femme.

— Mireille, prépare un panier bien garni.

— Ce n'est pas la peine, nous avons ce qu'il faut, dit Camille.

— Laissez, laissez, vous ne savez pas combien de temps vous resterez cachées.

Le garagiste revint :

— On peut y aller, tout est calme, Riri fait le guet.

— Bien, allons-y. Mireille, ne t'inquiète pas si je ne suis pas de retour avant la fin de la nuit... Je prends le petitou, Cazenave prendra le panier. Allez, dites-vous adieu.

La camionnette n'était pas des plus confortables et cahotait durement dans les ornières du chemin.

— C'est encore loin ? grogna Léa.

— Pas très, un peu avant Villandraut. La région est sûre. Ce sont des copains qui tiennent les maquis du coin. Votre oncle les connaît bien.

— Vous croyez qu'on va rester longtemps par ici ?

— Je n'en sais rien. On verra quand j'aurai vu Mathias. On arrive.

Après une courte traversée entre des constructions basses, ils s'arrêtèrent devant une maison un peu à l'écart. Un chien aboya. Une porte s'ouvrit. Un homme armé d'un fusil s'approcha.

— C'est toi, Albert ? demanda-t-il à voix basse.

— Oui, je t'amène des amies qui ont des ennuis.

— Tu aurais pu me prévenir.

— Ce n'était pas possible. Tu as de la place en ce moment ?

— Tu as de la chance, les Anglais sont partis la nuit dernière. C'est pour longtemps ?

— Je n'en sais rien.

— Des femmes et un gosse, marmotta-t-il, j'aime pas ça. On a toujours des emmerdements à cause de ces foutues femelles.

— Trop aimable ! fit Léa entre ses dents.

— Faites pas attention, dit Albert, le père Léon, il bougonne tout l'temps, mais y a pas d'meilleur fusil dans les Landes ni plus brave cœur.

— Restez pas comme ça dehors. Les voisins sont tous des nôtres, mais de nos jours une mauvaise bête s'introduit vite dans le troupeau.

La pièce dans laquelle ils entrèrent était longue et basse, au sol de terre battue. Trois hauts et grands lits entourés de rideaux rouge passé accrochés aux poutres du plafond, séparés par des coffres de bois sculptés, une vaste table encombrée de pièges, de cartouches rouges et bleues, d'une mitraillette démontée sur un journal, de vaisselle sale et de vieux chiffons, des chaises dépareillées, une cuisinière noircie par des années d'usage, une cheminée aux dimensions imposantes avec les inévitables douilles d'obus gravées de la dernière guerre, une pierre d'évier usée au-dessus de laquelle étaient accrochés des calendriers jaunis et salis de chiures de mouches (celui de l'année 44, représentant des chatons, paraissait anachronique avec ses couleurs criardes) composaient tout le mobilier éclairé par la lumière jaune d'une suspension à pétrole. La ferme n'avait pas encore l'électricité.

Tant de rusticité, ajoutée à la forte odeur des bouquets de feuilles de tabac pendant au plafond, immobilisa les deux jeunes femmes sur le seuil.

— Je n'attendais pas de nouveaux invités si tôt, je n'ai pas eu le temps de faire les lits, dit Léon en sortant des draps de l'un des coffres.

— Il n'y a pas d'autre pièce ? demanda Léa à l'oreille d'Albert.

— Hé non, fit leur hôte qui avait l'ouïe fine, pas d'autre

pièce, c'est tout ce que j'ai à vous offrir, ma petite demoiselle. Tenez, aidez-moi à faire les lits. Vous verrez qu'ils sont bons, du vrai duvet d'oie. Quand on est dedans, on ne veut plus les quitter.

Les draps étaient rugueux mais sentaient bon l'herbe.

— Pour le petit coin, c'est derrière la maison, vous avez toute la place qui faut, ajouta-t-il avec un air malicieux.

— Et pour la toilette ?

— Y a une cuvette dehors, et le puits n'est pas loin.

La tête de Léa devait être plutôt drôle puisque Camille, malgré sa fatigue, pouffa de rire.

— Tu verras, nous allons être très bien. Laisse-moi t'aider.

Charles ne se réveilla même pas quand sa mère le déshabilla et le glissa dans le lit.

2

Il y avait longtemps que Camille et Léa n'avaient aussi bien dormi. Même le petit garçon, toujours le premier levé d'ordinaire, dormait encore, malgré l'heure avancée de la matinée. La lumière, passant au travers des rideaux rouges, était rose et tendre. On devinait qu'il faisait beau dehors. La porte devait être ouverte, des bruits de ferme rassurants parvenaient jusqu'à elles : caquètements des poules, grincement de la chaîne du puits, seau heurtant la margelle, roucoulement des tourterelles, hennissement lointain, voix d'un enfant appelant sa mère. Il semblait que rien ne pourrait venir troubler une telle paix. Quelqu'un entra dans la pièce, versa du charbon dans la cuisinière. Peu après, une odeur de vrai café se répandit. Camille et Léa, comme happées par l'arôme, écartèrent leurs rideaux avec un bel ensemble. À la vue des deux jeunes têtes ébouriffées, Léon émit un grognement qui ressemblait à un rire.

— Eh bien, mes petites, il faut employer les grands moyens pour vous sortir de là : rien moins que du pur Colombie.

Léa se précipita, faillit tomber du lit dont elle avait oublié la hauteur et saisit le bol que lui tendait Léon. Elle le porta à ses narines, humant le merveilleux arôme avec volupté.

— J'ai mis deux sucres. J'espère que ce ne sera pas trop.

— Deux sucres !... Tu entends, Camille ?

— J'entends, fit-elle en s'approchant, si fluette dans sa longue chemise de nuit blanche qui lui donnait l'air d'une pensionnaire.

Léon lui tendit un bol, l'air heureux de leur joie.

— Comment avez-vous tout ça ?

— C'est les Anglais qui m'ont laissé un paquet de café en partant. Et ce n'est pas tout.

Du coffre, qui devait servir de garde-manger, il sortit une grosse miche de pain.

— Vous m'en direz des nouvelles, c'est du pain blanc, de la vraie brioche !

Il prit son couteau dans sa poche, l'ouvrit lentement et coupa trois beaux morceaux. Léa fourra le nez dans la mie dense et légère, la respirant avec avidité comme si elle craignait que ce parfum disparaisse à jamais. Camille contemplait son morceau avec le sérieux qu'elle mettait en toute chose.

— Pain... pain...

Charles, debout sur le lit, tendait ses petites mains. Léon le prit dans ses bras et, l'asseyant sur ses genoux, lui coupa une tartine.

— C'est beaucoup trop pour lui, monsieur, jamais il ne mangera tout ça, s'exclama sa mère.

— Ça m'étonnerait, un gaillard comme ça. Allez, buvez le café, il va être froid.

Le vieux Landais avait raison, Charles mangea tout son pain.

Trois jours bucoliques passèrent. Il faisait un beau temps un peu frais.

Dans la soirée du 21, Albert revint. Il avait rencontré Mathias à Langon. Le jeune homme avait accepté de le suivre les yeux bandés, les mains attachées, caché dans le coffre d'une voiture, dans un maquis près de Mauriac. Là, il avait répondu sans réticence aux questions du boucher et des maquisards. Satisfait de ses réponses, Albert l'avait laissé dans la nuit près de la gare de La Réole.

— La Gestapo est-elle venue à la maison ? demanda Léa.

— La Gestapo non, mais les hommes du commissaire Penot.

— Maurice Fiaux était avec eux ?

— Non.

— Que s'est-il passé ? Comment vont ma tante et Ruth ?

— Très bien. Ils les ont interrogées poliment sans vraiment écouter leurs réponses, d'après Ruth.

— Que voulaient-ils ?

— Ils voulaient savoir si elles avaient des nouvelles du père Adrien. Pas un mot sur vous ni sur Mme d'Argilat.

— C'est étrange !... Pourquoi Sidonie avant de mourir m'a-t-elle dit de me sauver, et pourquoi Mathias croyait-il que nous allions être arrêtées ?

— Parce qu'il avait surpris, nous a-t-il dit, une conversation entre un des chefs de la Milice et Fiaux disant que vous deviez en savoir long sur l'évasion des frères Lefèvre, et le lieu où se trouvent le père Adrien et votre cousin Lucien.

— Alors, pourquoi ont-ils été d'abord chez Sidonie ?

— Une lettre de dénonciation — j'ai mon idée sur l'expéditeur —, disant qu'elle cachait des résistants, avait été envoyée à la police.

— Pourquoi Mathias ne nous a-t-il pas prévenues plus tôt ?

— Denan l'aurait retenu plusieurs heures dans son bureau...

— Mais qui est ce Denan ? coupa Léa.

— Une belle ordure, Lucien Denan ! Il est arrivé à Bordeaux avec l'exode. Jusqu'en 42, il était vendeur aux « Dames de France » au rayon de mercerie et de bonneterie. Dès son travail fini, il rejoignait le siège de M.S.R. où il mettait sur fiches tous les renseignements qu'il recueillait sur les employés du magasin. Très vite il est devenu leur agent de renseignements numéro un. Il a quitté les « Dames de France » et a été nommé inspecteur adjoint aux questions juives, puis délégué régional. Quand la Milice a été créée à Bordeaux, il est devenu chef du 2e Service. On dit qu'il travaille également pour les renseignements allemands sous le nom de « Monsieur Henri ». Voilà le bonhomme. Pour en revenir au fils Fayard, dès qu'il a pu partir, il a pris une voiture de service. Malheureusement pour Sidonie, il est arrivé trop tard. On a enterré ce matin la pauvre vieille. Nous n'étions pas nombreux à suivre le corbillard.

Léa ne put retenir ses larmes.

— Ruth avait très bien fait les choses, continua Albert. J'ai pris Belle chez moi. Mais j'ai bien peur que la malheureuse bête ne rejoigne bientôt sa maîtresse.

— Sommes-nous recherchées oui ou non ? demanda Camille.

— D'après Mathias, officiellement non. Mais ça ne veut rien dire. Il pense qu'il vaut mieux que vous restiez cachées durant quelque temps.

— Il sait où nous sommes ?

— Bien sûr que non, notre confiance en lui ne va pas jusque-là. On a rendez-vous à Bordeaux, gare Saint-Jean, le 24. J'essaierai de venir le lendemain. D'ici là, ne vous montrez pas trop.

Il faisait un temps splendide et chaud quoique très froid dans la matinée. Grisées par l'odeur marine des pins, Léa et Camille avaient l'impression d'être en vacances. Un engourdissement du corps et de la pensée, contre lequel elles ne luttaient pas, les prenait. Les journées passées dans la forêt à pique-niquer sous les arbres, à somnoler dans un repli du terrain sablonneux, à jouer à cache-cache avec Charles, leur faisaient oublier la réalité. Elle se rappela brutalement à elles, quand un maquisard vint annoncer au père Léon l'arrestation du boucher et celle de sa femme. Mireille avait été conduite au fort du Hâ, quant à Albert, il se trouvait au 197, route du Médoc (rebaptisée avenue du Maréchal-Pétain) pour y être interrogé.

Camille blêmit. Elle se souvenait des horribles jours passés dans les caves de la sinistre demeure et des cris des suppliciés.

— Quand a-t-il été arrêté ?

— En allant rejoindre le fils Fayard à la gare Saint-Jean.

— Il l'avait dénoncé !... cria Léa.

— On ne le pense pas. Par mesure de sécurité, on avait prévenu Aristide. Deux de ses hommes surveillaient les abords de la gare et un autre attendait Mathias Fayard près du lieu de rendez-vous. Tout paraissait normal. Je suis arrivé avec Albert et Riri cinq minutes avant l'heure fixée. La foule descendant du train de Paris nous a séparés. Riri et moi, nous avons vu venir Mathias, il semblait seul. Nous nous sommes retournés. À une dizaine de mètres de nous, Albert était entouré par un officier et deux soldats allemands et par trois Français en civil. Nous l'avons entendu dire : « Vous vous trompez. »

« Devant l'attroupement, la foule s'est écartée et c'est à ce moment-là, je crois, que Mathias s'est rendu compte de ce qui se passait. Il a pâli, a fait quelques pas dans leur direction puis s'est arrêté. J'étais près de lui.

« — Fumier, lui ai-je dit, on aura ta peau.

« Il m'a regardé, l'air de ne pas comprendre.

« — Je n'y suis pour rien, je ne comprends pas. C'est une coïncidence.

« — Cette coïncidence, tu la paieras cher.

« — Arrête tes conneries, personne, à part moi, ne savait que j'avais rendez-vous avec lui.

« — C'est pas une preuve ça ?

« — Pense ce que tu veux, suivons-les, je voudrais savoir où ils l'emmènent. Viens avec moi.

« — Pour que tu me fasses arrêter aussi !...

« — Tiens, prends mon pistolet, tu n'auras qu'à me descendre si tu crois que je vais te trahir.

« Et il m'a tendu son arme, comme ça, sans même essayer de la cacher. Tout le monde pouvait nous voir. Je la lui ai arrachée des mains en disant :

« — Tu n'es pas fou !

« J'ai vérifié si elle était chargée et je l'ai mise dans ma poche, et on s'est dirigé vers la sortie. Riri nous a rejoints. À son air, j'ai cru qu'il allait l'abattre sur place.

« — Explique-lui, a dit calmement Mathias en s'avançant vers une traction garée en bas des marches...

« Pendant ce temps, à quelques mètres seulement, Albert était poussé dans une 15 Citroën portant une plaque d'immatriculation allemande. Je suis monté près de Mathias tandis que Riri s'éloignait.

« — Il ne vient pas ? m'a-t-il demandé.

« — Il n'a pas confiance, il va nous suivre avec des copains qu'on a dans le coin.

« — Alors, qu'ils fassent vite, m'a-t-il dit en démarrant derrière la traction allemande.

« J'ai sorti le pistolet et je l'ai braqué en direction de Mathias, prêt à le descendre au moindre doute. Je me suis retourné plusieurs fois, me demandant comment Riri et les copains allaient nous suivre. Devant nous, la voiture des Boches roulait bon train.

« — Merde, a dit Mathias, ils ne vont pas cours du Chapeau-Rouge.

« — Qu'est-ce qu'il y a cours du Chapeau-Rouge ?

« — Un des bureaux de Poinsot.

« — Et alors ?

« — Ça veut dire qu'ils vont le remettre aux Allemands et que c'est plus difficile de s'échapper de leurs pattes que de celles des policiers français.

« Cours Aristide-Briand, on a tourné pour prendre le cours d'Albret. Je me suis dit : ils l'emmènent au fort du Hâ. Mais non, ils ont continué. On a longé la prison. Rue de l'Abbé-de-l'Épée, Mathias m'a demandé si je voyais mes copains derrière. À part des vélos et une camionnette de l'armée allemande, il n'y avait aucune voiture. Rue de la Croix-de-Seguey, j'ai compris où ils allaient. À la barrière du Médoc, nous avons été arrêtés par des flics allemands. J'ai remis mon pistolet dans ma poche, je n'en menais pas large. Mathias leur a montré une carte, ils lui ont fait signe de passer. Dans les rues du Bouscat, il n'y avait pas grand monde et aucune voiture. Mathias a ralenti pour mettre une plus grande distance entre eux et nous. Toujours pas trace des copains. Quand ils se sont arrêtés, nous nous sommes arrêtés aussi, à une centaine de mètres. Nous les avons vus pousser Albert dans ce que nous savions être le centre d'interrogatoire de la Gestapo. Il n'y avait rien à faire. J'ai regardé Mathias, il était toujours très pâle et ses mains, crispées sur le volant, étaient marbrées. J'ai eu envie de le tuer sur place. Il l'a deviné car il m'a dit :

« — Ça ne servirait à rien, qu'à te faire prendre toi aussi. Il faut prévenir sa femme et les autres. Je te le jure, je n'ai trahi personne. C'est chez vous qu'il y a des traîtres.

« Je l'ai laissé démarrer, nous sommes passés lentement devant le 224, le château où habite le commandant Luther, presque en face le 197. Tout était calme. »

L'homme vida le verre de vin que lui avait servi Léon.

— Et ensuite ? demanda Léa.

— Nous sommes revenus gare Saint-Jean, pour voir si les autres n'y étaient pas. Après avoir fait un tour dans la gare, Mathias a dit :

« — Ne restons pas là, on va finir par se faire remarquer. Allons à Saint-Macaire prévenir Mireille.

« Nous avons remonté la rive droite de la Garonne. Un peu avant Rions, nous avons été arrêtés par des miliciens qui recherchaient les auteurs d'un sabotage qui avait eu lieu la veille. À la sortie de Saint-Maixant, nouveau contrôle, cette fois par des Allemands. Quand enfin nous sommes arrivés à Saint-Macaire, plus de trois heures s'étaient écoulées depuis l'arrestation d'Albert.

« — Il vaut mieux passer par le port, a dit Mathias.

« Au pied des ruines de l'ancien château, il a arrêté la voiture et l'a dissimulée dans une grotte qui sert de remise aux bouilleurs de cru. Après avoir escaladé le raidillon, nous nous sommes retrouvés derrière l'église.

« — Ne fais pas de bruit, m'a-t-il dit, sans paraître remarquer le pistolet toujours braqué sur lui.

« Pas un chat dans les ruelles, la plupart des volets étaient tirés malgré le jour. Deux coups de feu ont claqué, résonnant à travers les rues.

« — Ça vient du côté de chez Albert, s'est écrié Mathias.

« Abrités sous une porte cochère, nous avons assisté à l'arrestation de Mireille qu'un sous-officier allemand poussait dans une voiture. Devant la boucherie, un chien finissait de se vider de son sang. Un soldat a donné en riant un coup de pied au cadavre qui a roulé pas loin de nous. J'ai entendu Mathias murmurer :

« — Belle... ils ont tué Belle... »

— Le chien de Sidonie ! s'exclama Léa. Pauvre bête.

— Qu'avez-vous fait, après ? demanda Léon

— Je l'ai forcé à redescendre et à me conduire près de Bazas où je l'ai remis aux hommes de Georges en attendant que nous prenions une décision.

— Comment avez-vous su l'endroit où l'on conduisait Mireille ?

— Quand nous sommes arrivés chez Georges, un camarade policier de Bordeaux venait de leur annoncer la double arrestation et le lieu où chacun avait été emmené.

Accablés, ils restèrent tous silencieux. Le premier, Léon reprit la parole et s'adressa aux deux jeunes femmes qui tenaient serré contre elles Charles dont les yeux inquiets allaient de l'une à l'autre.

— Vous n'êtes plus en sécurité ici.

— Pourquoi dites-vous ça ? fit Léa avec humeur, jamais Albert ne nous trahira.

— Il résistera autant qu'il le pourra, j'en suis certain, mais c'est un risque que nous ne pouvons pas courir. N'oubliez pas qu'ils ont également arrêté sa femme. S'ils la torturent devant lui, il parlera.

— Il a raison.

Brusquement, Léon arracha du râtelier d'armes son fusil habituellement dissimulé dans son lit et le braqua sur la porte d'entrée. Tous se turent. On entendit un grattement et la porte s'ouvrit sur un homme en canadienne.

— *My goodness*, Léon, vous ne me reconnaissez pas ?

Le vieux abaissa le fusil en bougonnant :

— Aristide, ce n'est pas prudent d'arriver comme ça chez les gens.

— Vous avez raison. Bonjour Léa, vous vous souvenez de moi ?

— Très bien, je suis heureuse de vous revoir.

— Mme d'Argilat, sans doute ? dit-il en se tournant vers Camille.

— Oui, bonjour monsieur.

— J'ai une bonne nouvelle pour vous. Votre mari a quitté le Maroc avec la division formée par le général Leclerc en vue du débarquement. Il est arrivé en Angleterre le 21 avril dans le port de Swansea au sud du pays de Galles. Le général lui-même est venu les accueillir.

La joie transfigura Camille. Comme elle est belle ! pensa Léa. Dans un élan d'affection, elle l'embrassa. Qu'il paraissait loin le temps où elle haïssait la femme de celui qu'elle croyait aimer, et dont elle avait fait son amant une nuit dans les caves de briques roses de Toulouse. Sans arrière-pensée, elle partageait le bonheur de celle qui était devenue son amie.

— Merci, monsieur, pour cette bonne nouvelle.

— Je crois pouvoir vous dire que vous en recevrez d'autres prochainement. Mais en attendant, vous devez partir d'ici. Je vous conduirais bien chez une amie à Souprosses, mais j'ai l'impression qu'elle est surveillée par les hommes de Grand-Clément qui me recherchent.

— Si nous retournions à Montillac puisque nous ne sommes pas recherchées ?

— Nous n'en savons rien. On ne peut pas courir ce risque.

— Pour quelques jours, on peut aller à la palombière, dit Léon. Elle est introuvable dans la forêt. Ce n'est pas très confortable, mais...

— La vie vaut mieux que le confort, dit Aristide. Rassemblez des vêtements et des provisions pour quelques jours, nous allons partir tout de suite. Avez-vous des couvertures là-bas ?

— Je crois bien. Je vais en prendre une propre pour le petit.

— Qu'allez-vous faire de Mathias ? demanda Léa à l'agent anglais.

— Si ce n'était que de moi, je l'enverrais en corvée d'bois, bougonna Léon.

— On ne peut pas le supprimer comme ça. Il faut l'interroger. Moi qui me méfie de tout le monde, j'ai tendance à le croire innocent de ces arrestations.

— N'empêche qu'il travaille pour eux.

— Il n'est pas le seul, hélas ! Mais, jusqu'à preuve du contraire, lui n'a pas tué.

— Nous sommes prêtes, monsieur, dit Camille, un petit sac de voyage à la main.

Le colonel Claude Bonnier, délégué militaire régional, connu sous le nom d'Hypoténuse, avait été envoyé en France par le Bureau central de renseignements et d'action (B.C.R.A.) en novembre 1943 avec pour mission de réorganiser la Résistance dans l'Aquitaine après la trahison de Grand-Clément.

Il avait été fait prisonnier par la Gestapo en février 1944 à Bordeaux, rue de Galard, chez son radio, alors qu'il voulait envoyer un message à Londres (arrêté à la suite d'une dénonciation, l'opérateur avait à son tour dénoncé Hypoténuse qui était tombé dans un guet-apens tendu par le lieutenant Kunesch).

Emmené au Bouscat, route du Médoc, il avait été interrogé, vers dix-huit heures, par Dohse lui-même. Il avait obstinément refusé de reconnaître qu'il était envoyé de Londres, qu'il s'appelait Claude Bonnier alias Bordin (bien qu'identifié par Toussaint, les frères Lespine, Durand et Grolleau) et qu'il avait ordonné l'exécution du colonel Camplan, soupçonné de trahison[1].

1. Héros de la guerre de 1914, Eugène Camplan s'engagea très tôt dans la Résistance, chargé par le colonel Touny en octobre 1943 de coordonner au titre de chef de la subdivision sud de la région B2 l'action des

Au bout d'une vingtaine de minutes, agacé, Dohse avait ordonné qu'on le conduise dans un cachot. Il reprendrait l'interrogatoire après avoir dîné. On l'enferma sans lui retirer ses menottes. Tard dans la nuit, on vint chercher Dohse au mess des officiers : il se passait des choses bizarres dans la cellule d'Hypoténuse. Quand il arriva dans la cave du 197, route du Médoc qui servait de prison, Bonnier gisait sur le sol, agité de soubresauts, la bouche écumante, le visage et les lèvres barbouillés de poussière, il poussait de faibles gémissements. Le gardien-chef, penché sur le corps du malheureux, se releva.

— *Er hat sich mit Zyankali vergiftet.*

— *Das seh' ich auch, Dummkopf! Haben Sie ihn nicht durchsucht?*

— *Selbstverständlich, Herr Leutnant, aber die Kapsel muss in seinem Jackenfutter versteckt gewesen sein.*

— *Wie hat er das fertiggebracht, mit gefesselten Händen?*

— *Er muss die Kapsel mit den Zähnen erwischt haben, aber dann ist sie ihm entfallen. Die Flüssigkeit hat sich auf dem Fussboden ausgebreitet und er hat sie aufgeleckt. Daher stammt auch der Staub in seinem Gesicht, und deshalb war er auch nicht sofort tot*[1].

— Rufen Sie schnell einen Arzt!

F.F.I. dans la région de Bordeaux comprenant cinq départements. Soupçonné de trahison (rencontres avec Dohse et Grand-Clément) par Bonnier, il fut exécuté par les hommes de celui-ci en janvier 1944 près de Ruffec dans le bois des Linaux. Après la guerre, à la suite d'une longue enquête, le colonel Camplan, « victime d'une tragique méprise », a été reconnu officiellement « mort pour la France ».

1. — Il s'est empoisonné avec du cyanure.
— Je le vois bien, imbécile. Vous ne l'aviez pas fouillé?
— Bien sûr que si, mon lieutenant. Il avait sans doute caché la capsule dans un pli de sa veste.
— Comment a-t-il réussi avec ses mains attachées?
— Il a dû attraper la capsule avec ses dents, mais elle lui a échappé, il s'est traîné et a léché le liquide, ce qui explique la poussière sur sa figure et le fait qu'il ne soit pas mort instantanément.
— Appelez un médecin, vite!

— *Zu Befehl, Herr Leutnant*[1] !

Il sortit en criant :

— *Einen Arzt, schnell einen Arzt*[2] !

Dans les cellules voisines, les détenus se bouchaient vainement les oreilles pour ne pas entendre les cris et les gémissements. Éprouvaient-ils du remords devant les souffrances de celui qu'ils avaient dénoncé, ces résistants de vingt ans, manipulés par Dohse ? Non, sans doute. Il leur semblait juste que celui qui avait fait tuer leur chef, le colonel Camplan, le paye de sa vie.

Claude Bonnier mourut à l'aube sans avoir parlé.

Profondément impressionné, Friedrich Dohse avait murmuré :

— Ces gens de Londres ne sont pas comme les autres.

Paradoxalement, cette mort terrible qui aurait dû paralyser toutes les énergies galvanisa les combattants de l'ombre et raviva leurs forces.

Il en fut de même lorsque disparut Albert.

Le boucher n'était pas non plus un homme comme les autres.

Son engagement dans les rangs de la Résistance venait de sa profonde conviction que les Allemands n'avaient rien à faire en France et que des hommes comme lui devaient tout entreprendre pour les chasser s'ils ne voulaient pas avoir un jour à rougir devant leurs enfants. Fils d'un soldat de Verdun mort des suites de ses blessures, il avait fait sienne une des phrases favorites de son père. Chaque fois qu'ils se promenaient sur les coteaux du Pian dominant la région, l'ancien poilu s'arrêtait pour contempler cette terre belle et riche, disant calmement :

— La France mérite que l'on meure pour elle.

Il n'avait pas de capsule de cyanure, Albert, et Dohse ne s'était pas interposé entre les bourreaux de Poinsot et lui. Ils l'avaient torturé avec de grands raffinements à l'aide de couteaux... de boucher.

1. — Bien, mon lieutenant.
2. — Un médecin, vite un médecin !

D'abord, il avait tenté de rire :

— V'là le bon Dieu qui me punit d'avoir tué tant d'animaux.

Ils le lardèrent de coups, glissèrent en riant des morceaux d'ail dans les entailles :

— Un vrai gigot de Pâques !

Ils versèrent du sel et du poivre sur les muscles de la poitrine mis à nu, le ligotèrent « comme un rôti ». Quand ils en eurent assez de « travailler cette viande » devenue inerte, dont ils n'avaient pas réussi à tirer un mot, ils firent rouler le corps dans les escaliers de la cave et l'enfermèrent dans la cellule qui avait vu mourir Bonnier. Il reprit connaissance pour entendre ses tortionnaires dire avec un rire gras :

— S'il ne parle pas demain, on charcutera sa bouchère devant lui.

« Je parlerai », pensa-t-il simplement.

Pendant la nuit interminable, chaque mouvement lui causait une douleur telle qu'il ne pouvait pas retenir ses cris. Durant des heures et des heures, il rongea la partie de la corde qui lui immobilisait le haut du bras. Malgré le froid humide de la cave, il fut bientôt en sueur. Peu avant l'aube, la corde céda. Tant d'efforts avaient épuisé sa chair torturée, il s'évanouit... Quand il revint à lui, le jour se levait. Il entreprit de se débarrasser de ses liens incrustés dans ses plaies et collés par le sang. Ces nouvelles souffrances eurent raison, un moment, de son énergie, il pleura comme il n'avait pas pleuré depuis la mort de son père quand il avait neuf ans. C'étaient de gros sanglots bruyants et ridicules qui secouaient sa carcasse d'homme fort. Retombé sur le sol souillé, il atteignit le fond du désespoir... Si ses bourreaux étaient revenus l'interroger à ce moment-là, il est probable qu'il aurait parlé. Les larmes formèrent sous sa joue une flaque humide qui se mélangeait à la poussière... Ses doigts pétrissaient la boue ainsi constituée. « La terre... » C'est d'elle qu'il tira la force et la rage nécessaires pour finir d'arracher ses liens. Un peu de lumière filtrait par un soupirail mal obstrué. Près de l'ouverture, un gros anneau qu'Albert atteignit en levant le bras. Une canalisation courait le long du mur ; il y monta et attacha un des bouts de la corde à l'anneau, de l'autre il fit un nœud coulant qu'il passa à son cou. Il se laissa tomber... Ses pieds battirent... Par un ultime instinct de survie, il tenta de remonter sur le tuyau. La corde mince pénétra dans les chairs, écrasant lentement le larynx. Albert mit de longues minutes à mourir.

Dans la cellule voisine, deux résistants d'un maquis F.T.P. de Sainte-Foy-la-Grande chantaient d'une voix brisée qui devint de plus en plus forte :

... Ami, si tu tombes,
Un ami sort de l'ombre
A ta place.

Demain du sang noir
Séchera au grand soleil
Sur les routes.

Sifflez, compagnons...
Dans la nuit, la liberté
Nous écoute[1].

La femme et les compagnons d'Albert ne connurent son horrible fin qu'au lendemain de la libération de Bordeaux.

1. *Le Chant des partisans*, paroles de Maurice Druon et Joseph Kessel, musique d'Anne Marly, diffusé pour la première fois par la B.B.C. le 9 février 1944, lu par Jacques Duchesne sous le titre : *Chant de la Libération*, puis deux autres fois sur la musique d'Anne Marly en avril et en août 1944. Écrit à Londres, ce poème fut tout d'abord publié dans *Les Cahiers de la Libération*, revue clandestine fondée en France occupée par Emmanuel d'Astier de La Vigerie, en septembre 1943.

3

« Chère Léa,

« Je ne sais comment cela se passe à Montillac, mais ici, à Paris, le monde est fou. Tous vivent dans l'attente du débarquement et jamais la population n'a autant haï les Anglo-Américains et leurs sacrés bombardements. Celui de la nuit du 20 au 21 avril a été particulièrement terrifiant. J'étais chez des amis qui habitent au dernier étage d'un immeuble de la place du Panthéon. Pendant plus d'une heure, nous sommes restés à regarder le spectacle en buvant du champagne et du whisky. C'était plus beau qu'un feu d'artifice le jour du 14 Juillet ; pas un vitrail n'est resté au Sacré-Cœur. Il y a eu plus de six cents morts. Les tantes en ont été toutes retournées. Moi aussi, ça me fait de la peine, mais je préfère ne pas y penser sinon, je ferais comme elles : je passerais mes journées en prière dans la cave, dans le métro ou dans les salles de cinéma qui restent ouvertes jusqu'à six heures du matin pour servir d'abris. Il y a des alertes presque toutes les nuits et même dans la journée. Ce n'est pas une vie.

« Côté ravitaillement, heureusement que je me débrouille, sinon, rue de l'Université, ce serait plutôt la disette. À Montillac, ce doit être plus facile. Avec les copains, on ne parle que du docteur Petiot et des crimes de la rue Le Sueur. J'en fais des cauchemars. Tante Lisa aussi qui découpe dans les journaux tout ce qui concerne cette horrible affaire. Il paraît que les Anglais auraient lancé sur les Charentes des boîtes à gâteaux explosives. En as-tu entendu parler ? Bien que l'on pense qu'il s'agisse de propagande antianglaise, certains disent que les Anglais sont tout à fait capables de faire ça. Paris a eu la visite de mon ex-grand homme. Le Maréchal est venu en personne se faire acclamer sur la place de l'Hôtel-de-Ville. Tante Albertine et moi, nous avons eu toutes les peines du monde à empêcher Lisa d'y aller.

« Je vois de temps en temps Françoise et son bébé. Otto a passé quarante-huit heures en permission la semaine dernière. Il n'a toujours pas obtenu l'autorisation de se marier. Je crois que Françoise en souffre beaucoup, mais elle ne me dit rien. Elle fait semblant de s'amuser avec des femmes qu'elle croit être dans la même situation qu'elle ; en fait, ce ne sont que des poules à soldats. Je lui ai conseillé de retourner à Montillac jusqu'à la fin de la guerre, elle m'a répondu qu'il n'en était pas question. Tu devrais lui écrire. Otto est reparti sur le front de l'Est. Je vais essayer de te faire parvenir des cigarettes et un joli coupon de tissu bleu.

« Tu vas rire, je me suis mise à la lecture. Une amie m'a prêté un livre sorti avant la guerre je crois. C'est l'histoire d'une famille et d'un domaine qui ressemblent aux nôtres excepté que ça se passe dans le sud des États-Unis pendant la guerre de Sécession. Ça s'appelle : *Autant en emporte le vent*, c'est formidable. Tu devrais aller chez Mollat à Bordeaux pour te le procurer.

« Comment vont Camille, Charles, Ruth et tante Bernadette ? Embrasse-les pour moi. N'oublie pas non plus d'embrasser Sidonie. Avez-vous des nouvelles de Laurent ? As-tu revu l'étrange François Tavernier ? Oncle Luc et son charmant fils sont-ils toujours pro-Allemands ? Que devient Mathias ? Je n'arrive pas à croire qu'il travaille pour la Gestapo. Et ses chers parents, continuent-ils à nous voler ? Je n'ai pas réussi à trouver la somme que tu me demandais. J'en ai parlé à Françoise et aux tantes, mais tu connais leur situation financière : elles ont juste de quoi vivre. Otto, mis au courant, était réellement malheureux de ne pouvoir rien faire ; son père lui ayant coupé les vivres, il n'a que sa solde. Tu devrais peut-être examiner les propositions de Fayard. Qu'en pense Camille ?

« Je sais que je te fais bondir en te suggérant de vendre Montillac, ou du moins une partie.

« Je te quitte car on vient me chercher pour aller au cinéma. On va au *Helder* voir *Le Voyageur sans bagages.*

« Écris-moi vite, je t'embrasse,

Laure. »

« P.-S. Malgré les bombardements, tu devrais venir à Paris, ça te changerait les idées. J'aimerais t'emmener écouter du jazz dans une cave du quartier Latin. »

Léa sourit en terminant la lettre. « Ma petite sœur est vraiment inconsciente », pensa-t-elle. Elle déplia un troisième feuillet couvert d'une écriture élégante.

« Ma petite fille,

« Je profite du courrier de Laure pour venir te dire combien je pense à toi et à cette chère maison qui vous a vues naître tes sœurs et toi et que ton pauvre père et ta chère mère aimaient tellement. La situation dans laquelle tu te débats nous inquiète beaucoup Lisa et moi. Nous avons fait et refait nos comptes, nous sommes pratiquement ruinées. En dehors de l'appartement de la rue de l'Université, nous ne possédons plus rien. Pour manger, nous avons dû vendre les plus beaux bijoux de notre mère à des prix ridiculement bas, ceux qui restent ne valent que par les souvenirs qui s'y rattachent. Les placements que nous avons effectués avant la guerre se sont révélés désastreux et notre banquier est parti avec l'or que nous lui avions confié. Ceci pour te dire qu'à moins de vendre l'appartement nous ne pouvons pas t'aider. Lisa et moi en sommes désespérées. As-tu pensé à prendre conseil auprès de ton oncle Luc ? Je connais vos rapports difficiles, mais par respect pour la mémoire de son frère, je suis sûre qu'il t'aiderait de son mieux. Trop de gens malhonnêtes cherchent à abuser des femmes qui se retrouvent du fait de la guerre seules pour affronter des circonstances auxquelles elles n'étaient pas préparées. La guerre va bientôt finir, si tu pouvais tenir jusque-là !...

« Laure nous donne bien du souci, sans cesse dehors, rentrant tard le soir, trafiquant d'on ne sait quoi, cette petite nous inquiète presque autant que sa sœur Françoise dont le mariage semble bien compromis. Que deviendra-t-elle après ?...

« Donne-nous plus souvent de tes nouvelles et de celles de cette chère Camille que nous nous réjouissons de savoir auprès de toi. Rappelle-moi au bon souvenir de ta tante, madame Bouchardeau, et de Ruth.

« Mon enfant chérie, pardonne-nous de ne pouvoir t'être d'aucune aide. Lisa et moi nous prions chaque jour pour toi et nous te bénissons. Ta tante qui t'aime,

Albertine. »

Léa froissa la lettre qui roula à ses pieds. Elle se sentait désemparée, abandonnée. Il devait pourtant y avoir quelque chose à faire.

Les jeunes femmes et l'enfant n'avaient passé que deux nuits à la palombière. Au matin du troisième jour, Léa avait été réveillée par une voix familière que, dans un demi-sommeil, elle ne parvenait pas à identifier.

— Cette petite dort comme une marmotte !

— Mon père ! quelle joie de vous revoir.

— Oncle Adrien !

— Ma belle endormie !

Accroupie sur sa couverture, Léa ne lâchait pas la main de son oncle et le regardait avec bonheur et incrédulité.

— Je croyais ne plus te revoir avant la fin de la guerre...

— La fin est proche.

— Quand es-tu arrivé ?

— J'ai été parachuté cette nuit, non loin d'ici. Aristide m'attendait et m'a mis au courant pour Albert et Mireille...

— Il faut faire quelque chose.

— Aristide et ses hommes s'en occupent avec ceux de La Réole. Pour l'instant rien ne peut être fait.

— Je ne cesse de penser que c'est à cause de nous qu'ils ont été arrêtés, dit Camille.

— Je ne le crois pas. La Gestapo en arrêtant certains résistants a trouvé chez eux des documents ; d'autres, sous la torture ou la menace, ont donné des noms. Quand j'ai appris à Londres le nom du jeune homme qui avait toute la confiance de Poinsot, j'ai tout de suite craint pour vous et pour Albert et Mireille. Il savait depuis longtemps qu'il était dans la Résistance.

— Pourquoi ne s'est-il pas manifesté plus tôt ?

— C'est là qu'intervient le côté particulièrement pervers du personnage : il veut à lui seul frapper un grand coup et apporter à ses maîtres les principaux chefs de maquis de la région.

— Si on sait qui il est, pourquoi ne pas le faire disparaître ?

Le visage amaigri du dominicain, qui portait maintenant une superbe moustache teinte en noir qui le rendait méconnaissable, s'assombrit. Léa remarqua la brusque raideur de son corps. Pauvre oncle Adrien, en dépit de la guerre, il restait un prêtre pour qui tuer un ennemi, même un traître, était renier le premier commandement de Dieu : Tu ne tueras point. Ah ! si elle était un homme...

Ce fut Camille qui formula sa pensée.

— Je crois avoir deviné de qui vous parlez. Je ne suis qu'une femme, mais je suis prête à l'abattre si vous m'en donnez l'ordre.

Léa regarda sa compagne avec stupeur. Décidément, cette Camille, qu'elle avait longtemps prise pour une chiffe molle, l'étonnerait toujours. Déjà, à Orléans, n'avait-elle pas tiré sur l'homme qui les attaquait ?...

Le père Delmas observa la jeune femme avec tendresse et émotion.

— Ce n'est pas une besogne pour quelqu'un comme vous. Il est entouré de gardes du corps aussi cruels que lui...

— Mais de moi, ils ne se méfieraient pas !

— N'en parlons plus, voulez-vous ?

— Parlons-en, au contraire. Camille a raison. De nous, il ne se méfierait pas.

— Vous ne savez pas de quoi vous parlez. Ces gens-là sont dangereux, très dangereux et nous avons suffisamment d'hommes expérimentés pour faire ce travail si nous devions en arriver là.

— Mais...

— Camille, n'insistez pas...

Le ton d'Adrien n'admettait plus de réplique. Il sourit et poursuivit :

— J'ai une surprise pour vous... Vous ne devinez pas ?

— Vous... vous avez vu Laurent ?

— Oui. Lors de ma visite au général Leclerc.

— Comment va-t-il ?

— Aussi bien que possible. J'ai accepté, bien que ce soit formellement interdit, qu'il me remettre une lettre pour vous. Tenez.

D'une main hésitante, la jeune femme prit l'enveloppe froissée que lui tendait Adrien Delmas.

— Surtout, ne la conservez pas. Dès que vous l'aurez lue, détruisez-la. Tu viens, Léa ? Allons faire un tour.

Restée seule, Camille tournait et retournait l'enveloppe qui ne portait aucune inscription. Enfin, elle déchira le papier avec une brutalité qui ne lui était pas coutumière. Elle en sortit deux feuilles d'un mauvais papier quadrillé :

« Ma femme bien-aimée,

« Ce que je fais est follement imprudent pour nous deux et notre ami, mais je n'en peux plus d'un si long silence. Il n'est pas de nuit où je ne rêve de toi et de notre enfant, où je vous imagine tous les deux dans la maison de mon père enfin retrouvée. C'est pour ce moment tant attendu que je me bats. Ces quelques mois passés en Afrique avec des hommes déterminés, auprès d'un chef que beaucoup trouvent dur, mais que tous vénèrent, m'ont donné une grande confiance dans l'avenir.

« Nous sommes admirablement installés au milieu d'un parc magnifique. L'état-major demeure dans le château, et les hommes dans de confortables baraquements mis à notre disposition par le gouvernement britannique. Nous disposons de quatre mille hectares pour l'entraînement. Je pense toujours à toi quand je pénètre dans le bureau du général installé dans la bibliothèque ; la moitié des livres sont des ouvrages français du XVIIIe siècle dans des reliures superbes. Cette pièce te plairait. Ses hautes fenêtres s'ouvrent sur une pelouse bordée d'arbres immenses, d'un vert comme on n'en voit jamais en France.

« Depuis notre récente installation ici, le général a décidé de dîner avec ses principaux officiers, ce qui me vaut l'honneur de repas mornes et silencieux, le patron n'étant pas d'un naturel bavard. Un autre honneur s'ajoute à celui-là que nous redoutons tous, c'est d'être choisi pour le “parcours du grand couillon” si le temps le permet ou le “parcours du petit couillon” si le temps est par trop mauvais. L'un fait trois kilomètres qui peuvent se multiplier par deux ou trois selon l'humeur. Ses silences sont entrecoupés du récit de souvenirs du Tchad ou de Ksar-Rhilane, de ses deux évasions, de sa traversée de la France à bicyclette. L'autre soir, il m'a demandé de lui parler de mon fils. Cela est si inhabituel chez lui de se préoccuper des familles de ses hommes que je suis resté un instant sans voix. Cela l'a mis en colère : “Pourquoi ne me répondez-vous pas ? Vous êtes comme tous vos camarades, ça vous embête ces promenades et mes monologues sur mes campagnes. Mais je suis capable de m'intéresser à autre chose qu'à la guerre.” C'est sans doute vrai, mais pas un d'entre nous n'en a l'impression. Alors, je lui ai parlé de toi, du petit, de notre région et des gens qui y habitent. Je ne pouvais plus m'arrêter. Pas une fois, il ne m'a interrompu. Devant la porte du château, il m'a tapé sur l'épaule en me disant avec ce sourire qui le rajeunit et lui plisse les yeux : “Vous voyez que je sais écouter. Bonne nuit.”

« Nos journées commencent avant l'aube et se terminent tard. Nous sommes tous surentraînés et un peu sur les nerfs. Demain soir, nous allons au concert dans la cathédrale, écouter le *Requiem* de Brahms et la *Cinquième Symphonie* de Beethoven. Plus que jamais je penserai à vous et me laisserai emporter vers toi par la musique.

« Ma chérie, prends bien soin de toi et de notre enfant. Dis à notre belle amie que de la savoir auprès de vous est pour moi d'un grand réconfort. Dis-lui toute ma tendresse. Je prie Dieu qu'il nous réunisse tous très vite. Parle quelquefois de moi à mon fils, pour qu'il me reconnaisse quand je vous serrerai dans mes bras. Ces lignes sont les dernières que tu recevras de moi ; ne les conserve pas. Je baise ton doux visage et tes mains si belles. Je t'aime.

Laurent. »

Des larmes de bonheur coulaient sur les joues de Camille. Depuis qu'elle le connaissait, même absent, toujours il avait été présent et aimant. Quand tout serait terminé...

Un coup de feu claqua. La jeune femme perdue dans ses rêves amoureux tressaillit. Elle sortit dans la clairière. Le père Léon et trois jeunes gens, coiffés de bérets à larges bords, poussaient devant eux avec leurs mitraillettes un jeune homme au visage décomposé qui maintenait sur sa poitrine une main ensanglantée. Une bourrade plus forte que les autres l'envoya aux pieds de Léa et de son oncle.

— C'est un espion, dit l'un des maquisards.

— C'est pas vrai !...

— Fumier !... pourquoi te cachais-tu ?

— Et ce pistolet ?... C'était pour tuer des lapins ?

— La région n'est pas sûre...

— Tu l'as dit, connard !

Un coup de crosse s'abattit sur la main ensanglantée. Le hurlement précipita Camille auprès du prisonnier.

— Ne le frappez pas !... il est blessé !
— Parlez, mon garçon... Que faites-vous par ici ?
— Je cherchais à rejoindre le maquis.
— Le croyez pas ! C'est un espion, je vous le dis.
— Laissez-le-nous, on va le faire parler.
— Je vous en prie, mon père, empêchez-les...

Léon n'avait rien dit jusque-là. Assis sur une souche, le béret repoussé en arrière il contemplait la scène en suçotant son mégot éteint. Comme à regret, il se leva.

— Y pisse le sang comme une vache... Madame Camille, trouvez une guenille pour lui faire un pansement... Pleure pas petit, on va causer tous les deux.

Charles que l'on avait oublié agrippa Léa par sa jupe.

— Pourquoi ils lui font du mal au monsieur ?...

Camille revint avec un torchon propre. Elle enveloppa la main mutilée.

— Ça ira comme ça, fit Léon. Vous autres, retournez monter la garde. Mon père, je pense qu'il faut plier bagage.

— C'est aussi mon avis.
— Bouge pas, mon gars...

Le prisonnier qui s'était relevé se laissa retomber sur le sol sablonneux en gémissant.

Le vieux Landais, sans le quitter des yeux, s'approcha du dominicain et lui dit à voix basse :

— Vous connaissez les gorges du Ciron ?
— Oui.
— Nous avons des hommes par là. Avez-vous besoin qu'on vous guide ?
— Seulement pour sortir de votre repaire. Après, je connais la région.
— À Bourideys, allez à la maison aux volets bleus, c'est celle d'un ami, dites-lui que Léon est aux champignons, il attellera la charrette, fera prévenir Aristide et vous conduira aux grottes.
— Ce n'est pas loin, on peut y aller à pied.
— Pas avec elles et le petit.
— Vous avez raison... Qu'allez-vous faire de lui ?

— L'interroger, pardi.

— Vous savez bien ce que je veux dire.

— Mon père, ce n'est pas votre problème. Ce secteur est le mien. Je dois savoir. Trop des nôtres ont été pris dernièrement.

— Je sais. Aristide a reçu de Londres l'ordre d'exécuter Grand-Clément...

— Il n'est pas le seul à collaborer avec les Boches.

— Je le sais bien, hélas !... C'est pour ça que je suis là. Grand-Clément et ceux qu'il a entraînés avec lui ont fait tout le mal qu'ils pouvaient faire mais je m'efforce de croire qu'il y avait derrière ses relations avec Dohse...

— Mon père, derrière ses relations, comme vous dites, il y avait la trahison de bons patriotes, la dénonciation des camarades communistes et la livraison de tonnes d'armes envoyées par les Anglais. Pour moi, c'est plus que suffisant : une ordure comme ça, ça s'abat comme un chien.

Le dominicain leva les épaules d'un geste las et se dirigea vers le prisonnier.

— Parlez, mon garçon, ça vaudra mieux pour tout le monde.

— Surtout pour toi, ricana Léon en poussant le blessé avec sa mitraillette.

Camille et Léa revinrent, portant leur bagage. Léa avait empilé ses affaires dans un grand carré de coton bleu, noué aux quatre coins. Elle accrocha le balluchon au canon du fusil de chasse du Landais. Avec sa robe à fleurs, son chapeau de paille et ses espadrilles, elle avait l'air d'une accorte paysanne portant le dîner des travailleurs aux champs.

— Jeannot, appela Léon.

Un jeune homme barbu apparut derrière un pin.

— Montre-leur le chemin jusqu'à la route. Ouvre tes yeux et tes oreilles. Celui-là n'est peut-être pas venu tout seul.

— Bien, chef.

— Au revoir, monsieur. Merci pour votre hospitalité.

— De rien... Partez, maintenant.

Camille regardait le vieux Landais, la cabane et la forêt avec une émotion qui la surprenait. La jeune femme, si réservée habituellement, embrassa avec fougue Léon, les yeux pleins de larmes.

— Je n'oublierai jamais les quelques jours passés dans cette région. J'espère y revenir. Adieu.

Pourquoi la clairière ensoleillée parut-elle si froide tout à coup à Léa ?

— Alors ? on y va ? fit-elle en prenant la main de Charles.

Ils marchèrent à travers bois pendant près d'une heure. Adrien Delmas avait pris l'enfant sur ses épaules. La route de Bourideys était dégagée. Très vite, ils arrivèrent à la maison indiquée par Léon et trouvèrent celui qui devait les conduire aux grottes. Le cheval, attelé à la charrette, semblait contrarié d'avoir à traîner tant de monde. Il hennissait, secouait le col avec une ardeur qu'il ne mettait pas dans sa marche. Malgré la mauvaise humeur de l'animal, ils arrivèrent assez vite à Préchac. À l'entrée du village, deux gendarmes arrêtèrent l'attelage.

— Ah ! c'est toi Dumas !

— Salut Renault, salut Laffont. Qu'est-ce qui se passe ?

— Qui sont ces gens-là ? demanda Laffont d'un ton soupçonneux.

— Laisse... ce sont des amis. Je les conduis aux grottes. C'est Léon le Landais qui me les envoie. Mais vous m'avez pas répondu... Qu'est-ce qui se passe ?

— Y se passe que tu ne peux pas y aller aux grottes.

— Pourquoi ?

— Les Allemands ratissent le coin avec la Milice...

— Y paraît qu'un type important de Londres aurait été parachuté ces jours-ci.

Camille serra son fils contre elle... Léa tourna machinalement une boucle de ses cheveux... Adrien Delmas caressa sa moustache trop noire...

— Ils ont arrêté des nôtres ? demanda Dumas.

— Pas encore. Mais ils sont bien renseignés, les salauds. Sans un gamin de Marimbault qui partait à la pêche, à l'aube, et qui est venu aux Gillets prévenir les copains, ils y passaient tous. Ils ont bien failli prendre Lancelot et Dédé le Basque.

— Merde !... Qu'est-ce que je vais faire d'eux ?

Le gendarme Laffont fit signe à Dumas qu'il voulait lui parler à l'écart.

— Tu es sûr du moustachu ?

— Eh bé ! évidemment... Sinon le vieux Léon me l'aurait pas envoyé. Je crois même que c'est lui qui a été parachuté.

— C'est bon, on s'en occupe. On va les emmener dans la voiture de la gendarmerie. Toi tu files, c'est pas bon de rester là. Messieurs-dames, y faut descendre. Avez-vous un endroit où aller ?

— Oui à Brouqueyran, près d'Auros. Vous devez connaître ?

— Si on connaît !... Si vous allez chez la Sifflette, serrons-nous la main, c'est ma cousine, une brave femme...

— Tu nous les casses avec tes histoires de famille... C'est dangereux de rester ici.

— Tu as raison, tu as raison... va chercher la voiture. Venez, vous autres.

— Au revoir ! criait Charles en agitant les bras vers le charretier qui faisait faire demi-tour à son cheval.

Le long des sept kilomètres qui séparaient Préchac de Captieux, ils n'échangèrent pas une parole. Le petit Charles s'était endormi sur les genoux de sa mère. À l'entrée du bourg, Dumas, le brigadier de gendarmerie, se tourna vers le père Delmas.

— Vous avez des papiers ?

— Oui.

— Et vous, les p'tites dames ?

— Oui. Pourquoi ? demanda Léa.

— Au cas où on rencontrerait une patrouille allemande

et qu'elle nous arrêterait, dites que vous allez passer quelques jours chez des parents à Grignols, les Puch.

— Qui sont ces gens ? demanda le dominicain.

— De braves gens qui en ont sauvé plus d'un.

Mais tout se passa bien, ils arrivèrent à Brouqueyran sans encombre. Le lieu d'accueil était bien le bureau de tabac-buvette-épicerie-bazar-boulangerie de la Sifflette, la cousine du brigadier.

La tenancière tenait son surnom de la manie qu'elle avait de siffloter en servant à boire et surtout de siffler en douce des petits verres derrière son comptoir.

— Bonjour, cousin. Tu m'amènes encore des gens ?

— Comme d'habitude, cousine.

Léa jeta un coup d'œil circulaire. Derrière le vieux comptoir de bois, les étagères où, autrefois, se trouvait toute l'épicerie, étaient vides. Il ne restait plus, ici ou là, que quelques boîtes poussiéreuses. Par terre, accotés au mur, un unique sac de grains et un rouleau de fil de fer. Au centre de la salle, une grande table d'hôte avec des bancs et sur le carrelage usé d'avoir été foulé et refoulé une fine couche de sciure.

— Puis-je vous parler en particulier ? demanda Adrien Delmas à la patronne.

— Allons dans la cour, on sera plus tranquille... Faites comme chez vous... Laffont, sers-leur un coup à boire et donne une limonade au mignon chérubin.

Ils restèrent absents peu de temps. Quand ils revinrent, Charles buvait sa limonade, le képi de Laffont enfoncé jusqu'aux oreilles. En le voyant, la Sifflette éclata de rire.

— Avec une recrue comme ça, la guerre va bientôt être finie.

— Faut qu'on y aille nous autres... Les camarades vont se demander où on est passé. Au revoir, petit... Tu me rends mon képi ?

— Non, j'veux l'garder.

— Voyons, mon chéri, rends-le... Il est trop grand pour toi, dit Camille en essayant de le lui retirer.

— Non... non... hurla l'enfant.

— Vas-tu lâcher ça, gronda Léa en lui arrachant brutalement le képi qu'elle remit à son propriétaire.

Le gamin hurla de plus belle.

— Qu'il se taise ou je l'assomme, cria Léa en lui tordant un bras.

Charles fut tellement surpris par la violence du ton qu'il en oublia d'avoir mal et se tut.

— Faut pas parler comme ça aux enfants, mademoiselle. Il sait pas le petit, dit la Sifflette en le prenant dans ses bras.

Laffont remit son képi et partit avec Renault.

Dès qu'ils eurent quitté le débit de boissons-épicerie, le père Delmas, qui n'avait pas lâché depuis son arrivée à la palombière une vieille valise qui paraissait lourde, demanda à la commerçante si elle avait un endroit tranquille.

— Au-dessus de la grange, il y a une chambre qui sert pas. On y remise les gueilles[1] et les meubles chibanés[2]. Je vous donne celle-là parce qu'elle a deux entrées.

Charles et Léa se jetaient des coups d'œil sombres. Ils boudaient. Camille qui les observait ne put s'empêcher de sourire.

— Léa... c'est à se demander lequel est le plus enfant des deux. Je te rappelle qu'il n'a que quatre ans.

— Et alors !... ce n'est pas une raison pour crier comme ça.

— T'es méchante, t'es méchante... Je t'aime plus... T'es plus ma bonne amie... Quand je serai grand, je me marierai pas avec toi.

— Ça m'est bien égal, j'en trouverai un plus beau que toi.

— C'est pas vrai ! Le plus beau c'est moi ! Pas vrai, maman ?

— Oui, mon bel amour, tu es le plus beau et je suis sûre que Léa le pense aussi...

— Elle ne dit rien... Tu vois bien !... Elle m'aime plus !...

1. Vieux habits.
2. Abîmés.

C'en était trop pour le petit garçon amoureux, il éclata en sanglots.

— Non, Charles, ne pleure pas !... C'était pour rire... Je t'aime, je t'aime plus que tout, s'écria Léa en l'arrachant à sa mère et en le couvrant de baisers.

— C'est vrai ?

— Oui c'est vrai, mon chéri.

— Alors, pourquoi tu m'as battu ?

— Je te demande pardon, j'étais fatiguée et énervée. Je te promets, je ne le ferai plus. Embrasse-moi.

Et pendant quelques instants, ce ne furent plus que baisers, rires et câlins sous le regard attendri de Camille.

— Alors, les frotadous[1], on est réconcilié ?

La Sifflette se dirigea vers son comptoir, se versa en sifflotant un petit verre qu'elle avala d'un trait.

— Vous devez avoir faim. Je vais vous préparer une bonne omelette aux cèpes avec une salade du jardin. J'ai un reste de morceau de pastis[2]. Ça vous ira ?

— Très bien, madame, merci beaucoup. Puis-je vous aider ? demanda Camille.

— C'est pas la peine, occupez-vous du petit. Installez-vous dans votre chambre. C'est en haut de l'escalier, la deuxième porte à droite.

— Merci pour tout.

— Basta ! vous me remercierez plus tard... Chut ! on vient.

Trois hommes âgés, vêtus de la vieille veste de coton noir de la région de Bazas, entrèrent.

— Salut la compagnie.

Tu as de la visite, la Sifflette... C'est-y encore des parents à toi ? fit d'un air faussement sérieux celui qui portait un chapeau cabossé.

— Laisse-la, Loubrie, les histoires de famille ça nous regarde pas.

— Tu as raison, Ducloux, surtout par les temps qui courent.

1. Amoureux.
2. Gâteau de la région.

— Alors, croque-vinas, qu'est-ce que je vous sers ?

— Y reste de ton petit vin blanc d'hier ?

— C'est bien trop cher pour des rabouins[1] comme vous autres. Hier, je vous ai rincés[2] ! Faudrait pas que vous en preniez l'habitude !

— Qué rapiasse !... Arrête de rouméguer[3] et sers-nous un coup à boire.

La Sifflette apporta trois verres et une bouteille de vin rosé.

— Dis donc ! Tu es pas au courant ?... Les Boches y tourniquent pas loin d'ici !

— Y paraît. Mon cousin, celui qui est gendarme, il est venu tantôt et il en a causé.

— Qu'est-ce qui cherchent ?

— Eh bé ! vas-y leur demander à ces hils de pute !

— Tu me crois jobrasse[4] ? J'ai pas envie qu'ils me prennent pour un de ces foutus terroristes !

— Y a pas de danger ! Tout de suite, ils verraient que tu es un madur[5].

Les compagnons de Loubrie s'esclaffèrent.

— C'est pas à la Sifflette qu'il faut raconter des craques !

— Elle te connaît bien, sacre cimonier[6] !

— Espèce de couillons !... Vous êtes pas les derniers à écouter un fisson empoisonné[7]. N'empêche que la patronne, elle ferait bien de recevoir moins de gabaches[8] ! Ça commence à causer dans le pays.

— Si tu crois m'espanter[9] avec tes ragots de fouille-merde, vieille bestiasse, tu te trompes pas mal.

— Je cherche pas à t'espanter mais à te rendre service.

1. Avares.
2. Offrir à boire.
3. Râler.
4. Fou.
5. Fier-à-bras, vantard.
6. Coureur de jupons.
7. Mauvaise langue.
8. Étrangers.
9. M'effrayer.

Les frisés, ils deviennent nerveux. Ils sont pas fous. Ils les entendent comme nous autres les avions anglais.

— Et même s'ils les entendaient pas, il y a des salopards qui ouvrent leurs oreilles et leurs yeux pour les renseigner.

Loubrie vida son verre d'un coup si sec qu'un peu de vin coula le long de son menton mal rasé et qu'il s'étouffa. Ducloux lui tapa dans le dos.

— Eh bé! Qué bavous! Faut pas te mettre dans un pareil état... Si t'as rien à te reprocher, y te feront rien les gars du maquis, ce sont de braves petits à ce qu'on dit... tiens, laisse-moi t'aproprir le col sinon la Raymonde, bernique[1] comme elle est, elle est capable de te foutre une trempe, dit la Sifflette en riant.

Loubrie repoussa la main qui voulait l'essuyer et se leva en grommelant :

— Arrête de me coucouler[2] comme un mouquirous[3].

Les trois vieux sortirent accompagnés du gros rire de la patronne qui tira le verrou derrière eux.

— Comme ça, on sera tranquille. J'ai pas confiance en ces pistes-gueyte[4]. Cette nuit, j'irai aux renseignements... Qu'il est choucard[5] le péquègne[6]... Où il est ton pérot[7] ?... À la guerre, pardine...

Tout en parlant, la Sifflette préparait l'omelette. Dans une poêle, posée sur le coin d'une cuisinière vétuste et crasseuse, de la graisse d'oie commençait à grésiller.

— Mademoiselle... voulez-vous mettre la table ? demanda-t-elle à Léa. Les assiettes, elles sont sur l'étagère du buffet. On va bientôt manger.

— Hum! ça sent bon. Ça me rappelle mon enfance, quand Sidonie nous faisait l'omelette aux girolles ou au jambon, dit Adrien Delmas qui venait d'entrer. Madame,

1. Personne maniaque, soucieuse de la propreté.
2. Dorloter.
3. Petit enfant.
4. Personne très curieuse, toujours à épier.
5. Joli.
6. Enfant.
7. Père (affectueux).

cette nuit, il faut que vous préveniez ceux d'Auros et de Bazas qu'ils se tiennent sur leurs gardes. J'avertirai ceux de Villandraut et de Saint-Symphorien. Léa, tu iras à Langon et à Saint-Macaire les prévenir aussi. Poinsot et ses hommes connaissent toutes les caches d'armes et les lieux de refuge. Les Allemands fouillent les gorges du Ciron pour faire diversion. C'est Maurice Fiaux qui est chargé de l'opération avec le lieutenant Kunesch. Dohse et la Milice veulent absolument empêcher Aristide de reconstituer ses réseaux. Ils essaient de se servir de Grand-Clément, mais même les résistants les plus crédules se méfient... Londres a redonné l'ordre de l'exécuter ainsi que Fiaux. Allez, à table, la nuit sera longue.

— Mon père, je veux participer, moi aussi.

— Non, Camille, pas vous.

— Pourquoi ?

— Vous vous devez à Charles. De plus, il ne peut pas rester seul ici.

Camille baissa la tête en soupirant.

— Bien sûr... Vous avez raison.

— Dépêchez-vous de manger, l'omelette refroidit. Tu aimes ça, petitou ? Je vais te couper une tionque[1]. Mon père, comment vous la trouvez mon omelette ?

— Lamentable ! répondit-il en riant.

1. Morceau de pain coupé en longueur.

4

Le ciel était splendide, constellé d'étoiles. Avant de traverser la Garonne à Langon, Léa s'arrêta devant l'église et descendit de la bicyclette prêtée par la Sifflette et qui semblait avoir fait la guerre de 14. Elle avait délivré, sans encombre, le message de son oncle au cuisinier du Nouvel-Hôtel : « *La lagune du Pouy-Blanc ne reçoit plus les eaux du Ciron.* »

— Dites-lui que j'ai compris... C'est bien ce que vous faites, mademoiselle Léa, votre papa, il serait fier de vous.

Une bouffée de bonheur triste avait envahi la fille de Pierre Delmas. Comme tout était calme ! Comment imaginer que non loin d'ici, à deux pas peut-être, des hommes étaient embusqués, n'attendant qu'un ordre pour tuer. Arrivée au croisement, Léa ne prit pas à droite en direction de Saint-Macaire, mais tourna à gauche, passa sous le viaduc. C'était plus fort qu'elle, elle devait revoir Montillac.

Dans la côte, grinçant de toutes ses pièces, la bicyclette accusait son grand âge. Léa dut mettre pied à terre. La croix de Borde dominait toujours de ses bras sombres le domaine de la Prioulette. C'est au pied de cette croix qu'elle avait accepté la première mission confiée par son oncle. Que tout cela paraissait loin ! La masse noire des arbres de la propriété fit battre son cœur à coups redoublés. Sa maison était là, tout près. Devant l'allée qui y conduisait, elle s'arrêta, luttant contre l'envie de courir se réfugier dans la vieille demeure, de se blottir, avant de repartir, dans les bras de Ruth. Un chien aboya, puis un autre. Une lumière apparut sur le seuil des Fayard. La voix du maître de chais ordonnant aux bêtes de se taire lui parvenait très claire. Ce n'était pas prudent de rester là. Elle remonta sur sa machine et fit demi-tour.

Il était une heure du matin lorsque Léa ouvrit le portillon du passage à niveau de Saint-Macaire. Elle retint un cri quand le chien du garde-barrière bondit en aboyant, dans un grand bruit de chaîne. Elle traversa en courant la voie, enfourcha sa bicyclette sur la nationale et prit la rue qui menait à la porte de Benauge. Cours de la République, elle s'arrêta devant le garage Dupeyron. Ce fut le gendarme Riri qui lui ouvrit. Dès qu'il l'eut reconnue, il la tira à l'intérieur.

— Mademoiselle Léa, qu'est-ce qui vous amène ?

— J'ai un message important pour vous : « *La lagune du Pouy-Blanc ne reçoit plus les eaux du Ciron.* »

— Putain, il faut prévenir tous ceux de la région.

— J'ai prévenu à Langon. À l'heure qu'il est, ceux de Villandraut, de Saint-Symphorien, de Bazas et d'Auros sont aussi au courant.

— C'est tant mieux. Dupeyron, tu te charges d'appeler Cazenave, moi je retourne à la gendarmerie.

— Eh bé ! tu viens pas avec nous ?

— Je peux pas abandonner mon poste, ça retomberait sur les camarades. On a eu assez de malheur comme ça.

— Avez-vous des nouvelles d'Albert et de Mireille ?

— Pas vraiment, mademoiselle. Pour Mireille, qui est enfermée à la caserne Boudet, on sait que ça ne va pas trop mal. Pour Albert, on ne sait rien. C'est Mathias Fayard et René qui l'ont vu en dernier. Depuis, plus rien. Personne ne l'a vu ressortir de la maison du Bouscat. Vous le savez sans doute pas, mais le Mathias il a réussi à s'enfuir la nuit dernière, ce qui a obligé les gars de Mauriac qui le gardaient de s'égailler dans la région.

— Vous croyez qu'il va les dénoncer ?

— Je n'en sais rien, je ne comprends plus rien aux jeunots. Ils semblent devenir fous. Mathias, je le connais bien, on jouait au foot ensemble, on allait tirer le perdreau, on était presque camarades malgré que je sois plus vieux que lui. C'était pas un méchant gars. Son séjour en Allemagne l'a complètement changé. Il est revenu avec des idées politiques. La politique c'est pas bon, surtout maintenant. Mais lui, je le crois pas trop dangereux, c'est le Maurice Fiaux qui me fait peur. Lui, c'est un mauvais, il aime le mal. Et le pays, il le connaît bien... Adieu mademoiselle, dites à celui qui vous a envoyée qu'on fait le nécessaire et que s'il a besoin de me joindre, il sait où me trouver... Attendez avant de sortir, je vais voir la rue... Vous pouvez y aller. Bonne route, mademoiselle. Adieu...

Un vent très froid, coupant, s'était levé et ralentissait la course de Léa. Cependant, en traversant le bois de Constantin, elle était en sueur. Ses mains glacées se crispaient sur le guidon rouillé. Au lieu dit Le Chapitre, un des pneus usés éclata. La bicyclette dérapa.

Les genoux et les mains écorchés, Léa resta un long moment étendue sur la route de terre sans avoir la force de bouger. Seul le bruit d'une roue qui tournait en couinant rompait le silence de la nuit.

Ce fut le froid qui l'incita à se relever. Elle sentit le sang glisser le long de ses jambes. Ses genoux lui faisaient mal, moins cependant que ses mains. Elle redressa la bicyclette qui ne put rouler, les deux roues fortement voilées. Avec rage, elle rejeta le vieil engin sur le bas-côté et reprit sa route en boitillant.

Peu avant d'arriver à Brouqueyran, des grondements de moteur la jetèrent dans le fossé. Trois voitures passèrent, rapides, à quelques mètres d'elle. Amies ou ennemies ? Comment savoir ?

La poussière n'était pas encore retombée quand des claquements de portières, des bruits de voix lui parvinrent. Ils s'étaient arrêtés à Brouqueyran. Pourvu qu'oncle Adrien ne soit pas de retour ! pensa-t-elle en courant en direction du hameau.

— Allez, enfoncez la porte.

Cette voix arrêta net Léa. La peur l'enveloppa d'un seul coup. Fuir... il fallait fuir... Elle tomba à genoux et ne sentit même pas la douleur se raviver. Là-bas, les hommes finissaient d'enfoncer la porte tandis que d'autres fouillaient les masures autour du pauvre café. Pourvu qu'ils ne trouvent pas le poste émetteur !... Le poste !... Mais qu'importait le poste ! Camille et Charles étaient seuls dans la maison !... Elle se releva et courut à découvert... les cris de Camille stoppèrent son élan...

— Non !... non !... Ne lui faites pas de mal.

Un homme passa le seuil, portant l'enfant qui se débattait. Sa mère sortit à son tour, s'agrippant à l'homme qui la repoussait à coups de pied sans parvenir à lui faire lâcher prise.

— Maman... maman...

Dissimulée par le mur de la petite mairie, Léa essayait de percer l'obscurité à la recherche d'une arme.

Une flamme jaillit de la maison, éclairant la scène. Pas un homme en uniforme... Deux brassards marqués du sigle de la Milice... Des visages jeunes sculptés par les lueurs de l'incendie qui se développe... Des mitraillettes agitées comme des jouets... Des bouteilles entassées dans les coffres... des rires... des voix françaises qui éructent, qui insultent, qui blessent...

— Tu vas nous dire où sont les autres, salope !...

— Et la Sifflette ? Tu la connais pas, pardine !...

— Albert... Mireille... Lucien... Aristide... Ton putain de dominicain, ça ne te dit rien ?

— Je ne sais pas de quoi vous voulez parler. Rendez-moi mon fils !

— On te le rendra quand tu auras parlé.

— Laisse-la, Jérôme, donne-lui le gamin, on la fera parler en lieu sûr. Ici, avec votre connerie de mettre le feu, vous allez alerter les maquis du coin.

— Putain !... T'en fais pas Maurice, on les attend.

— Maman !

— Rends-le-lui, bon Dieu !... Montez.

Serrant son fils contre elle, Camille monta dans une des tractions avant. Maurice Fiaux prit le volant.

— On va à La Réole, cria-t-il à l'adresse des autres.

Effondrée contre le mur de la mairie, Léa regardait les voitures s'éloigner dans la nuit en direction d'Auros.

Ce fut grâce à la lueur des flammes qu'Adrien Delmas retrouva sa nièce, tremblante de froid et de fièvre.

— Où sont Camille et Charles ?

— Fiaux... Maurice Fiaux...

Elle secouait la tête, claquant des dents, incapable de dire autre chose.

Le dominicain la souleva et marcha, désemparé, vers les flammes. Telle une sorcière, la Sifflette sembla en surgir.

— Bon Diou ! Où sont le petit et sa mère ?

— Je ne sais pas. Il semble que Maurice Fiaux et sa bande soient venus ici.

— Qu'ont-ils fait ces fils du diable !... Mon père !... Elle est blessée !

— J'ai vu. Il n'y a donc personne ici ?

— Tels que je les connais, ils ont dû filer comme des lapins. Pauvres de nous ! Et dire que c'est pour ces chibanis-là que des gens comme vous risquent leur vie !

— Taisez-vous ! Vous aussi vous la risquez votre vie, et vous avez tout perdu. L'église est-elle ouverte ?

— Non, mais je sais où le curé cache la clé. Mais dites donc, mon père, la grange, elle brûle pas encore !... Peut-être que votre poste...

Avec précaution, il allongea Léa inconsciente contre le mur du petit cimetière et courut vers la grange tout en appelant :

— Camille... Charles...

La Sifflette prit la clé dans un trou du mur et ouvrit la porte. Sans trop de mal, elle réussit à traîner la jeune fille à l'intérieur jusque devant l'autel. Là, il y avait un tapis, autrefois somptueux, maintenant usé jusqu'à la trame, cadeau des châtelains du Mirail, plus confortable que les froides pierres bossuées, sur lequel elle l'allongea. Derrière le gros livre des Évangiles, elle découvrit en tâtonnant la boîte d'allumettes. Après plusieurs essais, l'une d'elles consentit à s'enflammer. La Sifflette alluma les deux gros cierges de chaque côté du tabernacle, prit l'un d'eux et alla fouiller dans la minuscule sacristie. Tout ce qu'elle trouva pour protéger la blessée du froid humide fut le drap mortuaire marqué d'une croix blanche avec lequel on recouvrait les cercueils lors des cérémonies funèbres.

En sortant, elle se signa machinalement.

L'incendie paraissait diminuer. Venant de la direction de Bazas, on entendait le pin-pon d'une voiture de pompiers. Ce bruit rassurant ne provoqua qu'un haussement d'épaules chez la tenancière du café-tabac-épicerie-bazar de Brouqueyran.

— Vous aviez raison, le poste y était, dit Adrien Delmas en montrant sa lourde valise. Voilà les pompiers... Il faut la cacher.

— Vous aussi, faut pas qu'ils vous voient. Tenez, prenez la clé de l'église et enfermez-vous dedans. Si on me la demande, je dirai qu'elle est perdue.

— Pas de nouvelles ?

— Non... J'allais vous en demander. Ils ont dû les conduire à Bordeaux.

— Je ne sais pas si c'est ce qu'il faut leur souhaiter.

— Mon père, il faut pas dire des choses pareilles... même ces gens-là, ils feraient pas du mal à un petit !

— Le ciel vous entende.

La Sifflette n'entendit pas la réflexion désabusée du prêtre, elle courait au-devant des pompiers en poussant de grands cris.

Léa reprit ses esprits à la lueur vacillante des cierges. Engourdie par le froid, elle ne tremblait même plus. Elle se souleva sur ses coudes. Le lieu, le drap funèbre, les cierges... Une seconde, elle crut qu'elle était morte. Une furieuse angoisse la précipita debout, rejetant la macabre couverture. Le curé du lieu eût sans doute cru voir une apparition de la Vierge. À ce moment-là, son oncle entrait dans l'église. « Comme cette enfant est belle et terrible... tout droit sortie d'un roman noir », pensa-t-il avant de tourner la clé dans la serrure.

— Qui êtes-vous ?

— N'aie pas peur, c'est moi.

— Oh ! mon oncle...

Adrien s'approcha, posa sa valise et força Léa à s'asseoir sur la marche de l'autel. Il l'attira contre lui en la recouvrant du drap.

— Raconte-moi.

D'une voix basse, mais ferme, elle raconta ce qu'elle avait vu.

Accablé, il baissa la tête, se reprochant de n'être pas intervenu à temps. Du dehors, leur parvenaient, étouffées, les voix des pompiers luttant contre le feu.

— Il a bien dit : à La Réole ?

— Oui.

— Pourquoi à La Réole ?... Il y a là-dedans quelque chose qui m'échappe. Il aurait dû les conduire à Bordeaux...

— Comment ont-ils su ?

— Comme d'habitude, par une dénonciation. Ils ont cru nous arrêter tous... Tu es sûre qu'il n'y avait pas d'Allemands avec eux ?

— Je crois... Ils parlaient tous français et aucun ne portait d'uniforme.

— Cela semble confirmer les renseignements reçus à Londres : la Gestapo n'est pas au courant de tout ce que Fiaux et sa bande entreprennent. Ils agissent dans un but personnel ce qui les rend encore plus dangereux, imprévisibles.

— Mais pourquoi ferait-il cela ? Sans ordres.

— Comme toujours, il y a plusieurs réponses.

— Mais tu le connais bien !

— Oui... c'est bien pour ça qu'il me fait peur. Il a une

revanche à prendre sur la société ; il veut devenir un chef craint et respecté. De plus, il l'a prouvé, il aime tuer, torturer, avilir.

— On ne peut pas laisser Camille et Charles entre ses mains...

Un coup frappé à la porte l'interrompit.

— Ouvrez, c'est moi la Sifflette.

Pistolet à la main, Adrien Delmas fit tourner la clé.

La Sifflette entra poussant devant elle un jeune homme portant un casque de pompier trop grand pour lui.

— On a de la chance que le père Déon se soit cassé un bras. C'est son fils Claude qui est venu à sa place. Je le connais, il travaille pour le maquis de Léon des Landes, il va essayer de rentrer en contact avec lui. Je lui ai dit pour le petit et sa mère.

— C'est bien... Il semblerait qu'on les ait conduits à La Réole.

— À La Réole !... J'espère que vous vous trompez... Il y a des bruits qui courent dans la région que la Gestapo de la ville aurait prêté un local dans les caves du collège à des Français pour l'interrogatoire des maquisards communistes.

— Des preuves ?

— Non, ça se dit, c'est tout.

— Mon oncle, j'oubliais : Mathias s'est échappé.

— Alors, il y a peut-être un espoir...

— Je dois partir, monsieur, mes camarades vont s'étonner de mon absence.

— Tu as raison. Fais-moi prévenir chez le curé d'Auros. Qu'on demande Alphonse Duparc. Tu as compris ?

— Oui, monsieur. Demain vous aurez des nouvelles.

La porte se referma sur la Sifflette et le pompier.

— Oncle Adrien, qu'as-tu voulu dire pour Mathias ?

— Repose-toi, laisse-moi réfléchir.

— Allons, allons, nos amis les gendarmes sont là.

Léa ouvrit les yeux avec peine.

— Tenez, petite, buvez ça, c'est chaud.

La Sifflette lui tendit un gobelet contenant un liquide qui ressemblait à du café.

Elle aspira une gorgée qu'elle faillit recracher.

— Qu'est-ce que c'est ? Il y a de l'alcool là-dedans.

— C'est un café arrosé, ça cache le goût de l'avoine. Allez, buvez, sinon avec le froid de cette église, vous allez attraper la mort.

Au bord de la nausée, Léa avala la mixture. C'est vrai que ça lui faisait du bien. Sans trop de peine, elle déplia ses genoux blessés dont la croûte durcie lui tirait la peau.

Dehors, la journée s'annonçait belle. Les débris calcinés du café-tabac fumaient encore. Les gendarmes Laffont et Dumas, appuyés contre leur voiture, regardaient, le visage dur.

Adrien Delmas consultait une carte.

— Où allons-nous, mon oncle ?

— À La Réole.

Léa le regarda sans comprendre.

— Nous allons traverser la Garonne à Castets, ce sera plus prudent. Ensuite nous rejoindrons la ferme au-dessus de La Réole par de petites routes.

— Mais pourquoi La Réole ?

— Toute cette partie de la région est quadrillée, nous n'avons plus d'endroit sûr où nous réfugier. D'où nous serons, je pourrai entrer facilement en contact avec Hilaire.

— Je ne suis jamais retournée à La Réole depuis la mort de M. et Mme Debray...

À l'aide d'une fourche, la Sifflette grattait dans les décombres, cherchant quelque chose qui aurait pu être épargné. Pas une plainte, pas un gémissement ne s'était échappé de ses lèvres. Mais la voir ainsi fouiller dans ces cendres encore chaudes révélait son désarroi. Toute une vie de labeur partie en fumée, plus même une harde !

— Allez, ma vieille, il faut partir, dit Laffont en posant doucement la main sur le manche de la fourche.

— Tu as raison, ça ne sert à rien de remuer les souvenirs.

D'un geste désabusé, elle jeta l'outil et sans plus un regard monta dans la voiture. Personne alentour n'était venu aux nouvelles.

De la ferme on voyait venir, comme disait Jean Callède. Accueillie avec chaleur, la Sifflette aidait Mme Callède à la cuisine. Nombreux étaient les maquisards qui avaient fait connaissance avec ses fameuses saucisses grillées arrosées d'un vin du pays.

Il était dit que Léa et la Sifflette ne profiteraient pas de la tranquille hospitalité de leurs hôtes : la veille de leur arrivée, un message de Londres : « *Honneur va croître sur Audace* » indiquait qu'un parachutage aurait lieu la nuit suivante. Les deux femmes insistèrent pour y participer. À la demande du père Delmas les résistants acceptèrent malgré leur répugnance ; « les bonnes femmes c'est tout juste bon à cacher les armes et les parachutes dans leur cuisine. » Adrien, pour son compte, était obligé de partir rejoindre le père Dieuzayde du groupe Jade-Amicol, Aristide, Dédé le Basque, Lancelot et Georges afin d'étudier un plan pour sauver Camille d'Argilat et son enfant et éliminer Maurice Fiaux.

Ils étaient une dizaine, dont Léa et la Sifflette, à entourer le terrain, accroupis, invisibles dans la nuit, postés à intervalles réguliers, une lampe électrique à la main. D'autres s'étaient dispersés, surveillant les chemins d'accès, l'oreille aux aguets. L'attente parut longue. Soudain... il y eut comme un lointain ronronnement.

— C'est lui, souffla Callède. Attention.

Le ronronnement s'accentue. Un coup de sifflet. Presque toutes en même temps, les lampes s'allument... un... deux... trois... quatre... cinq..., s'éteignent... un...

deux... trois..., se rallument. Le ronronnement est devenu grondement... Une masse noire tourne au-dessus du champ balisé, descend, semble se stabiliser et ses moteurs s'assourdir... Une ombre s'échappe de l'avion..., un claquement..., le parachute s'ouvre... D'autres suivent... Dans un cliquetis métallique, les containers touchent le sol. Le ravitailleur s'éloigne, mais les deux derniers parachutes restent accrochés à la carlingue, drapeaux blancs se déployant au-dessus de La Réole. Si après ça la Gestapo et la gendarmerie ne sont pas averties... Les hommes s'activent autour du chargement. Toute trace du parachutage doit disparaître. La Sifflette et Léa détachent les parachutes, les plient et les portent dans une charrette attelée de deux bœufs. Les résistants soulèvent les containers qu'ils chargent dans trois camionnettes pour les conduire à la scierie Bienvenue. Des armes sont cachées dans la fosse à sciure, d'autres dans des granges et des séchoirs à tabac. Rien ne bouge à La Réole... La Sifflette conduit l'attelage. Dans une grange, sous la paille, Léa dissimule les parachutes... Tout est calme autour de la ferme, mais personne n'arrive à trouver le sommeil. Tous revoient les voiles blancs flotter au-dessus de la Garonne et de la vieille ville.

Le lendemain, à l'aube, Depeyre arriva à vélo et essoufflé entra dans la maison.

— Les Allemands partent en campagne, Rigoulet nous a prévenus. Vous devez vous assurer que les armes sont bien camouflées et faire évacuer les deux femmes.

— Mais où veux-tu que je les emmène ? Chez les Rosier ?

— Non, c'est trop près. Mène-les chez Tore, à Morizès.

Peu après leur départ, les Allemands arrivèrent, fouillèrent partout, bousculèrent Callède et sa femme, sans résultat. Pourtant !... Jean Callède tremblait de peur. Dans son affolement, il avait oublié deux parachutes d'un précédent largage roulés dans de vieilles bâches et des balles de Sten rangées dans des boîtes à sucre. Bien que n'ayant rien trouvé, les Allemands emmenèrent Callède puis Loue, Depeyre, Bienvenue, Charlot et Chianson pour les interroger dans les locaux de la Gestapo de La Réole.

Quand le convoi s'arrêta devant le collège, le hasard voulut que le maire de Gironde-sur-Dropt se trouvât là. Il connaissait tous les prisonniers et ignorait leur activité clandestine. Il demanda à voir le commandant et se porta garant de ses compatriotes. Tous furent relâchés sauf Pierre Chianson. Sans doute avait-il été dénoncé pour le parachutage de Saint-Félix-de-Foncaude.

Comme la Sifflette, Léa n'avait sur elle que les vêtements qu'elle portait le soir de l'incendie. Tout son bagage avait été détruit. Elle décida, sans en parler à personne, d'aller à Montillac et quand tout le monde fut endormi, s'empara d'une bicyclette.

La nuit était belle, pas très froide. Avant d'arriver à Sainte-Foy-la-Longue, elle s'arrêta pour contempler l'immense plaine où miroitait sous les étoiles le souple ruban de la Garonne. L'émotion l'étreignit comme à chaque fois devant ces paysages familiers. C'était toujours le même étonnement émerveillé ! La même sensation de paix comblée ! La même certitude que rien de mal ne pouvait lui advenir dans de tels lieux ! Confiance qui émane de la terre à l'heure de son repos... Tout irait bien... Oncle Adrien trouverait le moyen de délivrer Camille et Charles... Le souvenir du petit garçon qui voulait l'épouser la traversa comme une douleur... Le paysage se brouilla... Elle repartit le cœur lourd. À Saint-André-du-Bois, elle faillit renverser un homme qui pissait au milieu de la route et s'enfuit sous ses injures.

Léa dissimula sa bicyclette dans l'herbe, derrière le socle de la croix de la mission, traversa la route, évita l'allée au gravier trop sonores en passant par le pré. Un filet de lumière filtrait derrière les volets du bureau de son père. « Ruth doit être en train de faire les comptes », pensa-t-elle en s'approchant. Des bruits de voix lui parvinrent. Ses efforts pour les comprendre ou les identifier ne servaient à rien. Ce rire !... ce rire encore... Sans se soucier d'être entendue, elle fit le tour de la maison. Les lourds contrevents de l'entrée et la porte étaient entrouverts. Déjouant dans l'obscurité l'obstacle des meubles du salon, elle poussa la porte du bureau.

— Léa !...

Le petit Charles se précipita dans ses bras.

— Mon chéri..., mon petit chéri... Quelle joie !... Quand es-tu revenu ?

— Ce soir, c'est Mathias qui l'a ramené.

— Mathias ?...

— On a joué à la cachette... Maman, elle a pas voulu jouer avec nous... mais maintenant que tu es là, on va aller la chercher. Dis tu veux bien ?

— Oui, oui...

Mathias était bien là... amaigri encore, impeccablement rasé et habillé mais les cheveux en désordre...

— Ruth...

Sans lâcher l'enfant, Léa enlaça la vieille gouvernante en larmes.

— Ma petite, je suis si heureuse... J'ai cru ne jamais te revoir. Tant de malheurs s'abattent sur cette maison... Mais n'est-ce pas imprudent que tu sois revenue ?

— Sans doute, mais je n'avais plus rien à me mettre... Mathias, comment as-tu retrouvé Charles ? Pourquoi n'as-tu pas sauvé Camille également ?

— Je ne pouvais pas sauver les deux. Camille est épuisée, c'est elle qui m'a confié son fils.

— C'est incroyable !

— Mais c'est ainsi. Elle m'a chargé de te dire aussi que si elle mourait tu sois une mère pour lui.

— Je ne veux pas qu'elle meure !

— Je vais faire tout ce que je peux pour la délivrer. J'ai dû négocier longtemps avec Fiaux pour lui arracher le petit qu'il voulait garder pour faire parler sa mère. Il l'a interrogée sans réussir à obtenir d'elle autre chose que : « Je ne sais rien. » Mais s'il avait battu l'enfant comme il en avait l'intention, elle aurait parlé.

— Il était méchant, le monsieur, balbutia Charles qui se mit à pleurer, il m'a tiré les cheveux et il a donné un grand coup de pied dans le ventre de maman... même qu'après... elle bougeait plus. Je l'ai embrassée longtemps avant qu'elle se réveille... Alors, j'avais plus peur... Pourtant, il faisait noir... Elle a chanté : « Fais dodo, Colas mon p'tit frère... »

Une haine violente montait en Léa. Elle sentait, contre sa poitrine, trembler et sangloter l'enfant qu'elle avait aidé à mettre au monde. Des injures à l'adresse de son ami d'enfance se pressaient à ses lèvres, des idées de meurtre troublaient son esprit. Le faire disparaître... L'anéantir avec les autres... Elle se sentait gonflée d'une force inconnue, d'une envie de se battre, de tuer...

— Je sais ce que tu penses, mais l'important n'est pas là... Il faut sauver Camille.

— Comment ?... Tu as une idée ?...

— Oui... Je vais essayer d'obtenir son transfert, mais on a peu de temps, elle est à bout. Si j'y parviens, je te le ferai savoir. Où te caches-tu ?

— Je ne peux pas te le dire.

— Il le faut.

— Personne ne sait où je suis.

Il la regarda d'un air méprisant.

— Ce n'est pas étonnant qu'avec une discipline pareille tes amis se fassent si souvent prendre.

— Ils ne se font prendre que lorsqu'on les dénonce.

— Ma pauvre vieille, si tu crois que les Allemands ont besoin de ça. Il leur suffit d'écouter les conversations dans les cafés...

— Ce sont des Français qui les écoutent pour eux !

— Pas toujours. Vous commettez de telles imprudences qu'il faudrait qu'ils soient aveugles pour ne rien remarquer.

Ruth s'interposa.

— Je vous en prie, ne vous disputez pas. Écoute-moi, Léa : je crois que l'on peut faire confiance à Mathias.

— Peut-être, mais je ne peux pas lui dire où je suis et ça, il le sait très bien.

— Alors, transmets à ton oncle, à ceux d'Aristide ou d'Hilaire, la proposition suivante : dès que j'ai obtenu le transfert de Camille d'Argilat pour Bordeaux, je te le fais savoir. Je te donnerai la composition du convoi, le nombre d'hommes — à mon avis, ils ne seront pas très nombreux —, l'heure du départ et l'itinéraire. Il faudra que tes copains arrêtent le convoi et délivrent Camille.

Léa, serrant toujours contre elle Charles qui s'était endormi, demanda à voix basse :

— Tu crois que c'est vraiment possible ?

— Oui.

— Je peux te poser une question ? Pourquoi restes-tu avec Fiaux et sa bande ? Pour de l'argent ?

Mathias haussa les épaules.

— Tu ne me croiras pas, si je te le dis.

— Dis toujours.

— Où je suis, je peux mieux veiller sur toi.

— Tu as raison, je ne te crois pas.

— Tu vois ! fit-il avec un sourire désabusé en haussant les épaules.

— Qu'allons-nous faire de Charles ? N'est-ce pas dangereux de l'avoir ramené ici ?

— Non, dans la mesure où Fiaux sait qu'il est là. De plus, j'ai demandé à mon père de veiller sur lui.

— Et il a accepté ?

— Il n'avait pas tellement le choix.

Léa allongea doucement Charles sur le vieux canapé et se laissa tomber dans un des fauteuils encadrant la cheminée.

— Ruth, j'ai faim et j'ai froid. Tu n'aurais pas quelque chose à manger ?

— Bien sûr, ma petite, je vais faire une flambée.

— Laissez, mademoiselle Ruth, je vais l'allumer.

— Merci, Mathias.

Très vite, une flamme claire monta et, durant quelques instants, on n'entendit que le crépitement des sarments. Ce bruit joyeux, la chaleur vive, ce lieu familier eurent raison quelque temps de l'animosité des deux jeunes gens. Leurs regards, perdus dans la contemplation du brasier, se rencontrèrent. Il y avait dans celui de Mathias une adoration, un amour éperdus ; dans celui de Léa un désarroi, une lassitude infinis.

Le jeune homme luttait pour ne pas la prendre dans ses bras, sachant qu'il serait repoussé. De son côté, elle aurait voulu abolir le sale souvenir de cette nuit dans le sinistre hôtel de Bordeaux, pour se blottir contre lui et lui raconter ses peines comme elle le faisait quand elle était petite et qu'ils se réfugiaient dans la chambre des enfants ou dans la grange à foin.

Sans même s'en rendre compte, ils poussèrent ensemble un soupir dans lequel tremblaient tous les chagrins qu'ils ne pouvaient plus consoler.

Ruth revint avec un plateau contenant deux bols de soupe, une terrine faite à la maison, du pain et une bouteille de montillac rouge. Ils dévorèrent ce modeste repas avec un appétit qui faisait honneur à leur jeunesse. Comme toujours quand elle mangeait avec plaisir, Léa en oublia sa périlleuse situation.

— Il est drôlement bon ton pâté, dit-elle la bouche pleine.

— C'est vrai qu'il est fameux, approuva Mathias.

Ils finirent leur collation en silence, savourant ce moment de paix. Le dernier verre de vin avalé, Léa demanda :

— Ruth, j'ai perdu tous mes vêtements. Peux-tu me préparer un sac ? N'aurais-tu pas deux ou trois robes pour quelqu'un de la taille de tante Bernadette... Au fait, comment va-t-elle ?

— Pas très bien, elle se plaint de ne pas avoir assez de nouvelles de Lucien et de beaucoup souffrir de ses rhumatismes.

— La pauvre... Tu regardes si tu peux me trouver ces robes et des lainages ?

— Je vais voir.

Charles remua dans son sommeil. Léa le couvrit de la couverture écossaise dans laquelle son père aimait s'envelopper quand il travaillait l'hiver à son bureau.

— Il faut trouver un endroit où se rencontrer.

— À l'église de La Réole ?

— Non, c'est trop dangereux pour toi. Fiaux et les autres te connaissent, ils risquent de t'arrêter.

— Où, alors ?

— Connais-tu le cimetière de Saint-André-du-Bois ?

— Évidemment, fit-elle en haussant les épaules.

— Tu vois le caveau des Le Roy de Saint-Arnaud, à droite en entrant ?

— Oui.

— Dans le tronc du cyprès au fond à gauche, il y a une fente. J'y laisserai des messages. Passes-y tous les jours. Si tu as quelque chose à me faire savoir, utilise le même endroit. Tu as compris ?

— Je ne suis pas idiote, mais si on ne veut pas m'y laisser aller ?

— Débrouille-toi pour les convaincre, il y va de la vie de Camille.

Ruth entra portant un gros sac.

— Mais c'est trop encombrant !

— Je vais le fixer sur ton porte-bagages. Où est ton vélo ?

— Derrière la croix.

— Je vois. Ruth, vous avez de la ficelle ?

— Oui, j'ai pensé à en prendre.

Pendant que Mathias fixait son bagage, Léa se pencha sur Charles endormi et caressa ses cheveux pâles.

— Tu prendras bien soin de lui...

— J'essaierai... Nous n'avons presque plus d'argent. Ta tante Bernadette a mis ses pins en vente mais en attendant...

— Je sais Ruth... Que veux-tu que je te dise ? Vends les meubles si tu trouves un acquéreur, moi, je n'ai rien.

Une larme tomba sur la joue de l'enfant qui grogna dans son sommeil.

— Pardonne-moi, ma chérie. Je suis une vieille folle de te parler de tout ça, en ce moment. Je me débrouillerai.

— Jamais je ne pourrai te remercier pour tout ce que tu fais pour nous...

— Veux-tu bien te taire ! Il ferait beau que j'attende des remerciements ! Quelques lettres sont arrivées pendant ton absence, je les ai mises dans le sac.

— Tu peux partir quand tu veux. Ton paquet est bien attaché, tu pourrais traverser la France sans qu'il bouge, dit Mathias en entrant.

— Adieu Ruth, embrasse tante Bernadette pour moi.

— Au revoir, ma chérie. Dieu te protège. Mathias, je vous la confie.

— Soyez sans crainte, mademoiselle Ruth, tout ira bien.

Arrivés près de la bicyclette, Mathias la releva et demanda :

— Tu ne veux pas que je t'accompagne ?

— Tu sais bien que ce n'est pas possible... Laisse-moi partir.

À regret, il lui abandonna le guidon. Ils restèrent un instant immobiles et silencieux, malheureux. Léa frissonna.

— Pars vite, tu as sans doute plusieurs kilomètres à faire et je n'aime pas te savoir seule la nuit sur les routes.

— Mathias... Je ne comprends pas... Qu'est-ce qui nous arrive ?

— Que veux-tu dire ?

— Toi et moi, obligés de nous cacher... devenus ennemis... Et en même temps...

— En même temps, quoi ?...

Quel espoir il y avait dans sa voix... Surtout qu'il n'aille pas s'imaginer qu'elle lui pardonnait.

— Rien. Je trouve que l'on vit une drôle d'époque où l'on ne sait plus qui sont ses amis, puisque même les plus chers trahissent.

Mathias refusa de remarquer la dureté du ton, il ne

retint que « puisque les plus chers ». C'était lui le plus cher, il n'en doutait pas. Qu'importe si elle pensait qu'il trahissait, trahir quoi d'ailleurs puisqu'*elle*, il ne la trahirait jamais. Le reste n'était que politique et cela n'avait rien à voir avec ses sentiments.

Il lui fit un petit signe de la main et s'en alla sans se retourner vers la maison. Décontenancée, Léa le regarda s'éloigner.

5

À Morizès, tout le monde était couché. Léa, restée seule dans la cuisine où on lui avait dressé un lit, regardait s'éteindre le feu dans la cheminée en fumant une cigarette faite avec le tabac récolté clandestinement par Callède. La fumée âcre et forte irritait sa gorge et piquait ses yeux mais apaisait un peu son angoisse de savoir Camille si malade. La Gestapo avait dû se résoudre à la faire transporter à l'hôpital Saint-Jean de La Réole. Nul n'avait pu l'approcher.

Le père Delmas avait rencontré Mathias et avait accepté son aide. Aristide et ses hommes avaient donné leur accord. Depuis, on attendait. Maurice Fiaux et son équipe étaient retournés à Bordeaux.

Léa, assise sur une chaise basse, se leva et alla allumer la T.S.F. Cela faisait plusieurs jours que le brouillage empêchait de capter la radio de Londres. Après quelques tâtonnements, la voix familière, à peine audible, de Jean Oberlé, sortit de l'appareil :

« *Le poète Max Jacob est mort au camp de Drancy. On l'avait mis dans ce camp parce qu'il était juif. Il était pourtant converti au catholicisme depuis plus de trente ans. Toute son œuvre depuis cette époque respirait la foi catholique la plus intense et la plus sincère. Mais est-ce que les Allemands s'intéressent à ça ?*

« *Les Allemands collent des étoiles jaunes sur la poitrine de ceux qu'ils martyrisent. Pour eux c'est une étiquette déshonorante, la seule honorable étant leur croix gammée. Catholiques, ou juifs, c'est tout un pour eux, dont Hitler est le dieu. Qu'est-ce que ça peut leur faire, aux gardiens du camp de Drancy, que Max Jacob soit mort, pour eux ça fait un juif de moins...*

« Max Jacob était un petit homme au crâne chauve, au regard ironique derrière un monocle. C'était l'homme le plus spirituel, le conteur le plus merveilleux d'histoires étonnantes qu'il savait ou qu'il inventait.

« Le snobisme l'avait découvert quand il approchait de la cinquantaine. Il était descendu de la butte Montmartre, où il vivait avec les peintres et les poètes, vers les salons qu'il quitta bien vite pour le monastère de Saint-Benoît-sur-Loire. Là, vivant retiré et tranquille, il écrivait et il peignait. Il faisait visiter la basilique à ses amis qui venaient le voir de Paris ou d'ailleurs. La cloche tintait, appelant aux offices, et Max quittait la plume ou le pinceau pour aller dire ses prières.

« Il avait près de soixante-dix ans. Deux autres poètes, ses amis Jean Cocteau et André Salmon, allèrent à Drancy avec l'espoir de le faire libérer. On leur dit qu'il était mort.

« Ainsi, l'ennemi féroce qui martyrise notre pays depuis quatre ans n'épargne pas plus les poètes que les jeunes patriotes. Pour les Allemands, l'un est juif, les autres communistes, c'est très simple. Et puis, à quoi servent les poètes quand on a la prose de M. Henriot ou de M. Déat ?

« Mais, dans le monde entier, les admirateurs de Max Jacob, ceux qui relisent sa prose ou ses poèmes ou ceux qui possèdent ses dessins ou ses gouaches, penseront à lui, et ses amis n'oublieront jamais l'artiste et l'être charmant qu'il était. Et ils se rappelleront qu'il est mort, comme tant d'autres, victime de la barbarie allemande, dans un camp de concentration, dans un bagne... »

Même les poètes, pensa Léa en éteignant le poste.

En se déshabillant dans la semi-obscurité, elle se souvint que son oncle lui avait parlé de sa rencontre avec Max

Jacob à Saint-Benoît lors d'un court séjour au monastère, et de sa foi naïve de converti. Il était mort, comme Raphaël Mahl et peut-être Sarah, tous juifs. Elle eut un bref sentiment de honte d'unir, même dans la mort, un être aussi méprisable que le délateur-collaborateur Mahl avec l'héroïque combattante et le fragile poète. Mais il y avait chez Raphaël un désespoir qui l'avait toujours touchée. Malgré tout le mal qu'il s'était donné pour se faire haïr, jamais il n'y était parvenu et son horrible fin l'avait à jamais absous. Il lui manquait, comme ce soir lui manquait une présence amie.

Elle se glissa entre les draps rugueux, toujours un peu humides. La faible lueur des braises donnait à cette pièce quelque chose d'irréel et d'apaisant. A travers ses yeux mi-clos, elle revoyait d'autres braises dans une autre chambre... Le poids de l'édredon rouge lui rappelait celui d'une couverture de vigogne... À travers sa chemise de nuit, la toile rêche du drap irritait la pointe de ses seins. Elle se retourna contre le mur pour s'arracher aux ultimes lueurs. Surtout ne pas penser à lui, ne pas se souvenir des caresses de ses mains, des baisers sur son corps, ce corps dont elle parvenait si mal à étouffer les désirs. Il y avait si longtemps qu'un homme... Avec rage, elle se redressa furieuse de sentir monter cette envie irrépressible de faire l'amour. Elle arracha sa chemise et, avec brutalité, apaisa son exigence.

Le lendemain, Adrien Delmas arriva à Morizès en compagnie du lieutenant Pierre Vincent dit Grand-Pierre, chef du maquis établi au Puy près de Monségur, et de trois de ses hommes venus se ravitailler. Tous étaient très excités, parlant de la destruction du dépôt d'essence de Saint-Martin-de-Sescas par quatorze d'entre eux dans la journée du 5 mai. Le lieutenant et le dominicain avaient bien du mal à contenir leur exubérance. Léa les regardait avec envie ; eux au moins, ils agissaient...

Après leur départ, Adrien Delmas s'approcha de sa nièce.

— Grâce à l'abbé Chaillou, l'aumônier de l'hôpital, j'ai pu voir Camille. Elle va beaucoup mieux. Son courage est immense, pas une plainte, elle ne s'inquiète que pour toi et son fils.

— Pourrai-je la voir ?

— Ça me paraît difficile et inutilement dangereux pour vous deux. Nuit et jour, un homme de la Gestapo monte la garde devant sa porte. Mais l'un d'entre eux a un faible pour le sauternes.

— Alors, saoulons-le.

Cette réflexion fit sourire Adrien.

— On verra. Ce n'est pas le plus important. Il faut la sortir de là.

— Que dit Aristide ?

— Pour le moment, il est très occupé dans sa ferme des marais à augmenter ses effectifs, à éviter Grand-Clément et ses hommes qui cherchent à l'éliminer, à faire régner l'ordre dans les différents groupes. Mais dès que nous aurons besoin de lui, il nous enverra l'équipe nécessaire.

— As-tu des nouvelles de Mathias ?

— Non, pas depuis qu'il nous a appris le transfert de Camille.

— C'est à mon tour d'aller à Saint-André-du-Bois.

— N'oublie pas que si quelque chose se présentait mal là-bas, tu peux faire appel à Jules Coiffard qui habite la grande maison sur la route. Avec des voisins, il sert souvent de passeur et de boîte aux lettres. Cet après-midi, je serai à Chapelle-de-Lorette. Les miliciens et les Allemands multiplient leurs expéditions dans le secteur depuis la chute de la forteresse volante américaine à Cours-Monségur. La destruction du dépôt de Saint-Martin-de-Sescas n'est pas faite pour les calmer non plus. La Gestapo a lâché sur la région une dizaine de ses agents. C'est grâce à l'un d'eux, un certain Coubeau, ancien épicier de la rue de la Croix-Blanche, qui s'est fait passer pour un officier canadien que les gendarmes ont arrêté le capitaine Lévy qu'ils ont livré à la Gestapo de Toulouse.

— A-t-il été torturé avant d'être exécuté ?

— Je n'en sais rien, mais c'est vraisemblable.

— Quand tout cela finira-t-il ?

— Dieu...

— Ne me parle pas de Dieu, cria-t-elle, tu n'y crois pas plus que moi !

— Tais-toi, gronda-t-il en lui meurtrissant l'épaule.

Qu'était devenu l'homme affable, calme et tendre qu'elle connaissait depuis toujours ? Ce visage émacié, ces yeux fiévreux, ces traits torturés, ces lèvres resserrées sur un brûlant secret, ces mains si belles maintenant abîmées, qui se crispaient comme pour contenir leur désir de frapper, ce ne pouvaient être ceux du prédicateur dont la voix avait fait vibrer des milliers de chrétiens à travers le monde, dont l'ardente foi avait longtemps dominé le tiède épiscopat de Bordeaux et dont l'affection paternelle avait si souvent aidé Léa et les siens.

— Tu me fais mal.

Il la lâcha, appuya son front au manteau de la cheminée, les épaules voûtées, l'air soudain très vieux. Comme il semblait désemparé, seul. C'était cela, il était seul, désespérément seul face à lui-même et au milieu d'hommes frustes dont souvent il ne partageait pas les idées. C'était la personne à laquelle Léa était le plus viscéralement attachée depuis la mort de ses parents. Consciemment ou non, elle tenait compte de ce qu'il disait. Il était une sorte de guide, quelqu'un à ne pas décevoir, un idéal humain difficile à atteindre. Que le doute, la peur, la haine s'installent chez cet homme et c'était tout un monde d'équilibre, d'intelligence et de bonté qui s'effondrait. Et ça, elle ne pouvait pas le supporter. Une colère sourde faisait se couvrir son front de sueur et accélérer les battements de son cœur.

Quand il se retourna, après un temps qui lui parut très long, leur courroux s'était un peu apaisé.

— Pardonne-moi, ma chérie. La fatigue... sans doute. En ce moment, je me laisse emporter pour un rien. Me pardonnes-tu ?

— Oui, mon oncle, fit-elle, tremblante encore, en se blottissant contre lui.

Mais elle sentait bien qu'une barrière invisible venait de se dresser entre eux.

Enfin une joie : l'arrivée de Jean et Raoul Lefèvre, les deux soupirants de son adolescence qu'elle n'avait pas revus depuis leur dramatique arrestation et celle du docteur Blanchard, le jour de l'assassinat de Marie sur la place de Verdelais.

Les trois jeunes gens n'arrivaient pas à se désenlacer, émerveillés de se retrouver vivants.

Le repas du soir fut une fête pour tous. Léa, serrée sur le banc entre ses amis retrouvés, les yeux brillants de plaisir et du vin blanc des Callède, posait sa tête sur l'une ou l'autre épaule, caressait leurs mains sous la table, les frôlant avec des mouvements enjôleurs. Elle riait, parlait à tort et à travers, épanouie d'un bonheur depuis longtemps oublié, éclatante de jeunesse et de beauté.

— Té ! on est bien content de vous voir comme ça. Ma femme et moi, on commençait à se demander si vous saviez rire et vous amuser, dit leur hôte.

— On te retrouve comme avant, dit Jean en l'embrassant dans le cou.

— Tu es encore plus belle, fit Raoul en l'embrassant à son tour.

Les deux frères avaient été envoyés par Léon des Landes rejoindre des hommes de Dédé le Basque en vue de préparer un sabotage à la gare de La Réole. C'est à Chapelle-de-Lorette qu'ils avaient appris que leur amie était à Morizès. Ils avaient fait le récit de leur évasion, disant combien Albert et les autres avaient été courageux et malins. L'évocation d'Albert assombrit un instant la joyeuse réunion, mais le souvenir de la jovialité du boucher de Saint-Macaire, dont on était sans nouvelles, éloigna la tristesse. Pour la chasser plus vite encore, Callède apporta une autre bouteille.

Il était tard quand les convives se séparèrent. Il avait été convenu que Raoul et Jean ne repartiraient que le lendemain matin. Ils passeraient la nuit enroulés dans une couverture devant la cheminée.

Longtemps après le départ des autres, ils continuèrent à bavarder, buvant et fumant. Installés sur le lit, ils n'arrivaient pas à se résoudre à se quitter pour aller dormir.

Étroitement encadrée par les jeunes gens sur le lit exigu, Léa se laissait lentement envahir par le bien-être de leur présence, et la chaleur que dégageaient leurs corps. Ses doigts dérangeaient leurs chevelures bouclées tandis qu'ils respiraient l'odeur de son cou, le picorant de baisers. Il n'y avait, chez aucun d'entre eux, d'autre désir que celui d'être ensemble, mêlant leurs membres à la manière de jeunes animaux joueurs. Tout à la joie de leurs retrouvailles, ils avaient oublié qu'ils étaient hommes et femmes, qu'ils étaient jeunes et que la clandestinité n'avait guère favorisé leurs relations amoureuses. Sans aucune préméditation, les baisers des garçons se firent plus tendres, leurs mains s'enhardirent, découvrant le corps de leur amie qui, au lieu de se défendre, s'offrait avec ce rire de gorge qui les troublait tant autrefois. Ces quatre mains qui la parcouraient ouvraient des espaces lumineux, éloignaient la tristesse et l'angoisse de ces derniers jours. Plus de peurs... plus de guerre... plus de morts... Quand Jean la pénétra ce fut sur les lèvres de Raoul qu'elle étouffa son premier cri.

À l'aube, la fraîcheur ranima leurs corps dévêtus. Penchés au-dessus de leur amie, les deux frères se regardèrent avec horreur, les yeux remplis de larmes.

— J'ai froid, murmura-t-elle.

Raoul se leva et jeta un fagot de sarments sur les cendres encore chaudes. Bientôt une vive lueur éclaira la pièce.

— Pardonne-nous, balbutia Jean le visage enfoui dans les cheveux de Léa.

Celle-ci ne répondit pas, suivant du doigt avec un air

sérieux la large cicatrice qui abîmait la poitrine et le ventre du jeune homme.

— Viens ici, dit-elle à Raoul qui finissait de s'habiller.

L'air penaud, il s'assit sur le lit.

— Il ne faut pas regretter ce qui s'est passé, au contraire. Nous nous aimons tous les trois depuis toujours, nous avons grandi ensemble et vous, vous avez toujours tout partagé.

— Mais pas toi !

Ce cri du cœur la fit rire. La guerre n'avait pas changé Jean. Il restait le petit garçon exclusif déchiré entre son amour pour elle et son amour fraternel.

— Ne ris pas, dit Raoul, ce que nous avons fait est abominable.

Le visage de Léa se fit sérieux et sa voix dure.

— Ne dis pas ça. Ce n'est pas nous qui sommes abominables, mais les circonstances. Demain vous serez peut-être tués, moi aussi. Il est normal que nous profitions de la vie dans les rares moments où cela est possible. Je n'ai pas honte d'avoir fait l'amour avec vous deux, je n'ai aucun remords, aucun regret. Ce que je regrette c'est de ne pas le faire plus souvent.

— Tais-toi, tu es immorale.

— Et toi, tu es idiot, il n'y a plus de morale.

— S'il n'y a plus de morale, peux-tu m'expliquer pourquoi tu as choisi la Résistance plutôt que la collaboration ? Tu pourrais être bien tranquille à Paris à traîner dans les salons de thé avec Françoise...

— Raoul ! s'écria Jean.

— ... ou à vendre ton vin aux Allemands au lieu de courir sur les routes à porter des messages, à cacher des armes au risque d'être arrêtée, torturée... Dis, tu peux me le dire pourquoi tu es avec nous, s'il n'y a plus de morale.

— Fiche-lui la paix !

— Laisse, Jean, je vais essayer de lui répondre. Ce n'est pas une question de morale, du moins, pas pour moi. Souviens-toi, avant la guerre, toutes ces histoires d'Allemands, d'Alliés, de ligne Maginot, de Pologne m'ennuyaient, je ne voulais pas en entendre parler. Et puis, toi, Jean, Laurent et d'autres, vous êtes partis... Il y a eu la débâcle. Camille et moi sur les routes mitraillées, tous ces gens qui mouraient autour de nous, le corps de Josette, criblé de balles, sa gorge ouverte d'où jaillissait le sang, cet homme qui nous avait attaquées..., la mort de Mme Le Ménestrel et de ses deux enfants, celle de maman sous les bombardements... papa... Mais, tant d'horreurs n'auraient peut-être pas suffi à me faire partager les idées de mon oncle Adrien ou les vôtres sans la présence des Allemands à Montillac, dans cette maison qui est la mienne. Chaque fois que je les voyais sur la terrasse, dans les vignes ou dans les chais, je me sentais dépossédée, humiliée. Je pensais qu'ils n'avaient pas le droit d'être là. J'ai alors compris ce que cela voulait dire avoir perdu la guerre, être occupé, et ça, je n'ai pas pu l'accepter. Tu vois, rien de bien glorieux.

— Peut-être, mais tous les Français ne réagissent pas comme toi.

— Il leur manque sans doute d'être attachés à un coin de terre, de sentir qu'ils sont faits d'elle, de lui appartenir.

— Tu es comme ton père, amoureuse de Montillac, dit Jean en l'embrassant. C'est toi qui as raison. Ne gardons de cette nuit que le souvenir d'un moment merveilleux où nous avons oublié la morale et la guerre.

— Allez, Raoul, ne fais pas cette tête-là, nous n'avons rien fait de mal.

Le jeune homme regardait avec une réelle tristesse ces deux êtres qu'il aimait plus que tout. Mais son amour pour Léa le rendait maintenant jaloux de son frère, ce qu'autrefois il n'aurait jamais cru possible. Au prix d'un gros effort, il leur sourit.

Après avoir pris un bol de lait chaud et mangé un morceau de pain, ils repartirent à Chapelle-de-Lorette.

Le 11 mai, les deux frères avaient rejoint le maquis Grand-Pierre. Un accrochage eut lieu à Sauveterre-de-Guyenne entre les Allemands et les maquisards. Jean, blessé, fut conduit par son frère au château de Madaillan puis, l'endroit n'étant pas sûr, chez le curé de Blasimon, l'abbé Maurice Gréciet qui accepta de le cacher. Raoul et ses compagnons se dissimulèrent quelque temps dans les bois de la Colonne, près du château de Villepreux, avant de rejoindre leur camp du Puy.

Ce ne fut pas Léa qui découvrit le message de Mathias annonçant le transfert de Camille à la caserne Boudet de Bordeaux le lundi 15, mais un gamin envoyé par Callède. Le départ était fixé pour treize heures. La veille du jour prévu pour l'évasion, Léa, habillée en infirmière, rendit visite à Camille en compagnie de l'abbé Chaillou, profitant du personnel restreint en ce dimanche de la fête de Jeanne d'Arc. L'Allemand de garde, l'amateur de sauternes, trinquait en compagnie d'une infirmière pourvue de gros appas comme il les aimait. Cette femme s'était engagée à le tenir éloigné de son poste une vingtaine de minutes, tandis qu'une sœur de Saint-Vincent-de-Paul faisait le guet près de l'entrée de l'hôpital et une autre près de la chapelle.

Léa s'était préparée à trouver Camille fatiguée, amaigrie ; malgré cela, elle fut effrayée de l'état de son amie. Elle n'avait plus que la peau et les os et ses yeux, enfoncés dans leurs orbites, étaient entourés de larges cernes bistre. Elle s'efforça de sourire, l'embrassa et... éclata en sanglots.

— Allons, allons, suis-je si vilaine que ça ?... Toi, tu es ravissante dans cette tenue. Ne pleure pas, je vais beaucoup mieux, n'est-ce pas, monsieur le curé ?

— Oui, madame, fit le prêtre en détournant les yeux.

Léa se serait battue. Avec effort, elle réussit à retrouver son sourire.

— Dépêchez-vous, nous n'avons pas beaucoup de temps. Je vais voir si notre ivrogne se tient tranquille.

Les deux amies restèrent seules, doigts enlacés, trop

émues pour de longs discours. Camille rompit le silence la première.

— L'abbé a raison, nous n'avons pas beaucoup de temps. Comment va Charles ? N'est-il pas trop malheureux ? As-tu des nouvelles de Laurent ?

— Charles va très bien, il n'est pas malheureux. Nous n'avons pas d'autres nouvelles de Laurent, mais, tant qu'il est en Angleterre, il n'y a pas lieu de s'inquiéter.

— Et de François Tavernier ?

— Aucune, répondit Léa le cœur serré.

— Je suis sûre que tu en auras bientôt. Ce n'est pas un homme à se laisser prendre. Aie confiance. Comment ça va pour toi ?

— Tu ne penses qu'aux autres, dit-elle avec un rire sans joie. Mais toi ?

— Je vais très bien.

— Demain, on va tenter de te faire évader. En auras-tu la force ?

— Oui, je veux revoir mon fils.

— Alors, écoute-moi.

Brièvement, elle lui fit part du plan mis au point par ceux de la Résistance... Mais ce plan n'allait pas servir.

Revenue à Morizès, Léa dit à son oncle et aux cinq hommes envoyés par Aristide, qu'il fallait renoncer à attaquer l'ambulance, Camille étant trop faible pour pouvoir s'échapper quand le véhicule serait arrêté. Avec l'abbé Chaillou, elle avait pensé à autre chose.

6

La pluie tant attendue tombait enfin.

Tous feux éteints, la traction attendait dans la rue Perdue face à l'hôpital. Place Saint-Michel, dans une camionnette, guettaient Rigoulet et la Sifflette. À l'arrière, un jeune maquisard, mains crispées sur la crosse d'une Sten, retenait son souffle. Deux hommes étaient embusqués rue des Écoles et un autre en face de la maison du Prince noir.

— Attention, les voilà.

Dans la rue Saint-Nicolas, un homme et une femme couraient. L'homme, plutôt grand, portait quelqu'un dans ses bras, ce qui le ralentissait.

Les portières arrière de la traction s'ouvrirent en même temps que le conducteur lançait deux brefs appels de phares. Ceux de la camionnette lui répondirent. Les moteurs furent mis en marche.

— Elle s'est évanouie.

Mathias déposa Camille sur la banquette.

— Dépêchez-vous, ils ne vont pas tarder à s'apercevoir de sa disparition.

— Merci, mon garçon. Ce que vous venez de faire rachète vos erreurs. Venez nous rejoindre, vous serez le bienvenu.

— Je n'en suis pas sûr, mon père. De toute façon, pour moi, c'est trop tard.

— Qu'allez-vous faire ?

— Surveiller les lieux. Maintenant, partez. Adieu, Léa.

— Adieu, Mathias... Merci.

La voiture démarra. Non loin derrière, la camionnette suivit.

Il était temps. Des lumières s'allumèrent aux fenêtres de l'hôpital, des coups de sifflet retentirent, mêlés à des cris tandis que les véhicules prenaient la direction de Bazas. À moins de deux kilomètres de la vieille cité, ils tournèrent à gauche et s'arrêtèrent à Saint-Aignan dans une ferme amie. On transporta Camille, toujours sans connaissance, à l'intérieur de la maison. Rigoulet, s'étant assuré que tout allait bien, repartit seul vers La Réole tandis que la traction continuait sa route sur Bazas.

C'est le père Delmas qui avait décidé de l'organisation et convaincu ses compagnons que les Allemands n'imagineraient pas leur prisonnière aussi près d'eux. De plus, il fallait du temps pour mettre sur pied lieux d'accueil et filière d'évasion vers la Suisse. Il avait été décidé que Léa, la Sifflette et deux maquisards resteraient auprès de la malade.

Cette évasion, ajoutée à la destruction du dépôt d'essence, à l'accrochage de Sauveterre et aux nombreux sabotages et tentatives d'attentats, mit l'ensemble des Allemands et des miliciens de la région en état d'alerte. Petites villes et villages virent débarquer, fouillant les maisons, les granges, les églises, les uniformes vert-de-gris et bleu marine. Saint-Pierre-d'Aurillac, Frontenac, Sauveterre, Rauzan, Blasimon, Mauriac, Pellegrue, Montségur, La Réole reçurent leur visite. De nombreux résistants furent arrêtés entre le 17 et le 20 mai : Jean Lafourcade, Albert Rigoulet, Jean Laulan, Georges Loubière, Arnault Benquet, Noël Ducos, Jean Gallissaire, Pierre Espagnet, Gabriel Darcos... dix-sept appartenaient au groupe Buckmaster. Certains furent torturés, tués ou déportés. Quatorze d'entre eux ne devaient jamais revenir.

Le 19, avec la Sifflette, Léa, un fichu sur la tête, conduisit Camille à Morizès, dissimulée dans une charrette de foin. Son état était stationnaire.

Il était temps. Le lendemain, la famille Rosier qui les avait hébergées, revenait du marché de La Réole. Arrivées à Saint-Aignan, la mère et la fille allèrent préparer le repas de midi pendant que le père trinquait avec le facteur et son commis Manuel. Un bruit de moteur monta soudain de la route. Déjà dix jours auparavant, alertés par des camarades, ils s'étaient enfuis dans la nuit. Mais là, c'était plus sérieux. On distinguait, en bas de la propriété, le toit noir d'une traction. Sans prendre la peine de rien emporter, les Rosier et leur fille s'enfuirent à travers champs et bois jusqu'à Morizès où Tore les accueillit. Le facteur fila de son côté. Personne n'avait été arrêté, mais les Allemands découvrirent sept tonnes d'armes dans le séchoir à tabac.

Léa comprit que la santé de Camille ne s'améliorerait pas tant qu'elle serait séparée de son fils. Avec la complicité de Mme Rosier et de la Sifflette, elle décida d'aller le chercher. Les trois femmes partirent à bicyclette. Léa laissa ses compagnes à Saint-André-du-Bois. La Sifflette devait venir au-devant d'elle deux heures plus tard.

Près des chais régnait une grande activité : Fayard et trois hommes, qu'elle ne connaissait pas, chargeaient des caisses de vin dans une camionnette. En la voyant, le maître de chais faillit lâcher de stupeur la caisse qu'il tenait.

— Bonjour, Fayard, les affaires ont l'air bonnes.

S'étant débarrassé de sa caisse, il enleva son béret, découvrant son front dégarni et blanc.

— Bonjour, mademoiselle, bégaya-t-il, vous voilà revenue ?

— Rassurez-vous, pas pour longtemps. Mais des amis à moi vous donneront bientôt de mes nouvelles.

Pourquoi avait-elle dit ça ? Une idée qui lui était passée par la tête en voyant la peur sur son visage. Le souvenir aussi d'une opération punitive montée par un maquis du Lot-et-Garonne contre un trafiquant du marché noir soupçonné d'avoir dénoncé des résistants. Elle éprouvait une joie mauvaise à voir trembler les mains calleuses de cet homme que l'amour de la terre et l'appât du gain avaient conduit à trafiquer avec l'occupant, jusqu'à devenir un délateur. Et dire qu'il allait peut-être lui prendre Montillac !...

D'un mouvement rageur, elle se détourna et se dirigea vers la maison.

Il faisait un temps lourd et orageux, mais la vieille demeure gardait encore un peu de la fraîcheur de l'hiver. Tout était calme, immuable, une odeur de cire flottait dans l'air, mélangée au parfum d'un bouquet de roses blanches, les premières de la saison, celles qui poussaient sur le mur du chais le mieux exposé. C'est Isabelle Delmas qui avait planté ces rosiers grimpants aux fleurs précoces et odorantes. Ce bouquet, sur la table ronde de l'entrée... « Si je ferme les yeux, je vais voir maman entrer. »

— Léa !

Charles courut vers elle, bras tendus.

— Tu es revenue... où est maman ? Je veux voir ma maman.

— Tu vas la voir, mon chéri. Je suis venue te chercher.

— Chercher cet enfant ! Tu n'y penses pas ?

— Ruth, il le faut. Sinon, jamais Camille ne guérira.

— Mais c'est beaucoup trop dangereux.

— Je t'en prie, je n'ai pas beaucoup de temps. Prépare-lui quelques vêtements.

— Viens avec moi, j'ai plusieurs choses à te dire. Charles, va voir tante Bernadette.

— Non, je veux rester avec Léa.

— Obéis à Ruth. Si tu es sage, je t'emmène voir ta maman.

— C'est vrai ?

— Juré.

Le petit garçon sortit en appelant Bernadette Bouchardeau.

Tout en rangeant les vêtements dans un sac, la gouvernante racontait à Léa ce qui s'était passé durant son absence.

— Ton oncle Luc et ton cousin sont venus la semaine dernière. Ils voulaient te faire part de la visite du notaire de Fayard concernant la vente de Montillac.

— En quoi est-ce que cela regarde oncle Luc ?

— Fayard aurait reçu l'accord de Françoise...

— Quoi !

— J'ai dit « aurait ». C'est le notaire qui parle. Laure étant mineure et maître Delmas son tuteur, toi ayant été rejoindre les terroristes et devenue de ce fait hors la loi, c'est à ton oncle que la décision de vendre ou non incomberait.

— Mais tout cela est absurde !

— Peut-être, mais ton oncle et ton cousin, qui sont des juristes, disent que cela se tient, surtout du fait de ton absence.

— Je vois, cela arrangerait tout le monde si je me faisais arrêter et si je disparaissais pour de bon.

— Pour Fayard sans doute, mais pas pour ton oncle. Tu es la fille de son frère et il aimerait que vous conserviez la propriété. Il a beaucoup changé, tu sais, depuis le départ de Pierrot...

— Changé !... Ça m'étonnerait. Aux dernières nouvelles, il était toujours collabo !

— Je ne crois pas. Il est pétainiste, c'est tout.

— Il a quand même laissé sa fille épouser un Allemand !

— C'est vrai. C'est cependant un honnête homme.

— Ils sont nombreux les honnêtes gens comme lui. Tu veux que je te dise ? Je comprends mieux Fayard. Fayard, c'est la terre qu'il veut, il ne voit dans la guerre qu'une occasion de parvenir à ses fins, de s'enrichir. Français, Allemands, il s'en fiche, il collabore avec ceux qui lui semblent les mieux placés pour lui permettre de réussir à s'approprier le domaine. Il ne se rend même pas compte qu'il trahit son pays, lui, un vieux combattant de 14. Pour oncle Luc, c'est plus grave, c'est un intellectuel, il sait ce que les mots veulent dire et la gravité des actes qu'ils peuvent entraîner. Son goût de l'ordre, des valeurs bourgeoises, son métier, le conduisent à respecter le pouvoir légal. Pour lui, seul Pétain est légitime et Pétain a demandé aux Français de collaborer. Je crois aussi qu'il manque totalement d'imagination sinon, il verrait que tôt ou tard l'Allemagne perdra la guerre et que les terroristes d'aujourd'hui prendront demain le pouvoir.

— Mais c'est justement ce qu'il ne veut pas. Il dit que si les Américains débarquent et que de Gaulle triomphe, la France tombera aux mains des communistes et que les Russes feront la loi chez nous. Pour lui, seule l'Allemagne peut préserver l'Europe du fléau communiste. Il en est profondément convaincu.

— Et mon cher cousin pense évidemment comme lui.

— Pire. Il parle de s'engager dans la L.V.F.

— Ça m'étonnerait, Philippe n'a jamais brillé par son courage.

— En attendant, ton oncle pense que pour éviter la vente, il faudrait que tu écrives une lettre disant ton refus. Il n'est pas sûr que cela suffise mais cela fera gagner du temps.

— J'en parlerai à oncle Adrien et à Camille.

— Ne tarde pas trop. Regarde-moi... Tu n'as pas bien bonne mine. Tu as l'air fatiguée.

— Je fais souvent entre trente et quarante kilomètres par jour à vélo. Ça monte tout le temps dans ce pays. Si la guerre continue encore longtemps, je vais avoir les mollets de Le Guevel ou de Van Vliet et je pourrai courir le Grand Prix de Bordeaux. Et puis, il y a Camille qui me préoccupe beaucoup.

— Pauvre petite ! En voilà une qui n'aura pas eu de chance. Est-ce qu'ils l'ont ?... tu vois ce que je veux dire ?

— Torturée ? Pas vraiment, au sens où des bandits comme Denan l'entendent. Sais-tu que ces salauds de la Milice ont inventé un nouveau mot plus élégant, plus charmant que celui de torturer ?... Ils « touyaguent ». Touyaguer est devenu leur distraction favorite.

— Touyaguer ?...

— Oui, cela vient de Touyaga.

— Touyaga ?

— C'est le nom d'un expert-comptable que les miliciens ont arrêté à la suite d'une dénonciation. Pierre Touyaga a été brûlé, battu à coups de gourdin, on lui a arraché la peau, les ongles, brûlé les pieds et les parties sexuelles. Marcel Fourquey du 2e Service de la Milice bordelaise a été tellement content de son travail et de celui de ses aides, Guilbeau et Beyrand, qu'il a inventé un nouveau verbe. Maintenant à Bordeaux, la Milice ne torture plus, elle touyague.

— C'est abominable !

— Camille n'a eu droit qu'à un léger touyagage : gifles, coups de pied et coups de poing. Sa faiblesse l'a sauvée. Ils ne pouvaient continuer à touyaguer sans la tuer. Mais depuis, elle ne se remet pas. J'ai pensé que la présence de Charles pouvait l'aider.

— Mais cette présence, avec la vie précaire que vous menez, risque d'être dangereuse.

— Je ne crois pas, les maquis surveillent bien le coin et les Allemands après les arrestations de ces derniers temps se sont retirés dans leurs cantonnements. Le plus grand danger vient d'hommes comme Fiaux et Denan. Je sais qu'Aristide a reçu l'ordre de les neutraliser et qu'oncle Adrien est là pour ça. Mais, d'ici là, Camille et Charles seront réfugiés en Suisse. Est-ce qu'il y a de l'eau chaude ? Je me laverais bien la tête. L'eau froide, je ne m'y habitue pas.

Après son bain et son shampooing, Léa eut l'impression d'être une autre femme. Malgré les conseils d'hygiène des chefs de maquis et de la radio de Londres, il ne régnait pas une grande propreté dans les camps ou dans les fermes qui servaient de refuges. Certains chefs essayaient bien d'instaurer une discipline militaire : salut aux couleurs, exercices physiques, maniement des armes, tenue aussi impeccable que possible, respect des grades, entretien du camp et propreté corporelle, mais cela n'était possible que dans des maquis importants comme ceux du Limousin, du Vercors ou de Bretagne, à encadrement fort.

En Aquitaine, au début de 1944, les groupes n'avaient pas

encore beaucoup de combattants. À partir du mois de mai, les choses changèrent et Aristide pouvait transmettre à Baker Street l'état détaillé des nouveaux effectifs : Bordeaux et Bordeaux-Saint-Augustin : 500 hommes ; Mérignac : 45 hommes ; Base sous-marine : 15 hommes ; Réseau Lormont : 40 hommes ; groupe de Pessac : 20 hommes ; groupe de sabotage Bouscat : 5 hommes ; réseau Bègles : 25 hommes ; groupe Léon des Landes : 500 hommes ; groupe de cheminots : 145 hommes ; groupe d'Arcachon : 300 hommes. Au total 1 595 hommes connaissant parfaitement leur mission et déterminés au combat. Peu nombreux, cet effectif devait se renforcer jusqu'à atteindre 15 000 hommes le jour J. Mais en attendant, le colonel Buckmaster se montrait satisfait.

Léa abandonna avec plaisir le vieux vélo prêté par les Tore et retrouva sa bicyclette bleue sur le porte-bagages de laquelle elle fixa un siège d'osier pour Charles. Maintenant, il fallait faire vite. Fayard pouvait très bien avoir alerté la Gestapo de Langon.

Ruth et Bernadette Bouchardeau étaient bouleversées de voir partir le petit garçon, seule joie de leur vie, qui riait et s'agitait sur son siège.

— Arrête de bouger, tu vas nous faire tomber.

C'est après la côte de la Bernille que Léa retrouva la Sifflette.

Le bonheur qu'éprouvèrent la mère et l'enfant à se retrouver atténua un peu la colère d'Adrien Delmas devant l'imprudence commise par les trois femmes. La Sifflette prit tout sur elle, disant qu'étant la plus âgée elle était seule responsable. Le dominicain feignit d'accepter ses raisons.

7

Maurice Fiaux et sa bande n'avaient pas digéré l'évasion de Camille de l'hôpital Saint-Jean. Le père Delmas savait que la Milice et la Gestapo avaient réussi à infiltrer certains maquis, aussi bien ceux de l'O.C.M., que ceux de Libé-Nord ou des F.T.P., ce qui n'avait pas représenté de difficultés bien grandes, les jeunes maquisards étant souvent aussi étourdis que confiants. Il suffisait d'un verre de vin en trop, d'une jolie fille devant laquelle ils voulaient jouer aux héros, d'une parole bienveillante à l'égard de la Résistance ou du général de Gaulle, d'un air de franche camaraderie, pour que dans une conversation banale, des renseignements soient recueillis permettant à Dohse et à Robert Franc de procéder à des arrestations. On parlait même d'un homme de Grand-Clément introduit au sein des commandos recrutés par Aristide. Les responsables voyaient des traîtres partout. Des ordres d'exécution partaient de Londres. Jusqu'à présent l'ancien chef de l'O.C.M. avait réussi à déjouer tous les pièges, mais l'agent britannique était bien décidé à en finir avec lui et ceux qui travaillaient pour lui. Déjà un de ses adjoints, André Basilio, avait été abattu le 22 mai. Il fallait faire vite car Grand-Clément savait qu'Aristide était de retour : la veille de l'exécution de Basilio, l'agent anglais s'était trouvé nez à nez à Bordeaux avec André Noël, un ancien de son réseau passé à l'ennemi, subjugué par les théories de Dohse — et de celui qu'il considérait toujours comme son chef — sur le péril bolchevique qui menaçait la France. Ordre fut donné d'abattre Grand-Clément et Noël, mais ils furent introuvables : les deux hommes étaient partis pour Paris. De son côté, Dohse fit fouiller la ville à la recherche du chef du S.O.E. sans plus de succès.

Le père Delmas et Aristide savaient le débarquement proche. L'officier anglais avait, depuis le mois d'avril, reçu l'ordre d'écouter à dix-neuf heures les 1er, 2, 15 et 16 de chaque mois le programme français de la B.B.C., des messages concernant le débarquement pouvant être transmis à ces dates. Tout devait être en place pour cette éventualité et se préparer dans le calme et le secret. Ce n'était pas le cas. Depuis le début de l'année, de petits groupes plus ou moins bien armés ne se privaient pas de harceler l'occupant : sabotages, attaques de sentinelles, évasions de prisonniers, etc., mettant Allemands et miliciens en état d'alerte permanent, rendant précaire la sécurité des maquis de l'Aquitaine.

Ce fut dans ce climat d'attente et de tension qu'un message de Mathias Fayard, adressé au dominicain, parvint au Q.G. d'Aristide à Blaye-Saint-Luce. Il y eut un moment d'affolement dans la ferme des marais de l'embouchure de la Garonne : comment connaissait-il ce lieu que tous croyaient sûr ? On ne put rien tirer du « messager » qui était le fils idiot d'un des pêcheurs du coin, emprisonné au fort du Hâ pour avoir distribué des journaux clandestins, bien avant le retour d'Aristide. Pour plus de sécurité, on garda l'idiot.

Le contenu de la lettre était des plus alarmants. D'après Mathias, Maurice Fiaux connaissait l'emplacement exact de la plupart des camps de maquisards à l'est de Bordeaux, le nombre d'hommes, l'armement dont ils disposaient et le nom des chefs. Pour une raison connue de lui seul, il n'avait fait part de ces renseignements ni à la Gestapo ni à la Milice.

— Comment ce Fayard sait-il tout cela ? s'écria Aristide.

— Voilà ce qu'il écrit : « Vous savez, mon père, que je

surveille Fiaux dans le but de mieux protéger Léa. Je me suis caché dans le grenier de la maison qu'il habite au Bouscat. Sa chambre est juste au-dessous. Le plafond n'étant qu'un simple plancher, il suffit de tendre l'oreille, on entend tout. C'est de là que j'ai surpris hier sa conversation avec ses deux gardes du corps. Certaines de ses paroles me font croire qu'il va tenter de vendre ces renseignements au chef de la Gestapo n'ayant pas confiance en ses camarades miliciens "qui s'approprieraient le magot", comme il dit. J'ai songé à le tuer, d'où j'étais cela n'était pas impossible, mais j'ai pensé aussi que si je le manquais, lui et les autres ne me louperaient pas et que personne ne pourrait vous prévenir et protéger Léa. Faites vite, il faut l'empêcher de parler. Je me chargerais bien de la besogne mais il se méfie de moi, il ne se laisse pas approcher. Cette lettre que je signe est la preuve que je ne mens pas et que je ne cherche pas à vous attirer dans un piège. Si vous voulez me voir, faites-le-moi savoir chez mes parents à Montillac ou au *Chapon Fin*. Demandez René, il est aide-cuisinier. Il sait où me joindre et me transmettra le message dans la journée. Je tiens à préciser que je ne fais pas ça pour aider la Résistance, mais pour Léa. Je vous salue respectueusement. »

— Cette histoire est absurde, dit Lancelot, je n'ai aucune confiance dans ce petit con.

— Qu'en pensez-vous, mon père ? demanda Aristide.

— Il dit la vérité.

— Comment en être sûr ?

— Nous avons arrêté hier, à Castillon-la-Bataille, un jeune garçon qu'on soupçonnait de jouer le double jeu. Quand je l'ai interrogé, il m'a répondu en ricanant que nous étions foutus, que la Milice connaissait parfaitement l'emplacement des maquis et allait bientôt passer à l'attaque. À ce moment-là, le radio est venu me chercher pour décrypter un message urgent de Londres. Quand je suis revenu, il était mort.

— Mort ?

— Oui. Nos garçons ont commencé à le cogner. L'un

d'entre eux a-t-il voulu les faire cesser, en les menaçant de son arme ? Je n'ai pas réussi à le savoir. Toujours est-il qu'un coup de feu a été tiré le tuant net.

— Vous n'allez pas le plaindre ?

— La mort d'un homme est toujours un malheur.

— Sans doute, mais c'est la guerre. À la guerre, on tue et on meurt. Il faut quelquefois tuer un homme pour en épargner des dizaines ou des centaines.

— C'est ce qu'on dit dans toutes les guerres pour les justifier. J'ai vu tant de vies sacrifiées en Espagne sous ce prétexte...

— C'est possible, mon père, mais nous n'avons pas le choix. Le débarquement allié est proche, nous ne pouvons pas prendre le risque de voir nos maquis attaqués et détruits. Il faut éliminer ce Maurice Fiaux, ses gardes du corps et Mathias Fayard.

— Pourquoi lui ?

— Je ne partage pas votre confiance.

— Je le connais depuis l'enfance, son amour pour ma nièce lui a fait commettre de graves bêtises...

— Vous appelez de graves bêtises le fait de travailler pour la Gestapo et la Milice ? l'interrompit Lancelot.

— Je propose que nous mettions aux voix, dit Dédé le Basque qui était resté silencieux jusque-là.

— D'accord, fit Aristide. Qui se prononce pour l'exécution de ces quatre-là ?

Toutes les mains se levèrent à l'exception de celle d'Adrien Delmas.

— La cause est entendue. Lancelot, lancez des hommes sur leurs traces, qu'ils les localisent et fassent leur rapport. Il faut que dans quarante-huit heures, au plus tard, nous connaissions leurs habitudes, leurs domiciles et le point faible de leur défense. Vous avez compris ?

— Parfaitement, chef. Vous devriez aller au Jard-de-Bourdillas dans les Landes de Bussac en attendant que ces salauds soient éliminés.

— Peut-être. J'aviserai plus tard. Je ne crois pas que je risque grand-chose ici. Nous avons des hommes à Saint-Ciers, à Montendre, à Saint-Savin, à Saint-André-de-Cubzac et à Bourg. Le Q.G. est bien protégé. Mon père, je voudrais vous parler en particulier.

Aristide paraissait encore plus jeune et de plus petite taille, seul en face du visage marqué et du grand corps amaigri d'Adrien Delmas.

— Comment va Mme d'Argilat ?

— Beaucoup mieux.

— J'en suis très heureux. Avez-vous réussi à mettre sur pied son départ pour Lausanne ?

— Pas encore. De nombreux passeurs ont été arrêtés, et faire traverser tout le sud de la France à une femme malade n'est pas une mince affaire.

— J'ai contacté Londres pour essayer d'avoir un avion, on m'a répondu que c'était trop risqué pour le moment. Cependant si ce que dit Fayard est vrai, elle et votre nièce ne peuvent pas rester à Morizès. On pourrait les envoyer dans le maquis de Luze près d'Arcachon.

— Je préférerais qu'elles restent dans les secteurs de Daniel Faux et du lieutenant Vincent. Léa connaît bien la région. En cas de difficultés, elle saura où se réfugier. De plus c'est à La Réole que j'attends mon contact pour la Suisse.

— Comme vous voulez. Mais j'aimerais mieux, alors, qu'elles se rapprochent de Lorette.

— D'accord, je vais faire procéder à leur déménagement dès demain matin. C'est la Pentecôte, espérons que les lumières du Seigneur tomberont sur nous.

— Rendez-vous lundi ici, à dix-huit heures, pour mettre au point la manière dont nous exécuterons Fiaux et ses acolytes. Mon père, puis-je vous dire quelque chose ?

— Dites.

— Vous devriez voir un médecin, vous avez l'air très fatigué.

— On verra plus tard, fit-il avec un léger sourire.

Le lendemain, le père Delmas célébra la messe dans l'église de Chapelle-de-Lorette en présence de la plupart des maquisards, toutes tendances confondues, augmentés du groupe de Couthure, de Camille et de Léa. Charles avait été laissé à la garde de maman Faux qui préparait pour tous, aidée de la Sifflette, son « mouton-haricots » célèbre parmi les jeunes gens affamés. Mme Carnélos, dont la ferme, située au-dessus de Lorette, servait d'observatoire et de dépôt d'armes, nettoyait une friture de la Garonne. On avait creusé autour des bâtiments aux murs épais des tranchées aménagées en postes de tir. Des F.-M. étaient installés devant les ouvertures des combles. D'autres étaient dissimulés derrière le mur qui entourait le puits de la maison de la famille Faux.

Depuis l'assassinat du capitaine Lévy par la Gestapo de Toulouse, de nombreux jeunes gens avaient rejoint les rangs de la Résistance. Le colonel Becq-Guérin qui lui avait succédé poursuivait le travail entrepris et initiait au maniement des armes les nouvelles recrues, réfractaires du S.T.O., paysans, ouvriers et étudiants.

À la sortie de la messe, les narines de Léa humèrent avec délice le parfum du « mouton-haricots », un de ses plats préférés.

— Oh ! que j'ai faim, s'écria-t-elle en se massant l'estomac sans retenue.

— Moi aussi, dit Camille qui avait retrouvé quelques couleurs.

Léa la regarda avec un air de surprise heureux.

— Ça fait des années que je ne t'avais pas entendue dire que tu avais faim.

— J'ai l'impression de renaître. D'avoir prié m'a fait du bien et redonné courage. Ici, je nous sens en sécurité.

Comme dans la clairière des Landes, malgré le chaud soleil de ce midi de Pentecôte, Léa frissonna.

— Regarde qui vient se joindre à nous.

— Raoul !... Jean !...

Les deux frères embrassèrent leur amie avec une légère gêne qu'elle balaya en les étreignant avec un rire heureux. Jean ne put retenir un cri.

— Oh ! pardonne-moi, j'avais oublié... Je t'ai fait mal ?... Tu ne souffres pas trop ? Est-ce grave ?...

— Non, mais c'est encore douloureux.

— Jean a eu beaucoup de chance. Un peu plus, il prenait la balle en plein cœur. Camille, ça nous fait rudement plaisir de vous voir en meilleure santé. Comment va Charles ?

— Il est là avec moi.

Tout en parlant, ils arrivèrent dans la cour des Faux où étaient installés des tables et des bancs. Les maquisards étaient déjà assis, attendant avec impatience d'être servis. Ils se levèrent pour céder leur place aux deux jeunes femmes, mais Léa préféra l'ombre d'un tilleul avec les frères Lefèvre. Camille se mit près de Charles dont l'assiette était déjà remplie.

Le repas fut très gai et très apprécié des convives. Remplacées, les sentinelles purent à leur tour déjeuner de ce qu'avaient bien voulu leur laisser leurs camarades. Pour compenser les petites parts du « mouton-haricots », Mme Faux leur donna double portion de pastis, gâteau qu'elle réussissait aussi bien que son fameux plat. Quand vint la corvée de vaisselle, Léa se défila et se réfugia dans une grange en entraînant Raoul.

— Embrasse-moi.

— Mais... Jean ?...

— Tais-toi, il est blessé... Embrasse-moi.

Ils roulèrent dans le foin et durant quelques instants ne pensèrent qu'au plaisir qu'ils tiraient de leurs corps.

Dans la soirée, les maquisards regagnèrent leurs camps respectifs et le père Delmas repartit pour Bordeaux sur une motocyclette réquisitionnée à un garagiste de Langon.

La nuit exceptionnellement chaude en cette fin de mai 1944 semblait appartenir au prêtre chevauchant sa machine à travers les coteaux couverts de vignes. Il faisait une touffeur d'été. Un temps superbe pour la vigne mais désastreux pour les autres récoltes qui souffraient cruellement du manque d'eau. Quelques éclairs avaient fait espérer la pluie, mais l'orage s'était éloigné.

En traversant un petit bois, au bas d'un vallon, Adrien Delmas fut assailli par une forte odeur de mousse et de menthe et par la froide humidité du sous-bois. C'était toujours pour lui une surprise, après tant d'années, que ce passage de terres sans cesse modelées par la main de l'homme à ces creux boisés, fermés au ciel et au soleil, enchevêtrés de broussailles hostiles, de racines sournoises, de trous d'eau croupissante, habités d'une faune rampante. Ces lieux, rendus plus sauvages encore par le contraste, provoquaient un bref malaise. Même au plus chaud de l'été on n'avait pas envie de se reposer sous ces ombres malveillantes. Il n'avait pas le souvenir de s'y être jamais arrêté. Mais ce soir, son esprit et son cœur étaient en harmonie avec l'uligineux et sombre environnement.

Il coupa les gaz de sa machine et serra les freins. La chaleur de l'engin avait quelque chose d'amical qui le retint un court instant de l'abandonner contre un arbre. Il écarta les branches, les lianes de lierre et pénétra dans les ténèbres végétales. Ses pieds s'arrachant à la tourbe faisaient un bruit spongieux. Un chêne rabougri, déraciné, lui barra la route. Il se laissa tomber sur le tronc pourri, n'ayant plus la force de lutter contre le désespoir qui l'envahissait. Depuis que sa foi en Dieu l'avait quitté brusquement, un matin, à l'aube, en Espagne, devant ces jeunes gens, presque des enfants encore, que l'on fusillait, pas une larme n'avait coulé de ses yeux brûlants. Combien de nuits sans sommeil avait-il passées appelant au secours ce Dieu auquel il ne croyait plus et qu'il priait cependant chaque jour, cherchant dans les mots familiers à renouer avec cet émerveillement de la foi ? Il s'était confié à un de ses amis espagnols, dominicain comme lui, l'autre l'avait regardé avec une grande pitié en le serrant dans ses bras.

— Je te plains de toute mon âme, mais je ne peux rien pour toi. Je vis le même drame et cela m'est si cruel que j'ai envisagé de me tuer... C'est l'idée de la peine faite à ma mère qui m'a retenu.

Ils s'étaient quittés dans une détresse plus grande. Depuis, Adrien Delmas n'en avait plus jamais parlé, essayant d'oublier, dans l'action, sa misère. Il n'y parvenait pas. Sa souffrance était telle qu'il appelait la mort de tous ses vœux. Le moment était peut-être venu d'aller au-devant d'elle.

La mort des autres lui avait toujours semblé insupportable, même celle des traîtres et des assassins. Et cependant, il venait de prendre dans cette obscurité fangeuse une formidable décision : il tuerait Maurice Fiaux, évitant par là qu'il ne dénonce les maquis tenus par ses amis. Cette terrible décision prise, cet homme, ce prêtre, qui avant la guerre avait milité contre la peine de mort, éprouva une paix depuis longtemps perdue.

Il échafauda un plan : par la mère du garçon, il aurait son adresse. Fiaux ne se méfierait pas de lui et puis, il serait trop heureux de faire arrêter ce chef de la Résistance qui avait jusqu'ici échappé aux polices allemande et française. Après le meurtre, il n'aurait pas le temps de fuir et un des acolytes du jeune milicien l'abattrait.

Calme, il quitta le petit bois.

Le lendemain, il se porta volontaire pour l'exécution de Maurice Fiaux. Ceux qui le savaient prêtre le regardèrent avec stupeur, puis horreur, et tentèrent en vain de le dissuader. Il revendiqua le crime pour lui, disant qu'il était le seul à pouvoir approcher la victime et l'exécuter avec un minimum de risques. Comme cela ne suffisait pas à les convaincre, il fit jouer son grade dans l'armée secrète et les ordres de Londres. Ils s'inclinèrent, emplis de malaise et de tristesse. Il obtint que l'on sursoie à l'exécution de Mathias Fayard qui demeurait cependant sous étroite surveillance.

Un contretemps allait retarder l'ultime rencontre : dans la soirée du 30, Fiaux quittait Bordeaux pour Paris. Au dire de sa mère, il devait être de retour le 6 juin au plus tard. Qu'allait-il faire dans la capitale ? Assister à un meeting de Darnand pour récompense de son zèle...

8

« *Philémon réclame six bouteilles de sauternes.* »

Aristide sursauta sur sa chaise, arrachant presque le bouton du poste qu'il tripotait depuis quelques minutes cherchant à obtenir la B.B.C. pour sa sixième séance d'écoute obligatoire. Il était sept heures du soir le 2 juin 1944.

« *Je répète : Philémon réclame six bouteilles de sauternes.* »

Plus de doute, c'était bien le message « A » destiné à sa région annonçant l'imminence du débarquement et l'ordre de mise en alerte des groupes de Résistance. Dans la soirée, il réunit son état-major : Lancelot, François et Jacqueline, Dany et Marcel. Il convoqua les chefs de groupe à trois heures, au 29, rue Guynemer à Caudéran, dans la banlieue bordelaise.

Le lendemain, ils arrivèrent au rendez-vous. Aristide les reçut un par un et leur donna des instructions précises. D'abord Capdepont, le responsable des cheminots, reçut l'ordre de saboter locomotives, aiguillages, signaux, lignes sur deux cents kilomètres ; Pierre Roland, du groupe du port de Bordeaux, fut chargé de détruire les installations électriques qui commandaient les mines placées le long des quais par les Allemands. Henri Mesmet signala que

Léon des Landes avait cinq cents hommes prêts à combattre mais que la moitié seulement avait des armes ; l'officier S.O.E. le rassura : il attendait trois parachutages dans deux jours. Pas de problèmes de ce genre pour le capitaine Duchez du groupe d'Arcachon, ses hommes étaient bien armés et bien entraînés à l'usage d'armes lourdes : mitrailleuses, mortiers et bazookas. Les quatre envoyés des groupes de Lège, Andernos, Facture et Arès avaient chacun entre soixante-dix et cent hommes correctement armés ; il ne restait, après la vague d'arrestations, qu'une vingtaine d'hommes dans le groupe de Mérignac, que Pierre Chatanet venait mettre à disposition ; leur mission serait la coupure des lignes téléphoniques. Les chefs de groupe de La Réole, Bègles, Pessac, Lermont, Bordeaux-Saint-Augustin, et Blaye étaient là. Les corps francs de Dédé le Basque attendaient avec fièvre le moment de passer à l'action. L'opération consistait à ralentir le plus possible la marche des troupes allemandes stationnées dans le Sud-Ouest vers le lieu du débarquement dès qu'il serait connu.

En quittant Caudéran, un grand espoir habitait le cœur de tous. Un grand espoir et une grande impatience aussi. Après quatre années d'Occupation, ces quelques jours d'attente allaient paraître bien longs à ces poignées d'hommes qui n'avaient pas voulu accepter la défaite.

Léa avait terminé sa toilette sommaire et d'un geste ample jeta dans la cour l'eau de la cuvette.

— Hé ! attention !...

Elle fut comme paralysée dans son mouvement.

— Que vous arrive-t-il que vous voici transformée en statue de sel ?

Un éclat de rire la tira de son engourdissement. La cuvette tomba, perdant des éclats d'émail bleu.

— François !

Ce cri sourd et sauvage atteignit Tavernier au ventre. Ce fut avec un rugissement qui n'avait rien de civilisé qu'il l'attrapa au vol.

Elle était là... bien vivante... chaude... sentant le mauvais savon et cette odeur de cerisier qui n'était qu'à elle. Il la reniflait avec des bruits de bête, la mordillait, fouissait dans ses cheveux, happait sa langue et ses lèvres... Sans vergogne, elle se frottait à lui en laissant échapper une plainte qui exacerbait son désir... Il la repoussa à bout de bras, sur le point de jouir, la dévora d'un regard affamé... Ah ! la garce ! Comme elle lui avait manqué. Le souvenir de son corps l'avait laissé des nuits durant éveillé, gêné par de douloureuses érections que ni sa main ni les accueillantes auxiliaires militaires de l'armée anglaise n'arrivaient à apaiser. Au début, cela l'avait amusé de bander si fort pour une gamine insupportable et absente mais, les mois passant, cela l'avait mis dans une rage dont profitaient les jeunes Britanniques ou les putains de Londres. À son contact, tout savoir-vivre l'abandonnait... Des envies de viol l'assaillaient... pas de caresses, de préliminaires... la prendre... là... dans cette cour de ferme sous l'œil goguenard et envieux des maquisards qui faisaient semblant de s'intéresser au maniement de leur Sten, dont ils révisaient mentalement le fonctionnement pour ne pas se laisser troubler :

« *Pour remplir le chargeur, mettre l'appareil sur le chargeur de façon que le cliquet (f) entre dans la fente (g). Placer les quatre doigts de la main gauche sur le levier (a) de façon que l'annulaire soit dans le trou (b) dans le levier et l'index sur le point (c). Baisser le talon (d) sur lequel l'auriculaire est placé et insérer une cartouche douille en avant dans l'ouverture (e) avec la main droite. Lever le levier avec l'annulaire et pousser pour insérer une nouvelle cartouche. Répéter jusqu'à ce que vingt-huit cartouches aient été chargées...* »

L'un d'eux laissa échapper ses cartouches. En rougissant, il les ramassa et s'éloigna. La plupart de ses camarades le suivirent.

Sur le seuil de la ferme, la Sifflette, mains aux hanches, regardait le couple avec un sourire approbateur. Pas de doute, ils étaient faits l'un pour l'autre ces deux-là ! Il fallait bien un grand gaillard comme ça avec ces allures de braconnier pour mater cette fille belle et insolente qui regardait les hommes avec un air à la fois innocent et gourmand. Vivement qu'elle parte en Suisse avec la douce Mme d'Argilat, sinon les garçons finiraient par s'entre-tuer pour elle.

— Hé ! les amoureux, c'est pas un endroit pour se bisoucailler, les petits coins tranquilles manquent pas ici. Hé bé !... Vous m'entendez ?...

— Excusez-moi, madame, dit François Tavernier en s'arrachant à sa contemplation.

— Faut pas vous excuser, si j'étais un beau mâle en face d'une femelle pareille, je ferais la même chose... et même que je resterais pas planté dans une cour mais que j'irais vite la coucouler dans le séchoir à tabac du haut, là où il y a du foin coupé d'hier.

— Merci, madame, pour cet aimable renseignement. Léa, vous le connaissez ce séchoir à tabac ?

— Venez.

La Sifflette les regarda s'éloigner, courant sur le chemin caillouteux.

Les cinq cents mètres qui séparaient la ferme du séchoir leur parurent interminables. Dans leur précipitation, ils trébuchaient dans les ornières, se tordant les pieds, jurant et riant. D'un bras, il la tenait par la taille, de l'autre, il tenait un sac et un fusil. Un cadenas rouillé fermait la porte. Se servant du canon de son arme comme d'un levier, il le fit sauter.

L'odeur entêtante du tabac séché et de l'herbe fraîchement coupée les assaillit achevant d'irriter leurs sens. Il jeta sac et fusil, arracha sa veste et poussa Léa dans le foin. Ils tombèrent ensemble, luttant à la recherche du corps de l'autre, impatients de se prendre. Ils se joignirent sans douceur, avec une violence exaspérante qui leur arrachait des cris. Le plaisir les submergea, les soulevant comme une vague puissante qui les entraînait vers le large avant de les rejeter, désarticulés et inassouvis, sur leur couche rustique.

— Déshabille-toi.

Sans perdre de vue un de ses gestes, il retira ses vêtements. Nu, le sexe dressé, il alla caler la porte avec son fusil. Maintenant, il ne voulait plus être dérangé. Il allait prendre son temps pour jouir de ce corps facile.

Quand cette grande faim qu'il avait d'elle s'apaisa enfin, l'après-midi était bien avancé. Ils n'avaient pas échangé une parole autre que ces mots d'amour si banals d'avoir été tant répétés. Des coups furent frappés à la porte. Rapide, il récupéra son fusil.

— Qu'est-ce que c'est ?

— Mon commandant, c'est moi, Finot, on m'a dit que vous étiez ici.

Tavernier posa le fusil et commença à s'habiller.

— Que voulez-vous ?

— Nous devons partir, mon commandant, si vous ne voulez pas manquer votre avion.

— Quelle heure est-il ?

— Quatre heures, mon commandant.

— Nom de Dieu ! Vous ne pouviez pas venir me chercher plus tôt ?

— Mais, mon commandant, personne ne savait où vous étiez !

Léa, toujours nue et allongée, le regardait, appuyée sur ses coudes.

— Tu pars ?

— J'ai profité d'une mission dans la région pour te rechercher. À Montillac, personne ne savait ou n'a voulu me dire où tu étais. Heureusement, je me suis souvenu de Mme Lafourcade et de ses fils. Maxime a bien voulu téléphoner et... je t'ai trouvée.

— Mais, tu vas repartir.

— Oui, mais je reviendrai.

— Mon commandant !...
— J'arrive.
— François !...
— Chut, petite fille... pas de cris, pas de larmes. Tout ira bien, la guerre va bientôt se terminer.
— Mais... nous n'avons pas eu le temps de nous parler !
— Je sais, mon cœur, nous nous parlerons plus tard.

Il la souleva et la tint serrée contre lui, si fragile dans sa nudité.

— Embrasse-moi...
— Mon commandant !

Quand il s'écarta d'elle, un goût de sel emplissait sa bouche. Il ne savait pas très bien si c'était ses larmes ou les siennes.

Bousculant son chauffeur, il dévala la pente jusqu'à la cour de la ferme où l'attendait une vieille Mercedes noire dans laquelle il se jeta. La voiture démarra. Il se retourna. Sur le pas de la porte, une jeune femme qui ressemblait à Camille d'Argilat, tenant par la main un petit garçon, lui faisait de grands signes.

Parachuté la veille pour une mission concernant le débarquement, François Tavernier s'embarqua dans la nuit à bord d'un Blenheim de l'armée britannique en direction de Londres.

Quand Léa redescendit à la nuit du séchoir à tabac, les yeux rougis et cernés, Camille, venue au-devant d'elle, l'embrassa tendrement et dit simplement :

— Tu as de la chance.

Elles rentrèrent dans la ferme en se tenant par la main.

En fin de compte, Léa s'était faite à cette vie clandestine et sans confort, même si de temps en temps elle continuait à se plaindre de la rusticité des lieux et de la promiscuité. Camille par contre, qui ne s'était jamais plainte, commençait à souffrir de cette vie rude. Et, par-dessus tout, elle redoutait de voir le camp attaqué. Sa santé s'était améliorée mais sa faiblesse était parfois si grande qu'elle avait du mal à marcher. Sa foi en Dieu et la pensée de son mari et de son fils la soutenaient.

C'est dans la soirée du 5 au 6 juin que l'on transmit le message « B » tant attendu d'Aristide et de ses hommes, l'un des trois cents diffusés cette nuit-là par la section française du S.O.E. à ses officiers : « *À l'oreille une rose* », annonçait le débarquement allié en Normandie et la mobilisation de toute la Résistance française.

Aussitôt les opérations prévues se déclenchèrent : dès l'aube, les armes patiemment stockées dans les granges, les séchoirs à tabac, les caves à vin, les grottes, furent rapidement distribuées ; les câbles souterrains reliant le Q.G. du général von der Chevallerie, commandant la 1re armée stationnée à Bordeaux, à la base de Mérignac et aux casernements des troupes et, plus tard, ceux reliant la Luftwaffe aux batteries de Chut, furent détruits. Au dépôt de la gare de Pessac, Pierre Chatanet et ses hommes firent sauter neuf locomotives, retardant de plusieurs jours le départ de trois mille soldats allemands pour le front de Normandie ; ils coupèrent également la ligne Lacanau-Saint-Louis. De leur côté, ceux du groupe Georges dynamitaient la voie ferrée entre Le Puy et Lonzac, le pont de chemin de fer entre Montendre et Chartressac, coupaient les câbles téléphoniques de l'armée allemande à la Souge, détruisaient huit pylônes de cent cinquante mille volts près d'Ychoux et trois de cent vingt mille volts à Boir. Dans le même temps, les cheminots de Fernand Schmaltz, agacés par la « concurrence » du groupe Georges, firent de la surenchère et envoyèrent à Aristide le compte rendu de quarante-huit heures d'opérations : « Transport de troupes allemand déraillé près de Pons. Destruction du pont ferroviaire près de Fléac. Transport de troupes allemand déraillé après collision avec convoi de wagons-citernes remplis de pétrole près de Bordeaux. Cette dernière affaire a provoqué un gigantesque incendie sur la ligne et entraîné de sérieuses pertes allemandes, notamment la mort d'un capitaine et d'un sergent. Une grue de trente-trois tonnes dynamitée est tombée sur une locomotive à vapeur, ce qui a coupé la ligne. La grue et la locomotive sont hors d'usage. Voie ferrée coupée à Soulac... » Le groupe d'Arcachon, dirigé par le commandant de Luze et le capitaine Duchez, plastiqua deux pylônes à haute tension, privant d'électricité la partie sud du réseau ferré, les câbles téléphoniques et télégraphiques de la station balnéaire furent également détruits, l'isolant du reste du monde ; Dédé le Basque et Léon des Landes harcelèrent sans cesse les convois allemands qui, par les routes secondaires, tentaient de remonter vers les plages normandes.

Dans la soirée du 6, à la ferme Carnélos, on écouta, malgré le brouillage qui la rendait parfois inaudible, la voix qui pendant quatre ans avait porté l'honneur de la France :

« *La bataille suprême est engagée !*

« *Après tant de combats, de fureurs, de douleurs, voici venu le choc décisif, le choc tant espéré. Bien entendu, c'est la bataille de France et c'est la bataille de la France !*

« *... Pour les fils de France, où qu'ils soient, quels qu'ils soient, le devoir simple et sacré est de combattre par tous les moyens dont ils disposent. Il s'agit de détruire l'ennemi qui écrase et souille la patrie, l'ennemi détesté, l'ennemi déshonoré.*

« *L'ennemi va tout faire pour échapper à son destin. Il va s'acharner à tenir notre sol aussi longtemps que possible. Mais il y a beau temps qu'il n'est plus qu'un fauve qui recule...*

« *... Pour la nation qui se bat, les pieds et les poings liés, contre l'oppresseur armé jusqu'aux dents, le bon ordre dans la bataille exige plusieurs conditions...* »

Les trois conditions ne purent être entendues des auditeurs, seule la fin du discours du général de Gaulle leur parvint :

« La bataille de France a commencé. Il n'y a plus dans la nation, dans l'Empire, dans les armées qu'une seule et même volonté, qu'une seule et même espérance. Derrière le nuage si lourd de notre sang et de nos larmes voici que reparaît le soleil de notre grandeur. »

Quand retentit *La Marseillaise*, tout naturellement, ils se mirent debout. Certains pleuraient sans chercher à cacher leurs larmes. Plus tard, après les recommandations d'un membre de l'état-major du commandement suprême des Forces expéditionnaires interalliées aux populations situées dans la zone du débarquement, Jacques Duchesne prit la parole dans l'émission « Les Français parlent aux Français » :

« Ce n'est pas par accident, mes amis, que vous n'entendez pas ce soir "Aujourd'hui, 277e jour de l'invasion, etc.". Ce n'est pas par oubli que vous n'entendez pas "1 444e jour de la lutte du peuple français pour sa libération". Il a fallu 1 444 jours pour que cette libération commence. Mais ces deux formules-là, vous ne les entendrez plus jamais. »

Tous applaudirent le « plus jamais ». Encore un peu de patience et plus jamais ils n'auraient peur, ils n'auraient à se cacher. Encore quelques jours, quelques semaines, et ils pourraient rentrer chez eux, reprendre le chemin de la vigne, de l'usine, du bureau ou, tout simplement, celui de la maison. Dans un mois ou deux, les prisonniers reviendraient, à temps, peut-être pour les vendanges... Cette nuit-là, on fit de beaux rêves à la ferme d'Antoine Carnélos.

Rien ne laissait prévoir une attaque allemande.

Le temps était lourd et couvert en ce début d'après-midi du 9 juin. Léa et Charles descendaient en riant du bois de

Candale, affamés après une longue promenade à la recherche de fraises sauvages. Ils en avaient trouvé une dizaine à peine mûres qu'ils s'étaient partagées équitablement. Le petit garçon adorait la jeune femme. Elle se comportait avec lui comme s'il eût été un frère adolescent et jouait avec le sérieux des enfants. Ils avaient décidé de pique-niquer, mais le casse-croûte de maman Faux était mangé depuis longtemps. C'est pour ça qu'ils revenaient plus tôt que prévu, dans l'espoir de trouver à la ferme des restes du repas de midi.

Déjà, ils sentaient l'odeur du « mouton-haricots » quotidien, dont Léa, pourtant friande, commençait à être dégoûtée. Soudain, une rafale de mitraillette les immobilisa.

— Ils s'amusent, fit l'enfant de l'air important de celui qui sait.

— Je ne crois pas. Attends, reste là... ne bouge pas, je vais voir.

— Non, je veux venir avec toi.

Une autre rafale, puis une autre.

— Cela vient de la ferme !... Promets-moi de ne pas bouger, je vais chercher ta mère.

En courant, elle dévale la pente, s'immobilise derrière le gros cerisier qui surplombe les bâtiments de la ferme Carnélos... à une centaine de mètres dans le champ de blé, les casques vert-de-gris des soldats allemands émergent. Des miliciens, reconnaissables à leurs uniformes bleu marine et à leurs casques noirs, les accompagnent. L'un d'eux se lève avec un cri puis retombe, écrasant les épis tendres sous son poids... Une fusillade nourrie part de la ferme. À l'étage, les F.-M. de Daniel Faux et de ses camarades balaient le champ... Des hommes tombent... D'autres arrivent. D'une des fenêtres du rez-de-chaussée, Camille armée d'un fusil tire... Charles !... Charles... où es-tu ?... Il ne risque rien, il est avec Léa... Des maquisards passent en courant devant le cerisier. Léa les suit. Camouflés à l'orée du bois, ils balancent quelques Grammont en direction de l'ennemi...

— Léa ! Léa !

— Merde, le petit !

Charles, affolé par le bruit et les cris, dévale à travers les arbres. Léa court derrière lui... La peur donne des ailes à ses petites jambes... La fusillade se poursuit, furieuse...

— Charles... Charles...

Il n'entend pas... Il rebondit comme un lutin... Arrête-toi... Je t'en prie, arrête-toi... Il a dépassé le coin du mur... Il disparaît aux regards... Mon Dieu, protégez-le !...

— Maman ! maman !

— Charles...

C'est un cri d'animal que pousse Camille... Elle lâche son fusil, se précipite. La Sifflette tente de la retenir... Elle se débat, hurle... Un grand silence soudain... L'enfant est debout dans la cour... Léa a passé le coin... Quelqu'un la plaque contre le sol... Sur le seuil de la ferme apparaît Camille... elle court, bras tendus vers l'enfant qui court vers elle... comme ils sont beaux... ils n'en finissent pas de se rattraper... c'est comme un ballet très lent... Charles tournoie sur lui-même. Une fleur rouge s'épanouit sur sa chemisette blanche, ses bras lentement déchirent l'air, il trébuche... Une de ses sandalettes de toile à la blancheur verdie quitte son pied, de sa bouche ouverte ne sort aucun son... Mais Camille voit bien qu'il l'appelle... N'aie pas peur, me voilà... Maman est là..., mon petit... Attention ! tu vas tomber... Oh ! mon chéri ! tu t'es fait mal ?... Tu saignes !... Ce n'est rien... Ah !... je ne te vois plus... Quelque chose de chaud coule de mon front... sur mes lèvres... c'est salé... Où es-tu ?... Ah ! tu es là !... Que fais-tu couché par terre ?... C'est vrai..., tu es tombé. Tu ne t'es pas fait mal ?... Maman va te soigner... Comme tu es courageux !... Tu ne pleures pas. Attends, je vais te relever... Comme tu es lourd... Je ne suis pas encore bien forte, vois-tu. Je vais appeler Léa... Elle va venir m'aider...

Léa voit son prénom se former sur les lèvres de la face ensanglantée... Elle se débat pour répondre à l'appel muet... Jean Lefèvre pèse de toutes ses forces sur elle...

— Lâche-moi ! Camille a besoin de moi !

— On ne peut rien faire.

Les balles crépitent autour de la mère et de l'enfant... Le corps de la jeune femme tombe sur celui de son fils... Léa échappe à Jean. Elle arrive auprès d'eux en même temps que la Sifflette qui tire Camille vers la maison... La Sifflette tombe... Léa soulève Charles et se sauve vers les bois... Elle court... Elle n'ose le regarder. Le sang colle à ses doigts... Elle court...

Jusqu'à Deymier elle a couru. Là une femme qui avait eu son fils tué en 1940 l'a recueillie. Ses bras et ses jambes étaient écorchés par les ronces, ses vêtements déchirés. Doucement, elle lui a retiré l'enfant.

— Il vit.

À Lorette, l'ordre de repli arriva vers six heures du soir. Les Allemands avaient fait donner l'artillerie lourde. Après avoir miné le cantonnement, le groupe se dispersa dans les bois, emmenant les blessés. Ils laissaient dans la ferme abandonnée les corps de Camille et de la Sifflette devant lesquels ils se découvrirent et s'inclinèrent avant de partir. Quelques instants plus tard, l'ennemi investit la maison. La toiture, soufflée par des charges de plastic, s'écroula sur l'assaillant.

L'ennemi avait subi des pertes sévères : quarante-huit Allemands et vingt-huit miliciens avaient été tués. Ceux du maquis se regroupèrent vers Lamothe-Landerron. Une quinzaine de blessés furent évacués. Tous n'eurent pas cette chance.

Malgré le courage de René Faux, blessé au talon en le cachant, Robert Liarcou fut découvert le genou broyé. On le traîna sur le gravier. Un infirmier ennemi enveloppa le genou blessé avec une poignée de paille qu'il maintint entre deux planches. On le jeta inanimé dans un camion où s'entassaient chaises, victuailles et bicyclettes. On le conduisit au collège de La Réole, siège de la Gestapo. Il y retrouva son compagnon Paul Gérard baignant dans son sang, les quatre membres broyés. Il avait été découvert dans la maison des Faux. Les Allemands s'étaient acharnés sur lui. Il mourut dans la nuit, poignardé plusieurs fois par un milicien. Son corps, transporté dans un sac, fut jeté dans une fosse commune creusée sur les bords de la Garonne.

À l'aube, quand on vint le chercher, Robert Liarcou crut qu'on allait le fusiller. Après un passage à la Gestapo de Langon, on le conduisit au fort du Hâ où il resta sans soins, soutenu par deux résistants, blessés comme lui : Laforesterie, de Puisseguin, et Marcel Guinot, de Bergerac. Quelques jours plus tard, ses gardiens le traînèrent à l'infirmerie où le docteur Poinot fut autorisé à l'examiner. Devant la gravité de la blessure, il tenta de persuader le commandant du fort de faire hospitaliser le jeune homme. Le commandant n'y consentit qu'après cinq ou six hémorragies. Il fut amputé à l'hôpital du Béquet, le 14 juillet, après être resté trente-trois jours sans soins. En août, on le reconduisit au fort du Hâ.

Lui, au moins, s'en était sorti. Trois de ses camarades emprisonnés comme lui à La Réole, furent déportés. Ils ne devaient pas revenir. Ils s'appelaient : Bolzan, Labory et Zuanet.

Charles avait perdu beaucoup de sang mais, malgré son apparence fluette, il avait une forte constitution. Blessé à l'épaule, il se remit très vite.

9

Maurice Fiaux fut plus surpris que méfiant lorsqu'il vit le père Delmas sur le pas de sa porte. Après un bref coup d'œil dans la rue, il ordonna à ses gardes du corps de le laisser seul.

— Je ne risque rien en compagnie d'un curé, n'est-ce pas, mon père ? dit-il en souriant d'un air goguenard. Que me voulez-vous ?

— La guerre est perdue pour l'Allemagne. Des gens comme toi seront fusillés. En attendant, nous avons besoin de vous. Je suis mandaté par ceux de Londres pour te faire une proposition. Si tu l'acceptes, tu peux sauver ta peau.

Fiaux regardait le dominicain d'un air dubitatif.

— Qui me prouve que ce n'est pas un piège que vous me tendez ?

Adrien Delmas le regarda avec mépris.

— Tu as ma parole. Mon souci est d'économiser des vies humaines. Sortons faire un tour. Je ne veux pas risquer que tes acolytes entendent ce que j'ai à te dire.

Maurice Fiaux hésita puis brusquement se décida.

— Comme vous voulez, mon père... Je vais être obligé alors de me faire suivre...

— À ta place, je n'en ferais rien.

— Il y a de l'argent à gagner ?

— C'est possible, dit Adrien Delmas en cachant mal son dégoût.

— Eh bien, allons-y. De toute façon, je suis assez grand pour me défendre tout seul, fit Maurice Fiaux en exhibant un parabellum impressionnant.

En descendant l'escalier, ils croisèrent deux jeunes gens en train de fumer sur le palier.

— Si dans une heure, je ne suis pas revenu, prévenez le commissaire Poinsot. Dites-lui que j'avais un rendez-vous avec une personnalité importante de la Résistance qui nous a faussé compagnie au camp de Mérignac, il saura de qui je veux parler.

— Tu ne veux pas qu'on t'accompagne ?

— Ce n'est pas la peine.

Il faisait très lourd en cette fin de journée du 9 juin. Il régnait un peu d'animation dans la rue de la Porte-Dijeaux, c'était l'heure de la sortie des bureaux. Des enfants au teint pâle pataugeaient dans l'eau sale des caniveaux.

— Où allons-nous ?

— Sur les quais, c'est plus calme.

Maurice Fiaux marqua une hésitation.

— J'ai donné ma parole, dit le prêtre avec amertume.

— Il faut que ce que vous avez à me dire soit bien important pour que vous ayez pris le risque de vous faire reconnaître et arrêter. Avez-vous revu votre charmante nièce ? On m'a dit qu'elle jouait à la guerre quelque part au-dessus de La Réole. Attendez... j'ai oublié où. Ah ! voilà, ça me revient : à Lorette. C'est bien ça n'est-ce pas ?... Je n'aurais jamais cru qu'une jeune fille d'une bonne famille bordelaise fréquente des communistes. Il paraît que Mme d'Argilat serait également devenue communiste... On m'a dit que son petit garçon chantait *L'Internationale*. Mais ça, je n'ai pas voulu le croire. Le fils d'un héros de Londres ! Il est vrai que vous ne leur avez pas donné le bon exemple. Déjà, du temps où vous fréquentiez le patron de ma mère, vous aviez des idées bolcheviques. C'est curieux pour un prêtre catholique. Heureusement qu'ils ne sont pas tous comme vous !

— Il y en a beaucoup plus que tu ne crois.
— On les connaît. Vous vous souvenez du père de Jabrun, il était jésuite, lui. C'était un de vos amis ?
— Oui.
— Il paraîtrait qu'il serait mort l'année dernière au camp de Buchenwald.

Ainsi il était mort, Louis de Jabrun avec qui si souvent avant la guerre, il avait discuté des heures durant sur les traités de Maître Eckhart, les Confessions de Jakob Bœhme ou celles de saint Augustin. Encore un peu du sel de la terre qui disparaissait.

— Quant au père Dieuzayde et à l'abbé Lasserre, à leur place, je ferais ma prière.

« Peut-être devrais-tu faire la tienne », pensa Adrien Delmas avec un humour macabre.

Ils marchèrent en silence le long du quai de Richelieu, le cours d'Alsace-et-Lorraine. Le père Delmas s'engagea dans la rue de la Porte-des-Portanets.

Après quelques pas, Fiaux s'arrêta, brusquement inquiet. Sa main se referma sur son pistolet.

— Lâche ça ! Ce n'est qu'un modeste pistolet français, mais il tire bien.
— Vous êtes fou ! Que me voulez-vous ?
— Entre là.

Il le poussa brutalement dans l'entrée sordide d'un immeuble du XVIIIe siècle, autrefois magnifique. Un escalier de pierre d'une saleté repoussante menait vers les étages.

— Où allons-nous ?
— Au deuxième étage, la porte du fond. Ne remets pas la main dans ta poche.

Jamais escalier ne parut aussi raide. Fiaux le montait crispé, imaginant, sans vraiment y croire, qu'il allait recevoir une balle dans le dos. Adrien Delmas soulevait ses pieds avec des efforts qui le couvraient de sueur.

— Ce n'est pas fermé à clé, entre.

Après la saleté extérieure, la vaste pièce paraissait excessivement propre. Un lit de camp, une table, une cantine militaire et deux chaises composaient tout le mobilier.

— Assieds-toi, dit le dominicain en lui prenant son arme.

— Non.

— Assieds-toi, fit Delmas en s'installant sur une des chaises.

Pâle, mais le regard ferme, Fiaux obéit.

— Que me voulez-vous ?

— Te tuer.

Stupide, il le regardait la bouche ouverte. Un filet de salive coula le long de son menton. Ses mains se crispèrent sur le siège, ses jambes devinrent molles. Il se mit à trembler.

— Vous n'avez pas le droit.

— Avais-tu le droit de tuer, de torturer, de dénoncer comme tu l'as fait ?

— J'obéissais aux ordres !

— Moi aussi.

— Non, ce n'est pas vrai !... Vous voulez protéger votre famille...

— Tais-toi. Si tu es croyant, recommande ton âme à Dieu.

Maurice Fiaux glissa de sa chaise et tomba à genoux.

— Mais vous ne pouvez pas me tuer !... Pas vous !

— Si, moi. S'il y a péché, je le prends sur moi.

— Je vous en supplie, vous m'avez connu enfant... Pensez à ma mère... Que direz-vous à ma mère ?

C'est vrai, il avait une mère... Vite, en finir.

Devant lui, l'autre n'était plus qu'un tas de peur qui répandait une odeur infecte. Pauvre gosse, pensa-t-il en appuyant sur la détente. La balle pénétra dans la tempe gauche et le tua instantanément.

Adrien Delmas contemplait son œuvre sans émotion apparente. Il retourna le cadavre et fouilla dans ses poches. Dans le portefeuille en crocodile à coins d'or, il trouva la liste des maquis de Gironde et dans presque tous les cas, le nom du chef et le nombre d'hommes. Le maquis de Lorette était entouré de rouge avec le chiffre 9, ceux de Libourne, Targon, Villandraut et Podensac étaient marqués d'un point rouge. Si les Allemands possédaient cette liste, c'en était fait de la Résistance dans le Sud-Ouest. Aristide devait être informé au plus tôt.

Avant de sortir, il traça le signe de la croix au-dessus du corps, machinalement.

Tard dans la nuit, le père Delmas trouva le Q.G. de l'Anglais qui se déplaçait chaque jour depuis le débarquement. Là, il apprit l'attaque de Lorette et la mort de Camille et de la Sifflette. On ne savait rien de Léa et du petit Charles si ce n'est qu'il avait été touché en même temps que sa mère. Ils avaient disparu au moment de l'assaut donné par les Allemands.

Ces nouvelles, pourtant apportées avec ménagement par Léon des Landes, furent un nouveau choc pour le dominicain ; il en défaillit. On se précipita pour le soutenir, il se redressa. Que n'avait-il tué ce démon plus tôt ? Pourquoi avait-il hésité deux jours à l'abattre ? À cause de lui, de ses scrupules imbéciles, des femmes, un enfant étaient morts, d'autres blessés ou prisonniers. Qui sait si demain, cette nuit même, d'autres ne subiraient pas le même sort parce qu'il avait hésité à prendre la vie d'un salaud ?

Accablé, il fit son rapport sur les circonstances de l'exécution de Maurice Fiaux. Un silence pénible succéda à ses paroles sèches et précises.

— Je vais aller à La Réole pour essayer de savoir ce que sont devenus Léa et Charles. Avez-vous des messages à porter ?

Tous savaient qu'il était inutile d'essayer de le retenir. Dédé le Basque et un jeune résistant l'accompagnèrent jusqu'à la sortie du village où une sentinelle leur dénicha un vélo.

— Mon père, reposez-vous, vous partirez plus tard.

— Non, je dois y aller. Adieu, mes amis.

Soucieux, Dédé le Basque le regarda partir dans la nuit.

Le jour était levé depuis plusieurs heures quand Adrien Delmas parvint en vue des toits de La Réole. Il descendit à pied, en poussant sa bicyclette, les rues pentues de la petite cité. Place Jean-Jaurès, il entra à l'hôtel Terminus. Un peu plus haut, dominant la Garonne, le collège, siège de la Gestapo. C'est dans cet hôtel que le passeur pour la Suisse devait laisser un message.

Il s'assit lourdement devant une des tables du restaurant. Une serveuse, sans qu'il ait rien demandé, posa devant lui du pain et une tranche de pâté.

— Je vous sers un verre de vin ?

— Si vous voulez.

La fille revint avec une bouteille ouverte et un verre. Pendant qu'elle versait à boire, il lui demanda :

— Avez-vous revu Hélène ?

Elle lui jeta un regard rapide et soulagé avant de lui répondre.

— Oui, elle arrive bientôt.

Cela voulait dire que tout était en place pour le départ de Camille et de son fils.

— Vous ne vous sentez pas bien ?... Vous êtes tout pâle !

— Non, non, ça va... un peu de fatigue. Quand arrive-t-elle ?

— Je ne sais pas encore. Très vite, je pense.

À cette heure, la salle était déserte. Par la porte entrouverte des cuisines leur parvenaient des bruits de vaisselle.

— Je dois finir de mettre mon couvert pour le déjeuner, fit-elle à voix haute. Vous ne devriez pas vous montrer en ville ; vous êtes au courant de ce qui s'est passé hier ? demanda-t-elle tout bas.

— Oui. Combien de tués ?

— On parle de deux ou trois femmes et d'un petit garçon.

— Des blessés ?

— Une quinzaine.

— Où sont les autres ?

Une voix jaillit de la cuisine.

— Germaine ! Tu es en retard. Mets le couvert.

— Oui patronne, j'arrive... Ils sont entre Mongauzy et Lamothe-Landerron.

— Germaine...

— J'arrive, j'arrive. J'encaisse le client.
— Tenez, merci. Gardez la monnaie.
— Merci, monsieur.

Adrien Delmas sortit et reprit son vélo. Devant le pont suspendu, il croisa une patrouille allemande. Il monta sur sa machine et prit la route de Marmande. Les cinquante kilomètres faits dans la nuit pesaient dans ses jambes. Il ne pourrait pas pédaler longtemps encore. Zigzaguant sur la route, il parvint jusqu'à Mongauzy. Un voile rouge devant les yeux, le visage cramoisi, il arriva devant l'église. Tout tourna autour de lui ; sa poitrine se déchirait. En tombant, il revit le visage tordu de peur de l'homme qu'il avait assassiné.

Il reprit connaissance dans le lit du curé.
— Quelle peur vous m'avez faite, monsieur.
— Il y a longtemps que je suis ici ?
— Depuis trois jours.
— Je dois m'en aller.
— Vous n'y pensez pas ! Le docteur a dit que c'était très grave. Il va revenir aujourd'hui. Monsieur !... Recouchez-vous !... Té ! Vous voyez bien que vous ne pouvez pas vous lever.
— Il le faut, cependant.
— Je ne sais pas pourquoi vous voulez tant partir et je ne veux pas le savoir. Mais vous êtes ici en sécurité et le docteur comme l'instituteur qui m'a aidé à vous transporter sont des personnes de confiance.

Adrien Delmas regarda le bonhomme à la soutane verte d'usure à laquelle il manquait quelques boutons. C'était un brave homme de prêtre de campagne. Qu'aurait-il fait, s'il avait su ?

— Ah ! je vois que ça va mieux. Ne parlez pas ! Je vais vous ausculter d'abord.

— Quand a-t-il repris connaissance, monsieur le curé ?

— Il y a un quart d'heure, peut-être.

Le médecin examina soigneusement le malade. Il était très vieux et aurait dû prendre sa retraite depuis longtemps. Ses mains aux longs doigts secs palpaient avec précision le corps maigre d'Adrien Delmas. Quand il eut terminé, il rangea soigneusement son stéthoscope, essuya ses lunettes, opération qui sembla bien longue au curé.

— Eh bien, docteur, ne nous faites pas languir.

— Ce n'est pas fameux. Quel âge avez-vous ?

— Cinquante-cinq ans.

— Mon pauvre ami, vous avez le cœur d'un homme de mon âge qui serait épuisé. Vous devez absolument vous reposer. Je vais vous prescrire quelques remèdes, en espérant que le pharmacien en ait. Je vous en donnerais bien, mais il y a longtemps que j'ai tout distribué et ce qui s'est passé l'autre jour a épuisé mes réserves.

— Vous voulez parler de l'attaque du maquis...

— Oui. Beaucoup sont salement amochés.

— Il y avait des femmes parmi eux ?

— Blessées ? non. Deux malheureuses tuées.

— Et l'enfant ?

— Je n'ai pas vu d'enfant, ni mort ni vivant.

Adrien Delmas ferma les yeux en portant ses mains à sa poitrine.

— Ne parlez plus, cela vous fatigue trop.

— Docteur, encore un mot. Vous n'avez pas entendu parler dans la région d'une jeune fille et d'un petit garçon qui se seraient réfugiés quelque part ?

— Non si ce n'est un jeune maquisard blessé à la tête qui répétait sans cesse : « Léa, n'y va pas, Léa, n'y va pas. »

— C'est elle que je recherche. C'est une très jolie fille de vingt ans...

— Non, je n'ai pas vu de jolie fille. Pourquoi la cherchez-vous ? Elle est de votre famille ?

— Oui, c'est ma nièce.

— Pour vous rendre service, je vais me renseigner. Par ici, les gens me connaissent. S'ils savent quelque chose, ils me le diront. Mais, à une condition : c'est que vous vous teniez tranquille.

— Je vous le promets.

— Bien. Si j'apprends quelque chose, je préviendrai monsieur le curé.

— Merci docteur, balbutia le dominicain avant de s'évanouir.

— Pauvre homme, je ne lui en donne pas pour longtemps. Priez pour lui, monsieur le curé, il a dû bien souffrir pour être ainsi usé.

— Vous avez une idée où trouver cette jeune fille et cet enfant ?

— Non. Mais je vais aller jusqu'aux Jaguenaux là où sont soignés les blessés. Je repasserai dans la soirée. Au revoir, monsieur le curé.

— Au revoir, docteur.

— Surveillez bien votre pensionnaire.

Le médecin ne put revenir que le lendemain. Son visage était bouleversé.

— Personne ne sait rien. La dernière fois qu'on les a revus vivants, c'était au moment de l'attaque de la ferme. L'enfant était mort ou blessé. Certains disent que les Allemands ont pu les jeter dans le bâtiment en flammes. Pour l'instant, les lieux sont gardés, on ne peut pas s'en approcher.

Adrien Delmas écoutait, incapable de prononcer un mot.

— Pourquoi auraient-ils fait ça ? Ce sont des soldats, pas des bêtes.

— Mon pauvre curé, ils sont pires que des bêtes ! Ils sont la bête immonde dont parlent vos Écritures.

— Que se passe-t-il, docteur ? Vous avez l'air tout retourné.

— Il se passe, monsieur le curé, qu'ils ont massacré tous les habitants d'un village dans le Limousin.

— Ce n'est pas possible !

Mais les larmes qui coulaient le long du vieux visage disaient que cela était vrai.

Le curé se signa et posa sa main sur l'épaule du vieillard.

— Dieu leur pardonne.

Le médecin se dressa avec colère.

— Qu'il leur pardonne, dites-vous !... Mais si votre putain de bon Dieu existe, il ne peut pas pardonner ça. J'ai vu bien des misères, bien des horreurs dans ma longue vie. J'ai vu les gars qui mouraient, les jambes arrachées, dans la boue des tranchées, j'ai vu les mutilés, les gueules cassées de la Grande Guerre... J'ai vu mes meilleurs copains réduits en bouillie dans les champs de Verdun ! Je sais ce que c'est la guerre et la mort, cela me révolte, mais je l'accepte comme une fatalité de l'homme. Mais le massacre des femmes..., des enfants..., surtout des enfants, je ne l'accepte pas.

— Calmez-vous, docteur.

— Que je me calme, monsieur le curé ! Mais savez-vous ce qu'ils ont fait à Oradour-sur-Glane ? Dites, le savez-vous ?... C'était samedi dernier, le 10 juin... Les gens se pressaient pour la distribution du tabac. On avait rassemblé les écoliers pour la visite médicale. Des réfugiés étaient arrivés la veille, deux cents environ... C'est après le repas de midi qu'ils ont débarqué dans des camions, en tenue de campagne, braquant leurs armes sur les maisons... Le major, un certain Otto Dickmann, a fait venir le maire, puis le garde champêtre... Accompagné de deux SS, il a fait le tour du village en battant du tambour... « Avisss à la population... » Vous connaissez ?... Tous les gardes champêtres de France disent : Avisss... Alors, il délivre son message : « Avisss à la population, les hommes, les femmes et les enfants doivent se rassembler immédiatement, munis de leurs papiers, sur le champ de foire pour vérification d'identité... » Ceux qui sont malades ou impotents, les SS les tirent de leur lit et à coups de crosse les poussent vers le champ de foire, comme ils poussent les paysans ramassés dans les champs alentour, les familles des hameaux voisins, les pêcheurs à la ligne, les petits enfants qui n'avancent pas assez vite... Bientôt tous les habitants sont rassemblés. Quelques coups de feu à l'autre bout du village font sursauter la masse hébétée... Des mitrailleurs prennent position un peu partout. Des femmes et des enfants sanglotent. On sépare les hommes des femmes. Elles serrent leurs petits contre leur poitrine, cramponnent les landaus de leurs bébés... Encadrées par dix SS, on les conduit avec les enfants des écoles dans l'église. Le curé n'a jamais vu autant de monde... Les hommes sont alignés sur trois rangs. Dans le silence, on entend la cloche du tramway de Limoges qui s'apprête à passer le pont... Un coup de feu... Un soldat hurle dans un excellent français que des terroristes ont caché dans le village un important stock d'armes et de munitions et que, sous peine de représailles, ils doivent indiquer où sont les cachettes... Un vieux paysan dit qu'il a un fusil de chasse... « Ça ne nous intéresse pas », répond le soldat... On sépare les hommes en quatre groupes de quarante à cinquante... Deux sont dirigés vers le haut du village, deux vers le bas... On les entasse dans sept granges. Les Allemands, mitraillettes et mitrailleuses braquées sur eux, bavardent en riant... Soudain, avec un grand cri, ils ouvrent le feu... Les corps tombent les uns sur les autres, les balles ricochent contre les murs, les blessés hurlent... La mitraille cesse... Au pistolet, on achève tout ce qui bouge encore. Des soldats apportent de la paille, du foin, des fagots, une brouette, une échelle. Ils enflamment des bouchons de paille qu'ils jettent sur le tas des mourants... agités de derniers soubresauts, et referment les portes. Dans les sept granges, la même scène se reproduit... Dans l'église, quatre cents femmes et enfants, cinq cents peut-être, regardent avec épouvante un groupe de soldats traînant une lourde caisse d'où dépassent des cordons... Ils les allument et sortent... Une explosion... Une épaisse fumée noire envahit la nef. Hurlant de frayeur, à demi asphyxiés, les femmes et les enfants courent en tous sens. Par le portail ouvert, les mitraillettes crépitent... Les grenades explosent... Les cheveux s'enflamment... Disparue l'odeur de poussière et d'encens... Celle du sang, de la merde, des chairs brûlées la remplace. Des gars de vingt ans jettent dans ce grouillement humain des fagots, de la paille... Un lance-flammes crache son feu... Une femme, sa fille tuée auprès d'elle, se traîne... Deux petits, réfugiés dans le confessionnal, sont abattus.... Mères et enfants brûlent vifs enlacés... Entendez-vous ces cris ?... Dites, les entendez-vous ?... Voyez-vous les murs du lieu saint maculés du sang des victimes ?... Les traces des pauvres doigts glissant le long des pierres ? Ces visages éclatés ? Ces membres brisés ? Ce bébé qui hurle dans sa poussette avant de n'être qu'une torche ?... Dites, LES VOYEZ-VOUS ?...

Ils les voyaient si bien que le curé était tombé à genoux en prière et que le vieux médecin fermait les yeux d'horreur. Sans un mot, il se retourna vers la porte et disparut dans l'obscurité, voûté de toutes les peines du monde.

Adrien Delmas s'était levé, un goût nauséeux dans la bouche. Avec effort, il releva doucement le vieux curé et l'allongea sur le lit qu'il venait de quitter. Il s'habilla, vérifia le bon fonctionnement de son pistolet. Avant de sortir, il regarda le curé prostré et partit sans rien dire.

Il a marché longtemps à travers vignes et champs sans chercher à se cacher. Les gens qu'il a croisés l'ont salué, comme l'on fait dans ces cas-là. Il n'a pas répondu. Ils se sont retournés, étonnés, un peu inquiets. Sait-on qui l'on rencontre sur les routes de nos jours ?... Dans une ferme, il a demandé un verre d'eau et a remercié poliment. Le fermier et sa femme l'ont regardé partir, mal à l'aise, la femme s'est signée rapidement en disant :

— On dirait qu'il a vu le diable.

La maigre silhouette noire avait disparu depuis un long moment quand la femme regagna sa maison.

À la tombée du jour, il s'est arrêté dans un petit bois, humide et moussu, il s'est appuyé contre le tronc d'un arbre, en a caressé machinalement l'écorce comme il aimait à le faire, enfant, dans les Landes. Mais les pins, eux, laissaient sur ses doigts leur résine amère et leur odeur persistante. Il a frémi à cette évocation. Il a chassé ces images douces, a fait dans son esprit le vide total, définitif. Plus de pensées. Alors, face levée vers le ciel vide, il a sorti son arme.

10

La disparition d'Adrien Delmas causa un souci supplémentaire à Aristide. Nul ne l'avait revu depuis la réunion où il avait annoncé l'exécution de Maurice Fiaux. On craignait qu'un guet-apens ne lui eût été tendu par la Milice ou la Gestapo. Mais les espions ne purent rien apprendre. Malgré les conseils de leurs camarades, ni Aristide ni Dédé le Basque n'acceptèrent de modifier les dates des rendez-vous et des actions à entreprendre, convaincus l'un et l'autre que, même sous la torture, le père Delmas ne parlerait pas. Lancelot blâma cette preuve de confiance.

Depuis l'« accord » entre Dohse et Grand-Clément qui avait déjà coûté si cher à la Résistance du Sud-Ouest, la plupart des chefs de réseau vivaient dans la hantise de la trahison. Certains d'entre eux voyaient des traîtres partout. Traître sûrement, ce Renaudin, délégué du Mouvement de libération nationale chargé de regrouper les forces de la Résistance, et que l'on rencontrait trop souvent avec Grand-Clément ou les hommes de celui-ci ; on le disait chef d'un réseau de trois mille hommes.

Un jour, Dédé le Basque, ayant un rendez-vous au parc Bordelais en compagnie de Lancelot, se trouva nez à nez en descendant du tramway avec André Noël, déjà condamné par la Résistance, et Renaudin. Noël les aborda avec un large sourire :

— Salut, inspecteur ! On dit que depuis votre départ de la police vous avez d'importantes activités.

— Tu veux en avoir un échantillon tout de suite ? dit Dédé le Basque en mettant la main à sa poche.

— Hé là ! Ne faites pas l'idiot. Tout a changé depuis le débarquement. J'ai des nouvelles importantes pour vous. Venez demain à onze heures, place de la Victoire, discuter d'une action commune.

Le lendemain, Dédé le Basque vint au rendez-vous accompagné de Marc, un résistant de Toulouse, et de quatre hommes armés. Personne ne se présenta. Un moment, ils crurent apercevoir Renaudin à l'angle de la rue Elie-Gintrac. Le temps passant, ils décidèrent de partir. C'est alors que jaillirent de derrière le rideau de fer à demi baissé d'un magasin de nouveautés, six SS qui se saisirent des quatre maquisards qui marchaient en avant, sans que ceux-ci puissent sortir leurs armes. Dédé le Basque et Marc réussirent à prendre la fuite tandis que les Allemands entraînaient leurs compagnons dans la boutique. Trois d'entre eux se lancèrent à la poursuite des fugitifs. Ils passèrent sans le voir devant la porte cochère qui abritait Dédé le Basque. Dès qu'ils eurent tourné le coin de la rue, il se précipita dans le magasin en tirant. Les maquisards se jetèrent sur leurs gardiens et les désarmèrent. Ne pouvant les faire prisonniers, Dédé le Basque leur ordonna de déguerpir. Les quelques passants qui ne s'étaient pas réfugiés dans les immeubles, ou enfuis dès le premier coup de feu, avaient regardé la scène sans réagir.

Dès leur retour au Q.G. d'Aristide, Dédé le Basque et Marc firent leur rapport. À cette lecture, Aristide fut définitivement convaincu de la trahison de Renaudin. Une nouvelle arrestation allait renforcer, si besoin était, cette conviction : Pierre Roland, chargé de saboter le réseau électrique permettant la mise à feu des explosifs devant détruire le port et une partie de la ville de Bordeaux, n'avait pu procéder qu'à des sabotages de peu d'importance. Il avait suggéré à Aristide de demander par radio au colonel Buckmaster de bombarder le secteur où avaient été localisés les câbles. Le lendemain de l'envoi du message, une quinzaine de bombardiers de la 15e Force aérienne des U.S.A. avaient anéanti tout le circuit de mise à feu. Deux jours après le bombardement, Pierre Roland avait été arrêté et conduit au Bouscat, 197, route du Médoc. Torturé, il était mort sans avoir parlé.

Devant la menace qui pesait sur tous, Aristide, bouleversé de chagrin et de colère, constitua une équipe de quatre hommes déterminés. Durant trois jours, ils filèrent Renaudin. Le 29 juin, tout était prêt : ils l'abattirent à l'angle de la rue du Héron et de la rue Mouneyra. Un policier croyant à une agression de malfaiteurs les poursuivit en tirant, blessant deux hommes, Mouchet et Langlade. Mouchet à terre tira sur l'agent de police et le tua tandis que Jules et Fabas réussissaient à s'enfuir avant l'arrivée des soldats allemands et des policiers français. Les deux prisonniers furent torturés par la Gestapo. Mouchet fut exécuté et Langlade mourut des suites des sévices endurés.

Plus tard, le 11 août, ce fut le tour d'André Noël, attiré dans un guet-apens par Triangle. Là, les maquisards chargés de l'exécution ne se contentèrent pas de l'abattre, ils le rouèrent de coups, cherchant sans doute à venger leurs camarades morts ou déportés. Quand, enfin, ils se décidèrent à le tuer, le traître était méconnaissable. Ils se débarrassèrent du corps en le jetant dans la Garonne.

Quant à Grand-Clément, il restait introuvable.

À Deymier, Léa se remettait mal du choc éprouvé par la mort de Camille. Chaque nuit elle se réveillait en larmes, appelant son amie. Mme Larivierre, la femme qui les avait recueillis, Charles et elle, la recouchait en lui prodiguant de douces paroles. Elle se rendormait peu de temps, assaillie par le cauchemar qu'elle avait fait souvent après le meurtre du pillard d'Orléans augmenté maintenant d'images sanglantes dans lesquelles se débattaient Camille, Charles et la Sifflette.

Par Mme Larivierre, elle avait appris que les maquisards s'étaient dispersés, certains s'étant regroupés du côté de Blasimon et de Mauriac. La brave femme ne put, ou ne voulut, rien lui dire de plus sinon que Camille et la Sifflette avaient été enterrées provisoirement à La Réole. Elle accepta de faire porter une lettre à Ruth, dans laquelle Léa demandait qu'elle remette au porteur un peu d'argent et des vêtements. Le jeune garçon qui avait porté le message s'en revint penaud, suivi de Ruth qui l'avait séquestré jusqu'à ce qu'il lui dise d'où venait la lettre. Mme Larivierre entra dans une grande colère, tonnant que les Allemands allaient venir les arrêter et qu'il fallait déguerpir dans l'heure. Ruth acheta à prix d'or un vieux vélo pour Léa, et installa Charles sur le sien en disant :

— Je serais bien venue vous chercher par le train, mais la voie ferrée a encore été coupée par un bombardement.

Léa remercia vivement son hôtesse qui la vit partir avec soulagement.

Elles arrivèrent à Montillac tard dans la soirée du lendemain, tant la faiblesse de Léa était grande et dures les petites routes sinueuses des collines. Ruth parvint à les faire entrer sans être vus des Fayard. Une forte fièvre cloua Léa au lit durant deux jours. Quant à Charles à qui la gouvernante avait interdit de sortir, il errait, triste et boudeur, en demandant sa mère.

Quand Léa fut en état de parler, elle raconta d'une voix blanche, sans une larme, la fin de Camille et le combat auquel elle avait assisté.

— Que sont devenus ton oncle et les fils Lefèvre ?

— Je ne sais pas. Oncle Adrien n'est pas revenu après la visite de François Tavernier. Je pensais qu'ici vous auriez des nouvelles.

— Non. Ta tante Bernadette a reçu une carte postale de Lucien, c'est tout. Nous savons que ton oncle Luc est très inquiet pour Pierrot qui serait à Paris. Après ton départ, une lettre de Laure est arrivée. Je me suis permis de l'ouvrir.

— Que dit-elle ?

— Rien d'important : que l'approvisionnement des Parisiens est pratiquement nul, qu'il n'y a plus de métro faute d'électricité, que la banlieue est bombardée presque quotidiennement et que les Allemands deviennent de plus en plus nerveux. Tes tantes vont bien.

— C'est tout ?

— Oui, si ce n'est qu'elle t'attend à Paris.

— Elle ne parle pas de Françoise ?

— Non, mais j'ai reçu une lettre de ta sœur. Depuis trois mois, elle est sans nouvelles d'Otto qui combat en Russie.

— Il ne reviendra pas.

— Pourquoi dis-tu cela ?

— Nous allons tous être tués comme Camille, fit-elle en se retournant contre le mur et en rabattant le drap sur son visage.

Ruth regardait avec douleur la forme aimée. Que faire ? Elle se sentait vieille et impuissante. Bouleversée par la mort de Camille, elle ne savait quelle décision prendre concernant la sécurité de Léa. Elle ne pouvait rester ici. À tout moment, Fayard pouvait apprendre sa présence et la dénoncer. Elle ne connaissait pas de lieu suffisamment sûr où la cacher dans la région, la plupart des maisons amies étaient surveillées.

Voyant Léa toujours immobile sous ses couvertures, elle se décida à quitter la chambre des enfants où la jeune fille avait demandé à être conduite.

Dans la soirée du 15 juillet, tous volets et fenêtres fermés malgré la chaleur accablante, Ruth et Léa, installées dans le bureau de Pierre Delmas, écoutaient à la radio de Londres Jean Oberlé qui parlait de l'assassinat de Georges Mandel par la Milice.

— Avec Philippe Henriot, c'est le deuxième député de la Gironde à être assassiné en quelques jours, dit Ruth qui finissait de coudre une chemise pour Charles dans une vieille robe.

— C'est tante Lisa qui doit être triste de la mort d'Henriot, elle qui aimait tant sa voix.

Un grattement aux volets les immobilisa.

— Tu as entendu ?

— Oui. Éteins le poste.

Léa obéit, l'oreille aux aguets, le cœur battant. Le grattement reprit.

— Cache-toi, je vais ouvrir la fenêtre.

— Qu'est-ce que c'est ? chuchota-t-elle.

— Jean Lefèvre, dit une voix étouffée. Nous sommes blessés.

— Vite, ouvre.

Le soleil rougeoyant venait à peine de disparaître derrière la colline de Verdelais, teintant, pour quelques secondes encore la campagne de ce rose doré qui la rendait si belle avant les nuits d'été. En ce moment, la lumière voilait de sa splendeur les jeunes gens couverts de poussière et de sang, les nimbant d'une auréole. Léa, oubliant sa fatigue, sauta par la fenêtre qu'ils étaient trop faibles pour enjamber seuls. Avec l'aide de Ruth elle les poussa à l'intérieur. Raoul glissa sur le plancher sans connaissance.

— Il a perdu beaucoup de sang... Il faudrait appeler un médecin, dit Jean avant de s'effondrer à son tour.

La forte Ruth éclata en sanglots.

— Ce n'est pas le moment de pleurer. Va chercher un médecin.

Ruth essuya son visage avec de grands gestes.

— Voudra-t-il venir ? Ils ont trop de peur de la Gestapo.

— Tu n'as pas besoin de dire qu'ils sont blessés, dis... je n'sais pas... que quelqu'un s'est ouvert la jambe avec une faux, une hache !

— Mais quand il les verra ?...

— C'est un médecin. Ce qui est sûr c'est qu'ils mourront si on ne fait rien.

— Tu as raison, je vais téléphoner...

— Le téléphone marche ?

— Oui.

— Alors, qu'est-ce que tu attends ? Je vais chercher des serviettes.

Dans l'obscurité du salon, Léa se heurta à sa tante Bernadette Bouchardeau.

— Que se passe-t-il ? J'ai entendu du bruit.

— Puisque tu es là, tu vas nous aider. C'est Jean et Raoul, ils sont blessés.

— Oh ! mon Dieu ! pauvres petits.

— Va chercher des serviettes et la pharmacie. Fais attention de ne pas réveiller Charles.

Dans le bureau, Jean reprenait connaissance.

— ... c'est ça docteur, domaine de Montillac, en haut de la côte à gauche... Faites vite... Il arrive. C'est un nouveau médecin de Langon.

— Merci, Ruth. Comment va mon frère ?

Les deux femmes ne répondirent pas. Ruth glissa un coussin sous sa nuque.

Bernadette entra, portant du linge et la boîte à pharmacie. Elle faillit se trouver mal en voyant les jeunes gens ensanglantés et éclata en sanglots comme l'avait fait Ruth.

— Ah non ! s'écria Léa en arrachant les draps des bras de sa tante. Va me chercher de l'eau bouillie.

Quand le docteur Jouvenel arriva, il trouva les deux blessés le visage et les mains propres. Il était très jeune, l'air encore d'un étudiant. Il pâlit en les voyant.

— Pourquoi m'avoir dit qu'il s'agissait d'un accident ?

— Nous n'étions pas sûres que vous viendriez si on vous avait dit la vérité, dit Léa.

— Mademoiselle, je suis médecin, je dois soigner tout le monde, résistants ou Allemands.

— Là, il s'agit de résistants, docteur, fit Léa d'une voix douce.

Sans plus attendre, il examina Raoul, toujours évanoui.

— Donnez-moi des ciseaux.

Il découpa le pantalon durci par le sang. Les trois femmes ne purent retenir leur cri. Tout le bas-ventre n'était qu'une plaie.

— Le malheureux... Je ne peux rien faire ici, il faut le transporter à l'hôpital. Il a perdu trop de sang.

— Docteur, ce n'est pas possible, dit Jean qui s'était traîné jusqu'à son frère. Si la Gestapo le prend, ils le tortureront.

— Je m'y opposerai.

— Alors, c'est vous qu'ils arrêteront.

Le docteur Jouvenel haussa les épaules.

— Jean...

— Je suis là, Raoul, ne crains rien, nous sommes en sécurité, on va te conduire à l'hôpital.

— J'ai entendu... Ce n'est pas la peine... je serai mort avant...

— Tais-toi... Tu dis des bêtises, tu vas guérir...

— Léa... C'est toi ?...

— Oui, Raoul.

— Je suis heureux...

— Ne parlez pas, dit le médecin en posant un pansement de fortune.

— Docteur... cela n'a plus d'importance, vous le savez bien... Léa ? Tu es là ?...

— Oui.

— Donne-moi ta main... Ça va docteur, occupez-vous de mon frère...

— J'ai fini, je vais appeler une ambulance.

— Attendez un peu, docteur... occupez-vous de mon frère.

— Faites ce qu'il vous demande, dit Ruth.

Jean avait une balle dans l'épaule, une autre dans la cuisse et une main très abîmée.

— Vous aussi, il faut que je vous emmène à l'hôpital, je n'ai rien pour extraire les balles.

— Tant pis. Faites-moi seulement des pansements.

— Vous risquez la gangrène.

Léa appela doucement :

— Raoul !... Raoul !...

— Ne crie pas, Léa... Je suis heureux... Je meurs près de toi...

— Tais-toi !

— Jean, tu es là ?...

— Oui.

— Alors c'est bien... Léa, je t'aime... Jean aussi... C'est mieux comme ça... Après la guerre, vous vous marierez...

— Après la guerre, c'est toi qu'elle épousera, mon vieux... Elle a toujours eu une préférence pour toi. Pas vrai, Léa ?

— C'est vrai ?...

— Oui, murmura-t-elle, fascinée par ce visage émacié, ces yeux brillants, ces narines pincées et cette pâleur grise de la mort qui se répandait sur cet homme jeune qui avait été son amant l'espace d'une folle nuit.

— Léa...

Oh ! le poids de cette tête soudain ! En un éclair elle revit la mort de Sidonie... Comme il était beau malgré cette barbe de quelques jours qui salissait ses traits. Doucement, elle posa ses lèvres sur la bouche encore tiède.

Quand elle se releva, la tête lui tourna. Elle s'appuya au bras du médecin.

— Allongez-vous.

Allongée, elle regarda Jean qui pleurait en serrant son frère mort contre lui. Sa tante et Ruth pleuraient aussi. Elle, son chagrin l'étouffait sans larmes.

Le médecin, aidé de Ruth et de Léa, creusa le long du chais, derrière le massif de troènes et de lilas, une fosse dans le sol meuble. Le cadavre enveloppé d'un drap fut allongé dans le trou et recouvert de terre. Trois heures du matin sonnèrent au clocher de la basilique de Verdelais.

Jean ne réagit pas quand le médecin lui fit une piqûre antitétanique. Il lui donna un calmant qui le fit rapidement sombrer dans un sommeil comateux.

Léa accompagna le docteur Jouvenel jusqu'à l'endroit où il avait garé son vélo. Il n'y avait plus lieu de se cacher, les Fayard avaient sûrement remarqué son arrivée.

— Vous devriez partir d'ici très vite, dit-il.

— Pour aller où ?

— Vous avez bien de la famille ailleurs qu'ici ?

— Oui, à Paris.

— Ce n'est pas commode d'y aller en ce moment, les trains ne sont pas nombreux mais à votre place, j'essaierais quand même.

— Mais je ne peux pas les laisser seuls !

— Je vais y réfléchir. Si je peux vous aider, je le ferai. Je peux vous conduire en voiture à Bordeaux.

— Merci, docteur. Je verrai. Pour Jean, ce n'est pas trop grave ?

— Non, pas très. Mais il ne faut pas qu'il garde ces balles dans le corps trop longtemps. Au revoir, mademoiselle.

— Au revoir, docteur.

Jean Lefèvre dormit jusqu'à l'heure du déjeuner, dans le bureau de Pierre Delmas. Avec avidité, il but le bol de mauvais café apporté par Ruth et mangea une énorme part de clafoutis.

— Ah ! tu es réveillé, fit Léa en entrant. Tu n'as pas trop mal ?

— Non. Je vais partir.

— Où vas-tu aller ?

— Je ne sais pas. Je vais essayer de retrouver les autres s'ils n'ont pas tous été pris ou tués.

— Que s'est-il passé ?

— Tu n'aurais pas une cigarette ?

Léa sortit de la poche de sa robe en rayonne fleurie une vieille blague à tabac et un paquet de papier à cigarettes Job, et les lui tendit.

— C'est tout ce que j'ai.

Ses doigts tremblaient si fort qu'il n'arrivait pas à maintenir le tabac dans la mince feuille.

— Donne.

D'une main experte, Léa roula la cigarette, humecta le bord gommé et la lui alluma. Il fuma quelques instants en silence.

— Tout a commencé lundi dernier, c'était le 10 juillet. Nous étions, Raoul et moi, avec ceux du maquis Grand-

Pierre. Nous avions capté à la B.B.C. un message. J'entends encore la voix du speaker : *"Le Tapefort fait peur... nous disons : Le Tapefort fait peur..."* Maurice Blanchet s'est tourné vers Maxime Lafourcade et lui a dit :

— Tu peux donner rendez-vous au groupe, c'est bien pour ce soir.

J'ai demandé à Maxime ce que cela signifiait, il m'a répondu :

— Il va y avoir un parachutage près de la ferme Bry à Saint-Léger-de-Vignague. C'était une bonne nouvelle car depuis l'accrochage de Saint-Martin-du-Puy, nous étions à court de munitions. Vers dix heures du soir, nous étions une vingtaine autour du terrain, cinq d'entre nous surveillant la route bordant le terrain, deux autres dans une camionnette dissimulée dans le bois, les autres attendant avec impatience l'arrivée de l'avion. Enfin, au bout d'une demi-heure, nous avons entendu le bruit d'un moteur de forteresse volante et allumé nos torches. Au signal, trois camarades et moi, nous nous sommes précipités sur le premier container qui était plein de Sten et de pansements ; dans le deuxième, il y avait du tabac, du matériel de sabotage et des grenades. Nous allions ouvrir le troisième quand nous avons entendu un coup de sifflet.

— C'est eux, cria une sentinelle.

— Dépêchez-vous, nous dit Maxime.

Nous avons réussi à charger le contenu d'un quatrième container sur la camionnette. Maxime nous a donné l'ordre de repli au moment où les Allemands commençaient à tirer sur nous. Nous avons rejoint le maquis de Duras et c'est le lendemain que nous avons appris ce qui était arrivé à quatre de nos camarades.

Jean tira nerveusement sur sa cigarette éteinte. Léa lui en alluma une autre. D'une voix blanche, il reprit :

— Maxime était resté sur place avec Roger Manieu, Jean Clavé et Élie Juzanx pour protéger notre retraite. Ils avaient fixé un fusil-mitrailleur entre deux containers et, grâce aux munitions parachutées, balayaient le terrain. Les Allemands ripostaient mais ne se montraient pas. Ce sont quatre miliciens qui les ont amenés à moins de quarante mètres de nos camarades, malgré les ravages causés par le fusil-mitrailleur. Blessés tous les quatre, ils ont essayé de fuir, mais c'était trop tard. Alors, ils ont épuisé leurs munitions... Les Allemands les ont assommés à coups de crosse et ont regardé en riant les salauds de la Milice les torturer. Ils leur ont arraché les ongles, écorché les muscles, ils les ont scalpés... et, pour finir, ils ont dû rassembler leurs dernières forces pour creuser leurs tombes...

Léa, les yeux secs, regardait Jean qui sanglotait.

— Et ensuite, que s'est-il passé ?

— Ils ont incendié la ferme Bry et sont partis pour Mauriac en chantant. Avec ceux du maquis de Duras, nous nous sommes postés à une cinquantaine de mètres, sur la route de Blasimon. Nous avons mitraillé et lancé des grenades sur le cantonnement. Allemands et miliciens se sont jetés à plat ventre pour riposter. C'est là que Raoul a été blessé à l'épaule et moi à la jambe. Deux de nos camarades sont morts près de nous : Jean Koliosky et Guy Lozanos. Nous nous sommes repliés en en fauchant quelques-uns à la mitraillette. C'est en arrivant dans le cimetière de Mauriac que nous avons été blessés une nouvelle fois. L'abbé Gréciet nous a recueillis et donné les premiers soins. Devant la gravité de l'état de Raoul, il a fait prévenir le docteur Lecarer de La Réole qui faisait partie de notre réseau. Mais à cause des barrages allemands sur les routes, il n'a pas pu nous conduire chez lui et nous a laissés au Pian d'où nous sommes venus à pied. Tu connais la suite.

Les deux amis restèrent longtemps silencieux, se tenant par la main. Ruth interrompit leur sombre rêverie en entrant brusquement.

— Je suis inquiète, il n'y a personne chez les Fayard, tout est fermé. Mes enfants, vous devez partir.

— Mais où veux-tu que nous allions ?

— À Paris, chez tes tantes.

— Je ne peux pas partir maintenant, je dois aller à la Verderais prévenir ma mère.

— Je m'en chargerai, Jean.

— Merci Ruth, mais c'est moi qui dois annoncer à maman la mort de Raoul.

— Je comprends, mon petit... Après, qu'allez-vous faire ?

— Continuer à me battre. Pardonne-moi Léa de te laisser, je ne peux pas faire autrement.

— Prenez ma bicyclette, Jean, vous irez plus vite.

— Merci. Si c'est possible, je vous la rapporterai. Adieu, Léa. Toi aussi, tu devrais partir.

Sans répondre, elle l'embrassa. Bernadette Bouchardeau et Ruth l'embrassèrent aussi en lui recommandant de se soigner.

11

Léa finissait de mettre dans un sac de marin, facile à porter sur l'épaule, quelques vêtements pour Charles et elle, ainsi qu'un petit coffret contenant les derniers bijoux ayant appartenu à sa mère. Ruth lui apporta des sandwiches enveloppés dans un torchon blanc et une bouteille Thermos remplie d'eau.

— J'ai donné à Charles un sac avec des cerises et le reste du clafoutis.

— Viens avec nous Ruth, je t'en prie.

— Non, ma chérie. Il faut quelqu'un pour s'occuper de la maison et de ta tante.

— J'ai peur de vous laisser seules ici.

— Que veux-tu qu'il arrive à deux vieilles femmes comme nous ? Tu as tort de t'inquiéter, tout ira bien.

— Toujours pas de nouvelles des Fayard ?

— Non.

— À quelle heure le docteur Jouvenel doit-il venir ?

— À trois heures. Le train est en principe prévu pour quatre heures, si la voie a pu être déblayée.

— Tu crois que nous aurons de la place à Bordeaux dans le train de Paris ?

— Le docteur Jouvenel a dit qu'il allait prévenir son ami qui travaille à la gare Saint-Jean.

— Léa, quand est-ce qu'on part ? demanda Charles qui entra en courant.

— Bientôt. On attend le docteur.

— Il va nous emmener voir maman ?

— Je ne sais pas... peut-être. Va dans la cour, je te rejoins.

Léa ferma la valise et regarda autour d'elle. « Je ne reverrai plus cette pièce », pensa-t-elle.

Le cœur serré, elle referma la porte de la chambre des enfants qui avait tant de fois abrité ses chagrins et calmé ses colères.

Dehors, le ciel était sans nuages. Le soleil de midi tapait très fort, aussi chaud que la veille. Dans les vignes, il y avait eu un peu de grillé. Pourquoi Fayard avait-il abandonné Montillac en ce moment avec tout le travail à faire ?

— Ruth, je vais porter les bagages dans la cabane du cantonnier près de la route, comme ça le docteur n'aura pas besoin d'entrer dans la propriété.

— Comme tu veux. Tiens, voilà un peu d'argent pour le voyage, c'est tout ce que j'ai.

— Merci, Ruth. Comment allez-vous faire ?

— Nous n'avons pas besoin d'argent. Nous avons de quoi nous nourrir dans le potager et les poules donnent des œufs en ce moment. Et puis, ta tante devrait toucher sa pension le mois prochain. Dépêche-toi, le déjeuner est bientôt prêt. Mets un chapeau, le soleil est mauvais.

Léa ne voulut pas contrarier la vieille femme et alla chercher dans l'entrée son chapeau de paille. La fraîcheur et la pénombre du vestibule étaient agréables après la chaleur et la luminosité de la cour. Elle aimait beaucoup cet endroit, lieu de rencontre des habitants de la maison, orienté au nord et au sud, toujours un peu en désordre, chacun y laissant sur la table ou les sièges, un vêtement, un jouet, un livre, des journaux ou un ouvrage de couture. « Quand la guerre sera finie, il faudra que je le fasse repeindre », pensa-t-elle, en regardant les murs blancs égayés par de vieilles gravures représentant divers monuments de Bordeaux, d'assiettes de l'époque Directoire en porcelaine blanc et jaune ornées de personnages mythologiques. Le haut miroir terni et piqueté lui renvoya son image. Comme elle avait maigri ! Cela ne plairait pas à François qui aimait les femmes un peu rondes. Mais ce qui la surprenait le plus c'était son regard à la fois dur et éteint... Elle revoyait les yeux morts de Raoul... Camille... Sidonie... le docteur Blanchard... Marie, la servante... son père... sa mère... les époux Debray... Raphaël Mahl... tous ces morts qu'elle aimait... Qui d'autre était mort encore ?... Albert et Mireille ?... oncle Adrien ?... Laurent ?... Lucien ?... Pierrot, le gentil cousin ?...

— Léa, où tu vas avec ton chapeau ?

La voix de Charles l'arracha à ses fantômes.

— Je vais porter la valise et faire un tour. Tu veux venir avec moi ?

— Oh oui ! ma Léa, fit le petit garçon en se blottissant contre elle.

Ils déposèrent dans la cahute le sac et la petite valise et, main dans la main, descendirent vers les terres en contrebas de la terrasse. Malgré le manque de main-d'œuvre, la vigne était bien tenue.

— Regarde, ma sandale est détachée.

Léa se baissa et rattacha la boucle.

— Ne bouge pas !... chuchota-t-elle soudain en plaquant l'enfant au sol.

Le long du chemin bordant les cyprès, sept ou huit hommes vêtus d'uniformes bleu marine marchaient courbés en tenant devant eux des mitraillettes. Arrivés au bas de la terrasse, ils s'arrêtèrent. Au-dessus d'eux, un homme se pencha... Léa retint un cri ; derrière lui, des soldats allemands couraient en silence. D'où elle était, Léa ne voyait que les casques vert-de-gris. L'officier de la Wehrmacht fit un signe aux miliciens qui grimpèrent sur la terrasse.

Charles essaya de se dégager de l'emprise de la jeune fille.

— Lâche-moi, tu me fais mal.

— Je t'en prie, tais-toi... Les Allemands sont à Montillac.

Le petit corps se mit à trembler.

— J'ai peur... je veux voir maman.

— Tais-toi, sinon ils vont nous prendre tous les deux.

Il se tut, pleurant silencieusement sans se rendre compte qu'il mouillait sa culotte.

Tout était calme sous le soleil écrasant la plaine ; à se demander si elle n'avait pas rêvé avoir vu des Allemands et des miliciens. Elle avait beau tendre l'oreille, elle ne percevait d'autre bruit que celui du chant des cigales. Peut-être Ruth et tante Bernadette les avaient-elles vus arriver et avaient-elles pu s'enfuir. Un cri inhumain balaya cet espoir. Sans réfléchir, Léa se releva et courut vers la terrasse tenant Charles par la main, maudissant sa robe à fleurs visible de loin. Ils se dissimulèrent derrière un cyprès. Allemands et miliciens allaient et venaient dans la cour, enfonçant à coups de pied et de crosse les portes des chais ; des rafales de mitraillette firent sauter toutes les vitres ; des meubles furent jetés d'une des fenêtres du premier étage. « Pourquoi font-ils ça ? » pensa-t-elle. Léa était trop loin pour voir et entendre nettement ce qui se passait. Les piliers carrés de la cour dissimulaient celle-ci en partie. Une camionnette entra, éraflant la pierre d'un de ces piliers. Le pillage commença. Des cris, des rires, des coups de feu parvenaient jusqu'à eux comme irréels dans ce lieu familier inondé de soleil. Dans le potager, près de la maison des Fayard, deux miliciens poursuivaient la volaille. Soudain : l'horreur... Une silhouette en flammes apparut, hurlante, en haut des charmilles, tournoya et s'abattit sur le gravier de l'allée...

Léa plaqua contre elle l'enfant qui ne bougeait plus... Les yeux exorbités, elle regardait se tordre le corps d'une des deux femmes qu'elle avait quittées quelques instants auparavant... Était-ce Ruth ou Bernadette ?... Les flammes étaient si fortes qu'on ne distinguait pas le visage... D'ailleurs, il n'y avait plus de visage... il fondait. Les cris avaient cessé de jaillir du trou noir qui avait été la bouche. Il ne resta plus qu'une carcasse noircie brûlant encore. Un soldat allemand la poussa du bout d'un tuyau d'acier relié à deux sortes de bonbonnes attachées à son dos. Sans doute ne la trouvait-il pas assez calcinée car il fit jaillir du tuyau d'acier une longue flamme accompagnée d'un sifflement sinistre. La main tordue du cadavre, tendue doigts écartés vers le ciel, comme en un geste appelant la protection divine, se désagrégea sous la puissance du feu. Cela fit rire le soldat... Il se retourna et entra dans la cour. Dans la camionnette s'entassaient des caisses de vin. Léa, comme paralysée, était incapable de détourner son regard de la dépouille fumante dont l'odeur abominable parvenait jusqu'à elle... Dans ce cauchemar, deux heures sonnèrent au clocher de Saint-Maixant. Un train passa sur le viaduc... La voie avait dû être réparée à Saint-Pierre-d'Aurillac...

— Léa... tu m'écrases... je veux partir, j'ai peur.

Charles... Elle l'avait presque oublié, tant il faisait partie d'elle-même... Avec effort, elle se retourna. Il se mit à pleurer en la regardant... Elle lui plaqua la main contre la bouche en le secouant.

— Tais-toi... ils vont nous prendre.

Il y avait une telle urgence dans sa voix qu'il arrêta de geindre, mais ses larmes continuèrent de couler en abondance, mouillant ses joues et sa chemisette... Là-haut, vers la maison, le vin coulait le long des mentons de la canaille en uniforme. Un milicien sortit de la cour en titubant, bouteille à la main. Il se déboutonna et pissa, hoquetant de rire, sur le tas fumant puis s'en retourna en faisant le geste de boire à la santé de celle qu'ils avaient massacrée... Léa vomit... Charles la tira par sa robe...

— Viens... sauvons-nous !

Il a raison... Il faut fuir... Elle se redressa... NON !... Des flammes sortaient de la fenêtre de la chambre de ses parents, d'autres de celle de Ruth... Immobile, en vue de partout, elle ne pouvait détacher les yeux de sa maison qui brûlait. C'est Charles qui l'entraîna, la tête toujours tournée vers cette demeure qui était son point d'ancrage comme il avait été celui de son père... Léa brûlait avec elle...

— Ne regarde pas... Viens...

Le petit garçon la traîna de toutes ses forces. Comment parvinrent-ils à la route sans être vus ?... L'enfant tira le sac et la valise de la cabane du cantonnier, il les tendit à Léa qui les prit machinalement. Les flammes, maintenant, se voyaient de loin... La sirène de Saint-Macaire hurlait sur la campagne ensoleillée... Brusquement, Léa se détourna. Quelque chose en elle était en train de mourir en même temps que la maison. À quoi bon rester là où il n'y avait plus rien ? D'un geste déterminé, elle ajusta le sac sur son épaule, jeta le chapeau de paille de ses travaux champêtres, saisit fermement la main de Charles et s'en alla sans se retourner.

Les Fayard ne revinrent que le lendemain dans la soirée.

Grâce à la diligence des pompiers, leur habitation, les granges, les chais et les remises avaient été épargnés par l'incendie. Du château, il ne restait que les murs noircis. Quand ils arrivèrent, les sauveteurs fouillaient encore les décombres. Ils arrêtèrent leur sinistre travail quand ils virent le couple immobile contemplant bouche bée les dégâts. Un homme d'un certain âge aux bras et au visage couverts de suie s'avança vers eux. Il les regarda longuement et calmement leur cracha au visage.

— Tu es fou, Baudoin, s'exclama Fayard, qu'est-ce qui te prend ?

— Bougre de salaud, comme si tu ne le savais pas, fit-il en montrant les ruines.

L'autre le regarda sans paraître comprendre. Baudoin bondit sur lui et l'agrippa par le col de sa veste.

— Tu ne vas pas faire l'innocent, hil de pute !... C'est peut-être pas toi qui as fait venir les frisés ici ?... C'est peut-être pas toi qui fricotes avec eux, qui leur fournis le vin de tes patrons à bon compte... Dis ?... Fumier... C'est peut-être pas toi ?...

— Mais je n'ai jamais voulu qu'ils brûlent le château !

— Ça, je m'en doute ! Ça fait longtemps que tu as l'œil dessus. Dame ! Ça va te coûter des sous pour le reconstruire.

Un autre homme s'avança vers Mme Fayard.

— Alors, la Mélanie, tu ne demandes pas ce que sont devenues les dames du château ?... Hé !... Tremble pas comme ça ! On n'a pas de lance-flammes, nous, on n'a que nos poings qu'on va vous foutre sur la gueule.

— Calme-toi, Florent, on ne va pas se salir les mains.

Sous son chapeau de paille noir, Mélanie Fayard roulait des yeux apeurés.

— Je ne comprends rien à ce que vous dites ! On était chez ma sœur à Bazas.

— À d'autres, vieille menteuse. Vous êtes partis parce que vous aviez dénoncé mademoiselle Léa et Mme d'Argilat à la Gestapo...

— Ce n'est pas vrai !

— ... et que vous ne vouliez pas être témoins de ce qui se faisait ici. Té ! ça vous aurait peut-être retourné les sangs de voir griller comme une tartine la sœur de M. Delmas et de voir mademoiselle Ruth pissant le sang de partout. Quant à mademoiselle Léa et au petit, on ne les a pas retrouvés !... Ils sont peut-être là-dessous. Ce qui vaudrait mieux pour eux que d'avoir été emmenés par les Allemands ou ceux qui travaillent avec eux.

— On ne savait pas que mademoiselle Léa et Charles étaient de retour.

— Vous auriez bien été les seuls à ne pas le savoir. On le savait, nous autres, à Saint-Macaire, qu'ils étaient revenus sans Mme d'Argilat qui avait été tuée à Lorette... Alors vous, habitant à côté !... S'il y avait une justice, on devrait vous brûler aussi.

— T'énerve pas, l'ami. La fin de la guerre, c'est pour bientôt, et des gens comme cela, ils paieront, crois-moi. C'est par un tribunal populaire qu'ils seront jugés et condamnés.

— Ces gens-là, ça ne mérite pas de jugement.

— On vous jure que ce n'est pas nous ! C'est vrai que le domaine je le guigne depuis des années, que j'ai vendu du vin aux Allemands, mais pas plus que les autres. Comment je l'aurais soignée la vigne, si je n'avais pas vendu le vin ? Avec quoi j'aurais payé les ouvriers et le matériel ? Vous le savez vous autres ?

— Te moque pas de nous. Tu crois qu'on ne le sait pas tout ce que tu t'es mis dans les poches !

— Tout ça c'est des racontars, des jalousies.

— Et ton fils, le Mathias, tu ne vas pas nous dire qu'il ne guignait pas et la fille et le domaine ? Qu'il ne trafique pas avec les Boches à Bordeaux ?

— C'est pas de mon fils qu'il s'agit...

— À lui aussi on lui fera la peau, en attendant, tiens !... Prends ça...

— Arrêtez !

Deux gendarmes venaient de descendre de leurs vélos. L'un d'eux s'adressa au maître de chais.

— Fayard, il faudra venir faire votre déposition à la gendarmerie et reconnaître le corps.

— Quel corps ?

— On pense qu'il s'agit de celui de Mme Bouchardeau.

— Oh ! mon Dieu ! fit Mélanie Fayard en se cachant le visage avec son mouchoir.

— Venez demain matin tous les deux, à la première heure.

Le gendarme se tourna vers Baudoin.

— Vous n'avez pas trouvé de nouvelles victimes ?

— Non, on a tout retourné, ça m'étonnerait qu'il y ait quelqu'un.

— Tant mieux ! Pourtant, on nous avait bien dit qu'il y avait une jeune fille et un enfant dans la maison. Que sont-ils devenus ?

Baudoin fit un signe d'impuissance.

— Bien, ça suffit !

— Vous avez prévenu la famille de Bordeaux ?

— Le maire s'en est chargé. Maître Delmas devrait arriver demain.

— Peut-être aura-t-il des nouvelles de sa nièce. Et celui qui est curé, on l'a averti ?

— Vous plaisantez ? Vous savez bien qu'il est recherché par la police française et la Gestapo ! Si vous savez où il est, dénoncez-le, il y a une belle prime à toucher.

— Vous me prenez pour qui ? Je ne mange pas de ce pain-là.

— Nos concitoyens ne sont pas si fiers que ça. Il n'y a pas de jour où nous ne recevions de lettres anonymes dénonçant des juifs, des maquisards, ceux qui abritent de soi-disant pilotes anglais ou écoutent la radio de Londres. Bientôt, les mêmes dénonceront les filles qui ont la cuisse légère et qui dansent le dimanche avec les soldats allemands au dancing des grottes de Saint-Macaire.

— Et ils auront raison, dit un jeune gars boutonneux au strabisme impressionnant.

— C'est la jalousie qui te fait parler, Bel-Œil.

— M'appelle pas Bel-Œil ! C'est toutes des putes, les filles qui dansent avec les Allemands ! Si encore, elles ne faisaient que danser, mais elles baisent avec eux, alors que leurs fiancés sont prisonniers, dans le maquis ou au S.T.O. mais attendez que la guerre soit finie, on va leur en mettre plein la gueule et le con à ces salopes. Ça leur apprendra d'avoir fait des pipes aux Boches.

— Je ne voudrais pas être à leur place quand toi et tes pareils mettront la main sur elles. Maintenant, les gars, rentrez chez vous, il n'y a plus rien à faire ici.

Le corps de Bernadette Bouchardeau fut inhumé dans le caveau de la famille Delmas, le matin du 22 juillet, en présence de maître Delmas, de son fils et de nombreuses personnes dont certaines n'étaient venues que pour manifester leur réprobation et leur colère. Une camionnette de la gendarmerie était garée sous les tilleuls de la place. Près de la tombe de Toulouse-Lautrec se tenaient deux policiers en civil venus de Bordeaux qui regardaient attentivement chaque personne présentant ses condoléances à l'avocat. Les Fayard se tenaient à l'écart, n'osant s'approcher, conscients de l'animosité de la majorité de l'assistance. Ce fut Luc Delmas qui alla vers eux et leur serra la main avec une cordialité qui sembla à tous excessive. La cérémonie se déroula sans incident.

À l'hôpital de Langon, Ruth était toujours entre la vie et la mort.

12

Les rivalités, qui depuis le début de l'année 1944 divisaient les principales tendances de la résistance du Sud-Ouest, firent le jeu des chefs allemands de la région. Que leur importait que le général Kœnig fût le commandant en chef des Forces françaises de l'intérieur, que le général Delmas ait succédé à Bourgès-Maunoury, que Triangle fût le général Gaillard, délégué militaire pour la région B, qu'Aristide exerçât le commandement en Gironde au nom du général Kœnig, que Gaston Cusin fût commissaire de la République, que les gaullistes se méfient des communistes et que le général Moraglia envoyé par le Comité d'action militaire, commission la plus importante du Conseil national de la Résistance, n'arrivât pas à asseoir son autorité ? Lettres anonymes, dénonciations spontanées, révélations sous la torture ou la menace, collaborations diverses leur permettaient d'exercer des représailles sanglantes sur la population, d'anéantir des maquis et de procéder à l'arrestation de membres importants de la Résistance.

C'est à cause d'une trahison que fut attaquée par une trentaine d'Allemands, commandés par le lieutenant Kunesch, et une trentaine de miliciens, commandés par leur chef régional, le lieutenant-colonel Franc, la ferme Richemont près de Saucats où dix-huit jeunes gens, la plupart étudiants ou lycéens, avaient établi leur camp dans l'attente d'un prochain parachutage d'armes et de munitions. Le matin du 14 juillet, douze d'entre eux étaient à la ferme. Faiblement armés, ils se battirent pendant trois heures. Tous moururent : Lucien Anère, Jean Bruneau, Guy Célèrier, Daniel Dieltin, Jacques Goltz, Christian Huault, Pogre Hurteau, François Mosse, Michel Picon, Jacques Rouin, Roger Sabate et André Taillefer. Le plus vieux avait vingt-deux ans, le plus jeune dix-sept.

Trahison aussi qui permit de localiser le maquis du Médoc, commandé par Jean Dufour, le 25 juin. Allemands et miliciens, secondés par un groupe hindou spécialiste de l'infiltration dans les bois, passèrent à l'attaque au lever du jour, dans le bois de Vignes-Oudines. À la tête de quelques-uns de ses hommes, Jean Dufour tenta de retarder leur avance. Ses munitions épuisées, il fut tué. La chasse au maquisard dura jusqu'au lendemain, les cantonnements de Vignes-Oudines, de Baleys et du Haut-Gernaut furent détruits. Une centaine d'Allemands et dix-sept résistants furent tués. Un blessé fut exposé sur la place d'Hourtin et mourut sans secours. Comme lors de l'attaque de Saucats, les prisonniers furent fusillés sur place et les blessés achevés. Miliciens et soldats s'acharnèrent sur la population de Liard et sur le personnel du château de Nodris, tuant et arrêtant plusieurs personnes. Ceux qui furent arrêtés rejoignirent au fort du Hâ les six prisonniers de l'attaque manquée de la poudrerie de Sainte-Hélène du 23 juin. Torturés, ils furent fusillés ou déportés.

C'est encore une trahison qui permit l'arrestation de Lucien Nouaux, dit Marc, et de son camarade, Jean Barraud. Encore une fois, Dohse, par ses menaces et ses promesses, amena un jeune résistant, lui-même dénoncé par deux résistants arrêtés par la police allemande à Pauillac, à se prêter à un guet-apens. Accompagné de Roger, un agent de la Gestapo, le jeune homme leur donna rendez-vous près du stade municipal. Marc les vit s'avancer sans méfiance. C'est à ce moment-là que les Allemands sortirent de leur cachette et se saisirent d'eux. Désarmés, ils furent conduits dans les locaux de la Gestapo pour être interrogés. Avant d'être introduits auprès de Dohse, ils furent cruellement battus. En entrant dans le bureau, Marc sortit un petit pistolet qui avait échappé à la fouille, tira et blessa légèrement deux soldats allemands avant d'être abattu par Roger. Trop grièvement blessé pour être interrogé, on le jeta dans une cellule du fort du Hâ où ses bourreaux l'achevèrent, le lendemain matin, 28 juillet.

Jour particulièrement sinistre, ce 28 juillet 1944, pour la région bordelaise.

Le temps était lourd et couvert avec quelques petites pluies par intermittence. À l'aube, dans le camp de Souge, quarante-huit hommes descendirent des camions de la Wehrmacht pour être fusillés. Parmi eux, une victime de choix : Honoré (Robert Ducasse) qui sous le nom de Vergaville avait été le chef de l'Armée secrète et un des principaux responsables des Mouvements unis de Résistance de la région lyonnaise.

Arrêté en octobre 43, il avait réussi à s'évader en janvier 44. Envoyé par Kriegel-Valrimont à Bordeaux, il avait été nommé chef régional F.F.I. Caché chez des amis protestants bordelais, il était entré en liaison avec le Comité départemental de libération où il avait rencontré Gabriel Delaunay. Le 22 juin, en compagnie de ses adjoints, deux hommes et deux femmes, Honoré roulait à bicyclette en direction de Sauveterre-de-Guyenne. Il s'agissait d'organiser un sabotage et récupérer des munitions cachées dans les carrières de Daignac. En traversant Créon, ils étaient passés devant la gendarmerie. Sans doute leur comportement et leur allure avaient-ils semblé bizarres aux gendarmes qui les avaient vus passer, car ils avaient alerté leurs collègues de Targon qui étaient partis à leur recherche et les avaient arrêtés. Les papiers trouvés sur eux étaient suffisamment compromettants pour inquiéter les gendarmes de Targon qui s'étaient empressés de prévenir la police de Bordeaux. Une des deux femmes, brutalement interrogée, avait révélé le but de leur présence dans la région. Internés au fort du Hâ, ils avaient été remis entre les mains de la Gestapo par le commissaire Penot. C'était le lieutenant Kunesch qui avait mené les interrogatoires.

Honoré fut fusillé ce 28 juillet, ainsi que ses deux compagnons, René Pezat et Jacques Froment, et les quarante-cinq autres. Une des deux femmes s'évada, l'autre fut déportée.

C'est également ce jour-là que Grand-Clément fut exécuté ainsi que sa femme et un de ses amis.

Depuis la mort de Noël et de Renaudin, Grand-Clément savait que ses jours étaient comptés. Il s'était mis sous la protection de Dohse qui lui avait offert une villa au Pyla où il séjourna quelque temps, avec sa femme Lucette, sous le nom de Lefrançais. Ce fut dans cette petite station balnéaire que Meirilhac, envoyé par le colonel Passy, qui voulait faire la lumière sur les circonstances de la mort d'Hypoténuse, le découvrit.

L'agent du B.C.R.A., après avoir informé le colonel Triangle de sa mission, entra en contact avec Jean Charlin qui considérait toujours Grand-Clément comme le chef de l'O.C.M. du Sud-Ouest. Celui-ci accepta de transmettre un message à « son » chef. Les deux hommes se retrouvèrent rue du Hautoir à Bordeaux au restaurant du *Volant Doré*. Là, il lui dit que Londres souhaitait l'entendre pour le disculper des accusations de trahison qui pesaient sur lui et qu'un « Lysander » le conduirait en Angleterre. Acculé, ne sachant plus que faire, Grand-Clément accepta de rencontrer Meirilhac.

Pour tromper Dohse sur ses intentions, il fut convenu de simuler un enlèvement au domicile de son ami et garde du corps, Marc Duluguet. Le 24 juillet, Meirilhac et trois résistants du groupe de Georges, qui dirigeait la 3e compagnie des troupes d'Aristide, vinrent au domicile de ce dernier où ils bousculèrent le mobilier et tirèrent des coups de feu pour accréditer l'enlèvement... Grand-Clément exigea que sa femme et Duluguet l'accompagnent. Mme Duluguet s'engagea à ne prévenir la police allemande qu'une heure après leur départ.

On les conduisit d'abord à Léognan et le lendemain matin, Meirilhac les remit à Georges qui les interrogea. Au début, Grand-Clément refusa de répondre, demandant à être conduit à Londres comme promis. Puis, craignant sans doute des représailles immédiates, envers ses compagnons et lui-même, de la part de ces hommes convaincus de sa trahison, il accepta de répondre aux questions de Georges et reconnut avoir livré des stocks d'armes aux Allemands, être responsable, indirectement, de trois mille arrestations et de trois cents exécutions. Un procès-verbal fut dressé et signé.

Le 28 juillet, les trois prisonniers furent conduits sous bonne escorte près de Belin chez un résistant, Frank Cazenave. Les maquisards, nombreux, prirent place autour de la maison. Vers treize heure, arrivèrent Aristide, Dédé le Basque et Lancelot. En voyant entrer l'agent anglais, Grand-Clément comprit qu'il était perdu. Autour d'une table, Aristide réunit les membres du tribunal chargés de le juger. Il répondit à un nouvel interrogatoire, ajoutant que c'était pour protéger la vie de sa femme et de sa famille qu'il avait accepté les propositions de Dohse. On fit sortir les prisonniers afin de délibérer.

La mort fut votée à l'unanimité. Après de longues discussions, sa femme et son ami furent également condamnés à mort.

En fin d'après-midi, l'ancien résistant monta dans une traction en compagnie de Lancelot et de deux résistants, tandis que sa femme et son garde du corps prenaient place dans une autre traction avec Aristide et deux gardiens. Ils furent arrêtés à un barrage par des miliciens ; Lancelot sortit de la voiture en faisant le salut hitlérien. Croyant avoir à faire à la Gestapo, les miliciens laissèrent passer les deux véhicules. Grand-Clément n'avait pas bougé. Les véhicules s'arrêtèrent dans un bois près du Muret. Là, Aristide notifia la sentence aux condamnés.

Tout se passa très vite : Dédé le Basque entraîna Grand-Clément dans une bergerie et l'abattit. Lancelot exécuta Marc Duluguet, et Aristide se chargea d'une besogne que personne ne voulait faire.

Les hommes de Georges enterrèrent les corps dans le bois.

Aristide envoya un rapport au colonel Buckmaster lui annonçant que justice était faite.

13

Derrière ses paupières fermées, allongée sur une serviette de plage, Léa, malgré la dureté des pavés des berges de la Seine, laissait son esprit s'abandonner au souvenir du bruit des vagues éclatant sur le sable de la plage de Biscarrosse, des cris des mouettes et des enfants. La chaleur du soleil l'engourdissait doucement, son corps revivait sous l'agréable brûlure. Elle s'étira de bien-être avec, comme dans une brume lointaine, une impression d'irréalité, presque de faute, devant le plaisir qu'elle ressentait malgré l'horreur de ces derniers jours. Quelque chose en elle lui disait de n'y surtout pas penser, de faire comme si cela n'avait jamais existé, n'était qu'un cauchemar dont elle se réveillerait sans en garder la souvenance.

Elle entrouvrit les yeux. Une mouette passa dans son champ de vision, rapide, dans le ciel d'un bleu sans nuages. Un enfant rit en frappant dans ses mains. Immobiles sous leur casquette ou leur chapeau de paille, les pêcheurs à la ligne fixaient leurs bouchons rouges, jaunes ou blancs. L'eau clapotait doucement. Un peintre du dimanche mélangeait ses couleurs. Une barque passa avec des jeunes filles en robes claires. Non loin de là, un accordéoniste jouait une rengaine à la mode. Tout était harmonieux et calme. Léa se mit sur le ventre et prit le livre que lui avait chaudement recommandé Laure.

« *Maintenant, tout le monde allait danser sauf elle et les vieilles dames. Tout le monde allait s'amuser sauf elle. Elle vit Rhett Butler. Il se tenait juste au-dessous du docteur. Avant qu'elle ait eu le temps de modifier l'expression de son visage, il l'aperçut, plissa les lèvres et releva les sourcils. Le menton arrogant, Scarlett se détourna et, tout d'un coup, elle entendit son nom... son nom prononcé avec un accent de Charleston sur lequel on ne pouvait se méprendre, son nom qui dominait le tumulte des voix.*

— Mme Charles Hamilton... cent cinquante dollars... en or!

À la double mention du nom et de la somme, un silence soudain s'abattit sur l'assistance. Scarlett était si stupéfaite qu'elle ne pouvait pas bouger. Le menton entre les mains, les yeux agrandis par la surprise, elle resta assise sur son tabouret. Tout le monde se détourna pour la regarder. Elle vit le docteur se pencher et glisser quelque chose à l'oreille de Rhett Butler. Il lui disait sans doute qu'elle était en deuil et qu'il lui était impossible de se montrer au milieu des danseurs. Elle vit Rhett hausser négligemment les épaules.

— Une autre de nos belles, peut-être? questionna le docteur assez haut.

— Non, fit Rhett d'une voix nette tout en promenant un regard nonchalant sur la foule, Mme Hamilton.

— Je vous dis que c'est impossible, insista le docteur, Mme Hamilton ne voudra pas...

Scarlett entendit une voix que, d'abord, elle ne reconnut pas... sa propre voix!

— Si, je veux! »

Qu'elle était insupportable cette Scarlett! mais ce Rhett Butler! quel homme!...

— Ça te plaît? demanda Françoise.

— Hum, hum...

— Ne la dérange pas, tu ne vois pas qu'elle valse avec le beau Rhett, dit Laure avec le plus grand sérieux. Tu me passes *Silhouettes*?

— Attends, je finis de regarder les modèles pour enfants. Que j'aimerais avoir une petite fille pour lui mettre de jolies robes!

— Tu deviens bien futile depuis que tu es à Paris et que tu fréquentes les grands couturiers. Elle a bien changé la Françoise de Montillac ! Tu ne ressembles plus du tout à la petite infirmière de Langon tellement convenable.

— Ce n'est pas gentil de me reprocher d'être frivole. Que voudrais-tu que je fasse ? Que je m'enferme dans mon appartement tous rideaux tirés en attendant la fin de la guerre ? Que je parte en Allemagne comme le font certaines femmes dans ma situation ? Où voudrais-tu que j'aille là-bas ? Chez le père d'Otto ? Il me chasserait ! Et d'ailleurs, est-il toujours vivant ? Et Otto, où est-il ? Peut-être est-il mort, ou grièvement blessé à l'heure où je te parle.

— Pardonne-moi, je ne voulais pas te faire de peine. Regarde comme Charles joue bien avec petit Pierre. On dirait des frères.

— Oui, ils sont très mignons. Tiens, voilà *Silhouettes.*

Françoise se leva en tirant sur son maillot de laine bleu et s'approcha de la poussette où était assis son petit garçon.

— Tu as lu l'article de Lucien François ? demanda Laure. « Contre le slip, pour la vraie lingerie ? » C'est à mourir de rire. Écoute ça :

« *Les censeurs froncent le sourcil, à l'idée que l'on puisse se préoccuper, dans la conjoncture actuelle, de cette chose entre toutes frivole et qui a, par surcroît, comme un arrière-goût de libertinage : les dessous féminins. On serait tenté de leur donner raison, la tête bercée par les « Froufrous » de Mayol. On réfléchit déjà un peu plus en songeant que la mode du slip et du soutien-gorge, d'origine étrangère, a mis au chômage des milliers d'ouvrières de l'industrie de la dentelle comme celles de la lingerie fine, toutes deux tellurique-ment de chez nous...* »

« Telluriquement !... Tu te rends compte ?... Je suis sûre qu'il pense que, si les soldats français ont perdu la guerre, c'est parce que leurs femmes portaient des slips anglais ou américains ! Écoute la fin :

« Il n'y a pas de peuples forts sans femmes féminines auprès d'hommes vraiment virils. C'est quand les sexes commencent à s'influencer mutuellement que s'annonce le déclin d'une race. Les androgynes en slip étaient les camarades des jeunes gens aux chemises bonbon fondant. Nul danger que, dans un ménage, une vraie femme en pantalon de chantilly porte jamais la culotte !... »

— Tu ne trouves pas incroyable qu'on parle de petites culottes alors que nous n'avons plus d'électricité, plus de gaz, plus de métro d'aujourd'hui samedi à treize heures jusqu'à lundi même heure, qu'Estelle fasse la queue depuis ce matin sept heures devant les Magasins réunis dans l'espoir de pouvoir acheter des petits pois évaporés Prosper, que nous mangions depuis trois jours des maquereaux salés et que les bombardements fassent des milliers de morts ?... Incroyable ! Quelle époque ! Qu'en penses-tu, Léa ?

Léa qui s'était arrêtée de lire pour écouter sa sœur haussa les épaules.

— Pas plus incroyable que d'être là allongées en maillot de bain sur les bords de la Seine et d'aller tout à l'heure au Moulin-Rouge écouter chanter Édith Piaf, pendant que l'on se bat en Normandie, en Bretagne, en Russie ou dans le Pacifique. Ce qui est incroyable c'est que nous soyons toutes les trois vivantes... J'ai faim. Françoise, tu me passes un sandwich ?

— Ça va faire une émeute, s'ils nous voient manger des sandwiches au vrai pain et au vrai saucisson. Tu ne crois pas, Laure ?

— Ils n'ont qu'à se débrouiller comme moi. Faut pas croire que ce soit facile de trouver du pain et du saucisson à Paris, le 5 août 1944.

— Ça, je veux bien te croire, fit Léa en mordant férocement dans le sandwich que lui tendait Françoise. Avec ton don pour les affaires, c'est toi qui aurais dû t'occuper de celles de Monti...

Elle devint toute pâle en s'arrêtant sur ce nom qu'elle

s'était juré de ne plus prononcer. Laure s'en rendit compte et entoura de son bras les épaules de sa sœur.

— Tu verras, nous reconstruirons Montillac...

— Jamais!... jamais!... Tu ne l'as pas vu comme moi!... Tu n'as pas vu tante Bernadette courir en flammes... Elle n'avait fait de mal à personne... Et Ruth?...

— Tais-toi! Tu te fais du mal. Ça ne sert à rien de ressasser toutes ces horreurs. Oublie-les.

— Oublier!... C'est facile à toi de dire ça! Que connais-tu de la guerre?... Seulement les petits trafics du marché noir...

— Arrêtez de vous disputer, tout le monde vous regarde... Allons-nous-en, dit Françoise en rassemblant ses affaires.

— Rentrez si vous voulez, moi je reste encore un peu. Emmenez Charles avec vous.

— Léa, je veux rester avec toi.

— Non, mon chéri, sois gentil, rentre, j'ai besoin d'être seule.

Le petit garçon la regarda avec une intensité curieuse. Il prit la main de la jeune fille et la serra avec force.

— Tu rentreras vite?

— Très vite, je te le promets.

— Sois à la maison pour deux heures et demie. Le spectacle commence à trois heures et demie. Ils nous faudra bien une demi-heure pour aller place Blanche à bicyclette. Ça monte, tu sais, pour aller là-bas.

— Ne t'inquiète pas, je serai à l'heure.

Sans plus s'occuper de ses sœurs et des enfants, Léa se rallongea et ferma les yeux. Mais les images qui se formaient derrière ses paupières étaient tellement épouvantables qu'elle les rouvrit très vite.

Un baigneur se leva en abandonnant son journal et plongea dans la Seine en l'éclaboussant légèrement. Elle prit le journal. C'était *L'Œuvre*, de Marcel Déat, dont elle lut machinalement l'article « Variété de la faune du maquis », dans lequel il crachait son venin sur les communistes, les gaullistes, les socialistes et autres « maringouins ». Elle apprit tour à tour la fermeture de cent quatre-vingt-dix-huit bars américains à la demande de la Milice française, émue du caractère immoral de ces établissements de plaisir ; elle apprit qu'au Grand Palais s'ouvrait une exposition sur « L'âme des camps » ; que le docteur Goebbels avait déclaré : « *Le peuple allemand doit se lever en masse pour forcer le destin* » ; que des marins allemands conduisant des engins spéciaux avaient coulé treize navires anglo-américains ; qu'une brigade d'assaut française de la Waffen SS était engagée sur le front de l'Est ; qu'aujourd'hui les courses avaient lieu à Vincennes et demain dimanche à Auteuil ; qu'à la Bourse de Paris le marché s'était montré plus actif ; que le Führer et le docteur Goebbels avaient adressé un télégramme de félicitations à Knut Hamsun pour ses quatre-vingt-cinq ans ; que le prochain conseil de révision pour les volontaires français de la Waffen SS aurait lieu le lundi 7 août à neuf heures, et celui de la Légion des volontaires français contre le bolchevisme à la caserne de la Reine, à Versailles ; qu'un château pour enfants allait porter le nom de Philippe Henriot ; que le lendemain, à partir de quinze heures, aurait lieu un championnat de natation du pont d'Austerlitz au pont Alexandre-III ; qu'Elvire Popesco jouait à l'Apollo dans *Ma cousine de Varsovie*, Jane Sourza et Raymond Souplex *Sur le banc* au Casino de Paris ; qu'à Luna-Park on pouvait applaudir Georgius, Georgette Plana et beaucoup d'autres et qu'Édith Piaf...

Léa jeta le journal, enfila par-dessus son maillot deux-pièces rouge et blanc une robe en rayonne imprimée de grosses fleurs, cadeau de Françoise, et noua les lacets de ses sandales de toile blanche à hautes semelles de bois compensées. En courant, elle monta l'escalier qui menait au quai.

Le 11 août, la radio annonça la mort de Saint-Exupéry abattu dans le Midi au cours d'un vol de nuit. Le speaker déplora que cet écrivain fût passé dans le camp des ennemis de la France.

Le même jour Léa avait trouvé, glissée sous la porte, une lettre de Laurent adressée à Camille, chez mesdemoiselles de Montpleynet. Bouleversée, elle l'avait ouverte en tremblant.

« Ma femme bien-aimée,

« Enfin me voici de retour sur le sol de France... Je n'ai pas de mots pour te dire notre joie, notre émotion à mes camarades et moi-même. J'ai vu les plus rudes tomber à genoux en débarquant et baiser en larmes le sol de leur pays, d'autres, glisser dans leurs poches du sable de cette plage normande que les soldats alliés avaient eu le privilège de fouler avant nous. Comme la venue de ce jour nous a semblé longue ! Il nous semblait qu'il n'arriverait jamais.

« J'ai passé ma première nuit sur le siège d'une jeep. Je n'ai dormi que quatre heures mais jamais je ne me suis senti aussi frais et dispos. Je me disais que j'étais sur la même terre, sous le même ciel, que bientôt je vous serrerais toi et Charles contre moi. C'était trop de bonheur !

« C'est par un matin gris que nous avons débarqué à Sainte-Mère-Église en compagnie du général Leclerc qui piquait de sa canne le sable autour de lui avec un air incrédule. Je l'ai entendu murmurer : "Drôle d'impression...", puis plus fort, en regardant autour de lui avec un sourire qui lui plisse les yeux : "Ça fait bougrement plaisir." Nous avons été bousculés par des photographes du service cinématographique des armées qui voulaient photographier la poignée de main entre le général américain, Walker, et notre général. Leclerc s'y prêta de mauvaise grâce, refusant de retourner sur la jetée.

« Je l'ai accompagné jusqu'au Q.G. de la IIIe armée américaine à laquelle la 2e D.B. est rattachée. C'est là que nous avons rencontré le général Patton. Quel contraste entre les deux hommes ! L'un, grande gueule de cow-boy, buveur de whisky, portant à sa ceinture des colts comme on en voit au cinéma, et l'aristocrate avec son calot piqué de deux étoiles — la troisième attendait depuis plus d'un an d'être cousue —, son imperméable serré à la taille, ses guêtres anglaises. C'est à peine s'il avait accepté de se séparer d'une sorte de musette qui lui battait les reins. Patton était d'excellente humeur ; le front allemand était enfin enfoncé à Avranches. Avranches où nous passâmes en nous dirigeant vers Le Mans. Spectacle de fin du monde. Des civils errant dans les rues dévastées, fouillant dans les décombres, champs où s'entassent des centaines de prisonniers au regard morne, cadavres d'Américains, de Canadiens, d'Anglais, d'Allemands mêlés. Dans les villages traversés, des jeunes filles nous tendaient des fleurs, du pain, des bouteilles de vin ou de cidre. Nous passions tour à tour de la joie des libérés au désespoir de ceux qui ont tout perdu.

« Sans avoir pris de repos, nous attaquâmes le 10 dans une certaine pagaille. Les combats furent durs. Nous eûmes vingt-trois tués, près de trente blessés et quatorze chars détruits ou perdus. Le lendemain à Champfleur, le général, assis sur la tourelle du Tailly, commanda la manœuvre d'approche. Toute la journée, soit dans sa jeep soit dans son scout-car, il avait entraîné ses hommes, indifférent aux balles et aux obus. À la fin de ce deuxième jour de combat, il était content, nous avions libéré une trentaine de villages et avancé de quarante kilomètres. Harassés, nous dormions à même le sol. Pas longtemps : vers deux heures du matin, des obus allemands tombèrent dans le pré où dormait Leclerc, détruisant un half-track et tuant ses deux servants. Pour tous, la nuit était terminée. Du 10 au 12 août, la 2e D.B. tua huit cents Allemands, fit plus de mille prisonniers et détruisit quinze panzers. Dans la forêt d'Ecouves, c'est par milliers que les soldats ennemis se rendirent.

« Le vendredi 13, nous attaquâmes le village de Cercueil. C'est en descendant sur Écouché que j'ai vu le carnage le plus hallucinant. Nous devions rejoindre la nationale 24 *bis*. J'étais derrière le char d'un ami, Georges Buis, qui commandait l'avant-garde. Derrière les prés bordés de haies, la route nous apparut, encombrée de véhicules ennemis à perte de vue, semblant flotter au-dessus du feuillage. Durant quelques instants, tout resta suspendu. Puis ce fut l'apocalypse. Les canons de tous nos chars crachèrent le feu et l'air s'emplit de fumée et de cris... Un détachement parvint par des ruelles à passer le formidable embouteillage de carcasses tordues, de corps mutilés et de chars en flammes, à traverser la nationale et à s'emparer de l'objectif : le pont sur l'Orne. »

Après des formules de tendresse pour sa femme et des caresses pour son petit garçon, la lettre s'arrêtait là. Léa la replia soigneusement. À la radio, on annonçait la tentative de suicide de Drieu la Rochelle. Le téléphone sonna.

— Allô... Ruth !... C'est toi ? C'est bien toi ?

— Oui, ma petite, c'est moi.

Léa, qui n'avait pas versé une larme depuis la mort de Camille, sentit ses joues se couvrir de ruisselets tièdes et salés, en entendant la voix affaiblie mais parfaitement reconnaissable de celle qu'elle avait crue morte. Elle ne savait que bégayer :

— Oh Ruth !... Ruth...

À tour de rôle, Françoise et Laure voulurent parler à leur gouvernante, pleurant, elles aussi de joie. Bientôt, toutes les habitantes de la rue de l'Université se trouvèrent transformées en fontaines. Laure la première sécha ses yeux en s'écriant :

— C'est la première bonne nouvelle que nous recevons depuis longtemps, ça s'arrose.

Elle alla chercher une bouteille de champagne dans ce qu'elle appelait « sa réserve ».

— Il va être un peu chaud, mais ça ne fait rien. Estelle, donnez-nous des verres et venez trinquer avec nous.

Même Charles eut droit à un « doigt de champagne », comme disait tante Lisa.

— Nous n'avons même pas pensé à lui demander ce que devenait Montillac, fit Laure en finissant son verre.

« C'est vrai, pensa Léa, dans la joie de la savoir vivante, j'ai oublié Montillac. C'est mieux ainsi. Montillac est mort pour moi... Que m'importe ce qui peut en survivre... Trop de sang a déjà coulé sur cette terre... Que Fayard la reprenne, ça ne m'intéresse plus. »

— Vous vous rendez compte, madame Françoise, quarante francs le kilo de pommes de terre !... Trois heures de queue au marché Saint-Germain pour en rapporter deux kilos !... Le beurre ? Il n'y en a plus ! Et à mille francs le kilo, faut être millionnaire pour en acheter, s'exclama Estelle.

— Ne vous inquiétez pas, dit Laure, j'aurai du beurre demain, j'ai reçu du tabac et des savonnettes, je vais pouvoir les échanger contre un peu d'épicerie.

La vieille domestique regarda la jeune fille avec admiration.

— Je ne sais pas comment vous faites, mademoiselle Laure, mais sans vous, il y a longtemps qu'on serait mort de faim, ici. Heureusement que vous n'écoutez pas mademoiselle Albertine.

— Taisez-vous, Estelle, j'ai tort de ne pas me montrer plus ferme envers Laure et d'avoir accepté ses trafics de... de...

— Dites-le, ma tante : de marché noir. Eh bien oui, je fais du marché noir. Je n'ai pas envie de me laisser mourir de faim, moi, en attendant l'arrivée des Alliés. Je ne vole rien, j'échange en prenant un petit bénéfice. Je fais du commerce. Tous mes amis font la même chose.

— Ce n'est pas une raison, ma pauvre enfant. Tant de malheureux souffrent et sont démunis de tout. J'ai honte de notre bien-être.

Lisa, qui n'avait rien dit jusque-là, sursauta et, le visage empourpré, s'adressa à sa sœur :

— Notre bien-être !... Tu plaisantes, j'espère ?... Parlons-en de notre bien-être. Ni thé, ni café, ni chocolat, ni viande, ni pain mangeable ! Cet hiver, pas de feu ! Tout ça parce que mademoiselle ne veut pas manger à sa faim, avoir chaud sous prétexte qu'il y a des chômeurs, des prisonniers, des pauvres qui manquent de tout ! Mais ce n'est pas parce que nous nous priverons qu'ils auront moins froid et moins faim !

— Je le sais bien, mais nous devons être solidaires.

— Il n'y a plus de solidarité aujourd'hui, cria Lisa.

— Comment peux-tu dire ça ?... murmura Albertine en regardant sa sœur tandis qu'une larme coulait le long de sa joue ridée, laissant une trace sur le blanc de la poudre.

Cette larme calma la colère de Lisa qui se précipita vers elle en lui demandant pardon. Bras dessus, bras dessous, elles se retirèrent dans la chambre d'Albertine.

— C'est toujours la même chose, dit Laure, il suffit que l'une pleure pour que l'autre la console... Que fais-tu cet après-midi ?

— C'est à moi que tu parles ? demanda Léa.

— Oui.

— J'ai promis à Charles de l'emmener au Luxembourg faire un tour sur les chevaux de bois.

— Et toi, Françoise ?

— Je vais rentrer chez moi. Un ami d'Otto doit me téléphoner dans la soirée pour me donner de ses nouvelles.

— Tu as tout le temps.

— Pas vraiment. Avec l'arrêt total de métro, je suis obligée de rentrer à pied. J'en ai bien pour deux heures. Et toi, que fais-tu ?

— Je ne sais pas. Depuis qu'ils ont fermé tous les bars américains, on ne sait plus quoi faire avec les copains. Je vais voir si la bande est au Trocadéro.

— Alors on part ensemble ?

— Non, tu es à pied, je préfère prendre ma bicyclette.

— Comme tu veux. Je t'appellerai ce soir si j'ai des nouvelles d'Otto.

Sa petite main dans celle de Léa, Charles marchait sagement. De temps en temps, il lui serrait les doigts plus fort jusqu'à ce qu'elle réponde par une pression qui voulait dire : « Je suis là, n'aie pas peur. » Cela le rassurait ; il était tellement effrayé à l'idée qu'elle disparaisse comme sa mère.

Quand ils étaient partis, main dans la main, sans se retourner, de la grande maison en flammes, il avait deviné qu'il ne fallait plus lui parler de certaines choses et maman faisait partie des choses dont il ne fallait pas parler à Léa. Léa qu'il aimait autant que maman l'aimait. Pauvre maman !... Pourquoi criait-elle si fort quand il courait vers elle le jour où les Allemands tiraient partout ? Il se souvenait d'avoir eu mal, d'avoir senti sa mère le serrer, puis le lâcher, puis plus rien.

À ses questions, on avait répondu que maman allait bientôt revenir. Mais lui savait bien que ce n'était pas vrai, qu'elle était partie loin, très loin... Peut-être même qu'elle était au ciel ? Maman disait que, quand on était mort, on allait au ciel... alors ?... Maman ?...

Le petit garçon s'arrêta net, la bouche soudain sèche, le corps couvert de sueur. Pourquoi s'arrêtait-il justement là, devant l'immeuble du boulevard Raspail où avait habité Camille ? Léa revit la jeune femme lui ouvrant la porte de l'appartement avec ce doux sourire qui la rendait si touchante. Leurs mains serrées, serrées, n'en faisaient plus qu'une... Il leva les yeux, elle baissa les siens... Lentement, sans le lâcher, elle s'accroupit à sa hauteur et le tint longuement enlacé.

Un officier allemand, suivi de son ordonnance, s'arrêta pour les regarder d'un air attendri.

— Moi aussi, j'ai un petit garçon de son âge. Il n'a pas la chance du vôtre... Sa mère a été tuée dans un bombardement avec ma fille aînée, dit-il dans un français correct mais appliqué en caressant les cheveux de Charles.

L'enfant bondit comme s'il avait reçu un coup.

— Sale Boche ! Ne me touche pas.

L'Allemand, devenu blême, retira sa main. L'ordonnance bondit.

— Tu insultes le capitaine ?...

— Laissez, Karl, c'est normal que les Français ne nous aiment pas. Excusez-moi, madame, je me suis laissé aller à faire du sentiment. Un bref instant, j'ai oublié cette guerre qui fait tant de mal à nos deux pays. Bientôt, tout cela sera fini. Adieu, madame.

L'homme claqua les talons et se dirigea à longues enjambées vers l'hôtel Lutétia sur lequel flottait toujours le drapeau à croix gammée.

14

Une foule nombreuse se pressait en cet après-midi du 15 août sous les arbres du Luxembourg et autour du bassin sur lequel se balançaient les voiliers de la loueuse de bateaux. Les badauds passaient devant le Sénat sans un regard, ignorant les sentinelles derrière leurs sacs de sable et leurs barrières de fil de fer barbelé. Des enfants et leurs mères attendaient la fin du spectacle de marionnettes pour entrer à leur tour. Le manège était pris d'assaut ainsi que les voitures à ânes et les poneys. On se serait cru un jeudi ou un dimanche de juin, en pleine année scolaire, tant il y avait d'enfants. La plupart d'entre eux étaient privés de vacances à cause de la grève des cheminots et surtout des combats qui se rapprochaient de la capitale. Le jeu favori des dix-douze ans était la guerre, mais tous voulaient être français, aucun ne voulait être allemand. Les jeunes chefs de bande étaient obligés de procéder à des tirages au sort. Et c'était sans conviction que les « Allemands » se battaient contre les Français.

Après trois tours de manège sans avoir réussi à attraper d'anneau avec son bâton, Charles voulut une glace. À l'entrée du jardin, vers le boulevard Saint-Michel, un glacier à la superbe voiture aux couleurs vives, en forme de carrosse, avait des glaces dites « à la fraise ». Léa en acheta deux. Sous le kiosque à musique, un orchestre en uniforme vert jouait des valses de Strauss. Sur certains arbres étaient accrochées des affiches jaune et noir signées du nouveau gouverneur militaire de Paris, le général von Choltitz appelant la population parisienne au calme et lui annonçant que les mesures de répression « les plus sévères et les plus brutales » seraient prises à son encontre en cas de désordres, de sabotages ou d'attentats.

Mais la plupart des lecteurs souriaient : la radio avait annoncé à midi le débarquement allié en Provence. Certains affirmaient que les Américains étaient aux portes de Paris car ils avaient entendu le canon. D'autres revenaient de Notre-Dame où ils avaient assisté à la cérémonie commémorative du vœu de Louis XIII malgré l'interdiction faite par le général von Choltitz.

Bravant l'interdit, les Parisiens s'étaient rendus nombreux à l'appel des évêques. Si nombreux qu'ils avaient débordé de l'édifice religieux jusqu'au milieu de la place, se pressant face au portail central où sur une estrade s'était déroulée la même cérémonie que celle célébrée à l'intérieur. Tandis que la procession sortait par un portail latéral et rentrait par l'autre. La foule avait répondu avec ferveur aux litanies lancées par un missionnaire du haut de l'estrade : « Sainte Jeanne d'Arc, libératrice de la patrie... priez pour nous... Sainte Geneviève, protectrice de Paris... priez pour nous... Sainte Marie, mère de Dieu, patronne de la France... priez pour nous... » Un instant, le missionnaire avait interrompu ses adjurations pour écouter ce qu'un prêtre lui disait. Ceux qui étaient près de l'estrade avaient vu son visage s'illuminer. Beaucoup étaient tombés à genoux quand, avec une voix vibrante, il s'était écrié : « On nous annonce que les troupes alliées ont débarqué en Provence. Prions, mes très chers frères, pour que Marseille et Toulon soient épargnés par la destruction : Notre Père qui êtes aux cieux, que votre nom soit sanctifié, que votre règne arrive... » L'émotion avait été à son comble quand le cardinal Suhard avait prononcé une allocution improvisée dans laquelle il parlait de « la dernière épreuve à traverser ». Quelques soldats allemands debout devant l'Hôtel-Dieu et la Préfecture avaient assisté à tout cela sans broncher. Chose curieuse, pas un gardien de la paix alentour : depuis ce matin, la police parisienne était en grève, en riposte au désarmement de ses collègues des commissariats d'Asnières et de Saint-Denis.

Le lendemain de l'Assomption, *Je suis partout,* qui avait été suspendu, reparut, annonçant la sortie du prochain numéro pour le vendredi 25 août. Des camions, remplis de miliciens, commencèrent à quitter la capitale en direction de l'Est. Avenue de l'Opéra, aux Champs-Élysées, boulevard Saint-Michel, des soldats allemands défilaient en chantant musique en tête, devant des badauds goguenards. « C'est le début de la fin », ricanait-on.

Le 17, la joie populaire eut bien du mal à ne pas éclater devant les cars, les camions, les ambulances, les voitures surchargées, remplis d'Allemands au regard morne et aux traits tirés. Derrière, venaient les véhicules les plus hétéroclites : charrettes, voitures à chevaux, triporteurs, jusqu'à des brouettes débordant de butin : appareils de T.S.F., machines à écrire, tableaux, fauteuils, lits, malles, valises et, couronnant le tout, les inévitables matelas rappelant aux Parisiens leur propre exode sur les routes de France.

Ah ! quel plaisir de voir se traîner les résidus de l'invincible armée !... Où étaient-ils les conquérants superbes et bronzés de juin 40 ?... Qu'étaient devenus leurs uniformes impeccables ?... Usés en quatre années de guerre à travers les steppes de la Russie ? Les déserts de l'Afrique ? Dans les fauteuils de l'hôtel Meurice ? du Crillon ? ou de l'Intercontinental ?... On s'asseyait sur les chaises des jardins des Champs-Élysées pour les voir circuler sans se fatiguer, on jouait à compter les voitures, les camionnettes. Les sourires ne s'effaçaient pas quand passaient, à pied, des soldats trop jeunes ou trop vieux, fagotés dans des vareuses trop larges ou trop étroites, mal rasés, débraillés, traînant leur arme, ou les bras lourdement chargés de victuailles ou de tissus que certains n'hésitaient pas à vendre à la population.

Laure et Léa pédalaient le long des quais. Il y avait dans l'air une sorte d'euphorie malgré la tension qui régnait dans certains quartiers, le bruit des moteurs, les cris, les fumées des dossiers de la Gestapo et des administrations brûlant à même le pavé des rues, l'énervement des fuyards, le couvre-feu à vingt et une heures. Une longue voiture doubla les deux sœurs dans laquelle des jeunes femmes trop blondes et trop élégantes se serraient contre un général à monocle.

Les pêcheurs à la ligne et les baigneurs étaient au rendez-vous sur les berges de la Seine. Dans la lumière crue de l'été, des voiliers se balançaient doucement. Toute la ville attendait. Elles durent descendre de vélo pour traverser le pont Royal barré par des chicanes en fil de fer barbelé.

Rue de l'Université, Charles attendait Léa avec impatience pour lui donner le dessin auquel il travaillait depuis le début de la matinée. Estelle se plaignait de ses pauvres jambes couvertes de varices « à cause des queues ». Lisa était très excitée : à midi, elle avait entendu à la radio anglaise que les Américains étaient à Rambouillet. Albertine paraissait soucieuse.

Grâce aux réserves de Laure, le dîner composé de sardines à l'huile et de vrai pain d'épice parut un régal. À vingt-deux heures trente, l'électricité revint jusqu'à minuit apportant à Lisa une déception : les Américains n'étaient pas à Rambouillet mais à Chartres et à Dreux.

Peu avant le couvre-feu, des SS avaient tiré des rafales de mitraillette sur les badauds qui regardaient les fonctionnaires allemands déménager les documents du Trianon-Hôtel de la rue de Vaugirard. Place de la Sorbonne, boulevard Saint-Michel, plusieurs personnes avaient été ainsi tuées ou blessées.

Le sommeil des Parisiens fut troublé par les explosions des dépôts de munitions que firent sauter les occupants.

— Il n'y a pas de journaux ce matin, dit à Léa le marchand du kiosque installé en face des *Deux-Magots*, boulevard Saint-Germain. Ça sent mauvais pour les collabos. Regardez la tête du type à lunettes, c'est Robert Brasillach, il va boire son café au *Flore*. Il n'a jamais eu bien bonne mine, mais depuis deux jours, il a l'air franchement malade. À sa place, je partirais avec mes amis fridolins.

C'était donc lui ce Brasillach dont lui parlait avec admiration Raphaël Mahl ?

Il avait l'air d'un gamin souffreteux.

Léa s'installa à la terrasse non loin de lui et commanda un café. Le vieux serveur en long tablier blanc lui répondit qu'il ne pouvait rien lui servir de chaud, le gaz ayant été coupé. Elle se rabattit sur un diabolo menthe, infect.

À la table voisine, un homme d'une trentaine d'années, grand, brun, portant de grosses lunettes de myope, écrivait dans un cahier d'une petite écriture ronde et appliquée. Un jeune homme frêle et blond vint s'asseoir près de lui.

— Salut, Claude. Déjà au travail ?

— Bonjour, Claude. Si on veut. Quelles sont les nouvelles ?

— Il y a eu pas mal d'incidents hier dans le quartier. Les Allemands ont tiré rue de Buci, boulevard Saint-Germain.

— Il y a eu des morts ?

— Oui, pas mal. Comment va votre père ?

— Bien. Il est à Vémars, je vais le voir demain.

De sourdes détonations empêchèrent Léa de continuer à suivre leur conversation.

— Ce sont des dépôts de munitions, dit l'un d'eux.

— Ils ont incendié des entrepôts derrière la tour Eiffel et plusieurs cafés. C'est bientôt la fin. Les collabos s'enfuient comme des rats. Nous n'entendrons plus la voix de Jean Hérold-Paquis, Radio-Journal est mort. Les Luchaire, les Rebatet, les Bucard, les Cousteau, les Bonnard, dits Gestapette, ont pris la route de l'Allemagne. Il n'y a que lui qui soit resté et je voudrais bien savoir pourquoi, dit l'homme blond en désignant Brasillach.

— Peut-être pour une certaine idée de l'honneur. Je n'arrive plus à le haïr, il me fait pitié.

— Pourquoi le haïssiez-vous ?

— Oh ! c'est une vieille histoire à cause d'un article ignoble sur mon père paru en 1937.

— Je m'en souviens ! Il l'avait intitulé : « L'âge critique de M. Mauriac ».

— Oui. Les basses injures de Brasillach m'avaient profondément blessé. Je voulais aller lui casser la gueule.

Léa posa de l'argent sur le guéridon et se leva. Les deux hommes la suivirent des yeux.

— Jolie fille !

— Oui, très jolie fille.

Sans les explosions lointaines des dépôts de munitions, la fin de matinée un peu lourde de ce 18 août 1944 aurait ressemblé à une banale fin de matinée d'été. Tout était calme. Les passants, peu nombreux, avaient la démarche lente des touristes. Des jeunes filles passaient à bicyclette, en robe claire, souriantes. Devant l'église Saint-Germain-des-Prés, un groupe de jeunes gens discutait avec animation ; à la vitrine de la librairie du Divan, quelques exemplaires défraîchis de la revue de Martineau achevaient de jaunir ; dans le petit square, près de l'église, une vieille dépliait un papier journal contenant de la nourriture pour les chats, la sienne peut-être, et la posait au pied d'un arbre en appelant :

— Minou... minou... venez mes beaux...

Place de Furstemberg, des clochards se disputaient une ultime goutte de vinasse ; rue de Seine, deux concierges, sur le pas de leurs portes, n'en finissaient pas de commenter les événements de la veille ; au carrefour Buci, les étalages des marchands de fruits et de légumes étaient désespérément vides, ce qui n'empêchait pas des files de ménagères résignées de se former ; la rue Dauphine était déserte ; rue Saint-André-des-Arts, des gamins se poursuivaient avec des bouts de bois en guise de pistolets, se cachant dans les encoignures de la cour de Rohan.

— Pan, pan... rends-toi ou tu es mort...

Léa errait à travers les rues, sans but.

Elle se retrouva place Saint-Michel. Des gens se pressaient autour d'un platane. Jouant des coudes, elle s'approcha. Une petite affiche blanche avec des drapeaux tricolores entrecroisés y était accrochée. Elle lut :

« *Gouvernement provisoire de la République française.*

Les Alliés sont aux portes de Paris. Préparez-vous à l'ultime combat contre l'envahisseur. Les combats ont déjà commencé dans Paris.

Attendez les ordres, soit par affiche, soit par radio, pour agir, les combats auront lieu par arrondissement. »

Pas un Parisien qui ne savait que les jours, les heures même qui allaient venir verraient la libération de leur ville ou sa destruction. Certains s'y préparaient activement, la plupart étaient bien décidés à ne pas bouger de chez eux et à attendre le départ des Allemands pour manifester leur joie.

Léa, elle, était sans cesse bousculée entre la haine et la peur, la vengeance et l'oubli. Elle passait de l'une à l'autre avec une rapidité qui la laissait nerveusement épuisée. Ses nuits agitées ou sans sommeil avaient imprimé leurs traces autour de ses yeux auxquels la fatigue donnait une limpidité mauve. Les boucles de ses cheveux relevés accentuaient la nouvelle fragilité de son visage.

Elle devait réagir et prendre contact avec les membres de ce réseau dont lui avait parlé le jeune médecin de Langon qui les avait ramassés sur la route, conduits à Bordeaux et mis dans un des derniers trains partant pour Paris. Voyage mouvementé qui avait duré deux jours à cause des voies ferrées coupées et des bombardements qui obligeaient les voyageurs à fuir leur wagon pour s'aplatir dans la campagne. Léa avait machinalement suivi les autres, indifférente au danger comme aux gémissements de Charles qui ne quittait pas sa main. L'accueil chaleureux de ses tantes et de ses sœurs n'avait pas diminué son désintérêt pour tout. Seule, la voix de Ruth avait eu raison de son apathie. Les larmes qu'elle avait versées lui avaient fait retrouver un peu de son désir de vivre, sans lui redonner toutefois cette confiance en elle qui faisait naguère sa force.

Jusqu'au soir, elle vagabonda dans un Paris que l'on sentait tendu par l'attente. C'est la faim qui la ramena, peu avant le couvre-feu, rue de l'Université où Estelle ne put lui donner qu'un peu de purée froide et un morceau de camembert plâtreux. Albertine de Montpleynet, enfin rassurée, ne lui fit pas de reproches sur sa longue absence. Charles, qui n'avait pas voulu se coucher avant son retour, s'endormit en lui tenant la main.

Des cauchemars tinrent Léa éveillée une partie de la nuit. À l'aube seulement, ils lui laissèrent quelque répit.

15

— Réveille-toi, réveille-toi...

Secouée par Laure, Léa se redressa et regarda sa sœur d'un air hébété.

— Réveille-toi, les F.F.I. ont pris la Préfecture, on se bat partout dans Paris, les Américains arrivent. Habille-toi.

Essoufflée, Laure gesticulait dans la chambre.

— Qu'est-ce que tu racontes ?

— Les gaullistes occupent la Préfecture de police... Les policiers se battent à leur côté.

— Qui t'a dit ça ?

— C'est Franck, un camarade que tu ne connais pas ; il habite un immense appartement boulevard Saint-Michel, qui donne à la fois sur le boulevard, le quai et la rue de la Huchette. Il m'a téléphoné. Avec des amis, ils avaient dansé et bu toute la nuit. À cause du couvre-feu, ils sont restés dormir chez lui. C'est en allant fermer les volets qu'il a remarqué, vers sept heures, des hommes seuls ou par deux traverser le pont Saint-Michel ou se diriger vers Notre-Dame. Intrigué par leur nombre, il s'est rhabillé et il est descendu dans la rue. Là, il les a suivis et s'est retrouvé sur le parvis où mille, deux mille personnes attendaient en bavardant à voix basse. À leurs propos, il a deviné que c'étaient des policiers en civil. Une camionnette est arrivée. Quelques fusils et cinq ou six mitraillettes ont été distribués aux agents. Un mot d'ordre a dû être donné car ils se sont avancés vers la grande porte de la Préfecture. Franck a suivi le mouvement. La porte s'est ouverte et la foule a envahi en silence la grande cour. Un grand type en costume pied-de-poule avec un brassard tricolore, monté sur le toit d'une voiture, criait : « Au nom de la République, au nom du général de Gaulle, je prends possession de la Préfecture de police ! » Les fonctionnaires en faction se sont laissé désarmer sans résistance. Ils ont hissé le drapeau et chanté *La Marseillaise*. Franck, qui n'est pourtant pas un sentimental, m'a dit qu'il avait failli pleurer. Il paraît qu'un nouveau préfet a été nommé, Charles Lizet, je crois. Viens, on va y aller, ça sera amusant.

— Amusant ? Pas vraiment. Intéressant, peut-être, fit Léa en se levant.

— Tu dors toute nue ?

— J'ai oublié de prendre une chemise de nuit en partant. Laisse-moi, je voudrais faire ma toilette.

— Dépêche-toi, je t'attends dans la cuisine.

— D'accord. Surtout ne dis rien aux tantes.

— Évidemment, je ne suis pas folle.

Les soldats allemands casqués qui passaient dans leur camionnette découverte boulevard Saint-Germain, serrant contre eux leur fusil ou leur mitraillette, saluèrent par des cris les deux jolies filles qu'ils croisèrent sur leur bicyclette, à la hauteur de la rue du Bac.

— Ils n'ont pas l'air très inquiet, fit Léa en se retournant.

Maintenant désert, le boulevard s'étendait devant elles. À l'angle de la rue du Dragon, un Allemand pointa sa mitraillette dans leur direction.

— *Abhauen oder ich schiesse*[1] !

Sur les guéridons des *Deux-Magots* et du *Flore*, des tasses et des verres à moitié pleins attendaient le retour des consommateurs réfugiés à l'intérieur. Rue de Rennes, quelques personnes couraient en tous sens. Une courte rafale, et deux d'entre elles tombèrent. Au carrefour

1. Partez, ou je vais tirer !

Mabillon, des jeunes gens en blouse blanche avec le brassard de la Croix-Rouge se précipitèrent en direction de la fusillade. Au carrefour de l'Odéon, un tank barrait le passage. Elles tournèrent rue de Buci. Les rideaux de fer de la plupart des magasins étaient baissés, les cafetiers rentraient à la hâte leurs chaises, des hommes portant des brassards tricolores passèrent, l'air affairé. L'un d'eux leur dit :

— Rentrez chez vous, ça va barder.

Tout était étonnamment tranquille rue Saint-André-des-Arts : une concierge balayait le pas de sa porte comme tous les matins ; le libraire prenait son petit blanc au comptoir du tabac avec l'imprimeur de la rue Séguier et la marchande de bonbons astiquait par habitude ses bocaux de verre remplis de faux bonbons. Boulevard Saint-Michel, des badauds très gais regardaient en direction de la Préfecture et de Notre-Dame sur lesquelles flottait le drapeau tricolore.

Des cris saluèrent l'entrée de Laure et de Léa dans l'appartement de Franck.

— Je suis venue avec ma sœur, Léa, dont je t'ai parlé.

— Tu as bien fait. Bonjour, Léa. C'est vrai que vous êtes une héroïne de la Résistance ?

— Il ne faut pas croire que ce que dit Laure, elle exagère toujours.

— Je n'ai rien exagéré...

— Tais-toi, je ne veux pas que l'on parle de ça.

— Comme vous voulez, résistante ou pas, soyez la bienvenue. Venez voir.

Le jeune homme l'entraîna vers une des hautes fenêtres d'un vaste salon.

— Regardez, nous allons être aux premières loges. Ma mère va beaucoup regretter d'être partie en Touraine. Pour rien au monde elle n'aurait voulu manquer un tel spectacle. Je suis sûr qu'elle aurait invité toutes ses belles amies. Pour l'instant c'est un peu calme. Qu'en pensez-vous ? Belle perspective, non ?

— Oui, c'est très bien.

— Franck, tu n'as rien à manger ? Nous sommes parties si vite que nous n'avons rien eu le temps d'avaler.

— Tu connais la maison : chez Franck on ne manque de rien ! À part le pain qui est un peu rassis, il y a du jambon, du saucisson, des pâtés, du poulet froid, quelques friandises et vin, champagne, whisky à volonté.

— Vous tenez une épicerie ? demanda Léa sèchement.

— Je pourrais, ma petite dame, mais je préfère le commerce des bas de soie, des parfums et des cigarettes. Vous fumez ? Anglaises, américaines ? Au choix. Que préférez-vous ?

— Américaines. Mais d'abord, j'ai faim.

— À vos ordres. Holà ! Vous autres, apportez à boire et à manger à la princesse. Votre Altesse daignera-t-elle trinquer à nos futurs libérateurs ?

Pour la première fois depuis qu'elle était entrée chez lui, elle regarda le jeune homme. Il avait une bonne tête de copain d'enfance, de celui qui reçoit les confidences, partage les secrets mais qu'on ne voit jamais comme un homme. Pas très grand, perdu dans un costume aux épaules démesurées, au pantalon trop court laissant voir les chaussettes blanches et les inévitables chaussures à triples semelles du parfait zazou. La grosse mèche de ses cheveux blonds coiffés à la dernière mode écrasait son visage ingrat aux traits encore enfantins. Ce gamin, au dire de Laure, était un des rois de la débrouille et avait, à l'insu de ses parents, amassé une fortune en faisant du marché noir. Généreux, il régalait volontiers ses amis et les amis de ses amis. Sans doute satisfaite de son examen, Léa daigna lui sourire.

— C'est ça, buvons à la libération de Paris.

Assise sur le rebord de la fenêtre, elle s'étonnait de boire du champagne dans cette ville insurgée qui se préparait à combattre.

Des agents de la défense passive traversèrent la place Saint-Michel en criant que le couvre-feu commençait à quatorze heures.

— Ce n'est pas vrai, dit un garçon en entrant. Je suis passé à mon commissariat, on m'a dit n'être au courant de rien. Les F.F.I. qui l'occupent ne sont pas au courant non plus. Tiens, une nouvelle. Bonjour, je m'appelle Jacques.

— Bonjour, moi c'est Léa. Vous venez d'où ?

— D'un peu partout. Beaucoup de mairies sont aux mains des communistes...

— Qu'en savez-vous ?

— C'est le bruit qui court. Ils sont les seuls à être suffisamment organisés et armés. Rue de Rivoli, rue du Louvre, au Châtelet, à la République, avenue de la Grande-Armée, des postes de secours sont en place avec le drapeau de la Croix-Rouge. La chasse aux armes a commencé. Celui qui a un couteau déleste un soldat allemand de son revolver ou de son fusil, avec le fusil, il s'empare d'une mitraillette, avec la mitraillette d'un camion de munitions qu'il distribue à ses camarades. « À chacun son Boche », c'est le mot d'ordre pour les nouvelles recrues.

— Vous allez vous battre ? demanda Léa.

— Pourquoi pas ! Nous serons les héros de demain... J'y réfléchirai quand j'aurai mangé.

Toute la petite bande, cinq garçons, trois filles, s'installa dans la cuisine où Laure et une jolie blonde, Muriel, avaient mis la table.

— Si on mettait de la musique, ce serait plus gai.

— Oh, oui ! mets les Andrews Sisters, dit Muriel.

— D'accord. Quelle chanson veux-tu ?

— *Pennsylvania Polka* ou *Sonny Boy.*

— Comment vous êtes-vous procuré ces disques ? demanda Léa. Je croyais que la musique américaine était interdite.

— On a nos filières. On te le dira quand la guerre sera finie.

Les voix hautes des Andrews Sisters éclatèrent à travers l'appartement. Le repas se déroula très gai, chacun y allant de sa plaisanterie, de son bon mot. Ils étaient tous si jeunes, si insouciants que Léa se surprit à rire à l'une de leurs blagues sous l'œil approbateur de Franck qui lui resservit un verre de vin.

Il se leva pour aller remonter le phono. Dans le silence relatif, de nombreux coups de feu claquèrent.

— Venez vite, les Allemands attaquent.

Tous se précipitèrent aux fenêtres.

Boulevard du Palais, les occupants de trois camions tiraient contre la porte de la Préfecture, trois chars se dirigeaient vers Notre-Dame. Des coups de feu partirent du Palais de justice et de la Préfecture, abattant quelques agresseurs. Les camions disparurent vers le Châtelet. Des obus éclatèrent. Un peu plus tard, d'autres camions furent arrêtés boulevard du Palais. De leurs fenêtres, les jeunes gens virent des hommes en bras de chemise, armés de fusils ou de revolvers, se dissimuler dans la bouche du métro et au café du *Départ* devant la porte duquel ils installèrent un fusil-mitrailleur.

Un camion venant du pont Saint-Michel fut leur première cible. Un soldat allongé sur le capot, blessé, glissa sur la chaussée. Le camion s'arrêta, tandis qu'un autre s'écrasait à l'angle du quai des Grands-Augustins contre *La Rôtisserie périgourdine*, salué par les cris de joie des spectateurs. Des F.F.I. couraient ramasser les corps qu'ils dissimulaient dans les escaliers menant à la Seine sous l'œil intéressé des baigneurs se bronzant de l'autre côté de l'eau, adossés au mur du quai des Orfèvres. Vers le Châtelet montait la fumée noire d'un camion incendié. Une traction avant, marquée du V de la victoire et de la croix de Lorraine, tourna quai Saint-Michel dans un grand crissement de pneus, suivie par une ambulance et une voiture de pompiers. Du parvis de Notre-Dame, trois tanks s'apprêtaient à donner l'assaut à la Préfecture.

— Jamais ils ne tiendront, dit Franck, ils n'ont pratiquement pas de munitions et ce n'est pas quelques sacs de sable qui les protégeront contre les obus.

Un groupe d'adolescents passa en courant sur le quai portant unc vieille mitrailleuse que Franck identifia comme étant une Hotchkiss. L'un d'eux avait autour du cou une bande de cartouches. Il s'appelait Jeannot, il avait quinze ans et il ne savait pas qu'il allait mourir un peu plus tard, quai de Montebello, le cou déchiré par une balle explosive...

Une bouteille incendiaire lancée d'une des fenêtres de la Préfecture atterrit dans la tourelle ouverte d'un tank qui s'enflamma instantanément. Les hurlements de joie des assiégés traversèrent la Seine et se mêlèrent à ceux des habitants du quai Saint-Michel qui, appuyés à leurs fenêtres et inconscients du danger, ne perdaient pas une miette du spectacle. Un groupe de prisonniers allemands passa bras en l'air escortés par les F.F.I. Sur la place, un passant fut touché par une balle perdue. Un Allemand, couvert de sang, tirait en l'air en tournoyant sur lui-même. Une balle lui fit éclater la tête. Durant quelques secondes atrocement longues, il continua d'avancer avant de s'effondrer au milieu de la chaussée. Léa fut la seule à ne pas détourner les yeux.

Une explosion ébranla le quartier. Un camion d'essence venait de s'écraser contre le mur du Notre-Dame-Hôtel. Les flammes embrasèrent le store et montèrent à l'assaut de la façade. Des F.F.I. abandonnèrent leur poste pour tenter de déplacer le camion et protéger l'immeuble vétuste. Heureusement, très vite, on entendit la sirène des pompiers.

Profitant d'un moment d'accalmie, un des garçons décida d'aller faire un tour. Il revint au bout d'une heure en disant qu'une trêve venait d'être conclue pour ramasser les morts et les blessés. Cette heureuse nouvelle fut saluée, comme il convient, par l'ouverture d'une bouteille de champagne qui alla rejoindre ses sœurs dans la baignoire de l'une des salles de bains.

La soirée s'annonçait lourde et orageuse, les Parisiens avaient de nouveau repris possession du pavé de la capitale et flânaient dans les rues en s'arrêtant parfois devant une flaque de sang qui finissait de sécher, songeurs soudain et silencieux.

— Zut, nous n'avons pas prévenu les tantes, s'écria Laure en bondissant vers le téléphone.

Au-dessus du Pont-Neuf, le ciel devenait de plus en plus menaçant.

— Tante Albertine veut que nous rentrions immédiatement. Il paraît que Charles a une grosse fièvre...

— Elle n'a pas appelé le médecin ?

— Le vieux docteur Leroy ne répond pas et les autres refusent de se déplacer.

— Bon, j'y vais. Tu viens avec moi ?

— Non, je préfère rester ici. Si tu as besoin, appelle-moi. Franck tu donnes le numéro de téléphone à Léa ?

— Oui. Je la raccompagne. Je serai de retour dans moins d'une heure. Je t'emprunte ton vélo.

16

Léa passa toute la nuit au chevet de l'enfant qui délirait. Au matin, elle l'enveloppa dans une couverture, emprunta le landau déglingué de la concierge dans lequel on l'allongea et se dirigea vers l'hôpital le plus proche.

L'orage de la nuit n'avait pas encore nettoyé le ciel de ses nuages noirs. De la chaussée mouillée montait une odeur de poussière. Personne dans les rues, en ce dimanche matin humide, qu'un silence lourd rendait inquiétantes...

Rue de Sèvres, à l'hôpital Laennec, un interne de garde emporta l'enfant. Manifestement incapable de savoir de quoi il souffrait, il conseilla à Léa de le laisser jusqu'à l'arrivée du patron et de revenir plus tard. Devant son refus de quitter Charles, il les conduisit dans une chambre à deux lits après avoir fait absorber un médicament au petit malade.

C'est un bruit de voix qui la réveilla tard dans l'après-midi.

— Eh bien, jeune fille, vous avez un sommeil profond. Cet enfant n'est pas le vôtre ?

— Non.

— Où sont ses parents ?

— Qu'a-t-il, docteur ?

— Une forme de laryngite aiguë, compliquée d'un début de congestion pulmonaire.

— C'est grave ?
— Ça peut l'être. Il faudrait pouvoir le garder ici.
— Ce n'est pas possible ?
— Une bonne partie du personnel est absente. Vous ne m'avez pas répondu : où sont ses parents ?
— Sa mère a été tuée par les Allemands, son père est avec le général de Gaulle.
— Pauvre petit.
— Léa... Léa...
— Je suis là, mon chéri.
Charles s'agrippa à elle en gémissant. Le médecin les regarda d'un air soucieux.
— Vous allez le ramener chez vous et suivre exactement ce que je vais prescrire. Savez-vous faire les piqûres ?
— Non.
— Vous apprendrez.
— Mais...
— Ce n'est pas très compliqué.
La porte de la chambre s'ouvrit brusquement.
— Docteur, on nous amène des enfants blessés.
— Gravement ?
— Au ventre et aux jambes.
— J'arrive, mettez-les en salle d'opération. Vous voyez, mademoiselle, c'est ça que je redoutais : l'arrivée de blessés, alors que nous ne sommes pas assez nombreux pour soigner nos malades.
Le médecin finit de rédiger son ordonnance.
— Demandez à l'infirmière, à l'entrée, l'adresse de la pharmacie de garde et laissez-lui votre adresse. Demain matin, j'essaierai de passer ou j'enverrai un de mes confrères.
— Docteur... il ne va pas...
— Non. C'est un petit bonhomme costaud, il va très bien surmonter tout ça. Donnez-lui très régulièrement ses médicaments et surveillez sa température.

Durant les trois jours qui suivirent, Léa ne dormit que quelques heures, complètement coupée du monde extérieur, ne vivant qu'au rythme de la respiration de l'enfant. Des prières naïves venaient sur ses lèvres pâlies. Ses mains ne tremblaient plus en faisant les piqûres. À l'aube de 23 août, la fièvre tomba ; le petit garçon, amaigri, dit d'une voix faible :

— J'ai faim.

Couvert de baisers par Léa, il sourit d'un air las et heureux.

— Que se passe-t-il ? demanda Albertine en poussant la porte.

— C'est merveilleux ! Charles est guéri, il demande à manger.

— C'est en effet une bonne nouvelle. Heureusement que Laure nous a déniché un peu de lait et des biscuits. Je vais demander à Estelle de lui apporter un petit repas.

Il grignota un biscuit et but la moitié de son lait puis se rendormit d'un seul coup sous l'œil attendri des quatre femmes qui quittèrent la chambre en marchant sur la pointe des pieds.

— Y a-t-il de l'eau ? J'ai envie de prendre un bain, demanda Léa.

— Oui, mais froide comme d'habitude.

Froide ? Elle était vraiment très froide l'eau du bain. Mais eût-elle été encore plus froide que Léa s'y fût plongée avec délice pour se débarrasser de l'angoisse qui, comme la crasse, collait à sa peau depuis qu'elle avait senti la mort accrochée à Charles. Acharnée à le sauver, elle avait pressenti les moments critiques, ceux où le corps relâche ses défenses, et avait, telle une « mangeuse de mal », insufflé de sa force à l'aide de ses mains. Cette tension l'avait épuisée. Maintenant, elle sentait qu'il était sauvé.

L'angoisse et la fatigue se dissolvaient dans l'eau qui lui donnait la chair de poule. Avec vigueur, elle se frotta au gant de crin, couverte de la mousse d'une savonnette parfumée au muguet, cadeau de Laure. N'ayant pas de shampooing, elle se lava la tête avec le savon et se rinça les cheveux à l'eau vinaigrée pour leur redonner du brillant.

Sans indulgence, elle s'examina dans la grande psyché de bois doré, qui faisait paraître luxueuse la simple salle de bains carrelée de blanc.

— Je n'ai plus que la peau et les os, dit-elle à voix haute.

Sans doute avait-elle beaucoup maigri, mais l'image que lui renvoyait le miroir était loin de lui déplaire. Avec complaisance, elle caressa ses seins aux pointes durcies de froid, cambra ses reins et crut entendre la voix de François Tavernier murmurant avec admiration :

— Quel cul !

À cette évocation, elle rougit avec un frisson de plaisir. Émue, elle s'enveloppa dans un peignoir d'éponge et sécha vigoureusement ses cheveux. Dans l'entrée, le téléphone sonna.

— Léa, c'est Laure qui veut te parler, cria Albertine à travers la porte.

— J'arrive.

Ébouriffée, elle prit le récepteur.

— Allô, Léa ?... Tante Albertine me dit que Charles va mieux... C'est vrai ?...

— Oui..., il n'a plus de fièvre... Il a mangé un peu ce matin... Pourras-tu ravoir du lait ?

— Ça devient de plus en plus difficile avec la grève générale, les conducteurs de camions refusent de prendre le volant pour aller en province... Le ravitaillement n'est plus assuré sauf pour la viande, grâce aux F.F.I. qui se sont emparés de trois mille cinq cents tonnes entreposées par les Allemands dans les frigos de Bercy et de Vaugirard, ça je peux t'en trouver mais il me faut des tickets, le marché noir est très surveillé en ce moment...

— Je passerai te les apporter.

— Fais très attention, la situation n'est plus la même depuis samedi. On s'est beaucoup battu hier et avant-hier au quartier Latin. Il y a des barricades un peu partout, des miliciens et des Allemands embusqués sur les toits qui tirent sur les passants, il y a des centaines de morts chaque jour qui s'entassent à la morgue. Avec la chaleur, tu peux imaginer l'odeur qui règne à Notre-Dame-des-

Victoires où sont célébrées les messes. C'est là que sont entreposés les cercueils en attendant d'être transportés au cimetière de Pantin où ils sont enterrés dans le carré des insurgés... Les gens de la Croix-Rouge sont formidables. Non seulement, ils secourent les blessés mais ils ont remplacé les employés des pompes funèbres en grève... Avez-vous des nouvelles de Françoise ?

— Non... je ne crois pas...

— Je suis inquiète pour elle. Hier, place Saint-Michel, la foule a lynché un collabo, c'était horrible à voir... Les femmes étaient les plus acharnées... Elles tapaient dessus avec n'importe quoi en poussant des cris hystériques... On m'a dit qu'on lui avait crevé les yeux avec un barreau de chaise cassé... C'était affreux... Si tu avais entendu ces cris !... Ce qui était le plus insupportable, c'était les badauds, ceux qui regardaient en riant, ou qui repoussaient les F.F.I. qui tentaient de s'interposer. Quand ils en ont eu assez de cogner, ils ont disparu avec du sang sur leurs vêtements et sur leurs doigts, laissant sur le trottoir une bouillie innommable... Allô !... Tu es toujours là ?...

— Oui... Pourquoi me parles-tu de ça ?... Quel rapport avec Françoise...

Ce fut au tour de Laure de se taire, tandis que Léa criait :

— Allô !... Allô !... Tu m'entends ?...

— Oui, je t'entends...

— Alors ?...

— Ils arrêtent également les femmes qui ont couché avec des Allemands.

— Que leur font-ils ?...

— Il paraît qu'ils les tondent...

— Ils les tondent !...

— Oui, ça s'est passé dans certaines mairies... Ils accrochent les cheveux aux grilles et peignent des croix gammées sur le crâne de ces femmes, le plus souvent des prostituées ou des poules dénoncées par leurs voisins.

— Mais Françoise n'est rien de tout ça !...

— Je le sais bien, mais si tu crois qu'ils vont se poser

tant de questions ! Ce que j'espère, c'est qu'elle a suivi mes conseils et qu'elle est partie pour l'Allemagne avec le petit Pierre.

— As-tu téléphoné chez elle ?

— Bien sûr, mais ça ne répond pas. La dernière fois que je l'ai eue c'était lundi matin, elle venait de recevoir la visite d'un officier allemand venu la chercher pour l'emmener dans un hôtel réquisitionné. Ils y mettent toutes les femmes qui sont dans son cas. Elle a refusé de le suivre.

— Quel était le nom de cet hôtel ?

— Je ne sais pas, je ne l'ai pas retenu.

— Il faut téléphoner dans tous les hôtels.

— Tu sais combien il y en a dans Paris ?...

— Non, mais cela ne fait rien. On va d'abord appeler tous ceux qui sont dans le guide Michelin. Il y en a un chez Franck ?

— Oui... je crois.

— En m'attendant, commence par les derniers, je vais demander aux tantes de faire les premiers et de nous appeler si elles ont quelque chose. À tout de suite.

— Fais attention...

Léa avait déjà raccroché.

Les demoiselles de Montpleynet furent dans tous leurs états quand elle leur expliqua la situation, mais, très vite, Albertine se ressaisit et commença d'appeler :

— Allô, le Crillon ?...

— Voyons, tante Albertine, ça m'étonnerait qu'elle soit au Crillon, au Majestic, au Meurice, au Continental ou au Lutétia qui sont occupés par les services allemands !

La rue de l'Université était totalement déserte. Devant la faculté de médecine de la rue des Saints-Pères, la carcasse noircie d'un camion s'étalait, bariolée de croix de Lorraine. Rue Jacob, c'était le même calme. Elle allait prendre la rue de Seine pour rejoindre les quais par la rue Guénégaud quand elle se souvint de l'arrestation de Sarah Mulstein... Elle n'était pas passée par là depuis cette sinistre nuit. Elle continua vers la rue de Buci ; là, devant la boulangerie, une longue file de ménagères piétinait depuis l'aube. Léa se fit la réflexion que malgré la fatigue, le ravitaillement précaire, une sorte de bonne humeur joyeuse, inconnue depuis quatre ans, circulait parmi ces gens, comme si l'air de Paris était plus léger. Rue Dauphine, un jeune homme en maillot de corps, fusil en bandoulière, portant un paquet de journaux sous son bras, pédalait en criant :

— Demandez *L'Humanité* !... mademoiselle, vous voulez le journal ? demanda-t-il en s'arrêtant à sa hauteur.

— Les journaux reparaissent ?

— Depuis lundi, tenez... C'est deux francs... Merci... N'allez pas vers le Pont-Neuf, les Allemands tirent sur la barricade. Tout à l'heure, des salauds dans une voiture marquée F.F.I. ont tiré sur des patriotes, deux ont été tués. Les Boches se sont enfuis par la rue Christine. Au revoir !

Léa s'appuya contre une porte cochère et lut :

« *Tout Paris aux barricades !... Le commandant des F.F.I. pour le Grand Paris appelle au soulèvement général des Parisiens... Il faut que tous, hommes, femmes, enfants travaillent à la fortification des rues, immeubles, édifices publics, que toute la population participe avec courage et abnégation au soutien des glorieuses Forces françaises de l'intérieur. Partout formez vos groupes de MILICES PATRIOTIQUES ! L'attaque est la meilleure défense. Harcelez l'ennemi !... PAS UN BOCHE NE DOIT SORTIR VIVANT DE PARIS INSURGÉ !... La bataille se développe sur tous les fronts de guerre... La bataille fait rage toute la journée dans les 1er, 4e, 5e, 6e arrondissements, partout l'avantage reste aux patriotes... Guerre de tout le peuple contre le Boche exécré... Les femmes communistes combattent pour la libération de Paris... Comment une jeune fille fut torturée par la Milice... Adhérez au parti des fusillés !...* »

Place Saint-André-des-Arts, il y a du monde, beaucoup de monde qui s'agite, crie : des hommes plus très jeunes, des femmes, beaucoup de femmes, jeunes et vieilles, avec sur le visage la même expression de haine, la même bouche tordue de colère, crachant des injures... Des bras nus se lèvent avec des doigts devenus des griffes !... Salaud !... Collabo !... Pourri !... Vendu !... Traître !... Assassin !... Un grand type blond se débat au milieu de ces furies. Des ongles peints lui déchirent la joue... Il crie :

— Je suis alsacien !

— Alsacien, mon cul ! répond une voix à l'accent parisien.

Cela fait rire la populace.

De la fenêtre occupée par les F.F.I., un homme en costume vaguement militaire essaie de se faire entendre. Une jeune fille lui fait un pied de nez. Une blonde décolorée au crâne barré d'une large raie noire vocifère :

— C'est un Boche !... Je le connais ! J'en suis sûre... Tuez-le !...

Elle lui saisit les cheveux tandis qu'une autre lui crache au visage et qu'une autre essaie de dégrafer son pantalon en rigolant :

— On va voir s'il a des couilles, l'ordure !

La foule est secouée d'un gros rire et scande :

— À poil le Boche ! À poil le Boche !

Il répète, hébété, tentant de repousser ces serres qui s'agrippent à lui :

— Je suis alsacien !...

Le sang coule maintenant de son nez et de ses joues. Un de ses yeux est fermé... Il tombe une première fois... Les coups de pied pleuvent. Un l'atteint au nez... Il se relève... Un jeune garçon portant un brassard de F.F.I. tente de s'interposer. Trois hommes le saisissent par les bras, le soulèvent et le déposent gentiment près de Léa qui ne peut détacher ses yeux du massacre... Elle ne s'en rend pas compte, mais depuis un moment, elle se balance d'avant en arrière comme le font souvent les aveugles. Dans sa tête, ses pensées se heurtent et éclatent en fragments désordonnés... Du trou sanglant qui fut une bouche sort un gargouillis de mots :

— Che... che chuis... alchachien...

Une nausée détourne Léa du spectacle. Le garçon au brassard F.F.I. est toujours là. Il est très jeune. Sur son visage pâle, des larmes coulent, laissant une traînée claire. Leurs regards se croisent...

— Léa !

— Pierrot !

Ils se précipitent dans les bras l'un de l'autre, tremblants de dégoût et d'effroi. Léa se dégage la première.

— Ils vont le tuer !...

— On ne peut rien faire, ils sont trop nombreux.

— Tu es F.F.I., va chercher tes camarades !

— Ils ne voudront pas venir ; hier, l'un d'eux a failli être lynché à la place d'un collabo dont il avait pris la défense.

— C'est horrible.

— Viens, ne regarde pas... Allez, viens... On va aller au P.C. du colonel Lizé, rue Guénégaud...

— Je ne veux pas aller rue Guénégaud, hurla Léa.

Tant de véhémence surprit Pierrot Delmas.

— Je dois y aller, je sers d'agent de liaison entre Lizé et Rol.

— Qui est Rol ?

Il la regarda avec un étonnement réprobateur.

— Tu n'as pas entendu parler du colonel Rol ?... C'est le chef de l'insurrection, le chef des Forces françaises de l'intérieur.

— Et Lizé ?

— Le colonel Lizé, c'est un autre chef. Je n'ai pas très bien compris, ce sont des histoires politiques. Tout ce que je sais c'est que Rol est communiste.

— C'est ton père qui serait content de te voir avec eux, dit-elle avec un rire triste.

— Ne me parle pas de mon père, c'est un collabo. Pour moi, il est mort.

Tout en parlant, il avait entraîné sa cousine vers la rue Gît-le-Cœur. Il s'arrêta devant la vitrine sale d'une petite épicerie, monta trois marches et frappa.

— C'est fermé, grogna une voix à l'intérieur.

— Ouvrez... C'est Pierrot de Bordeaux.

La porte s'entrouvrit.

— C'est toi ?... Entre, petit... Qui c'est, celle-là ?

— C'est ma cousine Léa.

L'épicerie était également un restaurant aux murs recouverts de chromos, d'images d'Épinal, de gravures, de portraits plus ou moins réussis de Napoléon, uniformément recouverts d'une patine brune. La pièce était séparée par un court comptoir en bois qui servait à la fois de bar et de table d'exposition pour d'éventuelles marchandises aujourd'hui représentées par des boîtes de conserve factices. Derrière, se tenait la salle à manger aux tables recouvertes de nappes à carreaux blancs et rouges avec en face une énorme et antique cuisinière noire aux cuivres étincelants qui, pour l'heure, supportait un réchaud à alcool sur lequel mijotait quelque chose dont les effluves rappelaient vaguement ceux du civet de lapin. Cette odeur faillit être fatale à Léa.

— Attention à ta cousine, elle va tourner de l'œil, s'écria la femme qui leur avait ouvert.

Pierrot l'aida à s'asseoir et à boire le petit verre d'eau-de-vie donné par la patronne. Un peu de couleur revint sur ses joues et les objets reprirent leur place.

— Ça va mieux ?... Tiens, bois encore.

— Non, merci.

Elle regarda autour d'elle. Cet endroit semblait n'avoir pas bougé depuis le début du siècle. On devait bien y manger avant la guerre, cela se voyait à la cuisinière entretenue avec amour. Elle en fut rassurée. Là où on faisait de la bonne cuisine, on ne pouvait pas être entièrement mauvais.

— Vous devez avoir faim, bougonna la femme en se dirigeant vers son fourneau.

— Oh oui ! s'exclama Pierrot dont le dernier vrai repas remontait à plusieurs jours.

— Non merci, madame. Je prendrai seulement un verre d'eau.

— Tu as tort, la cuisine de madame Laetitia est bonne, malgré les restrictions.

Il s'attabla devant une assiette creuse vite remplie d'une sorte de ragoût noirâtre d'où montait une épaisse vapeur.

— Je ne comprends pas comment tu peux avoir le cœur à manger, dit Léa d'un ton agacé.

Sous la saleté qui barbouillait son visage, Pierrot rougit violemment. Il laissa retomber la bouchée qu'il portait à sa bouche et la regarda d'un air si malheureux qu'elle s'en voulut de sa réflexion.

— Excuse-moi... Mange... Raconte-moi comment tu es arrivé là.

La bouche pleine, il raconta :

— Quand j'ai appris que mon père voulait me mettre chez les jésuites avec ordre de m'interdire toute sortie, j'ai décidé de rejoindre le maquis. Je te passe les détails de mes voyages, caché dans des wagons de marchandises, mes nuits dans les fossés pour échapper aux gendarmes, mes chapardages dans les champs. À la gare de Limoges, j'ai été poursuivi par des miliciens. Grâce à des cheminots, j'ai pu leur échapper. Durant plusieurs jours, ils m'ont caché dans un vieux wagon remisé sur une voie de garage. Il y avait tellement d'Allemands et de miliciens qui contrôlaient chaque voyageur, chaque employé, qu'ils ne pouvaient pas me faire sortir. Enfin un jour, ils m'ont caché dans le wagon à bestiaux d'un train de marchandises qui allait à Eymoutiers...

— Eymoutiers... C'est dans le Limousin ?

— Oui, pourquoi ? Tu connais ?

— Non, mais j'avais une amie juive qui s'était réfugiée là-bas durant quelque temps. Continue.

— À Eymoutiers, d'autres cheminots m'ont pris en main et m'ont conduit à leur chef, le colonel Guingouin, dit Le Grand, dit Raoul. Quel homme ! C'est la terreur des Allemands de la région. Il dirigeait tout de son P.C. de la forêt de Châteauneuf. Malheureusement, l'arrivée de l'hiver nous a obligés à abandonner le camp des Trois-Chevaux. Il était temps car, quelques jours plus tard, c'est trois mille hommes qui ont débarqué dans la forêt. Les soldats allemands appelaient le coin la Petite Russie, tellement ils avaient peur des embuscades. Ils avaient eu beaucoup de tués. Durant ces six derniers mois, j'ai servi d'agent de liaison entre les différents cantonnements. Maintenant, je connais chaque village, chaque bois. Grâce à l'organisation de Guingouin, nous étions correctement vêtus et nourris. L'ensemble de la population était avec nous. J'aurais voulu l'accompagner lors des sabotages, de l'attaque des convois, mais il disait que j'étais trop jeune. Au début du mois, il m'a envoyé ici avec un message pour le colonel Rol. La grève, puis l'insurrection m'ont empêché de repartir. Voilà.

Léa regarda son cousin avec admiration. Comme il avait grandi, le gamin qui la regardait avec des yeux éblouis !

— Et toi, depuis quand es-tu à Paris ?

— Depuis le début du mois aussi.

— Comment vont les gens à Montillac ? Camille a-t-elle des nouvelles de Laurent ? Et tante Bernadette ? Ruth ? Mathias ?... Qu'as-tu ?

Tête baissée, Léa se frottait machinalement le front.

— Qu'as-tu ? répéta Pierrot d'un ton anxieux.

— Camille et tante Bernadette sont mortes... Il n'y a plus de Montillac...

— Que racontes-tu ?...

— Les Allemands et les miliciens les ont tuées, puis ils ont brûlé la maison...

Ils restèrent longtemps silencieux. Un groupe bruyant entrant dans l'épicerie-restaurant les arracha à leurs pensées macabres.

— Ah ! tu es là, Pierrot !... On te cherchait partout. On a eu peur qu'ils te mettent dans le même état que le collabo qui se disait alsacien.

— Il l'était peut-être !

Le garçon, à peine plus âgé que Pierrot, se tourna vers Léa, surpris par la violence du ton.

— C'est possible, mais la population a tellement souffert qu'il est normal qu'elle se venge.

— Normal !... Vous trouvez ça normal, cette boucherie ?

— Et les Boches, ils ne se comportent pas comme des bouchers ? Vous savez combien ils en ont assassiné de nos camarades à la cascade du bois de Boulogne, la semaine dernière ?... Non ?... Trente-cinq qui avaient votre âge... Magisson, dix-neuf ans... Verdeaux, dix-neuf ans... Smet, vingt ans... Schlosser, vingt-deux ans... Dudraisil, vingt et un ans qu'on appelait Philo... les frères Bernard, vingt et vingt-quatre ans... Je continue ?...

— Je sais aussi bien que vous de quoi ils sont capables, je les ai vus à l'œuvre... Mais ce n'est pas une raison pour être pire qu'eux !

Blêmes tous les deux, ils s'affrontaient du regard. Pierrot s'interposa.

— Laisse-la tranquille. Elle a raison.

— C'est possible, mais ce n'est pas le moment de le dire.

— Vous verrez que ce ne sera jamais le moment.

— Léa, tais-toi. Viens-tu avec moi au P.C. de Lizé ?

— Non, je dois rejoindre Laure. Nous sommes chez mes tantes de Montpleynet, téléphone-nous... J'ai envie de te revoir et de parler avec toi.

— Dès que j'ai un moment, je t'appelle ou je passe. Embrasse Laure pour moi.

Ils se séparèrent devant la boutique.

Il fallut presque une heure à Léa pour traverser la place Saint-Michel. Des tireurs embusqués sur les toits tiraient sur ceux qui s'y risquaient. Deux personnes avaient été abattues.

Un cyclone semblait avoir dévasté le vaste appartement qu'occupaient maintenant une quinzaine de F.F.I. De la petite bande, il ne restait que Laure, la jolie Muriel et Franck qui l'accueillirent avec joie.

— As-tu réussi à trouver Françoise ?

— Pas encore, nous avons téléphoné dans une vingtaine d'hôtels, sans succès.

— Il faut continuer. J'ai rencontré Pierrot dans la rue.

— Pierrot ?

— Oui, notre petit-cousin.

— Le fils d'oncle Luc ?

— Oui.

— C'est merveilleux ! Que fait-il ici ?

— Il a un brassard et un gros revolver.

Dans la cuisine, deux jeunes gens préparaient des bouteilles incendiaires selon la recette de Frédéric Joliot-Curie diffusée par le colonel Rol : une simple bouteille suffit, on la remplit aux trois quarts d'essence et d'un quart d'acide sulfurique, on la bouche et l'on colle dessus une étiquette enduite de chlorate de potasse. Quand elle se brise, le chlorate de potasse en contact avec le mélange s'enflamme brutalement. C'est une arme redoutable contre les chars.

Une formidable explosion les précipita tous aux fenêtres. Les défenseurs de la rue de la Huchette escaladèrent leur barricade pour voir ce qui se passait. La boulangère cria :

— Les Boches font sauter Paris !

Comme une traînée de poudre, le bruit se répandit dans le quartier, provoquant un début de panique. Là-bas, du côté des Champs-Élysées, montait une épaisse colonne de fumée. Tous se recroquevillaient, attendant de nouvelles explosions. Mais à part quelques coups de feu isolés du côté du Luxembourg, tout resta calme.

Peu à peu, les combattants et les curieux retournèrent à leurs habitudes de ces derniers jours, saluant au passage une troupe d'une quinzaine de prisonniers allemands aux vêtements en désordre, mains croisées sur la tête, conduits par trois F.F.I. armés de fusils qui allaient rejoindre leurs camarades dans la cour de la Préfecture de police. Soudain, un side-car débouchant à toute vitesse du quai des Grands-Augustins fonça sur eux. D'une rafale, le passager abattit l'un des F.F.I. Une clameur monta de derrière la barricade. Un jeune garçon l'escalada et lança en direction des deux Allemands une bouteille incendiaire. Il ne vit pas le résultat de son geste héroïque, une rafale le coucha mort sur l'amoncellement hétéroclite. Une grande flamme jaillit devant le véhicule que le conducteur ne put éviter. En un instant, les deux hommes s'embrasèrent et l'on put voir cette course hallucinante de deux êtres de feu chevauchant des flammes multicolores avant de s'écraser contre le parapet près de la boîte d'un bouquiniste. Pendant quelques instants, tout s'immobilisa hormis le brasier d'où sortait (accusatrice ?) une main tendue vers le ciel.

Agrippée à l'appui de la fenêtre, Léa revivait le supplice de sa tante avec le même sentiment d'atroce impuissance. L'Allemand et la vieille femme avaient eu, en mourant, le même geste d'appel. La mort par le feu tendait-elle les corps vers Dieu ?...

Puis, tout alla très vite : de derrière la barricade de la place Saint-André-des-Arts et des petites rues avoisinantes surgit une foule hurlante qui se précipita vers les prisonniers. Ils avaient assisté, pétrifiés, à la mort de leurs compatriotes. Les deux F.F.I. survivants tentèrent de s'interposer, ils furent balayés par la marée humaine. L'un d'eux partit en courant chercher de l'aide à la Préfecture. Quand il revint avec une dizaine d'agents de police, trois Allemands avaient été tués. L'un d'eux avait eu les yeux arrachés, un autre n'avait plus de nez et l'autre plus de visage. Leurs camarades blessés plus ou moins gravement étaient recroquevillés sur eux-mêmes ; ces hommes courageux, dont beaucoup avaient combattu sur le front russe, pleuraient comme des enfants. L'arrivée des policiers, dont certains en uniforme, fit tomber la fureur populaire. Et ces gens, de braves gens sans doute, s'en retournèrent en titubant sous l'ivresse du carnage que pour la plupart ils éliminèrent de leur mémoire. Les spectateurs, eux, qui avaient assisté impuissants au massacre, ne devaient jamais l'oublier.

Dans le grand appartement régnait un silence atterré. Les jeunes gens n'osaient pas se regarder : les résistants assis sur le plancher, leur fusil entre les jambes, avaient les yeux baissés. Franck et ses amis, debout, contemplaient le mur devant eux. L'arrivée d'un « lieutenant » dissipa un peu du malaise.

— Les Boches ont mis le feu au Grand Palais !

— C'était donc ça l'explosion et la fumée !

— Mais il y avait un cirque là-dedans !

— Oui, le cirque Houcke. Je ne sais pas si les sauveteurs ont réussi à faire sortir les fauves. Les chevaux se sont échappés. L'un d'eux a été abattu au Rond-Point des Champs-Élysées et, vous ne me croirez pas, mais j'ai vu des hommes et des femmes se précipiter avec des couteaux pour le dépecer sans se soucier des balles qui sifflaient partout. Certains avaient même des assiettes à la main ! Quand je suis parti, il n'en restait pas grand-chose.

— Tu aurais dû nous en apporter un morceau.

— Ça ne va pas ! Ils m'auraient fichu un coup de couteau ces cons-là !

Ces paroles dites avec l'accent parisien les firent éclater de rire.

— T'imagines les gus avec une serviette bien blanche autour du cou, assis autour du Rond-Point mangeant de la viande crue en levant le petit doigt pendant que des lions, tenus en laisse par des fritz, les regardent avec des yeux affamés !

Après la tension de tout à l'heure, rire leur faisait du bien ; ils retrouvaient les plaisanteries de leur âge.

En bas, sur la place et sur le quai, on ramassait les cadavres allemands et français et on emmenait les blessés à l'Hôtel-Dieu.

Le reste de l'après-midi se passa en appels téléphoniques aux hôtels parisiens. Sans résultat : « Non, il n'y avait pas de Mme Delmas avec un enfant, ni de dames logées ici par ces messieurs. » Les deux sœurs étaient sur le point de se décourager.

— Essaie encore celui-là : hôtel Régina, Opéra 74-02, dit Léa.

Laure obéit.

— Allô, hôtel Régina...

— Après on appelle tante Albertine pour savoir si elle a trouvé quelque chose.

— ... Allô... Oui... C'est ça... Passez-la-moi... Comment ce n'est pas possible ?... Vous avez des ordres...

Léa lui arracha l'appareil des mains.

— Passez-moi Mme Delmas... Je me moque de vos ordres, passez-la-moi... Allô... Allô... Qui est à l'appareil ?... Le lieutenant quoi ?... Lieutenant, passez-moi Mme Delmas... Je suis sa sœur... Elle va me rappeler... sans faute ?... Nous sommes très inquiets... Merci.

— Dieu merci nous l'avons trouvée !

— Oui, mais nous n'avons pas pu lui parler. J'espère que cet Allemand ne m'a pas menti et qu'il lui transmettra notre message. Je rentre à la maison. Tu viens avec moi ?

— Non, je préfère rester ici. Tiens-moi au courant.

Escortée par un F.F.I., Léa se retrouva de l'autre côté de la place Saint-Michel. Le garçon la quitta devant la librairie Clavreuil.

Après les cris, les fusillades du quartier Latin, la rue Jacob et la rue de l'Université étaient un îlot de calme. Charles qui avait passé une partie de la journée à dormir l'accueillit avec des démonstrations d'affection auxquelles elle répondit avec une tendresse lasse.

De chez Franck, elle avait rapporté un demi-litre de lait, quelques morceaux de sucre, du pain et de la viande dont Estelle s'empara comme d'un trésor. L'attente devant le téléphone commença.

Vers dix heures du soir, quand enfin il sonna, Léa et ses tantes avaient eu la joie d'apprendre par la radio de Londres la libération de Paris !... Au même moment une rafale de mitraillette avait brisé le silence de ce quartier tranquille. Albertine de Montpleynet avait passé sa longue main sur son front et dit d'un ton inimitable :

— Ils ont l'air bien mal informés, ces messieurs de Londres.

— Mais, s'ils le disent ce doit être vrai, avait fait la naïve Lisa qui croyait dur comme fer aux voix qui sortaient de la T.S.F., celles de Jean Hérold-Paquis, de Philippe Henriot comme celles de Maurice Schumann ou de Jean Oberlé.

La sonnerie du téléphone avait empêché Léa de se montrer discourtoise envers cette brave personne.

— Allô... C'est toi, Françoise ?... Tout va bien ?... Pourquoi n'es-tu pas venue ici ?... Allô, allô, ne coupez pas... Tu m'entends ?... Tu rappelleras demain ?... Je t'embrasse aussi... À demain, bonne nuit...

Léa reposa l'écouteur avec un sentiment d'inquiétude. Françoise ne devait pas rester là-bas. À tout moment, l'hôtel Régina risquait d'être attaqué. Dès demain, elle irait chercher sa sœur.

Malgré son angoisse, elle dormit d'un sommeil profond.

17

Quand Léa se réveilla, il faisait gris sur Paris.

Dans le petit lit près du sien, Charles dormait, son joli visage amaigri apaisé. « Comme il ressemble à Camille », pensa-t-elle en passant la main sur les fins cheveux blonds. Elle enfila un peignoir de coton bleu et alla dans la cuisine. Par chance, il y avait du gaz. Elle fit chauffer un peu de lait, tout en buvant un demi-bol du « café » d'Estelle encore chaud. Venant de la chambre de Lisa on entendait le grésillement de la T.S.F. La frimousse ensommeillée de Charles apparut dans l'embrasure de la porte.

— Veux-tu aller te coucher ! Tu es encore malade, tu vas avoir froid.

— Non, je suis guéri. J'ai faim.

— Assieds-toi, je vais te donner du lait et des petits gâteaux.

— Après, on ira se promener ?

— Non, mon chéri, c'est trop tôt et dehors c'est la guerre.

— Je veux aller dehors pour tuer les vilains Boches qui ont fait du mal à maman.

Léa soupira en regardant le petit garçon déterminé qui parlait de tuer en buvant tranquillement son lait.

— Ce sont les grandes personnes qui font la guerre.

— Alors pourquoi on tire sur les enfants ?

Cette réflexion d'un gamin de quatre ans la laissa sans réponse.

— Dis, mon papa, il fait la guerre ?

— Oui, avec le général de Gaulle.

— Quand va-t-il revenir ?

— Très vite.

— C'est long !

Il avait raison, c'était long. Quatre ans que cela durait ! Quatre ans à faire semblant de vivre pour ne pas complètement désespérer. Que de morts ! Que de souffrances au cours de ces quatre années !

— Papa, il va être triste quand il saura que maman est morte.

Ainsi, il savait !... Depuis deux mois, il avait fait semblant de croire ses explications embrouillées !

— Oui... il sera très triste, mais nous serons là pour le consoler. Il faudra que tu l'aimes beaucoup.

— Mais toi aussi tu seras là, tu l'aimeras. Dis ?... Tu l'aimeras, mon papa ?

Elle crut entendre la voix de Camille : « Promets-moi de t'occuper de Charles s'il m'arrivait quelque chose... et de Laurent... » Laurent qu'elle aimait tendrement comme un frère, comme un ami très cher, mais plus comme un amant. Encore maintenant, elle s'étonnait de la disparition de cet amour qu'elle avait cru immortel ! L'amour mourait-il toujours avant l'être aimé ? C'était Raphaël Mahl qui le disait en se référant à Chateaubriand, récusant la petite note d'espoir de l'amoureux de Juliette Récamier : « Il arrive quelquefois que dans une âme assez forte un amour dure assez pour se transformer en amitié passionnée, pour devenir un devoir, pour prendre les qualités de la vertu ; alors il perd sa défaillance de nature et vit de ses principes immortels. »

Et s'il avait raison ?

— Dis ? tu l'aimeras, mon papa ?

Il pleuvait. Léa noua sur ses cheveux un vieux foulard de chez Hermès et se dirigea vers le pont Royal.

En vain, elle avait appelé l'hôtel Régina, celui-ci ne répondait pas. Elle décida d'y aller sans en parler à ses tantes.

Les rues étaient désertes et silencieuses avec, par intermittence, le bruit de la fusillade. Sur le pont, de jeunes sentinelles allemandes la laissèrent passer. Le jardin des Tuileries n'était plus qu'un vaste terrain vague boueux, creusé d'ornières où gisaient de grands arbres. Au loin, l'obélisque et l'Arc de Triomphe formaient une croix dressée dans le ciel sombre. Elle ne put forcer le barrage de la rue de Rivoli. Un sous-officier accepta cependant d'aller se renseigner à l'hôtel Régina dont la façade dominait la statue de Jeanne d'Arc. L'homme revint : toutes les femmes avaient quitté l'hôtel ce matin de bonne heure, on ne savait pas où elles étaient. Léa remercia et repartit, désemparée.

Quai Voltaire, quai de Conti, elle croisa des véhicules de la Croix-Rouge et deux voitures bourrées de F.F.I. chantant *Le Chant des partisans*. Près de la rue Guénégaud, deux jeunes gens portant un brassard tricolore l'interceptèrent brutalement en attrapant le guidon de son vélo.

— Où vas-tu ?

Le tutoiement agaça Léa.

— Cela ne vous regarde pas !

Une gifle rejeta sa tête en arrière.

— On répond poliment, quand on te parle. Crois-moi, de plus fortiches que toi ne font plus les marioles après être passées chez le coiffeur du coin.

— Lâchez-moi.

— Attention, mignonne, on va se fâcher. Ici on ne passe pas sans montrer patte blanche, fit celui qui n'avait rien dit, il y a des chefs importants dans le coin alors on se méfie des espions. Réponds-nous gentiment : où vas-tu ?

Léa comprit qu'il ne lui servirait à rien de faire la forte tête.

— Je vais rejoindre des amis qui sont place Saint-Michel.

— À la barricade de la rue de la Huchette ?

— Oui, dans l'appartement au-dessus.

— Léa, qu'est-ce que tu fais là ?

— Pierrot, tu peux leur dire de me laisser passer ?

— Laissez-la, je la connais, c'est ma cousine.

— D'accord ! Nous, on ne fait qu'exécuter les ordres.

— Viens que je te présente à un copain qui surveille la barricade.

Pour une barricade, c'était une belle barricade ! Tous les lits-cages du quartier avaient dû être réquisitionnés et les caves vidées de leurs vieilleries : radiateurs, vélos tordus, voitures d'enfants, tonneaux, cageots, cages d'oiseaux consolidés par des sacs de sable. Il y avait même une antique baignoire de cuivre. La pièce principale de la barricade était un camion qui avait perdu ses portières et ses roues. Cet amoncellement était encore renforcé par des voitures de quatre-saisons et des diables qui servaient de point d'appui aux tireurs. Ils passèrent par un étroit chemin ménagé le long du parapet. Des coups de feu partirent, tirés d'un des immeubles de l'île de la Cité.

— Attention ! planquez-vous !

Léa et Pierrot trouvèrent refuge dans un des retraits arrondis du pont où deux hommes se tenaient accroupis. Léa reconnut le jeune homme myope du café de *Flore* et lui sourit. Lui aussi l'avait reconnue et lui rendit son sourire.

— Ils tirent des toits du City Hôtel, dit-il en pointant son doigt.

— C'est comme ça depuis ce matin, dit Pierrot. Mais on pense que le type est tout seul. Il s'agit sans doute d'un milicien. Tiens, regarde, il y a des camarades sur les toits.

En effet, des silhouettes de F.F.I. armés se découpaient sur le ciel toujours sombre.

— C'est vous qui habitez place Dauphine ? demanda le chef de la barricade au compagnon du jeune homme à lunettes.

— Oui.

— Quel est votre nom ?

— Henri Berri.

— Et vous ?

— Claude Mauriac.

« C'est peut-être le fils de notre voisin de Montillac », pensa Léa. Elle n'eut pas le temps de le lui demander, le chef leur fit signe qu'ils pouvaient passer, en criant en direction des F.F.I. :

— Ne tirez pas !...

Les deux hommes partirent en courant vers la place Dauphine tandis que les deux cousins repassaient derrière la barricade. Pierrot n'avait pas lâché la bicyclette.

— Tu ne devrais pas circuler comme ça, une balle perdue est vite attrapée. Tiens, qu'est-ce que j'te disais !

Quai des Grands-Augustins une femme venait de tomber. Blessée, elle se traînait derrière un arbre pour se mettre à l'abri. De la rue des Grands-Augustins, surgirent deux jeunes gens en blouse blanche portant une civière et une jeune fille en blanc brandissant le drapeau de la Croix-Rouge. Sans se soucier des balles, ils ramassèrent la blessée et repartirent en courant vers l'infirmerie de fortune installée par le docteur Debré.

— Prenons les petites rues, c'est moins dangereux.

Rue de Savoie, tout était tranquille. Devant un vieil hôtel du XVIIIe, des F.F.I. montaient la garde.

— C'est le P.C. d'un des chefs de la Résistance, dit Pierrot de l'air important de ceux qui savent.

— Il faut que tu m'aides à retrouver Françoise.

— Cette putain !

Stupéfaite par l'insulte, Léa s'arrêta.

— Tu te rends compte de ce que tu demandes ? poursuivit Pierrot. Aider à sauver une collaboratrice, traître à son pays...

— Ça suffit ! Françoise n'est pas une collaboratrice ni une putain, c'est une pauvre fille qui a eu la malencontreuse idée de tomber amoureuse d'un Allemand alors que nos deux pays étaient en guerre. Ça ne mérite pas d'être fusillée.

— Fusillée peut-être pas, mais tondue et emprisonnée, oui.

— Tondue ! Tu es malade ! Je préférerais être morte que tondue.

— Ça repousse, les cheveux, ricana-t-il.

Il évita avec souplesse la gifle de Léa.

Des rires, des applaudissements, des cris venaient de la rue Saint-André-des-Arts. La foule poussait devant elle un homme d'une cinquantaine d'années au front dégarni, à qui on avait retiré son pantalon. Il était pitoyable et grotesque avec ses chaussettes, dont l'une était trouée, retenues par des fixe-chaussettes, son pantalon et ses chaussures à la main. Derrière lui, une grosse fille en robe à fleurs, au crâne rasé orné d'une croix gammée peinte en blanc, pleurait. Une forte bouffée de honte envahit Léa. Pierrot baissait la tête. Ils restèrent un long moment immobiles. Le jeune garçon la prit par les épaules.

— Viens, nous allons la chercher. On va aller au P.C. du colonel Rol.

Ils n'allèrent jamais au P.C. souterrain de Denfert-Rochereau.

Près des barricades du carrefour du boulevard Saint-Michel et du boulevard Saint-Germain, surnommé « le carrefour de la mort », une grenade lancée d'un toit explosa devant eux. Léa, qui marchait un peu en arrière, sentit une sorte de griffure à la tête. Comme dans un film projeté au ralenti, elle vit Pierrot s'envoler et retomber gracieusement ; des êtres vêtus de blanc tournoyaient autour d'eux ; le ciel gris bascula et les arbres du boulevard dégringolèrent sur elle.

— Voilà, ce ne sera rien. Vous pouvez rentrer chez vous.

Léa se redressa, un peu étourdie. Le jeune médecin l'aida à descendre de la table de soins. Il avait les traits tirés et paraissait épuisé.

— Au suivant.

Un homme blessé au ventre fut allongé sur la table.

— Où est mon cousin ?

— Je ne sais pas, dit le médecin, demandez à l'entrée.

Jusqu'au soir, dans sa robe tachée de sang avec son gros

pansement sur la tête, Léa erra dans les couloirs de l'Hôtel-Dieu à la recherche de Pierrot. Personne ne put lui dire ce qu'il était devenu. Les infirmiers qui l'avaient amené étaient introuvables.

— Revenez demain, lui dit-on partout.

La mort dans l'âme, elle se résigna à quitter l'Hôtel-Dieu. Apitoyé par son désarroi, un policier portant le brassard des F.F.I la guida à travers les chicanes du parvis de Notre-Dame et la laissa rue Saint-Jacques à l'entrée de la rue de la Huchette où un « fifi » la prit en charge et la conduisit jusqu'à l'appartement du boulevard Saint-Michel.

Il n'y avait que Franck dans l'appartement. Sans rien dire, il la conduisit dans sa chambre, lui fit couler un bain et l'aida à se déshabiller. Pendant que le bain coulait, il alla lui préparer un thé qu'elle prit en grelottant car l'eau était froide. Enveloppée dans un peignoir trop grand pour elle, il la coucha et lui tint la main jusqu'à ce qu'elle s'endormît. Ils n'avaient pas échangé une parole.

« *Saignez! saignez! la saignée est bonne en août comme en mai!* »

Le cri de Tavannes lancé dans la nuit de la Saint-Barthélemy, lors du massacre des protestants le 24 août 1572, cognait dans la tête de Léa.

Ce matin, en préparant le petit déjeuner de Charles, elle avait regardé la date et vu que c'était le jour de la Saint-Barthélemy. Cela lui avait remis en mémoire la *Vie de Charles IX* de Brantôme, qu'elle avait lue après avoir dévoré *La Dame de Monsoreau*, *Les Quarante-Cinq* et *La Reine Margot* d'Alexandre Dumas, où s'inscrivait cette sinistre phrase. Dans son rêve, se confondaient Allemands et hommes à la solde des Guise, femmes tondues et amiral de Coligny, F.F.I. et le futur Henri IV, cadavres jetés dans la Seine, corps brûlés au lance-flammes et Charles IX tirant à l'arquebuse de la fenêtre de sa chambre, au palais du Louvre.

— Réveille-toi ! Réveille-toi !

Presque aussi blanche que les pansements de sa tête, Léa ouvrit les yeux.

— Que veux-tu ?

Franck, très excité, avait perdu son flegme habituel. Il manœuvrait les boutons du poste de T.S.F. de sa chambre.

— Écoute !

« *Parisiens, réjouissez-vous ! Nous sommes venus vous donner la nouvelle de la délivrance... La division Leclerc entre dans Paris !... Elle va être dans quelques minutes à l'Hôtel de Ville ! Ne quittez pas l'écoute... Vous allez entendre la grande voix que vous attendez. Nous sommes fous de bonheur !... Notre émission n'est pas réglée ; nous parlons dans de mauvaises conditions ; nous n'avons pas mangé depuis trois jours... Il y a des camarades qui ont fait le coup de feu et qui n'ont pas mangé depuis trois jours et qui reviennent au micro... Nous sommes saouls peut-être, mais saouls de joie, de bonheur, de retrouver notre chère ville...* »

Léa s'est levée et s'est approchée de Franck. Fougueusement, il l'enlace.

« *... J'ai une information qui arrive : elle est très courte : à neuf heures quinze, à la poterne des Peupliers, on a vu une colonne de Français, d'Espagnols et de Marocains... Où est la poterne des Peupliers ?... — À Gentilly ! — La poterne des Peupliers est à Issy... — Les voilà ! ils arrivent... À l'instant, devançant les troupes du général Leclerc, deux voitures blindées sont arrivées à l'Hôtel de Ville... Dans l'une d'elles serait le général de Gaulle !... Ce qui est certain, c'est qu'à la Préfecture de police et à l'Hôtel de Ville les Alliés sont arrivés et il est probable que le général de Gaulle y est... Ouvrez vos fenêtres... pavoisez vos maisons... — Je viens de recevoir un coup de téléphone du secrétaire général à l'Information. Le secrétaire général à l'Information me prie de communiquer à tous les* *curés qui entendent cette émission qu'on les prie de bien vouloir faire sonner immédiatement les cloches. Alors, je répète et j'authentifie : Ici Schaeffer, chargé de mission à la direction de la Radio de la nation française, radio qui a pris possession des antennes depuis quatre jours sous l'occupation allemande. Je suis dûment mandaté par le secrétaire général de l'Information du Gouvernement provisoire de la République pour parler à messieurs les curés qui peuvent m'entendre et qui peuvent être avertis immédiatement. Je leur dis... de faire sonner immédiatement les cloches à toute volée pour annoncer l'entrée des Alliés dans Paris...* »

Franck et Léa sont dans les bras l'un de l'autre, riant et pleurant. Ils se précipitent à la fenêtre. Sur toute la place Saint-Michel, les volets ont claqué, une à une les lumières s'allument ! Oublié le camouflage, oubliée la défense passive ! L'heure est à la clarté et à la joie ! Sur la place, les gens accourent de toutes parts, se jettent dans les bras les uns des autres. Des radios poussées au maximum de leur puissance jaillit *La Marseillaise* ; sur la place tous se sont immobilisés et reprennent en chœur :

— Aux armes citoyens !...

À l'ouest un formidable incendie rougeoie les sombres nuages qui roulent dans le ciel.

Léa et Franck, portés par ces voix vibrantes, chantent aussi sans même s'en rendre compte, mains si fortement enlacées qu'elles en deviennent bleues.

Soudain, une première cloche, timide d'abord, s'enhardit dans le ciel où se couche, morose, le dernier jour de l'occupation de Paris... celles de Saint-Séverin lui répondent puis celles de Saint-Julien-le-Pauvre, de Saint-Germain-des-Prés, du Sacré-Cœur, de Saint-Étienne-du-Mont, de Saint-Germain-l'Auxerrois, de Saint-Sulpice, de Sainte-Geneviève, de Saint-Eustache et puis, c'est le gros bourdon de Notre-Dame qui se joint à elles, entraînant la ville dans une folle allégresse.

Il est vingt et une heures vingt-deux et le capitaine Raymond Dronne vient de faire arrêter sa jeep baptisée

« Mort aux cons », sa quinzaine de half-tracks et ses trois chars Sherman : le Montmirail, le Champaubert et le Romilly, devant l'Hôtel de Ville. Cent trente hommes foulent pour la première fois depuis quatre ans le sol de leur capitale.

Le speaker bouleversé déclame des vers de Victor Hugo :

« Réveillez-vous ! assez de honte ;
Redevenez la grande France !
Redevenez le grand Paris ! »

En bas, sur la place, ils ont allumé un feu de joie autour duquel ils dansent. Soudain, des coups de feu. Tous se figent, puis s'enfuient en criant.

Les mains de Léa et de Franck se sont séparées... À la radio, la voix enthousiasmée de tout à l'heure balbutie :

« Nous nous sommes hâtés peut-être... Tout n'est pas fini... Il vaut mieux fermer les fenêtres... il faut fermer les fenêtres. Ne vous faites pas massacrer inutilement... »

Sur la place, une à une les lumières s'éteignent, les volets se referment, la peur revient...

« Nous vous rappelons les consignes de défense passive prescrites par le colonel Rol... Manifestez votre allégresse autrement... »

Une à une, les cloches se taisent sauf une, aigrelette, qui fait fi du bruit du canon qui tire à Longchamp. Puis, comme les autres, elle se tait, le canon aussi se tait et enfin la fusillade du côté de l'Hôtel de Ville.

Il fait nuit maintenant sur Paris. Tout autour du palais du Luxembourg et dans le quartier de l'Odéon que l'on dit miné, des ombres furtives, lourdement chargées, descendent dans les caves. La libération de Paris n'est pas encore terminée.

Dans la nuit, un épouvantable orage éclata. Léa resta longtemps debout à contempler le désordre du ciel où se succédaient les éclairs dans le roulement effrayant du tonnerre. Ils illuminaient de leurs lueurs blafardes le Pont-Neuf posé comme un jouet sur le ruban immobile et noir de la Seine que criblèrent bientôt de grosses gouttes de pluie.

18

Vers huit heures du matin, Laure entra en coup de vent dans la chambre où dormait Léa.

— Ils arrivent ! Ils arrivent !

Léa, réveillée en sursaut, se redressa tremblante.

— Qui ?

— Les Leclerc ! Ils arrivent ! Ils sont porte d'Orléans ! Lève-toi, on y va... Qu'est-ce que tu as ? Tu es blessée ?

— Ce n'est rien. As-tu des nouvelles de Pierrot et de Françoise ?

— Non, je pensais que tu en avais.

Sans bruit, Léa se mit à pleurer.

— Ne pleure pas, on va les retrouver. Viens, lève-toi, allons les voir passer.

Un « fifi », comme on les appelait maintenant, entra en courant et lança :

— Ils sont rue Saint-Jacques !

Il était déjà reparti.

— Tu as entendu, ils sont rue Saint-Jacques ! Dépêche-toi.

— Je suis sûre qu'il est mort !...

— De qui parles-tu ?

— Il est mort, je te dis qu'il est mort !

— Mais qui est mort ?

— Pierrot.

— Pierrot !...

On frappa à la porte entrouverte, c'était Franck.

— Ne reste pas devant la fenêtre, une balle perdue est vite arrivée, dit-il en poussant Laure au centre de la pièce.

— As-tu des nouvelles de Pierrot ? demanda Léa en se levant.

— Non, j'ai fait plusieurs hôpitaux, aucun blessé ramassé au quartier Latin ne correspond au signalement de ton cousin.

— Mais enfin, il est bien quelque part, vivant ou mort.

— Que s'est-il passé ? questionna Laure.

— Léa et votre cousin ont été blessés hier, au « carrefour de la mort ». Léa a été conduite à l'Hôtel-Dieu. Pour Pierrot, on ne sait rien.

Les trois jeunes gens restèrent un long moment silencieux.

Franck avait beaucoup changé durant ces quelques jours : il semblait avoir mûri. Il avait perdu ce qui lui restait d'enfance et d'insouciance en voyant mourir trop de garçons de son âge, amis ou ennemis.

— Ne t'inquiète pas, nous le retrouverons.

Aucun des trois n'y crut un seul instant. Laure réagit la première.

— Les troupes du général Leclerc arrivent rue Saint-Jacques, il faut y aller.

Léa fit une brève toilette et retira son bandage, ne laissant qu'un petit pansement. Sa robe était inutilisable, déchirée et tachée de sang. Franck alla fouiller dans la penderie de sa mère et revint portant une brassée de robes multicolores.

— Elles seront sans doute un peu grandes pour toi, mais avec une ceinture ça devrait aller.

Léa choisit une robe imprimée de petites fleurs sur fond bleu de chez Jeanne Lafaurie. Elle avait des manches courtes. Elle noua sur sa tête une écharpe bleue qui dissimulait son pansement et enfila ses sandales blanches à semelles compensées.

Dehors, il faisait un temps magnifique. De partout, des gens couraient vers la rue Saint-Jacques : des femmes ayant jeté un peignoir sur leur chemise de nuit, des hommes n'ayant pas eu le temps de se raser, de jeunes mères portant leur enfant, des gamins se faufilant entre les jambes, de vieux combattants de la guerre de 14 toutes décorations dehors, des étudiants, des ouvriers, des vendeuses se portaient au-devant de la division Leclerc.

La rue Saint-Jacques n'était qu'un immense fleuve de joie où flottaient, majestueux, les Sherman du colonel Billotte, couverts de bouquets et de drapeaux qu'agrippaient des milliers de mains. Des jeunes filles grimpées sur les chars embrassaient les soldats sans se soucier de leur saleté. La foule en délire agitait les bras, envoyait des baisers aux vainqueurs, leur tendait ses enfants, pleurant, riant, criant :

— Bravo !... Vive la France !... Merci !... Vive de Gaulle !... Bravo ! Bravo !...

Laure bondit sur une automitrailleuse et embrassa le conducteur qui se débattait, hilare. Franck applaudit à tout rompre et acclama les soldats.

Dans cette cohue joyeuse, Léa se sentait étrangère, presque indifférente. Les chars aux noms vibrants passaient : Austerlitz, Verdun, Saint-Cyr, El-Alamein, Mort-Homme, Exupérance... Exupérance ? Debout à la tourelle de son char, un officier radieux au visage crasseux saluait la foule. Son regard effleura Léa.

— Laurent !

Son cri se perdit dans le bruit des moteurs et les hurlements de la foule. Elle tenta de le rejoindre mais un coude, heurtant violemment sa tête blessée, lui causa un bref malaise. Un jeune F.F.I. s'en rendit compte et réussit à la dégager de la masse.

Elle se rétablit dans un petit café de la rue de la Huchette.

— Tenez, mignonne, buvez une rasade, ça vous remettra. C'est du bon, je le gardais pour fêter la victoire.

Léa prit le petit verre qu'on lui tendait et avala d'un coup le liquide ambré. Cela explosa dans sa bouche et lui donna presque instantanément une sensation de mieux-être.

— Rien de tel qu'un bon armagnac pour mettre du rose aux joues des filles. Encore un petit verre ?

Ainsi Laurent était là !... Quand elle l'avait vu, son cœur s'était mis à battre comme au temps où elle croyait l'aimer... Peut-être l'aimait-elle encore ? L'alcool aidant, elle était dans une brume rose. Tout était fini. Des coups de feu claquèrent.

— Rentrez tous, attention aux tireurs des toits.

Comme par enchantement, la rue se vida, ramenant Léa aux choses réelles : Laurent était bien là, mais Camille était morte. À l'idée de devoir le lui annoncer, elle se sentit défaillir de nouveau. Devoir affronter sa douleur lui semblait au-dessus de ses forces : que quelqu'un d'autre le lui dise à sa place. Elle eut honte de cette lâcheté et rougit. Personne d'autre qu'elle ne devait le lui dire. Camille n'aurait pas voulu qu'il en fût autrement.

Des chars étaient arrêtés sur le parvis de Notre-Dame, mais elle ne vit pas le char nommé Exupérance. Une colonne d'automitrailleuses roulait sur le quai. Les Parisiens commentaient ce qu'ils voyaient :

— T'as vu ces engins ?... Si on avait eu ça en 40, on n'aurait pas perdu la guerre.

— T'es sûr que ce sont des Français avec des uniformes pareils ?...

— C'est l'uniforme américain... c'est quand même plus pratique que les bandes molletières...

— Quand même, on reconnaît pas les nôtres.

— On se fout pas mal de leur uniforme. Anglais, Américains ou Russes, l'important c'est qu'ils soient arrivés jusque-là. Vive de Gaulle !... Vive la France !...

Léa marchait le long du quai, indifférente à la bousculade, en proie à une si grande fatigue qu'elle était incapable de pensées cohérentes. Dans son cerveau embrumé, c'était un carrousel fantastique.

« Laurent est vivant !... Qu'est devenu Pierrot ?... J'ai perdu Laure et Franck... Il faut que je prévienne mes tantes... Ont-elles des nouvelles de Françoise ?... Charles a-t-il eu du lait aujourd'hui ?... Laurent est revenu !... Comment lui dire pour Camille ?... Pourquoi tous ces gens applaudissent-ils ?... Ah ! oui, les soldats de Leclerc sont là... Laurent est avec eux... Et François, où est-il ?... »

— Pardon, mademoiselle, dit un opérateur de cinéma, caméra sur l'épaule, qui venait de la heurter brutalement.

Elle était arrivée place Saint-Michel. Elle remonta dans l'appartement de Franck. Pas de trace de celui-ci ni de Laure. En revanche, une quinzaine de « fifis » occupaient les lieux. Elle essaya sans succès de se faire entendre d'eux. Dans leur excitation, ils n'écoutaient rien. Il fallait cependant qu'elle laissât un message puisque le téléphone qui avait fonctionné pendant toutes ces journées folles semblait s'être mis en grève. Dans la chambre de la mère de Franck, elle trouva un bâton de rouge à lèvres avec lequel elle écrivit sur toutes les glaces de l'appartement : « Je suis chez les tantes. Laurent, Françoise et Pierrot y sont peut-être. »

Traversée par cet espoir en montant l'escalier, elle s'était ruée sur le téléphone. Devant le silence de l'appareil, elle avait résolu de retourner rue de l'Université.

Les chars !... Les chars étaient rassemblés place Saint-Michel, entourés d'une foule en délire qui les acclamait en applaudissant. Léa se faufila jusqu'à l'un d'eux, grimpa sur une des roues et se hissa jusqu'à la tourelle.

— Savez-vous où est le lieutenant d'Argilat ?

— Non, je n'ai pas vu le capitaine depuis la porte d'Orléans.

Au milieu du tumulte, des ordres claquèrent.

— Descendez, nous allons attaquer le Sénat.

— Je vous en prie, si vous le voyez dites-lui qu'Exupérance...

— C'est le nom de son char !

— Oui, je sais, dites-lui qu'Exupérance est à Paris chez ses tantes.

— D'accord, mais en échange, je veux un baiser.

Léa l'embrassa de bon cœur.

— Vous n'oublierez pas ?

— C'est votre amoureux ?... Il en a de la chance d'avoir une bonne amie comme vous. Parole d'homme, je n'oublierai pas. Sauf si je suis tué, évidemment.

Cette réflexion l'agaça. Évidemment, s'il était tué...

Elle sauta du Sherman et regarda les chars manœuvrer. Ils s'engagèrent dans l'étroite rue Saint-André-des-Arts sous les bravos de la foule massée le long des trottoirs devant les boutiques aux rideaux de fer baissés dont certains portaient une inscription à la craie : « Attention ! la voiture F.F.I. n° ... est occupée par quatre miliciens ! Tirez dessus ! »

La colonne tourna à gauche en direction de l'Odéon. Léa continua par la rue de Buci. « Il n'est que midi », pensa-t-elle en regardant l'horloge dont les aiguilles étaient immobilisées sur le chiffre 12. Les cafés avaient rouvert leurs portes. Elle prit un demi-panaché au bistrot de la rue Bourbon-le-Château parmi les habitants du quartier qui commentaient les événements. L'un d'eux affirmait avoir vu des tanks et des camions américains sur le Pont-Neuf.

Quelques drapeaux tricolores flottaient çà et là aux fenêtres des immeubles. Sur le pas de leur porte, les gens échangeaient leurs impressions avec par moments des regards inquiets en direction des toits.

Rue de l'Université, la porte de l'appartement de ses tantes était grande ouverte. Dans l'entrée, un désordre inhabituel régnait. « Mon Dieu ! Charles ! » pensa-t-elle en se précipitant dans sa chambre. Assis sur son lit, il feuilletait sagement un album de *Bécassine* ayant appartenu à la mère de Léa. Un sourire illumina le petit visage fatigué.

— Tu es revenue ! J'avais si peur que tu ne reviennes pas.

— Mon chéri, comment peux-tu dire une chose pareille ! Jamais je ne t'abandonnerai. As-tu déjeuné ?

— Oui, mais c'était pas bon. Il fait beau. On va se promener ?

— Pas aujourd'hui, c'est encore la guerre dans les rues.

— Je sais, j'ai entendu des coups de feu et des gens crier tout à l'heure. Même que tante Albertine est sortie en pleurant.

« Elle aura appris que Pierrot était mort », pensa-t-elle.

— Je reviens, je vais voir tante Lisa.

Elle découvrit Lisa et Estelle en larmes dans la cuisine.

— Enfin te voilà ! s'écria sa tante.

— Qu'avez-vous ? Que se passe-t-il ?

Les pleurs des deux femmes redoublèrent. Elles ouvraient la bouche mais aucun son n'en sortait.

— Mais enfin, me direz-vous ce qu'il y a ?

Estelle parvint à articuler :

— Mademoiselle Françoise...

Brusquement Léa eut froid.

— Quoi Françoise ! Que lui est-il arrivé ?

— Elle a été... arrêtée...

— Quand ?

Estelle fit un geste d'ignorance.

— C'est la crémière de la rue du Bac qui est venue nous prévenir, dit d'une traite Lisa. Albertine est partie tout de suite sans même prendre le temps de mettre un chapeau.

En d'autres circonstances, cette réflexion aurait fait sourire Léa. Mais l'oubli du chapeau était le signe qu'il s'agissait de quelque chose de très grave.

— Où est-elle allée ?

— Sur la place devant l'église.

— Il y a longtemps ?

— Une demi-heure, peut-être.

— J'y vais. Faites attention à Charles.

— N'y va pas ! N'y va pas ! cria Lisa en s'accrochant à son bras.

Sans rien dire, Léa se dégagea et sortit.

19

Il faisait un temps magnifique, il y avait dans l'air comme une atmosphère de fête. Dans la rue, de jolies filles en robe courte et claire, les cheveux ornés de cocardes ou de petits drapeaux tricolores, passaient en riant ; des femmes élégantes que l'on rencontrait habituellement à la messe du dimanche avaient abandonné un peu de leur morgue habituelle ; de vieilles dames au bras de vieux messieurs marchaient avec une souplesse retrouvée. Tous se dirigeaient, pressés, vers la place.

Bien que sachant ce qu'elle allait voir, Léa s'immobilisa stupéfaite. La place était noire de monde.

En haut des marches de l'église qui avaient vu autrefois d'autres spectacles, se jouait un mélodrame devant un public rigolard, hâbleur et goguenard, encourageant les acteurs du geste et de la voix. Le décor, dépouillé à l'extrême, était impressionnant dans sa simplicité même : quelques bancs, une chaise de paille et, fixée à l'aide d'un poignard sur la porte du sanctuaire, une grande feuille de papier blanc sur lequel coulait l'encre noire des mots : ICI L'ON COIFFE GRATIS. La pièce était déjà commencée. Les comédiens interprétaient leur rôle à la perfection. Le bonimenteur, gros homme en chemise portant un brassard F.F.I., aboyait les crimes des interprètes féminines :

— Admirez la femme Michaud qui a dénoncé son mari

à la Gestapo. Mérite-t-elle l'indulgence du tribunal du peuple ?

— Non, non, hurlaient les spectateurs.

— Alorrrrrrs...

— Qu'on la tooooooonde !... hahaha...

Un rire énorme secouait l'assistance.

Sur la scène improvisée, les auxiliaires de la justice populaire forçaient la femme Michaud à s'asseoir sur la chaise. Le « coiffeur » surgissait armé de grands ciseaux de tailleur qu'il faisait tournoyer et claquer au-dessus de sa tête avec des contorsions à la Maurice Chevalier chantant :

« Avez-vous vu le nouveau chapeau de Zozo,
C'est un chapeau un chapeau rigolo
Sur le devant on a mis un p'tite plume de paon
Sur le côté un amour d'perroquet »

Près de Léa, une grosse fille en blouse blanche de crémière ou de bouchère, cramponnée au bras d'un pompier, se tortillait hoquetante.

— Y va m'faire pisser dans ma culotte... Hahaha... J'te dis qu'il va m'faire faire pipi... Hahaha... Ça y est !...

Une houle de rires balançait la foule, donnant à Léa le mal de mer. Elle voyait de grosses mèches de cheveux brandies, comme dans l'arène la queue et les oreilles du taureau, saluées par des cris qui rappelaient ceux de la corrida. Des mains se tendaient pour attraper ces tristes trophées.

Après la coupe grossière... la tonte !

Effondrée sur la chaise, le visage gonflé, barbouillé de crachats et de larmes, la femme Michaud subissait le sort juste et mérité pour avoir, peut-être, dénoncé son mari à la Gestapo. Qu'importe qu'elle eût dit qu'il s'était enfui dans un maquis de Corrèze pour échapper au S.T.O. Une voisine ne l'avait-elle pas vue répondre à un soldat allemand qui lui demandait son chemin ?...

Léa sentit le froid du métal de la tondeuse sur son crâne... Près d'elle, quelques femmes s'étaient tues. L'une d'elles essuya une larme, peut-être enfin solidaire de cette créature humiliée, ridicule avec cette petite tête émergeant d'une robe à fleurs, portant accrochée au cou une pancarte sur laquelle une main malhabile avait écrit : PUTAIN AYANT VENDU SON MARI.

Deux hommes relevèrent la femme et la poussèrent rejoindre celles déjà tondues qui lui firent une place sur leur banc. Elle s'assit près d'une mère qui berçait son enfant.

Avidement, Léa regarda du côté des chevelues, cherchant Françoise.

Une grande et élégante fille brune prit place à son tour sur la chaise.

— Regardez, messieurs, mesdames, à la voir, on lui donnerait le bon Dieu sans confession avec son air si convenable et si sage... Eh bien, messieurs, mesdames, c'est une salope qui a préféré donner son cul aux Boches plutôt qu'à un brave de chez nous. Qu'est-ce que ça mérite ?...

— La toooooonte...

C'était un jeu, une farce, une comédie, un mystère comme ceux que l'on représentait jadis sur le parvis des cathédrales pour l'édification des fidèles. Là, ce n'était ni *Le Mystère des vierges folles et des vierges sages*, ni *Le Jeu du mariage ou de la feuillée* mais bien *Le Mystère de la Passion*. Ce n'était pas celui qui fut représenté à Valenciennes en 1547 et pour lequel les spectateurs payèrent deux liards ou six deniers, mais celui de ce temps absurde et magnifique, lâche et magnanime, courageux et stupide, héroïque et criminel que vivait la France dans les premiers jours de sa libération.

L'élégante femme brune ne pleurait pas. Elle se tenait très droite, le visage fier et pâle. Une boucle tomba sur ses mains blanches qu'elle tenait croisées sur ses genoux. Ses doigts se refermèrent sur la mèche tiède. Un silence s'était fait. La foule attendait des cris et des larmes, elle n'eut qu'un sourire de mépris tandis que les doigts lâchaient la poignée de cheveux. Un murmure déçu parcourut l'assistance.

Agacé sans doute par cette dignité, le « coiffeur » manœuvra ses ciseaux avec brutalité, blessant sa cliente. Du sang coula le long de la joue.

— Oh !... firent les spectateurs.

Léa serra les poings et détourna la tête. Il n'y aurait donc personne pour faire cesser cette abomination ! Heureusement, Françoise n'était pas là. Mais ?...

La femme qui berçait l'enfant venait de relever la tête. Elle ressemblait vaguement à Françoise quand elle surgissait de l'eau après un bain dans la Garonne... Son cœur battait douloureusement. Non... non... ce n'était pas sa sœur qui était là ! « Je suis heureuse que papa et maman soient morts, ils auraient trop souffert de voir ça », pensa-t-elle. Une main s'appuya à son bras, c'était Albertine. Le visage de la vieille demoiselle reflétait toute l'horreur du monde. Léa lui entoura les épaules, s'étonnant de ce geste d'adulte et du rapetissement de sa tante.

La tondeuse avait achevé son œuvre. La victime se redressa seule avec un tel air de mépris que la foule gronda et que quelques injures jaillirent tandis qu'elle s'asseyait hautaine sur le banc des tondues, sans se soucier du sang qui salissait sa robe.

Une autre femme, celle-là hurlant et pleurant, fut traînée jusqu'à la chaise d'où elle se laissa tomber à genoux en balbutiant :

— Pardon... pardon... Je ne le ferai plus... Pardon...

Les ciseaux claquèrent au-dessus d'elle, menaçants.

— Cela suffit, arrêtez.

Un jeune homme en culotte de golf, armé d'un fusil, s'élança sur les marches. Le « coiffeur » devait le connaître car il se contenta de lui dire en prenant à pleine main la chevelure de la malheureuse.

— Laisse-nous faire notre travail.

D'un coup de ciseaux sec, il coupa l'épaisse torsade.

Le garçon abattit le canon de son fusil sur les doigts de la brute qui lâcha les ciseaux.

— Tu n'as pas le droit d'agir ainsi, si ces femmes sont coupables, elles seront jugées équitablement. Tu dois les remettre à la police.

Enfin des agents en uniforme sortirent du commissariat, coincé entre l'église et un immeuble.

— Circulez... circulez... il n'y a rien à voir... Rentrez chez vous... Il n'y a rien à voir... Ne craignez rien, ces femmes seront châtiées comme elles le méritent.

Peu à peu, la place se vidait et les policiers emmenaient les femmes à l'intérieur du commissariat tandis que les justiciers ajustaient leur brassard, leur cartouchière ou leur revolver, et s'en allaient en riant. Bientôt tout le monde fut parti, il ne resta plus que Léa et sa tante qui n'avaient pas bougé de l'endroit où elles étaient. D'un même mouvement, elles se dirigèrent vers le commissariat.

Dans les étroits locaux régnait la plus grande confusion. Les agents ne savaient que faire de ces femmes en larmes ou prostrées. Le jeune homme en culotte de golf était au téléphone. Il raccrocha.

— La Préfecture envoie une voiture pour les conduire...

— Où ? À la Petite-Roquette ? demanda un agent,

— Non, on les emmène au Vel'd'Hiv sous la garde des F.F.I.

— C'est rigolo, fit un des agents, comme pour les juifs.

Léa se souvint de ce que lui avait écrit Sarah Mulstein sur la rafle du Vel'd'Hiv et regarda avec stupeur celui qui trouvait ça « rigolo ».

— Allez-vous-en, mesdames, vous n'avez rien à faire ici.

— Je suis venue chercher ma nièce, monsieur.

Les hommes regardèrent avec étonnement cette vieille dame aux cheveux blancs qui leur disait avec calme et dignité : « Je suis venue chercher ma nièce. » Elle ne manquait pas de culot, la vieille.

— Madame, ce n'est pas possible. Ces femmes sont accusées de collaboration avec l'ennemi, elles doivent être entendues par les autorités compétentes.

— Françoise !

Elle redressa la tête, le regard vide, sans paraître reconnaître sa sœur.

— Françoise, c'est moi, Léa. C'est fini, on est venu te chercher.

— Il n'en est pas question, mademoiselle, cette personne a été arrêtée en compagnie des maîtresses d'officiers allemands...

— Je n'ai jamais couché avec un Allemand, cria la femme Michaud, ces femmes-là, on les a rencontrées en bas de la rue, c'est par erreur qu'on m'a mise avec elles.

— Taisez-vous, le tribunal jugera. Partez, mesdames.

— Je vous en supplie, monsieur, je réponds d'elle, c'est ma nièce, monsieur, je la connais depuis qu'elle est toute petite...

— N'insistez pas, madame.

— Vous n'allez pas la mettre en prison avec son enfant ?

Le jeune homme regarda Françoise et son fils, puis Mlle de Montpleynet avec un air d'une grande perplexité.

— Pour l'enfant, je ne sais pas... Je suis d'accord pour que vous l'emmeniez, si elle accepte de vous le confier.

Le petit Pierre qui avait reconnu Léa tendait ses bras vers elle.

— Tu veux bien qu'il vienne avec nous ?

Sans un mot, Françoise le donna à sa sœur.

— Laissez-nous vos noms et vos adresses, dit le plus âgé des policiers.

— Quand pourrons-nous aller la voir ?

— Je n'en sais rien, madame. Il faut attendre, on vous préviendra.

Françoise tendit la main vers Léa.

— Que veux-tu ?

« Oh oui ! j'aurais dû y penser », se dit Léa en retirant le foulard bleu qu'elle avait sur la tête. Avec des gestes d'une grande douceur, elle le noua sous le menton de sa sœur.

20

Léa, après avoir accompagné sa tante et le fils de Françoise rue de l'Université, quitta l'appartement comme on s'enfuit ; elle voulait être seule, essayer de réfléchir à tout ce qui se passait et surtout retrouver Laurent.

Jusqu'à l'église Saint-Germain-des-Prés, le boulevard Saint-Germain était un lieu de promenade pour les habitants du quartier. Passé la rue Bonaparte, l'ambiance changeait ; les insouciants promeneurs étaient remplacés par des groupes portant brassards et fusils, des jeunes gens en blouse blanche, marquée d'une croix rouge, des ménagères rasant les murs à la recherche de quelque commerçant ouvert rue de Buci. L'une d'elles arrêta Léa et la retint par le guidon de sa bicyclette.

— Ne passez pas devant la rue de Seine. Depuis trois jours, les Boches tirent des obus du Sénat. Ils prennent la rue en enfilade. Plusieurs personnes ont été tuées ou blessées.

— Merci madame, mais je voudrais rejoindre la place Saint-Michel. Par où pourrais-je passer ?

— À votre place, je n'irais pas. Tout le coin est dangereux. Les Leclerc vont attaquer le palais du Luxembourg...

Comme pour confirmer les dires de la femme, un obus explosa devant la poissonnerie de la rue de Seine, faisant tomber les dernières vitrines et blessant aux jambes et au visage trois passants.

Poussant sa bicyclette, Léa revint sur ses pas et alla s'asseoir dans le petit square au pied de l'ancien archevêché. Tous les bancs étaient occupés par des dormeurs. Des garçons et des filles, installés dans le bac à sable, faisaient circuler une bouteille. Léa s'assit à l'écart, le dos appuyé à un arbre. Elle ferma les yeux, essayant de mettre de l'ordre dans son esprit où se bousculaient des images insupportables et violentes. Pour les chasser, elle secouait la tête puis la cognait contre le tronc de plus en plus fort, sans se rendre compte des larmes qui coulaient sur son visage.

— Arrête, tu vas te faire mal !

Une petite main sale et poisseuse venait de lui immobiliser la tête.

— Tiens, bois un coup, ça te fera du bien.

Léa saisit la bouteille et but au goulot avec une telle avidité que le vin coula le long de son cou.

— Pour une fille, tu as une sacrée descente, fit le gamin, qui ne devait pas avoir quinze ans, en reprenant sa bouteille presque vide. Rien de tel que du bon pinard pour remonter le moral. C'est du bourgogne, on l'a piqué chez Nicolas. Tu veux une cigarette ?

Léa acquiesça.

Avec volupté, elle tira une bouffée puis une autre, avalant la fumée, sentant monter une ivresse légère.

— Ça va mieux ?... Bon. Tiens, on a été chercher un peu d'eau à la fontaine, lave-toi la figure.

Tandis qu'elle obéissait, il continuait à lui poser des questions :

— Pourquoi pleures-tu, tu as perdu ton amoureux ?... Ton père alors ?... Tu veux rien dire ?... Tant pis !... Tiens, bois encore un coup. Tu es jolie, tu sais.

Le ton admiratif du gamin la fit sourire.

— Voilà ! tu es beaucoup plus jolie quand tu souris. Vous trouvez pas vous autres ?

Les garçons approuvèrent bruyamment en se bousculant et en ricanant bêtement. L'unique fille de la bande se détourna ostensiblement.

— Ton amie est jalouse.

— Rita ? Laisse, c'est pas grave. Comment tu t'appelles ?

— Léa. Et toi ?

— Marcel dit Cécel. Eux ce sont mes potes. Ça c'est Alphonse, lui c'est Polo, lui c'est Vonvon, lui c'est Fanfan et le gros...

— Ça va pas ?... j'suis pas gros !

Léa, comme les autres, éclata de rire.

— Il aime pas qu'on dise qu'il est gros, il est pourtant pas maigre malgré les restrictions. Il s'appelle Minou et elle, c'est Rita.

Chaque gamin lui tendit la main, sauf Rita qui se contenta d'un signe de tête.

— On est tous du 13e arrondissement. Depuis le 19, on n'est pas rentrés chez nous.

— Vos parents doivent être inquiets ?

— T'inquiète pas pour eux, ils s'inquiètent pas pour nous. Aux dernières nouvelles, ils jouaient à la guerre du côté de la République. Nous, depuis le début, on sert de coursiers au colonel Rol et au colonel Fabien...

— Alors, vous connaissez mon cousin, Pierrot Delmas, il est de Bordeaux, dit-elle d'un ton précipité.

— C'est possible, on est nombreux.

— Il a été blessé hier, boulevard Saint-Michel. Depuis, plus personne ne l'a vu.

— Ah, non ! tu n'vas pas te remettre à pleurer. J'te promets qu'on va le chercher ton cousin. Comment il est ?

— Il est à peu près de ma taille, ses cheveux sont châtain foncé, il a les yeux bleus...

— Comment était-il habillé ?

— Il avait un pantalon kaki, une chemisette à carreaux verts et bleus, une veste en coton gris, un brassard et un revolver.

— Vonvon, va aux égouts et renseigne-toi sur ce type. Rendez-vous où tu sais dans la soirée. Rita, tu fais les hôpitaux de la rive gauche et toi Minou ceux de la rive droite. Rendez-vous même heure, même endroit. Compris ?

— Oui, chef !

— C'est toi le chef ?

— Tu l'as dit, bouffi ! Fanfan, tu vas rue de l'Abbé-de-l'Épée avec Polo voir si Fabien a besoin de nous. Par la même occasion, dis bonjour à mon frère.

— Ça m'étonnerait que je le voie, il doit se battre au Sénat.

— Ton frère est dans la police ?

— Non, il est métallo. Quand on a voulu l'envoyer travailler en Allemagne, en 43, il a rejoint le maquis en Haute-Saône. C'est là qu'il a retrouvé Fabien, dit Albert, dit capitaine Henri et, après son évasion, commandant Patrie. Pendant quelque temps, il a distribué des tracts, fait le guet, servi comme agent de liaison. À partir de septembre, il a participé à tous les sabotages de la région. Avec le groupe Liberté, il a fait sauter l'écluse de Conflandey, attaqué un poste allemand près de Semondans où trois Boches ont été tués. Il a saboté des voies ferrées, détruit des ponts, des locomotives, tout ça sous les ordres de Fabien. Fabien a annoncé qu'aujourd'hui il prendrait le Luxembourg, tu vas voir que ça va marcher, surtout que maintenant les Leclerc sont là pour lui donner un coup de main.

Tant de fanfaronnades admiratives distrayaient Léa.

— J'ai la dent, dit Alphonse, si on allait croûter ?

— Bonne idée. Tu viens avec nous ?

— Je ne sais pas.

— Réfléchis pas trop, c'est pas bon. Faut manger, ça remet les idées en place.

— Tu as raison. Où allons-nous ?

— Rue du Dragon. J'ai une copine à mon père qui est serveuse dans un bistrot. La patronne m'a à la bonne et la tortore est pas trop dégueulasse... Prends ta bicyclette, sinon on va te la chouraver.

L'amie du père de Cécel les installa à une petite table sous un escalier en colimaçon. D'autorité, elle leur servit une épaisse purée de pois cassés recouvrant des saucisses et apporta une carafe de vin. Après deux bouchées, Léa repoussa son assiette, incapable de manger.

— Tu n'as pas faim ?

— Non, fit-elle, en vidant son verre de vin.

Elle avala comme ça trois ou quatre verres, sous l'œil intéressé de Cécel et d'Alphonse.

Tout l'après-midi, Léa et ses nouveaux amis burent un mélange effrayant de vins, de liqueurs, d'apéritifs. Vers cinq heures, Fanfan pénétra en coup de vent dans le bistrot, tellement essoufflé qu'il n'arrivait pas à parler.

— Ils ont signé... C'est fini... Le Choltitz a signé la capitulation...

— Hourra !...

— Alors ?... La guerre est finie ?...

— Allez, raconte, il a signé avec qui ?

— Tiens-toi bien, on a signé aussi.

— Tu déconnes, fit Cécel d'une voix pâteuse.

— Mais non, j'déconne pas. Le colonel Rol, commandant des F.F.I. de l'Ile-de-France, a signé la convention de reddition avec le général Leclerc et le général von Choltitz.

— Bravo ! Ça s'arrose...

— Tu ne crois pas que tu as assez bu ?

— On ne boit jamais assez quand il s'agit de fêter la victoire.

— Victoire, c'est vite dit. On se bat toujours au Luxembourg, à la caserne de la place de la République, au palais Bourbon, dans certaines stations de métro et sans doute en banlieue.

— J'suis pas inquiet, Fabien va tous les dégommer. Comment ça se passe ?

— Bien. Les Sherman de Leclerc tiennent la rue de Vaugirard, les F.F.I. et les spahis marocains du 6e ont pénétré dans le jardin par la rue Auguste-Comte, et des voitures à haut-parleur de la Préfecture circulent dans le quartier annonçant un bombardement aérien vers dix-neuf heures si les Allemands ne se rendent pas. Le cessez-le-feu a été fixé à dix-huit heures trente-cinq. Mais j'crois pas qu'on aura besoin d'envoyer les avions. Tu viens avec moi ?

— On ne peut pas la laisser comme ça.

— J'veux venir avec vous, bafouilla Léa en essayant de se lever.

— T'es dingue ! T'as vu dans quel état tu es ?

— J'veux m'battre avec les chars.

— Allez, tu viens, on ne va pas se laisser emmerder par une gonzesse saoule.

— J'suis pas saoule !... J'ai juste un peu bu pour arroser la présence de nos valeureux héros...

— Partez, je vais m'occuper d'elle, dit la serveuse. Lève-toi, petite, tu vas aller t'allonger là-haut.

— D'accord, mais avant j'veux boire un coup.

— Monte d'abord et je t'apporterai à boire.

— Tu vas faire attention à elle, tu me le promets ?

— Cécel, tu sais que tu peux compter sur moi. Ma parole, on dirait que tu es tombé amoureux... J'en connais une qui va pas être contente.

L'adolescent sortit en haussant les épaules.

Avec beaucoup de difficultés, on parvint à hisser Léa jusque dans la pièce au-dessus du café qui servait à la fois de débarras, de salon et de chambre à coucher. Dès qu'elle fut allongée, elle s'endormit la bouche ouverte et bientôt se mit à ronfler doucement.

21

Elle dormit jusqu'au soir. Par la porte entrouverte montaient les bruits de la salle. Il y régnait une grande animation. Léa se redressa le front cerné par la migraine.

— Qu'est-ce que je fais ici ? se demanda-t-elle à haute voix.

Des pas ébranlèrent l'escalier en colimaçon. La porte s'ouvrit brutalement sur Rita et Alphonse. Rita la regardait d'un air dément :

— Pourquoi tu l'as laissé partir ? Pourquoi ? s'écria-t-elle en se précipitant poing levé sur Léa qui s'écarta.

Pas assez vite cependant : un coup l'atteignit au visage exacerbant la migraine, ranimant la douleur de sa blessure. Elle glissa du lit la tête entre les mains en gémissant. L'adolescente se rua, l'attrapa par les cheveux et la gifla à toute volée.

— Arrête ! gronda Alphonse.

— Fous le camp, j'veux lui faire la peau à cette salope.

— Arrête ! J'te dis... Cécel il aurait pas aimé ce que tu fais là, dit Alphonse en essayant de la retenir.

La main qui frappait resta comme suspendue. Lentement, les doigts lâchèrent la chevelure qui retomba mollement.

Les yeux de Rita allaient du corps étendu au visage d'Alphonse, comme essayant de comprendre ce qui lui arrivait.

Alphonse eut un geste maladroit pour l'attirer à lui. Il tenta de la calmer :

— Ce n'est pas sa faute. Cécel, quand il a vu son frère blessé, il est devenu comme fou.

— J'aurais préféré qu'il couche avec elle, plutôt... bredouilla-t-elle.

Léa s'était redressée et les regardait sans comprendre.

— Que s'est-il passé ?

Avant de répondre, l'adolescent se moucha bruyamment.

— Cécel s'est fait descendre rue de Tournon.

— Oh non !

Rita la regarda droit dans les yeux et lui lança :

— Si ! Et ton cousin, il est mort aussi !

— Tais-toi, Rita !

— Et alors ? Y a pas de raison que je sois la seule à souffrir.

— Comment le savez-vous ?

— Par un lieutenant du colonel Rol. Ton cousin avait été transporté au Val-de-Grâce. C'est là qu'ils l'ont retrouvé. Tu ferais mieux de rentrer chez toi.

— Pour Cécel, comment est-ce arrivé ?

— On venait de rejoindre la zone des combats. Rue Garancière, on a rencontré son frère, Clément, qui nous a crié de nous planquer. Cécel n'a pas voulu et on les a suivis en rasant les murs de la rue de Vaugirard. Ça canardait dur. Un Boche est sorti de derrière un char qui flambait en mitraillant dans tous les coins. Clément a été touché aux jambes. Il s'est traîné un moment, alors le fritz, sans se presser, a déchargé son arme sur lui et est reparti vers le Sénat. Cécel hurlait comme un fou... J'ai essayé de le retenir. Il s'est élancé, sans arme, il a ramassé le fusil de son frère et s'est mis à courir derrière le type à la mitraillette. Le type s'est arrêté et s'est retourné, je crois bien qu'il souriait. Ils ont levé leurs armes ensemble... La balle de Cécel l'a atteint au visage... Les siennes ont fait de la bouillie de mon copain... Voilà !

Les trois jeunes gens, debout, bras ballants, pleuraient,

tels des enfants perdus, le garçon de quinze ans, petit frère de Gavroche, qui venait de mourir par un bel après-midi d'août 1944 le jour où Paris se libérait.

Essuyant leurs yeux, sans dire un mot, Rita et Alphonse s'en allèrent. Restée seule, Léa se jeta sur le lit en sanglotant, revoyant tour à tour le visage de son cousin puis celui de Cécel, entendant leurs rires.

— Ils sont morts !... ils sont morts !... criait-elle dans l'oreiller.

Dans la joie et l'allégresse Paris démontait ses barricades à grands coups de vin et de rires. Il faisait beau. Sur le Pont-Neuf un bal s'improvisa autour d'un accordéoniste, les filles aux cheveux relevés en haut chignon compliqué ou tombant sur les épaules tournoyaient dans les bras des F.F.I. ou des Leclerc ayant eu la permission de minuit. Rue Mazarine, rue Dauphine, rue de l'Ancienne-Comédie, on marchait sur du verre brisé. Le long des quais, place Saint-Michel, des carcasses noircies de voitures, de camions et de chars témoignaient de la violence des combats. Par endroits, d'humbles bouquets de fleurs posés à même la chaussée indiquaient qu'à cet emplacement un homme, une femme, un enfant étaient tombés. Certains s'agenouillaient devant les taches brunes.

Léa suivait lentement le quai des Grands-Augustins, faisant glisser ses doigts sur la pierre encore tiède du soleil de l'après-midi, ou sur le bois des boîtes des bouquinistes. Place Saint-Michel, des chars manœuvraient sous les acclamations de la foule. Appuyée contre le parapet, Léa les regardait passer, malheureuse et désemparée. Auréolés par le soleil couchant, ses cheveux paraissaient de feu. De leurs chars, les soldats la saluaient, lui faisant signe de venir rejoindre les autres filles grimpées tout autour d'eux.

— Léa !

Malgré le vacarme, elle entendit son nom et chercha autour d'elle d'où provenait cet appel.

— Léa !

Sur son char, un homme gesticulait.

— Laurent !

Elle dut lutter contre la foule pour parvenir jusqu'à lui. Il fit arrêter le char et lui tendit la main pour l'aider à monter. Sans se soucier du regard amusé de ses hommes, il la tenait serrée contre lui, balbutiant son prénom. Léa avait une impression d'irréalité : que faisait-elle, debout sur un char qui se dirigeait vers la place de l'Hôtel-de-Ville par un somptueux coucher de soleil, dans les bras d'un soldat dont l'odeur de poudre, d'huile, de crasse et de sueur lui tournait la tête ?... C'était Laurent ! Laurent qui lui disait sa joie de la retrouver si belle en ce jour béni entre tous, son bonheur de revoir sa femme et son fils. De quoi parlait-il ? Elle ne comprenait pas... Ce n'était pas le moment de parler de choses désagréables... Ils étaient là, bien vivants, riant et pleurant dans les bras l'un de l'autre. Quelque chose hurlait en elle, comme une bête qui voudrait sortir de sa cage. Comment le lui dire ?... Il faut attendre... Je le lui dirai demain...

Au Châtelet, des chars américains se joignirent à ceux de la division Leclerc sous les cris et les bravos des Parisiens.

— Vive l'Amérique !

— Vive la France !

— Vive de Gaulle !

L'enthousiasme vibrant de la foule commençait à se communiquer à elle. Elle se blottit plus fort contre Laurent.

Le char Exupérance s'arrêta près de la tour Saint-Jacques où se trouvait le capitaine Buis.

— Eh bien, d'Argilat, on ne s'embête pas !

— Ce n'est pas ce que vous croyez, Buis...

— Je ne crois rien, je constate.

Il sauta du char et tendit les bras. Léa se laissa glisser.

Autour d'eux, des couples se formaient, les rires devenaient plus aigus, les mots plus lourds, les gestes plus précis, les regards sans équivoque. Tous s'apprêtaient à fêter la libération de Paris de la manière la plus simple et la plus naturelle : en faisant l'amour.

Léa leva lentement son visage vers celui de Laurent.

— Camille est morte.

C'est comme une déflagration. Tout explose puis s'éteint autour de Laurent. Demeurent les lumières aux couleurs froides et brumeuses, nimbant les choses et les silhouettes qui se meuvent avec une lenteur irréelle... C'est comme une nuit de brouillard glacé qui serait tombée en plein mois d'août, et d'où surgiraient les morts de Paris... Qu'ont-ils à faire d'un militaire français en uniforme américain qui pleure près de la tour Saint-Jacques, appuyé contre son char portant le nom d'une sainte oubliée ?... Rien, ils passaient par là, réveillés peut-être par le bruit des flonflons, les soupirs amoureux qui, de Boulogne à Vincennes, des berges de la Seine aux portes cochères, firent de Paris, cette nuit-là, la capitale du plaisir.

Léa regardait souffrir cet homme qu'elle avait aimé. Elle éprouvait une grande pitié mais se sentait incapable de lui procurer un réconfort suffisant tant elle était démunie, n'ayant plus en elle ni force ni espoir.

— Charles va bien.

C'était tout ce qu'elle avait trouvé.

— Qu'avez-vous, mon vieux ? Une mauvaise nouvelle ? lui demanda le capitaine Buis en posant la main sur l'épaule de son camarade.

Laurent se redressa, sans se soucier de dissimuler les larmes qui coulaient sur son visage sale.

— Je viens d'apprendre la mort de ma femme.

— Je suis désolé... Comment est-elle morte ?

— Je n'en sais rien, fit-il en se tournant vers Léa, l'interrogeant du regard.

— Elle a été tuée par les Allemands et les miliciens, lors de l'attaque d'une ferme tenue par le maquis.

Ils restèrent tous trois silencieux, étrangers à la joie qui se manifestait autour d'eux. Buis réagit le premier.

— Venez, le patron vous demande.

— J'y vais... Léa, où est mon fils ?

— Il est avec moi, chez mes tantes rue de l'Université.

— J'essaierai d'obtenir une permission pour demain. Embrasse Charles pour moi.

— Au revoir, mademoiselle, je vais m'occuper de lui.

Hébétée de fatigue et de chagrin, souffrant de la tête à en crier, Léa se traînait le long de la rue Jacob, bousculée par des passants ivres de joie et d'alcool. Rue de l'Université, elle resta assise longtemps dans le noir sur les marches de l'escalier, trop faible pour monter. La lumière s'alluma : « Tiens, l'électricité est revenue ! » Elle se hissa jusqu'à l'appartement de ses tantes et s'appuya sur la sonnette.

— Voilà, voilà... Qu'est-ce que c'est ?... C'est pas des façons ! Mademoiselle Léa ! vous n'avez pas votre clé ?... Qu'avez-vous ?... Mon Dieu !... Mesdemoiselles... mesdemoiselles...

— Qu'y a-t-il, Estelle ?

— Léa !... Vite, Lisa, Laure...

Aidée par sa sœur et sa nièce, Albertine transporta Léa sur le divan du salon. La pâleur, le nez pincé et les mains glacées de Léa affolèrent Lisa.

Albertine lui bassina les tempes à l'eau fraîche. Ses narines se desserrèrent, un frisson imperceptible parcourut son visage, ses yeux se dessillèrent puis lentement firent le tour de la pièce. Quel mauvais rêve elle avait fait !... Quel était cet enfant que berçait Laure ? Pourquoi pleurait-elle en posant ses lèvres sur les légers cheveux blonds ?... Où était la mère du bébé ?...

— NON !

Son cri désespéré fit sursauter les quatre femmes et réveilla l'enfant et Charles qui accourut les yeux pleins de sommeil. Il grimpa sur le divan et se blottit contre elle.

— N'aie pas peur, je suis là.

— Toute la journée, il a pleuré en l'appelant, chuchota Estelle à Lisa, et voilà maintenant qu'il la console. Quel drôle de gamin !

Léa porta ses mains à son front en gémissant.

— Estelle, voulez-vous préparer un tilleul pour Mlle Léa et apporter de l'aspirine.

— Bien, mademoiselle.

— Calme-toi, ma chérie. Nous avons été si inquiètes.

— Avez-vous des nouvelles de Françoise ?

— Non, répondit Laure. Quand tante Albertine m'a téléphoné pour me dire ce qui venait de se passer, je suis venue aussi vite que j'ai pu. Franck et un de ses amis ont été partout où ils pensaient trouver Françoise, ils n'ont obtenu aucun renseignement. On ne sait pas où elle est. Mais toi, où étais-tu ?

Léa négligea de répondre.

— J'ai vu Laurent.

— Oh ! enfin une bonne nouvelle.

— Pierrot est mort.

Laure ne dit rien ; elle était au courant.

— Pauvre petit, fit Lisa, je vais prier pour lui.

La vieille demoiselle ne vit pas le regard de haine que lui lança Léa.

— Tu as une cigarette ? demanda-t-elle à sa sœur.

— Tiens, dit-elle en lui lançant un paquet vert avec un rond rouge.

— Lucky Strike... Je n'en ai jamais fumé.

Estelle apporta les tasses de tilleul sucré avec du miel,

qu'elle avait déniché chez la mercière de la rue de Seine, et les comprimés d'aspirine.

Albertine souleva Charles qui s'était rendormi, tandis que Lisa emmenait le fils de Françoise. Les deux sœurs restèrent seules buvant leur tisane et fumant en silence.

22

Par les fenêtres grandes ouvertes montaient des cris, des chants insolites dans ce quartier tranquille. Laure se leva et alluma la radio.

— Attention, nous retransmettons le discours du général de Gaulle à l'Hôtel de Ville.

« Pourquoi voulez-vous que nous dissimulions l'émotion qui nous étreint tous, hommes et femmes, qui sommes ici, chez nous, dans Paris debout pour se libérer et qui a su le faire de ses mains. Non ! nous ne dissimulerons pas cette émotion profonde et sacrée. Il y a des minutes qui dépassent chacune de nos propres vies (...)

« Paris ! Paris outragé ! Paris brisé ! Paris martyrisé ! mais Paris libéré ! libéré par lui-même, libéré par son peuple avec le concours des armées de la France, avec l'appui et le concours de la France tout entière, de la France qui se bat, de la seule France, de la vraie France, de la France éternelle.

« Eh bien ! puisque l'ennemi qui tenait Paris a capitulé dans nos mains, la France rentre à Paris, chez elle. Elle y rentre sanglante, mais bien résolue. Elle y rentre éclairée par l'immense leçon, mais plus certaine que jamais de ses devoirs et de ses droits. »

L'électricité fut coupée, éteignant la voix de celui qui, durant quatre ans, avait été l'espoir de la France et qui, ce soir, au ministère de la Guerre que les Allemands avaient quitté quelques heures plus tôt, « gouvernait la France ».

Laure alluma la lampe à pétrole posée sur un guéridon près du divan où était étendue sa sœur.

— Je vais me coucher, tu devrais en faire autant. Nous essaierons d'y voir plus clair demain.

— C'est ça... nous essaierons. Bonne nuit.

— Bonne nuit, toi aussi.

La lumière jaune de la lampe à pétrole accentuait le calme du salon dont le charme désuet rappelait un peu Montillac. Léa soupira en allumant une nouvelle cigarette. Elle reposa le paquet de Lucky Strike sur le guéridon et remarqua un journal : « HIER, À 22 HEURES, LES TROUPES FRANÇAISES ARRIVAIENT PLACE DE L'HÔTEL-DE-VILLE », titrait sur six colonnes *Le Figaro*. Le nom de François Mauriac y figurait en première page, elle commença à lire l'article intitulé : « LE PREMIER DES NÔTRES » :

« À l'heure la plus triste de notre destin, l'espérance française a tenu dans un homme ; elle s'est exprimée par la voix de cet homme — de cet homme seul. Combien étaient-ils les Français qui vinrent alors partager sa solitude, ceux qui avaient compris à leur manière ce que signifie : faire don de sa personne à la France ? »

Les lignes dansaient devant les yeux de Léa.

« La quatrième République est la fille des martyrs. Elle est née dans le sang, mais dans le sang des martyrs. Ce sang des communistes, des nationaux, des chrétiens, des juifs, nous a tous baptisés du même baptême dont le général de Gaulle demeure au milieu de nous le Symbole vivant... Nous sommes sans illusions sur les hommes... Je resonge aux vers du vieil Hugo dont j'ai souvent bercé ma peine, durant ces quatre années :

Ô libre France enfin surgie !
Ô robe blanche après l'orgie ! »

Le journal glissa des mains de Léa : elle dormait.

À nouveau, le fantôme de l'homme d'Orléans la poursuivait, armé cette fois d'une immense paire de ciseaux. Au moment où il allait l'atteindre, Léa se réveilla en nage. Elle ne se rendormit qu'au petit matin.

Ce fut une odeur de café — de vrai café ?... D'où provenait cette denrée rare qui la tira de son sommeil agité ? Bizarrement, malgré une légère migraine, elle se sentait bien. Laure venait d'entrer avec un plateau et sur ce plateau, une tasse fumait.

— Du café ?

— Si on veut. C'est Laurent qui a apporté ça...

— Laurent est là ?

— Oui, il est avec Charles dans ta chambre.

Léa se leva brusquement.

— Non, n'y va pas, Charles lui raconte comment sa mère est morte. Tiens, bois pendant que c'est chaud.

— On dirait vraiment du café... Qu'est-ce que c'est ?

— C'est une poudre faite avec du café. On verse de l'eau chaude dessus et ça devient du café. C'est américain, paraît-il.

— Toujours pas de nouvelles de Françoise ?

— Non, mais Franck a appelé. Il a rencontré un responsable des arrestations, vieil ami de son père...

— Je croyais que son père était plus ou moins collabo ?

— Oui et l'autre aussi.

— Je ne comprends pas.

— C'est simple, à la faveur de l'insurrection, beaucoup se sont faufilés dans les rangs des F.F.I. Certains auraient même fait, paraît-il, preuve d'un grand courage. Quand Franck l'a rencontré, armé d'une mitraillette avec un brassard à croix de Lorraine, il a été surpris. Le reconnaissant, le collabo a eu peur qu'il parle. C'est pour ça qu'il a accepté de se renseigner sur le lieu de détention de Françoise. Si tout va bien, on devrait avoir des nouvelles en fin d'après-midi.

— Et pour Pierrot ?

— Son corps est à la morgue, j'ai été l'identifier hier.

— Hier ?... Mais tu ne m'avais rien dit ?

— À quoi bon. Il faudrait prévenir oncle Luc. Tante Albertine m'a promis de le faire dès que le téléphone marchera entre Paris et Bordeaux.

On frappa à la porte.

— Entrez.

C'était Laurent portant Charles dans ses bras. Leurs yeux étaient rouges.

— Léa, papa est revenu.

— Bonjour, Léa. Le général Leclerc m'attend, je ne peux pas m'attarder. Je reviendrai après le défilé aux Champs-Élysées. Merci pour tout, ajouta-t-il en déposant un baiser sur son front. À ce soir, Charles.

— Je veux venir avec toi sur ton char.

— Ce n'est pas possible, mon chéri. Une autre fois.

Le petit garçon se mit à pleurnicher. Léa le prit contre elle.

— Ne pleure pas, nous irons voir ton papa tout à l'heure.

— C'est vrai ?

— Oui.

Après un dernier baiser à son fils, Laurent partit.

« Comme il a l'air malheureux », pensa Léa.

Un immense drapeau tricolore flottait sous l'Arc de Triomphe.

Il faisait un temps magnifique, pas un nuage. Une foule de plus d'un million de Parisiens s'était rassemblée sur le parcours que devaient emprunter le général de Gaulle, les généraux Leclerc, Juin et Kœnig, les chefs de la Résistance et les F.F.I. De l'Étoile à Notre-Dame en passant par la Concorde, les rues et les trottoirs étaient noirs de monde. Le petit avion des actualités américaines tournoyait dans le ciel. Léa et Laure donnant la main à Charles se laissaient gagner peu à peu par l'euphorie de la foule.

— Les voilà ! les voilà !

Assis sur la balustrade des Tuileries dominant la place de la Concorde, ils voyaient venir vers eux l'immense fleuve piqueté de drapeaux, de banderoles, conduit par un homme grand et seul : le général de Gaulle, précédé par quatre chars français : Lauraguais, Limagne, Limousin et Vercelon. Là-bas, le cortège s'était arrêté devant la musique de la garde qui jouait *La Marseillaise* et *La Marche lorraine*. Les chants jaillissaient des milliers de poitrines.

— Vive de Gaulle ! vive la France !

Des années plus tard, Charles de Gaulle écrivait dans ses *Mémoires* :

« *Ah ! C'est la mer ! Une foule immense est massée de part et d'autre de la chaussée. Peut-être deux millions d'âmes. Les toits aussi sont noirs de monde. À toutes les fenêtres s'entassent des groupes compacts, pêle-mêle avec des drapeaux. Des grappes humaines sont accrochées à des échelles, des mâts, des réverbères. Si loin que porte ma vue ce n'est qu'une houle vivante, dans le soleil, sous le tricolore.*

« *Je vais à pied. Ce n'est pas le jour de passer une revue où brillent les armes et sonnent les fanfares. Il s'agit, aujourd'hui, de rendre à lui-même, par le spectacle de sa joie et l'évidence de sa liberté, un peuple qui fut, hier, écrasé par la défaite et dispersé par la servitude. Puisque chacun de ceux qui sont là a, dans son cœur, choisi Charles de Gaulle comme recours de sa peine et symbole de son espérance, il s'agit qu'il le voie, familier et fraternel, et qu'à cette vue resplendisse l'unité nationale (...)*

« *Il se passe, en ce moment, un de ces miracles de la conscience nationale, un de ces gestes de la France, qui parfois, au cours des siècles, viennent illuminer notre histoire. Dans cette communauté, qui n'est qu'une seule pensée, un seul élan, un seul cri, les différences s'effacent, les individus disparaissent (...)*

« *Mais il n'y a pas de joie sans mélange, même à qui suit la voie triomphale. Aux heureuses pensées qui se pressent dans mon esprit beaucoup de soucis sont mêlés. Je sais bien que la France tout entière ne veut plus que sa libération. La même ardeur à revivre qui éclatait, hier, à Rennes et à Marseille et, aujourd'hui, transporte Paris, se révélera demain à Lyon, Rouen, Lille, Dijon, Strasbourg, Bordeaux. Il n'est que de voir et d'entendre pour être sûr que le pays veut se remettre debout. Mais la guerre continue. Il reste à la gagner. De quel prix, au total, faudra-t-il payer le résultat?...* »

Le général salua la foule des deux mains puis monta dans la grosse Renault noire décapotable qui avait servi au maréchal Pétain lors de sa précédente visite... À ce moment-là, des coups de feu éclatèrent.

— Les salopards tirent des toits!

— Couchez-vous.

Des gens se jetèrent à terre tandis que les responsables du service d'ordre, revolver au poing, poussaient des femmes et des enfants à l'abri derrière les chars et les half-tracks.

« Quelle pagaille », pensa Léa, en contemplant la place de la Concorde — qui n'était qu'une masse de corps enchevêtrés par la peur, de jupes haut troussées, de bicyclettes renversées, de chicanes en fils de fer barbelé, de jeeps, de chars —, avant de s'accroupir derrière la balustrade, tirée par Laure et Charles qui, lui, était ravi. Des F.F.I. ripostèrent en direction du pavillon de Marsan. Des fusillades plus nourries semblaient provenir de la gare d'Orsay et de la rue de Rivoli. Aussi soudainement qu'ils avaient commencé, les coups de feu cessèrent. Les Parisiens se relevèrent, penauds, regardant autour d'eux.

En courant, les deux sœurs traversèrent le jardin des Tuileries, transformé en champ de manœuvre, tenant Charles, que tout cela amusait, à bout de bras.

— Tu n'es pas fatigué? s'inquiétait Léa.

— Non, non, faisait-il en riant, je veux voir papa sur son char.

Ils allaient traverser l'avenue Paul-Déroulède, en face de l'Arc du Carrousel, quand les coups de feu reprirent. Ils se jetèrent à plat ventre sur une pelouse. Autour d'eux, la foule, prise de panique, s'enfuyait dans le plus grand désordre. La confusion était telle que les F.F.I., de l'autre côté de la Seine, tiraient sur le pavillon de Flore et que ceux des Tuileries, croyant à une attaque de miliciens, ripostaient sur ceux d'en face.

— Ce serait trop idiot de mourir ici, dit Léa en se relevant, après qu'une volée de balles se fut enfoncée non loin d'elle.

Près des guichets du Louvre, elles rencontrèrent Franck poussant son vélo. Laure installa Charles sur le porte-bagages et ils se dirigèrent vers Notre-Dame.

Sur le parvis de la cathédrale, de Gaulle venait de descendre de voiture et embrassait deux petites filles habillées en Alsaciennes qui lui tendaient un bouquet tricolore. Les chars stationnés sur le parvis disparaissaient sous les grappes humaines. Depuis son départ de la place de la Concorde tout le long du chemin l'amenant à Notre-Dame, les coups de feu n'avaient pas cessé, provoquant des bousculades monstres.

Partout, ces gens épuisés par quatre années de restrictions, énervés par les combats qui avaient précédé la libération de Paris, criaient leur joie.

— Vive de Gaulle !

— Vive la France !

— Vive Leclerc !

Le général s'avançait vers le portail du Jugement dernier quand éclata une fusillade plus nourrie que les précédentes.

— Ils tirent des tours de Notre-Dame, cria quelqu'un.

La plupart des assistants se jetèrent à plat ventre. De Gaulle, debout, fumait tranquillement une Craven en regardant la scène avec un air amusé. Aussitôt, les Leclerc et les « fifis » tirèrent en direction de la cathédrale, mutilant les gargouilles dont les éclats volèrent sur ceux qui se tenaient devant le portail. Les officiers de la 2e D.B. couraient en tous sens pour faire cesser le feu.

— On voit que vos hommes n'ont pas l'habitude des combats de rues, dit ironiquement le colonel Rol au lieutenant-colonel Jacques de Guillebon de la 2e D.B.

— Non, mais croyez-moi, ils vont la prendre, répondit-il en le toisant.

Tandis que le général Leclerc donnait des coups de canne à un soldat paniqué qui tirait dans tous les sens, le général de Gaulle, agacé, époussetait sa vareuse, en pénétrant dans le lieu saint. Le colonel Peretti lui frayait un passage à coups de pied et de poing. Il était en avance sur l'horaire d'une trentaine de minutes et le clergé n'était pas là pour l'accueillir. L'orgue était silencieux et le chœur dans la pénombre faute de courant. À peine avait-il fait quelques pas que la fusillade reprit à l'intérieur de l'édifice. Les assistants bousculant chaises et prie-Dieu se couchèrent, effrayés par l'écho qui amplifiait le bruit des détonations.

— Les miliciens tirent de la galerie des Rois.

— Mais non, ce sont des hommes de la Préfecture qui sont là-haut !

Impassible, le général de Gaulle remonta les soixante mètres de la nef entre des rangées de chaises renversées, de fidèles accroupis tête entre leurs bras. Par instants, un visage émergeait le temps de crier :

— Vive de Gaulle !

Derrière le général, Le Troquer bougonnait :

— On voit plus de derrières que de visages.

Arrivé près du chœur, de Gaulle se dirigea vers un fauteuil installé à gauche dans la croix du transept suivi par Parodi, Peretti et Le Troquer tandis que les balles continuaient à siffler. Mgr Brot, archiprêtre de Notre-Dame, s'avança vers le général de Gaulle.

— Mon général, un autre que moi devait vous accueillir. Il en a été empêché par la force. Il m'a chargé de vous exprimer ses protestations respectueuses, mais fermes.

En effet, le général de Gaulle aurait dû être reçu par le

cardinal Suhard, mais le Gouvernement provisoire avait fait savoir le matin même au cardinal que sa présence n'était pas souhaitée. Pourquoi ? Certains lui reprochaient d'avoir reçu dans sa cathédrale le maréchal Pétain et d'avoir présidé aux obsèques de Philippe Henriot. Pourtant, auxdites obsèques, il avait refusé de prendre la parole malgré la demande des autorités allemandes, ce qui avait fait dire aux miliciens :

— C'est un gaulliste.

« Ni gaulliste, ni collaborationniste, homme d'Église tout simplement... » devait penser Mgr Brot.

— Faites donner les orgues, ordonna Le Troquer.

— Il n'y a pas de courant.

— Alors, faites chanter.

D'abord hésitant, le *Magnificat* retentit sous les voûtes. Le général de Gaulle chantait à pleine voix, entraînant le reste de l'assistance. Les coups de feu cessèrent un instant, puis reprirent au milieu du chant, blessant trois personnes. De jeunes prêtres donnaient l'absolution. Arrêté un court moment, le cantique s'éleva de nouveau sous les voûtes séculaires accompagné du sifflement des balles.

Des jeunes gens en blouse blanche ramassaient les blessés et les personnes contusionnées dans les bousculades. Le *Magnificat* s'éteignit. L'endroit devenait trop dangereux. Il n'y aurait pas de *Te Deum* ce jour-là.

Précédant le général de Gaulle, un magnifique bedeau lui ouvrit le chemin.

Dehors, la foule l'accueillit avec de formidables vivats :

— Vive de Gaulle !

— Dieu sauve de Gaulle !

— La Vierge sauve de Gaulle !

— Dieu protège la France !

L'homme du jour salua des deux mains et s'installa tranquillement dans sa voiture qui repartit sous les ovations.

Charles était le plus heureux et le plus fier des petits garçons. Il dominait le monde du haut de la tourelle du char de son père.

C'est à l'Hôtel de Ville qu'ils avaient retrouvé Laurent d'Argilat qui revenait de la Concorde. Il leur annonça qu'il repartait dans moins d'une heure.

— On ne se doute pas ici, malgré les tireurs des toits, que dans la banlieue nord de Paris les combats continuent.

— Mais les Allemands ont bien signé l'acte de reddition ?

— C'est valable pour ceux qui étaient sous les ordres du général von Choltitz et non pour les autres, c'est du moins ce que disent leurs chefs. Ils sont installés au Bourget et dans la forêt de Montmorency. Ils disposent de troupes fraîches venues à bicyclette du Pas-de-Calais, et surtout des chars de la 47e division d'infanterie du général major Wahle...

— Papa, montre-moi comment ça marche.

Léa, grimpée sur le tank, donna une tape sur la main de Charles.

— Ne touche pas, tu vas tout faire sauter.

Laurent eut un rire sans joie. Il embrassa son fils, le souleva et le tendit, malgré ses protestations, à Franck.

— Prends bien soin de lui, Léa. Dès que ce sera possible, je reviendrai vous voir. Nous parlerons de Camille, je veux tout savoir de sa mort.

Charles et les trois jeunes gens regardèrent le char manœuvrer. Ils le suivirent jusqu'au boulevard de Sébastopol.

Franck raccompagna les deux sœurs et l'enfant rue de l'Université, où il promit de revenir dans la soirée avec des nouvelles de Françoise et du ravitaillement.

La promenade avait fatigué Charles qui se plaignait de la tête. Estelle prit sa température, il avait trente-neuf degrés de fièvre. La vieille servante gronda qu'elle l'avait bien dit... qu'il ne devait pas sortir... qu'il n'était pas encore guéri. Léa le coucha dans son lit et resta auprès de lui, sa petite main serrant la sienne, jusqu'à ce qu'il s'endorme. Sans doute avait-elle également présumé de ses forces car elle s'endormit à son tour.

Un grondement persistant l'arracha au sommeil. Léa regarda sa montre : onze heures et demie ! La chambre était plongée dans l'obscurité, le grondement s'intensifiait. Des avions... C'étaient des avions qui survolaient Paris, sans doute des avions alliés allant bombarder le front. Les sirènes se mirent à hurler. Les avions se rapprochèrent, semblant voler très bas. Léa se précipita à la fenêtre.

Jamais depuis Orléans elle n'avait vu autant d'avions ensemble. Les jets de balles traçantes, les rares tirs de la D.C.A. ne semblaient pas les concerner. Soudain, de formidables explosions du côté de l'Hôtel de Ville et des Halles ébranlèrent le quartier, illuminant la nuit.

— Il faut descendre aux abris, cria Albertine en ouvrant la porte, le bébé de Françoise dans les bras.

Lisa et Estelle passèrent en courant dans le couloir, les cheveux ébouriffés.

— Descendez sans moi, emmenez Charles.

Le petit garçon, mal réveillé, s'accrochait à elle.

— Je veux pas... je veux rester avec toi...

— D'accord, tu restes là.

Blotti contre elle dans une des grandes bergères du salon, Charles se rendormit. Léa fuma une cigarette alors que les bombes allemandes tombaient dans le Marais, rue Monge, sur l'hôpital Bichat, tuant sept infirmières, détruisant une partie de la Halle aux vins, provoquant un incendie qui éclairait Paris comme un feu de Bengale.

Vers minuit, la fin de l'alerte sonna. Les pin-pon des pompiers et les sirènes des ambulances remplacèrent le bruit des bombes. Tout le monde se recoucha. Pas pour longtemps. Une nouvelle alerte, vers trois heures du matin, tira les Parisiens de leur lit.

Le lendemain on dénombra une centaine de morts et environ cinq cents blessés. Pour ceux qui avaient cru que la guerre était finie, ce fut un rude réveil.

À l'aube du 27 août 1944, Paris pansait ses blessures. Une étrange cérémonie se déroulait à Notre-Dame toutes portes closes, celle dite de la « réconciliation ». « Le sang du crime », selon l'expression liturgique consacrée, ayant coulé dans l'église, l'église devait être « réconciliée » avant que les fidèles puissent revenir y prier. L'archiprêtre de Notre-Dame, Mgr Brot, accompagné du chanoine Lenoble, fit le tour de la basilique à l'intérieur et à l'extérieur en bénissant les murs avec de « l'eau grégorienne », mélange d'eau, de cendres, de sel et de vin. Après cette cérémonie, qui se déroula en présence uniquement des membres du clergé attachés à Notre-Dame, les offices et la messe furent célébrés normalement.

En cette matinée de dimanche, une messe fut dite sur une barricade du boulevard Saint-Michel par un aumônier des F.F.I., prêtre des maquis de Haute-Savoie, entouré de drapeaux, devant une foule importante et recueillie.

Léa refusa d'accompagner ses tantes à la grand-messe, à Saint-Germain-des-Prés.

Après plusieurs tentatives, Albertine de Montpleynet réussit à joindre maître Luc Delmas. La communication était très mauvaise, il fallait crier pour se faire entendre.

— Allô, allô... Vous m'entendez ?... Ici, Mlle de Montpleynet... Je suis la tante des petites Delmas... Oui, elles sont avec moi... Elles vont bien... Je vous appelle au sujet de votre fils... Oui, Pierrot... Non... Non... Il a été tué... Je suis désolée... par les Allemands... C'est hélas possible... Je suis allée identifier le corps hier... Je ne sais pas.... Il était avec Léa, boulevard Saint-Michel... Je vais voir, elle a été blessée... Ne quittez pas... Léa, c'est ton oncle, il veut te parler.

— Je n'ai rien à lui dire ; c'est de sa faute si Pierrot s'est fait tuer.

— Tu es injuste, c'est un homme brisé.

— C'est bien fait.

— Léa, tu n'as pas le droit de parler ainsi. C'est le frère

de ton père, ne l'oublie pas. Si tu ne le fais pas par charité chrétienne, fais-le par humanité en souvenir de tes parents.

Pourquoi lui parlait-on de ses parents ? Ils étaient morts, comme Camille ! comme Pierrot !

— Allô, fit-elle en arrachant le téléphone des mains de sa tante. Allô, oui, c'est Léa... Je l'ai rencontré par hasard, il y a quelques jours, il était dans la Résistance depuis un an avec les communistes, il avait été envoyé à Paris pour servir d'agent de liaison entre les chefs de l'insurrection. Il a été tué par une grenade... Non, je ne sais pas s'il a souffert, j'ai été blessée, nous n'avons pas été conduits au même hôpital... Allô, allô... Ne coupez pas... Allô, qui est à l'appareil ?... Philippe... Oui, c'est affreux... Ici, nous sommes libérés, comment ça se passe à Bordeaux ?... Quoi ?... Vous espérez que les Allemands vont repousser les Américains !... Je crains que tu ne te rendes pas compte que la guerre est perdue pour l'Allemagne et qu'aujourd'hui ou demain des gens comme toi et ton père risquent d'être fusillés... Non, ça ne me ferait pas plaisir, ça me serait égal. Pierrot est bien mort... Oh ! si, j'ai changé. Que doit-on faire pour l'enterrement ?... Rappelle-moi chez mes tantes... Littré 35-25... Avez-vous des nouvelles d'oncle Adrien ?

Léa raccrocha, soudain songeuse.

— Tante Albertine, c'était affreux de l'entendre pleurer, dit-elle d'une petite voix.

23

Le mois de septembre 1944 allait être pour Léa le mois des décisions.

Tout commença, en fait, dans la soirée du 30 août.

Vers huit heures du soir, le téléphone sonna. Ce fut Albertine qui répondit :

— Allô... Oui, ma nièce est ici, qui la demande ?... Comment ? Je n'ai pas bien compris... M. Tavernier... François Tavernier ? Bonjour, monsieur... Où êtes-vous ?... À Paris ! Quand êtes-vous arrivé ?... Avec le général de Gaulle ! Je suis si heureuse de vous entendre, monsieur... Oui, Léa va bien... Mme d'Argilat ? Hélas ! monsieur, elle est morte... Oui, c'est horrible. Son petit garçon est ici. Nous avons vu son père, il y a quelques jours, il se bat actuellement au nord de Paris... Ne quittez pas, je vous passe Léa. Léa !... le téléphone.

Elle arriva en peignoir de bain, les cheveux mouillés.

— Qui est-ce ?

— M. Tavernier.

— Franç...

— Oui. Qu'as-tu, ma petite ?... Tu ne vas pas te trouver mal ?

Son sang cognait si fort qu'elle avait mal partout.

— Non... ça va, fit-elle d'une voix faible en s'asseyant avant de prendre l'appareil.

Albertine de Montpleynet la regardait avec un air attendri, mêlé d'inquiétude. Elle aurait donné tout ce qu'elle possédait pour voir la fille de sa chère Isabelle enfin heureuse.

— Ma tante... je voudrais être seule.

— Bien sûr, ma chérie, excuse-moi.

Léa n'osait approcher le récepteur de son oreille malgré les allô, allô de plus en plus impatients.

— Allô... François?... Oui... Oui... Non... je ne pleure pas... Non, je vous assure... Où?... Au ministère de la Guerre? Où est-ce?... 14, rue Saint-Dominique?... J'arrive.... le temps de me sécher les cheveux... François... D'accord, d'accord, je ne perds pas de temps...

Léa raccrocha, ivre de joie, riant et pleurant avec une envie de se mettre à genoux et de remercier Dieu. Il était vivant...

Depuis la mort de Camille, elle avait tenté de l'oublier, ne voulant plus souffrir de la perte d'un être cher. En revoyant Laurent, devant le bonheur éprouvé, elle avait cru avoir réussi. Mais là, rien qu'au son de sa voix, son corps avait frémi comme sous une caresse. Vite, être dans ses bras, oublier toutes ces horreurs, ne plus penser à la guerre, ne plus penser à la mort, ne penser qu'au plaisir... Zut, ses cheveux n'étaient pas secs, elle allait être affreuse.

Elle se précipita dans sa chambre, frottant sa tête avec énergie, fouilla dans son armoire à la recherche d'une robe. Où était donc passée sa robe bleue qui lui allait si bien?... introuvable, elle devait être dans le panier à linge sale.

— Laure, Laure...

— Oui, ne crie pas comme ça, que veux-tu?

— Peux-tu me prêter ta robe vert et rouge?

— Mais, elle est neuve!

— Justement. Oh! sois gentille, prête-la-moi... Je te promets d'y faire très attention.

— D'accord, c'est bien pour te rendre service. Où vastu?

— J'ai rendez-vous avec François Tavernier.

— Quoi! il est revenu?

— Oui.

— Tu en as de la chance! Va vite! ne le fais pas attendre... Je vais chercher ma robe.

Quand Laure revint, Léa était nue et talquait son corps.

— Que tu es belle!

— Pas plus que toi.

— Oh, si! Tous mes copains le disent. Tiens, passe la robe... Fais attention, le tissu est fragile.

Laure l'aida à enfiler la délicate robe en crêpe mousseline au décolleté plongeant, aux larges manches courtes et dont la taille cintrée faisait paraître plus large la courte jupe froncée.

— Dis donc, tu ne t'embêtes pas! Une robe de chez Jacques Fath!

— Je l'ai échangée contre cinq kilos de beurre et cinq litres d'huile.

— Ce n'était pas cher payé.

— Tu crois? Le beurre est plus rare que les robes de grand couturier et avec la libération, on les aura pour rien, celles des anciennes belles du Tout-Paris allemand.

— Que tu es drôle! Qui aurait pensé que la petite Bordelaise, amoureuse du maréchal Pétain, trafiquerait du marché noir!

— Et alors? Tout le monde peut se tromper, moi je me trompais sur Pétain, toi tu peux te tromper sur de Gaulle. Et puis, le marché noir! Sans lui tu n'aurais pas mangé tous les jours.

— C'est vrai, je le reconnais bien volontiers. Simplement, j'admire ton sens du commerce. Quant à de Gaulle, heureusement qu'il était là...

— On verra, c'est un militaire, comme l'autre.

Léa haussa les épaules sans répondre.

— Toujours rien de Françoise?

— Non, Franck cherche toujours. Parles-en à François Tavernier, il aura sûrement une idée. Et pour Pierrot, que fait-on?

— Je ne sais pas, vois avec tante Albertine.
— Vers quelle heure rentres-tu ?
— Je ne sais pas. Préviens les tantes que je sors et occupe-toi de Charles.
— C'est ça, à moi les corvées, dit Laure d'un ton faussement fâché. Amuse-toi bien quand même. Attention à ma robe.
— J'y ferai attention comme à la prunelle de mes yeux. Car je ne sais pas où je trouverais cinq kilos de beurre et cinq litres d'huile pour te la rembourser.
— Tu es loin du compte, maintenant ce serait dix kilos et dix litres.
— Continue comme ça et tu feras fortune.
— J'y compte bien. Sauve-toi, j'entends Lisa ; si elle te voit sortir, tu en as pour une heure d'explication : où vas-tu ? avec qui ? est-il convenable ? etc.
— Je suis déjà partie. Merci...

Elle descendit si vite l'escalier qu'elle loupa l'avant-dernière marche et s'étala de tout son long sur le marbre du vestibule. En tombant, elle se tordit douloureusement le poignet.
— Merde !
— Quel vilain mot dans une si jolie bouche !
— C'est d'un banal !... Franck !... C'est vous ?... On n'y voit rien avec ces maudites coupures de courant.
— Oui, c'est moi.
— Aidez-moi à me relever.
Elle poussa un cri en se remettant debout.
— Vous vous êtes fait mal ?
— Ce n'est rien. Vous êtes bien chargé ? Qu'est-ce que c'est ?
— Du ravitaillement pour Laure. Je sais où est votre sœur.
— Pourquoi ne le disiez-vous pas ?
— Vous ne m'en avez pas laissé le temps.
— Alors ?
— Elle est au Vel'd'Hiv. C'est là que les F.F.I. ont regroupé les collabos.

— C'est facile d'y entrer ?

— Si vous êtes tondue, oui.

— Vous n'êtes pas drôle.

— Excusez-moi. Non, ce n'est pas facile d'y entrer, une horde d'énergumènes siège en permanence devant les portes, criant des injures, cognant et crachant sur ceux qu'on amène. Les avocats, même accompagnés d'un responsable F.F.I., se font conspuer comme les autres.

— Renseignez-vous. J'ai rendez-vous avec un ami qui est auprès du général de Gaulle, je vais lui en parler.

— Demandez-lui qu'il use de toute son influence pour la faire sortir, les conditions de détention sont, paraît-il, très dures. Ce n'est pas prudent de se promener seule le soir ; vous ne voulez pas que je vous accompagne ?

— Non, merci. Je vais rue Saint-Dominique, ce n'est pas loin. Merci pour Françoise. Je vous appellerai demain pour vous tenir au courant.

— À demain, bonne soirée.

Léa ne l'entendit pas, elle était déjà dans la rue.

Au ministère de la Guerre, à peine avait-elle donné son nom que le planton la fit conduire au premier étage. Elle fut introduite dans un grand salon qui portait encore les marques des précédents occupants : portrait du Führer décroché et jeté dans un coin, drapeaux et papiers marqués de la croix gammée jonchant le sol, caisses à demi remplies de dossiers, documents éparpillés, tout attestait un départ précipité.

— Le commandant est prévenu, il vous demande de patienter quelques minutes, il est avec le général. Tenez, vous avez des journaux.

Des dizaines de journaux de toutes les régions de France étaient répandus sur une des tables : *La Nation*, *Les Allobroges*, *Le Franc-Tireur*, *Libération*, *Combat*, *Défense de la France*, *la Marseillaise*, *L'Aisne nouvelle*, *Lyon libéré*, *L'Humanité*, *Le Patriote niçois*, *Le Libre Poitou*, *La Petite*

Gironde... Bordeaux était libéré !... Les F.F.I. avaient pénétré dans la ville vers six heures trente du matin. *La Petite Gironde* publiait en première page l'ordre du jour numéro un du Conseil régional de la libération du Sud-Ouest, du délégué militaire régional Triangle (le colonel Gaillard) et du délégué militaire du War Office Major, Roger Landes (Aristide), aux Forces françaises de l'intérieur. Aristide !... Il était vivant ! Adrien devait être avec lui. « Bordeaux a fêté sa libération » titrait un journal qu'elle ne connaissait pas. C'était curieux, il était à la même adresse, avait le même coq claironnant que *La Petite Gironde* du lundi 28 août, mais lui, en date du 29, s'intitulait : *Sud-Ouest*...

Toute à ses réflexions, elle ne l'entendit pas approcher et se retrouva dans ses bras avant de l'avoir vu.

— Lâchez... François !

— Toi... toi...

C'était comme une vague qui les enlevait, les relâchait, les roulait, les bousculait, les broyait, les anéantissait. Ils tanguaient, enlacés, à travers la pièce, lèvres soudées, se heurtant aux meubles, ivres d'eux-mêmes au point de ne pas remarquer qu'ils n'étaient plus seuls.

— Eh bien, Tavernier, c'était donc ça ce rendez-vous si important ?

— Excusez-moi, mon général, comme vous le voyez, il était de la plus grande importance.

— Je vois, mademoiselle est charmante. Quand vous en aurez fini avec votre rendez-vous, disons dans une heure, venez me rejoindre.

— Bien, mon général. Merci, mon général.

Éberluée, Léa regardait la haute silhouette regagner son bureau.

— C'est vraiment lui ? balbutia-t-elle.

— Oui.

— J'ai honte !

— Tu n'as pas à avoir honte, c'est un homme...

— Justement.

— En attendant, nous avons une heure devant nous et sa bénédiction.

— Tu veux dire ?...

— Oui.

Elle devint écarlate. Il éclata de rire.

— Ne ris pas, ce n'est pas drôle. Pour qui va-t-il me prendre ?

— Rassure-toi, il t'a déjà oubliée. Viens, j'ai envie de toi.

Oubliant sa honte, Léa se laissa entraîner au deuxième étage.

— C'est ici le bureau du général, chuchota-t-il en passant devant une porte gardée par un jeune soldat.

Au fond du couloir, après avoir poussé plusieurs portes, François trouva enfin ce qu'il cherchait.

C'était un étroit cagibi éclairé par une haute lucarne, dans lequel on avait rangé tapis roulés et tentures soigneusement pliées. Il y régnait une chaleur étouffante et une forte odeur de poussière et de naphtaline. Tavernier la bascula sur une pile d'Aubusson et se laissa tomber sur elle.

— Attends, embrasse-moi.

— Plus tard, j'ai trop bandé en pensant à toi et à ton joli petit cul ; je ne peux plus attendre...

Fébrile, il tentait de lui arracher sa culotte.

— Saloperie, c'est du tissu d'avant-guerre, fit-il en tirant violemment.

— Arrête, tu vas déchirer ma robe.

— Je t'en achèterai dix. Ah !...

Il venait de la pénétrer avec une brutalité qui lui arracha un cri de douleur et de colère.

— Tu me fais mal... laisse-moi...

— Plutôt mourir !

Elle lutta, tentant de se dégager de ce sexe qui la malmenait.

— Salaud !...

— Encore, c'est le premier mot que j'ai entendu de toi.

— Salaud !... salaud... sal...

Le désir de François l'avait à son tour gagnée et ce furent deux bêtes grognant et mordant qui jouirent, sans raffinements et hâtivement, l'une de l'autre.

Ce brusque plaisir n'avait pas assouvi leur désir. Sans se déprendre, ils refirent l'amour, éprouvant dans tout leur être une volupté qu'ils ne se souvenaient pas avoir jamais connue. Ils retombèrent brisés et repus sur des tentures pourpres qui semblaient vouloir les envelopper.

Ils restèrent de longues minutes sans parler, écoutant encore dans leur corps la résonance du plaisir. François se souleva et la contempla. Rarement il avait vu un tel abandon dans l'amour. Une fois prise, elle se soumettait à ses désirs sans la moindre vergogne. Il effleura les lèvres gonflées. Une mince lueur filtra à travers les paupières de Léa, provoquant chez lui une émotion insupportable.

— Regarde-moi.

Les beaux yeux s'ouvrirent lentement sur un regard embué, déchirant de tristesse. Il se méprit sur cette mélancolie.

— Tu m'en veux ?

La tête aux cheveux ébouriffés fit non, tandis que de lourdes larmes roulaient sur le velours couleur d'amarante.

— Je t'aime, petite, ne pleure pas.

— J'ai eu si peur... parvint-elle à dire.

— C'est fini, je suis là.

Avec colère, elle se redressa et le repoussa.

— Non, ce n'est pas fini. Partout, il y a des gens qui en tuent d'autres, qui en humilient...

— Je sais. Calme-toi. Plus tard, tu me diras... Je sais pour Camille...

— Tu sais pour Camille ?... Sais-tu pour Pierrot ?... pour Raoul... pour Françoise ?...

— Pour Françoise ?

— Elle a été arrêtée et tondue par les F.F.I.

— Comment savez-vous que c'étaient des F.F.I. ?

— Ils portaient des brassards.

— Beaucoup de gens pas très intéressants se sont infiltrés parmi les Forces françaises de l'intérieur, le général le sait. Tout sera mis en œuvre pour rétablir l'ordre public et punir les coupables.

— Je ne sais pas si ce sont des gens pas très intéressants, comme vous dites, qui se sont infiltrés parmi les libérateurs de Paris, mais je peux vous assurer que l'ensemble des spectateurs qui assistaient à la tonte de ma sœur et des autres filles y prenaient un grand plaisir et trouvaient normal qu'on les punisse de cette façon.

— La colère vous va toujours aussi bien, ma chère...

— Oh !

— Pardonne-moi. Que lui est-il arrivé après ?

— Ils l'ont conduite au Vel'd'Hiv.

— Elle y est en bonne compagnie, il y a tout le gratin : Sacha Guitry, Mary Marquet... Ne t'inquiète plus, nous allons la sortir de là. Nom de Dieu ! il faut que je te quitte, le général doit m'attendre. Je t'appelle demain matin. Sois sage jusque-là.

Il sortit en reboutonnant son pantalon.

— François !

— Oui ? fit-il en revenant sur ses pas.

— Je suis heureuse de te revoir.

Il la souleva et la serra contre lui en l'embrassant avec cette tendresse qui l'étonnait toujours.

Songeuse, elle écoutait s'éloigner le pas de cet homme auprès de qui elle se sentait tour à tour en pleine sécurité et en grand danger. Peu portée à l'analyse, elle essayait de démêler les causes de ses sentiments contradictoires au fond d'un cagibi du ministère de la Guerre. « Il me fait peur. Je suis idiote, pourquoi aurais-je peur, il ne m'a jamais rien fait qui justifie cette angoisse... Et si je craignais qu'il ne m'aime plus ? qu'il me quitte... Oui, bien sûr, je redoute cela, mais je sens que ce n'est pas ça... C'est presque physique... Je frissonne de peur quand il me dit "mon ange"... et cependant mon attirance est si forte que je le suivrais partout... Mais lui ?... Il me dit qu'il m'aime, mais chaque fois que nous nous revoyons, il me saute dessus sans même prendre la peine de me parler autrement que pour me dire : "Viens... j'ai envie de toi..." Je dois bien m'avouer que cela m'excite, mais je ne déteste pas "ces caresses de l'âme" que sont les mots, comme disaient Raphaël Mahl et Balzac... C'est étrange, pourquoi a-t-il le don de me mettre en colère ?... Tout à l'heure, à propos de Pierrot et de Françoise... C'est comme si, inconsciemment, je le rendais responsable de ce qui leur est arrivé... Je ne comprends pas... peut-être parce que c'est un homme qui a des attitudes, des propos, des relations équivoques et que je soupçonne ce genre d'homme d'être responsable de la guerre... Je sais bien que c'est absurde... Camille saurait sûrement... Elle me manque... C'est presque la même sensation d'abandon, d'absence qu'après la mort de maman... Quand je pense que je l'ai trahie... que j'ai voulu lui prendre son mari !... Pardonne-moi, Camille... Il y a tant de choses que je ne t'ai pas dites... Que tu ne m'as pas dites non plus... et maintenant, c'est fini... Fini... Oh ! assez de larmes !... Ça ne sert à rien... à rien. »

Avec rage, Léa essayait de défroisser sa robe, sans succès. « Ah ! ces tissus de guerre ! » Elle allait avoir bonne mine à passer devant le planton dans cette tenue. Finalement, il lui fallut bien se résoudre à quitter le réduit aux tapis. Elle entrouvrit la porte risqua un regard à droite et à gauche puis, rassurée, se faufila jusqu'à l'escalier qu'elle descendit de l'air le plus digne. Le hall d'entrée était plein de jeunes gens, militaires et F.F.I., qui regardèrent passer cette jolie fille à la robe chiffonnée et aux cheveux en désordre avec un sentiment d'envie envers celui qui l'avait mise dans cet état. Elle passa tête haute, sans paraître remarquer les sifflements admiratifs qui saluaient sa sortie, mais une fois dans la rue, elle s'enfuit en courant, rouge de honte et folle de rage.

Rue de l'Université, Charles l'accueillit avec de grands cris.

— Comment ? Tu n'es pas encore couché ?

— Papa est là ! papa est là !

L'enfant voulut l'entraîner vers le salon.

— Attends, je vais aller me changer.

— Non, viens.

— Tout à l'heure, mon chéri.

— Papa ! papa ! c'est Léa, elle ne veut pas venir !

Dans l'encadrement de la porte, apparut la haute et maigre silhouette de Laurent.

Elle l'embrassa. Comme il avait l'air fatigué !

— Attends-moi, je vais changer de robe.

Trop tard, Laure venait d'apparaître.

— Enfin te voilà ! Ma robe !... Dans quel état tu l'as mise !

— Excuse-moi, je suis tombée.

— Tombée ?...

Confuse, Léa se réfugia dans sa chambre. Ça allait être difficile de faire entendre raison à sa sœur.

Quand elle entra dans le salon, sa tante Albertine la regarda d'un air sévère.

— Tu sais que je n'aime pas que tu sortes le soir sans nous prévenir.

— Excuse-moi. Je suis allée voir François Tavernier au sujet de Françoise. Il va s'en occuper. J'ai vu le général de Gaulle, ajouta-t-elle pour faire diversion.

— Comment est-il ?

Léa fit le récit de sa brève entrevue, en omettant de préciser les circonstances exactes...

Fatiguées par tous ces événements, les demoiselles de Montpleynet se retirèrent.

— Monsieur d'Argilat, votre chambre est prête.

— Merci, mademoiselle, merci pour tout.

— Ce n'est rien. Bonsoir à tous.

Laure s'approcha de sa sœur et lui chuchota :

— J'espère que ça en valait la peine, sans cela je ne te pardonnerais pas d'avoir abîmé ma robe.

La rougeur de Léa lui donna la réponse.

— Bonsoir, je vais me coucher. Jouer les nurses m'a épuisée. Bonne nuit, Laurent, dormez bien. Viens Charles, il est l'heure de te coucher.

— Non, je veux rester avec papa.

Laurent souleva le petit garçon qui se serra fort contre lui.

— Oh ! mon papa, garde-moi.

— Je te garderai toujours, mais il est tard, il faut aller te coucher. Je viendrai te dire bonsoir.

— Léa aussi.

— Bien sûr, Léa aussi.

— Allez, en route, mauvaise troupe.

— Merci Laure, bonne nuit.

— Bonne nuit.

Restés seuls, ils demeurèrent un long moment silencieux fumant des cigarettes américaines. Laurent se leva et alla vers la fenêtre ouverte, contemplant le ciel étoilé. Sans se retourner, il demanda :

— Raconte-moi comment est morte Camille...

24

— Mademoiselle Albertine, on vous demande au téléphone.

— Merci, Estelle.

— Allô... Oui, c'est moi... Bonjour, monsieur... Bien évidemment, je suis d'accord pour recevoir ma nièce et m'en porter garante... Quand ?... Dans la journée !... Comment vous remercier, monsieur Tavernier ?... En laissant Léa dîner avec vous ? Ça me paraît difficile le jour du retour de sa sœur... Voulez-vous que je l'appelle ? Elle dort encore, elle a passé une partie de la nuit à parler avec M. d'Argilat... Bien... Je lui dis que vous rappelez ce soir.

Albertine de Montpleynet raccrocha et se dirigea, pensive, vers sa chambre dont elle referma la porte doucement. Elle s'assit sur le vieux fauteuil Voltaire qu'elle affectionnait particulièrement. Son cœur battait très fort. Ses mains, devenues moites, s'accrochaient aux accoudoirs. Peu à peu, la joie de revoir Françoise s'estompait, faisant place à une angoisse envahissante. Comment allaient réagir les habitants de l'immeuble, les commerçants du quartier, leurs amis, en revoyant celle que tous savaient avoir été tondue parce que maîtresse d'un Allemand ? Toute sa vie, elle avait été en accord avec la société, maintenant, elle se sentait en marge. Déjà, durant les derniers mois de l'Occupation, on ne lui avait pas ménagé les réflexions désagréables sur le « fiancé » allemand de Françoise et sur le comportement de Laure. Lisa, plus mondaine, en souffrait beaucoup, au point qu'elle avait renoncé à son bridge hebdomadaire.

Albertine se reprochait son manque de fermeté envers les trois filles d'Isabelle dont, depuis la mort de leurs parents, elle se sentait responsable. Elle reconnaissait avoir été totalement dépassée par les événements et les caractères si différents, mais pareillement têtus, de ses nièces. « Je n'ai pas été à la hauteur de ma tâche, je n'ai pas su préserver ces enfants. Que dirait leur mère ?... Que va devenir la pauvre Françoise après cette épreuve ?... Otto est sûrement mort... Fille mère, voilà le mot qu'on lui jettera à la figure quand ce ne sera pas pire... Et ce cher petit ange ?... Oh ! mon Dieu ! ayez pitié de nous... Donnez à Françoise la force de surmonter son chagrin et sa honte... Pardonnez-moi, vous m'aviez confié une mission à laquelle j'ai failli... pardonnez-moi, mon Dieu. »

Albertine pleurait, la tête entre les mains. Toute à son chagrin, elle n'entendit pas la porte s'ouvrir.

— Ma petite tante, qu'as-tu ?

Accroupie aux pieds de la vieille demoiselle, Léa essayait d'écarter les mains tachetées de brun.

— Tante Albertine, je t'en prie, calme-toi.

Enfin, les doigts s'ouvrirent. Devant le visage ravagé de chagrin de cette femme en apparence plutôt froide, qui manifestait peu ses sentiments, Léa fut bouleversée de pitié et de doute. Quoi ? Même elle, si forte, si réservée, si digne ?... C'était encore un monde de certitudes enfantines qui se dérobait, la laissant démunie. En voyant brûler Montillac, quelque chose avait été détruit en elle, l'avait isolée dans son désespoir, ne lui laissant de force que pour survivre et protéger le fils de Camille. Cette nuit, elle s'était usée à tenter de consoler Laurent. Mais peut-on consoler, quand soi-même on est inconsolable ? Et là, maintenant ? Quels mots trouver pour redonner courage à cette femme aimée ? Camille aurait su. Ce fut Albertine qui trouva les mots.

— Relève-toi, ma chérie, je suis une vieille sotte... Un

petit moment de fatigue... Je n'ai pas le droit de me plaindre, tant ont davantage souffert que moi.

Elle essuya soigneusement ses yeux avant d'ajouter :

— M. Tavernier a téléphoné. Françoise devrait être ici cet après-midi.

— C'est pour ça que tu pleurais ?

— Oui et non. Ne te méprends pas, je suis très heureuse de son retour, mais un peu inquiète quand même.

— Il n'a rien dit pour moi ?

— Il voulait t'inviter à dîner, je lui ai dit que ce n'était pas possible aujourd'hui.

— Mais pourquoi lui as-tu répondu ça ?

Albertine se leva, sévère.

— Ta sœur aura besoin de l'affection de tous. J'ai pensé qu'il valait mieux que tu sois là.

Léa baissa la tête, lasse, si lasse.

— De toute façon, il te rappellera ce soir... Ne parle pas de mon attitude à Lisa, cela lui ferait de la peine. Tu sais que c'est une nature droite et simple. Plus que moi encore, elle est profondément dérangée par tout ce qui se passe et cela n'est pas sans conséquences sur sa santé. Tu me le promets ?

Léa embrassa sa tante.

— Je te le promets. Puis-je te demander un conseil ?

— Bien sûr, mon enfant. De quoi s'agit-il ?

— Eh bien ! voilà...

Elle s'arrêta. À quoi bon parler de ça, alors que tout était si embrouillé dans son esprit.

— Pourquoi t'arrêtes-tu ?... C'est si dur que ça à dire ?

— J'ai décidé de m'engager dans la Croix-Rouge.

— Dans la Croix...

Léa aurait dit : « Je veux m'engager » au lieu de : « J'ai décidé de m'engager », elle ne se serait peut-être pas jetée, tête baissée, dans cette aventure. Là, elle avait fait part d'une décision prise, elle ne reviendrait pas en arrière, un orgueil buté l'en empêchait.

— Tu as bien entendu : j'ai décidé de m'engager dans la Croix-Rouge.

— Mais tu n'es pas infirmière ! s'exclama Mlle de Montpleynet.

— Je ne m'engagerai pas comme infirmière, mais comme conductrice.

— Mais pourquoi cette décision alors que nous allons toutes avoir besoin de toi ? Et Montillac ? Tu penses à Montillac.

— Montillac est détruit !

— Il peut être reconstruit !

— Avec quoi ? Nous n'avons pas d'argent !

— Les notaires...

— Le domaine est hypothéqué jusqu'à la gueule...

— Léa !

— Oh ! je t'en prie ! Le temps du beau langage est terminé, fini, comme Montillac.

— Pense à tes sœurs, à Charles qui t'aime comme sa mère.

— Mes sœurs se débrouilleront très bien sans moi. Regarde Laure, une excellente femme d'affaires. Quant à Charles, il a son père.

— Quand as-tu pris cette décision ? Pourquoi ?

— Quand ? je n'en sais rien... Cette nuit, peut-être en voyant la douleur de Laurent, en revoyant la mort de Camille, celle de tante Bernadette, de Sidonie, de Raoul Lefèvre, de Pierrot et de tant d'autres. Je veux suivre les troupes du général Leclerc, je veux entrer en Allemagne avec lui, je voudrais être un homme pour avoir une mitraillette et me battre... Je voudrais pouvoir en tuer des centaines...

— Tais-toi, ma petite fille, tu es folle.

Elle était hors d'elle-même, le visage rouge et contracté, les yeux brillants de haine, la bouche tordue.

— Peut-être, mais je veux les voir souffrir, je veux assister à leur défaite, je veux les voir se traîner sur les routes sous les bombes, voir leurs ventres crevés, leurs yeux arrachés, leurs enfants brûlés... Je veux voir leurs villes détruites, leurs camps dévastés, leurs maisons rasées... Je veux surtout les voir humiliés comme ils nous ont humiliés, je veux les voir serviles comme nous l'avons été, je veux les voir se traîner à genoux... je veux qu'ils disparaissent...

Ses cris avaient alerté Laurent qui écoutait, interdit, les paroles horribles de cette fille si belle.

La crise de nerfs n'était pas loin.

— Ah !...

Une claque stoppa le délire verbal. Léa regardait Laurent, stupéfaite : jamais elle ne l'aurait cru capable de gifler une femme.

— Attention, elle va se trouver mal, s'écria Albertine.

Laurent se précipita, mais Léa s'était déjà redressée.

— Ce n'est rien, ça va mieux.

— Excuse-moi..

— Ce n'est rien. À ta place, j'en aurais fait autant, fit-elle en regardant par la fenêtre.

— Savez-vous, monsieur d'Argilat, ce que Léa était en train de me dire ?

— Non.

— Qu'elle s'engageait dans la Croix-Rouge !

Laurent alla vers Léa et la força à se retourner.

— Est-ce vrai ?

Quelle anxiété dans sa voix !

— Oui.

Il l'attira à lui et la serra très fort.

— Tu as peut-être raison, après tout...

Albertine de Montpleynet sortit avec un haussement d'épaules.

Restés seuls, Laurent et Léa demeurèrent longtemps silencieux.

S'approchant d'elle, il lui releva doucement la tête. Butée, elle tentait de résister.

— Pourquoi ?

Oh ! ce regard d'enfant perdu ! Comme il aurait aimé pouvoir chasser de sa mémoire toutes les horreurs qui l'encombraient, lui redonner cette insouciance qui faisait partie de son charme. Mais lui-même était trop ficelé dans sa douleur pour être d'un grand secours. Il devinait que cette décision de s'engager dans la Croix-Rouge n'était dictée que par son désarroi face à un avenir qu'elle ne pouvait entrevoir que sombre et difficile.

— Pourquoi ? répéta-t-il.

— Parce que je voudrais mourir.

En d'autres circonstances, il aurait éclaté de rire devant tant de véhémence juvénile, mais là...

— Ne dis pas de bêtises, tu as toute la vie devant toi...

— Tu parles comme mes tantes !

— Je te parle bon sens...

— Parlons-en du bon sens !... Tu sais ce que c'est, toi, le bon sens ? Moi pas. Autour de moi, depuis le début de cette guerre, je n'ai rien vu qui relève du bon sens mais plutôt de l'absurde le plus total. Est-ce le bon sens qui pousse la foule à lyncher et à tondre ?

— Je t'accorde que nous sommes dans le règne de l'absurde, mais n'ajoute pas à cette absurdité par une décision qui te ressemble si peu. Réfléchis, d'ici quelques mois la guerre sera finie, tout sera à reconstruire, il faudra vivre comme avant...

— Tu pourras vivre comme avant, toi ? Après ce qu'ils ont fait à Camille ?

Une brusque crispation de douleur bouleversa les traits de Laurent.

— Il le faudra bien. Je dois penser à Charles.

— Tu as Charles, toi ! Moi je n'ai rien.

— Tu as Montillac.

— Je ne veux plus entendre parler de Montillac, il y a eu trop de morts à Montillac. Je hais cet endroit... Plus jamais je n'y retournerai.

— Comme tu es changée depuis hier... J'avais cru que tu étais heureuse d'avoir revu François Tavernier, c'est l'homme qu'il te faut.

— François Tavernier ne pense qu'à...

— Quel homme n'y penserait pas en te voyant ?

— Pas toi !

Les images de leur unique nuit dans les caves de

briques roses de Toulouse revinrent en mémoire avec une précision qui les fit rougir.

— Il t'aime, Camille me l'avait dit. Elle pensait que tu l'aimais aussi.

— Elle se trompait.

— Camille se trompait rarement.

— Ne parle plus d'elle. Elle est morte... morte... comme Montillac... Laisse-moi, Laurent. S'il te plaît, laisse-moi.

Il sortit et referma doucement la porte.

Léa se saisit la tête à deux mains, la bouche ouverte sur un long cri silencieux qui résonnait en elle et la faisait trembler. Elle tomba à genoux contre le fauteuil Voltaire, mordant dans la vieille tapisserie du siège, elle bafouillait d'une voix entrecoupée :

— J'ai mal... je n'en peux plus... de partout ils m'assaillent... Ils veulent m'emmener avec eux... Non ! non !... Ce n'est pas vrai ce que j'ai dit à Laurent, je ne veux pas mourir !... Mais eux... toutes les nuits, ils m'appellent... ils essaient de m'attraper... Je sens leurs mains glacées, dégoulinantes de sang... Oh ! ces doigts !... J'ai peur !... Et cette odeur de chair brûlée, ce corps calciné qui n'en finit pas de bouger, ces cris !... Oh ! Sarah ! ton pauvre visage troué... J'ai l'impression que tu me parles de l'enfer... Sidonie... Il y a comme du miel de tes bonbons dans ta voix. Je n'en finis pas de voir ton vieux corps martyrisé... Aie pitié... tais-toi... Raoul ?... Oh ! toi, tu es bon... Je sens que tu veux que je vive, que tu as emporté avec toi nos pauvres gestes d'amour... Tante Bernadette, oh ! je t'en prie... ne crie pas comme ça... ah !... ces flammes qui t'entourent, ah !... Raphaël... Allez-vous-en... pitié ! elles me brûlent aussi... Pardon, tante Bernadette, pardon... Maman !... protège-moi... chasse-les... ils veulent que je les suive... Maman, dis à Pierrot de me laisser... ce n'est pas de ma faute si je n'ai pas été tuée en même temps que lui... maintenant, c'est la Sifflette... M. et Mme Debray... et le père Terrible... et... les petits enfants d'Orléans et leur mère... et... oh ! non... cet homme !... cet homme que j'ai tué... Au secours !... Maman... Il m'attrape... Papa... Ne le laisse pas faire... ce sang, tout ce sang... Comme ils sont nombreux...

— Léa ! Léa, calmez-vous... C'est fini... Appelez un médecin, vite !

François Tavernier souleva le corps maintenant inerte et couvert de sueur de son amie et le porta dans sa chambre pendant que Laurent d'Argilat essayait de joindre un médecin.

— Appelez le docteur Prost au ministère de la Guerre, c'est un ami, dites-lui de venir immédiatement.

Sans ménagement, François chassa les demoiselles de Montpleynet et Laure. Fou d'inquiétude, il regardait la femme qu'il aimait, sans connaissance, mais le corps, par moments, agité de violents soubresauts. Il s'allongea sur elle et lui parla doucement.

— Mon petit cœur... N'aie plus peur, ma douce... ma belle... Je suis là... Je te protégerai... là, mon petit...

La voix apaisante paraissait la calmer. Il en profita pour la déshabiller. Il fut ému par la beauté à la fois forte et fragile de ce corps dont la possession lui était à chaque fois un émerveillement. Même en ce moment, dans ce désarroi de la maladie, elle restait émouvante et désirable. Il fallait absolument l'éloigner de Paris pour qu'elle recouvre son équilibre. Mais, bon Dieu ! que faisait Prost ?

— D'Argilat !...

Laurent poussa la porte entrebâillée.

— Oui.

— Avez-vous eu le docteur Prost ?

— Il arrive. Comment va-t-elle ?

— Elle s'est un peu calmée. S'est-il passé quelque chose de particulier depuis hier ?

— Pas que je sache. Elle m'a raconté dans quelles circonstances ma femme était morte...

— Excusez-moi, mon vieux, je voulais vous dire combien... J'aimais beaucoup votre femme, j'avais de l'estime pour elle...

— Je vous remercie. Plus tard, nous en parlerons.

— Je crois que voilà le médecin.

— Je n'ai pas entendu sonner.

— Vous oubliez que nous sommes toujours privés d'électricité. On a frappé à la porte palière.

Des bruits de voix leur parvinrent.

— C'est ici, docteur, entrez, s'il vous plaît.

Un homme pas très grand, mais aux épaules de lutteur et au cou de taureau, vêtu d'un uniforme aux galons de capitaine, entra et se dirigea vers Tavernier.

— Qu'est-ce qui se passe ?

— Tes confrères parisiens ne répondent pas, alors j'ai pensé à toi.

— Tu es malade ?

— Non, pas moi, cette jeune fille.

— Charmante.

— Cesse tes plaisanteries, ce n'est pas le moment.

— D'accord. Où puis-je me laver les mains ?

— Tenez, docteur, ici, dit Albertine en montrant la porte du cabinet de toilette.

— Arrêtez de marcher comme ça, vous me faites mal au cœur, monsieur Tavernier.

— Excusez-moi, mademoiselle, mais je suis inquiet, ça fait bien une heure qu'il l'examine.

— Pas une heure, cher monsieur, dix minutes.

— Dix minutes, une heure, c'est pareil, c'est trop long.

Le salon ressemblait à la salle d'attente d'un dentiste : Laure tenait le bébé de Françoise sur ses genoux. Laurent, debout, avait Charles dans ses bras. L'enfant ne cessait de répéter d'une petite voix de plus en plus anxieuse :

— Elle ne va pas mourir, dis ?... Elle ne va pas mourir.

Lisa s'éventait avec son mouchoir trempé de larmes en murmurant :

— Vierge Marie, ayez pitié de nous.

Quant à Albertine, elle se tenait très droite, les yeux fermés. Au tremblement de ses lèvres, on devinait qu'elle priait. Enfin la porte s'ouvrit et le capitaine lui fit signe de venir, mais François la bouscula et entra dans la chambre.

— Monsieur Tavernier !

Il ne l'écoutait pas et se précipita au chevet de Léa qui paraissait dormir.

Rassuré, il se releva et se tourna vers Prost.

— Alors ?

Le médecin négligea sa question et se tourna vers Albertine.

— Est-elle sujette aux syncopes ?

— Non... pas que je sache. C'est ma nièce, docteur, mais elle n'est chez moi que depuis deux mois.

— Quand elle était enfant, avez-vous eu connaissance de malaises de ce genre ?

— Non, monsieur. Oh ! si... Au moment de la mort de son fiancé, elle est restée sans connaissance plusieurs jours.

— Combien ?

— Je ne sais plus, deux ou trois.

— J'ai vu qu'elle a été deux fois blessée à la tête, cela n'a pas été suivi de conséquences ?

— Je ne crois pas.

— Avait-elle de fréquentes migraines ?

— Rarement, mais très fortes, au point qu'elle devait se coucher.

— Mais tout ça c'est le passé, gronda François Tavernier. Qu'a-t-elle maintenant ?

— Un coma vigile.

— Un quoi ?

— Elle est dans un coma vigile.

— Qu'est-ce que ça veut dire ?

— Ça veut dire qu'elle est dans le coma, mais un coma vigilant, ce qui signifie qu'elle réagit à certaines choses, à certaines douleurs. Mademoiselle, il ne faudra pas vous étonner si elle gémit et se débat. Son esprit n'est pas entièrement comateux.

— Que faut-il faire ?

— Rien.

— Comment rien ?

— Oui, rien. Il faut attendre.

— Combien de temps ?

— Je n'en sais rien... deux jours... quatre jours... une semaine ou plus, ça dépend.

— Ça dépend de quoi ? demanda François.

— De la nature ou de Dieu, si tu préfères.

— J'emmerde Dieu et toi avec... Tu es un piètre médecin, même pas capable de la soigner.

— Ne gueule pas comme ça. Elle a besoin de calme. Ma prescription, c'est que tu disparaisses.

— Messieurs, je vous en prie...

— Pardonnez-nous, mademoiselle. Vous m'avez entendu. Il n'y a rien d'autre à faire qu'à attendre. Faites-la boire régulièrement, essayez de lui faire avaler un peu de potage et surveillez sa température. Avez-vous un médecin de famille ?

— Oui, mais nous ne savons pas ce qu'il est devenu.

— Je reviendrai demain, si d'ici là je ne vous ai pas trouvé un de mes confrères. Je veux quelqu'un en permanence auprès d'elle. Il vous faudrait une infirmière.

— Ce n'est pas la peine, docteur, nous sommes assez nombreux ici, nous nous relaierons.

— Parfait. Tu viens, Tavernier ?

— Non, je reste un peu. Je passerai te voir plus tard.

— N'oublie pas que nous avons une réunion avec la presse dans une heure.

— Je n'en ai rien à foutre.

— Dis-le au général... Au revoir, mademoiselle, ne vous inquiétez pas, elle est robuste, elle s'en sortira.

— Dieu vous entende, docteur.

25

Quand Léa ouvrit les yeux dans la pénombre de sa chambre, douze jours avaient passé. La première personne qu'elle vit, assise auprès d'elle, fut sa sœur Françoise qui la regardait derrière une frange de cheveux emprisonnés dans un élégant turban aux couleurs de l'automne. Elle ne s'en étonna même pas : les cheveux repoussent si vite.

— Léa ?... Tu m'entends ?

— Oui. J'ai l'impression d'avoir dormi longtemps.

Françoise éclata d'un rire mêlé de larmes.

— Tu dors depuis plus d'une semaine.

— Quoi ?

— Tu es restée dans le coma douze jours.

— Douze jours !... Tu es sûre ?... Il a dû s'en passer des choses... Raconte-moi.

— Non, tu ne dois pas te fatiguer. Je vais appeler les autres pour leur dire que tu es enfin revenue à toi...

— Non ! attends ! je ne suis pas fatiguée. Je ne me souviens plus très bien... Mon dernier souvenir, c'est tante Albertine me parlant de ton retour et depuis... douze jours se sont passés ! Quand es-tu rentrée ?

— Dans l'après-midi, le jour où tu es tombée malade. François Tavernier est venu me chercher au Vel'd'Hiv. Je n'en croyais pas mes oreilles quand un F.F.I. m'a appelée et m'a dit : « T'es libre, salope ! » Si tu avais vu la joie des autres prisonniers. Une actrice qui n'avait pas été tondue a coupé une mèche de ses cheveux et me l'a glissée sous mon foulard...

— Ah ! je comprends.

— ... en m'embrassant. J'étais tellement émue par son geste que j'ai éclaté en sanglots. Je me suis chargée de petites commissions pour les familles de certains et de lettres. Par chance, ils n'ont pas eu le temps de fouiller mon sac. François Tavernier l'avait arraché des mains d'un « colonel » sale et boutonneux qui prenait plaisir à humilier les détenus. Là, il était dans ses petits souliers, tournant et retournant le papier à en-tête du ministère de la Guerre, portant trois ou quatre signatures et autant de cachets, qui ordonnait ma mise en liberté immédiate. François m'a poussée dans une voiture ornée d'un fanion tricolore à croix de Lorraine, conduite par un chauffeur en uniforme, en me disant : « Dépêchez-vous, j'ai peur qu'il s'aperçoive que ces papiers ne sont pas très réguliers. » J'ai failli tomber à la renverse devant tant de culot. Heureusement, cela a marché, le temps que je sois effectivement rayée des listes de l'épuration.

— Qu'est-ce que c'est ?

— C'est vrai, tu n'es pas au courant. On épure, c'est-à-dire on arrête, on interroge, on juge, on condamne tous ceux et celles qui ont eu de près ou de loin des relations avec les Allemands. Ça va de l'homme d'affaires au député, à l'écrivain, à l'actrice, au directeur de journaux, au patron d'hôtel, à la prostituée, à la dactylo, bref à tout le monde.

— Et que leur fait-on ?

— On les relâche, ou on les emprisonne, en attendant d'en fusiller certains.

— Qui a-t-on arrêté ?

— Parmi les gens dont les noms te diront quelque chose, il y a Pierre Fresnay, Mary Marquet, Arletty, Ginette Leclerc, Sacha Guitry, Jérôme Carcopino, Brasillach... d'autres sont recherchés comme Céline, Rebatet, Drieu la Rochelle. Tous les jours, il y a la liste des épurés dans *Le Figaro*.

— La plupart ne l'ont pas volé.

— Sans doute, mais beaucoup sont arrêtés sur dénonciation d'un collègue jaloux, d'une concierge hargneuse ou pour le simple plaisir de nuire.

Léa ferma les yeux, ne voulant pas entrer dans ce genre de discussions avec sa sœur.

— Tu es fatiguée... Ne parle plus, je vais prévenir...

— Non ! Comment va Charles ?

— Bien, il n'arrête pas de te réclamer, surtout depuis le départ de son père.

— Laurent est parti ? s'écria-t-elle en se redressant brusquement.

— Calme-toi, tu vas te faire du mal.

— Où est-il ?

— Avec la 2e D.B. Il est reparti le 8 au matin, vers l'Est.

— Comment allait-il ?

— Pas très bien. Il était désespéré de partir en te laissant dans cet état et d'abandonner son fils.

— Il n'a rien laissé pour moi ?

— Si, une lettre.

— Va la chercher.

— Elle est là, dans ton secrétaire.

Françoise ouvrit un tiroir et tendit la lettre à sa sœur qui la prit. Mais sa nervosité était si grande qu'elle n'arrivait pas à déchirer l'enveloppe.

— Ouvre-la... et lis-la-moi.

« Bien chère Léa,

« Si tu lis ces lignes, c'est que tu as recouvré la santé. J'ai tant souffert de te voir inanimée, te débattant dans ton inconscience, et moi, impuissant à te soulager et à te ramener parmi nous. J'ai confié Charles à tes tantes et à tes sœurs, mais maintenant que te voilà rétablie, c'est à toi que je le confie. Ne refuse pas, il t'aime comme sa mère et a besoin de toi. Je sais que c'est une lourde responsabilité, mais tu es assez forte pour l'assumer, tu en as déjà donné la preuve. J'espère que tu as abandonné ce projet fou de t'engager dans la Croix-Rouge. Ta place est parmi les tiens, auprès de mon fils et de tes sœurs. Retourne à Montillac. J'ai écrit au notaire qui s'occupait des intérêts de mon père pour qu'il tente de vendre des terres pour vous aider à reconstruire.

« Je suis à la fois heureux et triste de repartir combattre. Heureux car, dans l'action militaire, j'oublie presque l'horreur d'avoir perdu Camille ; triste parce que je vous quitte Charles et toi. Je t'embrasse comme je t'aime,

Laurent. »

« P.-S. : Dès que possible, je te ferai savoir ce qui est prévu pour l'acheminement du courrier. »

— Il a raison, c'est de la folie de vouloir t'engager dans la Croix-Rouge.

— Ça ne vous regarde pas, je fais ce que je veux.

— Mais pourquoi ?

— Je ne veux pas rester ici. Je m'y sens mal. J'ai besoin de voir plus clair.

— Léa ! tu es revenue à toi. Docteur, ma nièce est guérie.

— Ça m'en a tout l'air, mademoiselle. Alors, mon enfant, on a voulu jouer les Belle au bois dormant ? Je regrette de ne pas être le Prince charmant. Comment vous sentez-vous ?

— Bien, docteur.

Le vieux médecin de famille, enfin retrouvé, examina sa jeune malade.

— Parfait... parfait. La tension est normale, le cœur aussi. D'ici quelques jours, vous pourrez aller gambader dans les bois avec votre Prince charmant. S'en est-il fait du souci pour vous cet homme !

Du regard, Léa interrogea sa sœur.

La réponse silencieuse de Françoise signifiait : « Comme si tu ne le savais pas. »

— Je voudrais me lever.

— Pas avant d'avoir repris des forces. Si vous posiez le pied par terre, vous ne tiendriez pas sur vos jambes. Ce qu'il vous faut, c'est une nourriture saine et abondante.

— Abondante ? Ce n'est pas si facile, fit Françoise avec amertume.

— Je sais, madame. Il faudra vous débrouiller. Comptez sur le Prince charmant, c'est un homme de ressource, et pour la famille de sa bien-aimée, que ne ferait-il pas ? Alors, assez plaisanté. Mademoiselle, vous m'avez bien compris : il faut de la viande tous les jours à cette petite, des laitages, du poisson, des œufs...

— Bref, docteur, tout ce qu'on ne trouve pas.

— M. Tavernier trouvera. Au revoir, mon enfant, laissez-vous dorloter.

— Je vous raccompagne, docteur.

Après le départ de sa tante Albertine et du médecin, Léa éclata d'un rire encore faible. Toujours optimiste et l'œil pointu, le vieil amoureux de tante Lisa.

— François est venu souvent ?

— Souvent !... Tous les jours, plusieurs fois par jour et, entre chaque visite, au moins un coup de téléphone pour savoir comment tu allais.

— Aujourd'hui, ça fait au moins une heure qu'il n'a pas donné signe de vie, dit-elle avec un air buté.

— Tu es injuste ; chaque fois que cela lui a été possible, il a passé la nuit à ton chevet, te parlant, te berçant, sans dormir un seul instant. C'était trop triste de le voir partir le matin, l'air abattu, pas rasé, les yeux rouges après avoir avalé d'un air distrait la tasse de café que je lui avais apportée. Quelquefois, Charles l'attendait devant ta porte, il le faisait entrer et ils avaient de longues discussions au pied de ton lit. Quand ils ressortaient, ils semblaient aller mieux l'un et l'autre. Charles a adopté François qu'il appelle : mon grand ami. Tu as de la chance d'être aimée ainsi.

La tristesse du ton frappa Léa qui se reprocha son indifférence aux malheurs de sa sœur. Pour la première fois depuis son retour à Paris, elle la regarda vraiment. Comme elle avait changé la jeune infirmière de Langon !

La jeune femme qui assumait si crânement son amour pour un officier allemand. Où était passée cette auréole de beauté qui illuminait son visage un peu banal de jeune provinciale de la bonne bourgeoisie ? Ces coquetteries d'amoureuse découvrant les plaisirs de la capitale ? Ce rayonnement de la jeune mère si fière de promener son enfant sur les quais de la Seine ?

Léa dévisageait cette inconnue qui était sa sœur, et remarquait les plis amers de chaque côté de la bouche serrée comme sur un secret, les joues creusées où le rouge maladroitement appliqué soulignait la pâleur, les yeux au regard inquiet en perpétuel mouvement, et ce turban avec cette mèche de cheveux ridicule qui ressemblait au postiche d'une vieille actrice du cinéma muet. Et ces mains ?... ces pauvres mains qui se serraient convulsivement. Ce furent peut-être ces doigts tremblants qui lui firent réaliser pleinement les souffrances physiques et morales de sa sœur. Elle aurait voulu la serrer dans ses bras, lui demander pardon de son égoïsme mais une brusque timidité l'en empêchait. Le cœur serré de pitié, elle balbutia :

— As-tu des nouvelles d'Otto ?

Léa retint un cri devant la brutale métamorphose de Françoise : elle était devenue grise, tout son corps s'était affaissé, on aurait dit une vieille femme. Lentement, elle retira son turban et ainsi exposée, ridicule avec son crâne qui avait l'air mité, les yeux grands ouverts et cependant aveugles, elle pleura en silence.

Une nausée souleva Léa qui se jeta contre son oreiller.

Longtemps, les deux sœurs restèrent prostrées. Le mal de cœur s'étant éloigné, Léa se redressa et, rampant sur le lit, s'approcha de celle qu'enfant elle malmenait et caressa le visage inondé, dans un geste où se mêlaient la compassion et le dégoût. Aucun mot de consolation ne venait à ses lèvres. Alors, en silence, à l'aide du drap, elle essuya le visage sali de fards dégoulinants jusqu'à ce que les larmes s'arrêtent.

— Merci, dit simplement Françoise en remettant son turban. Je vais chercher les tantes... Non, je n'ai pas de nouvelles d'Otto.

Une grande fatigue envahit Léa qui se recoucha et ferma les yeux.

Quand Albertine et Lisa de Montpleynet entrèrent, elle s'était rendormie.

26

Dans la soirée, c'est un autre visage qu'elle aperçut penché au-dessus du sien.

— François !

Sans doute mirent-ils dans leur baiser tout ce qu'ils n'avaient pu et ne sauraient se dire. Quand leurs lèvres se séparèrent ils avaient retrouvé, l'un et l'autre, ce goût de vivre qui les rendait capables de surmonter les plus dures épreuves.

— Dites-moi, ma belle amie, il va falloir me remplumer tout ça : vous savez que je n'aime pas les sacs d'os.

— Avec la pénurie, ça ne sera pas facile.

— Ne vous préoccupez pas de ces considérations ménagères, j'en fais mon affaire.

— Comment vous y prendrez-vous, vos amis du marché noir continueraient-ils leurs fructueuses activités ?

— Je vois que la maladie ne vous a pas fait perdre votre mordant. J'aime ça. Mes amis, comme vous dites, se sont évanouis en fumée et doivent être à l'heure actuelle dans des palaces de Baden-Baden ou des auberges espagnoles, mais d'autres les ont remplacés, tout aussi débrouillards. Estelle vous prépare un bouillon de poule, un œuf à la coque et du fromage blanc dont vous me direz des nouvelles, le tout arrosé d'un vieux lafite-rothschild.

— Ce n'est pas avec ça que je vais me remplumer, comme vous dites.

— Rappelez-vous Kipling : « Trop de hâte a perdu le serpent jaune qui voulait avaler le soleil. »

— C'est aimable à vous de me comparer à un serpent.

— Vous êtes la plus charmante petite vipère que je connaisse, fit-il en lui caressant les cheveux. Demain je vous envoie un coiffeur, on dirait de la paille. En attendant, vous allez prendre un bain.

Après le bain qu'il lui donna et qui le mit dans un état auquel ils remédièrent, non sans avoir pensé à donner un tour de clé, il la remit au lit.

Ils dévorèrent le repas préparé par Estelle et vidèrent la bouteille de lafite. Le vin avait redonné des couleurs à Léa et faisait briller ses yeux. Ceux de François disaient clairement son intention de reprendre des ébats que trop de désir avait abrégés. Mais cela ne fut pas possible car Françoise cognait dans la porte à coups redoublés en criant :

— Ouvrez ! ouvrez !

Tavernier se précipita et reçut dans ses bras la jeune femme aux yeux fous qui hurlait :

— On a retrouvé le couple Fayard dans un puits !

Laure entra à sa suite, le visage bouleversé.

— Ils ont été assassinés et jetés dans le puits de la vigne du bas.

— Qui vous a dit ça ?

— C'est Ruth qui a appelé.

— Qui a fait ça ? demanda Léa qui connaissait la réponse.

— Les maquisards.

Durant quelques instants, on n'entendit que le souffle court de Françoise.

— Il paraît qu'à Langon, à Saint-Macaire, à La Réole, il se passe des choses affreuses : on tond les femmes, on les promène dans les rues en riant, en leur crachant dessus, on pend aux arbres, on torture, on tue.

— Quelle horreur, gémit Lisa qu'ils n'avaient pas entendue entrer.

— Pourquoi n'empêche-t-on pas ça ? cria Léa.

— Le général de Gaulle s'y emploie. Oubliez-vous les

tortures auxquelles se sont livrés les Allemands sur des femmes et des enfants ? Je ne sais pas si vous vous rendez compte que nous sommes au bord de la révolution et qu'il faut toute l'autorité du général pour qu'elle n'éclate pas comme le souhaitent les communistes. C'est dans ce but qu'il a procédé à la constitution d'un gouvernement d'unanimité nationale.

— Avec les communistes ? dit Françoise avec agressivité.

— Ils ont été à la peine, il est normal...

— Je sais, le parti des fusillés, comme ils disent.

— Ne raillez pas ! Parmi les Français, ils sont ceux qui ont le mieux combattu les Allemands et ceux qui ont le plus lourdement payé.

— Mais de là à les mettre au gouvernement... fit Lisa d'une petite voix.

— Il le fallait. N'est-il pas normal que toutes les tendances de la Résistance soient représentées ? On se serait à juste titre étonné de ne pas trouver des hommes aussi politiquement différents que Jeanneney, Frenay, Bidault, Tillon, Capitan, Teitgen, Mendès France, Pleven...

— Peut-être avez-vous raison. Nous sommes tellement ignorantes en politique, dit Laure.

— A-t-on des nouvelles de notre oncle Luc et de son fils Philippe ?

— Non, pas vraiment, répondit Laure d'un ton hésitant.

— Parle, que t'a dit Ruth ?

— Il circule des bruits contradictoires. Certains disent qu'oncle Luc a été arrêté et conduit au fort du Hâ, d'autres que lui et Philippe ont été tués.

— Comment ?

— Là encore, on ne sait rien. Il y a ceux qui disent qu'ils ont été pendus, d'autres, lynchés et d'autres, fusillés. Les liaisons entre Bordeaux et Langon ne sont pas vraiment rétablies.

— A-t-on des nouvelles d'oncle Adrien ?

— Non, pas du tout. Par contre, on a retrouvé Albert.

— Vivant ? cria Léa.

— Non, mort, torturé par la Gestapo.

— Pauvre Mireille... Est-ce que la mort de Fayard et de sa femme le venge ?... Prendre une vie n'a jamais rendu la vie... et pourtant, comme on a envie de les tuer ceux qui ont fait mourir ceux qu'on aimait...

— Tu te souviens de Maurice Fiaux ? demanda Laure à Léa.

— Comment pourrais-je oublier une ordure pareille !

— Il a été exécuté sur ordre de la Résistance.

Avec quel air détaché elle disait ça, la petite sœur qui avait cru être amoureuse du jeune tueur. Que de morts encore ! Quand cela cesserait-il ?

— Comment allait Ruth ?

— Pas trop mal. Elle se remet lentement de ses blessures, mais les circonstances de la mort d'Albert puis celles des Fayard l'ont abattue. Au téléphone, elle ne cessait de répéter : « Les hommes sont fous, les hommes sont fous. » Il paraît que pour les Fayard cela a été affreux, ils les ont traînés en les poussant avec les pointes de leur fourche, en les battant à coups de bâton, à travers les vignes jusqu'au puits, là, ils les ont attachés et jetés pardessus la margelle. Ils ont poussé ensemble un long cri...

— J'entends ce cri unique, souffla Léa, jusqu'au plouf final... Ah ! Mathias, je ne voulais pas ça !

Couverte de sueur, claquant des dents, elle retomba sur le lit.

— Nous sommes fous de parler de cela devant elle. Allez-vous-en, laissez-la se reposer.

Elles quittèrent la pièce comme en état de choc.

François essuya le front de Léa, murmurant des mots tendres et apaisants. Peu à peu, elle se calma et, épuisée, s'endormit.

Malgré ces émotions successives, Léa se rétablit très vite. Le dimanche 24 septembre, profitant d'une visite du général de Gaulle au quartier général de De Lattre de Tassigny, sur le front, François Tavernier l'emmena prendre l'air dans la forêt de Marly-le-Roi. En dépit d'un repas exécrable, pris dans un restaurant réputé de Saint-Germain-en-Laye, ils profitèrent pleinement de l'air des bois et de la mousse qui se fit accueillante à leurs corps impatients.

Le soir, durant le dîner dans un restaurant luxueux et, celui-là, excellent, des Champs-Élysées, il lui annonça son prochain départ.

— Où allez-vous ?

— Je suis chargé de mission par le général.

— Quel genre de mission ?

— Je ne peux rien vous dire. Mais cela ne devrait pas durer plus d'un ou deux mois.

— Un ou deux mois ! Vous n'y pensez pas ?

— La guerre n'est pas finie.

— Ne me laissez pas, François !

— Il le faut.

— Je voudrais vous accompagner.

Il éclata d'un grand rire qui fit se retourner les clients et approcher un serveur.

— Monsieur désire quelque chose ?

— Oui, une bouteille de votre meilleur champagne.

— À quoi boirons-nous ? demanda Léa sèchement.

— À vous, mon cœur. À vos beaux yeux, à votre guérison, à la vie...

Mais devant la tristesse de son amie, il continua sérieusement.

— Ne vous inquiétez pas. Tout ira bien.

— Je ne sais pas pourquoi, j'ai davantage peur maintenant que durant ces quatre années d'occupation.

— C'est normal, un monde nouveau est en train de naître qui aura d'autres qualités et aussi d'autres défauts que l'autre. Cet inconnu vous fait peur. Mais je vous sais de taille à reprendre le dessus. Retournez à Montillac, reconstruisez-le, c'est la tâche que vous devez entreprendre, en m'attendant.

— Je ne retournerai pas à Montillac ou alors dans très, très longtemps. Et puis qui vous dit que je vais passer mon temps à vous attendre ? Peut-être voulez-vous me voir tricoter pour les prisonniers, faire des colis pour les orphelins, visiter les malades...

— Oh ! oui ! Je vous vois très bien vous penchant sur les malheureux blessés, consolant la veuve éplorée, vous privant pour rajouter des gâteaux secs ou un jouet... Aïe !

Le violent coup de pied de Léa avait atteint son but.

— Ça vous apprendra.

— Quelle brute vous faites ! Vous n'avez pas la vocation. Vous ne serez jamais une vraie femme...

— Comment osez-vous dire que je ne suis pas une vraie femme, fit-elle en se redressant et en cambrant sa taille, les narines frémissantes de rage.

C'était plus fort que lui, il fallait qu'il la taquine. Jamais elle n'était plus désirable qu'en colère. Aucun doute là-dessus, c'était une vraie femme, comme il les aimait, à la fois libre et soumise, coquette et naturelle, courageuse et faible, gaie et mélancolique, sensuelle et pudique. Pudique ?... Pas vraiment, elle était plutôt provocante. Elle n'avait pas le comportement d'une jeune fille française bien élevée, mais ressemblait plutôt à ces héroïnes de films américains, aguichantes, avec un air de ne pas y toucher, mais capables de s'asseoir en relevant assez haut leur jupe pour laisser apercevoir la bordure de leurs bas, de se pencher pour révéler la naissance de leurs seins. Léa était de celles-là. Il savait bien à quel point elle aimait exciter le désir des mâles. Sous leurs regards, elle s'épanouissait. Il n'en éprouvait pas de jalousie mais un agacement amusé.

— Je plaisantais, vous le savez très bien.

L'arrivée du garçon portant le champagne fit diversion. Ils burent en silence, perdus dans leurs pensées.

La première, Léa sortit de son mutisme.

— Quand partez-vous ?

— Après-demain.

Elle avait pâli, un frémissement douloureux avait dérangé la beauté de son visage. Elle vida son verre d'un seul coup.

— Déjà !

Pour ce petit mot dit simplement, il faillit se lever et la serrer contre lui.

— Venez !

Il régla l'addition et se leva.

Dehors, ils traversèrent en courant les Champs-Élysées. Rue Balzac, elle lui demanda :

— Où allons-nous ?

— À l'hôtel.

Un brusque désir irradia son corps. Elle eût aimé se révolter, être choquée par cette attitude cavalière, lui dire qu'elle ne voulait pas être traitée comme une grue, mais rien de cela n'eût été vrai. Il se comportait exactement comme elle le souhaitait.

La maison de rendez-vous où il l'emmena avait trop de tentures roses, trop de lustres en cristal, de tapis profonds, de silence feutré, de miroirs, de portes au nom de fleurs et de domestiques à l'air indifférent et cependant égrillard. Dans la chambre au lit immense à baldaquin, flottait le parfum de la précédente occupante. Une soubrette, accorte comme il se doit, entra portant une pile d'épaisses serviettes roses. Au mur, une assez jolie gravure, représentant *Le Verrou* de Fragonard, la fit sourire. Il y avait la même à Montillac, dans le bureau de son père.

— Venez vite.

Son impatience était partagée. Elle envoya ses vêtements en l'air et fut dévêtue avant lui. Sans même prendre la peine d'enlever le couvre-lit de satin vieux rose, elle s'allongea, offerte.

La lumière douce des abat-jour voilés de soie rose éclairait doucement les corps étendus des deux amants qui fumaient en silence. Celui de Léa paraissait fait d'une matière douce et fragile, celui de François d'un matériau brut aux tons de terre cuite. La jeune femme se souleva et suivit du doigt une longue cicatrice, allant de la région du cœur à l'aine.

— Depuis l'Espagne, vous n'avez pas eu d'autres blessures ?

— Rien de grave, une balle dans l'épaule. M'aimerais-tu tout couturé ?

— Cela va assez bien avec votre genre.

— Et quel est mon genre ?

— Mauvais, comme dirait mon oncle Luc. Il fallait l'entendre dire : cette petite a mauvais genre.

— Je suis bien de son avis, vous avez très mauvais genre.

— Oh !...

Elle lui martela la poitrine de coups de poing, mais se retrouva très vite les mains prisonnières, les jambes immobilisées dans celles de François.

— Et maintenant ? Que faites-vous ?... Vous êtes à ma merci. M'aimez-vous ?

— Lâchez-moi ! je ne vous répondrai pas tant...

— Tant que quoi ?

— Non, François !... il faut que je rentre.

— Nous avons le temps.

— Non, non, j'ai peur d'avoir un bébé !

François Tavernier suspendit son geste.

— C'est maintenant que vous me dites ça ?

— Je viens seulement d'y penser.

Il éclata d'un rire qui la fit sursauter.

— Il fallait y penser plus tôt. Je serais ravi d'avoir un enfant de vous.

— Vous êtes fou !

— De vous, ma belle.

— Laissez-moi... je ne veux pas d'enfant !

— Trop tard !

D'abord Léa se débattit, puis fit semblant, puis se laissa aller complètement à ce plaisir sans cesse renouvelé que lui prodiguait cet homme qu'elle aimait sans vouloir l'admettre vraiment.

Après l'amour, cette histoire d'enfant inquiéta François. Certes, il était sincère quand il disait avoir envie d'un enfant d'elle, mais il mesurait la folie d'un tel désir dans les circonstances actuelles. Il avait bien essayé à deux ou trois reprises de la mettre en garde, lui demandant s'il devait prendre des précautions, toujours elle avait éludé. Égoïstement, il avait considéré la chose comme réglée et voilà que maintenant, elle disait avoir peur d'être enceinte. Quelle inconséquente créature ! Que ferait-il si elle attendait un enfant ? Il connaissait bien une faiseuse d'anges du côté du métro Cambronne, mais pour rien au monde, il n'eût voulu qu'elle pose ses sales mains sur ce ventre. Ne restait qu'une solution : l'épouser.

Longtemps, à l'idée du mariage, tout s'était révolté en lui : il aimait trop les femmes et la liberté. Cependant, songeant à Léa, il y avait déjà pensé. Mais elle, serait-elle d'accord ? Ce n'était pas sûr. Dans ce domaine, elle était différente des autres filles ; elle n'attendait pas de mari, à part un désir de gamine envers Laurent d'Argilat, désir attisé par les fiançailles de celui-ci avec Camille. Quelle femme merveilleuse elle était devenue, mais si étrange, si imprévisible ! Un caractère qui passait de la joie aux larmes, de la plus folle témérité à la plus grande peur. Il mettait cela sur le compte de ce qu'elle avait vécu et vu durant ces dernières années tout en n'arrivant pas à en être vraiment convaincu.

— Aidez-moi à m'engager dans la Croix-Rouge.

Et voilà que ça la reprenait ! Que diable voulait-elle aller faire dans la boue, le sang et l'horreur ?

— La Croix-Rouge n'a pas besoin de vous. Je sais bien que beaucoup de jeunes filles de bonne famille s'y retrouvent ; mais ce n'est pas pour des réunions mondaines.

— Je le sais. C'est très sérieux, aidez-moi.

C'est vrai que cela avait l'air sérieux. Son cœur se serra.

Et si c'était un moyen de s'éloigner de lui ? De se rapprocher de Laurent ?

— Pourquoi, mon petit cœur ?

— Faites-moi couler un bain.

Il obéit et resta un long moment dans la salle de bains à se regarder dans la glace en se disant : mon vieux, attention à ce que tu fais en ce moment, tu risques de la perdre comme de te retrouver la corde au cou.

— Pourquoi ? demanda-t-il en rentrant dans la chambre.

— Je ne sais pas très bien, quelque chose me pousse à le faire.

— Faites un effort, ce n'est pas une décision que l'on prend à la légère.

— Je ne la prends pas à la légère, même si je ne sais pas pourquoi... Sans me forcer, je peux vous trouver plein de raisons, toutes excellentes... mais.... je ne veux plus voir mes sœurs, mes tantes...

— Charles vous a été confié par son père.

— C'est la seule raison qui aurait pu me retenir... Françoise s'en occupera bien mieux que moi.

— Mais c'est vous qu'il aime !

— Je sais... Ne le dites pas !... Je veux partir. Je me sens à l'étroit ici... Je ne me sens rien de commun avec personne...

— Pas même avec moi ?...

— Avec vous, c'est... comment dirais-je ?... quelque chose de merveilleux, tant que je suis dans vos bras. Après... c'est comme si tout ce que je redoutais allait se précipiter sur moi et m'engloutir...

— Mais Léa, vous savez bien que ce sont des fantasmes...

— Peut-être, cela ne change rien... Je vous en prie, si vous m'aimez, aidez-moi.

Que de détresse et de détermination dans sa demande. Il la prit contre lui, caressa cette tête où bourdonnaient tant d'incohérences douloureuses.

— Je ferai ce que tu veux..., si tu avais un peu de

patience, un peu de confiance en moi, je chasserais tous tes fantômes... Te voir ainsi et ne pouvoir rien faire me déchire le cœur... mais si tu penses que c'est le meilleur moyen de retrouver ton équilibre, je vais t'aider.

— Oh ! merci !... Zut ! le bain !

27

Le lendemain, François lui annonça par téléphone qu'il avait obtenu un rendez-vous de la responsable de la Croix-Rouge française chargée d'examiner les candidatures et qu'à sa demande M. de Bourbon-Busset se portait garant d'elle.

— Qui est ce monsieur ?

— C'est lui qui a créé à Paris, le 24 août dernier, la délégation générale au rapatriement des prisonniers de guerre, déportés et réfugiés. Il est en outre président-directeur général de la Croix-Rouge française. Vous ne pouvez pas avoir de meilleure recommandation.

— Dites-lui qu'il n'aura pas à le regretter et que je le remercie.

— Vous avez rendez-vous demain matin à neuf heures, 21, rue Octave-Feuillet. C'est dans le 16e arrondissement. N'oubliez pas de prendre tous vos papiers. Vous serez reçue par Mme de Peyerimhoff. Soyez à l'heure. Elle ne badine pas, paraît-il, avec les horaires.

— Merci, vous êtes merveilleux.

— Ne me remerciez pas, je fais cela sans plaisir. Mais j'ai compris que vous ne renonceriez pas. Vous êtes une vraie tête de mule. Je pars demain à la première heure. J'implore que vous passiez la soirée avec moi.

— Mes tantes vont être difficiles à convaincre.

— Ne vous inquiétez pas, j'en fais mon affaire. Je passe vous prendre à sept heures. Faites-vous belle.

Le cœur de Léa frappait fort quand elle raccrocha. Elle n'aimait pas l'idée de ce départ. Une inquiétude sournoise se glissait dans son esprit, plus forte que celle éprouvée en songeant à Laurent au milieu des combats. Une grande faiblesse l'envahit à la pensée qu'il pût arriver quelque chose à François. Sans nouvelles de Laurent depuis son départ, elle s'en accommodait en se disant que s'il était blessé — elle se refusait à envisager le pire —, ils seraient les premiers prévenus.

Les fleurs et les chocolats firent merveille auprès des demoiselles de Montpleynet. Albertine se contenta de dire qu'il ne fallait pas que Léa, à peine remise, rentre trop tard. François Tavernier promit et l'enleva dans une somptueuse voiture réquisitionnée à un gros trafiquant du marché noir. Il l'emmena dîner dans un petit restaurant nouvellement ouvert à Montparnasse. L'endroit ressemblait un peu au restaurant clandestin de la rue Saint-Jacques.

— Que sont devenus vos amis Marthe et Marcel Andrieu ? Et leur fils René ?

— Après l'arrestation de René...

— René a été arrêté ?...

— Oui. Torturé et déporté. Marthe et Jeannette sont reparties dans le Lot avec le petit, au début de l'été dernier. Marcel est resté. Dénoncé par sa concierge comme collabo, le commissaire du quartier est venu et comme il avait été un de leurs meilleurs clients, il a blanchi Marcel en disant qu'il faisait partie de la Résistance.

— Ce n'était pas vrai ?

— Oui et non. Il a aidé et reçu de nombreux résistants, mais jamais il n'a voulu appartenir à un réseau. René, lui, en faisait partie.

— Pauvre Marthe.

— Buvons à sa santé, cela lui ferait plaisir.

Le repas fut délicieux et redonna à Léa une gaieté oubliée. Tavernier admira une nouvelle fois cette vitalité.

Il lui annonça qu'il avait ouvert un compte à son nom à la Société générale du boulevard Saint-Michel. Elle le remercia simplement sans faire de commentaires. Pensant seulement : « Je vais pouvoir m'acheter une nouvelle paire de chaussures. »

Ce soir-là, ils firent l'amour avec une lenteur, une douceur qui ne leur étaient pas habituelles. On aurait dit qu'ils dégustaient chaque parcelle du corps de l'autre. Le plaisir montait en eux, nonchalant et irrépressible, pour les submerger d'une tendresse presque douloureuse qui leur mettait les larmes aux yeux. Pour mieux le retenir, elle nouait ses jambes autour des siennes et ne les dépliait, heureuse, que quand elle sentait gonfler le sexe de son amant. De nouveau, le plaisir les arracha au présent.

Ils s'endormirent quelques instants dans les bras l'un de l'autre. Elle se réveilla la première et contempla avec intensité cet homme qui allait la quitter. Quelque chose lui disait qu'elle ne le reverrait pas avant longtemps. Elle s'emplissait les yeux de ce visage qui, dans l'abandon du sommeil, avait l'air de celui d'un adolescent. Quel âge avait-il ? Jamais elle ne lui avait posé la question. Comment pouvait-elle savoir si peu de choses sur lui, alors qu'ils se connaissaient depuis plusieurs années ? Qui la poussait à ne pas vouloir savoir ce qu'il était vraiment ? Maintenant, elle aurait voulu tout apprendre : son enfance, sa jeunesse. Avait-il des frères et sœurs ? Comment étaient ses parents ? Étaient-ils toujours en vie ? Pourquoi avait-il combattu en Espagne ? Quel rôle avait-il joué ? Connaissait-il bien son oncle Adrien ? Quelles femmes avait-il aimées ? Quel était son métier avant la guerre ? Et que ferait-il une fois celle-ci terminée ? Autant de questions qui resteraient sans réponses puisqu'il devait partir demain.

Comme il était beau ! Beau ?... Oui, ces traits marqués, cette mâchoire brutale, adoucie par une bouche magnifique aux lèvres pleines et bien dessinées, ces sourcils épais qui soulignaient un regard parfois si dur et, l'instant d'après, tendre ou ironique. Souvent cette ironie l'avait blessée, même si derrière se devinait un intérêt passionné pour tout ce qui la touchait. Le souvenir de ces regards la bouleversait.

Ses doigts caressaient les larges épaules, se perdaient dans la toison de la poitrine, glissaient le long du ventre où une main forte les immobilisa.

— Je vous y prends, mon petit cœur, à abuser du sommeil d'un pauvre homme.

À travers ses paupières à demi entrouvertes, il l'observait avec une acuité qui n'avait rien à voir avec le ton badin de ses paroles. Gênée par cette intensité, elle tenta de retirer sa main.

— Continue, j'aime te voir penchée ainsi sur moi.

Sans rechigner, elle continua sa progression vers le sexe assoupi. Ses mains se rejoignirent et le caressèrent jusqu'à ce qu'il se dresse entre ses doigts. Léa enjamba le corps de son amant et s'empala avec lenteur.

Elle lui fit l'amour, contrôlant la progression de son plaisir, ralentissant son mouvement quand elle le sentait prêt à éclater, surveillant son effet sur le visage de François.

— Je suis ta maîtresse, lui dit-elle avec du défi dans la voix.

Accrochés l'un à l'autre par leur chair vibrante, ils ne se quittaient pas des yeux, acceptant d'être vus de l'autre dans sa manifestation la moins contrôlable, la plus indiscrète, celle où le plaisir défigure en la sublimant la physionomie de l'aimé. Irrépressible, la jouissance cabra Léa, maintenue par les bras tendus de François, qui se reput de cette image avant de se répandre en elle, les yeux perdus au fond des siens.

Combien de temps restèrent-ils ainsi comme suspendus ? Avec un cri elle retomba sur lui en s'accrochant. Ainsi emmêlés, il la balança tant que dura le tremblement qui l'avait saisie.

Enfin, elle se calma et resta un moment comme privée de connaissance. À l'aide d'une serviette humide, il bassina son front et ses tempes et entreprit d'essuyer son ventre et ses cuisses.

— C'est froid, murmura-t-elle en le repoussant.

Il la rhabilla comme il eût habillé un petit enfant. Il renonça à coiffer ses cheveux en broussaille. Debout, elle était molle comme une poupée de chiffon.

Ému, il la porta jusqu'à la voiture, puis jusque dans sa chambre. Quand il l'allongea nue dans son lit, elle dormait déjà avec ce sourire qui joue quelquefois au coin des lèvres du bébé qui rêve.

Il s'arracha à cette contemplation qui devenait souffrance et quitta l'appartement de la rue de l'Université comme on s'enfuit.

28

« Bordeaux, le mardi 22 août 1944

« Ma chère Léa,

« Je t'écris cette lettre sans savoir si elle te parviendra soit que je la déchire avant de l'avoir terminée soit que la poste ne fonctionne plus.

« Nous autres collabos, miliciens, gestapistes ou volontaires pour combattre en Allemagne, faisons des préparatifs de départ dans un grand affolement. Il faut les voir ceux qui paradaient il n'y a pas si longtemps sur les Quinconces, rue Sainte-Catherine ou au *Régent*, comme ils se sont faits petits, comme ils rasent les murs. Beaucoup essaient de passer au maquis, mais les gars de la Résistance se méfient des recrues de la dernière heure. Depuis le débarquement anglo-américain, c'est par milliers qu'ils courent s'engager. Tu verras que, dès la guerre terminée, il n'y aura pas de plus grands héros F.F.I. que ces collabos qui sont en train de retourner leur veste. Ils me dégoûtent ! Qu'il y ait un nouveau changement de situation, tu les verras revenir dans le giron du Maréchal. Moi, j'ai pris la décision contraire, je vais faire de cette cause perdue la mienne. Je serai comme les héros noirs des romans de notre enfance. Rappelle-toi comme on les aimait, ces chevaliers errants qui avaient passé un pacte avec le diable. Bien sûr, ils perdaient toujours, mais de quel prix ils faisaient payer leur défaite !

« Je te dis tout ça pour que tu saches que ce n'est pas par idéal politique que j'ai signé mon engagement dans la Waffen SS. Pour moi, il n'y a plus rien à faire ici, tout avenir m'est interdit. Dès la fin de la guerre, les nouveaux vainqueurs n'auront qu'une idée : se venger. Je ne suis pas un mouton attendant le coup de couteau du boucher. Je ne redoute qu'une chose, c'est qu'ils se vengent sur mes parents. Mon père a reçu des menaces à plusieurs reprises et on lui impute à tort la mort de ta tante et l'incendie de Montillac. On a retrouvé le corps de Maurice Fiaux. Il a été exécuté par la Résistance. Aristide a également fait exécuter Grand-Clément et sa femme. Ils sont les maîtres de la région. J'ai vu ton cousin Philippe la semaine dernière, je lui ai conseillé de se cacher en lieu sûr. Il dit que son père ne veut rien savoir car il n'a rien à se reprocher. Ce n'est pas l'avis de certains Bordelais. Ici, on suit de très près ce qui se passe à Paris. Je suppose que tu es sur les barricades en train de faire le coup de feu. Il aurait fallu peu de chose pour que je sois à tes côtés.

« Cette lettre étant peut-être la dernière que je t'écrirai, je voudrais te dire que je regrette la manière dont je me suis comporté envers toi, mais je t'aimais comme un fou. Je sais que ce n'est pas une excuse, mais je tenais à te le dire. Je voulais également te dire de ne garder de moi que les souvenirs heureux de notre enfance. J'emporterai de toi nos courses dans les vignes, nos poursuites autour des chapelles du calvaire de Verdelais, nos plongeons dans la Garonne et nos bagarres dans le foin.

« Pense à moi quelquefois et sache que tu es la seule femme que j'ai aimée et aimerai toujours et que jusqu'à la fin, je te garderai présente dans mon cœur.

« Ton ami fidèle,

Mathias. »

« P.-S. : Tout à l'heure, à dix-sept heures dix, un train chargé de cheminots allemands part de la gare Saint-Jean pour l'Allemagne. Un wagon nous y est réservé. »

Mathias !

Où était-il maintenant ? Mort ou vivant ? Sa lettre avait mis près de trois mois à lui parvenir. L'acheminement du courrier n'était pas encore vraiment rétabli. Aucune lettre de Laurent ou de François n'était arrivée. Léa ne s'en inquiétait pas trop, complètement absorbée par sa formation de conductrice de la Croix-Rouge.

Le jour de départ de Tavernier, elle s'était rendue au rendez-vous de la rue Octave-Feuillet. Elle s'était réveillée tard et avait tout juste eu le temps d'enfiler une robe. Il lui avait semblé que le métro bondé se traînait lamentablement le long des tunnels où les DUBO...DUBON... DUBONNET... rythmaient le voyage. À la station Pompe, bousculant les voyageurs, elle s'était précipitée vers la sortie. Il était neuf heures dix.

Mme de Peyerimhoff, impeccable dans son uniforme bien coupé, l'avait reçue avec froideur.

— Vous êtes en retard.

— Oui, madame, excusez-moi.

— Vous nous êtes recommandée par notre président. Vous le connaissez ?...

— Non.

— Je vois, avait-elle fait en toisant son interlocutrice.

Léa avait baissé la tête.

— Vous êtes toujours coiffée comme ça ?

Telle une gamine prise en faute, elle s'était sentie rougir.

— C'est la nouvelle mode ?... C'est un genre, il faut aimer... Cependant je vous conseillerai, si nous vous acceptons, d'adopter une coiffure plus compatible avec notre uniforme. Savez-vous conduire ?

— Oui, madame.

— Changer une roue ? Réparer un moteur ?

— Non.

— Je vois, il faudra tout vous apprendre. Bien entendu vous ne connaissez pas non plus les premiers soins à donner aux blessés.

Léa avait senti la moutarde lui monter au nez. Elle l'agaçait celle-là, avec ces airs de grande dame.

— Non, madame.
— Pourquoi voulez-vous vous engager ?
— Pour servir mon pays.
Ouf ! Elle avait bien retenu la leçon faite par Francois. Sa réponse avait semblé plaire à Mme de Peyerimhoff qui avait dit d'un ton radouci :
— Bien. Si nous retenons votre candidature, vous aurez à effectuer un stage de six semaines durant lequel vous apprendrez des rudiments de mécanique automobile et les premiers soins à donner aux blessés que vous aurez à transporter. Après, nous vous enverrons là où votre présence sera le plus nécessaire.
— Quand saurai-je si je suis acceptée ?
— Dans le courant de la semaine. Nous avons beaucoup de candidates, nous ne voulons prendre que celles qui nous sembleront le plus à même de s'acquitter de leur tâche. Si vous êtes acceptée, vous recevrez une convocation.
Une vigoureuse poignée de main avait conclu l'entretien.
Cinq jours plus tard, Léa avait pris son premier repas avec les nouvelles recrues rue François-Ier. Dès les premières leçons, elle s'était montrée particulièrement habile dans le démontage des roues, le nettoyage des bougies et les petites réparations sur les moteurs. Alix Auboineau, qui avait la haute main sur le garage des ambulances de la rue de Passy, l'avait complimentée devant ses camarades, ce qui avait fait dire à l'une d'entre elles avec un air entendu :
— Le chef peau-rouge t'a à la bonne.
— Pourquoi l'appelles-tu comme ça ?
— C'est Claire Mauriac qui lui a donné ce surnom.
— La fille de ?...
— Oui, elle est à Béziers où elle fait un travail formidable. J'espère qu'elle rentrera bientôt.

Ce fut sans doute grâce à cette ambiance de camaraderie, à cet apprentissage qui lui plaisait, que Léa surmonta la peur et l'horreur contenues dans la lettre de Ruth arrivée le 7 octobre. Elle commença de la lire à haute voix devant ses sœurs et ses tantes.

« Verdelais, le 2 octobre 1944

« Mes chéries,

« Depuis deux semaines, je remets chaque jour le moment de vous écrire. Ce que j'ai à vous dire est si terrible que je n'arrive pas à tenir ma plume, ce qui vous explique ce torchon de papier.

« Mes belles petites, il va vous falloir bien du courage quand vous aurez lu ce qui va suivre. Albert est mort. On a retrouvé son corps enterré dans le jardin de la villa occupée par la Gestapo au Bouscat. L'autopsie a révélé qu'il s'était probablement suicidé en se pendant, après avoir été torturé. Mireille est d'un courage admirable : pas une larme et pourtant, elle est toujours sans nouvelles de son fils. L'enterrement a eu lieu à Saint-Macaire en présence du maire de Bordeaux et de nombreux résistants. À cette occasion, on a assisté, hélas, à des manifestations honteuses : coups, insultes envers des collaborateurs ou supposés tels. Depuis la mort abominable de Mme Bouchardeau et des Fayard, le moindre cri d'hostilité me donne un tremblement nerveux qui dure plusieurs heures. Le médecin dit que cela passera avec le temps.

« Votre oncle, maître Delmas, et son fils ont été lynchés par la foule à Bordeaux... »

— Oh ! mon Dieu !

Une nausée précipita Lisa de Montpleynet vers la salle de bains, tandis que les autres demeuraient stupides et comme arrêtées dans leur attitude. Quand Lisa revint, pâle et défaite, les cheveux mouillés, elles n'avaient pas bougé. La vieille demoiselle posa sa main sur le bras de sa sœur. Ce geste affectueux fit sortir Albertine de sa léthargie.

— Continue, Léa, dit-elle d'une voix tremblante.

La jeune femme dut s'y reprendre à plusieurs reprises pour parvenir à articuler ces mots qui les martyrisaient :

« ... et leurs cadavres promenés à travers les rues de la ville puis abandonnés quai de la Monnaie. L'appartement et l'étude ont été pillés. C'est épouvantable ! Leur vieille bonne, Mme Dupuis, est venue me voir à l'hôpital. Elle m'a dit que depuis l'annonce de la mort de Pierrot, votre oncle n'était plus le même ; en quelques jours, il avait vieilli de dix ans. Avec Philippe, et M. Giraud, le plus vieil employé de l'étude, ils ont insisté, en vain, pour qu'il aille se mettre à l'abri dans un endroit où on ne le connaissait pas. Il a refusé mais a conseillé à son fils de partir. Devant son refus, votre cousin est resté. Mme Dupuis est persuadée que votre oncle est resté pour se faire tuer... Mes petites, je sais que tout cela vous fait mal, il faut me pardonner. Le plus dur reste à dire... »

— Non, pas lui, gémit Léa qui avait dû interrompre sa lecture à plusieurs reprises.

— Qui est mort encore ? demanda Françoise.

— Tiens, lis, je ne veux pas voir son nom...

« ... les gendarmes m'ont fait venir pour identifier un corps, il y avait là un homme pas très grand, en uniforme, accompagné de deux F.F.I. Les trois hommes ont examiné le cadavre. À tour de rôle, ils l'ont identifié. Quand cela a été mon tour, j'ai été prise d'un malaise. Il le faut, m'a dit le commandant de gendarmerie, vous êtes la seule de la famille Delmas dans la région. Alors j'ai regardé. Une partie de son visage avait été rongée par des animaux, l'autre était très reconnaissable : c'était votre oncle Adrien... »

Léa poussa un cri et se laissa tomber sur le sol en balbutiant :

— Je le savais... je le savais...

Albertine et Laure la relevèrent et l'allongèrent sur le canapé.

— Lisa, appelle le docteur !...

— Comment est-il mort ? parvint-elle à articuler en repoussant les mains qui la soutenaient.

— Françoise finira la lettre plus tard. Vous savez maintenant le plus horrible. Pourquoi vous torturer davantage ? dit Albertine.

— Non ! Finis la lettre.

« ... le médecin légiste a conclu à un suicide... »

— Un suicide ? s'écrièrent-elles.

— Un prêtre ?... C'est impossible, fit Albertine en se signant.

Bouleversée de douleur, recroquevillée sur elle-même, Léa claquait des dents. « Je le savais, pensait-elle. J'aurais dû comprendre quand il me laissait entrevoir qu'il avait perdu la foi... Mais pourquoi a-t-il fait ça ?... Il était courageux... L'action qu'il menait dans la Résistance était importante... Et là, cette mort qui lui ressemblait si peu... » Tout en elle essayait de repousser l'idée du suicide mais quelque chose lui disait que cela était vrai.

Tombées à genoux, les mains jointes, Albertine et Lisa priaient. Pour ces ferventes catholiques, il n'était pas de crime plus grand que le suicide. De savoir damné cet homme dont les paroles d'amour et de paix, retentissant sous les voûtes de Notre-Dame, avaient dirigé leurs consciences mieux que celles de leur confesseur leur faisait non seulement une immense peine mais remettait en cause les fondements mêmes de ses paroles. Par cet acte monstrueux, le père Delmas réfutait l'existence du Dieu chrétien. Cela, elles le percevaient clairement.

Ce fut Laure qui ramassa la lettre tombée des mains de Françoise et qui continua la lecture :

« ... Aucun de nous ne voulait le croire, mais il a fallu très vite nous rendre à l'évidence devant les explications du capitaine de gendarmerie et surtout celles du médecin. Votre malheureux oncle a été inhumé dans le caveau familial du cimetière de Verdelais auprès des restes de votre tante et de vos parents. Il n'y a eu ni messe ni bénédiction. Un enterrement de paria, s'il n'y avait pas eu toutes ces fleurs.

« Je suis à Verdelais chez mon amie Simone. J'y resterai jusqu'à ce que ma santé se rétablisse. Ensuite, si vous le voulez bien, je viendrai vous rejoindre. Les vendanges ont commencé depuis deux jours. La récolte sera bonne, mais le vin moyen. J'ai dû embaucher des prisonniers allemands pour aider. Ils ont tellement peur des "maquis", qu'ils travaillent très efficacement. Il faudra prendre des décisions quant à l'avenir de la propriété et la reconstruction de la maison. J'ai commencé à fouiller dans les papiers de Fayard mais pour moi, tout cela est confus. Le notaire est mort, il faudra en prendre un autre. Réfléchissez-y.

« Mes chéries, pardonnez-moi encore pour ces affreuses nouvelles et sachez que je demeure à jamais votre fidèle, dévouée et affectueuse,

Ruth. »

« C'est vrai ! c'est l'époque des vendanges, je l'avais oublié ! » pensa Léa.

Toute la journée, chacune resta enfermée dans sa chambre. Charles et le petit Pierre se réfugièrent dans la cuisine d'Estelle.

Léa manqua son cours de topographie. Albertine téléphona à Mme de Peyerimhoff pour lui expliquer, en partie, les motifs de l'absence de sa nièce.

Dans les jours qui suivirent, elle fit connaissance avec une solidarité féminine qu'elle ne soupçonnait pas.

Après des essais sur les routes défoncées de la forêt de Marly-le-Roi, Léa se révéla une excellente conductrice et une excellente mécanicienne. Le chef du garage de la rue de Passy disait qu'après la guerre elle trouverait sans problème une place dans un garage. Par contre, dans les soins aux blessés, elle se montrait réticente et maladroite.

— Faites attention, criait le médecin chargé des cours, si vous soulevez un homme blessé au ventre de cette façon, vous allez perdre ses boyaux... Doucement, vous manipulez celui-ci qui est certainement atteint à la colonne vertébrale comme un sac de pommes de terre... Je n'aimerais pas tomber entre vos mains...

Le soir, elle retrouvait Laure et ses copains qui faisaient du trafic de cigarettes, de whisky, d'essence et de bas avec les soldats américains. Certains jours, elles dansaient jusqu'à une heure du matin, emportées par un désir de vivre, de vivre vite, partagé par la plupart des garçons et filles de leur âge. Bien que très courtisée, Léa ne répondait à aucune des avances des jeunes soldats venus de très loin pour participer à la libération de Paris. Flirtant, riant, buvant, elle restait curieusement distante, paraissant être ici et étant ailleurs, inaccessible et lointaine. Dans les bras de ces jeunes hommes entreprenants, elle se montrait lascive, le temps d'une danse, au point qu'un jour elle fut giflée par un grand sergent noir qui n'appréciait pas sa coquetterie.

Ce fut dans cette atmosphère que la première lettre de Laurent arriva, le 7 novembre, datée du 28 octobre.

« Ma chère Léa,

« Par François Tavernier, venu en mission auprès du général Leclerc, j'ai su que tu étais rétablie. Ma joie était telle que je ne savais que dire... Il m'a annoncé aussi que tu persistais dans ton désir de t'engager dans la Croix-Rouge. Tu sais que je ne t'approuve pas complètement, mais chacun est maître de son destin. Remercie de ma part tes tantes pour tout ce qu'elles font pour Charles. Qu'elles lui parlent de moi, et toi, tant que tu es près de lui, parle-lui de sa mère.

« Depuis le 22 septembre, nous vivons dans la boue. Les autobus de la T.C.R.P. qui ont servi au transport des bataillons de F.F.I. parisiens incorporés à la 2e D.B. sont enlisés jusqu'aux essieux, nous avons dû en abandonner deux et renoncer à leur faire franchir la Meurthe, les autres ont été remorqués par des Sherman. Les titis parisiens disent, en les voyant, qu'ils sentent l'air de Paname. Il faut les voir ces pauvres bougres, pataugeant dans la gadoue, chaussés de sandales ou d'escarpins, vêtus de bric et de broc, sans casques, avec un fusil pour deux. Ils patrouillent dans les bois. Bien que râlant à tout propos, ils ne reculent jamais devant une mission. Nous essuyons presque sans arrêt des tirs de mortiers. L'ennemi n'est plus à court de munitions comme au mois d'août. Nous piétinons dans l'attente d'une réelle offensive. Nous autres des blindés, nous n'aimons pas ça. Nous avons perdu bêtement deux officiers remarquables rencontrés en Afrique et devenus des amis : les capitaines Dubut et Geoffroy. Le plus enragé est mon camarade Georges Buis qui sent des racines lui pousser aux pieds et qui ronchonne en disant que la place d'un cavalier n'est pas d'être transformé en statue de glaise.

« Dans les popotes, le moral des hommes est au plus bas, ils se voient déjà passant l'hiver dans ce "pays pourri" ; pour nous distraire, avec Buis, nous allons faire un tour au-dessus des lignes dans un des piper-cubs de l'artillerie. Vision démoralisante à travers un rideau de pluie. Nous sommes plus fiers des quelques kilomètres parcourus dans une journée que des prisonniers faits à l'ennemi. Même le capitaine Déré, un ancien de Tunisie, à la cinquantaine joyeuse, parle de rejoindre le corps expéditionnaire qui part pour l'Indochine "pour voir au moins du pays". Ce n'est plus l'enthousiasme de la Libération mais bien l'accablement le plus total. Il est grand temps que l'état-major nous fasse passer à l'action, sinon la 2e D.B. va se liquéfier.

« Je viens de relire ce qui précède et je me dis que je te dresse un peu glorieux tableau de la 2e D.B. Il n'en est rien. Depuis notre départ de Paris, nous avions bien combattu. Sans doute le temps exécrable, cette semi-inaction sont-ils responsables de mon désenchantement.

« Du coin de table de la popote où je t'écris, à la lueur d'une lampe-tempête, je vois, au travers de la "fenêtre" de la tente, tomber cette pluie qui mine le moral des plus endurcis.

« J'arrête là ce bavardage insipide. J'espérais ressentir le rayon de soleil de ta beauté en t'écrivant, mais c'est la nuit de la mélancolie qui s'est appesantie sur moi et sur ces lignes. Pardonne-moi. Embrasse pour moi mon fils chéri. Avec toute ma tendresse,

Laurent. »

Il allait bien, malgré le cafard noir qui transparaissait à travers chaque ligne. Et François ? Pourquoi ne donnait-il pas signe de vie ? Elle était allée au ministère de la Guerre, on n'avait pu lui donner aucune nouvelle du commandant Tavernier.

Le 20 novembre, Léa fut reçue à son examen malgré le désastre de l'épreuve de brancardage ; épreuve qui s'était soldée par la chute de l'infirmier chargé de faire le blessé. Elle rangea avec soin son diplôme de conductrice-ambulancière de la Croix-Rouge française après les discours de Mme de Peyerimhoff, d'Alix Auboineau et du médecin qui leur avait enseigné les premiers soins.

Trois jours plus tard, elle était envoyée à Amiens au château de Mlle de Guillencourt qui servait de siège à la Croix-Rouge. Là, elle se dépensa pour sauver les civils : enfants déchiquetés par des mines, mourants descendus du front, familles belges et françaises en déroute, malades de froid, de faim, de dysenterie. Au début, elle crut qu'elle ne tiendrait pas le coup mais une jeune fille, si petite qu'on avait dû lui faire un uniforme sur mesure, Jeanine Ivoy, la prit sous sa protection et lui insuffla son courage.

Vers la fin du mois de décembre, Léa reçut enfin du courrier de Paris : une lettre de Françoise, une d'Albertine, une de Laurent et une de François. Elle se précipita dans la chambre qu'elle partageait avec Jeanine Ivoy et décacheta la lettre de François datée du 17 décembre.

« Mon petit cœur,

« Je ne sais où ces lignes vous parviendront. Laure, que j'ai eue tout à l'heure au téléphone, m'a dit que vous étiez partie pour Amiens mais ne savait pas si vous y étiez encore. Après une première mission, le général m'en a confié une autre, et maintenant il m'envoie... je ne peux vous dire où, mais vous ne perdez rien pour attendre, je trouverai bien un moyen de venir vous surprendre à Amiens ou ailleurs. Vous me manquez beaucoup, j'ai une furieuse envie de vous prendre dans mes bras et de partir avec vous loin de l'Europe. Quand tout cela sera fini je vous emmènerai chez des amis au Brésil. Nous passerons nos journées sur la plage, à faire l'amour et à oublier ces quatre années. Prenez bien soin de vous et ne m'en veuillez pas d'être si peu loquace, un avion m'attend pour me conduire là où je dois aller. Vous ai-je dit que je vous aimais ? Voilà qui est fait. Je vous embrasse partout,

François. »

À cette lecture, son corps se rappela les caresses de son amant. Une vague de plaisir la traversa.

Moi aussi, je l'aime.

Avec un soupir heureux, elle glissa la lettre sous son corsage à même la peau pour avoir sur sa poitrine ce bout de papier que sa main avait touché.

Elle ouvrit la lettre de Françoise.

« Ma chère petite sœur,

« Ici nous survivons grâce aux trafics de Laure qui nous procure un peu de charbon et de nourriture. Elle me charge de t'embrasser et de te dire que tout va bien. Ruth est venue nous rejoindre. Tu ne la reconnaîtrais pas, c'est maintenant une vieille femme qui sursaute au moindre bruit. Nous avons pris un nouveau notaire pour s'occuper de nos affaires, il a trouvé un homme de confiance pour les vignes de Montillac. Mais, dès le printemps, il faudra prendre une décision : devons-nous vendre ou non ? Laure et moi, nous penchons pour la vente, trop de souvenirs malheureux sont liés à cette demeure et à cette terre Nous n'avons pas d'argent pour faire reconstruire la mai son, et la savoir en ruine nous désespère. Que faire ?

« Pierre va bien, il galope partout. Il n'a encore que six dents, je me demande si cela est normal. Charles est un garçon trop sage et trop silencieux pour son âge. Il te réclame souvent, surtout la nuit. À part ça, il va bien. Les tantes vieillissent aussi de plus en plus mais sont toujours pour nous d'une exquise gentillesse. Mes cheveux repoussent, bientôt je pourrai sortir sans turban. Je n'ai aucune nouvelle d'Otto, mais je sens qu'il est vivant. C'est affreux de ne rien savoir de celui que l'on aime et de ne pouvoir en parler à personne sauf, quelquefois, à Laure.

« Ruth a accueilli la libération de Strasbourg avec l'émotion que tu devines. L'épuration marche toujours bon train. Ce ne sont toujours pas les plus coupables qui sont condamnés. Tout le monde écoute le poste français de Baden-Baden où l'on entend des voix connues : Brinon, Déat, Luchaire, etc. L'autre jour, lors d'un gala de la Résistance, à la Comédie-Française, un poème de Claudel à la gloire du général de Gaulle a été lu. C'était ma première sortie. J'ai remarqué dans l'assistance deux ou trois têtes joliment enturbannées... Près de moi, un journaliste disait à son voisin que ce poème avait été écrit en 42, en l'honneur du maréchal Pétain, et que, pour la circonstance, il avait été légèrement modifié :

"Monsieur le Maréchal, voici cette France entre vos bras et qui n'a que vous et qui ressuscite à voix basse.

France, écoute ce vieil homme sur toi qui se penche et qui te parle comme un père."

« Amusant ? Non ? Laure m'a entraînée au bar du Crillon où se presse une foule de dames en uniforme et d'officiers anglais et américains de différentes armes, rivalisant d'élégance. J'ai reconnu au bras d'un colonel anglais l'ancienne maîtresse d'un général allemand. Elle m'a reconnue aussi et m'a fait un clin d'œil avec l'air de dire : "Et voilà le travail !"

« Petiot a été enfin arrêté, il était lieutenant ou capitaine chez les F.F.I. !...

« Nous préparons le Noël des enfants. Tu vas nous manquer. Je t'embrasse tendrement. Ta sœur qui t'aime,

Françoise. »

Françoise paraissait surmonter la situation. Pour sa tranquillité, pour sa sécurité, il aurait mieux valu qu'Otto soit mort. Elle était de taille à élever son fils seule. Qu'importe ce qu'il adviendrait de Montillac... L'idée seule de devoir y penser lui était désagréable. Il fallait oublier, faire un trait sur tout ce qui avait été sa raison de vivre.

La lettre d'Albertine ne contenait que des recommandations et l'annonce de l'envoi pour Noël de bas de laine et de sous-vêtements chauds. Voilà qui ne serait pas du luxe car la légère gabardine de l'uniforme de la Croix Rouge n'était pas suffisante dans la brise soufflant sur ce pays plat.

Léa tournait et retournait la lettre de Laurent entre ses doigts. Enfin, elle se décida à l'ouvrir.

« Ma chère Léa,

« J'espère que tu souffres moins du froid que la 2e D.B. Le général Leclerc, devant les mines frigorifiées de ses hommes, leur a fait faire des gilets en peau de lapin, ce qui lui vaut notre reconnaissance à tous. Après la pluie et la boue, la neige et le gel. Les véhicules souffrent autant que les hommes. Tu as sans doute suivi dans la presse notre progression. Après la prise de Baccarat, nous avons bu du champagne dans des coupes gravées d'un poing ganté destinées à Goering. J'ai fait la connaissance du colonel Fabien, communiste, ancien membre des Brigades internationales et adjoint du colonel Rol-Tanguy, chef des F.F.I. de l'Ile-de-France au moment de la libération de Paris. C'est un curieux homme, toujours vêtu d'une culotte de cheval et d'une vareuse boutonnée jusqu'au cou. Avec trois mille hommes, presque tous de la banlieue parisienne, il a suivi la 2e D.B. en compagnie de F.F.I. venus d'un peu partout, notamment ceux du groupe Janson-de-Sailly. Rattachée au 3e corps de l'armée américaine (Patton), la Brigade de Paris a pris le nom de Groupement tactique de Lorraine. À sa demande, il a été rattaché à la Ire armée que commande le général de Lattre. Le 10 décembre, à Vesoul, le général a passé en revue ces nouvelles recrues dont certaines ont tout juste dix-sept ans. Leur intégration ne se fait pas toujours facilement. Ils ont du mal à accepter les ordres de certains officiers ou sous-officiers, surtout ceux aux uniformes flambant neufs. Ils les appellent les “naphtalinards”, un sobriquet qui se passe de commentaires.

« Fabien est un homme attachant. À dix-sept ans, il s'est engagé dans les Brigades internationales et a été blessé. C'est lui qui a tué le 21 août 1941 cet officier allemand au métro Barbès-Rochechouart. Arrêté, torturé, il s'est évadé et a repris le combat clandestin. Son père a été fusillé par les Allemands et sa femme déportée.

« Les derniers jours avant la marche sur Strasbourg ont été éprouvants pour tous. Buis dit que c'est à cause du mauvais temps que les hommes se cherchent querelle pour un oui ou pour un non. Durant tous ces jours, le général Leclerc était d'une humeur de chien, arpentant les pièces humides du château de Birkenwald, là même où le futur père de Foucauld passait ses vacances. À l'aube du 23 novembre, il tombait des cordes, le général frappait machinalement le plancher de sa canne, les sourcils froncés avec cette brusque contraction de la pommette droite, signe chez lui de la plus grande agitation. Ce n'est qu'à dix heures et demie qu'un motocycliste entra dans la pièce où étaient réunis tous les officiers du P.C. De ses doigts engourdis, il a tendu une feuille de papier jaune envoyée par Rouvillois. C'était en code : *“Tissu est dans iode.”* Cela signifiait qu'il était entré dans Strasbourg. Le général Leclerc a éclaté d'un grand rire : “Allez, on part”, s'est-il écrié.

« Par chance, nous avons eu très peu de pertes, mais

une allait bouleverser plusieurs d'entre nous. La mort de l'aumônier de la division, le père Houchet, qui était avec Leclerc depuis le Tchad. En apprenant cette nouvelle, le général s'est précipité en pleine nuit à l'hôpital. Je l'ai vu essuyer une larme devant la dépouille de celui dont la foi, la gaieté, la bonté et un inlassable dévouement avaient fait l'homme le plus aimé et le plus respecté de la division. Le surlendemain, les soldats attendus pour porter le cercueil n'ayant pu arriver jusqu'à la chapelle, c'est nous, les officiers, qui l'avons porté. Le dimanche 26, l'étendard du 12e cuirassiers flottait sur la place Kléber devant une foule silencieuse et clairsemée. On sentait une grande tension. Puis, peu à peu, les fenêtres s'ouvrirent, des drapeaux claquèrent, une *Marseillaise* sourde courut le long des trottoirs puis s'éteignit. Ce n'est qu'à l'arrivée du général Leclerc que la population strasbourgeoise se laissa aller à sa joie.

« Au bout de cinq jours, nous sommes repartis à la rencontre de la Ire armée française qui avait conquis Belfort et Mulhouse. Les Allemands étaient maintenant isolés et acculés au Rhin. Quand je dis que nous sommes repartis !... comme un âne qui recule, aurait dit mon père, les "Leclerc" n'ayant aucune envie d'être incorporés à la Ire armée. Il fait un temps épouvantable. Pluie, neige, tempête, heureusement que l'esprit 2e D.B. résiste à tout. Même l'humour ne perd pas ses droits. Un exemple : l'autre jour, nous étions réfugiés dans une petite gare, de celles où l'on voit inscrit d'un côté départ, de l'autre arrivée. Par-dessus les voies nous arriva une volée de 88, ce qui est assez rare car les Allemands n'ont pas beaucoup d'artillerie. Quand nous nous sommes relevés, Georges Buis nous a dit à La Horie et à moi, en époussetant son treillis d'une main et en désignant de l'autre l'ouverture faite par les obus : "Toujours conformistes ces Allemands." Et nous d'éclater de rire car les obus étaient entrés par... l'arrivée. Ces plaisanteries de potaches quelquefois au milieu des plus durs combats, cette camaraderie qu'autrefois j'aurais qualifiée de caserne, m'aident à ne pas devenir fou quand je pense aux souffrances et à la mort de Camille. Certaines nuits, quand le froid trop intense m'empêche de dormir, je vois son doux visage se pencher sur moi. J'ai l'impression alors qu'elle m'appelle, qu'elle me dit : "Viens. Rejoins-moi... ne me laisse pas seule..." Je me sens comme attiré par une force d'outre-tombe.

« Mais je suis stupide ! Pardonne-moi, chère petite Léa, je t'attriste, toi aussi tu l'aimais. Comment va Charles ?... Mais peut-être n'es-tu pas près de lui ? Peut-être, toi aussi, es-tu dans un de ces lieux où meurent les hommes... Si ce n'est pas le cas, parle-lui de sa mère et de moi, fabrique-lui les souvenirs de sa petite enfance. Bientôt ce sera Noël. Te rends-tu compte ! Je n'ai jamais passé un Noël avec mon enfant depuis qu'il est né... ! Gâte-le beaucoup, ne lésine ni sur les bonbons, ni sur les jouets, ni sur les bougies de l'arbre. Dis-lui que son papa pensera encore plus fort à lui, ce soir-là. À toi, ma tendre amitié,

Laurent. »

À la pensée d'être loin de ceux qu'elle aimait pour ce premier Noël d'une partie de la France libérée, Léa se mit à pleurer comme une enfant. Tous ses souvenirs de petite fille gâtée lui revenaient : ferveur et froid durant la messe de minuit dans la basilique de Verdelais ou sous les voûtes médiévales de Saint-Macaire ; émotion face à la crèche, et son ange-quêteur qui remuait la tête et jouait les premières mesures de *Il est né le Divin Enfant...*, quand on mettait une pièce dans l'urne de plâtre qu'il tenait, joie et peur mêlées en voyant le sapin illuminé, dressé comme par miracle dans la cour, devant la maison ; battements de cœur, cris et rires nerveux en ouvrant la porte du salon... et là, près de la cheminée où brûlait un feu de sarments, les cadeaux du père Noël, un amoncellement de paquets multicolores. Après un temps d'arrêt, un instant de fausse surprise, les trois sœurs se précipitaient en se bousculant vers leurs souliers, bien cirés, en piaillant comme des folles. Avec quelle énergie elles déchiraient les papiers, arrachaient les rubans, sautaient de bonheur en se précipitant pour embrasser leurs parents et Ruth, qu'elles soupçonnaient être de mèche avec le père Noël ! Plus tard, devenues grandes, elles avaient eu les mêmes Noëls heureux et pour rien au monde elles n'auraient voulu être ailleurs ce jour-là. La guerre avait brisé tout cela... Grâce aux efforts de Léa pour maintenir cette tradition qu'elle chérissait, les Noëls de l'Occupation, même tristes, sans éclat et sans beaucoup de cadeaux, avaient été fêtés. C'était le premier Noël que Léa passait loin de chez elle. En ce moment, rien ne lui semblait plus épouvantable que cela, oubliant la souffrance qui l'entourait, la guerre qui continuait, et tous ces morts qui avaient fait partie de sa vie.

— Qu'est-ce que tu as ? Mauvaises nouvelles ? questionna Jeanine Ivoy qui venait d'entrer.

Incapable de répondre tant les sanglots la faisaient hoqueter, Léa secoua la tête.

— Alors pourquoi te mets-tu dans cet état ?

— Parce que... c'est Noël... parvint-elle à articuler.

Jeanine, bouche bée, regarda avec stupeur sa ravissante camarade, puis brusquement se mit à pleurer aussi. Comme l'enfance est longue à mourir !... Elles pleurèrent quelques instants sans oser se regarder, puis leurs yeux se rencontrèrent et, sans transition, elles éclatèrent de rire en se jetant dans les bras l'une de l'autre.

Le 24 décembre, elles rentrèrent tard, épuisées d'avoir transporté des blessés dans les hôpitaux de la région. Traînant les pieds, elles gravirent les marches du perron. Le vestibule était dans la pénombre mais une lumière vive venait du salon, des voix gaies et animées dominaient une musique de jazz. Que se passait-il ? Ce n'était pas les habitudes de la maison. Intriguées, elles poussèrent la porte et demeurèrent stupéfaites devant un immense sapin illuminé de guirlandes électriques et de morceaux d'ouate figurant la neige. Un grand feu brûlait dans la cheminée à laquelle était accoudé un homme, un verre à la main, qui s'avança en souriant.

— Vous êtes les dernières, entrez vite et fermez la porte.

Léa la ferma lentement puis se retourna, les mains derrière le dos, toujours accrochées à la poignée de cuivre sculpté dont les ciselures meurtrissaient sa paume. Elle s'adossa au panneau pour ne pas tomber, regardant venir vers elle, comme à travers un brouillard, incrédule et émerveillée, cet homme qui la déconcertait.

François Tavernier eut le plus grand mal à lui faire desserrer les doigts. La propriétaire vint vers eux.

— Mademoiselle Delmas, remettez-vous, vous êtes toute pâle. C'est sans doute l'émotion de revoir votre fiancé.

Son fiancé ? De qui parlait-elle ? La propriétaire continua.

— Grâce au commandant Tavernier, nous allons avoir un vrai Noël. Il a apporté dans sa voiture tout ce qu'il faut pour faire un réveillon. Allez vous changer, vous êtes toute crottée.

François s'inclina devant la vieille dame et dit avec son sourire le plus charmeur :

— Si vous le permettez, j'accompagnerai Mlle Delmas.

— Faites, commandant, pendant ce temps nous finirons de préparer la table.

Léa se laissa entraîner comme une somnanbule.

— Où est votre chambre ?

— En haut.

Arrivé dans la chambre, il se précipita sur elle, la couvrant de baisers.

Elle se laissait faire, incapable de réagir. Il s'en aperçut, s'écarta et l'examina en la tenant à bout de bras.

— J'espérais plus d'enthousiasme.

D'un seul coup, elle s'enflamma.

— Vous débarquez sans prévenir alors que je vous croyais au diable... vous... vous présentez comme mon fiancé... vous me sautez dessus et... Pourquoi riez-vous ?

— Je te retrouve. Cela ne te ressemblait pas d'être si passive.

Elle rougit et se débattit entre les bras qui l'étreignaient à nouveau.

— Calme-toi, nous avons peu de temps. Je risque le conseil de guerre pour être venu te rejoindre. Je devrais être à Colmar.

— Pourquoi avez-vous dit que j'étais votre fiancée ?

— Pour qu'on ne s'étonne pas de ma venue inopinée et qu'on me laisse te voir seule. Embrasse-moi.

Elle était folle d'ergoter ainsi. Sa joie avait été telle en le voyant qu'elle avait cru mourir. Elle lui rendit ses baisers et l'entraîna vers un des lits.

— Viens, dit-elle.

Ils firent l'amour comme si les minutes leur étaient comptées, maladroitement. Mais leurs corps s'accommodèrent de cette hâte et, très vite, le plaisir les arracha au temps.

Des coups discrets frappés à la porte les ramenèrent à la réalité. Ils rajustèrent leurs vêtements avec des fous rires.

— Entrez, fit Léa.

La petite tête de sa compagne de chambre apparut.

— Excusez-moi, je dois me changer, fit-elle sans oser les regarder.

— Je vous en prie, c'est moi qui dois vous présenter des excuses pour avoir retenu Léa. Je vous laisse.

Les deux jeunes filles se dévêtirent sans échanger une parole.

Le champagne, les huîtres et le foie gras de François Tavernier rendirent le réveillon fort gai. À la fin du repas, la plupart des convives étaient légèrement ivres. Peu après minuit, François se leva pour prendre congé.

— Déjà !... firent-ils en chœur, à l'exception de Léa qui baissa la tête.

— Hélas ! Je dois être de retour dans la matinée. Continuez la fête sans moi. Ma chérie, vous m'accompagnez jusqu'à la voiture ?

— Au revoir, commandant, merci pour tout.

Dehors, une tempête de neige les bouscula. Ils retrouvèrent la traction avant recouverte d'un épais manteau blanc. François ouvrit la portière et poussa Léa. Ses mains froides s'égarèrent sous sa jupe jusqu'à ce qu'elles eussent trouvé le chaud de son ventre.

— Déboutonne-moi.

— Non, dit-elle en s'exécutant.

Engoncés dans leurs vêtements, ils firent l'amour avec une violence, une brutalité démenties par les mots qu'ils se murmuraient.

Essoufflés, ils se regardèrent à la lumière vacillante du plafonnier. Silencieux, chacun laissait l'image de l'autre pénétrer sa mémoire. C'était sans doute le froid, il semblait à Léa qu'une larme coulait et se perdait dans les cheveux de son amant.

Deux heures sonnèrent à un clocher voisin. François tressaillit et descendit de la voiture.

— Je dois partir.

Il mit le moteur en marche. Debout près de la portière, Léa frissonnait, enveloppée dans un plaid qui sentait l'essence. Laissant le moteur tourner, il la prit dans ses bras.

— Où allez-vous ? demanda-t-elle.

— En Alsace.

— Seul ?

— Non, mon ordonnance m'attend dans un bistrot. Mon cœur, nous n'allons pas nous revoir avant longtemps. Après l'Alsace, je pars pour la Russie comme observateur, envoyé du général de Gaulle.

— Mais pourquoi vous ?

— Oh ! probablement pour une raison toute simple : je parle russe.

Il parlait russe !... Jamais il ne le lui avait dit. Mais il y avait tant de choses qu'elle ignorait de lui. Elle n'aurait pas assez d'une vie pour apprendre à faire connaissance.

— François !...

— Taisez-vous... Si vous parlez, je n'aurai pas le courage de partir. Dites-vous que je saurai toujours vous retrouver. Dis-moi cependant quelque chose qui m'aidera à prendre patience quand je penserai à toi.

— Je t'aime.

— C'est ça que je voulais entendre. Tu es si avare de tes « je t'aime ». Maintenant rentre vite, tu es glacée.

— Non !... Embrasse-moi !

Il l'embrassa...

— Va-t'en !

Repoussée violemment, elle tomba. Il retint le geste qui le précipitait à son aide. La voiture en démarrant projeta des paquets de neige sur Léa qui n'avait pas bougé.

Ce ne fut que quelques instants plus tard qu'une de ses camarades, inquiète de ne pas la voir revenir, la découvrit recroquevillée, presque ensevelie sous la neige. Aidée de l'homme à tout faire du château, elle la transporta dans sa chambre où on lui fit boire un grog brûlant et où on la mit au lit avec une bouillotte sous une pile de couvertures.

Elle dormit jusqu'au lendemain midi.

29

Le 6 février, le lendemain des accords de Yalta, Léa reçut deux lettres froissées, expédiées ensemble par les soins de la Croix-Rouge. L'une était de Laurent, datée du 3 janvier.

« Ma chère Léa,

« Je viens, comme le veut la coutume, te souhaiter une bonne année. Que 1945 t'apporte le bonheur. Plus que quiconque, tu es faite pour lui. Il y a en toi une force de vie capable de surmonter les pires tourments. Ce n'est pas comme moi qui sens tout désir de vivre me quitter. Je lutte autant que je le peux contre ce morbide entraînement, en pensant à Charles, mais très vite, mes pensées moroses me ramènent aux jours heureux du passé qui plus jamais ne reviendront.

« Ici, dans cet univers de boue et de pluie, le passage de la vie à la mort devient presque banal. La pudeur des hommes qui acceptent de mourir pour une juste cause est une des choses qui m'aura le plus touché depuis que nous combattons. Ainsi, la veille d'une attaque où l'on sait qu'un grand nombre tombera, que soi-même on peut être parmi les morts, il y a dans le camp comme une ferveur retenue. Les hommes échangent des lettres, se rasent de près, parlent plus bas. Ils savent, avant l'état-major lui-même, qu'une attaque va avoir lieu. Pas besoin de sonnerie. Si tu voyais comme il est beau, comme lavé de toute souillure, le regard d'un homme qui se dit que demain... C'est comme s'il regardait au-delà du visible, plus loin que lui-même. C'est ça aussi la guerre, cette solidarité muette, cette dignité qui fait des preux, des êtres de légendes, des héros, d'individus qui, pris séparément, n'auraient peut-être pas grand intérêt, mais qui, là, deviennent par leur sacrifice les plus grands, rejoignant dans l'histoire ceux de l'An II, d'Austerlitz ou de la Marne.

« Ces paroles t'étonnent dans ma bouche, comme elles m'étonnent moi-même. Sans doute, si je n'avais pas rejoint Leclerc, si je n'étais pas dans la 2e D.B., aurais-je tenu, pacifiste convaincu, de tout autres propos. Mais on ne vit pas impunément auprès de gens qui meurent par milliers pour la liberté non seulement de la France mais du monde, sans réviser certains jugements favorisés par une vie douillette et par l'horreur de la violence.

« Dans ma dernière lettre, je te parlais du colonel Fabien ; il est mort, tué bêtement par une mine avec trois de ses camarades, le 27 décembre. J'ai beaucoup pensé à la petite fille qu'il laisse derrière lui.

« S'il devait m'arriver la même chose, n'oublie pas que Camille et moi nous t'avons confié notre enfant. Par testament, avant de partir, j'ai demandé que tu en sois la tutrice. Parle-lui de la guerre, mais pour la lui faire haïr. Dis-lui cependant de ne pas garder de rancœur envers le peuple allemand : il a été trompé. Je le connaissais bien avant la guerre, je parlais sa langue, j'écoutais sa musique, je lisais ses poètes, j'admirais son courage. Souvent, avec des amis berlinois, nous avons trinqué aux États-Unis d'Europe. Après tant d'horreurs, il faudra des hommes et des femmes pour reprendre cette idée et la mener à bien.

« Ma chère Léa, je prie Dieu qu'il te garde en ce début d'année, qu'il te comble de ses bienfaits. Je t'embrasse avec tout ce qui me reste d'amour. Ton ami,

Laurent. »

— Il va mourir, murmura Léa avec une stupeur lasse.

Elle tournait et retournait la deuxième lettre couverte,

comme la première, de cachets. L'écriture ne lui disait rien. Enfin, elle se décida et déchira l'enveloppe. En lisant le nom inscrit à gauche sur la feuille de mauvais papier, Léa comprit et, sans une larme, commença la lecture.

« Mademoiselle,

« Personne n'aime être le messager du malheur. Pourtant, par amitié et par respect de la parole donnée, je viens vers vous porteur d'une triste nouvelle : le capitaine Laurent d'Argilat est mort le 28 janvier. Avec lui, seize officiers du Groupement tactique ont été tués ainsi que le commandant Puig et le lieutenant-colonel Putz lors de la prise de Grussenheim qui a coûté à la 2e D.B. plus de pertes que la rupture de la "vosgienne" et de la "prévosgienne", la prise de Saverne et la prise de Strasbourg.

« L'ordre était de franchir l'Ill, d'atteindre le Rhin, de couper en deux la poche allemande en partant de Sélestat. Il y avait cinquante centimètres de neige. Il gelait. La grande plaine blanche coupée de boqueteaux, sillonnée de canaux et de rivières, offrait aux Horniss, aux Jagpanther, aux 88, des champs de tir merveilleux. La 3e compagnie fut engagée la première et s'empara du fameux carrefour 177. La 2e la dépassa et reçut l'ordre de prendre à tout prix Grussenheim. Derrière, le reste du régiment suivait la lutte avec passion, tremblait pour les camarades tout en les enviant. Les unités non engagées se défaisaient elles-mêmes de leurs munitions pour que celles de tête eussent plus vite reconstitué leur plein. C'est au cours de cette attaque que notre ami fut tué. Son char explosa à quelques mètres du mien. Sous le choc son corps fut éjecté.

« Plus tard, nous sommes revenus le chercher. Il avait l'air de dormir, son visage était serein et son corps ne portait pas de blessures apparentes. Il repose dans le cimetière du village en attendant d'être transféré dans le caveau familial. Tous ses camarades le regrettent. Il allait au-devant de la mort. Peut-être la cherchait-il ? Si je vous disais ce qu'il a fait à Herbsheim, vous me croiriez parce que c'est moi et vous en resteriez pantoise. La façon dont on fait l'amour avec la mort est très personnelle. C'est un secret. Les gens de qualité, qui se suicident et qui avancent ainsi sur les franges du sacré, laissent généralement un papier sur lequel il n'y a rien d'autre que : "Ne cherchez pas à comprendre, je ne sais pas moi-même..." Je ne crois pas que l'on sache vraiment pourquoi on risque sa vie à la guerre. On le fait parce que "ça se fait". Laurent n'a pas laissé de papier et c'est bien ainsi. "Bel officier", m'a dit un colonel. Dans sa bouche de sceptique, c'était un fameux compliment. Mais pour moi, il était plus que cela, il était un homme assez courageux pour que l'on ne sût pas ses faiblesses.

« Mademoiselle, je partage votre peine et compatis sincèrement à votre douleur. Croyez, je vous prie, en mes sentiments dévoués comme en ma tristesse,

Georges Buis. »

Ainsi, il avait rejoint Camille. Malgré son chagrin, Léa trouvait que c'était bien. C'est vrai, il y avait Charles et il y avait comme de la lâcheté à l'avoir ainsi abandonné sans autre famille que celle des Delmas, mais Laurent avait voulu sa mort...

— Mademoiselle Delmas, nous vous avons demandé de venir pour vous informer de votre prochaine mission. Vous avez été désignée pour convoyer de Bruxelles à Cannes un officier britannique grièvement blessé et qui va passer quelques semaines de convalescence sur les bords de la Méditerranée.

Léa eut du mal à contenir sa joie. Chaque jour, son travail lui devenait de plus en plus pénible. Conduire sur les routes défoncées n'était pas agréable, mais ramasser les blessés sans oublier les bras et les jambes qui traînaient, leur donner les premiers soins, entendre leurs gémissements, voir leurs larmes devant leurs membres amputés, les entendre appeler leur mère avant de mourir, arracher des nouveau-nés aux décombres, vivre dans la boue, le sang, le pus et les déjections était d'une horreur sans cesse renouvelée.

Depuis l'annonce de la mort de Laurent, ses cauchemars avaient repris de plus belle ; pas une nuit sans voir Camille ramper vers son enfant, l'homme d'Orléans et son couteau, entendre les cris d'agonie de Bernadette Bouchardeau. Sang dans la journée, sang dans la nuit, elle vivait dans la terreur de s'endormir et dans l'angoisse du réveil. Peut-être eût-elle mieux supporté sa tâche si ses nouvelles compagnes, à part Jeanine Ivoy, son chef surtout, n'avaient exercé leur jalousie et leurs brimades sur elle. Toutes les corvées lui étaient réservées : nettoyage des chaussures, lavage des ambulances, balayage des bureaux. Au début, elle avait tout accepté, croyant que cela faisait partie de ses fonctions, mais très vite elle s'était rendu compte qu'il n'en était rien. Devant ses objections, on lui avait fait comprendre qu'on saurait se passer de ses services. Aussi son étonnement fut grand de se voir confier une mission aussi importante qu'agréable.

— Je vois que cela vous étonne, avait continué son interlocutrice, cela n'est dû qu'à votre connaissance de l'anglais. Vous parlez bien anglais, n'est-ce pas ? C'est inscrit dans votre dossier.

Léa avait acquiescé, redoutant qu'on lui demande de dire quelques phrases dans la langue de Churchill. Ses notions d'anglais étaient scolaires et remontaient déjà à plusieurs années.

— Vous partirez demain avec un convoi se rendant en Belgique. À Bruxelles, vous prendrez contact avec les organisateurs de la Croix-Rouge belge. Vous trouverez tous les renseignements dans cette serviette ainsi que les papiers vous autorisant à vous déplacer à travers la Belgique et la France. Vous avez quartier libre jusqu'à votre départ. Bon voyage.

— Merci, madame. Au revoir.

Léa profita de sa demi-journée de liberté pour aller se faire laver la tête dans un salon de coiffure installé dans un baraquement, non loin du château. Quand elle sortit, les cheveux plus courts et propres, elle se sentit une autre femme et se prit à regarder l'avenir avec un léger espoir. Cette nuit-là, elle ne fit pas de cauchemars.

Le lendemain, elle faisait ses adieux aux filles et quittait sans regret cette région du Nord.

30

Sans ces blessés poussés dans de petites voitures, sans cette cohue où dominaient les uniformes alliés, Léa se serait crue en vacances. Depuis près d'un mois, elle menait une vie de farniente et de fête en compagnie de « son » blessé.

Sir George McClintock, colonel dans l'armée de Sa Gracieuse Majesté, était un original Irlandais, aimant davantage le bourbon que le thé, les cartes de poker que celles d'état-major, fumeur de gros cigares. D'un humour jamais démenti, courageux jusqu'à la bêtise, et coureur de jupons comme un lieutenant de la garde, disaient ses camarades, et de plus, fort riche. Voilà l'homme que Léa était censée soigner. Blessé près de Dinant lors de l'offensive des Ardennes, il avait vu la mort de trop près pour économiser les jours qui lui restaient à vivre. Dès qu'il avait pu marcher à l'aide de béquilles, la vie de Léa avait été un tourbillon : cocktails, garden-parties, bals, pique-niques, sorties en mer, excursions dans l'arrière-pays. Il la voulait sans cesse auprès de lui, disant que dès qu'il l'avait vue, il avait su que sa vie allait être bouleversée par cette petite Française aux cheveux en désordre, à la bouche troublante, aux yeux fiers et inquiets, au corps qu'il devinait ravissant sous l'uniforme mal coupé. Il avait exigé, moyennant quelques poignées de livres, qu'elle eût une chambre près de la sienne à l'hôtel Majestic.

Fatigué, les premiers jours il avait beaucoup dormi. Dans la soirée du cinquième, il avait demandé à être descendu dans la salle à manger de l'hôtel. Il avait tiqué quand il avait vu Léa s'installer en face de lui, vêtue de son uniforme, le chemisier impeccable, la cravate soigneusement nouée, les chaussures plates astiquées.

— Vous n'avez rien d'autre à vous mettre ? lui avait-il demandé d'un air dégoûté, avec cet accent qui avait fait la joie de Léa au début.

Elle avait rougi et s'était sentie laide.

— Je n'ai rien d'autre. Si je vous fais honte, je peux dîner dans ma chambre.

— *My dear,* pardonnez-moi, je ne voulais pas vous blesser. Vous êtes charmante ainsi, mais... c'est un peu monotone.

Le lendemain, Léa voyait débarquer à l'hôtel des couturiers et des bottiers de la Croisette. Elle commença par refuser, mais céda devant leurs robes du soir, l'une en mousseline noire, l'autre en taffetas vert, et de magnifiques escarpins italiens en « vrai » cuir, luxe inouï ! Comme les soirées étaient encore fraîches, il exigea qu'elle prenne une courte cape de renard argenté.

Le surlendemain, elle l'accompagna à la garden-party offerte par le Club américain. Il s'enorgueillit de ses succès. C'était à qui lui apporterait un verre de champagne, de jus d'orange, de limonade, une assiette de gâteaux, de crème ou de fruits, Léa riait, retrouvant ses coquetteries de jeune fille insouciante et gâtée.

Début mars, à la suite d'un courrier de Londres, George McClintock lui annonça qu'il était rappelé en Angleterre. Léa le supplia de l'emmener, pour rien au monde elle ne voulait retourner à Amiens.

— Vous avez encore besoin de moi, disait-elle.

— J'aurai toujours besoin de vous, maintenant, avait-il dit avec un sérieux qui ne lui était pas habituel.

— Vous voyez bien, avait-elle fait, légère.

Il avait souri en évoquant les difficultés administratives.

Cela n'avait pas été une mince affaire que d'obtenir l'accord de la Croix-Rouge française de Cannes, puis de celle de Paris. L'ordre de mission de Léa portait un nombre impressionnant de cachets.

Malgré les bombardements et les alertes fréquentes, la peur qu'inspiraient les V1 et les V2, la semaine passée à Londres se révéla aussi folle que celles passées à Cannes. C'était comme si tous ces garçons et ces filles, dont les plus âgés n'avaient pas trente ans, se jetaient dans la danse, le flirt et les beuveries avec une boulimie frénétique pour rattraper le temps perdu, et oublier dans l'alcool et la fumée que la guerre n'était pas encore finie.

Une lettre de Mathias, réexpédiée de Paris par Laure, arrivée en France par d'étranges chemins qui passaient par la Suisse, tomba un matin sur le plateau du petit déjeuner entre le breakfast-tea et les œufs au bacon.

Sur l'enveloppe, impossible de décrypter une date. Quant à la lettre, Mathias avait oublié de la dater.

« Ma bien-aimée,

« "Mon honneur s'appelle fidélité." C'est la phrase qui est inscrite sur l'arche de l'entrée du camp de Wildflecken, là où j'ai rejoint les Waffen SS français. Cette devise, je la fais mienne en pensant à toi. Elle est celle de la Waffen SS. Le camp est situé dans une montagne boisée au milieu d'un immense parc soigneusement entretenu. Quelques petits immeubles dispersés dans la verdure le long de chemins impeccablement tenus mènent à l'Adolf Hitler Platz. La discipline est de fer et l'entraînement féroce. Au début, beaucoup se trouvaient mal durant les exercices, maintenant, nous avons tous des corps d'athlète ; d'ailleurs ceux qui ne peuvent pas suivre sont dirigés vers d'autres unités. Cette discipline est nécessaire pour contenir quatre à cinq mille jeunes hommes avides de se battre. J'aime qu'il en soit ainsi, cela m'aide à ne pas trop penser à toi. Au mois de novembre, deux mille miliciens nous ont rejoints. Ils ont prêté, certains de mauvaise grâce, serment à Hitler le 12 novembre en présence de Darnand et de Degrelle. Il faisait un froid épouvantable. Dans un tourbillon de neige, les légionnaires de la L.V.F. défilèrent en ordre parfait. Le *Brigadeführer* Krukenberg et *l'Oberführer* Puaud passèrent les troupes en revue. Mais ce qui impressionna le plus les francs-gardes, ce fut le discours de Mgr Mayol de Lupé notre aumônier, prononcé du haut de son cheval, en grande tenue d'officier de la Waffen sur laquelle brillait sa croix pectorale. Indifférent à la neige qui frappait son vieux visage, il parlait du Führer comme de Dieu et sa bénédiction ressemblait au salut hitlérien. Dans ce décor étonnant où flottaient le drapeau tricolore, le drapeau de guerre du Reich et l'étendard noir de la SS, les miliciens, bras tendus, répétèrent après trois de leurs camarades qui s'étaient avancés face à un officier tenant une épée nue : "Je jure d'obéir fidèlement à Adolf Hitler, chef de la Waffen SS dans la lutte contre le bolchevisme, en loyal soldat." J'ai remarqué que tous les bras ne s'étaient pas levés.

« Jamais je n'oublierai le jour de mon propre serment, dont les termes n'étaient pas tout à fait les mêmes. Cela s'est passé avec une grande sobriété, entre deux chênes, comme le veut la coutume germanique. On avait croisé des poignards sur lesquels était inscrite notre devise, tandis qu'un officier, en notre nom à tous, avait prêté serment dessus, en allemand. Nous avons répété après lui en français : "Je te jure, Adolf Hitler, Führer germanique et réformateur de l'Europe, d'être fidèle et brave. Je te jure de t'obéir à toi et aux chefs que tu m'auras désignés, jusqu'à la mort. Que Dieu me vienne en aide !" Jamais non plus je n'oublierai la première fois où j'ai fait le salut hitlérien en criant : "*Heil Hitler !*" Ce jour-là, j'ai senti que je rompais définitivement avec mon passé.

Ici, pas de différence de traitement entre un officier et un simple soldat. Pas de privilèges. Il n'y a pas de mess d'ordinaires, de sous-officiers ou d'officiers ; tout le monde mange ensemble la même chose. S'il y a une tournée de schnaps, les soldats sont servis en premier, ce qui reste est distribué aux officiers. Plus on est gradé, plus on a de devoirs. Au cours des dîners hebdomadaires qu'on appelle *Kamaradschaft*, le plus simple soldat a le droit de se moquer de ses supérieurs et il est interdit de le punir sous peine de graves sanctions. C'est cela qui nous surprend le plus, nous autres Français, habitués à écouter nos chefs au garde-à-vous et à être cantonnés dans des baraquements tandis qu'eux se prélassent dans des salons dorés. Ici, on fait de nous des hommes neufs. La vie à Wildflecken est très dure : lever à six heures, extinction des feux à vingt heures.

« Nous avons un entraînement d'enfer : douche glacée, rassemblement général, salut à Hitler, café, et ensuite une succession impitoyable d'exercices, de manœuvres, de marches... Notre seul repos, ce sont les cours théoriques sur l'armement et la stratégie. Le soir, je m'écroule sur mon lit et, invariablement, on m'en arrache à coups de sifflet pour des exercices nocturnes. Il faut se harnacher à tâtons et s'enfoncer dans la nuit glacée qui vous perce le corps. Les deux dernières semaines, je n'ai pas pu dormir plus de quatre heures de rang. J'ai l'impression de ne rien manger — où sont-ils nos goûters plantureux de Montillac ? Soupe aux choux avec pommes de terre à midi, saucisse à cinq heures, un peu de margarine sur du pain noir et gluant... Je suis stupéfait que cela suffise à nous reconstituer et à nous garder l'esprit clair. Et même les plus français des Français semblent s'accommoder de ce régime.

« Cependant, tout n'est pas rose et depuis quelque temps l'ambiance se dégrade, surtout à cause des miliciens dont beaucoup n'arrivent pas à s'adapter. Presque tous les jours depuis la formation de la brigade Charlemagne, des SS français désertent pour rejoindre des unités partant vers le front. Ainsi certains se retrouvent-ils avec la division Wiking ou la division Totenkopf.

« Notre commandeur est l'*Oberführer* Edgar Puaud, il a commandé la L.V.F. en Russie. Depuis quelques jours, je suis un véritable SS : je porte, tatouée sous l'aisselle, à l'intérieur du bras gauche, la lettre correspondant à mon groupe sanguin. Avec cela nous avons des chances d'être sauvés si nous sommes blessés, et tués si nous sommes faits prisonniers. Nous sommes tous impatients de partir au front. Nous pensons que c'est une question de jours.

« Hier, des camarades ont réussi à se procurer quelques bouteilles de vin allemand et à les faire entrer dans le camp. C'est formellement interdit. Au moment de déboucher les bouteilles, nous avons failli être surpris par le *Brigadeführer* Krukenberg. Je pense qu'il n'a pas été dupe car en sortant je l'ai entendu dire : "Ah ! ces Français !" Après son départ, nous avons trinqué à sa santé. Le vin, un blanc un peu sec mais très parfumé, n'était pas mauvais. Bien sûr, il ne vaut pas celui de Montillac. Je me demande si la vendange a été bonne et si elle a pu s'effectuer dans les meilleures conditions.

« Où es-tu ? Je n'arrive pas à t'imaginer ailleurs que là-bas. Cette terre te va bien. Si tu reçois cette longue lettre et si tu as la patience de la lire jusqu'au bout, c'est comme si nous avions bavardé ensemble. Ne m'oublie pas et sache que, jusqu'à la fin, je penserai à toi,

Mathias. »

Le thé était froid et la marmelade d'orange avait un drôle de goût. Léa essaya d'imaginer Mathias en uniforme SS, sans y parvenir. Il lui semblait qu'à l'origine il y avait un incroyable malentendu qui avait fait d'un garçon gentil et gai une petite brute prête à tout. Mais était-ce aussi absurde que sa présence à Londres dans un vieil hôtel douillet aux vitres remplacées par du papier huilé ? On frappa à la porte.

— Alors, on a reçu des nouvelles du pays ? demanda George McClintock en entrant dans la chambre.

La bonne tête de l'Anglais amena un triste sourire sur son visage.

— Qu'avez-vous ?... Quelque chose ne va pas ?
— Non, non, ce n'est rien.
— Alors, debout ! nous partons.
— Où allons-nous ?
— En Allemagne.
— En Allemagne !...
— *Yes,* je dois rejoindre la IIe armée.
— Mais vous êtes à peine rétabli !
— Un de mes amis médecin m'a déclaré apte pour le service. Je ne me vois pas rester ici pendant que mes camarades se font tuer.
— Et moi ? Qu'est-ce que je fais pendant ce temps-là ? J'attends ici tranquillement la fin de la guerre, je retourne à Amiens ou dans les bureaux à Paris ?
— Pas du tout, vous venez avec moi.
— Je viens avec...
— Oui, un de mes amis est, comment dites-vous ?... président de la Croix-Rouge britannique...
— Décidément, vous avez beaucoup d'amis.
— *Yes,* c'est quelquefois utile. Je lui ai parlé de votre grande connaissance du matériel roulant et de votre remarquable compétence pour soigner les blessés.
— C'est vous qui le dites, il vaut mieux qu'il ne me mette pas à l'épreuve.
— La personne qui s'occupe ici des conductrices-ambulancières est une amie de Mme de Peyerimhoff. Vous devriez recevoir d'ici quelques jours votre affectation provisoire aux services de notre Croix-Rouge.

Léa envoya promener ses couvertures et alla embrasser l'Anglais sur les deux joues.

— Vous êtes merveilleux, George. Comment avez-vous deviné que je voulais aller en Allemagne ?
— Vous ne parlez que de ça depuis que nous sommes arrivés.

Une semaine plus tard, Léa recevait ses ordres de service et était mise à la disposition du médecin général

Hughes Glyn Hughes, chef du service médical de la IIe armée britannique. Elle atterrit dans la nuit du 5 avril près de Duisburg à une cinquantaine de kilomètres du front.

Alors commença pour elle une descente en enfer.

31

À des centaines de kilomètres de là, Mathias vivait aussi en enfer.

Le 12 janvier 1945, trois millions de soldats russes formidablement armés, soutenus par les chars et l'aviation, se mirent en marche de la Baltique à la Tchécoslovaquie pour écraser définitivement ce qui restait de l'orgueilleuse armée du Reich.

Le 17 février, les Waffen SS de la Charlemagne, devenue division, partaient pour le front. Ils arrivèrent le 22 février à Hammerstein, gros bourg de Poméranie. Il faisait très froid, un vent glacial balayait ce paysage de lacs et de bois. Ils s'installèrent dans un ancien camp de la Wehrmacht, transformé en stalag, en attendant l'armement lourd. Au loin, on entendait le canon.

Le régiment de Mathias, le 57, s'installa au sud-est de la ville. Dès son arrivée, l'*Obersturmführer* Feunay partit inspecter les positions en compagnie de l'*Oberjunker* Labourdette et de Mathias. Après le froid, le dégel arriva brusquement, transformant les routes de terre en bourbier où s'enlisaient les chevaux, les charrettes chargées du matériel lourd, de caisses de munitions. Par dizaines, les hommes soulevaient les véhicules pour les arracher à l'argile. À la nuit qui tombait vite, il se remettait à geler. Tout le long de leur route, d'interminables convois de réfugiés fuyant les Russes s'étiraient. Vieillards, femmes, enfants piétinaient dans la boue, hagards, dans un silence impressionnant. Parmi eux, quelques SS lettons, sales et débraillés, mains dans les poches, le regard perdu.

Le premier accrochage eut lieu près d'Heinrichswalde. Très vite, ce fut le massacre, ils se battirent à un contre dix face aux chars soviétiques. Les obus et les torpilles écrasèrent les positions des SS français. Près de Mathias, un de ses camarades, une jambe déchiquetée, se vidait de son sang. Feunay donna l'ordre de tenir.

Toute la nuit, de nouveaux convois arrivèrent en gare de Hammerstein et montèrent directement vers le front. Très vite, les compagnies du régiment 58 se trouvèrent sous un déluge de feu. À l'aube, des milliers de Russes déferlèrent sur eux en hurlant. À deux reprises, ils les repoussèrent mais ils furent bientôt écrasés par le nombre. L'ordre de repli fut donné. Les rescapés se regroupèrent et attendirent. Dans la bataille, les liaisons s'effectuaient mal. La division Charlemagne était montée en ligne sans un seul poste de radio. Les estafettes allaient d'une compagnie à l'autre, portant les ordres de l'état-major. Vers midi, le bruit des chars fut assourdissant. Les Français se terraient dans des trous, camouflés en lisière de forêt. À travers bois, les hommes de Feunay tentèrent de rejoindre le régiment 58 dont ils ne retrouvèrent que quelques débris errant parmi les arbres en traînant les blessés. Dans la soirée, ils regagnèrent près de Hammerstein le camp d'où ils étaient partis le matin. Épuisés, ils s'endormirent sur les paillasses pleines de vermine des baraques, après avoir avalé une soupe de pois cassés.

Sur les quatre mille cinq cents hommes qui avaient quitté Wildflecken, mille cinq cents étaient morts ou disparus. Pour un combat qui n'avait duré que deux jours, le bilan était sévère. Les rescapés de la division Charlemagne réussirent à se regrouper à Neustettin, petite ville de seize mille habitants, accablée de réfugiés et de soldats. L'annonce de la mort de Jacques Doriot démoralisa ceux qui s'étaient engagés à sa suite. Le 5 mars, à Körlin, ils se battirent avec l'acharnement du désespoir, avec une compagnie de la Wehrmacht. Non loin de Mathias, un char allemand sauta. Un soldat en sortit courant droit devant lui, son uniforme en flammes. Le médecin lieutenant de la division se jeta sur lui pour étouffer le feu. Mathias le rejoignit et aida le médecin à traîner à l'abri l'homme qui geignait doucement. Il avait perdu son casque et son dos était entièrement carbonisé. « Pauvre type », pensa Mathias en retournant au combat. Soudain, il s'arrêta et revint sur ses pas. Il se pencha sur le moribond, nettoya son visage avec une poignée de neige et l'essuya avec un chiffon graisseux. Pas de doute.

— Capitaine Kramer... vous m'entendez.

Le visage du blessé tressaillit en s'entendant appeler en français. Péniblement, il ouvrit les yeux et regarda ce soldat allemand, méconnaissable sous la crasse et la boue qui le recouvraient.

— Capitaine Kramer, je suis Mathias... de Montillac.

— Montillac...

— Oui, souvenez-vous, Léa...

— Françoise...

— Oui.

— Françoise... mon fils...

Otto tenta de se soulever, y renonça et dit d'une voix qui devenait de plus en plus faible :

— Prenez... dans ma poche... mes papiers... et une lettre... c'est pour Françoise. Si... vous en réchappez... donnez-la-lui... ainsi que ces papiers... Jurez...

— Je le jure.

Mathias fouilla dans la vareuse. Il retira un portefeuille soigneusement emballé dans un morceau de toile cirée qui lui rappela celle de la cuisine de Montillac et le glissa sous sa chemise à même la peau. Le mourant ne le quittait pas des yeux. D'un signe de tête, il approuva. Les Russes approchaient. Mathias devait partir. Otto tenta de parler et Mathias devina plutôt qu'il n'entendit :

— Pourquoi... un Français... est-il ici ?

Il haussa les épaules. Que pouvait-il lui répondre ?

Le *Brigadeführer* avait donné l'ordre d'évacuation. Le bataillon de Mathias tenta de s'échapper en direction de l'Oder puis de Belgard. Celui de Bassompierre resta pour bloquer l'ennemi.

Dans la nuit calme et glacée, à la lueur des incendies qui illuminaient Körlin, mètre par mètre, ceux du régiment 57 progressèrent, se cachant le jour, marchant la nuit, passant à quelques pas des « Popofs », comme ils les appelaient. Les accrochages étaient courts et violents. Les munitions se faisaient rares, les chevaux étaient morts ou s'étaient enfuis. Il y avait longtemps que leur seule nourriture, ils la volaient dans des maisons allemandes où pleuraient des femmes et des filles violées. Quand il n'y avait plus rien dans les maisons, ils mangeaient des betteraves crues qui leur donnaient la dysenterie. Ils s'endormaient recroquevillés, serrés les uns contre les autres pour échapper au froid. Ils se réveillaient dévorés par les poux. La crasse s'accumulait dans les replis de leurs corps. Certains malins aimaient à dire que cela leur tenait chaud et les protégeait des poux. Tels des automates, ils avançaient, avec, figé sur le visage, le masque de la fatigue, où brillaient leurs yeux cernés, striés de sang. L'ennemi était partout, les harcelant sans cesse.

Le froid cessa d'un seul coup, les champs se recouvrirent d'une délicate mousse verte. Dans un bois, où ils s'étaient arrêtés, exténués, ils marchèrent sur un tapis de violettes. Mathias s'allongea dessus, en les respirant. Avec Léa, c'était toujours un grand moment que celui des premières violettes dans la partie abritée du calvaire. Enfant, il en faisait des bouquets qui embaumaient la chambre de la petite fille. De ses mains calleuses, il cueillit les fleurs sous l'œil d'abord goguenard de ses camarades. Puis, mus par une force instinctive, ils vinrent en cueillir à leur tour quelques-unes qu'ils glissèrent avec précaution dans l'étui contenant leurs papiers. Cette cueillette releva leur moral. Ils se prirent à espérer que, pour eux aussi, le printemps allait refleurir.

— On est dégueulasses, dit l'un d'eux.

Ils se regardèrent. C'est vrai qu'ils étaient dégueulasses. En bordure du bois coulait une rivière. Ils arrachèrent leurs uniformes maculés, secouèrent leurs vêtements d'où s'échappaient d'énormes poux, et se jetèrent à l'eau. Qu'elle était froide ! N'ayant pas de savon, ils se frottaient vigoureusement avec des poignées de terre. Ils s'étrillèrent avec ardeur, riant comme des gamins. Ils se séchèrent en courant, nus, autour des arbres. Feunay les regardait, songeur. Depuis longtemps, ils n'avaient plus de chaussettes. Tous avaient adopté la « chaussette russe » : un carré de tissu sur lequel on posait le pied. On recouvrait d'abord les orteils, on rabattait la partie gauche puis la partie droite et on tirait fortement ce qui était derrière. Les pans bien croisés, on pouvait facilement enfiler les bottes. Cela protégeait et maintenait admirablement le pied.

Ils parvinrent près de Belgard en flammes à deux heures du matin, traversèrent le cimetière puis disparurent dans la nuit. Vers quatre heures, l'Oberführer Puaud arriva sur Belgard avec le gros de la division, trois mille hommes environ. Des postes russes disséminés les accueillirent à coups de mitrailleuses et de mortiers. Les Waffen SS se glissèrent dans la ville en ripostant. Ceux qui traversèrent la place centrale de Belgard à la lueur des incendies durent enjamber des centaines de cadavres de vieillards, d'enfants et de femmes.

Puaud, blessé au mollet, avançait comme un somnambule, le visage plus rouge que d'habitude. Dans la campagne, les coups de feu avaient cessé, remplacés par des grondements de moteur, des grincements de chenilles qui résonnaient lugubrement dans la plaine. L'ennemi était partout. La division Charlemagne se déplaçait dans le brouillard. Quand la brume se dissipa au matin, ils se trouvèrent au milieu des blindés de l'armée soviétique, dans une vaste étendue dénudée. Il y eut comme une stupeur de part et d'autre, le temps s'arrêta, tout fit silence... puis, très vite, la tuerie commença... En moins de deux heures, le gros de la division Charlemagne fut anéanti...

Les blessés achevés, les survivants furent rassemblés et prirent le chemin des camps de prisonniers. Quelques-uns réussirent à s'échapper dans les bois.

Les cinq cents hommes du bataillon dans lequel se trouvait Mathias arrivèrent au château de Meseritz en piteux état, blessés, malades de dysenterie mais heureux et fiers de leurs chefs qui les avaient temporairement sortis de la « chaudière ». Ils repartirent le surlendemain par un temps ensoleillé, épouillés, rasés, armes à la bretelle, ayant avec eux deux cent cinquante survivants du régiment 58, de la SS Holstein, d'un régiment hongrois et de la division SS Nordland, pour rejoindre l'embouchure de l'Oder sous le commandement de Krukenberg. Ils franchirent la Rega au sud de Treptow. Ils atteignirent Horst sur la côte en fin d'après-midi. Partout, des réfugiés, attendant des embarcations pour les conduire en Suède, se mêlaient aux soldats épuisés.

À la nuit, Mathias et quelques-uns de ses compagnons arrivèrent à Rewahl, petite station balnéaire. Tout comme Horst, la ville débordait de réfugiés et de soldats en déroute. Cette foule était en proie à la plus grande frénésie : à côté d'êtres mornes et hébétés, des jeunes femmes faisaient l'amour avec le premier venu, se laissaient caresser par des hommes crasseux, couverts de vermine, en buvant de grandes lampées de schnaps. Des enfants les regardaient, indifférents, tandis que leurs parents poursuivaient sans les voir leur course désespérée. À l'air iodé de la Baltique se mélangeaient les remugles des moteurs, les relents de pus et de sang des blessés, le parfum douceâtre du sperme, la puanteur de la merde, celle des milliers de corps sales et, dominant cette foule épouvantée, l'odeur persistante de la soupe aux choux qui lui était distribuée.

— Les Russes arrivent !... Dépêchez-vous !

Les hommes, les femmes, les camions, les chevaux, les chars se jetèrent les uns contre les autres, luttant, bousculant, renversant, écrasant, tuant tout ce qui faisait obstacle à leur fuite. Le long de la mer ce n'était qu'une longue procession de damnés cherchant à échapper aux flammes de l'enfer : mères devenues folles serrant sur leur poitrine maigre leur enfant mort, filles se jetant du haut de la falaise pour échapper au viol, hommes poussant leur femme sous les chenilles des chars, soldats déchargeant leur arme sur les conducteurs des camions pour prendre leur place... hurlements des enfants... hennissements des chevaux... aboiements plaintifs des chiens... rumeur de la mer... grondement du canon... sifflement des obus... explosion des mines... mort... mort... mort.

Ceux de la division Charlemagne marchaient, combattaient, se saoulaient quand ils trouvaient du vin. Suivant les hordes de réfugiés, ils avançaient le long des plages en direction de l'ouest, rattrapés de temps à autre par un obus qui projetait vers le ciel tourmenté des corps déchiquetés dans une gerbe de sable. La foule passait, indifférente aux cris des blessés et aux gémissements des mourants.

Ils rejoignirent les lignes allemandes à Dievenow le 9 mars, tard dans la nuit. Le lendemain à l'aube, les Russes bombardèrent, attaquèrent et furent repoussés. Dans l'après-midi, on leur ouvrit les dépôts de l'intendance allemande. Ils s'émerveillèrent de toucher des fusils automatiques à trente-deux coups et des uniformes neufs qu'ils s'amusaient à essayer en fumant, comme des sapeurs, les cigarettes qu'ils ne voulaient pas laisser à l'ennemi.

Enfin, sous leurs bottes, résonnèrent le bois et le fer du pont de bateaux jeté sur l'Oder. En bon ordre, avec à leur tête le Brigadeführer Krukenberg ganté de frais, l'Obersturmführer Feunay, ils quittèrent la « chaudière » où quatre-vingt-dix pour cent des leurs étaient restés.

Le lendemain, le Grand Quartier général du Führer signalait dans un communiqué la part prise par les survivants de la division Charlemagne dans la libération des réfugiés de Poméranie. Cela galvanisa leur orgueil. Ils quittèrent Swinemünde en chantant :

Là où nous passons, que tout tremble
Et le diable y rit avec nous.
Ha, Ha, Ha, Ha, Ha, Ha, Ha !
La flamme reste pure
Et notre Parole s'appelle Fidélité !

Enfin furent regroupés à trois cent cinquante kilomètres de Berlin, dans la petite ville de Neustrelitz et dans les villages voisins, Zinow, Karpin, Goldenbaum, Rödlin... environ huit cents volontaires sur les sept mille partis de Wildflecken.

Le 27 mars, Krukenberg fit afficher cet ordre du jour :

« *Frères d'armes.*

« *Nous venons de vivre des jours entrecoupés de luttes après des marches pénibles. Ce n'est pas comme unité fondue dans l'armée allemande que nous avons combattu, mais en temps que division française autonome ; c'est avec le nom de Charlemagne que la renommée de bravoure et de résistance françaises s'est renouvelée; plusieurs fois la dureté des combats nous a unifiés. Avec fierté, nous nous rappellerons qu'au sud de Bürenwald nous avons arrêté l'ennemi qui avait pénétré dans les lignes de la Werhmacht, en moins d'une heure nous avons détruit rien qu'aux alentours de la ville près d'Elsenau et de Bärenhutte quarante chars T 34 et J.S. À Neustettin où la Flak-Batterie a taillé en pièces de forts éléments avancés ennemis.*

« *Nous SS, avons montré notre bravoure, mais c'est surtout à Körlin que nous avons prouvé que nous savions combattre les derniers sur un champ de bataille lorsque l'intérêt de l'armée allemande l'exigeait. Le fait de rejeter et de reprendre par trois fois le village et de tenir sur place jusqu'aux premières heures de la matinée du 5 mars a donné à une partie des armées allemandes et à nous-mêmes la possibilité de nous dégager de l'encerclement russe.*

« *C'est non seulement à notre esprit combatif que nous devons ce succès mais encore à notre grande discipline.*

« *Nous ne devons pas oublier nos camarades SS et L.V.F.*

qui, à Kölberg, ont été cités plusieurs fois à l'ordre du Führer par le Général commandant la forteresse de la ville pour la bravoure des Français particulièrement remarquable.

« En ce moment encore des éléments de notre division défendent la ville de Dantzig, aux côtés de leurs frères d'armes allemands. Nous SS, nous L.V.F., nous avons partout contribué à arrêter ou à ralentir la vague déferlante des bolcheviques. Cette dure lutte n'a pu être menée sans pertes sérieuses et nombreuses dont nos frères tombés prisonniers aux mains de l'ennemi n'ayant pu encore rejoindre nos lignes. Espérons que l'Oberführer Puaud soit parmi eux et qu'avec d'autres héroïques combattants ils reprendront place parmi nous.

« La lutte nous a unifiés, notre division qui a été réduite par de glorieux combats doit nous inciter davantage à ne former qu'un bloc, qu'une équipe, et nous écraserons tout ce qui se mettra contre Adolf Hitler. Nous avons pu entourer notre drapeau d'une gloire nouvelle, nous savons que tous les Français qui ont lutté avec nous pour la liberté de la patrie adoptive veulent un nouvel ordre européen, nous regardent avec fierté.

« Nous avons toujours dit que seuls peuvent collaborer au redressement de la France ceux qui ont fait leurs preuves comme Allemands dans les situations les plus dures ; même nos ennemis ont reconnu la valeur des soldats SS.

« Français, après de longs mois d'instruction nous avons pu montrer l'esprit qui nous anime, esprit qui, dans les jours à venir, nous conduira à de nouveaux succès jusqu'au jour tant attendu où nous prendrons part à la libération de notre pays. Nous serons sans pitié pour les traîtres.

« L'Histoire nous a appris que l'on ne doit pas sentir la fatigue après la bataille, mais rassembler toutes nos énergies pour de nouveaux combats.

« Le moment que nous vivons est décisif ; animés d'une ardeur nouvelle, nous assurons de venger nos camarades disparus dans nos rangs.

« La gloire de la L.V.F. à l'Est, les succès de la Sturmbrigade Frankreich dans les Carpates, les combats menés par la

Milice en d'autres lieux, scellent le bloc façonné par le sang français versé pour le national-socialisme, et il donnera naissance à une tradition digne de l'idéal révolutionnaire pour lequel nous luttons.

« *Notre foi en la victoire est inébranlable, même si nous devons lutter farouchement dans l'ombre et saboter aux côtés de nos frères d'armes allemands toutes les entreprises des ennemis.*

« *Décidés à vaincre ou mourir, nous suivons le Führer.*

« *Heil Hitler !*

« *SS marschiert in Feindes Land*
Und singt ein Teufelslied
Ein Schütze steht am Wolgastrand
Und leise summt er mit :
Wir pfeifen nach unten und oben
Und uns kann die ganze Welt
Verloren oder verschworen
Gerade wie's jedem gefällt

Wo wir sind da ist immer vorn
Und der Teufel der lacht nur dazu.
Ha, Ha, Ha, Ha, Ha, Ha, Ha !
Wir kämpfen für Freiheit
Wir kämpfen für Hitler
Der Rote Kommt nicht mehr zur Ruhe[1] ! »

Krukenberg convoqua les officiers et leur demanda de ne garder que des volontaires pour les futurs combats. Les autres formeraient un bataillon de travailleurs qui devrait immédiatement quitter Karpin. Trois cents hommes partirent avec un seul officier. Ceux qui avaient choisi de res-

1. « La SS marche en pays ennemi/ Et chante le chant du diable./ Sur la rive de la Volga, / Une sentinelle fredonne à mi-voix :/ Nous sifflons par monts et par vaux/ Et le monde peut bien/ Nous maudire ou nous louer, / À son bon plaisir.

« Où nous sommes, c'est toujours en avant/ Et c'est là que le diable rit encore./ Ha, Ha, Ha, Ha, Ha, Ha, Ha !/ Nous combattons pour la liberté/ Nous combattons pour Hitler/ Et le rouge n'aura plus jamais de repos ! »

ter signèrent une formule de serment dans laquelle ils juraient une absolue fidélité jusqu'à la mort au Führer.

La division Charlemagne n'échappait pas à l'ennui, à la mauvaise humeur qui accablent une armée dans l'attente des combats. Ces hommes qui avaient été solidaires durant les épreuves qu'ils venaient de traverser, courageux jusqu'à la témérité devant l'ennemi, se cherchaient querelle sous le moindre prétexte. Leur grand sujet de mécontentement était maintenant la nourriture : deux cents grammes de pain, vingt grammes de margarine, une soupe tantôt trop épicée, tantôt trop sucrée, un ersatz de café et deux cigarettes par jour. La stricte discipline militaire allemande ne suffisait pas à contenir les Français qui plaisantaient sur les armes secrètes qui allaient sauver l'Allemagne. Plus personne ne croyait à la victoire du Reich.

Le moral de la division tomba au plus bas quand, à la mi-avril, quatre volontaires furent fusillés pour avoir volé des vivres dans un dépôt. Ils moururent sans un cri après avoir reçu l'absolution du petit curé de la L.V.F. qui avait remplacé Mgr Mayol de Lupé retiré dans un monastère allemand.

Le 20 avril, en l'honneur de l'anniversaire d'Hitler, les hommes touchèrent des biscuits, une chose noirâtre baptisée chocolat, trois cigarettes. Ils fêtèrent les cinquante-six ans du Führer en chantant et en buvant du vin que Krukenberg avait réussi à obtenir de l'intendance.

On leur projeta un film de Zarah Leander dont la voix rauque les prenait aux tripes. Après la séance, ils virent une bande d'actualités. Le présentateur allemand commentait des images sur lesquelles on voyait la foule courant dans tous les sens sur le parvis de Notre-Dame pour échapper aux tireurs des toits lors de l'arrivée de De Gaulle. Il attribuait les fusillades aux communistes. Les SS français sortirent de la projection plus convaincus que jamais qu'ils étaient le dernier rempart contre l'invasion bolchevique. Certains se voyaient même accueillis en héros par leurs compatriotes, défilant sur les Champs-Élysées, acclamés par ceux qui voyaient en eux les défenseurs de l'Occident... Les plus lucides étaient sans illusions : d'une manière comme de l'autre, c'était le peloton d'exécution, au mieux, de longues années de prison.

Dans la nuit du 23 au 24 avril 1945, ordre fut donné au Brigadeführer Krukenberg de rejoindre Berlin avec les SS français de la division Charlemagne.

Les officiers se rendirent dans les cantonnements, firent aligner leurs hommes.

— Les volontaires pour Berlin, un pas en avant !

Tous avancèrent.

Le matin, on distribua les armes : grenades, Sturmgewehr et Panzerfaust. Lourdement chargés, la poitrine barrée de bandes de cartouches, les grenades citron accrochées aux boutons, celles à manche passées dans la ceinture. Jamais ils n'avaient été aussi bien armés. Les quatre cents volontaires s'embarquèrent à bord de huit camions, prêtés par la Luftwaffe, heureux à la pensée de défendre le Führer. Les Allemands qui fuyaient leur capitale regardaient avec stupeur ceux qui y entraient en chantant.

32

À la suite du pacte franco-soviétique, le gouvernement russe avait donné son accord à la présence, lors de l'entrée en Allemagne des troupes soviétiques, d'un certain nombre d'observateurs chargés de repérer ce qui avait été pris dans les arsenaux français afin de le répertorier. Missions que, de part et d'autre, on feignait de prendre au sérieux. François Tavernier, déjà connu des services soviétiques, fut un des officiers choisis par le gouvernement français. Avant son départ de Paris, le professeur Joliot-Curie lui avait défini avec précision l'objet de sa mission ; c'était un peu plus sérieux que de courir après du matériel rouillé...

Jusqu'au 15 mars, le commandant Tavernier joua beaucoup aux échecs, enrichit son vocabulaire russe d'expressions ordurières, se saoula à la vodka avec une application qui lui valut l'estime de Gueorgui Malenkov, chef du département spécial chargé de récupérer en Allemagne les équipements industriels et scientifiques, en particulier les armes secrètes.

Les semaines passées par François Tavernier à courir les états-majors des différentes armées soviétiques à Moscou avaient failli avoir raison de la patience de l'officier français.

Nommé par l'état-major de la Ire armée biélorusse, il avait rejoint le front dans les derniers jours de mars et, depuis, rongeait son frein avec pour seules distractions les parties d'échecs et les conversations avec le général Vassiliev qu'il avait rencontré une fois à Alger où il était attaché militaire.

Enfin, sonna l'heure de la grande offensive sur Berlin.

À quatre heures du matin, le 16 avril, sur l'ordre de Joukov, trois fusées rouges illuminèrent, pendant un temps qui parut long à tous, les rives de l'Oder, éclaboussant de leur lumière pourpre le ciel et la terre. Soudain, de puissants projecteurs s'allumèrent ainsi que les phares des tanks et des camions, tandis que les faisceaux de projecteurs antiaériens balayaient les lignes ennemies. Un grand silence régnait dans cette clarté annonciatrice de la fin du monde.

Trois fusées vertes montèrent dans le ciel, et la terre se mit à trembler. Vingt mille canons crachaient leur feu. Un vent chaud balaya tout devant lui, enflammant les forêts, les villages, les colonnes de réfugiés. Dans ce vacarme terrifiant, le chuintement aigu des katiouchas déchirait l'air.

Le 1er front de Biélorussie, commandé par Joukov, le 2e front de Biélorussie par Rokossovski et le 1er front d'Ukraine par Koniev passèrent à l'attaque. Un million six cent mille hommes, pour la plupart ivres de venger un père, un frère, un ami tombé sous les coups des nazis, avancèrent à travers les plaines. Les villes allemandes se vidaient de leurs habitants, qui ne laissaient derrière eux que cendres. Tavernier comprenait la haine qui animait les combattants russes de Stalingrad, de Smolensk, de Leningrad et de Moscou qui avaient traversé toute la Russie pour atteindre l'Oder. Leur tribut payé à la guerre était le plus lourd d'Europe. Pour se venger de ce qu'avaient subi leurs mères, leurs femmes et leurs filles, la loi du talion fut instituée dans toute l'Armée rouge. La vengeance fut complète.

L'officier français s'était pris d'amitié pour ces hommes frustes et courageux qui combattaient avec un mépris total du danger et partageaient avec les prisonniers leur maigre ration. De leur côté, les Russes regardaient avec curiosité cet homme qui parlait leur langue, buvait sec et qui, bien que ne combattant pas, se trouvait toujours au plus fort de la bataille. Cela lui valut d'avoir la cuisse traversée par une balle.

— Tenez-vous tranquille, lui dit le général Vassiliev en lui rendant visite à l'infirmerie de campagne où l'on finissait de lui panser la jambe.

— Je voudrais bien vous y voir, gronda Tavernier. Non seulement je ne trouve aucun matériel nous appartenant, mais vous me tenez à l'écart. Je me demande ce que je fais là puisque je n'ai pas le droit de combattre à vos côtés.

— Vous savez bien que ce sont les ordres. Tous les officiers d'armement étranger alliés en mission d'observation auprès de nos armées sont dans le même cas que vous.

François se détourna agacé. Quitte à se faire tuer, autant que ce soit les armes à la main. Ce travail de fonctionnaire n'était pas pour lui.

33

Si Léa avait eu des doutes sur la nécessité d'abattre l'Allemagne nazie, ce qu'elle vit le 15 avril 1945 la confirma dans sa haine et son dégoût.

George McClintock avait tenté vainement de s'opposer à ce qu'elle accompagne l'équipe de médecins et d'infirmières du docteur Hughes, chef du service médical de la IIe armée britannique, au camp de Bergen-Belsen qui venait d'être libéré. Il s'inclina devant son argument :

— Ils ne sont pas assez nombreux, je dois y aller.

Des prairies et des bois de pins s'étendaient à perte de vue. La route montait vers le clocher pointu qui dominait les maisons entourées de massifs de fleurs du village de Bergen. Sans les chars, les camions, les soldats qui stationnaient le long de la route, la guerre aurait semblé bien loin.

Brusquement, au détour de la route, dans une plaine dénudée, un univers de cauchemar dressa ses barbelés, ses miradors, son alignement de baraquements verdâtres. Des créatures squelettiques, habillées de sacs rayés, erraient sur le sable gris. Quelques-uns de ces fantômes vinrent au-devant d'eux jusqu'à la clôture, tendant leurs bras décharnés en essayant de sourire tandis que des larmes coulaient sur leurs faces ravagées. Ces sourires épouvantaient les soldats qui restèrent un long moment immobiles comme s'ils redoutaient ce qu'ils allaient découvrir. Le docteur Hughes fit distribuer du café chaud. Alors ils entrèrent.

Accrochés aux fils de fer barbelés, des cadavres à moitié nus ; sur le sol, d'autres cadavres d'hommes, de femmes et d'enfants nus ou couverts de lambeaux, misérables déchets de l'humanité. Les Anglais entraient lentement dans un monde inimaginable peuplé d'êtres qui reculaient en levant un bras devant leur visage, ou qui avançaient, raides, portant avec peine le poids de leur corps. Ils progressaient avec un bruit léger qui ressemblait au frôlement de milliers de pattes d'insectes.

Léa marchait, droite, n'arrivant pas à détacher ses yeux de ces visages aux couleurs étranges : du bistre, du vert, du gris, du violet.

La foule des morts vivants s'écartait devant eux. Ils prirent un chemin de ronde à gauche puis à droite. Toute l'horreur du camp se dévoila, morne, accablante. Entre les baraques, à une certaine distance des barbelés, des êtres sans âge étaient accroupis ; d'autres, allongés, ne bougeaient plus. Le docteur Hughes pénétra dans une des baraques en faisant signe à ses compagnons de rester sur le seuil. Quand il ressortit, un long moment plus tard, un masque crayeux figeait ses traits, ses yeux roulaient, affolés, ses mains tremblaient.

— Sortez-les de là, balbutia-t-il.

McClintock empêcha Léa d'avancer.

— Allez chercher votre ambulance et demandez aux autres de vous suivre avec le camion aux couvertures.

Quand Léa revint, des dizaines de femmes étaient étendues sur le sol. Une odeur infecte montait de ces corps. On arracha les lambeaux crasseux qui les recouvraient. La vermine s'en échappa. On enveloppa les pauvres carcasses couvertes de plaies et d'ordures dans des couvertures.

La journée se passa à transporter ces malheureuses, à les nettoyer et à les alimenter. Presque toutes étaient atteintes de dysenterie et, n'ayant pas la force de se lever, baignaient dans leurs excréments. Très vite, une centaine mourut. Toute la nuit, médecins, infirmières, soldats aidèrent à sortir les déportées de leur cloaque. À la lueur des projecteurs les quarante-cinq baraquements semblaient être le décor d'un film d'épouvante : squelettes trébuchant, déments dansant autour des feux, désarticulés, bavant, laissant derrière eux des traînées noirâtres, visages qui n'étaient plus que pommettes dures et grands yeux dilatés suivant avec lenteur les gestes de leurs libérateurs.

Le médecin général Hughes harcela l'état-major pour qu'on lui installe un hôpital de quatorze mille lits, et qu'on lui envoie d'urgence des médecins, des infirmières et des milliers de tonnes de matériel et de produits médicaux pour tenter de sauver les cinquante-six mille personnes internées au camp de Bergen-Belsen qui souffraient de faim, de gastro-entérite, de typhus, de typhoïde ou de tuberculose.

Le lendemain à l'aube, on dénombra mille morts parmi ceux qui avaient reçu quelques soins. Tout était gris, le ciel et les gens, le sol était boueux, les baraques avaient la couleur de la cendre, les gestes étaient las, des oripeaux pendaient partout, des détritus innommables traînaient dans la boue. Des hommes et des femmes mouraient sans convulsions. Il pleuvait.

Léa, en compagnie de George, se dirigea vers la sortie du camp pour aller prendre un peu de repos. Ils passèrent près d'une large fosse à ciel ouvert, débordant de cadavres nus d'une maigreur effrayante. Léa s'immobilisa au bord et sans qu'un muscle de son visage ne bouge, regarda avidement. Ces bras, ces jambes, ces visages avaient appartenu à des hommes et à des femmes qui avaient ri, aimé, souffert. Cela lui paraissait inconcevable. Cet enchevêtrement n'avait rien d'humain, il ne pouvait avoir appartenu à des êtres vivants, comme elle. Quelque chose lui échappait... Pourquoi ?... Pourquoi ça ?... Pourquoi eux ?...

— Venez, Léa, passons par la forêt.

Elle le suivit sans résister.

— Là !... cria-t-elle en montrant du doigt.

Entre de jeunes sapins s'alignaient des centaines de corps.

Un groupe de civils allemands, poussés par des soldats anglais, portaient des cadavres et les mettaient auprès des autres. Léa et son compagnon s'avancèrent. Blêmes, des Allemands posèrent tout près d'eux le corps d'une femme dont le vêtement déchiré révélait les jambes couvertes d'ecchymoses, les os saillants. La pluie qui tombait donnait au visage l'aspect de celui d'un noyé.

— Léa...

La jeune femme se retourna vers George. Mais celui-ci s'était éloigné et parlait avec un des soldats.

— Léa...

Qui l'appelait avec cette voix si faible qui semblait venir de la terre ? Elle baissa les yeux et regarda à ses pieds. Les yeux de la femme au visage de noyée étaient ouverts et la regardaient. Une peur formidable la paralysa.

— Léa...

Elle ne rêvait pas, c'était bien la femme qui l'appelait. Au prix d'un grand effort, elle se pencha. Des yeux immenses, profondément enfoncés dans leur orbite, s'attachaient aux siens. Qui était cette demi-morte qui murmurait son nom ? Aucun des traits de la pauvre face ne lui était connu. Ses lèvres rentrées, ses joues creusées, marquées... non !

— Sarah !

Son cri fit se retourner George et les soldats. L'officier anglais vint précipitamment vers elle.

— Qu'avez-vous ?

— Sarah ! C'est Sarah !

— Mais cette femme est vivante, s'écria le soldat qui les avait rejoints.

McClintock la souleva et l'emporta en courant vers une tente montée à la hâte et transformée en hôpital de fortune. On allongea la moribonde sur un lit de camp et on lui retira ses guenilles avant de la recouvrir d'une couverture. Léa s'agenouilla auprès d'elle et lui prit la main.

— Tu es vivante, Sarah, tu es vivante. Nous allons t'emmener loin d'ici et te soigner.

— Aucune des personnes détenues ici n'est autorisée à quitter le camp, mademoiselle.

— Mais pourquoi ?

— Pour que les épidémies ne se propagent pas. Nous avons recensé un très grand nombre de cas de typhus. Et, de plus, elle est intransportable.

— Mais...

— Laissez, Léa, il faut écouter le docteur. Venez vous reposer, nous reviendrons plus tard.

— Je ne veux pas la laisser.

— Soyez raisonnable.

Léa se pencha sur Sarah et déposa un baiser sur chacune des joues brûlées jadis par Masuy.

— Repose-toi, c'est fini, je vais revenir.

Ils se dirigèrent sans dire un mot vers la cantine. On leur servit du thé et un morceau de cake. Ils furent incapables de manger. George lui tendit un paquet de Players.

— Aidez-moi à la sortir d'ici.

— Vous avez entendu comme moi, on ne doit pas...

— Je me moque de ce qu'on ne doit pas faire, il faut emmener Sarah.

— Où voulez-vous l'emmener ?

— En Angleterre.

— En An...

— Oui. Il doit y avoir un moyen.

— Mais...

— Trouvez-le, je vous en supplie.

— Oh ! Léa, nous vivons dans un cauchemar, j'ai l'impression de devenir fou.

— Ce n'est pas le moment de gémir. Trouvez un avion pour l'Angleterre.

— Comment voulez-vous ?... Il y a bien...

— Quoi ? Dites vite !

— Il y a bien les avions qui rapatrient les blessés.

— Oui, c'est ça !... C'est une excellente idée. Vous vous arrangerez pour me faire nommer comme accompagnatrice du convoi.

— Ce n'est peut-être pas impossible... le plus dur sera de la sortir du camp. Le service sanitaire va certainement renforcer la surveillance aux portes du camp.

— On trouvera un moyen. Renseignez-vous pour savoir quand part le prochain avion.

— Je vais m'en occuper. Mais promettez-moi de prendre un peu de repos.

— D'accord.

— On se retrouve en fin d'après-midi auprès de votre amie.

Léa n'eut pas le loisir de se reposer. À peine sortie de la cantine, son chef, miss Johnson, l'envoya aider au transport des malades. Ce n'est que tard dans la soirée qu'elle put se rendre auprès de Sarah. George y était déjà. La malheureuse dormait.

— Enfin, vous voilà ! Après-demain, chuchota-t-il, il y a un vol. Le commandant est un ami à qui j'ai sauvé la vie. Il accepte de nous aider. J'ai récupéré l'uniforme d'un de nos camarades morts. Demain soir, quand il fera nuit, nous le mettrons à Sarah et nous la transporterons à bord de votre ambulance que vous aurez amenée dans la journée. Vous êtes réquisitionnée pour le transport des blessés. Vous les accompagnerez jusqu'en Angleterre, où ils seront répartis dans différents hôpitaux du pays.

— Mais là, ils verront bien qu'il s'agit d'une femme.

— Un de mes amis, médecin de la reine, sera à l'arrivée de l'avion. Il prendra en charge, sur ordre de Sa Majesté, un certain nombre de blessés.

— Vous êtes formidable !

— Ne criez pas encore victoire, le plus dur reste à faire : la sortir d'ici vivante.

— Comment ça, vivante ?

— Le docteur Murray pense qu'elle ne passera pas la nuit.

— Je ne le crois pas, dit Léa en s'approchant du lit.

La respiration de Sarah était oppressée et ses mains décharnées brûlaient de fièvre. Penchée au-dessus d'elle, Léa la regardait avec intensité. La malade ouvrit lentement les yeux. Elle eut un geste de peur et un mouvement de recul en apercevant un visage si près du sien.

— Ne crains rien, c'est moi.

Quelque chose comme l'ombre d'un sourire passa sur ses lèvres.

— Nous allons t'emmener, mais il faut que tu nous aides, que tu recouvres un peu de forces. Il le faut, tu entends ? Il le faut.

— Mademoiselle, ne la fatiguez pas. Laissez-la se reposer.

— Au revoir, Sarah, je reviendrai demain. Laisse-moi partir.

Léa eut du mal à détacher les doigts qui s'agrippaient aux siens. Elle rejoignit le médecin qui examinait un enfant d'une dizaine d'années échappé du *Revier*[1] où avait officié le sinistre Karl.

— Docteur Murray, de quoi souffre mon amie ?

Il recouvrit doucement l'enfant avant de se retourner. Léa recula devant son expression de colère.

— De quoi souffre votre amie ? Que voilà une question intéressante ! Elle souffre de tout ! Elle n'a pas encore le typhus comme lui à qui on l'a inoculé, mais peut-être lui a-t-on fait une injection de la syphilis ou de la variole ou de la peste, peut-être l'a-t-on stérilisée à moins qu'on ne lui ait implanté un embryon de chimpanzé...

— Taisez-vous, docteur !

— Alors, ne me demandez pas de quoi elle souffre. Elle souffre, un point c'est tout.

Il lui tourna le dos et se pencha sur un autre lit.

George l'attendait en mâchonnant une courte pipe éteinte.

1. Hôpital.

— Il est complètement fou, votre docteur Murray.

— Non, mais il risque de le devenir. Car ce qu'il voit ici, jamais il n'avait imaginé que cela puisse exister, ni surtout que des médecins aient prêté leur concours à certaines expériences. C'est tout son monde qui s'écroule.

— Jamais il ne nous laissera sortir Sarah.

— Vous avez entendu : elle n'a pas le typhus. Je vais demander au docteur Hughes son transfert dans un hôpital pour non-contagieux.

— Et s'il n'est pas d'accord ?

— Nous nous débrouillerons autrement.

Ils se débrouillèrent. Vers cinq heures de l'après-midi, le colonel McClintock se présenta à l'hôpital du docteur Murray accompagné d'une dizaine de personnes.

— Voici l'équipe qui doit vous remplacer pour que vous puissiez prendre quelque repos. Docteur Murray, je vous présente le docteur Colins.

— Mais, mon colonel...

— C'est un ordre du médecin général.

— Bien, venez Colins, je vais vous mettre au courant des cas les plus marquants.

Par chance, Sarah ne faisait pas partie de ceux-là.

Après le départ de Murray, McClintock détourna l'attention de la nouvelle équipe. Léa, aidée de l'aide de camp du colonel, habilla Sarah avec l'uniforme volé. Ses compagnes de souffrance suivaient chacun de leurs gestes sans rien manifester.

Malgré ses efforts, Sarah n'arrivait pas à se tenir debout. L'aide de camp et Léa la soutinrent chacun par un bras.

— Encore un de nos hommes qui ne supporte pas ces horreurs, dit George en s'interposant entre le docteur Colins et Sarah.

Léa ne recouvra ses esprits qu'en arrivant sur les lieux de l'embarquement. Avec une infirmière, elle allongea Sarah sur une civière et la transporta à l'intérieur de l'avion.

Malgré les cris et les gémissements, il régnait à l'intérieur de l'appareil presque une atmosphère de départ en vacances. Pour la plupart de ces jeunes hommes, la guerre était terminée.

Durant tout le voyage, Léa garda la main de Sarah serrée dans la sienne.

34

Les Berlinois regardaient passer en silence les camions empruntés à la division Nordland transportant des SS aux uniformes marqués de l'écusson tricolore, chantant à tue-tête tantôt en français, tantôt en allemand, scandant leurs paroles en tapant du poing contre les ridelles :

Là où nous passons, les chars brûlent
Et le diable y rit avec nous.
Ha, Ha, Ha, Ha, Ha, Ha, Ha !
La flamme reste pure
Et notre Parole s'appelle Fidélité !

Des femmes vêtues de noir se précipitèrent tendant un enfant, un morceau de pain gris, des jeunes filles leur envoyaient des baisers. Les jeunes gens agitaient les bras puis disparurent au milieu des ruines tandis qu'au loin grondait le canon.

Dans la soirée de ce 25 avril, Mathias mangea une boîte d'asperges avant de s'endormir sur une des banquettes de moleskine d'une brasserie de la Hermann Platz.

Ce même jour, sur l'Elbe, au sud de Berlin, les soldats de la Ve armée du 1er front d'Ukraine du maréchal Koniev firent leur jonction avec les Américains de la Ire armée près de Torgau.

Dans la nuit, par vagues puissantes, l'aviation russe bombarda la ville. Les bruits des explosions réveillèrent les défenseurs de Berlin qui se précipitèrent sur leurs armes prêts à repousser une attaque soviétique. Mais les avions repartirent faisant place à un silence pesant.

Le lendemain, avant l'aube, ils se dirigèrent vers l'hôtel de ville de Neukölln. Le jour qui se levait promettait d'être magnifique. Enfin, l'ordre d'attaquer fut donné.

De partout, les Russes tiraient. Les SS français rasant les murs bondissaient de porche en porche. À l'aide d'un Panzerfaust, Mathias détruisit son premier char.

Pendant toute la matinée, la bataille fit rage, tuant une vingtaine de volontaires. Autour d'eux, tout s'écroulait. Un peu partout des incendies teintaient le ciel de rouge. Bientôt, la poussière fut telle qu'on ne voyait pas à cinquante centimètres. Le bruit des moteurs et des chenilles faisait trembler la terre, couvrant les cris des mourants et les appels des blessés.

Atteint au pied, l'Hauptsturmführer Feunay continuait à diriger les combats. Dans l'hôtel de ville de Neukölln transformé en forteresse, ceux de la Charlemagne, aidés par des garçons de la Hitler-Jugend et de vieux soldats à cheveux blancs, tiraient par toutes les ouvertures. Bientôt, ils durent se rendre à l'évidence, ils étaient encerclés. Il ne fallait plus compter sur les chars de la division Nordland à court d'essence et de munitions. Le cœur serré, ils les virent repartir dans la poussière.

Feunay donna l'ordre d'évacuer l'hôtel de ville et de rejoindre la Hermann Platz.

La nuit s'acheva dans les caves de l'Opéra.

Le désordre le plus total régnait et rien d'efficace n'avait été prévu pour assurer la défense de Berlin : quelques lambeaux des divisions étrangères de la Waffen SS, des gamins et des vieillards face aux centaines de milliers de soldats soviétiques.

Dans l'après-midi du 27 avril, Mathias fit sauter trois chars T 34.

Blessé à la tête, il fut soigné à l'infirmerie du bunker d'Hitler. Il parvint à rejoindre la station de métro Stadtmitte, où Krukenberg avait transféré son P.C. La plus grande partie des survivants de la Charlemagne y était rassemblée. Les wagons aux vitres brisées servaient d'infirmerie, de bureau ou de dépôt de vivres. Mathias fuma sa première cigarette depuis deux jours.

Sur le quai de la station, le Brigadeführer remit des croix de fer à ceux qui s'étaient particulièrement distingués dans les combats de Neukölln. Mathias regarda la sienne avec émotion.

À l'aube du samedi 28 avril, la pression russe se fit de plus en plus forte. Dissimulés derrière les porches et les fenêtres, les SS français attendaient. Dans l'aube grisâtre les chars avançaient.

Le tir d'un Panzerfaust fit mouche sur le premier. Des flammes apparurent, une série d'explosions se fit entendre suivie d'une énorme déflagration qui projeta en l'air des morceaux d'acier. Il ne restait plus du T 34 qu'un tas de ferrailles tordues d'où sortaient des corps carbonisés. Inexorablement, les chars avançaient. De toutes parts pleuvaient des torpilles. Mathias, Sturmgewehr à l'épaule, tira sur un groupe de fantassins. Cinq hommes s'effondrèrent.

— Beau travail, Fayard, lui dit le capitaine Feunay en lui donnant une tape sur l'épaule.

Blessé à l'épaule, Mathias fut conduit à l'hôtel Adlon, transformé en hôpital. Il en ressortit à la nuit ou plutôt à ce qui devait être la nuit. Depuis longtemps la lumière du jour avait disparu. Ils avaient perdu la notion du temps.

L'immeuble dans lequel les Français étaient embusqués tenait debout par miracle. Les mortiers russes se joignirent aux canons antichars. Les étages s'effondrèrent, tuant une dizaine de volontaires. À demi asphyxié, les poumons emplis d'une poussière jaune, Mathias se dégagea des décombres. Son épaule blessée le faisait souffrir. Partout les incendies faisaient rage.

Les survivants réussirent à gagner de nouvelles positions, évitant les poutrelles enflammées, les pans de murs et les balles. À l'aube, ils avaient reculé jusqu'à la Puttkammerstrasse.

Au soir, ils se retrouvèrent près de la station de métro de la Kochstrasse, poste avancé de la défense de la Chancellerie. Après quelques instants de repos au commandement du bataillon, installé dans une grande librairie dévastée, ils repartirent à l'attaque dans une brume couleur de sang.

La journée du 30 s'écoula comme les précédentes dans cet univers dantesque où les avaient conduits leurs rêves ou leurs désillusions. Ils combattaient, croyant protéger le chef auquel ils avaient juré d'être fidèles ou de mourir. Ils ne protégeaient plus qu'un bunker renfermant des cadavres. Hitler s'était suicidé à quinze heures trente avec Eva Braun qu'il venait d'épouser. Dans la soirée, les Russes investirent le Reichstag après de très violents combats. Le lieutenant Berest et deux sergents plantèrent le drapeau soviétique au sommet d'un monument. Dans la nuit, le général Krebs, chef d'état-major de la Wehrmacht, proposa au général Tchoukov de négocier la capitulation de Berlin.

Le soir du 1er mai, les SS français durent évacuer la librairie et se réfugièrent dans les sous-sols du ministère de la Sécurité. À la lueur des bougies fichées dans des *Julturm*, sortes de chandeliers de terre cuite utilisés dans la nuit du solstice d'hiver, Feunay distribua des croix de fer qu'il épingla sur les tenues léopard déchirées, souvent tachées de sang.

Une nouvelle fois, Mathias fut blessé, cette fois grièvement à la poitrine et aux jambes. Avec quelques rescapés, il réussit à se traîner jusqu'à la station de métro Kaiserhof. Aidé par ses camarades, il se cacha dans celle de la

Potsdamerplatz où il assista, dissimulé derrière un éboulis, à la capture de Feunay et d'une demi-douzaine de ses compagnons. Brûlant de fièvre, il fut trouvé par une adolescente allemande qui le cacha avec l'aide de son père dans la cave de leur immeuble.

35

L'amitié du commandant Klimenko permit à François Tavernier de suivre avec passion l'avance des Russes dans Berlin admirant leur courage tout au long des combats. Avec eux, il hurla de joie quand il vit flotter le drapeau rouge sur le Reichstag : la bête était bien morte.

Dans la soirée du 4 mai, Tavernier errait dans les rues dévastées de Berlin. L'air était doux, empuanti par l'odeur des cadavres ensevelis sous les décombres. Les carcasses calcinées des immeubles se dressaient incongrues dans le ciel clair. Une toute jeune fille sortit des décombres en clignant des yeux, le visage noir de suie, et le heurta.

— Attention, petite, dit-il en français.

L'adolescente le regarda, incrédule.

— *Sind Sie Franzose?*

— *Ja.*

— *Kommen Sie mit*[1] !

Elle lui prit la main et l'entraîna dans les ruines. Ils enjambèrent des gravats et se faufilèrent par un étroit passage. Ils descendirent des marches encombrées de détritus. Elle le guida dans une cave éclairée par une bougie. Toute une humanité se tenait là, prostrée. Une jeune mère berçait son enfant qui pleurait, une autre ajustait un pansement autour de la tête d'une fillette.

Ils eurent un mouvement de peur en reconnaissant

1. — Vous êtes français ? — Oui. — Venez.

l'uniforme soviétique que portait François depuis qu'il suivait l'Armée rouge. Mais la jeune fille leur dit quelques mots qui ramenèrent le calme. Elle le conduisit dans un coin où gémissait un blessé.

— *Franzose*, fit-elle en montrant du doigt une forme étendue, la tête appuyée sur un cageot.

Tavernier s'approcha et se pencha sur un homme au visage rongé de barbe, aux yeux brillants de fièvre, la poitrine barrée d'un pansement sale, imbibé de sang. De l'une de ses jambes, enveloppée de chiffons, montait une odeur fétide. L'homme délirait.

— *Er muss ins Krankenhaus*[1], dit l'adolescente.

— *Dazu ist es zu spät, er liegt im Sterben*[2].

— *Nein, Sie müssem ihm helfen*[3] !

— Mon vieux, vous m'entendez ? demanda-t-il en français.

Le blessé cessa de geindre et tourna lentement la tête.

— J'ai soif.

François Tavernier se tourna vers la jeune fille qui fit un geste d'impuissance :

— *Wir haben kein Wasser mehr, mein Vater ist unterwegs um was zu holen*[4].

« Au point où le pauvre type en est, ce n'est pas un peu de vodka qui peut lui faire du mal », pensa-t-il en sortant de sa poche une gourde d'argent gagnée au poker à un officier russe. Doucement, il en versa quelques gouttes sur les lèvres du malheureux.

— Merci... Fidélité... j'ai mal...

— Ne bougez pas, je vais aller chercher du secours. La guerre est finie, vous ne risquez plus rien.

— Non, fit le blessé en s'agrippant à sa manche. Les Russes me tueront.

François Tavernier le regarda attentivement. Mais oui, bien sûr, c'était un de ces salauds qui combattaient sous l'uniforme allemand.

1. Il faut l'emmener à l'hôpital.
2. C'est trop tard, il va mourir.
3. Non ! Aidez-le.
4. Nous n'avons plus d'eau, mon père est parti en chercher.

— Waffen SS ?

— Oui. Charlemagne... division Charlemange. J'ai perdu mes camarades... Ils sont tous morts... c'est con de mourir ici... à boire...

Il avala de travers et se mit à tousser. Sous la douleur qui lui déchirait la poitrine, il cria, tandis que du sang coulait de sa bouche.

La jeune Allemande lui essuyait le visage avec des gestes d'une grande douceur.

— Léa, balbutia-t-il.

— *Ich bin nicht Léa, ich heisse Erika*[1].

— Léa... Pardon...

— Comment t'appelles-tu ? demanda Tavernier.

— Léa...

— *Er heisst Mathias, seinen Nachnamen kenne ich nicht*[2].

François fouilla dans la poche intérieure de la vareuse déchirée. Il ramena un paquet soigneusement enveloppé dans un tissu imperméabilisé tenu fermé par un élastique. Le paquet contenait deux livrets militaires. Kramer Otto, lut-il. Ce nom lui rappelait quelque chose.

— Otto Kramer, dit-il à haute voix.

— Il est mort... Je l'ai vu mourir... Il m'a donné une lettre... Pour Françoise... Il faudra la remettre...

Du deuxième livret s'échappa une photo. Erika la ramassa.

— *Wie hubsch die ist*[3] !

François lui arracha la photo des mains. Léa le regardait souriante, la tête appuyée contre l'épaule d'un jeune homme dont l'attitude et l'expression indiquaient clairement sa fierté de l'avoir contre lui. Au dos, Léa avait écrit : « Mathias et moi à Montillac, août 39. »

Tavernier n'avait jamais vraiment su ce qui s'était passé entre eux, il savait seulement qu'il était le plus cher de ses compagnons d'enfance.

Des éclats de voix se firent entendre à l'entrée de la

1. Je ne suis pas Léa, je m'appelle Erika.
2. Il s'appelle Mathias. Il ne m'a pas dit son nom de famille.
3. Comme elle est belle !

cave. Cinq ou six soldats russes firent irruption. Les femmes se levèrent en criant, serrant leurs enfants contre elles. Un sous-officier s'approcha de Tavernier. Reconnaissant l'uniforme russe, il le salua.

— Salut, camarade. Qui est-ce ?

— Je n'en sais rien. Il faut le conduire à l'hôpital, il est grièvement blessé.

L'autre ricana.

— Il va crever, ce n'est pas la peine.

Ils firent sortir les Berlinois de la cave. En partant, Erika lança un regard suppliant à François. Resté seul, il contempla Mathias d'un air songeur.

— Léa...

Il s'aperçut qu'il avait toujours la photo à la main. Il la glissa avec les livrets militaires dans sa poche et s'assit auprès du moribond. Il alluma une cigarette qu'il lui glissa entre les lèvres.

— Merci, souffla Mathias.

Ils fumèrent en silence, leurs pensées tournées vers la même femme. De temps à autre, le blessé poussait un gémissement. Une toux le força à cracher le mégot. François, penché sur lui, épongea son front.

— Vous écrirez à Léa... son adresse est dans mon *soldbuch*[1]... vous lui direz que je suis mort en pensant à elle...

Il se redressa et avec une force incroyable agrippa son compagnon.

— Dites-lui que je l'aimais... que je n'ai jamais aimé qu'elle... Léa, pardon...

Les mains de Mathias glissèrent. Plus jamais il ne reverrait les coteaux ensoleillés le long desquels il avait couru en compagnie de celle qui avait été son tourment et sa joie. Dans la mort, il avait une expression d'enfant étonné. Doucement, François Tavernier lui ferma les yeux, le recouvrit d'un lambeau de couverture et sortit.

1. Livret militaire.

36

Dans la nuit du 7 au 8 mai, un télégramme annonça à François Tavernier l'arrivée à Berlin du général de Lattre de Tassigny, désigné par le général de Gaulle pour participer à la signature de l'acte de capitulation de l'Allemagne. Il lui était demandé de se rendre à l'aéroport de Tempelhof pour l'accueillir.

Arrivé en jeep vers dix heures, il attendit en compagnie du général Sokolovski, adjoint du maréchal Joukov, chargé d'accueillir les délégations alliées venues participer à la signature, et un groupe d'officiers russes.

Par rangs de douze, le fusil tenu vers l'avant sur l'épaule du camarade précédent, le bataillon de la garde d'honneur manœuvrait impeccablement.

À midi pile, accompagné par la chasse soviétique, arriva le DC3 transportant la délégation britannique. L'amiral Burrough et le maréchal de l'air Tedder descendirent, suivis de trois personnes en uniforme dont une femme. Le général Sokolovski s'avança pour les accueillir. Galant, il baisa la main de la femme.

Après les présentations, le bataillon rendit les honneurs.

À midi dix, le DC3 des Américains roula sur la piste. Sokolovski abandonna les Anglais pour aller au-devant du général d'aviation Spaatz. Comme précédemment, le bataillon rendit les honneurs tandis que les membres de la délégation britannique se dirigeaient vers les voitures qui devaient les conduire dans la banlieue de Berlin à Karlshorst. Machinalement, François suivait des yeux la jolie silhouette de l'Anglaise, en se disant que c'était une des rares créatures du sexe féminin qui eût l'air d'une femme malgré l'uniforme. Il y avait quelque chose de familier dans sa démarche...

— Commandant Tavernier, l'avion des Français va atterrir... Commandant, vous m'entendez ?

François bouscula le soldat soviétique et courut derrière les Anglais. Ralenti par la cohue, il arriva à la sortie pour apercevoir la portière se refermer sur deux jolies jambes. La voiture démarra avant qu'il ait pu s'avancer.

— Commandant...

Tavernier passa sa main sur son front. Je la vois partout, pensa-t-il. Que ferait-elle à Berlin, avec les Anglais ?

— Commandant...

— Oui, j'arrive.

Il était temps, le général de Lattre, escorté du colonel Demetz et du capitaine Bondoux, se dirigeait vers le général Sokolovski.

À toute allure, les voitures fonçaient à travers les ruines encore fumantes de la capitale du Reich. Aux carrefours, des jeunes filles russes, aux uniformes impeccables, les genoux nus au-dessus de leurs hautes bottes, réglaient la circulation à l'aide de petits drapeaux rouges et jaunes. Partout, de misérables files de civils hébétés faisaient la queue pour un peu d'eau aux fontaines et aux bouches d'incendie.

François écoutait d'une oreille distraite les propos de Bondoux. Arrivés à Karlshorst, les Français furent conduits dans une école de sous-officiers à peu près intacte où se trouvait le quartier général du maréchal Joukov. De là, ils furent emmenés dans un des pavillons des cadres de l'école. L'installation était sommaire, mais les matelas posés à même le sol étaient recouverts de draps d'une blancheur éclatante.

Le général Vassiliev vint saluer le général de Lattre qu'il connaissait depuis Alger. Les deux hommes se retrouvèrent avec plaisir. Tavernier en profita pour partir à la recherche de la délégation britannique. Il trouva bien le maréchal Tedder et l'amiral Burrough, mais pas trace de la jolie fille qui les accompagnait. Pas question de demander à ces éminents militaires ce qu'elle était devenue.

Le reste de la journée fut consacré à la fabrication d'un drapeau tricolore qui puisse figurer, aux côtés des drapeaux alliés, dans la salle où allait avoir lieu la cérémonie de la signature. Pleins de bonne volonté, les Russes en fabriquèrent un à l'aide d'un morceau de tissu rouge emprunté à un pavillon hitlérien, de toile blanche et de serge bleue découpée dans une combinaison de mécanicien. Malheureusement, le résultat fut un drapeau hollandais ! Il fallut tout recommencer. Enfin, à vingt heures, le drapeau français prit place entre ceux de la Grande-Bretagne et des États-Unis, surmontés par l'emblème soviétique.

À minuit exactement, le maréchal Joukov, la poitrine recouverte de toutes ses décorations, ouvrit la séance. Il adressa des paroles de bienvenue aux représentants alliés, puis donna l'ordre de faire entrer la délégation allemande. Le maréchal Keitel entra, en grande tenue, portant son bâton avec lequel il salua l'assistance dans un silence glacial. Personne ne se leva. Ses yeux firent le tour de la salle et s'arrêtèrent sur les drapeaux puis sur le général de Lattre.

— *Ach !* grommela-t-il, *Franzosen sind auch hier ! Das hat mir gerade noch gefehlt*[1] *!*

D'un geste irrité, il jeta son bâton et sa casquette sur la table et s'assit. À sa droite prit place le général Stumpf et à sa gauche l'amiral von Frendenburg. Derrière eux se placèrent au garde-à-vous six officiers allemands portant tous la croix de fer avec glaives et diamants. Les appareils des photographes autorisés crépitèrent.

À minuit quarante-cinq, le maréchal Keitel quitta la

1. Ah ! Il y a aussi des Français ! Il ne manquait plus que cela !

salle. Il venait de signer la capitulation sans condition de l'Allemagne nazie. Les six officiers allemands, le visage ravagé, retenaient mal leurs larmes.

La nuit se termina par un banquet offert par le maréchal Joukov aux délégations alliées. Quand les participants se séparèrent, il était plus de sept heures du matin. François n'avait toujours pas revu la jeune femme de Tempelhof.

À neuf heures, les Russes raccompagnèrent leurs hôtes jusqu'au terrain d'aviation pavoisé aux couleurs soviétiques où se déroula le même cérémonial qu'à l'arrivée. Là, Tavernier apprit que les délégations anglaise et américaine avaient embarqué immédiatement après la fin du banquet. Il fit ses adieux aux Français et s'en retourna à son poste.

Revenu dans Berlin, il fit procéder à l'inhumation de Mathias. Un mois plus tard, il était rappelé à Paris.

Dès son arrivée, il se précipita rue de l'Université où personne ne put lui donner des nouvelles de Léa. Sa dernière lettre venait de Londres ; elle était du 30 avril. À la Croix-Rouge, Mme de Peyerimhoff lui dit qu'elle était en Allemagne à Lüneburg, elle passait pour être fiancée à un officier anglais. Il remit à Françoise le livret militaire d'Otto Kramer trouvé sur Mathias ainsi que la lettre qu'il contenait et qui lui était adressée. Françoise ne pleura pas. Elle remercia François et se retira dans sa chambre.

« Ma bien-aimée,

« Ce soir, j'ai envie de te parler, d'oublier l'horreur qui m'entoure : mes camarades morts, mon pays détruit, pour ne penser qu'aux moments heureux que nous avons connus. Moments trop courts, arrachés à la guerre. Tu m'as donné tout ce qu'un homme pouvait désirer : ton amour et un fils. Ce fils auquel je n'ai pu donner mon nom, élève-le dans l'honneur et la dignité. Apprends-lui à aimer mon malheureux pays et à aider à la reconstruction de nos deux nations. Nous combattons actuellement en compagnie d'étrangers engagés dans la Waffen SS. J'ai du mal à comprendre ce que ces pauvres bougres sont venus chercher dans ce combat qui n'est pas le leur. Je rêve de te retrouver, quand tout cela sera fini, dans cette région bordelaise que j'ai appris à aimer. J'aime à vous imaginer, notre enfant et toi, dans la vieille maison ou sur la terrasse qui domine les vignes. Retournes-y, tu y trouveras la paix. Par les longues soirées d'hiver, tu te mettras au piano et tu y joueras nos airs préférés. La musique est un grand repos pour l'âme.

« Ma femme chérie, il me faut te quitter. Les Russes se rapprochent de la maison en ruine où nous nous sommes abrités. Je vais rejoindre mon char. Ces quelques instants passés avec toi m'ont apporté une grande paix, et chassé l'angoisse de ces derniers jours. Je pars au combat fort de notre amour. Adieu,

Otto. »

37

Léa avait réintrégré la Croix-Rouge française après sa brève incursion dans Berlin. C'était bien elle que François avait aperçue. Une place étant libre dans l'avion qui emmenait la délégation britannique, on avait pensé qu'il pouvait y avoir des contacts en Angleterre avec les organismes de la Croix-Rouge des pays alliés. Cela s'était révélé impossible.

À la suite de l' « enlèvement » de Sarah, elle était devenue une véritable héroïne auprès du cercle de militaires proches du maréchal Montgomery. Ils étaient intervenus auprès du maréchal et de ses supérieurs pour éviter son renvoi.

Sarah, mise en quarantaine dans la crainte du typhus, reprenait des forces en Angleterre. Plus rien ne subsistait de la jolie jeune femme qui avait séduit Léa. C'était maintenant une femme brisée, vieillie avant l'âge et qui tremblait dès qu'on élevait la voix. Elle s'était refusée à dire ce qu'elle avait subi. Sans cesse, elle revivait le moment de sa découverte miraculeuse par Léa et en parlait avec une reconnaissance poignante. Après sa quarantaine, George McClintock l'avait hébergée dans sa famille. L'officier britannique lui avait confié son intention d'épouser Léa. Sarah lui avait répondu d'une voix douce et lasse :

— Elle n'est pas faite pour vous.

George l'avait quittée triste et blessé, avant de retourner en Allemagne.

Depuis, il observait Léa avec une attention soutenue. Elle avait changé, à la fois plus coquette et plus tendre, s'étourdissant des nuits entières à boire et à danser en compagnie de jeunes officiers. Elle était entourée d'une cour d'admirateurs à sa dévotion qu'elle traitait avec une désinvolture agaçante. Il lui faisait observer que ce n'était pas très chic de sa part de se comporter ainsi, elle l'embrassait en lui disant qu'il était vieux jeu, tout en songeant qu'il ferait un mari idéal. Parfois un désir de repos lui faisait penser qu'elle pourrait épouser l'Anglais.

Envoyée à Bruxelles puis à Lüneburg, elle avait retrouvé Jeanine Ivoy et fait connaissance de Claire Mauriac et de Mistou Nou de la Houplière. Ensemble, elles convoyèrent des déportés, leur donnant par leur jeunesse et leur beauté l'espoir d'une vie nouvelle. Elles avaient dû troquer leurs calots contre des chapeaux ronds après s'être rendu compte que ce banal couvre-chef leur rappelait celui de leurs bourreaux. Malgré ou à cause de l'horreur des camps, une grande gaieté régnait dans la section française.

Elles arrivèrent à Berlin début août et s'installèrent au 96 Kurfürstendamm, dans le secteur britannique, dans un des rares immeubles à ne pas avoir trop souffert des bombardements. Elles furent les seules, avec leurs collègues belges, à obtenir l'autorisation de circuler dans les territoires occupés par les Russes pour rechercher dans les camps les ressortissants de leurs pays. Plus d'une fois, elles ramenèrent des Anglais dans leurs ambulances, ce qui leur valut de la part des Britanniques du carburant et des vivres. Parmi leurs missions, la plus pénible consistait à enlever aux Allemands les enfants nés de pères français et belges. Quand cela était possible, elles passaient leurs soirées au club anglais à danser avec les officiers ou à se dorer au soleil sur le bord de la piscine du *Blue and White*.

Mistou, Claire et Léa partageaient la même chambre Kurfürstendamm. Leurs camarades l'appelaient la « chambre des cocottes » à cause des efforts faits par les jeunes femmes pour la rendre attrayante, et surtout à cause de leur beauté dont certaines étaient jalouses. Il suffisait qu'elles entrent dans un des clubs militaires alliés pour que tous les hommes abandonnent leurs cavalières et viennent à leur devant quémander une danse. L'œil rieur et l'éclatant sourire de Mistou faisaient des ravages. Claire, la belle mélancolique, n'avait d'yeux que pour le capitaine Wiazemsky, libéré par les Russes auprès desquels il avait terminé la guerre. Malgré leur demande, il avait refusé de retourner dans son pays d'origine et avait repris sa place dans l'armée française. Quant à Léa, on ne comptait plus ceux qu'elle avait désespérés.

Un soir, en rentrant d'une mission particulièrement pénible en compagnie de Claire et du capitaine Wiazemsky, elle se heurta à un officier français.

— Excusez-moi.

Trop fatiguée pour répondre, elle continua son chemin.

— Léa !

Elle s'arrêta, paralysée comme le soir de la nuit de Noël... Ne pas bouger surtout, ne pas détruire en se retournant ce fragile bonheur.

— Léa !

Il était là, devant elle, plus grand que dans son souvenir. Elle avait oublié à quel point son regard était clair et sa bouche...

Il n'y avait plus de ruines, plus d'Allemands maigres et obséquieux, plus de squelettes ambulants, plus d'enfants abandonnés, plus de sang, plus de morts, plus de peur. Il était là, vivant, si vivant dans ses bras. Pourquoi pleurait-il ? Il était fou de pleurer un jour pareil. Est-ce qu'elle pleurait, elle ? Elle pleurait et riait à la fois et tous, autour d'eux, en faisaient autant.

Mistou qui les avait rejoints se mouchait sans discrétion en murmurant :

— C'est beau l'amour.

— Pauvre McClintock, fit Jeanine.

Claire serrait très fort la main de son beau capitaine.

— Depuis le mois de mai, je vous ai cherchée partout, murmurait François dans ses cheveux.

— J'étais sans nouvelles de vous, je croyais que vous étiez mort.

— Vos sœurs ne vous ont pas dit que j'étais passé vous voir à Paris ?

— Non, faisait Léa de la tête, en reniflant.

Mistou lui tendit son mouchoir.

— Ne restez pas là, si le patron vous voit, ça va être votre fête. Il est très à cheval sur la tenue de ses filles. Venez nous rejoindre au club anglais tout à l'heure. Nous allons prendre un bain, nous puons la charogne que c'est un vrai plaisir.

— Mistou, s'écria Claire.

— Ce n'est pas vrai, peut-être ? Même que tu as dit que tu allais avoir une de tes fameuses migraines.

— Je voudrais bien t'y voir, fit-elle vexée.

— Merci bien, garde-les pour toi. Rien que d'y penser, j'ai mal à la tête.

— Arrêtez de vous chamailler, dit Léa. Tiens, voilà Jeanine. Tu te souviens de François Tavernier ?

— Si je m'en souviens !... Grâce à lui j'ai fait le meilleur réveillon de ma vie. Bonjour, commandant, contente de vous revoir.

— Bonjour, mademoiselle.

— Allez, les filles, au rapport. Vous ne croyez pas que vous allez vous en tirer comme ça. À tout à l'heure, commandant.

Restés seuls, les deux hommes se dévisagèrent et finalement convinrent de se retrouver à huit heures au club anglais.

Tous ceux qui virent Léa rire et danser ce soir-là comprirent qu'ils n'avaient plus aucune chance. McClintock la regardait le cœur serré. Mistou s'en aperçut et s'approcha de lui.

— Ne faites pas cette tête, colonel. Invitez-moi plutôt à danser.

Quand elles se croisèrent sur la piste, Léa lui adressa un sourire reconnaissant.

François la serrait avec une telle force qu'elle avait du mal à respirer. Mais pour rien au monde, elle ne se serait plainte. Ils dansaient sans échanger une parole, au-delà des mots. Ils glissaient sans penser à leurs gestes, suivant d'instinct la musique, changeant de rythme machinalement, ne faisant qu'un seul corps. Comme à Paris, à l'ambassade d'Allemagne, ils continuèrent leurs évolutions après que le dernier air se fut éteint. Les rires et les applaudissements les ramenèrent à la réalité. Après avoir bu quelques verres, ils quittèrent le club.

La soirée était douce. Ils montèrent dans une jeep garée près de la sortie. Ils roulèrent longtemps en silence à travers des champs de ruines et traversèrent un parc dévasté où, au clair d'une lune blafarde, les troncs tordus et calcinés ressemblaient à une armée en marche. François s'arrêta sur la Charlottenburgerstrasse. Une lèpre semblait avoir rongé le paysage qui entourait la colonne de la Victoire. Seul le symbole doré aux ailes déployées se dressait intact, dérisoire dans cette cité détruite et ce pays vaincu.

Doucement, François attira Léa contre lui. Ils restèrent enlacés sans un geste, se laissant envahir par la chaleur de l'autre, fermant les yeux pour mieux savourer ce bonheur surprenant : être anéanti d'amour, sentir son cœur à l'étroit dans un corps qui ne vous appartient plus. C'était peut-être la première fois, dans ces lieux sinistres, que leur tendresse amoureuse s'épanouissait et les emportait dans ce lent tourbillon de sensations exacerbées. Pour le moment, ils n'éprouvaient pas le désir de faire l'amour, trop submergés par la joie qui débordait de leur cœur.

Le hululement proche d'un oiseau de nuit les fit rire ensemble.

— C'est bon signe, les oiseaux de nuit reviennent, dit Léa.

— Rentrons.

Ils passèrent devant l'église construite à la gloire de

l'empereur Guillaume. Les quatre clochers dressaient leurs tours à demi détruites, encore dominées par le clocher central qui semblait avoir été décapité, à l'entrée du Kurfürstendamm.

— Vous me raccompagnez déjà !

— Non, mon cœur, seulement si vous le voulez. En vous quittant tout à l'heure, j'ai été louer une chambre chez une vieille dame pas très loin d'ici.

— Comment avez-vous fait ? Il n'y a rien à louer.

— Je me suis débrouillé.

Il s'arrêta dans une petite rue près de l'Hohenzollerndamm. Les maisons basses avaient été épargnées. À l'aide d'une grosse clé, François ouvrit une porte vitrée. Une veilleuse à huile brûlait dans l'entrée. Un gros chat vint se frotter contre leurs jambes. Ils prirent chacun une des bougies posées sur une commode et montèrent avec des fous rires. Dans la chambre régnait un parfum de roses fanées.

À la lueur des bougies, François la débarrassa de son uniforme. Il fit glisser lentement les épaulettes de la combinaison rose. Le crissement de la soie vrillait leurs nerfs. La peau de Léa frémissait sous la caresse du tissu. Elle enjamba la lingerie tiède dans laquelle il enfouit son visage, respirant avec avidité l'odeur de cette femme. Il se retint de ne pas arracher la culotte ornée de dentelle. Quand elle fut nue, il resta un long moment agenouillé à ses pieds, à la contempler. Elle laissait courir sur elle ce regard qui la dévorait, faisait trembler son corps et fléchir ses genoux. Elle frissonna quand ses lèvres se posèrent à l'intérieur de ses cuisses et remontèrent au creux de son ventre. Elle sentit son sexe s'ouvrir et aller au-devant des baisers de son amant. Elle jouit debout les mains agrippées à ses cheveux. Il la porta sur le lit et se déshabilla sans la quitter des yeux. Il la prit avec douceur. Confiante, elle se laissait conduire. Quand elle sentit le plaisir monter, elle cria :

— Plus fort, plus fort !

Il la ramena avant l'aube. Elle se glissa dans la chambre des cocottes sans réveiller ses compagnes.

Le lendemain, ils se racontèrent ce qu'ils avaient vécu depuis le Noël passé près d'Amiens. François apprit avec une joie qui la rendit presque jalouse la délivrance de Sarah et son lent rétablissement en Angleterre. Il redoutait de lui annoncer la mort de Mathias. Il commença par celle d'Otto et raconta sa visite à Françoise.

— Vous étiez là, au moment de sa mort ?

— Non, j'ai trouvé son livret militaire dans la poche d'un SS français qui le connaissait.

Léa ferma les yeux.

— Qu'est devenu ce Français ?

— Il est mort.

Une larme glissa sur le joli visage.

— Comment s'appelait-il ?

François la prit dans ses bras et lui raconta tout bas.

— Il est mort en t'appelant et en te demandant pardon. Pleure, mon cœur, pleure.

Des sanglots de petite fille secouaient Léa. Que l'enfance était dure à quitter.

Dans la soirée, elle voulut aller sur la tombe de Mathias. Elle y déposa quelques fleurs achetées à la petite marchande installée au coin de la Konstanzerstrasse.

— Nous le rapatrierons en France, si tu le veux ?

— Non, c'est ici qu'il est mort, c'est ici qu'il doit demeurer.

— Que faites-vous ?

— Je ramasse un peu de cette terre pour la mélanger à celle de Montillac.

Un bonheur douloureux la traversa.

— Qu'avez-vous ?

Elle n'avait rien. Simplement, pour la première fois depuis longtemps, elle venait d'envisager un éventuel retour à la terre adorée. C'était Mathias qui le lui suggérait. Avec frénésie, elle emplit son chapeau de terre.

Quand Léa se releva, un nouvel éclat brillait dans ses yeux.

Pendant une semaine, ils se virent tous les jours. Claire et Mistou dissimulaient autant qu'elles le pouvaient les absences et les étourderies de leur camarade. Malgré cela, le travail accompli par les jeunes femmes de la Croix-Rouge française à Berlin faisait l'admiration de tous. Jeanine Ivoy, chef de la section, écrivit à Mme de Peyerimhoff :

« D'après le journal de marche, vous devez voir que nous avons bien travaillé. Nous avons réussi à obtenir des Britanniques notre prolongation dans leur secteur grâce au travail que nous faisons pour eux. En effet, ils se sont vu refuser l'autorisation d'aller en zone russe pour rechercher leurs disparus (environ trente mille), aussi, lors de nos missions, faisons-nous pour eux ce que nous ferions pour les nôtres. Nous revenons parfois avec des centaines d'actes de décès ou de listes de tombes trouvées dans les plus petits villages, qu'il faut séparer par nationalités. Que de paperasserie !...

« Dans chaque équipe, nous restons cinq conductrices et une infirmière, les Anglais ayant insisté pour réduire le personnel, le ravitaillement étant très restreint.

« Les Alsaciens et les Lorrains continuent d'arriver et toutes nous faisons avec joie leur transit : pauvres types, ils ont tant souffert. Pendant dix jours, nos filles ont habillé, ravitaillé et soigné sept mille Alsaciens-Lorrains. Leur dévouement infatigable a fait l'admiration des autorités françaises et britanniques.

« D'autres trains d'Alsaciens-Lorrains (environ trois mille) sont attendus incessamment et les autorités anglaises réclameront aussitôt notre concours par téléphone. Leur état physique est terriblement déficient et nous sommes heureuses en tant que Croix-Rouge française de pouvoir leur apporter cet appui moral autant que matériel dont ils ont grand besoin.

« Très souvent, nous voyons le général Keller venant de

Moscou. Il nous annonce le passage de trains. Il y en a tellement dans les camps au fin fond de la Russie.

« Nous avons vraiment une chance inouïe de pouvoir circuler en zone russe. Nous avons leur confiance et nous sommes reçues partout de façon charmante. Lors du dernier passage du train sanitaire, nous sommes allées faire une démarche auprès d'un important général pour ramener les grands malades. Devant nous, il a téléphoné à Moscou. La réponse fut négative, mais du moins on avait essayé. Cette démarche ne fut pas vaine car cette semaine les grands malades nous seront remis et partiront par le train sanitaire qui vient d'arriver.

« Il règne ici une ambiance magnifique. Je n'ai qu'à me louer de l'équipe et plus particulièrement de Mlles Mauriac, Nou de la Houplière, Delmas, Farret d'Astier, d'Alvery, toujours ensemble, se serrant les coudes... »

François Tavernier reçut l'ordre de regagner Paris d'où il devait partir pour les États-Unis. Léa l'accompagna à l'aéroport de Tempelhof après une nuit passée dans la petite maison de la vieille Allemande. Quand elle le vit monter à bord du Dakota, elle fut prise de tremblements. La peur de ne jamais le revoir faillit la jeter au sol.

Ses compagnes mirent tout en œuvre pour la distraire. Mistou et Claire firent si bien qu'elle retrouva une partie de sa gaieté. Elles visitèrent la Chancellerie et le bunker d'Hitler en compagnie du capitaine Wiazemsky. Toutes ressortirent oppressées par cet endroit jonché de télégrammes, de journaux à demi calcinés, de portraits du Führer déchirés, de caisses éventrées, de décorations souillées.

38

À la mi-septembre, Léa reçut l'ordre de convoyer un groupe de jeunes enfants jusqu'à Paris. Elle quitta Berlin et ses camarades, à la fois triste et soulagée. Trop de ruines, trop de souffrances, trop de morts.

À Paris, Mme de Peyerimhoff lui accorda une permission. Elle se précipita rue de l'Université et trouva porte close. En lui remettant les clés, la concierge lui dit que tout le monde était parti pour la Gironde. Léa ne comprenait pas.

Elle qui s'était fait une joie de passer quelques jours dans la capitale fonça, le soir même, gare d'Austerlitz.

Le train était bondé et inconfortable. Elle passa la nuit coincée entre un militaire entreprenant et une grosse femme revêche. Chaque fois qu'elle s'assoupissait, elle entendait les hurlements de souffrance de sa tante ou les gémissements de Raoul. Combien de temps ces fantômes allaient-ils la poursuivre ? Elle était folle de retourner à Montillac. Qu'espérait-elle trouver ? Après avoir vu tant de ruines, pourquoi en ajouter une autre dans ce catalogue de misères qui s'était rempli d'année en année ? À quoi bon revenir sur ses pas, rien ne ressusciterait les morts ni la vieille maison.

Arrivée épuisée à Bordeaux, elle décida de reprendre le prochain train pour Paris. Sur le quai voisin partait le vieux train pour Langon. Sans réfléchir, elle courut. Par la portière ouverte une main se tendit, elle sauta.

La gare de Langon n'avait pas changé. Sa valise à la main, elle se dirigea vers le centre de la petite ville. C'était jour de marché. Deux gendarmes discutaient devant l'hôtel Oliver.

— Mais, c'est la petite Delmas !... Mademoiselle !

Léa se retourna.

— Vous ne nous reconnaissez pas ?... C'est nous qui vous avons conduit avec votre oncle et la pauvre petite jeune femme chez la Sifflette.

Oui, bien sûr, elle se souvenait.

— Alors, vous voilà de retour au pays ? Ah ! il s'en est passé des choses... et pas des belles. Vous n'avez pas votre fameuse bicyclette ?... On va vous conduire... on ne va pas vous laisser comme ça dans l'embarras. Pas vrai, Laffont !

— Cette question, Renault ! Il ne sera pas dit que la gendarmerie française manque de galanterie.

Léa ne savait pas comment refuser leur proposition. Elle monta dans la voiture.

Les deux hommes parlaient, parlaient, elle n'entendait pas ce qu'ils disaient, s'emplissant les yeux de ce paysage tant aimé qu'elle avait cru ne jamais revoir, envahie par l'émotion. Ils n'insistèrent pas quand elle leur demanda de la laisser en bas de la côte de la Prioulette. Elle attendit pour continuer son chemin que la voiture eût disparu.

Il faisait un de ces beaux après-midi de l'arrière-saison dorant les grappes, nimbant les vignes de cette lumière qui annonçait l'automne.

La côte lui semblait rude, son pas ralentissait. Derrière la masse des arbres, il y avait Montillac. Le cœur battant, elle arriva aux barrières blanches.

Il y avait dans l'air une odeur nouvelle, inhabituelle en ces lieux : une odeur de bois neuf. Des bruits familiers lui parvinrent : caquètement des poules, aboiement d'un chien, roucoulement des tourterelles, hennissement d'un cheval. Derrière le corps de ferme devait se dresser la carcasse de la maison. Un vent léger ébouriffa ses cheveux. Elle reprit sa marche, souffrant à chaque enjambée. Le bruit lancinant d'une scie... Des coups de marteau... Une voix d'homme jeune qui chantait :

C'est une fleur de Paris
Du vieux Paris qui sourit
Car c'est la fleur du retour
Du retour des beaux jours...

Des ouvriers plaçaient des ardoises sur une charpente neuve. Un des pans du toit était déjà recouvert... une porte était ouverte sur la cuisine inchangée... Titubante, elle recula dans ce qu'elle et ses sœurs appelaient la rue... des cris d'enfants et des rires venaient de la terrasse... Léa voulait s'enfuir, échapper au mirage, mais une main géante la poussait vers ces rires et ces cris. La balançoire bougeait entre les montants entourés de glycine... Le temps s'arrêta, puis fit un bond en arrière : il y avait maintenant sur la balançoire une petite fille aux cheveux en désordre qui disait :

— Plus haut, Mathias, plus haut.

Puis tout se brouilla et reprit sa place : les charmilles immobiles, les rosiers de l'allée, les vignes entre les cyprès... au loin un train passa, une cloche sonna... Elle reconnut la voix de ses sœurs.

Rien ne semblait avoir changé. Léa s'avança... Un homme tenant Charles par la main venait vers elle.

Remerciements

L'auteur tient à remercier pour leur collaboration, la plus souvent involontaire, les personnes suivantes :

Jean-Pierre Abel, Paul Allard, Henri Amouroux, Robert Antelme, Louis Aragon, Robert Aron, Alix Auboineau, Lucie Aubrac, Michel Audiard, Colette Audry, Marc Augier, Claude Aveline, Marcel Aymé, François Barazet de Lanurien, Maurice Bardèche, Georges Beau et Léopold Gaubusseau, Pierre Bécamps, Suzanne Bellenger, Jacques Benoist-Méchin, Christian Bernadac, Georges Bernanos, Pierre Bertaux, Nicholas Bethell, Maxime Blocq-Mascart, Georges Blond, M. R. Bordes, Jean-Louis Bory, Alphonse Boudard, Pierre Bourdan, P.-A. Bourget, Robert Brasillach, Georges Buis, Calvo, Raymond Cartier, Louis-Ferdinand Céline, Jacques Chaban-Delmas, Marguerite Chabay, René Chambe, Richard Chapon, Jean-François Chegneau, Bertrande Chezal, Winston Churchill, Maurice Clavel, René Clément, Guy Cohen, Colette, Larry Collins, Arthur Conte, E. H. Cookridge, Lucien Corosi, Gaston Courty, Jean-Louis Crémieux-Brilhac, Croix-Rouge française, Jean-Louis Curtis, Adrien Dansette, Jacques Debû-Bridel, Marcel Degliame-Fouché, Jacques Delarue, Jacques Delperrié de Bayac, abbé Desgrandes, Maja Destrem, David Diamant, Jean-Pierre Diehl, *La Documentation française*, Friedrich-Wilhelm Dohse, Jacques Doriot, Paul Dreyfus, Raymond Dronne, Claude Ducloux, Ferdinand Dupuy, Jean Dutourd, Georgette Elgey, Dr Epagneul, Jean Éparvier, Robert Escarpit, Raymond Escholier, Hélène Escoffier, Marc-André Fabre, Mistou Fabre, Yves Farge, J.-N. Faure-Biguet, Henri Fenet, Richard de Filippi, Marie-Madeleine Fourcade, Ania Francos, Jacky Fray, Henri Frenay, André Frossard, Liliane et Fred Funcken, Jean-

Louis Funck-Brentano, Jean Galtier-Boissière, Paul Garcin, Romain Gary, Charles de Gaulle, Jean Guéhenno, André Girard, Jean Giraudoux, Alice Giroud, Léon Groc, Richard Grossmann, Georges A. Groussard, Gilbert Guilleminault, Georges Guingouin, André Halimi, Hervé Hamon, Robert Hanocq, René Hardy, Max Hastings, Philippe Henriot, Jean Hérold-Paquis, Adolf Hitler, Rudolph Hoess, Sabine Hoisne, Hoover Institute, Raymond Huguetot, Bernard Irelin, Jacques Isorni, Jeanine Ivoy, capitaine Jacques, Claude Jamet, maréchal Juin, Bernard Karsenty, Joseph Kessel, Jacques Kim, Serge Klarsfeld, Karl Koller, Maurice Kriegel-Valrimont, Jean Lacouture, Jean Lafourcade, Christian Laigret, Christian de La Mazière, Henri Landemer, Roger Landes, Dominique Lapierre, Jean de Lattre de Tassigny, Jacques Laurent, Éric Lefebvre, Roger Lemesle, Alain Le Ray, Jean Mabire, Grégoire Madjarian, René Maisonnas, Franz Masereel, Pierre Masfrand, Micheline Maurel, Claude Mauriac, François Mauriac, William Peter McGivern, Léon Mercadet, Édouard et François Michaut, Henri Michel, Edmond Michelet, Margaret Mitchell, François Mitterrand, Jean Moulin, André Mutter, Jean Nocher, Henri Noguères, Pierre Nord, Jacques Oberlé, Albert Ouzoulias, Guy Pauchou, Jean-Jacques Pauvert, Robert O. Paxton, Gilles Perrault, Philippe Pétain, Jacques Peuchmaurd, Éric Picquet-Wicks, L. G. Planes et R. Dufourg, Theodor Pliever, Édouard de Pomiane, Roland de Pury, *Sélection du Reader's Digest*, Lucien Rebatet, P. R. Reid, colonel Rémy, Jean Renald, Françoise Renaudot, Ludwig Renn, André Reybaz, Patrick Rotman, David Rousset, Claude Roy, Raymond Ruffin, Cornelius Ryan, Maurice Sachs, Georges Sadoul, Saint-Bonnet, Antoine de Saint-Exupéry, Saint-Loup, Saint-Paulien, Henri Sanciaume, Jean-Paul Sartre, Régine Saux, Simone Savariaud, Lily Sergueiev, Service d'information des crimes de guerre, William L. Shirer, Jacques Sigot, Knut Singer, Sisley-Huddleston, Michel Slitinsky, A. Soulier, Philip John Stead, Lucien Steinberg, Pierre Taittinger, Guy Tassigny, Élisabeth Terrenoire, Geneviève Thieuleu, Édith Thomas, Charles Tillon, H. R. Trevor-Roper, Pierre Uteau, Jan Valtin, Pierre Veilletet, Dominique Venner, Jean Vidalenc, Camille Villain, Gérard Walter, Pierre Wiazemsky, princesse Wiazemsky, prince Yvan Wiazemsky, Karl Wilhelm, Olga Wormser.

Aubin Imprimeur
LIGUGÉ, POITIERS

COMPOSITION – IMPRESSION

Achevé d'imprimer en mai 1992
pour le compte de France Loisirs
123, bd de Grenelle, 75015 Paris
N° d'édition 21066 / N° d'impression L 40301
Dépôt légal, mai 1992

Imprimé en France